四国近代文学事典

浦西和彦
堀部功夫
増田周子 著

和泉書院

子規水墨画　牡丹画（松山市立子規記念博物館所蔵）

はしがき

四国といえば、最初に思い浮かべるのは、四国八十八カ所巡りのお遍路さんの姿であろう。第一番札所は徳島県鳴門市の霊山寺で、ここから高知県、愛媛県、香川県へとまわり、山深い大窪寺で終わる。お遍路さんたちは弘法大師とともに修行することを示す〈同行二人〉と書いた帷子《かたびら》を着て、四国に散在する弘法大師ゆかりの霊場八十八カ所を巡るのである。こうしたお遍路さんのならわしは、鎌倉時代に衛門三郎がはじめたと伝えられているが、室町時代には一般の庶民たちが盛んに四国八十八カ所に出かけるようになったようだ。四国は、古くから庶民に親しまれてきた信仰の対象となった島である。こうした信仰や風土や歴史などがいくらか四国の人たちの人間形成や文学的情操に関与してきたと思われる。

四国は、人口約四二〇万、面積約一万八、八〇〇㎢で、日本列島を構成する四大島のうち、最小の島である。徳島・愛媛・香川・高知の四県から成り、北は瀬戸内海に、南は太平洋に面し、中央東西に四国山地が走り、剣山（一、九五五m）や石鎚山（一、九八二m）の高峰が聳えるけわしい地形である。そのため、四国の北部と南部との交通の大きな障害になっていた。気候も北部と南部とは対照的で、北部は乾燥的な瀬戸内気候であり、南部は全国でも有数な夏多雨地帯である。

一口に四国といっても、その地形や気候や風土に様々な変化があり、おのずからそこに生まれてくる文化や、そこに住む人々の気質にちがいがあるであろう。

この四国からは、中江兆民をはじめ、正岡子規・高浜虚子・寺田寅彦・黒岩涙香・押川春浪・田中貢太郎・大杉栄・菊池寛・森下雨村・高倉輝・海野十三・黒島伝治・貴司山治・上林暁・小山いと子・壺井栄・田岡典夫・大原富枝・安岡章太郎・瀬戸内寂聴・宮尾登美子・富士正晴・大江健三郎・倉橋由美子・芦原すなお・松浦理英子・坂東眞砂子ら、多くの個性豊かな、すぐれた才能を持つ文学者や思想家たちが生まれ育った。これらの人々が近・現代文学ではたした役割は極めて大きい。

正岡子規は、江戸時代の擬古文や漢籍調の文章感覚を打破し、近代散文成立に絶大な影響を与えた。「夏目先生の散文は必しも他を待つたものではない。しかし先生の散文が写生文に負ふ所のあるのは争はれない。ではその写生文は誰の手になつたか？　俳人兼歌人兼批評家だつた正岡子規の天才によつたものである。（子規はひとり写生文に限らず、僕等の散文、―口語文の上へ少からぬ功績を残した。）」とは、芥川龍之介の言葉である。

夏目漱石は、その正岡子規や高浜虚子との交流のなかで、小説「吾輩は猫である」を書いたのである。漱石が明治二十八年四月、愛媛県尋常中学校（松山中学校）の英語の教師となって四国の松山に赴任しなければ、名作「坊っちゃん」は生まれなかったであろう。

また、司馬遼太郎は、四国を「この人文の宝石のような島が、私にはつねになつかしい。ひとつには、四国の四つの県を、それぞれ小説に書いたからでもある」といい、「〝宇和島へゆきたい〟」（「産経新聞」平成元年五月一日）で、次のように書いている。

土佐（高知県）のことは、『竜馬がゆく』に登場する。讃岐（香川県）は、いうまでもなく空海がそこでうまれた（『空海の風景』）。

阿波（徳島県）については、江戸時代、淡路島が阿波蜂須賀藩領だったということで、淡路うまれの高田屋嘉兵衛という気分のいい船頭を主人公にして『菜の花の沖』を書いた。

『坂の上の雲』は、伊予（愛媛県）松山うまれの三人の人物が主人公だった。四作に共通しているのは、海である。

おかげで私は、四十前後から二十年間、畳の上の航海者として終始した。

四国は、そこで生まれた文学者たちだけでなく、明治時代の夏目漱石から現代の司馬遼太郎に至るまで、多くの文学者たちを捉えて放さない、魅力を持った土地であったのであろう。

本事典が多くの方々に利用していただけることを願う。

本事典の出版を快諾して下さった和泉書院の廣橋研三社長をはじめ、大変お世話になった編集スタッフの皆さんに厚くお礼を申し上げる。

平成十八年十二月吉日

浦西和彦
堀部功夫
増田周子

四国近代文学事典

目次

凡　例

＊本事典は、四国に関わる文学的事項を対象とする事典である。
＊人名項目には、四国出身者、及び居住・滞在者、訪問者、あるいは四国に関わる作品を描いたことのある文学者を五十音順に収録した。
＊枝項目（作品名）は、その文学者の代表作を紹介するのではなく、四国を題材、もしくは舞台とした作品に限り、小説・戯曲・評論・随筆・児童文学・詩・短歌・俳句・川柳などのジャンルを対象とした。
＊枝項目で採り上げない場合は、必要に応じて、人名項目中にその作品を記載した。
＊人名項目は、人名の読み方、生歿年月日、活動分野、出身地、本名、筆名、雅号、略歴などで構成した。生歿年月日などが未詳の場合、「未詳」とした。
＊枝項目は、作品名、読み方、ジャンル、〔初出〕雑誌名、発行年月日（単行本の場合は、書名、刊行年月日、出版社名）、内容などを記述した。
＊各項目については、執筆者の記述に従ったが、事典の性格上、最小限の表現の統一をはかった。
＊解説文は、新漢字、現代仮名遣いとし、引用文は、新漢字、仮名遣いは原文のままを原則とした。

＊年代表記には元号を用い、慶応以前については西暦を併記したが、年号が繰り返される場合などは、適宜元号を省略した。
＊雑誌名・新聞名・作品名は「　」で、単行本名は『　』で示した。
＊数字の表記は漢数字とし、（　）内はアラビア数字を用いた。
＊引用文は「　」で示し、引用文中の「／」（斜線）で原文における改行を示した。引用の詩・短歌・川柳なども、「　」で示した。
＊本事典の項目の記述内容は、原則として平成十三年十月末現在としたが、その後判明した新しい情報を追記した。
＊本事典は使用上の便宜のため、付録として、四国出身文学者名簿、四国県別枝項目（作品名）索引を付載した。

【あ】

阿井景子 あい・けいこ

昭和七年一月十六日〜。小説家。長崎市に生まれる。本名は浦順子。佐賀大学教育学部卒業。雑誌編集者などを経て、作家になる。

＊龍馬の妻《りょうまのつま》　長編小説。〔初版〕昭和五十四年三月二十日、学藝書林。◇京都の町医者楢崎将作の娘りょうは、奔放・勝気・怜悧な性格。それを愛した坂本龍馬と結ばれる。龍馬横死後、土佐へ行くけれども、坂本家の人々から認められず、訣別し、京を経て東京へ。明治八年、呉服行商人西村松兵衛と結婚する。しかし、りょうの妹光枝が松兵衛を愛したため別居。りょうは故龍馬を慕いつつ死ぬ。松兵衛もりょうの碑を建て、半年後死去する。島尾敏雄は本作の印象を「歴史小説と私小説の文体の稀に見る不思議な合一と言うべきか」と述べた（『過ぎゆく時の中で』）。集英社文庫化される。加筆、訂正してちくま文庫化される。

＊龍馬のもう一人の妻《りょうまのもうひとりのつま》　長編小説。〔初版〕昭和六十年八月三十日、毎日新聞社。◇千葉道場の娘で女剣士佐那は、土佐から入門した坂本龍馬の許婚であったことを誇りに生きぬく。阿井は土佐の口碑と、司馬遼太郎『竜馬がゆく　回天篇』あとがきとをもとにストーリーを組み立てた。文春文庫化される。

＊武市瑞山の妻・冨《たけちずいざんのつま・とみ》　短編小説。〔初出〕「別冊文藝春秋」平成三年一月一日、一九四号。〔初収〕『「不如帰」の女たち』平成三年七月十五日、文藝春秋。「花は清香にあり」と改題。◇土佐勤王派・武市半平太の妻として、清く生きぬいた女性の生涯を描く。（堀部功夫）

相原キヨミ あいはら・きよみ

大正四年五月五日〜。歌人、エッセイスト。本名は清美。帝国女子専門学校（現相模女子大学）卒業後、教員をしながら、作歌をしたり、エッセイを書く。徳島県藝術祭随筆部門で最優秀賞受賞。歌集『黒き風音』がある。「万象の会」支部長、徳島ペンクラブに所属。（増田周子）

相原左義長 あいはら・さぎちょう

大正十五年七月二十二日〜。俳人。愛媛県伊予郡砥部町に生まれる。本名は惣三郎。昭和二十二年、四国配電（現四国電力）入社。五十四年、四国電力松山総合事務所所長。「虎杖」代表。愛媛文化懇談会委員。句集に『天山』（平成11年6月、現代俳句協会）、『表白』（平成12年12月、近代文藝社）がある。（浦西和彦）

相原まさを あいはら・まさお

明治三十九年二月二十一日〜平成八年三月一日。俳人。愛媛県に生まれる。本名は正雄。小、中学校教員後、保護司。俳句は、昭和九年ごろより森薫花壇、篠崎可志に指導を受け「糸瓜」同人。のち「若葉」同人。句集『柿の花』。

けづられてゐてそのまゝ山に眠る

（浦西和彦）

相原利生 あいはら・りせい

大正十一年十月二十三日〜。俳人。愛媛県温泉郡浮穴村大字高井に生まれる。本名は利雄。昭和十四年、東京府北多摩郡村山村（現立川市）の東京陸軍航空学校に入学。三年間訓練を受けたあと、比島航空戦に出撃。同期生全員戦死、奇跡的に助かる。二十年七月、結核で倒れ、以後一一年間闘病生活を送る。戦後俳句をはじめた。「雲雀」「若葉」「愛媛若葉」「糸瓜」「青玄」「松の花」に拠ったが、二十八年八月以降は「青玄」のみに参加。三十五年、句作を中断。五十一年より「草苑」同人。愛媛県現代俳句協会副会長。句集『蒼生』（昭和55年8月1日、草苑発行所）。

ひよんの笛鳴るも鳴らぬも手より手へ
（松山市薬師寺）
この身いま海へ抛らば平家蟹（佐田岬）
ちるさくら白装束の湧き出でし（札所繁多寺）

（浦西和彦）

青柳裕介 あおやぎ・ゆうすけ

昭和十九年十二月四日～平成十三年八月九日。漫画家。高知県野市町（現香南市）に生まれる。本名は吉村睦夫。大阪、高知で七年間板前修業。その暇をみて漫画を描き投稿する。四十四年、「COM」月例新人賞。五十二年、小学館漫画賞を受ける。土佐山田町中野九二で創作活動をし、後進の育成にも熱心だった。平成十一年、耳下腺基底細胞癌の手術を受ける。「まぐろ土佐船」を執筆中、死去した。

＊土佐の一本釣り《とさのいっぽんづり》　漫画。〔初出〕「ビッグコミック」昭和五十一年からか。〔収録〕平成六年十一月十五日からか、小学館。◇主人公小松純平は、中学卒業後、三九トンのカツオ船乗組員となる。幼なじみで二歳年上の八千代と恋をしながら、漁師としても成長して行く。昭和四十年代、久礼漁港が舞台。創作のきっかけは、アシスタントの一人からカツオ船乗組員の話を聞いて。かれの紹介で、中土佐町川島昭代司氏を訪ね体験を聴く。川島氏が勝あにやんのモデル（「中土佐町」「ARCAS」平成11年7月1日）。久礼町で漁師たちと酒を酌みかわし、乗船もして取材した。「忘れられようとしている人間模様を描くことで、共同社会の良さを見つけ直したい」（「朝日新聞」昭和58年2月28日）と語る。第八巻（昭和55年11月1日）に載った副田義也解説は本作の魅力が人間像および町や海の描写にあること、既発表分では第五六話・五七話が「白眉をなす」と評価する。映画化（昭和55年12月、松竹・キティフィルム、監督＝前田陽一・松原信吾）された。

（堀部功夫）

赤池芳彦 あかいけ・よしひこ

昭和六年六月二十五日～。歌人。徳島県に生まれる。広島大学文学部英文学科卒業。国立阿南高等専門学校教授、徳島文理大学教授などを歴任。そのかたわら歌作に励む。阿波短歌工房主宰。日本歌人クラブ役員、徳島県歌人クラブ幹事、徳島ペンクラブ理事。歌集に『木まぶり』（昭和64年1月、短歌新聞社）、『泥濘の月』（平成7年7月、阿波短歌工房）、『抒情　赤池芳彦自選歌集』（平成8年11月、阿波短歌工房）、『たましきの』（平成14年11月、阿波短歌工房）その他がある。

ケータイを読みつつ遍路急ぎゆく
今宵の宿の予約取れしか

（増田周子）

赤岩栄 あかいわ・さかえ

明治三十六年四月六日～昭和四十一年十一月二十八日。宗教家。愛媛県喜多郡肱川村（現大洲市）に生まれる。昭和三年、日本神学専門学校（現東京神学大学）を卒業。佐渡伝道所を経て、六年に代々木上原教会を開いた。キリスト教社会主義の影響を受け、マルクス主義に接近した。教会誌「言」「指」を創刊し、音楽論、演劇論などを発表。バルトの危機神学に傾倒し、キェルケゴールなどの実存主義的思想に関心を寄せた。戦後、ふたたび社会主義に接近、二十四年の総選挙に、風早八十二候補を応援中「信仰者が同時に共産主義者でありうる」として日本共産党に入党を意思表示した。椎名麟三と知りあい、椎名に洗礼を授く。

のち、椎名とは聖書の非神話化をめぐって対立。『赤岩栄著作集』全九巻・別巻一（昭和45〜47年、教文館）がある。（浦西和彦）

赤江瀑 あかえ・ばく

昭和八年四月二十日〜。小説家。山口県に生まれる。本名は長谷川敬。日本大学藝術学部中退。在学中、「詩世紀」に拠り詩を発表。シナリオライターとなり、ラジオドラマ「雨の女」がNHK脚本募集に入賞。のち小説に転じ、「ニジンスキーの手」により第一五回小説現代新人賞を受賞、第六九回直木賞候補となる。「オイディプスの刃」により第一回角川小説賞、『海峡』『八雲が殺した』により第一二回泉鏡花文学賞を受賞した。

＊春泥歌《しゅんでいか》 短編小説。〔初出〕「別冊小説現代」昭和五十七年五月、初夏号。〔収録〕『春泥歌』昭和五十八年十二月七日、講談社。◇金剛鈴の鈴の音とともにやってくる恐ろしい夢が棲みつくようになってからずいぶん歳月がたつ。この春、八十歳で祖母が死んだ。一四、五年前の春、この祖母がとつぜん一カ月近く姿を消し、四国の巡礼から帰ってきた。死を覚悟し、この世と縁を切って出かけるお遍路の旅を語ってくれた。おめめはあいているけど、見えない母を、六歳の男の子のさし出す杖につかまって歩いている母子の遍路である。足摺岬の切り立った岬の突端に第三八番札所、蹉跎山金剛福寺がある。椿の花が咲きみだれている。男の子が一人ぽつんと一生懸命に鈴を振っている。お母さんはと聞くと、とびこんだと言う。わたしが金剛鈴の鈴音の夢をみるのはこの日の夜からである。二十歳になったわたしは足摺岬へ出かけた。祖母から聞いたことのある遍路宿は見つかった。女将はその男の子のことすぐ思い出してくれた。あの男の子も母親の後を追うてその日の内に海にとびこんで死んだという。祖母はその少年を殺せずに、幻のなかに育んできたのではあろうけれど、この一五年、同じ少年は、わたしの幻のなかでも生きてきた。（浦西和彦）

赤瀬川原平 あかせがわ・げんぺい

昭和十二年三月二十七日〜。エッセイスト。横浜市に生まれる。画家として活躍。五十四年から、尾辻克彦名で小説執筆を始める。「肌ざわり」「父が消えた」「雪野」等を著す。第八四回芥川賞ほかを受賞。路上観察ブーム仕掛人の一人でもある。

＊にっぽん解剖旅行《にっぽんかいぼうりょこう》 エッセイ。〔初出〕「旅」平成五年一月一日、第六七巻一号。〔収録〕『仙人の桜、俗人の桜』平成五年六月一日、JTB日本交通公社出版事業局。◇連載の第九回が高知紀行。土佐人は、初鰹より、秋、脂ののった下り鰹の方を美味とする。土佐清水「はしや」で鰹のたたき他を食べ、「倉新」で鰹節製造工程を見る。沖の島に渡り港町を楽しむ。（堀部功夫）

赤松光夫 あかまつ・みつお

昭和六年三月三日〜。小説家。徳島県阿波郡市場町（現阿波市）に生まれる。本名は光雄。阿波高等学校を経て、昭和二十九年に京都大学文学部美術科を卒業。文教書院に勤務。三十三年、財団法人家庭クラブに転じた。三十七年より文筆業に入る。デビュー作はスパイ小説『虹の罠』（昭和36年、河出書房新社）。それ以前に青春小説多数出版。『衝突現場』（昭和37年、荒地出版社）、『火の鎖』（昭和38年、光風社）、『午後の不倫』（平成2年、桃園書房）、『新妻の願望』（平成3年、実業之日本社）、『天使の誘惑』（平成4年、勁文社）、『謀叛の一党』（平成

6年、徳間書店)、『愛戯の饗宴』(平成7年、双葉社)など、青春小説、推理小説、官能小説、歴史小説を多数(約三〇〇冊)出版した。四国を舞台として出てくる小説に、文庫書き下ろし長編時代小説『尼僧お庭番』(平成8年8月20日、光文社)をはじめ、『われら高校生』(昭和53年2月、集英社)、『吉野川怨み殺人歌』(昭和60年4月、サンケイ出版)、『女巡礼地獄忍び』(平成8年1月、光文社)など多くある。

*遠い灯《とおいあかり》　長編小説。〔初版〕書き下ろし。平成六年十一月十五日、双葉社。◇主人公の光真は、四国の浄土真宗本願寺派の末寺尊光寺に生まれた。寺の生活の中には、常に死が重大なトーンとなっていた。就学前は戦前、小、中学校は戦中、高校、大学は戦後と大波に翻弄される。昭和の時代とともに常識や価値観が変容する。時代の急激な変遷の中で生きる光真の姿を描いている。「あとがき」で「ぼくにとって、最初の記念すべき私小説であり、よくも悪くも三つ子の魂を培った時代の記録なのである」という。

(浦西和彦)

赤松柳史　あかまつ・りゅうし

明治三十四年三月二十一日〜昭和四十九年九月十五日。俳人。香川県小豆島土庄に生まれる。本名は正次。北京大学卒業。俳句を青木月斗、「倦鳥」の松瀬青々に、日本画を森二鳳に学ぶ。柳史俳画を樹立。昭和二十三年十月、句画誌「砂丘」を創刊。歿年まで砂丘会(京都市)を主宰した。社団法人現代俳画協会成立までの理事長三期、産経学園講師等を務めた。『渡り鳥』(昭和23年2月20日、府中書院)、『山居』(昭和28年1月1日、臼井書房)、『古今俳句俳画』(昭和33年2月1日、俳句研究社)、『新俳画手帖』(昭和34年7月10日、創之社)、『旅雑記』(昭和46年10月1日、白川書院)、『俳画教室』全一〇巻(昭和49年7月1日〜51年7月1日、創元社)等がある。

(浦西和彦)

赤松椋園　あかまつ・りょうえん

天保十一(一八四〇)年(月日未詳)〜大正四年五月二十九日。漢詩人。高松藩侍医渡辺立斎の子として生まれた。本名は範円。高松藩少参事、会計検査院出仕などを経て、高松市初代市長に就任。のち博物館主事となり、『香川県史』など編纂。著書に『付一笑居詩集』(明治28年7月、開益堂)、『詩学筌蹄』(明治28年7月、進歩館)などがある。

(浦西和彦)

赤山勇　あかやま・いさむ

昭和十一年九月二十日〜。詩人。香川県高松市に生まれる。四国電気通信学園電信科卒業。元NTT社員。昭和三十年、全電通詩人集団会員となり、「現代詩」「新日本文学」等に詩を発表。「詩人会議」会員。現在「発信地」同人。詩集『血債の地方』(昭和40年10月1日、思潮社)、『リマ海域』(昭和46年6月20日、秋津書店)、『人質』(昭和52年2月20日、群島新社)、『アウシュビッツトレイン』(昭和60年5月25日、詩人会議出版)、『空洞伝説』(平成3年12月8日、視点社)、『募集《ぼしゅう》』(平成9年11月1日、光陽出版社)。エッセイ集『135本の棘』(平成6年7月20日、かもがわ出版)。昭和三十八年に国民文化会議第一回働くものの文化祭・詩賞を、四十一年に国民文化会議一〇周年記念文学賞を、四十六年に第一回全電通詩人賞を、六十一年に第一四回壺井繁治賞を、平成元年に高松市文化奨励賞を受賞した。

(浦西和彦)

阿川弘之　あがわ・ひろゆき

大正九年十二月二十四日〜。小説家。広島市に生まれる。東京帝国大学卒業。海軍予備学生、復員後、小説を書く。「春の城」「雲の墓標」「暗い波濤」他。『阿川弘之全集』現二一巻まで（平成17年8月25日〜、新潮社）がある。藝術院会員。昭和四十九年十月一日、高知で「ユーモアについて」と題し講演する。

＊日記《にっき》　エッセイ。〔初出〕「風景」昭和五十年五月一日、第一六巻五号。◇三月四日、田岡典夫と高知を訪れる。「一壺春」で夕食。五日、安芸市川竹銀蔵の遺族にビキニ殉難碑の写真を渡す。室戸岬へ行く。（堀部功夫）

安芸愛山　あき・あいざん

安政四（一八五七）年（月日未詳）〜大正十年十二月九日。社会教育家。土佐国土佐郡杓田《ひしゃくだ》村に生まれた。本名は喜代香。明治十年代、自由民権家として活動する。二十六年、キリスト教の洗礼を受ける。県会や「土陽新聞」で活躍する。後半生を社会教育に尽力する。三十九〜大正九年、『土佐之武士道』『山内一豊公』『家庭百話』『常識訓話』『通俗教育道話』『通俗常識訓話』『青年修養訓話』『土佐古跡標示』を著す。

＊土佐之武士道《とさのぶしどう》　記録。〔初出〕明治三十九年六月十五日、著者。◇戦国〜封建時代の「土佐武士の死節に関係せし」話を収録し、武士には「如何なる精神元気の存在せしか」を示す。そのうちの一つ「怪異の伝説」が、田岡典夫「しばてん榎」の素材となる。（堀部功夫）

秋沢猛　あきざわ・たけし

明治三十九年二月二十六日〜昭和六十三年八月二十一日。俳人。高知市に生まれる。昭和五十年三月まで高等学校英語教師。昭和二年から「ホトトギス」「馬酔木」に投句。二十七年「氷海」に入会、のち同人。五十三年「狩」同人。「氷壁」主宰。高山樗牛賞、山形県藝文会議賞、斎藤茂吉文化賞受賞。句集『海猫』（昭和53年9月10日、深夜叢書社）、『秋沢猛集（自註）』（昭和61年2月20日、俳人協会）。（浦西和彦）

秋沢流火　あきざわ・りゅうか

大正二年八月八日〜平成十三年二月四日。俳人。高知県に生まれる。本名は薫。高知工業学校卒業。昭和五年、渡辺水巴に師事し「曲水」に参加。四十三年「麻」創刊に参加。四十七年、水巴賞受賞。「貝の会」同人。

鳥雲に夫婦の茶碗水の中　（浦西和彦）

秋田清　あきた・きよし

明治十四年八月（日未詳）〜昭和十九年十二月三日。「二六新報」社長。徳島県に生まれる。明治三十六年「二六新報」記者となる。四十四年より大正十三年六月まで、秋山定輔の後をうけて「二六新報」社長となる。のち衆議院議員。（浦西和彦）

秋元松代　あきもと・まつよ

明治四十四年一月二日〜平成十三年四月二十四日。劇作家。神奈川県横浜市に生まれる。『秋元松代全集』全五巻（平成2年3月27日〜11月25日、筑摩書房）がある。昭和四十年秋か、四国めぐり。四十三年七月二十三日、高知行。二十七日まで絵金の屛風絵を追う。四十五年三月か、高知行。〝七人みさき〟（「旧正月に町内で女が死ぬと、ひき続いて七人の女が死ぬという言い伝えがあって、その厄除けと死者の霊のために、女たちが辻で酒盛をする」こと）に行き逢う。

＊戯曲と実生活《ぎきょくとじっせいかつ》　エッセイ集。

〔初版〕昭和四十八年三月一日、平凡社。◇集中、「絵金の周辺を歩いて」「土佐の人形つかい」「赤岡再訪」「韮生さんぶん」「七人みさき」「自転車」が高知紀行。赤岡町の美宜子神社周辺街区の魅力を述べる。「ひとりの味」は松山旅行の思い出である。

＊七人《しちにん》みさき《みさき》 戯曲。〔初出〕「文藝」昭和五十年四月一日、第一四巻四号。〔初版〕昭和五十年九月十五日、河出書房新社。◇「現代。南国の草深い隔絶山村」。「安徳さまの怨霊妻《みさき》」壺野藤の義兄光永健二は大山林地主である。かれはこの僻地で秘境販売株式会社を企てる。女蕩しと言われる健二が本当に好きなのは藤であり、男嫌いの女神主と思われた藤も秘かに健二を愛している。二人が結ばれた翌日、健二は棄てた女に刺されて死ぬが、その間際、二人が実兄妹と知らされる。四幕六場。江藤淳は「ここに展開されている言語の世界が、多層的でポリフォニックな世界であるというだけでも、注目にあたいする作品である」と評した。（堀部功夫）

秋山六郎兵衛 あきやま・ろくろうべえ

明治三十三年四月一日～昭和四十六年八月二十二日。独文学者。香川県三豊郡下高瀬村（現三豊市）に生まれる。三豊中学校から第一高等学校を経て東京帝国大学に入学。文学部独文科在学中、第八次と第九次「新思潮」に参加。福岡高等学校、九州帝国大学文学部などの教授を歴任。ヘルマン・ヘッセの研究家。「九州文学」を編集した。作品に『不知火の記』（昭和43年、白水社）がある。三野の実家から浦和市へ帰るため高松からの連絡船を降りて宇野駅までの途中で脳溢血のため死去。（浦西和彦）

芥川龍之介 あくたがわ・りゅうのすけ

明治二十五年三月一日～昭和二年七月二十四日。小説家。東京に生まれる。別号は我鬼、澄江堂主人。東京帝国大学卒業。漱石よりエゴイズム追究のテーマを、鷗外より歴史小説の方法を受け継ぐ。「羅生門」「鼻」など。

＊尾形了斎《おがたりょうさい》覚え書《おぼえがき》 短編小説。〔初出〕「新潮」大正六年一月一日、第二六巻第一号。〔収録〕『羅生門』大正六年五月二十三日、阿蘭陀書房。◇江戸時代、伊予国宇和郡某村の医師が候文体で書いた供述書のスタイルである。キリシタンの篠が、娘里の大病につき、了斎の診察を求め、了斎に説得されて棄教する。しかし手遅れと診断され、篠は乱心する。その後、篠は、懺悔。バテレンの加持により回復し、里も蘇生したという。島田謹二『日本における外国文学上巻』（昭和50年12月10日、朝日新聞社）は、本作のタネをブラウニング“An Epistle Containing the Strange Medical Experience of Karshish, the Arab Physician”と推定する。本作研究については、関口安義、庄司達也編『芥川龍之介全作品事典』（平成12年6月1日、勉誠出版）の須田千里稿にくわしい。表向きキリシタン邪法視を示しながら陰で奇蹟を説く、カタリ手法の萌芽をみることができる。篠も神聖愚人系譜に連なる一人か。（堀部功夫）

浅黄斑 あさぎ・まだら

昭和二十一年三月三十一日～。推理作家。神戸市に生まれる。本名は外本次男。関西大学工学部卒業。平成四年、「雨中の客」で第一四回小説推理新人賞を、七年、「死んだ息子の定期券」「海豹亭の客」で第四回日本文藝家クラブ大賞を受賞。『死者からの手紙4＋1の告発』（のち『能登の海殺人回廊』と改題）、『富士六湖まぼろしの柩』（のち『富士六湖殺人水脈』と改題）、『人妻小雪奮戦記』『カロンの舟歌』他。

＊瀬戸の海殺人回廊《せとのうみさつじんかいろう》　推理長編小説。〔初版〕『水底からの告発』平成六年七月、講談社。〔文庫〕『瀬戸の海殺人回廊〈ハルキ文庫〉』平成十一年十月十八日、角川春樹事務所。この時改題。◇香川県の塩飽諸島のひとつである広島で、かつて全国的な暴力団の顧問弁護士として悪名を響かせ、弁護士会から除名され、香川県でリゾートホテルを経営している越智憲一郎の他殺死体が発見された。その父への反撥から、娘の彩香は新米の弁護士になる。母まで警察に呼ばれ、事件は両親の過去が絡んでくる。犯人が母や兄である可能性まで出てくる。本格的なトラベルミステリーである。
（浦西和彦）

浅海道子　あさみ・みちこ

昭和九年二月二十八日～。詩人。愛媛県に生まれる。詩集『水の途』（平成6年11月15日、本多企画）。

（浦西和彦）

芦原すなお　あしはら・すなお

昭和二十四年九月十三日～。小説家。香川県観音寺市有明町に生まれる。本名は蔦原直昭。父蔦原寿男は小学校校長、教育長、母栗子は高校教諭。香川県立観音寺第一高等学校を経て、早稲田大学文学部独文学科卒業。同大学院博士課程英文学専攻中退。帝京女子短期大学英文科専任講師。平成二年、「青春デンデケデケデケ」で第二七回文藝賞を受賞。翌年、同作品で第一〇五回直木賞を受賞。主なる著書に『青春デンデケデケデケ』（平成3年1月16日、河出書房新社）、『山桃寺まえみち』（平成5年2月10日、河出書房新社）、『松ケ枝町サーガ』（平成5年7月20日、文藝春秋）、『たらちね日記』（平成7年2月20日、河出書房新社）、『ルフラン』（平成7年3月25日、実業之日本社）、『ブルーフォックス・パラドックス』（平成9年3月25日、毎日新聞社）、『雨鶏』（平成9年6月30日、角川書店）、『新・夢十夜』（平成11年2月25日、実業之日本社）等がある。

＊青春デンデケデケデケ《せいしゅんでんでけでけでけ》　長編小説。〔初出〕「文藝」平成二年十二月一日、第二九巻五号。〔初版〕平成三年一月十六日、河出書房新社。◇昭和四十年、香川県立観音寺第一高等学校に進学した十五歳の少年が、三人の同志を募り、アルバイトで電気ギター、ドラムを入手、ロック・バンドをつくり、高校三年の学校文化祭で最初にして最後の大成功を収めるという青春を、方言を巧みに会話に用いながらユーモラスに描いた小説。河野多恵子が「対象との距離の取り方が見事で」「良質の青春小説」と評した。
（浦西和彦）

梓林太郎　あずさ・りんたろう

昭和八年一月二十日～。小説家。長野県に生まれる。本名は林隆司。信州大学中退。会社員等を経て、〝山岳推理〟を得意とする小説家になる。

＊四万十川殺人事件《しまんとがわさつじんじけん》　長編小説。〔初版〕平成十年四月十日、祥伝社。◇旅行作家茶屋次郎は、四万十川を訪れ、美しい吉永香織と知り合う。翌日、彼女の死体が川面に浮かび、以後連続殺人、橋の爆破と事件が続く。重要参考人にされた茶屋は調査を開始する。香織が他所者に誘われてついて行くような娘でなかったからである。梓〝川シリーズ〟九作目にあたる。
（堀部功夫）

東淳子　あずま・じゅんこ

昭和十四年八月二十四日～。歌人。香川県三豊郡大野原町（現観音寺市）柏原に生まれる。香川県立観音寺第一高等学校を経て奈良女子大学卒業。香川県立観音寺第一高

等学校教諭を経て大谷高等学校教諭。昭和四十年、松本千代二の「地平線」創刊と同時に入会、のち「存在」に参加。四十二年、角川短歌賞次席、四十九年、第五回地平線賞を受賞。歌集に『生への挽歌』（昭和53年11月15日、短歌新聞社）、『玄鏡』（昭和57年3月27日、石川書房）、『化野行』（昭和58年3月25日、石川書房）、『雪闇』（昭和59年2月10日、石川書房）、『あかとき』（昭和60年3月30日、石川書房）がある。（浦西和彦）

東兵衛 あずま・ひょうえい

明治二十四年四月（日未詳）～歿年月日未詳。新聞記者。愛媛県に生まれる。号は桜郎。明治四十二年四月、日本新聞社に入社。社会部で遊軍記者として活躍。大正四年二月、日本新聞社解散後、「時事新報」の社会部に移った。（浦西和彦）

畦地梅太郎 あぜち・うめたろう

明治三十五年十二月二十八日～平成七年四月（日未詳）。版画家。愛媛県北宇和郡二名村（現鬼北町）に生まれる。畦地由太郎の三男。大正十四年に上京し、平塚運一に師事した。日本創作版画協会（のちに日本版画協会と改組）や国画会で版画を発表。第一回東京国際版画展招待国画会賞を受賞。日本版画協会名誉会員。作品に「白い像」（昭和33年）、「鳥のすむ森」（昭和50年）等がある。随想集『山の足音』（昭和35年5月、創文社）、『北と南の話』（昭和47年6月、創文社）等がある。（浦西和彦）

安宅温 あたか・はる

昭和十一年（月日未詳）～。エッセイスト。東京に生まれる。帝塚山学院短期大学文学部文藝科卒業。日本ペンクラブ会員。視覚障害者の読書ボランティア活動を経て、カセット・ブック「声の本」の制作・発行を行う。共同通信社からの配信により連載エッセイ「老人ホームに住んで」を執筆、『住んでみた老人ホーム　上手な選び方・暮らし方』（平成11年8月20日、ミネルヴァ書房）にまとめた。他に『父の過去を旅して　板東ドイツ俘虜収容所物語』（平成9年12月、ポプラ社）、『使ってみた介護保険』（平成13年3月、ミネルヴァ書房）等がある。

＊父の過去を旅して《ちちのかこをたびして》　**板東ドイツ俘虜収容所物語**《ばんどうどいつふりょしゅうようしょものがたり》　ノンフィクション。〔初版〕平成九年十二月、ポプラ社。◇ポーランド人である父ヘルトレは、ドイツ軍として戦い、日本の俘虜となる。徳島県鳴門市にあった板東俘虜収容所跡を訪ね、父の足跡を調べた。ドイツ人俘虜たちの前向きの生活、彼らの自由と向上心を尊重して管理した所長、それを支え、暖かい交流をした地元日本人たち、プライドを持って生きた父。それらをとおして知った本当の愛や真実を生き生きと綴ったノンフィクションである。（増田周子）

阿刀田高 あとうだ・たかし

昭和十年一月十三日～。小説家。東京に生まれる。早稲田大学文学部卒業。

＊魚の小骨《うおのこぼね》　エッセイ集。〔初版〕平成四年九月二十五日、集英社。◇「この頃のこと」（「日本経済新聞」平成3年7月1日～12月16日夕刊）中、「室戸岬」項。魚梁瀬ダム見学に来た「私」が「末端探究」欲望から、室戸岬を訪ね、推理小説に役立ちそうな場所を捜す。

＊続ものがたり風土記《ぞくものがたりふどき》　エッセイ集。〔初出〕「小説すばる」平成十二年一～十二月。〔初版〕平成十三年六月三十日、集英社。◇集中、第五～七章が徳島紀行。徳島民話と落語の原話、五味康祐「自日没」背景、狸合戦物語紹介、阿波十郎兵衛やモ

ラエスの実像などを追う。（堀部功夫）

穴沢芳江 あなざわ・よしえ

昭和九年六月十九日〜。歌人。愛媛県松山市に生まれる。学習院大学文学部卒業。大学在学中より作歌し、「学習院大学短歌会」に所属。昭和三十四年、「にぎたづ」に加入。三十六年に「潮音」に入社、のち同人となる。四十四年、葛原妙子の指導を受ける。四十七年、「氷原」に入社、同人となる。五十六年、葛原妙子の「をがたま」創刊に参加。歌集に『玉響』『色経』『人みな草のごとく』。（浦西和彦）

阿野句月 あの・くげつ

明治四十四年七月十七日〜昭和五十六年四月二十七日。俳人。香川県木田郡庵治村（現高松市）浜に生まれる。本名は幸治。昭和五年三月、香川県立志度商業学校を卒業。二十五年六月、「ホトトギス」に初入選。四十六年、「鹿火屋」同人。五十一年四月、句碑「公園の歳月佗し落椿」を綱敷公園に建てる。句集『平家蟹』（昭和56年1月30日、屋島発行所）がある。（浦西和彦）

阿野赤鳥 あの・せきちょう

明治三十年十二月十二日〜昭和四十七年一月二十二日。詩人。香川県山田郡庵治《あじ》村（現高松市）に生まれる。本名は義一、のち幸太郎。香川県立商業学校卒業。家業の醤油製造を継ぐ。昭和三年、詩集『寂光流転』を創造社から出版。「かん、かん、とん、とん、とん、／また舟造りの音がきこえる」と詠んだ詩「庵治番の浦の落日」（『讃岐郷土読本』昭和9年、讃岐郷土研究室）が『ふるさと文学館第43巻香川』（平成6年8月15日、ぎょうせい）に収録された。（浦西和彦）

阿部宇之八 あべ・うのはち

文久元（一八六一）年二月二十八日〜大正十三年十一月十四日。新聞記者。徳島県に生まれる。明治五年大阪新報社に入社。「大阪毎朝新聞」「郵便報知新聞」記者を歴任後、明治十九年北海道に渡る。二十年八月より「北海新聞」（「北海道毎日新聞」と改名）を主宰し、二十一年三月に同社長となった。三十四年八月、「北海時事」「北門新報」と合併、「北海タイムス」を発行し、理事となる。（浦西和彦）

阿部和子 あべ・かずこ

昭和二年（月日未詳）〜。小説家。徳島市に生まれる。昭和十九年、徳島県立徳島高等女学校を卒業。同人誌「トロッコ」に同人として参加。著書に『櫨の家』（平成5年3月1日、編集工房ノア）がある。（増田周子）

阿部孝 あべ・たかし

明治二十八年八月二十二日〜昭和五十九年四月十九日。英文学者。岩手県に生まれる。盛岡中学校で宮沢賢治と同級だった。賢治戯歌「這ひ松のなだらを行きて息吐ける阿部のたかしはがま仙に肖《に》る」のモデルである。東京帝国大学卒業。大正十二年、高知高等学校教授。昭和二十四年、高知大学教授。二十八年、同大学学長となる。三十二年、退職。五十六年、上京。『英国戯曲史』等を著す。

＊甘口辛口 あまくち・からくち　エッセイ集。〔初版〕昭和三十一年四月一日、同学社。◇集中「男女共学」項で「私がはじめて高知へ着いた時」を回想する。「あの長い一直線の桟橋道を、人力車にゆられながら、私は左手の水田が遠く小山の麓で尽きるあたりに、まだ新築の色のあせぬ、しょうしゃたる二階建の洋館を見た。あれは秀才教育をする土

佐中学という私立学校です、と車夫は教えてくれた」。

＊ばら色のばら《ばらいろのばら》　エッセイ集。〔初版〕昭和四十年八月二十二日、高知新聞社。◇土佐人の鼻声を感動説で解く「鼻声の生理」、同級生井口英夫を回想する「青春の闇」、「旅の思い」「よっちょれ」が高知関係である。　（堀部功夫）

阿部文明　あべ・ふみあき

大正十三年七月十五日～。教育者、エッセイスト。徳島県麻植郡（現吉野川市）に生まれる。二三年間徳島県各地で高等学校教員を勤め、その後徳島健康生活協同組合（健生病院）副理事長、日本共産党徳島県委員会文化部長を歴任。徳島ペンクラブ会員として活動。著書に『阿波竹人形』（昭和47年10月1日、鳩書房）、『藍染の手提』（昭和50年5月1日、鳩書房）、『私の立見席』（昭和54年6月10日、鳩書房）、『麦の歌』（昭和57年6月11日、教育出版センター）がある。

＊阿波竹人形《あわたけにんぎょう》　エッセイ集。〔初版〕昭和四十七年十月一日、鳩書房。◇標題の「新作・阿波竹人形」で、阿波踊りを竹人形で表現した藤田義治氏の話、〝讃岐男に阿波女〟という理由は阿波の女性は働き者、しっかり者、情が細やかだと「阿波女」で述べ、「阿波ことばのドラマ化」では、独特のリズムが意外な効果を発揮する、という。他に倒幕運動への対応が消極的であった理由を「明治維新と徳島藩」で検証、佃実夫の『阿波自由的始末記』『悦田喜和雄作品』についても述べる。

＊麦の歌《むぎのうた》　エッセイ集。〔初版〕昭和五十七年六月十一日、教育出版センター。◇幼い頃、麦踏みした足裏の感触のように、自らの体験を味わいながら書き留めたという随筆集である。文化行政が立ち遅れ、文化不毛の地とされる地元徳島の文化を批判しつつも、「出来島の人間国宝」の阿波人形作り豊竹若太夫や「阿波郷土史寸考」などを紹介している。教え子である立木義浩（「マイ・アメリカ」）のこと、ラジオ商事件をめぐっての瀬戸内晴美の奮闘ぶり（「瀬戸内晴美さんのこと」）などのエピソードもある。　（増田周子）

阿部陽一　あべ・よういち

昭和三十五年七月二十二日～。推理小説家。徳島県に生まれる。学習院大学法学部政治学科卒業。日本経済新聞社を経て、日経BP社に勤務の傍ら小説を書き、平成元年「クレムリンの道化師」が、第三五回江戸川乱歩賞候補となる。翌二年、「フェニックスの弔鐘」で第三六回江戸川乱歩賞を受賞。著書に『フェニックスの弔鐘』（平成4年9月、講談社）、『水晶の夜から来たスパイ』（平成5年11月29日、講談社）がある。　（増田周子）

安倍能成　あべ・よししげ

明治十六年十二月二十三日～昭和四十一年六月七日。評論家、哲学者。愛媛県松山市小唐人町に生まれる。父義任《よしとう》、母品の八男。祖父允任は医師。明治三十四年、愛媛県立松山中学校卒業。上級に松根東洋城、片山伸らがいた。三十五年、第一高等学校に入学。魚住折蘆、小宮豊隆、岩波茂雄、阿部次郎らを識る。翌年、帰朝後の夏目漱石に教えられる。三十六年、校友会文藝部委員となる。綱島梁川を訪ね私淑す。三十九年九月、東京帝国大学文学部哲学科に進む。翌年秋、漱石山房を訪れる。四十二年七月、大学を卒業。卒論は「スピノザの本体論と解説論」。この年より、「ホトトギス」「東京朝日新聞」「国民新聞」などに文藝評論「自己の問題として見たる自然主義的傾向」

や「自然主義に於ける浪漫的傾向」等を発表。大正元年、藤村操の妹恭子と結婚。四年、阿部次郎らと岩波書店の「哲学叢書」を編纂。十三年、ヨーロッパに留学。帰国後京城帝国大学教授を一五年間勤める。昭和十五年、第一高等学校校長に転任。二十一年、四カ月間、幣原内閣の文相となる。次いで、帝室博物館総長、学習院大学学長に就任。二十三年、自由主義的知識人による平和問題談話会結成の発起人となり、平和憲法擁護、全面講話を主張した。三十九年十一月には勲一等瑞宝章を叙勲される。著書に『思想と文化』（大正13年6月、高陽社）、『時代と文化』（昭和16年3月、岩波書店）、『安倍能成選集』全五巻（昭和23年4月～24年2月、小山書店）などがある。　（浦西和彦）

＊土佐《とさ》　エッセイ。〔初出〕「文藝」昭和十年一月。◇少年時代から興味の対象であった土佐を、昭和九年十月、初めて訪れる。浦戸湾の美観をセメント会社の煙が汚している。

＊高知《こうち》　エッセイ。〔初出〕「覇王樹」昭和十年一月。◇旧友二人の案内で、浦戸湾を浜伝いに見物する。

＊初旅の残像《はつたびのざんぞう》　エッセイ。〔初出〕「中外商業新報」昭和十二年一月八～十日。◇明治二十九年、「岸のおいさん」に統率され、その子他六人とともに、石鎚山に登るため、六泊七日の旅をした。頂上で自然の威力に怯える。　（堀部功夫）

尼ケ崎彬《あまがさき・あきら》

昭和二十二年三月二十二日～。評論家。愛媛県西条市に生まれる。東京大学文学部美学藝術学科卒業。東京大学助手を経て、学習院女子短期大学教授。『花鳥の使―歌の道の詩学―』（昭和58年11月、勁草書房）で「歌とは、私的な『こころ』の型を、『あや』によって言語化し、その言語圏内に共有文化の一項として確立するものである」という。他に『ことばと身体』（勁草書房）等がある。　（増田周子）

尼崎安四《あまさき・やすし》

大正二年七月二十六日～昭和二十七年五月五日。詩人。大阪府に生まれる。戦後、涼香夫人の郷里である愛媛県西条市に住む。詩誌「地の塩」を創刊。詩集『定本尼崎安四詩集』（昭和54年）がある。急性骨髄性白血病のため死去。「私たちにとって絶望でしかないものが仏陀には命の糧でもあるやうだ」と歌った詩「微笑」や「悲歌」が『ふるさと文学館第44巻愛媛』（平成5年10月15日、ぎょうせい）に収録されている。　（浦西和彦）

雨宮みづき《あまみや・みずき》

昭和四十八年三月二十九日～。小説家。徳島県に生まれる。東京都内私立大学在学中に書いた冒険伝奇小説でデビュー。著書に『夢操師雅華眩耶』（平成8年8月5日、講談社）がある。　（増田周子）

網野菊《あみの・きく》

明治三十三年一月十六日～昭和五十三年五月十五日。小説家。東京麻布に生まれる。日本女子大学文学部英文科卒業。関東大震災後、京都粟田口に志賀直哉を訪ねる。志賀直哉の推薦で「家」を「文藝春秋」（大正14年8月）に、「光子」を「中央公論」（大正15年2月）に発表し、文壇に認められた。その後、結婚生活のため創作活動は中断されたが、離婚後、短編集『汽車の中で』（昭和15年11月、春陽堂）を刊行。短編集『さくらの花』（昭和36年10月、新潮社）で第一回女流文学賞、文部省藝術選奨を、『一期一会』（昭和42年2月、講談社）

で読売文学賞を受賞。次いで昭和四十三年藝術院賞を受ける。身辺に取材した私小説が多い。『網野菊全集』全三巻（昭和44年5月30日、講談社）。

＊一期一会《いちごいちえ》　短編小説。〔初出〕「群像」昭和四十一年十一月一日。〔初収〕『一期一会』昭和四十二年二月、講談社。◇引退興行後、二〇年来の念願としていた四国巡礼の旅に出、その帰り道、小豆島から大阪へ向う船から入水自殺した八世市川団蔵に材を取って、ひそかに作者自身の孤独な身辺を背後ににじませて描いた短編である。エッセイに「『一期一会』その後―八世市川団蔵丈のこと―」（「東京新聞」昭和43年3月2日）がある。（浦西和彦）

綾井武夫　あやい・たけお

万延元（一八六〇）年二月（日未詳）～大正五年八月二十一日。ジャーナリスト。讃岐国阿野郡羽床村に生まれる。本名は宮武武平。号は鷹峰。坂出町綾井忠吉郎の女婿。高松発行の「純民雑誌」（明治12年8月28日以降）の第二編集長。第一回総選挙に当選。（浦西和彦）

荒井真十生　あらい・まとお

生年月日未詳～。書道家、小説家。徳島に生まれる。著書に『一本の道』（昭和40年10月）、自伝『白昼夢』（昭和43年11月10日、徳島書藝院彫琢会）、作品集『照魔鏡』（昭和47年6月）、『私の四季』（昭和53年10月5日、徳島書藝院彫琢会）がある。

＊白昼夢《はくちゅうむ》　短編小説。〔収録〕『白昼夢』昭和四十三年十一月十日、徳島書藝院彫琢会。◇書道家である作者が、徳島に帰省したときに書いた回想記風の小説である。主人公は鳴門撫養の天理教会に立ち寄り、旧知の会長と祖父のことや戦時中の満州での交遊などについて語り合う。彼はある女性とのプラトニックな愛のことを思い出し、男女の機微に無知だった若き日の自分の一面を垣間見る。白昼夢のように思い出に浸りながら、これから自分の半生を自叙伝にまとめる決意をする。（増田周子）

荒木暢夫　あらき・のぶお

明治二十六年三月二十八日～昭和四十一年二月二十七日。歌人。高松市に生まれる。本名は喬。高松中学校を経て香川師範学校を卒業。製塩事業に従事し、林田塩産会社社長となる。大正四年、北原白秋の主宰した巡礼詩社に入社。「ＡＲＳ」に「ただ一途に電線をのみ見てあればいやますますに輝けるかも」（創刊号）等の詩作を発表後、「烟草の花」に「大鴉足《そく》に飛びつつ塩田の水溜り辺をめぐりけるかも」（二号）等を詩作。「曼陀羅」「朱欒」「香蘭」「短歌民族」等を経て、昭和十年「多磨」創刊に参加。白秋歿後は選者をつとめた。二十八年「形成」に参加。遺稿歌集『白塩集』（昭和42年4月、形成社）がある。（浦西和彦）

嵐山光三郎　あらしやま・こうざぶろう

昭和十七年一月十日～。エッセイスト。静岡県に生まれる。本名は祐乗坊英昭。国学院大学卒業。「太陽」編集長を経る。「素人包丁記」などを著す。

＊四万十川にはムカシの川のピカピカ光線がある《しまんとがわにはむかしのかわのぴかぴかこうせんがある》　エッセイ。〔初出〕「シンラ」平成六年十一月。〔収録〕『この町へ行け』平成七年十月二十六日、ティービーエス・ブリタニカ。◇江川崎駅から津大大橋、四万十川本流に出て、中村まで約四〇kmのサイクリング紀行である。（堀部功夫）

荒正人　あら・まさひと

大正二年一月一日～昭和五十四年六月九日。

評論家、近代文学研究者。福島県相馬郡鹿島町に生まれる。教師の父の任地の関係で、幼時から各地を転々。大正十一年徳島市佐古に移り、十四年徳島県立徳島中学校に入学。昭和三年九月、三年生で鳥取県立第一中学校に転校するまでの五年間を徳島で過ごした。十年東京帝国大学文学部英文学科に入学。徳島中学校五年先輩の中野好夫助教授の講義に尊敬と魅力を感じた。十三年卒業すると、東京府立第九中学校などの教師をしながら「構想」「現代文学」に加わり、埴谷雄高、平野謙、本多秋五等と知遇を得、評論や翻訳を発表。戦後、「近代文学」創刊に参加、より活発な評論活動を展開。『第二の青春』『文学的人間像』『主体的知識人』などを刊行。プロレタリア文学の再評価をめぐって、中野重治との〝政治と文学論争〟をはじめ、主体性論、世代論でも論議をよんだ。その一方で日本文学研究、英米文学研究にも造詣が深く、『漱石研究年表』（昭和49年10月、集英社）により、五十年に毎日藝術賞を受賞。評論集に『負け犬』（昭和22年7月、真善美社）、『第二の青春』（昭和22年11月、八雲書店）、『戦後』（昭和23年10月、近代文学社）、『赤い手帳』（昭和24年3月、河出書房）、文学論に『市民文学論』（昭和30年6月、青木書店）、『戦後文学の展望』（昭和31年7月、三笠書房）など多数。徳島中学校同窓の「昭五会」一員を自任し、昭五会誌「風雪」にも寄稿。南国徳島の明るさ、阿波踊りをこよなく愛し、すだちや若布を好んだという。『荒正人著作集』全五巻（昭和58〜59年、三一書房）。 （増田周子）

＊**あかるい土佐の海**《あかるいとさのうみ》 エッセイ。〔初出〕「旅」昭和三十一年七月一日。◇小学四年から中学三年まで、徳島で過ごした。昭和二十三年八月、高知へ船で行く。海が明るかった。 （堀部功夫）

有明夏夫 ありあけ・なつお

昭和十一年五月一日〜平成十四年十二月十七日。小説家。大阪に生まれる。本名は斉藤義和。同志社大学中退。「大浪花諸人往来」他。

＊**誇るべき物語—小説・ジョン万次郎**《ほこるべきものがたり—しょうせつ・じょんまんじろう》 長編小説。〔初出〕「高知新聞」他、平成二年七月〜四年八月。原題「噴きあげる潮」。〔初版〕平成五年一月一日、小学館。◇改題名は、スチュアート・キューリンの語「中浜万次郎物語のすばらしい資質……この明快さには比類がない。これは日本とアメリカの双方が誇るに足る記録である」に拠る。万次郎の帰国後、旗本になっての活躍は「続篇に譲る」。その完成間近に、作者死去。 （堀部功夫）

有園幸生 ありぞの・ゆきお

生年月日未詳〜。商業写真家、エッセイスト。写真と組み合わせたエッセイやノンフィクションを発表する。著書に『ドキュメント写真術夜のピンクゾーン潜入ルポタージュ』（昭和56年12月）、『地獄の曳航戸塚ヨットスクール』（昭和58年6月）、『お遍路』（平成4年9月15日、毎日新聞社）等がある。

＊**お遍路**《おへんろ》 エッセイ集。〔初版〕平成四年九月十五日、毎日新聞社。◇東京でコマーシャル・カメラマンをしている作者による写真つきの遍路についてのエッセイである。九年前から四国を度々訪れるようになる。四国に行くと気持ちが解き放たれるという彼は、五〇ccのバイクで八十八カ所巡りをはじめる。人や風土との出会いを重ねるうちに、四国に惹かれるのは、宗教心というより精神のバランスを取り戻すためだと気付く。作者のコメントのついた「四国八十八カ所霊場ガイド」が添えられてい

る。（増田周子）

有馬暑雨　ありま・しょう

大正六年六月十七日〜。俳人。香川県に生まれる。本名は正作。琴平参宮電鉄監査役。第三六回万緑賞受賞。「万緑」同人。朝日新聞香川版俳壇選者。『花柘榴』（平成2年1月、卯辰山文庫、著者）。（浦西和彦）

有光滋樹　ありみつ・しげき

明治二十八年四月二十五日〜昭和三十七年五月十六日。歌人。高知市本町堀詰二一〇に、父安馬、母牧の長男として生まれた。本名は重喜。父は写真業。海南中学校を病気のため中退した。十七、八歳時から作歌を始める。「日本少年」「秀才文壇」に投稿。大正三年、上京し東京正則英語学校高等科に入学。五年、帰郷し土佐銀行に入る。六年、同人誌「南人」を創刊。八年、橋田東声の「覇王樹」に入会。十年、父の跡を継いで写真を業とする。十三年、清岡菅根と「あをすげ」を創刊。のち「短歌藝術」と改題、主宰する。昭和五年、写真業を廃し、パルプ関係会社に勤める。戦後、高知相互銀行に入り、三十年、定年退職する。三十二年、歌集『花氷』を著す。三十三年、高知県出版文化賞を受ける。三十六年、『短歌藝術100人集』を出版する。晩年、高血圧・糖尿病の療養中、土佐市の歌会に出席した夜、六十七歳で病歿した。松山秀美は有光滋樹が「土佐歌壇の棟梁であり、又大御所であるといって決して過言ではない」とし、「歌風は斎藤茂吉と北原白秋の中間をいってゐると思ふ。『アララギ』を喜んで『多磨』をも好んだ。有光君はリアリストであり、ロマンチストである」と評した。

＊花《はな》氷《ごおり》　歌集。〔初版〕昭和三十二年七月二十日、土佐時報社。◇「約四十カ年の作品五千余首から」、大正十五〜昭和十年間の一一〇首、昭和十一〜二十年間の二五四首、昭和二十一〜三十一年間の二四六首、計六一〇首を「自ら精選した」歌集である。「夏の本山町」と題し「大き峡を流るる川の片岸に風とほしよき家並びたり」や「大杉村にて樹齢二千五百年といふ大杉を見る」と詞書きした「大き杉わが見あぐるに寄生木《やどりぎ》のもみづる一葉舞ひつつ落ちくる」はじめ、高知県下をうたった歌が多い。書名は、戦後作「花氷のかたへに宵のひとときを過ごし来りて心は足らふ」による。佐藤いづみ『うた人こころ』（平成8年5月14日、短歌藝術社）にこの歌の鑑賞がある。佐藤は「これは一日の仕事のあと、あつくるしい町をぬけ、とある茶房に入った。そして花氷のかたわらにあって、しばし涼しい宵の一時をすごしてきた。満足であった。という勤め人のささやかでつつましい心情が極めて平易でわかりやすく歌われています」と説き、「花氷」という語のもつ情感を「澄明な静かな美しさ」と述べ、有光の歌「水中花に足をとめしが呆気なき美しさにてすぐ見飽きたり」とあわせて「呆気なき美、むざんなまでにはかない美に足をとめ、よりかかって生きるという認識の上にたって氏の歌は開花しているのです」と批評した。「うつむきて吾とわが歌に朱を入るる必至の鬼面《きめん》を妻子ら見るな」「夜半に目のさめて心に浮びたり聖フランシスは小鳥と遊びき」。四十年、筆山公園に「夜半に」の歌碑が建つ。（堀部功夫）

有本芳水　ありもと・ほうすい

明治十九年三月三日〜昭和五十一年一月二十一日。詩人、歌人。姫路市に生まれる。本名は歓之助。早稲田大学文学部国文学科を卒業後、実業之日本社に入社、「日本少年」主筆として活躍。毎号発表した少年詩は、藤村や白秋の影響を受け、浪漫的、感傷的なもので当時の文学少年を魅了し、多くの影響を与えた。また「文庫」に短歌を投稿、明治三十八年、車前草社にはいり前田夕暮、若山牧水、三木露風らと作歌を続けた。のち「実業之日本」の編集に転じたが、詩集を相次いで出版した。『芳水詩集』（大正3年3月、実業之日本社）、『旅人』（大正6年1月、実業之日本社）、『ふる郷』（大正7年3月、実業之日本社）、『悲しき笛』（大正8年6月、実業之日本社）、『海の国』（大正10年5月、実業之日本社）などがある。昭和二十年岡山に戻り、短期大学、大学に出講、岡山商科大学教授となった。

＊旅人《たびびと》　詩集。〔初版〕大正六年一月七日、実業之日本社。◇「鳴門にて」で鳴門の海の夕暮れを、「阿波にて」では、春の阿波の国を旅する旅人と吉野川の情景を感傷的に歌い上げている。他に「讃岐より」「多度津にて」なども収録。

（増田周子）

泡坂妻夫　あわさか・つまお

昭和八年五月九日～。小説家、紋章上絵師。東京の神田に生まれる。本名は厚川昌男。東京都立九段高等学校卒業後、三代目として家業を継ぐかたわら小説を書く。マジックもよくし、昭和四十三年「石田天海賞」を受賞。五十一年「DL2号機事件」で第一回幻影城新人賞に佳作入選。紋章上絵師の精緻な技術とマジシャンとしてのトリックや謎解きを駆使し、五十三年「乱れからくり」で第三一回日本推理作家協会賞を、五十七年には「喜劇悲喜劇」で第九回角川小説賞を受賞。ミステリー文壇の奇才として活躍。六十三年「折鶴」で第一六回泉鏡花賞を、直木賞候補に五回もノミネートされ、平成二年には「蔭桔梗」で第一〇三回直木賞を受賞する。また本名の厚川昌男名義でのマジック研究書もある。

＊写楽百面相《しゃらくひゃくめんそう》　長編小説。〔初版〕平成五年七月二十五日、新潮社。◇寛政五（一七九三）年正月、『誹風柳多留』の二代目版元花屋二三が馴染みの女の部屋で見たもの、それは「東」の落款のある忘れられない程強烈な役者絵であった。しかも山口県防府で死んだとされる尾上菊五郎の絵であった。一体作者は誰なのか。芝居、黄表紙、狂歌、狂言、浮世絵、相撲、からくり、浄瑠璃など当時の文化の粋を描きながら謎を追う。上方と江戸、阿波藩などの事件をからめ、写楽は阿波藩斎藤十郎兵衛であったとする説をとる。

（増田周子）

安藤砂田葦　あんどう・さだよし

大正十二年九月七日～平成八年一月一日。俳人。愛媛県新居浜市に生まれる。新居浜農業学校卒業。新居浜市議会議員。俳句は昭和二十二年「ホトトギス」に投句。三十九年「雪解」に参加。句集『古田』『むらさき』。

（浦西和彦）

安藤雅郎　あんどう・まさろう

大正十四年一月十五日～。詩人。香川県三豊郡託間《たくま》町（現三豊市）に生まれる。本名は雅実。香川県立三豊中学校を経て、昭和二十年に南満州工業専門学校卒業。同年十一月、四国鉄道局に就職。二十二年十月、運輸技官となり、高知、徳島、高松支社に勤め、四十九年に日本国有鉄道を退職。昭和二十一年ごろから詩作をはじめ、「四鉄詩人」「四国詩人」に参加。三十年代、能登秀夫、高橋新吉に師事。四十三年度全国鉄文藝年度賞（詩部門）に入選。詩集に『道』がある。詩「樹齢―四国八十二番札所にて―」（『道』昭和50年、四国運輸協力会）が『ふるさと文学館第43巻香川』（平成6年8月15日、ぎょうせい）に収録された。

（浦西和彦）

【い】

飯島耕一　いいじま・こういち

昭和五年二月二十五日〜。詩人。岡山市に生まれる。東京大学卒業。明治大学教授。『他人の空』など。高見順賞ほかを受賞。

＊高知四万十川の澄んだ流れと足摺海岸《こうちしまんとがわのすんだながれとあしずりかいがん》　エッセイ。〔初出〕「翼の王国」昭和五十九年七月一日、一八一号。◇黒潮が断崖にぶつかる臼碆《うすばえ》の海岸と四万十川の清流に「もっともひかれた」。「周囲が変貌しただけ、ますます四万十川のような川はいい。もりあがるようにすばやく流れるあの夕暮れの水は、わたしの内部にも白く流れ入って来るかのようだった」。

＊猫と桃《ねこともも》　詩集。〔初版〕平成九年六月十五日、不識書院。◇詩中最後の「赤岡」（「現代詩手帖」平成9年1月）は、絵金祭りが素材である。一一連「赤岡の　赤い血のり／むごたらしくも　しぶき　滴り／なぜ　南国の　夏祭り」。

（堀部功夫）

飯原一夫　いいはら・かずお

昭和四年（月日未詳）〜。児童文学者、郷土研究家、挿絵画家。徳島市に生まれる。徳島師範学校卒業。昭和四十五年に「徳島むかしむかし」「絵で見る徳島の百年」などの著作で徳島新聞文化賞を受賞。童話、児童文学、特に絵本作家、挿絵画家として活躍。著作に『続徳島むかしむかし』『阿波の狸』『阿波の地蔵』（いずれも教育出版センター）、画文集『徳島慕情』（徳島市中央公民館）、『なつかしき徳島』（四国放送）、『徳島あの日あの頃』（阿波銀行）、阿波の民話絵本『おかめ千げん』（昭和55年7月1日、教育出版センター）、南海地震津波の絵本『シロのないた海』（平成6年3月31日、海南町）、海部刀の絵本『氏吉とおんば』（平成10年3月31日、海南町）などがある。ほかに挿絵画家として『白鳥さん』『サロクふうりん』（いずれも理論社）、『むかえじぞう』（佼成出版社）がある。昭和六十二年徳島文理大学教授に就任。

＊阿波の狸《あわのたぬき》　民話集。〔初版〕昭和五十年八月五日、教育出版センター。◇徳島の絵を描くことから地元の人との「聞き書き」を始めた作者が、特に狸にまつわる話を集め、話した人の名前入りで、方言の話し言葉のまま記録したものである。現代にいたるまでの徳島全域にみられる狸伝説約一〇〇話が、地域ごとに集められている。人を化かすのを楽しむ狸（「狸小路」「石を抱かせた狸」など）、祟りや復讐をする狸（「徳島城の石垣の狸」）、恩返しをする狸（「金長狸」）などが登場する。作者の版画の挿絵つきで楽しめる。

＊隆禅寺のとう《りゅうぜんじのとう》　民話集。〔初版〕昭和五十六年七月二十日、教育出版センター。◇阿波の隆禅寺、九重の塔のてっぺんの玉は、遠く紀州まで光が輝いたが、そのせいで海の魚がいなくなった。若い漁師が三年かかって番人の隙を見て、九重の塔を燃してしまった。今でも隆禅寺の近くに塔の跡と「たまご橋」と名付けられた玉の落ちた所がある。その他、徳島県各地の民話を取材した「八万のてんぐ」「慈光寺のおに」など二三編を親しめる絵と共に収めている。

＊阿波狸奮闘記《あわだぬきふんとうき》　民話集。〔初出〕「徳島新聞」昭和六十三年七月〜平成十四年十二月夕刊（毎月一回）。〔初版〕平成十五年四月十六日、徳島出版。◇『阿波の狸』に次いで、新聞連載を続けながら、民話を収集したもの。作者の絵入りで四〇話収録。

（増田周子）

五百木飄亭　いおき・ひょうてい

明治三年十二月十四日〜昭和十二年六月十

四日。俳人。伊予松山に生まれる。本名は良三。別号は犬骨坊。河東静渓に漢詩文を学ぶ。明治十八年松山医学専門学校に入学。十九年に上京し、本郷の常磐会寄宿舎で正岡子規、新海非風らと共に俳句に親しむ。二十三年、十九歳で医師免許を取得した。二十七年、召集により日清戦争に看護長として従軍し、犬骨坊の筆名で従軍記「陣中日記」を新聞「日本」に連載。二十八年、日本新聞社に入社、陸羯南と共に政治活動に傾注し、国民同盟会を結成、政教社を経営した。三十四年から「日本」の編集長となり、昭和四年には「日本及日本人」を主宰した。俳句日記『瓢亭句日記』（昭和33年3月1日、政教社）がある。「日本及日本人」昭和十二年八月号は〝五百木良三追悼号〟特集。

（浦西和彦）

五十崎古郷《いかざき・こきょう》

明治二十九年一月二十日～昭和十年九月五日。俳人。愛媛県松山市に生まれる。本名は修。愛媛県立松山高等学校中退。俳句は結核療養中「ホトトギス」に投句。昭和六年「馬酔木」同人、水原秋桜子に師事。九年、塚原夜潮と「渦潮」を創刊。句集『五十崎古郷句集』（昭和12年6月1日、沙羅書店）。

（浦西和彦）

伊上凡骨《いがみ・ぼんこつ》

明治八年五月二十一日～昭和八年一月二十九日。木版師。徳島市常三島に生まれる。本名は純蔵。徳島高等小学校卒業後に上京。二代大蔵半兵衛に師事し、木版、彫刻を学ぶ。画家の絵画や素描を木版に彫り、印刷をする彫りの名手として、人気を博した。鉄幹、晶子らとも交友があり、第二次「明星」からは、彫師凡骨の名が見られる。「パンの会」にも加わり、作家、詩人たちと交流。凝った装幀本の多くは、凡骨の手になる、という。代表作として石井柏亭の『東京十二景』がある。宇野浩二は『文学的散歩』の中で、「装釘や挿絵、印刷が一流であると共に、彫刻を凡骨に依頼する金尾文淵堂の本造りの姿勢が、最高のものだ」と、絶賛している。凡骨については、祖田浩一著『匠の肖像』（昭和63年3月20日、朝日新聞社）が詳しい。

（増田周子）

生田春月《いくた・しゅんげつ》

明治二十五年三月十二日～昭和五年五月十九日。詩人、小説家、翻訳家。鳥取県米子市道笑町に生まれる。本名は清平。家業の酒造りが傾き、高等小学校中退。十二歳の時、一家を挙げて釜山に移住。いろんな職業に従事しながら、詩作を続け、「文庫」や「文章世界」に詩や小品を投稿。明治四十一年、単身上京。同郷の生田長江宅に寄寓。長江の世話で、新潮社の「文章講義録」の添削の仕事に就き、独学で英語、国文学、漢籍を修める。そのかたわら独語を夜学で学び、翻訳などを始める。大正三年、徳島県出身で「青鞜」同人の西崎花世と結婚。詩集『霊魂の秋』（大正6年12月、新潮社）、『感傷の春』（大正7年10月、新潮社）を刊行。甘美で感傷的な詩風で好評を博し、詩人としての地位を確立。翻訳書にツルゲーネフの『散文詩』（大正6年6月、新潮社）、『ゲエテ詩集』（大正8年5月、新潮社）、『ロングフェロウ詩集』（大正12年1月、越山堂）、『ハイネ全集』全三巻（大正14年7月～15年11月、春秋社）などがある。自伝長編小説に『相寄る魂』（大正10年9月～13年1月、新潮社）がある。人道的、感傷的立場から次第にニヒリズム的傾向を強め、昭和五年五月十九日、絶筆「海図」を残して播磨灘で、菫丸船上より投身自殺、三十八歳の生涯を閉じた。小豆島坂手港を見下ろして生田春月の海の詩碑が建っている。

（増田周子）

生田花世《いくた・はなよ》

明治二十一年十月十五日～昭和四十五年十二月八日。詩人、小説家。徳島県板野郡松島村泉谷（現上板町）に生まれる。漢学者西崎安太郎、かをりの長女。出生の日が陰暦九月九日の重陽の節句の日であったことから、菊花に因み、花世と名付けられた。県立徳島高等女学校卒業。在学中、十六歳の時、「才媛文集」に「雛祭の記」が入選。卒業後、徳島県下の小学校に代用教員として勤めるかたわら、「女子文壇」に詩や散文を投稿。明治四十三年、文筆業で身を立てようと上京する。徳島市生まれの歌人山田邦子（のち代議士今井健彦と結婚し、今井姓となる）と同宿する。河井酔茗、水野葉舟に師事。小学校教員、雑誌記者、女給などしながら、詩、短歌、小説などを発表する。この頃、長曽我部菊子のペンネームを用いた。大正二年、「青鞜」に入会。「新しい女の解説」「恋愛及生活難に対して」などを「青鞜」に発表。これらのエッセイに生田春月が共鳴し、花世に求婚し、三年三月に結婚。花世二十七歳、春月二十三歳であった。四歳年下の生田春月を詩人として世に出すべく、献身的に尽くす一方、新聞、雑誌などに精力的に小説や詩、評論を発表。春月は『霊魂の秋』により、華々しく詩壇にデビューするが、春月が次々に起こす女性問題に生世は悩まされ、一時は死を決意する程であった。春月の新たな恋愛に悩みながら、女性文藝誌「ビアトリス」「女人藝術」などの創刊に尽力した。この間の事情は『燃ゆる頭』（昭和4年4月10日、中西書房）に詳しい。こうした生活は、昭和五年五月十九日、春月の瀬戸内海投身自殺でピリオドを打つ。その後、詩雑誌「詩と人生」の主宰者として活躍。戦後は、「生田源氏の会」を発足させ、後進を育てた。「生田源氏の会」は三〇以上のグループで会員数は四〇〇名を越えた。徳島県板野郡上板町泉谷の糖源公園に、生田花世の歌碑「雲間ゆく飛行機ゆ我見おろしぬ父母生れし阿波の山河を」がある。著書に『女流作家群像』（昭和4年11月、行人社）、『一葉と時雨』（潮文閣）、『生田花世詩歌全集』全一巻（昭和46年、木犀書房）等がある。

＊勉強せぬ同盟《べんきょうせぬどうめい》 短編小説。〔収録〕『燃ゆる頭』昭和四年四月十日、中西書房。◇女学校の寄宿生のために開かれる茶道教室に出席している校長と美人教師の仲があやしい、という本舎監の流した噂に同調し、一〇人以上の室長が夕食をボイコットする。その出来事の顛末を加担しなかった女子学生の立場で描いている。

＊緬羊《めんよう》 詩。〔初出〕「現代詩人」昭和七年五月。〔収録〕『春の土』昭和八年三月、詩と人生社。◇久し振りに帰省した郷里の家、そこに飼われていた四頭の緬羊に田舎ののどかさ、良さを感じながら、東京を欲望すると詠う。

（増田周子）

井口朝生《いぐち・あさお》

大正十四年五月六日～平成十一年四月九日。時代小説家。東京に生まれる。日本大学文学部史学科卒業。山手樹一郎の長男として、時代小説を書く。世話物のジャンルに『江戸女ごよみ』（昭和32年、桃源社）や『すみだ川余情』（昭和46年、青樹社）などがあり、歴史小説に『風雲独眼竜―伊達政宗』（昭和31年、東方社）、『狼火と旗と』（昭和36年、東方社）などがある。これは第四五回直木賞候補となる。その後脳血栓にたおれるが、名も無い雑兵に自らの戦争体験を重ねて書いた『雑兵伝』（昭和46年7月、講談社）と、『すみだ川余情』の二作で、

第一回日本作家クラブ賞を昭和四十八年受賞。著書に『霜ふる夜』（昭和52年、講談社）、『南海に羽ばたく 戦国の豪商 荒木宗太郎〈歴史小説シリーズ4〉』（昭和54年3月、偕成社）、『戦国の星 若き日の家康〈学図の新しいライブラリー2〉』（昭和58年5月、学校図書）、『江戸は花曇り』（昭和59年5月、青樹社）、『真田幸村 戦国太平記』（昭和59年10月、光風社出版）、『北の砦 将軍田村麻呂』（平成4年1月20日、光風社出版）など多数。

＊山姫の砦―阿波山岳一揆始末《やまひめのとりで―あわさんがくいっきしまつ》 長編小説。〔初出〕「徳島新聞」昭和五十四年八～十二月。〔初版〕五十七年一月十日、新人物往来社。◇一揆の盗賊がさらった赤子を偶然助けた小藤太は、池田大西城へ婿入りする彦三郎清春を警固し、吉野川を溯り、無事送り届ける。奨められた仕官を断り、戻った故郷は、度重なる盗賊の乱入で無人の廃村、近隣の里も略奪により、女はさらわれるという狼藉振りであった。大西城の領地のはずれにある古渡砦をめぐり、山姫を首領とする一揆との対立の結果である。氏素性もない小藤太を主人公に、恋あり、活劇ありの豪傑譚である。（増田周子）

井口泰子《いぐち・やすこ》

昭和十二年五月二十六日～平成十三年二月十八日。作家、放送作家。徳島市出来島に生まれる。岡山県立笹岡高等学校卒業後、シナリオ研究所で学びながら、「瀬戸内海文学」「未踏」（岡山市）などの同人誌に参加、在日朝鮮人労働者の差別事件を扱った「他人の血」が好評を得た。日本文教出版編集部の仕事に従事するかたわら、山陽放送にてラジオドラマを執筆するなど精力的に活躍する。しかし、仕事や文学をもっと続けたいという欲求が強く、二十七歳で結婚を進める親に逆らい、単身上京。浪速書房に入社し、月刊誌「推理界」の創刊から尽力、編集長となる。昭和四十五年「東名ハイウェイバス・ドリーム号」で、第一回サンデー毎日新人賞受賞。その後、次々に作品を発表する。放送作家として、いつも時代を反映した作品が多い。著書に『殺人は西へ』（昭和47年8月30日、毎日新聞社）、翌四十八年七月十日には、昭和三十年に発生した森永乳業の砒素ミルク事件を題材とした『怒りの道』（春陽堂書店）を刊行し、第一八回江戸川乱歩賞の候補作となった。その砒素ミルクは、徳島工場で製造、岡山で多数の患者が発生、他人事に非ずの思いであった。『愛と死の航跡』（昭和49年3月15日、産報）は、高知市が舞台。次いで『三重波紋』（昭和52年1月24日、講談社）、『未婚の母』（昭和53年12月26日、サンケイ出版）、『フェアレディZの軌跡』（昭和58年12月20日、栄光出版社）、『脅迫する女』（昭和62年2月10日、勁文社）、『小説 瀬戸大橋』（昭和63年3月15日、福武書店）を著し、平成二年には放送大学教養学部を卒業。『花悪夢』（平成4年5月30日、双葉社）、『1960年恋文』（平成7年12月5日、双葉社）など、著書多数。

＊小説 瀬戸大橋《しょうせつ せとおおはし》 長編小説。〔初版〕昭和六十三年三月十五日、福武書店。◇四国と本州の連絡橋を作る、という計画、企画が建設大臣、関係各県知事などの間で瀬戸内海の船上にて話されたことから始まり、いろいろ紆余曲折を経て、瀬戸大橋に決定、着工、完成までの経過を人間関係をからめながら、描いている。（増田周子）

池井昌樹《いけい・まさき》

昭和二十八年二月一日～。詩人。香川県に生まれる。二松学舎大学国文科卒業。昭栄（武蔵野ブックスいずみ）に入社。「歴程」同人。詩集『理科系の路地まで』『鮫肌鉄

道』『これは、きたない』『旧約』『沢海』『ぼたいのいる家』『黒いサンタクロース』『水源行』等がある。（増田周子）

池内紀　いけうち・おさむ

昭和十五年十一月二十五日〜。文藝評論家、エッセイスト、独文学者。兵庫県姫路市に生まれる。三十八年東京外国語大学独語学科卒業後、東京大学大学院人文科学研究科独語独文学修士課程修了。神戸大学、都立大学、東京大学助教授を経て東京大学教授を歴任。平成八年退職。世紀末ウィーン文化の研究で、カール・クラウスやエリアス・カネッティの翻訳などオーストリア文学の紹介に尽力。昭和五十四年『諷刺の文学』で第八回亀井勝一郎賞、平成六年『海山のあいだ』で第一〇回講談社エッセイ賞、『ファウスト』で毎日出版文化賞、平成十四年には『ゲーテさんこんばんは』で第五回桑原武夫学藝賞を受賞。著書にエッセイ、評論『喜劇・人間百科』『ウィーンの世紀末』『ことばの演藝館』、訳書にクラウス『人類最期の日々』、カネッティ『眩暈』『ホフマン短篇集』など多数。

＊モラエス《もらえす》 ハーン《はーん》にはならない《にはならない》　エッセイ。〔収録〕『二列目の人生―隠れた異人たち』平成十五年四月三十日、晶文社。◇独文学者の筆者が、植物学者や料理人、女流画家、尺八奏者、水泳選手、ダダイストの詩人、版画収集家、温泉町おこし人など、さまざまな分野で活躍しながら、いつしか歴史に埋もれていった一六人を取り上げて論じたエッセイ集。「二列目」とは記念撮影のとき主役が座る一列目ではなく、二列目の端でそっぽを向いているような人々のことで、「二列目」の人々よりも、世評にこだわらないがゆえに、自由で自分の生き方に忠実に生きた人人である。この中に「モラエス　ハーンにはならない」と題し、徳島で暮らし死んだポルトガル人モラエスのことを述べている。ラフカディオ・ハーンが古き良き日本にあこがれつつ、現代日本には失望し、やがて日本を嫌悪するようになったのとは対照的に、日本人になりきろうと日本人の「民」の中に身を置いたモラエスを紹介している。また、筆者はモラエスの、ときにコミカルで自分自身と西洋を相対化してみせる視点を評価している。そのほかに、四国関係としては、愛媛出身の画家にしてエッセイストの洲之内徹も取り上げられている。

（増田周子）

池上いさむ　いけがみ・いさむ

昭和五年（月日未詳）〜昭和五十八年六月八日。俳人。高知県に生まれる。本名は勇。日商岩井に勤めたのち、高信産業を興した。俳句は皆吉爽雨に師事、昭和三十三年「雪解」同人。句集『池上いさむ遺句五百集』（昭和59年2月20日、和田暖泡）。（浦西和彦）

池上如月　いけがみ・じょげつ

明治七年六月（日未詳）〜昭和四十九年十二月一日。俳人。高知県香美郡香我美町（現香南市）山北に生まれる。本名は猪原源治。山北村の村会議員などを務めた。俳句は八十七歳のとき、野中木立のすすめではじめ、皆吉爽雨に師事。句集に『白寿』（昭和49年、別役きよ）がある。（浦西和彦）

池川禎昭　いけがわ・さだあき

昭和八年七月八日〜。小説家。香川県に生まれる。本名は一。法政大学経済学部卒業。昭和三十一年、報知新聞社に入社。三十五年、大衆文学研究グループ代々木会に入会。四十年、現代少年文学の会に参加。平成六年、報知新聞社を退社。日本児童文藝家協会所属。著書に『プロ野球50年の歩み』『逆転さよならホームラン』『おタヌキ物語』

等がある。（増田周子）

池皐雨郎 いけ・こううろう

明治六年六月二十二日～昭和二十九年三月二十八日。詩人。高知市中島町に、父細川潜、母関の次男として生まれた。本名は亨吉。別号は雪蕾、断水桜主人。父は蘭医。明治十八年、植村正久から受洗する。上京し明治学院に学び、二十五年、卒業。池姓を名乗る。加奈陀サン生命保険会社に入る。二十九年春、東京を辞し税官吏として台湾に渡り、官務のかたわら詩を書く。帰国後の三十一年、詩集『涙痕集』を著す。三十二年、横浜フェリス女学校教頭となる。三十八年、明治学院で英語講師を勤める。『かぶら矢』を著す。四十年来訪した孫文の要請によって中国に渡り、年末帰国。四十一年、「支那革命実見記」を「大阪朝日新聞」に連載する（のち金尾文淵堂より出版）。四十三年、孫文の滞日に協力する。ホーマー・リー著『日米戦争』を訳刊。親中義会なる結社の会員と共に、香港へ行き、孫文を迎える。しかし、その後、宮崎滔天たちと反目し、孫文も離反する。大正九～昭和八年、戯曲『なめくぢ大明神』、小説『雁の祟前編』『風流狂歌別府百景』を著す。昭和十五年ごろは、ユダヤ問題や水銀採取法の研究をしていた。二十九年、東京で肺炎のため八十二歳で歿した。村上芙佐子「池亨吉略伝」（「都大論究」昭和60年3月）にくわしい。

＊雁の祟《かりのたたり》 長編小説。〔初版〕大正十一年十二月二十日、隆文館。◇大逆事件の幸徳秋水を「勝賀瀬止水」として描く。昔「高坂城を未申の方角に距ること三里ばかり、是も滅亡の運命を共にせし能茶山の一郭を後盾にして、最後まで華々しく戦ひたる勝賀瀬八郎景政と云ふ猛将があつた。その猛血の余瀝を含んで、窃に宗家の中興を志す者は此の止水で有る」。（堀部功夫）

池田和子 いけだ・かずこ

昭和八年二月七日～。俳人。高知県に生まれる。本名は章子。元公務員。昭和二十八年より「夏炉」、四十六年より「鶴」に参加。

貼りたての団扇の少し重きかな（丸亀）
何処にでも干して室戸の天草かな（室戸）
輿合はす神の婚儀や草の花（中村）

（浦西和彦）

池田和之 いけだ・かずゆき

昭和四年十月十五日～。小説家。高知県に生まれる。京都大学法学部卒業。日本テレビ事業局長、日本衛星放送常務を歴任して、プロモーション会社のキコムズ会長となる。『病院材料部のすべて』（昭和59年2月、文光堂）、キコムズより『ペルソナ・ノン・ダラータ』（平成7年8月）、『呪いのダイヤ・カラミティ』（平成8年6月）、『大きな政府は要らない　日本もレーガノミックス』（平成11年7月）等を出版。（浦西和彦）

池田浩平 いけだ・こうへい

大正十一年七月八日～昭和十九年九月九日。詩人。高知市農人町において、猛猪、千鶴子の長男として生まれる。昭和十二年、土佐基督教会において受洗する。十六年、土佐中学校を卒業し、早稲田第二高等学院に入学する。十七年、帰郷し、高知高等学校に入学する。十八年、学徒出陣、善通寺中部第八七部隊に入る。十九年、鈴鹿中部第一三一部隊へ転じる。南方へ赴くべく門司において乗船準備中、パラチフスに感染し、病歿した。

＊浩平詩集《こうへいししゅう》 詩集。〔初版〕昭和五十一年五月三十一日、新教出版社。◇一二三編の詩を収む。「母のうたへるかんしよの

詩」（昭和16年11月18日）は「かんしよには幼き日の追憶がこもる／藤並様のお祭りとヨロヒムシヤと　公園と／まちへかんしよの皮をちらかして／店屋のおばさんにどなられてゐる／灯ともし頃の餓鬼大将と」と回想する。（堀部功夫）

池田満寿夫　いけだ・ますお

昭和九年二月二十三日～平成九年三月八日。画家、小説家。中国に生まれる。昭和五十一年、小説へ進出する。「エーゲ海に捧ぐ」他。第七七回芥川賞受賞。

＊同心円の風景《どうしんえんのふうけい》　エッセイ。〔初出〕「毎日グラフ」昭和六十年四月～六十二年三月。〔初版〕昭和六十二年七月五日、毎日新聞社。◇「高知の龍馬」章は、満寿夫が講演し、佐藤陽子がバイオリン演奏をする高知紀行で、焦点を龍馬とカツオとにあてる。（堀部功夫）

池田蘭子　いけだ・らんこ

明治二十六年九月十日～昭和五十一年一月四日。小説家。愛媛県今治市に生まれる。旧姓は山田。三歳のとき、事故に遭い八歳まで足が立たなかった。四歳の時、母と一緒に大阪へ移住、祖母が立川文庫の中心的人物となる二代目玉田玉秀斎と暮らしていて、その祖母に呼ばれたのである。私立梅花女学校二年編入のころから少女小説などを書くようになる。池田と結婚。「立川文庫」の執筆者は雪花山人その他になっているが、大部分は講談師玉田玉秀斎（二代目）とその内妻山田敬、長男山田阿鉄らの集団制作であり、敬の孫にあたる池田蘭子も創作メンバーの一人として加わる。自伝的小説『女紋』（昭和35年1月、河出書房新社）は、「立川文庫」の成立事情などを描いている。（浦西和彦）

池俊行　いけ・としゆき

明治四十二年十二月二日～平成二年十二月十六日。シナリオ作家。高知県土佐郡江ノ口村（現高知市）に、楠吾、うしの次男として生まれる。関西大学国文科中退。大阪等で活弁士になる。シナリオ作家やプロデューサーなどを転々。昭和三十～三十四年、新東宝勤務。四十五年、シナリオ功労賞を受賞する。四十六年、『パッション・女優蜂』を著す。（堀部功夫）

池内たけし　いけのうち・たけし

明治二十二年一月二十一日～昭和四十九年十二月二十五日。俳人。愛媛県松山市湊町に生まれる。本名は洸。高浜虚子の実兄信嘉（能楽師）の子。東洋協会専門学校（現拓殖大学）を中退して、先々代の宝生九郎に師事して能楽師を志したが数年にして九郎の死亡により断念する。大正二年叔父虚子に就いて俳句を志す。七年から嶋田青峰、長谷川零余子等とともに「ホトトギス」の編集にたずさわり、ホトトギス発行所に一五年勤めた。十五年五月からの朝鮮、満洲、昭和二年四月からの台湾への俳句旅行、「破魔弓」（「馬酔木」の前身）などの「ホトトギス」系の俳誌の雑詠選を担当して活躍した。七年五月「欅」を創刊したが、十九年四月休刊。戦後二十九年五月復刊、主宰した。句集『たけし句集』（昭和10年5月10日、欅発行所）、『赤のまんま』（昭和25年5月17日、藍香社）、『玉葛』（昭和34年4月20日、欅発行所）、『春霞』（昭和43年5月17日、欅発行所）、『その後』（昭和48年10月21日、欅発行所）、『散紅葉』（昭和52年5月1日、欅発行所）。随筆集『父から聴いた話』（昭和9年6月22日、著者）、『叔父虚子』（昭和31年12月1日、欅発行所）。（浦西和彦）

伊沢健存《いさわ・けんぞん》 明治四十三年一月十一日〜。俳人。香川県高松に生まれる。本名は武信。香川県師範学校卒業。小学校、中学校校長。「馬酔木」「燕巣」同人。俳人協会香川副支部長。香川馬酔木会会長。句集『讃岐』（平成4年5月30日、安楽城出版）。

空稲架に夕日をとどめ祖谷寒し
迎火に夜干の蛸の影うごく
蒼天に風の屋島の枯るる音

（浦西和彦）

石井研堂《いしい・けんどう》 慶応元（一八六五）年六月二十三日〜昭和十八年十二月六日。編集者。岩代国に生まれる。本名は民司。「小国民」を編集する。鶴見俊輔は、研堂を「大きな仕事をなしとげた日本の民間学者の頭目」に数えた（『隣人記』平成10年9月15日、晶文社）。

＊中浜万次郎《なかはままんじろう》 伝記。〔初版〕明治三十三年五月二十四日、博文館。◇『海』に関したる少年の読本の絶無ともいふべきを憾《うらみ》とし」た著者が、ジョン万の「奇談と其豪胆と、少年を益すること少からざるを信じ」「普通教育の資料」として執筆した。伊藤真一郎は本作が井伏鱒二『ジョン万次郎漂流記』の主典拠になると報告する。

＊日本全国国民童話《にほんぜんこくこくみんどうわ》 記録。〔初版〕明治四十四年四月十五日、同文館。◇四国関係は、「狸の徳兵衛」狸が名主山本徳兵衛に化ける阿波の話、「三本橋」大酒飲みの男が橋から落ちる讃岐の話、「魚掛の松」命を助けられた河太郎が魚を松の木にかけて進上する伊予の話、「千疋狼」土佐の話、の四編である。

（堀部功夫）

石井敏弘《いしい・としひろ》 昭和三十七年十二月十九日〜。作家。岡山県に生まれる。昭和六十年岡山商科大学卒業後、小説を書きながらアルバイト生活を続け、六十二年趣味のバイクを用いたミステリー「風のターン・ロード」で第三三回江戸川乱歩賞を史上最年少で受賞。他に『風の魔術師』（昭和63年6月、講談社）、『ビーナス殺人ライン』（平成元年6月、徳間ノベルス）、『龍王伝説殺人事件』（平成4年2月、光文社）、『業火』（平成5年4月、徳間ノベルス）、『聖櫃伝説』（平成8年）、『境域の城』（平成9年）など多数。

＊龍王伝説殺人事件《りゅうおうでんせつさつじんじけん》 推理小説。〔初版〕平成四年二月二十九日、光文社。◇全く別の場所に存在する龍王という名の山で、四人の死体が発見された。彼等は羽島建設という同じ会社の関係者で、死因も死亡推定時刻も同じという奇怪な事件である。羽島は、岡山県龍王村に産業廃棄物を不法投棄し、巨利をあげていた。龍神伝説とあと四人が殺されるという予告を巡り、ライダー探偵南虎次郎が登場。社会問題を絡めながら論理的に謎を解明、意外な結末を導くミステリーである。

（増田周子）

石川淳《いしかわ・じゅん》 明治三十二年三月七日〜昭和六十二年十二月二十日。小説家、評論家。東京市浅草区三好町に生まれる。京華中学校を経て、大正九年東京外語専門学校を卒業。ジッドの『背徳者』（大正13年10月、新潮社）、『法王庁の抜穴』（昭和3年10月）などを翻訳、ヨーロッパ文学の何たるかを学び、モダニズム文学を自分のものとした。そこから石川淳独特の文体が生まれるのである。長い模索と彷徨の末、昭和十年「作品」誌上に「佳人」で登場するや、翌十一年「普賢」で第四回芥川賞受賞。「マルスの歌」（「文学界」昭和13年1月）など次々に作品を発表する。第二次世界大戦中には、自ら「江戸留学」と呼ぶ大田蜀山人らの江戸戯作者の軽妙なスタイルに韜晦し、時流に抵抗し

た。『黄金伝説』（昭和21年11月、中央公論社）、『紫苑物語』（昭和31年10月、講談社）は三十二年第七回藝術選奨文部大臣賞の受賞作となる。『諸国畸人伝』（昭和32年10月20日、筑摩書房）、『至福千年』（昭和42年、岩波書店）、『天馬賦』（昭和44年11月、中央公論社）など多数。

＊阿波のデコ忠《あわのでこちゅう》　伝記小説。〔初出〕「別冊文藝春秋」昭和三十二年二月二十八日、第五六号。〔収録〕『諸国畸人伝』昭和三十二年十月二十日、筑摩書房。◇徳島の国府に残る人形浄瑠璃人形作り忠三郎こと「デコ忠」の伝説である。江戸から明治にかけて生き、人形作りはほったらかしで、木彫の財神を彫っては高値で売り付けるこの「トッパクロ」（駄ぼら吹き）は、そうして儲けたお金を惜し気もなく人にばらまいた。大師像修復の代金を受けないばかりか、逆に米を贈ったり、乞食に大金を与えたりと、「むだづかいの徳」により、奇人伝説に名を残した。（増田周子）

石川喬司《いしかわ・たかし》

昭和五年九月十七日〜。ＳＦ、推理作家。愛媛県伊予三島市（現四国中央市）に生まれる。昭和二十八年、東京大学文学部仏文科卒業。毎日新聞社に入社。勤務のかたわら、推理小説、ＳＦ小説、評論を手がけた。四十六年、毎日新聞社を退社し、文筆活動に専念する。五十三年に評論集『ＳＦの時代』で日本推理作家協会賞を受賞。競馬解説なども手がけ、幅広い活動をしている。『世界から言葉を引けば』（昭和53年11月、河出書房新社）、『エーゲ海の殺人』（昭和55年12月、集英社）、『極楽の鬼』（昭和56年11月、講談社）、『傑作競馬小説集』（昭和59年4月、実業之日本社）、『絵のない絵葉書』（昭和61年5月、毎日新聞社）ほかがある。（浦西和彦）

石川光《いしかわ・みつ》

昭和十年（月日未詳）〜。小説家。徳島県脇町（現美馬市）に生まれる。東洋女子短期大学英語科卒業。雑誌編集等を経て、群馬県に移住。「風雷」同人。「伊勢崎文学」主宰。第一三回群馬県文学賞、第一六回上毛文学賞佳作賞を受賞。著書に『ママのアメリカ旅行』（昭和60年6月20日、細谷印刷出版）、『粋筆漫歩』（昭和60年10月1日、上毛新聞社）、『ＬＯＶＥ―いただいた友情』（平成10年7月1日、あさを社）がある。小説「阿波の辺土に」では若い人妻が企てた男とのモラエス紀行が描かれ、「MY START」では、思春期の若者が四国のペンパルを訪ねるはなしが書かれている。

＊ＬＯＶＥ―いただいた友情《らぶ―いただいたゆうじょう》　エッセイ。〔初版〕平成十年七月一日、あさを社。◇群馬で文学や各種文化団体で活躍する筆者が、徳島の思い出や今まで自分を支えてくれた人々との交友関係などについて書いたエッセイ集である。いつもやさしく迎えてくれた瀬戸内寂聴との出会いやパーティでの阿波踊りのエピソード（「百万本のバラ」「眉山の麓『寂庵』」）や先人たち、美しい自然のことに思いをこめた故郷脇町についてのエッセイ（「故郷を恋うるの記」）などが収められている。（増田周子）

石榑千亦《いしくれ・ちまた》

明治二年八月二十六日〜昭和十七年八月二十二日。歌人。愛媛県新居郡桶村（現新居浜市）に生まれる。本名は辻五郎。琴平皇典学会付属の明道学校卒業後、明治二十二年に上京。帝国水難救済会の創設に参加し、生涯をその発展につとめ、後に常務理事となった。二十八年、石榑家の養子となる。二十六年、佐佐木信綱の門に入り、三十一年「心の華」創刊に参加した。以後「心の華」の編集運営に協力した。大正四年四月、歌集『潮鳴』（竹柏会）を刊行した。海洋を叙景した歌を詠んだ。歌集に『鷗』（大正10年4月、東京堂）、『海』（昭和9年6月、一誠社）等がある。

（浦西和彦）

石田波郷 いしだ・はきょう

大正二年三月十八日〜昭和四十四年十一月二十一日。俳人。愛媛県温泉郡（現東温市）に生まれる。本名は哲大《てつお》。大正十四年、愛媛県立松山中学校に入学。中学四年のとき同級の中富正三（大友柳太朗）にすすめられて新聞俳壇に投句。昭和五年、愛媛県立松山中学校卒業後、隣村の五十崎古郷を訪ね指導を受けた。古郷とともに「馬酔木」に入会、「石崖の上の小家も麦の秋」が入選。水原秋桜子の指導を受けた。七年二月、古郷のすすめで上京、十月ごろより馬酔木発行所の事務を手伝い、のち「馬酔木」編集に携わる。八年四月、「馬酔木」同人となる。翌年四月、明治大学文藝科に入学したが、のち中退。久保田万太郎、横光利一らが講師をしていた。処女句集『石田波郷句集』（昭和10年11月25日、沙羅書店）を出版。十二年九月、石塚友二とともに「鶴」を創刊、主宰した。十七年六月、「馬酔木」の編集ならびに同人を辞した。翌年三月、石塚友二の斡旋で日本文学報国会に就職。十八年九月に召集を受け、千葉の佐倉連隊に入隊、中国に渡ったが、胸膜炎を病み、二十年一月、内地送還される。二十年九月、総合俳句誌「現代俳句」を創刊。二十二年秋ごろより病気再発、二年余を病床に過ごす。この間の病床吟は『惜命』（昭和25年6月15日、作品社）などにまとめられた。三十年一月、『石田波郷全句集』（昭和29年4月30日、創元社）で読売文学賞を受賞した。三十四年より「朝日新聞」俳句欄の選者となる。四十四年四月、『酒中花』（昭和43年4月10日、東京美術）により、藝術選奨文部大臣賞を受賞した。句集に『行人裡』（昭和15年3月25日、三省堂）、『大足』（昭和16年4月20日、甲鳥書林）、『波郷百句』（昭和22年12月10日、現代俳句社）、『波郷自選句集』（昭和40年4月30日、新潮社）、『酒中花以後』（昭和45年5月26日、東京美術）ほかがある。四国を詠んだ句に、次のようなのがある。

城の樹や五月焼跡城下なす
勿忘草わかものの墓標ばかりなり
松の蕊霽月逝いて女ばかり
秋行くとオリーブ林の銀の風
秋いくとせ石鎚山を見ず母を見ず
敗荷《やれはす》や旅の暇《いとま》のおのが影

（浦西和彦）

石原光久 いしはら・みつひさ

昭和二十二年六月十二日〜。歌人。香川県に生まれる。第一四回（昭和55年）荒木暢夫賞、「プレスロボット」で第一回（昭和61年）短歌現代新人賞を受賞。歌集『鉄匂ふ日日』（昭和58年4月、石川書房）。

（浦西和彦）

石丸信義 いしまる・しんぎ

明治四十三年二月十三日〜。俳人。愛媛県今治市桜井に生まれる。本名は信義《のぶよし》。昭和十四年「東火」に入会、後藤是山に師事。四十一年「渋柿」入門、野村喜舟、徳永山冬子、米田双葉子に師事。句集『玄米』（平成2年12月）。

石鎚は天に動ぜず青嵐
裏石鎚天傾けて眠りけり
鳥渡るや渦潮光る大鳴門

（浦西和彦）

石本昭雄 いしもと・あきお

昭和五年三月五日〜。歌人。高知市朝倉己に生まれる。農業に従事。「高知歌人」を経て「詩歌」に入会。「詩歌」廃刊後、「青天」同人。「青天」高知支部部長。

東支那海はるかなれども北上の台風余波に騒ぐ土佐湾

吉野川の支流そのまた支流にてささやくごときか流れとなる

(浦西和彦)

石本みち江 いしもと・みちえ

大正六年五月三十一日〜。俳人。愛媛県松山市下伊台に生まれる。本名はミチエ。元高等学校国漢教師。昭和四十六年「浜」、五十六年「星」に参加。

斉明帝の故事の熟田津恵方とす

霊峰石鎚雲に領巾《ひれ》振る十三夜

誰《た》が守れる碧悟桐碑に露けき灯

(浦西和彦)

石森延男 いしもり・のぶお

明治三十年六月十六日〜昭和六十二年八月十四日。児童文学者。北海道札幌市に生まれる。札幌師範学校卒業後、二年の教員生活を経て大正八年に上京、東京高等師範学校に入学。卒業後、香川師範学校で教える。十五年国語教科書編纂官として満州へ赴任。昭和十三年「吹き出す少年群」で第三回新潮賞を、三十二年「コタンの口笛」で第一回小川未明賞を、三十七年「パンのみやげ話」で第一回野間児童文藝賞を受賞。

(浦西和彦)

泉九峰 いずみ・きゅうほう

明治三十一年九月(日未詳)〜昭和四十二年二月十五日。俳人。徳島市に生まれる。本名は英雄。横山蜃楼に師事して「漁火」に拠り、のち同人。

(浦西和彦)

和泉修司 いずみ・しゅうじ

昭和八年三月二十九日〜。俳人。愛媛県松山市に生まれる。「国」「蝶」「青玄」加入。

地虫出てみれば足摺岬かな

蜻蛉の顔くっきりと四万十川

筍や浦戸一揆の墓どころ

(浦西和彦)

出水康生 いずみ・やすお

昭和十三年八月一日〜。小説家、エッセイスト。徳島に生まれる。本名は泉康弘。徳島県の歴史を研究しながら、小説を書く。著書に『歴史評伝蜂須賀斉裕、維新の迷妄』『戦国三好盛衰記　阿伊讃土青嵐の群像』(平成11年1月、泉康弘)、『阿波からの室町将軍　足利義栄一炊の夢』(平成13年4月、泉株式会社)、『天下を制す　三好長慶VS織田信長—戦国阿波おもしろ百話』(平成15年6月、教育出版センター)、『私のエンマ帳』などがある。

(増田周子)

井関三四郎 いぜき・さんしろう

大正十年六月九日〜昭和二十七年七月十八日。川柳作家。愛媛県に生まれる。愛媛県警察署巡査部長。本名は清家英雄。昭和十三年ごろより作句しはじめる。翌年「川柳伊予」同人。二十四年肺結核のため入院。以後、「ふあうすと」同人。辞世の句に「極楽へ一歩近づく笑顔する」がある。

(浦西和彦)

伊丹あき いたみ・あき

昭和四十三年十月三十日〜。シナリオ作家。徳島市に生まれる。五年間徳島市役所に勤務後、脚本家を目指して上京、日本映画学校に入学。平成七年、卒業制作の「チャンスコール」が今村昌平賞を受けた。九年、豊川悦司主演映画「Lie Lie Lie(ライライライ)」で脚本家デビュー。

(浦西和彦)

伊丹悦子 いたみ・えつこ

昭和二十一年七月二十日〜。詩人。徳島県阿波郡阿波町(現阿波市)に生まれる。昭和女子大学卒業。在学中から安部宙之介に師事し、詩作を始める。扶川茂主宰の詩誌「戯」に参加。詩集『だまし絵』『虚空のとけい』『オドラデク』がある。詩「四つ角」が『ふるさと文学館第42巻徳島』（平成7年1月15日、ぎょうせい）に収録された。

（増田周子）

伊丹公子《いたみ・きみこ》

大正十四年四月二十二日～。俳人、詩人。高知市に生まれる。本名は岩田きみ子。旧姓は伊東。伊丹高等女学校を卒業する。昭和二十一年、句作をはじめる。二十二年、伊丹三樹彦と結婚する。「青玄」同人。四十年、句集『メキシコ貝』を著す。「思想までレースで編んで　夏至の女」など口語体で新鮮な句が反響を呼ぶ。四十二年、詩作をはじめる。四十五年、詩集『通過儀礼』を著す。四十六年、尼崎市民藝術奨励賞を受ける。四十七年、第一九回現代俳句協会賞を受ける。五十年、句集『陶器天使』を著す。五十一年、詩集『空間彩色』を著す。六十年、句集『パースの秋』を著す。六十二年、『伊丹公子集』を刊行。平成元年、紀行『異国の街にて』を著す。五年、『伊丹公子句集』を刊行。九年、詩集『カンボジアの壁』を著す。十一年、句集『伊丹公子』を刊行。

（堀部功夫）

伊丹十三《いたみ・じゅうぞう》

昭和八年五月十五日～平成九年十二月二十日。エッセイスト。本名は池内義豊。京都市に生まれる。伊丹万作の長男。昭和二十五年、松山市小坂町の多聞院に下宿し、松山東高等学校へ転入学。二十六年、同校文芸部、演劇部の活動に加わる。大江健三郎と生涯の親友になる。下宿を松山市此花町へ変える。二十七年、松山南高等学校へ転入学。二十九年、同校卒業。上京し、以後、デザイナー、映画俳優として活躍。さらに、エッセイ、翻訳、料理にも才能を示し、映画監督となってヒット作を生む。「考える人」編集部編『伊丹十三の本』（平成17年4月20日、新潮社）にくわしい。大江「奇妙な仕事」の原型は、「伊丹十三を面白がらせる、というのが主な目的で」書かれた戯曲「獣たちの声」であったし、大江『取り替え子』（平成12年12月5日、講談社）は、晩年の伊丹よりうけた衝撃によって成された。

＊ヨーロッパ退屈日記《よーろっぱたいくつにっき》　エッセイ集。〔初版〕昭和四十年三月二十日、文藝春秋新社。著者表示「伊丹一三」。◇「最終楽章」松山の下宿をひと夏のあいだ放浪のピアニストに提供したり、アメリカ文化センターよりレコードを借りたり「音楽的生涯」上の事件を綴る。

（堀部功夫）

伊丹万作《いたみ・まんさく》

明治三十三年一月二日～昭和二十一年九月二十一日。映画監督、シナリオ作家。愛媛県松山市に生まれる。本名は池内義豊。愛媛県立松山中学校在学中、伊藤大輔、中村草田男らと回覧同人雑誌「楽天」を発行。大正六年、上京して鉄道院に勤め、独学で洋画を勉強する。鉄道院を退職して池内愚美の名前で少年雑誌に挿絵を描く。昭和二年、伊藤大輔をたよって京都におもむき、大輔のすすめで「花火」などのシナリオを書く。三年、千恵蔵プロダクション創立とともに同プロに入社。稲垣浩監督の下で時代劇を書く。「天下太平記」「源氏物語」などのシナリオ執筆に、伊丹万作のペンネームを使用。昭和三年「仇討流転」を第一作として監督となり、片岡千恵蔵主演の作品を数多く手がけた。「国士無双」「闇討渡世」「武道大鑑」「忠次売出す」「赤西蠣太」「無法松の一生」等の映画作品がある。

（浦西和彦）

伊丹三樹彦　いたみ・みきひこ

大正九年三月五日～。俳人。兵庫県に生まれる。本名は岩田秀雄。俳誌「青玄」を日野草城歿後主宰する。平成十五年、現代俳句大賞を受ける。

＊**島嶼派**《とうしょは》　句集。〔初版〕昭和五十四年八月三十日、牧羊社。◇昭和三十四～五十二年の間、四国および瀬戸内の旅でよんだ三八二句を収録する。伊丹の第四句集である。瀬戸内、香川、徳島、愛媛、高知編より成る。森早恵子「解説」、たむらちせい「編録ノート」を付す。「膝ついて小石採る漁婦　夏は死んだ」は、三十四年桂浜での作。「石据えて墓　石転ばせて墓　荒磯」は、三十九年室戸岬での作。「乱礁眼下に菜の花一畝　麦一畝」も、同年足摺岬辺での作。いずれも「贅肉を削ぎ落とした言葉と、分ち書きの鋭い遮断によって、常民に寄せるヒューマンな視線が、見事に形象化されている」（森早恵子）。「干棚影密な　石垣伝いに中風の祖父」の、「『密な』という形容動詞を、中止法的に連体形で切って、詠嘆をこめる技法は、分ち書きによって引き出された、三樹彦独自の俳句文体のひとつである」（同）。　（堀部功夫）

市尾卓　いちお・たかし

昭和五年一月二十一日～。小説家。徳島市不動東町に生まれる。早稲田大学文学部国文学科卒業後、同大学院修士課程を修了。東京都内で教職に就き、後、クアラルンプール日本人学校などで教える。昭和二十八年創刊の「季節風」の同人として、創作活動を続け、「河ほとり夢譚」（「季節風」第92号）、「名告らない理由」（「季節風」第93号）などの四国を題材にした作品を発表。著書に『窓から歩きだす人』（昭和49年8月30日、花村書店）、『がんと闘った七年六か月』（昭和56年10月、紀元社）、『月のかたち』（昭和61年8月、勁草出版）などがある。　（増田周子）

市川敦子　いちかわ・あつこ

昭和五年（月日未詳）～。歌人。高知県中村市（現四万十市）に生まれる。昭和二十六年、「やまなみ」に入会。受洗する。「花宴」に入会し、北見志保子の教えをうける。のち、玉城徹、窪田空穂より歌の批評をうける。三十一年、「女人短歌」に入会する。三十六年、『水楢の枝の下』を著す。

＊**水楢の枝の下**《みずならのえだのした》　歌集。〔初版〕昭和三十六年三月二十五日、日本文藝社。◇昭和二十六～三十五年の作品を集める。水楢は、北見志保子歌碑の背後に繁る木。「水楢の梢はくろくそよぎおり歌碑あたたかき五月の闇に」など、北見を慕う歌である。長沢美津「序」は「不透明な春の重みに充ちてくるゆゆしき心今朝につづけり」他を取り上げる。　（堀部功夫）

市場基巳　いちば・もとみ

昭和八年四月二十日～。俳人。香川県大川郡大内町三本松（現東かがわ市）に生まれる。三本松高等学校卒業。昭和二十七年「杉」、「槐」に参加。句集『損ねけり』（昭和59年7月25日、季節社）。

はこべ草讃岐の山は高からず
ふるさとを過ぎてゆくなり遍路して
満濃いの池で真っ黒からす貝

（浦西和彦）

市原輝士　いちはら・てるし

大正五年一月一日～平成八年十一月十八日。民俗学、郷土史家。香川県香川郡川岡村（現高松市川部町）に生まれる。香川県立工藝学校在学中、小学校教員検定試験に合格し、上京して尋常小学校の訓導をする。東京高等師範学校教養歴史地理科を卒業。昭和四十六年共著『香川県の歴史』、四十九年『日本の民家』『物語藩史多度津藩』『日本の名族』を刊行。香川短期大学講師。五十八年、四国新聞文化賞を受賞。「彷徨える信仰」（『ものいわぬ群れ』昭和46年、新人物往来社）は民俗学的視点から大師信仰とお遍路の伝承・伝説について述べ、札所が現在のような制度に確定するのは室町末期から近世のはじめ頃と推定する。（浦西和彦）

市原真影 いちはら・まさかげ

安政六（一八五九）年十月二十二日〜歿年月日未詳。ジャーナリスト。土佐国に、父三之丞、母幸の次男として生まれる。父は土佐藩士で、本町筋に居住した。明治七年、上町の「方円社」に加わり、のち立志学舎に学ぶ。政談演説をする。十二年、土佐国土佐郡水通町へ移住する。十四年、川田寿賀衛とごく短期間結婚する。十五年五月、官吏宿泊先に乱入し、捕えられ受刑する。十五年十一月八日〜十二月三日、十六年七月二十二日〜十二月二十日、「土陽新聞」編集人となる。ただしこれは名義だけで、新聞が讒謗律にふれる時の入獄要員であった。家で女郎蜘蛛を養い、愛玩し、植木枝盛に一文「網公黒雲墓碑銘」を乞う（「土陽新聞」明治18年9月6日）。二十年、枝盛「自由詞林」の発行人となる。その後、上阪し、歿後献体を条件に病院の食客となる。梅毒にかかり、病院を追い出され、造船所に入る。進水式のとき、海にとびこむ。戯れとみられたが、そのまま溺死した。吉村淑甫「海南九人抄」にくわしい。（堀部功夫）

市原麟一郎 いちはら・りんいちろう

大正十年十一月二十二日〜。児童文学者。高知県須崎市原町に生まれる。日本大学高等師範部を卒業する。県立高校教諭。土佐民話の会を主宰する。昭和四十八年、『しばてん童子』『紙すきシバテン』を著す。四十九〜六十一年、『おゆうとおながとり』『どろんのもへえ』『泰作ばなし』『高知伝説散歩』『消えてしまった少女』『すすり泣く階段』『まぼろしの軍用列車』『創作少年少女文学集6』『ひょうげな泰作さん』『藝東伝説散歩』『藝西伝説散歩』『香南伝説散歩』『ゴンの山父たいじ』『土佐の伝説』『伊野・春野伝説散歩』『土佐の妖怪』『どくれの万六』『高知県の昔話と伝説』『ここも戦場だった』『諸願成就』『牛鬼の出る里』『裂けた大地』『二代目えんまさま』『旗本の土佐見物』『いたずら神さま』『お花とどろぼう』『やまちちおばけ』『にんじゃもへえ』。六十二年、第三八回高知県文化賞を受ける。六十三年、『野仏のある風景』を著す。平成元年、紙芝居『町がもえた日』で日本福祉大学紙芝居コンクール最優秀賞を受ける。三〜十年、『お母さんの三分ばなしシリーズ』『四万十民話の旅』『土佐昔話の旅』『高知ごりやく散歩』を著す。（堀部功夫）

五木寛之 いつき・ひろゆき

昭和七年九月三十日〜。小説家、エッセイスト。福岡県八女市に生まれる。本名は松延寛之。教職の両親と朝鮮に渡り、平壌第一中学校一年で敗戦。二十二年福岡へ引揚げ、二十七年、早稲田大学文学部露文科入学。六年間在籍するが授業料滞納で除籍。以後業界紙編集長、CMソング作詞、ラジオ番組制作などをし、四十一年「さらば、モスクワ愚連隊」で小説現代新人賞、翌年「蒼ざめた馬を見よ」で第五六回直木賞受賞。以後新聞小説なども手がけ、幅広い支持を得た。代表作に『朱鷺の墓』『青春の門』『戒厳令の夜』、エッセイ集に『風に吹かれて』『大河の一滴』など多数。『五木寛之小説全集』全三六巻、補一巻（講談社）、『五木寛之エッセイ全集』全一二巻（講談社）など。

＊徳島《とくしま》　エッセイ。〔収録〕『にっぽん漂流』昭和四十五年七月二十五日、文藝春秋。◇竹久夢二描く「黒船屋」の女のイメージを醸し出す美女を求め、全国を巡り歩いて一〇カ月、船で徳島にやって来た。折しも阿波踊りの真っ最中であった。「徳島新聞」の板東さんの案内で、浴衣を着て大変な人出の中、うきうきと阿波踊りの鑑賞に出かけた。徳島の女性は本当に美しく見えた。少なくとも阿波踊りの最中は、女が堂々と美しく目立つ街であった。残念ながら「黒船屋」の女は、徳島でもみつけられなかったが、『随筆とくしま』や飯原一夫著『徳島むかしむかし』などのいいものをみつけた。飯原一夫の挿画の美女は、健康的で生命力が溢れ、素晴らしかった。徳島はまちがいなく高度な文化都市である。（増田周子）

井出孫六《いで・まごろく》

昭和六年九月二十九日～。小説家。長野県に生まれる。東京大学卒業。「中央公論」編集を経る。第七二回直木賞他を受賞する。昭和五十一年、高知の宿毛を訪れる。

＊歴史紀行峠をあるく《れきしきこうとうげをあるく》　エッセイ集。〔初出〕「文藝展望」昭和五十二年四月一日、一七号。〔初版〕昭和五十四年八月二十五日、筑摩書房。◇宿毛行の帰路、佐川町郊外に立ち寄る。「赤土峠」章がその紀行文。元治元（一八六四）年八月十四日、脱藩志士五人が赤土峠を越えた。その中には、維新後鮮やかに変身する浜田辰弥（のちの田中光顕）と、偽官軍として惨殺される井原応輔とがいた。草莽の士をしのぶ。（堀部功夫）

伊藤大輔《いとう・だいすけ》

明治三十一年十月十三日～昭和五十六年七月十九日。映画監督。愛媛県宇和島市に生まれる。大正六年、愛媛県立松山中学校を卒業。在学中、伊丹万作、中村草田男らと回覧同人雑誌「楽天」を作っていた。呉の工場で製図工として働いたのち、大正九年に上京し、小山内薫の紹介で松竹キネマ、蒲田撮影所脚本部にはいり、多くの脚本を書いた。十二年、帝キネに移り、翌年、国木田独歩の「酒中日記」で監督デビューをした。その後独立プロを興すが失敗する。十五年、日活京都撮影所に入社、主演者に大河内伝次郎を得たことにより、時代劇が多くなる。昭和二年、日本映画史上の名作といわれる「忠次旅日記」の甲州殺陣編、信州血笑編、御用編の三部作を発表した。「新版大岡政談　鈴川源十郎の巻」で丹下左膳を創造する。権威に反抗する人物を主人公にした作品が多く、丹下左膳、近藤勇、国定忠次、中山安兵衛、丸橋忠弥といったヒーローを創り出した。九年、永田雅一とともに第一映画社へ、さらに新興キネマに移った。戦後、二十二年「素浪人罷通る」で復帰。翌年には代表作「王将」が阪東妻三郎の坂田三吉役で撮影された。三十六年の「反逆児」で藝術祭賞を受賞。「弁天小僧」「切られ与三郎」など歌舞伎作品の映画化も手がけた。時代劇の巨匠として、大河内伝次郎、阪東妻三郎、月形竜之介、辰巳柳太郎、中村錦之助（のち萬屋錦之介）、市川雷蔵らを起用し、男の悲しみと反逆とを描いた。（浦西和彦）

伊藤猛吉《いとう・たけきち》

生歿年月日未詳。歴史家。野中兼山復権に尽力する。明治三十六年、『八田堰功徳録』を著し、兼山贈位を請願。三十八年、『安履亭伝』を著し、大正四年、刊行。当時、高知県吾川郡伊野町三五八一番地に住む。

＊安履亭伝《あんりていでん》　伝記。〔初版〕大正四年九月二十九日、著者。◇野中婉の伝記。婉が赦免後に居住した居宅跡を詮索し、確定する。（堀部功夫）

伊藤莫乍　いとう・ばくじゃ
明治三十年六月十九日〜昭和六十二年四月十四日。俳人、薬剤師。高知県平家平に生まれる。本名は義種。大阪道修薬学校卒業。昭和三年春、「同人」に入会し、青木月斗に師事。十一年「火星」創刊同人として参加。句集『前後』（昭和48年6月19日、火星俳句会）。（浦西和彦）

糸川雅子　いとかわ・まさこ
昭和二十七年八月十日〜。歌人、教諭。香川県に生まれる。旧姓は大西。東京教育大学文学部卒業。昭和四十七年「まひる野」に入会。五十七年「音」創刊に参加。歌集『水螢』（昭和56年8月10日、不識書院）、『天の深緑』（平成4年7月17日、ながらみ書房）。

　この海を越えて死にたる血族《うから》なく新盆の
　　夜に海鳴り
　讃岐の国菜の花のさき遍路ゆき何処にも
　　春は隠れ里なし（浦西和彦）

稲葉峯子　いなば・みねこ
昭和五年四月十四日〜。歌人。香川県三豊郡大野原村（現観音寺市）石砂に生まれる。香川大学学藝学部卒業。昭和二十七年七月「未来」に参加。歌集に『杉並まで』（昭和53年2月1日）、『捜身』（昭和57年8月1日）、『桜昏』（昭和61年8月15日）、『新河岸川』（平成2年11月30日）、『夕麗』（平成7年5月13日）、『我がソクラテス』（平成9年9月23日）がある。

　揺籃の四国みどりの濃き島と面影の君の
　　老いゆくことなし
　遍路みち春の埃のたつ頃か行きても行き
　　ても菜の花のみち（浦西和彦）

稲荷島人　いなり・しまと
明治四十三年一月三日〜。俳人。愛媛県伊予郡砥部町に生まれる。本名は又一。中学教諭を経て砥部町教育長、助役。「若葉」に拠り、富安風生、清崎敏郎に師事。昭和六十年四月「愛媛若葉」創刊、主宰。若葉賞受賞。四国若葉同人会長。俳人協会評議員。句集『夏雲』（平成元年8月、本阿弥書店）。

　あら玉の神代窟の一壺かな（高知・竜河洞）
　奥祖谷の雲にぬれつつ菜を間引く（徳島）
　俳諧のメッカに生れ獺祭忌（愛媛・松山）（浦西和彦）

稲荷霜人　いなり・しもと
昭和二年十一月二十七日〜。俳人。愛媛県伊予郡砥部町に生まれる。本名は正明。教員。俳句は昭和二十一年にはじめる。五十九年「若葉」入会、のち同人。句集『鶏頭』（平成3年2月）、『花みかん』（平成4年2月）、『春秋』（平成5年12月、近代文藝社）。

　御降りの霧となりけり千木の空（椿神社）
　峰寺の雪解雫の音ばかり（横峰寺）
　春夕焼五重の塔は黒く立つ（香川本山寺）（浦西和彦）

乾直恵　いぬい・なおえ
明治三十四年六月十九日〜昭和三十三年一月三十一日。詩人。父元行、母年衛の三男として、高知市外潮江に生まれる。父は医師であった。明治三十七年、愛媛県宇摩郡三島町に転居する。四十年、百日咳を患う。肝臓肥大。大正三年秋、喘息を発病し、これに生涯苦しめられる。六年、肋膜炎を患う。七年、東京市外滝野川町中里三七四番地に転居する。十五年、東洋大学専門部倫理学東洋文学科に入学し、詩を発表し、「白山詩人」創刊に参加する。「椎の木」に投稿する。昭和二年、東京市外玉川村瀬田九四九番地の長兄文壽宅へ転居し、その庇護のもとで暮らしはじめる。三年より、伊藤整たちと詩活動をさかんに行い、藝術派的詩風を確立する。「詩と詩論」「新文学研究」等に、書く。七年、詩集『肋骨と蝶』を著す。九年、堀辰雄たちの「四季」に寄稿をはじめる。十年、詩集『花卉』を著す。六月、高祖保と詩誌「苑」を創刊する。十一～十二年、小説を制作する。十三年、長兄死去のため、義姉の薬局を手伝ったり、東京市渋谷区役所の区史を編纂したりする。十七年、小山書店編集部、神戸製鋼所東京支社情報課に勤める。十九年、高柳奈美と結婚する。住所は横浜市・東京都を転々。二十一～二十三年、東京出版株式会社編集部に勤める。二十二年から「詩学」に書く。二十四～三十年、東京都立町田高等学校事務室に勤める。三十年、詩集『海岸線』を著す。三十三年、北区上中里一―三一番地乾緑宅の一棟に移転、病歿する。三十四年、友人代表の伊藤整、野田宇太郎の編で、乾直恵全詩集『朝の結滞』が刊行される。十月二十六日「読売新聞」夕刊に大江満雄「朝焼けどきに」が掲載される。片岡文雄「人と風土(98)～(106)」（「高知新聞」昭和43年4月9～17日）上田周二「詩人乾直恵」（昭和57年5月20日、潮流社）にくわしい。

＊谷間の小村《たにまのしょうそん》　詩。〔初出〕「文章倶楽部」大正十二年三月一日。◇「長詩」欄への投稿作品。「谷間の小村に索道滑車の音が響き渡る。／澄みきつた調子で、／カラカラカラカラ。」と始まる。喘息苦を消した澄明な詩で、素材は伊予富郷村らしい。この詩を百田宗治が「ちよつとしたスケッチだが、全体が素直に運ばれてゐる、軽く書かれてゐるのもよい」と評し、二人の出会いとなった。

＊四国―思出より《しこく―おもいでより》　詩。〔初出〕「桂月」昭和二年九月一日、二巻一一号。◇「若い女巡礼は／なんべんもなんべんも／おせつたいを押載いて行つた／げんげ畑が／ぱつと燃え上つて／四国の日輪は特別大きい」。

（堀部功夫）

乾政明　いぬい・まさあき

明治二十二年十二月八日～昭和二十七年九月三日。俳人。高知市新市町に生まれる。俳号は子江。九州帝国大学卒業。下方病院院長となる。

（堀部功夫）

乾猷平　いぬい・ゆうへい

明治二十九年十二月一日～昭和十一年一月二十九日。俳人。香川県仲多度郡筆岡村（現まんのう町）に生まれる。号は木水。父兄と共に「うらら吟社」で句作。大阪毎日新聞社に勤務。蕪村の研究家でもある。編著に『未刊蕪村句集』（昭和7年11月10日、大阪毎日新聞社）ほか。

（浦西和彦）

井上一二　いのうえ・いちじ

明治二十八年一月二日～昭和五十二年八月四日。俳人。香川県小豆島に生まれる。醬油醸造業。明治末年ごろ「俳三昧」に参加。大正三年、荻原井泉水に師事。十四年、尾崎放哉に南郷庵を斡旋した。句集『遍路笠』（昭和33年10月、井上文八郎）、著書に『信胤物語小豆島史話』（昭和34年4月、小豆島新聞社）がある。

（浦西和彦）

井上羽城　いのうえ・うじょう

明治四年二月九日～昭和二十二年九月三十日。新聞記者、歌人、詩人。福井藩医の長男として生まれる。本名は一。家業を継ぐべく医学を学ぶが、性格に合わないと上京。

落合直文の門下に入り、落合主宰の「浅香社」で、国学、和歌を学んだ。明治三十年、二十七歳で「徳島新報」の記者として徳島の地を踏み、「徳島新報」に阿波文壇を設け、小説、新体詩、俳句、短歌を発表。翌年、徳島毎日新聞社の創立とともに、編集局長主筆に就任。思想、文藝、宗教、教育などに多大な貢献をした。また高潔で情誼に厚い人格者で、広く県民に敬慕された。昭和十六年、統合で「徳島新聞」が設立すると、主筆、取締役を務めた。和歌、漢詩、俳句、新体詩に秀で、主著『三宅憲章翁』（大正9年2月、島正太郎）、『庄屋十郎兵衛実伝―阿波なる案内記』（大正12年5月、阿波名勝保護会）、『庚午事変稲田騒動』（昭和4年）、遺稿『蒼龍窟日記』（昭和37年9月、井上羽城先生彰徳会）、『自選歌句集』など。昭和二十年七月の戦火で家財や蔵書八千余巻を灰にした羽城が、焼け跡に立ち、悲痛な心情を詠んだ歌碑が、徳島公園にある。当時のことは『蒼龍窟日記』に詳しい。

（増田周子）

井上清《いのうえ・きよし》

大正二年十二月十九日～平成十三年十一月二十三日。歴史家。高知県長岡郡稲生村に、源一、小春の第六子として生まれる。兄に県会議員の岡林濯水、弟に代議士の井上泉がいる。昭和十一年、東京帝国大学卒業、文部省維新史料編纂事務局嘱託。十七年、帝国学士院帝室制度史編纂嘱託。二十一年、著作活動に入り、情熱的な文体で天皇制との対決を説く。二十四年、『日本女性史』が毎日出版文化賞を受ける。二十九年、京都大学人文科学研究所助教授。のち、教授。日中共産党論争時、日本共産党と決別する。五十二年、退職。著書に『歴史家は天皇制をどう見るか』『くにのあゆみ批判』『日本近代史』『部落の歴史』ほか。

（堀部功夫）

井上慶吉《いのうえ・けいきち》

明治二十六年十二月十六日～昭和二十九年十月十三日。エッセイスト。高知県高岡郡須崎町（現須崎市）に生まれる。高知商業学校卒業。麴町の田中銀行に勤める。のち、三越本店に入社する。神戸支店次長。大連支店長。終戦により帰国する。三越取締役、総務部長。三越製作所専務取締役。郷土誌「南風」を主宰した。

（堀部功夫）

井上土筆《いのうえ・つくし》

大正十一年三月十七日～平成八年四月二日。俳人。愛媛県東宇和郡野村町（現西予市）釜山に生まれる。本名は泰蔵。俳句は軍隊時代にはじめる。「峠」「雲母」に投句。昭和四十八年「秋」に入会、のち同人。昭和五十五年、石原八束を師系とする「加里場」を創刊、主宰となる。句集『かげろふの譜』（平成5年7月20日、秋叢書）。

鳥交る間も剝落す絵天井（城川町竜沢寺）
鮎さびて落ちゆく紺青地獄かな（四万十川）
雲海に祈ればざんげ渦をなす（金山出石寺）

（浦西和彦）

井上勤《いのうえ・つとむ》

嘉永三（一八五〇）年九月十五日～昭和三年十月二十二日。翻訳家。阿波徳島藩井上不鳴の長男として生まれる。号は春泉。父は仲庵後黙・春漁と号し、蜂須賀侯に仕え、長崎に赴き西洋医学を学び、嘉永二（一八四九）年徳島に種痘法を伝える。七歳のときオランダ人ドンケル・クルチウスに英語を学び、十九歳のとき神戸に出て、ドイツ領事ドクトル・フオケの通弁となる。明治十四年、蜂須賀侯の命により大蔵省に入り、関税局の翻訳掛となる。十六年文部省に転じ、二十三年十月に退職するまで、内閣制度取調局の法律取調掛、宮内省制度取調、元老院議事掛を勤めた。二十四年頃、神戸の葺合村に移り、神戸園で西洋草花を栽培した。『九十七時二十分間月世界旅行』全一〇冊（明治13年2月〜14年3月、三木書楼）、『月世界一周』（明治16年7月、博文館）などの科学小説の翻訳、シェイクスピア『西洋珍談人肉質入裁判』（明治16年10月、今古堂）、ゲエテ『狐の裁判』（明治17年7月、絵入自由新聞社）など、明治初期の翻訳家、ドイツ文学の紹介者として活躍した。（増田周子）

井上ひさし　いのうえ・ひさし

昭和九年十一月十七日〜。小説家、劇作家。山形県東置賜郡に生まれる。本名は内山廈。仙台第一高等学校を経て上智大学卒業。昭和三十一年、浅草六区のストリップ劇場の文藝部員になり、軽演劇の台本を書くかたわら、懸賞ラジオドラマに応募。三十三年より放送作家になり「ひょっこりひょうたん島」（山元護久と共作）で成功を収める。四十四年から語呂合わせ、ギャグ、パロディーを駆使した戯曲も発表。四十七年『道元の冒険』で岸田戯曲賞を、『手鎖心中』で第六七回直木賞を受賞。五十六年『吉里吉里人』がベストセラーになる。六十一年『腹鼓記』『不忠臣蔵』で吉川英治文学賞を受賞した。

＊腹鼓記《ふっこき》　長編小説。〔初版〕昭和六十年八月、新潮社。〔文庫〕『腹鼓記〈新潮文庫〉』昭和六十三年六月二十五日、新潮社。◇阿波の狸伝説を盛り込んで、現代社会や人間心理をパロディー化して描いた爆笑長編小説。天保八（一八三七）年、阿波徳島の藍方奉行浜島庄兵衛は染物屋大和屋茂右衛門の一人娘お美代を妾にしたいと、茂右衛門に無理難題を言ってきた。大和屋の奉公人長吉の機転で父娘は窮地をまぬがれた。長吉は狸の犬上中将で、狸汁にされるところを大和屋に助けられたことの恩返しであった。長吉とお美代は恋仲となるが、狸と契りを交わした人間の娘は二一日目に死ぬとあって、長吉は悩む。だが、狸大学を首席で卒業して、正一位の官位を授かれば人間世界に住み替えることができることを知って、長吉は狸大法学部の特別奨学生となる。その折も折、キツネの一党が四国全土の「のっとり」をたくらむ。狸とキツネと人間の三つ巴の化かし合いが展開する。（浦西和彦）

井上正夫　いのうえ・まさお

明治十四年六月十五日〜昭和二十五年二月七日。俳優。愛媛県砥部町に生まれる。本名は小坂勇一。父は砥部焼仲買人。少年期は陶器商のもとに奉公したが、家を出て放浪し、明治二十九年、大阪角座で高田実、小織桂一郎等の「百万両」を見て感激、新派俳優を志す。敷島秀夫一座や酒井政俊一座に井上政夫の藝名で出演。その後東京に出て、明治三十八年、真砂座で「女夫波」の橋見弘光の役を演じて好評を博し、翌年伊井蓉峰一座の「破戒」で伊井に主人公丑松役を抜擢された。新派の重鎮となったが、四十三年、新派にあき足らず新時代劇協会を組織し、有楽座でバーナード・ショーの「馬盗坊」その他を上演した。興行的には失敗し、再び新派にもどった。当たり狂言の「大尉の娘」は、その後彼自身の監督自演で映画化され、新派の代表作の一つとなる。昭和十一年には井上演劇道場を開いて新派、新劇の中間をゆく商業演劇の樹立をはかった。戦後は新協劇団にも参加した。二十四年一月には藝術院会員に推され、二十五年一月、新橋演舞場新派大合同の「恋文」に出演したのが最後の舞台となった。（浦西和彦）

井上正一 いのうえ・まさかず

昭和十四年十二月十日～昭和六十年一月十九日。歌人。香川県に生まれる。昭和三十三年「形成」に入会、木俣修に師事。昭和三十七年「冬の稜線」五〇首で第八回角川短歌賞を受賞。四十一年「香川歌人」創刊に参加。歌集『冬の稜線』（昭和53年7月、短歌新聞社）。

（浦西和彦）

井上靖 いのうえ・やすし

明治四十年五月六日～平成三年一月二十九日。小説家。北海道に生まれる。京都帝国大学で学ぶ。毎日新聞社記者を経て作家に。「闘牛」で第二二回芥川賞受賞。昭和三十三年十月、文藝春秋の講演旅行で、坂出、新居浜、今治、宇和島を回る。三十六年十一月、岩波書店の講演旅行で、四国四県に行く。四十八年十月、講談社の講演旅行で、徳島、高知へ。『井上靖全集』（新潮社）がある。文化勲章受章。

（堀部功夫）

＊闘牛《とうぎゅう》 短編小説。〔初出〕「文学界」昭和二十四年十二月。◇大阪の新興新聞社の編集局長津上が、興行師田代にすすめられ、伊予の牛相撲を高松を経て大阪に運び、社運を賭した闘牛を事業としておこなうが失敗する。

（浦西和彦）

＊作家のノート《さっかののーと》 日記。〔初出〕「新潮」昭和三十三年十月一日～三十四年九月一日。◇昭和三十三年の講演紀行を含む。十月十六日、坂出。うつぼや旅館泊。大仏次郎と白峯山を訪ねる。十八日、新居浜。養気楼泊。今治。船で来島海峡を抜け波止浜へ。十九日、宇和島初訪問。天赦園ホテル泊。中野逍遥や末広鉄腸の墓を詣でる。久保賀邸で西鶴肖像画を見る。城址へ行く。ハツ鹿踊りを見る。二十日、宇和島発。

（堀部功夫）

井上笠園 いのうえ・りゅうえん

慶応三（一八六七）年一月（一説十月）一日～明治三十三年一月一日。小説家。下総国に生まれる。本名は真雄。慶応義塾卒業。金港堂、中央新聞社、都新聞社に勤める。明治二十四年、ボアスゴベ「記留物《かたみ》」を翻案する。これを托した黒岩涙香は「知る後来我国の文学壇に立ちて儕輩を凌駕する者必ず笠園子なることを」と記した。高知の土陽新聞社に入る。二十五年、「侠骨稜々」「阿濃」を著す。二十六年、大阪毎日新聞社に引き抜かれ同紙に続き物を連載する。『天明義民伝』『侠骨牛の五兵衛』などを著す。三十二年九月、九州旅行中、盲腸炎を病む。のち、肺結核を誘起し、三十四歳で逝去。

＊かつら浜《かつらはま》 短編小説。〔収録〕『小説百家選十一巻』明治二十七年七月、春陽堂。◇当世の高知が舞台。鏡塘倶楽部と北山倶楽部とが反目しあっている。後者所属の川瀬勇は、前者幹事雪岡貢の妹お豊と恋仲である。川瀬はお豊に党の秘密を洩らした。それを知る少年山崎貞吉は、川瀬を諌める。一方、雪岡貢は壮士を仕掛けて川瀬を襲わせたので、川瀬は長浜に潜伏する。お豊は川瀬の跡を追う途中、野根山で強盗にあい、さらに狼の牙にかかり絶命する。そのことを知らせに来た山崎を、狂った川瀬は桂浜で殺害する。「憎いと思ひよつた山崎を、思ひのまゝに殺しちやつたきに、些と心の晴れた様な、勿論人を殺して、生きちよろふとも思はぬきに、僕もこれから。と云ひさしてほろりとなり。お豊、お前の心を恨んだは僕がわるかつた、どうで冥途で逢ふて、十分にわびをするきに、三途の川とやらで待ちよつてよ。」と、自らも大濤に跳り入る―という筋で、反対党打倒の、反目計略を、惨害場面本位に展開する。

＊惨風苦雨妙国寺血潮之海《さんぷうくうみょうこくじちしおのうみ》 長編小説。〔初版〕明治二十六年七月二十八

日、積善館。◇堺事件に取材して書かれた。序文に「此小説は全編を通しすべて実歴の実事談なり、小説として潤飾せる節なきにあらねど、枝葉瑣末の事にすぎず」とうたう。しかし、福本彰「森鷗外作『堺事件』の位相（一）」（「森鷗外研究2」昭和63年5月25日）が、「現在のリアリズムの眼から見ると、作品は講談調の『潤飾せる節』が目立つ」と評し、大岡昇平「堺港攘夷始末（第一六回）」（「中央公論文藝特集」昭和63年12月25日）も「堺竜神町の娼妓お歌なる人物、入谷銀太郎などの色模様を取りまぜた小説」と指摘する。有名な佐々木甲象本よりも早い刊行である点が注目される。

（堀部功夫）

井上論天 いのうえ・ろんてん

昭和二十三年十月十五日～。俳人。愛媛県北宇和郡吉田町（現宇和島市）大工町に生まれる。本名は泰文。大阪工業大学短期大学部卒業。公務員。昭和四十七年「犬の尾」に投句。五十年「秋」に入会、のち同人。五十五年「加里場」創刊に参加、平成八年より同誌を主宰。

はまゆうの島に雨ふる終戦日（宇和島市日振島）

石鎚山にどっかと夏の来てゐたり（石鎚山）

簗崩れ水に痩せたる磐の貌（四万十川）

（浦西和彦）

井内輝吉 いのうち・てるよし

大正四年七月五日～。教員、詩人。徳島県小松島市中田町に生まれる。昭和十年、徳島県師範学校卒業後、小学校、青年学校に勤務。十七年には、満州国開拓団員として、生徒を送った責任を感じ、志願して佳木斯在満国民学校に出向。二十年、外地応召するが、ソ連兵来襲のため牡丹江にて即日解除。ハルビンにてソ連軍に拉致されるが、釈放され、翌年、九死一生の思いで引き揚げる。二十二年復職。その後教頭、校長を歴任。四十七年に退職し、徳島教育印刷所に勤務。五十年に詩集「詩脈」を再興し、二三年間編集に携わる。五十六年には小松島市文藝協会会長として「まつかぜ」を一六年間発行。六十二年、徳島現代詩協会が創立すると会長に就任するなど、県下の多くの詩人を結集した。その間自らも詩作を続け、『防寒靴』（昭和58年9月）、『どこさいくだ』（平成6年7月）を刊行。平成八年には県文科協会副会長になり、徳島県文化功労賞を受賞、九年には、地域文化振興の功労により、文部大臣賞を受賞する。

＊**どこさいくだ** 詩集。〔初版〕平成六年七月五日、詩脈社。◇六十八歳で出した詩集『防寒靴』と、その後の作品「どこさいくだ」を併せて八十歳記念として出版された。「防寒靴」には戦争の記憶と戦後の自分の居場所が、徳島の懐かしい風土（「眉山の女体」）や、身の回りのもの（「新町の蛙」）に仮託して詠まれている。「どこさいくだ」は、戦争の苛酷な体験から生まれ、生き延びたことへの嫌悪感と生きることへの意味の問いかけなどが表現される。

（増田周子）

井口さだお いのくち・さだお

大正十五年二月十五日～。俳人。愛媛県喜多郡五十崎《いかざき》町（現内子町）大字平岡に生まれる。本名は貞雄。呉海軍工廠工員養成所卒業。昭和二十四年よりせきれい俳句会同人。五十九年「草苑」同人。

初冠雪石鎚神に還りゆく

軍艦の沈みし海の土用浪

瀬戸内と宇和海を分け青岬

（浦西和彦）

井下猴々 いのした・こうこう

明治二十四年（月日未詳）～昭和四十三年

十一月十九日。俳人。愛媛県宇和島に生まれる。本名は申吉。松田博愛堂の専務取締役を勤めた。大正七年より松根東洋城に師事して「渋柿」に拠り、のち「渋柿」代表同人。北条市で「ひらみん吟社」を二〇年間指導した。（浦西和彦）

猪野翠女 いの・すいじょ

大正二年三月二十五日～平成二年一月二十九日。俳人。愛媛県に生まれる。本名は君恵。酒造業。昭和四十二年より村上杏史の指導を受け「ホトトギス」に投句。日本伝統俳句協会参与。（浦西和彦）

猪野睦 いの・むつし

昭和六年六月二十六日～。詩人、評論家。高知県香美郡物部村（現香美市）に生まれる。高知統計情報事務所に勤める。昭和三十七年、詩集『沈黙の骨』を著す。片岡文雄は「問題点はあるにしても、政治詩の、それも高度な政治詩の確立ということで、戦前、戦後を通じ、高知県の詩史では希有なる労作として位置するもの」と評価した（「県民クラブ」昭和37年4月1日）。中国東北に関するもの、少年時代に眼にしたもの、日常雑景などの詩を収めた第二詩集『ノモンハン桜』（平成15年10月1日、ふたば工房）がある。平成十六年十一月二十日には、高知の文学運動を記した『文学運動の風雪―高知一九三〇年代―』（西村謄写堂）、『埋もれてきた群像―高知プロレタリア文学運動史―』（大島出版）を刊行。

＊**埋もれてきた群像**《うもれてきたぐんぞう》 記録。〔初出〕「高知新聞」平成九年一月一日～三月七日。◇高知プロレタリア文学運動史。治安維持法体制下で、運動参加者の遺した作品、生き方を発掘する労作である。（堀部功夫）

茨木定興 いばらき・さだおき

天保六（一八三五）年六月九日～明治四十五年七月十二日。漢詩人。土佐国佐川村（現佐川町）に、小野定直の子として生まれる。号は皆山。父が茨木家を継ぐ。山本澹斎に師事する。明治三年、文学一等助教試補。のち、高知師範学校、高知県高等女学校、土佐女学校等の教諭になる。（堀部功夫）

井伏鱒二 いぶせ・ますじ

明治三十一年二月十五日～平成五年七月十日。小説家。広島県に生まれる。本名は満寿二。早稲田大学中退。第六回直木賞、文化勲章をうける。『井伏鱒二全集』全二八巻・別巻二（平成8年11月20日～12年3月25日、筑摩書房）がある。昭和十年五月、田中貢太郎に連れられ高知を訪れる。十四年、再訪か。十五年、田中貢太郎の病気見舞いに、十六年二月、死去した田中貢太郎弔問に、十八年六月、田中貢太郎記念碑除幕式出席に、三十四年、安芸城址や土居廓中などの取材に、四十八年、高新ホールで「自作朗読」に、高知を訪れる。

＊**肩車**《かたぐるま》 エッセイ集。〔初版〕昭和十一年四月五日、野田書房。◇「無人島長平」（「中外商業新報」昭和10年5月28～30日）、「長平の墓」（「作品」昭和10年8月1日）が載る。長平は、江戸時代、土佐の水主。漂流して無人島に棲み、一三年ぶりで生還した。本作の主典拠は、森下高茂「長平嶋物語」と推定できる。井伏は森下本の無断リライトに土佐紀行を付加し、長平の不幸を強調し、顕彰運動を無視する。

＊**静夜思**《せいやし》 エッセイ集。〔初版〕昭和十一年八月十五日、三笠書房。◇「土佐遊覧」（「旅」昭和10年7月1日）を含む。バス紀行。

＊**ジョン万次郎漂流記**《じょんまんじろうひょうりゅうき》 長編

小説。〔初版〕昭和十二年十一月十日、河出書房。◇伊藤真一郎は、本作の主典拠が石井研堂『中浜万次郎』であると報じた。原典に付加したところに、五右衛門の嫁、阿部伊勢守、河村幽川「カリホルニヤ開化秘史」引用、日本の国難などがあり、原典より削除したところに、無人島地震、万次郎の海亀獲得、採金行、フレンド新聞記事、薩摩届抄、万次郎談西洋事情抄、日本洋学略史、万次郎遺族、万次郎の砂糖好きエピソードなどがある。その他、説明語を書き替えた会話部が秀逸で、原典の「両人は久しき再会を喜び」を、井伏は「寅右衛門はジョン万の顔を見ると大いに驚いて、『おお万次郎ぬし！』と云つたかと思ふと次は亜米利加語で『何といふ珍らしいことか、これは珍らしい再会である。お前はこの地にいつ来たか？』と云つた。ジョン万も、『おお、寅ぬし。』と云つたが次ぎには亜米利加語で云つた。『珍らしい再会である。俺はお前の達者な姿をみて何よりも嬉しい〔下略〕』」と描く。

＊さざなみ軍記《さざなみぐんき》　長編小説。〔初出〕「文学」昭和五年三月。「作品」昭和五年六月～六年十月。「文藝」昭和十二年六月。「文学界」昭和十三年一月～四月。〔初版〕昭和十三年四月十五日、河出書房。◇寿永年間に京都を落ちのびて行く平家の一公達の転戦記。それを現代語化した。『平家物語』などを素材とする。文庫本化される。

＊蛍合戦《ほたるがっせん》　エッセイ集。〔初版〕昭和十四年九月二十日、金星堂。◇「土佐」（「博浪沙」昭和14年3月5日）。「室戸」（「博浪沙」昭和14年5月5日）。「室戸岬」（「東西」昭和14年6月1日）バス車掌の名勝案内口上にふれる。

＊多甚古村《たじんこむら》　中編小説。〔初出〕「文体」昭和十四年二、三月。「改造」昭和十四年二月。「文学界」昭和十四年四、七月。「革新」昭和十四年五月。〔初版〕補遺を加えて、昭和十四年七月十七日、河出書房。◇ある年十二月八日から翌年十一月十五日まで、駐在所巡査による日記、というスタイルである。主要素材は、徳島警察署沖洲駐在所巡査であった川野一が提供した。井伏はそこからのんびりした海辺の村と独身者「甲田雅一郎」を造りだす。甲田巡査が、村に起きた小事件処理に奔走する。劇化、映画化、文庫本化される。

＊鸚鵡《おうむ》　短編小説集。〔初版〕昭和十五年五月十五日、河出書房。◇「松山におけるイワン」（「文藝春秋」昭和13年9月1日）「私」は松山の宿屋で赤痢にかかり入院し、そこでロシア人の子イワンと合い部屋になる。イワンの見舞いに捕虜の将校たちが訪ねて来る。「多甚古村補遺」（「週刊朝日」昭和14年10月25日、15年1月20日。「モダン日本」昭和15年1月。「公論」昭和15年3月）「へんろう宿」（「オール読物」昭和15年4月1日）「私」は「遍路岬」で三人のお婆さんと二人の少女とが働く「へんろう宿、波濤館」に泊まる。夜、隣室の話し声から、五人の従業員がすべて客の棄児である事情を知る。翌朝、何事もなかったかのように「私」はここを出発する。昭和十五年二月、田中貢太郎が宿泊先小松屋で病臥したさい、見舞いに駆けつけた井伏が、遍路宿を見て思いついた作。作中の方言会話部のみを田岡典夫がチェックした（『ととまじり』）。湧田佑は、小松屋（安芸市安芸町本庁一八八一、現サンシャイン安芸の場所）が昭和二十九年九月閉館したと記す。山田一郎に拠れば、当時「小松屋の経営者は傍士市《ほうじいち》さん、六十歳、妹の愛さん、四十九歳、養女の政さん、四十二歳だった。無論、大町桂月も泊まった由緒ある旅館で、へんろう宿ではなかった」由（「うみやまの書」）。浜木綿の結びは初出本文に無かった。前田貞昭の校

異（「国文学解釈と鑑賞別冊」平成10年2月5日）にくわしい。

＊風俗《ふうぞく》　エッセイ集。〔初版〕昭和十五年六月十七日、モダン日本社。◇「土佐所見」浦戸湾で廻打ち漁を見物し、料理について述べ、吉野園を見学する。「土佐バス」（「読売新聞」昭和14年5月14日）土佐の女車掌の優雅さを述べる。

＊風貌姿勢《ふうぼうしせい》　エッセイ集。〔初版〕昭和十七年二月十八日、春陽堂。◇「モデル供養」（「公論」昭和26年4月1日）田中貢太郎葬儀に土佐へ行く。「追想記」（「文学界」昭和15年8月1日）馬場孤蝶さんの思い出。

＊取材旅行《しゅざいりょこう》　エッセイ集。〔初版〕昭和三十六年九月十日、新潮社。◇「土佐の土居城」安芸市土居廓中を訪ねる。「ここは物静かな、何々小路と云ひたいやうな横町である。左手に濠がある。城址の濠としては綺麗な水を持つてゐる。睡蓮が見え、手前の岸に片寄つて菖蒲が生えてゐる」。近所の物識りに、城の昔のことを聞く。

（堀部功夫）

今井泉《いまい・いずみ》

昭和十年六月五日～。小説家。高知市に生まれる。神戸商船大学航海科を卒業する。日本国有鉄道に入社、青函・宇高連絡船船長となる。航路廃止に伴い退職する。昭和五十九年「溟い海峡」で直木賞候補となる。平成三年「碇泊《とまり》なき海図」で第九回サントリーミステリー大賞読者賞を受ける。「死の海図」で第一八回香川菊池寛賞を受ける。「溟い海峡」の杉崎船長はシリーズ化され、TV朝日ドラマ化される。

＊道連れ《みちづれ》　短編小説。〔初出〕「別冊文藝春秋」昭和五十九年七月一日、第一六八号。◇高松のスナックで、死んだ息子と同様の暴走族四人と出会った、船長松村は、四人を利慾がらみで密輸航海に誘う。若者への反撥と冷たい船主への復讐の思いからである。大時化の漕難船を目前にしたとき四人は敢然と救助に向かう。当初見込んだ利益はご破算となったが、松村は四人と道連れの穏やかな気分になる。

＊ガラスの墓標《がらすのぼひょう》　中編小説。〔初出〕「別冊文藝春秋」昭和六十二年四月一日、第一七九号。〔初版〕平成五年五月二十五日、文藝春秋。◇終戦直後、樺太から四五〇人の民間人を脱出させる、決死の航海を指揮した海軍士官が、戦後的日常のなかで疎外され、一部戦友の秘かな尊敬はありながら、高知市鏡川沿いに浮浪者として冤罪に問われ自死する。

（堀部功夫）

今井嘉澄《いまい・かずみ》

明治四十三年四月一日～昭和十九年か。詩人。高知市通町に生まれる。昭和三年ころ、文学に興味をおぼえる。四年、川田和泉の「桜草」に入る。「高知文藝」を創刊。川田と詩誌「樹木」を創刊。五年、「聖草」を創刊。土佐詩人連盟を結成し、第一回詩展を開催し、「南方風景」を創刊。六年、「南方文学」を創刊。七年、「南方詩脈」を創刊し、合同詩展を開催し、生前唯一の詩集『虹の都』を著す。「これは暗いほのかな人情の苟のこのころの美しい詩集でした。〔略〕あなたは歌いながら書く人だとの感じ、そのテクニツクによく感心させられました」と、岡本彌太から評価された。また、「私はその詩集の瑞々しい抒情の美しさに打たれた。花や雲や海や、春雨や秋風などを素朴にうたつてあるその純真さを愛した。ロマンがあつた。音楽が渦巻いてゐた」と感じる安部寅之介と交友を生じ、「木犀」に寄稿した。十五年、「詩研究」に「南方詩壇と川田和泉」を寄せ、「日本記録」に小説二編を発表した。十七年、遊びに上京し、安部宅で泊まる。「小説文化」に「野蝶の記」を発表、十八年、詩「歯」を発表。フィリピンのマニラ市バグンバヤン区シンガロン街一一九九に赴き、十九年中の便りを最後に消息を絶ち、帰還しなかった。

＊**今井嘉澄詩集**《いまいかずみししゅう》　詩集。〔初版〕昭和二十九年七月二十日、蘇鉄社。◇高知関係の詩として「室戸岬紀行」を引く。「天と地の悲しき隔間《デスタンス》。洋《なだ》はこの日風浪のいと静かに南方に向ひて華やかに胸開く僕たちの矜恃。僕たちはしばし光と影とならべて流れゆく人生の憂苦を忘れる。村々は一日を春祭に賑はひ、処女《をとめ》たちの思ひも亦、たけき血行のあしたを弾む。ああ、太平洋。榕樹林の小路のかなた僕たちの胸に慕情の一本あかく灯る浪の花。小鳥よ、たのしき僕たちの春を歌へ。かくもゆたかな一日を、そがみどりの口嘴もてついばめ。ここには自然のかなづる世紀の大時計がある。僕たちは涌き立つ胸の思ひをこの日永遠に岩礁に刻む」。「くろがねの蝶」と題する詩「ゆふやけは／故郷の母／白き野菊さく／丘を恋へり／／闇のなか／欠乏に勝ちたり／あら砥かけ／鋭き刃みがかん／／ともにゆく愛の弾道／千里の熱砂よ／渇望に身を焼く／我等くろがねの蝶」は「野蝶の記」と素材が重なる。

（堀部功夫）

今井邦子　いまい・くにこ

明治二十三年五月三十一日～昭和二十三年七月十五日。歌人。徳島県学務課長と県師範学校校長を兼任した父、山田邦彦の任地徳島市に生まれる。本名はくにえ。後に父が文部省に転じたため、邦子三歳のときに父の郷里の長野県下諏訪に移住し、祖父母に養育される。県立諏訪高等女学校時代に「女子文壇」に詩を投稿し、入選する。卒業すると文学を志し上京。横瀬夜雨、河井酔茗に師事し、上京してきた生田花世と同居する。明治四十二年、中央新聞家庭部記者となり、四十四年、代議士今井健彦と結婚。大正元年歌文集『姿見日記』（女子文壇社）、四年『片々』（婦人文藝社）などを刊行。自然主義的な暗い歌風であった。前田夕暮の「詩歌」の同人となり、島木赤彦に師事し「アララギ」の会員となる。九年末「アララギ」を離れ、十一年五月には、国文学者、女流作家を執筆陣に加え、華々しく主宰して短歌雑誌「明日香」を創刊。昭和六年七月に歌集『紫草』（岩波書店）を、十三年一月『明日香路』（古今書院）などを刊行し、昭和の女流歌人としての確固たる地位を築いた。アララギ調の写実的なものから、深刻な心情を吐露したものなど、端正に歌い上げている。戦時中には数多くの評論、随筆集を刊行しており、十一年『秋鳥集』、十二年『女性短歌読本』、十四年『歌と随想』、十五年『万葉読本』『樋口一葉』、十六年『蛍と雪』、十七年『月読集』、十九年『清少納言と紫式部』などがある。二十三年歌集『こぼれ梅』（明日香書房）刊行直前に世を去った。四十五年六月、二三回忌記念として『今井邦子短歌全集』が刊行され、既刊歌集および歌集未収録作品、未発表作品が網羅された。

（増田周子）

今井龍雄　いまい・たつお

大正二年三月二十八日～平成七年三月三十日。出版人。高知県土佐郡鏡村（現高知市）に、義晴、兼猪の長男として生まれる。昭和六年、高知市立商業学校卒業。大阪の岡本ノートに入社する。十二年、応召、中国へ。十四年、復員。十六年、岡本ノート出版部を創設する。十九年、昭和出版入社。二十二年、独立し保育社を設立し、絵本、児童文学を出版する。二十四年、〝学習図鑑シリーズ〟を出版し、好評を得る。二十九年、『原色日本蝶類図鑑』を出版する。長谷川朝造とともに印刷所を設立し、オフセット印刷による原色図鑑の第一冊であった。三十七年、〝カラーブックス〟を出版し始める。のち、昭和天皇の著作を出版する。（堀部功夫）

今井つる女《いまい・つるじょ》

明治三十年六月十六日～平成四年八月十九日。俳人。愛媛県松山市に生まれる。本名は鶴。旧姓は池内。高浜虚子の姪。虚子に「鶴子最も亡兄の墓をふし拝む」の句がある。俳句は大正九年ごろからはじめる。「ホトトギス」に投句。昭和三年から「ホトトギス」同人。「愛媛新聞」婦人俳壇選者。愛媛の三角寺を「山寺の春の火桶の熱かりし」、来島海峡を「渦へだて秋の祭の島二つ」と詠んだ。句集『姪の宿』（昭和33年8月、つる女句集刊行会）、『花野』（昭和49年9月7日、玉藻社）、『今井つる女集（自註）』（昭和57年2月15日、俳人協会）、『かへりみち』（昭和57年9月30日、東京美術）。波止浜公園に句碑「渦潮にふれては消ゆる春の雪」がある。（浦西和彦）

今井真知子《いまい・まちこ》

昭和二十九年四月十七日～。詩人。土佐山田町（現香美市）神母ノ木に生まれる。旧姓は井上。高知大学文理学部卒業。主なる作品に「音と色とが無機質になる時」「秩序ある生態系」がある。（浦西和彦）

今枝蝶人《いまえだ・ちょうじん》

明治二十七年十月二十二日～昭和五十七年九月十七日。俳人。徳島市富田裏仲町に生まれる。本名は尚春。大正四年、徳島師範学校卒業。徳島市佐古、富田各小学校、香蘭高等学校教諭を経て昭和三十九年に退職。祖父長生庵幹古の影響を受け、大正五年頃より「層雲」「骨」などに投句。六年臼田亜浪に師事。「石楠」に拠る。昭和五年「鳴門」を創刊編集した。十年「海音」を創刊主宰。二十一年「向日葵」を創刊し三十九年まで主宰。四十年六月「航標」を創刊し歿年まで主宰した。句集『草樹』（昭和26年12月15日、石楠社）、『幹』（昭和41年6月5日、航標俳句会）、『今枝蝶人』（昭和49年10月22日、KK出版）、『沙羅』（昭和56年9月20日、航標俳句会）がある。（浦西和彦）

今江祥智《いまえ・よしとも》

昭和七年一月十五日～。児童文学者。大阪に生まれる。同志社大学文学部英文科卒業。サンケイ児童出版文化賞、日本児童文学者協会賞を受ける。『今江祥智の本』がある。

＊どろんこ祭り《どろんこまつり》 児童文学。〔初出〕『黒い馬車』昭和四十二年三月、盛光社。〔収録〕『今江祥智6年生の童話2』昭和六十二年六月、理論社。◇東京から高知へ引っ越してきた三郎が、「まるで男の子みたいな」せっちゃんと遊ぶようになって数カ月、村の神社のどろんこ祭りで二人は着物の替えっこをする。荒々しくどろを塗る三郎と、おろおろするせっちゃん。はじめて二人とも、「本来の」男の子、女の子に立ちもどる。光村図書の教科書に採用された。しかし、六十年代に女性差別抗議運動のなかで批判され、教科書から消えていく。伊東良徳・大脇雅子・紙子達子・吉岡睦子『教科書の中の男女差別』（平成3年6月15日、明石書店）で、伊東は本作が「男は男らしく（荒々しく女性をリードする）、女は女らしく（おろおろして男性について行く）あるべき、少なくとも思春期になればそのような『正しい』性認識をすべきというイデオロギーが脈々と流れている。」「男女平等という観点からは極めて多くの問題を持つ作品」と

指摘した。

＊しばてんおりょう 児童文学。〔初版〕昭和五十一年十一月二十日、あかね書房。◇土佐弁による昔話のスタイルを採る。しばてんに化け、人を脅かしていた「おりょうだぬき」をやっつける男が現れた。名前は「さかもと　りょうま」。「おりょうだぬき」はくやしがりながらも同名なのがうれしく、男そっくりに肩をゆすり尾を立て山へ消えて行く。著者は、高知が母の亡くなった土地で兄の暮らしていたところ、「学生時代から何度も訪れたということで、なつかしいところ」であり「高知特産の陽気な小妖怪〝しばてん〟だけを借りて、一編の物語を創作し」た。（堀部功夫）

今枝立青　いまえ・りゅうせい

昭和二年十月二十日～。俳人。徳島市に生まれる。本名は靖雄。高等学校教員。昭和四十年、今枝蝶人主宰「航標」に加入。のち「航標」同人、発行者。

頂まるき弘法の国山眠る
座らせて貰ううぐいすの領分に
花街に真言の寺梅つぼむ

（浦西和彦）

入江湖舟　いりえ・こしゅう

大正三年一月十五日～平成二年十月二十一日。俳人。愛媛県に生まれる。本名は正治。昭和十年、富安風生に師事し、「糸瓜」に投句。十五年、「糸瓜」同人。「若葉」にも投句。二十六年作句を中断。四十六年「若葉」に復帰し、五十年に同人となる。

風が出て残る一福遠かりき

（浦西和彦）

岩城之徳　いわき・ゆきのり

大正十二年十一月三日～平成七年八月三日。国際啄木学会会長。愛媛県松山市に生まれる。昭和二十三年三月、日本大学文学部国文学科卒業。三十年三月、北海道大学大学院修了。北海道立滝川高等学校教諭、北星学園女子短期大学助教授等を経て日本大学教授。著書『石川啄木伝』（昭和30年11月20日、東宝書房）、『啄木評伝』（昭和51年1月10日、学灯社）、『啄木研究三十年』（昭和55年11月3日、学灯社）ほか。（浦西和彦）

岩崎鏡川　いわさき・きょうせん

明治七年九月二十七日～大正十五年五月十五日。歴史家。高知県土佐郡土佐山村（現高知市）菖蒲《しょうぶ》に生まれる。本名は英重。祖父英生から国漢学を学ぶ。上京する。明治三十一年、『後藤象次郎』『無声触鳴』『消閑漫録』を著す。新聞人から史学へ向かう。三十八年、『山桜集』を編む。四十四年、『桜田義挙録』を著す。四十五年、文部省維新史料編纂委員になる。大正四年、日本史籍協会を設立する。十四年、松平慶永『戊辰日記』、『維新日乗纂輯』『三条実方手録』を編む。十五年、『坂本龍馬関係文書』『会津藩庁記録』『安達清風日記』、倉橋泰聡『議奏加勢備忘』を編む。結核性腹膜炎で病歿した。（堀部功夫）

岩崎伸一郎　いわさき・しんいちろう

大正九年三月三十一日～昭和五十三年七月十八日。歌人。高知県香美郡在所村朴ノ木に、小一朗、猪奈美の長男として生まれる。昭和十三年、住友鉱山に入社。十五～二十年、中国戦線へ。二十一年、中矢タケ子と結婚する。作歌を始める。三十五年、住友生命高知支社に入社。（堀部功夫）

岩野泡鳴　いわの・ほうめい

明治六年一月二十日～大正九年五月九日。小説家。兵庫県に生まれる。本名は美衛。明治学院中退。『泡鳴全集』がある。

＊女の執着《おんなのしゅうちゃく》 長編小説。〔初出〕

「改造」大正九年二月一日〜三月一日。「太陽」大正九年六月一日と遺稿。〔初版〕大正九年九月一日、日本評論社出版部。◇いわゆる〝おせいもの〟の連作小説四編である。「下編かの女の巡礼」から。田中に棄てられ家を失ったおせいは、遍路順を「逆に行けば、今でも必らず大師さんに会へると云ふはなしだから」と三十八番の足摺山から岩本寺へ進む。「一の瀬と云ふところからさきに坂があつて、その坂をおせいがのぼり詰めかけた時、向ふから坊さんがひとり越えて来て、にツこりすると同時に笠をかた向けて、／『御奇特ぢや』であつたか、『御奇特や』か、兎に角、さうしたこと葉をかけて過ぎた。／『…………』おせいは全くおそろしい夢にでも襲はれてゐる気持ちであつた。よく見ようとしても、ろくにこの目が云ふことを聴かなかつた。きツとお大師さんだと思つたからである」。（堀部功夫）

岩村牙童 いわむら・がどう

大正十一年五月二十五日〜。俳人。高知県吾川郡上八川村に生まれる。本名は共繁。元警察官。昭和十四年「濤祭」入会、矢野竹南に師事。二十九年「夏炉」入会、高橋柿花に師事、のち「夏炉」主宰。高知県俳句連盟会長。四十一年「鶴」入会。石田波郷、石塚友二、星野麦丘人に師事。句集『浄夏暁』（平成3年8月25日、飛島出版社）。

春月のほか何もなし海の上（足摺岬）
海這うて驟雨近づく夏座敷（室戸岬）
夜長さを遍路と巻きし半歌仙（善通寺）

（浦西和彦）

岩村とよき いわむら・とよき

明治三十三年八月十二日〜昭和六十一年十一月六日。歌人。高知県長岡郡介良村字介良野甲七八八に生まれる。本名は豊亀。旧姓は真明。大正八年、高知県立高等女学校卒業。小学校に一年間勤務。岩村久治と結婚する。昭和四年頃から、作歌をはじめる。七年、今井邦子主宰「椰の葉歌話会」に入会する。十一年、歌誌「明日香」に加わる。夫の転勤にともない、大阪・佐賀へ移り、帰郷する。十三年、「明日香」高知支部長になる。二十二年、「高知日報」歌壇選者になる。二十四年、歌集『藍の香』を著す。四十六年、歌集『海鳴』を著す。

直立ちし芭蕉の巻芽おもむろに新葉ひろげぬ真日てる庭に

（堀部功夫）

岩本多賀史 いわもと・たかし

大正十一年七月二十七日〜。俳人。香川県多度津町に生まれる。本名は隆。無線電信講習所（現電気通信大学）卒業。海上保安官。「草苑」同人。「城」編集責任。句集『羅針盤』（平成5年11月10日、草苑俳句会）。

八朔や船の鏡に波ばかり（宇高フェリー）
首折って木偶納めらる夏芝居（徳島）
上蔟やしら波の顕つ土佐の国（高知）

（浦西和彦）

岩本益浩 いわもと・ますひろ

大正十三年二月五日〜。歌人。徳島市に生まれる。本名は益弘。「コスモス」「徳島歌人」所属。歌集『冬鷺』（平成7年6月25日、短歌新聞社）。

退けて帰る商店街や夕空に眉山《びざん》冬めき容《かたち》黒しも
野歩きの冬暮れ方を灯のともる六右衛門小路に入りゆく吾は（徳島市内）

（浦西和彦）

【う】

植木枝盛 うえき・えもり

安政四（一八五七）年一月二十日〜明治二

十五年一月二十三日。自由民権論者。土佐国土佐郡井口村（現高知市）中須賀に、父直枝、母佳女《かめ》の子として生まれた、と自叙伝にあるが、外崎光広の推測に拠れば、佳女は実母でなく、実母は宮地千賀か。直枝は土佐藩士、小姓組であった。明治六年、上京、海南私塾に入学するが、まもなく帰郷する。翻訳で欧米思想に親しむ。七年、板垣退助の演説を聞いて感激する。八年、再上京する。明六社、三田演説会、奥宮荘士会やキリスト教に学ぶ。投書し、筆禍事件にあう。十年、帰郷し、立志社の活動家となる。「海南新誌」「土陽雑誌」発行の中心となる。前者第一号「緒言」に「自由ハ土佐ノ山間ヨリ発シタリ」と書く。十一年、『開明新論』を著す。地方遊説を始める。悪所通いを始める。十二年、『民権自由論』を著す。十三年、「愛国志林」発行の中心となる。『言論自由論』を著す。十四年、「高知新聞」に意見を発表する。東洋大日本国国憲案を起草する。それは天皇存在を前提に、連邦制をとり、革命権も規定された案であった。十五年、大阪で酒屋会議を開催、のち上京し、自由新聞社に入る。十六年、『天賦人権弁』を著す。加藤弘之理論を批判する。さかんに遊説する。十七年、「日本ハ宜シク自由主義ヲ行フベキ国柄タルヲ論ズ」を「自由新聞」に連載する。『一局議院論』を著す。しかし、自由党は解党した。十八年、帰郷する。女性交際が頻繁になる。「土陽新聞」に執筆する。『報国纂録慷慨義烈』を著す。十九年、県会議員に当選し、女学校開設や公娼廃止を建議する。二十～二十二年、『自由詞林』『国民大会議』『東洋之婦女』『目下之大問題条約改正如何』を著す。二十三年、第一回総選挙に当選し衆議院議員になる。二十四年、『帝国議会要録』二冊を編む。十二月、胃腸病を発す。二十五年、東京病院で死去した。『植木枝盛集』全一〇巻（岩波書店）が全集的性格をもつ。

＊自由詞林《じゆうしりん》　詩集。〔初版〕明治二十年十月三十一日、市原真影。◇自由民権運動宣伝詩。高知で出版された。石川巌は、昭和十年「明治大正新体詩稀本番付」で大関に据える。Ⓐ国会図書館本、Ⓑ早稲田大学図書館衣笠文庫本が知られる。ⒷはⒶの組み替え本で本文に少異がある。八木福次郎は、異版発生事由に、十月十九日大風雨の出水被害を推理する。枝盛日記に拠れば、実際出来は「十一月三日」。Ⓑを親本として昭和十一年に限定復刻された。草稿は天理図書館所蔵。今井卓爾の紹介が、「自由歌（其一）」欠、他五編に多い異同、版本誤植を指摘する（『古典近代文学とその環境』）。

＊植木枝盛自叙伝《うえきえもりじじょでん》　伝記。〔初出〕「土佐史談」昭和三年六月三十日～十二月十日、第二三～二五号。◇「その家居は高知市街よりもやや西辺に在りて、南には鏡川と称する一河あり、北には名称をも分かたざる大小の山嶽丘岡あり、まだ甚しき阪村僻地というほどにあらざるも、あえて文物の耳目に触るるもの多きにあらず、さればこそ氏はその近隣の児童と遊戯を試むるにも、大抵山に登り木を斬《き》り、河に往き石を投げ、あるいは田野を駆走し、あるいは魚鳥を獲殺する等の事を常となし、余念もなくかくの如きの事を愉快となしたりけれ」。

（堀部功夫）

植木雅子《うえき・まさこ》

昭和八年九月十七日～。児童文学者。高知市に生まれる。高知大学教育学部卒業、調布市立小学校教諭。『すきな先生きらいな先生』『少女の童話4年生』『消えてしまった少女』『兄妹』『お母さんのひみつ』を著す。

（堀部功夫）

上崎暮潮 うえさき・ぼちょう

大正十一年三月十九日～。俳人。徳島市西船場町に生まれる。本名は孝一。昭和十六年「ホトトギス」初入選。四十年「ホトトギス」同人。「祖谷」主宰。句集『花鳥阿波』(平成6年6月5日、著者)。

小雨なる今宵かぎりの阿波踊
指先のしなといふもの阿波踊
町どこへゆくも踊の果てし月

(浦西和彦)

上島としえ うえしま・としえ

明治四十一年十二月二十六日～昭和六十一年十二月二十七日。俳人。高知県春野町東諸木西戸原に生まれる。本名は祀衛。昭和十四年「ホトトギス」に投句。松本かをる、高野素十、沢村芳翠に師事。句集『古茶』(昭和57年6月17日、若草園)。

(浦西和彦)

上田秋夫 うえだ・あきお

明治三十二年一月二十三日～平成七年三月二十二日。詩人。高知県土佐郡森村相川一四に上田保、ハルの長男として生まれる。父は県会議員で実業家であった。大正五年、県立第一中学校卒業。白樺派に心ひかれ、十三年、同人雑誌「大街道」を刊行する。十四年、東京美術学校彫刻科卒業。十五年、安原幸子と結婚する。倉田百三発行の「生活者」に寄稿する。昭和二年、第一詩集『自存』を著す。「生活者」にロマン・ロラン「戦争に反対する精神」を翻訳掲載する。三年、同人雑誌「東方」を刊行。八月、シベリア鉄道でパリに旅立つ。スイスにロランを訪ね、思想や生き方の指針を得る。マルセル・マルチネと家庭的な交友を持つ。四年秋、シベリア経由で帰国する。五年、『マルチネ詩選』を、六年、『続マルチネ詩選』を翻訳刊行。『薔薇窗』、詩集『五月柱』を著す。七年、帰郷して出版社新生社を設立する。「映画高知」を発刊。九年死去した父の遺稿集『上田保遺秉《いへい》』を編集刊行。十一年出版の雑誌「鉱脈」は特高につぶされる。随筆集『氷花集』を著す。高知新聞社に勤務し文化活動を続ける。新藝術団体〝新生会〟に関係、ベルギー詩人ヴェルハーレン記念会などを開催。戦後も、片山敏彦・山室静の発行した雑誌「高原」のロラン特集号に寄稿し、「花冠」「窓」などの詩活動に参画する。三十一年、ロラン著『ミケランジェロの生涯』を山口三夫と共訳刊行。三十四年、詩選者だった高知新聞社を退職し、土電会館に勤務。四十年、第一回詩画個展を開く。四十九年、『上田秋夫詩集』出版、第二回個展開催(パステル・クレパス画)、六十二年、詩集『年輪』、六十三年、第三回個展開催(パステル・クレパス画)、平成五年一月二十三日、詩文集『参道』が刊行された。七年、脳梗塞症のため、土佐市蓮池三二一八―一六の自宅で死去した。享年九十六歳。『参道』所収の「略歴」および永田和子「年譜風に」がくわしい。

＊**青柳橋**《あおやぎばし》 詩。〔初出〕「県民クラブ」昭和二十六年一月十五日、第一巻一号。◇「それが木造であつたとおい憶い出は／すでに忘れられるかに見えて／旧い台石の上を渡るコンクリートの橋」をとおして、心のふるさとを見る。同時掲載「絶海」をはじめ、高知県下に取材した詩を連載する。

＊**上田秋夫詩集**《うえだあきおししゅう》 詩集。〔初版〕昭和四十九年二月二十日、著者。◇「ふるさとの歌」と総題する詩群や、自伝的随筆「戒壇」を含む。

(堀部功夫)

植田馨 うえた・かおる

大正十四年(月日未詳)～。歌人。高知県大方町(現黒潮町)に生まれる。昭和二十一～三十二年、復員、塩焚き、教師、失業、病気、復職、離婚、恋愛、再婚する。四十一年、歌集『海想譜』を著す。上林暁は、植田が「全身で自分の人生を受け止めてゐる」とし「例へば、妻を離婚し、世間の風評に抗して、／誰よりも傷つきやすく生き来しを人は異端の如く言ふのみ／吾を裁く人らの前にほそほそと詠みさらすべしこの小詩型／と歌へる作者」を「感情は柔軟で、精神は謙虚である」と評す。（堀部功夫）

上田庄三郎《うえだ・しょうざぶろう》

明治二十七年十一月十日～昭和三十三年十月十九日。教育者。高知県幡多郡三崎村平の段に生まれたか。父忠太郎、母つる。父は木樵であった。大正三年、苦学して高知県師範学校を卒業する。三崎尋常高等小学校訓導となる。八年、教師の生活権・教育権の確立などを求め闡明《せんめい》会をおこす。九年、幡多郡渭南地区教育会会長に選出される。「闡明」を創刊。十年、益野校校長に任ぜられると、森や野原を教場とした自由教育を展開し、文学同人「土」を結成する。十一年、尾崎鶴恵と結婚する。十三年、「地軸」社運動に参加する。十四年、「教育ノ自由ナル研究ノタメ」公立校を辞し、神奈川県茅ケ崎の雲雀ケ岡小学校校長兼訓導となる。昭和二年、上京し、教育出版社日本教育学会に入り、教育雑誌の編集にたずさわる。三年、文園社に入社する。四年、小砂丘忠義らと「綴方生活」を創刊、生活綴方運動に取り組む。五年、『教育戦線』を刊行。八～十七年、『調べた綴方とその実践』『激動期の教育構図』『綴方評論』『青年教師の書』『青年教師啄木』『教育国防論』『教育評論』『大地に立つ教育』『教育のための戦』『新しき教育への出発』『新教師論』『青年教師吉田松陰』『教育の新世紀』『松陰精神と教育の革新』『国民学校教師論』『女教師論』『頼山陽』『青年教師論』『人間吉田松陰』『横井小楠』を著す。二十二～二十三年、『民主教育の先駆者』『情熱の青年教師石川啄木』を著す。二十四～三十二年、日本教育新聞社に勤める。二十四年～三十二年、『青年教師の書―新しき教育のために』『教育界人物地図』『青年教師石川啄木』『抵抗する作文教育』を著す。三十三年十月十九日、肝硬変のため厚生年金病院にて死去。享年六十三歳。日本共産党の上田耕一郎、不破哲三の父として知られる。歿後、『上田庄三郎著作集』六巻が出版される。その第六巻（昭和54年1月10日、国土社）に載った川口幸宏による「上田庄三郎略年譜」にくわしい。（堀部功夫）

上田良一《うえた・りょういち》

明治二十三年（月日未詳）～昭和二十七年十二月二日か。投書家。明治末、高知県安芸郡吉良川村小学校教師であった。明治四十二年から、「文章世界」に投書する。結核にかかる。四十四年、「太陽」の一〇〇円懸賞小説に、田山花袋の選で当選する。上京し、推薦を依頼するため、花袋を訪問するが、花袋から「僕を踏台にされては困る」と言われ、中央文壇への志望を断念する。出版社手伝いなどで生活する。わかもと社に入る。戦時下、同社の専務となる。文学への夢は消えなかったが、黄胆になり死去した。井上慶吉「上田良一君のこと」（「南風」昭和28年1月1日）にくわしい。

＊野茨《のいばら》　短編小説。〔初出〕「文章世界」明治四十二年八月一日、第四巻一〇号。◇小さな半漁村で療養中の「私」は、知り合いになった商人から、覗機関の唄をうたう醜い男の身の上を知る。野茨の咲く田舎で初めて女を知ってから、女の肌は野茨の香がするものと思い込んだ男であるという。それを聞くと深い悲哀を感じる。井上慶吉は「感覚の尖鋭、描写の新鮮さ」をかう。

＊肉親《にくしん》　短編小説。〔初出〕「太陽」明治四十四年一月一日、一七巻一号。◇性来

気むずかしい、中学校教師義之は、肺を病み余計に気むずかしくなった。妻が去り、母が子と孫の世話をする。医師からも諦めるより仕方がないと言われる。義之は転地を望んだり、飲酒に気をまぎらしたりしている。会話部は土佐方言。田山花袋は、「作者が深くライフの底まで見ることが出来ないやうな欠点がないでもないが、しかし質実で真面目で謙遜である作者の態度が、全体の上に少なからざる力を加へたことは争ふべからざる事実である」、「人の中心に深く入つて行つて、心理を背景にして、肉親といふ処に悲酸な味を見せた処は、非常に深い意味を持つて居る」、描写も「飽まで外面的に行つて居て、抽象に陥つたやうな処が少い」と評価した。

＊伯楽の子《ばくろうのこ》　短編小説。〔初出〕「太陽」明治四十四年三月一日、一七巻四号。◇土佐の海の見える高台の学校で、「劣等生の特別加力」授業が行われている。「十二ではあるけれどまだ尋常四年」の高木盛太郎は、授業を嫌って逃げ出す。伯楽の父と甘蔗狩りに雇われる。冬、教師が罷めて馬車で去るとき、盛太郎は車の側へ来て頭を下げた。「太陽」第六回懸賞当選作。選者の高浜虚子は、貧困家庭の説明をかわないで、「学校を抜け出でゝ鉛筆で馬を鞭つやうな真似をし乍ら『ホウラア』と腹一杯の元気な大声をあげて馳け出」すところなど、子供らしい仕草描写を評価する。

＊二十の女《はたちのおんな》　短編小説。〔初出〕「ホトトギス」大正元年八月三日、一五巻一一号。◇勤めの夏季休暇中、昆虫採集旅行へ出た「私」は、嵯蛇岬近くの旅館に入る。給仕に来た、二十の娘に蝶の簪を与える。娘は、妾奉公を嫌って、親の折檻をうけている。翌朝、娘が行方不明になったと聞く。転落してゆく窮民を想定し、神を憎む。

（堀部功夫）

上野隆《うえの・たかし》

昭和五年十一月二十六日～。詩人。徳島市に生まれる。仏教大学社会福祉学科卒業後、アダムスミス大学社会学博士。徳島県警本部などに勤務し、徳島市議も務める。保育園園長。「暖流」の同人。詩集『海は魚の涙』の他、『助任小学校の百年』『県社協四十年史』などの史誌、『上野隆に於ける我楽苦多』『上野隆に於ける残照』（平成2年11月26日、徳島印刷センター）などを刊行。

（増田周子）

上野宗男《うえの・むねお》

昭和六年五月三日～。詩人、小説家。徳島県海部郡宍喰町（現海陽町）に生まれる。昭和二十四年、県下初の男女共学校となった海南高等学校に入学。翌年失恋のため単身上京。桐朋高等学校に編入、詩を書き始める。青山学院大学に進学。服部嘉香主宰の詩誌「詩世紀」の同人となり、詩、小説、シナリオを書き、演技研究所に通う。三十二年、早稲田大学大学院文学研究科に進み、ゲーテの研究をするが、三十四年に退学。横浜東宝会館に入社。翌年、処女詩集『一つの生』（展望社）を刊行。結婚後、出版社、高校教諭を経て、四十年には、大阪体育大学専任講師になり、個人誌「変人」を発行。年一回、郷里の滝にまつわる短編小説を掲載する。助教授になった翌四十四年、『ゲーテの教育愛』（展望社）を出版。その後、教授に昇進すると、「変人」に発表したものをまとめ、『石の滝』（昭和53年、変人発行所）を自費出版。中国旅行の旅日記『ひまわり咲く国へ』（昭和55年8月、変人発行所）、次いで詩集『ああ谷中村』（昭和59年3月）、『人殺しの滝上・下』（昭和62年9月、日本図書刊行会）、『蛍ケ池恋歌〈日本短編小説叢書第9集〉』（平成2年11

月、檸檬社）、『さらば早稲田よ』（平成4年10月、近代文藝社）、『塩原旅情』（平成7年8月、近代文藝社）などを刊行する。

（増田周子）

上原白水　うえはら・はくすい

昭和二年三月二十一日～。俳人。愛媛県東宇和郡城川町（現西予市）に生まれる。本名は勲。聖カタリナ女子短期大学非常勤講師。「星」所属。句集『みゆき』（昭和62年3月21日、青葉図書）、『蜷の道』（平成9年3月、東京四季出版）。

初凪や瀬戸に千島千の神
太き掌の玉露揉み出す荒筵
花みかん客船汽笛して退る

（浦西和彦）

上村左川　うえむら・させん

慶応二（一八六六）年十二月六日～明治三十八年五月二十四日。雑誌編集者。高知県高岡郡佐川村（現佐川町）東に父貞守、母寿衛の長男として生まれる。本名は貞子。号は生地に取る。幼時、神童と言われたが、境遇上、高等教育を受けることができず、独学する。商売に従事する。上京し、明治二十八年、博文館に入社する。「少年文集」を編集する。二十九年六月、博文館の祝宴で、大町桂月と会う。「中学世界」を編集する。二十九～三十年、小説「残念」や叙事詩「波の音」「花井真吉」を「文藝倶楽部」に、三十三～三十六年、パウル・ハイゼ、バルザック、ツルゲネフ、ドオデエ、モウパッサンの翻訳を「文藝倶楽部」に発表する。翻訳『母の恋』を森銑三が記憶し（「落葉籠」）、「冒険奇談無人船」を横田順彌『明治の夢工房』（平成10年7月5日、潮出版社）が紹介している。三十一年、『記事論説文範』を編む。三十三年、博文館に入社した大町桂月と机を並べる。三十五年、『新撰日本地理問答』を編む。三十六年、『新撰和英文典問答』を編む。三十七年、肋膜を患い、肺を侵される。三十八年五月十四日、退社、帰郷一〇日で死去。桂月は左川を評して「君の学藝は、幾んど独学の致せる所也。君、英語に通じ、漢学に通じ、国語にも通じ、漢詩をよくし、短歌をよくし、新体詩をよくし、文章に堪能なり。其評論の文、穏健着実、人をして敬服せしむるに足り、小説の翻訳も頗る多く、殊にその翻訳、雅馴をきはめて、尋常一様の翻訳家の比にあらざることは、世の識者の知れる所なるべし。なほ君は、字を器用に書き、画も一寸器用にかきたり。かばかりの多藝、君が独学して致せる所なるを思へば、君は、実に立志編中の人物也」とたたえた（「上村左川を弔ふ」）。

（堀部功夫）

上村占魚　うえむら・せんぎょ

大正九年九月五日～平成八年二月二十九日。俳人。熊本県人吉市に生まれる。本名は武善。高浜虚子、松本たかしに師事。「ホトトギス」同人。昭和二十四年「みそさざい」創刊主宰。陶藝、漆藝、古美術、作庭の造詣が深く、旅をすることが多かった。「青海苔の乾きをいそぐ磧風」「青海苔の乾き上々風上々」「春風の文殊菩薩に智恵の願」「春月や室戸は沖のかぐろさよ」「海《うな》さかに旗雲三筋初日の出」「貫之の屋敷跡おく春田かな」「うづ潮の鳴門泊りの春の雪」などと四国を詠んだ句がある。

（浦西和彦）

ウカイヒロシ　うかい・ひろし

昭和二十二年二月二十四日～。詩人。高知県南国市後免町に生まれる。本名は鵜飼弘。追手前高等学校卒業。昭和四十年に上京後、秋田、沖縄、高知等を放浪。詩集『蜻蛉漫語』（昭和62年、藝風書院）、『蜻蛉料理』、『ふりちんの夏』などがある。

（浦西和彦）

宇神幸男 うがみ・ゆきお

昭和二十七年二月三日〜。小説家。愛媛県に生まれる。本姓は神応《かんのう》。宇和島南高等学校卒業。宇和島市役所に勤務。平成二年四月、長編ミステリー『神宿る手』（講談社）でデビュー。『消えたオーケストラ』（平成3年4月、講談社）『ニーベルングの城』（平成5年10月、講談社）『美神の黄昏』（平成6年12月、講談社）と四部作を完成。女子大生正親町聖架が猟奇的な連続殺人事件の謎を解明する『ヴァルハラ城の悪魔』（平成10年3月、講談社）等がある。

（増田周子）

右城暮石 うしろ・ぼせき

明治三十二年七月十六日〜平成七年八月九日。俳人。本名齊《いつき》。高知県長岡郡本山村（現本山町）字古田小字暮石《くれいし》に父鶴壽、母富衛の次男として生まれる。大正二年、本山高等小学校を中退する。七年、大阪に出、大阪電灯会社（現関西電力）に入る。十年、松瀬青々主宰「倦鳥《けんちょう》」に入会する。昭和七年、安永房子と結婚する。二十一年、「風」に参加する。二十四年、山口誓子の「天狼」に参加する。二十九年、関西電力を定年退職する。三十一年、「運河」を創刊、主宰する。三十四年、『声と声』を著す。三十九年、天狼スバル賞を受ける。四十五年、『上下』を著す。四十六年、第五回蛇笏賞を受賞する。五十三年、妻が亡くなってからは奈良に居住する。五十四年〜平成元年、『右城墓石集』『虻峠』『天水』『一藝』を著す。二年、「運河」名誉主宰になる。四年、帰郷し、本山町古田三六五番地に居住する。五年四月、帰郷を記念する全国俳句大会が本山町で開かれ、帰全山公園内に「八十年ぶりのふるさとの蛍の火」の句碑が建立された。六年、『散歩園』を著す。五月、体調を崩し、長岡郡大豊町大杉中央病院に入院する。入院当初は車いすで廊下を行き来したり、創作活動に励んだりしたが、その後臥床、七年八月九日、脳梗塞のため死去した。九十六歳。

（堀部功夫）

宇水健祐 うすい・けんすけ

生歿年月日未詳。小説家。著書に『慾情』（昭和25年、小山書店）、『作品群　第四号』（昭和26年、徳島民報社）がある。

＊慾情《よくじょう》　短編小説。〔収録〕『慾情』昭和二十五年、小山書店。◇戦時中の徳島市で男手ひとつで厳格に育てられた娘が、自らの慾情で破滅する物語である。美しく、漠然としたあこがれを抱いていた峯子は、あるとき海軍中尉と出会い、たちまち肉体関係を結んでしまう。当初精神と肉体との分裂に悩んでいた彼女も、やがて性の欲望に捕えられ、中尉もフィアンセも戦争にとられ、父も亡くしてからは、白痴の若者にその吐け口を求める。空襲の夜、二人は慾情に踊らされるように抱き合ったまま、焼け死んでしまう。

（増田周子）

薄井八代子 うすい・やよこ

大正十一年一月八日〜。小説家。香川県木田郡井戸村（現三木町井戸）に生まれる。高松和洋技藝女学校師範科卒業。旧制文部省教員検定試験に合格（被服）。昭和十五年、高松中央高等学校に勤める。二十八年に壺井栄に師事。三十七年、「こだまの鳴る村」がNHKラジオドラマに入選した。郷土の民話や伝説に素材を求めた作品が多くある。共著に『さぬきの民話』『香川県の歴史散歩』『香川県の民話』があり、平成元年に『四国へんろ』を出した。

＊左近様おぼえ書《さこんさまおぼえがき》　短編小説。〔初出〕「讃岐文学」昭和五十七年十二月二十日。〔収録〕『ふるさと文学館第43巻香川』平成六年八月十五日、ぎょうせい。◇讃岐

の国では〝だだっ子〟のことを〝左近さん〟と呼ぶ。讃岐一二万石の八代藩主松平頼儀の長子左近は病弱のために八歳で廃嫡、隠居を仰せつけられ、禄高二、五〇〇石で、宮脇村亀阜に住んだ。左近は学才に秀れ、封建的な藩政を批判し、老臣を叱咤したので、老臣等は蔭で「左近様は駄々をこねなさる」と噂しているうちに、「だだっ子」のことを「左近さん」と呼ぶようになった。勤王の志を持ち続けた松平頼該を描いた歴史小説である。（浦西和彦）

宇田滄溟 うだ・そうめい

慶応四（一八六八）年七月十七日～昭和五年十一月十二日。新聞人。本名は友。土佐国小高坂村（現高知市）に生まれる。父は鹿持雅澄の門弟であった。明治十六年、嶽洋社に入る。二十年、東京専門学校に入る。森槐南に漢詩を学ぶ。二十三年、帰郷して土陽新聞社に入る。福井、愛知の新聞に関係する。三十年、『壟上偶語』を著す。三十三年、『自由党史』編纂にあたる。三十七年、「土陽新聞」主筆になる。遠山茂樹は「いわば自由党系の新聞人として終始した」と概括する。著書に『板垣退助』がある。（堀部功夫）

宇田道隆 うだ・みちたか

明治三十八年一月十三日～昭和五十七年五月十日。水産海洋学者。高知県土佐郡小高阪村（現高知市）に、朋猪、嘉の次男として生まれる。別名は宇多木瓜庵。昭和二年、東京帝国大学卒業。水産講習所に勤める。十四年、理学博士。『海』を著す。十七年、神戸海洋気象台長。二十二年、長崎海洋気象台長。二十四年、東海区水産研究所所長。二十六～四十三年、東京水産大学教授。短歌・俳句にも長ずる。五十二年、歌会始召人になる。

＊寅彦先生閑話《とらひこせんせいかんわ》 エッセイ集。〔初版〕昭和十三年十一月五日、弘文堂。◇大正十四年来の寺田寅彦座談録。大正十五年七月三十一日・八月八日・昭和二年十二月十九日分に高知記事。（堀部功夫）

内田百閒 うちだ・ひゃっけん

明治二十二年五月二十九日～昭和四十六年四月二十日。小説家、エッセイスト。岡山市に生まれる。本名は栄造、別号は百鬼園。東京帝国大学独文科卒業。超現実的、散文詩的な作風の『冥途』が評価された。随筆家としても活躍し、『百鬼園随筆』などがある。戦後は『贋作吾輩は猫である』『阿房列車』等を書いた。『内田百閒全集』全一〇巻（昭和46年10月～48年4月、講談社）がある。

＊大坂越え《おおさかごえ》 エッセイ。〔初出〕「小説新潮」昭和四十一年九月一日。〔収録〕『麗らかや』昭和四十三年一月三十一日、三笠書房。◇高知県高知市一宮と南国市岡豊町滝本の間にある大坂越えを描いたエッセイ。私は一〇年くらい前、大坂越え車で通過したことを回想する。その時、一緒に写真を撮った羅宇木君が最近、借金で失脚したことを聞く。私は自分も金貸しにつきまとわれたことを思い出す。私は裁判所に提訴するが、不首尾に終わる。羅宇木君の境遇をかつての自分の身の上のように感じ、日露戦争末期の「萬朝報」に載っていた「捨ててこそ浮かむ瀬もあれステツセル」の秀吟を羅宇木君にエールとして贈る。（増田周子）

＊隧道の白百合《ずいどうのしらゆり》 エッセイ。〔初出〕「知性」昭和二十九年九月、第二号。◇四国旅行は、風邪のため高知で、不調だった。床屋や、「検温器と云ふ物は、熱がない事を証明する役にも立つ」と記した部分が光る。日記を推敲して成った。（堀部功夫）

＊高知鳴門旅日記《こうちなるとたびにっき》 日記。〔初

出」「べんがら」昭和三十年二月。〔全集〕『内田百閒全集第八巻』昭和四十七年十二月二十日、講談社。◇昭和二十九年四月十一日から四月十七日までの旅日記。「桂浜へ行ク快晴ニテ見晴ラシ良シ」「初メノツモリデハ高知カラ徳島へ行ク筈デアツタガ高松ノ管理局ノススメニ従ヒ高松カラ自動車ニテ鳴門へ行ク事ニ変更シタル也」「疲労甚シ」「発熱八度四分也　平山ガ頭ヲ冷ヤシテクレタ　バイエルアスピリンニテ発汗シテイクラカラクニナツテ眠ル」と記されている。

（浦西和彦）

内田康夫 うちだ・やすお

昭和九年十一月十五日〜。小説家。東京に生まれる。東洋大学中退。広告企画制作会社経営を経て、文筆業に。探偵浅見光彦シリーズを著す。

＊平家伝説殺人事件《へいけでんせつさつじんじけん》 推理小説。〔初版〕昭和五十七年十月、広済堂。◇フェリーから「転落死」した稲田教由、二年後東京で密室マンションから「飛び降り自殺」した当山《とうやま》林太郎——二人の出身地が高知県幡多郡西土佐村大字藤の川、平家落人の里であった。フェリー航海士から話を聞いた私立探偵浅見光彦は、調査中、稲田教由の姪佐和と出会い魅せられる。その佐和に魔手が延びる直前に、浅見は故人稲田教由になりすました犯人と犯行手口、人間消失トリック、密室トリックを解明する。浅見シリーズ二作目。年立上に疑義がある。角川文庫・広済堂文庫・飛天ノベルス化される。

＊讃岐路殺人事件《さぬきじさつじんじけん》 推理小説。〔初版〕平成元年九月、天山出版。◇浅見光彦の母が、善通寺で交通事故に遇う。加害者の女が失踪し、浅見が高松へ向かう。女の兄のダイイング・メッセージを手がかりに、荘内半島開発とからむ疑惑に挑む。角川文庫化される。

＊鐘《かね》 推理小説。〔初出〕「四国新聞」ほか、年月日未詳。〔初版〕平成三年十月二十八日、講談社。◇東京の聖林寺の鐘が不時に鳴る。数日後隅田川に投棄された遺体に、聖林寺の鐘紋があり、遺品に琴平電鉄の切符があった。そのあとの連続殺人事件に、浅見光彦が取り組み、高松の寺を訪ねる。聖林寺と同じ鐘紋は、国内に七つ有り、犯行に関わるのは京都名刹の国宝梵鐘らしい。京都の古都税問題とかかわる鐘の話を利かせた。「コトデンはオレンジとベージュのツートンカラー。少し旧式の二両連結の電車が、その名のとおりコトコトと走る」。

＊坊っちゃん殺人事件《ぼっちゃんさつじんじけん》 推理小説。〔初版〕平成四年十一月二十五日、中央公論社。◇松山へ文学取材に来た浅見光彦が、二つの殺人事件の容疑者視される。やがて麻薬密売のからくりを解くまでを、浅見のルポ体で綴る。主要人物に「坊ちゃん」の渾名が付く。

＊藍色回廊殺人事件《あいいろかいろうさつじんじけん》 推理小説。〔初出〕「小説現代」平成九年七月〜十年十月。〔初版〕平成十年十一月二日、講談社。◇建設省が吉野川可動堰建設を計画した昭和五十九年、造反した建設会社社員が祖谷渓で殺された。それから十二年、建設計画論争が起こり、脇町の藍にかかわる今尾武治は、反対派である。徳島県が「藍色回廊」＝吉野川中流域以降の構想を発表した平成九年、取材に来た浅見光彦は、今尾老人の孫娘今尾賀絵と出会って——。

（堀部功夫）

宇都宮斧響 うつのみや・ふきょう

明治三十五年八月三十日〜昭和四十九年七月二十七日。俳人。愛媛県西宇和郡双岩村（現伊方町）に生まれる。本名は千歳。大正十一年より句作に入り、織田枯山のち原

石鼎、田中王城らに師事。「寂」「俳諧文学」に拠る。のち「鹿火屋」「鹿笛」「かりたご」「藍」同人。（浦西和彦）

内海繁太郎 うつみ・しげたろう

明治二十九年七月六日～昭和四十一年九月二十二日。人形浄瑠璃研究家。香川県綾上町（現綾川町）に生まれる。香川師範学校卒業。香川県内の小学校訓導を経て、大正十年に上京。成城小学校に勤め、斎田喬らと学校劇を指導し、「運命の鐘」などの創作劇なども書いた。そのかたわら日本大学に学んだ。昭和四年、日本大学助手となり、戦後演劇科創設時に主任教授となった。著書に『人形芝居と近松の浄瑠璃』『文楽の藝術』『人形浄瑠璃と文楽』がある。（浦西和彦）

宇野千代 うの・ちよ

明治三十年十一月二十八日～平成八年六月十日。小説家。山口県玖珂郡岩国町大字川西に、宇野俊次、トモの長女として生まれる。明治三十二年、三歳で母トモと死別。大正三年、岩国高等女学校を卒業すると、川下村小学校に奉職するが、翌年に退職し、放浪を始める。十年一月、二十五歳で処女作「脂粉の顔」が「時事新報」の懸賞小説の一等に当選。代表作に『色ざんげ』（昭和10年4月3日、中央公論社）、『おはん』（昭和32年6月5日、中央公論社）などがある。「人形師天狗屋久吉」（「中央公論」昭和17年11～12月）は、人形師初代天狗久こと吉岡久吉の藝談の聞き書きという形式を採り、彼が読者に語りかける藝談、人生談が阿波のやわらかい言葉で描かれている。宇野千代が天狗久を執筆することになった動機は、中央公論社社長嶋中雄作宅で天狗久作の「お弓」の首《かしら》を見て感動したことによる。嶋中雄作の紹介で『人形師藝談』を発表した久米惣七が同道し、昭和十七年四月二十四日から一二日間、徳島に滞在し、久米と天狗久との対談を千代が書き留めた。徳島市国府町の鮎喰橋西詰め南側に「初代天狗久の碑」がある。人形師天狗屋久吉の顕彰碑であるとともに、宇野千代の「人形師天狗屋久吉」の文学碑でもある。碑に「天狗屋久吉心願の言葉」として、小説の一文が刻み込まれている。

＊人形師天狗屋久吉 にんぎょうしてんぐやひさきち　短編小説。〔初出〕「中央公論」昭和十七年十一月一日～十二月一日。第五十七年一一～一二号。〔収録〕『人形師天狗屋久吉』昭和十八年二月、文体社。〔全集〕『宇野千代全集第五巻』昭和五十二年七月二十日、中央公論社。◇初出での題名は「記録天狗屋久吉」。安政五（一八五八）年、初代天狗久は徳島市国府町に生まれる。当時、阿波には人形芝居の座が三〇余りあり、若い者たちも慣れ親しんでいた。十六歳で人形師富五郎（人形富）に入門。二十六歳で独立。七〇年間も人形一筋に、八十六歳の今もなお、現役で彫り続ける久吉が語る半生や藝談に、阿波方言が生きている。

＊藝の国阿波 げいのくにあわ　エッセイ。〔初出〕「婦人公論」昭和三十二年十月一日。〔全集〕『宇野千代全集第一〇巻』昭和五十三年四月二十日、中央公論社。◇暑い暑い夏、旧盆の八月十三日から十六日までを二拍子の単調なリズムに合わせて、町中を踊り続ける。踊りの期間中は、階級の別もなく、みんな一緒になって踊るところに、阿呆踊りのテーマがある。気が付くと、さっきまで批判的に見ていたのに、自分も踊りの渦に入っていた。徳島というところは何と不思議な町であることよ。学校が人形芝居の小屋になり、高校生が人形を遣う。蒸し返すような暑気の中、泣き所になるたびに拍手が沸く。市民と学校が一体となる面白い現象に感動

する。天狗屋久吉の碑の建立の世話、「しじら織」の工場や藍の見学などをして、市内に戻る。今日が最後、徳島は狂喜のように踊っている。（増田周子）

生方たつゑ　うぶかた・たつえ

明治三十八年二月二十三日〜平成十二年一月十八日。歌人。三重県生まれ。本姓は沼田。日本女子大学卒業。歌誌「浅紅」主宰。『生方たつゑ歌集』がある。読売文学賞、迢空賞受賞。

＊海にたつ虹《うみにたつにじ》　歌集。〔初版〕昭和三十七年五月五日、白玉書房。◇生方の第九歌集。「旅の日に足摺岬の荒潮からたった虹が、魔性をもつもののように私をながく潮に対わせ、とらえどころのない世界へのおどろきののち、むなしさに掠っていった日の印象はいまも鮮に私をゆすぶる」と「おわりに」にある。足摺岬で「『なやみの日に我を呼べ』といふ制札のまばゆさよ愛も岬ゆゑ晦《くら》し」、龍串附近「黄牛《あめ》も羊もあそぶ暢《のび》やかに畑浸蝕の渚はながく」、龍河洞「時ながく鐘乳洞をくぐるとき『奈落』が暗し奇岩が一つ」。（堀部功夫）

馬詰柿木　うまづめ・しき

明治二十八年十二月七日〜昭和五十六年十二月一日。俳人。徳島県に生まれる。本名は嘉吉。東京医科大学学長。俳句は道部臥牛に師事し、「初雁」に拠った。のち「初雁」主宰を継承。昭和三十八年「秋」同人。句集『青蓼科』（昭和55年8月19日、竹頭社）、著書『島木赤彦と篠原志都児』（昭和51年4月30日、金剛出版）ほか。（浦西和彦）

梅田俊作　うめだ・しゅんさく

昭和十七年（月日未詳）〜。画家、絵本作家。京都府丹後半島に生まれる。昭和二十二年、福島県生まれの佳子夫人との共作絵本に『ゆきみち』（ほるぷ出版）、『まんげつの海』（佼成出版社）、『ばあちゃんのなつやすみ』（岩崎書店）など多数。平成四年より徳島県日和佐町にアトリエをもち、創作を続け、『わたしがこぶただったころ』（平成4年8月31日、岩崎書店）、『どろんこ どろんこ だいうんどうかい』（平成4年12月15日、文研出版）などを刊行。他にエッセイ『おやじオロオロ子はスクスク』（文溪堂）、『山里ノスタルジー』（平成9年7月10日、ベネッセコーポレーション）がある。

＊山里ノスタルジー《やまざとのすたるじー》　エッセイ集。〔初版〕平成九年七月十日、ベネッセコーポレーション。◇一九九〇年代、東京から徳島県嬉夜野村に引っ越してきた画家のエッセイである。恵まれた自然を相手に畑を始め、子どもたちと遊び、楽天的で実直な土地の人たちと交流する様がユーモアたっぷりに物語られる。都会を脱出してきた筆者は、自分の中にある「子ども」が、ゆっくり深呼吸し始めるように感じだす。やがて筆者は、自分が都会での効率とスピードの競争の中で見失ったものの計り知れない重さを思い知らされる。（増田周子）

梅原賢二　うめはら・けんじ

昭和三十五年（月日未詳）〜。児童文学者。高知県に生まれる。広島大学卒業。同人雑誌「安芸童話」に加入し、ユーモア、ナンセンス童話を主に書く。代表作に『紀元55年のユートピア』（昭和60年、汐文社）等がある。（増田周子）

梅原稜子　うめはら・りょうこ

昭和十七年十月四日〜。小説家。愛媛県八幡浜市に生まれる。本名は松代智子。旧姓は阿部。早稲田大学文学部国文学科卒業後、昭和四十九年二月まで中央公論社に勤務。

四十六年、「円い旗の河床」が文学界新人賞佳作となりデビューする。四十九年、「夏の家」が芥川賞候補になるなど、相次いで三度同賞の候補に選ばれた。五十九年、『双身―四国山』で、綿密な資料調べと構成が評価され、第一二回平林たい子文学賞を受賞。懸命に生きようとする女性たちを暖かい目で見つめながら、彼女らの痛みをさらりとした筆致で描いたものが多い。著書に『掌の光景』（昭和50年8月5日、新潮社）、『夕凪の河口』（昭和53年3月10日、集英社）、『渚には風もなくて』等がある。平成八年には『海の回廊』で第四七回藝術選奨文部大臣賞を受賞した。

＊四国山《しこくさん》　短編小説。〔初出〕「新潮」昭和五十八年十一月一日。〔収録〕『双身―四国山』昭和五十九年五月、新潮社。◇四国山という四国霊場を模して、八十八カ所石仏を祀った山がある。映子は祖母とよくこの山に詣でていた。ある時、見知らぬ老人と山で出会い、三人で山を廻る。祖母と老人の会話から、二人は知り合いで何か心に懸かるものをふっ切りたいと山を廻っていることを察する。ミニお四国さんにかかわる祖母を孫娘の目を通して、血縁地縁がらみの中での苦しみ、痛みを描く。

（増田周子）

梅村光昭　うめむら・みつあき

昭和二十六年八月十二日～。詩人。神戸市に生まれる。大阪経済大学中退。在学中から神戸の「市民の学校」現代詩コースで、君本昌久、安水稔和から詩作を学ぶ。昭和四十九年詩誌「春夏秋冬」創刊同人となり、発行人兼編集人となる。詩集『破流智塹《ばるちさん》』（昭和53年2月、蜘蛛出版社）を刊行。これにより五十四年、神戸・ブルーメール賞受賞。五十七年、詩誌「めらんじゅ」創刊に加わり、編集人となるが、翌年、徳島高速船株式会社に勤務。「戯」に参加。現在、徳島現代詩協会会員。他の著作に詩集『きみは時代のバックコーラス』（昭和58年8月、蜘蛛出版社）がある。

（増田周子）

宇山白雨　うやま・はくう

明治二十八年八月六日～昭和五十六年八月二十四日。俳人。徳島県半田町（現つるぎ町）に生まれる。本名は安夫。大阪大学名誉教授。高浜虚子、高浜年尾、稲畑汀子に師事。「ホトトギス」同人。

（浦西和彦）

漆原伯夫　うるしはら・のりお

昭和十三年（月日未詳）～。小説家。徳島県藍住町に生まれる。昭和三十二年国士館大学文学部国文学科中退。東邦レーヨン入社、徳島工場、静岡三島工場、岐阜大垣工場を経て、六十四年に退社。徳島市立中央公民館、徳島城博物館に勤務。その間「暖流」「徳島作家の会」に所属、「藍騒動異聞」（「暖流」昭和42年11月）、「色白く口唇紅き」（「徳島作家」昭和64年6月）を発表。阿波の歴史を小説にする会の会員。橋本夢道を尊敬し、鳴門公園千畳敷の高台に「母の渦子の渦鳴戸故郷の渦」の句を刻んだ碑が建立された時、『夢道母郷集』（平成7年12月、夢道記念碑完成記念誌）を漆原伯夫編で刊行、「桃咲く藁家から―橋本夢道物語」を平成九年から十年にかけて「徳島新聞」に連載するなどの活躍をする。

＊桃咲く藁家から《ももさくわらやから》　伝記小説。〔初出〕「徳島新聞」平成九年九月二十四日～平成十年二月二日。〔初版〕『桃咲く藁家から―橋本夢道伝―』平成十五年四月十一日、阿波園藝株式会社。◇夢道の辞世の句「桃咲く藁家から七十年夢の秋」から題名をとったこの本は、俳人橋本夢道の生涯を描いたものである。荻原井泉水との出会い、奉公先に内緒の結婚による解雇。夢道たち

の「俳句生活」が左翼的だとの理由での逮捕、収監などさまざまな曲折の中で、生涯俳句を愛し、妻を愛した夢道の生き様を描く。

（増田周子）

宇和川喬子 うわがわ・きょうこ

大正十三年二月六日～。俳人。愛媛県松山市に生まれる。本名は喬子《たかこ》。「星」「浜」に参加。句集『ゴム人形』（平成元年5月10日）、著書『鑑賞吉野義子』（平成9年2月25日）。

雪催ひ地酒を容れし砥部白磁
古径の末は小流れ花ていれぎ
「のぼさん」も聞きし温泉《ゆ》太鼓明易し

（浦西和彦）

海野十三 うんの・じゅうざ

明治三十年十二月二十六日～昭和二十四年五月十七日。小説家。徳島市安宅町に生まれる。父真雄の長男。双子の弟と妹がいた。本名は佐野昌一。佐野家は代々藩主蜂須賀家に仕える御典医で、祖父渉が維新後、安宅町で開業。祖父は長崎で医学を修めるとともに、写真術を学び、徳島に移入した先覚者であった。父の転勤で祖父母に育てられ、小学校三年まで徳島市福島小学校に在籍。祖父の薫陶のせいで、科学に対する興味と、知識欲が深められた。その後、両親のもとで、兵庫県立神戸第一中学校を経て、大正十二年に早稲田大学理工学部電気工学科卒業。逓信省電気試験所に勤務し、無線の研究に従事。電気科学関係の執筆をする。同年、樋口たか子と結婚するが、二年後に、長女を残し、死別する。友人らと「無線電話」に科学大衆文藝欄を開設し、次々と科学小説を発表する。科学的素養が彼の作品の底流となり、時には素材やモチーフとして結実。江戸川乱歩に影響され、昭和三年四月「電気風呂の怪死事件」を「新青年」に発表し、文壇にデビュー。科学の素養を探偵小説に生かし、サスペンスを盛り上げたもので、日本になかったSF小説としてのジャンルを開いた。五年、神崎英と結婚。荏原郡世田谷町に新居を構える。「人造人間殺害事件」（昭和6年1月）、「麻雀殺人事件」（昭和6年9月）、「振動魔」（昭和6年11月）を次々に「新青年」に発表。七年には丘丘十郎の別名も使っていた。八年五月、初代「新青年」の編集長であった森下雨村の推薦で、「太平洋雷撃戦隊」を「少年倶楽部」に発表。海野十三の名は一躍少年雑誌の表看板となった。「少年倶楽部」や「少女倶楽部」などの雑誌に執筆するだけでなく、JOAKのラジオ番組紹介を主体とした「ラヂオ子供のテキスト」「子供の科学」「科学の日本」にまで登場し、サイエンス・ライターとして広く少年たちに愛読された。十年に電気試験所を辞し、文筆活動に専念。『火葬国風景』（昭和2年7月、春秋社）、『俘囚』（昭和2年11月、黒白書房）、『深夜の市長』（昭和11年7月、春秋社）、『地球盗難』（昭和12年4月、ラヂオ科学社）、『蝿男』（昭和13年4月、ラヂオ科学社）、『浮かぶ飛行島』（昭和14年1月、講談社）、『地球要塞』（昭和16年3月、偕成社）等を刊行。十七年、海軍報道班員としてラヴァウルなど南方激戦地へ派遣されるが、病気になり帰国。戦後は病床に着き、二十四年五月十七日に死去。旧蜂須賀公庭園より掘り出された阿波の青石製の海野十三の文学碑は、死後一三年目の命日に徳島市城ノ内徳島公園に建立された。題額は江戸川乱歩揮毫、碑文は「地球盗難」後記より得、佐々木東雲筆である。『海野十三全集』全一三巻、別巻二巻（昭和63年6月30日～平成5年1月30日、三一書房）がある。

＊三人の双生児 さんにんのそうせいじ　短編小説。〔初

出」「新青年」昭和十年九月号。〔収録〕『海野十三集　第四巻』昭和五十五年九月十五日、桃源社。◇故郷への思慕の織り込まれた作品。「三人の双生児」という奇妙な題名の意味が明かされてみると、現在、医学上の問題として、必ずしも正しいと言えるのかどうか不明。鮮やかな手際とも思えないが、空想科学の分野に足を踏み入れた時期の作品としては、作品冒頭の効果が大変興味深い。（増田周子）

【え】

永戸俊雄《えいと・としお》

明治三十二年九月十日～昭和三十一年十一月二十六日。翻訳家、映画評論家。徳島市に生まれる。大正十二年東京帝国大学法学部卒業。毎日新聞社に入社。バルザックの『放蕩親爺』（大正13年、春陽堂）の翻訳をする。昭和四年から八年にわたり、毎日新聞特派員としてロンドン、パリ、ジュネーブに滞在。戯曲『トパーズ』（昭和6年、新時代社、松尾邦之助との共訳）、マルセル・パニョルの『ファニー』（昭和10年、白水社）、『マリウス』（昭和13年、白水社）、『セザール』（昭和23年7月、雄鶏社）を次々に翻訳、これらは昭和二十七年二月一日から二〇日間にわたって、関西におけるマルセイユ劇三部作として、大阪と京都で連続上演された。以後文学座で繰り返し上演されている。またジョルジュ・シムノンのミステリー小説『男の頭（モンパルナスの夜）』（昭和10年、西東書林）、『或る男の首』『黄色い犬』（二作ともに昭和25年、雄鶏社）、『メグレの休暇』（昭和30年、早川書房）などの訳書もあり、広く読まれた。のちにキネマ旬報編集企画同人としても活躍。『映画の世界史』（昭和26年11月、白水社）、『映画の技法』（昭和28年7月、白水社）など多数。（増田周子）

永六輔《えい・ろくすけ》

昭和八年四月十日～。タレント。東京に生まれる。本名は孝雄。早稲田大学中退。

＊続日本特選十二景《ぞくにほんとくせんじゅうにけい》　エッセイ。〔初出〕「現代」平成三年十二月一日、二五巻一三号。◇高知城の「胴長短足な馬の銅像」から「見た目は悪いが主義を貫く」土佐人を思い浮かべ、鯨、どろめの味が「僕の高知」という。（堀部功夫）

江上壱弥《えがみ・いちや》

大正十二年（月日未詳）～昭和五十三年十月十八日。俳人。香川県に生まれる。本名は谷本近信。陸軍少佐。俳句は伊丹三樹彦に師事、「青玄」同人。昭和四十五年「草苑」創刊から同人。第一回草苑賞受賞。（浦西和彦）

江島智絵《えじま・ちえ》

大正五年九月三日～。歌人。三重県四日市に生まれる。本名は智恵子。図書館司書。「吾妹」を経て「徳島歌人」「潮音」に加入。徳島市中前川町に在住。歌集『十字路』（昭和43年7月20日、徳島短歌連盟）。

山深き桜並木に咲く花の秋はひとしほ白きくれなゐ（上勝の十月桜）

吉野川幾山川のへだたりにひとすぢ淡き藍となりゐる（大川原高原より）

（浦西和彦）

悦田喜和雄《えつだ・きわお》

明治二十九年八月二十一日～昭和五十八年三月二十一日。小説家。徳島県海部郡由岐町（現美波町）木岐の農家に生まれる。農業に従事しながら、文学に親しみ「文章世界」に投稿。大正八年、二十三歳で敬愛する武者小路実篤の「新しき村」に参加。志賀直哉の知遇を得て、「雑炊」を「白樺」（大正11年6月）に発表する。なかなか読んでもらえない、読んでも批評してもらえない小説を書いては、そっと武者小路実篤の机上に置いておくという苦労の結果であった。十一年、井上アサノと結婚。十三年に「庄吉爺さん」（「青年」1月）、「叔母」（「改造」8月）、「百姓」（「中央公論」10月）、「脱出」（「新潮」12月）などを発表。十四年に発表した「くだかれた心」（「中央公論」1月）で、滝田樗蔭に「大変にいい出来で、農村青年の恋に目覚めた心持ちを、この位正しく詩的に描いた作品は今迄全く一つもなかった」と激賞され、「しばらくの間貴下の創作を一手に引き受けたい。貴下の描写は僕は好きで好きで堪らない」といわれ、さながら流行作家のように、「敗れたる人々」（「中央公論」4月）、「バクチ」（「中央公論」6月）、「悲しき願ひ」（「中央公論」12月）、「鏡」（「文藝春秋」12月）等、書きまくった。翌十五年には「猫」（「サンデー毎日」1月）、「ギチと吉公」（「中央公論」3月）等を発表する。弱者である〝農民〟で虐げられたものを描きながら、どこか明るく楽天的な善意あふれる世界が広がる。阿波の南方方言が使われ、親しみが感じられる。十五年十二月父の死去により帰郷し、農業を営むが、小説は書き続ける。しかし、最大の理解者であった滝田の死去にともない、中央誌との縁も遠くなっていく。帰郷後は、農業、小説執筆のかたわら、地域のよき理解者として町会議員、農協理事、町教育委員などを務めた。戦後は「四国文学」の主宰者となり、「徳島新聞」「農民文学」「暖流」「この道」などに作品を寄せた。門下に佃実夫がいる。作品集に『新しき日』（昭和40年）、『綾の鼓』（昭和46年5月7日、皆美社）がある。

＊綾の鼓《あやのつづみ》　短編小説。〔収録〕『綾の鼓』昭和四十六年五月七日、皆美社。◇能狂言の「綾の鼓」で、綾で作った鳴らない鼓を鳴らせと命じられた庭掃き老人は、絶望して死ぬ。その逸話を思い浮かべながら、やもめの草刈り清二は、後家のとよと情事を重ねる。年寄りの色事だとの陰口を恐れつつも農村を舞台に、心の葛藤と闘い愛欲こそ尊いものだと言い聞かせる。（増田周子）

恵乃崎ただえ　えのさき・ただえ

昭和二年八月七日～。小説家。徳島県美馬郡三島村（現美馬市）に生まれる。本名は岸義一。東洋大学国文学科中退。財団法人日本国有鉄道鉄道弘済会調査役を経て、社福法人全国鉄身障者協会へ出向。身障者福祉月刊雑誌「リハビリテーション」の編集を担当する。昭和二十二年、短編「浮浪児」を発表。同人誌「砂時計」創刊に尽力。以後、小説、福祉批評などの執筆活動を続け、小説「壺」を高知県警本部教養誌「建依別」に掲載。「ヒトの原点にみる世界の日本」（『青少年へ贈る言葉―〝わが人生論〟徳島編下』文教図書出版）や「昭和生まれの四国人間」（同書四国版）など、四国に関係するものも多い。また、古代文物に対する造詣も深く、新聞雑誌営業部、会長室各調査役などの職にありながら、恵乃崎古代文物研究所を主宰し、古代文物の考察研究に携わり、産業考古学会、神奈川県考古学会の会員としても活躍している。長編小説に『斜面の人びと』（昭和57年11月15日、沖積社）がある。（増田周子）

榎本滋民　えのもと・しげたみ

昭和五年二月二十一日～平成十五年一月十六日。小説家。東京に生まれる。国学院大学中退。

＊血みどろ絵金《ちみどろえきん》　短編小説。〔初出〕

「小説現代」昭和四十五年二月一日、八巻二号。◇若き日の絵金を描く。金蔵は徳姫の駕籠をかついで江戸へ行く。長曽我部系ゆえに同流の多い下士小者を憎悪する徳姫の狂態を見る。江戸で絵の修業をする金蔵は、自分の鉱脈を探り当て、藩のお抱え絵師に出世する。その妨げになってはと、遊行藝能民の末裔らしい母は自死する。（堀部功夫）

江部俊夫《えべ・としお》
昭和三年五月八日～。詩人。高知県に生まれる。本姓は小川。高知大学卒業。「青い地球」「海流」同人。（浦西和彦）

江村槇典《えむら・しんすけ》
昭和十四年四月二十日～四十七年三月十五日。詩人。東京都で父儀一郎、母末子の長男として生まれる。父は高級官吏だった。幼少期、高知で過ごす。父の転勤に伴い、尾道市、千葉市、高校市、名古屋市と転校をくりかえす。父と不和になり、昭和三十四年、早稲田大学文学部仏文科を中退し、高知へ来る。三十六年、沢田紀子と結婚する。「MES」「蘇鉄」に「槇聖一郎」名で詩を発表する。三十七年、岡村化成に入社する。三十八年、四国医療サービス松山工場長となる。三十九年十二月、退社して高知へもどる。家庭教師、塾講師、セールスマンなどをしながら、創作に取り組む。四十一年、「潜航」に参加する。四十二年、日興証券に入社する。四十五年、肝臓悪化のため、入院する。三十三歳で肝硬変のため逝く。五十八年、『まぼろしの夏の如く』が刊行された。同書所収年譜にくわしい。

＊まぼろしの夏の如く《まぼろしのなつのごとく》 短編小説。〔初出〕「潜航」昭和四十二年、第四号か。〔収録〕『まぼろしの夏の如く』昭和五十八年十月十日、土佐出版制作室。◇「ぼく」は名古屋で「汚れのマリー」と呼ぶ女と別れた。「ぼく」は妻と南の土地にやってきて、「ぼくの軌跡のなかで」「汚れのマリー」と対蹠的な位置を占める「まぼろしの夏の領域から」吹く熱い風と出遇う。片岡文雄「江村槇典論」は、「〈私〉の存立を求めての一人称による主人公の彷徨」を読む。（堀部功夫）

遠藤天歩《えんどう・てんほ》
明治四十年（月日未詳）～昭和四十八年一月十五日。俳人。愛媛県に生まれる。本名は友近。教員。俳句は、昭和九年、仙波花叟に師事して浅海吟社を起こした。のち「渋柿」同人。（浦西和彦）

円藤直美《えんどう・なおみ》
生年月日未詳～。小説家。徳島県に生まれる。平成六年七月に母親のための同人誌「ちこり」を主宰、詩、エッセイ、小説、童話等を書く。著書に『フィングリシア物語』（平成6年10月10日、近代文藝社）がある。（増田周子）

円藤信代《えんどう・のぶよ》
昭和十八年五月十六日～。詩人。徳島市に生まれる。徳島県立小松島高等学校を卒業後、徳島県安全運転管理協会に勤務、詩誌「詩脈」の同人として、詩作を続ける。県民文藝優秀賞、佳作賞をそれぞれ六回受賞。著書に『かわいた河川の花』（平成5年3月30日、徳島県教育印刷）がある。四国をあつかった詩に「高原マラソン」「はなやぎの眉山」などがある。（増田周子）

【お】

大石正巳《おおいし・まさみ》
安政二（一八五五）年四月十一日～昭和十

年七月十二日。政治家。土佐に生まれる。自由民権運動に参加。馬場辰猪らと国友会の同人として「国友雑誌」の編集に参加。明治十五年六月二十五日創刊「自由新聞」記者となったが、十月に退社。十八年末、爆発物取締規則違反で捕えられ、翌年無罪となり馬場辰猪とともに渡米。二十一年六月、後藤象二郎が発行した「政論」の主筆となる。

（浦西和彦）

大石喜幸　おおいし・よしゆき

明治四十三年三月二十六日～昭和十六年一月三十日。詩人。高知県香美郡暁霞村白川に尚、清恵の長男として生まれる。美良布高等小学校を卒業する。高知市他で修業し、高知市の洋服店で働く。昭和四年から詩誌創刊にかかわる。十年、「詩精神」に詩「水の思想」「射ぬかれた鳥」「ぶら下ってくる奴」、評論「新人号寸評」を発表する。十一年、「詩人」に詩「嵐の中で」を発表する。十五年、病気のため妻と離別し、翌年死去した。

（堀部功夫）

大内兵衛　おおうち・ひょうえ

明治二十一年八月二十九日～昭和五十五年五月一日。経済学者。兵庫県洲本市に生まれる。大正二年、東京帝国大学卒業後、大蔵省に入り、八年、東京帝国大学助教授、のち教授。昭和十三年、人民戦線事件で検挙された。戦後は法政大学総長等になる。

＊四国で拾った話《しこくでひろったはなし》　エッセイ。〔初出〕「世界」昭和二十七年二月一日、第七四号。◇「阿波の十郎兵衛」「坂本龍馬」「浄願寺のたぬき」「正岡子規」の四話から成る。今日の日本近代文学に自由な空気を与えたのは、子規であったという。

（浦西和彦）

大江健三郎　おおえ・けんざぶろう

昭和十年一月三十一日～。小説家。愛媛県喜多郡大瀬村（現内子町大瀬）に生まれる。父の好太郎、母の小石の三男。昭和十六年四月、大瀬国民学校（のち学制改革で小学校と改称）に入学。十九年、九歳のとき祖母と父を失った。二十二年三月、大瀬小学校を卒業。四月、新制中学第一期生として大瀬中学校に入学。二年生のとき、子供農業協同組合の組合長となる。このころ、東京の出版社に郵便為替を送り、岩波文庫『罪と罰』を購入。二十五年三月、大瀬中学校を卒業。生徒会誌に「『罪と罰』について」を載せた。四月、愛媛県立内子高等学校に入学。生徒会誌「梅の木」に詩などを掲載。二十六年四月、愛媛県立松山東高等学校に転校。文藝部で詩や評論を書き、文藝誌「掌上」を編集。二十八年三月、愛媛県立松山東高等学校を卒業。東京の正修予備校に通う。二十九年四月、東京大学文科二類に入学。仏文科に進み、渡辺一夫教授の指導を受け、サルトルの著作を読みふけった。三十二年度「東京大学新聞」五月祭賞に「奇妙な仕事」が入選。平野謙が「毎日新聞」の文藝時評で称賛したことから注目され、続いて「死者の奢り」（「文学界」昭和32年8月）、「他人の足」（「新潮」昭和32年8月）を発表した。三十三年には「飼育」により第三九回芥川賞を受賞し、最初の長編『芽むしり仔撃ち』も評判になり、一躍「新しい文学」の旗手となる。三十四年四月、東京大学文学部仏文科を卒業。卒業論文は「サルトルの小説におけるイメージについて」。三十五年二月、伊丹万作の長女伊丹ゆかりと結婚。三十五年、「安保批判の会」「若い日本の会」に参加し、安保条約改定反対運動をする。三十八年六月、長男光が脳に障害をもって誕生した。夏、広島を訪問、原爆被害状況をみる。原水爆禁止運動の分裂状況を体験した。三十九年八月、書き下ろし長編『個人的な体験』（新潮社）で障害児の出生を受けとめる父親を描いた。続いて『万延元年のフットボール』『洪水はわが魂に及び』『ピンチランナー調書』『同時代ゲーム』など、話題作を発表。その後、再び自己の私的世界に目を向けた『「雨の木《レイン・ツリー》」を聴く女たち』『新しい人よ眼ざめよ』『取り替え子』などを書く。平成六年十二月七日、ノーベル文学賞受賞記念講演「あいまいな日本の私」をストックホルムのスウェーデンアカデミーで行う。七年、朝日賞を受賞。十二年、ハーバード大学名誉博士号を、十四年、レジオン・ドヌール勲章コマンドール章を受けた。評論にも活躍し、『ヒロシマ・ノート』『沖縄ノート』等がある。

＊飼育《しいく》　短編小説。〔初出〕「文学界」昭和三十三年一月一日。◇都会から隔絶した山村に墜落したアメリカの黒人兵を、村人たちが捕虜として「飼育」しなければならなくなった戦争末期の夏の初めの出来事を、少年の目をとおして描いた作品である。芥川賞選評で、井伏鱒二は「大江氏の作品は、発足するにおいて托する主人公の優秀な五感をはっきり六根に擬装させ、これでもって陳腐へ左様ならしながらまともな作者の影を写していると思いました」と評した。

＊万延元年のフットボール《まんえんがんねんのふっとぼーる》　長編小説。〔初出〕「群像」昭和四十二年一月一日～七月一日。〔初版〕昭和四十二年九月十二日、講談社。◇昭和三十七年秋から翌年春ごろの四国の山村が舞台である。根所蜜三郎とその妻、アメリカ帰りの蜜三郎の弟の鷹四が、四国の森深い谷間の故郷へ帰る。根所家は酒造家であり大庄屋であった。万延元（一八六〇）年に村に一揆が起こり根所家は攻撃された。鷹四は青年団をフットボールチームとして組織し、スーパーマーケットを占領して掠奪させる。蜜三郎の妻は鷹四と性的関係になる。鷹四は村の娘に関係を迫って殺してしまう。かつて、自殺した妹と関係したことを告白し、鷹四は自殺する。万延元年に村の一揆を指導した曽祖父の弟は地下室で一生を終えたことが明らかになる。

＊いかに木を殺すか《いかにきをころすか》　短編集。〔初版〕『いかに木を殺すか』昭和五十九年十二月二十日、文藝春秋。◇カリフォルニア大学バークレイ校など、外国滞在とかかわりのある作品四編と、四国の森に囲まれた故郷をめぐり、戦争末期の時代に展開される物語四編が収録されている。『罪のゆるし』のあお草」では、長男が二十歳になったので、八十歳の母に会わせる目的で年末に家族全員で谷間へ帰郷する。父の死んだ歳と同じ歳になったという自覚から、父の死にはじまり、四十年近い時をはさんで母との関係を回顧する。「いかに木を殺すか」では、戦争末期、脱走兵の山狩りに非協力的な村民を弾劾し村外の人々を動員しようとする憲兵に対して、村の女性たちが、森を焼く計画をたてた代官を絞首する芝居を上演することで対抗して、憲兵の計画を阻止する。

＊「救い主」が殴られるまで《「すくいぬし」がなぐられるまで》　長編小説。〔初出〕「新潮」平成五年九月一日。〔初版〕平成五年十一月二十五日、新潮社。◇外交官である父の任地で、ある外国で生まれ、東京の大学で学んだ若者が、父の故郷である四国の森で新しい生活を始めようとする。若者は、四国の森のなかで、「オーバー」と呼ばれる百歳近い祖母の力を借りながら、新しい生活に溶けこんでいく。彼は、神秘的な治癒の力で、ガンにかかった子供たちを治そうとする。子供は死んでしまう。「救い主」はいかさまであると、騒ぎのなかで、彼は殴られ、負傷する。「燃え

あがる緑の木」の第一部。

＊大いなる日に《おおいなるひに》　長編小説。〔初出〕「新潮」平成七年三月一日。〔初版〕平成七年三月一日、新潮社。◇四国の森のなかに、「ギー兄さん」と呼ばれる治癒の力を持つ「救世主」を中心に、「燃えあがる緑の木」という名前の教会を作ろうとする。外部からはカルト集団であると見られ、反対運動が起こる。「救世主」である彼自身が、組織を壊す人になっていく。「燃えあがる緑の木」の第三部。

＊宙返り《ちゅうがえり》　長編小説。〔初版〕『宙返り上・下』平成十一年六月十五日、講談社。◇ある宗教団体の再生を描く。教団の「師匠」と呼ばれる指導者と、「案内人」と呼ばれる彼と共に宗教活動を行っていたが、組織内の一派が過激な動きに出たので、自分たちの活動は茶番だったという声明を発表した過去がある。物語はこの二人が一〇年後、同じ教団の活動を再開しようとするところから始まる。四国の山中に彼らの教会を再興する。

（浦西和彦）

大江昭太郎　おおえ・しょうたろう

昭和四年一月十六日～平成元年四月二十九日。歌人。愛媛県喜多郡大瀬村（現内子町大瀬）に生まれる。大江健三郎の兄。昭和二十年、愛媛県立松山商業学校卒業。二十五年「にぎたづ」、三十四年「地中海」入会。大野静、香川進に師事。五十九年より「にぎたづ」主宰。歌集『青い流れ』（昭和26年）、『とんびあきんど』（昭和42年）、『永劫の水』（昭和57年）、『黄瑞香』（平成元年4月、不識書院）。

（浦西和彦）

大江鉄麿　おおえ・てつまろ

大正四年二月二十八日～昭和十九年八月五日。詩人。高知県高岡郡宇佐町に和次郎、糸の三男として生まれる。本名は横山秀年。父は漁商であった。昭和四年、兄俊次が漁民運動で起訴された。大阪へ出て工場労働者になる。九年、「詩精神」に詩、歌謡、感想、短歌を発表する。詩「職場の歌」が年刊『一九三四年詩集』に採られる。十年、「詩精神」に短歌、詩を発表する。「文学案内」に詩を発表する。十一年、「詩人」に詩を発表する。詩「市立共同宿泊所」が年刊『一九三五年詩集』に採られる。帰郷し、菓子卸店で働く。十七年、徴用され、十八年、召集される。翌年、ニューブリテン島で戦死した。

＊用意―ねむれる漁業労働者にあたへる詩《かまえ―ねむれるぎょぎょうろうどうしゃにあたえるし》　詩。〔初出〕「詩精神」昭和九年八月一日、一巻七号。◇「誰が忘れる事が出来るか／あの日を！／……一九三九年十月十九日……」、三昼夜にわたる漁民闘争を描く。文末に「改作して」と付記。

（堀部功夫）

おおえまさのり　おおえ・まさのり

昭和十七年一月三十日～。思想家、翻訳家。徳島県鳴門市の木偶屋（文楽人形首《かしら》造り）四代目大江巳之助の長男として、鳴門市に生まれる。本名は大江正典。京都学藝大学特修美術学科彫塑卒業。家業を継がず、ニューヨークで四年間映画制作に携わる。その後インドに渡り、チベット仏教に出会い、翻訳、紹介に尽力。八ケ岳の麓に住み、自然農業に取り組みながら、精神世界の展望を切り拓くさまざまな企画に従事、一部の若者の教祖的存在となる。訳書に『チベット死者の書』〈講談社＋α文庫〉、『ミラレパ』（メルクマール社）、『クリシュナムルティの神秘体験』（メルクマール社）、『ミラレパの十万歌』（いちえんそう）などがあり、著書に『超死考』（地湧社）、『ガイア』（現代書館）、『スピリットの森から』（柏樹社）、『チベットの死者の書99の謎』

〈二見文庫〉、絵本に『じゃんぴんぐ・まうす』（いちえんそう）などがある。

＊木偶の舞う夢《でこのまうゆめ》　評伝。〔初版〕平成十年一月三十一日、共同プレス。◇阿波の「木偶屋」四代目に生まれ、中学生で死病から立ち直り、名人形師となる大江巳之助の生涯を息子の目で描いたものである。天狗久の門を叩くが、座は潰れかかって先がないと言われ、大阪の文楽座へ入る。首作りの師匠もなく、文楽の藝の世界から学ぶだけという試行錯誤を経て、ひたすら名人文五郎の遣う人形を作る。座頭の養子話を断り、八年で帰郷。仕事は皆無となる。その上女に騙され、命ともいえるスケッチ帳を取られてしまう。戦後焼失した文楽座の建て直しに、首作りの仕事を依頼され、一人で殆どの首を作る。首作りは裏方に徹すという信念を貫き、彼の名は表には出ていない。貧苦の生活、家族への愛、口に出さない息子たちへの思い、首作りへの一途さなど、人間味溢れる巳之助の生涯が熱く語られる。（増田周子）

大江満雄　おおえ・みつお

明治三十九年七月二十四日〜平成三年十月十二日。詩人。高知県幡多郡奥内村泊浦に、父馨、母ウマの長男として生まれる。大正九年、上京し、石版印刷技術を習得する。十二〜十三年頃、労働学院等に通い、原宿同胞教会で受洗する。十五年、「文藝世紀」編集兼発行人となる。昭和三年六月、詩集『血の花が開くとき』を著す。五年、「労働派」、六年、「プロレタリア詩」に参加、京都第一工業研究所に勤める。九年、「詩精神」に、十一年、「詩人」に参加、コムアカデミー事件で検挙、留置される。十三〜十六年、日本放送出版協会に勤める。十五年、「歴程」同人となる。十七〜十九年、『日本詩語の研究』『蘭印・仏印史』『日本海流』『日本武尊』『国民詩について』を著す。二十一年、「現代詩」に、二十二年から「至上律」に参加。二十二年、童話『うたものがたり』を著す。二十五年、現代詩人会発起人の一人となる。二十八年、全国ハンセン氏病者の詩集『いのちの芽』を編む。「亜細亜詩人」を創刊する。二十九年、詩集『海峡』『機械の呼吸』を著す。三十八年、茨城県稲敷郡阿見町実穀一二九八―二へ移住する。五十四年、日本現代詩人会より先達詩人として顕彰される。六十一年、日本現代詩人会名誉会員となる。六十二年、詩集『地球民のうた』を著す。十月十二日、心不全のため東京医科大学霞ケ浦病院で死去した。平成八年七月二十五日、思想の科学社より『大江満雄集』二巻が刊行される。

＊血の花が開くとき《ちのはながひらくとき》　詩集。〔初版〕昭和三年六月十二日、誠志堂。◇「プロレタリア抒情詩の段階としてこの詩集をおくりだします」と序す。「土佐」「土佐の海」「漁夫の子」を含む。「土佐の海」で、海に沈む太陽を「赤いまいかけをしてざうりをしきずつてかける／ちいさな子の顔のよう」と描く。

＊日本海流《にほんかいりゅう》　詩集。〔初版〕昭和十八年九月一日、山雅房。◇大江の第二詩集。森田進は本集の特徴の一として「故郷土佐が日本そのもののイメージと二重写しになり、独自の日本回帰を行っている」点を挙げる。「日本海流」（「文学界」昭和13年12月）、シンガポール陥落のよろこびをうたう「足摺岬」（「あきつ」昭和17年5月）、「讃歌」「山峡」、「おもふほど　おもふほどに／ふるさとの雨の降る日は美《かな》し。／四万十川の水のにごる日はかなし。」と結ぶ「四万十川」（「蠟人形」昭和17年7月）、「古里」他を含む。

＊海峡《かいきょう》　詩集。〔初版〕昭和二十九年十一月一日、昭森社。◇「あとがき」に拠

れば「キリスト教的なものとマルクス主義的なものの統一を考えた」詩集。「わたしは海を飛んでゆく鳥だ」は最終連が「わたしは／父母のいうふるさとをすてて／いくつもいくつもの海峡を越えて／大海を飛んでいる鳥だ。」である。教科書『新しい国語三』（昭和53年度用、東京書籍株式会社）に採用される。「石油ランプの街灯」は、「ふるさとの／街のはずれに／子福者の街灯屋があった」。その子供と友達だった「わたし」も一緒に点灯して歩く。「わたしが　いちばんさいごの居酒屋の街灯をつけたとき／ホヤを落した。（あのときの小さな贖罪意識）」。伊藤信吉は「子供は、その罪のあがないの気持を、永く永く忘れることがなかった。この詩には一つの精神の歴史が語られている」と鑑賞する（『日本の詩歌27』昭和45年3月15日、中央公論社）。他に「古い機織部屋」（「現代詩」昭和24年8月）を含む。森田進は、この詩集の特徴の一に「故郷土佐の新しい位置づけ」を挙げ、「『日本海流』では、故郷土佐は天皇制日本のイメージへと拡大化されて、逆立ちをしてしまったのであるが、ここでは、漠然とした土佐ではなく、故郷として定立させた宿毛に焦点を合わせている。望郷は新たな決別の意志に支えられて、母との和解も試みられている」と評した。

（堀部功夫）

大岡玲　おおおか・あきら

昭和三十三年十月十六日〜。小説家。東京に生まれる。東京外国語大学大学院修了。『黄昏のストーム・シーディング』『表層生活』などを著す。三島由紀夫賞、第一〇二回芥川賞を受賞。

＊旅ゆけば、酒《たびゆけば、さけ》　エッセイ集。〔初版〕平成十一年三月十七日、日本経済新聞社。◇「夢かうつつか、はた宴会か」（『アルカス』平成5年5月）高知市の割烹旅館「臨水」で皿鉢料理、箸拳、〝しばてん〟踊りなどに一夕の歓を尽くす。「いい節、いい水、いい気持ち」（「太陽」平成5年12月）土佐清水でソウダ鰹の節作り工程を見る。

（堀部功夫）

大岡昇平　おおおか・しょうへい

明治四十二年三月六日〜昭和六十三年十二月二十五日。小説家。東京に生まれる。京都大学卒業。昭和十九年、フィリピンの戦線へ。敗戦後、アメリカ軍捕虜となる。二十三年、「俘虜記」を発表する。『大岡昇平全集』全二三巻、別巻一巻（平成6年10月〜15年8月、筑摩書房）がある。五十九年十月一日、高知行。二日、土佐山田町の宇賀勇男＝堺事件当事者の子孫を訪ね、三日、中村市へ行く。

（堀部功夫）

＊天誅組《てんちゅうぐみ》　長編小説。〔初出〕「産経新聞」昭和三十八年十一月十八日〜三十九年九月二十五日。◇土佐山奥の庄屋吉村虎太郎が、文久二（一八六二）年寺田屋騒動への参加と挫折、入獄を経て、京都と長州の間を奔走する。そして大和挙兵の組織者にまで成長する。文久三年秋、大和に挙兵、最初の討幕軍として壊滅した〝天誅組〟の発生から、その挙兵までを吉村虎太郎を主人公に、その時代の流れを描いた史伝体の歴史小説である。

（浦西和彦）

＊堺港攘夷始末《さかいこうじょういしまつ》　長編小説。〔初出〕「中央公論文藝特集」昭和五十九年十月二十五日〜六十三年十二月二十五日。未完。〔初版〕平成元年十二月二十五日、中央公論社。久留島浩、宮崎勝美の編。◇鷗外「堺事件」検討を一契機に、フランス側記録まで史料を博捜し、大岡が自己の体験と重ねて、歴史と人間を描こうとした。フランス側死者の姓名もみな記録し、「殆ど二十歳から二十三歳の若者である。うち志願二、徴募四、不明六である。彼等とても望

んで極東へ来たのではなかった。〔略〕切腹させられた土佐藩士一一名も痛ましいが、殺された一一名の若いフランス兵も可哀そうなのであった」。箕浦にしても、切腹より、その前夜、自分の指揮によって発砲した部下が罪になることを憤慨する。「将兵一体の理想的状況が生じている。ここには『東京裁判』のB・C戦犯と同じ関係がある」。のち、井田進也「『堺港攘夷始末』疑異」（「思想」平成7年5月）は、大岡が『復古記』所収「外国掛上申書」から引用し執着した土佐藩の旭茶屋二階潜伏説に対し、その時間的可能性に日仏資料から疑問を提出する。

＊土佐日記《とさにっき》　日記。〔初出〕「文学界」昭和六十年一月一日、第三九巻一号。〔初版〕『昭和末』平成元年十月二十六日、岩波書店。◇昭和五十九年十月一～四日、「堺港攘夷始末」取材のため高知行。堺事件生き残り者の流刑地を実視する。安岡憲彦同行。「死せし者の不幸と生き残りし者の不幸、フィリピン生き残りのわが身に切実なり」。

（堀部功夫）

大川宣純　おおかわ・のぶずみ

大正十四年二月五日～昭和三十六年四月五日。詩人。高知市吉野、鷲尾山麓に、父勝喜の長男として生まれる。小学校卒業後、大阪の鉄工所に就職したり、上京して美術を学んだりした。昭和十八年、病気のため帰郷する。十九年、高知日報勤務か。俳句を作る。宮地佐一郎と交友しげく、二十一年、「詩座」同人となる。晩夏、酔って堺町文化ビル三階の事務所を訪ね、沢村光博と初めて会う。二十四年、再び絵を描きはじめる。小説「冷色」を「無頼派」に発表する。上京し、横須賀市のアイスクリーム工場、製麺工場で働く。二十五年、東京豊島区千早町、天理教会の離れを借り、飯田橋職業安定所の失対事業で働く。二十六年、新宿区戸塚に住み、職安での機関誌「星への歩み」を発行する。当時日本共産党員。帰郷し大崎二郎と語り、酔い痴れて上京することもあった。二十八年、職場機関誌「にこよん詩集」を発刊する。秋、小石川一丁目にバラックを建てて住む。二十九年一月、バラックを撤去する。三十年秋、西本敦のはからいで熱海市錦ケ浦の日本山妙法寺に住む。三十一年、砂川基地反対闘争に参加する。詩「砂川五番」を書く。三十二年、詩誌「鉄と砂」に参加する。三十四年、飲酒狼藉のはて、妙法寺を出る。帰高し、土工で生活するが、酒量を増やす。三十六年四月四日から酒をあおり、働いていた潮江のアスファルト工事飯場軒先で泥酔死した。大崎二郎「はだら記」五四～六三（「高知新聞」昭和59年12月22～31日）に拠る。六十二年、「江古田文学⑬」が「詩人大川宣純の世界」を特集し宮地佐一郎、岡本弘、大崎二郎、田藤勇、沢英彦、山形敬介の批評を載せた。

＊てんごう　詩。〔初出〕「詩座」昭和二十二年五月か。〔収録〕『大川宣純詩集』昭和四十四年一月二十五日、刊行委員会。◇「あしゃ／根が百姓ぢゃった／その外に能がなかった」に始まる。方言詩。未完の自分史でもある。二十一歳時の作であるが、大崎二郎は「彼の短かすぎる詩人としての生涯のなかで最もその資質の冴えをみせている」と書き、また発表「当時全国の詩人たちからかなりの評価をえた。これはまた、方言詩としても出色で、少なくとも土佐の方言で書かれた詩の中でこれは白眉である」と述べる。同時代評の一つは臼井喜之介（山形敬介文より孫引）の「本号最秀作は大川氏の『てんごう』であろう。惜しむらくは方言の少し難解にすぎること、それがまた所期の効果をおさめてゐるといへ、この詩は標準語に書き直しても価値を失はぬと

思ふ」であろう。

＊冷色《れいしょく》　短編小説。〔初出〕「無頼派」昭和二十四年五月十五日。◇「志木」は「つたえ」という「悪感そのもの丶女から離れるために己の醜悪な面を引き出し見せびらかすために女に金をせびってカストリをあふる」。

（堀部功夫）

大木惇夫《おおき・あつお》

明治二十八年四月十八日～昭和五十二年七月十九日。詩人、小説家。広島市に生まれる。本名は軍一。筆名は篤夫、のち惇夫に改名。広島商業学校卒業後、銀行に三年間勤めるが、上京して博文館に勤務。三木露風や北原白秋の詩に感動し、大正五年頃から詩作をはじめる。十年「大阪毎日新聞」の懸賞小説に当選。十一年「詩と音楽」でデビューし、白秋門下の詩人として活躍する。『風・光・木の葉』（大正14年1月、アルス）で白秋の賛辞を得、『秋に見る夢』（大正15年9月、アルス）、『カミツレ之花』（昭和9年3月、鬼工社）、戦後は『山の消息』『風の使者』、その他小説集、童話集など多くの著作を刊行。

＊阿波の春《あわのはる》　詩。〔収録〕『冬刻詩集』昭和十三年一月、草木屋出版部。〔全集〕『大木惇夫詩全集1』昭和四十四年八月、金園社。◇「阿波の春」で「杉の花のほろろ散るや／かなた街の屋根はしづか、／河は流れ山は青み／菜種咲きて霞む遠野、／み寺めぐる人ら行きて／阿波の春よ、鐸《すず》は鳴りつつ。」と詠う。

（増田周子）

大岸由起子《おおぎし・ゆきこ》

昭和三年十一月一日～。歌人。高知県香美郡に生まれる。本名は房子。農業に従事。昭和十七年より作歌。「高知歌人」「高知アララギ」「詩歌」「青天」所属。歌集『野のうた』（昭和59年8月1日、印美書房）。

大歩危も小歩危も過ぎて仰ぎみる阿波の
細田に稲いとけなし

引き潮に真砂まろぶも透かしみてくだる
四万十秋まだ青し

（浦西和彦）

大北たきを《おおきた・たきお》

大正十一年十月二十日～。俳人。愛媛県に生まれる。本名は正。愛媛県立松山中学校を経て九州大学医学専門部卒業。内科医。昭和十七年、山口誓子に師事し、「天狼」に参加。句集『夜と霧』（昭和57年9月1日、牧羊社）。

（浦西和彦）

大北秀和《おおきた・ひでかず》

昭和二十二年（月日未詳）～。小説家。香川県に生まれる。建築事務所代表取締役のかたわら小説を書く。「橙年行進曲」が第六一回コスモ文学賞（新人賞）を受ける。著書に『桜紙』（平成9年7月、東洋出版）、『田舎さま…ご一行』（平成10年3月、新風舎）、『みちくさ』（平成10年3月、島影社）がある。

（浦西和彦）

大城戸淳二《おおきど・じゅんじ》

大正十一年十一月四日～。歌人。大阪市に生まれる。高知市薊野に在住。「新アララギ」「高知アララギ」「林泉」「高知歌人」に参加。歌集『復活祭』（昭和61年5月20日、みぎわ書房）。

西行もここになげきをとどめたる曼荼羅
寺山門のうへの昼あわき月

朝明けし伊佐爾波の宮の屋根のうへ今か
がやきて雲の過ぎゆく

（浦西和彦）

大櫛静波《おおくし・せいは》

大正五年五月五日～。俳人。徳島県板野郡吉野町（現阿波市）に生まれる。本名は正。陸軍大学校卒業。書店自営。昭和二十一年十月、倭鳥糸の松苗社に入会、宮下歌梯に

師事。五十九年三月「松苗」二代目主宰となる。句集『故郷』（昭和52年11月3日、松苗社）。

夏山が空を狭めて祖谷の里
阿波人は雪踏む様に踊るかな
遠望に霞みて据わる讃岐富士

（浦西和彦）

大倉桃郎　おおくら・とうろう

明治十二年十一月十七日～昭和十九年四月二十二日。小説家。香川県仲多度郡本島村大字本島大浦に生まれる。本名は国松。父利三郎、母カネの長男。明治十八年、神奈川県横浜須賀汐入に転住。二十七年頃、海軍工廠の造船図工として働いた。三十二年に上京し、国語伝習所で学ぶ。三十年頃より「文庫」「萬朝報」等に投稿、文学に興味を持つ。三十四年十二月、徴兵で香川県善通寺の第一一師団丸亀連隊に入隊。台湾に出征。三十七年、除隊後、「大阪朝日新聞」第一回懸賞小説に応募すべく「琵琶歌」を執筆した。日露戦争が勃発し、三月に千葉県の佐倉連隊に応召、満洲各地を転戦。七月三十一日、「琵琶歌」の「大阪朝日新聞」懸賞一等当選が公表されたが、作者の所在はわからなかった。三十八年一月一日より二月二十三日まで黒風白雨楼の署名で「琵琶歌」を「大阪朝日新聞」に連載。三十九年三月、軍曹で凱旋して功六級金鵄勲章を受章。九月十日、『旧山河』を金尾文淵堂より刊行。四十年三月十七日より五月二十七日まで「不知火」を「大阪毎日新聞」に連載。この年、本島に帰り、果樹園を経営しつつ文筆生活を送るという計画を立て、その準備中に、黒岩涙香の懇請で萬朝報社に入社。四十二年十二月一日より翌年二月十日まで「瀬戸内海」を「萬朝報」に連載。大正十三年、一七年間勤めた萬朝報社を退職し、文筆生活に専念する。主として歴史小説・少年読物を書いた。『離合』（明治42年9月8日、磯部甲陽堂）、『歴史物語江戸城』（明治45年5月25日、同文館）、『万石浪人』（大正3年5月1日、水野書店）、『慶長武士』（大正13年12月10日、雄山閣）などがある。

＊春浅き島《はるあさきしま》　エッセイ。〔初出〕『讃岐文藝読本』昭和八年、香川県女子師範学校郷土研究室。〔収録〕『ふるさと文学館第43巻香川』平成六年八月十五日、ぎょうせい。◇昭和三年二月、父利三郎の危篤の急報に二二年ぶりに故郷の本島へ帰省した。その時の瀬戸内海の情景を描いたエッセイ。二二年前に試植した苗木の豊後梅はすさまじく枝をひろげて淡紅《うすあか》く彩られている。春は浅くとも暖風を受けて今あたかも蕾ふくれがしているのであった。本島に「春浅き島」の碑が建立されている。

（浦西和彦）

大黒東洋士　おおぐろ・とよし

明治四十一年十一月十二日～平成四年十月二十四日。映画批評家。高知県高岡郡窪川町（現四万十町）に、父力、母豊野の三男として生まれる。少年時代を小高坂宮ノ前で過ごす。大正十五年、高知県立城東中学校を卒業。上京する。昭和三年、松竹キネマ蒲田撮影所シナリオ研究所に一期生として入所。処女作は「愛して頂戴」であった。五年、映画雑誌編集と映画批評家の道にはいる。「映画時代」を編集。「映画之友」を編集。九年、横田照子と結婚。十四年、満映などを訪問。十七年、中国を訪問。二十年、召集され七カ月兵役を体験。朝倉の連隊から復員してしばらく高知にいる。上京する。「映画之友」編集長を最後に、二十五年、フリーの映画批評家となる。五十七年、勲四等瑞宝章を受ける。六十二年、映画監督今井正とともに高知県内各地を回る。日本映画ペンクラブ会員であった。文化庁藝術祭、毎日映画コンクール、報知映画賞、キネマ旬報ベストテン、藤本真澄賞などの選考委員をつとめた。平成四年、横浜市鶴見区東寺尾六―三八―一四の自宅で、心不全のため死去した。日本の映画批評家の草分けであり、映画への愛情のこもった辛口批評家として知られた。

＊映画とともに五十年《えいがとともにごじゅうねん》　エッセイ集。〔初出〕「高知新聞」昭和五十五年九月十一日～十一月二十日。〔初版〕昭和五十六年四月二十日、高知新聞社。◇「大正期の高知と映画」項に、高知は「昔から地方都市としては映画の盛んな町であった」と記し、最も古いカツドウの思い出は、細工町の芳栄座の連鎖劇であったという。この他、「高知にロケした映画」項や、「高知出身の映画人」項を含む。（堀部功夫）

大崎二郎　おおさき・じろう

昭和三年八月二十日～。詩人。高知県須崎市に生まれる。高知県立須崎工業高校を卒業する。同人詩誌で活躍する。昭和二十八年、詩集『その次の季節』（4月1日、詩と詩人社）を著す。依光亦義は、本作から大崎の「やむにやまれぬ叫び」である「戦争反対」に感じいったという。三十四年、詩集『下水道浚渫中』（8月1日、山河出版社）を著す。清水峯雄は、大崎を「高知の文学的風土の中へ、社会主義リアリズムを植えつけようとした最初の前衛的詩人である」と定置し、集中「金魚」の「こぼれた金魚鉢の水は／みるまに薄ものゝスカートを透し／冷水は下着を浸して／深く、その恥部にまで滲みこんでくる／ぬれて露わに肌をうつす／ゆたかなその腿の凹みで／ピチピチ／はねつづける一匹の／日本の金魚／その小さな尾鰭の／躍動する抵抗が／巧みな前枝をろうして／尚も深部え犯してくるのだ／文明アメリカの／巨大な恥部／支配者意識の奥深く。」を引き、「リアリスティックな描写とサンボリックなイメージがよくないあわされて感動的な均衡を保っている」と評した。四十七～平成七年、詩集『その夜の記録』『走り者』『夢の原頭にて』『沖縄島』『海色抄』を著す。西岡寿美子と詩誌「二人」を刊行する。

＊走り者《はしりもの》　詩集。〔初版〕昭和五十七年十月一日、青帖社。◇天明七（一七八七）年、土佐山村の手漉き和紙農民の逃散を描く。平尾道雄『土佐農民一揆史考』（昭和28年12月10日、高知市民図書館）を参考書として作られた。「屈強の百姓ら五百三十六人／寒さに慄え、河原の小石踏み鳴らし／方、立小便の音／川のせせらぎにまじる。／性根はすわっておるか、おるか／走り者、と烙印されてよいか、よいか。／よいか。と闇の中の己れに問うている。／ガチガチと鳴る歯の根に問うている」。些事ながら文中「五百三十六人」は原典と照らして「五百六十三人」の誤り。この大集団が池川郷・矢須河原から伊予領へ「ぴた、ぴた、ぴた」と逃散する。小熊秀雄賞、壺井繁治賞受賞作。（堀部功夫）

大杉栄　おおすぎ・さかえ

明治十八年一月十七日～大正十二年九月十六日。評論家。香川県丸亀市に生まれる。父東、母豊の長男。父東は陸軍少尉で、当時丸亀連隊にいたが、まもなく近衛連隊に復帰し、一家は東京に移る。明治二十二年十二月、父が新潟の新発田連隊に転任になり、新発田に移る。十八歳まで新発田で育った。三十二年四月、名古屋幼年学校に入学したが、三十四年十二月に退学に処される。翌年一月に上京し、東京学院大学に入学、かたわら四谷の仏蘭西語学校に通学。本郷会堂で洗礼を受ける。三十六年四月、外国語学校仏語科に入学。十一月、幸徳秋水と堺利彦が非戦と社会主義を標榜して週刊「平民新聞」を創刊。この運動にひかれて平民社を訪う。三十九年三月、外国語学校を卒業。電車賃値上げ反対運動に参加、検挙され入獄。九月、堀保子と結婚。黒板勝美らと日本エスペラント協会創立に協力。十一月、「新兵諸君に与ふ」を「光」に訳載し起訴される。四十二年二月、「欧洲社会党運動の大勢」を「平民新聞」に発表して、直接行動論の立場を表明。五月、「平民新聞」に訳載したクロポトキンの「青年に訴ふ」で禁錮三カ月に決定し、巣鴨に入獄。さらに四十一年一月の金曜講演の屋上演説事件、七月の赤旗事件で起訴され入獄。大正元年十月、荒畑寒村と「近代思想」を、三年十月、月刊「平民新聞」を創刊。二年七月に「サンディカリスム研究会」を開く。『生の闘争』（大正3年10月30日、新潮社）、『社会的個人主義』（大正4年11月25日、新潮社）、『労働運動の哲学』（大正5年3月15日、東雲堂書房）や訳書『民衆藝術論』（大正6年6月24日、阿蘭陀書房）などを刊行。五年十一月、神近市子、伊藤野枝との三角関係の後、葉山の日蔭茶屋で神近に刺され重傷を負う。七年一月に野枝と「文明批評」を、四月に和田久太郎らと「労働新聞」を創刊。八年十月、近藤憲二らと「労働運動」を出す。九年八月、日本社会主義同盟の発起人となる。十月、極東社会主義者の連盟を組織するため密かに上海へ渡る。十一年十二月、ベルリンで開かれる国際無政府主義者大会出席のため、密かに日本脱出、上海を経てフランスに渡る。翌年五月、メーデー集会に演説、逮捕されフランスを追放された。十二年九月十六日、伊藤野枝、甥橘宗一とともに憲兵隊に捕えられ、憲兵大尉甘粕正彦らに殺害される。『大杉栄全集』全九巻（大正14年6月15日～15年7月13日、大杉栄全集刊行会）。

（浦西和彦）

大杉漣《おおすぎ・れん》

昭和二十六年九月二十七日～。エッセイスト、タレント。徳島県小松島市に生まれる。男ばかり四人兄弟の末っ子で小学校時代に三回、県内を転校。高等学校卒業後、上京、アルバイト生活をする。昭和四十九年〝沈黙劇〟の劇団転形劇場に所属。ポーランドをはじめロンドン、ニューヨーク、パリなど数多くの演劇祭に参加。六十三年、劇団解散後は映画、テレビドラマ、CMや他劇団出演、ナレーションなどで個性派俳優として活躍。昭和四十五年、ピンクリボン賞主演男優賞、平成十年、第二三回おおさか映画祭助演男優賞、十二年、毎日映画コンクール、東京スポーツ映画大賞、日本アカデミー賞、ブルーリボン賞など助演男優賞を受賞。エッセイ集に『現場者（げんばもん）300の顔をもつ男』（平成13年10月、マガジンハウス）がある。

（増田周子）

太田明《おおた・あきら》

明治四十三年二月十九日～昭和六十三年四月。小説家、詩人。徳島県に生まれる。早稲田大学中退。葡萄牙文学者協会会員、日本詩人クラブ会員として、詩作、小説を発表。著書に『修二と半弓場』『太田明詩集』『阿摂航路の女』（昭和61年11月1日、近代文藝社）がある。

（増田周子）

大高翔《おおたか・しょう》

昭和五十二年七月十三日～。俳人。徳島県阿南市に生まれる。本名は永井紘子。立教大学卒業。俳句好きの母の影響で十三歳で作句を始め、十八歳で第一句集『一人の聖域』（平成7年、邑書林）を出版、他に『十七文字の孤独』（平成9年9月、角川書店）がある。大高は「普段はムダと思わない言葉を削るのは、すごく残酷だと思って俳句の十七文字が、時に窮屈に感じる」という。俳誌「山暦」「藍花」同人。「サンデー毎日」に、俳句とショート・エッセイを連載するかたわら、「小説宝石」に人をテーマの紀行文を書いている。猫が好きで機関紙「猫びより」に、街と猫をテーマの文章を掲載、NHK俳句王国の司会者としても多彩な活躍をしている。

帰省してたっぷり海の風を吸う
身のまわり光いっぱい昼寝覚　（増田周子）

太田如水　おおた・じょすい

明治二十三年十二月十八日～昭和四十四年四月二十八日。俳人。香川県木田郡前田村に生まれる。本名は貞。医師として歿年まで岐阜県中津川市に居住。高浜虚子、松本たかしに師事。「ホトトギス」「笛」同人。句集『恵那』（昭和38年7年1日、著者）。　（浦西和彦）

太田秀男　おおた・ひでお

昭和二十三年四月十五日～平成十年十二月二十四日。詩人。徳島県阿南市に生まれる。富岡西高等学校卒業。郵便局に勤務。昭和四十六年四月、詩誌「詩乱」を川西政宙らと創刊。五十二年、詩誌「戯」（平成五年十月第二次創刊）にも同人に参加。『隙間―太田秀男詩集』（昭和61年4月30日、沖積舎）、『冬の岸辺』（平成11年12月、編集工房ノア）などの詩集がある。

＊**源太橋**《げんたばし》　詩。〔収録〕『'90年刊詩集』平成二年、徳島現代詩協会。◇「源太橋」を下から眺め、「橋の持つ哀愁とは／生存の時間のごく微かな残滓が水面に舞い落ちて漂い／やがてついに永劫の河口へと流れていくのを見ることであろうか」と詠む。　（増田周子）

太田万寿子　おおた・ますこ

大正四年十月二十二日～。俳人。愛媛県松山市道後一万に生まれる。京都府立大学卒業。「炎昼」同人を経て「天狼」会友。平成六年より「天佰」同人に参加。句集『花筵』（平成4年1月30日、牧羊社）。著書『私の見たヨーロッパ』（昭和52年8月20日、中央公論事業出版）。

初太鼓鳴りて道後の湯がひらく
石鎚の石敷き詰めし登山道
瀬戸大橋青列島に遠巻かる　（浦西和彦）

太田芳男　おおた・よしお

昭和十六年（月日未詳）～。詩人。香川県に生まれる。中央大学中退。通産省四国通商産業局に三二年間勤務。著書に『自然をいつくしみ、音楽をおいし、ロマンチックに生きるすすめ』（平成7年10月、郁朗社）、『1000の風』（平成10年9月、新風舎）、『雨にキス』（平成13年3月、新風舎）等がある。　（浦西和彦）

大塚敬節　おおつか・けいせつ

明治三十三年二月二十五日～昭和五十五年十月十五日。詩人。高知県香美郡田村に生まれる。家は代々医術を業とする。海南学校を経て熊本医学校に学ぶ。京都の詩誌「坩堝」に詩を発表する。大正十一年、詩集『処女宮礼拝』を著す。「墜落によって生れる恋」は「腐って落ちた椿の花に／またしても腐った椿が落ちて来た／黒く腐った花が／二つ重なり／なんだかへんな恰好になった／と思へば／これがすなはち恋なんです」という詩で、清水峯雄は「この心象詩のイメージは素晴らしいと思う」と記す。十二年、熊本医科専門学校卒業。帰高して武田病院医師になる。詩誌「ゴルゴタ」に加わる。十三年、父が死去した。田村で大塚医院を開業する。小砂丘忠義、上田庄三郎たちの教育運動に協力する。昭和二年、漢方医湯本求真を知る。五年、上京して湯本に学び、漢方治療を追究する。漢方医としての業績、著作が多い。その訃に接し、高橋睦郎は「かつてわが臓腑預けし修琴堂大塚国手神去りましぬ」と詠んだ。（堀部功夫）

大塚泰治 おおつか・たいじ

明治三十六年二月七日〜。歌人。徳島県に生まれる。徳島県立徳島商業学校卒業。松村英一に師事。昭和十九年応召、捕虜生活を経て二十一年に帰国。二三一首の戦場詠を書き記す。歌集に『恵我野』（昭和46年、短歌春秋社）、『余生』がある。（浦西和彦）

大塚布見子 おおつか・ふみこ

昭和四年十一月三十日〜。歌人。香川県観音寺市柞田《くにた》町に生まれる。東京女子大学卒業。在学中、藤森朋夫に師事する。昭和四十七年「藝林」入会。昭和五十二年「サキクサ」を創刊し主宰。歌集に『白き仮名文字』（昭和58年3月3日、表現社）、『水茎のやうに』（昭和58年11月8日、表現社）、『霜月祭』（昭和60年2月1日、短歌新聞社）、『ゆきゆきて』（平成3年3月25日、不識書院）、『夢見草』（平成8年10月26日、短歌新聞社）、『四国一華』（平成9年11月30日、短歌新聞社）がある。

玉藻よし讃岐の国の明るさに生れたるわれの命とおもふ

ふるさとは根上り松のあがる根のひまにも青き瀬戸の海見ゆ

（浦西和彦）

大塚雅春 おおつか・まさはる

大正六年三月十二日〜平成十二年五月一日。小説家。高知県香美郡土佐山田町（現香美市）に生まれる。本名は忠雄。お婉堂、すなわち「野中神社は私の家の西隣りで、私達はそこで始終あそんでゐた」。高知工業学校卒業。昭和十三年より、三度応召。北朝鮮元山にて捕虜、シベリア抑留。二十二年、帰還。上京して小説を書く。昭和二十四年、「炎ゆる雲の下に」で大衆文学賞を受賞する。同年十月、「花散る樹」を「キング」に発表する。二十八年、田岡典夫は「中央で奮闘している」大塚に対し「通俗雑誌に安住して、『売るため』の仕事ばかりしていてはなるまい」と苦言を呈した（「憎まれ口」）。三十〜平成五年、『剣魔』『緋牡丹狂乱』『神陰流式藝帳』『姫恋夜叉』『柳生十兵衛』『盗賊大将』『戦国ロマンシリーズ』六冊、『忍法大名』『花の義経』『風雲武田武士』『鎌倉の人々』『熱原物語』『阿仏房と千日尼』『四条金吾の妻』『戦国流転獅子』『五重の塔』『大学三郎とその妻』『平左衛門尉一族の最期』『秀歌鑑賞』等を著す。多臓器不全のため、川崎製鉄千葉病院で死去。八十三歳。（堀部功夫）

＊敬台院《きょうだいいん》 長編小説。〔初版〕昭和五十五年一月、潮出版社。◇家康のひ孫で蜂須賀家に嫁ぎ、信仰を求め続けた女性の物語である。万姫は小笠原家から徳島の蜂須賀家へ戦略的に嫁がされたが、利発で日蓮宗に帰依していた。関ケ原の合戦、大坂の陣、徳川の世の乱世五〇年を、利発さと信心で生き抜いた。老境にいたり、敬台院と称するようになった彼女は、阿波藩で民衆に日蓮宗を広めることを自らの使命とした。（増田周子）

大波一郎 おおなみ・いちろう

昭和二年五月二十二日〜。詩人。香川県仲多度郡琴平町に生まれる。本名は寅丸文夫。坂出商業学校在学中に海軍飛行予科練習生を志願し、海軍生活を過ごす。戦後、同志社大学に入学したが中退。昭和二十八年、山陽新聞社入社。丸亀市史、琴平町史編纂委員にもなる。詩集に『花の舞う水路』

『蝶のいない島』『幻楽三重奏』などがある。「ぼくは／金山寺山の山頂に／たって／象頭山を眺めるのが／好きだ」と歌った詩「象の牙」（『象頭山をあるく』昭和47年、四国詩人会）と「流し樽の唄」（『花の舞う水路』昭和52年、四国詩人会）が『ふるさと文学館第43巻香川』（平成6年8月15日、ぎょうせい）に収録されている。　（浦西和彦）

大南智史　おおなみ・さとし

大正八年十月五日～。詩人。関東州旅順市に生まれる。徳島現代詩協会、「詩脈」に所属し、詩作をする。著書に詩文集『野球少年』（昭和50年11月）、歌詩集『大連スキー物語』（昭和51年1月）、『遼東半島』（平成14年10月、文藝社）その他『阿波異邦人』などがある。

＊吉野川慕情《よしのがわぼじょう》　詩。〔収録〕『徳島年刊詩集』平成三年。◇「四国の地図を按じながら／阿波―芳乃の水の源泉を／石鎚山系に求め／遠く想いを巡らせる」と詠む。　（増田周子）

大西一外　おおにし・いちがい

明治十九年十一月一日～昭和十八年五月二十五日。俳人。香川県仲多度郡象郷村に生まれる。本名は千一。俳句は佐藤飯人に指導を受け「秋声会」に参加した。大正六年、平井晩村創刊の「ハクヘイ」に加入。昭和九年「ことひら」を創刊。晩年は香川に帰郷した。平林鳳二との共著『新選俳諧年表』（大正13年12月、春画珍本雑誌社）がある。　（浦西和彦）

大西柯葉　おおにし・かよう

大正七年二月二十二日～平成三年五月三十一日。俳人。徳島市に生まれる。本名は正義。徳島中学校卒業。昭和十一年「蕉風」に入門。四十七年、ひまわり俳句会、五十二年「河」、五十四年「人」に入会。五十六年「人」同人。句集に『写楽顔』（昭和60年2月、ひまわり俳句会）、随筆集に『馬齢歳時記』がある。　（浦西和彦）

大西伝一郎　おおにし・でんいちろう

昭和十年二月十九日～。児童文学者。愛媛県西条市に生まれる。玉川大学文学部卒業。愛媛県下の小学校教員。昭和三十四年ごろより、椋鳩十に師事。『たぬきと人力車』（昭和51年、ポプラ社）でデビューし、『ネパールにかけるにじの橋』（昭和55年、小学館）では、ネパールで医療活動に専念する岩村昇を主人公に描いた。他に『海のむこうに』（昭和60年、汐文社）、『なぞのカワウソ島』（平成元年、ひくまの出版）などある。親子読書運動にも活躍し、『母と子の20分間読書と家庭教育』（昭和37年、新紀元社）や『ほめて育てることのよさ』（昭和40年、新紀元社）等の著書もある。　（浦西和彦）

大西昌子　おおにし・まさこ

昭和八年二月九日～。俳人。高松市に生まれる。高松高等学校卒業。昭和五十二年「青」に入会、のち同人。平成四年「天為」入会。平成六年「百」入会。

繋ぎある舟のひとつは海苔まみれ
花冷えの金比羅駕籠に懐炉かな
鯛網の浜堆く普請材　（浦西和彦）

大貫啓行　おおぬき・ひろゆき

昭和十八年四月二日～。エッセイスト。昭和四十二年、東京大学法学部卒業後、警察庁入庁。警視庁警備局外事課、外務省、内務省内閣調査室国際部など経て、昭和五十五年から徳島県警警務部長。現在麗沢大学国際経済学部教授。大貫啓行随筆集巻一『渦潮』（昭和57年2月1日、白金出版）、

『現代中国の群像　歴史はこうして作られる』（平成11年4月、麗沢大学出版）、『暮らしの法学』（平成14年4月、麗沢大学出版）などがある。（増田周子）

大野景子　おおの・けいこ

昭和十一年十一月九日〜。歌人。福岡県に生まれる。旧姓は村上。昭和四十六年十一月愛媛県周桑郡小松町妙口甲に移住。「古今短歌」を経て「飛声」同人。第四回古今賞受賞。

　へんろ道たどればたがはず寺へゆ狂いなきなりうつつ心は

　風吹けば朴の木の葉はひるがへり歌ふやうに唄ふわが巡礼歌

（浦西和彦）

大野静　おおの・しずか

明治二十五年八月十八日〜昭和五十九年十一月八日。歌人。愛媛県に生まれる。昭和四年に「あけび」入会。戦後、伊与木南海の「にぎたづ」刊行に協力、三十年より主宰した。三十四年に「潮音」に入会。愛媛歌人クラブ会長を経て顧問。歌集に『証』（昭和39年、新星書房）がある。（浦西和彦）

大野盛直　おおの・もりなお

明治三十九年一月二十五日〜平成十二年二月十二日。憲法学者、俳人。愛媛県久万町に生まれる。京都帝国大学卒業。旧制愛媛県立松山高等学校を経て愛媛大学、西南学院大学、松山東雲短期大学教授を歴任。「虎杖」主宰。愛媛県俳句協会会長。句集『壺中天』『杉』『杉以後』『西遊記』。（浦西和彦）

大畠新草　おおはた・しんそう

昭和三年十二月十二日〜。俳人。高知県に生まれる。高知県職員を経て野市町の病院事務長。昭和三十年、中村草田男に師事し「万緑」に入会を経て、「光渦」「未来図」に参加。五十四年、高知県短詩型文学賞受賞。句集『土着』（昭和62年9月）。（浦西和彦）

大原其戎　おおはら・きじゅう

文化八（一八一一）年（月日未詳）〜明治二十二年四月一日。俳人。伊予国和気郡三ツ浜に生まれる。松山藩侯の小姓を務めた後、御船手大船頭となる。梅室門に学ぶ。二条台閣から俳道の免許と扁額を受けた。明治十五年「真砂の志良辺」を創刊主宰。二十年夏、正岡子規は、勝田明庵の紹介で訪ね、俳諧のことを聞いた。晩年失明した。四時庵と号した。愛媛県立図書館に「大原其戎居宅趾略図」（複製版）、「連甫あて其戎書簡二枚」（複製版）等が所蔵されている。（浦西和彦）

大原富枝　おおはら・とみえ

大正元年九月二十八日〜平成十二年一月二十七日。小説家。高知県長岡郡吉野村（現本山町）寺家七一二番地に、父亀次郎、母米の次女として生まれる。父は小学校校長であった。寺家六二七番地に転居する。大正九年ごろ、吉野村汗見四一七へ移る。十四年、高知市立高等小学校に転校、高知市大川筋の手島家に下宿する。昭和二年、高知県女子師範学校に入学する。五年、教室で喀血し、入院する。退院後、吉野村の自宅で一〇年近い療養生活に明け暮れる。八年、はじめて「令女界」に投稿して入選。浜田可昌と交際し、十年、相原重容と文通する。十二年、「文藝首都」同人に推薦される。十三年、「祝出征」を「文藝首都」に発表、この年上半期の芥川賞候補となる。十五年、上京、一カ月間、杉並区永福寺町野村家に下宿する。十六年、上京する。十八年、『祝出征』を刊行。「若い渓間」が

「改造」に入選した。三十年、結核再発する。三十一年、「ストマイつんぼ」を「文藝」に発表する。三十二年、第八回女流文学者賞を受ける。三十五年、「婉という女」を「群像」に発表する。『婉という女』を刊行。第一四回毎日出版文化賞、第一三回野間文藝賞を受ける。四十五年、『於雪』を著す。第九回女流文学賞を受賞する。五十一年、キリスト教（カトリック）に入信、洗礼を受ける。平成二年、勲三等瑞宝章を受ける。三年、本山町本山五六八―二に本山町立大原富枝文学館がオープンする。七年二月より、『大原富枝全集』（小沢書店）を刊行。以上、『ふるさとの丘と川』（平成10年10月28日再版、大原富枝文学館）の年譜にくわしい。十年、日本藝術院賞、恩賜賞を受ける。藝術院会員になる。主な財産を本山町に寄贈する。十一年、「草を褥に」を発表開始する。自宅で心筋梗塞をおこし、入院する。十二年、心不全のため、病院で死去する。富岡幸一郎「大原富枝さんを悼む」（「高知新聞」平成12年1月28日）は、大原が「近代日本の女性文学のなかでもひときわスケールの大きな、宗教的な思念をも持った作品の山脈をつくりあげた」と評価する。吉本隆明は、「戦後最大の女流作家」と碑文に記す。

＊祝《しゅく》出征《しゅっせい》　短編小説。〔初出〕「文藝首都」昭和十三年三月。〔収録〕『祝出征』昭和十八年七月二十日、新民書房。◇夫殁後半年、姑は静を義弟裕次の妻に直そうとする。静の心は出征した裕次と文通で近付く。裕次が戦地へ立つ直前、二人は逢う。静は険しい人生の段階を一段上がって行った。芥川賞候補となる。

＊二番稲《にばんいね》　短編小説。〔初出〕「文藝」昭和十九年四月。〔収録〕『二番稲』昭和二十一年十月二十五日、全国書房。◇東京から女学校教師圭子が帰郷する。祖母の家のある吉野と、父の居る南国らしい海岸の村とを訪ねる。初秋、二番稲が風に揺れるふるさとであった。

＊女心更衣《おんなごころころもがえ》　短編小説集。〔初版〕昭和二十二年八月十日、ひばり書房。◇「女心更衣」（「婦人文庫」昭和22年1月）十五の私が見た城下町、「大藤楼」の辺り、そこには湯屋を手伝う、「ひやりとするやうに美しい」おやすさん、仕立物をする伯母さんから物差しの笞を受けるおしんさんが居た。「泉のほとり」（「モダン日本」昭和18年9月）部落の泉で、憂いがちだった良喜は、しづの真剣な思いに触れ、幸福気分を復活させる。「八十八夜」（「新文学」昭和20年3月）小説家圭子が帰高する。姉夫婦が老父を引き受けると言ってくれる。従弟がお召しを受ける。「親在さば、遠く遊ばず」の語が圭子を撃つ。「土佐路」（「月刊高知」昭和21年10月）復員した健吉がK町へ口約束ばかりの昔の女を訪ねて来る。女は九州へ行ったという。「鴨」妻が夫の弟と結婚する直前、戦死したはずの夫伸吾が戻って来た。伸吾は弟と鴨猟に行き、しこりを解く。「恋すだま」母が子供のころ米泥棒に入られた話や祖母のこと。

＊秋砧―婉女物語《あききぬた―えんじょものがたり》　短編小説。〔初出〕「新文学」昭和二十一年十月一日、三巻九、一〇号。◇戦時下に不幸な恋をした「私」が、野中婉書簡を知り、それを小説化する。後年、本作の「私」部分を切り離し、婉の話を充実させ、「婉という女」に成長する。

＊婉という女《えんというおんな》　中編小説。〔初出〕「群像」昭和三十五年二月一日、一五巻二号。〔初版〕昭和三十五年四月十日、講談社。◇野中兼山の追罰として、四〇年間獄舎に囚われた子女八人のうちに婉がいる。男系が絶えた時点で、赦免される。婉は文通であこがれた谷泰山先生と対面するが先生に肉

体を見ず、従者の若い岡本弾七にひかれつつ弾七に精神を見ず、満たされぬまま、医薬作りに生きる。やがて政変で秦山の蟄居、逝去の報を聞きつつ生きぬく。大原は、昭和十九年、高知県立図書館で婉の手紙と出会い、婉の心中に立ち入り、本作をなした。婉の手紙を①そのまま引用したり、②改変したり、③「いとけなくして獄に下り、幽囚すでに三十五年」に始まる手紙のように全く創作したりした。

＊悪名高き女《あくみょうたかきおんな》　長編小説。〔初出〕「平和婦人新聞」昭和三十五年三月～三十六年十一月。〔初版〕昭和三十七年三月十五日、筑摩書房。◇更科貴代は、十七歳のとき寄宿寮放火犯とされる。妊娠中だった彼女は、妊娠で頭の中が占められ、無実の主張をあきらめてしまったのだ。出獄後、満州へ渡り、義兄の後妻となる。戦後、帰郷。K市の料亭の住み込み女中をする。過去をからかう客もいたが、逆に感動する板前もいた。破産した隣人を扶けたこともある。三〇年前に貴代を片恋したという依田寛造が現れ、旅館を借りて経営できるまでになる。しかし、その依田にも貴代の無実を信じて貰えない。悪名の上に生きぬくしかない、と覚悟する。「更科貴代」のモデルは、高橋登貴さん。大原の女子師範時代の上級生だった。ウソの自供から雁字搦めにされる過程が、大原の松川事件に対する関心につながる。角川文庫化された。

＊女は生きる―ある母の像《おんなはいきる―あるははのぞう》　長編小説。〔初出〕「自由」昭和三十六年三～十月。〔初版〕昭和三十六年十一月十日、文藝春秋新社。◇「四国山脈のたたなわる山襞の中にある小さい山、小倉山の裾を吉野川が流れていた」。そこに生まれた蕗は六歳で孤児になる。よく働き十八歳で山瀬要次と結婚する。この地盤を「女の肉体というものによって購った」。しかし夫は日露戦争で戦死する。子持ち若後家となった蕗に、野沢先生が求婚する。教養のある新夫野沢亀次は、産まれた娘に生活を乱され神経衰弱になり、山に入って回復するが、生活人として落第面もあった。蕗は、気の進まぬ雑貨商にあけくれするうち、娘久美十歳のとき、蜂窩織炎で亡くなった。大原自身の母がモデル。

＊正妻《せいさい》　中編小説。〔初出〕「群像」昭和三十六年三月一日、一六巻三号。〔初版〕昭和三十六年五月二十五日、講談社。◇野中兼山の妻市が主人公。「同姓婚《めと》らず」の教えに従う夫の決意により、市は名前だけの正妻の座に二〇年間耐える。「理想を、見失うまいとして、逆に理想という酷薄無残なものに、身心ともに咬《く》い荒らされた、荒廃と敗残」が、夫の上に現れているのを見守りつつ。初出時、平野謙は「力作」と認めながら、登場「人物の一種の観念性」を指摘し、「初恋の男の妻の立場が女主人公から一顧もされていない」盲点を衝いた。江藤淳は本作を「婉という女」の「二番煎じ」で「作者の歴史に対する態度があまりに観念的にずぎ」失敗作に終わったときびしい。河上徹太郎は、「美しい作品」と評す。

＊日陰の姉妹《ひかげのしまい》　短編小説。〔初出〕「小説中央公論」昭和三十六年七月一日、五号。◇野中婉の異母姉妹二人、寛《かん》と従《しょう》、の赦免後を描く。

＊狐と棲む《きつねとすむ》　短編小説集。〔初版〕昭和四十六年八月十日、中央公論社。◇「おあんさま」（「中央公論」昭和40年2月）は「於安物語」に拠る。「鬼のくに」（「群像」昭和40年5月1日）苗子は、自分たちの結婚を許さなかった義父と、改善努力をしない夫健介とに心の冷えるときがある。二〇年前、苗子が夫に師事する「足摺岬に近い村」出身の荒牧勝二へ関心を向けたとき、勝二は夫や義父に共通のいごっそうぶりを

示した。その勝二も戦死して二〇年経つ。義父の死で夫婦、来高。足摺岬を訪ね〝犬寄せ〟を見る。苗子はいま素直に男たちの守りぬいたものを大切と思う。夫を中世史研究者と設定し、「日本書紀」「銜悲藻《かんび》」「承久記」よりの土佐記事や古伝承も豊富である。「土佐は昔から遠流の国、鬼の国といわれた」、いごっそうも「土佐の鬼の一つさー」。本作を「私の最も好きな短編の一つ」と書く安岡章太郎は「夫婦が揃って如何にも土佐人である」と感心する。

＊**黒潮の岸に**《くろしおのきしに》　長編小説。〔初出〕「新婦人」昭和三十九年一月〜四十年三月。〔初版〕昭和四十年九月三十日、講談社。◇檜山村で伯母りんに育てられた少女松波京子は、高知の女学校へ進む。寮へ小学校時代同級だった相川正一が訪ねて来たことから、退学を命じられる。京子は実母の居る朝鮮へ渡り、総督府に勤め、上役の並木晃、金泰子、その弟の金青年を知る。一九四四年、南洋庁で空襲にあう。そのとき、すでに泰子と結婚している並木と結ばれ、京子は妊娠する。引き揚げ。東京で京子は相川正一と同居し、太郎を出産する。戦後、帰高して保育園主任となった京子は、来訪した並木から、金青年が朝鮮戦争で死亡したと知らされる。

＊**ひとつの青春**《ひとつのせいしゅん》　中編小説。〔初出〕「群像」昭和四十二年十二月一日、二二巻一二号。〔初版〕昭和四十三年六月二十八日、講談社。小改訂がある。◇主人公「林田豊人」のモデルは槙村浩こと吉田豊道である。その生涯を描く。引用される浩の「間島パルチザン」詩句に横瀬夜雨やルイズ・ミッシェルの影響がある点の報告は浩詩注釈上見逃せない。やはり浩モデル小説を著した土佐文雄が本作を盗作と抗議した（「週刊朝日」昭和43年1月5日）。初出時、参考文献明示がなかったためである。槙村浩の母をモデルに書いた「海燕」を付す。

＊**於雪**《おゆき》　中編小説。〔初出〕「海」昭和四十四年九月。原題「土佐一條家の崩壊」。〔初版〕昭和四十五年一月二十日、中央公論社。◇長宗我部元親の力に圧殺されまいとする公卿領主一条兼定は、百姓の娘雪を愛し、平田村に御所を造営した。直諫した苦労人の家老土居宗珊を、兼定は斬る。一年半後、兼定はクルスの旗を掲げ中村奪回を試みるが再び敗れ、戸島へ落ちる。雪は従兄権之助からの情報をたよりに生きのびる。刺客のため負傷した兼定はキリシタンとして逝く。雪は権之助を介して天草人家俊と文通し、兼定の死を知り、百姓の女としての死を決意する。遠藤周作は「華麗な作品」とよぶ。作中、家俊記事や兼定、ヴァリニアーニ面会場面は、松田毅一『キリシタン研究第一部』（昭和28年11月5日、創元社）を利用する。第九回女流文学賞を受賞する。中公文庫化された。

＊**サン・フェリーペ号は来た**《さん・ふぇりーぺごうはきた》　長編小説。〔初出〕「新潮」昭和四十六年六〜七月。〔初版〕昭和四十六年十月十日、新潮社。◇一五九六年、遭難のイスパニア船サン・フェリーペ号が浦戸沖に投錨した。長宗我部元親はこれを座礁させ、損益感覚の鋭い奉行増田右衛門尉や太閤の欲心に刺激的な報告をする。増田奉行は、船の積荷を没収略奪する。同船航海長が奉行を脅かす意図で、布教が領土征服の予備行為であるむね述べる。これが逆に太閤の怒りをかう。イエズス会とフランシスコ会の対立をひきずりつつ、事件は長崎二六聖人殉教へと展開する。漁村の娘おもよは、同船水夫ロドリゲスを思慕する。数十年後、おもよはロドリゲスの死を直感する。本作主素材は、松田毅一『キリシタン研究第一部』。史実に、女の「バターン半島」で死ぬ男への思いを付加した。

＊眠る女《ねむるおんな》　長編小説。〔初出〕「新潮」昭和四十七年六月～四十八年十月。〔初版〕昭和四十九年三月十五日、新潮社。◇題名はTOYENの同題絵――繭中の蚕のような少女が描かれている――に拠る。作者の高知時代が主素材だろう。モデルは荻原慧《けい》＝大原富枝、志波重信＝相原重容、野辺地可泰＝浜田可昌であろう。

＊波濤は歌わない《なみはうたわない》　長編小説。〔初出〕「婦人公論」昭和四十九年一月～五十三年二月。〔初版〕昭和五十三年七月二十五日、中央公論社。◇結核を患いつつ小説を書く安曇摂は、伊能昌を愛し、昭和十六年に敦を産む。昌の戦死。昌の母志野はかつて高知で織江と幼馴染であった。その織江の夫伊能祥夫を摂は愛する。祥夫の死。戦後、摂も織江も東京へ戻る。織江の娘梨香の友人である岩本も摂を愛する。織江の死。埋骨のため、梨香姉妹と同道して、摂は高知へ行く。伊能昌の育った海辺の村をそっと眺める。

＊信従の海《しんじゅうのうみ》　短編小説集。〔初出〕「群像」昭和五十一年九月～五十二年九月。初出題名「吉野川」「善福寺川」「ネヴァ河、ヴォルガ河」「信従の海」。〔初版〕昭和五十二年十月二十八日、講談社。◇「女の心の芯に三十数年間溶けることのなかった〔略〕悲しみの芯が、いま溶けて信従の海の一滴になってゆく」。シモーヌ・ヴェイユの影が大きい作品である。終章の黒潮に乗るむね言い残して帰らなかった少年のモデルは、小島庸作、昭和四十四年二月十五日の事件であった。

＊柊の花《ひいらぎのはな》　エッセイ集。〔初版〕昭和五十四年十一月五日、毎日新聞社。◇四国関係は、「室戸の海」など二五編。

＊アブラハムの幕舎《あぶらはむのばくしゃ》　長編小説。〔初出〕「群像」昭和五十五年十月～五十六年八月。〔初版〕昭和五十六年十二月十日、講談社。◇田沢衿子は、田舎へ帰って、母の用意した見合いをする。相手の医者榊原保男は好人物であったが、衿子は、結婚しないと決めていた。これまで、母の愛情に圧し潰されそうになりつつ生きてきた。衿子は、限界に来たころ、「アブラハムの幕舎」と名乗る弱者の寄り集まりに出会う。衿子は、関志奈子と名も変え、裏の世界へ脱出した。失踪一年後、自分のなかに「アブラハムの幕舎」を樹立しようと模索する。「アブラハムの幕舎」のモデルは「イエスの方舟」。衿子の故郷は本山町を念頭におくか。

＊巣立ち《すだち》　エッセイ集。〔初版〕昭和五十八年二月十日、毎日新聞社。◇四国関係は「短歌とのかかわり」など六編。

＊地上を旅する者《ちじょうをたびするもの》　長編小説。〔初出〕「海燕」昭和五十七年三月～五十八年三月。〔初版〕昭和五十八年三月三十日、福武書店。◇四国の村。番場かめは、土地を一旦掠奪されたり長男を難病で亡くしたりと苦労続きであった。税金の件で不敬罪に問われ拷問をうけ、昭和初年に廃疾者となる。しかし、彼女こそ「ほんとの人間」だったと、孫の浦賀利江は考える。利江は、親友の学究者蓮見由直に、世間に対する嫌悪を語る。

＊彼もまた神の愛でし子か《かれもまたかみのめでしこか》　長編小説。〔初出〕「群像」平成元年三月。〔初版〕平成元年七月二十日、講談社。◇洲之内徹の生涯。

＊息にわがする《いきにわがする》　エッセイ集。〔初版〕平成二年七月十日、朝日新聞社。◇四国関係の短文が多い。

＊吉野川《よしのがわ》　短編小説集。〔初版〕平成九年十月三十日、講談社。◇家族の生涯を主素材に書く。刊行月日が「姉」の祥月命日である。

＊草を褥に《くさをしとねに》　長編小説。〔初出〕「サライ」平成十一～十二年。〔初版〕平成

十三年四月十日、小学館。◇牧野富太郎と、妻寿衛子の生涯をたどる。独学の植物学者として知られる富太郎が、実生活ではわがままな、金くい虫であった。窮乏生活のよき同志として、模範的な妻として、寿衛子は生きる。富太郎の故郷佐川は、いま美しい植物に覆われている。（堀部功夫）

大町桂月 おおまち・けいげつ

明治二年一月二十四日～大正十四年六月十日。随筆家。土佐国土佐郡北門第八番屋敷（現高知市）において、父通、母糸の三男として生まれる。本名は芳衛。号は、俗謡の「月の名所は桂浜」に取る。父は一五〇石取りの武士であった。が、維新で失禄し、明治九年、一家は江ノ口愛宕町二九へ移り、風呂屋を営む。十年、秦泉寺村四二〇へ移り、農業に従事。十二年、土佐郡北町ノ内山田町三一へ移り、蝋製造業を営んだ。十三年、上京し、叔父に養われる。二十九年、東京帝国大学を卒業する。塩江雨江、武島羽衣と三人で当時の美文韻文をあつめ『紅葉』を著す。三十三年、上京し博文館に入社する。高山樗牛のあとをうけて、「太陽」等諸雑誌に執筆する。三十九年、飲酒が原因で博文館を退く。美文を書き生活の危機を克服してゆく。四十一年、十和田湖に初めて遊ぶ。四十三年、雑誌「学生」を主宰する。大正十一～十二年、『桂月全集』全一二巻刊行。十四年、三月、本籍を青森県上北郡法奥沢村大字奥瀬小字蔦野湯五番地に移す。六月、胃潰瘍で吐血し、十日、死去した。高橋正『評伝大町桂月』（平成3年3月31日、高知市民図書館）にくわしい。桂月は田中貢太郎『桂月先生随遊記』に寄せた序文で「余に他の嗜好なし。唯雑書を雑読す、これ第一の嗜好也。感ずる儘に文を作る、これ第二の嗜好也。足の向くまゝに遊行す、これ第三の嗜好也。会心の友と酒を飲む、これ第四の嗜好也。笊碁を闘はす、これ第五の嗜好也。」と書いたが、逆境のときも嗜好のままに生きぬいた。

＊鰐が淵《わにがふち》　短編小説。〔初出〕「中学世界」明治三十六年四月十日、六巻五号。◇長宗我部元親の落とした金盃を、渦巻く波の底から取り戻した若武者が、鰐を捕えに再び淵に入り、死骸となって浮かび上がる。文末に明示するように、シルレル「タウヘル」の翻案である。

＊伯爵後藤象二郎《はくしゃくごとうしょうじろう》　伝記。〔初版〕大正三年十月二十日、冨山房。◇坂崎紫瀾、安岡雄吉の草稿をもとに完成した。幕末、明治の政治史として力作である。復刻版（平成7年6月22日、大空社）がある。鳥海靖「解説」は、本作が「もっぱら土佐派の視点から叙述されている」偏りがあるけれども、「その史論風な記述、とりわけ人物描写はなかなか興味深い」と述べている。

＊冷汗記《れいかんき》　エッセイ。〔初出〕「学生」大正二年六月一日～三年十月一日。〔収録〕『冷汗記』大正五年九月十日、冨山房。◇高知時代の回想。幼時「父の帰りの遅しとては泣き、知らぬ他人に菓子を貰ひては嬉々たりしこと、父は如何ばかり歯搔く思ひたりけむ、今にして思へば、冷汗の至り也」。

＊三十八年ぶりの故郷《さんじゅうはちねんぶりのこきょう》　エッセイ。〔全集〕『桂月全集第三巻』大正十一年八月五日、桂月全集刊行会。◇雲辺寺山に登り、四国を睥睨した元親を思う。豊楽寺、大杉、帰全山を見る。古歌どおり「高知の松ケ鼻、番所を西へ行く。農人町菜園場、新堀魚ノ棚紺屋町、種崎町打越して、京町行くと早や、会所が立って居る。程なく使者屋を打越して、境町、本町八丁通します。そこらで升形、本丁衝き抜け、観音堂」を訪ねる。父祖の墓は、潮江称名寺山、香美郡立田の岡田重直邸内、上陸内大町神社等に散在する。高知市内北門筋は「今や

石垣もなく、築地もなく、竹林もなし。小溝にかゝれる一枚の石だけが、もとのまゝなりと姉云へり」。田中貢太郎とともに桂浜の月を見る。高知湾で鯔を獲る。横浜三里で真珠貝養殖を見る。横倉山を登る。

＊土佐吟草《とさぎんそう》　エッセイ。〔全集〕『桂月全集別巻』昭和四年十月二十五日、桂月全集刊行会。◇大正九年六～九月の土佐遍路を記録する。前後の日記「土佐（一）」が同巻所収。「土佐より」「再び土佐より」が別巻下所収。

＊馬鹿珍伝《ばかちんでん》　エッセイ。〔初出〕「中央公論」大正十四年七月一日。〔全集〕『桂月全集別巻』前出。◇土佐の「馬鹿珍」とは、畸人、英雄、豪傑の類を言う。市村光恵が中学時代に高知城天守へ上った話より始まる。長曽我部元親以下、土佐にはこのような「馬鹿珍」が多い。編集者、滝田に拠れば、大正七年六月、本人も「其馬鹿珍の血を多分に有つてゐる」桂月が、それを発揮して大隈、渋沢等を血祭りにすると言っていたよし。桂月はそれからまもなく入院し、これが絶筆となった。川村源七は、本作をイゴッソー伝として桂月作中「最高の名品」と評す。（堀部功夫）

大森ちさと　おおもり・ちさと

昭和三十一年九月二十七日～。詩人。高知県幡多郡西土佐村に生まれる。本名は千里。「舟」「ONL」同人。詩集『川にな』（昭和59年9月28日、土佐出版制作室）、『梨の花』（平成3年5月31日、土佐出版社）。（浦西和彦）

大森望　おおもり・のぞみ

昭和三十六年（月日未詳）～。翻訳家。高知市本町出身。本名は英保未来。京都大学文学部卒業。昭和六十三～平成七年、ブラッドリー『惑星救出計画』、ディック『タイタンのゲーム・プレーヤー』、クロウリー『エンジン・サマー』、ディック『ザップ・ガン』、ラッカー『セックス・スフィア』、サイリス『わが愛しき娘たちよ』、ディック『いたずらの問題』、ハインライン『ラモックス・ザ・スタービースト』、ルーカス原案『密林の聖者』、ベイリー『ロボットの魂』『光のロボット』、ディック『フロリスク8から来た友人』、プラット『フリーゾーン大混戦』、ベイリー『時間衝突』、チャペック『山椒魚戦争』、カンデル『図書館のドラゴン』、マクレガー『インディ・ジョーンズ最後の聖戦』、ラシュコフ『サイベリア』、カード『ワーシング年代記1』『〔同〕2』、ウイリス『ドゥームズディ・ブック』を訳刊。ハヤカワ文庫の英米文学翻訳で活躍する。（堀部功夫）

大宅壮一　おおや・そういち

明治三十三年九月十三日～昭和四十五年十一月二十二日。評論家。大阪に生まれる。東京帝国大学中退。人物論等を執筆する。『大宅壮一全集』全三一巻（昭和56年、蒼洋社）がある。

＊高知県・酒と女と革命と《こうちけん・さけとおんなとかくめいと》　エッセイ。〔初出〕「文藝春秋」昭和三十三年十月一日、三六巻一一号。◇過去の高知は大物や怪物を沢山出した。後続は小粒だ。「土佐人の最大公約数といえば、今も酒が好きだということくらいであろう」。（堀部功夫）

大藪春彦　おおやぶ・はるひこ

昭和十年二月二十二日～平成八年二月二十六日。小説家。現在の大韓民国ソウル市に生まれる。父静夫、母フジの長男。昭和十六年三月末、現在の北朝鮮新義州に移転、そこで敗戦を迎える。二十一年九月、釜山から佐世保に引き揚げ、善通寺市西部小学校五年に編入。翌年四月、木田郡へ移住、平井小学校に転校、脊椎カリエスにかかる。二十三年四月、平井中学校に進学。翌年五月、父の転勤により前田中学校に転校した。二十五年、脊椎カリエスが再発する。現在の高松市元山町に転居。二十六年四月、香川県立木田高等学校に入学したが、夏、脊椎カリエスが再々発し、学校を休学。同年九月、高松市立高松第一高等学校に転校した。二十九年四月、高松第一高等学校文藝部誌「ひとで」第八号に「ノート・ドストエフスキー」を発表。演劇部では三島由起夫の「卒塔婆小町」などを演出した。三十年四月、英語をマスターするために、四国クリスチャン・カレッジに入学したが年末に退学。三十一年四月、早稲田大学教育学部英文科に入学。三十三年五月、「野獣死すべし」を同人誌「青炎」に発表。ワセダ・ミステリ・クラブの部長である鈴木幸夫の手を経て、江戸川乱歩に紹介され、同年七月、「野獣死すべし」が「宝石」に再掲された。この一作で人気作家になった。主人公の現実離れした殺しっぷりが若い世代の支持を得た。日本にはなかったハードボイルド小説を次から次へと発表した。代表作に「蘇える金狼」「汚れた英雄」「戦士の挽歌」などがある。『暴力租界』（平成8年5月31日、徳間書店）が最後の長編となった。

（浦西和彦）

大山定一　おおやま・ていいち

明治三十七年四月三十日～昭和四十九年七月一日。独文学者。香川県仲多度郡琴平町に生まれる。昭和三年、京都帝国大学文学部を卒業。第三高等学校講師、法政大学講師を経て、昭和二十一年、京都大学助教授。二十五年、教授となり、四十三年三月、定年退職。夏目漱石と同期の藤代禎輔を師とし、堀辰雄、伊東静雄らと交友関係を続けた。リルケの紹介と研究の先駆者。『マルテの手記』（昭和14年10月、白水社）の最初の翻訳者。昭和四十六年三月、ドイツ文化の海外普及につくした功績で西ドイツのゲーテ・インスティトゥートから、ゲーテ金メダルを贈られた。

（浦西和彦）

大山久子　おおやま・ひさこ

昭和二十四年七月十六日～。詩人。徳島県勝浦郡勝浦町に生まれる。徳島県立小松島高等学校卒業後、准看となり、徳島県医師会准看護学院を卒業、個人病院に勤務する。そのかたわら、詩誌「逆光」に同人として、第一一号から参加、詩を発表する。詩集『土曜日の花』（昭和58年7月10日、徳島出版印刷）を、自費出版。

（増田周子）

大和田建樹　おおわだ・たけき

安政四（一八五七）年四月二十九日～明治四十三年十月一日。国文学者、唱歌作者、歌人。伊予国（愛媛県）宇和島（現宇和島市）に生まれる。父は宇和島藩士大和田水雲。建樹は長男で、幼くして宍戸千建、穂積重樹に和歌を、藩校で漢学国学を学び、その後、広島外国語学校で英語を学んだ。明治十二年に上京。国文学を独学で研究し、東京帝国大学古典科講師、東京高等師範学校教授などを歴任。『謡曲通解』全八巻（明治25年1月15日～11月6日、博文館）、『欧米名家詩集』全三巻（明治27年1月27日～3月22日、博文館）、『明治文学史』（明治27年10月26日、博文館）、『日本歌謡類聚』全二巻（明治31年3月19日、5月2日、博文館）、『能乃栞』全六巻（明治36年3月1日～37年1月20日、博文館）、等の編著書がある。児童文学的な仕事として『日本開闢』（明治29年12月22日、博文館）にはじまり、『威海衛』（明治32年12月23日、博文館）で終わる〝日本歴史譚〟叢書二四冊がある。唱歌の作者としても活躍し、

「鉄道唱歌」「散歩唱歌」「尋常小学帝国唱歌」「高等小学帝国唱歌」など多くの人々にうたわれた。（浦西和彦）

岡崎ふゆ子 おかざき・ふゆこ

明治三十四年五月一日～平成三年五月二十二日。歌人。高知県安芸郡甲浦町大字甲浦四九三番地に、父専次、母茂登の六女として生まれる。本名は寿恵《としえ》。父は御船頭であったが、明治四十一年、父の家業失敗により上阪する。大正四年、信愛高等女学校を病弱のため中退する。九年、三野啓逸と結婚する。十二年、甲浦町大字河内二五六に移転する。昭和五年、父が死去した。アララギに入会し、中村憲吉、土屋文明に師事する。十年、離婚する。十四年、母が死去した。北出菊太郎と再婚する。十八年、大阪へ転居する。二十一年、高知県へ転居する。二十二年、高知アララギ会歌誌「はまゆふ」編集に係わる。二十七年、東京都へ転居する。五十三年、『花の木』を著す。六十二年、『瀧桜』を著す。平成三年、老衰のため死去した。三上啓美編『岡崎ふゆ子のために』（平成4年5月20日、沖積舎）所収略年譜にくわしい。土屋文明『短歌入門』（昭和12年、古今書院）は、ふゆ子の三首「39子供らを訪ねくるなと其の父が電話にいでてにべもなくいふ／40たかぶりて吾子のことを言ひしとき受話機にひびき電話きれたり／41荒々しく切れし電話にかたへより女の笑ふ声きこえにき」を採り上げ、通俗、低級な小説材料でも、歌では「真剣な感動が汲み取られます」、歌は事件が主でなく「感動だけが主であるため」で、「感動情緒には通俗も低級も」ないからである、と言及した。（堀部功夫）

岡崎義恵 おかざき・よしえ

明治二十五年十二月二十七日～昭和五十七年八月六日。国文学者。高知市帯屋町に父賢次、母駒の長男として生まれる。高知市立第三尋常小学校、高知市立高等小学校、高知県立第一中学校卒業。第三高等学校を経て、大正六年、東京帝国大学文科大学国文学科を卒業する。八年、同講師となる。十二年、東北帝国大学助教授となる。昭和二年、同教授となる。十年、『日本文藝学』を著す。十三年、『日本文藝の様式』を著す。十四年、透谷文学賞を受ける。十五年、日本文藝学会が創立された。二十四年、日本文藝研究会が創立された。二十七年、文学博士の学位を受ける。三十年、東北大学を退職、共立女子大学教授となる。三十四年から、『岡崎義恵著作集』全八巻（昭和34年4月20日～37年12月15日、宝文館）が刊行された。四十年、日本学士院会員に選定される。岡崎義恵先生追悼記念会編『岡崎義恵博士著作解題続篇』（昭和61年8月6日、東北大学文学部国文学研究室）に「著作年表」がある。（堀部功夫）

小笠原淳 おがさわら・じゅん

大正十年九月十日～平成五年十二月十六日。俳人。高知県南国市に生まれる。本名は淳二郎。医師。俳句は昭和二十一年小松六居に指導を受ける。二十四年「寿」に入会、中島斌雄に師事。（浦西和彦）

岡繁樹 おか・しげき

明治十三年八月（日未詳）～昭和三十四年（月日未詳）。社会運動家。高知県安芸郡安芸村（現安芸市）八五五に直一、駒の長男として生まれる。黒岩涙香の従弟に当たる。幸徳秋水、堺利彦と交際をする。「萬朝報」に入る。明治三十五年、アメリカへ渡る。缶工場員、コック、農園労働者になる。カリフォルニア州太平洋大学を卒業する。サンフランシスコで金門印刷所を開く。新聞を創刊する。太平洋戦争勃発後、イギリス軍の指揮下に入って、ビルマ戦線に出動する。インドで、日本人兵士向けの宣伝工作に従事する。

（堀部功夫）

岡田逸樹　おかだ・いつき

昭和二年八月二日～。歌人。愛媛県越智郡吉海町に生まれる。広島県警警察官。昭和二十四年ごろより作歌。「地中海」常任委員。「柊」短歌会代表。歌集『紺の象形』（昭和59年1月10日、九藝出版）。

少年のこころに棲みてかがよえり伊予の
　蜜柑の花咲ける島
来島の海峡またぎて三連の吊り橋架かる
　世界一とぞ

（浦西和彦）

岡田喜秋　おかだ・きしゅう

昭和元年（月日未詳）～。紀行文作家。東京深川に生まれる。旧制松本高等学校を経て、二十二年東北大学経済学部卒業。その頃紀行文を書き、雑誌「旅」に応募して受賞。日本交通公社に入社するが、まもなく「旅」編集部に入り、三十四年より一二年間編集長、その後出版局次長などを歴任。五十八年から横浜商科大学教授。生涯を旅に過ごした曽良を研究し、平成三年『旅人・曽良と芭蕉』（河出書房新社）を出版。他の著書に『自然と旅の原点』（昭和47年、PHP研究所）、『空と大地の黙示―作家と風土』（昭和51年、西沢書店）、『旅する作家たち』（昭和59年12月、牡羊社）、『旅のあとさき』（昭和63年6月、牡羊社）、『歴史のなかの旅人たち』（平成4年2月、玉川大学出版部）、『木を見て森を知る』（平成6年10月、講談社）、『秘話ある山河』（平成10年11月、平凡社）など多数。

＊淡路島をめぐる《あわじしまをめぐる》　紀行文。〔収録〕『すべてふるさと―西日本篇』昭和五十二年六月二十五日、中央公論社。◇明石から秋の淡路島へ渡る。この島は兵庫県に属するが、以前は阿波徳島藩である。定家の松帆の浦を経て由良に着く。和歌山を対岸に見る不思議な地形である。マツクイムシにやられ、松の列はないが名産の瓦の家並が美しい。国民宿舎で秋の成熟の味というタイを食す。翌日は黒岩のまだ咲いていない水仙郷を訪れ、神話の桃源郷「オノコロ島」を眺める。福良で「傾城阿波鳴門」の人形浄瑠璃を見る。島特産のタマネギや牛乳を食すが、セイタカアワダチソウの多さに驚く。橋ができても、排気ガスと公害だけの残る島にしないで、と切望する。

（増田周子）

岡田義生　おかだ・ぎしょう

昭和六年三月二十八日～。小説家。徳島県美馬郡一宇村（現つるぎ町）実平に生まれる。本名良人《よしひと》。義生は彫刻の銘をそのまま用いた。徳島県立板西農蚕学校（現板野高等学校）卒業。徳島県立板野養護学校に勤めるかたわら、童話や小説を発表。阿波の歴史を小説にする会の会員として、郷土四国を舞台にした小説「群狼も征く」「山姥伝記」「駒止めの桜」「秘剣風流れ」「郡頭の里」「女人王太石」などを発表。退職後は、板野中学校剣道講師として中学生の指導に当たる一方、出生地の美馬郡一宇村の伝説をもとに、「黒笠山の雪女郎」を執筆したり、農協のAIテレビに、「童謡物語り」というエッセイを発表するなど精力的に活躍している。著書に『少年とカラス』（昭和63年12月、井上書房）、『つれづれ詩集』（平成2年5月、自費出版）、『群狼も征く』（平成4年3月、井上書房）がある。

（増田周子）

岡田禎子　おかだ・ていこ

明治三十五年三月六日～平成二年一月十日。

劇作家。愛媛県温泉郡石井村南土居に生まれる。父温《ゆたか》、母イワの次女。本名は禎子《よしこ》。父は県農会、帝国農会に勤め、衆議院議員となった。愛媛県立松山高等女学校を経て東京女子大学文学部人文科に入学。在学中から岡本綺堂に師事した。大正十三年三月、東京女子大学高等学部を卒業。昭和四年一月「夢魔」を「改造」に、七月「終列車」を「女人藝術」に発表。岡本綺堂主宰の「舞台」に参加。五年七月三日、新鋭文学叢書『正子とその職業』を改造社より刊行し、新進女流劇作家として文壇に認められる。以後、「俥」（「文学時代」昭和5年10月）、「生計の道」（「改造」昭和5年11月）、「その大節季」（「舞台」昭和6年12月）、「着物」（「新潮」昭和7年3月）、「女給時代」（「舞台」昭和7年4月）、「数」（「改造」昭和9年6月）、「乙女らの詩篇」（「行動」昭和9年11月）らを発表。戯曲集『祖国』（昭和17年4月15日、拓南社）、『白い花』（昭和17年11月25日、全国書房）等を出版した。おもに女性のいやらしさ、あさはかさを描いた。八年二月、築地座が「正子とその職業」を、九年九月、創作座が「数」を、十三年六月、文学座が「クラス会」を上演した。十九年三月、愛媛県松山に帰り、郷里で過ごした。二十五年から四十三年まで愛媛県教育委員を務め、NHK経営委員にもなった。「白い花」「祝ひの日」「生きた靖国神社」「更生の温泉」等の戯曲、放送劇は松山と思われる「南国の城下町」「南国のある村」を舞台にして描いている。『岡田禎子作品集』（昭和58年1月10日、青英舍）。

＊クラス会《くらすかい》　戯曲。〔初出〕「東陽」昭和十一年六月。〔収録〕『祖国』昭和十七年四月十五日、拓南社。◇一幕。南国の城下町を舞台に、女学校卒業後二〇年、外交官夫人の帰郷を機会に集まった女たち六人の生活の浮き沈みを廃園に散る桜を背景に描かれる。岡田禎子は「女のいやらしさ、あさはかさ、その他あらゆるものをこめて、女といふもののあはれさを書いて見たかつたのである。」と『祖国』の「後記」で述べている。

＊数《かず》　戯曲。〔初出〕「改造」昭和九年六月一日。◇舞台は軽便鉄道の終点を持つ田舎の町の飯食店をかねた雑貨商佐野屋の店。「新居浜へ行って人絹会社の女工にでもなった方がましよ」という台詞が出てくる。十八歳の力枝は佐野屋の土間の右手で機を織っている。中年で新米の古着屋が自転車に乗って商売にやってくる。五円の単衣を力枝は二円しかないので、絣二反を三円分としてとってもらう。機屋が集めにやってくるが、絣が七反ある筈が五反しかない。力枝は古着屋がかっぱらっていったのだという。村の娘を悪者にする訳にはいかないと村人たちは古着屋を泥棒あつかいにするのである。

（浦西和彦）

岡田みゆき　おかだ・みゆき

大正六年十月五日～。教員、小説家。徳島市勝占町に生まれる。本名はミユキ。徳島県女子師範学校本科を経て専攻科を終了後、徳島県下の小、中学校の教諭をしながら、小説を書く。昭和二十七年、三十五歳の時、初めて書いた小説が佃実夫の紹介で「作家」に掲載された。その後、「徳島作家」同人として活躍。三十五年、「谷間の神」が婦人公論女流新人賞佳作に入選。翌年、「徳島作家」第五号掲載の「石ころ」が「文学界」に転載され、芥川賞候補になる。三十七年、「実験観察記録」が同人雑誌賞候補となり、「新潮」に掲載された。四十二年には「美しい森」（のち「森の影」と改題）が文学界新人賞候補となる。ついで翌年、「徳島作家」発表の「棲息」が「文学界」

に転載され、文学界新人賞候補となった。四十五年、三一年間勤めた教員を退職。執筆活動に専念し、五十四年には徳島県作家協会賞、徳島県出版文化賞を受賞。著書に『タヒラの人々』（昭和46年3月1日、株式会社出版）、『椅子のくつ』（昭和51年11月25日、株式会社出版）、『ホルトの木の実』（平成6年6月30日、近代文藝社）、『血天井異聞』（平成7年11月1日、徳島出版）がある。昭和五十一年には、富士正晴と共著『ある地方民間放送』を出版。徳島ペンクラブ、阿波の歴史を小説にする会にも所属し、四国を描いた作品に「タヒラの人々」「棲息」「血天井異聞」「お亀磯沈没」「春嵐熊山城」「鬼界山補陀落寺」「奈佐のあらし」「郡司のある夏」「孤影」「闇」「旅籠屋錦ぎれ」「流恨」「ふるさと」など多くある。

＊タヒラの人々《たひらのひとびと》　短編小説。〔収録〕『タヒラの人々』昭和四十六年三月一日、株式会社出版。◇N川を蛇行に蛇行を重ねた四国のチベットと言われる奥地に、タヒラという土地がある。その地のタヒラシと呼ばれる人々は、入会《いりあい》利用の共同体生活をし、何百年も平和に幸せに暮らしてきた。戦争と敗戦による悲劇、インフレや社会変動の波にもまれ、この村が崩壊していく過程を描く。滅びゆくものへの悲しみと哀感溢れる佳編である。

＊石ころ《いしころ》　短編小説。〔初出〕「徳島作家」昭和三十六年三月。〔収録〕『タヒラの人々』前出。◇T市からバスで七時間、海抜五〇〇m、一軒の店さえないX谷へ、わたしは子供を背負い、転勤した。いまわしい出来事を忘れ、一から出直す覚悟であった。よそ者の子連れ女教師、電灯もない納屋の三畳の住居、児童の口利きでやっと見つけた子守り、わずか六人の同僚教師の慇懃無礼で杓子定規な態度、子どもの病気、崖っぷちを村人と一俵の炭俵をかついで行く途中、転がった石ころのようにどんなに辛くとも頑張ろうと心に決める。母親の強い決意と愛情に胸を打たれるだけでなく、教師としての人格や人柄もうかがえる作品である。（増田周子）

岡直樹《おか・なおき》

明治十八年一月五日～昭和四十五年八月二日。出版人。高知県安芸郡安芸村（現安芸市）八五五に、直一、駒の次男として生まれる。明治三十七年、高知県立第一中学校卒業。青山学院へ進学。在学中にアメリカへ渡る。大正七年、カリフォルニア州太平洋大学を卒業する。九年、『北米の高知県人』（大正10年5月25日、万弁舎）を編む。在米同胞の履歴、住所録を含む。サンフランシスコでの印刷物である。昭和三十年、帰国する。『人生の三大問題』を著す。三十七年、『維新の志士黒岩直方』を著す。（堀部功夫）

岡林清水《おかばやし・きよみ》

大正十年八月十三日～平成十年八月二十一日。国文学者。高知市北新町二七に父九敏《ちかとし》、母千賀於の次男として生まれる。父は国語教員だった。昭和十九年、広島文理科大学を卒業する。海軍予備学校、海軍経理学校教官になる。二十二年、高知師範学校助教授となる。二十七年、高知大学助教授となる。三十二年開校の高知文学学校運営委員になる。三十九年、『高知県文学史』を著す。四十四年、高知大学教授となる。四十八～五十五年、『自由民権運動文学の研究』『土佐風土歴程』を著す。五十六年、第三二回高知県文化賞を受賞する。五十九年、『碑のなかの風景』を著す。六十年、高知大学を定年退職する。徳島文理大学教授（平成五年まで）、土佐史談会会長、高知ペンクラブ会長、椋庵文学賞選考委員、「高知新聞」

文藝短編小説選考委員など多くの役職をつとめる。平成三～七年、『高知県文学散歩』、歌集『浅き流れ』、歌集『長江』を著す。十年、高知市桜井町一—一〇—四の自宅で倒れる。心筋梗塞のため高知市内の病院で死去した。勲三等旭日中綬章を受章。「海の国・山の国という二元的自然環境の影響を受ける一方、遠流の国・修行の国という、土佐の二元的歴史環境の影響を多分に受けて」土佐の文学は創作され、近代になると変革的政治性文学、伝統的大衆的文学の二系統となって展開し、南国的詩性、情熱が目立つ、——これが岡林の構想だった。

（堀部功夫）

岡部伊都子　おかべ・いつこ

大正十二年三月六日～。エッセイスト。大阪に生まれる。『岡部伊都子集』（岩波書店）がある。

＊**列島をゆく**《れっとうをゆく》　エッセイ集。〔初版〕昭和四十五年一月十三日、淡交社。◇「黒潮の浜　高知室戸岬」（「家庭画報」昭和44年5月20日）。桂浜を「白浜青松と形容したパンフレットがあったが、ありふれた表現だ。ここのは、白砂ではない。〔略〕五色の砂である」。南国市の窪田邸で土佐の花号というオナガドリを見る。「身動きひとつ自由にならない止箱のなかで寿命以上に生きつづける見事な尾の鶏」に野中「婉女の四〇年の幽囚が、ふと浮かんで、二重うつしになる」。

（堀部功夫）

岡村天錦章　おかむら・あめにしきしょう

明治三十四年二月二十八日～昭和六十一年十月十六日。俳人。愛媛県宇和島市に生まれる。本名は家隆。日産火災海上保険高松支店長。俳句は昭和七年より大谷句仏に師事し「懸葵」に拠った。のち「万緑」同人。句集『天錦章』（昭和41年）。

（浦西和彦）

岡村啓一郎　おかむら・けいいちろう

大正十三年（月日未詳）～。郷土史家。高知県香美郡物部村（現香美市）黒代に生まれる。昭和五十八年に葉山中学校校長を退職。四十七年ごろから土佐出身の天文暦学者の事跡を調査し、『土佐の暦学者たち』（昭和63年、土佐出版社）、『又三郎の星日記』（平成元年6月、著者）、『土佐天文散歩』（平成7年8月、高知新聞社）、『黒代・安丸風土記』（平成10年6月、著者）を出版。

（浦西和彦）

岡村柿紅　おかむら・しこう

明治十四年九月十四日～大正十四年五月六日。劇作家。高知市北奉公人町に父安吉の長男として生まれる。本名は久寿治。明治十八年、父母、叔母（女義太夫の二代目竹本東玉）について上京する。叔母との関係上、演藝界に接する機会が多かった。俳句を作る。成城中学校に学ぶ。三十四年、中央新聞社に入り、劇評を担当する。三十六年、二六新報社に入り、劇評家として活躍する。文士劇を始める。四十一年、有楽町の高等演藝場の顧問となる。鷺流狂言に興味をもつ。四十二年、二六新報社を退く。四十三年、読売新聞社に入る。「身替座禅」を作詞する。狂言「花子」を舞踊化したもので、六世尾上菊五郎のための新作である。七世岸沢式佐、五世杵屋巳太郎作曲、四十三年三月市村座において初演された。四十五年、博文館より創刊された「演藝倶楽部」の編集主任となる。大正二年、博文館を退く。四年、市村座に入り、菊五郎の相談相手となる。五年から、書肆玄文社に関係し、「新演劇」の主幹をつとめる。「棒しばり」を作詞する。狂言「棒縛」を舞踊化したもので、七世坂東三津五郎、六世尾上菊五郎のために書いた。杵屋巳太郎作曲、五年一月市村座において初演された。十二年、震災のため市村座焼失後、その責任を負って奔走する。過労から早世した。三宅周太郎ほかの記述にくわしい。（堀部功夫）

岡村須磨子 おかむら・すまこ

明治三十八年七月二十八日〜歿年月日未詳。詩人。高知市に生まれる。東洋高等女学校卒業。大正末年頃、深尾須磨子と出会い、詩作をはじめる。昭和九年六月に同人詩誌「ごろっちよ」を主宰し、十七年まで二九号を刊行。「深尾須磨子をしのぶ会」幹事を勤めた。共詩集『閃光』（詩集社）がある。（増田周子）

岡村嵐舟 おかむら・らんしゅう

大正五年八月十三日〜平成十四年二月九日。川柳作家。高知県香美郡土佐山田町（現香美市）に生まれる。本名は健一。昭和初年、川柳を知り、「高知新聞」に投句する。官職に就く。戦後、実業に転身し、食品製造関係の会社に勤める。戦時中、中止していた作句を復活。二十四年、「帆傘」を復刊し、その運営に当たる。二十四〜四十年、「高知新聞」読者文藝川柳選者をつとめる。二十五年、大阪「番傘」同人になる。四十三年、句集『素顔』を著す。六十一年、第四回高知ペンクラブ賞を受賞する。（堀部功夫）

岡本監輔 おかもと・かんすけ

天保十（一八三九）年十一月〜明治三十七年十一月十一日。「内外兵事新聞」編集人。徳島藩士。号は韋庵。文久三（一八六三）年より樺太探検に従事。樺太全島所有論者。明治元年、内国事務権判事。七年、陸軍省御用掛。東京大学予備門御用掛等を務める。九年三月、「内外兵事新聞」の編集印刷総長（明治10年2月まで）、七月、「東洋新報」（漢文）の編集兼印刷人となる。著書『組志』『北門急務』『万国史記』等。（浦西和彦）

岡本庚子 おかもと・こうし

昭和六年六月十四日〜。俳人。愛媛県松山市道後樋又に生まれる。本名は庚子《としこ》。中央大学卒業。「浜」同人。「萩」主宰。句集『葛の花』（昭和56年11月30日、丸ノ内出版）、『萩』（昭和62年2月10日、浜発行所）、『田遊び』（平成7年7月）。

遊里よりつき来し猫や初薬師
後の月尼が点前のねずみ志野
後見の紋にまぎるる落花かな（浦西和彦）

岡本虹村 おかもと・こうそん

昭和八年四月八日〜。俳人。徳島県板野郡板野町西中富に生まれる。本名は昌幸。「群青」「狩」所属。句集『未完橋』（昭和55年12月1日、海郷俳句会）、『緑曜』（平成8年8月）。

男木の島女木の島指し遍路杖
わが行く手ずっとひとりの遍路行く
日を負へば影が先ゆく秋遍路（浦西和彦）

岡本昼虹 おかもと・ちゅうこう

明治三十二年八月十八日〜昭和五十八年二月十三日。俳人。愛媛県松山市に生まれる。本名は彦市。北海道製紙監査役。俳句は小樽商業学校在学中「ホトトギス」「緋蕪」に入会、高浜虚子に師事。昭和三年、比良暮雪と「蝦夷」を創刊。のち「雲母」「北の雲」同人。句集『蝦夷薊』（昭和49年5月20日、岡本彦市）。（浦西和彦）

岡本文良 おかもと・ぶんりょう

昭和五年（月日未詳）〜。児童文学者。茨城県生まれ。東京大学卒業。出版社勤務を経る。

＊「アホウドリ」と生きた12年《「あほうどり」といきたじゅうにねん》 児童文学。〔初版〕平成十年十二月四日、P

HP研究所。◇「無人島漂流記」を典拠に、土佐の長平を描く。主人公の年齢二十四歳を「十三歳」と少年化し、長平の「わすれられない人」ゆうという少女を付加した創作である。（堀部功夫）

岡本まち子 おかもと・まちこ
大正十三年四月一日～。俳人。高知県に生まれる。本名はマチ。「馬酔木」同人。句集『桜前線』（昭和54年7月5日、牧羊社）。（浦西和彦）

岡本連 おかもと・むらじ
大正三年十二月二十八日～平成七年六月二十七日。詩人。徳島県小松島市に生まれる。徳島師範学校卒業後、小学校に勤務。旧制文部省教員検定試験国語・漢文に合格し、県立工業高等学校、城南高等学校の教諭を経て、県教委指導主事、小松島中学校校長を歴任。小松島市教育委員長となる。著書に詩集『案山子』（昭和56年1月29日、教育出版センター）がある。（増田周子）

岡本彌太 おかもと・やた
明治三十二年一月二十三日～昭和十七年十二月二日。詩人。高知県香美郡岸本村本町に、父福太郎、母豊の長男として生まれる。本名は亀彌太。小学校時代、「少年世界」に投稿。大正三年、城山高等小学校卒業、父と同郷の宇田友四郎邸に家庭教師として寄宿し、高知市立商業学校予科二年に編入学する。上級生近森豊馬に詩を学ぶ。七年、同校本科三年卒業。四月、神戸市へ出、鈴木商店に就職し、近森と同宿する。一年志願兵として、高知歩兵第四四連隊に入営する。九年、満期除隊となる。十年、鈴木商店を辞し、帰郷する。教会へ通ったり、小説「ある夜の重衝」を書いたりする。川北電気企業社高知出張所に就職する。十一年、同出張所閉鎖で退社する。十二年、香美郡夜須尋常高等小学校の代用教員となる。畠山小丑（のち由と改名）と結婚する。詩誌「ゴルゴダ」「青樹」を創刊する。十三年、「あおすげ」を創刊する。「日本詩人」に投稿する。十五年、「麗詩仙」を創刊。昭和二年ころ、宮沢賢治『春と修羅』を入手、読んで影響をうける。三年、香美郡赤岡尋常小学校訓導となり、池本寿と同僚になる。八月、恒石草人、池上治水と剣山に登る。詩誌「青騎兵」を創刊する。五年、詩が「詩神」に掲載される。六年、岡山の「鬣《たてがみ》」に参加する。瀧川富士夫の「鸞《らん》」に寄稿する。七年、詩集『瀧』を著す。有名になる。この年、恋人池本寿と別れる。八年、『土佐詩人選集』を瀧川と共編刊行。「日本詩壇」同人となる。九年、「鶴」に俳句を発表する。香美郡野市町東野の小野山武夫邸に転居する。十年、植村諦との文通の件で、赤岡警察署の捜査をうける。十一年、詩と講演と朗読の会を開催する。香美郡前浜小学校訓導となる。十四年、香美郡在所村府内第五尋常小学校訓導兼校長となる。十五年夏、体調を崩す。十六年も臥床。十七年、結核のため、高知市本町大野内科で死去した。享年四十四歳。歿後、顕彰の動きが続く。十八年、住江明が『岡本彌太琴歌抄』を刊行。二十三年、『岡本彌太選集』刊行。詩碑が香美郡岸本町月見山麓に建つ。三十八年、『岡本彌太詩集』刊行。同集所収年譜にくわしい。

＊父の寝台 ちちのしんだい　詩。〔初出〕「詩神」昭和六年二月。〔収録〕『瀧』昭和七年十月五日、詩原始社。◇初出本文「ヨシコ〔妻由子〕ヨ　トシコ〔恋人寿子〕ヨ」を初収本で「ルカコ〔長女瑠香子〕ヨ　レイコ〔次女玲子〕ヨ」と冒頭から改変する。「戸外デハ温イハルノ雨ガ降ツテヰルノダサウダ／欠ケタオマエタチ二人ノオ茶碗ニ／ア

ノ光ルアメイロヲウケトツテオクレ／ワシハ暗イ田舎ノ天ニタ、エテキタワシノ愛スベキ思想ヲ／欠ケタ二人ノオ茶碗ノ中ニ等分シテチツト眺メテミタイノダ／／美シイオブローモフノ男／ヤガテ空ニナル父ノ寝台ガ濡レルサウダ」は、宮沢賢治「永訣の朝」の本歌取りだろう。（堀部功夫）

＊剣山詩篇《つるぎさんしへん》 詩。〔初出〕「日本詩壇」昭和九年三月。〔収録〕『岡本彌太詩集』昭和三十八年五月、岡本彌太詩集編纂委員会。◇「剣山詩篇」は、冬の花、立つ、回帰の鳥、白日からなり、冬の花では「もの狂ひとか／首かかりとか母殺しとか／その麓の暗い噂の時雨をこして哀艶に晴れ悉してゐる剣山／そのいただきの冬の花を採るために／わたしはとほく雪の離雲の間を来た」と詠う。他に『岡本彌太詩集』には、「剣山」も収録されている。（増田周子）

小川紘一 おがわ・こういち

昭和十六年十月十二日～。医師、小説家。徳島市北佐古二番町に生まれる。徳島県立城南高等学校卒業後、徳島大学医学部に進み、昭和四十六年大学院博士過程修了と同時に医学部の助手となる。ペンシルバニア大学研究員、徳島大学講師を経て、五十九年開業。医学論文、著書多数ある。趣味の一つとして、文藝サロン「らくがき」に所属、小説を書く。著書に『領空侵犯』（平成6年9月30日、近代文藝社）がある。（増田周子）

小川太朗 おがわ・たろう

明治四十年十一月十六日～昭和四十九年二月三十一日。俳人。台北市に生まれる。本名は太郎。大正十四年四月、愛媛県立松山高等学校文科甲類入学。昭和七年三月、東京帝国大学文学部哲学科卒業。愛媛師範学校教諭、愛媛県教育研究所所長、名古屋大学助教授、神戸大学教授等を歴任。俳句は松高俳句会で川本臥風に手ほどきを受けた。昭和元年より「石楠」に拠り、臼田亜浪に師事。句集『驟雨』（昭和50年1月31日、中公事業出版）。（浦西和彦）

小川正子 おがわ・まさこ

明治三十五年三月二十六日～昭和十八年四月二十九日。医師。山梨県に生まれる。東京女子医学専門学校卒業。昭和八年、長島愛生園医官。ハンセン病患者の隔離収容に献身。四十一歳、肺結核で歿した。清水威『小川正子と「小島の春」』（昭和61年7月25日、長崎出版）にくわしい。

＊小島の春《こじまのはる》 記録。〔初版〕昭和十三年十一月二十日、長崎書房。◇瀬戸内海・長島「愛生園」の女医「私」は、「祖国を潔める救癩戦線の勇ましい闘士」の一人として、瀬戸内の島々や四国各地の自宅で療養している患者家族に、検診と隔離の必要を説き、長島愛生園収容を勧める。しかし、平成八年、「らい予防法」が廃止され、祖国浄化運動そのもの、および隔離実態が批判をうける。作中、「土佐の秋」は、昭和九年九月十～十六日の高知県幡多郡大正村行、「再び土佐へ」は十一年一月八～十日の記録である。「長講演がせんかんとして流れる四万十川の中流の流れゆるやかな土佐の山中の夕月の夜に自転車の上で果された。〔略〕自転車の上に語りつ越えし土佐の国の夕月の夜を我忘れめや」。十五年七月、東宝により映画化される。上林暁は、本作が「最も異色ある土佐紀行で、かくの如く浪漫的に土佐を書いた文章は他にないと思ふ。この本のため、土佐が癩病国のやうに思はれるのは、有難くないことかも知れないが、この繊弱な女医さんの清らかな救癩手記によつて、土佐の国一円に一抹の物哀れな浪漫性が流れたことは、争はれぬ事実であると

思ふ」と紹介した。　（堀部功夫）

沖井千代子《おきい・ちよこ》

昭和六年三月七日～。児童文学者。愛媛県今治市に生まれる。岡山、広島、山口県岩国市で育つ。広島県立広島女子専門学校（現県立広島女子大学）国文科卒業。昭和三十一年、「こんぶ林の夕ぐれ」が「婦人朝日」の特別懸賞童話に入選。三十五年から四十七年までＮＨＫ広島放送局の脚本や上演台本などを執筆。坪田譲治に師事し、童話雑誌「びわの実学校」に作品を発表。「びわの実学校」同人。ミミコ、ジュンら三人の子どもと、ぬいぐるみの熊のチロ吉が、クレヨンたちの支配するイロイロ島に上陸して、クレヨンと戦う冒険の話を描いた『もえるイロイロ島』（昭和43年、実業之日本社）が処女出版。『あらしのクリクリ谷』、『はしれ！　おく目号』の〝くまのチロ吉ものがたり〟のほかに、広島県の民間伝承に取材した『ひばだこがんばる』や原爆投下された町を描いた『歌よ川をわたれ』などがある。名古屋市在住。　（浦西和彦）

沖口遼々子《おきくち・りょうりょうし》

明治四十二年八月八日～平成二年九月十四日。俳人。愛媛県越智郡に生まれる。本名は三郎。釧路北陽高等学校校長。俳句は国学院大学在学中に柳原極堂に師事、「雞頭」に拠った。句集『雪女』（昭和61年5月22日、著者）。　（浦西和彦）

荻原井泉水《おぎわら・せいせんすい》

明治十七年六月十七日～昭和五十一年五月二十日。俳人。東京に生まれる。本名は幾太郎。明治四十四年、「層雲」を創刊し、自由律俳句運動を進める。大正十三年、亡妻亡母の菩提を弔うため遍路となって小豆島八十八カ所を巡拝する。十四年、西国三十三カ所の巡礼に出る。昭和十二年、四国遍路の旅に出る。

＊遍路と巡礼《へんろとじゅんれい》　エッセイ集。〔初版〕昭和九年三月一日、創元社。◇集中「麗かなれども」「茂りゆく中を」「霧に、月に、雨に」が小豆島遍路紀行である。

＊遍路日記《へんろにっき》　エッセイ集。〔初版〕昭和十六年九月十六日、婦女界社。◇昭和十二年、四国第一番より第三十六番、十三年、第四十一番より第八十八番まで。　（堀部功夫）

奥田晴義《おくだ・はるよし》

大正十一年一月五日～。詩人。愛媛県松山市に生まれる。中央大学法学部卒業。在学中に学徒出陣。敗戦後復学すると共に松山で文化運動、労働運動に関与する。詩集に『滔滔』『奥田晴義詩集』などがある。　（浦西和彦）

奥野健男《おくの・たけお》

昭和元年七月二十五日～平成九年十一月二十六日。評論家。東京に生まれる。東京工業大学卒業。『奥野健男文学論集』『奥野健男作家論集』がある。

＊自作本『櫂』を贈られて《じさくぼん『かい』をおくられて》　エッセイ。〔初出〕「宮尾登美子全集月報」平成五年二月一日か、四号。◇「土佐には何回か行ったが、ぼくの顔を見て、土佐の郷土の顔、長曽我部の顔だとよく言われる」と書く。　（堀部功夫）

奥村泉《おくむら・いずみ》

昭和三十三年三月十一日～。詩人。香川県三豊郡山本町（現三豊市）に生まれる。四国学院大学卒業。学習塾経営。「日本未来派」同人。詩集『幻花』（昭和61年4月1日、書房ふたば）、『水』（平成5年10月31日、書房ふたば）、『マドレーヌを食べる』（平成6年8月30日、ふたば工房）。第一二

回国民文化祭かがわ'97「文藝祭・現代詩大会」審査委員、平成九年度日本詩人クラブ新人賞選考委員。（浦西和彦）

小倉虹男《おぐら・にじお》

大正十二年三月二十四日～。俳人。愛媛県美川村（現久万高原町）に生まれる。本名は宗清。愛媛国学館卒業。「若葉」「愛媛若葉」同人。句集『虹』（昭和49年10月1日、若葉社）。

ふるさとの石鎚山の初御空
石鎚のふところ深く水温む
石鎚の神荒れ給ふ夏炉かな

（浦西和彦）

小倉ミチヨ《おぐら・みちよ》

明治二十七年九月十四日～昭和四十二年七月十日。性研究家。愛媛県に生まれる。旧姓は坂本。松山技藝女学校卒業。大正八年に「相対」発行人の小倉清三郎と結婚。性の研究報告誌「相対」は芥川龍之介らも会員になり、会員の性体験を掲載。出版法違反に問われ、一時中断、刊行を繰り返した。昭和十六年、夫が病死。以後も独力で「相対」会を続けたが、十九年解散に追いこまれた。戦後、「相対会研究報告」（全34冊）を復刻したが、猥褻図書販売で逮捕された。（浦西和彦）

生越嘉治《おごせ・よしはる》

昭和三年（月日未詳）～。児童劇作家。徳島県に生まれる。早稲田大学文学部卒業。成城学園初等学校教諭を経て、小学館に入社。教師をしながら児童劇を書き始め、学校劇脚本を主体とした演劇活動を展開する。中央児童福祉会演劇部会委員、玉川大学文学部客員教授、日本児童劇作の会会長などを歴任。昭和三十年「まっかっかの長者」で、日本児童演劇協会賞を受賞、六十八年には「おおかみがきた！」で日本演劇教育連盟演劇教育賞を受賞。「飛べないホタル」「じゅげむ」などの劇の脚色をしている。著書に『楽しい劇あそび』（昭和55年）、『名作童話劇』（昭和59年）、『美術音楽に出てくる人物』（平成4年、あすなろ書房）、『小学生のための「文章の書き方」トレーニング3　中級篇』（平成13年3月28日、あすなろ書房）がある。（増田周子）

尾崎驍一《おざき・ぎょういち》

昭和六年二月八日～。詩人。高知県に生まれる。昭和四十年、詩集『ダマスコへの道』を著す。「ふたりで」は「ぼくの／おやゆび／ひとさしゆびで／かくれる手／／十郎は／ぼくとねむる／ふたりだけのよるを／／月をさがしながら／空をあるいていく」。詩誌「猿」を創刊する。四十七年、『現代異端詩集』刊。中村市立中央公民館長になる。五十六年、詩集『森の中から』を著す。

＊森の中から《もりのなかから》　詩集。〔初版〕昭和五十六年十月三十日、檸檬社。◇「四万十川幻想」は「秋風がたった／朝早くそそくさと／なにかにひかれて／川にきてしまった。／／河原をくだるうちに／船頭のうたが／流れのなかからきこえてきた。／ふと空を仰ぐと／それは／天の嘲笑にかわっていた。」とうたう。（堀部功夫）

尾崎作太《おざき・さくた》

明治二十五年七月二十日～昭和五十二年十一月十七日。俳人。愛媛県北宇和郡岩松村に生まれる。本名は作太郎。愛媛銀行岩松支店に勤めた。俳句は昭和初期、松根東洋城の門に入って「渋柿」に拠り、のち「京鹿子」を経て、多田裕計の「れもん」同人。句集『生涯句集』（昭和53年11月17日、れもん本社）。（浦西和彦）

尾崎士郎 おざき・しろう

明治三十一年二月五日～昭和三十九年二月十九日。小説家。愛知県に生まれる。早稲田大学に学ぶ。『尾崎士郎全集』がある。

＊新日本笑府《しんにほんしょうふ》　短編小説集。〔初版〕昭和二十五年二月十日、東京文庫。◇「ハチスの狸」昭和五年、田中桃葉翁に率られ、「私」と井伏鱒二、鈴木彦次郎、平野零児、寺田瑛、穴水鉄が高知入りする。「馬鹿扱ひをすればするほど喜ぶ」というハチス神社に参拝する。その霊験か、一行は四日間、飲酒、登楼、狂気乱舞し、ユスリ新聞からたたかれ、酔眼朦朧となって土佐を去る。（堀部功夫）

尾崎放哉 おざき・ほうさい

明治十八年一月二十日～大正十五年四月七日。俳人。島根県邑美郡吉方町（現鳥取市立川町）に生まれる。本名は秀雄。明治四十二年九月、東京帝国大学法学部卒業。中学生時代に梅史、芳水、梅の舎などの雅号を用い、詩、歌、俳句をつくりはじめ、東京帝国大学在学中は「日本新聞」の俳欄や「国民新聞」の俳欄に投句した。四十四年、東洋生命保険会社東京本社に勤務。のち大阪支店次長、東京本社契約課長などを務める。大正四年十二月から荻原井泉水主宰「層雲」に自由律俳句を投稿しはじめる。九年十二月、東洋生命保険会社を退社し、十一年四月ごろ、朝鮮火災海上保険会社の支配人として京城府に赴任したが、翌年五月ごろ酒の失敗で退職。十二年十一月二十三日、妻とも別れ、無一文になって、西田天香の一灯園に入る。翌年、京都知恩院常称院の寺男となる。以後、須磨寺の大師堂の堂守、福井の常高寺の寺男等を経て、十四年八月十二日、井泉水の紹介により井上一二を頼りに、小豆島にむかった。土庄町王子山蓮華院西光寺奥ノ院の南郷庵に入る。「小さい島に住み島の雪」「淋しい寝る本がない」「爪切ったゆびが十本ある」「咳をしても一人」などの句を南郷庵で詠んだ。喉頭結核の病状悪化し死去。「春の山うしろから煙が出だした」が最後の句となった。句集、荻原井泉水編『大空』（大正15年6月、春秋社）。書簡集『放哉書簡集』（昭和2年10月、春秋社）。昭和二年四月七日、南郷庵を望む墓地に大空放哉居士の墓が建立され、三回忌の三年四月七日に南郷庵に句碑「いれものがない両手でうける」が建てられた。五十六年四月七日、南郷庵跡に「俳人放哉易簀之地」記念碑が、平成五年四月七日、小豆島に句碑「眼の前魚が飛んで見せる島の夕陽に来て居る」が建立された。六年四月七日、「小豆島尾崎放哉記念館」が落成した。（浦西和彦）

尾崎秀樹 おざき・ほつき

昭和三年十一月二十九日～平成十一年九月二十一日。評論家。台北に生まれる。台北大学中退。昭和二十一年、日本へ引き揚げる。新聞記者、闘病生活ののち、文筆活動へ。『大衆文学論』などを著す。

＊歴史＝点と線《れきし＝てんとせん》　エッセイ集。〔初版〕昭和五十七年六月一日、時事通信社。◇四国関係は「高知―よさこいの地」「宇和島―開明的な風土」の二章。歴史につながる風土を追う。（堀部功夫）

尾崎徳 おざき・めぐみ

大正十年五月二十六日～昭和五十五年三月二日。詩人。香川県大川郡白鳥本町伊座（現東かがわ市）に生まれる。本姓は岡田。上海憲兵隊の軍属となる。「上海文学」に参加。負傷により帰国。敗戦を西宮市で迎えた。詩集に『尾崎徳全詩集』（昭和55年、讃文社）がある。「戦いに敗れた　そのあと／讃岐白鳥という／やけに郷愁そそる寒駅に／いざり降りたやつは／おれであったのか」と歌った詩「惜春賦」（『尾崎徳全詩集』）が『ふるさと文学館第43巻香川』（平成6年8月15日、ぎょうせい）に収録されている。（浦西和彦）

尾崎陽堂 おざき・ようどう

明治二十九年九月二十八日～昭和六十一年十二月二十四日。俳人。愛媛県宇摩郡土居町畑野に生まれる。本名は久馬。西条中学校卒業。初代土居町長。俳句は大正四年ごろ「ホトトギス」に投句。「ホトトギス」「玉藻」「京鹿子」同人。（浦西和彦）

大佛次郎 おさらぎ・じろう

明治三十年十月九日～昭和四十八年四月三十日。小説家。横浜に生まれる。本名は野尻清彦。東京帝国大学卒業。『大佛次郎ノンフィクション全集』『大佛次郎随筆全集』『大佛次郎時代小説全集』『大佛次郎戯曲全集』がある。

*屋根の花《やねのはな》 エッセイ集。〔初版〕昭和五十五年一月三十日、六興出版。◇集中「文六餅」が土佐紀行。高知で植木枝盛邸、武市半平太邸を見る。中村、足摺岬、宿毛へ行く。翌日、宇和島へ出る。漁村で「文六餅」の広告を見付ける。（堀部功夫）

押川春浪 おしかわ・しゅんろう

明治九年三月二十一日～大正三年十一月十六日。小説家。愛媛県松山市小唐人町に生まれる。本名は方存《まさあり》。父方義は、嘉永二（一八四九）年松山の橋本家に生まれたが、横浜のブラウン塾出身、日本キリスト教会の元老となった人物で、仙台の東北学院の創立にも関係した。父の布教のため新潟、仙台などの各地を転々とした。明治学院、東北学院普通部、札幌農学校実習科を経て、明治三十一年に東京専門学校英文科を卒業。在学中、桜井鴎村が「海底軍艦」の原稿を「少年世界」主筆の巌谷小波に紹介し、小波の推薦で三十三年十一月十六日、文武堂から刊行され、一躍その文名があがった。その後、「武侠の日本」「新造軍艦」「東洋武侠団」などを発表し、冒険小説の名称を確立した。三十七年三月、小波の紹介で博文館に入社、「日露戦争写真画報」（のち「写真画報」「冒険世界」と改題）の主任となった。四十四年十月、博文館を辞職。四十五年一月、小杉未醒らと「武侠世界」を創刊。「世界の巨盗」「海底宝窟」「恐怖塔」などの作品を発表。大正二年、保養を兼ねて小原原島へ赴いたが、一カ月余で帰った。翌年、風邪から急性肺炎にかかり、三十八歳で死去。（浦西和彦）

押川方義 おしかわ・まさよし

嘉永二（一八四九）年十二月五日～昭和三年一月十日。牧師、教育家。伊予松山に松山藩士橋本宅次の三男として生まれる。幼名は熊三。押川方至の養嗣子となり、方義を名乗る。明治二年、東京開成で学び、藩の貢進制が廃止されたため、四年に横浜修文館に入学。バラ、ブラウンの感化を受け、五年三月十日に受洗し、横浜バンドの成員の一人となる。九年一月、伝道を志し、新潟におもむいてスコットランド医療宣教師パームを助けた。十三年、仙台に移り、講義所を開設し、東北伝道の基盤をつくった。十九年、アメリカの改革教会宣教師ホーイと仙台神学校を創設。二十四年、仙台神学校が東北学院と改称され、三十四年まで院長を務めた。神人合一的宗教観を説いた。その後、実業界に転じ、東北、北海道で鉱山採掘、北樺油田開発事業に関係した。大正八年、松山から衆議院議員に選出され、政界に転じた。（浦西和彦）

小島沐冠人《おじま・もっかんじん》

明治十八年三月二十三日～昭和二十年一月十一日。俳人。本名は栄枝。高知市井口町に生まれる。早稲田大学中退。明治四十一年、新聞界に入る。「大阪毎日新聞」の記者を経て、帰高する。「南海新聞」を経営する。大正八年、俳誌「曲水」に入る。昭和十六年、句集『南海』を著す。十八年、「南海新聞」廃刊となる。代表句「髪結へば妻もうらの四十かな」。田所妙子『ビルの谷間に』は、小島家が「俳人にふさわしい趣味深い家庭」であったこと、「奥さんの民女はまた美しくいつもその時分丸髷の髪をこわしたことが無かったようだ」と回想する。（堀部功夫）

織田悦隆《おだ・えつりゅう》

大正十三年六月二十七日～。歌人。愛媛県に生まれる。伯方高等小学校卒業。昭和十八年、佐佐木信綱の門に入る。昭和二十五年に「心の泉」を創刊。「日本歌人」同人。歌集に『古き家』『新しき顔』『織田悦隆歌集』がある。（浦西和彦）

小田黒潮《おだ・こくちょう》

明治二十九年五月十五日～昭和五十三年十二月二十九日。俳人。高知市桂浜に生まれる。本名は城吉。陸軍大佐。高浜虚子に師事して「ホトトギス」に拠った。戦後「雲母」に転じた。句集『大陸春秋』（昭和42年8月15日、粟賀印刷所）。（浦西和彦）

織田枯山楼《おだ・こさんろう》

明治二十三年三月十一日～昭和四十二年八月二十九日。俳人。愛媛県周桑郡石根村に生まれる。本名は小三郎。東京で印刷・出版業を経営したが、昭和十一年に第一高等補習学校を設立。織田教育財団理事長、愛媛女子商業学校校長、愛国学園理事長、竜ケ崎高等学校校長等を歴任。昭和四十年、藍綬褒章、四十二年、勲四等旭日章を受章。大正初期より句作に入り、「俳諧文学」「文明」「寂」「俳諧春秋」等を発行。一時「渋柿」に拠ったが、後「白楊」の雑詠選者をしたのを最後に俳句界を遠ざかった。著書に『連句とはどんなものか』（大正9年3月30日、岡村書店）がある。（浦西和彦）

小田武雄《おだ・たけお》

大正二年十二月二十三日～昭和五十九年十一月二十七日。俳人、小説家。愛媛県松山市港町に生まれる。九州大学経済学部卒業。在学中、昭和十年ごろより俳句をはじめ、「天の川」に拠って吉岡禅寺洞に師事した。会社員、高等学校教師を経て、戦後、結核の療養生活を送ったことを転機として時代小説を書きはじめた。二十九年「絵葉書」、三十年「うぐいす」、三十一年「北冥日記」、三十二年「窯談」で、連続してサンデー毎日大衆文藝賞に入選。「うぐいす」は幕末の配流キリシタンを描いた作品。続いて三十二年、「舟形光背」で小説新潮賞を、「紙漉風土記」でオール読物新人賞を受賞した。俳句は戦後、日野草城の「太陽系」「青玄」の同人になった。五十九年十一月二十七日、急性肺炎のため東京世田谷区の国立大蔵病院で死去。（浦西和彦）

小田知周《おだ・ともちか》

嘉永四年（一八五一）八月～大正八年七月十五日。「香川新報」主宰。香川県高松に生まれる。讃岐がまだ愛媛県の一部であったので香川県分立の運動を起こし、中野武営らと讃岐同好会を組織した。明治二十二年四月十日「香川新報」を発刊。同好会は改進党系で、「香川新報」も改進党系紙であった。第一一回総選挙で衆議院議員に当選。（浦西和彦）

お

織田信生 おだ・のぶお
昭和二十三年（月日未詳）～。児童文学者。高知市に生まれる。愛知藝術大学を卒業する。昭和五十七年、『いまむかしうそかまことか』を著す。六十一年、『さかながふってきたら』を著す。平成元年、絵本『青い目の人形』を著す。四年、絵本『へんてことわざ』を著す。
（堀部功夫）

織田二三乙 おだ・ふみを
昭和十一年九月二十三日～。俳人。大阪市に生まれる。行政書士。愛媛県東宇和郡宇和町に在住。昭和四十六年「乙鳥」編集同人。中川俳句会会長。「雲母」「白露」参加。
山開く法螺連山を統べて鳴る（石鎚山）
浜木綿の高き香りに潮の満つ（日振島）
店の名を屋根に客待つ鵜飼船（大洲）
（浦西和彦）

小田実 おだ・まこと
昭和七年六月二日～。小説家。大阪に生まれる。東京大学卒業。『小田実全仕事』がある。
＊私の日本発見⑥高知／寺と海と未来と《わたくしのにほんはっけんろくこうち／てらとうみとみらいと》 エッセイ。〔初出〕「旅」昭和四十二年六月一日、四一巻六号。〔収録〕『原点からの旅』昭和四十四年十一月二十五日、徳間書店。◇高松のホテルで、ムカデ爪とカンカン石を買う。「四国の背骨の山脈をこえると、風景は東南アジア的になる」。竹林寺、雪蹊寺へ行く。桂浜の龍馬像前で「この男が生きて維新をむかえたなら、それからの日本はどうなっていたか」を考える。
（堀部功夫）

越智田一男 おちだ・かずお
昭和九年一月十九日～。児童文学者。愛媛県に生まれる。大分大学学藝部国語国文学科卒業。大分県で小学校教諭となる。『北国の町』（昭和58年、教育報道社）で、第一三回日本児童文藝家協会新人賞を受賞。
（浦西和彦）

越智道雄 おち・みちお
昭和十一年十一月三日～。評論家、翻訳家。愛媛県今治市に生まれる。広島大学大学院博士課程修了後、玉川大学文学部専任講師。五十年、明治大学教授。五十三年～五十四年シドニー大学客員研究員。五十八年、世界最長の小説といわれるオーストラリア人作家ザビア・ハーバートの『かわいそうな私の国』の完訳を完成し、五十八年度日本翻訳出版文化賞を受賞。著書に『新世界の文化エトス』（評論社）、翻訳にオブライエン『死のかげの谷間』（評論社）、ロバーツ『パヴァーヌ』（サンリオ）、ハリス『遠い日の歌がきこえる』（冨山房）などがある。六十二年度サンケイ児童出版文化賞を受賞。
（浦西和彦）

小野梓 おの・あずさ
嘉永五（一八五二）年二月二十日～明治十九年一月十一日。東洋館書店創業者。高知県宿毛（現宿毛市）に生まれる。大隈重信の知遇を得て立憲改進党結成に参画、東京専門学校創立に貢献。明治十六年、東洋館書店を設立し、欧米の原書の輸入販売と翻訳書の出版をはじめる。『小野梓全集』全五巻（昭和53年6月30日～57年3月31日、早稲田大学出版部）がある。
（浦西和彦）

小野ゑみ女 おの・えみじょ
大正五年一月十七日～。俳人。徳島市北常三島町に生まれる。本名はゑみ。徳島県立女子師範学校卒業。「ひまわり」俳句会に参加。句集『ゑみ女百句集』（昭和62年5月、徳島教育印刷所）。
白渦にはじき出されて磯海月（鳴門）

女木偶背で泣いてみせ春灯下（阿波木偶）
藍を植うそびらに剝落しるき蔵（藍の館）
（浦西和彦）

小野川俊二 おのがわ・しゅんじ

大正十二年（月日未詳）〜。詩人。高知県大方町に生まれる。昭和二十九年、北川冬彦主宰「時間」の同人になる。三十三年、詩誌「詩態」を創刊する。三十五年、大方町議会議員になる。三十六年、大方町社会福祉協議会会長になる。四十三年、詩集『炎と風と』を著す。大方町長になる。五十一年、「時間」同人に復帰する。平成元年、詩集『何処へ』を著す。二年、日本古代史詩集『虚空見つ日本国は』『口づけにならない口づけ』を著す。三年、「竜骨」創刊に、同人参加する。「セコイア」にも同人参加する。詩集『自己愛日記』（平成5年2月24日、飛鳥出版室）、『天照大神誕生』（平成10年9月1日、葵詩書財団）がある。

＊口づけにならない口づけ《くちづけにならないくちづけ》　詩集。〔初版〕平成二年四月二十五日、土佐出版社。◇「死よりも苛酷に生きて」は、大方町にある朝鮮国女の墓をうたった長詩である。「〔略〕轟々と山が鳴っている／轟々と海が鳴っている／それに合わせるように／轟々と空もまた鳴り響いていた／天はあくまでも碧く高く／太陽はあくまでも赤く輝いて／朝鮮国女の墓の霊よ／貴方の前に立つと決って／其の音に包まれ身動きひとつ出来なくなる／四百年前／突然の日本軍の侵略により／強制的に拉致され／故郷を捨てなければならなかった一人の孤独な女の／望郷に号泣する姿が／彷徨として現われて来るのだ〔略〕」。
（堀部功夫）

小野興二郎 おの・こうじろう

昭和十年六月二十二日〜。歌人。愛媛県上浮穴郡面河村（現久万高原町）に生まれる。明治大学卒業。昭和三十二年「形成」に参加、四十年に同人となる。句集に『てのひらの闇』（昭和51年、角川書店）、『紺の歳月』（平成元年一月、不識書院）等がある。「泰山木」編集発行人。

（浦西和彦）

小野瀬不二人 おのせ・ふじと

明治元年九月〜昭和十三年十一月十八日。ジャーナリスト。徳島県に生まれる。東京法学院卒業後、二六新報社に入社。欧米に留学。明治四十二年「中央新聞」主幹兼編集長、四十五年「東京毎夕新聞」主幹、のち社長。大正十五年五月「読売新聞」顧問となり、正力社長を補佐。ドレヤ著『最新実際新聞学』（大正4年、植竹書院）の訳書がある。

（浦西和彦）

小野十三郎 おの・とおざぶろう

明治三十六年七月二十七日〜平成八年十月八日。詩人。大阪市に生まれる。東洋大学中退。旧制中学校時代から詩作を始め、上京して「赤と黒」同人に参加。大正十五年、処女詩集『半分開いた窓』を出版。その後、「弾道」を創刊し、アナーキズム詩運動の理論的支柱の一人となる。戦後は『詩論』で日本の伝統短歌的な叙情を否定した。大阪文学学校を創設。詩集『大阪』（昭和14年4月、赤塚書房）に「撫養の塩田」と「鳴門村」の二編の徳島に関する詩を収める。「撫養の塩田」では「苛烈な初秋の太陽の下に真白く反射する塩田を心に描いて／女つ気のない寂しい撫養の町を歩いた。／突如、眼前に煤ぼけた四角い煉瓦煙突と狭い溝渠で縦構にしきられた畑がひらけ／頬かむりをした爺さんたちがあちこちで物憂さうに同じ単調な動作をくりかへしながら、長い柄杓子で海水を掬つては畑の上にふりまいてゐるのであつた。」と歌う。

（浦西和彦）

小野蒙古風　おの・もうこふう

大正二年七月一日〜昭和五十五年五月一日。俳人。香川県三豊郡上高瀬村（現三豊市）に生まれる。本名は寛一。香川県農業技手。俳句は十八歳ごろから苔花庵厳山に学び、のち尾崎陽堂に師事。「京鹿子」「紫苑」に投句。「杉」同人。昭和五十三年九月「草」創刊主宰。句集『小野蒙古風全句集』（昭和57年5月1日、草発行所）。（浦西和彦）

小原六六庵　おはら・ろくろくあん

明治三十四年四月十六日〜昭和五十年十月十五日。漢詩人、書家。愛媛県温泉郡垣生村西垣に生まれる。本名は清次郎。大正三年ごろから中村翠濤に画道を学ぶ。十三年に書道教授となり「六六庵」を創立。昭和二十一年に吟詠を提唱し、二十五年に愛媛吟詠連盟を創立した。高橋藍川、太刀掛呂山に詩を学び、六六庵吟社を主宰した。短歌「にぎたつ」同人。日本漢詩文学連盟参与、愛媛県吟剣詩舞総連盟会長を務めた。著書に『六六庵吟詠詩集』『六六庵詩書碑』全四巻がある。（浦西和彦）

小山久二郎　おやま・ひさじろう

明治三十八年九月七日〜昭和五十九年一月十二日。小山書店創業者。愛媛県松山市に生まれる。別名は久二郎《きゅうじろう》。法政大学専門部中退。岩波書店勤務を経て、昭和八年、小山書店を創設。下村湖人『次郎物語』、徳田秋声『縮図』、三木清『読書と人生』などを出版。昭和二十五年刊行した伊藤整訳『チャタレー夫人の恋人』をめぐって〝チャタレー裁判〟が起こり、一審で罰金二五万円、三十二年三月、最高裁で二審どおり有罪となった。有罪の余波で小山書店は倒産し、四十年赤ちゃんとママ社を設立した。著書に『ひとつの時代—小山書店私史—』（六興出版）がある。（浦西和彦）

折口信夫　おりくち・しのぶ

明治二十年二月十一日〜昭和二十八年九月三日。国文学者、歌人、民俗学者。大阪に生まれる。号は釈迢空。国学院大学卒業。『折口信夫全集』（中央公論社）がある。昭和二年八月、高知県下で十数日過ごす。室戸岬へ行く途中、古泉千樫の死を知る。久万を経て、松山に出る。十九年四月末、高知県吾川郡伊野町で「鰹や若鮎やいろんな紙類やを手に入れるために大きなつづらを背負って」四国へ行く。助手に加藤守雄が同行。二十七日、高知第一高等学校にて講演、「鹿持雅澄の文学」。同県吾川郡伊野町大国町三〇九三杉本建夫宅に泊る。のち椙本神社に、歌碑「いのゝかみこの川ぐまによりたまひし日をかたらへばひとのさひしさ」が建つ。別日、高知県立高等女学校でも講演か。聴衆の一人に栗尾彌三郎がいた（「防人の歌」）。室戸岬、徳島へ廻る。二十三年一月中旬から、香川、徳島へ旅行。のち徳島県小松島市南小松島駅前に、歌碑「小松島の停車場降りてひたぐもるこの夕暮も見覚のある」が建つ。

＊俳諧《はいかい》の発生《はっせい》　エッセイ。〔初出〕「俳句研究」昭和九年五月。◇「土佐と阿波との国境、予州石鎚山よりは遥かの東、両方へ流れた屋根が、上で行き会つた辺に、薬師堂の立つた山がある」。柴折薬師で、古来の歌垣、嬥歌《かがい》会を思わせる習俗があり、祭りの後の唱え言も古風を存する。「万葉集講義」（全集第九巻）中でも柴折薬師に言及する。（堀部功夫）

【か】

海音寺潮五郎《かいおんじ・ちょうごろう》

明治三十四年三月十三日〜昭和五十二年十二月一日。小説家。鹿児島県伊佐郡大口村に生まれる。本名は末富東作。国学院大学卒業後、中学校教師になる。昭和七年「風雲」が「サンデー毎日」の小説募集に当選し、九年に中学校教師を退職、作家活動に専念する。十一年「天正女合戦」で第三回直木賞を受賞した。以後、歴史伝記小説を書いた。五十一年に日本藝術院賞を受賞。「阿波騒動」(「小説新潮」昭和41年1月1日)は、〃お家騒動列伝〃の一篇で、阿波藩主重喜を中心にその騒動を描いている。

＊阿波の屋形《あわのやかた》　短編小説。〔初出〕「別冊小説新潮」昭和三十五年四月。〔全集〕『海音寺潮五郎全集第一五巻』昭和四十六年二月二十日、朝日新聞社。◇南北朝時代の半ば、吉野川デルタ地帯にある阿波細川家の勝瑞城は阿波屋形と呼ばれ、本丸に飾雛として細川真之、二の丸に実権を握る父違いの弟三好長治がいた。長治が真之の乳兄弟彦四郎の妻をさらい、愛妾としたことから、二〇数年前の母の行状がわかる。家老三好義賢との密通で起きた父細川持隆の死、義賢の北の方として産んだ長治の民を苦しめる行為、一〇年後義賢が殺されても改まらぬ母の男狂い。遂に真之は近隣の豪族を従え、長治を倒し、守護の権を回復する。しかし数年後、山賊により国乱れ、真之も自害する。歴史とはこんなものであろうか。

＊阿波騒動《あわそうどう》　短編小説。〔初出〕「別冊小説新潮」昭和四十一年一月一日。〔全集〕『海音寺潮五郎全集第一九巻』昭和四十五年十二月十日、朝日新聞社。◇『阿淡夢物語』全一二巻、『泡夢物語』全四巻という書物がある。これによると、阿波の家老賀島出雲が秋田佐竹重喜を藩主にするために、何人もの主君や世子を毒殺、または毒飼いしたことになっている。この事実を蜂須賀家記などによって詳細に検証していく。意外にも藩財政立直しの重喜の強力な経済政策の失敗に帰することが判明する。勤倹令が励行され、民は辛苦にあえぐ。職班官禄の制で家中の者も不満をもつ。加えて阿波、淡路の連年の凶荒もあり、誰かの密告でもあったのであろうか。重喜の多年の労力は空に帰した。　(増田周子)

＊雪山を攀ずる人々《ゆきやまをよずるひとびと》　短編小説。〔初出〕「キング」昭和二十一年一月。〔全集〕『海音寺潮五郎全集第一四巻』昭和四十五年十一月二十日、朝日新聞社。◇山崎闇斎は学問上のくいちがいから野中兼山と義絶する。しかし兼山のその後の不幸を聞き、闇斎は見舞いの手紙を送る。兼山はなつかしさに胸ふるえながら、道のため仲直りしないまま歿す。闇斎は背梁山脈を北山越えして墓参する。闇斎の妻には「眼もとどかぬほど高くきびしくそば立つ峻嶮な雪山と、そのいただきをめざして、遠く、小さく、豆粒のうごめくように緩慢にたどって行く二人の旅人の姿が思い描かれてきた。『あれは夫と兼山様だ』」。田岡典夫に拠れば、本作の種本は『土佐偉人伝』であるよし。原典は、兼山、闇斎の絶交後「世闇斎の兼山に於ける父師の誼ありて其謙徳の経へざるを惜む」と記すのみ。闇斎夫妻の北山越え、高潔な二人の以心伝心的交友は海音寺の創作であろう。　(堀部功夫)

＊高知城《こうちじょう》　エッセイ。〔初出〕「別冊週刊サンケイ」。〔全集〕『海音寺潮五郎全集第二〇巻』昭和四十六年一月二十日、朝日新聞社。◇「日本名城伝」のなかの一編。山内一豊は、関ケ原役がすむと、六万石から一挙に土佐一国二〇万石をもらった。家来も掛川組だけでは足りない。国侍の慰撫

策の上からも、目ぼしい長曽我部の遺臣を家臣に取り立つべきであるのに、そうしなかった。徳川家の敵となった長曽我部の遺臣をとり立てては、家康のきげんが悪かろうと思ったのかも知れない。掛川から連れて来た家来共の俸禄を加増して、城下に居住させ、長曽我部の遺臣はすべてその郷里に土着させて、両者を峻別する方法をとった。それから二〇〇年近く後、尊王攘夷運動がおこり、土佐藩において、これを首唱し、この運動に挺身したのは、すべて長曽我部氏の遺臣の子孫である下士階級の者であった。

（浦西和彦）

開高健《かいこう・たけし》

昭和五年十二月三十日～平成元年十二月九日。小説家。大阪市に生まれる。大阪市立大学卒業。「えんぴつ」同人に参加。昭和二十九年、寿屋（現サントリー）に入社、「洋酒天国」初代編集長として活躍。昭和三十二年、「パニック」を発表し脚光を浴び、「裸の王様」で第三八回芥川賞を受賞。昭和三十九年、朝日新聞社の特派でベトナム戦争に従軍。その体験をもとに『ベトナム戦記』や『輝ける闇』『夏の闇』などを書いた。『フィッシュ・オン』『オーパ！』などの釣魚紀行も多数ある。

＊片隅の迷路《かたすみのめいろ》　長編小説。〔初出〕「毎日新聞」昭和三十六年五月十二日～十一月二十七日。〔初版〕昭和三十七年二月二十日、毎日新聞社。◇市井の片隅に起こった殺人事件で意外にも逮捕されたのは被害者の妻であった。あまりにも不自然で不充分な証拠、偽証と捏造による裁判とその判決。世間の冷たい眼と警察への不信に立ちあがった甥は、一人真実を索めて東奔西走する。徳島ラジオ商事件を描いた新聞連載小説。

＊阿波踊り《あわおどり》　エッセイ。〔初出〕「週刊朝日」昭和三十八年九月二十日、第六八巻四一号。〔収録〕『日本人の遊び場』昭和三十八年十月三十日、朝日新聞社。◇顔をかくした鳥追笠の藁の青さと、紐の赤さと、頬の白さ、つつましやかさと訴えの雄弁がそなわって感じられる阿波踊りの素朴な美しさには、祭りにつきものの〝性〟の匂いが消されて、爽やかなものである。

（浦西和彦）

＊新しい天体《あたらしいてんたい》　長編小説。〔初出〕「週刊言論」昭和四十七年一月七日～九月八日。〔初版〕昭和四十九年三月二十五日、潮出版社。◇題名はサヴァラン「新しい御馳走の発見は人類の幸福にとって天体の発見以上のものである」に拠る。〝相対的景気調査官〟の「私の友人」は、官費で御馳走を食べることが仕事。その「彼」が高知・得月楼へ行く。少人数であったため皿鉢料理は出されず、鰹を食べると、〝箸拳〟の声が聞こえる。

（堀部功夫）

海城わたる《かいじょう・わたる》

明治四十四年九月二十九日～。俳人。広島市に生まれる。本名は城済。医師。愛媛日本赤十字社血液センター嘱託医。平成元年六月より松山市湯の山に移住。阿波野青畝主宰の「かつらぎ」誌友として学び、戦後、「かつらぎ」同人。のち「雨月」「葡萄棚」誌友。句集『南十字』（昭和57年9月1日、ふなはし）、『航跡』（神谷書房）。著書『俳句随想』（平成14年2月、近代文藝社）。

流木の白骨奇なり秋の浜
万緑の山野脾睨不動尊

（浦西和彦）

改田昌直《かいだ・まさなお》

大正十二年十月二十八日～平成七年九月二十六日。漫画家。高知県安芸郡室戸町（現室戸市）浮津に、五郎、安寿の長男として生まれる。高知商業学校二年生時、「高知新聞」懸賞漫画一等賞を取る。昭和十八年、帝国美術学校を学徒動員のため中退。二十三年、上京。二十四年、「チック・タック兄弟放浪記」でデビュー。二十六～四十年、諸新聞へ四コマ漫画を連載。五十九年、『改田昌直のアーバン世界』を著し、荒俣宏より「改田昌直の描く都市風景は、つねに新旧の町並みの微妙なオーバーラップをもって構成される」と評される。六十年、日本漫画家協会大賞を受ける。（堀部功夫）

加賀乙彦　かが・おとひこ

昭和四年四月二十二日～。小説家。東京に生まれる。本名は小木貞孝。東京大学医学部卒業。精神科医である。

＊四万十川の古戦場《しまんとがわのこせんじょう》　エッセイ。〔初出〕「中央公論」昭和六十一年四月一日。◇高知市中村市紀行。小京都のたたずまいを述べ、四万十川を遊覧する。

＊大堂断崖の果てに《おおどうだんがいのはてに》　エッセイ。〔初出〕「中央公論」昭和六十一年五月一日。◇高知県大月町紀行。秋水墓に参り、大堂断崖・柏島を訪う。

＊武市半平太と青山文庫《たけちはんぺいたとあおやまぶんこ》　エッセイ。〔初出〕「中央公論」昭和六十一年六月一日。◇高知県佐川町紀行。「『佐川はサカワです、濁りはないのです』と町役場の人が言った。名前のとおり濁りがない町だ」。（堀部功夫）

鏡信一郎　かがみ・しんいちろう

昭和九年（月日未詳）～。小説家。徳島県に生まれる。東京外国語大学英米語科卒業後、一橋大学大学院法学研究科修士課程終了。独協大学法学部講師などを歴任。著書に『阿波鏡城記―城主、名を秘して死す』（平成7年5月15日、新人物往来社）がある。

＊阿波鏡城記―城主、名を秘して死す《あわかがみじょうき―じょうしゅ、なをひしてしす》　中編小説。〔初版〕平成七年五月十五日、新人物往来社。◇東京の公認会計士である主人公が、聞き取り調査や郷土資料をもとに先祖の調査を行う小説風ドキュメントである。身元を隠せと後代に厳命した主人公の先祖の謎を追い、東京―徳島を何度も往復。実は長曽我部と対立し阿波に逃れ、戦国時代から江戸時代まで延々と子孫を守ために敵の目を欺き続けた土佐の安芸氏の末裔であることを立証する。（増田周子）

加賀山たけし　かがやま・たけし

大正十四年三月二十六日～平成二年九月十七日。俳人。高知県幡多郡清水町（現土佐清水市）に生まれる。本名は明《あきら》。印章店自営。俳句は昭和三十二年ごろ療養中にはじめ、「鶴」「青玄」「菜殻火」を経て、「夏炉」「杉」会員。（浦西和彦）

香川茂　かがわ・しげる

大正九年四月十四日～平成三年五月十三日。児童文学者。香川県高松市に生まれる。日本大学を中退、香川師範学校卒業。入隊、下志津飛行師団八街偵察特攻隊写真隊長として敗戦を迎えた。高松で教師生活に入る。昭和二十六年、埼玉県に転居。昭和五十五年まで公立中学校（国語教師、のち校長）に在職。退職後は埼玉県新座市私立幼稚園園長。昭和三十八年より二〇年間、月刊「中学生文学」の編集長を務める。瀬戸内海沿岸漁民の社会を背景に、「黄金のタイ」を求める少年の夢と冒険を描いた『南の浜にあつまれ』（昭和38年、東都書房）が処女出版。海に生きるクジラの父子を描いた『セトロの海』（昭和42年、東都書房）で第五回野間児童文藝賞を受賞した。昭和五十五年、戦争児童文学の出色の出来映えをしめした『高空一万メートルのかなたで』（昭和55年、アリス館）で第二九回小学館文学賞、第二七回サンケイ児童出版文化賞を受賞。その他、『パオの少年』『高きホタル座へ』『海の牧場を夢みて』など多くの作品がある。脳出血のため埼玉県朝霞市の朝霞厚生病院で死去。平成三年、児童文化功労者賞を追贈された。（浦西和彦）

香川進　かがわ・すすむ

明治四十三年七月十五日〜。歌人。香川県多度津に生まれる。昭和九年、神戸大学経済学部卒業。三菱商事に入社。昭和七年、前田夕暮の門に入り、自由律短歌を作る。夕暮歿後、二十八年に「地中海」を創刊。四十八年、迢空賞を受賞。平成四年、『香川進全歌集』で現代短歌大賞を受賞した。歌集に『太陽のある風景』（昭和16年、白日社）、『氷原』（昭和27年、長谷川書房）、『湾』（昭和32年2月、赤堤社）、『印度の門』（昭和36年5月、南雲堂）などがある。（浦西和彦）

賀川豊彦　かがわ・とよひこ

明治二十一年七月十日〜昭和三十五年四月二十三日。牧師、キリスト教社会運動家、詩人、小説家。神戸市兵庫島上町に生まれる。父は徳島県板野郡堀江村東馬詰（鳴門市大麻町）賀川家の養子賀川純一で、妻を故郷におき神戸で回漕店を経営。その間、藝者益栄（本名菅生《すげおい》かめ）との間に生まれたのが豊彦である。満四歳で父と、五歳で母と死別し、徳島の本家で義母と祖母に養育された。県立徳島中学校在学中に受洗。卒業後、明治学院を経て、明治四十年、神戸神学校に入学。この頃肺結核にかかり、九カ月の転地療養中に書いたのが、「鳩の真似」（「死線を越えて」の前半部分）であった。四十二年、神戸葺合区新川のスラム街に身を投じ、伝道と救済活動をする。その活動体験は自伝的小説『死線を越えて』（大正9年10月3日、改造社）に詳しい。大正二年、芝ハルと結婚。翌年渡米。プリンストン大学に学び、五年に帰国。六年、労働組合運動に挺身、神戸三菱、川崎造船所の労働争議を指導するとともに、生活協同組合組織の共益社や神戸購買組合の創設などに尽力した。また著述活動も活発に行った。『貧民心理の研究』（大正4年11月、警醒社）が注目を浴び、九年『死線を越えて』は大正期の空前のベストセラーになった。彼自身の人間的自叙伝であり、貧民窟での贖罪愛の実践が人々に感動を与えた。十二年、関東大震災がおきるや、その救済活動に上京。十五年「神の国運動」を提唱、居を東京に移して後は、労働農民党の創立や農民福音学校の設立などに尽くしながら、世界伝道を続け、国際的伝道者として広く世界に知られた。『死線を越えて』三部作の後続に『太陽の射るもの』（大正10年11月28日、改造社）、『壁の声きく時』（大正13年12月1日、改造社）があり、他に『キリスト』（大正13年12月、改造社）、『石の枕を立てて』（昭和14年3月、実業之日本社）などの自伝系小説がある。また、詩歌に『涙の二等分』（大正8年11月、福永書店）、『永遠の乳房』（大正14年12月12日、福永書店）があり、フィクション系の小説に『偶像の支配するところ』（昭和4年6月、新潮社）、『一粒の麦』（昭和6年2月、講談社）がある。晩年は世界連邦アジア会議議長もつとめ、ノーベル平和賞候補にも推された。徳島市眉山頂上に「死線を越えて」の文学碑があり、愛媛県松山市道後姫塚に豊彦直筆の平和歌碑が建っている。『賀川豊彦全集』全二四巻（昭和37年9月〜昭和39年10月、キリスト教新聞社）がある。

＊死線を越えて《しせんをこえて》　長編小説。〔初版〕大正九年十月三日、改造社。◇徳島市長の父からの送金の絶えた明治学院生新見栄一

はやむなく帰郷するが、高圧的で身持ちの悪い父とは折り合い悪く、神戸で筋肉労働者として働く。父が死ぬと徳島で父の残した海運業を継ぐが、うまくいかず仕事をやめ、キリスト教に惹かれていく。病気で九死に一生を得た彼は、貧民窟に身を投じ、キリスト教的社会主義を実践する。やがて彼の周りには共感する人々が集まり、心を寄せる女性も出現する。折から過酷な労働条件に苦しむ労働者たちの労働組合結成の機運が高まり、栄一もそれに協力、特高に捕まる。大正デモクラシー時代にその底辺に生きた人々を描き、当時のベストセラーとなったこの小説は、その後続編も出版された。

＊わが生ひ立ち《わがおいたち》 エッセイ。〔収録〕『イエスの宗教とその真理』大正十年、警醒社書店。◇阿波の吉野川流域には、旧幕時代から富裕な豪族が沢山あり、父の家もその一つであった。明治中頃から流行病のように淫湯の気風が蔓延し、豪家は次々に消えた。吉野川の清き水も人心を澄まさず、聖くなるという望みは湧かず、絶望的であった。「神」が無かったからである。ローガン先生やマヤス先生を通じ、「イエス」の道がわかり私の心に阿波の山河が甦った。私はイエスに凡てを与えられ、強く聖く生きている。

（増田周子）

香川紘子 かがわ・ひろこ

昭和十年一月三日～。詩人。兵庫県に生まれる。本名は汎《ひろ》。小児マヒのため就学せず、病床で両親から教育を受ける。十五歳の時詩作をはじめ、詩学研究会を経て、「時間」同人となり、昭和二十九年に「時間」新人賞を受賞。「湾」「漕役囚」「言葉」同人。詩集に『方舟』（昭和33年7月、書肆オリオン）、『魂の手まり唄』（昭和39年5月、思潮社）、『壁画』（昭和44年10月、昭森社）、『サンクチュアリー』（昭和50年11月、詩学社）などがある。愛媛新聞賞、愛媛出版文化賞を受賞。「繭の夢」「托魂」の二編の詩が『ふるさと文学館第44巻愛媛』（平成5年10月15日、ぎょうせい）に収録された。

（浦西和彦）

香川不抱 かがわ・ふぼう

明治二十二年二月十日～大正六年十月五日。歌人。香川県綾歌郡川西村（現丸亀市）に生まれる。本名は栄。別号は延齢。丸亀中学校卒業後上京し、与謝野鉄幹主宰の新詩社同人となる。「明星」「トキハギ」「スバル」などに短歌を発表。明治四十二年に香川新報社の記者となるが、その後大阪に出て相場などに手を出して失敗する。歿後、『香川不抱歌集』（昭和32年6月、鎌田共済会）、『香川不抱歌集　第二集』（昭和33年9月、鎌田共済会）が刊行された。

（浦西和彦）

香川美人 かがわ・よしと

大正四年五月十九日～。歌人。愛媛県越智郡上浦町大字甘崎に生まれる。昭和五年「満州短歌」に入会、八木沼丈夫に学ぶ。昭和二十九年「歩道」に入会、佐藤佐太郎に師事。歌集に『風濤』（昭和45年10月15日）、『海光』（昭和56年7月15日）がある。

父が植ゑし蜜柑の木下のしづかさよここに帰るもわが一代のみ（大三島）

夕映えの終わりて島は昏れしかど海さむざむと波明りあり

（浦西和彦）

鍵山博史 かぎやま・ひろし

明治三十四年一月二十日～歿年月日未詳。小説家。農村文化運動家。高知県に生まれる。本名は博《ひろし》。高知第二中学校卒業、早稲田大学高等予科中退。文藝時報社を経て、昭和四年、産業組合中央会家の光部に勤める。十一年ごろから雑誌「耕人」（後に「地上」さらに「記録」と改題）を創刊する。十三年、農民文学懇話会設立に尽力する。農村にあって農耕に従事する人たちの作品をあつめた『平野の記録』（昭和12年2月）、『収穫―農民小説集―』（昭和12年12月、日本公論社）を編集。小説「寡婦」が『農民文学十八集』（昭和14年7月、中央公論社）に収録される。「記録」同人の吉田十四雄ら農民小説四編を収録した『建設』（昭和14年4月18日、第一藝文社）を編む。開拓者の伝記『屏風山麓』（昭和18年12月、開隆堂）や『農民雑記・季節風』（昭和21年6月、瑞穂社）等の著書がある。戦後は「農民文学」創刊に参加。（浦西和彦）

梯明秀 かけはし・あきひで

明治三十五年七月十六日～平成八年四月十四日。哲学者。徳島県板野郡撫養町（現鳴門市）に生まれる。京都帝国大学哲学科社会学専攻卒業。大阪相愛女子専門学校、大阪日本大学専門学校、北支那開発会社調査局などに勤務。戦後は岡山大学を経て、立命館大学、橘女子大学教授。日本学術会議会員に選ばれる。マルクス主義の立場からの経済哲学の確立に努力し、著書に『戦後精神の探究』（昭和24年9月、理論社）、『ヘーゲル哲学と資本論』（昭和34年11月、未来社）、『経済哲学原理』（昭和37年12月、日本評論社）などがある。『梯経済哲学著作集』全一〇巻。（増田周子）

影山聖二 かげやま・せいじ

大正六年五月十七日～昭和四十六年八月二十一日。歌人。大阪市に父影山覚吾、母梅治の四男として生まれる。本名は隆一。関西学院大学文学部英文科在学中、兄の影響で自由律短歌に興味を持ち、作歌をはじめる。昭和十四年、大学を卒業する。十五年、入営し満州へ行き、十八年帰還する。十九年六月、高知市城北町四七の小笠原八重と結婚し、小笠原姓となる。七月、召集、千島へ出征し、二十年九月、復員する。二十二年か、高知市役所観光課に就職する。二十二年九月、「高知歌人クラブニュース」（のち「高知歌人」と改める）編集人となる。二十三年七月、歌集『彷徨』を依光亦義、三木光と共著刊。二十五年一月、『高知歌人作品集』を刊行。二十九年四月、歌集『微塵となる人生』を著す。七月、「朝日新聞」高知歌壇選者となる。三十一年五月、「雑草苑」を発刊する。八月、歌集『山の向うは見たくなし』を著す。三十二年ころより、「土佐べん」を、三十五年十月、「土佐文藝」を発行する。三十六年ころ、作歌をやめる。四十五年より入退院し、四十六年八月二十一日、急性心臓衰弱のため死去。十二月、「短歌藝術」、四十七年「高知歌人」に「影山聖二追悼録」が編まれる。四十八年八月二十一日、小笠原八重により『微塵となる人生』が編まれる。その所収年譜等にくわしい。「城のある街にて／恋も終り、都会を離れて歌心も次第に薄れる　いま城のある小さい街に住みついて普通の人となって日々凡々」。（堀部功夫）

笠井蕃 かさい・ばん

明治四十一年十二月三日～平成九年十月一日。俳人。高松市一宮町在住。「寒雷」「草」所属。笠井増栄との共著、句集『阿吽』（昭和61年、笠井一）。（浦西和彦）

笠原静堂 かさはら・せいどう

大正二年三月三日～昭和二十二年五月三十一日。俳人。香川県に生まれる。本名は正雄。大阪瓦斯株式会社に勤務。俳句は日野草城に師事、「京鹿子」に投句。「青嶺」「ひよどり」に参加。昭和十年「旗艦」同

人。二十一年「太陽系」同人に参加。句集『窓』（昭和12年7月15日、旗艦発行所）。

（浦西和彦）

柏原千恵子《かしはら・ちえこ》

大正九年一月二十六日〜。歌人。徳島市に生まれる。徳島県立徳島高等女学校、同補習科卒業。「七曜」主宰。「未来」同人。歌集『徳島詩歌選集Ⅲ柏原千恵子』（昭和51年2月1日、徳島出版）、『氷の器』（昭和57年9月1日、砂子屋書房）、『飛来飛去』（平成8年8月8日、砂子屋書房）。

ひとすじの鳴門大橋しろがねに春の青潮
　巻き込みやまず
生きのびてかく細細と山峡のかづらの橋
　の思ほゆるかも

（浦西和彦）

柏木薫《かしわぎ・かおる》

昭和五年（月日未詳）〜。小説家。香川県小豆島に生まれる。本名は山下幸子。昭和二十六年三月、相模女子大学卒業。四十九年、「崖」創刊に参加。五十三年、久坂葉子研究会主宰。五十九年、第一回織田作之助賞佳作入賞。平成四年、「少年少女逍走曲」で第三回小島輝正文学賞を受賞。

（浦西和彦）

片岡薫《かたおか・かおる》

明治四十五年一月二十日〜。シナリオ作家。高知県香美郡山北村に生まれる。昭和十二年、治安維持法にふれ、京都帝国大学を中退する。上京し、新築地劇団に入りシナリオを修業する。応召、中国へ。十七年、満州映画協会入社。二十年、シベリアの捕虜となる。「日本新聞」編集に加わる。二十四年、帰国。独立プロ映画運動に参加する。二十九年、劇団民藝所属。のちフリー。児童映画、劇映画で「平和・友情・愛」を描く。『片岡薫シナリオ文学選集』五冊（昭和60年11月30日、龍溪書舎）がある。

＊檻と花《おりとはな》　シナリオ。〔収録〕『片岡薫シナリオ文学選集第五巻』前出。◇野中兼山の六人兄妹、幽閉中の苦悩を描く。昭和四十五年脱稿。

＊シベリア・エレジー——捕虜と「日本新聞」の日々《しべりあ・えれじー——ほりょと「にほんしんぶん」のひび》　エッセイ集。〔初版〕平成元年六月五日、龍渓書舎。◇昭和二十年八月九日、満州東北の国境守備にあたる日本軍を、高知の夏「虫送り」行事で追われるイナゴにたとえる。捕虜中、故郷をなつかしむ。高知種崎の千松公園を思い出す。

（堀部功夫）

片岡千歳《かたおか・ちとせ》

生年月日未詳〜。詩人。山形県に生まれる。旧姓は阿部。昭和二十八年ころ、杉山平一が神戸でひらいた、詩の勉強会「月曜日」に参加する。三十四年、詩集『ありあ』を著す。三十五年、高知県在住の詩人片岡幹雄と結婚する。三十八年、古書店「タンポポ書店」を旭駅前通りに開く。平成四年、夫が死去した。五年、『きさらぎタンポポ—追悼片岡幹雄』を出版する。

＊きょうは美術館へ《きょうはびじゅつかんへ》　詩集。〔初版〕平成九年十二月十五日、タンポポ書店。◇杉山平一は、片岡千歳の「比喩の方法を使って、過去と現在を重ねる。それは過去への思いにふけるのではなく、過去を知ることによって現在を知ることができる、という姿勢である。〔略〕このような重ね方は、集中での傑作『きょうは美術館へ』に圧巻の効果を収めている。／何度も、良人のいた病院へ通った電車に乗っているが、きょうは美術館へ行くのだ、という進行形の感懐は、生きて哀切で心に沁みる」と評した。出久根達郎もこの詩を傑作と書き、「片岡さんの詩は、いわば詩の原点である。何気なく身辺を詠んでいる。しかし、この何気ない姿勢が、いかにむずかしいことか」

と記す。集中「私」を写しておこう。「シャツを脱ぐように／心をすてることは出来ない／せめて畳んでおく／真新しいシャツのように」。

（堀部功夫）

片岡恒信《かたおか・つねのぶ》

明治三十八年七月五日～昭和六十年二月十八日。歌人。香川県高松市に生まれる。昭和四年、慶応義塾大学法学部卒業後、朝日生命保険に入社、のち常務となる。大正十三年、「とねりこ」に入会、河野慎吾に師事。昭和十年、「多磨」に参加、北原白秋に師事。昭和二十七年、「コスモス」創刊の発起人の一人となる。歌集に『山木魂』（昭和38年8月、白玉書房）、『沙なぎさ』（昭和42年9月、白玉書房）がある。

（浦西和彦）

片岡文雄《かたおか・ふみお》

昭和八年九月十二日～。詩人。高知県吾川郡伊野村（現いの町）三六四五に文太郎、ミヨシの長男として生まれる。嶋岡晨について詩を作る。昭和二十九年か、「詩学」全国同人詩誌作品コンクールに三位入賞する。明治大学に学ぶ。帰郷し、定時制高等学校教員となる。三十四年、詩集『夜の馬』を著す。三十六年、詩集『眼の叫び』を著す。書名はルネ・シャールの詩句「眼だけがなお、叫ぶことができる」から採った。佐竹正隆は「覚知された現在情感の叙情詩集」と評した。詩誌「開花期」を編集発行する。四十一～六十三年、詩集『地の表情』『悪霊』『薄明』『遠流抄・わが仁淀川』『帰郷手帖』を著す。小熊秀雄賞を受ける。『臨月』『孤鶴図柄』『いごっそうの唄』『はちきんの唄』『方寸の窓』『おらんくの唄』『漂う岸』を著す。地球賞を受ける。『片岡文雄詩集』を著す。永瀬清子は、片岡が「地域の性格を」「正確に生かし、しかも、個性のみずみずしさを織りこんでいる詩人」と評価した。平成九年、詩集『流れる家』を著す。

＊悪霊《あくりょう》　詩集。〔初版〕昭和四十四年二月一日、岬書房。◇「仁淀川」（「詩学」昭和38年1月）。第二連は「骨ひとかけらみあたらない　でこぼこの原に／和紙をすく岸のひとのすがた／腰をまげ水ばれした手をうごかすひとの／かぞえきれない背模様が／死びとのようにうきあがってくる」。

＊臨月《りんげつ》　詩集。〔初版〕昭和五十二年八月一日、混沌社。◇「山鬼」は、『寺川郷談』を素材とした方言詩である。作者は「伝承の妖怪に題材を求めてはいるが、そこに高度成長政策、列島改造論の進行で集落を解体され、下山を余儀なくされて、都市の新たな住民となった山びとのかなしみを重ねた。そうしてわたしの心のいたみも宿した」と自解する。

＊いごっそうの唄《いごっそうのうた》　詩集。〔初版〕昭和五十四年十二月十日、ＲＫＣ高知放送。◇「鎌」は桂井和雄「鎌の柄に関する禁忌」が素材である。開腹者の語りで。方言詩。

＊方寸の窓《ほうすんのまど》　詩集。〔初版〕昭和五十九年八月三日、土佐出版。◇「馬の居た町」（「詩学」昭和56年11月）昔、馬が主人から離れて駆け出す。馬主があとを追い、子供たちがついて行った。その馬も馬主も死んだ。母の話を聞いて「ぼく」は幼年時代を想起する。清岡卓行は、本作の印象を「私小説的な回想と現実の藝術的な凝縮！」と要約し、「この詩において嘆賞されることの一つは、敗戦直後から今日までの社会の変遷が、生活条件や風俗の点を描くうちにじつにうまく捉らえれていることである。そんな生地があるからこそ詩人の個人的な感懐に生き生きとした迫力が生じているのだろう」と記す。

＊流れる家《ながれるいえ》　詩集。〔初版〕平成九年十一月二十五日、思潮社。◇「流れる家」は、「父や弟や一族の墓まいり」の帰途、八十余歳の「おふくろ」が、仁淀川の大水に、小屋を流失させないため、大木にしばりつけたことを語る。「おのれの希望をつなぎとめたはずの／あの杭はまことは何だったのだ／逃げてにげてたすかったはずの山すそは／もともと存在したのだったか」。（堀部功夫）

片岡幹雄 かたおか・みきお

昭和十一年一月十日～平成四年二月二十六日。詩人。高知県吾川郡伊野村（現いの町）三六四五に文太郎、ミヨシの次男として生まれる。昭和三十年、高知県立小津高等学校を卒業する。三十三年、高知県警警察官になる。三十五年、結婚。詩集『タンポポの雲』（昭和36年12月31日、国文社）中の「死の舟の話」を引く。「（舟がきたきにわしは乗るぞ／みんなあ　そくさいでのう）／臨終にそういった／ひとの話／／みんなはどうか／お父ちゃん／おかあちゃん／兄き　ツヤちゃん／それからミツコ／ああよし／寝息はちゃんときこえている／／ひとつの秩序に／無限の星がちらばっている」。田所栄吉は「やさしく静かな」佳編と評す。三十八年、警察官を退職し、古書店「タンポポ書店」を開業する。四十三年、長距離トラックのアルバイトを始める。五十四年、ネフローゼで入院。平成二年、腎臓ガンを患う。三年、天理教修養科を卒業するが、肺に転移し、五十六歳で死去した。歿後、『片岡幹雄作品集』（平成15年、タンポポ書店）が出版された。（堀部功夫）

片上伸 かたかみ・のぶる

明治十七年二月二十日～昭和三年三月五日。評論家、露文学者。愛媛県野間郡（現今治市）波止浜村大字波止浜六七番戸に生まれる。父良、母セツの長男。天絃、天弦と号す。明治二十三年、一家をあげて松山市大字唐人町に転住。二十八年に愛媛県尋常中学校（現愛媛県立松山東高等学校）に入学。当時、夏目漱石が同校で教鞭をとっていたが、教えを受ける機会はなかった。三十一年ごろから「少年文集」「文庫」「小天地」等に新体詩、和歌、小説などで要職を投稿。片上泊川の名前で「萬朝報」に出した「軍艦高砂」（明治31年7月17日）が懸賞一等に、「姿見物語」（同年8月21日）が二等に入選。三十三年四月に上京、東京専門学校予科に入学したが、脚気を患い、十月末、徳島県美馬郡脇町に住む両親のもとに帰省する。小康を得て翌年七月まで多度津の高等小学校に勤務。三十五年四月、改めて東京専門学校文科予科に入学。三十七年、同級生の相馬御風らと如月会という文学研究会を作る。三十九年一月、島村抱月のすすめで「早稲田文学」の記者となる。七月、早稲田大学文学科を卒業。四十年四月、早稲田大学予科講師となる。「人生観上の自然主義」（「早稲田文学」明治40年12月）などを発表し、自然主義の擁護に乗り出す。「文壇現在の思潮」（「ホトトギス」明治42年10月）を書き、安倍能成と論争をかわす。四十三年四月、早稲田大学文学部教授となり、英国一九世紀初頭のロマンティシズムの詩を講義。「生の要求と藝」を「太陽」（明治45年3月）に発表。大正二年ごろからロシア文学に関心を寄せる。四年十月、早稲田大学から派遣されてロシアに二カ年半留学する。九年四月、早稲田大学にロシア文学科が開設され、その主任教授となる。「ドストエフスキーとロシヤ思想」（「新潮」大正11年1月）、「階級藝術の問題」（「新潮」大正11年2月）などを発表。十二年四月、「ロシア研究」を創刊して監修。十三年六月、男色事件のため早稲田大学教授を退職し、翌年再度ロシアへ行く。十五年帰国。十五年一月に「内在批評以上のもの」(「新潮」)、「無産階級文学評論」(「中央公論」)等を発表。『片上伸全集』全三巻(昭和13年12月30日～14年7月10日、砂子屋書房)がある。　(浦西和彦)

片桐仲雄《かたぎり・なかお》

明治二十三年(月日未詳)～昭和五十三年(月日未詳)。片桐開成社社長。高知市に生まれる。高知商業学校卒業。明治十六年、新聞記者だった片桐仲蔵が高知市京街に片桐開成社を開業、書籍、雑誌、新聞卸をはじめた。四十一年に仲蔵が死去したので家業を継いだ。高知県書籍雑誌組合の副組合長や理事長をつとめ、昭和三十七年、日本出版物小売業組合全国連合会理事に就任。　(浦西和彦)

片淵琢朗《かたぶち・たくろう》

明治四十五年(月日未詳)～。推理小説家。佐賀県に生まれる。昭和四年、朝鮮平壌中学校を卒業。八年、警視庁に入り、内務省警保局、群馬、長野県警察本部などで要職を歴任。四十一年以後は社団法人東京指定自動車教習協会に入る。『鳴門のアリバイ』(昭和56年6月20日、立花書房)を出版。

＊鳴門のアリバイ《なるとのありばい》　長編小説。〔初版〕昭和五十六年六月三十日、立花書房。◇長年警察で過ごした作者が、鳴門海峡出現の時期についての仮説を、文学的、歴史的資料をもとに警察捜査のように証明しようとする小説。警視庁を退職した主人公は、ふとしたことから万葉集に鳴門の渦を歌ったものがないことに疑問を持ち、鳴門海峡がその頃はなかったという「アリバイ捜査」を始めた。主人公は万葉集のほかにも日本書紀、平家物語、地震の資料で調べるが、最後は海中調査の事故で命を落としてしまう。　(増田周子)

片山恭一《かたやま・きょういち》

昭和三十四年(月日未詳)～。小説家。愛媛県宇和島市に生まれる。愛媛県立宇和島東高等学校を経て、九州大学農学部卒業。同大学院博士課程中退。六十一年、「気配」で『文学界』新人賞。平成七年、十代の青春恋愛もの『きみの知らないところで世界は動く』を著す。編集者の意見で、長いタイトルをつける。十三年、『世界の中心で、愛をさけぶ』を著す。

＊世界の中心で、愛をさけぶ《せかいのちゅうしんで、あいをさけぶ》　長編小説。〔初版〕平成十三年四月二十日、小学館。◇舞台を特定しないが、「新幹線で東京へ行く」のに「七時間くらい」かかる、海辺の城下町は、作者の出身地と重ね得る。ロミオ劇も作者の実体験であった。ただし、男だけで演じた由。「ぼく」＝松本朔太郎は、中学二年生時、廣瀬亜紀と出会い、恋に陥る。三年後、亜紀が白血病に罹り逝去した。「ぼく」は、オーストラリアのアボリジニの聖地・エアーズロックで散骨する。実現しなかったことによって、愛を育み、やがて乗り越えてゆく。表題は、ハーラン・エリスンのSF『世界の中心で愛を叫んだけもの〈ハヤカワ文庫〉』に拠る。純愛、白血病、死という展開は、常套的であろうが、一般向けの利点を生かし、三〇〇万部を超えるベストセラーとなる。　(堀部功夫)

片山敏彦《かたやま・としひこ》

明治三十一年十一月五日～昭和三十六年十月十一日。独、仏文学者。高知市帯屋町三四番地島田病院で父徳治、母歌の長男として生まれる。父は医師、両親はプロテスタント教徒であった。大正五年、第六高等学校第三部（医科）に入学し、独文学を耽読する。医学から文学志望に変わる。八年、上京する。十年、東京帝国大学文学部独文学科に入学する。十三年、東京帝国大学を卒業し、法政大学予科独語専任教授となる。母が死去した。同人誌「大街道」に参加する。十四年、「ロマン・ロラン友の会」を結成する。荻窪清水町に転居する。十五年、ロラン『愛と死との戯れ』を訳刊。昭和二年、ロラン『時は来らん』を訳刊。三年、「東方」に参加する。四年、第一詩集『朝の林』を著す。渡欧し、フランス、ドイツに滞留する。ロラン、ツヴァイク、シュヴァイツァーと会う。六年、帰国する。七年、第一高等学校講師となる。八年、法政大学文学部講師となる（12年まで）。十三年、第一高等学校教授となる。二十年、第一高等学校教授を辞し、中央気象台付属気象官養成所の嘱託となる。群馬県北軽井沢の大学村へ疎開する。二十一年、『ロマン・ロラン全集』を監修刊行開始。二十二年、東京に戻る。東京大学文学部講師となる。三十五年、東京大丸の画廊で『五人展』を行う。秋、発病する。三十六年四月、東京大学附属病院に入院する。十月十一日、肺癌のため死去する。『片岡敏彦著作集』全一〇巻（昭和46年10月20日～47年9月30日、みすず書房）がある。雑誌「同時代」二八号（昭和47年）第三次四号（'98）、「みすず」（'62・1）（'72・5）等に記事が多い。「年譜」は『片山敏彦の世界』（平成10年10月20日、みすず書房）にくわしい。

＊母《はは》　詩。〔初出〕『朝の林』昭和四年三月三十一日、「歩む人」発行所。◇「これはかりんの樹だ。／私が生れない前から私の家の庭にある一本のかりんの樹だ」。春四月、「貝殻のやうな淡紅色のかりんの花びらが散り」、母は「六十年の航海を」終わる。母は「夫に稼ぐ花嫁」となり、一切が浄化される。詩人の母の死は大正十三年四月十日。

＊「あをぎた」の吹く頃《「あおぎた」のふくころ》　エッセイ。〔初出〕「婦人公論」昭和十七年十二月一日、二七巻一二号。◇ふるさとの秋を綴る。「あをぎた」は、南国高知に秋到来を告げる北風である。文中、「母に抱かれて海の水ぎはにをり、汐の香と海の広さを漠然と感じてゐた思ひ出は、私の小さな頭脳が、情調と記憶とを一体とすることができるやうになつた頃の最初のものである。だから私の心の中で母と海とが一致しやすいのである」は、片山の原風景自解であろう。

＊はるかな思い出《はるかなおもいで》　エッセイ。〔初出〕「南風」昭和二十八年四月一日、二号。◇初めて福引会へ行った時や、藤波神社蓮池を回想する。

＊秋《あき》　エッセイ。〔初出〕「旅」昭和二十八年十月一日、二七巻一〇号。◇「ふるさとの珊瑚屋の店の、重そうな、丸い砥石の音。その砥石が廻るにつれて、純白の珊瑚の玉がますますまんまるになっていった。／秋にはふるさとの入江で、銀色（にろぎ）という小さな魚がたくさん釣れた」。

＊室戸岬をいろどる太陽《むろとみさきをいろどるたいよう》　エッセイ。〔初出〕「旅」昭和三十四年五月一日、三三巻五号。◇「一昨年」来二度、高知市から室戸岬に日帰りスケッチ旅行をした。日没と日の出から、「人間の生命の本質も太陽のように不死であろう」と言ったゲーテの言葉を思い出す。

＊土佐を見下ろすふるさとの丘《とさをみおろすふるさとのおか》　エッセイ。〔初出〕「旅」昭和三十四年十二月一日、三三巻一二号。◇「なつかしいヤマモモの味覚」と「風景には詩がある」との二節から成る。七月、高知市北の高原にある正蓮寺にて夕景を見、カロッサの詩を想起する。

（堀部功夫）

桂井和雄　かつらい・かずお

明治四十年十二月十日～平成元年八月九日。教育者、詩人。高知市に学司・佐久野の長男として生まれる。早稲田大学第二高等学院中退。帰郷して小学校教員となる。渋沢敬三、柳田国男の知遇を受け、民俗学に取り組む。昭和十六年、『土佐お神母考』を著す。十九年、教壇を追われる。海軍に徴用されたが病弱のため帰宅する。二十三～三十四年、『土佐子守唄集』『土佐昔話集』『土佐民俗記』詩集『わが齢滴る緑の如くなれば』『土佐郷土童謡物語』『吉良川老媼夜譚』を著す。二十六年、『土佐の伝説（一）』を著す。高知県文化賞を受賞する。『土佐俚諺集』『土佐風物記』『笑話と奇談』『土佐方言小記』『土佐の民俗と人権問題』『土佐の伝説（二）』『南海民俗風情』『耳たぶと伝承』『土佐山民俗誌』『郷土の生活』『おらんく話』を著す。土佐民俗学会を創立する。三十六年、雑誌「土佐民俗」を創刊し、後進の指導にもあたる。五十二年より刊行の、『桂井和雄土佐民俗選集』三巻に集大成する。五十三年、勲五等双光旭日章を受章する。五十九年、第二三回柳田国男賞を受賞する。大藤時彦は、桂井が「長年採集してきた民間信仰や俗信に関する資料は、日本の民俗学界に大きな問題提起をしてきた」と評価する。

＊わが齢滴る緑の如くなれば《わがよわいしたたるみどりのごとくなれば》　詩集。〔初版〕昭和二十四年五月一日、高知県同胞援護会。◇詩四三編を収める。第一部「ドキュメント」昭和十年来九年間高知県土佐郡土佐山村の国民学校校長或は青年学校校長としてすごした間「この寒村の風物に深い愛着を感じつゝ書いたもの」。第二部「神々の祈禱」、第三部「白き年齢」。吉村淑甫は、本作が「詩への別れを告げる記念詩集であった」と記す。「雪景／雪解けのみちの墨絵の紙鳶《たこ》／村童《こども》がひとり両手をひろげて駆けてくる」。

（堀部功夫）

桂享子　かつら・きょうこ

昭和五年十月二十一日～。小説家。大阪市に生まれる。昭和二十三年、旧制池田高等女学校を卒業。翌年、三好地区警察署に入署、書記として二年勤め、退署。二十七年に結婚。五十年「べに屋三代目」がサンデー毎日新人賞（時代小説部門）佳作入賞。阿波の歴史を小説にする会会員で、「徳島作家」同人として、活躍。「女の道程」が小説現代第一一回新人賞候補となる。五十三年には、「告示の墓」が第二回歴史文学賞候補となる。著書に『清怨』（昭和42年10月31日、青樹社）があり、四国の出て来る作品に「M署にて」「丹玄ざんげ録」「戦国忽忙」「比之房西願」「私恨」がある。

（増田周子）

桂孝二　かつら・こうじ

明治四十五年二月二十五日～平成七年九月二十日。歌人。大阪に生まれる。京都帝国大学卒業。鎮南浦高等女学校、香川県立高松商業学校、香川県立青年学校教員養成所、香川青年師範学校を経て、昭和二十五年、香川大学助教授、三十七年、香川大学教授、五十四年、四国女子大学に就任。著書『啄木短歌の研究』（昭和43年6月5日、桜楓社）、『彩翅・琴山・不抱—香川県立近代短歌の出発—』（昭和47年7月14日、讃文社）。歌集『たまきはる』（昭和50年4月1日、初音書房）。谷山茂は「桂君の歌には、知的抒情の確かさと淡泊さがあり、一匹狼的な（というのが凶暴すぎるとすれば、空翔る鳩のような）主体の自由がある。つまりは学者の歌だからである」という。

　六人の学生とともに歌会をしぬ短歌ほど
　　現実具体はあらず

ひと年の講義終りて西山の冬日明かるき
　を見つつ帰り来

（浦西和彦）

桂富士郎 かつら・ふじろう

大正十五年四月十七日～平成七年四月二十一日。教育者。岡山県に生まれる。徳島文理大学短期大学教授。国文学専攻。東京高等師範学校（現筑波大学）在学中に佐藤愛子、北杜夫らとともに「文藝首都」で活躍するが、ペンを折り昭和二十六年卒業と同時に、徳島県立城南高等学校に赴任、「文学散歩部」の顧問となる。以後県下各地の高等学校を経て、徳島文理大学短期大学部に勤務。その間『現代国語の研究』（昭和49年）などのほか、「徳島新聞」に一八〇回にわたって、「阿波文学散歩」を連載する。歿後、『阿波文学散歩』（平成11年6月17日、徳島新聞社）としてまとめられた。

（増田周子）

桂ゆたか かつら・ゆたか

昭和二十九年四月十三日～。詩人。徳島市に生まれる。本名は豊。京都産業大学卒業。昭和四十六年、同人詩誌「詩乱」を主宰。コピーライターをしながら、詩作を続けると共に、詩展や、朗読会などを企画し、積極的な活動をしている。詩集に『地球哲学の組詩』（昭和50年4月、詩乱の会）、『フライング』（昭和50年8月、詩乱の会）、『春風の詩』（昭和51年4月、詩乱の会）、『町内哲学の組詩』『風紋』（昭和55年8月、詩乱の会）、『過ぎ去った明日のために』（平成4年7月、詩乱の会）、『呪文』（平成6年11月、詩乱の会）、『約束のない一日』（平成8年5月、詩乱の会）、『太陽の夜と月の昼』（平成10年1月、詩乱の会）がある。

（増田周子）

角石保 かどいし・たもつ

大正十四年二月七日～。詩人。愛媛県川之江市に生まれる。「山脈」「樫」に作品を発表。詩集『港湾』。第三二回コスモス文学現代詩部門新人賞受賞。

（浦西和彦）

加藤宣利 かとう・のぶとし

昭和六年（月日未詳）～。新聞記者。栃木県真岡市に生まれる。昭和三十二年、東京外国語大学モンゴル語学科卒業後、共同通信社に入社。『虹より永遠に―本四架橋物語』（昭和60年5月15日、ぎょうせい）は、昭和三十八年から四十五年にかけて建設行政の取材にあたった高速道路、本四連絡橋問題を描いている。

（増田周子）

加藤秀俊 かとう・ひでとし

昭和五年四月二十六日～。評論家、社会学者。東京渋谷に生まれる。昭和二十八年東京商科大学（現一橋大学）卒業、同大学院修了。京都大学人文科学研究所に入り、四十四年助教授になるが、翌年大学紛争中に辞職。ハーバード大学、シカゴ大学の大学院に学び、スタンフォード大学コミュニケーション研究所に勤務。また米アイオワ州立大学、英ケント大学客員教授を歴任。マスコミ論、世相論、大衆文化論、比較文化など現代社会を多角的に洞察する行動的社会学者として活躍。ハワイ大学、学習院大学、放送大学などを経て、放送教育開発センター所長、国際交流基金日本語国際センター所長を歴任。訳書に『孤独な群衆』の他『中間文化論』『日常性の社会学』『パチンコと日本人』などの著書多数。『加藤秀俊著作集』全一二巻（中央公論社）など。

＊**徳島、池田から祖谷山へ**《とくしま、いけだからいややまへ》　紀行文。〔初出〕「歴史と人物」昭和五十八年。〔初版〕『紀行を旅する』昭和五十九年四月二十五日、中央公論社。◇二〇〇年前の板野・勝浦郡代太田章三郎の『祖谷山日

記』を片手に鳴門から車で出立する。旧街道筋を抜け、第一番札所霊山寺、そこからわずか一㎞足らずで二番札所がある。板野、阿波町明王院へ進む。寺に向かう坂道の両側の石垣は恐らく二〇〇年前と同じであろうか。脇の城があり、四国の重要拠点であった脇町を過ぎ、美馬、池田町に入る。旧街道筋のおもかげを残しながら、現代化と都市化が進行し、驚かされる。白地、山城町、大歩危、小歩危と筆者は三〇分で快適な道路を進むのだが、太田は一日がかり、かなり難渋し命がけの様子が読み取れる。いよいよ祖谷に入る。九十九折の道を抜け、トンネルを越える。険しい谷にすがりつくように民家が点在する。ガードレールもない道を落合、菅生へ。名頃ダムを過ぎると祖谷川の源流である。剣山のリフトのある大剣神社を越え、一字を経て貞光に向かう。二〇〇〇年の歳月は今や秘境を秘境ではなくした。 （増田周子）

角川源義《かどかわ・げんよし》

大正六年十月九日〜昭和五十年十月二十七日。国文学者、俳人、角川書店創立者。富山県新川郡水橋町（現富山市水橋）に生まれる。国学院大学卒業。折口信夫や柳田国男に師事。昭和二十年十一月に角川書店を創業。角川俳句賞、角川短歌賞、蛇笏賞、迢空賞を創設。俳人協会、俳句文学館を設立。俳誌「河」を創刊主宰。二十九年春、松山から足摺岬へ旅をする。三十年春、角川文庫祭で、武者小路実篤、亀井勝一郎と四国を廻る。三十六年五月、高松市の招きにより「歴史と文学」を講演したあと国分寺、白峰御陵、讃岐国司庁趾などを訪れた。四十五年、俳誌「河」全国大会で徳島市へ行く。「眉のごとき山迫りをり夏隣」と徳島の眉山を詠んだ「四国」一四句や「遍路あはれ花田落ちゆく鳥の影」と足摺岬を詠んだ「足摺岬」一一句、「すかんぽや堂守放哉島に死す」等と詠んだ「小豆島」二三句が『角川源義全集第四巻』（昭和63年6月25日、角川書店）に収録されている。 （浦西和彦）

＊ワカメの味《わかめのあじ》 エッセイ。〔初出〕「徳島新聞」昭和四十五年十一月十九日。◇昭和二十九年、高知県の足摺岬を訪ねる。「海山のあひだ春日に追はれゆく」。この句はのちソ連で「罪の意識にさいなまれながら」と余計な意味を付加して訳された。「ソ連では詩歌に、思想的な意味がないと、翻訳できないのであろう」とコメントする。

＊角川源義全句集《かどかわげんよしぜんくしゅう》 句集。〔初版〕昭和五十六年十月二十七日、角川書店。◇「松山石手寺・紫雲丸事件後の高松市・土讃線二首・高知市・車中の武者小路先生」と詞書する俳句を収める。「土讃線／檜山淵と別れて下る枇杷に倦《う》む／麦秋の駅を下り行く土佐の貌」。 （堀部功夫）

門田泰明《かどた・やすあき》

昭和十五年五月三十一日〜。小説家。大阪市に生まれる。多田裕計に師事し、昭和五十四年「小説宝石」に連載した「闇の総理を撃て」でデビュー。

＊黒豹列島《くろひょうれっとう》 長編小説。〔初版〕昭和六十二年、祥伝社。◇〝特命武装検事・黒木豹介〟シリーズ第一〇作。高知、函館に毒の雨が降り、札幌に毒の霧が発生する。三地方は国家安全委員会に関わるところ。敵は日本版スペースシャトル計画設計図と黒木の命とを要求し、米ソから盗んだ原子力潜水艦を使ってミサイル攻撃してきた。敵の正体は、黒木と小、中、高同クラス生のジョージ・宇喜田。「黒人とのハーフだということで」いじめられたことへの復讐であった。母校で黒木は宇喜田と対決する。本作は光文社文庫化される。最後まで降雨

メカニズムの解明なし。大仰な凶器に唖然とするしかない。「トンデモ本」〔著者は大マジメだが内容は大ボケの本〕を取りあげて笑いとばす、と学会『トンデモ本の世界』は、フィクションながらと断ったうえで、「ICBMもUFOも挙銃で撃ち落とす検事」の「トンデモ本中のトンデモ本！　荒唐無稽、奇々怪々、想像を絶するすさまじい内容」（山本弘）と評する。（堀部功夫）

門脇照男《かどわき・てるお》

大正十三年十一月七日～。小説家。香川県三豊郡高瀬町（現三豊市）に生まれる。丸亀中学校を経て香川師範学校に入学。卒業前の半年間を海軍予備学校生徒として過ごし、館山海軍砲術学校で敗戦を迎える。昭和二十三年、文学を志し上京。中学校教師を務めながら小説を書く。二十四年五月、「赤いたいい」を「文藝集団」に発表。のち香川県三豊郡に帰り、県下の小、中、高等学校に勤めた。三十九年に石田博嗣らと「瀬戸内文学」を創刊。三十八年「蛇」で読売短編小説賞を受賞。「風呂場の話」（「文藝広場」昭和40年1月1日）は、八反歩と雑木林の山を持つ農家の婿養子になった「僕」を中心に、二坪ほどの風呂場を建てることをめぐって「父」や「母」や「妻」との「確執の十五年」を描いた私小説である。五十八年十月二十日、「小説無帽」に「年賀状」を発表。上林暁に私淑して私小説風の作品を書いた。著書に『花火』（昭和41年9月、公立学校共済組合）、『狐火』（平成4年12月、砂子屋書房）、『文学ひとり旅』（平成4年12月、武蔵野書房）などがある。（浦西和彦）

金井明《かない・あきら》

昭和六年一月三日～。小説家。高知市に生まれる。産業能率短期大学に学ぶ。高知文学学校第二〇期生。昭和五十八年度椋庵文学賞を受賞する。六十年、『死影の街』を著す。平成二年、『滋賀丸からの告発』を著す。九年、『四万十川赤鉄橋の町』を著す。

＊死影の街《しえいのまち》　短編小説集。〔初版〕昭和六十年七月十四日、俳誌「壺」発行所。◇「沈下橋」主人公が解体工事を請け負った、鏡川沈下橋は、思い出深い。昭和二十年、空襲の目標となり、敗戦直後、幕標群にかこまれた。青年学校の日々に連なる。五十七年、撤去された。（堀部功夫）

金沢治《かなざわ・おさむ》

明治三十二年（月日未詳）～昭和五十七年（月日未詳）。歌人、郷土史家、方言研究者。徳島県美馬郡半田町（現つるぎ町）に生まれる。国学院大学在学中、折口信夫に師事。帰郷して高等学校の教師となり、海部高等女学院、美馬高等女学院院長を歴任。戦後、短歌誌「徳島歌人」の編集をする。また『徳島県史』の編纂にも尽力。著書に『阿波方言の辞典』があり、「タヌキで象徴される阿波」などのエッセイがある。菩提寺の神宮寺境内に「水色に溶けつつ昼の冬長し誰と遊ばんあだしなき今」の歌碑がある。（増田周子）

加福無人《かふく・むじん》

大正三年十一月一日～平成五年七月二十一日。俳人。香川県に生まれる。本名は佐治郎。加陽印刷創立。俳句は昭和十二年ごろ「趣味」に投句。のち「かつらぎ」特別同人。句集『深秋』（昭和58年6月1日、東京美術）。（浦西和彦）

鎌倉佐弓《かまくら・さゆみ》

昭和二十八年一月二十四日～。俳人。高知県に生まれる。本姓は乾。昭和五十年「沖」

入会。沖珊瑚賞受賞。句集『潤』（昭和59年1月15日、牧羊社）。（浦西和彦）

鎌倉千和 かまくら・ちわ

昭和二十五年一月二十日〜。歌人。高知県吾川《あがわ》村（現仁淀川町）に生まれる。国学院大学文学部文学科卒業。埼玉県の小学校教員となる。短歌は「国学院短歌」を経て、昭和四十八年、「人」創刊に参加。平成五年に「短歌人」加入。歌集『ゆふぐれの背にまたがりて』（昭和53年10月、不識書院）、『地の緑にむきて降りよ』（昭和58年11月、角川書店）、『薔薇感覚』（昭和62年6月、沖積舎）、『竜眼』（平成5年12月、砂子屋書房）がある。（増田周子）

鎌田敏夫 かまた・としお

昭和十二年八月一日〜。シナリオライター、小説家。韓国のソウルに生まれる。徳島市で育ち、県立城東高等学校を経て、早稲田大学を卒業。シナリオ研究所を出て、井出俊郎に師事。昭和四十七年「飛び出せ！青春」でデビューするや、映画脚本、テレビドラマ脚本を書き、次々に放映され、売れっ子のシナリオライターとなる。六十三年には、映画脚本『いこかもどろか』（昭和63年8月5日、角川書店）、テレビ脚本『飛び出せ！青春』（昭和63年11月1日、径書房）、『ニューヨーク恋物語』（昭和63年12月1日、立風書房）をあいついで刊行。「エンターテインメントの重要な要素」たる「笑い、涙、スリル、陶酔」（『会いたくて』平成元年9月5日、立風書房）を巧みに表現することで、人気を博した。『金曜日の妻たちへ』では、「金妻」なる造語を生んだ。『過ぎし日のセレナーデ』（上は平成2年3月15日、下は同年5月15日、立風書房）や、『恋愛映画』（平成3年、新潮社）、『恋愛前夜』（平成4年、角川書店）などの小説も出版。平成六年には、『29歳のクリスマス』で、藝術選奨文部大臣賞と第一三回向田邦子賞をダブル受賞した。翌年、『二人の母』で藝術作品賞を受賞した。また、映画『いこかもどろか』では、毎日映画コンクール脚本賞を受賞した。せりふの名手といわれ、ドラマと小説の中から、名セリフを抜き出して、写真家竹内敏信の写真とともに編んだ『恋時間』（平成8年12月25日、三笠書房）、脚本『職員室』（平成9年9月26日、日本文藝芸社）など多数を刊行。平成十六年ＮＨＫ大河ドラマ「新選組」の脚本も担当した。（増田周子）

蒲池正紀 かまち・まさのり

明治三十二年七月十六日〜昭和五十七年四月二十三日。歌人、英文学者。熊本県に生まれる。広島文理科大学英文科卒業。徳島大学、熊本商科大学教授をつとめた。「南風」を主宰。著書に『阿波狸合戦』（昭和24年、徳島新聞社）、『阿波の狸合戦』（平成10年11月、徳島県教育印刷）などあり、歌集に『綺羅』（昭和43年2月、短歌新聞社）、『蒲池正紀全歌集』（昭和58年、短歌新聞社）がある。（浦西和彦）

神尾季羊 かみお・きよう

大正十年一月二日〜平成九年六月十六日。俳人。愛媛県松山市に生まれる。本名は匡。日本勧業銀行勤務。俳句は戦後「ホトトギス」に投句。昭和二十一年「白庭会」を結成し、田村木国の指導を受けた。二十四年「椎の実」を創刊し、二十九年から主宰。「鷹」同人。四十六年、宮崎県文化賞、宮崎市文化功労賞を受賞。句集『暖流』（昭和45年9月30日、菜殻火社）、『権』（昭和56年9月19日、牧羊社）、『神尾季羊集（自註）』（昭和58年8月25日、俳人協会）。（浦西和彦）

上司小剣 かみつかさ・しょうけん

明治七年十二月十五日～昭和二十二年九月二日。小説家。奈良市に生まれる。本名は延貴。「鱧の皮」で有名。

＊**餘裕** ゆとり　短編小説＋エッセイ集。〔初版〕昭和十六年三月九日、東洋書館。◇女性中心の史談中、次の二項がある。「山内一豊の妻」山内家は、伝説にいうほど貧乏でなかった。「野中兼山の女」兼山、婉の賢明さを物語る。（堀部功夫）

亀井秋嶺 かめい・しゅうれい

大正二年一月一日～。俳人。香川県丸亀市に生まれる。本名は重男。元公務員。「紫苑」同人。

五剣山一剣となり鱚《きす》釣る
龍王山より大夕立来りける
銀河澄み屋島静かに横たはる

（浦西和彦）

萱野笛子 かやの・ふえこ

昭和十二年一月二日～。詩人。長野県に生まれる。高知市井口町在住。「SPACE」「インディゴ」同人。詩集『青の自画像』（平成元年、土佐出版社）、『歳の少女時空の笛をもって』（平成6年、土佐出版社）、『南蛮煙管』（平成7年、ふたば工房）、『揺れるものたち』（平成9年、ふたば工房）。（浦西和彦）

萱原宏一 かやはら・こういち

明治三十八年四月十日～平成六年（月日未詳）。世界社社長。香川県に生まれる。早稲田大学卒業。昭和二年に講談社に入社。「講談倶楽部」「キング」編集長、編集局長を歴任。二十一年四月、講談社内に設立された世界社に転じ、のち社長となる。三十一年、社団法人日本出版取次協会事務局長に就任。のち、文化放送、フジテレビの各取締役などをつとめた。五十九年『私の大衆文壇史』で長谷川伸賞を受賞。著書に『たわごと春秋―菊池寛の絶筆―』（昭和53年2月、燕雀社）等がある。（浦西和彦）

河合恒治 かわい・つねはる

明治四十四年一月三十一日～。歌人。愛知県に生まれる。海軍兵学校専修科卒業。徳島県那賀郡羽ノ浦町に在住。昭和九年八月「水甕」入社、のち同人。二十一年、水甕徳島支社を創立し代表者となる。三十九年四月「四国水甕」を創刊し主幹となる。五十八年より六十年まで徳島県歌人クラブ会長。歌碑「散りて葉は水に落ちつきただよへりこの平安の先は知り得ず」が五十五年四月、徳島市曹洞宗丈六寺境内に、「献灯に似て月うるむ空の果てながくわすれてゐる祈りあり」が平成九年九月、徳島県阿南市桑野町に建立された。歌集『艦砲射撃』（昭和18年7月、東京詩と歌謡の社）、『抒情の一隅』（昭和21年2月、豊橋純正短歌懇話会）、『仮死時間』（昭和62年3月、東京短歌研究社）、『マクロとミクロ』（平成4年6月、東京不識書院）ほか。

渦巻ける潮のしぶきを見下ろせる鳴門大橋春ゆたかなり
蜂須賀の藩政今に活かされて踊る庶民に差別などなし

（浦西和彦）

川上宗薫 かわかみ・そうくん

大正十三年四月二十三日～昭和六十年十月十三日。小説家。愛媛県宇和町（現西予市）卯之町に生まれる。本名は宗薫《むねしげ》。父がプロテスタントの牧師であった関係で、大分県竹田町、同三重町、長崎市と居を転々とした。胸部疾患で入院中、長崎の原爆で母と二人の妹を失った。九州大学文学部英文科卒業。卒業論文はウィリアム・ブレイク。長崎海星高等学校、千葉県立東葛高等学校で約一〇年間英語教師を務めるかたわら、北原武夫に師事。少年時代から終戦までのいきさつは短編集『或る体質』（中央公論社）に描かれている。昭和二十九年十一月、予備校生の性の目覚めを描いた「初心」を「三田文学」に発表。「仮病」（昭和30年3月）、「ひめじょうんの花」（昭和31年2月）、「三人称単数」（昭和31年6月）、「症状の群」（昭和32年1月）等を「三田文学」に掲載。繊細な感受性に富んだ文体が認められ、二十九年上期に「その掟」で芥川賞候補になったのをはじめ、その後同賞候補になること五回である。四十年代中ごろから官能小説に転じた。〝失神派作家〟と呼ばれ、〝失神〟という流行語まで生みだし、流行作家となる。実生活を冷めた目で見つめた作品に『赤い夜』（文藝春秋）、『流行作家』（文藝春秋）、『貘食之』（新潮社）等がある。五十九年末からリンパ腺ガンで入院したが、死の二日前まで口述筆記をして流行作家の生涯を全うした。（浦西和彦）

川口恒星 かわぐち・こうせい

昭和四年十月十七日〜。俳人。徳島県名西郡石井町藍畑に生まれる。本名は幸雄。徳島大学学藝学部卒業。教員。「ひまわり」俳句会、「人」「大歩冬」所属。句集『教師道』（平成2年11月1日、近代文藝社）、『川口恒星百句集』（平成3年9月1日、ひまわり俳句会）。

公達の隠れ墓とや妻のまま（祖谷川）

生まれし地けなしつつ生き年迎う（吉野川）

黒海鼠のどれもくの字に海浅し（海部郡竹が島）

（浦西和彦）

川島豊敏 かわしま・とよとし

大正四年五月五日〜昭和二十三年一月十一日。詩人。高知県香美郡大楠植村楠目九九一二に、父傳、母松枝の長男として生まれる。生家は紺屋で、隣は島崎曙海の家だった。昭和九年、高知県立城東中学校を卒業する。詩を「日本詩壇」に発表する。十年、満洲へ渡る。十一年、関東逓信局に勤める。十四年、大連で島崎曙海と詩誌「仏手柑」「成吉思汗」「二〇三高地」を発行する。十五年、詩集『北堡塁』を著す。十六年、「二〇三高地」は、瀧口武士らの「鵲」と合流した。満州詩人会が結成された。「満洲詩人」を編集する。十七年、「現代詩精神」の同人となる。十九年、現地召集され、東満、北満、熱河、華北、蒙古へ出動する。二十年敗戦後、大連へ復員する。十一月、ソ連軍に連行される。二十一年、旅順山中で抑留使役に従事する。詩稿「肉体」を書く。二十二年四月、引き揚げ帰国する。六月、「日本未来派」に参加する。同胞援護会高知支部に勤める。七月、詩誌「蘇鉄」を創刊する。八月、高知県詩作家同盟に参加する。十月、岡本彌太詩碑建設委員会に参加する。十一月、結核性腹膜炎と診断される。二十三年、死去した。享年三十四歳。五月、「日本未来派」一一号が特集川島豊敏追悼を組む。六十一年、遺稿詩集『肉体』が刊行された。平成八年、『天の孔雀』が刊行された。経歴はそれに添えられた、猪野睦「川島豊敏年譜」にくわしい。詩集『肉体』は抑留所内で書かれた詩の日本初公刊であるという。

＊**天の孔雀**《てんのくじゃく》 詩集。〔初版〕平成八年七月五日、著者。◇詩集中「城」（「月刊高知」昭和22年6月）は、帰国直後の高知城を詠む。最終連「きみはしづかに城にのぼり／南海大震災に／いまなほ海水びたしの田畑を指さす。／が／荒廃をともとして／詩人らしく／このゆふぐれに明めつするもの／またこれを一つのみらいとする」。

（堀部功夫）

川尻いさを　かわじり・いさを

大正十二年四月二十五日～。俳人。愛媛県宇和市に生まれる。本名は勲。松山地方気象台予報官。昭和五十六年「糸瓜」に入会。句集『大熊座』（平成9年6月17日、糸瓜）。

ここより土佐うぐひすの声澄みにけり
奥土佐の水ほとばしる厩出し
春秋の一本の道土佐に入る

（浦西和彦）

川田和泉　かわだ・いずみ

明治四十二年四月二十八日～昭和十四年七月六日。詩人。高知県土佐郡下知村三三九に金治、臺《うてな》の長男として生まれる。高等小学校卒業。詩作を始める。詩誌『南方文学』を発行する。昭和九年、古書店を開く。

（堀部功夫）

川田十雨　かわだ・じゅうう

明治二十八年四月一日～昭和三十六年八月十三日。俳人。高知県吾川郡春野村（現春野町）弘岡下神母田に、常治、幸の長男として生まれる。本名は卓爾。父は村の地主だった。大正二年、高知県立第一中学校卒業。秋田鉱山専門学校に進むが、健康上の理由で中退、帰郷する。五年、「ホトトギス」に初入選する。十三年、高知県属になる。昭和七年、俳誌「竜巻」を創刊する。十六年、九年、「ホトトギス」同人となる。十八～二十四年、地方事務官に任ぜらる。二十三年、新人養成のため俳誌「勾玉《まがたま》」を主宰する。二十六～三十年、弘岡下ノ村村長となる。三十年、薬局を開く。三十二年、高知県文化賞を受賞する。句碑は、室戸岬御蔵洞入口に「潮けむりあがりし磯の遍路道」が、弘岡中学校校庭に「うつくしき顔の並びて入学す」が、弘岡農業高等学校校庭に「立春やあかつきちかき神楽舞」が建つ。高知県内昭和俳壇の指導者だった。句集『小望』（昭和36年10月30日、葵書房）は、大正五年、生地「灸すみて祢宜の機嫌や蟇闊歩」から、昭和二十年十二月三十一日、同所「味噌もつき餅もわが搗く杵一つ」まで、年代順に編集し、作句の月日と場所を入れた句集である。「句日記であり又、私の生活史の一部であるとも考へてゐる」からである。

（堀部功夫）

河田誠一　かわた・せいいち

明治四十四年十一月二十三日～昭和九年二月三日。詩人。香川県三豊郡仁尾《にお》町（現三豊市）に生まれる。昭和四年、香川県立三豊中学校を経て、早稲田第二高等学院文科に入学したが、翌年中退。井上友一郎らを知り、「東京派」「今日の文学」「青猫」などに詩や評論を発表。結核を患い、高松の日本赤十字病院で療養したが、病死。詩集に『河田誠一詩集』（昭和15年、昭森社）がある。「ちち色の夕のそら。／おびえたおとろへたこころをいだいて／さびしくなくなとなだめてわかれた／港のまちのひと／小さなこひびと」。と歌った詩「春の港」や「春」「短唱」の三編が『ふるさと文学館第43巻香川』（平成6年8月15日、ぎょうせい）に収録されている。

（浦西和彦）

河田青嵐　かわた・せいらん

昭和四年一月二十日～。俳人。徳島県に生まれる。本名は文雄。「ひまわり」「風土」同人。句集『日蝕』（平成元年1月、本阿弥書店）。

啓蟄や街の中なく藩主墓（徳島市）
ものの芽に風とめどなし仁王門（太龍寺）
碑にひらける街のかすみけり（阿波史蹟）

（浦西和彦）

川田雪山　かわだ・せつざん

明治十二年五月二十四日～昭和二十六年一

月二十七日。漢学者。高知県土佐郡森村土居に楠吉の長男として生まれる。本名は瑞穂。父は、号鷺橋、和漢の学に通じ、戸長、神官を務めた。明治二十三年、選挙干渉の際、十二歳で自由党側に参加する。のち、上阪、山本梅崖に学ぶ。上京して、片岡健吉の玄関番をやりながら根本羽嶽について勉学する。三十六年、京都府吏員になる。長尾雨山に学ぶ。「近畿評論」誌に関わる。史学趣味を持つ。大正九年、東上。史料編纂所に入る。十二年、大東文化学院の設立にも周旋、幹事教授となる。漢学の実力が認められたのである。昭和四年、早稲田大学講師となる。六年、『詩語集成』、七年、『毛常遊記』、十年、『峡中記勝』を著す。石崎篁園はその序文で、「尤も維新志士の事蹟に精し」と書いたごとく、龍馬伝などにもくわしかった。十五年、『片岡健吉先生伝』を著す。平沼麒一郎に知られる。無窮会に参加、東洋文化研究所に入る。司法省嘱託、のち内閣官房嘱託となる。大東亜戦争宣戦詔勅案を推敲する。終戦詔勅草案を起草する。二十五年、早稲田大学退職。七十一歳で死去。二十六年八月七日、『雪山存稿』二冊が編まれた。椋乃舎主人「川田雪山先生の事ども」（「浦門思潮」昭和21年12月1日）がある。

＊千里駒後日譚《せんりのこまごじつのはなし》　記録。〔初出〕「土陽新聞」明治三十二年十一月三～十日。◇お龍聞き書きである。

（堀部功夫）

川田朴子　かわだ・ぼくし

大正十五年三月十八日～平成十四年一月二十日。俳人。高知県吾川郡春野町に生まれる。本名は長孝。小学校教頭、中学校教諭。俳誌「勾玉」主宰。平成五～十一年、「高知新聞」俳句選者。十二年～、高知県俳句連盟会会長。俳句文集『雪遍路』がある。

（堀部功夫）

河出孝雄　かわで・たかお

明治三十四年四月二十日～昭和四十年七月二十二日。河出書房社長。徳島県に生まれる。旧姓は島尾。東北大学卒業。河出書房創業者河出静一郎の婿養子となる。昭和五年ごろから経営を担当、書き下ろし長編小説や翻訳全集の刊行に独自の分野を開いた。二十三年株式会社に組織を改め社長に就任。『現代日本小説大系』全六五巻、『世界文学全集』全四〇巻などを刊行。雑誌「知性」「文藝」を創刊。三十二年三月に倒産し、新社として再興した。その後、四十三年に再び倒産したが再建した。

（浦西和彦）

河西新太郎　かわにし・しんたろう

明治四十五年五月二日～平成二年九月八日。詩人。香川県高松市に生まれる。東洋大学中退。昭和二十一年に「日本詩人」を創刊し、六十二年まで主宰した。昭和十二年、「朝日新聞」に応募した「訪欧飛行・神風声援歌」がレコードになった。詩集に『傀儡の人類史』『世紀の風』などがある。香川県文化功労者、四国新聞、山陽新聞各文化賞を受賞。「島をめぐる海岸線がないから／砂を噛む波の音も想像はできる／しかし、無声映画のような静けさ／潮騒も海鳴りも、松風もとゞかない」と歌った詩「眼下の瀬戸」が『ふるさと文学館第43巻香川』（平成6年8月15日、ぎょうせい）に収録されている。

（浦西和彦）

河西水賀　かわにし・すいが

大正十二年十月二十日～。俳人。香川県小豆郡内海町（現小豆島町）安田甲に生まれる。本名は川西寿一。香川県庁職員。「馬酔木」「地底」所属。

　女等もラムネ鳴らして映画村
岬みちの日当るところ石蕗咲けり

魚島や岬といふ岬網のびて　（浦西和彦）

河野俊彦　かわの・としひこ

大正十二年二月十一日～。編集者、小説家。徳島市富田仲野町（現在のかちどき橋通）に生まれる。本名は紀夫《としお》。徳島県立工業学校を経て、慶応義塾大学文科中退。昭和十五年「渭城文藝」を創刊。復員後、二十一年、徳島文科協会を祖川卓也らと創立。翌二十二年、豆成太輔、坂崎葉津夫らと「白塔文学」（のち、「銀河系」と改名）結成に参加。その編集をしながら、小説を書く。二十七年頃から、経理事務業を始める。一方、「徳島詩人」に参加し、詩作も続ける。小説『雨の中の鶏頭』（昭和24年11月20日、新日本文学会）、『新選六人詩集』（昭和31年、徳島新聞社）がある。　（増田周子）

河東碧梧桐　かわひがし・へきごとう

明治六年二月二十六日～昭和十二年二月一日。俳人。伊予松山（現松山市）千舟町七番戸に生まれる。本名は秉五郎《へいごろう》。父坤、母せいの五男。勝山小学校、松山高等小学校を経て、明治二十年に伊予尋常中学校（現松山中学校）入学。高浜虚子と同級となる。二十六年六月、第三高等中学校に入学し、虚子と中川因順方に下宿。翌年、学制改変のため第二高等中学校へ転学するが、九月に退学し、正岡子規をたよりに上京、同居し、子規の俳句革新運動に加わる。虚子と共に子規門下の双璧と称され早くから才能を示した。二十八年三、四月、子規が日清戦争に従軍中は新聞「日本」の俳句の主任に、翌年には「新声」俳句欄選者になった。三十年一月「ホトトギス」が松山から創刊され参加する。『俳句評釈』（明治32年9月13日、新声社）を刊行。三十三年十月、青木月斗の妹繁栄《しずえ》と結婚。三十五年、子規の歿後は「日本」の選者となる。虚子が「ホトトギス」を主宰。二人の句風が著しく違いを見せ、三十六年九月「ホトトギス」発表の「温泉百句」について虚子と論争した。三十七年秋から「俳三昧」と称する連日連夜の修行的句会を開き、小沢碧童、大須賀乙字、荻原井泉水らの新進が集まる。三十九年八月から四十四年七月まで、全国行脚によって新傾向俳句運動を進めた。定型を捨て自由律に進み、のちには万有はすべて季題であるとして、季題を捨て短詩へ向かう。俳句における近代性の追求に苦心した。四十四年四月「層雲」に参加したが、季題のことで荻原井泉水らと対立し、大正四年三月に中塚一碧楼らと「海紅」創刊。八年「大正日日新聞」社会部部長に就任。翌年十二月ヨーロッパ諸国を巡遊。十二年二月に個人誌「碧」を創刊、十四年三月風間直得らの「東京俳三昧稿」と合併、「三昧」を創刊した。昭和八年三月、還暦祝賀会で俳壇引退を声明する。句集『新傾向句集』（大正4年1月23日、日月社）等や『三千里』（明治43年12月1日、金尾文淵堂）、『新傾向句の研究』（大正5年5月10日、籾山書店）、『碧梧桐は斯ういふ』（大正6年5月20日、大鐙閣）、『山を水を人を』（昭和8年12月15日、日本公論社）などの著書がある。句碑「散る頃の桜隣のも吹きさそひ来る」が香川県大川郡長尾町観音長尾寺に、「きみを待したよ桜散る中を歩く」が愛媛県新居浜市角野新田町別子ライン生子橋東道脇に「艸をぬく根の白きに深さに堪へぬ」が高知県吾川郡春野町北山若尾家墓所に建立されている。　（浦西和彦）

川人青岳　かわひと・せいがく

明治四十九年七月一日～平成六年十一月（日未詳）。俳人。徳島県美馬郡半田町（現つるぎ町）に生まれる。本名は小太郎。徳島県師範学校本科卒業。元小学校校長。

「倦鳥」を経て「松苗」参加。句集『若竹』(昭和47年12月1日、松苗社)、『風呂吹』(昭和58年10月1日、松苗社)。

眉山を大きく抱いて初霞
讃岐路も阿波路も同じ春の雨
踊百連阿波の山並動くなり

(浦西和彦)

川村源七 かわむら・げんしち

明治三十六年五月三十日～昭和五十八年二月八日。エッセイスト。高知県高岡郡須崎町(現須崎市)に、豊意、蜜の長男として生まれる。家業は軽飲食店であった。高等小学校卒業後、大阪の弁護士の書生になる。成器商業学校に学ぶ。偉人伝を読み、スポーツをし、それまでの極端な弱気の生活を改める。帰郷し、製紙工場の帖付けや須崎信用組合の書記をする。小学校の教師になる。昭和十四年、檮原村越知面小学校に赴任する。図書館計画が来県した文部省の図書館指導官に認められる。十五年、高知県立図書館の司書になる。二十一年～三十六年、同館長となる。二十三年、自動車文庫を実現する。三十二～四十九年、『六十五点の人生』『寺田寅彦と土佐』『教定遍路』『困った時は笑えばよい』『田川英造氏の生活と意見』『椀と盃』を著す。

＊六十五点の人生《ろくじゅうごてんのじんせい》 エッセイ集。〔初版〕昭和三十二年十一月一日、高知大学農学部後援会。◇「私たちの人生／読むこと、書くこと、本のこと／土佐の人／私の漫談」。川村清枝著五編を含む。

＊困った時は笑えばよい《こまったときはわらえばよい》 エッセイ集。〔初版〕昭和三十五年五月十五日、高知市立市民図書館。◇川村清枝と共著、「私たちの生活白書」である。

＊田川英造氏の生活と意見《たがわえいぞうしのせいかつといけん》 エッセイ集。〔初版〕昭和四十九年六月十日、成吉思汗。◇自分史である。「彼とふるさと」他。岡本重雄の川村観を添える。「とんちゃん」創業二〇年記念出版。

＊椀と盃《わんとさかずき》 エッセイ集。〔初版〕昭和四十九年十月五日、高知市立市民図書館。◇土佐の日常食について、自分史を織り込みながら、こまやかに語る。森田正馬の〝物の精を尽くす〟療法、人生哲学をふまえる。「ボフラにはボフラのうまさがあり、キュウリには、キュウリだけの持つ味がある」。

(堀部功夫)

川村紫星 かわむら・しせい

明治三十四年三月三十日～昭和五十三年五月十九日。俳人。高知県に生まれる。本名は朝喜。高知新聞社に入社。俳句は、昭和八年ごろより、小島沐冠人の指導をうけ、「曲水」に参加。また「土佐」「二番稲」「乱礁」等にも拠った。のち「暖帯」「光渦」の編集を担当。「あざみ」同人。句集『淡交』(昭和52年7月10日、浜発行所)。

(浦西和彦)

川村二郎 かわむら・じろう

昭和三年一月二十八日～。評論家。愛知県に生まれる。東京大学卒業。東京都立大学教授。

＊日本廻国記 一宮巡歴《にほんかいこくきいちのみやじゅんれき》 エッセイ集。〔初版〕昭和六十二年五月八日、河出書房新社。◇九年がかりで巡拝した各国一宮の印象を綴る。四国関係は「五十四 阿波 大麻比古神社／五十五 讃岐 田村神社／五十六 土佐 土佐神社／五十七 伊予 大山祇神社」。

(堀部功夫)

川村八郎 かわむら・はちろう

大正九年十一月二十日～昭和三十一年四月十七日。歌人。高知県幡多郡田ノ口村上田ノ口(現黒潮町)に、郁治、富得の五男として生まれる。入野高等小学校卒業。昭和十三年、大阪逓信講習所卒業、大阪天満郵便局に勤める。結核のため、十七年頃、帰郷。後川郵便局に勤める。北原白秋の「多磨」に入会する。二十一年、歌誌「小袖貝」を創刊する。二十四年、小橋清子と結婚する。二十五年、徳島療養所に入る。二十八年、安田青風の「白珠」に入会する。三十一年、歌集『二つの石』を著す。「境内の石二つ拾ひ逢ふ日まで一つ持てとふこのさざれ石」。上林暁「過ぎゆきの歌」の「河田三郎」のモデルである。「過ぎゆきはなべて寂しと雨後の下駄にはりつく花びらを剝ぐ」「流れ藻の松に乾ける夕浜に引あげてくる漁舟白し」の歌碑が入野松原に建つ。（堀部功夫）

川村窈処 かわむら・ようしょ

明治四十三年三月十九日～昭和二十一年二月十九日。漢詩人。高知市水通町三丁目に、安太郎、富士の子として生まれる。本名は公男。旧姓は井本。漢詩、書道に長ずる。昭和八年、東方書道会展に入選する。（堀部功夫）

川本三郎 かわもと・さぶろう

昭和十九年七月十五日～。評論家。東京に生まれる。東京大学卒業。

＊日本すみずみ紀行⑧《にほんすみずみきこうはち》 エッセイ。〔初出〕「旅」昭和六十一年十二月一日、六〇巻一二号。◇「四国の昔し町、味めぐり」。高知県佐川大正軒でウナギを食し、城辺町で女優毛利郁子の名前を耳にする。中村、外泊を経て、宇和島で鯛めし、内子を見て大洲油屋「いもたき」を食す。

＊日本映画を歩く《にほんえいがをあるく》 エッセイ集。〔初出〕「旅」平成九年五月～十年九月。原題「映画の舞台へ」。〔初版〕平成十年八月三十一日、JTB。◇「足摺岬から宇和島へ、『てんやわんや』の津島町へ」。土佐清水の居酒屋竹の子。中の浜の山崎忠男氏、遠見早稲《はやね》氏と映画「足摺岬」「雲がちぎれる時」をしのぶ。津島町で映画「てんやわんや」「大番」のロケ地を訪ねる。（堀部功夫）

川本正良 かわもと・まさよし

明治三十二年一月十六日～昭和五十七年十二月六日。独文学者、俳人。岡山市に生まれる。愛媛大学名誉教授。俳号は臥風《がふう》。大正十二年愛媛県立松山高等学校教授。昭和二十四年、愛媛大学教授。俳句は大正十一年臼田亜浪に師事、「石楠」最高幹部。昭和二十五年「いたどり」を創刊、主宰。句集『樹心』（昭和26年4月8日、石楠社）ほか。（浦西和彦）

寒川琢 かんがわ・たく

大正三年二月十五日～平成七年四月（日未詳）。詩人。徳島市西新町に生まれる。本名は渡辺正勝。徳島師範学校本科卒業後、県内の小、中学校教諭、中学校教頭、中学校校長を歴任。徳島県教育会の事務局長となる。そのかたわら、詩作を続け、昭和十三年には詩誌「塑像」を創刊。二十二年、月刊詩誌「詩脈」を創刊。四十六年まで編集。その間、二十三年には「新日本文学」の第三回コンクールに詩が入選、「新日本文学」の同人となる。また、『こども日本風土記（徳島版）』（昭和49年9月、岩崎書店）や県教育委員会編の『徳島むかし話』（昭和53年5月）や『徳島の伝説』（昭和54年）などに協力。『寒川琢詩集』（平成4年2月、みやうちスタジオ）がある。（増田周子）

神崎清 かんざき・きよし

明治三十七年八月三十一日～昭和五十四年三月二日。社会評論家。高松市に生まれる。本名は島本志津夫。別名は市場矢三郎。昭和三年、東京帝国大学国文科卒業。大阪高等学校時代、藤沢桓夫らと「辻馬車」を創刊。三年七月、池田寿夫らと「大学左派」に参加。のち、明治文学談話会の会務を主宰し、九年一月機関誌「明治文学研究」を発行。北村透谷や二葉亭四迷などに関する資料を精力的に発掘し紹介した。また、談話会で知った木下尚江や沖野岩三郎らから大逆事件の話を聞き、大逆事件調査に乗り出す動機となる。大森高等女学校教師となったが、のち解雇された。戦後、大逆事件被告の獄中手記を発見し、『大逆事件記録』全三巻（昭和46年12月15日～47年1月15日、世界文庫）に纏めた。『革命伝説』全四巻（昭和43年9月～44年12月、芳賀書店）では多年にわたる資料蒐集を駆使し、大審院の誤りや裁判手続き上の不正を摘発し、大逆事件の思想的意義を追求した。また、いち早く赤線（売春が公認されていた地域）の解体を主張、〝神崎ルポ〟と称せられる『娘を売る町』『売春』『戦後日本の売春問題』など多くの著書で、売春の悲惨さを訴え続け、売春防止法制定の推進者となった。児童文化審議会会長、中央児童福祉審議会委員などを歴任し、児童憲章の生みの親としても知られる。眼底出血で失明の危機に見舞われながらも、社会病理研究所を設立し、都政浄化問題などにも取り組んだ。

＊**実録幸徳秋水**《じつろくこうとくしゅうすい》　評伝。〔初版〕昭和四十六年十一月三十日、読売新聞社。◇幸徳秋水の生い立ちからはじまって、放浪の青春時代、新聞記者の時期から、日露戦争の非戦論を経て、大逆事件の刑死に至るまでを描いた評伝。「秋水の一生は、偶像破壊、権威主義の否定の一生」であったという。

（浦西和彦）

上林暁　かんばやし・あかつき

明治三十五年十月六日～昭和五十五年八月二十八日。小説家。高知県幡多郡田ノ口村（現黒潮町）下田ノ口に、父伊太郎、母春枝の長男として生まれる。本名は徳廣巌城《とくひろいわき》。大正四年、高知県立第三中学校に入学する。六年、友人と回覧雑誌を出す。十年、中学校を卒業し、熊本の第五高等学校に入学する。十一年、熊本市上林町七五の森山方に下宿し、筆名の由来となる。昭和二年、東京帝国大学を卒業する。改造社に入社する。同人誌「風車」を創刊する。八年、『薔薇盗人』を著す。「文藝」編集主任となる。九年、帰郷する。十年、改造社を退社し、文筆生活に入る。十三～十九年、『田園通信』『文学開眼』『ちちははの記』『野』『悲歌』『流寓記』『小説を書きながらの感想』『明月記』『不断の花』『機部屋三昧』を著す。二十年三月、郷里に疎開する。『夏暦』を著す。二十一年五月、「聖ヨハネ病院にて」を「人間」に発表する。病妻ものを書くことで暗い生活を切りぬける力を得る。『晩春日記』『閉関記』を著す。さかんに創作する。二十二～二十六年、『嬬恋ひ』『紅い花』『海山』『死者の声』『晩夏楼』『開運の願』『聖書とアドルム』を著す。二十七年一～二月、軽い脳溢血を起こし安静にする。二十八～三十三年、『姫鏡台』『珍客名簿』『入社試験』『過ぎゆきの歌』『春の坂』を著す。三十四年、文部省藝術選奨を受ける。『文と本と旅と』『御目の雫』『迷ひ子札』『武蔵野』を著す。三十八年二月、右手、口が不自由になる。『諷詠詩人』を著す。妹睦子の協力で創作を継続する。三十九年、『白い屋形船』を著す。四十年、読売文学賞を受ける。四十一年、『上林暁全集』が刊行開始される。四十四～四十七年、『草餅』『ジョン・クレアの詩集』共同句集『群島』、『朱色の卵』を著す。芸術院会員。勲三等瑞宝章を受章する。四十八年、『ばあやん』を著す。四十九年、川端康成賞を受ける。五十〜五十一年、『幸徳秋水の甥』『木の葉髪』『極楽寺門前』を著す。五十二年、増補改訂『上林暁全集』が刊行開始される。五十五年、脳血栓のため、死去する。増補改訂『上林暁全集第一九巻』（昭和55年12月10日、筑摩書房）の「上林暁年譜」にくわしい。岡林清水は、上林文学の特色を、「真実の文学」「家を離れた長男の文学」「潜在的社会性のある文学」の三点にまとめている。上林文学の故郷ものは夥しく、すべてを枝項目で紹介しきれない。単行本にひろわれた一部に限ってとりあげる。

＊薔薇盗人《ばらぬすっと》 短編小説集。〔初版〕昭和八年七月十五日、金星堂。◇「薔薇盗人」（「新潮」昭和7年8月1日）欠食児童の仙一が学校の薔薇を盗んだ。病気の妹をよろこばせるためであった。盗みが発覚し、父に張りとばされた仙一は、道夫をさそって隣村の芝居小屋まで行く。そこも入れてもらえず、母の墓を通って帰宅した仙一に、草履を作る父が「芋食うて寝よ」と声をかける。作者は、小学校時代にあった、薔薇が誰かに摘み取られた事件と「当時のある惨めな家族とを結びつけて、作り上げた」と自解する。岡林清水は「社会性のある客観小説」といい「のちの上林の私小説的作品と比べて、″つくる″意図もあらわに出ている小説」とみる。「鉄橋の別れ」（「新科学的」昭和7年6月）は、不景気で大阪の紡績会社をお払い箱になった娘たちが、三三里の山坂を乗合自動車にゆられて帰って来た様を描く。「アルキビアデスの犬」（「新潮」昭和6年10月1日）地主の次男の養吉は、闘犬に敗れたシロに、昔ギリシャの政治家がしたように、その尻尾をちょん切る。「渋柿を嚙る少年 又は、飯を盗む少年」（「風車」昭和2年5月）不品行から父の家とほとんど関係を絶って暮らす、中学退学生の高樹が、ときどきすきを見て帰宅し渋柿で食欲を補う。

＊田園通信《でんえんつうしん》 短編小説集。〔初版〕昭和十三年九月十七日、作品社。◇「田園通信」（「作品」昭和10年10月）大学卒業後、都会に流寓して小説家となった「僕」から、境遇の逆転した友への手紙。故郷に背き、家庭に背いた友こそ「僕」の羨むところだ。「郷土詩人」（「文学界」昭和10年10月）「僕」は帰省し、郷土詩人田野義と家鴨鍋をつつき、恋人の話を聞き、後日不調に終わったその顚末を知る。「海の涅槃」父や祖父に連れて行ってもらえなかった、六歳の太助は、無性に追いかけようとして川に溺れてしまう。

＊ちちははの記《ちちははのき》 短編小説集。〔初版〕昭和十四年八月二十日、竹村書房。◇「ちちははの記」（「日本評論」昭和13年9月）作家木倉素一は、父危篤の電報で八年ぶりに妻子を連れて帰郷した。父はもちなおすが、母との葛藤を見せつける。素一も故郷に居付いてしまう。「離郷」（「新潮」昭和14年2月1日）東京生活に行き詰ると故郷の家を頼るタイプの作家加納周吉は、帰郷後二年、自己を慚愧した。上京の旅費も小作の娘が辛労の結果得たものである。「学校」（「文学界」昭和12年10月）勇が小学時代を顧る。初日の学校厭悪や仲好しのタケムラ・ヨシミツを冤罪に陥れた算術の時間を。「町と祖母」N町の記憶は「Z病院の車井戸の音と、太神宮様の廂に懸った大きな鈴と、中学校の長い屋根と」である。「牧歌調」（「知性」昭和14年7月）村の酒屋をスケッチする。

＊野《の》 短編小説集。〔初版〕昭和十五年十月十五日、河出書房。◇「幼友達」（「若草」昭和14年9月）帰郷作家の春城が、幼友達と遊んだ昔を回想しつつ、その後の運命を思いやる。

＊悲歌《ひか》 短編小説集。〔初版〕昭和十

六年九月十八日、桃蹊書房。◇「村夫子」（「文学界」昭和16年7月）村長を一八年勤めた田倉小太郎は、失脚後「いそしく」なり鯉に凝った。息子で文学青年崩れの誠一郎が、忠実に鯉の面倒を見る。「藁草履」（「新潮」昭和9年5月1日）村の藁草履作り爺の盛衰を描く。

＊**流寓記**《りゅうぐうき》　短編小説集。〔初版〕昭和十七年九月五日、博文館。◇「殴られた経験」（「若草」昭和16年8月）尾形顯は十五のとき侮辱した助定爺から殴られた。かれは人間的ということを学ぶ。「箸蔵山」番外札所で、祖母の愛情と精神を自覚する。「波間」（「文学界」昭和11年7月）夏休帰省した高校生の勇は、龍太郎、則介と海で遊ぶ。龍太郎が溺れる。助けに行った則介と比べ、「自分の命」中心に為すすべのなかった勇は、地獄の思いをする。翌朝、龍太郎の遺体が上がる。「竹藪の家」町の呉服店へ丁稚に行った秋二は、商用で一年ぶりに帰郷する。よろこんだ弟たちは兄の関心を引こうと駆け廻る。

＊**明月記**《めいげつき》　短編小説集。〔初版〕昭和十八年五月十日、非凡閣。◇「海山」高校二年生の「僕」＝桂木官太郎が、春休み、琢磨君と渭南の村々を無銭旅行する。

＊**不断の花**《ふだんのはな》　エッセイ集。〔初版〕昭和十九年二月二十日、地平社。◇「母校」ほか郷里を描いたエッセイ九編を載せる。

＊**機部屋三昧**《はたべやざんまい》　短編小説集。〔初版〕昭和十九年八月二十日、地平社。◇「機部屋三昧」（「新若人」昭和18年5月。原題「機部屋の若き日」）文学者になるつもりの中学生一ノ瀬裕は、家では勉強家、学校では道化者を演じる。山沢先生がかれに一点の真実を認める。「晩年」（「農政」昭和18年5月）四〇年前に樽屋をしていた徳おじが、仕事を復活し、三年間充実して死ぬ。「龍舌蘭の友」（「新若人」昭和18年9月）浩が小学時代、大平正忠さんから龍舌蘭をもらった。浩が中学時代チフスにかかったとき、大平さんが看病に来てくれた。大学時代、浩は、神戸で巡査になっている大平さんのところへ大平さんの父親を送って行く。「ふるさとびと」（「月刊文章」昭和14年10月。原題「故郷抄」）上京した妹から故郷の消息を聞く。ねむっていた故郷の情感が身内で動く。

＊**夏暦**《なつごよみ》　短編小説集。〔初版〕昭和二十年十一月二十五日、筑摩書房。◇「散花」「僕」の従弟野並哲が神風特攻隊に加わり戦死した。貞叔父の家には新聞記者が来、町全体が感動と昂奮に包まれた。「山羊供養」父の断で人に頼んで山羊を殺してもらい、食う。

＊**晩春日記**《ばんしゅんにっき》　短編小説集。〔初版〕昭和二十一年九月十日、桜井書店。◇「ゆかりの人々」幼友達お嘉久、小学時代の百谷先生、気が狂った小学時代の同級生福助。盲目の草履作りフウさん、義伯父勝介さん、「神の子」弟モデル富など「一度自分の作品に愛を持って取扱った人物は、最早他人ではなく、自分の息吹をかけた分身とも言へるので、その後の運命について無関心ではゐられないのだ」。「四国路」（「文藝春秋」昭和21年4月）昭和十九年、私は末の子の三津子に付添い九年ぶりに帰郷した。

＊**閉関記**《へいかんき》　短編小説集。〔初版〕昭和二十一年十一月二十日、桃源社。◇「友樹と高樹」（「風車」昭和4年1月。原題「弟は怠情者である」）高校生松原友樹が帰郷すると、弟の高樹が死んだあとだった。高樹は中学時代に堕落し、心を入れ替えてK市農業学校に行っていたのだが。「孤独先生」中学創立以来三〇年、各務嘉太郎先生は名物先生であった。孤独に徹した風格と人間味が忘れられない。

＊**嬬恋ひ**《つまごい》　短編小説集。〔初版〕昭和

二十二年二月五日、非凡閣。◇「滞郷記」（「高原」昭和21年8月）九年ぶりに帰郷した純文学作家はもう父母に対して突っ張らない。父母は、入隊した弟克郎の面会にK市へ初の夫婦旅に出る。「縞帳」（「新文学」昭和21年6月）は二〇の小品より成る。

＊晩夏楼《ばんかろう》　短編小説集。〔初版〕昭和二十三年十二月二十日、非凡閣。◇「弔ひ鳥」（「文明」昭和23年2月）四度目の帰郷、私は妻の遺骨を持って帰り葬儀を営む。汽車からしばしば見えた白鷺が弔い鳥と思える。「小さな蠣瀬川のほとり」（「群像」昭和23年4月）久々に帰省した作家の「私」＝武は、無理をして働く父母妹弟のおかげで無為徒食し、なつかしい人たちと会える。「子の消息」（「別冊文藝春秋」昭和24年4月）「私」が五〇日間の郷里滞在中、親許に預けてあった三人の子供たちの様子を観察する。

＊姫鏡台《ひめきょうだい》　短編小説集。〔初版〕昭和二十八年四月二十日、池田書店。◇「柳の葉よりも小さな町」（「別冊文藝春秋」昭和27年8月）東北の俚謡「柳の葉よりも」からN町を連想する。子供の頃、私はN町行が楽しみだったし、十四歳でこの町の中学生になった。昭和十年、N町の病院で過ごした。戦後、講演に赴き、田登準三氏、川端武氏、伊與木氏と再会した。

＊珍客名簿《ちんきゃくめいぼ》　短編小説集。〔初版〕昭和三十年四月三十日、山田書店。◇「三人姉妹」（「小説新潮」昭和29年1月）私は小学校二年時から一つ年上の克子さんと友達だった。その直ぐ上の姉壽寿さん、一番上の鶴猪さんとも青年時代に親しくした。

＊過ぎゆきの歌《すぎゆきのうた》　短編小説集。〔初版〕昭和三十二年十月五日、講談社。◇「過ぎゆきの歌」（「新潮」昭和32年6月）私は同村隣部落、羊歯谷の歌人河田三郎の作品に心惹かれる。清美さんと三郎の結婚、看病生活を描く。「河田三郎」は川村八郎がモデル。「村八分」（「中央公論」昭和28年7月）警察と衝突中の村長だった父は、昭和九年、選挙違反を犯した。父は密告者が親類の徳田弘道だったので弘道に報復を計り、のち失脚した。私が田舎落ちした頃のことである。「つつじを看る」（「群像」昭和32年2月）帰省中の小説家岡ノ上清の父が賞玩する白つつじは、昔没落したある家の庭木であった。戦後の農地改革で、かれの家も衰えてゆく。「泰作咄」（「群像」昭和28年5月）郷里に伝わる、泰作さんが人をたぶらかした馬鹿話のいくつかを紹介する。

＊春の坂《はるのさか》　短編小説集。〔初版〕昭和三十三年七月二十五日、筑摩書房。◇「春の坂」（「文藝春秋」昭和32年12月）治郎作さんは妻秋恵を東京へ出して学問させた。二年後、秋恵は帰郷して教員になるが、夫婦生活に破局が来た。秋恵姉《ねえ》の従弟である私の頭の中では、春の坂を登って行く治郎作と秋恵の姿が浮かぶ。「絶食の季節」（「群像」昭和33年3月）郷里で、従兄の娘佐伊子が、百姓家への嫁入りを嫌い絶食して破談にした。妹の長男賢一も進学を希望し絶食する。

＊土佐《とさ》　短編小説＋エッセイ集。〔初版〕昭和三十四年十一月十五日、中外書房。◇武林敬吉と共著。「蜜柑いろいろ」「バッタ捕り」「雨乞ひ」を収める。

＊御目の雫《おんめのしずく》　短編小説集。〔初版〕昭和三十四年十二月十五日、筑摩書房。◇「御目の雫」（「群像」昭和34年1月）二年ぶりに帰省すると、父は白内障で半盲になっていた。上京時、私は置土産に父の髭を剃る。「同窓会」（「新潮」昭和33年6月）三五年ぶりに旧中学の同窓会に出席し、戦犯体験のある南玉樹としみじみ追憶談を交した。

＊迷ひ子札《まいごふだ》　短編小説集。〔初版〕昭和三十六年六月十日、筑摩書房。◇「美人画幻想」（「新潮」昭和34年11月）伊東深水

画「指」から故郷の父と猪之吉小父の身の上を思う。「お月さん」（「新潮」昭和35年10月）帰郷した同居の妹計子から、郷里の父母の様子を聞く。父はうんこの出る度、「お月さんが出た」と合図するよし。「とんと」（「小説新潮」昭和34年4月）中学時代、寄宿舎で私と親しく——とんと（稚児さん）に深入りはせず——していた高花三郎と四二年ぶりに再会した。

＊諷詠詩人《ふうえいしじん》　短編小説集。〔初版〕昭和三十八年七月二十日、新潮社。◇「目下帰省中」（「新潮」昭和36年7月）私は郷里で子供時代の友と交わり、浜を歩く。切手取扱店焼失騒ぎもあった。「生家にて」（「新潮」昭和37年1月）私は帰京する。中風で夜昼の別なく家族を悩ませる老父と別れて。「展墓の章」（「群像」昭和36年10月）私は在所はずれに、恋人徳田邦子と遊泳中死亡した学友徳田輝義の墓へ参り、邦子の実家へ暇乞いに寄る。「大鱏《えい》の話」（「群像」昭和37年6月）幼時、窪津で教師だった父が私の家へ鯨を送ったが、荷札間違いで、エイが届いた。今春、私は窪津へ行って、古老から捕鯨話を聞く。「番外番地からの手紙」（「新潮」昭和34年8月）幼友達杉山為男の消息。

＊白い屋形船《しろいやかたぶね》　短編小説集。〔初版〕昭和三十九年十一月二十日、講談社。◇夢と現実とが交錯し、福永武彦は本作を「私小説リアリズムでないものがこの小説にはある」と讃嘆した。「父イタロウ」（「群像」昭和39年11月）は亡父の道楽を述べ、「野山」（「文藝」昭和38年8月）は五〇日間の帰郷を語る。

＊草餅《くさもち》　エッセイ集。〔初版〕昭和四十四年四月二十五日、筑摩書房。◇「恋文」など郷里を綴ったエッセイを多く載せる。

＊ジョン・クレアの詩集《じょん・くれあのししゅう》　短編小説集。〔初版〕昭和四十五年一月三十日、筑摩書房。◇「坊」（「群像」昭和44年2月）就学前に私の村へ来て、十六歳で大阪へ去った、宮田忠直君のこと。「柏島風景」（「文藝」昭和44年10月）柏島へ渡り宿泊、慶禅と雨ノ森九太夫の墓を見る。「ふるさと」（「新潮」昭和45年1月）九州の会社員・谷春馬は、高知県下の故郷へ一〇年ぶりで帰り、二週間滞在、会いたい人に会った。

＊朱色の卵《しゅいろのたまご》　短編小説集。〔初版〕昭和四十七年三月三日、筑摩書房。◇「筒井筒」（「すばる」昭和45年6月）国広守は幼時、隣の雪子とよく一緒に遊んだ。六〇年近く経ち、自宅療養中の守を雪子が見舞う。「幼い母」（「群像」昭和46年7月）十代の幼い母の思い出である。江藤淳は「かつての日本の『幼い母』の姿を淡々と叙して、心にのこる作品」と評す。「文士」（「新潮」昭和46年9月）昭和十一年、来高した菊池寛と会った。「四万十川幻想」（「展望」昭和46年12月）文学碑から支流後川、渡船転覆事件、堺事件、後藤飛行士着陸、安光看護婦、朝比奈旅館、秋水墓等を追想する。

＊ばあやん　短編小説集。〔初版〕昭和四十八年五月二十四日、講談社。◇「ばあやん」（「季刊藝術」昭和46年）は「この世で一番私を愛してくれた人」の思い出である。

＊幸徳秋水の甥《こうとくしゅうすいのおい》　エッセイ集。〔初版〕昭和五十年八月二十五日、新潮社。◇「ふるさとの城」など郷里を綴ったエッセイを多く載せる。表題作（「新潮」昭和50年3月）は幸徳幸衛さんのこと。

＊極楽寺門前《ごくらくじもんぜん》　短編小説集。〔初版〕昭和五十一年九月三十日、筑摩書房。◇「老女物語」（「すばる」昭和48年9月）私の従姉咲江姉《ねえ》の子、豊へ便りをするよう、口利きの手紙を書く。実ったようだ。

（堀部功夫）

神原拓生　かんばら・たくお

昭和五年十月十日〜。小説家。徳島県名東郡佐那河内村嵯峨に生まれる。本名は中溝忠夫。徳島大学学藝学部在学中に「大学文藝」を創刊。昭和二十六年、卒業すると上京し、葛飾区で中学校の教諭をしながら、「文学街」「十四人」などの編集同人として、小説を発表。三十四年、「夜のさそい」で「文学街賞」を受賞。三十五年には、法政大学文学部日本文学部を卒業。季刊雑誌「全作家」に昭和五十年創刊以来参加。「文藝首都」同人。著書に『悲しみの告発』（平成2年5月21日、教育報道新聞社）、『夜のさそい』（平成6年5月20日、甲陽書房）がある。「花のない季節」が『全作家短編集第一巻』（平成6年、全作家出版局）に、「夜カラス」が同第二巻（平成9年）に収録された。

＊**白い朝**《しろいあさ》　短編小説。〔収録〕『夜のさそい』平成六年五月二十日、甲陽書房。◇都会と「T市」、農村地方を背景に、東京から帰省した青年の「青春レクイエム」である。東京で教師をしている淵水は、かつての恋人明子が重態と聞き、帰郷するが、人妻となった明子はほどなく死んでしまった。彼はその通夜に出席し、結婚しなかった二人の八年間の精神的な愛を回想する。二人の愛は結婚をも超えたものであったと。

（増田周子）

【き】

木内よしえ《きうち・よしえ》

生年月日未詳〜。俳人。徳島県に生まれる。「群蜂」「白露」で活動。平成十一年「猪鍋やずしりと甲斐の山の闇」で第三回毎日俳句大賞を受賞。句集『山繭』（平成6年3月、木内好友）。

（浦西和彦）

菊池鶏栖子《きくち・けいせいし》

大正八年六月五日〜昭和六十三年五月十四日。俳人。愛媛県西宇和郡に生まれる。本名は勇。愛媛師範学校卒業。教員。俳句は昭和十九年よりはじめ、「馬酔木」入会。三十九年「燕巣」入会。著書『暁光余話』（昭和55年10月30日、蛍翔出版倶楽部）。

（浦西和彦）

菊池佐紀《きくち・さき》

昭和四年十一月十日〜。小説家。愛媛県喜多郡長浜町（現大洲市）に生まれる。主婦のかたわら創作活動を続ける。同人誌「アミーゴ」を主宰。昭和五十八年「薔薇の跫音」で神戸女流文学賞を、五十九年「きつね」でNHK四国脚本コンクール優秀賞を受賞した。六十二年「季節はずれの晩餐」が織田作之助賞候補作にあがった。平成二年、作品集『薔薇の跫音』（昭和63年、私家版）で愛媛出版文化賞を受賞。著書に『花蓆』がある。愛媛県北条市在住。

＊**薔薇の跫音**《ばらのあしおと》　中編小説。〔初出〕「原点」昭和五十七年十一月三十日、第三八号。〔収録〕『ふるさと文学館第44巻愛媛』平成五年十月十五日、ぎょうせい。◇泰子は四十という歳よりぐんと若く見える。五年前にM市まで電車で四〇分近くかかる海辺の地に住みついた。泰子のパトロンでホテルの経営者だった角藤大造は、一年前に急死した。泰子には若いころ、画家の愛人がいて長男の徹を生み、姉に預けて育ててもらっていた。T大に落ちた徹が今年の三月半ば近くになって泰子の前に姿を見せた。徹は美大を受け絵をやりたいという。吐き気のするほど厭な絵画きの血が、徹の体の中に流れているのを、泰子は思い知らされる。母子は激しく争い、徹は泰子が大造と丹精して造った薔薇園を無残に破壊して去って行く。帰って来ない息子を待ちわびる

き

泰子の孤独と虚脱感が描かれる。（浦西和彦）

菊池寛《きくち・かん》

明治二十一年十二月二十六日～昭和二十三年三月六日。小説家、劇作家。香川県高松市七番丁六番戸の一に生まれる。父武脩、母カツの三男。本名は寛《ひろし》。父は当時尋常小学校の庶務係。尋常高等小学校時代、家が貧しく教科書を買ってもらえず、友人のを写したという。明治三十六年、香川県立高松中学校に入学。三十八年、県教育会が高松市に教育会図書館を開設したので、一カ月分の入場券を最初に買って、蔵書二万冊のうち読みこなせるものを全部読破したという。四十一年、東京高等師範学校に入学したが、翌年に除籍され、明治大学法科へ入学。それも三カ月で退学。四十三年、徴兵猶予のため一時早稲田大学に籍をおいたが、九月、第一高等学校文科に入学。同級に、芥川龍之介、久米正雄らがいた。大正二年四月、友人の窃盗事件に巻き込まれ、三カ月あとに卒業を控えて、退学。九月、京都帝国大学文学部英文科選科に入学。三年二月、第三次「新思潮」に参加、草田杜太郎の筆名で五月、戯曲「玉村吉彌の死」などを発表。五年二月、芥川らと第四次「新思潮」を創刊。同誌に戯曲「暴徒の子」「屋上の狂人」「奇蹟」「父帰る」らを発表したが、世評に上らなかった。京都帝国大学卒業後、上京し、五年十月、時事新報社社会部に入る。翌年四月、同郷の奥村包子《かねこ》と結婚。小説に力を入れ、「無名作家の日記」（「中央公論」大正7年7月）、「忠直卿行状記」（「中央公論」大正7年9月）、「恩讐の彼方に」（「中央公論」大正8年1月）等を発表、一躍流行作家となり、『恩を返す話』（大正7年8月、春陽堂）、『無名作家の日記』（大正7年11月、新潮社）を刊行。文壇的地位を確立した。八年二月、時事新報社をやめて作家生活に入る。「葬式に行かぬ訳」（「新潮」大正8年2月）、「藤十郎の恋」（「大阪毎日新聞」大正8年4月3日～13日）、「啓吉の誘惑」（「新潮」大正10年1月）など、短編小説や戯曲の佳作を書いた。戯曲「義民甚兵衛」（「改造」大正12年4月）は文政十一（一八二八）年冬、讃岐国香川郡弦打村の百姓きんの家を舞台に描いている。大衆小説に進み、「真珠夫人」（「大阪毎日新聞」「東京日日新聞」大正9年6月9日～12月22日）、「第二の接吻」（「東京朝日新聞」「大阪朝日新聞」大正14年7月30日～11月4日）などの新聞連載小説を書いた。十二年一月、「私は頼まれて物を云うことに飽いた」と、菊池寛主宰の「文藝春秋」を創刊する。最初は個人経営であったが、発行所文藝春秋社は、昭和三年五月に資本金五万円の株式会社となる。出版事業に力を入れ、「演劇新潮」「映画時代」「オール讀物」などつぎつぎ新雑誌を発行。出版事業の進展につれて創作活動から次第に離れていった。昭和十三年三月、日本文学振興会を創立し、芥川賞、直木賞、菊池寛賞を設けた。詞碑「不実心不成事不虚心不知事」が高松市番町の生家跡に、「おたあさん今は浄願寺の椋の木で百舌が啼いとりましたよ、もう秋ぢや。」が高松市番町の中央公園南西に、句碑「行く年や悲しき事の又一つ」が香川県大川郡長尾町中幸立宗林寺にある。菊池寛記念館が高松市昭和町に開館された。『菊池寛全集』全二四巻（平成5年11月3日～7年8月30日、高松市菊池寛記念館）がある。

＊屋上の狂人《おくじょうのきょうじん》　戯曲。〔初出〕「新思潮」大正五年五月一日。〔全集〕『菊池寛全集第一巻』平成十一年三月、高松市菊池寛記念館。◇時は明治三十年代で、舞台は瀬戸内海の讃岐に属する島である。屈指の財産家なる勝島家の長男は精神を病み、

屋根の頂上に蹲踞して海上を凝視している。当国の金比羅大権現様のお使いの者であるという巫女が祈禱し、この家の長男には鷹の城山の狐が憑いている、木の枝に吊しておいて青松葉で燻《くす》べてやれという。兄をいたわる賢い弟が詐欺師のような巫女を追っ払う。

＊**父帰る**《ちちかえる》　戯曲。〔初出〕「新思潮」大正六年一月一日。〔全集〕『菊池寛全集第一巻』前出。◇家族を捨てて出奔した父宗太郎が落ちぶれて二〇年ぶりに帰ってくる。父なきあと苦労して一家を支えてきた長男賢一郎は、父の帰宅を拒み追出す。菊池寛は「私は、『父帰る』について自慢したいのは、筋や境遇ではない。あの実感に充ちた台辞《せりふ》である。あの台辞には、私の少年時代の生活が、どことなくにじんでいるのである」(「『父帰る』の事」)という。

＊**義民甚兵衛**《ぎみんじんべえ》　戯曲。〔初出〕「改造」大正十二年四月一日。〔全集〕『菊池寛全集第一巻』前出。◇文政十一(一八二八)年十二月の讃岐国香川郡弦打村を舞台にしている。過酷な年貢取り立てのために一揆が起きた。奉行に傷を負わせた下手人を出さなければ村全体に責任が課せられるので甚兵衛が名乗りをあげる。継母らから非道な扱いを受け続けてきた甚兵衛は、処刑の道連れにして、積年の恨みをはらし、村人には命の恩人と讃えられる。同じ主題を扱った短編小説「義民甚兵衛」(「中央公論」大正九年七月一日)がある。　(浦西和彦)

衣更着信　きさらぎ・しん

大正九年二月二十二日〜平成十六年九月十八日。詩人。香川県大川郡向鳥村(現東かがわ市)に生まれる。本名は鎌田進。明治学院高等商業学部卒業。田代商店輸出部通信係等を経て、戦後、香川県立大川中学校、三本松高等学校、津田高等学校に英語教師として歴任。昭和十一年詩誌「LUNA」創刊に加わる。戦後は「荒地詩集」「詩と評論」に作品を発表。詩集『衣更着信詩集』(昭和43年2月1日、思潮社)、『庚申その他の詩』(昭和51年7月10日、書肆季節社)、『孤独な泳ぎ手』(昭和58年11月1日、書肆季節社)、『衣更着信詩集〈現代詩文庫版〉』(昭和60年12月20日、思潮社)、『モダニストの絵』(平成6年11月30日、思潮社)。翻訳書として、J・C・ポーイス『モーウィン』(昭和62年9月25日、創元社)ほか数冊ある。第一回地球賞を受賞。　(浦西和彦)

岸田秀　きしだ・しゅう

昭和八年十二月二十五日〜。評論家。香川県善通寺市に生まれる。昭和三十三年、早稲田大学大学院修士課程修了。四十二年、ストラスブール大学大学院心理学科修了。和光大学人文学部教授。『ものぐさ精神分析』(昭和52年11月、青土社)で人間は本能の壊れた動物であり、「幻想」や「物語」に従って行動しているに過ぎないとする史的唯幻論を主張する。それを基軸に国家論、文明論、自我論と幅広く活躍。著書に『嫉妬の時代』(昭和62年7月31日、飛鳥新社)、『官僚病の起源』(平成9年2月5日、新書館)、『母親幻想改訂版』(平成10年3月5日、新書館)、『ものぐさ人間論』(平成10年10月17日、青土社)ほかがある。　(浦西和彦)

岸文雄　きし・ふみお

昭和十一年三月三日〜。教員、小説家。徳島市に生まれる。昭和三十三年、徳島大学学藝学部国文科教室を卒業。教職のかたわら創作活動を続ける。同人誌「徳島作家」を主宰し、『徳島県作家協会会報5』(昭和49年、徳島県作家協会)の編者として活躍。著作に『望郷の日々に—北条民雄いしぶみ』

（昭和55年9月、徳島県教育印刷）、随筆『安らぎの日々に』（平成13年5月、徳島出版）があり、「徳島新聞」に「評伝徳島人北条民雄」「言葉・ことば・コトバ」などを連載。

＊望郷の日々に《ぼうきょうのひびに》―北条民雄いしぶみ《ほうじょうたみおいしぶみ》　評伝。〔初版〕昭和五十五年九月、徳島県教育印刷。◇作家北条民雄の評伝として、ハンセン病による差別の歴史や作家自身の生地の調査、交流のあった人々への取材を中心にまとめたものである。ハンセン病に対する当時からの偏見を糾弾し、民雄の生地とされる徳島の旧態依然たる風土についても言及する。民雄の師「川端康成や友人、出版社の人との交遊を丹念に掘り起こし、その文学は癩の悲惨さを描くことではなく、悲惨の中にあってもなんとか生きようとするところに、その核心があった」と主張している。（増田周子）

貴志美耶子　きし・みやこ

昭和六年一月八日～。詩人。徳島県那珂郡日野谷村に生まれる。本名は扶川ミヤ子。徳島大学学藝学部中退。農業を営むかたわら、詩誌「戯」、随筆誌「めんめのつねぎ」「ライフ・らいふ・ＬＩＦＥ」同人として、詩や随筆を書き続ける。徳島県現代詩協会、生田花世の会会員。四国を描いた作品に、「農村舞台―傾城阿波の鳴門から」がある。（増田周子）

貴司山治　きし・やまじ

明治三十二年十二月二十二日～昭和四十八年十一月二十日。小説家。徳島県板野郡鳴門村大字高島村一六二番屋敷（現鳴門市鳴門町高島字南六七番地）に生まれた。本名は伊藤好市。父兼太郎、母トクの長男。大正三年三月二十七日、板野郡鳴門尋常高等小学校高等科を卒業。大正九年、「大阪時事新報」の懸賞小説に応募した「紫の袍」が選外佳作（三等）に入選。九月、大阪に赴き、大阪時事新報社記者となる。大正十五年、「新恋愛行」（「時事新報」大正15年1月1日～7月5日）が懸賞に入選したのを機に上京、作家生活に入る。四月、奇二恵津と結婚。「恋慕愛人」を「大阪時事新報」（大正15年8月7日～昭和2年3月14日）に連載。「富士」「講談倶楽部」などに大衆小説を寄稿。昭和二年十一月十一日、「霊の審判」（「東京朝日新聞」昭和2年12月13日～翌年3月23日）が懸賞長編映画小説に入選。新聞記者時代に知りあった評議会の野田律太や国領五一郎らに資金カンパをする。三年、「止れ、進め」（「東京毎夕新聞」昭和3年8月～翌年4月）、「舞踏会事件」（「無産者新聞」昭和3年11月15日～12月20日）を発表。四年二月十日、日本プロレタリア作家同盟に加入。七月、「第二無産者新聞」の編集に参画し援助した。翌年四月六日、日本プロレタリア作家同盟の中央委員となった。プロレタリア大衆文学を提唱。六年十月二十六日、日本プロレタリア写真家同盟が結成され、委員長に就任。同年十一月二十七日、コップが結成され、中央協議会協議員となる。『敵の娘』（昭和5年3月1日）、『ゴー・ストップ』（昭和5年4月1日、中央公論社）、『同志愛』（昭和5年6月18日、先進社）、『霊の霊判』（昭和5年7月15日、朝日新聞社）、『暴露読本』（昭和5年11月10日、改造社）、『バス車掌七百人』（昭和7年6月4日、新興書房）など、そのプロレタリア文学の大衆小説的性格で多くの労働者の読者を獲得した。七年四月十三日、共産党資金提供により検挙され、六月十四日、豊玉刑務所に移送、暮に出獄。八年、小林多喜二全集刊行会の責任者となる。多喜二の「党生活者」の伏字ナシ校正刷りを戦時中保存した。九年一月三十日、再び杉並署に検挙され三カ月留置された。この間、転向を決意。懲役二年、執行猶予四年の判決をうけた。「治維法の発展と作家の立場」(「東京朝日新聞」昭和9年5月10日~13日)で、「僕は従来の党支持的左翼的政治的立場をやめ、今後は単に勤労階級の利害に即して、我国内における進歩的な国際主義の支持者たる立場に立って文学上の仕事をやって行く積りである」と転向を表明した。十年、「文学案内」「実録文学」を創刊。「文学案内」では故魯迅の敬慕せる「藤野先生」を紹介。十二年一月十四日、治安維持法違反で検挙された。戦時中は、歴史小説を主に書き、『石田三成』(昭和10年10月1日、文学案内社)、『維新前夜』全五巻(昭和16年7月5日~17年11月18日、春陽堂書店)、『海国兵談』(昭和17年8月18日、春陽堂書店)、『北進日本人』(昭和17年9月15日、春陽堂書店)などを刊行。二十年四月、京都府船井郡胡麻郷村字胡麻小字中野辺谷に移住、開墾に従事した。二十一年四月、「東西」を創刊。二十三年に上京し、文筆生活に入る。三十三年八月、文藝社を経営。三十六年六月、徳島の人々と暖流の会を創立し、十月に「暖流」を創刊。『東京零時』(昭和30年12月7日、和光社)、『美女千人城』(昭和33年9月30日、新潮社)などを刊行。「暖流」第一六号は「貴司山治追悼号」(昭和49年6月)特集を編集。校歌碑「渦まきおどる大鳴門／流れは走る小鳴門の／間の島こそわが故郷」が鳴門市鳴門町高島鳴門西小学校にある。

＊裁判と盆踊り《さいばんとぼんおどり》 短編小説。〔初出〕「サンデー毎日」昭和五年六月十日、九年二七号。〔収録〕『同志愛』昭和五年六月十八日、先進社。◇うら盆の当日、阿波踊りが町々にくりこんでいく。左翼労働組合本部から組織者として徳島県に派遣された徳永安吉が小作争議を指導していて、暴力行為取締法にひっかかって、その公判が開かれている。盆踊りの一隊が吉例により官舎の奥庭へはいってきて、懸命に声をはりあげて唄っているため、神聖なる法廷の窓にその声がとびこんでくるのである。

＊ハンスト《はんすと》 短編小説。〔初出〕「文学時代」昭和六年五月一日。〔収録〕『ふるさと文学館第42巻徳島』平成七年一月十五日、ぎょうせい。◇全農県連合会本部の書記和田平一は用水工事の問題でモメている吉野川下流北岸の板東町に組合を組織するためにやってくる。座談会を開いたりして支部発会式にようやくこぎつける。しかし、用水路を作るための測量隊を阻止したために組合員は検挙された。留置場でハンガー・ストライキによって団結し、抵抗した。大飯食いで二度食事を抜くことは死ぬよりも苦しい高平志松は半ストをする。

(浦西和彦)

北川左人 きたがわ・さじん

明治二十三年五月二十日~昭和三十五年二月二十日。俳人。高知県高岡郡佐川村(現佐川町)に生まれる。本名は一。朝鮮へ渡り、「京城日報」記者。大正十五年「ナツメ」を編集。昭和十六年、「ホトトギス」同人。戦後、引き揚げ、「高知日報」社員。のち高知新聞社嘱託。

ふるさとに斯くて寝覚や桜花

(堀部功夫)

北川浩 きたがわ・ひろし

大正十四年十二月十八日~。歌人。昭和二十三年「一路」に入会、山下陸奥に師事し、作歌に励む。歌集『幻陽』(昭和63年2月、短歌新聞社)刊行。

(浦西和彦)

北原忠司 きたはら・ただし

昭和二年一月二十三日~昭和六十二年七月九日。俳人。福岡県北九州市に生まれる。

き

高松市役所に勤務。俳句は昭和二十二年ごろ「春潮」に参加。昭和五十六年「屋島」主宰。（浦西和彦）

北見志保子　きたみ・しほこ

明治十八年一月九日〜昭和三十年五月四日。歌人。高知県幡多郡宿毛村（現宿毛市）安ケ市五三番屋敷に、父川島亨一郎、母勢津の長女として生まれる。本名は浜朝野。明治三十二年、宿毛小学校を卒業する。三十三〜三十四年、小学校の代用教員となる。三十六年、中村町の中村裁縫教員養成所を卒業する。三十六〜三十九年、安満地、中筋、宿毛の小学校訓導となる。三十九年、上京する。中国派遣教育養成所に学ぶ。大正二年、橋田東声と結婚し、東京に住む。八年、東声主宰「覇王樹」創刊に参加する。十二年、東声と離婚し、高野山や奈良龍松院にこもる。十四年、浜忠次郎と結婚する。水町京子、川上小夜子たちと「草の実」を創刊する。古泉千樫に師事する。昭和三年、第一歌集『月光』を著す。九年、小説集『朱実作品集』を著す。十年、「多磨」同人となる。十二年、川上小夜子と「月光」を創刊する。十六年、随筆集『国境まで』を著す。二十四年、「女人短歌」編集発行人となる。第二歌集『花のかげ』を著す。二十六年、「花宴」を主宰する。三十年、第三歌集『珊瑚』を著す。五月四日、慶応大学病院において死去した。その人と文学については、平中歳子、橋田庫欣の研究や厚芝保一『北見志保子』（昭和61年12月1日、奈良新聞出版センター）にくわしい。宿毛小学校校庭に「やまかはよのよあたたかきふるさとよこゑあけてなかむなかゝりしかな」の歌碑がある。

＊月光《げっこう》　歌集。〔初版〕昭和三年一月十日、交蘭社。◇「ふるさとの我家のせどの細つばなことしもはやく萌えにけむかも」他。

＊朱実作品集《あけみさくひんしゅう》　短編小説集。〔初版〕昭和九年、大道社。◇著者表示「山川朱実」は、徳田秋声の序文にあるように、志保子の小説家としての筆名である。集中の「故郷」は「八月の白い太陽が、かんかんに照りつけてゐる田舎の街道〔一行アキ〕汚れて穢い馬車が、乾き切つた土俟をあげて走る。／安油の匂ひ、むれかへるやうな土いきれ。開けひろげた馬車の窓へ汗くさい馬の匂ひがたまらない。」と始まる。五年前、従子は母をすてて上京した。大学に入学した恋人佐柄について行ったのである。その従子が帰郷する。立て場で佐柄と別れ帰宅する。従子はいま佐柄から棄てられようとしているのだが、自尊心からも悩みを母に打ち明けられない。弟妹と親しみ、佐柄の旧友野村と会ったりする日常。従子は自分の住むべき所は東京しかないと、故郷に別れを告げる。従子＝志保子、佐柄＝東声がモデル。

＊花のかげ《はなのかげ》　歌集。〔初版〕昭和二十五年、長谷川書房。◇平中歳子が「花によせて『女ごころ』を描いている」という「花のうた」のあと、奈良に取材した絶唱がある。国士ふうの歌もあり、母への挽歌で終わる。「ふるさとの土堤《どて》に咲きつゞく金鳳花ただみるのみに心はふるふ」他。

＊珊瑚《さんご》　歌集。〔初版〕昭和三十年二月一日、長谷川書房。◇故郷を恋う五〇余首が中心である。「土あかき四国山畑の麦畑うみにむきしは黄にかがやけり／栴檀の花さく土佐の明るさを恥ぢつつゆかむ旅は思はざりし／貧しかりし故里の家の庭桜かたむきし軒に散るはまぶしも／いのち死なむと心決めし日もふるさとの山川ありてつひに止みしを／いつの日にまた来むものかふるさとの水田の蛙けけろと鳴ける／碑にむけば鳴咽とならむよそよそとみづならの樹

を見てゐたりけり」他。「いくばくの生を思へるある時は静かなる我にかへるときあり」と「老のかげ、死のかげ」（平中歳子）を次第に濃くして終わる。

（堀部功夫）

北村沢吉 きたむら・さわきち

明治七年七月（日未詳）～昭和二十年八月三十一日。漢学者。高知県香美郡立田村に、信助、益穂の長男として生まれる。明治三十五年、東京帝国大学卒業。渡清後、四十四年、東京帝国大学副手。大正三年より、広島高等師範学校に勤める。昭和四年、『西游雑詩』を著す。著作多し。『儒学概論』で文学博士となる。

＊野中兼山《のなかけんざん》 伝記。〔初版〕明治三十四年七月二十七日、博文館。◇「少年読本第卅七編」、著者表示は北村香陽。吉村春峰編『土佐群書類従及其拾遺』に拠って、兼山の伝を綴った。
（堀部功夫）

北村三唖 きたむら・さんあ

明治三年（月日未詳）～大正三年か。小説家。高知県長岡郡介良に、父畯《たおさ》、母楠枝の長男として生まれた。本名は治《おさめ》。父は香美郡立田村永田の郷士、初の名を俊治という、医師であった。明治十年、父が死去した。十五年、高知共立学校に学ぶ。当時より文章に秀で、小説を好む。上京し、尾崎紅葉に師事する。「北三唖」名義で「秋風扇」を「文庫」二六号（明治22年9月12日）に発表する。二十三年か、本格的に上京する。田畑も売り払い、母を立田村に残したまま、小石川江戸川町に下宿する。二十四年、『石倉五左衛門』を著す。本作で「三唖の作才は可成に認められた」（内田魯庵）。「此男大の見え坊」を「おどけ草紙」に発表する。その後、紅葉と衝突し、離れる。内田魯庵が三唖「性来の狷介と懶惰とは文壇の成功にも亦累をなし、搗てゝ加へて硯友社では新参者として外様《とざま》の扱ひを受け、紅葉にも亦余りに引立てられなかつたので、到頭窮乏して東京の文壇を去るべく余儀なくされた」と書いたのに対し、江見水蔭が「三唖君が紅葉君の感情を害したといふ事情は、他にあるので、それを委しく書く事は、三唖君を傷つける事に成る。それを明白に書けば、紅葉君が現に魯庵君のために傷つけられてゐる以上に、三唖君の古疵を発表するやうに成るので、僕は何もいはぬ」と言及するような、訳があったらしい。改進新聞社、都新聞社に入る。東京を去って岡山に行き、山陽新聞社に入る。「馬骨」名で筆を執る。三十三年夏、山陽新聞社に入った本山荻舟は、編集局の「軟派主任が北村馬骨氏」であったと回想する。のち、岡山を去り別府に隠棲する。友人村上登市の家で病歿する。『立田郷賢録』（昭和16年6月15日、日章園）や北村洋一「『新著百種』と北村三唖」（「土佐史談」昭和32年3月20日）にくわしい。『下獄記』（明治34年7月23日、文武堂）に「嶺雲下獄」を載せた。署名は「北村馬骨」。

（堀部功夫）

北村重敬 きたむら・しげゆき

明治七年九月二十六日～昭和三十年六月三日。教育者。高知県香美郡赤岡村（現香南市）に生まれる。東京高等師範学校卒業。沖縄、長崎、奈良の師範学校校長を歴任。

＊土佐の長平漂流ばなし《とさのちょうへいひょうりゅうばなし》 児童文学。〔初版〕明治三十四年十月十日、開発社。◇「日本のロビンソンクルーソー」長平を旧記に拠って書く。肝付兼行が「国民の海事思想と慣海性」に裨益ありと書く。著者も「此の本を公にする主意は、日本人の島国根性を打破したいといふにあるのだ」と記す。航海、探検、貿易、移住、殖民などの啓発をねらったのである。
（堀部功夫）

き

北村治久《きたむら・はるひさ》

大正六年（月日未詳）～昭和五十五年八月十日。日本著作権協議会事務局長。愛媛県に生まれる。京都帝国大学卒業。共同通信社記者となる。昭和二十五年、社団法人日本著作権協議会を設立、事務局長に就任。著作権台帳でもある『文化人名録』を発行。追悼録『北村治久・人と歩み―戦後著作権運動史の一側面―』（昭和58年8月、日本著作権協議会）がある。

（浦西和彦）

木戸昭平《きど・しょうへい》

昭和三年五月九日～平成二年八月二日。教育者。高知県幡多郡中村町（現四万十市）に生まれる。高知師範学校卒業。法政大学に学び、高知県立高等学校教諭になる。昭和六十年、『馬場弧蝶』を著す。（堀部功夫）

城戸幡太郎《きど・まんたろう》

明治二十六年七月一日～昭和六十年十一月十八日。教育者。愛媛県松山市に生まれる。家業は「きどや」旅館（屋号は「岱州館」）。夏目漱石の「坊っちゃん」に出てくる「山城屋」。「岱」という字の〝山〟と〝城〟からの創作であろう。大正五年、東京帝国大学卒業。十一年、ドイツ・ライプチヒ大学に留学。心理学を修め、帰国後、十三年九月に法政大学教授。昭和四年、法政大学心理学研究室に児童研究所をつくる。五年、岩波書店にて教育科学講座を企画。その付録として六年十月から「教育」を発行。十二年、教育科学研究会を結成。十九年六月十三日、治安維持法違反容疑で世田谷署に留置され、法政大学を退職。二十年十一月、国立教育研修所所員となる。二十六年六月、北海道大学学部長に、三十八年には北海道学藝大学学長を務めた。児童文化への関心が深く、四十六年に子どもの文化研究所の所長として活躍。城戸幡太郎先生八十歳祝賀記念論文集刊行委員会編『日本の教育科学』（昭和51年9月25日、日本文化科学社）、『教育科学七十年』（昭和53年10月25日、北海道大学図書刊行会）などがある。

（浦西和彦）

木下眉城《きのした・びじょう》

明治五年一月十九日～昭和三十一年十二月四日。俳人。徳島県麻植郡美郷村（現吉野川市）に生まれる。本名は幸平。山村出身で十三歳で家を出て、大阪に行く。苦学をし勤めながら関西大学で法律を学ぶ。後上京し専売局勤務、煙草の事務に携わる。明治の終わり頃俳句をはじめ、星野麦人の「木太刀」同人となり、その後選者になる。徳島に帰省してからは、「木太刀」の徳島支社をつくり、後進の指導にあたる。昭和十七年、県俳句協会が結成されると会長になる。連歌俳諧史の研究でも知られる。句集に『亀の蹤』『ひいらぎ』、著書に『阿波故人俳家録』『俳諧書目鈔』『短冊』などがある。木下家の屋敷跡に、「草茎のもの動きゐる秋日かな」の句碑が、生前門下生によって建立された。

（増田周子）

木下ひとし《きのした・ひとし》

昭和七年四月五日～。詩人。徳島県名西郡石井町に在住。昭和二十二年、大木実の連作詩「伊勢路」に出会い、詩作を始める。二十八年同人誌「文藝首都」に入会、菊岡久利に師事。四十六年、『リリプットの舟』（昭和46年7月、株式会社出版）を上梓。四十七年、金井直主宰の詩誌「花＊現代詩」同人となる。五十三年、詩誌「戯」の同人となる。『リリック・スート』（昭和57年11月、檸檬社）を出版。五十九年、詩誌「地球」同人。平成元年、日本現代詩人会会員となる。他に『少年のいる風景』（平成4年9月、キャラバンサライ社）、『故地再訪』

（平成5年5月、キャラバンサライ社）がある。平成六年、詩誌「隊商」を創刊するなどの活躍をする。（増田周子）

紀野恵　きの・めぐみ

昭和四十年三月十七日〜。歌人。徳島県に生まれる。本名は虎尾恵子。柏原千恵子の「七曜」、近藤芳美の「未来」に所属。第二八回角川短歌賞次席、第二六回短歌研究新人賞次席。平成六年八月より徳島新聞歌壇選者。歌集『さやと戦げる玉の緒の』（昭和59年6月、第一出版）、『フムフムランドの四季』（昭和61年、沖積舎）、『閑閑集』（昭和62年7月、砂子屋書房）、『水晶宮綺譚』（平成元年8月、砂子屋書房）、『奇妙な手紙を書く人への箴言集』（平成3年9月、砂子屋書房）、『二つのワルツ風アラベスク』（平成3年12月、沖積舎）、『架空荘園』（平成7年2月、砂子屋書房）。

晩冬の東海道は薄明りして海に添ひをらむかへらな

ひねくれ男《を》ひねくれ女《め》こそうちつれて春の海峡越ゆるべらなれ

（浦西和彦）

木村滄雨　きむら・そうう

大正二年五月三十日〜昭和六十二年十月十八日。俳人。愛媛県に生まれる。本名は信忠。神戸高等工業専門学校卒業。俳句は昭和十二年「ホトトギス」投句。のち後藤夜半に師事。「諷詠」「ホトトギス」同人。

透明な時間過ぎゆく水中花

（浦西和彦）

木村鷹太郎　きむら・たかたろう

明治三年九月十八日〜昭和六年七月十八日。評論家、翻訳家。愛媛県宇和島町（現宇和島市）に生まれる。号は鳴潮。大阪英語学校、明治学院を経て東京帝国大学文学部哲学選科を卒業。陸軍士官学校教官、新聞記者になったが、翻訳等の文筆に従事。井上哲次郎らと「日本主義」を唱えた。『登用倫理学史』『日本太古史』『鳴潮余沫』等の著書、『プラトン全集』『バイロン傑作集』等の訳書がある。大正期には日本民族協会を組織したり、画家の小寺謙吉らと共に「満月会」を開いたりした。

（浦西和彦）

木村久夫　きむら・ひさお

大正七年四月九日〜昭和二十一年五月二十三日。歌人。大阪府出身。高知高等学校で学ぶ。面河渓で社会科学書を繙く。昭和十七年、京都帝国大学経済学部に入学する。学徒出陣。終戦後、シンガポールで捕虜になる。上官の責を負って、チャンギイ刑務所で処刑された。「みんなみの露と消えゆくいのちもて朝がゆすする心かなしも／おののきも悲しみもなし絞首台母の笑顔をいだきてゆかむ」が遺詠であった。遺書は、日本戦没学生記念会編『きけ　わだつみのこえ』に収められた。吉井勇は、遺書の「心境の澄徹」に感じ、遺詠に「おのづから目が潤んで来た。私の泊った部屋の壁には、この不幸な木村君がうつしたといふ物部渓谷の写真が、いまだにそのまま掛けられてある」と記す。川本三郎『今日はお墓参り』（平成11年1月19日、平凡社）に拠れば、木村久夫慰霊碑が、京都市伏見区淀の妙教寺にある。

（堀部功夫）

木村好子　きむら・よしこ

明治三十七年一月十日〜昭和三十四年十月二十四日。詩人。愛媛県に生まれる。旧姓は白河。赤松月船に詩を学ぶ。伊藤証信の無我愛運動の影響をうけて上京。大正十一年、昭和二年、遠地輝武（木村重夫）と結婚。五年にプロレタリア詩人会に加入。六年に日本プロレタリア作家同盟に参加。詩「洗濯デー」が『年刊日本プロレタリア詩集1932』（昭和7年8月1日、日本プロレタリア作家同盟出版部）や『プロレタリア詩集』（昭和7年8月8日、中外書房）に、詩「破る！」が『年刊１９３４詩集』（昭和9年10月20日、前奏社）に収録された。九年「詩精神」に、十一年「詩人」に参加。二十一年日本共産党に入党。二十三年「新日本詩人」創刊に参加。遺稿詩集『極めて家庭的に』（昭和34年10月、新日本詩人社）がある。

（浦西和彦）

木本正次 きもと・しょうじ

大正元年十月五日～平成七年一月二十六日。ジャーナリスト、小説家。徳島県海部郡牟岐町に生まれる。神宮皇学館卒業後、昭和十年、大阪毎日新聞社に入社。報道部長（中部）、出版局参与などを歴任しながら、大衆小説を発表する。のち記録小説で活躍し、代表作「黒部の太陽」（「毎日新聞」昭和39年5月27日～9月19日夕刊）は三船敏郎、石原裕次郎出演で映画化された。昭和四十二年定年退職。文筆活動に専心し、敗戦後の日本としては初めての海外工事である香港の上水道工事を描いた「香港の水」（「毎日新聞」昭和41年8月～42年3月）、「四阪島―公害とその克服の人間記録」（前編「毎日新聞」昭和46年、後編「現代」昭和47年）などを連載。著書に『騎手福本洋一―奇跡への挑戦』（昭和60年4月5日、ＰＨＰ研究所）、『香港の水』（平成3年4月、日本放送出版協会）、『四阪島―公害とその克服の人間記録』上（昭和46年12月、講談社）、下（昭和47年9月、講談社）、『反逆の走路』（昭和43年、毎日新聞社、のち『夜明けへの挑戦』と改題して、新潮社）、『東への鉄路』（昭和49年4月、講談社）、『燃える男の肖像―石油王内藤久寛』（講談社）などがある。

（増田周子）

木山捷平 きやま・しょうへい

明治三十七年三月二十六日～昭和四十三年八月二十三日。小説家、詩人。岡山県に生まれる。東洋大学文科中退。昭和四年、詩集『野』を自費出版。八年、「海豹」を創刊。三十七年、『大陸の細道』で第一三回藝術選奨文部大臣賞を受賞。飄逸なユーモラスな味のある私小説家として活躍。『木山捷平全集』全八巻（昭和53年10月10日～54年6月30日、講談社）。

＊四国の女《しこくのおんな》　エッセイ。〔初出〕「旅」昭和四十二年五月。〔全集〕『木山捷平全集第七巻』昭和五十四年五月十五日、講談社。◇四国の女といえば、満州農地開発の嘱託であった時の同僚であるMの細君がいちばんに浮かんでくる。鶴立の出張から帰ってきた時、私の身体はシラミだらけだった。私はMの社宅にころげこんで、奥さんにシラミ退治をお願いした。細君は洗濯にたっぷり一日をついやした。私はこの時、土佐女の気性を見たような気がする。土佐の中村には美人が多いとある人が教えてくれた。中村は応仁の乱のころから京都の一条家の荘園で、現在でも町ぜんたいに京都の気風がながれていて、女が雅びやかで親切で情がふかいのだそうだ。高知の女は一度男にくらいついたら是が非でも離さない気性を持っているのだそうである。同じ四国でも伊予讃岐あたりの女と土佐の女では、気性にかなりの隔りがあるようだ。

（浦西和彦）

京都伸夫 きょうと・のぶお

大正三年三月三日～平成十六年十一月二十八日。小説家、脚本家。徳島県小松島市に生まれる。本名は長篠義臣《ながしのよしおみ》。昭和十二年、京都帝国大学文学部哲学科（社会学専攻）卒業。日活京都撮影所脚本部に入社。宝塚映画製作所文藝部、宝塚歌劇団を経て、応召。復員後、マキノ藝能社演劇部長として活躍。北川冬彦主宰の「麹」同人に参加。昭和十七年、「帰還当生」によりサンデー毎日大衆文藝賞を受賞。二十四年、マキノ藝能社解散後より文筆活動に専念。「花愁あり」が神戸新聞五〇周年記念新聞小説に入選。小説だけでなく、関西を舞台にしたホームドラマ、映画シナリオ、放送劇、舞台脚本などを執筆。『美貌の使徒』（昭和28年、東方社）、『アコちゃん』（昭和29年、東方社）、『花の寝言』（昭和29年、東方社）は、放送劇の代表作である。『春日家の青春』（昭和30年、東方社）、『紅さん紫さん』（昭和37年、東方社）、『おーい幸福！』（昭和39年、東方社）などを次々に刊行。青春小説の代表作に『青春のお通り』（昭和40年10月、朝日新聞社）、演劇では「ミュージカル満月狸御殿」など多数ある。四十四年、五十五歳を機に一時停筆。宝塚市のコミュニティ・カルチュア・サービスに専念。母親の読書サークル「山茶花」、アマチュア老人劇団「みやこ」、アマチュア主婦劇団「ぱぴよん」などを指導。『晴読雨読』（平成4年、読書サークル山茶花）を発刊。平成五年に兵庫県文化賞を受賞。六年からは視力障害者の劇団「青い鳥」を指導。劇団「みやこ」はエイジレス賞を総務庁、神戸市より受賞。八年には兵庫県ボランティア賞を受賞するなど多方面の活躍をする。

（増田周子）

清岡菅根 きよおか・すがね

明治三十年五月十八日～昭和五十八年十二月十三日。歌人。高知市に生まれる。本名は豊太郎。大正初年より作歌。関西大学卒業後、会社員になる。大正六年、「南人詩社」に参加する。十三年、「あをすげ」を創刊する。昭和三年、歌集『青菅集』を著す。

をさな児は白き歯二つ生えそめぬ指かましめてかなしむ吾れは

（堀部功夫）

清岡卓行 きよおか・たかゆき

大正十一年六月二十九日～平成十八年六月三日。詩人、小説家。大連に生まれる。父は南満州鉄道の技師であった。昭和十八年、徴兵検査で本籍地高知県を訪ねる。東京帝国大学卒業。第六二回芥川賞、他受賞。『清岡卓行全詩集』『清岡卓行大連小説全集』がある。

＊ふるさと土佐《ふるさととさ》 エッセイ。〔初出〕「朝日新聞」昭和四十七年四月二十四日、五月一、八、十五、二十二日。◇二九年ぶりの帰高。「父の生れた田野町」と「母が生れて育った町」奈半利町を訪ねる。『いごっそう』を媒介として、私は『血縁のふるさと』に自分がとにかくつながっていることを見いだ」す。章太郎「海辺の光景」暁「四万十川幻想」虎彦「足摺岬」の舞台としての自然を眺める。「土佐に親しむ幼少年時代がなかった自分の過去」が胸を苦しくし、高知市の西内巌病院院長と、大連の思い出話にふけるのであった。

＊血縁のふるさとで《けつえんのふるさとで》 詩。〔収録〕『固い芽』昭和五十年、青土社。◇「私」は足摺岬をたずね、中村市をおとずれる。「亡き父と母の国という 懐かしい南の地方。／しかし 私はそこで生れず／また そこで育っていない」。にもかかわらず不意に「自分にいくらか近く 血がつながる／放浪の亡霊たちが」「私の中を／通って行」く。

（堀部功夫）

清岳こう きよたけ・こう

昭和二十五年十二月十九日～。詩人。熊本県に生まれる。本名は小泉恒子。京都大学教育学部教育学科卒業。高知県吾川郡伊野町に在住。「非」同人。詩集『浮気《ふけ》町車輌進入禁止』（平成8年10月30日、詩学社）。

『凸凹をなぞりながら』（平成7年、ふたば書房）で第二九回椋庵文学賞を受賞。（浦西和彦）

清野桂子 きよの・けいこ

昭和三十五年一月五日〜。詩人。徳島県に生まれる。徳島現代詩協会、詩誌「詩脈」に加入。詩集『私流足進化論』（平成3年1月10日、近代文藝社）。徳島県民文藝現代詩部門入賞二回、佳作三回。（浦西和彦）

【く】

日下典子 くさか・のりこ

生歿年月日未詳。俳人、小説家。徳島県に生まれる。女学校を卒業後、小学校教員、新聞記者、雑誌編集者を経て、俳句雑誌「日本俳句」を主宰。雑誌「知性」「創造」「婦人朝日」「婦人文藝」「小説と詩と評論」、その他に小説を発表する。著書に『女と椅子』（昭和15年）、『誓いのバラ』（昭和17年、興亜日本社）、『日下典子自選句集』（昭和46年、日本俳句会）、『美しく哀しき残照』（昭和55年2月10日、弥生書房）などがある。（増田周子）

草壁焰太 くさかべ・えんた

昭和十三年三月十三日〜。詩人、歌人。香川県に生まれる。本名は三好清明。昭和三十六年三月、東京大学文学部卒業。読売新聞社記者、日貿出版社を経て、市井社を創設。前川佐美雄に師事。五十八年、雑誌「五行歌」を創刊。平成六年、五行歌の会を設立。著書に『石川啄木「天才」の自己形成〈講談社現代新書〉』（昭和55年6月、講談社）、『学校がなくなった日』（昭和63年1月、市井社）、『飛鳥の断崖　五行歌の発見』（平成10年12月、市井社）、『五行歌入門』（平成13年9月、東京堂出版）、編著『五行歌の事典』（平成13年7月、東京堂出版）等がある。（浦西和彦）

楠野菊夫 くすの・きくお

大正八年十月二十三日〜。小説家。愛媛県東宇和郡土居村に生まれる。須崎町公民学校卒業。日本国有鉄道（須崎駅・高知駅・高知車掌区・広島鉄道局・四国鉄道局・高知管理部）勤務。昭和十一年、「高知新聞」新年文藝童話に佳作入選。「文藝首都」に作品を発表する。二十六年、「はりまや橋」を「県民クラブ」に連載。（堀部功夫）

楠木繁雄 くすのき・しげお

昭和二十一年十月十二日〜。歌人。徳島県那賀郡那賀川町（現阿南市）に生まれる。昭和四十四年、東京学藝大学卒業。東京都立高等学校教師を務める。四十六年、「水甕」に入り、五十四年より同人。歌集に『ミヤマごころ』（平成元年10月1日、牧羊社）がある。

冬までの詩情支えし夏の日のたらいうどんよ満濃池《まんのういけ》よ

遍路道に捨てワラジさえ今は見ず一つ方へと通じいし道

（浦西和彦）

楠瀬薑村 くすのせ・きょうそん

明治二十一年十月八日〜昭和四十三年五月十六日。俳人。高知県土佐郡旭村福井に、亀次、楠の長男として生まれる。本名は照美。土佐貯金銀行に勤める。大正四年、「ホトトギス」初入選。昭和七年、俳誌「竜巻」に所属する。十一年、帰農する。二十四年、「ホトトギス」同人となる。農業のかたわら句作に精進する。五台山に「耕牛のふと大声をあげにけり」句碑がある。死後、『薑村句集』（昭和45年12月25日、和田稠）刊行。俳号は、土地の名産 薑《しょうが》にちなむ。

故《かるがゆえ》に吾名薑村薑掘る　（堀部功夫）

楠瀬兵五郎　くすのせ・ひょうごろう

大正十一年十月二十八日～。歌人。高知県安芸市に生まれる。銀行員。昭和十八年、結核で帰郷する。二十二年「アララギ」会員。三十六年「高知アララギ」創刊に参画。短歌21世紀選者。県短詩型文学賞選者。歌集『望洋集』（平成7年10月30日、高知アララギ発行所）。

室戸の海凪ぎてきらへる波の間に岬を東に越ゆる舟あり
海峡に流れこまむとする潮に内海の潮が打ち崩れゆく（鳴戸）　（浦西和彦）

葛原瑞鳳　くずはら・ずいほう

大正七年三月十日～。俳人。香川県丸亀市米屋町二一に生まれる。本名は嘉明。高松商業学校卒業。中国上海市の中華煙草株式会社社員を経て、高松市役所勤務（昭和50年4月退職）。昭和三十一年四月、「屋島」に入門、現在「ホトトギス」「惜春」に依る。

黄塵《こうじん》に影絵の如く屋島山
ふるさとの山河変らず芹の水
池の堰抜かれ全村田植どき　（浦西和彦）

楠目橙黄子　くずめ・とうこうし

明治二十二年五月四日～昭和十五年五月八日。俳人。高知市南与力町に生まれる。本名は省介。建設会社間組に勤める。大正四年、「ホトトギス」に投句。昭和二年、「ホトトギス」同人になる。六年、間組代表取締役になる。十年、『橙圃』を著す。十一年、同朝鮮支店長になる。「京城日報」俳壇選者。「終日の山ほとゝぎす来そめけり」。歿後の十六年、潮江天満宮境内に句碑「ふるさとに旅籠住ひや蜆汁」が建つ。　（堀部功夫）

国則三雄志　くにのり・みおし

昭和十六年（月日未詳）～平成十五年十一月二十四日。出版人。高知県南国市国分に生まれる。土佐出版社代表となる。詩集『遠投された地球』『雲の嫡子』『雨の嫡子』。平成八年十一月、『100歳にチャレンジ』（リーブル出版）を著す。十年六月、『定年からの生きがい発見』（リーブル出版）を著す。十一年六月、『土佐句テニハの世界』（土佐倶楽部社）を著す。　（堀部功夫）

国松ゆたか　くにまつ・ゆたか

明治十三年十一月十日～昭和三十九年十二月三十一日。俳人。愛媛県北宇和郡岩松町（現北宇和郡鬼北町）高田に生まれる。本名は豊。小樽高等商業学校教授を経て大正十年、名古屋高等商業学校校長、のち名古屋経済専門学校校長、愛知学院大学商学部部長等を歴任した。高浜虚子、加藤霞村に師事。「牡丹」「ホトトギス」同人。昭和二十三年三月「游魚」を創刊し主宰した。句集『喜寿花鳥』（昭和31年11月）。　（浦西和彦）

国見純生　くにみ・すみお

大正十三年六月二十七日～。歌人。高知県中村市（現四万十市）有岡に生まれる。本名は純夫。昭和十六年、高知高等学校へ入学する。『橋田東声歌集』を読む。作歌を始める。十八年、「アララギ」を読む。十九年、徴兵検査のため帰省する。東京帝国大学を休学し、大方町幡東国民学校に勤める。歌集『海濤《うみなみ》』を著す。応召、即日帰郷になる。中村中学校教師になる。二十年、高知新聞社中村支局に勤める。二十一年、大学へ復学する。東京アララギ歌会に出る。二十四年、新日本歌人協会員になる。卒業後、三六年間、東京で高等学校の生物教師を勤める（嘉悦女子高等学校一四年、日大豊山高等学校二二年）。短歌を「花宴」に発表する。二十九年、歌集『化石のごとく』を著す。長い自然史中に生命の淘汰の痕をとどめた化石に、自己の生活史の暗示を見る、生物教師らしい書名である。三十一年、「青の会」に参加する。四十八年、「青年歌人会議」に参加する。五十八年、『海隅』を著す。六十年、高等学校を退職して、高知へ戻る。六十一年、歌誌「日月」を創刊する。山崎方代は「ふるさとの土佐に帰って鍋蓋の黒きほてりを詠《うた》はむとぞする」と歌った。六十二年、『懐南集』（10月1日、ながらみ書房）、個人史『せんだんと多羅葉』（11月3日、土佐出版社）を著す。六十三年、高知県出版文化賞を受賞する。平成七年、『虹』（8月10日、土佐出版社）を著す。

＊海隅《かいぐう》　歌集。〔初版〕昭和五十八年一月二十五日、不識書院。◇第三歌集。集名は、土佐を意識した。「たらちねの母いますずと故郷の土佐の冬日にわが照らされつ」。

（堀部功夫）

邦光史郎　くにみつ・しろう

大正十一年二月十四日〜平成八年八月十一日。小説家。東京に生まれる。本名は田中美佐雄。高輪学園卒業。『邦光史郎著作一覧』（平成9年8月11日）がある。

＊ひらがな絵金《ひらがなえきん》　長編小説。〔初版〕昭和四十七年六月二十日、新潮社。◇絵師金蔵は怪奇的、幻想的人間であったという誤解を排して、平凡な日常を生き、職人に徹した境涯を描く。

＊巨人岩崎弥太郎《きょじんいわさきやたろう》　長編小説。〔初出〕「日刊工業新聞」年月日未詳。〔初版〕上巻、昭和五十五年四月二十五日、下巻、昭和五十五年七月十日、にっかん書房。◇「土佐犬のような身体つきをした」早足の弥太郎。幕末土佐の地下浪人から明治に入り三菱商会を起こし「満天下を相手として、おのが欲望のままに生き抜いていった」。作中「小室信夫」と「小室信介」の混同がある。

（堀部功夫）

国見主殿　くにみ・とのも

明治四十五年三月二十五日〜昭和二十年六月二十八日。小説家。高知県幡多郡中筋村磯ノ川に、円之助、寿枝の長男として生まれる。昭和七年、小説「国有林労働者」を書き、日本プロレタリア作家同盟員になる。同盟幡多地区準備会を結成し、機関誌「百姓」（のち「驀進」と改題）を発行する。八年、検挙される。十五年、西頼子と結婚する。県庁に勤める。召集され、フィリピン・ルソン島で戦死した。

（堀部功夫）

国見善弘　くにみ・よしひろ

大正五年七月七日〜昭和十二年九月二十二日。詩人。高知県幡多郡奥内村弘見に、円之助、寿枝の次男として生まれる。昭和七年、日本プロレタリア作家同盟幡多地区準備会に参加する。機関誌「驀進」に戯曲「その後に来るもの」を発表する。十一年、青年訓練所教官。十二年、応召し、中国で戦死した。

（堀部功夫）

国本正巳　くにもと・まさみ

大正四年四月八日〜。歌人。徳島県に生まれる。「からたち」加入。

　渦潮を逆いゆける航跡に妬みの如く波しどけなし

　潮先の光れる波は海峡に押しよせくれば渦に雪崩れる

（浦西和彦）

久保井信夫　くぼい・のぶお

明治三十九年五月十日〜昭和五十年七月二十四日。歌人。香川県多度郡琴平町に生まれる。「香蘭」「短歌民族」「多磨」「形成」などに参加。昭和十一年、「短歌研究」新人五〇首詠に入選。四十四年、第一歌集『薔薇園』（昭和43年9月、短歌研究社）で日本歌人クラブ賞を受賞。他に歌集『孔雀』（昭和50年、短歌新聞社）がある。

（浦西和彦）

久保喬　くぼ・たかし

明治三十九年十一月十三日～平成十年十月二十三日。児童文学者。愛媛県宇和島市に生まれる。本名は隆一郎。筆名に久保田樫郎。松山商業学校卒業後、家業の時計商に従事。窪田空穂の歌誌「国民文学」同人となり、文学志望に転じて上京する。東洋大学東洋文学科中退。昭和八年、川端康成の推薦で小説「白い時間」を「今日の文学」に発表。太宰治らと同人誌「青い花」を刊行した。十四年、児童図書出版社に勤め、そのかたわら二反長半らの児童文学同人誌「少年文学」に参加、児童文学の道に進む。長編処女作童話『光の国』（昭和18年、三省堂）を刊行。四十年、『ビルの山ねこ』で小学館文学賞を、四十八年、『赤い帆の舟』で日本児童文学者協会賞を、四十九年、『火の海の貝』でサンケイ児童出版文化賞推薦を受ける。『太宰治の青春像』（昭和58年5月、六興出版）などの評論もある。

（浦西和彦）

窪田善太郎　くぼた・ぜんたろう

大正三年三月二十五日～平成十三年二月八日。児童文学者。高知県吾川郡弘岡上ノ村に生まれる。昭和九年、高知県師範学校卒業。県下の小、中学校に勤める。四十七年、大豊町立大杉小学校校長を最後に退職する。教師時代から手がけていた童話の執筆に取り組む。「日曜童話教室」「こうち童話の会」を主宰。四十九～六十三年、『しんびょうとやまちち』『八十八までニャーのこやあいやそ』『かにかにごそごそ』『こぶたのぼうけん』『みどり色の鳥』『ミイとピコとおはなしの森』『おまつりピョン太』『はなかげぢぞう』『にじのはし』『日曜市物語』『しんすぢぞう』『山の子不思議な物語』『山の子三郎』『えんこう　土佐の妖怪』を著す。平成元年、地方出版功労賞を受賞する。九～十一年、「こども高知新聞」連載「ふるさとのおはなし」の中心的書き手となる。十三年、胃がんのため高知市内の病院で死去。

＊**日曜市物語**《にちよういちものがたり》　エッセイ集。〔初出〕「高知新聞」昭和五十七年五月八日～七月二十三日。〔初版〕昭和五十八年九月一日、えんこう出版社。◇昭和五十六年、来高した椋鳩十に励まされ、「市ブラをするつもりで、見たまま、感じたままを取材し、書きつづけ」た。

（堀部功夫）

久保田万太郎　くぼた・まんたろう

明治二十二年十一月七日～昭和三十八年五月六日。小説家、俳人、劇作家。東京市浅草区に生まれる。慶応義塾大学卒業。明治四十四年に小説「朝顔」と戯曲「遊戯」を「三田文学」に発表。翌年『浅草』を出版。以後「末枯」「寂しければ」「春泥」「釣堀にて」「三の酉」などを発表。浅草の詩人といわれるように東京の下町情緒を描き続けた。昭和三十二年文化勲章を受賞。

＊**にはかへんろ記**《にわかへんろき》　エッセイ。〔初出〕「別冊文藝春秋」昭和二十八年六月二十八日。◇れんげ花咲く四国路を鈴ふりならし御室号を唱えて歩む俳諧行脚。四国第一番の札所、阿波霊山寺門前の浅野仏具店でへんろ装束、持道具一切を調《ととの》へ、へんろ装束で文藝春秋新社編集部の池田吉之助と一緒にへんろする。「まづ船に旅の幸えし五月かな」

（増田周子）

窪之内英策　くぼのうち・えいさく

昭和四十一年十一月十一日〜。漫画家。高知県に生まれる。「OKAPPIKIEIJI」でデビューする。昭和六十三年から「ビッグコミックスピリッツ」に「ツルモク独身寮」を連載する。これは平成三年、実写映画化された。（堀部功夫）

久保勉《くぼ・まさる》

明治十六年二月十七日〜昭和四十七年五月二十四日。哲学者。愛媛県に生まれる。明治四十四年四月、東京帝国大学在学中より、ケーベルと起居をともにした。のち『ケーベル先生とともに』（昭和26年7月10日、岩波書店）を刊行。西洋哲学を専攻し、東北大学教授、東洋大学教授などを歴任。（浦西和彦）

久保より江《くぼ・よりえ》

明治十七年二月十七日〜昭和十六年五月十一日。俳人。松山に生まれる。明治三十二年上京。大阪府立第二高等女学校卒業。久保猪之吉と結婚し福岡に居住。白蓮夫人、泉鏡花、長塚節らと交流。「ホトトギス」に小説を寄稿。俳句は清原枴童に学び、のち虚子に師事。昭和初年、大阪の「山茶花」婦人雑詠の選を担当。「ホトトギス」同人。句文集『より江句文集』（昭和3年5月8日、京鹿子発行所）。（浦西和彦）

久米惣七《くめ・そうしち》

明治三十四年九月三十日〜平成十年二月四日。ジャーナリスト、歌人、人形浄瑠璃研究家。徳島に生まれる。早稲田大学文学部仏文学科卒業。大正九年、徳島毎日新聞社（現徳島新聞社）に入社。昭和三十二年まで記者として活躍。かたわら葉舟という雅号で歌作をした。取材で初代天狗久と出会う。以来、阿波人形芝居に魅せられ、二五年間も通い続け、人形製作の技術や歴史などを研究。昭和十五年「中央公論」に「人形師藝談」を発表、天狗久を紹介すると共に、阿波芝居を全国に広めた。二十一年、阿波人形浄瑠璃振興会の設立に尽力し、三十一年には城北高等学校民藝部の結成を手伝うなど、若手の育成にも努めた。五十四年、阿波木偶（でこ）制作保存会の設立に参加、技術顧問として人形の時代考証や技術指導などにあたった。徳島県文化功労者知事表彰、地域文化功労者文部大臣表彰、徳島県文化賞など受賞。著書に『祖谷 阿波の平家部落』（昭和31年、祖谷刊行会）、『祖谷の神代踊』（昭和32年6月、東京民藝協会）、『阿波の浄るり人形―人形のできるまで』（昭和32年6月、東京民藝協会）、『阿波の面劇ただ一人残る岩佐伊平藝談』（昭和44年2月、東京民藝協会）、『阿波の人形師』（昭和48年、徳島市中央出版）、『阿波と淡路の人形芝居』（昭和53年10月、教育出版センター）、『人形師天狗屋久吉藝談』（昭和54年7月、創思社）、『阿波の人形師と人形芝居総覧』などがある。（増田周子）

久米正雄《くめ・まさお》

明治二十四年十一月二十三日〜昭和二十七年三月一日。小説家、劇作家。長野県上田に生まれる。俳号は三汀《てい》。東京帝国大学在学中、第三次「新思潮」同人に参加し、戯曲「牛乳屋の兄弟」等を発表。夏目漱石の長女筆子に失恋し、「破船」を執筆。戦時中は日本文学報国会常任理事、事務局長として活躍。戦後は鎌倉文庫をはじめた。

＊二階堂放話―四国旅行記《にかいどうほうわ―しこくりょこうき》 エッセイ。〔初出〕「文藝春秋」昭和十一年三月一日、第一四巻三号。◇昭和十一年二月八日から十二日まで、全四国歴訪文藝春秋大講演会に菊池寛、小島政二郎、大仏次郎、吉川英治、佐佐木茂索らと高知、徳島、

高松、松山、別府に出かけたときの旅行記。

（浦西和彦）

倉橋顕吉 くらはし・けんきち

大正六年二月十日～昭和二十二年六月二十八日。詩人。高知県香美郡佐岡村大後入に、父常茂、母鉄尾の次男として生まれる。本名は顕良。兄が潤一郎。大正七年、父が農業を止め、京都へ移り、巡査になった。昭和九年、京都府立第二中学校を卒業する。京都中央郵便局に勤務する。十年、京都瓦斯株式会社に勤務する。「京都文学」「同志社派」「詩人」に詩を書く。十一年、詩誌「車輪」を編集する。筆名は風間耿。京都で七号を出す。十二年、詩「将軍」を書き、三月九日、治安維持法違反で検挙される。「車輪」も廃刊になった。十三年、京都映画人連盟の書記になる。病身でいながら、旺盛な知識欲と創作欲に燃えロシア語を独学し、酒もよく飲む。十四年、帰郷する。兄が教員生活をしていた高知県香美郡槇山村岡内で半年ほど療養する。十五年、京都で三谷伸銅株式会社に勤務する。詩を「詩原」「文化組織」に、感想を「泰山木」に書く。十六年、詩・随筆・翻訳を「文化組織」に発表する。十七年、すすんで満州へ渡る。満州電信電話会社に勤務する。徴用により軍属となる。十八年、一度京都へ帰る。詩を「文化組織」に書く。二十年、満州映画会社に勤務する。敗戦後、八路軍に従う。二十一年、肺患が再発、悪化する。八月、帰国する。二十二年六月二十八日、京都市左京区下鴨北園町の自宅で死去する。三十八年、宍戸恭一が「現代史研究」で「車輪」を特集する。同誌掲載の吉本隆明「倉橋顕吉論」は、倉橋を戦前「古典時代の庶民詩人」と定置した。

＊山上《さんじょう》墓地《ぼち》 詩。〔初出〕「詩原」昭和十五年四月。〔収録〕『詩集みぞれふる』昭和五十六年四月二十五日、倉橋志郎。◇猪野睦「倉橋顕吉ノート」は、本作の墓碑風景が、「高知県香美郡槇山の兄潤一郎がいた山村の墓地や、出生地同郡旧佐岡村大後入の自家墓地周辺、それに京都あたりの墓地」などが「からみ、倉橋顕吉をうごかし、人間の現実風景をダブらせるようにかかせていったものではないか」と推量する。

（堀部功夫）

倉橋潤一郎 くらはし・じゅんいちろう

大正三年八月十三日～昭和二十年十月二日。詩人。高知県香美郡佐岡村大後入に、父常茂、母鉄尾の長男として生まれる。父は農民だった。大正七年、父が京都府で巡査になったため、祖父母に預けられる。昭和九年、高知県立師範学校を卒業する。安芸郡野根尋常小学校に勤務する。十年、「詩精神」へ投稿する。十一年、室戸尋常小学校に転勤する。筆名石川究一郎で詩を「詩人」「車輪」に発表する。勤務先の八割の生徒が貧しい生活から病む実態を問う詩「身体検査日」や、「高い肥料代や小作米にくはれる／二番稲をつくるより／野菜をつくって市へだすのが／なんぼいいかもしれない」、軍靴が稲田をふみ砕くのをなげく詩「みんな悲しげにさう思ふ」などである。丁野房子と結婚する。十二年、詩を「車輪」に発表する。「黒潮の歌」「漂流」と連作詩「海の哀話」を、猪野睦は「一九三六年当時の遠洋漁業労働者の極限状況をリアルに描破していった詩である」と評価する。十三年、長女が誕生した。十四年、京都より弟顕吉が来た。独学でロシア語を勉強する。十五年、退職する。京都へ行くが就職口なく、東京国立市へ転居、藤木工務店に勤務する。十六年、東京外国語大学夜学部ロシア語科二年に編入学する。十七年、満州清津へ渡る。満州電々調査局員となる。二十年、満州牡丹江支局に転勤する。敗戦後、大和開拓団に一月程滞在する。現地兵につれていかれ、掃討されたという。享年三十二歳。妻房子、長女眴子が遺作を保存し、猪野睦、吉本青司が、『倉橋潤一郎作品集』（昭和54年2月10日、野田眴子）を刊行する。

（堀部功夫）

倉橋由美子　くらはし・ゆみこ

昭和十年九月二十九日～平成十七年六月十日。小説家。高知県香美郡山田町（現香美市）五六ノ一〇番地に父俊郎、母美佐栄の長女として生まれる。父は歯科医だった。昭和十七年、山田国民学校に入学する。二十年七～九月、香美郡美良布村府内分校に疎開する。二十三年、高知市の私立土佐中学校に入学する。二十六年、土佐高等学校に入学する。代表的な日本の小説を大体読了する。二十九年、京都女子大学に入学する。三十年、上京して日本女子衛生短期大学に入学する。三十一年、歯科衛生士国家試験に合格する。父からの自立を計り、明治大学に入学する。小説を書く。三十五年、小説「パルタイ」が明治大学学長賞を受ける。平野謙が推奨し、評判になる。明治大学大学院に入学する。『パルタイ』刊行。芥川賞候補作品となる。三十六年、第一二回女流文学者賞を受ける。『婚約』『人間のない神』『暗い旅』を著す。三十七年、大学院を退学して土佐山田町に帰る。三十八年、第三回田村俊子賞を受ける。三十九年、熊谷富裕と結婚する。高知市昭和町に住む。四十年、上京する。『聖少女』を著す。四十一年、『妖女のように』を著す。六月、フルブライト委員会推薦のアメリカ留学に出発する。アイオワ州立大学大学院のCreative Writingコースに入学する。四十二年九月、帰国し、しばらく土佐山田に居るが、十一月、伊勢原市に転居する。能を見、ギリシャ悲劇を読む。世界文学の広い教養に裏打ちされた抽象的寓話的作風で活躍する。四十三～四十七年、『蠍たち』『スミヤキストQの冒険』『ヴァージニア』『わたしのなかのかれへ』『悪い夏』『夢の浮橋』『反悲劇』『迷路の旅人』を著す。十二月ポルトガルへ出発する。四十九年六月、帰国する。五十～五十一年、『倉橋由美子全作品』八巻が刊行される。五十二～平成八年、『迷路』『磁石のない旅』『おんなの知的生活術』『大人のための残酷童話』『シュンポシオン』『城の中の城』『アマノン国往還記』『ポポイ』『倉橋由美子の怪奇掌編』『夢の通ひ路』『幻想絵画館』『交歓』『夢幻の宴』を著す。『大人のための残酷童話』はベストセラーとなる。サンテグジュペリ作の翻訳中、拡張型心筋症のため東京の病院で死去した。

＊わたしのなかのかれへ　エッセイ集。〔初版〕昭和四十五年三月十二日、講談社。◇「袋に封入された青春」（「読売新聞」昭和35年8月15日）土佐の山奥の疎開地で終戦を迎えた。「田舎暮し」（「新潮」昭和37年7月）「この田舎町で二箇月も暮すと和歌や俳句を作る人の気もちが大いにわかるようになるのは奇妙なほどです」と記す。「石の饗宴・四国の龍河洞」（「旅」昭和37年12月）「鍾乳洞の傑作」龍河洞を訪ねる。「ここにはまだ『時』の亡霊がさまよって」いる気がしてくる。「横波三里」（「旅」昭和39年1月）土佐は「人も風景もナイーヴではにかみやなのです。これこそ土佐のもっとも珍重すべき観光資源であり、同時にもっとも反観光的な資源ではないでしょうか」と書く。「お遍路さん」（『土佐路のはなし』昭和40年）「わたしの育児法」（「赤ちゃんとママ」昭和44年4月）も高知に言及する。

＊**迷路の旅人**《めいろのたびびと》　エッセイ集。〔初版〕昭和四十七年五月二十八日、講談社。◇「雲の塔」（「暮らし」昭和44年6月25日）土佐帰省中の夏、七月「近くの川へ行った記憶だけが輝いている」。

＊**磁石のない旅**《じしゃくのないたび》　エッセイ集。〔初版〕昭和五十四年二月十六日、講談社。◇「人形たちは生きている」（「Delica」昭和51年）が土佐の家にある「私」の古い雛人形にふれ、「土佐人について」（『ふるさとの旅路12』昭和51年9月）は崩れていく土佐弁、個人主義で劣等感の強さ、大雑把な生活態度などを示し、「高知のチンチン電車」（「旅」昭和52年5月）が後免から安芸までの路線やポール式の思い出をふくむ。「ヤマモモと文旦」（『全国美味求真の旅・四国』昭和53年6月）、「双点」（「読売新聞」昭和53年2月）中「いごっそう」考が載る。

＊**シュンポシオン**《しゅんぽしおん》　長編小説。〔初出〕「海燕」昭和五十八年十一月～六十年十月。〔初版〕昭和六十年十一月十五日、福武書店。◇題名はギリシャ語「饗宴」。作中、ヒロインが少女時代を回想する。そこに山田一郎が書くごとく、高知が織り込まれている。「まり子が一人で廊下門のくらがりを抜けて梅林の方に出ると、一本の柱から葺の傘のやうな屋根を広げた四阿の下にアイスクリーム売りの老婆がゐた。〔略〕天守閣に登ると、光る風の下に夏の街が広がつてゐる。強い太陽を浴びて、街は砂金を含んだやうにきらきらと輝いていた。街が終はると青田が続いて、その先を低い連山が遮り、さらにその先にあるはずの海までの眺望は得られない」。

＊**アマノン国往還記**《あまのんこくおうかんき》　長編小説。〔初版〕昭和六十一年八月二十五日、新潮社。◇Pが未来社会の女権国へ往還する。「能の構造を意識的に借り」たSF的小説である。作者は「『アマノン』という言葉は土佐の方言にある『あまのん』を借用したものです。今ならさしずめ『ゲイ』ということになるんでしょうけれど、女っぽい男のことです」と明かす（「未来社会の女権国」）。

（堀部功夫）

倉本兵衛　くらもと・ひょうえ

明治四十年七月二十七日～平成五年七月十七日。独文学者。高知市掛川町に生まれる。本名は岡村弘。土佐中学校、高知高等学校を経て、東京帝国大学文学部独文科を卒業する。松江高等学校教授。「文藝時代」同人、小説「風雪」を昭和十八年三月一日「新潮」に発表、マイヤー『愛国者』を訳刊。二十三年、小説集『雪と夜桜』を刊行。神戸大学教授。梅花女子大学教授。神戸市東灘区住吉本町一―一〇―五七―二〇三に居住した。八十六歳で脳梗塞のため死去。勲三等旭日中綬章。篠田一士「岡村さんの話」（「毎日新聞」昭和56年1月9日夕刊）に拠れば、「倉本兵衛は、一貫して『私小説』を書きつづけた作家であり、もっとも尊敬する文学者は正宗白鳥、そして、宇野浩二の『私小説』をマイスターハフトとよんで、その妙味を倦むことなく、われわれに説いてくれた。」という。

＊**雪と夜桜**《ゆきとよざくら》　短編小説集。〔初版〕昭和二十三年九月十日、審美社。◇「潮」は大正頃の高知が舞台。主人公は米穀商野中家の次男貞二である。かれが小学校二年時、父母が不仲になる。六年時、貞二は叔父の家に引きとられる。薬種商養子見習いも経験し困窮生活であった。中学は給費生で寄宿舎ぐらし。絵に熱中する。高校も給費生制に救われ進学した。富裕な友人の姉加納房江に片恋いする。絵を断念する。房江も加納本家の長男と結婚する。現実が次第に見えてくる。竹村義一は、本作を倉本の「自叙伝的小説」とし「大正から昭和初

年にかけての、高知の町と周辺の自然とが、少年の悩みをつつんで、生き生きと現れて来る。主人公の学んだ創設当時の土佐中学校の内部も興味ぶかいし、大阪通いの汽船、天満宮の夏祭り、救世軍の辻説法などの風物も作者と同じ世代の人々にはなつかしい」と評す（「月刊高知」昭和25年6月）。（堀部功夫）

栗尾彌三郎　くりお・やさぶろう

大正五年五月十八日〜昭和二十一年一月十一日。小説家。高知市種崎町四四番地に、父佐市、母京の六男として生まれる。家は洋物商であった。父が急逝した。昭和八年、高知高等学校に入学する。九年一月〜十年七月、結核性痔疾のため入院する。十二年、高知高等学校を退学する。小学校代用教員となる。高知市天神町二八八番地に移る。十三年、同人雑誌「檸檬」を創刊する。夭折した友人の作品集『山口政猪集』を刊行。十四年、高知高等学校に再入学する。十五年、同校を卒業し、東京帝国大学文学部に入学する。しかし七月、肺結核症が再発し、帰郷する。十六年、後輩たちの雑誌「山鳩」刊行に協力する。十八年、母が死去した。近隣の援助を受けながら自炊生活に入る。十九年、高知市における文学報国会活動に参加する。二十年四月、高岡郡須崎町に疎開する。七月、高岡郡越知町に転居する。十二月、高知市の赤十字病院に入院する。二十一年、逝く。四十年、『栗尾彌三郎全集』が出る。経歴は同書所掲略年譜にくわしい。広末保「栗尾彌三郎のこと」（「高知新聞」昭和37年6月10日）は、二十歳前後に栗尾の存在が「ほとんど決定的」であったという広末が、その純粋さを論じたエッセイである。

＊栗尾彌三郎全集《くりおやさぶろうぜんしゅう》　短編小説集。〔初版〕昭和四十年一月十一日、刊行会。◇「夏祭」（「学友会雑誌」昭和8年9月）中学生西川駿は、夏休みに山間の叔父の家を訪う。叔父の娘允子に恋する書生大野行三が、駿に冷笑を投げつける。夏祭りの日、駿は相撲土俵上の行三に戦いを挑んでいく。「おどけ」（「学友会雑誌」昭和9年1月）高校生の「私」＝横木雅三は、O町日曜市で、女中から父の死を知らされる。精神的衝撃を受けながら繁華なS通りを歩む。「防人の歌」（「翼賛土佐」昭和20年4月25日）「僕」は中国戦線へむかう藤田君を駅で見送る。その晩、県立高女で折口信夫博士の講演を聴く。折口先生の声を通した、若い防人の歌が、「僕」の胸に深く徹る―という作で、広末保は、栗尾が「既成文壇の毒に侵されることなく、そのきびしさに耐えてゆくであろう新しい文学者のイメージを、私はかれのなかにみることができた。勝手な空想かもしれないが、ある意味で、梶井基次郎につながるものを私は感じていた」「われわれは〔略〕栗尾彌三郎の純粋さの意味と、そのための傷の深さを認識することから、いまもなお、はじめなければならない」と力説する。（堀部功夫）

栗栖浩誉　くりす・ひろよし

明治三十二年六月十日〜平成五年一月十八日。俳人。徳島県麻植郡に生まれる。本名は明雄。昭和五年、飯田九一の「雑草」に所属。のち「氷海」「花実」同人。句集『肉眼』（昭和28年6月10日、氷海俳句会）、『築地』（昭和51年10月5日、三元社）。（浦西和彦）

黒岩重吾　くろいわ・じゅうご

大正十三年二月二十五日〜平成十五年三月七日。小説家。大阪に生まれる。同志社大学卒業。

＊長宗我部氏の出自《ちょうそかべしのしゅつじ》　エッセ

イ。〔初出〕「中央公論」昭和五十九年六月一日。◇秦氏説が有力な、長宗我部氏について、その出自は蘇我氏が部を作った宗我郷にありと結論する。高知県南国市を行く。

（堀部功夫）

黒岩涙香 くろいわ・るいこう

文久二（一八六二）年九月二十八日～大正九年十月六日。新聞人、探偵小説家。現高知県安芸郡川北村大字前島に、父市郎、母信子の次男として生まれる。本名は周六、別号多し。明治十一年、大阪英語学校に入学、投書・演説する。十二年、上京し、成立学舎、慶応義塾に学ぶ。十五年、「開拓使官吏ノ処分ヲ論ズ」を発表し、官吏侮辱罪で起訴される。『雄弁美辞法』を著す。『政体各論』を訳刊。「同盟改進新聞」主筆となる。十六年、『傍聴筆記新法』を訳刊。十八年、「日本たいむす」主筆となる。十九年、「絵入自由新聞」主筆となる。二十年より、西洋文学の翻案を多く著す。二十二年、創作探偵小説『無惨』を発表する。「都新聞」主筆となる。二十五年、「都新聞」を去る。「萬朝報」を創刊する。探偵小説を流行させる。三十一年、「萬朝報」に名士の「畜妾実例」を連載する。〝まむしの周六〟と呼ばれて恐れられる。趣味の五目並べを連珠と命名する。理想団を設立する。三十六年、「天人論」を著す。「萬朝報」は日露開戦論をとる。三十七年、東京連珠社を設立する。東京かるた会を開催する。『精力主義』を著す。都都逸を俚謡正調と改称する。三十八～大正四年、『俚謡正調』『人生問題』『人尊主義』『青年思想論』『第二青年思想論』『小野小町論』『予が婦人観』を著す。『実行論』を著す。御大典に際し勲三等に叙せられる。七年、欧州へ旅行する。八年、『社会と人生』を著す。九年、東京大学病院入沢内科へ入院する。十月六日、死去する。伊藤秀雄『黒岩涙香』（昭和63年12月15日、三一書房）にくわしい。同書に拠ると、涙香は多くの大衆作家に多大な感化を与えた。「噫無情」が山路愛山に、「鉄仮面」が前田曙山「慕ひ行く影」に、「巌窟王」が同「復讐」に、「小野小町論」が中里介山「小野の小町」に、「怪物」が三上於菟吉「蛇人」に、「武士道」が吉川英治「燃ゆる富士」に、「死美人」が同「牢獄の花嫁」に、「巨魁来」が同「恋ぐるま」に、「嬢一代」が同「江戸長恨歌」に、「鉄仮面」が同「鳴門秘帖」に、「非小説」が同「ひよどり草紙」に、「死美人」が同「江戸城心中」に、「島の娘」が同「天兵童子」に、「白髪鬼」が江戸川乱歩「白髪鬼」に、「幽霊塔」が同「幽霊塔」に、「怪物」が同「人間豹」に、「野の花」が佐藤紅緑「あの山越えて」に、影響を与えているという。かつて中江兆民は、翻訳は森田思軒に次いで黒岩涙香がよいと語った。「余涙香の訳せし所の原書、一も曽て読みたること無し、思ふに是れ痛く節略を加へたるものなる可し、而して絶て痕迹を見はさず、其裁緝の巧は又恐らくは他人の及ぶ所に非ず」と。「レ・ミゼラブル」を「噫無情」とダイジェストするさい、「戎《ちゃん》、瓦戎《ばるちゃん》／彌里耳《みりいる》先生／蛇兵太《じゃびょうた》」と名前を工夫したのは有名である。『黒岩涙香代表作集』全六巻（昭和32年、光文社）がある。

（堀部功夫）

黒鉄ヒロシ くろがね・ひろし

昭和二十年八月三日～。漫画家。高知県高岡郡佐川町に生まれる。本名は竹内弘。武蔵野美術大学に学ぶ。昭和四十三年、「山賊の唄が聞こえる」を発表する。「ひみこーッ」ほか。講談社出版文化賞さし絵賞を受賞する。

＊**新選組**《しんせんぐみ》 漫画。〔初出〕「小説歴史街道」平成六年一月～八年（月未詳）。

〔初版〕平成八年十二月二十六日、PHP研究所。初出に加筆する。◇「土佐という土地柄の所為で、幕末を身近に感じて育った僕には新選組も遠いものではなかった」。実写真、肖像画を手がかりに、楽しみながら創作した様子がうかがわれる。

＊坂本龍馬《さかもとりょうま》　漫画。〔初版〕平成九年十二月二十二日、PHP研究所。◇最新情報も取り入れた、龍馬伝の漫画化。作者の「曽々祖母さん」の話――龍馬の土佐での世評は怖い人。「逃げ遅れた曽々祖母さんに『いずれ、均《なら》しの世が来るぜよ』と龍馬さんが笑いながら話しかけたという」――を伝える。富山太佳夫は、劇画嫌いながら、「黒鉄ヒロシは別で、彼のマンガはいつも笑える」、本作でも「南国高知的なあっけらかんとした豪快な笑い」が満喫できると推奨する。

（堀部功夫）

黒島伝治　くろしま・でんじ

明治三十一年十二月十二日〜昭和十八年十月十七日。小説家。香川県小豆郡苗羽《のうま》村（現小豆島町）苗羽甲二二〇一番地に、父兼吉、母キクの長男として生まれた。黒島家は畑五反、山二町の自作農。大正三年内海実業補習学校卒業後、船山醤油株式会社で働いたが、文学を志して、大正六年秋上京。八年四月、早稲田大学高等予科英文科の選科生として入学したが、兵役に召集され、同年十二月に姫路歩兵連隊へ入隊。十年シベリアへ派遣され、肺をおかされて帰還し、翌年除役となる。その間の記録『軍隊日記』（昭和30年1月15日、理論社）が死後刊行された。この時のシベリア体験から、後年「雪のシベリア」（「世界」昭和2年6月）、「橇」（「文藝戦線」昭和2年9月）、「渦巻ける烏の群」（「改造」昭和3年2月）、「国境」（「戦旗」昭和6年2月）などの反戦小説が書かれた。除隊後、小豆島で療養しながら小説を執筆し、十四年ふたたび上京。同年七月、川合仁らの「潮流」に「電報」を発表し、同人となる。つづいて、十五年一月に「銅貨二銭」を、十一月に「豚群」を「文藝戦線」に発表し、同誌の同人に加わり、次第に作家的地位を固めた。最初、労農藝術家連盟に加入したが、昭和五年十一月、今野大力らと脱退し、文戦打倒同盟を結成した。だが、同年十二月に日本プロレタリア作家同盟に参加した。八年夏、肺患悪化のため、郷里の小豆島に帰り、療養につとめたが、十八年十月十七日、苗羽村正字苗羽甲二二三番地の自宅で病歿した。四十五歳の短い生涯で、郷里の農村から材をとった農民小説、シベリアものの反戦小説などの七〇編近い短編小説と、山東省済南を舞台とした植民地資本の実態を追求した長編小説『武装せる市街』（昭和5年11月15日、日本評論社）を書いた。『定本黒島伝治全集』全五巻（平成12年7月25日、勉誠出版）。

＊二銭銅貨《にせんどうか》　短編小説。〔初出〕「文藝戦線」大正十五年一月一日、第三巻一号。〔全集〕『黒島伝治全集第一巻』昭和四十五年四月三十日、筑摩書房。◇初出での題名は「銅貨二銭」。独楽《こま》が流行っていた。六歳の藤二は、すたらずの緒を母親に買ってもらった。藤二は牛小屋の番をしながら、その緒を少しでも長くしようとして柱にかけて引っぱっているうち倒れ、牛に踏まれて死んでしまう。たった二銭仕末をしたために息子を死なせてしまったと、母親は三年たってもいまだに涙を流す。戎居士郎によると、大正十三年十一月十三日、「苗羽村の馬木という部落で粉ひきの手伝いをしていた少年が、牛に踏みつぶされて死亡」した事件がモデルであるという。

＊小豆島《しょうどしま》　エッセイ。〔初出〕「文藝戦線」昭和二年一月一日、第四巻一号。

〔全集〕『黒島伝治全集第三巻』昭和四十五年八月三十日、筑摩書房。◇初出の題名は「小豆島にて」。小豆島の寒霞渓は天下の名勝だが、食うや食わずの生活をしている百姓には、美しくあるものか。二、三年前、親爺に社会主義の話をしたが、親爺は、六〇年の経験から「俺の生きとるうちにゃなかなかそこまで行かない」と水ばなをすゝり上げたのを、今、思い出す。

＊夏の瀬戸内海《なつのせとないかい》　エッセイ。〔初出〕「旅」昭和二年六月一日、第四巻六号。◇夏の朝の瀬戸内海ほどいいところはほかにない。寒霞渓は秋がいいとされているが、夏も捨て難い清新さと香気と味わいが見られる。高松、琴平、多度津へと、夏の瀬戸内海を旅する道筋を案内する。

＊血縁《けつえん》　短編小説。〔初出〕「文藝」昭和十年三月一日、第三巻三号。〔全集〕『黒島伝治全集第二巻』昭和四十五年五月三十日、筑摩書房。◇小豆島の不二田醤油工場は女主人たねの経営で、労働者はこの島に土着している「土地の者」で、血縁者が多かった。番頭の八太郎は、樽工場の経営など儲かる仕事に関係している。八太郎は、「山三」で醸造工を扇動したりする従弟の卯二郎を不二田に引き取るが、卯二郎の兄の万造が作業中、大釜の煮湯をあびて死亡する。八太郎は卯二郎に工場をひっくりかえされるのを恐れて、見舞金二千円を出すようにする。卯二郎は係累のうるささに島を出ていってしまう。父の茂兵衛は万造の妻さだを三男芳造の嫁にと考えるが、さだは断る。芳造は隣村の田地持ちの妹チヨと結婚した。チヨは家を切り回し、芳造に相談もなく、八太郎の事業に投資する。だが、八太郎の事業は失敗し、工場も不二田の女主人の手に渡ってしまう。金を貸し倒れにされたのはチヨばかりでなく、抜け目のないチヨの母親までが損をした。茂兵衛と一緒に住んでいるさだは、茂兵衛に死んだ夫を感じるようになる。茂兵衛は刑務所に服役している卯二郎を待っている。

＊海賊と遍路《かいぞくとへんろ》　エッセイ。〔初出〕「文藝」昭和十年八月一日、第三巻八号。〔全集〕『黒島伝治全集第三巻』前出。◇小豆島の南方、女木島は海賊の住家だったらしい洞窟がある。桃太郎の鬼が住んでいたと遊覧者を引き入れ、金儲けしようとする人間には、昔の海賊も顔まけするだろう。周囲三〇里余りの島だが、島四国八十八カ所の霊場がある。島の人々は、遍路たちに夏蜜柑などの無人販売をしている。しかし、金を入れない遍路が多い。いまでは弘法大師の睨みがきかず、罰があたることを信じなくなっているようだ。

＊瀬戸内のスケッチ《せとうちのすけっち》　エッセイ。〔全集〕『黒島伝治全集第二巻』前出。◇昭和九年九月二十一日の台風で村に大きな被害が出た。運動場のポプラは悉く折れ倒れ、波止場では下駄船が沈んで、海面一帯に無数の新しい下駄が浮いた。台風の日の島の自然とその下駄でボロ儲けをする人間とを描き出している。

（浦西和彦）

黒田嘉一郎《くろだ・かいちろう》

明治三十八年八月十三日～昭和六十三年五月十三日。エッセイスト、医者。神戸市に生まれる。昭和五年、京城大学医学部卒業後、京城大学助教授、三井産業医学研究所所長を経て、二十五年、徳島大学生化学教室教授。三十四年、徳島大学医学部長、四十六年、徳島文理大学学長を歴任。著書に『採血行脚』『沖縄紀行』『涓庵雑記』、『阿波踊り』（昭和41年7月5日、真珠書院）などがある。四国文化賞、徳島県文化賞を受賞。

＊阿波踊り《あわおどり》　エッセイ。〔収録〕『阿波踊り』昭和四十一年七月五日、真珠書院。

◇「阿波踊り」「阿波の人形浄るり」「阿波藍」「すだち」「祖谷渓」「徳島城跡」「阿波時間」「文化観光」その他からなる。蜂須賀家の菩提寺、興源寺に自分の墓地まで用意したというほど徳島県に愛着しているのが感じられる。阿波の日常や風物が描かれている。

＊鳴門の渦潮《なるとのうずしお》　エッセイ。〔収録〕『阿波雑記』昭和四十七年十二月、徳島県出版文化協会。◇鳴門の渦潮の出来方、真潮、逆潮の話などを科学者の目で説く。画家は雄大な真潮を画題にするが、一部の実業家は潮がなだれ込むように、家にお金が集まるという縁起をかつぎ、逆潮の絵を好む、という。（増田周子）

黒田宏治郎　くろだ・こうじろう

昭和六年十一月二日〜。小説家。徳島県鳴門市に生まれる。立教大学中退。会社員をしながら、小説を書く。昭和五十一年、「遺体」で文学賞佳作、五十三年度文藝賞を「鳥たちの闇のみち」により受賞。著書に『鳥たちの闇のみち』（昭和54年5月25日、河出書房新社）、『三日の軌跡』（平成2年1月20日、福武書店）がある。

＊鳥たちの闇のみち《とりたちのやみのみち》　中編小説。〔初出〕「文藝」昭和五十三年十二月一日。〔初版〕昭和五十四年五月二十五日、河出書房新社。◇五歳の茂子を連れ、母は十歳の息子のいる男と再婚し、二人の子を産む。茂子は女学校を卒業すると、海軍航空隊に勤め、特攻隊員の寛郎と結婚、徳島を後にする。寛郎の死と共に自らも命を断つ覚悟の出立であった。奇しくも生き残るがそれは苦悩の始まりでもあった。終戦直後の死の匂い濃き中での異父弟章とのただ一度のあやまち、一年程してやっと仕事をはじめた寛郎の裏切り。傷つきさまよい、常に死の影を背負いながら生きた茂子の生涯を軸に、家族の生の軌跡を描く。（増田周子）

黒田礼二　くろだ・れいじ

明治二十三年一月二十八日〜昭和十八年四月二十八日。翻訳家。高知県長岡郡大篠村に岡上周蔵の子として生まれる。本名は岡上守道。母の再婚先の大豊町で成長する。大正五年、東京帝国大学卒業。南満州鉄道に入社、渡欧する。十一年、『蝙蝠日記』を著す。トラア『転変』を訳刊。十二年、朝日新聞社に入社、ベルリン特派員になる。十三年、『表現派戯曲集』を訳刊。昭和六年、『廃帝前後』を著す。レマルク『その後に来たるもの』を訳刊。十一年、帰国する。朝日新聞社を退社して、「日独旬刊」を発行する。その後、土陽新聞社や高知新聞社に入り論説を担当する。十八年、海軍軍属として召集され、南太平洋で乗船が撃沈され死去した。（堀部功夫）

桑島玄二　くわじま・げんじ

大正十三年五月一日〜平成四年五月三十一日。詩人、児童文学者。香川県大川郡白鳥本町（現東かがわ市）に生まれる。本名は丸山玄二。大阪藝術大学教授。香川県立大川中学校（現三本松高等学校）を経て、高松高等商業学校（現香川大学）卒業。昭和二十七年、詩集『目測について』を刊行。広田善緒の「MENU」に参加。五十九年、第六回兵庫詩人賞を受賞。児童文学に『白鳥さん』（昭和52年10月、理論社）、『つばめの教室』（昭和53年9月、理論社）、評論集『兵士の詩＝戦中詩人論』等がある。（浦西和彦）

＊撫養《むや》　詩。〔初出〕「柵」昭和六十二年、第一三号。〔収録〕『旅の箇所』平成三年、書肆季節社。◇鳴門撫養を「撫養砂は黒くて細やかで／小さな木桟橋だけ置いた浜辺を造っている／素手で堀るといきなり

夕暮れが湧いて出た／幅狭い町通りの鬼瓦は揃って渦潮模様／沖で大渦が巻く時刻を過ぎても」と詠う。

＊小松島《こまつしま》　詩。〔初出〕「柵」平成元年、第二八号。〔初版〕『旅の箇所』平成三年、書肆季節社。◇「小松島港は阿波踊りが終わった男女で／手風琴のように膨らんでいる／生憎だった昨夜の小雨も手に提げて／竹輪売り女のエプロンのポケットでは／潮風に混ざった小銭が音立てる」と詠う。他にも「大歩危」が『旅の箇所』に収録されている。（増田周子）

桑原三郎　くわはら・さぶろう

明治四十年十二月二十八日～平成八年七月二十一日。歌人。徳島県に生まれる。国学院大学卒業。昭和三年、大学在学中「ぬはり」に入会、菊池知勇に師事。応召などで昭和十九年から三十九年まで作歌を中断したが、昭和四十年「ぬはり」に復帰した。のち「野榛」編集委員。歌集に『生活の音』（昭和54年12月、短歌新聞社）がある。（浦西和彦）

桑原志朗　くわばら・しろう

明治四十五年三月十五日～平成十年三月二十五日。俳人。香川県高松市に生まれる。本名は四郎。岡山医科大学卒業。軍医として南方に派遣された。戦後は一時尼崎に住んだが、岡山に移る。俳句は佐野まもるに師事。昭和三十六年「馬酔木」同人。句集『春暁』（昭和56年9月10日、著者）、『雲の量』（昭和58年3月14日、手帖舎）。（浦西和彦）

桑原水菜　くわばら・みずな

昭和四十四年九月二十三日～。小説家。千葉県に生まれる。中央大学文学部史学科卒業。平成元年下期にコバルト読者大賞受賞。著書に『風雲縛魔伝』（平成4年12月～8年5月、集英社）、『わだつみの楊貴妃』、『赤の神紋』（平成11年8月10日～12年8月10日、集英社）など、歴史に取材したものが多数ある。『炎の蜃気楼』はシリーズ物として現在四〇巻まで刊行され、祖谷、鳴門、徳島、池田町白地、勝浦町星谷寺、剣山などが描かれている。（増田周子）

桑本春耀　くわもと・しゅんよう

明治三十九年四月十四日～平成二年五月四日。俳人。徳島県撫養（現鳴門市）に生まれる。本名は茂晴。工具販売業。鳴門青葉吟社、雁来紅を経て昭和十四年「同人」入会。二十八年「うぐいす」創刊同人。

　成人の日の山男雪まみれ

（浦西和彦）

【け】

幻怪坊　げんかいぼう

明治十三年七月二十八日～昭和三年三月二十一日。川柳作家。香川県多渡津町に生まれる。本名は安藤久太郎。僧名は玄戒。弘誓院院主。明治二十三年、横浜に出奔。三十六年、久良岐に師事し、卯木、半魔、喜代志、三郎坊らと若竹会を結成。四十一年「新川柳」（のち「短詩」）を創刊し、柳界革新をめざす。（浦西和彦）

剣持雅澄　けんもち・まさずみ

昭和十二年八月二十八日～。小説家。香川県に生まれる。広島大学文学部卒業後、小豆島の土庄高等学校教諭を振り出しに、香川県下の高等学校教諭。「無帽」同人。昭和五十六年、小説「俳諧の風景」で第一六回香川県菊池賞を受賞。著書に『連翹の島』（昭和56年4月15日、檸檬社）がある。（浦西和彦）

【こ】

小鮎　こあゆ
明治四十二年十一月二十一日～昭和五十二年一月二十五日。川柳作家。高知県安芸町（現安芸市）に生まれる。本名は山崎良造。青果食料品店を経営。昭和七年ごろから句作をはじめる。十一年、満州に渡り、堀口塊人ら柳人と交遊。敗戦後郷里に引き揚げ、郷土柳壇の復興に尽し、岡村麗水らとともに「みづぐるま」を復刊。（浦西和彦）

香月育子　こうげつ・いくこ
昭和三年六月三日～昭和五十年六月十七日。俳人。愛媛県川之江市（現四国中央市）に生まれる。川之江高等女学校卒業。藤田湘子に師事し「鷹」に参加。（浦西和彦）

香西照雄　こうざい・てるお
大正六年十月三十日～昭和六十二年六月二十五日。俳人。香川県木田郡庵治村湯谷（現高松市）に生まれる。竹下しづの女の「成層圏」を経て、中村草田男に師事。「万緑」創刊に参加。昭和三十二年万緑賞、三十四年第八回現代俳句協会賞を受賞。松山を「橙の村石橋も小さく厚し」、道後温泉を「祭幟帰省の頬打ちかつ撫でて」と詠んだ。句集に『対話』（昭和39年12月5日、出沢三太）、『素志』（昭和47年5月15日、牧羊社）、『香西照雄集（自註）』（昭和52年7月1日、俳人協会）がある。（浦西和彦）

神坂次郎　こうさか・じろう
昭和二年三月二日～。小説家。和歌山に生まれる。日本文藝大賞ほか受賞。

＊龍馬と伊呂波丸《りょうまといろはまる》　エッセイ集。〔初版〕平成八年一月二十五日、毎日新聞社。◇「龍馬と伊呂波丸」（『ビッグマンスペシャル歴史法廷』平成6年6月）、「龍馬が世界を知った日」（「ビッグマン」平成4年9月）他所収。（堀部功夫）

合田曠　ごうだ・こう
大正八年二月七日～。詩人。徳島県三好郡池田町（現三好市）に生まれる。本名は公《きみ》明《あき》。北原白秋門下の「文藝民族」に詩を発表していたが、応召により中断。戦後、「詩脈」「四国文学」「四国文藝」「蘇鉄」「詩研究」などを経て、現在、詩誌「舟」「宙」同人。詩集『黒い穹窿』（昭和26年4月10日、四国文学社）、『断層』（昭和57年3月1日、詩脈社）、『GOOD・NIGHT』（昭和57年5月21日、異邦人社）、『合田曠詩集〈日本現代詩人叢書第71集〉』（昭和57年11月20日、藝鳳書院）、『ノートに羽根のような詩があった』（昭和59年10月24日、詩脈社）。徳島県立池田高等学校校歌の作詞者。（浦西和彦）

＊故郷の丘《こきょうのおか》　詩。〔収録〕『断層』昭和五十七年三月一日、詩脈社。◇故郷の池田を「私はゆっくりと丘をのぼって行く／枯木立の間に沈んでいる街々の甍／その上の明るい空間の清澄さに／ふと胸うたれる／眺めることの少なかった故郷の空よ／そのとき私は何ものかの静かな気配を感じる」と詠う。（増田周子）

合田秀渓　ごうだ・しゅうけい
大正十年九月一日～。俳人。香川県三豊郡豊浜町姫浜（現観音寺市）に生まれる。本名は義則。昭和二十五年「群蜂」に参加。句集『産土神』（平成9年2月10日、本阿弥書店）。

発心の遍路阿波打つ霊山寺
金比羅の花にお練の大歌舞伎
樋の口抜く讃州米どこ田植どき

（浦西和彦）

こ

こ

甲田十三郎 こうだ・じゅうざぶろう

明治四十三年三月十四日～歿年月日未詳。小説家、詩人、巡査。本名は川野一。徳島県那珂郡羽浦町に生まれる。徳島県立徳島工業学校卒業後、巡査となる。駐在所の出来事を日記に記し、それが井伏鱒二の「多甚古村」の素材となる。著書に『巡査の手帖 交番』（昭和16年3月10日、新光閣）、『交番風景』（昭和16年8月10日、鶴書房）、『恒安町の朝』（昭和18年9月20日、作家社）、『甲田十三郎詩集』（昭和60年12月）がある。

＊多甚古唄（恋唄）《たじんこうた（こいうた）》 詩。〔初出〕「詩脈」昭和五十一年七月。◇「多甚古村の辰己・島田のあれた駐在所は／ときと共に廃止になると云う／月見草のひらいた海辺の別荘地は／今木工所と化け、首つり松の下のあみ小屋は／物おきで、若者衆の恋のよせば」と詠い、昔の勤務地の変化を懐かしんでいる。（増田周子）

合田丁字路 ごうだ・ちょうじろ

明治三十九年十月二十九日～平成四年十月二十八日。俳人。香川県仲多度郡琴平町の旅館「桜屋」に生まれる。本名は久男。昭和三年、「ホトトギス」に入会。二十一年、「ホトトギス」六〇〇号記念四国大会を琴平で開催する。同年から四十年まで、俳誌「紫苑」を主宰。二十九年、香川ホトトギス会同人となる。五十四年、「連峰」を創刊。五十二年に四国新聞文化賞を、五十八年に県教育文化功労者、六十一年に県文化功労者として表彰された。句碑「金ぴらの祭のあとの紅葉晴」が金刀比羅宮参道の図書館東側にある。（浦西和彦）

幸徳秋水 こうとく・しゅうすい

明治四年九月二十二日（旧暦）～明治四十四年一月二十四日。革命家。高知県幡多郡中村町（現四万十市）中之丁九六一番地に、父篤明、母多治子の三男として生まれる。本名は伝次郎。京都陰陽博士の流れを誇る家は薬種業兼造酒業を営み、衰退気味であった。明治十四年、中村中学校に入学する。十九年二月、高知市に出るが、病気のため八月帰郷する。二十年一月、再び高知市の中学校に通うが、落第して七月帰郷、八月上京し、林有造の書生となり英学館に学ぶ。十二月保安条例により東京から退去させられる。二十一年十一月、大阪に出、中江兆民に師事する。二十二年十月、上京する。二十六年九月、自由新聞社に入る。二十八年、広島新聞社、中央新聞社に入る。三十一年、朝報社に入る。社会主義研究会に入る。三十四～三十六年、『廿世紀之怪物帝国主義』『長広舌』『兆民先生』『社会主義神髄』を著す。堺利彦、内村鑑三とともに朝報社を退く。平民社を創立し、週刊「平民新聞」を創刊し、広義の社会主義と非戦論を主張する。三十七年、天皇尊崇から離れる。三十八年、入獄し、無政府主義に傾く。十一月、アメリカへ渡る。三十九年六月、帰国。四十年、日刊「平民新聞」を創刊する。直接行動論を主張する。『神愁鬼哭』を著す。四十二年、管野須賀子と同棲する。四十三年六月一日、拘引される。四十四年一月二十四日、大逆事件の首謀者として処刑される。歿後、『基督抹殺論』が刊行された。三宅雪嶺は、その序文に「秋水は既に国家に在りて不忠、剰《あまつさ》へ大不忠。家族に在りて不孝、剰へ大不孝。不忠・不孝の名に於て死を求めて死に就く。悪とせんか、愚とせんか、誠に適当なる形容詞なきに苦しむも、窮鼠と社鼠孰《いずれ》か択《えら》ぶべしとする。」と記した。西尾陽太郎『幸徳秋水』（昭和34年3月25日、吉川弘文館）にくわしい。『幸徳秋水全集』全一二巻（昭和43年、明治文献）がある。

＊高知政界の紛擾《こうちせいかいのふんじょう》　エッセイ。〔初出〕「萬朝報」明治三十五年六月一日。〔全集〕『幸徳秋水全集第四巻』昭和四十三年六月二十日、明治文献。◇高知県における政友会の内証は、頗る注意に値する。是れ吾人が所感は「現時の政党、否寧ろ明党の弊害か、如何に全国各地に浸潤して、人心腐敗の極に達せるを知る可らずや」「今の政界に所謂名士なる者の総て老耄して又為す有るに足らざる知る可らずや」「天下の大勢に通ずるなく、如何に気節なく勇気なく大事に任ずるに足らざるを見る可らずや」の三点である。
（堀部功夫）

鴻農映二　こうの・えいじ
昭和二十七年十二月二十日〜。文藝評論家。愛媛県に生まれる。東国大学（ソウル）大学院国文科修士課程修了。韓国滞在中に詩人論で批評家として登場。柘植大学講師をつとめる。編、訳書に『韓国古典文学選』（平成2年9月10日、第三文明社）がある。
（浦西和彦）

河野春草　こうの・しゅんそう
大正六年八月二十七日〜昭和六十三年十一月十日。俳人。徳島県阿波郡市場町（現阿波市）に生まれる。本名は徳三郎。教員。鴨島町中央公民館館長。昭和三十九年「ひまわり」入会。
（浦西和彦）

河野典生　こうの・てんせい
昭和十年一月二十七日〜。小説家。高知市上本宮町に生まれる。本名は典生《のりお》。父は通信社記者であった。昭和十七年、父の転勤のため高松市に転居する。二十年、空襲後、高知市の祖父母のもとで育つ。二十二年、城西中学校に入学する。校内誌や「蘇鉄」に詩を発表する。二十五年、小津高等学校に入学、文藝部誌に小説を発表する。二十六年、岡山朝日高等学校に転入学。「朝日文学」「鳥城」に作品を発表する。二十八年、上京する。二十九年、明治大学文学部仏文科に入学。三十三年、詩劇グループ「鳥」を結成する。三十四年、ミステリー「ゴーイング・マイ・ウェイ」が「NTV」佳作第一位となる。推理小説誌に短編を書き、TVの仕事をする。三十五〜三十八年、『陽光の下、若者は死ぬ』『アスファルトの上』『殺人群集』『黒い陽の下で』『憎悪のかたち』『群青』『殺意という名の家畜』『ザ・サムライ』を著す。三十九年、『殺意という名の家畜』が第一七回日本推理作家協会賞を受ける。四十四〜四十九年、『他人の城』『ガラスの街』『緑の時代』『ペインティング・ナイフの群像』『街の博物誌』『陽だまりの挽歌』『いつか、ギラギラする日々』を著す。五十年、「明日こそ鳥は羽ばたく」で第二回角川小説賞を受ける。五十〜五十八年『真昼のアドリブ』『わが大地のうた』『迷彩の森』『探偵《ターザン》はいま鉄板の上』『翔ぶ一族』『続・街の博物誌』『さらば、わが暗黒の日々』『アガサ・クリスティ殺人事件』を著す。池上冬樹は「戦後のハードボイルドを語るとき河野典生は外せない。都会的で洗練された感覚、巧みなユーモア、差し込むニヒリズム、切れのいい会話、快調なアクション、そして彫りの深い文章とどれも一級品」と書く。ヒーロー名が『殺意という名の家畜』は岡田晨一、『他人の城』は高田晨一、『迷彩の森』は藤田晨一、『さらば、わが暗黒の日々』は森田晨一である。四部作は「四分の一ぐらいずつ異っている」のだ。

＊殺意という名の家畜《さついというなのかちく》　長編小説。〔初出〕「宝石」昭和三十八年六〜八月。〔初版〕昭和三十八年九月十日、宝石社。◇昭和三十七年東京。岡田晨一の書いた殺人論に興味をもって近付いて来た星村美智が失踪した。岡田は、彼女の跡を追ううち、

一昨年の香川における婦女暴行事件に行きあたる。そこへ美智らしき女が、暴行犯森下光夫と心中したニュースが入る。岡田がなおも一昨年の事件を調べると、主犯は森下でなく、I市市長の息子らしい。女は過去と絶縁しようともがきつつ、ワナにはまっていったのだ。作中、高松市屋島近くの塩田が出てくる。「午後の陽に照らされた広大な砂の平面があり、塩分の付着した砂を洗って濃い海水を作る。木枠に囲まれた無数の沼井《ぬい》が、正確な間隔で、遠く外堤防のあたりまで続いていた」。第一七回日本推理作家協会賞を受賞する。角川文庫化される。

＊**迷彩の森**《めいさいのもり》　長編小説。〔一部初出〕「週刊小説」昭和五十年三月十四日〜五月二日。〔初版〕昭和五十二年六月二十五日、実業之日本社。◇「迷彩の森」＝東京新宿。小説家藤田晨一が、牧田マリの酒場で元ジャズ歌手三村恭子と出会い、マンションまで送る。その後、恭子が失踪する。その夫三村敬司が変死する。藤田も暴漢に襲われる。藤田がルポライター井口五郎とともに調査にのり出す。恭子は財界人長部基一郎の孫娘で、高知の及川栄一との間に一女まりを設けていた。藤田は高知へ飛ぶ。及川栄一の父は、かつてインド国民軍軍事顧問であった。チャンドラ・ボース墜死事件の影が浮かび上がる――。講談社文庫化された。本作を池上冬樹は『殺意という名の家畜』『他人の城』ほどの「完成度に欠けるけれど、河野の後期で顕著なオフビートなユーモアが光り、節々で楽しませてくれる」と評す。（堀部功夫）

小島烏水　こじま・うすい

明治六年十二月二十九日〜昭和二十三年十二月十三日。登山家、紀行文家。香川県高松市三番町に生まれる。本名は久太。小島家は旧高松藩奥家老の家柄で、父は寛信、母はきく。幼時、父母に伴われて上京、のち横浜市に移った。父は横浜税関の官吏。横浜商業学校卒業後、鮫島法律事務所、アイザック商会などに勤務した。明治二十八年十一月、「歴史家としての曲亭馬琴」を「文庫」に発表。翌年、横浜正金銀行に入社、昭和五年まで勤務し、アメリカのロサンゼルス支店長、サンフランシスコ支店長等を歴任。明治三十年「文庫」記者となり、編集を担当、随筆、紀行文を執筆。『扇頭小景』（明治32年）、『木蘭舟』（明治33年）を新声社から刊行し、紀行文家として注目された。三十二年十月に浅間山、翌年十月に乗鞍岳、三十五年八月に槍ケ岳登山に成功した。三十六年一月から「槍ケ岳探検記」を「文庫」に連載。その後、勤務の余暇に富士山、常念岳、白峰三山を登山。三十八年、山岳会（のち日本山岳会）を創立、その幹事に就任。『不二山』『烏水文集』（明治39年4月、本郷書店）、『雲表』（明治40年7月、左久良書房）、『山水美論』（明治41年9月、如山堂）等を刊行。わが国の山岳文学の開拓者として活躍した。『小島烏水全集』全一四巻（昭和56年2月〜62年9月、大修館書店）。（浦西和彦）

小杉榲邨　こすぎ・すぎむら

天保五（一八三四）年十二月三十日〜明治四十三年三月二十九日。歌人、国学者。阿波国名東郡徳島東浜に生まれる。重臣西尾家の家臣。名は五郎。号は杉園。国学を池辺真榛、本居内遠に、儒学を寺島学問所で学ぶ。文久三（一八六三）年、尊王攘夷を唱え、藩論を騒がせたと幽閉された。明治元年、赦され、翌二年に長久館の国学教授となる。上京して文部省、帝室博物館などに勤める。美術、考古学などにも造詣が深く、東京美術学校教授、東京帝国大学文科講師、国語伝習所所長などを歴任。三十一年には、御歌所参候になる。三十四年、文学博士。全国の社寺、美術、古文書を調査し、『阿波国徴古雑抄』を著す。『日本書紀』の天智天皇九年四月三十日の条「夜半之後災法隆寺」に基き、法隆寺再建論を提起、関野貞らの批判に対して後輩の喜田貞吉が小杉説を支持、大論争を展開した。著書に『副注　栄華物語』全四巻（明治22年、大八州学会）、家集『秋の一夜』（明治31年、青山清吉）がある。

（増田周子）

小杉放庵　こすぎ・ほうあん

明治十四年十二月三十日～昭和三十九年四月十六日。画家。栃木に生まれる。本名は国太郎。宇都宮中学校中退。昭和二十八年、四国を行く。

＊炉《ろ》　エッセイ集。〔初版〕昭和三十一年三月五日、中央公論社。◇「四国処々」に、讃州高松南面山屋島寺の雪庭、大洲の朝霧、面河谷、瀬戸の潮流、松山を描く。「四国から近江路へ」（「旅」昭和29年3月1日）伊予の岩屋寺、宇和島へ行く。「波止《はし》浜観潮楼の丘の上の眺めはすばらしい」。

（堀部功夫）

木谷恭介　こたに・きょうすけ

昭和二年十一月一日～。小説家。大阪に生まれる。本名は西村俊一。甲陽学園に学ぶ。ルポライターを経て、昭和五十二年、「俺の拾った吉野太夫」で小説CLUB新人賞を受賞する。

＊伊予松山殺人事件《いよまつやまさつじんじけん》　推理小説。〔初版〕平成四年十月、立風書房。原題「渋谷公園通り殺人事件」、加筆訂正改題して、平成九年五月十五日、勁文社。◇松山市銀天街近くでホームレスの男が扼殺され、その懐中から銃と女優の戸籍謄本とが発見される。松山中央署留置場看守大鷹鬼平が、警察庁遊撃捜査係宮之原警部の指揮下、犯人推理に当たる。外国人不法滞在問題がらみながら、隠し子の幸せを願う親に的がしぼられてゆく。

＊室戸無差別殺人岬《むろとむさべつさつじんみさき》　推理小説。〔初版〕平成六年十月、光風社出版。◇巨費のかけられたファッション・キャンペーンを舞台に、奈落で〝劇場型犯罪〟が進行する。宮之原警部は、室戸岬や大阪の連続殺人を一七年前の高知における事件と関連付け、真相を解明する。のち、『室戸岬殺人事件』と改題、本文改訂して光風社文庫化される。改題は「殺人事件」というネーミング流行のためであろう。田中貴子「眠らなくてもいいじゃない」（「波」平成10年12月1日）は「人がばったばったと殺されては、珍妙な『トリック』が披露されて終わる『なんとか殺人事件』が〔略〕『娯楽本』の代名詞と化するに至って、真の娯楽の意味が忘れ去られてしまった」と発言したが、至言である。

＊西行伝説殺人事件《さいぎょうでんせつさつじんじけん》　推理小説。〔初版〕平成七年四月八日、立風書房。◇阪神大震災時、手塚契はフィアンセの官僚三津田誠に守られ無事であった。春、その契の父が松山のホテルで変死する。高級官僚だった父の背には刺青があった。この謎に宮之原と県警の大鷹鬼平とが挑む。松山には郊外の「河野氏の館」に西行の書跡がある。刺青は、西行に心酔した被害者の、出世も家族も捨てる誓であったかと推理し、殺人犯を絞りこむ。ちなみに本作中「大阪の中之島図書館」が令状無しの鬼平に利用者「貸出申請書のコピー」を提供している。利用者の秘密を守る図書館として考え難い場面であり、「フィクション」の断りを言い訳に使ってはいけない。

＊土佐わらべ唄殺人事件《とさわらべうたさつじんじけん》　推理小説。〔初版〕平成八年一月三十一日、徳間書店。◇平成八年一月、高知県中村市の

廃校で平素子守歌「親がないとて 卑《や》しべるな／親はおります 極楽に」を口ずさむ女性が、心臓を一突き、殺されていた。凶器が持ち去られ、予告と読める尋ね人広告もあった。警察庁広域捜査官宮之原昌幸が民間人の協力を得て真相を解明する。冒頭場面は『学校の怪談』利用か。尋ね人広告は、佐野真一『紙の中の黙示録』を参考にしたよし。携帯電話で済む連絡を、尋ね人広告で行うなど、作り過ぎの無理が見られる。

＊四国宇和島殺人事件《しこくうわじまさつじんじけん》 推理小説。〔初版〕平成九年三月十日、広済堂出版。◇愛媛県南宇和郡西海町を舞台の殺人事件から、すり替え大学生の謎を、宮之原や鬼平たちが解く。背景に高級官僚不正問題を利かせる。 （堀部功夫）

＊四国松山殺人事件《しこくまつやまさつじんじけん》 推理小説。〔初版〕平成四年四月、立風書房。〔文庫〕平成七年九月十五日、徳間文庫。◇ミニ松山城と呼ばれる大豪邸の主人竹川恒夫が大広間で殺された。屋敷は電子ロックにより完全な密室であった。広間には〝絵金〟と呼ばれる八双の屏風と百匁蠟燭が立ち、和紙に書かれた土佐のわらべうたが残されていた。鍵を持った全員にアリバイがある。看守の補助役で、顔がアンパンを連想させる大鷹鬼平と警察庁遊撃捜査係の宮之原昌幸警部が活躍するサスペンス推理小説。

（浦西和彦）

小谷雄二　こたに・ゆうじ

昭和六年七月三日～。俳人。東京に生まれる。徳島大学医学部卒業。医師。徳島市佐古在住。昭和四十四年十一月「ひまわり」入会、のち同人。「河」「人」同人。句集『鶴』（平成6年2月27日、東京四季出版）。

捨て猫の甘え鳴く夜やつつじ祭（徳島市推宮神社）

山ひとつ隔てし里の梅を訪う（徳島県阿南市明谷梅林）

朝寒やひやかし通る市のなか（高知市）

（浦西和彦）

後藤捷一　ごとう・しょういち

明治二十五年一月二日～昭和五十五年九月十七日。郷土史家、藍染め研究家。徳島県名東郡国府村早渕に生まれる。明治四十二年、徳島工業学校染色科卒業。小学校の教員になるが、すぐに辞職。大阪陸軍被服廠に勤務、藍を研究する。昭和十九年に三木産業に就職。その後、三木家の史料保存を目的に設立された、三木文庫の主任として、その経営に従事。その間に藍に関する膨大な著書を著し、それらは藍研究の必読文献となった。一方、「大阪史談」（大阪史談会機関誌）を編集、広く歴史学会に貢献する。『一ノ谷戦記』『阿波の十郎兵衛』（昭和29年、大阪史談会）などがある。（増田周子）

後藤田みどり　ごとうだ・みどり

昭和八年一月一日～。日本舞踊師範、エッセイスト、小説家。東京都豊島区西巣鴨に生まれる。疎開により、十二歳で父母の郷里、徳島に移住する。昭和二十六年、徳島県立城東高等学校卒業後、徳島大学医学部に補手として勤務。三十年、結婚し退職。日本舞踊師範として、門弟を養成しながら、文藝サロン「らくがき」誌の同人として、創刊号から執筆。のち「阿波の歴史を小説にする会」会員として、五十八年第四号から第一八号まで、毎年執筆する。六十三年、「徳島作家」同人に参加。著書に『業炎―阿波の女―』（平成元年3月3日、徳島出版）、『阿波慈観―随筆集―』（平成6年10月1日、徳島出版）、『産婦人科のヨメハン日記』（平成7年7月25日、たま出版）、『輪廻』（平成8年7月13日、たま出版）、

『花衣―阿波女人絵図―』(平成10年5月9日、創樹社)がある。　(増田周子)

後藤波久　ごとう・はく

大正十三年八月十一日〜。俳人。愛媛県伊予郡中山町(現伊予市)に生まれる。本名は博。松山商科大学(短期大学)卒業。昭和五十三年「雲雀」に参加。

初荷船橋桁となる島に寄る
吉と出し旅へ伊予路の凍ゆるむ
無月なる雲を被ける讃岐富士　(浦西和彦)

小西英夫　こにし・ひでお

明治二十五年十二月二十三日〜昭和三十年七月二十三日。新聞記者、歌人。徳島県名西郡高志村に生まれる。高志村役場に勤めながら、雑誌「学生」に投稿した評論文が、大正五年、大町桂月選に一等入選。翌年ローレル協会に参加、歌壇に出る。八年、生活と藝術社を結成し「生活と藝術」を創刊。長女瑠璃の死を悼み歌集『瑠璃草』を刊行。十年、徳島毎日新聞社入社。十二年「潮音」へ参加、昭和三年、潮音特別社友となる。十七年鶴書房の編集長となり、戦後帰郷すると徳島短歌連盟を起こし、「徳島短歌」創刊。潮音選者としても活躍。著作に『銃後歌集』(昭和14年、自費出版)、『天日鶯』(昭和19年6月、鶴書房)、『徳島新短歌史』(昭和25年、徳島短歌連盟)、『小西英夫遺歌集』(昭和39年、徳島県歌人クラブ)などがある。中津峰の如意輪寺本堂の東方に、「月のうた一つこころにうかびつついつかねむりぬ山ふところに」と自筆で刻まれた大理石の歌碑がある。また二十六年、徳島新聞社主催の阿波八勝に、美馬郡美馬町郡里の願勝寺の「臥鶴の松」が入選した記念に、その松の下に、英夫の歌碑が建立された。歌と反歌が花崗岩に刻され、自然石にはめ込んだものである。　(増田周子)

小西領南　こにし・りょうなん

大正十三年十二月一日〜。俳人。愛媛県新居浜市に生まれる。本名は博孝。旧制松山中学校、国立大東亜錬成院(拓南塾)卒業。昭和二十一年「東虹」に入会。二十三年「天狼」に入会。二十四年「炎昼」に入会。「俳句ポエム」同人。平成七年「天佰」同人。八年「黄島」創刊、主宰。句集『鐵鎖』(平成8年2月20日、東京四季出版)。

遍路来て寺の灯明また増やす
蜜柑下ろせと索道の起点呼ぶ
真っ先に雪嶺となる神の嶺　(浦西和彦)

小林淳宏　こばやし・あつひろ

大正十三年九月十日〜。編集者。岩手県に生まれる。昭和二十七年東京大学文学部仏文科卒業。時事通信社入社。ロンドン、パリ、ニューヨーク、ワシントン、モスクワ各特派員を歴任。その後写真部長、外信部長、第一編集局長を経て取締役。この間パリではソルボンヌ大学で政治学、ニューヨークでは外交問題評議会で軍事問題を研究した。平成元年、名古屋明徳短期大学教授となる。著書に『核戦略時代の外交』(昭和63年12月、文藝春秋)、『欧州ハッピーリタイア事情』(平成2年5月、読売新聞社)、四国遍路の旅を描いた『定年からは同行二人―四国歩き遍路に何を見た』(平成2年5月、PHP研究所)、『モスクワの四季』(平成11年11月26日、鳥影社)などがある。　(増田周子)

小林久三　こばやし・きゅうぞう

昭和十年十一月十五日〜。小説家。茨城県古河市に生まれる。東北大学文学部卒業後、松竹映画に入社。助監督を経てプロデューサーとなる。昭和四十九年、「暗黒告知」で第二〇回江戸川乱歩賞を受賞。ディレクター、放送作家の近藤昭二と共著で、昭和二十八年に徳島で起こったラジオ商殺しの冤罪事件を扱った『月蝕の迷路―徳島ラジオ商殺し事件』（昭和54年12月25日、文藝春秋）を刊行。（増田周子）

小林哲夫 こばやし・てつお

昭和八年（月日未詳）〜。小説家。高知市若松町に生まれる。昭和二十七年、法政大学中退。アルコール依存症体験を経て、高知県断酒新生会会長になる。五十九年『航跡Ⅰ』、六十年『航跡Ⅱ』、六十二年『航跡Ⅲ』を著す。六十三年、椋庵文学賞を受賞する。『潮風のつぶやき』を著す。平成二年、『松村春繁』を著す。五年、『ACブルース』を著す。高知県出版文化賞を受賞する。十年、『汽水のほとりで』を著す。

＊航跡Ⅲ《こうせきさん》　小説集。〔初版〕昭和六十二年十二月十五日、土佐出版社。◇高知市若松町、人物を描く短編と、「ワシントン・ハイツの夜はふけて」「こはく色の神話」から成る。著者の少年、青年、中年期を素材にした。

＊松村春繁《まつむらはるしげ》　伝記。〔初版〕平成二年四月三十日、アルコール問題全国市民協会。◇戦後、総同盟高知県連書記長でアル中だった松村が、断酒に踏み切り、新生会を結成し、酒害宣伝全国行脚をする。なだいなだ「小林哲夫について」を付す。（堀部功夫）

小林光生 こばやし・みつお

明治四十一年一月五日〜昭和五十六年十一月八日。俳人。徳島県に生まれる。ピアノ塾を経営。昭和三十五年、小野田几二に師事し、「けいてき」に拠った。のち「巣」「馬酔木」同人。徳島俳句連盟常任理事。（浦西和彦）

小林落花 こばやし・らっか

明治三十九年十二月十一日〜平成八年（月日未詳）。俳人。高知県に生まれる。本名は寅吉。作句を始める。昭和八〜十年、「竜巻」に、十〜十四年、「京大俳句」に、十四〜十八年、「ホトトギス」に、二十三〜二十八年、「波」に所属する。五十一年、句集『痴の境涯』を著す。椋庵文学賞を受ける。平成四年、『落花』を著す。九年、小林敏子が遺作集『影も日向も』を刊行する。

枯はげしわが産声のきこえこよ

（堀部功夫）

小松左月 こまつ・さげつ

大正十四年二月一日〜。俳人。高知県香美郡槇山村（現物部村）仙頭字大古畑に生まれる。本名は幹邦。農林業。「季節」に参加。句集『青い箸』（平成8年4月15日、飛島）。

初日のぼるおろかな杣に拝まれて
朴咲いて月光峡に沈みくる
村滅び残りしものは青嶺石

（浦西和彦）

小松弘愛 こまつ・ひろよし

昭和九年十一月十三日〜。詩人。高知県香美郡東川村に父愛明、母花子の長男として生まれる。昭和十六年、山北国民学校に入学する。二十二年、城山中学校に入学する。二十五年、大忍中学校を卒業する。簿記を学び、伯母の洋装店店員となる。二十六年、高知追手前高等学校に入学する。三十一年、高知大学に入学する。三十五年、私立高知中学高等学校の国語科教員となる。三十八年、私立高知学藝中学高等学校に移る。四十二年、詩を投稿する。林嗣夫と「発言」を創刊する。四十四年、シベリアへ旅行する。四十五年、小松禮子と結婚する。四十七年、「発言」後続誌「兆」を創刊する。四十九〜五十三年、解雇『異物』を著す。四十九〜五十三年、解雇された同僚の教壇復帰運動を粘り強く行う。五十二年、『交渉』を著す。片岡文雄編「開花期」同人となる。五十五年、『狂泉物語』を著す。詩「狂泉」は『宋書』の「袁粲伝」の一節を下敷きとして、「組織と個人の関係の怖さ」というテーマを提示する。加害者も「私」、被害者も「私」、「私は、自分が今も、狂泉の村に住んでいるのだ、と思うことがある」と結ぶ。第三一回H氏賞を受ける。五十七年、祖母久尾が死去した。五十九年、『幻の船』を著す。六十一年、第一九回日本詩人クラブ賞選考委員となる。『ポケットの中の空地』を著す。平成元年、『愛ちゃん』を著す。二年、第一二回世界詩人大会ソウル一九九〇に参加する。七年、『どこか偽者めいた』を著す。

＊異物《いぶつ》　詩集。〔初版〕昭和四十七年六月二十五日、著者。◇「異物」に「高知市一円に雹《ひょう》が降った。〔略、夜、ぼくは〕仕事を中断して飲みに出かけた。赤い暖簾の割れ目に首を入れると、油をうかしたカウンターには、さまざまな動物の屍骸が並べられ、背広姿の男が数人軍歌を唱和していた」とある。

＊幻の船《まぼろしのふね》　詩集。〔初版〕昭和五十九年五月二十日、花神社。◇老人病棟で寝たきりの老女たちの生活を描く散文詩。「踊り」は、よさこい祭りを描く。「耳をつんざくロックバンドの山車《だし》を先頭に、女の踊り子隊がアーケード街に入ろうとしている。そろいのピンクの法被《はっぴ》に、紅白を染め分けた鉢巻をしめ、激しく鳴子をうち振りながら」。

＊愛ちゃん《あいちゃん》　詩集。〔初版〕平成元年十一月三十日、花神社。◇「誘蛾灯」は、「一九四五年、土佐湾・岸本沖から米軍の艦砲射撃という」避難命令下の叔母の姿をとらえる。

＊どこか偽者めいた《どこかにせものめいた》　詩集。〔初版〕平成七年十一月三十日、花神社。◇「かたち」中に「雲は少しずつかたちを変え／白い魚《うお》のようなものになり／口を『ぽ』と発音したようにあけて／ゆっくりと土佐湾のほうへ泳ぎはじめる」とある。

＊平鍬を肩にした少年《じょうれんをかたにしたしょうねん》　詩集。〔初版〕平成十年八月二十日、花神社。◇「静物画」は、「追手筋の日曜市」で売られていた柿の木のその後をうたう。「おうい雨蛙よ」は山村暮鳥詩のもじり「おうい雨蛙よ／ゆうゆうと／馬鹿にのんきそうじゃないか／どこまでゆくんだ／ずっと土佐湾の方までゆくんか」を含む。

（堀部功夫）

小松幹生　こまつ・みきお

昭和十六年三月（日未詳）～。劇作家。高知県安芸郡安芸町（現安芸市）に生まれる。早稲田大学文学部演劇学科を卒業する。昭和六十二年、「テアトロ」誌に「ブラック・ドッグ」「時間よ朝に還れ」を発表する。

（堀部功夫）

小松流蛍　こまつ・りゅうけい

昭和十七年一月二十五日～。詩人。愛媛県今治市に生まれる。本名は晃。大阪医科大学卒業。医師。大学在学中より詩作をはじめる。「野獣」に所属。詩集『流蛍詩集』（昭和51年8月、藝風書院）、『病虎』（昭和58年）、『異聞日本悪女列伝』（平成3年8月、創風社出版）、『竹のさやぞを聞きながら』（平成8年4月、創風社出版）。

（浦西和彦）

小峰広恵　こみね・ひろえ

明治三十八年六月（日未詳）～昭和六十年十一月三日。出版人。高知県に生まれる。津田英学塾を中退する。昭和二十一年、東京で出版社末貝社を創める。二十二年、児童雑誌「子どもの青空」を創刊する。二十三年、百田宗治『子供の世界』を出版する。二十三年、

株式会社に改組、小峰書店と改称する。歌集『山茶花』がある。　（堀部功夫）

五味康祐　ごみ・やすすけ

大正十年十二月二十日～昭和五十五年四月一日。小説家。大阪市南区難波町に生まれる。昭和二十八年、「喪神」で第二八回芥川賞を受賞。以後、「柳生連也斎」などの剣豪もので時代小説作家としての地位を確立した。

＊自日没《にちぼつより》　歴史小説。〔初出〕「別冊文藝春秋」昭和四十年十二月二十五日、第九四号。◇阿波の徳島城下で、奥医師（匙医）永井宗意が家老の次男又之丞を斬って逐電した。忿《いか》った藩公の命で上意討ちに家士六人が選出された。宗意は追手を遁《のが》れ、四国山脈を縦断して浮六郡の柳井川村に来たとき疫の流行で村民の苦しむのを見て施療を為した。その噂を聞き武士六人が村にやってきた。はじめて事情を知った村民は、恩人宗意を護り武士に反抗して起こった。武術に、農民の鋤鍬の攻撃が勝ったのである。　（浦西和彦）

小山いと子　こやま・いとこ

明治三十四年七月十三日～平成元年七月二十五日。小説家。高知市北与力町二七において池本馬太郎、竹の次女として生まれる。本名はイト。当時、父は高知農林学校勤務であった。のち父は蚕業試験場に勤め、全国をまわった。このため早くに高知を離れる。大正九年、福岡女子師範学校を卒業、福岡市県服小学校に勤務する。小山久一と結婚する。十年、小学校を退職する。十二年、創作を始める。昭和二年、父が死去した。三年、「覇王樹」に短歌を発表する。同誌を通して、島根県の桂という男性と文通する。八年、小説「海門橋」を「婦人公論」に発表、文壇にデビューする。十四～十五年、『新農民文学叢書第四編』『高野』『熱風』を著す。十六年、『オイルシェール』を著す。小山久一と離婚する。十七年、『地軸』を著す。東南アジアへ渡りメダン市に居住する。十九年、帰国する。二十二～二十三年、『春の魚』『夫婦』『時の貞操』『下のロマンス』を著す。二十五年、『火の女・マルハ艇』を著す。「執行猶予」で第二三回直木賞を受賞する。二十九年、「ダム・サイト」論争で注目される。三十～五十二年、『女ざかり』『薔薇いくたびか』『整形手術』『花いかだ』『執行猶予他二篇』『皇后さま』『開かれぬ門』『海は満つることなし第1部』『ダム・サイト』『海は満つることなし第2部』『私の耳は貝の殻』『海は満つることなし第3部』『たれかが呼んでる』『男対女』『星を摘む女』『火焔木』『白い指』『地の虹』『人生相談』を著す。渡辺直己『不敬文学論序説』（平成11年7月24日、太田出版）は、『皇后さま』をいと子の「恋闕の情が一種の誉め殺しに転ずることに、作者は決定的な鈍感さを示しつづける」と指摘した。　（堀部功夫）

小山白楢　こやま・はくゆう

明治二十八年十二月三日～昭和五十六年一月十一日。俳人。新潟県に生まれる。本名は順治。昭和三年、徳島市民病院院長を経て、二十四年、徳島医科大学教授兼附属病院院長。俳句は大正六年より高浜虚子に師事し、のち「ホトトギス」同人。昭和十三年八月より十五年十月まで「阿波」を発行。二十一年より『祖谷』を創刊主宰。句集『祖谷』（昭和19年4月1日、祖谷刊行会）、『白楢第三句集』（昭和41年2月10日、著者）。　（浦西和彦）

今東光　こん・とうこう

明治三十一年三月二十六日～昭和五十二年

九月十九日。小説家。横浜に生まれる。『今東光代表作選集』がある。昭和三十八年、高知で講演した。

＊一絃琴《いちげんきん》 短編小説。〔初出〕「中央公論」昭和三十二年十月一日、七二巻一二号。◇高知越前町、秋沢久寿栄の一絃琴を聞き、吉本青司と語り、一絃琴中興の祖、覚峯阿闍利に思いをはせる。江戸時代、大阪長堀で悪童だった三村秋親が、後年修行を続け、駒ケ谷金剛輪寺を再建した覚峯となり、亡師赤井春峯の一絃琴奏法を復活する。（堀部功夫）

近藤湖月 こんどう・こげつ

昭和五年十二月十八日～平成八年十二月十三日。俳人。高知県土佐郡に生まれる。本名は貞雄。俳句は森薫花壇に学び、昭和二十七年「芦笛」入会、のち「鶴」「夏炉」「火星」同人。句集『白鷺』（昭和47年2月25日、著者）ほか。（浦西和彦）

近藤富一 こんどう・とみかず

明治四十四年二月三日～。歌人。徳島県三好郡井川町（現三好市）に生まれる。昭和五年、徳島師範学校卒業。徳島県下の小学校校長を歴任したのち、四十一年教職を退く。昭和十年から北原白秋創刊の「多磨」に参加。二十八年より「形成」同人。「四国新報」歌壇選者などを務めた。歌集に『渓のこゑ』（昭和60年、近代文藝社）、『桔梗の花』（昭和62年5月、日本図書刊行会）等がある。（浦西和彦）

近藤良一 こんどう・りょういち

大正四年六月十五日～平成六年三月十九日。俳人。徳島県に生まれる。外科医。昭和十三年、「馬酔木」へ投句、水原秋桜子に師事。「橡」所属。句集『飛魚』（昭和54年2月15日、東京美術）。

雪催鳴門も渦をおさめけり
夏草にかくれ屋島へ行く電車
線描の墨絵の屋島海霞む

（浦西和彦）

【さ】

佐伯巨星塔 さえき・きょせいとう

明治三十一年五月一日～昭和五十九年十一月十三日。俳人。愛媛県に生まれる。本名は惟揚。愛媛師範学校本科一部卒業。教師。大正十二年以来、惣河田神社の祭祀をつかさどる。俳句は大正八年「渋柿」に拠り、松根東洋城に師事。昭和四十三年「渋柿」代表同人選者。句集『黛石』（昭和52年5月1日、黛石刊行会）。（浦西和彦）

西條益美 さいじょう・ますみ

大正十一年九月十六日～。児童文学者、小説家。徳島市に生まれる。本名は益夫。徳島師範学校卒業。教師をしながら、主として児童文学を書いていた。昭和三十四年文藝広場賞、三十五年読売教育賞、三十七年鳴門市文化功労賞を受賞。小学校校長などを経て、鳴門市水道五〇年史編纂室に勤務。阿波の歴史を小説にする会の会長。創作童話集『ガラスにかくんだ』（昭和56年10月、南海ブック）、『西條益美代表作品選集2』（昭和59年11月、徳島出版）、長編少年小説『アンデスの飛脚』などの他に、退職後は徳島作家の会に所属し、『鳴門海峡 隠れていた鳴門淡路島、港、神々』（昭和60年9月、徳島教育図書）、『伊助坊主おぼえ話』（昭和63年7月、近代文藝社）などがある。

＊海峡《かいきょう》 短編小説。〔収録〕『とくしまの小説選集第Ⅰ集』昭和五十五年五月一日、徳島県作家協会。◇天保三（一八三二）年、鳴門の室村に伊予の国の百姓松助が漂着した。室村の庄屋日下部左衛門は彼を救

助した。キリシタン信者だった松助は海路、堺へ出奔するところだったのである。それを聞いた左衛門は松助を堺へ逃がすことにする。ところが、息子藤吉が密告、松助は捕らえられる。左衛門は衝撃を受ける。次の夜、左衛門は藤吉と船で出て、「どこかに流れ着いたら、そこで暮らせ。決して戻るな」と言って、船板を渡し、藤吉を海へ突き落とした。

＊御魚釣場お異聞《おさかなつりばおいぶん》　短編小説。〔収録〕『とくしまの小説選集第Ⅰ集』前出。◇安政二（一八五五）年、鳴門室村の十六歳の漁師清吉は、御釣御用役に請われ、一度は断ったが、周りからの勧めで承知した。隠居した第一三代斉政は久々に魚つりにやってきた。ところが、彼は船から海へ落ち、清吉がそれを救助した。しかし、清吉はその後、取り調べを受け、周囲からも責任を問われたため、首をくくった。その後、「このたびの事、御構いなし」との達しが届く。

＊渡海船《とかいせん》　短編小説。〔収録〕『とくしまの小説選集第Ⅱ集』昭和五十七年五月一日、徳島県作家協会。◇天保期（一八三〇～四四）、鳴門撫養岡崎村浜で、阿波徳島藩御用鉄砲組の足軽加田久衛門は臨時御用飛脚として城崎温泉へ行くことになっていた。彼はしかし、この機に一緒に江戸に逐電するために女を待っていた。ところが、そこに急の取り調べがあった。商家の若嫁が金子を持ち出し、家出したための捜索という。久衛門はその女が自分と約束した女なのかどうか思案しながらひとり乗船する。（増田周子）

斎田喬　さいだ・たかし

明治二十八年七月十五日～昭和五十一年五月一日。児童劇作家、画家。香川県丸亀市に生まれる。丸亀中学校を経て京都高等工藝学校に入学、油絵を学んだが、父の病気のため中退し、大正五年、香川県師範学校二部を卒業。英語教師の小原国芳の知遇を得る。九年、小原に招かれ、私立成城小学校の美術教師となり、山本鼎らの提唱する自由画教育を実践した。十年、成城小学校編集の児童雑誌「児童の世紀」の編集を担当し、毎号脚本を発表、学校劇運動に活躍する。『雀のお医者』『蝶になる』など、多くの学校劇脚本を出版し、全国の学校で上演された。その後の学校劇に大きな影響を与え、大正期の童心主義的な学校劇脚本の代表的存在となった。児童図書の装訂や挿絵にも多彩な才能を発揮した。昭和八年、成城小学校退職後は、児童劇団「テアトロ・ピッコロ」などによる実践活動に専念し、数多くの児童劇の脚本を書いた。二十三年、児童劇作家協会が設立され、委員長（のち名誉会長）となった。主要作品を収録した『斎田喬児童劇選集』全八巻（昭和29～30年、牧書店）により、三十年に文部大臣賞（藝能選奨）を受賞した。四十二年には香川県丸亀市丸亀城に歌碑が建てられた。（浦西和彦）

斎藤梅子　さいとう・うめこ

昭和四年二月十四日～。俳人。徳島県に生まれる。「航標」「草苑」を経て、平成四年四月創刊の「青海波」を主宰。「茎立や阿波と淡路を重ねけり」「穂芒の白瀬と昏る土讃線」「流れ藻とおなじうねりに離流す」「人形の肩よく泣けり白桔梗」「大椙や土佐街道は闇のなか」「昼顔や木偶にはらわたなかりける」「ふるさとは港ありけり白魚汁」などと吉野川や四国を詠んだ。句集『藍甕』（昭和60年4月3日、牧羊社）、『青海波』（平成元年7月、富士見書房）、『濤声』（平成6年12月、角川書店）、『斎藤梅子』（平成10年1月、花神社）。（浦西和彦）

斎藤和生　さいとう・かずお

昭和二十五年三月二十四日〜。詩人。徳島県小松島市中の郷町に生まれる。昭和四十五年三月、阿南工業高等専門学校機械工学科卒業後、日立造船に入社。在学中から学内同人誌「慧星詩群」を発刊。「徳島詩人」の同人となり、『水色の動揺』（昭和45年3月、徳島詩人）を刊行。（増田周子）

斎藤栄　さいとう・さかえ

昭和八年一月十四日〜。小説家。東京に生まれる。東京大学卒業。公務員を経て文筆活動へ。影山荘一「斎藤栄略年譜・全著書目録」にくわしい。

＊四国周遊殺人事件《しこくしゅうゆうさつじんじけん》　推理小説。〔初版〕昭和四十七年三月、弘済出版社。◇由利桂介が、会社社長の娘みさ子と四国周遊中、横浜で二人の男が殺された。容疑者とされた桂介は、アリバイ証明のため、四国へ行く。殺された二人に関係のある人間を追う。徳間文庫化される。

＊小豆島殺人旅愁《しょうどしまさつじんりょしゅう》　推理小説。〔初出〕「小説city」平成元年五月。〔初収〕『京都・瀬戸内殺人旅愁』平成二年四月十日、廣済堂出版。◇神奈川県警本部長、中央カメラ社長という公私二つの顔を持つ桜警視監と、部下のサイボーグ紫水警部と、その恋人でもある沢警部補と、このトリオが活躍するシリーズの一つ。小豆島へ出張した桜が、沢の友人の父の替え玉死体を推理する。（堀部功夫）

＊四国綾歌殺人ワールド《しこくあやうたさつじんわーるど》　推理小説。〔初出〕「問題小説」平成七年十一〜十二月号。〔初版〕平成七年十二月三十一日、徳間書房。◇タロット日美子シリーズの一編。タロット占いの道具やゲーム、トランプなどの商売で急成長したＴＴＯ株式会社の田中総一郎社長から、日美子はＣＭに協力したお礼に、香川県綾歌町にあるレオマワールドに招待された。ところがＴＴＯ社の高山薫常務に「１２３　５６７」と書かれた奇妙な封書が届いた。現地で田中社長らと落ち合った日美子は、田中の行動に不審を覚える。日美子は、二回も死体なき殺人を目撃する。一〇年ほど前、神子総合商事の社長、神子芳夫夫妻とその実弟の不慮の死が浮んでくる。（浦西和彦）

斎藤祥郎　さいとう・しょうろう

昭和二年六月十三日〜。歌人。大阪に生まれる。本名は武通。徳島市八万町に在住。「林間」「徳島歌人」同人。「徳島歌人新社」編集発行人。徳島県歌人クラブ副会長。歌集に『雅笛』（昭和44年、徳島歌人新社）、『石垣の唄』（昭和62年10月、徳島歌人新社）、『海境』（平成5年5月、徳島歌人新社）がある。（浦西和彦）

斎藤知白　さいとう・ちはく

明治四年七月二十四日〜昭和八年四月十三日。俳人。福島県に生まれる。本名は伊三郎。鉱山を経営。川村烏黒《うこく》に俳句を学んだが、子規に師事。大正十四年、四国八十八カ所を巡礼。虚子の「風流懺法」に出てくる坂東は知白がモデル。

＊俳諧行脚お遍路さん《はいかいあんぎゃおへんろさん》　俳文集。〔初版〕昭和二年四月五日、友善堂。◇大正十四年二月二日から三月三十一日まで、伊東牛歩と中野三允と四国遍路に旅立った時の俳文集。「遍路日乗」「八十八ケ寺」から成る。「八十八ケ所の文章は其日の感興に筆を執つたのではあるが、材料も興味もない場合でも一日一信で匆忙を書綴つたもので文体も筆致も長短も更に統一されてゐない」と「例言」でいう。挿画は宮坂千代。（浦西和彦）

西原理恵子　さいばら・りえこ

昭和三十九年十一月一日〜。漫画家。高知に生まれる。武蔵野美術大学卒業。平成二〜十年、『ゆんぼくん』『まあじゃんほうろうき』『ちくろ幼稚園』『パチンコにはちょっとひとこといわせてもらいたい』『怒濤の虫』『はれた日は学校をやすんで』『ぼくんち』を著す。九年、第四三回文春漫画賞を受賞する。十年、『できるかな』『鳥頭紀行ぜんぶ』を著す。「攻撃的マンガ」で知られる。清水義範は、西原が「故郷の高知県については、深い社会学を持っている」と書く。

＊**はれた日は学校をやすんで**《はれたひはがっこうをやすんで》　漫画集。〔初版〕平成七年二月二十日、双葉社。◇「はれた日は学校をやすんで」（「小学六年生」平成3年2月〜4年6月）学校嫌い女子高校生の目で厳しい管理教育に鋭いツッコミを入れる。他一三作。登場人物が土佐弁で会話する「やまもとくんとまぶだち」（「宝島」平成2年4月〜4年7月）、「徳松じいちゃんの秘宝」（「ビッグコミック増刊」平成6年2月）、「はにゆうの夢」（「ビジネスジャンプ」平成2年7月〜11月）など。

＊**恨ミシュラン3**《うらみしゅらんさん》　神足裕司のエッセイ＋西原の漫画。〔初出〕「週刊朝日」平成四〜六年。〔初版〕平成七年九月二十五日、朝日新聞社。◇料理店ガイドと戯れ、忌憚のない批評を交える。付載「じじいの格言」「思い出しまんが」「お好み焼き屋がやってきた」「弘法大師様」が高知ネタである。

＊**サイバラ式**《さいばらしき》　西原の漫画＋山崎一夫のエッセイ。〔初版〕平成七年九月、白夜書房。◇「とつげきさいばら」「とつげきぢょうおうさま」に高知時代が、「あっちゃん」に高知の子供が出てくる。「田舎の掟」は里帰り談。角川文庫化される。

＊**鳥頭対談**《とりあたまたいだん》　群ようことの対談。〔初出〕「uno!」平成九年三月〜十年七月。〔初版〕平成十年十二月二十五日、朝日新聞社。◇西原発言中「高知じゅう坂本龍馬〔略〕私ね、坂本龍馬がすごいんじゃなくて、司馬遼太郎さんがすごかっただけって思うよ。」

＊**できるかな**　漫画集。〔初版〕平成十年一月三十日、扶桑社。◇「サイバラ水産⑥ふるさと高知編」を収める。

（堀部功夫）

柴門ふみ《さいもん・ふみ》

昭和三十二年一月十九日〜。漫画家、エッセイスト、小説家。徳島市に生まれる。本名は弘兼準子。夫は漫画家の弘兼憲史。お茶の水女子大学文教育学部哲学科卒業。在学中、漫画研究部に所属し、弘兼憲史のアシスタントを務めた。昭和五十四年に「クモ男フンばる」（「少年マガジン」増刊号）で漫画家としてデビュー。翌年、弘兼憲史と結婚。五十八年、『P・S・元気です、俊平』で第七回講談社漫画賞一般青年部門を受賞。平成三年、小学館ビッグコミックスピリッツ連載作品「東京ラブストーリー」がテレビドラマ化され、大ヒット。〝恋愛の教祖的存在〟となる。翌四年、『家族の食卓』『あすなろ白書』で第三七回小学館漫画賞を受賞。社会性をもつ問題意識と日常生活における微妙な心理を描く作風が、若い女性に支持された。エッセイストとしてもベストセラー作家で、『愛についての個人的意見』（昭和63年3月3日、PHP研究所）、『サイモン印』（平成5年7月15日、文藝春秋）等があり、小説に『恋愛物語』（平成5年3月20日、角川書店）がある。

＊**青春とはなんだかんだ**《せいしゅんとはなんだかんだ》　エッセイ。〔初版〕平成六年七月、小学館。◇漫画家である作者の七〇年代の青春を振り返る軽妙なエッセイである。アイドルやファッション、徳島での学校生活、テレビな

どにそのときどきの「ミーハー」ぶりを発揮してきた筆者が「流行」を分析している。

＊P・S・元気です、俊平《ぴー・えす・げんきです、しゅんぺい》　漫画。〔文庫〕〈講談社漫画文庫〉全七巻、平成十年七～十月、講談社。◇主人公俊平は、徳島県出身。彼の高校入学から浪人を経て大学卒業までの八年間を描いたもの。徳島の高校時代や上京してからの周辺の女性やいろいろなエピソードが綴られ、青春真只中の多くの人の共感を呼ぶ。後にドラマ化された。

（増田周子）

早乙女貢　さおとめ・みつぐ

大正十五年一月一日～。小説家。中国ハルピンに生まれる。本名は鐘ケ江秀吉。曽祖父は会津藩士。慶応義塾大学中退。山本周五郎の知遇を得、同人雑誌「小説会議」に歴史小説を発表。昭和四十三年、マリア・ルーズ号事件を扱った歴史小説「僑人の檻」で第六〇回直木賞を受賞し、作家的地位を確立した。第五八回直木賞候補作品となった「叛臣伝」は、淡路城代稲田九郎兵衛植《たて》久《ひさ》の末裔、九郎兵衛邦植《くにたね》の稲田騒動を描いている。時代小説、歴史小説を多数発表。平成元年、『会津士魂』（全13巻、新人物往来社）により第二三回吉川英治文学賞を受賞。忍法シリーズに『忍法かげろう斬り』（昭和48年、サンケイ新聞社）等、代表作に『おけい上・下』（昭和49年6月、朝日新聞社）等がある。

＊赤い渦潮《あかいうずしお》　長編小説。〔初版〕『赤い渦潮（一）阿波の巻』昭和四十六年九月十日、毎日新聞社。『赤い渦潮（二）鳴門の巻』同年十一月十日、毎日新聞社。『赤い渦潮（三）江戸の巻』四十七年三月、毎日新聞社。〔文庫〕『赤い渦潮』〈集英社文庫〉昭和五十三年十月三十日、集英社。◇阿波藩士、蘇《あざみ》喬之助は二十五歳になる。生一本の性格である。中小姓格となって小目付に登庸された。明和四（一七六七）年の初夏、阿波に六〇年に一度しか咲かない竹の花が咲いた。不吉な前兆であろうか。喬之助は、薄幸な女性小里にからむ殺人事件に出会った。喬之助は、その事件から汚職と権力をめぐる陰謀で腐敗した藩政を正そうと立ち向かう。万代屋善左衛門が藍問屋としての権勢によって出来藍を操作し、値段や数量なども、仕置家老の樋口内蔵助と結託して、巨利を博していた。喬之助は筆頭家老の稲田九郎兵衛に助力を求めようとしたが、その期待は裏切られる。そこで藩主重喜へ直訴しようとしたが捕らえられてしまう。不可解な行動をとる友人の野々村兵馬、女忍者の忍、妖術者楠天堂などの人物たちが登場し、悪家老の陰謀を証拠だてる印籠や千両箱や一揆をめぐる争いなどで物語は展開していく。磯貝勝太郎は集英社文庫の「解説」で、「『赤い渦潮』では、藩の藍玉専売制が、藍方役人と一握りの藍問屋の連携を緊密にさせ、双方が結託して私利をむさぼる弊害をもたらす結果になり、政商と政治家の癒着を生むという当時の時代相がわかりやすく描出されている。そのほか、藍作人の惨めさ、原士を中心とする身分制、職班官禄の制など、経済的、政治的史実を生かして、当時の時代相が描出されている点で、『赤い渦潮』は『鳴門秘帖』よりも優れた作品である」と評した。

（浦西和彦）

＊かげろう伝奇《かげろうでんき》　長編小説。〔初版〕昭和四十七年、集英社。◇土佐国高岡郡影野村の郷士神谷新八郎は、長曽我部遺臣、一領具足組にあって〝影野の鷹〟と呼ばれる遣い手である。新八郎一人を求める、妻とねの裏切り密告。一領具足組が全滅するなか、新八郎一人生き残る。

（堀部功夫）

坂井修一　さかい・しゅういち

昭和三十三年十一月一日～。歌人。愛媛県松山市に生まれる。東京大学理学部卒業、同大学院修了。昭和五十三年「かりん」に入会し、短歌を始めた。六十二年に第一歌集『ラビュリントスの日日』（昭和62年7月、砂子屋書房）で第三一回現代歌人協会賞を受賞。電子計算機アーキテクチャーの研究に従事している。（浦西和彦）

酒井暮笛 さかい・ぼてき

明治四十二年四月（日未詳）～昭和十二年（月日未詳）。歌人。徳島県美馬郡半田町（現つるぎ町）に生まれる。本名は武市。高等小学校卒業後、独学で大阪逓信講習所で学び、郵便局に就職。歌誌「水甕」や「青樫」に属し、作歌に励んだ。肺結核にかかり退職。生活苦と病苦の二重苦と闘ったが、昭和十二年春、二十八歳の若さで他界した。遺稿集『あんずの花』（昭和12年11月、青樫社）が刊行された。

松の葉のこぼるる音も聞きぬべき
このひそけさに襟を示しぬ

（増田周子）

坂井まつば女 さかい・まつばじょ

明治二十五年四月二十四日～昭和六十一年七月二十八日。俳人。愛媛県宇和島市に生まれる。本名はタツ。俳句は昭和四年より高橋京二の指導を受けて作りはじめ、「暁雲」「時雨」「葦牙」に拠った。（浦西和彦）

阪上史琅 さかうえ・しろう

昭和三年三月十七日～。俳人。愛媛県新居浜市に生まれる。本名は頼正。公民館館長。昭和二十六年「天狼」に入会、山口誓子に師事。昭和五十九年度天狼賞受賞。「天狼」同人を経て、「七曜」「天佰」同人。句集『太幹』（昭和61年8月28日、東田印刷）。

番外寺にても遍路が朱印受く
納涼船夜の渦潮の渦通る
台風の直撃土佐は受けて立つ

（浦西和彦）

榊原礼子 さかきばら・れいこ

昭和九年二月十八日～。詩人。徳島県海部郡海南町（現海陽町）に生まれる。徳島大学学藝学部四年制小学校教員養成課程卒業後、三五年間小学校教員、中学校教員をしながら、月刊詩誌「詩脈」の同人として、詩を書き続ける。昭和五十年には、第九回徳島県藝術祭県民文藝現代詩部門最優秀賞を受賞。奥野恭子、谷公子の三姉妹共著で『あやとりの庭』（平成9年9月5日、MBC21大阪東支局遊糸社）を刊行。（増田周子）

榊山潤 さかきやま・じゅん

明治三十三年十一月二十一日～昭和五十五年九月九日。小説家。横浜に生まれる。小説『歴史』を著す。昭和十四年、高知に来る。十五年四月二十一日、高知で講演する。

＊**土佐人文記**《とさじんぶんき》　長編小説。〔初版〕昭和十四年十二月十日、金星堂。◇小倉三省は、自分の裁いた太吉が実は無実で、一途に後生を希う気持ちであることを知る。排仏、朱子学者の三省は、釈放させた太吉を監視下に置き、人が現世で果たすべき努めを味わわせようと、室戸築港工事に使役する。工事が暴風雨に襲われたとき、太吉に自然と闘う人間的情熱が湧きおこる。

＊**野中兼山**《のなかけんざん》　児童文学。〔初版〕昭和十九年六月二十日、国民図書刊行会設立事務所。◇兼山伝。「兼山の生活は、ひたすらに国を思ひ、国のために一身をささげた生活でありました。／兼山の事蹟は、今のわれわれにも、いい手本であります」。（堀部功夫）

坂口アサ さかぐち・あさ

明治二十四年六月七日～昭和五十八年五月六日。ジャーナリスト。徳島市に生まれる。大正九年、毎日新聞社に入社。翌年、徳島

さ

毎日新聞社に転勤し、昭和二十五年まで婦人記者として活躍。著書『記者生活三十年』（昭和42年、出版）、句集『春雷』（昭和45年、春雷会句集刊行会）。（浦西和彦）

坂口安吾 さかぐち・あんご

明治三十九年十月二十日～昭和三十年二月十七日。小説家。本名は炳五。新潟に生まれる。東洋大学卒業。『定本坂口安吾全集』全一三巻（昭和43年1月15日～46年12月25日、冬樹社）がある。昭和三十年二月、「安吾風土記」取材に高知県を訪ねる。竹内一郎「書かれなかった安吾風土記（高知県の巻）」（「中央公論」昭和30年4月1日）に拠れば、十一日、龍河洞を見物、大喜びした。十二日、安芸町から室戸岬へ行く途中、自然石による墓地を見付け満足する。十三日、清水まで一〇時間のドライブで疲れる。途中、中村で幸徳秋水墓に詣でる。十四日、鰹節作りを見学する。松尾で榕樹の大木に感心する。足摺岬の椿林で土地の伝説を聞く。ミス高知の中平広美さんの生き方を喜ぶ――という取材旅行であったらしい。十五日、桐生に帰宅。十七日、脳出血で急逝した。上林暁「岬の僧坊にて」（「別冊文藝春秋」昭和30年8月）は、松尾の榕樹を見て「坂口安吾が歎賞したといふのは、これだなと思つた。〔略〕幹に気根の絡みついた榕樹は、林の中に怪蛇か怪龍でも蟠つてゐるのではないかと思はれるやうに無気味だつた」と記す。（堀部功夫）

坂崎紫瀾 さかざき・しらん

嘉永六（一八五三）年十一月十八日～大正二年二月十七日。政治小説家。江戸の鍛冶橋土佐藩邸に、父耕芸、母きさの次男として生まれる。本名は斌《さかん》。父は藩主侍医であった。安政三（一八五六）年、高知城下廿代町に帰る。慶応三（一八六七）年、藩校致道館に入塾する。明治二年、藩兵となって上京、また土佐に帰る。藩校の句読師となる。三年、広島へ遊学。六年、上京する。七年、愛国公党に加わり、政治に凝る。八年、司法省に勤める。九年、長野県松本裁判所判事となる。十年、辞職し、「松本新聞」主筆となり、自由民権論を唱える。十一年、新聞社を辞す。帰郷し高知県庁学務課に勤める。十三年、辞職。「高知新聞」を発行。十四年、「土陽新聞」を発行。板垣に従い、全国遊説する。演説禁止の命令をうけ、民権講釈を工夫する。舌禍を買い刑罰をうける。十六年『汗血千里駒』を著す。十七年上京して、「自由灯」に論説を発表し、「自由新聞」記者も兼ねる。十九年、大阪の「浪華新聞」に関わり、帰京する。二十年、「今日新聞」主筆となる。保安条令で、仙台へ移る。二十二年、上京し政論社に入る。二十三～二十四年、『他山の石』『開城始末』『林有造氏旧夢談』を著す。二十七年、朝鮮視察。二十九年、東京新聞社に入る。三十一～三十五年、『陸奥宗光』『坂本龍馬』『鯨海酔侯』を著す。大正元年、『維新土佐勤王史』を著す。維新史料編纂局に入る。二年二月十七日、死去する。自筆年譜が高知県立図書館にある。伊藤痴遊に拠れば、「土佐の人、坂崎斌は、漢籍の素養深く、その詩文は、可成り世間に伝唱された。板垣の配下として、地方遊説に随行した事もあり、弁舌も巧みな方であつた。／難解の漢詩をつくる人に似合はず、演説は頗る滑稽交りで、聴く人を笑はせる事が多く、俗受けは一番であつた」よし。

＊**天下無双人傑海南第一伝奇汗血千里の駒**《てんかむそうじんけつかいなんだいいちでんきかんけつせんりのこま》 続き物。〔初出〕「土陽新聞」明治十六年一月二十四日～三月十八日、二十一～三十日、七月十、十二、十八、二十三、二十七、三十一日、八

月八、十四、十九、二十八、三十日、九月十五、二十二、二十七日、本文完まで確認。〔収録〕その第一五回まで分は、駸々堂本店他、明治十六年五月刊。その第二八回まで分は、古村善吉、明治十六年六月十六日刊。その後、雑賀柳香補綴本が出る。初出本文は、各回数を整え、文末予告等文を省略し、『明治文学全集5』に収録され、雑賀補綴本は、土佐史談会から復刻本が出ている。◇井口刃傷騒動から始め、坂本龍馬の活躍を描き、あとを継いだ立志社員坂本南海男を紹介して結ぶ。雑賀補綴本は、龍馬横死で打切る。「坂本龍馬の最初の伝記として、また、その後続刊された龍馬関係書冊の原典ともいうべき名著」（河内達芳）とされ、神格化以前の龍馬像もうかがえて貴重である。田岡嶺雲が本作を「年信の挿絵と相俟って予等には目新しかった」と回想する（『数奇伝』）ように好評で、単行本化が相ついだ。現在も読まれ、漫画化されている。静霞薫脚本・上田久治画『マンガ坂本龍馬』（「歴史読本」平成2年11月6日、第35巻19号）。

（堀部功夫）

坂崎葉津夫　さかざき・はつお

大正十二年一月二十三日〜。詩人。徳島県板野郡松茂町に生まれる。本名は初雄。海軍航空隊整備術練習生として、海軍に入隊。戦後、四国商会徳島支店、鳴門ゴルフ（株）を経て、日本ゴルフ協会広報委員を勤めた。三田華子主宰の「新葉文学」同人となる。昭和二十二年、豆成太輔、河野俊彦らと「銀河系詩社」を結成。四国の出てくる作に「海峡」があり、詩集に『徳島の詩集』（昭和31年6月1日、徳島新聞出版部）、『二十年のらくがき』（平成3年6月、徳島出版）がある。

（増田周子）

嵯峨潤三　さが・じゅんぞう

昭和二十三年四月十四日〜。詩人。徳島県池田町（現三好市）に生まれる。関西学院大学卒業。洋画家を志し、職業を転々とする。詩誌「槐」「逆行」同人。詩集『曳線回帰』（昭和55年、京阪高速印刷出版）、『音のない響き』（昭和60年6月、藝風書院）、『星と花影』（平成10年3月、編集工房ノア）がある。

（増田周子）

阪田寛夫　さかた・ひろお

大正十四年十月十八日〜平成十七年三月二十二日。小説家。大阪に生まれる。昭和十八年、高知高等学校に入学する。東京大学卒業。朝日放送勤務を経る。

＊ほらふき金さん《ほらふききんさん》　児童文学。〔初版〕昭和四十四年八月二十日、国土社。◇幕末の土佐。十二歳の入交猪熊は、ほらふき金さんを慕う。金さんは作者がモデルの絵金から離れ、造型した。

＊わが心の鞍馬天狗《わがこころのくらまてんぐ》　短編小説。〔初出〕「オール読物」昭和五十二年十月。〔収録〕『戦友 歌につながる十の短篇』昭和六十一年十一月一日、文藝春秋。◇三〇余年前、「私」は高等学校寮で、倉田と同部屋になる。倉田に誘われ規則を破ってエノケン映画鞍馬天狗を見に行く。あれは「私」の「男らしい」一時期であった。

（堀部功夫）

坂田弘子　さかた・ひろこ

明治三十七年一月十八日〜。俳人。愛媛県川之江市川之江町（現四国中央市）に生まれる。大正十一年三月香川県立三豊高等学校卒業。「柿」同人。「ホトトギス」誌友。句集『さくら草』（昭和56年6月1日、柿発行所）。

分校の生徒十人島の秋
萩分けて萩をくぐりて一夜庵
濡れし裾はたきおろがむ梅雨遍路

（浦西和彦）

坂村真民　さかむら・しんみん

明治四十二年一月六日～。詩人。熊本県に生まれる。本名は昂《たかし》。神宮皇学館本科卒業。昭和九年、朝鮮に渡り、全州師範に勤務中に敗戦。二十一年帰国。愛媛県の三瓶高等学校などに勤務。四十九年、退職。二十六年、詩誌「ペルソナ」（のち「詩国」と改題）を創刊。以後、毎月発行、無償で配布。四十九年に愛媛新聞賞を、五十五年に正力松太郎賞を、平成元年に愛媛県教育文化賞を、三年に仏教伝道協会文化賞を受賞。「念ずれば花ひらく」の詩碑が各地に建立されている。『坂村真民全詩集』全五巻（大東出版社）に「足摺岬にて」等を収録。（増田周子）

坂本嘉治馬　さかもと・かじま

慶応二（一八六六）年三月二十一日～昭和十三年八月二十三日。出版人。高知県幡多郡宿毛町（現宿毛市）字坂ノ下に、父喜八、母まつの子として生まれる。父は戊辰戦争に従軍した。明治十四年、宿毛小学校を卒業し、日新館に入学する。十六年、上京し、同郷の先輩小野梓経営の書肆東洋館館員となる。十九年、書肆冨山房《ふざんぼう》を開業、神田区裏神保町九番地に開店する。二十年、中等教科書出版を始める。二十五年四月、店舗が焼失し、再建する。二十九年、小野義真と共同出資で、冨山房を合資組織とする。三十三年、吉田東伍著『大日本地名辞書』、坪内雄蔵編『小学国語読本』を出版する。三十五年、冨山房の出資全部を引き受ける。三十八～四十二年、明治図書株式会社取締役となる。四十一～四十二年、『国民百科辞典』『漢文大系』を出版。四十三年、雑誌「学生」を創刊。大正二年、店舗が焼失し、再建する。三～四年、仏教大学編『仏教大辞彙』上田万年・松井簡治著『大日本国語辞典』を出版。五年、母が死去した。九年、中等教科書協会幹事に就任する。十二年、大震火災にあう。大阪市に臨時出張所を設け、東京本社も復興する。昭和四年、郷里宿毛に坂本図書館を創設。七～九年、大槻文彦著『大言海』『国民百科大辞典』を出版。十一年、緑綬褒章を受章する。十二年、私財を提供して坂本報效会を設立する。十三年、「冨山房百科文庫」を出版。ドイツ赤十字勲功十字章を受章する。五月、帰郷する。二十五日、東京に帰るが、体調すぐれず臥床する。肺炎。八月二十三日死去。正六位に追叙された。坂本守正編『坂本嘉治馬自伝』（昭和14年8月23日、冨山房）にくわしい。生家跡に胸像がある。平成十五年十一月十四日、宿毛文教センターの図書館入口に顕彰碑が建つ。（堀部功夫）

坂本紅蓮洞　さかもと・ぐれんどう

慶応二（一八六六）年九月～大正十四年十二月十六日。雑文家。本名は易徳。江戸に生まれる。慶応義塾に学ぶ。明治三十一年十月～三十三年三月、高知県尋常中学校で作文、代数を教えていた。（堀部功夫）

阪本謙二　さかもと・けんじ

昭和五年十二月七日～。俳人。愛媛県上《かみ》浮穴《うけな》郡面河《おもご》村（現久万高原町）に生まれる。本名は謙一。明治二十二年、富安風生の「若葉」に入会、のち同人。昭和五十一年「糸瓜」編集長。平成五年十月、「櫟」創刊主宰。六年、「俳句四句」選者。八年、俳人協会評議員。「産経新聞」伊予俳壇選者。句集『詰襟』（昭和33年6月23日、若葉社）、『花櫟』（平成5年5月1日、東京四季出版）、『阪本謙二集（自註）』（平成8年11月20日、俳人協会）。

　聖主峰縹渺と雪新たにす（石鎚山。東堂前より眺む）

　薄墨桜扇びらきに咲きしなふ（松山市）

海原を日のわたりゆく座敷雛（八幡浜）（浦西和彦）

坂本石創 さかもと・せきそう
明治三十年一月十八日～昭和二十四年一月二十四日。小説家。愛媛県西宇和郡川之石町に生まれる。本名は石蔵。大正五年に八幡浜商業学校卒業。在学中から「文章世界」に、俳句「旅の夜の春雨に目を覚し㒵」（大正3年5月）や短文「途中」（大正5年8月）、「『つけ』を見て」（同年9月）、「大阪へ来てから」（同年10月）などを投稿。田山花袋は「応募小説を評す」で、「『つけ』を見て」を「形式がやゝ新しい。そしてその陰に、田舎の息子さんらしい面影がよく浮んで見える」という。著書に『開かれぬ扉』（大正10年8月、崇文堂）、『梅雨ばれ』（大正11年9月、藝術社）がある。昭和四年には都会生活に見切りをつけて帰郷。（浦西和彦）

坂本徳松 さかもと・とくまつ
明治四十一年九月八日～昭和六十三年八月十三日。ジャーナリスト。高知県幡多郡中村町（現四万十市）に生まれる。昭和七年、東京帝国大学卒業。南満州鉄道東亜経済調査局副参事、雑誌「新亜細亜」編集主任。三十一年、愛知大学教授。三十七年、日本・アジア連帯委員会理事長。（堀部功夫）

坂本信幸 さかもと・のぶゆき
昭和二十二年三月二十六日～。国文学者、歌人。高知県に生まれる。同志社大学大学院修了。万葉歌解釈に優れた新見が多い。奈良女子大学教授。龍短歌会新人賞を受賞する。

＊雪に恋ふ《ゆきにこう》 歌集。〔初版〕昭和六十三年五月十七日、和泉書院。◇相聞中心の歌集だが、四国も詠む。

お遍路の装束白き足袋に踏む除夜の足摺《あしずり》岬珍らなる雪 （堀部功夫）

坂本碧水 さかもと・へきすい
明治三十九年七月十日～昭和六十三年十一月二十九日。俳人。愛媛県南宇和郡に生まれる。本名は操。愛媛師範学校卒業。小学校、中学校校長歴任。俳句は田所鏡水の手ほどきを受け、昭和二年「石楠」入会。二十五年「いたどり」創刊同人。四十年「航標」創刊同人。「壺」参加。句集『酌むや自愛』（昭和55年8月、同句集出版事務所）、『坂本碧水句集』（昭和59年4月1日、定本坂本碧水句集刊行委員会）。

おほかたは土に還る児卒業す （浦西和彦）

坂本稔 さかもと・みのる
昭和四年五月二十九日～。詩人。高知県吾川郡伊野町（現いの町）に生まれる。小学校教員になる。昭和二十三年ごろ、長谷江児の作品と出会う。詩作をはじめる。二十九年、ガリ版詩集『海の炎』を著す。三十年、『小詩集』を著す。詩誌「薊」を創刊する。三十五年、桐見川小学校勤務にともない、檮原川のほとりに住む。三十八年、詩集『鋼の花束』を著す。三十九年、「南方手帖」を創刊。第二回岡本彌太賞を受ける。四十一年、詩画集『星と舟の唄』を著す。四十二年、窪川町小学校勤務にともない、仁淀川のほとりに住む。四十三～四十五年、『檮原川』『天狗高原』を著す。高知県出版文化賞を受賞する。四十七～五十四年、『仁淀川』『風光夢』『わが詩わが夢』を著す。澤村光博は「彼の詩の特徴は、南方の明るい光と空と憂愁であるが、それは、あのギリシャ生まれの詩人アポリネールの詩のもつ明朗さや憂愁に似ている。アポリネールのユーモアや遊びの感覚はないが、坂本さんには純粋への一途な姿勢がある」

と序す。五十七～平成二年、『南方の憂愁』『土佐抒情歌』を著す。

＊檮原川《ゆすはらがわ》　詩集。〔初版〕昭和四十三年十一月一日、昭森社。◇「1の歌／／ふるさとの川／と／眉あげて少女はいう／／だが／ぼくにとっては／ただきびしい山の中の水流だ／／この川のほとり／今／夏は逝く／／くいちがった二つの想いはそのままに／今／黄色い光のただ中を／川は流れ／夏は逝く／／ふるさとの川／と／静かに／だがきっぱりと少女はいう／／流れてやまぬ／檮原川の岸辺に孤岩あり」。　（堀部功夫）

相良蒼生夫　さがら・そぶお

昭和十一年三月二十一日～。詩人。徳島県池田町（現三好市）に生まれる。本名は茂男。医学書出版役員の仕事をしながら詩誌「青い花」「焰」「海潮」に所属し、詩作を続ける。著書に『ゑるとのたいわ』（昭和59年7月、勁草出版）、『祝祭の供儀』（昭和63年2月15日、勁草出版）、『兎の玩具』（平成12年4月25日、横浜詩人会）、『羽蟻』（平成12年9月20日、書肆青樹社）などがある。日本現代詩人会、日本詩人クラブ、横浜詩人会の会員として、評論や反戦詩なども発表。昭和六十年、第一七回横浜詩人会賞を受賞した。　（増田周子）

咲村観　さきむら・かん

昭和五年一月一日～昭和六十三年四月二十四日。作家。香川県高松市に生まれる。本名は飯間清範《いまきよのり》。昭和二十八年、東京大学法学部卒業後、住友倉庫に入社。五十一年、病気のため東京支店次長を最後に退社し、作家生活に入る。五十二年、『左遷』（筑摩書房）で企業小説家としてデビュー。以後『商社一族』（昭和54年10月、講談社）、『上杉謙信』上下（昭和62年、読売新聞社）、『千里万馬』（昭和62年5月、講談社）等の企業小説や歴史小説を数多く刊行した。　（浦西和彦）

桜井鷗村　さくらい・おうそん

明治五年六月二十六日～昭和四年二月二十七日。翻訳家、教育者、児童文学者。愛媛県松山市小唐人町に生まれる。父信之、母カツの長男。本名は彦一郎。忠温の兄。父信之は「花のや」と号した口紅屋をしていた。明治十七年、愛媛県立松山中学校に入学。十六歳の時、同校が廃校となったので大阪に出たが、望ましい道も開けず、松山に帰った。生家の近くに押川方義の養家先があり、押川家に出入りし、キリスト教を知る。二十五年六月、明治学院大学普通学部卒業。十二月、歩兵第一連隊に入営したが、心臓病で入院、翌年三月に除隊となった。松山に帰り、松山高等女学校で英語を教えたが、上京し、「日本宗教」の編集に従事。三十二年六月、巌本善治の勧めで女子教育視察のため渡米。帰国後、大隈重信の推薦で「報知新聞」記者となった。津田女子英学塾の設立に尽力し、三十三年七月創立すると英語を担当した。三十四年十一月創刊の英文新誌社の「英学新報」（のち「英文新誌」と改題）の編集主任をつとめた。四十一年六月、大隈伯から英文『開国五十年史』刊行の依頼を受け、渡英。四十二年十二月、津田英学『欧洲見物』を丁未社から刊行。四十五年九月英学塾を退いた後、実業界へ転身し、北樺太石油株式会社の取締役などをつとめた。少年冒険小説『勇少年冒険譚 初航海』（明治32年6月、文武堂）、『世界冒険譚』一～二編（明治33年8月～34年7月、文武堂）などがある。　（浦西和彦）

桜井忠温　さくらい・ただよし

明治十二年六月十一日～昭和四十年九月十

七日。随筆家、評論家。愛媛県松山市小唐人町五〇番戸に生まれる。父信之、母カツの三男。安倍能成の生家とは隣同志であった。明治三十二年四月、愛媛県立松山中学校を卒業。四年生の時、夏目漱石から英語を教わった。三十四年十一月二十二日、陸軍士官学校を卒業。三十七年五月、松山連隊旗手として従軍、旅順第一回総攻撃で重傷を負い送還。三十九年四月、戦役の功により、功五級金鵄勲章、勲六等旭日章を授与された。戦争文学の代表的な作品『肉弾』を丁未社より刊行。数年にして千版を突破し、いちやく文名を馳せ、六月二十五日には明治天皇拝謁の光栄に浴した。四十五年夏、陸軍省軍務局長田中義一少将からふたたび執筆をすすめられ渡満、旅順の戦場跡を訪ね、『銃後』（大正2年3月、丁未社）を起稿した。好評を博し、次々と著作した。大正十三年三月三十日に陸軍省新聞班長となり、昭和五年八月一日に陸軍少将に任ぜられ、予備役編入（従四位勲三等功五級）となった。十五年五月、文化奉公会が結成され副会長となる。三十四年七月十八日に長男武男と妹するを頼って松山に帰郷。三十九年十月、愛媛県教育文化賞を受賞。詞碑「最も愛情のあるものは最も勇敢なり」が松山市堀之内堀之内公園にある。

＊伊予の城下《いよのじょうか》　エッセイ。〔初出〕「文藝春秋」昭和五年二月一日。◇四国の人を「四国猿」という。就中「伊予猿」が最も有名です。なぜ猿というのかわかりません。私も伊予猿の一匹として三〇余年を松山で暮らした。二〇年も行方がわからなかった祖父のことや伊予節など松山に関係する人物や風土を書いている。（浦西和彦）

桜田常久　さくらだ・つねひさ

明治三十年一月二十日～昭和五十五年三月二十五日。小説家。大阪市東区に生まれる。筆名は並木宗之介。大正十二年、東京帝国大学文学部独文科卒業。在学中同人誌「未墾地」「閃光」に関係する。昭和十四年「作家精神」に参加。十五年「薤露の章」が芥川賞候補となり、「平賀源内」で第一二回芥川賞を受賞。十六年「従軍タイピスト」で野間文藝奨励賞を受賞した。著書に『平賀源内』（昭和16年7月2日、文藝春秋ほか、伝記小説『探求者』（昭和21年12月、春陽堂）、『安藤昌益』（昭和44年12月、東邦出版社）などがある。民主文学同盟設立に参加。

＊平賀源内《ひらがげんない》　短編小説。〔初出〕「作家精神」昭和十五年十月一日。〔収録〕『平賀源内』昭和十六年七月二日、文藝春秋。◇平賀源内の死の謎を取り上げ、源内が獄中からひそかに救出されたとして、その経緯と後日譚を描いた。佐藤春夫は「象徴的手法を持った一種の新しい観念小説」と評した。（浦西和彦）

佐古純一郎　さこ・じゅんいちろう

大正八年三月七日～。評論家。徳島県に生まれる。徳島県立徳島中学校、二松学舎専門学校を経て、昭和十八年、日本大学宗教科を卒業。十六年、「歴史と人間」が文藝懸賞評論に佳作入選、創元社に勤務。その編集者時代に小林秀雄、亀井勝一郎らの知遇を受ける。のち角川書店に勤め、評論を書き続け、処女評論集『純粋の探求』（昭和26年12月、甲陽書房）を刊行。二十三年、亀井勝一郎に反対されながら、受洗する。『信仰と文学』（昭和28年10月、創元社）、『漱石の文学における人間の運命』（昭和30年2月、一古堂）、『小林秀雄ノート』（昭和30年11月、一古堂）、『芥川龍之介における藝術の運命』（昭和31年4月、一古堂）と旺盛に執筆活動をする。キリスト教的人間観、倫理観に基づいたこれら近代文学批判は、日本においては特異なものとして注目された。さらに有島武郎、島崎藤村、太宰治へとこの視点での批評が深められ、『近代日本文学の倫理探求』（昭和41年7月、審美社）に結集される。彼の批評の目指すところは、人間性および共同体の回復にあり、愛と信頼の基礎をキリスト教的共同体に求める。こうした傾向の作品に『文学的人生観』（昭和33年4月、知性社）、『文学をどう読むか』（昭和33年9月、社会思想研究会）、『何を信じて生きるのか』（昭和48年5月、ＰＨＰ研究所）などがある。『佐古純一郎著作集』全八巻（昭和35年7月～36年1月、春秋社）。

＊私の出会い《わたしのであい》　エッセイ集。〔初版〕昭和五十四年八月、審美社。◇文藝評論家佐古純一郎の自伝的作品のひとつ。徳島時代から人生を方向づけてきたさまざまな「出会い」を自伝的に披露する作品。大正八年、徳島に、母方の里で生まれ、母の死後、祖母とおばに育てられた。父は仕事のため、朝鮮にいた。徳島中学校時代、同窓の大先輩賀川豊彦の映画「一粒の麦」を見て感激し、手紙まで書いた。この「出会い」は佐古のキリスト教徒としての生き方を方向づけることとなった。また、徳島の本屋井関書店でトルストイの『人生論』を買って読み、その後の有島武郎やベルグソン、ヘッセ、森有正、椎名麟三などと言った読書遍歴のはじまりとなった。そのほか、亀井勝一郎や小林秀雄らとの出会いのエピソードも紹介されている。（増田周子）

小砂丘忠義　ささおか・ただよし

明治三十年四月二十五日～昭和十二年十月十日。教育者。高知県長岡郡東本山村津家お宮の久保三九番屋敷に、父楠蔵、母芳の長男として生まれる。本姓は笹岡。父は植林作業人であった。大正六年、高知師範学校を卒業し、母校の杉尋常高等小学校訓導となる。「私はまず、綴り方からと考えて教壇に立った」。短期現役入隊、文集「山の唄」を創刊する。綴り方の人生的意味を考える。九年、旭尋常高等小学校へ転任する。八月、「教育界の革命」を「高知新聞」に発表か。十年、布師田尋常小学校へ、さらに行川《なめかわ》尋常高等小学校へ転任する。中島喜久夫、吉良信之とＳＮＫ協会をつくり、雑誌「極北」を創刊する。青年団機関誌「土を踏みて」、学級文集「おとどひ」を刊行。十一年、梅ノ木尋常小学校校長となる。文集「蒼空」を刊行。十二年、岡豊尋常高等小学校へ転任する。歌曲集『うた』を刊行。十三年、雑誌「地軸」を創刊する。十四年、田井第一小学校訓導兼校長に転任するが、十一月三十日付で退職し、上京する。県当局に煙たがられたので見切りをつけたのである。「教育の世紀」を編集する。田中貢太郎中心の呑み会を作る。昭和二年、文園社に入社し、「鑑賞文選」を編集する。四年、教師対象の研究誌「綴方生活」を創刊する。五年、郷土社を創立する。『若き旗』を刊行。七年、『少年浜口雄幸』を著す。十一年、『文章記述の常識』を著す。十二年、胃癌で死去した。十二月「綴方生活」が追悼号を発行した。竹内功『人間教師』（平成10年1月16日、高知新聞社）にくわしい。坂本猛猪「小砂丘忠義君のこと」（「南風」昭和38年8月8日）は、田中貢太郎が小砂丘の文才を認め「何回も文壇に出よとすすめていたが、耳をかさず、一途に綴方の指導に没頭していた」という。その仕事は、いま作文教育者間に受け継がれている。

＊少年《しょうねん》**浜口雄幸**《はまぐちおさち》　児童文学。〔初版〕昭和七年八月十八日、厚生閣書店。著者表示は「田中貢太郎」。◇「天下の少年少女諸君の読物として執筆した」。浜口伝に

浜口俳句集を付す。　（堀部功夫）

佐坂恵子　ささか・けいこ

昭和二十四年五月六日〜。歌人。徳島県に生まれる。昭和四十七年、高知女子大学文学部卒業。徳島県立那賀高等学校、小松島高等学校、富岡西高等学校等に勤務。「万象」維持同人。「徳島歌人」会員。六十年に第五回徳島歌壇賞を、六十二年に第五回万象競詠作品賞を受賞した。歌集に『射よ時のつばさを―佐坂恵子集』（平成4年10月、近代文藝社）がある。　（浦西和彦）

佐々木甲象　ささき・こうぞう

弘化四（一八四七）年十一月二十七日〜歿年月日未詳。政治家。高知城下（現高知市）帯屋町に、百々《どど》禮木の次男として生まれる。慶応末年、土佐藩の砲隊副長として、京都へ上る。のち大津に移る。慶応四（一八六八）年、帰国の途中、堺事件の一一士を葬った堺の宝珠院に参詣する。明治十七年、「土陽新聞」に「南山皇旗の魁」を掲載する。「実説佐田洒野風」を発表する。二十三年、佐々木善兵衛の跡を継ぎ、佐々木姓を名乗る。二十六年、『泉州堺土藩士烈挙実紀』を著す。のち森鷗外「堺事件」の原典となった。三十三年、高知市会議員となる。

＊**南海之勤王**《なんかいのきんのう》　記録。〔初出〕「土陽新聞」明治十七年四月三日〜十一月二十二日。原題「南山皇旗の魁」。〔初版〕明治二十四年六月二十一日、小島実三郎他。◇武市、坂本、中岡、吉村の南山義挙の始末。「此書ハ万延元年ノ頃ヨリ慶応元年ニ至ルマテ凡六七年間尊攘ニ関スル事蹟ヲ略叙シタルモノナリ其之ヲ南海之勤王ト題スルハ主ニ土佐人士ノ王事ニ鞠尽シタル顛末ヲ記シタルヲ以テナリ」。烏々道人の素稿（未完）に、佐々木が明治十七年十一月、加筆して成る。

＊**泉州堺土藩士烈挙実紀**《せんしゅうさかいどはんしれっきょじっき》　記録。〔初版〕明治二十六年十一月二十一日、箕浦清四郎他二名。◇堺事件。「本書は明治元年《ママ》二月泉州堺に於て仏国海兵の暴横に方り土藩警兵之を砲撃せる前後の事蹟を叙述するものにして専はら土居八之助横田辰五郎二氏の実践実記に拠り間々他の公文史乗私記等を参照し二三論評を加へ」て、成る。土居、横田は当事者である。佐々木は、世間で「或は無名妄頑の挙と誤認せられたる」殉難者が「丹心国家に存する者」であったことを明らかにし、靖国神社合祀、復権を祈願し、事蹟の「実を審らか」にしようとした。「実」とはいえフランス側が先制射撃したとするなど、土佐人的立場からの思い込みや誇張、修辞やをともなう。土佐史談会の複刻（昭和54年9月25日）がある。初版本に「明治廿五年九月丸岡高知県知事へ呈出せし嘆願書之写」「帝国議会へ呈出せし請願書之写」「土州国大島岬烈士殉難碑之写」を付加した、増補再版（明治33年6月26日、土居盛義他）がある（本文異同有り）。堺事件を後世に伝える有力史料となった。　（堀部功夫）

佐々木田鶴子　ささき・たずこ

昭和十七年五月二十五日〜。翻訳家。香川県に生まれる。早稲田大学卒業後、ドイツに六年間滞在し、ドイツ語を学ぶ。帰国後、ドイツ児童文学の紹介及び翻訳に従事。日本国際児童図書評議会会員。訳書に『アルプスの少女ハイジ』『ラウラとふしぎなたまご』等がある。　（浦西和彦）

佐々木正夫　ささき・まさお

大正十五年三月二十一日〜。小説家。香川県の金刀比羅象頭山麓の神野村に生まれる。国鉄多度津工場に入社して組合運動にはいる。同工場労組書記長、香川県労会議企画部長、国鉄労組四国地方本部業務部長、国鉄四国総局広報課長、交通新聞四国支局長などを歴任。現在、壺井栄文学館館長。昭和三十六年、「機械の話」で国鉄総裁賞を、四十六年、『讃岐の文学散歩』で香川菊池寛賞を、五十五年に加賀山賞を受賞。平成七年、香川県文化功労者に、九年、文部大臣地域文化功労者に選ばれた。著書に『白い雲』（昭和35年5月20日、現代社）や『新讃岐の文学散歩』（平成10年6月30日、四国新聞社）等がある。同人誌「四国文学」「遍路宿」を主宰。（浦西和彦）

佐々木令山 ささき・れいさん

明治三十二年十一月三日～昭和四十一年十二月十八日。俳人。高松市百間町に生まれる。本名は礼三。医師。鈴鹿野風呂、松尾いはほ、高浜虚子に師事し「京鹿子」同人。「屋島」を主宰。句集『桜鯛』（昭和32年12月5日、京鹿子社）。（浦西和彦）

笹沢佐保 ささざわ・さほ

昭和五年十一月十五日～。推理作家。神奈川県横浜市に生まれた。本名は勝。昭和二十三年、関東学院高等部を卒業。二十七年から三十五年まで、郵政事務官として簡易保険局に勤務。三十六年、「人喰い」で日本探偵作家クラブ賞を受賞。ミステリー小説を手がけ、股旅物にも新境地を開拓した。四十五年から執筆した「木枯し紋次郎」シリーズはテレビ化され大ヒットした。

＊他殺岬《たさつみさき》　推理小説。〔初版〕『他殺岬〈カッパ・ノベルス〉』昭和五十一年七月、光文社。〔文庫〕『他殺岬〈光文社文庫〉』昭和六十年六月二十日、光文社。◇「岬」シリーズの第一作である。天知昌二郎は、寡黙な男で、ルポライターである。美容界の大御所環千之介は、彼に過去を暴かれて自殺した。その娘ユキヨも父の後を追い、足摺岬の断崖の上から身を投げた。ユキヨの婿の環日出夫が天知の一人息子春彦を誘拐する。環ユキヨが自殺したのでなく、殺されたのであれば、日出夫が天知に復讐するというは、筋違いだ。天知はユキヨの死が他殺であることを証明せねばならない。「タイム・リミット」を軸に構成される巧みなサスペンス・ミステリー小説である。

＊野望将軍《やぼうしょうぐん》　長編時代小説。〔初版〕『野望将軍　上・下巻』昭和五十九年二月二十五日、集英社。〔文庫〕『野望将軍　上・下〈集英社文庫〉』昭和六十一年十二月二十日、集英社。◇三好は、阿波を支配した細川氏に仕えて、やがて家宰にまで出世した。三好之長の時代になって、細川家に相続争いが起こり、その争いに敗れて之長とその子の長秀も自害した。長秀の子の元長が三好氏の力を盛り返し、細川晴元とともに上洛し、桂川の合戦で勝ち、天下を動かすほどの実力者にのし上がった。ところが、その勢力を恐れた細川春元が三好元長を殺しにかかった。元長は敗れ自害した。その元長の嫡男が三好長慶である。長慶が野犬の群れに襲われている窮地を救った京の商人小太郎が名を松永久秀と改め、乱世に躍り出、天下取りの野望を推しすすめていく波瀾の人生を描く。（浦西和彦）

笹本正樹 ささもと・まさき

昭和六年五月十日～。歌人。静岡県下田市に生まれる。昭和三十四年五月より高松市高松町に移住。香川大学名誉教授。「篁」同人を経て、平成六年ＮＨＫ文化講座「花冠」主宰。歌集『爪木崎』（昭和51年12月10日、協同出版）。

嘆けとて総門落し滅亡のかたみに舞ふや
　秋の群蝶（屋島）
磯野禅尼と静御前と住みはてし讃岐山脈
　も春ふかみたり

（浦西和彦）

笹山久三《ささやま・きゅうぞう》

昭和二十五年九月十二日〜。小説家。高知県幡多郡西土佐村（現四万十市）に生まれる。本名は久己。昭和四十四年、高知県立中村高等学校西土佐分校を卒業する。上京し、横浜金沢郵便局集配課に勤める。労働者運動に挺身する。六十二年、自伝的小説「あつよしの夏」を書く。第二四回文藝賞を受賞する。六十三〜平成十一年、『四万十川』『四万十川第2部』『飢餓船』『四万十川第3部』『郵便屋』『幼年記』『四万十川第4部』『四万十川第5部』『やまびこのうた』『母の四万十川・第一部』『四万十川第6部』『母の四万十川・第二部』『郵便屋の涙』『母の四万十川・第三部』を著す。

＊四万十川《しまんとがわ》　長編小説。〔初出〕「文藝」昭和六十二年十二月一日、二六巻五号。原題「あつよしの夏―四万十川」。〔初版〕昭和六十三年一月三十日、河出書房新社。◇昭和三十年代、四万十川に支流・目黒川が合流する辺り。子供たちは、早春の山菜取り、初夏の〝コロバシ〟を仕掛けるウナギ漁などの遊びで家計を手伝い、たくましく育つ。山本秀男、スミの五人の子供、朝子、和夫、篤義、鈴子、光男の心の交流を描く。小学三年生篤義も、飼い猫の命乞いや、学校でいじめっ子との対決を契機に、自分の弱い心と闘うようになる。弱者を助けようとしてかえって傷付けてしまうこともあったけれど。第一部千代子イジメ譚は、催涙類型的だが、千代子のモデルも「実在した」（岡林清水）よし。「わたしのデビュー作」で作者の語る父像、すなわち「私達五人の子供を育ててくれ」「結核を患って手術し、生還してから商いをはじめ、それでも足りない暮らしの糧を、鰻漁、鮎漁、蟹漁に求めて休む暇なく働」き、「出稼ぎ先で目に怪我を負い、手に入れた家が洪水で潰されても尚、まっすぐに前を見て暮らしを打ち立て」「山に栗を植えて、金になる農業の草分けのようなことをやった」云々は、『四万十川』全六部の「父」の略歴そのままであり、「その下支えは、いつも母」も、作中の「母」と同じである。第1部は、昭和三十年代、四万十川流域の子供生活誌としても貴重であろう。子供が水を宙に投げ上げると「水は、いくつもの玉になり、空と山の端に残された僅かな光を跳ねかえして鈍く輝いた」と描く、水乱舞の光景は美しい。文藝賞を受賞した。選評をひらうと、「子供たちが糊口のため川魚を捕るところなど、重厚なリアリティがある」（小島信夫）、「家族というものが力強く描き切ってある」（河野多恵子）、「地勢図《トポグラフィー》がしっかりし」「魅力的な小説の時空間を形成している」（江藤淳）など。川村湊は「〝レトロ現象〟にさおさした」作品の一つ、と見る。読書感想文コンクール課題図書となり、坪田譲治文学賞を受賞する。TVドラマ化され、河出文庫化された。桐山襲は「少年のひと夏のみずみずしい『成長』を綴った」と解説する。中学校二年生の国語教科書（三省堂）に採られる。

＊四万十川第2部　とおいわかれの日々に《しまんとがわだいにぶ　とおいわかれのひびに》　長編小説。〔初出〕「文藝」平成元年五月一日、二八巻二号。〔初版〕平成元年六月二十四日、河出書房新社。◇口減らし、集団就職で津賀の里を出て行く姉。転居してゆく友。台風で増水した川に流される家。小学四年生の篤義は、襲い来るものを古伝承の魔物になぞりつつ考える。作者は「あつよしの夏」に書き残した「父の足跡」を第2部に込めた。秋山駿は、続編だが「前作よりずっと文章がよくなり、内容が充実した。つまり作品の密度が上昇した」と評価する。河出文庫化された。三木卓は、第2部で「今まで永遠に属していたはずの自然に、時代という斧が入る」と解

説する。第1部、第2部を、恩地日出夫が映画化した。

＊四万十川第3部《しまんとがわだいさんぶ》　青の芽吹くころは《あおのめぶくころは》　長編小説。〔初版〕平成三年一月十四日、河出書房新社。◇農園の夢を追う男が恋に破れ、のたうつような苦しみの果てに山を去った。篤義に第二次性徴が現れ、好きな女の子に囚われる。村の目が光る。河出文庫化。

＊四万十川第4部《しまんとがわだいよんぶ》　さよならを言えずに《さよならをいえずに》　長編小説。〔初版〕平成五年六月二十五日、河出書房新社。◇篤義は、高校を卒業すると、山や川との共生を願いながら、引き抜かれるように村を離れる。食べることを超えた理想・真理を求め、見付けられず、もがきつつ大人になってゆく。河出文庫化。

＊四万十川第5部《しまんとがわだいごぶ》　ふるさとを捨てても《ふるさとをすてても》　長編小説。〔初版〕平成七年二月十日、河出書房新社。◇六年後、都会の郵便局員である篤義は、仕事と人間関係、組合の分裂攻撃から逃れるようにして帰郷する。しかし、四万十川に管理の影が落ち、村も疲弊していた。仲間を置き去りにできないと、再び都会へ戻る。ラスト近くに書簡を置くスタイルは第1部と同じ。

＊四万十川第6部《しまんとがわだいろくぶ》　こころの中を川が流れる《こころのなかをかわがながれる》　長編小説。〔初版〕平成八年十一月十一日、河出書房新社。◇二十四歳の篤義は、妻子を持ち郵便局勤務、労働者運動に挺身かつ小説家となる。父、母の逝去。高校卒業後二五年、体中に父母や川を感じながら、今後も〝人として生きる〟決意を固める。

＊母の四万十川・第一部・さいはてのうたがきこえる《ははのしまんとがわ・だいいちぶ・さいはてのうたがきこえる》　長編小説。〔初版〕平成八年三月二十五日、河出書房新社。◇満州開拓政策基本要綱による分村移民を、チエは忘れない。戦後、チエは山小屋暮らしの優しい働き者民蔵と結婚し、畑仕事、家事、鰻取りに出精する。大輔、幸春、千年を産み、姉の子の裕一の後ろ盾となる。民蔵は雇われ仕事で里に出て以後、精彩を欠き、怪我をして倒れる。そこへ姉の死。分村移民の地獄から引き揚げてきた従姉妹八重の病死が相次ぐ。チエは夫や子を自分の生きる意味だとし、今日も行商に赴く。

＊母の四万十川・第二部・それぞれの道《ははのしまんとがわ・だいにぶ・それぞれのみち》　長編小説。〔初版〕平成九年十二月十五日、河出書房新社。◇「七割転落百姓の村」で、チエは商店を構える。家族に支えられる一方、集落の人間関係が壊れてゆくのを見る。

＊母の四万十川・第三部・かたすみの昭和《ははのしまんとがわ・だいさんぶ・かたすみのしょうわ》　長編小説。〔初版〕平成十一年六月二十五日、河出書房新社。◇昭和末年「江川崎」最寄りの村。息子の大輔が農漁業で頑張り、チエは商店で暮らしを支える。村は稼ぎが個別化し、バラバラになった。民蔵、チエ夫婦は五人の孫に囲まれる。心配した幸春も小説新人賞を受ける。「この村は、農民が村の外側の変化によって疲弊させられた」。昭和の終わり、チエは強制移民犠牲者の墓参りに行く。

（堀部功夫）

佐沢波弦　さざわ・はげん　明治二十二年十一月七日～昭和五十八年一月十三日。歌人。徳島県小松島市に生まれる。本名は儀平。明治四十四年、徳島師範学校卒業。昭和四十年、帝塚山大学を定年退職。明治末年より作歌をはじめ、「南海の子」主筆となる。大正十四年、「覇王樹」に参加。昭和二十一年、「あめつち」を創刊。四十九年、大阪歌人クラブが設立され、初代会長となった。五十二年、大阪藝術功労賞を受賞。歌集に『佐沢波弦歌集』（昭和43年、あめつち発行所）がある。

（浦西和彦）

佐多稲子 さた・いねこ

明治三十七年六月一日〜平成十年十月十二日。小説家。長崎市に生まれる。本名は佐田イネ。昭和三年、処女作「キャラメル工場から」を発表。小学校を卒業しないうちから生計を助けるため女工になった苦しい体験が素直に描かれていて、プロレタリア作家として知られるようになった。「牡丹のある家」「くれない」「素足の娘」など優れた作品を発表。昭和十六年十月二十八日、文藝家協会主催の文藝銃後運動講演会に、菊池寛、浜本浩、日比野士郎、海野十三、壺井栄等と参加し、四国各地をまわり、そのあと壺井栄と小豆島に行き、療養中の黒島伝治を見舞った。二十年、窪川鶴次郎と離婚。戦後は「私の東京地図」で再出発。「女の宿」「時に佇つ」「樹影」「夏の栞」などの秀作を発表。四十五年九月二十三日、壺井栄文学碑除幕式が小豆島で行われ、中野重治等とともに出席。エッセイに「壺井栄さんと郷里」（『壺井栄作品集しおり2』昭和31年5月20日、筑摩書房）、「小豆島再訪」（「四国作家」昭和62年1月1日、第11号）等がある。

（浦西和彦）

＊土佐の闘犬《とさのとうけん》　エッセイ。〔初出〕「海」昭和四十九年一月一日、五七号。◇田岡典夫に誘われ、観光課に招かれ、高知へ行く。桂浜闘犬センターの、印象的な主人夫婦と会う。「土佐司」と「ベン・ハー」の取り組み、「競技」と「死闘」の違いを見、「闘いに勝つ、というのはどういうことだろう」と思い始める。

（堀部功夫）

佐竹正隆 さたけ・まさたか

大正八年十月十三日〜昭和五十一年一月四日。詩人。高知県高岡郡浦ノ内村に生まれる。昭和十三年から、高知県庁に勤める。戦時中、応召。戦後、復員、復職。三十四年、『ビルマ詩集』を著す。

（堀部功夫）

貞本静月女 さだもと・せいげつじょ

明治四十二年一月十八日〜昭和四十九年二月四日。俳人。愛媛県北条市夏目（現松山市）に生まれる。本名は規予子。昭和三十二年、松永鬼子坊の指導を受け「渋柿」に入会。野村喜舟に師事。句集『はなばさみ』（昭和49年7月20日、貞本重信）。

（浦西和彦）

佐藤いづみ さとう・いずみ

大正五年三月十五日〜。歌人。高知市旭町に生まれる。祖父も父も作句し、文学系統の家であった。大阪で育つ。昭和十三年ころ、国府村から後免の〝土佐梁山泊〟（文部省検定試験をめざす独学青年の集まり）に通う。文検国語科合格。高知で教師になる。歌誌「多磨」に入る。十八年、「短歌藝術」編集の一人になる。戦後、教員組合運動に入る。「なかばより楽の音はなれきこえくるフルートの音は幸福の音いろ」。三十一年、中村信、松本ふじ子、森川すみと合同歌集『四重奏』（昭和31年1月25日、金高堂）を著す。「短歌藝術」代表となる。平成八年、『うた人こころ』を著す。「生徒らのなかにもまれつつ段降りる高き窓より光がさして」。

（堀部功夫）

佐藤高明 さとう・こうめい

大正十三年（月日未詳）〜。小説家。徳島市に生まれる。東京文理科大学国文学科卒業。文部省勤務を経て、鳴門教育大学、徳島文理科大学文学部教授を歴任。『阿波国文庫本『源起記』について』（昭和43年2月、吉川弘文館）、『御物本増鏡　上中下』（昭和56年1月、勉誠社）等の研究書を多数刊行。同人誌「暖流」に所属し、「二階下の家」「長い泥道」他を発表するが、受験戦争に傷つき、倒れて行く子供たちの実態を衝撃的に描いた『風よ吹かないでおくれ』（昭和61年9月、徳島県教育印刷株式会社）で、デビュー。翌年、『教科書検定の現場から』（昭和62年、早稲田出版）で、教育問題に再度取り組み、注目を浴び、ノンフィクション作家としての一歩を踏み出した。『小説リクルート事件―挫折』（平成元年3月31日、早稲田出版）を刊行。『閑思庵覚書』（平成3年3月、檸檬社）、『ドイツ橋慕情〈日本短編小説文庫　第27集〉』（平成4年12月1日、近代文藝社）、『漱石―イギリスの恋人』（平成11年、勉誠出版）などがある。

＊**ドイツ橋慕情**《どいつばしぼじょう》　短編小説。〔収録〕『ドイツ橋慕情〈日本短編小説文庫　第27集〉』平成四年十二月一日、近代文藝社。◇一九九〇年のイラクによるクウェート進攻で、息子を捕虜とされた主人公は、その無事を祈るべく四国巡礼に出かける。ところが、鳴門で偶然第一次大戦中のドイツ人俘虜収容所のことを知り、息子と同じ捕虜の身という関心から、地元の人の話を聞くことになる。寛大だった収容所の処遇のことを聞き、ドイツ兵と恋に落ち、病死した娘の手記を読ませてもらい、感動した主人公は、改めて砂漠の息子のことを思い、巡礼に出発する。　（増田周子）

佐藤紅緑　さとう・こうろく

明治七年七月六日～昭和二十四年六月三日。劇作家。青森に生まれる。本名は洽六。国学院に学ぶ。『佐藤紅緑全集』がある。大正六年、新劇日本座を率いて、高知に立ち寄る。高知新聞後援、堀詰座で旅興行するが不振であった。　（堀部功夫）

佐藤繁子　さとう・しげこ

生年月日未詳～。シナリオライター。新潟県に生まれる。明治大学卒業。

＊**ノンちゃんの夢**《のんちゃんのゆめ》　長編小説。〔初版〕昭和六十三年五月二十日、光文社。◇昭和二十年、高知県安芸郡大里村の伯父宅に疎開中の〝ノンちゃん〟結城暢子は明るく元気な娘。伯父の用意した青年武野博史との見合いをぶちこわす。初恋の海軍士官蓮見雄一郎に心中立てしたためだった。復員してきた蓮見は三〇〇円を持ち逃げしてしまう。ノンちゃんは上京し出版社に勤める。武野に再会する。ノンちゃんは雑誌作りを始める。武野とノンちゃんは「イゴッソーとハチキンの喧嘩」をくりかえしつつ、互いに惹かれてゆく。下宿先もノンちゃを応援してくれる。母と妹も呼び寄せる。戦災孤児満くんも加わる。出版社は倒産寸前からたち直る。ＮＨＫ総合ＴＶ（昭和63年4月4日～10月1日）の小説化である。『ノンちゃんの夢ＮＨＫドラマ・ガイド』（昭和63年4月4日、日本放送出版協会）もある。　（堀部功夫）

佐藤輝夫　さとう・てるお

明治三十二年一月十日～平成六年四月十三日。仏文学者。徳島市国府町矢野に生まれる。鳴門撫養中学校を経て早稲田大学仏文学科卒業。留学し、パリ大学、ボルドー大学で中世文学を学ぶ。帰国して早稲田大学で教鞭をとる。一五世紀の詩人ヴィヨンの研究で文学博士の学位を得る。著書に『仏蘭西中世「語りもの」文藝の研究』（昭和16年12月、白水社）、『フランス文学の精神』（昭和24年6月、小石川書房）などがある。『ヴィヨン詩研究』（昭和28年2月、中央公論社）で読売文学賞を受賞。『トリスタン・イズー物語』（昭和17年10月、冨山房）、『結婚十五の愉しみ』（昭和23年、新樹社）、『愛より祈りへ』（昭和24年、青磁社）など多くの訳書もある。また、早稲田大学に比較文学研究室を設け、『「ローランの歌」と「平家物語」』（前編、昭和43年3月、後編、昭和43年6月、中央公論社）で、学士院賞を受賞するなど、比較文学研究の分野でも活躍した。（増田周子）

サトウハチロー　さとう・はちろう

明治三十六年五月二日～昭和四十八年十一月十三日。詩人、小説家。東京に生まれる。本名は佐藤八郎。父は佐藤紅緑。立教中学校中退。中学生から詩を書き始め、福士幸次郎のち西条八十に師事し、童謡を書く。大正十五年『爪色の雨』で詩壇に地位を固める。日本音楽著作権協会、日本童話協会会長、「話の泉」のレギュラー、スポーツ会の世話役などの分野でも活躍した。昭和四十一年、阿南市加茂谷中学校野球部が四国大会で準優勝。NHKテレビ「あすは君たちのもの」に一四人の野球少年が招待された。徳島の田舎の少年が、スポーツと勉強を両立させていることに感動し、作った詩「そこに少年の日がある」が詩碑として加茂谷中体育館の前に建立されている。（増田周子）

佐藤春夫　さとう・はるお

明治二十五年四月九日～昭和三十九年五月六日。詩人、評論家、小説家。和歌山県に生まれる。和歌山県立新宮中学校卒業後上京、大正二年慶応義塾大学中退。六年「西班牙犬の家」「病める薔薇」で作家出発。昭和十七年『芬夷行』で菊池寛賞を、二十七年『佐藤春夫全詩集』また二十九年『晶子曼陀羅』で読売文学賞を受賞。三十五年文化勲章受賞。『定本佐藤春夫全集』全三六巻、別巻二（平成10年7月～13年9月、臨川書店）。

＊徳島見聞記《とくしまけんぶんき》　エッセイ。〔初版〕『散人偶記』昭和十一年六月、第一書房。◇モラエスについて述べた小品である。モラエスの作品中、愛妻お米と小春の追憶記が最も力作である。またモラエスの旧宅を訪れ、家具調度や遺品、庭などにモラエスの心の広がりが感じとれる。モラエスの墓参りをして、日本と徳島への愛着の深さが分かる。最後にモラエスが天皇の写真を飾り、日本文学特に方丈記を好んだところにモラエスの真随がうかがえる、と結んでいる。（増田周子）

佐藤雅美　さとう・まさみ

昭和十六年一月十四日～。小説家。兵庫県に生まれる。早稲田大学法学部卒業。サラリーマン、フリーターを経て、昭和五十九年、処女作「大君の通貨」で第四回新田次郎文学賞を受賞。平成五年『恵比寿屋喜兵衛手控え』（平成5年10月、講談社）で第一一〇回直木賞を受賞する。その他の作品に『半次捕物控影帳』（平成4年8月、講談社）、『物書同心居眠り紋蔵』（平成6年12月、講談社）、『八州廻り桑山十兵衛』（平成8年5月、文藝春秋）、『手跡指南神山慎吾』（平成8年8月、講談社）『立身出世―官僚川路聖謨の生涯』（平成9年12月、文藝春秋）、『楼岸夢一定―蜂須賀小六』（平成10年2月25日、実業之日本社）、『幽斎玄旨』（平成10年6月5日、岩波書店）など多数。

＊楼岸夢一定―蜂須賀小六《ろうがんゆめいちじょう―はちすかころく》　長編小説。〔初出〕「週刊小説」平成八年十一月十二日～九年十月十七日。〔初版〕平成十年二月二十五日、実業之日本社。◇尾張の土豪から秀吉の天下統一の将として名を馳せた蜂須賀小六の生涯の物語である。尾張、美濃制圧に際して信長の家臣とはならず、つかず離れずの関係で協力した彼は、やがて秀吉に臣従し、

親友小右衛門とともに墨俣の一夜城築城をはじめ数々の戦いに貢献。信長亡き後は秀吉の将として戦を指揮する。大坂に陣を張る小六は、倅小六に阿波一国を与えてもらい、「平時のご奉公は大敵に向かうより難し」と遺言して死ぬ。（増田周子）

佐藤明芳 さとう・めいほう

昭和三年（月日未詳）〜。小説家。大阪市に生まれる。本名は秋芳。仏教大学社会学部および文学部卒業。米国州立コロラド大学に短期留学。中学校教員、教護院教諭などをしながら、小説、エッセイなどを機関紙に発表。四国文学会同人。著書に『木もれ日のある風景』（平成6年10月10日、近代文藝社）がある。（増田周子）

佐薙戸汐 さなぎ・としお

明治四十二年十一月二十一日〜平成八年二月二十三日。俳人。愛媛県に生まれる。本名は利雄。新居浜農業学校卒業。農家。昭和四十五年「故郷」入会、のち同人。句集『菊日和』（昭和52年）。（浦西和彦）

佐野順一郎 さの・じゅんいちろう

明治四十二年七月十日〜昭和三十五年八月十九日。小説家。高知県香美郡富家村に父重利、母富得の長男として生まれる。大正十五年、詩「森」「感覚と食卓」を「麗詩仙」に発表。昭和三年、「青騎兵」に参加する。「児童文藝」を創刊。日本プロレタリア映画連盟高知支部の責任者となる。六年、弘田競、信清悠久、植村浩、毛利孟夫たちと日本プロレタリア作家同盟高知支部を結成する。上京。岩崎珠子と出会う。七年、小説「縊死」を「プロレタリア文学」に発表。プロレタリア文学運動弾圧にあい検挙される。十年、小説「港の漁民」を貴司山治の出す「文学案内」に発表。徳永直、藤森成吉、島木健作、加賀耿二と並称される。十一年、「敗北者の群」を「文藝」に、「芽生え」を「文学案内」に発表。前者の賞金をもって高知の佐川へ短期間移住する。十二年、「季節の風」を「文藝」に発表。十三年、「作家の日記」を「文藝首都」に発表。十六年、「羊」を「文藝」に発表。十七年、「入所の日」を「文藝」に発表。三十三年、取材のため帰高する。五十一歳で、取材先宿毛市において死去する。平成二年、『佐野順一郎小説集』が刊行される。同書所収の猪野睦「佐野順一郎の作品」および、九年二月八〜十日「高知新聞」連載「埋もれてきた群像」三八〜四〇にくわしい。

＊縊死 いし　短編小説。〔初出〕「プロレタリア文学」昭和七年四月。〔収録〕『日本プロレタリア文学集20』昭和六十年三月二十五日、新日本出版社。◇高知。貧農お熊婆さんが、大事な働き手の孫息子を兵隊に取られ、「戦争のおかげで儲ける旦那が、人殺しのように思える」。いろりの上にぶら下がるまでを描く。佐藤静夫は「やや説明的な部分も目につくが、一九三一年から三二年にかけてのプロレタリア文学の主題が、貧農の窮乏と侵略戦争の拡大への重要な関心をもち、そこに批判の大きな目を見開いていたことを証する作品のひとつといってよいであろう」と評価する。

＊佐野順一郎小説集 さのじゅんいちろうしょうせつしゅう　短編小説集。〔初版〕平成二年五月二十五日、土佐出版社。◇「港の漁民」（「文学案内」昭和10年10〜11月）昭和初年、浦戸湾内三畳瀬村が舞台である。機船底曳網が小釣業者を脅かしている。信造は、息子の仙吉の他、船子の吾作、新六、圭介が乗る海勢丸の船主だが、独裁者で、船子の過剰金返還要求に応じない。翌日、機械船天神丸が小釣業者用区域へ侵漁した。海勢丸は天神丸を囲

み込んで気勢を挙げる。その夜、仙吉は、天神丸船主の娘お種を担ごうとして失敗する。船子の妻たちは、高知市内へ魚の行商に出るが売れ行きが悪い。大晦日に信造は、海勢丸を売却せざるをえなくなる。失職した船子たちへ、機船底曳網から誘いがかかる。「芽生」(「文学案内」昭和11年12月)将来東京へ出るつもりだった高等小学三年生本田丹良が、学校で差別発言者とたたかう姿を描く。彼は叔父の助言「自分の村から良うせねば」に従い、村に残る決意をする。「敗北者の群」(「文藝」昭和11年11月)は、「怯え性が少なくて感情に支配され易い私」＝藪岡が主人公。昭和五年、全農会議派系組合を組織するが、七年の弾圧に捕らえられ、転向する。十年、小自作農を始める。離作料問題で田を投げ出し、高知市へ出る。仮出獄同志の慰労会をのぞいた「私」は、多くの再出発宣言を聞くうち、村の組合に戻ろうと思い直す。「季節の風」(「文藝」昭和12年12月)二・二六事件の三日後、「僕でなければ誰もやろうとしない仕事」をしようと上京した病人の「私」＝秋山典重が、不審尋問にひっかかり留置場に入れられる。身柄を同郷の友石坂に預けられる。原田博士の診断を受け、「体中どこもかしこも病気だらけです。それは丁度一九三三・四年頃の左翼の組織と同じことです!」と訴える。博士から強度神経衰弱と診断され、帰京し「石にかじりついても生きていなければなりません」とさとされる。本作を、猪野睦は「槙村浩をモデルとしており、今となっては貴重な作品」と評価する。作中「私」が石坂に独房壁の電気仕掛け盗聴装置を語るくだりは、貴司山治「槙村浩の時代」の記述とも符合する。槙村の二・二六事件への関心が窺われ興味深い。「羊」(「文藝」昭和16年4月)特高の拘禁を受け留置場に居た「私の実弟三吉」が志願兵となり、一時帰休したさい、緬羊飼育を思い立つ。有畜農法反対派と対峙するが、事業は成功する。しかし三吉は出征し再び帰って来ることはなかった。

(堀部功夫)

佐野まもる　さの・まもる

明治三十四年五月十五日～昭和五十九年七月十四日。俳人。徳島市徳島町裏の町に生まれる。本名は英明。徳島中学校卒業。大正七年徳島専売支局(後に日本専売公社、現日本たばこ産業株式会社)に入社、昭和十七年専売局高松地方局、十九年伯方出張所所長、二十三年宇和島出張所所長、二十五年高松支局長を歴任して三十年に退職。同年より三十四年まで徳島塩元売株式会社社長。俳句は大正六年「文章倶楽部」の内藤鳴雪選に「神代をば冬の月こそ語るらめ」が天位入選したころから作りはじめる。「木太刀」「破魔弓」「ホトトギス」に投句。昭和五年「馬酔木」の巻頭を占める。六年、水原秋桜子の「ホトトギス」離脱と行をともにして終生秋桜子に従った。八年、軽部鳥頭子らとともに「馬酔木」第一期の自選欄同人に推された。十二年「馬酔木」の〝新葉集〟欄選者。十四年、小山寒子歿後休刊中だった「青潮」を復刊し、二十六年八月廃刊するまで主宰した。三十一年「海郷」を創刊主宰。三十五年馬酔木賞、四十六年馬酔木功労賞、五十八年句集『天明抄』により徳島県出版文化賞を受賞。句集『佐野まもる句集』(昭和12年2月1日、沙羅書店)、『海郷』(昭和23年10月1日、青潮社)、『無慙絵』(昭和24年12月10日、青潮社)、『恩掌』(昭和45年1月20日、海郷俳句会)、『佐野まもる集(自註)』(昭和55年12月1日、俳人協会)、『天明抄』(昭和57年5月15日、書肆季節社)。

　初潮に合戦以来沈透《しず》く磐

黒潮に浸る寒雲龍馬の国

野分土佐テトラポットを怒る波
眼で結ぶ野火の点在貫之址　（浦西和彦）

寒川鼠骨　さむかわ・そこつ

明治八年十一月三日～昭和二十九年八月十八日。俳人。愛媛県松山市三番町で生まれる。本名は陽光。松山中学校を経て第三高等学校に入学。河東碧梧桐と同宿し、俳句を始める。正岡子規に師事する。明治二十八年第三高等学校を中退し、中川四明の推挙で京都新聞社に入社、翌年暮れに大阪朝日新聞社に移る。三十一年、上京し、「日本」記者となる。子規と親しく接した。長編小説「新囚人」（「ホトトギス」明治33年5～11月）は、新聞「日本」が山県有朋総理大臣を攻撃したのが、官吏侮辱の罪で、寒川鼠骨が新聞署名人であったため一五日間入獄した体験を描いている。句作だけでなく、写生文にも力を入れた。子規歿後は「日本」記者をやめ、電報新聞社らを経て、政教社に入り「日本及日本人」を編集した。子規の遺業編纂や根岸の子規庵保存、維持に尽力する。著書に『写生文』（明治36年6月15日、内外出版協会）、『俳文作法指南』（明治36年7月7日、大学館）、『贈答俳句集並に作法』（明治39年11月6日、大学館）、『俳句の先生』（大正7年2月15日、止善堂書店）、『寒川鼠骨集』（昭和5年、改造社）、編著『子規居士絵画観』（昭和24年、日新房）、『子規画日記』（昭和23年11月3日、日新房）等がある。　（浦西和彦）

沢田ふじ子　さわだ・ふじこ

昭和二十一年九月五日～。小説家。愛知県に生まれる。愛知県立女子大学卒業。教師、西陣綴織工を経て文筆活動に。「石女」で小説現代新人賞、「陸奥甲冑記」「寂野」で吉川英治文学賞を受ける。昭和六十三年からたびたび小説取材のため四国遍路に出かける。

＊遍照の海《へんじょうのうみ》　小説。〔初出〕「別冊婦人公論」平成四年一月二十日、一三巻一号。〔初版〕平成四年九月二十日、中央公論社。◇江戸時代京都。紙商鎰屋《かぎや》宗琳の娘以茶《いさ》は俳句を作る。慈悲深い以茶と、吝嗇冷酷な婿栄次郎との仲は冷えていた。以茶が謹厳実直な浪人大森左内を援助すると、栄次郎は邪推詮索し、結果的に以茶と左内を結びつけてしまう。栄次郎が現場へ踏みこむさい過って合口で自傷してしまう。以茶、左内は磔、晒刑が決まる。高僧の助命策により以茶だけ助かり、生涯の遍路行が命じられる。三年後、以茶は伊予国で行き倒れる。中公文庫化された。清原康正は「以茶は作者が創造した人物」と解説する。確かに、作中の以茶の句は、作者のエッセイ「遍路の道にて」（「婦人公論」平成元年6月1日）や『四国遍路』宿業の旅人たち」（「新潮45」平成2年5月1日）に既出である。　（堀部功夫）

沢英彦　さわ・ひでひこ

大正十五年（月日未詳）～。詩人。高知県香美郡赤岡（現香南市）に生まれる。香美郡や高知市の学校に勤める。昭和四十三～平成六年、詩集『振子』『海辺の墓地』『土地舟』『北斗の鳥』、評論集『文学の草の根』『漱石文学の愛の構造』等。　（堀部功夫）

沢村勉　さわむら・つとむ

大正四年九月十二日～昭和五十二年六月十四日。脚本家。高知市に生まれる。東京大学卒業。「映画評論」編集同人。戦後も、松竹、日活、東宝でシナリオを執筆する。　（堀部功夫）

沢村芳翠　さわむら・ほうすい

大正三年十二月一日～平成十五年三月二日。

俳人。高知市水通町七六に生まれる。本名は良高。家は代々、土佐藩主山内家の典医であった。昭和十三年、大阪帝国大学卒業。母校の眼科教室に入局。十八年頃、作句を始める。十九年、医学博士となる。二十年、応召、上海、南京に軍医として勤務する。二十一年、父が死去した。復員。高知赤十字病院眼科医長として勤務。「ホトトギス」に拠る。二十六年、俳誌「竜巻」を主宰。二十九年、病院を退職し、眼科を開業。能楽の徳平元太郎師社中に入る。三十五年、喜多流宗家に入門する。五十四年、宗家より正教授職を許される。社中芳翠会を主宰する。五十八年、厚生大臣表彰を受ける。句集『雪月花』（昭和58年8月14日、竜巻発行所）を著す。　（堀部功夫）

沢村光博《さわむら・みつひろ》

大正十年九月二日～平成元年十月二十七日。詩人。高知市に生まれる。母が死去した後、赤石町の叔母に引き取られ、五歳まで幸福な幼年時代をすごす。父、叔父共同経営の製紙工場が不振となり、実家に戻る。小学校で西内蕃一教諭より生活綴り方の指導をうける。昭和十一年、山河を歩き、投稿を始め、キリスト教会に出入りする。十五年、肺結核と診断される。十六年、病気のため兵役を免除される。喀血し、入院する。敗戦後、詩誌「骸子一擲」を創刊する。正木聖夫の「南海詩人」同人となり、詩「芦の湖にて」を発表する。二十五年、横浜に転居する。北川冬彦の詩誌「時間」に参加する。カトリック系詩誌「火」を創刊し、詩「見知らぬ土地」を発表する。二十九年、「時間」評論賞を受ける。三十年、「詩と批評」を創刊する。三十一年、「時間」詩人賞を受ける。三十二年、「時間」同人を辞す。三十三年、「想像」を創刊する。三十六年、東京都立広尾病院に入院する。三十七年、胸部成型手術を行い、退院する。詩集“AL FIRO DE LA MEDIANOCHE”をスペインで著す。三十九年、詩集『火の分析』を著す。四十年、H氏賞を受ける。四十一年、『教科書の詩』を著す。四十四年、キリシタン史研究に着手する。四十六年、評論集『詩と言語と実存』を著す。四十七年、「詩と思想」を創刊する。五十年、「言葉」を創刊する。『沢村光博全詩集』『性と信仰と国家』『詩で育つ子どもたち』を著す。五十四年、思想の科学研究会会員となる。五十五～五十七年、『えぞキリシタン』『キリシタン史の旅』『道とロゴス』『詩と言語』を著す。六十一年、『日本現代詩文庫21　沢村光博詩集』が刊行される。経歴は同書所収略年譜にくわしい。

＊土佐へ《とさへ》　詩。〔収録〕『日本現代詩文庫21　沢村光博詩集』昭和六十一年二月二十日、土曜美術社。◇昭和五十一年夏、「私」が赤岡のキリシタン受難の地を訪ねる。「（歴史よ答えよ　一つの思想を拷問することから一体何が生みだされるのか…）」と。いまは広いバイパス道路。「―私は　そこだけは静かな　氏神の森の／古い沼のまわりを歩いた／その足音に　底から姿をあらわした赤い鯉が／水の面に一つ撥ね／それから　永遠らしいものの中へ／ゆっくり沈んでいくのを／見ていた」。　（堀部功夫）

三宮幸十郎《さんのみや・こうじゅうろう》

明治三十五年五月二十四日～昭和五十三年六月五日。歌人。高知県安芸郡伊尾木村二六五に、時馬、種喜の長男として生まれる。高等小学校代用教員、県庁職員。昭和二十二年、アララギ系歌誌「にひはり」を創刊する。四十二年、歌集『五十年』を著す。　（堀部功夫）

【し】

椎名誠《しいな・まこと》

昭和十九年六月十四日〜。小説家。東京に生まれる。東京写真大学中退。雑誌編集者を経て文筆活動に。吉川英治文学新人賞受賞。

＊土佐日記一・五日分《とさにっきいってんごにちぶん》　エッセイ。〔初出〕「小説現代」昭和六十年十二月一日、二三巻一六号。◇郷土誌「土佐」刊行者の和田健一から講演に呼ばれ、高知へ行く。金高堂書店、料亭リンスイへ足を運ぶ。べく盃や箸拳を見る。ワシントンホテルに泊まる。「夜更けのサーチライトと〔アイスクリン屋の〕パラソルとパオのようなラーメン屋の赤いテントが高知の夜に不思議ないろどりをつけていた」。翌日サーチライトがラブホテルの広告であったと判明する。

＊旅の紙芝居《たびのかみしばい》　写真＋エッセイ。〔初出〕「アサヒカメラ」平成二年〜九年十二月。〔初版〕平成十年三月一日、朝日新聞社。◇頑丈で「ガッツのある沈下橋がいくつもかかっている四国土佐の四万十川にしばらくいた。」とある。（堀部功夫）

椎野耕一《しいの・こういち》

大正四年十月十九日〜昭和二十年（月日未詳）。詩人。高知県香美郡在所村府内に、志津夫、登喜於の次男として生まれる。永野高等小学校卒業。昭和五年、写真製版所に勤め印刷の下受け業務を行う。六年、詩作を始める。「白馬」同人になる。十年、「樹木」に詩を発表する。十三年、「高知文藝」に詩を発表する。十四年、「生きちょるか」に詩を発表する。十七年、文藝誌「羽明」創刊に加わる。十八年、詩集『椎の木』『天の花』を著す。十九年、軍隊に入る。二十年、「南ビルマトングー市近郊モーチ街道附近で英印軍との戦闘に参加消息を絶」つ。（堀部功夫）

JET《じぇっと》

生年月日未詳〜。漫画家。高知市に生まれる。本名は門脇佳代。昭和六十年、「ロマンティックにゃほどとおい!」（『少年キャプテン』）でデビュー。『綺譚倶楽部』『倫敦魔魍街』『十兵衛紅変化』などを著す。（堀部功夫）

塩田月史《しおた・げっし》

明治四十三年十月十六日〜平成四年十二月一日。俳人。香川県多度津町青木に生まれる。教員、多度津町立明徳会図書館館長。村尾公羽に師事し、「ホトトギス」「紫苑」に投句。昭和六十年四月、三木杜雨より「紫苑」を継承主宰する。句集『月史句集』（平成5年1月18日、紫苑発行所）、俳文集『子規庵へ』（昭和59年1月25日、近代文藝社）。

法螺吹いて村人集め百々手祭
花屑を浮べて古き港かな
金毘羅の神や留守ともなき人出

（浦西和彦）

志賀重昂《しが・しげたか》

文久三（一八六三）年九月十五日〜昭和二年四月六日。地理学者。三河国に生まれる。札幌農学校卒業。『志賀重昂全集』全八巻（昭和2年12月20日〜4年3月20日、志賀重昂全集刊行会）がある。

＊日本風景論《にほんふうけいろん》　地誌。〔一部初出〕「亜細亜」明治二十六年十二月一日。〔初版〕明治二十七年十月二十四日、政教社。◇日本の「江山」の「洵美」を讃え、登山の気風を興作すべく、風景の保護を説く。主な四国関係記事をひろうと、「日本には水蒸気の多量なる事」章「四国南半は日本国中に

て最も水蒸気多量の処」で、魚梁瀬《やなせ》山脈の雲、土佐の溝渠運河や四万十川の水量に触れ、四国北半は日本国中の最も乾燥せる処と記す。「日本には火山岩の多々なる事」章で伊予ノ小富士、高縄山、石鎚山、飯ノ山に、「登山の気風を興作すべし」章「四国の花崗岩」で土佐国南部にある諸島嶼に、「日本には流水の浸蝕激烈なる事」章「石炭岩における浸蝕」で羅漢洞に、「海水の浸蝕」で竜串他に、それぞれ言及する。（堀部功夫）

志賀直哉 しが・なおや

明治十六年二月二十日〜昭和四十六年十月二十一日。小説家。宮城県に生まれる。明治四十三年、武者小路実篤らと「白樺」を創刊。同誌に「網走まで」「剃刀」「大津順吉」などを発表。大正二年一月に短編集『留女』を洛陽堂より出版。独自の私小説作家として出発した。六年五月、「城の崎にて」を「白樺」に、十月、「和解」を「黒潮」に発表し、大正末年には短編小説の日本的完成者という評価が定着し、小林多喜二をはじめ多くの文学者に強い影響を与えた。昭和十二年には、二〇有余年にわたって書きつがれた長編「暗夜行路」を完成した。敗戦後は、「灰色の月」、「蝕まれた友情」などを発表。二十四年十一月、文化勲章を受けた。

＊暗夜行路《あんやこうろ》　長編小説。〔初出〕前編「改造」大正十年一月〜八月（七月は休載）。後編「改造」大正十一年一月〜昭和十二年四月（断続連載）。〔初版〕『暗夜行路前編』大正十一年七月六日、新潮社。後編は『志賀直哉全集第八巻』昭和十二年十月十六日、改造社。◇時任謙作は父の外遊中、祖父と母との間に生まれた。彼はそれを知らない。祖父にはお栄という妾がいる。少年時代より知っていた愛子に求婚するが、彼女の母が謙作の出生の秘密を知っていたため拒否された。打撃を受けた謙作は一人尾道に移り住む。小説の執筆が進まず、四国に旅行する。多度津の波止場から金刀比羅へ向かう。「第二」の「五」章で、四国が描かれる。翌朝、金刀比羅宮へ詣り、午後、高松へ向かい、栗林公園を散歩し、それから電車に乗って屋島へ行く。時任謙作はこの屋島で一層孤独を感じ、お栄との結婚を思い立つが、兄信行の手紙で自分の出生の秘密を知り、ショックを受けるのである。「右の方に夕靄に包まれた小豆島が静かに横たわっている。近く遠く、名も知らぬ島々が眺められた。はるか眼の下には、五大力とか千石船とかいう昔風な和船がもう帆柱に灯りをかかげて休んでいた。夕闇は海の面から湧き上った。沖から寄せるうねりの長い弓なりの線が、それでも暗い中に眺められた。——とにかくいい景色だった」と屋島が描かれている。（浦西和彦）

志賀勝 しが・まさる

明治二十五年三月二十九日〜昭和三十年八月一日。米文学研究者。愛媛県宇和島市に生まれる。大正十年、関西学院大学文学部英文科卒業、以来同校に留まって昭和十五年同校文学部教授となる。詩人ジョーンズ・ヴェリイを紹介。オニールの翻訳や著書『現代英米文学の研究』『現代アメリカ文学論』等がある。（浦西和彦）

重田昇 しげた・のぼる

昭和二十二年五月十三日〜。小説家。徳島県宍喰町（現海陽町）に生まれる。早稲田大学在学中より「あくた」「早稲田文学」「歩行」に創作を発表。卒業後、現代けんこう出版代表として勤めるかたわら、「詩と思想」などに作品を発表する。一九六〇年代後半から七〇年代にかけて、新しい文学を求め、長編『風の貌』（昭和47年、三交社）を刊行、注目を浴びる。それから一八年もの長い沈黙の後、『ビッグ・バーンの風に吹かれて』（平成3年2月6日、沖積舎）、エイズ問題に取り組み、『死の種子』（平成6年2月14日、情報センター出版局）などの著書を出版する。四国の出てくる作品に、「華の祭り」「夏薔薇」「岬の貌」「風の貌」などがある。（増田周子）

繁野天来 しげの・てんらい

明治七年二月十六日～昭和八年三月二日。詩人、英文学者。徳島市住吉島村北野地（現住吉本町）に生まれる。本名は政瑠《まさる》。父は徳島藩士繁野傑。十七歳ごろから詩作を始め、「少年園」に投稿する。東京専門学校文学科に入学し、詩を「早稲田文学」に発表。明治三十年三月、東京専門学校を中退。小説「重ね褄」を「文藝倶楽部」に発表。東京専門学校での詩友、三木天遊との合著『松虫鈴虫』（明治30年5月、東華堂）を刊行。以後各地で中等学校教員をしながら、文部省中等学校教員検定英語科試験に合格。さらに高等学校教員検定試験に合格。大正十年、早稲田高等学院教授、次いで早稲田大学英文学科教授となる。「ミルトン失楽園」研究で文学博士の学位を取得する。著訳書多数で、『ミルトン失楽園物語』（明治36年2月、冨山房）、『Paradise Lost』（大正15年10月、研究社「英文学叢書」の注解）、『失楽園』（昭和4年12月、新潮社「世界文学全集第五巻」）やメレディスの『エゴイスト―自我狂―』の翻訳など多数。繁野天来編『ダンテ神曲物語』（昭和35年12月、冨山房）などがある。（増田周子）

重松清 しげまつ・きよし

昭和三十八年（月日未詳）～。小説家。岡山県に生まれる。平成三年、「ビフォア・ラン」で作家デビュー。十二年、「ビタミンF」で第一二四回直木賞を受ける。

＊**走って、負けて、愛されて。**《はしって、まけて、あいされて。》 ノンフィクション。〔初版〕平成十六年一月六日、平凡社。◇高知競馬場所属の牝馬ハルウララは、連敗しても走り続ける。実況アナウンサー橋口浩二さんが気づき、平成十五年六月、「高知新聞」石井記者の書いた記事から広く注目され、〝負け組の星〟として全国的人気を得る。ウララを取り巻く、調教師の宗石大さんも、厩務員の藤原健祐さんも、騎手の古川文貴さんも、競馬場存続を賭けて懸命である。重松は、九十九連敗のハルウララを見て「勝敗の結果にかかわらず、ハッピーエンドになるよ――と、ぼくは確信している。〔略〕明日は幸せになれるかもしれないという「希望」をたたえた、ひとまずのピリオド。それをぼくはハッピーエンドと呼ぶ」からである。（堀部功夫）

重松里人 しげまつ・さとびと

昭和五年二月二十二日～。俳人。愛媛県伊予郡砥部町に生まれる。本名は正記。伊予銀行員。「若葉」「愛媛若葉」同人。

一湾に真珠の育つ霾ぐもり
遠目にも倭寇の島の砂目傘
平家との関はり深き蕎麦を刈る

（浦西和彦）

重松冬楊 しげまつ・とうよう

明治三十八年七月二十八日～。俳人。愛媛県松山市平井町に生まれる。本名は隆之。愛媛県師範学校専攻科卒業。昭和八年「渋柿」入会。

わびしさや鰯引く火に南伊予
石鎚へ遠う灯棒ぐる夜寒かな
復員の冬あたたかく道後の湯

（浦西和彦）

獅子文六 しし・ぶんろく

明治二十六年七月一日～昭和四十四年十二月十三日。小説家、劇作家。横浜市弁天通三に生まれる。本名は岩田豊雄。慶応義塾大学中退。大正十一年春、演劇研究のために渡欧。帰国後、ビェルンスル、ビルドラック、バタイユ、ロマン、ピランデルロらの翻訳、新劇協会に加入して演出家として活躍。昭和十一年には岸田国士らと劇団「文学座」を設立。最初の新聞小説「悦ちゃん」（「報知新聞」昭和11年7月19日～12年1月15日）で好評を博し、「楽天公子」「太陽先生」「南の風」等の多くの作品を発表。真珠湾攻撃で散華した特殊潜航艇の横山正治をモデルに描いた「海軍」（「朝日新聞」昭和17年7月1日～12月24日）は戦争文学の代表作の一つである。戦後に追放仮指令を受け、二十年十二月十日から二十二年十月十五日まで、妻の郷里愛媛県北宇和郡津島町岩松に住む。「おじいさん」「自由学校」「娘と私」「大番」など、独自のユーモアと諷刺に富んだ作品を書いた。『獅子文六全集』全一六巻別一巻（昭和43年5月20日～45年9月20日、朝日新聞社）がある。

＊てんやわんや　長編小説。〔初出〕「毎日新聞」昭和二十三年十一月二十二日～二十四年四月十四日。〔初版〕昭和二十四年七月、新潮社。◇戦犯で捕らえられるのを恐れた情報局の元雇員犬丸順吉は愛媛県の伊予の相生町の長者玉松勘左衛門の家に転げこんだ。犬丸は町会議員越智善助らと求心運動を興す。四国独立を計る僧侶田鍋拙雲らが登場する。ある日、南伊予の檜扇部落に案内される。宿泊した民家の長女アヤメと共寝をする。大地震が起こり、相生町は全滅した。敗戦後のてんやわんやの騒ぎを描いている。

＊東京から四国への道《とうきょうからしこくへのみち》　エッセイ。〔初出〕「週刊朝日」昭和二十一年二月十日。〔全集〕『獅子文六全集第一四巻』昭和四十四年四月二十日、朝日新聞社。◇東京から四国へ、戦後疎開の鉄道による居住移動の面倒臭さを嘆ずる。

＊土佐窺記《とさうかがいき》　エッセイ。〔初出〕未詳。〔全集〕『獅子文六全集第一五巻』昭和四十三年十二月二十日、朝日新聞社。◇土佐は薩摩と同じように、私のヒイキの国だった。だが土佐の土は、踏んだことがない。ところが、昭和三十六年の年末、「娘と私」のテレビをＮＨＫでやってくれることになり、偶然に土佐へ行く機会が起きてきた。松山から車で高知へ入ったが、四国とは、こんな山国だったのかと、初めて知らされた。土佐の女ほど、惚れっぽい女はないという。その代わり、男が薄情だったり、裏切ったりした場合、激怒して、離れる。未練も残さず、キレイ、サッパリ、別れる。従って、高知県の離婚率は、全国一であるという。

＊四国に就いて《しこくについて》　エッセイ。〔初出〕未詳。〔全集〕『獅子文六全集第一四巻』昭和四十四年四月二十日、朝日新聞社。◇四国は以前から私の心を惹いた土地だった。その魅力のモトは土佐にあったと思う。土佐には烈しさというものを感じる。私が腰を落ちつけた南予は意外な風俗の色彩が強いところだった。この地方の気風の一種の陽気さを喜んでいる。明治四十二年頃、中学生の時、一人旅で四国へ渡って、行灯の出る旅館に泊った憶い出を記している。

（浦西和彦）

七條愷　しちじょう・やすし

万延元（一八六〇）年（月日未詳）～昭和二十年（月日未詳）。西東書房創業者。高松市に生まれる。明治法律学校卒業。明治二十六年に西東書房を創業。『ガウスの対数表』を出版。三十二年著作権法の公布により、洋書の復刻が困難となり、以後は書道図書専門となった。古今内外の法帖、漢字字典類を刊行。古典保存会を設立、古典の複製を出版。書道雑誌「書苑」を創刊。大正五年『五体字類』を刊行。　（浦西和彦）

紫藤貞美　しどう・さだよし

大正十二年六月四日〜平成七年四月二十六日。エッセイスト。北海道に生まれる。九州帝国大学卒業。昭和三十年、高知市で小児科医院を開く。「土佐希望の家」の設立に尽力、理事長をつとめる。三十二年から、「赤ちゃん会」診査員や高知文学学校講師をつとめる。三十九年、『三十五歳のエチュード』を著す。四十四年、『桑の机』を著す。五十七〜六十一年、高知学園短期大学学長をつとめる。六十一年、『父と私と』を著す。椋庵文学賞を受賞する。平成七年、心筋梗塞のため高知市内の病院で死去した。　（堀部功夫）

品川柳之　しながわ・りゅうし

明治三十四年十月十五日〜昭和五十六年六月十六日。俳人。愛媛県宇和町東多田（現西予市）に生まれる。本名は三好柳之助。愛媛県立松山高等学校を経て東北帝国大学法文学部卒業。松山東高等学校、松山高等商業学校等の教諭。俳句は高浜虚子、富安風生に師事して「ホトトギス」「若葉」に拠り、のち「若葉」同人。昭和二十一年三月「雲雀」創刊、主宰した。毎日新聞四国版俳句選者をつとめた。松山市俳句協会副会長。句集『雲雀』（昭和52年、雲雀社）。　（浦西和彦）

品川良夜　しながわ・りょうや

昭和七年九月十五日〜平成四年十月二十四日。俳人。愛媛県松山市に生まれる。本名は嘉也《よしや》。日本医科大学教授、生理学。父品川柳之の指導で昭和十九年ごろから俳句をはじめた。平成元年より「雲雀」主宰。著書『右脳俳句』（昭和59年4月12日、ダイヤモンド社）、『奥の細道』（昭和61年12月18日、ダイヤモンド社）ほか。　（浦西和彦）

篠崎圭介　しのざき・けいすけ

昭和九年三月七日〜。俳人。愛媛県松山市に生まれる。俳句は父篠崎可志久の手ほどきをうけ、富安風生に師事した。「若葉」同人。昭和三十年若葉賞受賞。四十九年「糸瓜」編集長となり、五十一年より主宰。句集『知命』（平成4年10月、愛媛新聞社）、『旅信』（平成10年8月、愛媛新聞社）。

塵捨てに出る秋風の汀かな　（浦西和彦）

篠原津田夫　しのはら・つたお

大正十五年九月六日〜。小説家。徳島市津田町に生まれる。義務教育終了後、海軍に志願。南方戦線に転戦する。昭和二十三年三月十日、ジャワ島バタビヤより復員。翌年三月、警視庁巡査となるが、二十八年十二月に退職。その後、運転手、工員、会社員と職を転々としながら、板橋高等学校を卒業。日本大学文理学部国文学科中退。著書に『瀬戸大橋』（昭和63年6月30日、近代文藝社）がある。

＊**瀬戸大橋**　せとおおはし　長編小説。〔初版〕昭和六十三年六月三十日、近代文藝社。◇昭和五十七年、瀬戸大橋建設時に、金村音吉はフェリーの船長をしていた。橋の完成によって離職、転職が予期され、部下の心配もしている。島の出身である彼は、その瀬戸内の環境が変わってゆくことへの不安と愛惜を感じている。そんななか部下の田村が島の民宿を手伝う娘、雑賀香織と恋愛していることを知り、金村は二人の仲立ちをする。橋の完成は若い二人の将来にも影を投げている。しかし、二人は結婚に際して、古式に則り、小船で島に渡り親戚回りを実

現させる。この小説は橋の建設をめぐってのさまざまな人々の思惑や生活の変化を、多面的に描いている。高度経済成長で経済的に豊かになり、交通が便利になった日本で、その陰で変化を迫られ、新しい時代に適応しようとする人々の姿と、消えゆく歴史への「弔鐘」を表現している。（増田周子）

篠原央憲 しのはら・ひさのり

昭和六年六月九日～。詩人、小説家。徳島市沖州町に生まれる。本名は啓介。徳島県立工業学校在学中から詩作をはじめ、「文章倶楽部」「文学集団」などに投稿、入選する。「新詩人」「詩と詩人」に所属し、昭和二十五年「近代詩人」の編集発行人となる。二十八年上阪、「読売新聞」、「新大阪新聞」の次長を経て、三十六年上京。この間、「TAMTAM」や「三田文学」に「機械藝術論」シリーズを連載。テレビドラマの脚本、短編映画等の製作監督をする。ラジオドラマの脚本、藝術祭参加ラジオドラマの脚本、ノーベル書房編集長などを歴任。藝術祭参加ラジオドラマの脚本、短編映画等の製作監督をする。著書に『いろは歌の謎』（昭和51年2月、光文社）、『天皇家とユダヤ人』（昭和52年8月、光風社）、『柿本人麻呂の謎』（昭和55年10月、徳間書店）などがある。（増田周子）

篠原梵 しのはら・ぼん

明治四十三年四月十五日～昭和五十年十月十七日。俳人。松山市に生まれる。本名は敏之。愛媛県立松山高等学校を経て東京帝国大学文学部卒業。昭和十三年、中央公論社入社。十九年退社。松山市の愛媛青年師範学校教授をつとめた。二十三年、中央公論社に再入社。出版部長、「中央公論」編集長を経て、中央公論事業出版専務・社長、丸ノ内出版代表取締役を歴任。俳句は愛媛県立松山高等学校在学中、川本臥風に師事。昭和六年「石楠」に加入。臼田亜浪、原田種茅の指導を受け、八木絵馬、川島彷徨子らとともに「石楠」の知性派といわれる存在となった。句集『皿』（昭和16年9月15日、甲鳥書林）、『雨』（昭和28年4月15日、石楠社）等がある。夫人は劇作家の村田修子（本名、篠原雪枝）。

うぐひすに瀞は小さき渦連らぬ
家づとの鳴門若布《わかめ》の籠《こ》も青し（浦西和彦）

柴田忠夫 しばた・ただお

大正七年一月一日～。詩人、放送プロデューサー。香川県に生まれる。本名は忠男。別名は津村卓。早稲田大学文学部卒業。「風」同人。詩集に『瀬戸内海叙情』（昭和24年3月、沢本書房）、『音への頌歌』（昭和62年7月、花神社）、『裸の神々』（昭和63年7月、花神社）、『サハロフの舟』（平成3年9月、花神社）、『昏い朝』（平成6年8月、花神社）等がある。（浦西和彦）

芝不器男 しば・ふきお

明治三十六年四月十八日～昭和五年二月二十四日。俳人。愛媛県北宇和郡明治村松丸に生まれる。本姓は太宰。大正十四年「枯野」に投句し、翌年「天の川」同人となる。作句活動は六、七年であり短く、一七五句を残したにすぎなかった。宇和島中学校から愛媛県立松山高等学校に学んだ不器男は「ふるさとや石垣歯朶に春の月」「卒業の兄と来てゐる堤かな」と松野町を詠んでいる。句集『芝不器男句集』（昭和22年9月10日、現代俳句社）、『定本・芝不器男集』（昭和45年3月30日、昭森社）、『芝不器男句集』（昭和51年2月22日、豊豫社）。（浦西和彦）

司馬遼太郎 しば・りょうたろう

大正十二年八月七日～平成八年二月十二日。小説家。大阪市に生まれる。本名は福田定一。『司馬遼太郎全集』全六八巻（昭和48年3月30日〜平成12年3月10日、文藝春秋）がある。昭和四十一年、四十三年、四十六年十月、四十九年四月、高知で講演する。六十年十月、高知県檮原町を訪れる。平成十一年五月一〜三十日「司馬遼太郎展」が高知県立文学館で開催された。名誉高知県人第一号であった。

＊豚と薔薇《ぶたとばら》　長編小説。〔初出〕「週刊文春」昭和三十五年七月十八日〜八月二十二日。〔初版〕昭和三十五年十一月、東方社。◇高知で葉書を書いた男尾沼幸治が二日後大阪で死体となった。葉書の宛名人田尻志津子は、旧知の新聞記者那須重吉と相談し、尾沼の正体と犯人を調べる。尾沼は、高知伊能町出身の製紙業女社長と結婚するはずだった。「情事の交通事故のような」事件である。司馬は、本作で「テーマを犯罪のナゾ解きに置くことを怠り〔略〕作品はぬえのようなものになった」と自解する。司馬がミステリーを厭ったからで、「私は、推理小説に登場してくる探偵役を、決して好きではない。他人の秘事を、なぜあれほどの執拗さであばきたてねばならないのか、その情熱の根源がわからない。それらの探偵たちの変質的な詮索癖こそ、小説のテーマであり、もしくは、精神病学の研究対象ではないかとさえおもっている」との疑問をあとがきで明記する。

＊戦雲の夢《せんうんのゆめ》　長編小説。〔初出〕「講談倶楽部」昭和三十五年八月〜三十六年七月。〔初版〕昭和三十六年八月二十日、講談社。〔全集〕『司馬遼太郎全集第一八巻』昭和四十八年五月三十日、文藝春秋。◇戦国時代、土佐の大名、長曽我部元親の子、盛親が主人公。脇役に忍者の雲兵衛が活躍する。盛親は骨柄、才覚備わりながら、欲薄く悲運であった。講談社文庫化される。その解説で有明夏夫は、司馬が盛親周縁の女たちを巧みに書き分けていること、「男はいかに勇壮であろうと、どのように思慮深くふるまおうと、しょせんは滑稽さをぬぐえぬ存在であり、女はその滑稽さをおもしろがりつつ寄り添ってゆく」構図を明かしている。

＊功名が辻《こうみょうがつじ》　長編小説。〔初出〕「河北新報」昭和三十八年十月二十八日〜四十年一月二十五日。〔初版〕上巻は昭和四十年六月一日、下巻は七月一日、文藝春秋。〔全集〕『司馬遼太郎全集第九巻』昭和四十七年三月一日、文藝春秋。◇賢い若宮千代は、織田家で「ぼろぼろ伊右衛門」と呼ばれる、五〇石の身分だが律儀な山内一豊と結婚し、「子供を育てるようなつもりで夫を育てて」ゆく。有名な〝名馬調達〟譚も盛り込み、「その『うわさ』を黄金十枚で買った」と解釈、〝一条ノ笠ニ繫グ八行ノ字〟挿話も取り入れる。他方、近江甲賀出身の忍者女小りんが一豊に、小りんと結ばれた忍者望月六平太が千代に、それぞれ異常接近する話を加えて、興趣を添える。千代は懸命に夫を助け、一豊も戦に功を立て、信長・秀吉・家康三代を生き延び、ついには土佐二四万石の主となる。一領具足組を制圧する時、千代の意見を容れないこともあったが、平静な晩年を迎える。

＊竜馬がゆく《りょうまがゆく》　長編小説。〔初出〕「産経新聞」昭和三十七年六月二十一日〜四十一年五月十九日。〔初版〕昭和三十八年七月十日〜四十一年八月一日、文藝春秋新社。全五巻。◇坂本竜馬の生涯を中心に、同時代群像を描く。竜馬少年時代の頓才ぶりにはじまる。上京後のさまざまな出会いと恋、竜馬は人間通によって大仕事をなしてゆく。三浦浩『司馬遼太郎とそのヒーロー』に拠れば、昭和三十五年、司馬は、「産経新聞」大阪社会部渡辺司郎の慫慂により竜馬に関心を持つ。水野成夫が小説に一カ月百万円

出すと言明、司馬が神田の高山本店より三千冊の資料を購入、執筆意欲を深めたという。平尾道雄『歴史の森』は、司馬が竜馬資料を踏まえた上で「竜馬の理想とする女性」「家老の福岡宮内の妹という女を設定して」創作されたと書く。作中の「お田鶴さま」である。上京時知りあう盗賊「寝待ノ藤兵衛」は架空の人物である。

＊夏草の賦《なつくさのふ》　長編小説。〔初出〕「河北新報」昭和四十一年九月二十二日〜四十二年五月十六日。〔初版〕昭和四十三年一月二十五日、文藝春秋。〔全集〕『司馬遼太郎全集第一八巻』前出。◇長曽我部元親は、奈々を娶り、四国を制圧する。秀吉に随順し、土佐一国を安堵され、九州に出陣する。文春文庫化された。元親は、土佐に一領具足制度を布いた。「この制度は、元親の意図とはべつな効果をもはたした。土佐人の平等思想やあえて難におもむくという敢為《かんい》の精神がこの国の風土精神になった」。司馬は、明治維新の主役となる土佐藩郷士のルーツを求めて、戦国時代の長曽我部一統を取り上げたのである。

＊街道をゆく十四—南伊予・西土佐の道《かいどうをゆくじゅうし—みなみいよ・にしとさのみち》　エッセイ。〔初出〕「週刊朝日」昭和五十三年九月一日〜十二月二十九日。〔初版〕昭和五十六年六月三十日、朝日新聞社。◇「伊予と愛媛」虚子の文からはじまる。「重信川」松山南郊をゆく。「大森彦七のこと」原町南郊の河原で「太平記」の悪党を想う。「砥部焼」窯を見る。「大洲の旧城下」旅館油屋に泊まる。「富士《とみ》山《す》」城下町へ出かける。「卯之町」渡辺喜一郎氏と宇和市開明学校へ行く。「敬作の露地」二宮敬作邸跡で門多正志氏の説明を聞く。「法華津峠」慶長二十（一六一五）年に伊達秀宗が宇和島入りした峠である。「宇和島の神」山家《やんべ》清兵衛の件。「吉田でのこと」武左衛門一揆。「城の山」宇和島に入る。「新・宇和島騒動」城山の緑を守る会、三輪田俊助氏の話を聞く。司馬は、城山の樹を伐って武道館をつくろうとした宇和島市側に批判的であった。しかし「立ち入ってこの計画の愚を鳴らしたりはしなかった。人というのは面と向ってののしられれば、わけもなく依怙地になってしまうものなのだ。そうはしないで、〔略〕一つの古記録と、一つの伝説的な逸話をしのばせ、市側というか、伐採賛成派にゆっくりと反省をうながすことを選んだ」（向井敏『司馬遼太郎の歳月』平成12年8月30日、文藝春秋）。「微妙な季節」寄り合い酒でこの話題は出ない。「神田《じんでん》川原」旧城下を歩く。「松丸街道」浜田美登氏と別れ、松野で泊まる。「松丸と土佐」芝田敏夫氏の話を聞く。「お道を」とは矢野和泉氏、藤原隆徳氏より聞いた別れの言葉だが、一路平安を祈るという意味である。

＊街道をゆく二十七—檮原街道（脱藩のみち）《かいどうをゆくにじゅうしち—ゆすはらかいどう（だっぱんのみち）》　エッセイ。〔初出〕「週刊朝日」昭和六十年十二月二十日〜六十一年二月二十八日。〔初版〕昭和六十一年六月三十日、朝日新聞社。◇「遺産としての水田構造」千枚田の写真が「私」を檮原町へ誘う。「自由のための脱藩」沢田常則氏、中越友三郎氏と高橋亀子氏店で檮原談。「土佐人の心」佐川へ向かう。「佐川夜話」田中光顕のこと。「世間への黙劇」中世に蟠踞していた津野氏のこと。「善之丞時代」江戸中期、中平善之丞が津野山で一揆を指導した。「坂龍飛騰」千枚田を見る。「武陵桃源」三島神社参拝。「津野山神楽」舞「山探し」に気圧される思いがした。NHK「街道をゆく」プロジェクト『司馬遼太郎の風景①』（平成9年10月25日、日本放送出版協会）に拠ると、司馬は昭和六十年十月八日高知入りし、九日に朝倉、佐川町、須崎市を経、一九七号線で檮原町へ。伊藤旅館泊。十日に松山へむかった。

＊街道をゆく三十二―阿波紀行《かいどうをゆくさんじゅうに―あわきこう》　エッセイ。〔初出〕「週刊朝日」昭和六十三年四月十五日〜七月一日。〔初版〕平成元年六月二十日、朝日新聞社。◇「淡路を経て」稲田騒動を記す。「浪風ぞなき」関寛斎の事歴。「地に遺すもの」堂浦と〝ドイツ館〟のこと。「地獄の釜」京を支配した細川氏城跡を見る。「水陸両用の屋根」藍の件。「阿波おどり」その祖形を京の風流に求める。「お遍路さん」霊山寺に詣る。「三好長慶の風韻」吉野川を西行し三好氏五代を思う。「脇町のよさ」古い町並みと新築建物との調和がよい。「池田への行路」山田古嗣《ふるつぐ》の事跡、〝辻町騒動〟を記す。「『孫子』の地」中世の池田は要衝だった。「祖谷のかづら橋」祖谷は平家文化を伝える所である。（堀部功夫）

＊侍大将の胸毛《さむらいたいしょうのむなげ》　短編小説。〔初出〕「別冊文藝春秋」昭和三十六年十二月、第七八号。〔全集〕『司馬遼太郎全集第八巻』昭和四十七年六月三十日、文藝春秋。◇藤堂和泉守高虎は関ケ原ノ役の勲功で伊予半国二〇万石になった。大葉孫六は主君に命じられ、江州浅井郡速見に渡辺勘兵衛を雇うために訪ねた。仕官するという返答をもらうことがなく、孫六は帰国した。

ある日、伊予今治の孫六の屋敷を勘兵衛が訪ねた。孫六が不在であるにも拘わらず勘兵衛はあがりこみ、二日半、ねむりつづけた。孫六の妻の由紀は、勘兵衛の寝顔をのぞき、胸毛を触れたり、嗅いだり、いたずらを重ねた。歳月が流れた。大坂ノ陣において、政略家の高虎と武略家の勘兵衛との致命的な食いちがいができた。功績の多くは侍大将勘兵衛の働きによるものであったが、勘兵衛は禄を返上し、藤堂家を退転してしまった。「どの主人とも縁が薄かった。生涯で一度、愛《かな》しいと思うおなごがいた。しかしそれがひとの内儀ではどうもならぬわ」という。勘兵衛と由紀の秘められた慕情を描く。

＊土佐の夜雨《とさのやう》　短編小説。〔初出〕「オール読物」昭和三十八年八月。〔全集〕『司馬遼太郎全集第七巻』昭和四十七年一月三十日、文藝春秋。◇幕末におこった暗殺事件を扱った連作小説集『幕末』のなかの一編。土佐藩仕置家老吉田東洋は、完全才能の持ち主で、学問は藩の儒者が束になってもかなわず、剣は真影流の免許皆伝であった。東洋は城下で異相の坊主、那須信吾を見かけ、岩崎弥太郎に探索するように命じる。那須信吾のほうから訪ねてきたが、東洋は信吾を軽んじる。土佐勤王党の武市半平太は東洋に挙藩勤王を説くが、東洋は議論に勝つ。那須らは東洋を暗殺する。岩崎は下手人探索に京へのぼる。京はすでに尊攘の巣であることを知って、単身帰国し、士籍を脱した。

＊人斬り以蔵《ひときりいぞう》　短編小説。〔初出〕「別冊文藝春秋」昭和三十九年四月、第八七号。〔全集〕『司馬遼太郎全集第三一巻』昭和四十九年三月三十日、文藝春秋。◇〝人斬り〟の異名を持つ土佐の岡田以蔵の生涯を描いた作品。以蔵は足軽の出身で、剣術など習える身分ではない。郷士の武市半平太の道場に弟子入りする。武市に心酔し、以蔵は殺し屋として武市の政敵を刃にかけていく。だが、武市は以蔵をあくまでも、わが犬とみていた。武市は捕らえられる。以蔵も捕らえられ、武市の罪状自白をせまられ、すさまじい拷問を受ける。泣きわめきながらも自白しない以蔵に、武市は獄外の同志に通信し、以蔵に毒薬が差し入れられた。

＊伊達の黒船《だてのくろふね》　短編小説。〔初出〕「日本」昭和三十九年十一月。〔全集〕『司馬遼太郎全集第二〇巻』昭和四十七年十月三

十日、文藝春秋。◇伊達家宇和島の城下で提灯の張り替えを営む嘉蔵が、強い個性を持ち、新モノ好きの伊達宗城から自走船の建造を申し付けられる。嘉蔵は長崎に出て、身分が低いので犬猫のようにあつかわれながら学び、自造船の試運転に成功する。ペリーが来航して六年目の話である。

＊酔って候《よってそうろう》　短編小説。〔初出〕「別冊文藝春秋」昭和三十九年十二月、第九〇号。〔全集〕『司馬遼太郎全集第二〇巻』前出。◇暴虎のごとく幕末の時勢のなかで荒れまわり、佐幕にも、討幕にも役だたなかった土佐藩主の山内容堂を主人公に描いた作品。ペリー来航後、山内容堂は、外様でありながら幕府に意見し、藩政改革に着手した。武藝に優れ、漢詩を愛し、豪快に酒を飲み、無秩序のように振るまう。勤王派賢侯として名声を得る。思想的に尊王攘夷でありながら、公武合体論に傾いていく。土佐藩は混乱のまま明治維新を迎える。

＊歳月《さいげつ》　長編小説。〔初出〕「小説現代」昭和四十三年一月～四十四年十一月。原題「英雄たちの神話」。〔全集〕『司馬遼太郎全集第二三巻』昭和四十七年七月三十日、文藝春秋。◇明治政府で司法卿となり、のち佐賀の乱の首謀者として大久保利通から処刑された江藤新平を軸に、幕末から明治へかけての混沌とした時代相を描く。江藤新平は佐賀の乱で敗走し、薩摩の西郷を訪ねたのち、海をわたって愛媛県の宇和島に上陸したが、身分が露顕し、高知県へひそかに入った。そこで土佐甲浦で縛についた。

＊坂の上の雲《さかのうえのくも》　長編小説。〔初出〕「サンケイ新聞」昭和四十三年四月二十二日～四十七年八月四日。〔全集〕『司馬遼太郎全集第二四～二六巻』昭和四十八年六月三十日～八月三十日、文藝春秋。◇四国伊予松山藩士出身の秋山好古、真之兄弟は、兄の好古が陸軍士官学校へ進み、弟の真之が海軍兵学校へと進む。真之の親友正岡子規は文学の道へ進み、新聞記者となった。この三人の明治の青年を主人公に、「日本史の過去やその後のいかなる時代にも見られないところの国民戦争として遂行された」日露戦争の全貌をとらえて描く。この作品の執筆準備に五年をかけ、執筆時間に四年と三カ月の歳月を費した。昭和六十三年本作品らで明治村賞を受賞した。

＊空海の風景《くうかいのふうけい》　長編小説。〔初出〕「中央公論」昭和四十八年一月～五十年九月。〔全集〕『司馬遼太郎全集第三九巻』昭和五十八年十月十五日、文藝春秋。◇空海は讃岐の豪族、佐伯氏の子孫として生まれた。真言密教の体系化につくした空海の生涯を、その出自、生い立ち、入唐、帰国から死までを描く。「あとがき」で「空海が生存した時代の事情、その身辺、その思想などといったものに外光を当ててその起伏を浮かびあがらせ、筆者自身のための風景にしてゆくにつれてあるいは空海という実体に偶会できはしないかと期待した」という。「三教指帰」には、はかなさをなげく詠歎もなく、空海の感じていた仏教というものはあかるいものであったことが説かれる。空海と最澄との確執、空海の現世的政治的才腕が描かれる。

＊菜の花の沖《なのはなのおき》　長編小説。〔初出〕「サンケイ新聞」昭和五十四年四月～五十七年一月。〔全集〕『司馬遼太郎全集第四二～四四巻』昭和五十九年一月十五日～三月十五日、文藝春秋。◇阿波蜂須賀藩領だった淡路島の極貧の農家に生まれた高田屋嘉兵衛が北前船の第一人者となって活躍する、その生涯と江戸の幕藩体制がしだいに変質していく時代相を描く。谷沢永一は「高田屋嘉兵衛の類い稀れに魅力的な人間像を、多少とも余剰にわたる部分をすべて削り落とす一貫した抑制で、きめ細かに刻みあげ

た凛然たる文学的肖像画の逸品となっている」と全集解説で評した。

＊竜馬と酒と黒潮と《りょうまとさけとくろしおと》　エッセイ。〔初出〕「文藝春秋」昭和四十一年一月。〔全集〕『司馬遼太郎全集第三二巻』昭和四十九年四月三十日、文藝春秋。◇「歴史を紀行する」のなかの一編。豊臣時代、大坂城下の町民たちが、土佐の長曽我部氏が秀吉に降伏し、大坂へのぼってきた土佐武士たちをはじめてみた時、「その風体、野盗に異ならず」と驚いた。黒潮の流れる薩摩、土佐、熊野という三つの地帯の日本人には共通したなにかがありはしないか。土佐は、四国の山脈と太平洋の自然条件が、その住民を隔離しているために、土佐人の精神的骨格のなかに、日本人の固有なるものを多く残している。土佐の方言は日本語の固有なるものに近いのである。暢達な日本語をもっていたことが、議論好きにしたのである。天保床屋同盟は日本の思想史的事件として評価しなおすべきではないか。土佐人は無神経的あっけらかん性である。土佐のもつ精神風土を語る。

＊土佐の高知で《とさのこうちで》　エッセイ。〔初出〕地方新聞（三友社）昭和四十四年十二月。〔全集〕『司馬遼太郎全集第三二巻』前出。◇土佐には何度か行ったが、船で行ったことはない。先日、急におもい立ち、「文藝春秋」に紀行文を書くために高知へ行ったが、宿はどこもふさがっていた。日本はどこもかも規格化して風土らしい風土が消滅してしまっているので、「ひょっとすると土佐にゆけば」というかすかな期待が、土佐ゆきばやりを生んだのであろう。歴史も人間風土もいまに連続していると感じられるのは、日本にあっては京都と土佐のみである。「旅のなかの歴史」の一編。

＊土佐・檮原の千枚田《とさ・ゆすはらのせんまいだ》　エッセイ。〔初出〕「サンケイ新聞」昭和五十年十一月二日。〔全集〕『司馬遼太郎全集第五〇巻』昭和五十九年九月二十五日、文藝春秋。◇土佐のうちでもユスハラは代表的な僻地とされてきた。地名にも、語感がある。一種の敬意をこめたひびきでうけとられている。ユスハラは、全町が山で、石塁の郷である。「千枚田」と通称される石塁の人工段丘が、ユスハラには幾カ所もある。景観そのものが、大構造物といっていいであろう。せめてもの「貧しさ」を手に入れるために、はかりしれぬ遠い過去から懸命の営為を遂げてきた一大記念構造物である。土佐人のユスハラへの畏敬は、おそらくこの要素が大部分をなすのではないか。

（浦西和彦）

島尾敏雄　しまお・としお

大正六年四月十八日～昭和六十一年十一月十二日。小説家。横浜市に生まれる。九州帝国大学卒業。昭和十九年、奄美の震洋隊指揮官となる。『島尾敏雄全集』がある。毎日出版文化賞その他受賞。四十六年、松岡俊吉に誘われ高知を訪れる。四十八年八月、高知で講演する。十七日、夜須町の震洋隊慰霊碑を訪ね、二十日、高知を去る。五十五年七月、高知県の震洋隊基地跡を巡り歩く。

＊過ぎゆく時の中で《すぎゆくときのなかで》　エッセイ。〔初版〕昭和五十八年三月五日、新潮社。◇「震洋の横穴」（「毎日新聞」昭和55年8月15日夕刊）「私」が訪ね探した震洋隊基地跡で「つい先頃は又高知県の宿毛市宇須々木、大月町柏島、土佐清水市小江、須崎市の須崎港と浦ノ内港（もっとも一部は土佐市の宇佐町にまたがっていたが）、高知市浦戸湾、夜須町住吉の七箇所」を見て来た。

＊震洋発信《しんようはっしん》　エッセイ集。〔初版〕昭和六十二年七月三十日、潮出版社。◇「震洋の横穴」（「別冊潮小説特集」昭和57年

8月）震洋隊とは全長五～六ｍのベニヤ板製モーターボートを主兵器とした特攻隊のことである。香美郡夜須町の第一二八震洋隊は、終戦の翌日、敵艦突入したと伝えられたけれども、実は暴発事故で一一一人が爆死したという。当時奄美の第一八震洋隊指揮官であった「私」は、第一二八震洋隊指揮官の動向を中心に実態を追求する。艇庫跡の横穴と同じく、震洋隊も忘れられつつあるのだが、「私」は当時の意味を問うべく基地跡探しを続ける。石内徹は「惨状を正確に表現する文章が見事で、死者への鎮魂と戦争への告発となっている」と評す。「震洋発進」（「別冊潮小説特集」昭和58年8月）実際に発進した、沖縄金武湾の第二二震洋隊について、指揮官であったTから、隊の結成、昭和二十年三～四月の出撃の様子を聞く。戦死者五〇余人を出した。本作を奥野健男は「戦争の行為のかなしい無謀さを客観的に構築しようとしている貴重な仕事」と評価した。「震洋隊幻想」（「別冊潮小説特集」昭和59年8月）伝聞する石垣島の米軍捕虜処刑事件を報じたのち、目撃者Fから聴取した実態を示す。「『石垣島事件』補遺」（「別冊潮小説特集」昭和60年8月）は、作田啓一『われらの内なる戦争犯罪者』などに拠って、事件を補記したもの。島尾は、このあと、フィリピン「コレヒドール島の震洋隊基地跡をたずねた後に更に一篇を書き加えて、完結の予定になってい」た（島尾ミホ）から、未完である。種村季弘がいうごとく、「しかし読後感からいうなら、それは肢部を欠いた古代彫刻のように、すでに完成していたものが何らかの暴力による破損をこうむって、その姿にとどまったかのようだ」。

（堀部功夫）

嶋岡晨　しまおか・しん

昭和七年三月八日～。詩人。高知県高岡郡東又村（現四万十市）に生まれる。本名は晨《あきら》。高知工業高等学校建築科を卒業する。昭和二十六年、上京し明治大学文学部で佐藤正彰、中村光夫に学ぶ。二十七年、散文詩「歌」を「詩学」に発表。二十八年、餌取定三、大野純と詩誌「貘」を創刊する（ネオロジスムを実験、平成10年まで全114冊）。二十九～三十二年、詩集『薔薇色の逆説』『青春の遺書』を著す。三十三年、明治大学大学院修士課程を修了する。ドブジンスキー『決定的問題』訳、P・アンリ・バイュウ『ランボオと実存主義』訳刊。三十四年、寺山修司、堂本正樹と詩劇グループ「鳥の会」を結成、公演する。寺山と短歌論争を交わす。詩集『巨人の夢』『ドブジンスキー詩集』訳刊。以後、著訳書多し。四十年、岡本彌太賞を受ける。五十四年、「すばる」編集長水城顕と出会い、転機になる。平成十一年、『乾杯』で小熊秀雄賞を受賞する。

＊永久運動《えいきゅううんどう》　詩集。〔初版〕昭和三十九年、思潮社。◇集中「足摺岬」は岬を「死をつきやぶる生の突端」、裸で立ったくましい巨人のイメージで描く。「土佐子守唄拾遺」は、子守唄をうたってくれた「おばあちゃん」を追慕する。

＊裏返しの夜空《うらがえしのよぞら》　短編小説集。〔初版〕昭和五十六年七月十日、集英社。◇「裏返しの夜空」（「すばる」昭和55年11月）島崎音彦の父重彦が癌で死ぬ。「裏返しの夜空　勅題　一羽の鶴が死ぬ」と書き遺してあった。音彦は、父の天皇崇拝を、それから父の生涯を想起する。句意不明のまま不意に父をいとおしく思う。本作は第八四回芥川賞候補作となる。

＊ゲンパツがやってくる《げんぱつがやってくる》　小説集。〔初版〕昭和六十年五月三十日、土佐出版制作室。◇「海鳴」（「すばる」昭和56年9月）の改題。鉄次の住む高知県背野町で、町長

が原子力発電所の誘致をはかる。町は、町長リコール賛否で二分する。日傭島の鉄次も一票を投じた、賛成派が勝つ。娘が事故死する。この不幸が原発問題で不仲になった親類を一カ所に集める。本作の素材は「窪川原発問題」（「高知新聞」昭和55年10月25日～56年3月7日）である。集英社文庫化された。

＊虹の断橋《にじのだんきょう》　長編小説。〔初版〕平成四年三月五日、朝日新聞社。◇奥宮健之の史実に、生活細部を肉付けし、健之の二人妻や性的葛藤を創作し、それぞれの性格を誇張して成った。

＊彼岸酒《ひがんざけ》　短編小説集。〔初版〕平成八年八月十五日、朝日書林。◇「彼岸酒」（「海燕」昭和60年9月1日、原題「彼岸の酒」）親類に起こった飲酒殺人事件から「わたし」父子にも羨望憎悪の心情の存在を確認する。「伏兵」（「海燕」昭和57年9月1日）幸福な幼児を過ごした宿毛を再訪する。「わたし」を乗せたタクシーの運転手は、戦時下警察署長であった「わたし」の父に痛めつけられた体験を語る。「キリギリスの犯罪」（「すばる」昭和58年8月1日）高校時代に万引きをした手が疚しさと快感とを覚えている。「毛深い記憶」（「海燕」昭和61年12月1日）性欲のさかんだった頃、S町での経験を思い出す。「みぞれ酒」（「すばる」昭和60年7月1日）木炭集荷販売業島尾音吉の貧すれば鈍する生計に、息子辰彦の無頼派的生が交叉する。「手錠のある風景」（「海燕」昭和63年6月1日）「わたし」の五五年間を父、武市猪吉からの逃亡として顧る。「透明階段」（「海燕」昭和62年3月1日、原題「階段」）義兄は階段を降りようとして足が宙を踏んだ。「空芯菜《くうしんさい》」（「海燕」平成元年5月1日）義父が台湾産野菜を生きがいのように栽培する。「戦友もどき」（「海燕」平成3年2月1日）K工業高校建築科同窓生の再会、死別を綴る。作者自身「古めかしい私小説を装ったところがある」と記す。保昌正夫が「嶋岡晨の小説の原点である」という『肉親』への思い」がよく出ている。

（堀部功夫）

島上肱舟　しまかみ・こうしゅう

明治二十八年十一月二十一日～昭和五十一年八月七日。俳人。愛媛県喜多郡長浜町（現大州市）に生まれる。本名は尊義。昭和のはじめより句作、「糸瓜」「葉桜」に拠った。のち富安風生に師事し「若葉」に加入。「糸瓜」「白魚火」同人。

（浦西和彦）

島木健作　しまき・けんさく

明治三十六年九月七日～昭和二十年八月十七日。農民運動家、小説家。北海道札幌区北三条西二丁目に生まれる。本名は朝倉菊雄。父朝倉浩、母マツの六男。父の浩は北海道庁の官吏だったが、明治三十八年十一月、大連に長期出張中に病死した。そのため一家離散し、母マツは四十年十一月二十九日、八郎、菊雄の二人の子を連れて分家、針仕事で生計を立てた。公立西創成尋常小学校を経て、大正三年四月八日、北海道札幌師範学校附属小学校に転じた。六年四月十一日、同高等小学校を一年終了で退学。北海道拓殖銀行の給仕となり、夜学に通う。八年、苦学の目的で上京するが、肺結核にかかり翌年帰郷。十年四月、私立北海中学校四年に編入学し、十二年、同校を卒業。その間、「文章倶楽部」「アララギ」「萬朝報」等に短歌や小品を投稿。クロポトキンの『アピール・ツウ・ゼ・ヤング』を読み深い感動を受ける。十四年、東北帝国大学法文学部選科に入学し、社会科学研究会を組織した。翌年四月、労働法案の批判演説会を開催したが、治安警察法違反の廉で罰金一五円に処せられた。同年六月下旬、東京に出た。同年八月十五日、無産者新聞の門屋博の紹介で日本農民組合香川県連合の平井出張所書記となる。昭和二年五月下旬頃、高松市内町日本農民組合香川県連合会本部において宮井進一より日本共産党に入党を勧誘され、承諾する。入党後は春日庄次郎と連絡をとる。第一回普通選挙に労農党委員長大山郁夫らを擁立して奔走し、三年二月二十四日に検束され、治安維持法違反容疑で起訴。予審訊問は三年五月九日から八月十八日まで五回開かれ、一回から四回までの訊問は高松地方裁判所で、第五回の訊問は大阪刑務所北区支部内予審判事取調室で開廷された。島木健作が香川県木田郡平井町大字平木に在住し、農民組合運動に活躍したは約一年六カ月である。二審の控訴審で転向し、懲役三年の刑に処せられ、七年三月、仮釈放で出所し、実兄の八郎の経営する本郷赤門前の古本店島崎書院に寄寓する。九年四月、「癩」が「文学評論」に発表されて世評をよび、さらに同年七月、「盲目」を「中央公論」新人号に掲載した。短編集『獄』(昭和9年10月22日、ナウカ社)を出版して、作家的地位を確立した。十一年一月、「文学界」同人となり、昭和十三年より農民文学懇話会の会員となった。初期の短編から、漸次、長編へと移行し『再建』『生活の探求』『人間の復活』『嵐のなか』などを発表した。十四年三月から七月まで満州を旅行し、翌年十二月『或る作家の手記』を刊行。『礎』(昭和19年11月11日、新潮社)発行後、宿病の肺結核が悪化し、二十年八月十七日、鎌倉で死去。

＊黎明《れいめい》　短編小説。〔初出〕「改造」昭和十年二月一日、第一七巻二号。〔収録〕昭和十年十月十日、改造社。〔全集〕『島木健作全集第一巻』昭和五十一年二月二十日、国書刊行会。◇若い地区委員会の書記の太田健造は、被差別部落民の岩田熊吉を知る。六割も小作料を取られ、地主藤沢に隷属する神無部落の人たちを組合に加入させようとする。だが、神無を加入させるなら脱退すると組合幹部らは詰問的な口調でいい、差別観念が強い。太田は水平社としてまとめるか、組合としてまとめるかを改めて相談しようというよりはほかなかった。が、地主は岩谷に対して、小作地立入禁止、小作地没収を起こす。太田は教唆の疑いで、岩田は公務執行妨害、傷害罪で捕らえられる。

＊一過程《いちかてい》　短編小説。〔初出〕「中央公論」昭和十年六月一日、第五〇年六号。〔初収〕『黎明』前出。〔全集〕『島木健作全集第二巻』昭和五十二年四月二十日、国書刊行会。◇昭和三年二月の総選挙の敗北による農民組合運動の離反を描いている。主人公の杉村順吉は書記として着任早々に事務所の経費を尋ねる打算的な農民に当惑するが、杉村のなみなみならぬ努力で急激に組織はのびた。総選挙では県内の有力者間の内部的対立を避け、県外から組合の中央部の幹部の島田信介を連れて来て立てたが、予想外に敗北する。杉村は若い大西から、事務所の書記中心の農民運動はまちがいであるといわれる。選挙後の大衆運動をふせぐための予備検束だと思っていたが、「…狩りだ」と知って、杉村は衝撃を受ける。捕らえられた日の朝、杉村は一通の文書を受け取り処分しないままにしてきたのであったが、それは青年たちの敏速な行動で、難を免れたのだった。大西が差し入れをしてくれて、大西の無事がわかった。

＊再建《さいけん》　長編小説。〔初出〕「社会評論」昭和十年十一月一日〜昭和十一年八月一日、第一巻九号〜第二巻八号。雑誌廃刊のため第九回で中断。〔初版〕昭和十二年六月一日、中央公論社。〔全集〕『島木健作全集第四巻』昭和五十一年四月二十五日、国書刊行会。◇貧農の娘でかつて農民組合の婦人部で活

動し、組合壊滅後は産婆として農村の福祉のために働いている山田春乃を主人公にし、組織再建運動と農村生活の窮状が描かれる。春乃の内縁の夫浅井信吉は既決囚として刑務所にいる。獄中での浅井の生活と心境が点綴される。

＊生活の探求《せいかつのたんきゅう》　長編小説。〔初版〕『生活の探求〈書き下ろし長篇小説叢書第2巻〉』昭和十二年十月二十七日、河出書房。『続・生活の探求〈書き下ろし長篇小説叢書第14巻〉』昭和十三年六月十七日、河出書房。〔全集〕『島木健作全集第五巻』昭和五十一年六月十日、国書刊行会。『島木健作全集第六巻』昭和五十一年七月二十五日、国書刊行会。◇主人公の杉野駿介は、病気のために東京の大学から、故郷に帰ってきた。病気が癒っても上京する気にならず、父とともに葉煙草栽培などの農業に従い、農村の生活にはいった。しかし、現実は容易ではない。水不足の田植えや、煙草栽培量の争いが絶えない。しかし、駿介は官庁と交渉し、煙草畑の生産条件の改善に成功する。それまで駿介を白眼視していた村民たちも、彼のまわりに集まってくるようになる。だが、突然、父が死んでしまう。駿介は「おれにはまだプログラム」がないと反省し、再び上京する。しかし、結局は農村での生活のたしかさを確認して、帰郷する。島木健作は「『生活の探求』について」で「この作品の背景となつてゐる地方は、讃岐の東部地方である。しかし実在のモデルがその地方にあるといふやうなことではない。私は大体その地方を思ひうかべながら書いたけれども、何から何までその地方の実際に従つたといふほどではない」という。

（浦西和彦）

島公靖　しま・きみやす

明治四十二年六月十三日～平成四年七月二十五日。舞台装置家、劇作家、俳人。香川県に生まれる。筆名は島公靖《こうせい》、山村七之助。東京美術学校図案科卒業。昭和三年、伊藤熹朔に入門。舞台装置のほか、移動演劇用脚本も手がける。第二次春秋座脚本部を経て、前進座文藝部、美術部員となる。のち、東宝、大映、松竹を経て、二十七年にNHK入局。テレビ美術を手がけ、NHK美術センターのチーフ・デザイナーとなる。四十五年頃から俳句を安住敦、龍岡晋に師事し始める。「春灯」所属。五十二年「目撃」（NHK）により、第四回伊藤熹朔賞テレビ部門を受賞した。

（浦西和彦）

島崎曙海　しまさき・あけみ

明治四十年一月十七日～昭和三十八年三月十一日。詩人。高知県土佐山田町（現香美市）楠目一〇九番屋敷に、父一、母はるいの長男として生まれる。昭和七年、高知県立師範学校専攻科を卒業し、安田小学校訓導となる。「南方詩脈」同人となる。八年、「鸞」「日本詩壇」に、のち「豚」に参加する。十年、満州に渡り、南満州鉄道株式会社に入社し、吉林省公主嶺小学校教員を勤める。「露西亜墓地」を編集発行する。十二年、北支派遣軍第四七宣撫班長として従軍する。十四年、川島豊敏とともに「二〇三高地」を発行する。十四～十五年、『地貌』『戦地宣撫班』を著す。十六年、満州詩人会を結成し「満州詩人」を発行する。十七年、『十億一体』を著す。ビルマ、マライ、台湾を転々とする。二十年四月、大連に帰る。肉筆自装詩集を作成する。二十二年四月、引き揚げ帰郷し、戦後高知詩壇発展に尽力する。「日本未来派」同人となり、詩誌「蘇鉄」を創刊する。二十三年、高知市役所に就職する。二十四年、『青鬼天に充つ』を著す。高知市職員組合長に選挙される。二十六年、『牛車』を著す。四月、高知市役所を辞職する。高知市社会福祉協議会事務局長となる。二十九年、『落日』を著す。三十一年、高知県詩人懇話会代表委員となる。「朝日新聞高知版」の詩壇選者となる。三十四年、『怒りが卵を生ませたニワトリの話』を著す。詩誌「花」を創刊する。三十八年死去する。清水峰雄編の年譜（「蘇鉄」昭和38年7月20日）にくわしい。三十九年、遺族、友人が『熱帯』を刊行。詩「山と人と海」に、「僕たち土佐に生れたものは／生れおちたときからイゴッソウになった／かなしい性質をもっている僕たち土佐人よ／目をひらけ　世界をみはれ〔略〕僕はやおら立ってマッチをすって／野に火を放つ／もうもうたる火よ／過去を焼き捨てよ／そこに生れる新しい草こそ僕らのものだ」とうたう。浜田知章「亡霊との闘い」（「蘇鉄」昭和38年7月20日）は、曙海が「彼の詩の仕事以上に満鉄や大陸における過去の生活の亡霊に苦しんでいたのではなかろうか」と推量する。（堀部功夫）

島崎藤村　しまざき・とうそん

明治五年二月十七日～昭和十八年八月二十二日。小説家。長野県に生まれる。本名は春樹。明治学院普通学部卒業。『藤村全集』（筑摩書房）がある。

＊**かたつむり**　エッセイ。〔初出〕「文学界」明治二十六年三月三十一日。◇その終わりの方に、明治二十六年二月、高知に馬場孤蝶を訪ねた折の記事がある。「むかし歌仙が国司たりしところに今一人の知友あり、神戸より舟にのりて波のまに〳〵南に向ふこと一日にして高知にいたる。孤蝶子は悲歌の士也風雅の志に篤くして巣林子の戯曲を嗜む。江山孤橋霜枯れの風情をそへて草庵の春未だ深からず。一夜月白し、予やこれ断蓬々うき草の定めなき身にして再びこゝに相見んことを期すべからず、願はくは予が為に秘曲一節を謳はずやとあるに、孤蝶子衣を改め髪を梳り案を叩いて太閤記をかたる、端座瞑目しづかに之をきけば一個のシルレル動いて予が眼中に浮ぶ」。（堀部功夫）

島崎漂舟　しまざき・ひょうしゅう

明治三年（月日未詳）～昭和十九年（月日未詳）。俳人。徳島県池田町（現三好市）に生まれる。家業は煙草製造業であったが、煙草専売法の実施により、明治三十八年、専売局技手として池田工場勤務。俳句を名古屋の林鐘園社発宗匠に学び、三十七年、立机して林臥園漂舟と号し、池田平心社の興隆に尽力。平心社は明治十七、八年頃、武川慶雲によって始められた徳島県で最も古い俳句結社である。池田平心社の同人により、池田町前山の蓮華寺の山門を通り抜けた小高い丘に、昭和四十年、句碑が建立された。青石の自然石に「五月雨や火移り誇る阿波莨　漂舟」とある。（増田周子）

島田一男　しまだ・かずお

明治四十二年四月十三日～平成八年六月十六日。小説家。京都に生まれる。小学校後半より大連に住み、大連第一中学校、南満州工業専門学校、武蔵高等学校、大倉高等商業学校を経て、明治大学中退。昭和六年、大連市役所から満州日報入社。以後、満州事変、日華事変に従軍。太平洋戦争では海軍報道班員になり、東京通信局長のとき終戦。二十一年、「宝石」第一回探偵小説懸賞募集に応募、「殺人演出」で入選、軽快なジャーナリスト的筆致で次々に作品を発表する。二十四年「拳銃と香水」は新聞記者もので新境地を開き、二十六年「社会部記者」その他の短編で第四回日本探偵作家クラブ賞を受賞。三十三年からはNHK連続ドラマ「事件記者」の脚本を担当、人気を博した。四十八年『科学捜査官』を発表、新らしい独自の境地を開拓した。四国に関するものとして『黒い渦潮』（昭和56年7月15日、東京文藝社）がある。

＊**黒い渦潮**《くろいうずしお》　長編小説。〔初版〕昭和五十六年七月十五日、東京文藝社。◇淡路島出身の国鉄林公安官は、四国巡礼ツアーに同行するが、殺人事件に巻き込まれ、自身も殺害されてしまう。公安室班長海堂と医療室の政代が、この事件の謎ときに乗り出す。ツアーに参加した林公安官の同級生らと、「秘宝」をめぐっての軽快なリズム展開、殺人事件とのからみが興味深い作品である。（増田周子）

島田豊　しまだ・ゆたか　明治三十三年一月八日〜昭和五十九年五月二十五日。児童舞踊家。徳島に生まれる。大正九年徳島師範学校を卒業。小学校教員を経て、十三年に島田児童舞踊研究所を創設、初めて舞踊界に児童舞踊というジャンルを確立した。昭和三十三年舞踊藝術賞を受賞。四十六年藍綬褒章を、五十二年勲四等瑞宝章を受章。（増田周子）

島津亮　しまづ・りょう　大正七年七月十八日〜。俳人。香川県高松市に生まれる。本名は亮《あきら》。敗戦後「青天」に参加。西東三鬼に師事。のち「雷光」「天狼」「梟」「縄」「ユニコーン」「夜盗派」「海程」同人。句集『紅葉寺境内』（昭和26年12月25日、梟の会）、『記録』（昭和35年11月1日、縄の会）。（浦西和彦）

島内一夫　しまのうち・かずお　大正九年（月日未詳）〜。小説家。高知県南国市に生まれる。東洋大学哲学科卒業。戦後、高知で高橋幸雄たちと同人誌「昼夜」を創刊する。教員になる。画廊を経営する。「山河」を主宰する。平成元年、『西本あつし覚書』を著す。高知生まれの平和運動家の生涯をまとめたものである。二年、椋庵文学賞を受ける。二〜十一年『晩夏』『村の茶湯者』『勤評裁判』『幼年』を著す。（堀部功夫）

島本仲道　しまもと・なかみち　天保四（一八三三）年四月（日未詳）〜明治二十六年一月二日。法律家。土佐国土佐郡潮江村に生まれる。父卓次は土佐藩士。土佐勤王党に参加する。明治五年、司法大丞になる。征韓論時、下野し、立志社に参加。八年、東京で代言業を開く。十四年、自由党顧問になる。二十年、『青天霹靂火』を著す。東京退去を命じられる。二十四年、『ゆめ路の記』を著す。（堀部功夫）

清水恵子　しみず・けいこ　昭和二十六年九月二十六日〜。詩人。香川県小豆島に生まれる。詩集『自我』（昭和59年8月1日、第一出版）、『不つりあいの美』（平成3年11月5日、第一出版）、『あびてあびて』（平成6年10月25日、思潮社）、『ぎざぎざ』（平成9年9月26日、思潮社）。第五回日本詩人クラブ新人賞を受賞。（浦西和彦）

清水正一　しみず・しょういち　大正二年二月六日〜昭和六十年一月十五日。詩人。三重県阿山郡上野に生まれる。昭和三年上野市立男子尋常高等小学校高等科卒業後、大阪に出る。蒲鉾の製造販売を業としながら詩作する。『清水正一詩集』『続清水正一詩集』がある。『ふるさと文学館第42巻徳島』（平成7年1月15日、ぎょうせい）に収録された詩「わが若き日のドイツ軒」で「阿波の徳島ドイツ軒／／僕はまだ／久留米絣のぴったり似あう青年《わかもの》で／微風がふところをぬけると／ぷんと藍の匂いがはしって／屋根のひくい町なか―／三重吉の『千鳥』と／ツルゲーネフの『散文詩』と／すれちがう土地の人さえ／「あぃなオーサカのお兄ィちゃん」／と声をかけてくださった／絣《きもの》であるける古いカスリの町」と詠う。（増田周子）

志水辰夫　しみず・たつお

昭和十一年十二月十七日〜。小説家。高知県南国市に生まれる。本名は川村光暁。高知商業高等学校卒業。公務員になる。昭和三十六年、上京する。出版社に勤務する。フリーライターとなり「婦人倶楽部」「微笑」に執筆する。五十一年、小説を書き始める。ライター時代に収集した北方領土関係資料を素材に、三年がかりで完成、さらに出版まで二年かかる。五十六年、『飢えて狼』を著す。五十八年、『裂けて海峡』を著す。その文末が「そうだ。／理恵。そばに行くのが少し遅れる。／まだ、し残していることがある。／すませてからそこへ行く。／おまえのために祈っている。／天に星。／地に憎悪。／南溟。八月。わたしの死。」でいわゆる〝志水節〟が開花する。五十九〜六十年、『あっちが上海』『散る花もあり』『尋ねて雪か』『背いて故郷』を著す。第三九回日本推理作家協会賞を受賞する。六十一年、『狼でもなく』を著す。霜月蒼は「これらの作品に共通するのが、『憎悪』という主題である」と評した。六十二〜平成二年、『オンリィ・イェスタデイ』『こっちは渤海』『深夜ふたたび』『カサブランカ物語』『帰りなん、いざ』を著す。『行きずりの街』で日本冒険小説協会大賞を受賞する。三〜六年、『花ならアザミ』『夜の分水嶺』『滅びし者へ』『いまひとたびの』『冬の巡礼』を著す。安原顕は、『いまひとたびの』を「三浦哲郎を軽々と超えた」傑作短編と評し、「全九篇すべて駄作がないこと。これが凄い。もう一つは、『愛と死』を扱っているにもかかわらず、文体、モチーフともにまったくセンチメンタルではないことだ」と絶讃する。七〜八年、『虹物語』『きみ去りしのち』『あした蜉蝣《かげろう》の旅』を著す。十三年九月、「きのふの空」で第一四回柴田錬三郎賞を受ける。

＊**道草ばかりしてきた**《みちくさばかりしてきた》　エッセイ。〔初出〕「毎日グラフ・アミューズ」。〔初版〕平成十三年十一月三十日、毎日新聞社。◇「フェリーのある風景」。浦戸湾の対岸へ渡るための県営渡船を取りあげる。海を取り囲む状況の変化がはげしい。

（堀部功夫）

清水峯雄　しみず・みねお

昭和六年（月日未詳）〜。詩人。高知市に生まれる。二十四年、高知市役所営繕課に就職する。同課に居た橋田一夫を介して、島崎曙海を知り、「蘇鉄」に入る。二十七年、高知市民図書館に勤める。二十八年、図書館で〝詩を楽しむ会〟を企画する。年未詳、「日本未来派」「塩岩」同人になる。『高知詩集・一九六五年版』に発表した「新生児の歌」の一節は、「おれの存在は声だ／おれが叫ぶとき　きみらの血を飲ませてくれ／おれは臍の出た吸血鬼だ／おれの存在は一個の排泄器だ／きみらの悪い血を真紅にかえてやる」とうたう。平成元年、『土佐・百人の詩人』を著す。充実した高知近代詩史である。「朝日新聞高知版」詩壇選者をつとめる。（堀部功夫）

清水義範　しみず・よしのり

昭和二十二年（月日未詳）〜。小説家。名古屋に生まれる。愛知教育大学卒業。小説『国語入試問題必勝法』で吉川英治文学新人賞を受賞する。平成十一年三月、取材で来高。

＊日本語必笑講座《にほんごひっしょうこうざ》　エッセイ。〔初版〕平成十二年六月五日、講談社。◇「ことばの見本市」（「毎日新聞」平成8年4月〜10年3月）中「誤解から生まれた〝カン違い名言〟の楽しさ」は、「もう十年以上も昔だが、高知県を旅行したことがある」、板垣退助銅像前で若い母親が間違って「この人はね、『少年よ大志を抱け』という名言を残した人なのよ」と男子に教えるのを小耳にはさんだ場面から始まる。

＊銅像のある街《どうぞうのあるまち》　紀行。〔初出〕「小説NON」平成十一年五月。〔初収〕『銅像めぐり旅』平成十四年四月二十日、祥伝社。◇「坂本龍馬と高知」。桂浜の龍馬像は修復中のためみられず。檮原町の〝維新の門〟群像などをウォッチングする。

（堀部功夫）

志茂田景樹　しもだ・かげき

昭和十五年三月二十五日〜。小説家。静岡県に生まれる。本名は下田忠男。中央大学卒業。「黄色い牙」で第八三回直木賞を受賞する。

＊新・犬神伝説《しん・いぬがみでんせつ》　長編小説。〔初版〕昭和五十六年四月、日本文華社。◇高知県S市でいわれなく「犬神筋」として迫害された高野五郎が、変身して徳島県N市に現れる。対立する組織の抗争と、革新市長を狙い撃つ「犬神退治」ヒステリーの渦とのなかで、高野の復讐戦が始まる。迷信を現前させ、もっぱら「暴力とセックス」の展開である。本文に「若干の訂正を加え」角川文庫化された。

＊獺谷の血族《かわうそだにのけつぞく》　長編小説。〔初版〕昭和五十八年八月二十五日、中央公論社。◇旅行記者麻生啓一郎とTVディレクター伊吹たづ子とが、ニホンカワウソと武市半平太刑死の謎とを追って、土佐山中赤目淵を取材する。ニホンカワウソの死体が発見された赤目淵には、武市一族の子孫が住んでいる。二人の行く手に、カワウソの祟りを利用した殺人事件が起こる。

＊星の四国路殺人紀行《ほしのしこくじさつじんきこう》　推理小説。〔初版〕昭和六十一年四月二十五日、角川書店。◇元刑事、今は妻の法律事務所調査員、ロバさんこと高島源太が、スーパー経営者白鳥巌夫の失踪した娘探しのため四国へ向かう。そのフェリー中で源太と性交した大地麻子は、松山で殺される。背中にタロット占いの一〇番カードを敷いていた。事件の背後に、ダイエット健康食品を偽装する覚醒剤アンフェタミン販売組織がある。源太は、面河村杣野地区の風穴、宇和島城、室戸岬を廻って、殺人犯と黒幕をつきとめる。ハレー彗星が最も接近した夜だった。角川文庫化される。

（堀部功夫）

下村為山　しもむら・いざん

慶応元（一八六五）年五月二十一日〜昭和二十四年七月十日。俳人、画家。伊予国松山（現愛媛県）に生まれる。本名は純孝。洋画を小山正太郎に、日本画を久保田米遷に学ぶ。俳句は正岡子規に師事。明治二十七年、松山に日本派俳句会の松風会を興し、日本派の俳人として活躍。松山版「ホトトギス」創刊号の題字を書いた。

（浦西和彦）

下村千秋　しもむら・ちあき

明治二十六年九月四日〜昭和三十年一月三十一日。小説家。茨城県に生まれる。早稲田大学卒業。

＊遍路行《へんろこう》　小説。〔初版〕昭和六年八月二十一日、中央公論社。◇純一は、遍路にこそ真の孤独、静謐の世界があると「お四国」へ発足する。

（堀部功夫）

十鳥敏夫　じゅうとり・としお

昭和十一年三月十五日〜。歌人。香川県に

生まれる。公務員。「ヤママユ」「氾」加入。歌集『朱雲』（昭和58年11月15日、不識書院）、『草境』（平成7年3月1日、砂子屋書房）。

子規堂に伊予絣売る女学生の髪ぬらすほどのひなた雨過ぐ

帰郷せる幸徳伝次郎草ふかく大の字に寝て秘策を練りき

（浦西和彦）

上甲平谷《じょうこう・へいこく》

明治二十五年四月十日～昭和六十一年八月二十九日。俳人。愛媛県東宇和郡宇和町卯之町（現西予市）に生まれる。本名は保一郎。別号は九九庵、世北老人。開明小学校、八幡浜商業学校、正則英語学校、早稲田大学文学部哲学科卒業。雑誌「新時代」記者等を経て、昭和十九年、東京女子商業学校校長。俳句は、明治四十年、宇都宮閑子の手ほどきを受け、その後、村上霽月、松根東洋城に師事。昭和十年、小杉余子らと「あら野」を創刊。昭和十三年六月「俳諧藝術」（昭和27年9月「火焔」と改題）を創刊、主宰した。句集『冬将軍』（昭和33年12月25日、俳諧藝術社）、『泥多仏』（昭和43年8月5日、俳諧藝術社）、評論集『芭蕉俳諧』（昭和20年9月10日、冨山房）等がある。

（浦西和彦）

勝田明庵《しょうだ・めいあん》

明治二年九月十五日～昭和二十三年十月十日。俳人。伊予国松山（現愛媛県）に生まれる。本名は主計。政治家。大蔵大臣。文部大臣。正岡子規に勧められ常盤会寄宿舎の句会に参加。

（浦西和彦）

庄野英二《しょうの・えいじ》

大正四年十一月二十日～平成五年十一月二十六日。児童文学者、エッセイスト、小説家。徳島県出身の教育者の父貞一と母春慧の次男として山口県萩に生まれ、大阪で育つ。関西学院大学文学部哲学科卒業。学生時代に坪田譲治の作品に眼を開かれ、師事する。童話雑誌「びわの実学校」編集同人として活躍。随筆集『ロッテルダムの灯』（昭和35年5月、レグホン舎）で日本エッセイスト・クラブ賞、大阪府藝術賞を受賞。それを機に、詩、童話、随筆、小説、紀行文、戯曲など精力的に書く。特に戦争で記憶喪失になった青年と幻の馬を描いた長編童話『星の牧場』（昭和38年11月、理論社）には、詩的メルヘン、平和、自由への願い、人間の真の美しさ、憧れなど、庄野英二の文学の特色が出ており、日本児童文学者協会賞、サンケイ児童出版文化賞、野間児童文藝賞を受賞。劇化、映像化されて好評を博した。その他著書多数ある。

＊猫とモラエス《ねこともらえす》　戯曲。〔初出〕「悲劇喜劇」昭和六十三年七月。〔初版〕『少女裸像・猫とモラエス』平成元年十一月一日、編集工房ノア。◇ポルトガルの海軍士官モラエスと福本ヨネとの結婚シーンから始まる。楽しい一〇数年の後、病死したヨネの墓守りのため、ヨネの故郷徳島を訪れる。ヨネの姪コハルの家に同居、いつしか彼女を愛するようになる。熱狂的な阿波踊りの「よしこの」の音の中、ヨネとコハルが重なり合い、いずれが現実なのか、定かではない。そんな祭りの夜、コハルが血を吐いて死んでしまう。日本文化を知り、こよなく日本を愛したモラエスが、神戸で孤独に一生を終えるまでを、阿波言葉を使って描く。

（増田周子）

昭和天皇《しょうわてんのう》

明治三十四年四月二十九日～昭和六十四年一月七日。第一二四代天皇。東京に生まれる。御名は裕仁。大正十二年、四国を視察する。十五年十二月二十五日の大正天皇崩御により即位。昭和二十五年三月、四国各県を視察する。二十八年、四国を視察する。四十年、植樹祭に愛媛県を訪れる。五十三年、植樹祭に高知県を訪れる。

＊昭和天皇御製集《しょうわてんのうぎょせいしゅう》　歌集。〔初版〕平成三年七月十七日、講談社。◇昭和二十五年、香川県大島療養所二首、興居島、室戸三首。二十八年、松山国民体育大会、松山市聾学校、高知にて、小松島の旅館にて二首、高松にて、四国の復興。四十年、愛媛県植樹祭、久谷村大久保二首、道後の宿。五十三年、高知県植樹祭、牧野植物園、の御製を収める。岡野弘彦「昭和天皇と短歌」を付す。岡野は、戦後、御製が「国民の生活や感情とひびきあう歌を詠まれるようになってゆく」とし、「室戸なるひと夜の宿のたましだをうつくしと見つ岩間岩間に」を例示する。岡野は、昭和天皇が「生物学、植物学についての深い知識を持っていられて、そのために小さな海の生物や、名もないような草木まで、正しくその名を歌われる」と評す。「たましだ」等を詠み込んだのもその一例である。（堀部功夫）

白石一郎　しらいし・いちろう

昭和六年十一月九日〜。小説家。釜山に生まれる。早稲田大学政経学部卒業。昭和三十二年、「雑兵」で第一〇回講談社倶楽部賞を受賞。「鷹ノ羽の城」（「講談倶楽部」昭和37年1〜12月）で、時代小説家としての地位を築く。昭和六十二年、『海狼伝』で第九七回直木賞を受賞。主な著作に『弓は袋へ』（昭和63年6月5日、新人物往来社）、『海王伝』（平成2年7月20日、文藝春秋）、『江戸の海』（平成4年4月30日、文藝春秋）、『孤島物語』（平成7年1月25日、新潮社）、『異人館』（平成9年2月1日、朝日新聞社）等。

＊鳴門血風記《なるとけっぷうき》　長編小説。〔初出〕「問題小説」昭和六十二年五月〜昭和六十三年四月。〔初版〕昭和六十三年八月三日、徳間書店。◇秀吉の時代、蜂須賀家の支配に抵抗した祖谷の「山岳党」の物語である。難攻不落と言われた祖谷に「飯綱使い」小野寺喜内がやって来て術策を用い祖谷の山岳党たちを蜂須賀に服従させたが、元々祖谷に埋るといわれる埋蔵金目当てであった。捨て子だった筒井喬之助は猿飛陰流の使い手で、木地師の長となり、「大山主」といわれていた。喜内の魂胆を見抜くと、自分の所持する埋蔵金の絵地図を与え、山に住む人々の名誉と平和を守った。（増田周子）

白石花馭史　しらいし・かぎょし

明治二十三年三月（日未詳）〜昭和二十二年六月三十日。俳人。愛媛県西条町（現西条市）に生まれる。本名は一美。俳句は明治四十一年「日本俳句」に投句。「層雲」を経て、「海紅」に参加。昭和六年「波麗」を発刊主宰。（浦西和彦）

白形桑甫　しらかた・そうほ

昭和四年八月二十日〜。俳人。愛媛県松山市昭和町に生まれる。本名は安教。「星」幹部同人。愛媛県俳句協会幹事。

石鎚は伊予のかみくら鳥渡る
伊予土佐の霧振り分けに天狗岳
飛花とどむ子規漱石の碁打石《ごうちいし》

（浦西和彦）

白神あきら　しらかみ・あきら

昭和八年一月十三日〜。俳人。徳島市に生まれる。本名は皞《あきら》。徳島大学医学部卒業。勤務医。昭和四十八年「ひまわり」入会。句集『草の絮』（平成8年12月6日、東京四季出版）。

お鶴木偶やや前かがみ夕涼に
たぎりたつ囃子したがえ踊り過ぐ（阿波踊）
古戦場由緒楷書に木の芽吹く（屋島）

（浦西和彦）

白川渥 しらかわ・あつし

明治四十年七月二十七日～昭和六十一年二月九日。小説家。愛媛県新居浜市に生まれる。本名は正美《まさみ》。昭和十六年、東京高等師範学校文科卒業。在学中から横光利一に師事。卒業後、鳥取、兵庫師範学校などで教鞭をとるかたわら、「日暦」「文藝首都」に参加し、作家活動を続け、昭和十五年、小説「崖」が芥川賞候補になった。代表作に「村梅記」「風来先生」「女人の館」「落雷」などがある。重厚、清潔な倫理感に根ざした作風で注目された。神戸市教育委員長をつとめたこともある。明石短期大学名誉教授。（浦西和彦）

白洲正子 しらす・まさこ

明治四十三年一月七日～平成十年十二月二十六日。評論家、随筆家。東京永田町に生まれる。女子学習院を経て米国ハートリッジ・スクール卒業。女人禁制だった能舞台に初めて立った。能、絵画、陶器に造詣が深い。佐藤義清《のりきよ》出家を発端に西行の事跡を辿った紀行『西行』全二〇章のうち、第一六章「讃岐の旅」（「藝術新潮」昭和62年8月1日、第38巻8号）と第一七章「讃岐の庵室」（「藝術新潮」昭和62年9月1日、第38巻9号）が四国を舞台にしている。西行は、仁安二（一一六七）年に、讃岐配流となった崇徳上皇終焉の地である白峰を訪ねる。白峰は高松市と坂出市にまたがる五色台と呼ばれる峰の一つである。さらに西へ行き、弘法大師修行の地を偲ぶとともに、善通寺の西行庵を発見するまでのいきさつが述べられている。（浦西和彦）

＊型染め曼荼羅―神崎温順《かたぞめまんだら―かんざきすなお》 エッセイ。〔初出〕「藝術新潮」昭和五十八年三月一日、三四巻三号。◇昭和五十七年秋、「私」は土佐の型染め作家、神崎温順を訪ねる。神崎は天理曼荼羅を造る夢を持っている。「神崎さんと私は、生れも育ちも歩いた道も違うが、彼の放浪の人生は他人事とは思えない」。（堀部功夫）

白川燧洋 しろかわ・すいよう

明治三十六年十二月九日～昭和五十四年三月十三日。俳人。愛媛県に生まれる。本名は鶴吉。俳句は大正十二年ごろより作りはじめ、「ホトトギス」「鹿火屋」「曲水」「枯野」「さつき」「千鳥」等に拠った。戦後、「獺祭」「みどり」同人。句集『俳句紀行春』（昭和48年5月20日、豊島書房）。（浦西和彦）

城山三郎 しろやま・さぶろう

昭和二年八月十八日～。小説家。名古屋に生まれる。本名は杉浦英一。東京商業大学卒業。第四〇回直木賞受賞。平成十五年、朝日賞を受ける。

＊男子の本懐《だんしのほんかい》 長編小説。〔初出〕「週刊朝日」昭和五十四年三月二十三日～十一月二十日。〔初版〕昭和五十五年一月二十五日、新潮社。◇浜口雄幸、井上準之助の伝記小説である。「静の浜口、動の井上。一言足りぬ浜口、一言多い井上」、寡黙と雄弁と対照的ながら、ともに「同年輩」「遠い田舎の出身」「左遷」経験者であった。不況克服のため、緊縮財政と行政整理による金解禁に生命を賭けた、二人を、交互に、時代や社会背景とともに描出する。明治三年、高知県長岡郡五台山村唐谷、「かげが濃く、さびしい風景」の一軒家に生まれ「『雲くさい』」と評され地味だった浜口の少年時代や、大正十四年に帰郷時の高知が取り入れられている。暗殺者に襲われて医師が「『総理、たいへんなことに』」とつぶやくと、浜口はうすく目を開けていった。『男子の本懐です』」。新潮文庫化された。（堀部功夫）

新如峯《しん・じょほう》

明治三十二年九月二十四日～昭和五十五年八月一日。俳人。愛媛県喜多郡長浜町（現大州市）に生まれる。本名は美忠。別号は菊窓園。戦後、石井よしを、池月一陽子の指導を受け句作に入り「鶴」に拠った。「風土」「花野」同人。昭和三十年「東風」創刊。句集『流れ雲』（昭和48年5月5日、東風誌友会）。

（浦西和彦）

陣出達朗《じんで・たつろう》

明治四十年二月十四日～昭和六十一年四月十九日。小説家。石川県に生まれる。本名は中村達男。奉天中学校、金沢中学校を経て、昭和四年に京都日活撮影所入社。昭和八年、「さいころの政」で第一二回サンデー毎日大衆文藝賞を受賞。昭和十八年以後、作家生活に専念。二〇〇冊にのぼる著書がある。四国を描いた作品に『笛吹く蛇』（昭和49年6月20日、東京文藝社）がある。

＊笛吹く蛇《ふえふくへび》　長編小説。〔初版〕昭和四十九年六月二十日、東京文藝社。◇鳴門の渦潮が一望できる潮見茶屋の娘お遊は鳴門小町と呼ばれる絶世の美女だった。お遊は、恋人の忍者露万次郎を愛しながらも、天下の色好み阿波の殿様斉裕の目にとまり殿と一夜を過ごす。殿との情事の果てに、お遊は殿の子を身ごもってしまう。落胆した万次郎は死んでしまおうと鳴門の海底に沈む。お遊に看病され、三日三晩昏睡したがなんとか助かり、お遊は自分にそっくりの美しい潮姫を出産した。ある日、斉裕の弟明石殿兵部大輔が、お遊に言い寄ってきた。関係をお遊が拒むと、激しく怒りお遊を殺してしまった。万次郎はがっくりし、潮姫を育てながらお遊の敵を潮姫にとらせようとする。明石殿の側用人鵜殿播磨は、潮姫を手込めにして切り殺し兄弟同士を対立させ、自分が成り上がってやろうという野望を持っていた。「笛吹く蛇」とはまさに鵜殿播磨のことであった。何度も危ない目にあうが、ようやく潮姫と万次郎はお遊の敵をうち、鵜殿播磨は切腹を命じられた。そして、晴れて最後には万次郎は亡きお遊を阿波の守に下賜され、結婚を認められた。

（増田周子）

新藤兼人《しんどう・かねと》

明治四十五年四月二十二日～。脚本家。広島に生まれる。シナリオ作家協会『新藤兼人　人としなりお』にくわしい。平成十四年、文化勲章を受ける。

＊足摺岬《あしずりみさき》　シナリオ。〔初出〕「キネマ旬報」昭和二十九年三月十日、八六号。◇田宮虎彦の短編三作「足摺岬」「絵本」「菊坂」に取材し、〝心ならずも結婚する女の話〟を創り出し、構成しなおして成る。登川直樹は、こうした改変によって『絶壁の生命』を際立たせることを狙った」と評す。

＊闇の中の魑魅魍魎《やみのなかのちみもうりょう》　シナリオ。〔初出〕刊年、発行所不記。◇すべての既成からはみ出してゆく、エネルギッシュな絵師金蔵の、性と生を描く。

（堀部功夫）

【す】

水魚《すいぎょ》

明治三十九年（月日未詳）～昭和二十年十二月三十日。川柳作家。高知県に生まれる。本名は筒井信喜。別号は珍景。高知市で婦人服店などを経営。個人誌「梅干」を創刊。昭和八年「帆傘」編集人となる。「断言をした反応をたしかめる」などの句がある。

（浦西和彦）

末広鉄腸《すえひろ・てっちょう》

嘉永二（一八四九）年二月五日～明治二十九年二月五日。新聞記者、小説家。伊予国（愛媛県）宇和島笹町（現宇和島市）に生まれる。本名は重恭《しげやす》。藩校明倫館に学び、十七歳で藩校舎長、明治二年藩校教授となるが、翌年上京。五年に明倫館教授に再任を経て、愛媛県聴訴課長となる。七年に上京し、大蔵省に入ったが、翌年言論人として立とうと決し「曙新聞」に入社。のち「朝野新聞」に転じた。政府批判のため、成島柳北とともに筆禍で入獄。十四年、自由党結党に入党、「自由新聞」の社説を執筆。板垣退助外遊を批判し、自由党を脱党。十六年九月に馬場辰猪らと独立党を結成。政治的信条と政策を小説に描いた『雪中梅』上編（明治19年8月、博文館）、下編（同年11月、博文館）や『花間鶯』上編（明治20年4月、金港堂）、中編（同年10月、金港堂）、下編（明治21年3月、金港堂）を著し大衆的人気を博した。二十一年に欧米外遊し、翌年帰国。「東京公論」に入り、さらに「関西日報」「大同新聞」に転じ、「国会」新聞を主宰した。二十三年七月、第一回衆議院選挙に愛媛県六区より立候補し当選。二十五年八月、清、朝鮮、シベリア視察に出かけた。『鴻雪録』（明治22年7月、博文堂）、『東亜之大勢』（明治26年1月、青木嵩山堂）など見聞録や政治小説『戦後の日本』（明治28年11月、青木嵩山堂）など精力的に執筆した。

（増田周子）

菅龍一　すが・りゅういち

昭和八年三月二十三日～。劇作家。香川県高松市に生まれる。本名は増賀光一。昭和三十二年、京都大学理学部物理学科卒業。定時制高等学校の教師のかたわら戯曲や教育実践記録などの著作を執筆。京都の寺院に生まれた女性を主人公に描いた「女の勤行」（「テアトロ」昭和39年4月）が第一〇回岸田国士戯曲賞を受賞した。「火山地帯」同人。大和創作研究会を主宰。主な著書に『教育の原型を求めて』（昭和48年6月、朝日新聞社）、『善財童子ものがたり』（昭和57年11月、偕成社）、『こどもの心が見えるとき』（昭和59年12月、柏書房）等がある。

（浦西和彦）

杉浦寿女　すぎうら・ひさじょ

大正元年十二月十五日～昭和六十三年十月四日。俳人。愛媛県松山市に生まれる。本名は寿。教員。俳句は昭和十五年中川竹洞より手ほどきを受け「春秋」「ちまき」「俳句春秋」を経て三十六年「曲水」入会、のち同人。句集『雪まんじ』（昭和54年11月21日、東都出版）。

檻の鹿ひとに甘えて梅咲けり

（浦西和彦）

杉浦非水　すぎうら・ひすい

明治九年五月十五日～昭和四十年八月十八日。美術家、図案家。愛媛県松山市に生まれる。本名は白石朝武《ともたけ》。松山中学校在学中に四条派の画家松浦巌暉に絵の指導を受けた。明治三十年、上京し、川端玉章に師事し、日本画を学ぶかたわら、黒田清輝の天真画塾で洋画を習った。三十四年、東京美術学校日本画科を卒業。黒田清輝がフランスより持ち帰って紹介したアール・ヌーヴォー様式に刺激され、図案家を志す。三十五年、大阪三和印刷所に、三十九年、都新聞社に、四十一年、東京三越に勤める。ポスターや雑誌表紙などの意匠図案を制作した。四十五年、日比谷図書館で自作の書籍表装、雑誌表紙図案展を開催。中沢弘光らと光風会を創立。大正十一年、渡欧。十三年に帰国し、図案研究団体「七人社」を結成して、創作ポスター展を続けた。昭和四年、帝国美術学校創立とともに工藝図案科長となった。七年、多摩帝国美術学校を設立し、校長兼図案科主任教授となる。東京都広告審議会委員などを兼ねた。二十九年、図案工藝に対する功績により日本藝術院恩賜賞をうけた。（浦西和彦）

杉指月《すぎ・しげつ》

慶応四（一八六八）年七月十一日〜昭和八年五月三十一日。俳人。高知本丁筋五丁目に生まれる。幼名は直枝。本名は駿三郎。明治二十四年、旭村村長になる。三十七年、「高知新聞」を創刊する。四十年、県会議員になる。大正元年、「高知新聞」代表社員。十年、同取締役になる。十四年、高知市会議員になる。浜本浩は「高知新聞社の重役だった杉指月氏は、立志社の流れを汲み、俳人としても知られた文化人であった」と回想する。（堀部功夫）

杉本斧次《すぎもと・おのじ》

安政四（一八五七）年五月六日〜大正十三年十一月一日。狂句作者。土佐国土佐郡鏡村大利に、金吾、町の長男として生まれる。明治二十二年、鏡村村長になる。土佐狂句テニハ宗匠となる。（堀部功夫）

杉本恒星《すぎもと・こうせい》

大正九年四月（日未詳）〜。俳人。高知県宿毛市橋上町に生まれる。本名は恒雄。昭和三十五年、山本修と『高校生奮戦記』を共著刊。三十六年、句集『真顔の石』を著す。高知県出版文化賞を受賞する。三十六年、藤戸億羅句集『沈頭』を編む。のち、俳誌「壺」を主宰する。四十六年、政治評論集『下駄ばきでどをぞ』を編著。四十七年、句集『巌の径』を著す。椋庵文学賞を受賞する。四十八年、随想『風の姿』を著す。五十四年、『破繭の音』を編著。平成二年、『紅葉の季節』を著す。「高知新聞」俳壇選者をつとめる。（堀部功夫）

杉本峻一《すぎもと・しゅんいち》

明治四十三年八月十三日〜平成九年十月三日。評論家。高知市京町に生まれる。父は宮島圭助、母は毛利梅。母の叔母杉本馬の養子になる。映画を好む。大正十二年、高知市立商業学校へ入学、映画館のチラシを作成する。左翼化する。昭和四年、神戸の映画配給会社に入社する。六年、上京して映画ジャーナリストになる。九年、京都第一映画社に入り、映画企画製作に当たる。戦後、宮古島から復員し、高知へ帰る。二十三年、『杉本峻一映画ノート』を著す。五十二年、『日本の映画作家たち』を著す。土佐文雄『人間の骨』を映画化し、日本映画ペンクラブ賞を受ける。平成五年、高知ペンクラブ賞を受ける。（堀部功夫）

杉本雅史《すぎもと・まさふみ》

昭和二十三年（月日未詳）〜。小説家。高知県南国市出身。「白色音」同人として小説を書く。昭和五十七年、椋庵文学賞を受賞する。六十年、小説集『襲炎』を著す。（堀部功夫）

図子慧《ずし・けい》

昭和三十五年五月九日〜。作家。愛媛県に生まれる。別名は博子。広島大学総合科学部卒業。広島の印刷会社にコピーライターとして一年余り勤めた後、愛媛に帰郷し、執筆活動に専念。昭和六十一年『クルト・フォルケンの神話』で第八回コバルト・ノベル大賞を受賞。少女小説作家として学園小説、SFなどの作品を発表。『お見合いストリート・ファイターズ』（平成5年6月10日、集英社）、『桃色珊瑚』（平成5年6月30日、角川書店）、『ラザロ・ラザロ』（平成10年4月30日、集英社）、『イノセント—沈む少年—』（平成9年9月30日、角川書店）、『閉じたる男の抱く花は』（平成13年4月25日、講談社）等がある。

（増田周子）

図子英雄　ずし・ひでお

昭和八年三月二十一日〜。詩人、小説家、ジャーナリスト。愛媛県西条市に生まれた。勇の三男。昭和三十年三月、大分大学経済学部を卒業し、愛媛新聞社編集局に入社。高校時代は野球やボクシングに熱中し、大学二年ごろから詩作をはじめた。五十一年、論説委員となり、六十三年、論説副委員長になった。NHK四国地方番組審議会委員。愛媛新聞社勤務のかたわら同人雑誌「原点」を創刊主宰し、その一〇号に発表した短編小説「少年の牙」が「文学界」四十四年一月号に〝同人雑誌推薦作〟として掲載された。「少年の牙」は、国民学校からの級友である繁と関谷の憎しみと相剋を描いている。その後、「向日葵のかげ」（「三田文学」昭和47年5月）、「検査台にて」（「すばる」昭和58年3月）等を発表した。五十八年、詩「沈黙」で第二〇回総評文学賞を受賞し、六十二年に短編小説「カワセミ」（「新潮」昭和62年7月）で第一九回新潮新人賞を獲得した。以後、「牙」（「新潮」昭和62年12月）、「鵜匠」（「新潮」昭和63年7月）、「海に呼ぶ声」（「新潮」平成元年4月）、「錦鯉」（「文藝」平成2年11月）、「母の碑」（「新潮」平成3年10月）等の秀作を発表した。

＊カワセミ《かわせみ》　短編小説。〔初出〕「新潮」昭和六十二年七月一日、第八四巻七号。〔収録〕『カワセミ』平成元年八月二十日、新潮社。◇戦時中の四国の山村である。カワセミの美しさに魅せられていた六年生の道夫と父が、ある日、家の傍の崖に巣作りを始めたカワセミをみつける。息をひそめてその巣作りを見守っていたが、悪友によって巣は荒されてしまう。カワセミはおびえ、巣作りを放棄し、帰って来ない。安岡章太郎は「ただ、ここにあるのは子供の眼に映った戦時下銃後の生活であり、やはり静かな田園にも戦争の影の落ちてるることはハッキリとわかるし、そこに陰鬱な空気の重量もよく感じられるのである」と評した。

（浦西和彦）

鈴江幸太郎　すずえ・こうたろう

明治三十三年十二月二十一日〜昭和五十六年十一月四日。歌人。父の任地徳島県阿南市に生まれる。徳島中学校卒業後、住友銀行に入行。大正十年、「アララギ」に参加し、中村憲吉、土屋文明に師事。戦後は「高槻」「関西アララギ」に参加。昭和二十八年「林泉」を創刊し、主宰した。歌集に『海風』『白夜』『屋上泉』、『くろもじ』（昭和44年6月、初音書房）等がある。二十六年、太龍寺山に登り、「ほのぼのと咲きみつる桜黒河の途の別れに見て山に入る」など数首を詠み、『白夜』に収録されている。

（増田周子）

鈴木春山洞　すずき・しゅんさんとう

大正七年十二月七日〜。俳人。愛媛県松山市三津に生まれる。本名は清。別号は青史、朱庵。元愛媛県立大洲高等学校校長。昭和十年松根東洋城に師事し、のち「渋柿」同人。「芭流朱連句会」主宰。

落ち鯛や橋が蔭する潮速く
伊予風土記丘の起伏の夏野かな
老鶯や遠石鎚にさす茜

（浦西和彦）

鈴木敏夫　すずき・としお

大正十年二月二十六日〜。小説家。徳島市富田橋に生まれる。徳島中学校を経て昭和十六年に高松高等商業学校を卒業。川西航空機株式会社に入社。応召し、三十一年十二月、ソ連からの長期抑留者の一員として帰還。翌年五月、徳島市役所職員となり、五十四年、徳島市中央公民館館長兼付属図書館館長を最後に退職。その間、戦争体験をもとに、『虜情上・下』（昭和47年、出版）を刊行。徳島市文化嘱託、徳島市国際交流協会事務局長をしながら、作家活動を続ける。『風速0作戦』（昭和55年3月、図書出版社）、『シベリヤの勲章』（昭和57年2月、光人社）、『続シベリヤの勲章』（昭和59年2月、光人社）、『関東軍特殊部隊』（昭和63年4月、光人社）などがある。（増田周子）

鈴木漠 すずき・ばく

昭和十一年十月十二日〜。詩人。徳島市籠屋町に生まれる。本名は鉄次郎。戦時疎開により祖谷郷に過ごす。昭和三十一年徳島県立池田高等学校卒業。翌三十二年共正海運株式会社入社。共正汽船株式会社総務部長などを経て、本四海峡バス株式会社取締役。第一詩集『星と破船』（昭和33年10月、濁流の会）を刊行。三十四年には、同人誌「海」を創刊。日本現代詩人会、日本詩人クラブに所属。『魚の口』（昭和38年8月、海の会）、『車輪』（昭和42年11月、海の会）、『二重母音』（昭和48年3月、海の会）、『鈴木漠詩集』（昭和48年6月、審美社）、『風景論』（昭和52年1月、書肆季節社）、『火』（昭和52年6月、書肆季節社）、『投影風雅』（昭和55年7月、書肆季節社）、『抽象』（昭和58年7月、書肆季節社）、『妹背』（昭和61年10月、書肆季節社）、『海幸』（平成3年1月、書肆季節社）、『色彩論』（平成5年7月、書肆季節社）、『続・鈴木漠詩集』（平成9年6月、審美社）、『変容』（平成10年4月、編集工房ノア）と次々に刊行。連句もよくし、六十二年には連句同人「海市の会」を作る。連句集（編著）に、『壺中天』（昭和58年11月、書肆季節社）、『海市帖』（平成元年12月、書肆季節社）、『虹彩帖』（平成5年11月、書肆季節社）、『青藍帖』（平成9年1月、徳島連句懇話会）、『風餐帖』（平成9年6月、編集工房ノア）など精力的に活躍。その間、五十六年に第一四回日本詩人クラブ賞受賞、平成三年、第二回連句協会推薦図書表彰を受け、六年には第一八回井植文化賞（藝術文化部門）を受賞するなど、華々しい活躍を続けている。また現在NHK神戸文化センターでおたくさの会を主催し、連句誌『OTAKSA』を発行している。

＊無形の家譜《むけいのかふ》　詩。〔収録〕『星と破船』昭和三十三年十月、濁流の会。◇祖父から父、父から僕、僕から子へ、脈々と続く家譜を、こよなく愛した故郷徳島の山脈、蒼い穹窿と共にリズミカルに詠っている。

＊家族　かぞく　詩。〔収録〕『海幸』平成三年一月、書肆季節社。◇一葉の家族写真を眺めながら、父を、母を、わたしを、弟妹を、家族を想い詠う。「一葉の写真の中／いつか離散するためにこそ／しばらくそこに／団欒《まどい》している」。（増田周子）

鈴木敏幸 すずき・びんこう

昭和十七年六月二十六日〜。詩人。愛媛県に生まれる。本名は敏幸《としゆき》。立正大学大学院修士課程修了。東京学藝大学講師。日本詩人クラブ理事長。詩誌「倭寇」を主宰。著書に『拾芥詩集』『意味論小考』『修善寺以後の漱石』『僕の少し虚無的な詩集』『憂愁の十二の詩人』等がある。（増田周子）

鈴木無肋 すずき・むろく

大正五年七月一日〜平成三年二月七日。俳人。香川県仲多度郡南町に生まれる。本名は義照。香川青年学校教員養成所卒業。俳句は昭和十九年ごろより句作、のち「若葉」「岬」同人。句集『申々帖』（昭和60年7月

31日、白凰社）。
お遍路の影は形にそひ歩く　（浦西和彦）

須藤水心楼《すどう・すいしんろう》
明治二十二年（月日未詳）～歿年月日未詳。俳人。高知県に生まれる。本名は栄之。土佐造船、土佐陸運重役を歴任。土佐地方俳壇の選者。河東碧梧桐に師事して「日本派」に参加。「三昧」同人。　（浦西和彦）

須藤南翠《すどう・なんすい》
安政四（一八五七）年十一月三日～大正九年二月四日。小説家。伊予国宇和島郡鎌倉通に生まれる。本名は光暉。父は宇和島藩士であった。藩校明倫館、松山師範学校に学ぶ。小学校に勤めた後、上京。明治十一年、有喜世新聞社に工員として入る。才能を認められて、編集員となり、雑報を執筆。十六年から、「開花新聞（のち改進新聞と改名）」重要記者。続き物の出版も相つぐ。十九年、勤皇佐幕二党の争いを描く『慨世悲歌照日葵』、改進党の政治主張を寓意した『雨窓漫筆緑蓑談』、未来小説『一顰一笑新粧之佳人』を著す。いずれも時代の政治熱・改良ブームに合致し、好評であった。二十二年、「新小説」編集に加わる。二十五年、大阪朝日新聞社に招かれ、大阪へ。続き物を同紙へ連載する。浪華文学会会員。三十八年、帰京し、「東京朝日新聞」に小説を連載する。四十二～大正三年、高僧伝、『愚禿親鸞』『法然上人』『蓮如上人』『日蓮上人』を著す。経歴は昭和女子大学『近代文学研究叢書19』にくわしい。幸田露伴が、南翠の明治初期の名声を饗庭篁村と併称し「小説壇の二巨星」と呼んだのは有名である。　（堀部功夫）

砂川長城子《すながわ・ちょうじょうし》
明治三十五年十月二十二日～昭和六十一年六月五日。俳人。高知市大川筋に生まれる。本名は万里。旧号は沙汀。昭和初期、松原地蔵尊に師事して「句と評論」に拠った。のち「海流」「新暦」「阿佐比古」同人。　（浦西和彦）

洲之内徹《すのうち・とおる》
大正二年一月十七日～昭和六十二年十月二十八日。作家、美術評論家。愛媛県松山市に生まれる。昭和五年、東京美術学校建築科に入学。翌年、日本プロレタリア美術家同盟に加入。七年、日本共産青年同盟に加盟し、検挙された。東京美術学校を中途退学し、帰郷して左翼運動を続け、日本プロレタリア文化連盟愛媛支部を結成、同時に、日本農民組合（全国会議派）の運動に参加。八年、検挙、起訴され、九年末まで松山刑務所に収容された。十年、同人雑誌「記録」の同人となり、文藝評論を書いた。十三年、北支那方面軍嘱託（宣撫班要員）となって中国に渡り、十五年、河北省陸軍特務機関（情報部）に勤務。その後、方面軍（北京）、一一〇師団（石家荘）、第一軍（太原）各司令部参謀部に配属されて対共情報を担当。第一軍勤務の頃、田村泰次郎を識った。二十一年帰国。二十三年頃から小説を書き始め、「棗の木の下」などの作品を発表。横光利一賞第一回（昭和24年）、第二回（昭和25年）、芥川賞第二三回（昭和25年上半期）、第二四回（昭和25年下半期）、第四六回（昭和36年下半期）の候補となる。三十三年、田村泰次郎経営の現代画廊に入社、三十五年以後は同画廊を引き継ぎ経営。著書に『絵のなかの散歩』（昭和48年6月25日、新潮社）、『人魚を見た人―気まぐれ美術館―』（昭和60年11月20日、新潮社）、『さらば気まぐれ美術館』（昭和63年3月20日、新潮社）他。　（浦西和彦）

【せ】

青雨 せいう

明治四十五年一月七日～昭和四十六年四月十三日。川柳作家。高知県に生まれる。本名は西森清久。昭和七年ごろから句作をはじめる。「帆傘」同人。十二年九州都城に転出、二十九年胸部疾患で帰郷。「犬の如き嗅覚をもち尚貧し」などの句がある。遺句集『旅の酒徒』（昭和52年7月、西森芳恵）。（浦西和彦）

西鳥 せいちょう

明治四十一年六月十七日～昭和四十四年一月三日。川柳作家。高松市に生まれる。本名は森一男。高松商業高等学校教頭。「番傘」同人。「若人」を創刊。句文集『摺鉢谷小屋』。「気の弱い自転車人が突き当り」などの句がある。（浦西和彦）

青明 せいめい

明治二十二年二月二十五日～大正四年八月二日。川柳作家。高知県に生まれる。本名は藤村一。別号は覿《てき》面坊。高知商業学校卒業。明治三十八年ごろ作句をはじめる。三十九年「葉柳」創刊とともに同人。四十四年、五葉、水府、蚊象らと「轍《わだち》」を創刊。短詩社を興し、一四字詩も手がけたが、二号で廃刊。神戸に住み、乙鳥会を指導。須磨の浦で溺死。（浦西和彦）

瀬尾香寿 せお・かじゅ

明治三十二年五月二十四日～昭和四十七年七月二十八日。俳人。愛媛県に生まれる。本名はかづ。岡本圭岳に師事して「火星」同人。幡谷東吾の「花実」同人。（浦西和彦）

関俊雄 せき・としお

大正十五年五月二十一日～。俳人。愛媛県に生まれる。昭和十四年ごろから俳句をはじめる。「若葉」「岬」同人。勝又一透に師事する。昭和五十年「栃の芽」編集担当。第七回岬賞受賞。

鷹匠の浦脛布もて足固め

（浦西和彦）

関みな子 せき・みなこ

明治三十七年八月二十一日～平成十年三月十二日。エッセイスト。高知県南国市、一説松山市に生まれる。本姓は池本。前名は三七。小山いと子の妹。昭和初年、与謝野晶子に、半年間師事する。晶子邸の壁掛けを主題に「飲物と果物皿を捧げ持つエジプトびとのそろいの足音」と詠む。八年、同志社女子専門学校卒業。九～十五年、小倉高等女学校に勤める。十年、鈴木福一と結婚する。二十年、帰高する。二十一年、離婚し、池本栄吉と再婚する。三十一年、『夕月』を著す。同人が女性ばかりの文藝誌「草の葉」を創刊する。三十二年、『育ちゆくもの』を著す。三十三年、高知県出版文化賞を受ける。三十七年、『土佐の婦人たち』を著す。六十二年、高知ペンクラブ賞を受ける。平成六年、長男の住む愛知県へ転居する。七年、『関みな子創作集』を著す。十年、肺炎のため愛知県幡豆町の病院で死去した。

空をゆく風きよらなる筆山の小高き丘に
ねむるやすけく

（堀部功夫）

瀬戸内寂聴 せとうち・じゃくちょう

大正十一年五月十五日～。小説家、宗教家。徳島市塀裏町字巽浜で指物師の父三谷豊吉、母ハルコの次女として生まれる。本名は晴美。昭和四年、神仏具店を営む父が、大伯母瀬戸内いとと養子縁組したため、瀬戸内姓を名乗る。土地柄幼時から人形浄瑠璃に親しみ、小学校時代には藤村や白秋の詩を愛誦した。昭和十年、徳島県立徳島高等女学校に入学すると、陸上部で練習に励むかたわら、図書館で『世界文学全集』や与謝野晶子訳の『源氏物語』などを読み耽った。学校文集「後彫」に詩や作文を毎号のように発表。十五年、東京女子大学国語専攻部に入学、東西古典文学を学ぶ。在学中に北京滞在の学究と結婚。十八年九月、戦時繰り上げ卒業すると、中国の夫のもとに渡り、翌年一女をもうける。夫は現地招集で出征、子どもと二人、北京で敗戦を迎える。二十一年八月やっと親子三人で帰国。郷里徳島で文化サークルのリーダーとして活躍した。運命を大きく変えたのは、夫の教え子との恋愛事件であった。二十三年二月、京都に出奔、京都大学附属病院に勤務しながら、小説を書き始めた。二十五年二月、正式に離婚する。「少女世界」に筆名三谷晴美で「青い花」を投稿、掲載される。翌年、小説家を志し上京。丹羽文雄主宰の「文学者」同人となり、小説を発表する。同誌が休刊となると、小田仁次郎主宰の「Z」に所属、創作活動を続ける。三十二年一月、「女子大生・曲愛玲」で第三回新潮社同人雑誌賞を受賞。受賞第一作として十月「新潮」に発表した「花芯」をポルノグラフィーだと酷評され、以後五年間完全に文藝雑誌から締め出された。この試練にめげず、三十四年に再刊された「文学者」に伝記小説「田村俊子」を連載、『田村俊子』（昭和36年4月、文藝春秋新社）で、第一回田村俊子賞を受賞、これを機に再起の道を歩み、小説家としての天分を開花させる。晴美の小説は三つの系譜に分けられる。三十七年、第二回女流文学賞受賞『夏の終り』に代表される私小説風な作品、『かの子撩乱』（昭和40年5月15日、講談社）、『青鞜』（昭和59年10月20日、中央公論社）など強烈に生きた女性たちの伝記小説、それに中間小説・通俗小説の三系譜である。それぞれの分野で多数の作品を刊行。人生の前半生の決算ともいえる自伝小説「いずこより」を書き始めた頃から、「四十代後半に入ってからの瀬戸内晴美の文学が見違えるばかりの変貌をとげた」と、井上光晴が評したほどの佳作、「おだやかな部屋」「蘭を焼く」「吊橋のある駅」などを次々に発表した。五十歳になった瀬戸内は、またも新たな出発をする。四十八年十一月十四日、中尊寺で得度受戒、仏子号は寂聴。五十三年大律師となる。五十四年、小田仁二郎、夫、係わりのあった恋人たちの相次ぐ死に、出離していてよかったと心から思ったという。京都嵯峨野に「寂庵」を結び、「花に問え」で一遍を、「手鞠」で良寛を、「白道」で西行を描き、出家者三部作を完成した。六十年、在家の為に「サガノサンガ」を開く。六十二年、岩手県浄法寺町の天台寺住職になる（平成17年、引退）。郷里徳島をこよなく愛し、徳島市で文化講座「寂聴塾」を五十六年より開く。執筆活動だけでなく、文化講演、座談会など積極的に多彩な活動を展開した。五十六年には、第一七回徳島新聞文化賞を受賞する。平成四年には『花に問え』（平成4年6月25日、中央公論社）で第二八回谷崎潤一郎賞を受賞。五年、第一一回京都府文化賞特別功労賞を、六年には徳島県文化賞を、八年三月に『白道』（平成7年9月26日、講談社）で藝術選奨文部大臣賞を受賞し、九年十一月三日には文化功労者に選ばれた。全巻を女人のモノローグで統一した『女人源氏物語』は、田辺聖子が「ことに痛感するのは、文章の流麗にして明晰なことであろう。きわめて上質の、磨きぬかれた日本語が、細心の注意に択ばれているが、そこに、なんの苦渋のあともとどめない」と文庫本解説で評した。七十歳を過ぎてますますの活躍をみせ、ライフワークとして十年四月、『源氏物語』全一〇巻を完成した。『女人源氏物語』から実に一〇年の歳月を要したものであった。この、『源氏物語』全一〇巻により、第二〇回日本文藝大賞を受賞した。十二年、徳島市から徳島市名誉市民の称号を贈られた。十三年『場所』で第五四回野間文藝賞を、『源氏物語』で第三〇回大谷竹次郎賞を受賞。十四年十一月開館の徳島県立書道文学館には、瀬戸内晴美コーナーが設けられ、現在館長を勤めている。八十歳を越えて、能、歌舞伎、狂言、オペラ、人形浄瑠璃などの脚本を依頼され、成功している。また、「その小説にこの無常の世界全体を見ることができる」などを理由とし、平成十八年一月二十八日、国際ノニーノ賞を受賞した。

＊霊柩車《れいきゅうしゃ》　短編小説。〔初出〕「風景」昭和三十八年六月。〔収録〕『瀬戸内晴美作品集第一巻』昭和四十七年七月十五日、筑摩書房。◇父は一三年も昔、昭和二十五年の天皇誕生日に死亡している。父の死亡と私の離婚復籍の年が同年で、わずか三カ月足らずの差しかなかった。その当時の私の生活は切羽つまっていた。私はすでに三年前、夫と娘のいる家を飛びだし、京都にすみついていた。夫がようやく私の離婚を決心したので、当座の身のふり方の決まるまでの費用をねだりに、一番最近帰った時、父の様子が変わっていた。二十年七月四日、大空襲の夜に、防空壕で焼死した母の話をした。その時、私は金をひきだす目的をとげないまま、京都へ引き返した。父の危篤という電報でかけつけたが、間にあわなかった。晴美の「小説家になる修行に出るから、金を送れ」という手紙を見て、わしも一がんばりなせと、父は自転車で家をぬけだしたのだ。姉は「お父さんはあんたが殺したんよ」と、その手紙を私の前へ投げた。義兄が外からかけこんで来て、市からの依頼で父の製作した霊柩車が無事に残っていると告げた。父の遺体は店一番の上等の金襴で掩われた棺に入り、自分の作った霊柩車におさまった。

＊焚死《ふんし》　短編小説。〔初出〕「自由」昭和三十九年五月。〔収録〕『瀬戸内晴美作品集第一巻』昭和四十七年七月十五日、筑摩書房。◇南の国の仏教徒の焚死の記事から、敗戦の年の母親の異常な死を思い出す。牧子たち親子が、故郷へ引き揚げて来たのは敗戦の翌年の八月である。「壕で焼け死なはったん」と、故郷の土をふんで聞く第一声だった。「もうわたしは、いやになった」と、空襲下の防空壕の中で、煙にまきこまれて焼け死んだという。牧子はそれと同じ言葉を母から聞いた記憶があった。夫の情事を知って睡眠薬をのんだ時、昏睡状態の中で発した言葉であった。平野謙は時評で『焚死』がいちばん印象に残った。女の業みたいなものがよく出ている」と評した。

＊徳島わがふるさと《とくしまわがふるさと》　エッセイ。〔初出〕『文学の旅15〈四国〉』昭和四十八年九月一日、千趣会。◇私が幼年時代に過ごしたふるさとは実にのどかで、おだやかな城下町であった。春になれば、町のどこからともなく巡礼の鈴の音が聞こえてくる。子供たちは「へんろ」と言わず「へんど」と呼んでいた。おへんどさんの鈴の音の聞こえてくる頃、吉野川の向こうの畠は菜の花で真黄色になる。土手には、たんぽぽやすみれやつくしが無数に頭を出す。夏はやまもも売りの声に乗ってやってくる。盆踊りに無関心な人間なんか、徳島人ではない。徳島の町の人は、もうお盆の朝があけると朝から浮かれていた。秋は空気が清らかなせいだろうか、道のべの雑草の名もない花の色が、宝石のように美しかったのを思いだす。しかし、私の徳島は戦災ですっかり

焼けてしまった。それ以来、私にはふるさとはもはやないように思われる。

＊私小説《わたくししょうせつ》　長編小説。〔初出〕「すばる」昭和五十八年二月～五十九年七月号。〔初版〕昭和六十年一月十二日、集英社。◇姉の出産の場を目撃した四〇年前の記憶からはじまる。得度してから一〇年。小説家で中尊寺貫主であった香春暢大僧正の死、得度の戒師を務めてくれた松谷義真大僧正の死、作家の平泉ため子の死、九十二歳でなお若い愛人を嫉妬しつづけた社会主義者、新幡幹村の愛染無明の死、白樺派の作家、坂美敦の死、ガス自殺したノーベル賞作家、南禅寺管長の自殺、かつて愛した男たちの死に思い出をからませて描かれる。母は戦災で死に、父も事故死。その骨ひろいは男の役目であった。「私」は肉親の骨を拾ったことがなかったが、最愛の姉の死で、桜貝のような色をした薄く軽い骨を拾いあげる。四〇年前に生まれた甥と一緒に私の故郷の四国遍歴に旅立つところで終わる。

＊白い手袋の記憶《しろいてぶくろのきおく》　短編小説。〔初出〕「Z」昭和三十二年三月十日、第五号。〔収録〕『白い手袋の記憶』昭和三十二年四月二十日、朋文社。◇女性のアクセサリーとして白い手袋が流行している。白い手袋でわたしの連想するものは、「式」である。卒業式、入学式、天長節…には必ず校長先生の白い手袋と御真影、長い最敬礼があった。七歳の時に神とは何かの問いかけにテンノウヘイカと不用意に答えたことに縛られ、優等生で過ごし、女子大に進学、やがて日本は戦争に突入、繰り上げ卒業になるとすぐに結婚した。白むくの打ち掛けの傍らの花婿の手に白い手袋があった。やがて敗戦。二〇年の歳月をかけて作り上げられた精神は一瞬のうちに霧散し、泥まみれになった。魂の底に眠っていた自我にめざめ、自らの目でみつめ、自分の手で触れ、自分の魂が感得したものしか信じないと誓った。白い手袋の幻影を投げうって、自分の運命を見極める手段として自分の文学を打ち立てたい、と決意を新たにする。

＊ゆきてかえらぬ　短編小説。〔初出〕「新潮」昭和四十一年二月一日。〔収録〕『ゆきてかえらぬ』昭和四十六年六月二十日、文藝春秋。◇「私」は徳島へ帰郷の折、薩摩治郎八が徳島で零落した生活をしていることを知る。その二年後、パリに行ったとき、ふとしたことからまた薩摩のことを聞き、彼に関心を抱く。その知人の手紙を届けるという口実で、実際に徳島に薩摩を訪問する。豪商の三代目の彼は、若くしてパリに渡り、三〇年間、そこで放蕩の限りの生活をすごした。美と快楽を追求し、社交界で活躍、バロンとよばれ、藝術家たちのパトロンとして、また、パリの日本館の創設者として知られ、大統領から勲章をもらった。戦時中もナチから多くの人を救った。そんな彼も戦後日本に帰国したときは、金を使い果たしていた。浅草のストリップ劇場通いをしているうちに知り合った女性と再婚。その妻の故郷徳島に阿波踊りを見に来ていたときに倒れ、そのまま八年間ここに過ごしていた。薩摩を見舞う「私」は、ふと彼に同じく徳島の女性にほれて晩年をすごしたモラエスの姿を重ねて見、献身的な妻に聖母の姿を見ている。薩摩自身は徳島の生活も愛しているが、パリにもう一度、妻と行きたいと述べる。薩摩に過ぎ去った過去への「望郷」の思いを、「私」は感じ取る。

＊人形のいざない阿波《にんぎょうのいざないあわ》　エッセイ。〔初出〕「日本の工藝」昭和四十一年五月。〔収録〕『思い出みち』昭和六十一年、平凡社。◇徳島県の誇る人形作りの名人大江巳之助のことを描いたもの。寂聴は、自ら大江巳之助に会いに行ったのだが、初対面にもかかわらず人なつっこい表情で歓待

してくれ、職人というよりも知的で優雅な詩人か学者という様子だった。自分で多くの舞台を見たり、人形遣いの名人が実際に舞台で人形を使った効果を話してくれたりしたのを聞いて、多くのことを学び、それを手がかりとして、大江氏は人形作りに励んだという。大江一人が作った人形で戦後の文楽が復活したという。だが、寂聴は、これほどの名人の仕事が金銭的には恵まれていない日本の状況を憂えている。

＊阿波の徳島《あわのとくしま》　流域紀行《りゅういききこう》　吉野川《よしのがわ》　エッセイ。〔初出〕「朝日新聞」昭和四十七年十一月七日〜二十日。〔収録〕『思い出みち』前出。◇徳島県の吉野川流域の出来事を記したエッセイである。吉野川は、ひとたび機嫌を損ねるとたちまち大暴れに暴れ狂い、別名を四国三郎ともいう。だが、この吉野川の氾濫は、徳島の名産品の藍の繁栄をもたらし、様々な文化を産んだ。また、吉野川の景観は見事で、徳島市から阿波池田を結ぶ徳島本線は吉野川流域を通りまたとない情景が広がる。イサム・ノグチが評価してから、吉野川の青石の真価が全国的に有名になった。吉野川流域には祖谷美人が多くいるらしい。今では、祖谷渓の近くには温泉旅館がたちすっかり観光地となっている。だが、昔の面影はなく、寂聴には絵葉書じみてわびしいものだったという。

＊いま、愛と自由を《いま、あいとじゆうを》　寂聴塾からのメッセージ《じゃくちょうじゅくからのめっせーじ》　講義録。〔初版〕昭和五十七年九月十日、集英社。◇昭和五十六年一月十日から一年間、毎月一回徳島市眉山の麓、弓山の前川記念館で開いた瀬戸内寂聴主催の塾での講義とディスカッションの様子を記録したもの。塾生は、公募の上、抽選で選ばれた六二人。十七歳から六十二歳まで幅広い職業と年齢の人々であった。般若心経、源氏物語、人生相談、釈迦、神近市子、荒畑寒村、種田山頭火、高群逸枝夫妻など、その講義はバラエティーに富んで興味深い。寂聴がその当時も取り組み、その後も続けた、女性史、宗教、伝記文学などの仕事の舞台裏が明かされている。特に寂聴自ら間近でお会いした荒畑寒村先生とのエピソードは生の肉声が聞こえるようで実に貴重なものである。塾生の質問や意見も率直で意義深い。塾生同士で結婚した人もいた。

＊いずこより　長編小説。〔初出〕「主婦の友」昭和四十二年一月〜四十四年六月。〔初版〕昭和四十九年一月五日、筑摩書房。◇徳島で生まれ育ち、よく勉強の出来た主人公晴美は、東京女子大学に進学した。そして在学中に同じく徳島出身の学者佐野淳と見合い結婚し、北京へ渡る。北京で理子という娘を産むが、夫は戦争に駆り出され、給料も振り込まれず、生活に苦労した。晴美は必死で仕事を探す。ようやく仕事が見つかった初出勤の日、終戦を迎えた。その後、引き揚げ船で日本に帰り、晴美に文学の喜びを思いださせてくれた夫の教え子の音彦と恋愛をする。夫と理子を捨てて一人で出奔し、音彦と暮らすが、晴美は音彦も捨ててしまった。やがて、作家となり小田仁二郎を知り、恋愛をするが、別れてしまう。そのうち音彦はまた晴美の家に入り浸るようになった。音彦とは金銭面でのトラブルもありとうとうお互いに離れてしまう。友人のすすめで二〇年ぶりに佐野に会い理子の話を聞かせて貰った。理子はアメリカの大学に行き、新しい母親とも大変仲良くしているという。佐野の家庭は翳りのない美しさに輝いていたが、晴美の心の内は深い疲労が横たわっていた。藝術の女神は安穏で平和な家庭の雰囲気とは所詮相容れない。晴美は西行や、釈迦など放浪に憧れた人々に共感を抱くようになった。出家遁世

と放浪はいまや晴美の最も深い憧れであった。寂聴は、「自薦作品紹介」（『いのち発見』）で、『夏の終り』に重なる部分もあるが、この自伝はもっと正直に事実に即して書いている。書くのが辛いこと恥ずかしいこと苦しいことが多かったが、私の作家生活のひとつの里程塚という意味をこめて書いた」と記している。

＊花に問え《はなにとえ》　長編小説。〔初版〕平成四年六月、中央公論社。◇主人公の「私」は、京都の旅館の女主人である。「私」はドライブで来た徳島の日和佐で、若い遍路と出会い、その夜、室戸の宿で同宿する。遍路の智信は恋人の死に責任を感じて、遍路となっていたが、「私」の死んだ恋人にして、母の愛人だった亮介に似ていた。智信とのやりとりの中で、「私」は亮介との関係を回想していく。この二つの関係をつなぐもうひとつのものは、二人の男とも一遍にひかれていたことである。智信は一遍の家系に連なると称していたし、亮介は修復師として奈良で「一遍聖絵」を拝観したことがあった。亮介は日記にこの絵巻についてのメモを残しており、「私」はそれを読むことで一遍の生涯を知ることとなる。一遍の念仏の呪力にはエロスの魅力があったとする亮介は、男女の愛執こそこの世の中の根元という一遍の宗教観に共鳴していたのである。三人の女を連れて念仏を説いて旅を続け、やがて踊り念仏を編み出した一遍の、生命のリズムに呼吸をあわせるその宗教感覚において、往生とはエクスタシーである。一方、インドへ旅立った智信は、「私」に手紙を寄越し、そこで仏教の原点に触れ、そこで出合ったヒッピーたちの踊りに阿波踊りに通じるもの、ひいては一遍の踊り念仏の秘密を見て取り、やはりそこに宗教的エクスタシーのエネルギーに触れたことを報告する。一遍の「花の事は花に問へ」という教えに従うかのように、やがて「私」も出家を決意する。瀬戸内寂聴の得度後二十年の生の総決算ともいうべき小説である。

＊眉山《びざん》　短編小説。〔初出〕「新潮」平成十二年五月一日。〔収録〕『場所』平成十三年五月二十日、新潮社。◇万葉の歌人船王が「眉のごと雲居に見ゆる阿波の山かけて漕ぐ舟とまり知らずも」と呼んだ徳島市にある観光名所、眉山にまつわる瀬戸内寂聴の思い出を綴ったもの。小学校の頃、クラス中を率いる餓鬼大将になっていた寂聴は、ある日眉山から流れる渓谷沿いの細道を上がったところの椎の木林を見つけた。その秘密の山の部屋で、椎の実を拾うことを数人の友人と密かに楽しんでいたのであった。その林は、寂聴二十五歳の時、夫がいながらも人目を避けるために利用した涼太との逢い引きの場所でもあった。当時二人は、情熱という実体のないものにあぶられて夢の中に漂っていたのであった。長い歳月と多くの思い出を胸に秘めながら、見つけたときから七〇年後再び当時の椎の木林を訪れる。荒れ放題に荒れていたのだが、涼太との思い出は鮮明によみがえった。涼太が生涯を通じて、寂聴の小説の最も熱心な読者であり、自分の真実の姿を知っていたと思えるようになった。長編小説『場所』の第四回の章である。

＊中州港《なかすこう》　短編小説。〔初出〕「新潮」平成十二年三月一日。〔収録〕『場所』前出。◇小さい頃徳島の中州港は寂聴を最も惹きつけた遊び場所だった。今では、中州港は沖の州フェリー・ターミナルと呼ばれている。一人遊びの好きな寂聴にとってそこは空想力をはぐくむための恰好の場所でもあった。中州港で溺れたこともあったけれど、港の向こうにある見知らぬ都会を空想するだけでも胸がときめいた。現在の徳島は様変わりして寂聴には馴染みにくいが、今の

徳島に二重写しになって昔の徳島が目に浮かぶという。長編小説『場所』の第三回の章である。

＊青い目の西洋乞食《あおいめのせいようこじき》　エッセイ。〔初出〕「ちくま」昭和五十年。〔初収〕『人なつかしき』昭和五十八年十月二十五日、筑摩書房。◇徳島では、寂聴の子供の頃異色の乞食と呼ばれていた二人がいた。西洋乞食と呼ばれたのがモラエスだった。当時人口七万人くらいの小さな徳島に外国人は少なく、寂聴が初めて出会った外国人がモラエスだった。青い目にものがなしい色をたたえ、はかなげなものが感じられた。その時モラエスは七十五歳で、死の直前だった。徳島で隠棲生活を送っていたモラエスの心はどんなものであったか、謎である。心の淵をのぞき込んで見たいという誘惑に寂聴はかられている。

＊茂子さんおめでとう《しげこさんおめでとう》　エッセイ。〔初出〕「ちくま」昭和五十年。〔収録〕『人なつかしき』前出。◇徳島ラジオ商殺人事件の再審請求が認められ、天国の茂子さんに激励を贈った文章。　（増田周子）

瀬戸内艶　せとうち・つや

大正六年十一月二十一日〜昭和五十九年二月二十八日。エッセイスト、歌人。徳島市塀裏町（現幸町）に生まれる。瀬戸内寂聴の姉。昭和十年、徳島県立徳島高等女学校卒業。家業の神仏具商を営むかたわら河合恒治に師事し、「水甕」同人となり、作歌を続ける。五十三年に「インド・ネパール巡礼」の旅行記、五十七年「秋遍路」などの随想を掲載する。著書に『風の象』（昭和45年8月1日、短歌研究社）、『流紋更紗』（昭和58年8月10日、皓星社）がある。歿後『花散りいそぐ』（昭和62年2月28日、徳島出版）が刊行され、エッセイ「へんろ」「十年」「三十年」など徳島関係の文章が収録されている。

　遍路石寺を指さす文字かすれ手型は丸き
　ふくらみをもつ　（増田周子）

妹尾一子　せのお・かずこ

昭和二十八年十二月二十四日〜。詩人。徳島県阿波郡市場町（現阿波市）に生まれる。徳島県立養護学校小学部、高等部を経て、昭和五十四年、四国学院大学社会福祉学科卒業。詩集に『冬の海』（昭和55年、雲と麦詩人会）、『すずらん』（昭和56年、関西書院）、『青いみかん』（昭和57年、関西書院）、『流氷』（昭和58年7月、関西書院）、『風と影の詩』（昭和59年、第一出版）、『花日記』（昭和60年、第一出版）、『心のしおり』（昭和61年7月、第一出版）、『窓辺の星』（昭和62年、第一出版）、『小さくて大きい器たち』（昭和63年6月、第一出版）、『雨だれ』（平成5年9月、第一出版）、『夜汽車』（平成5年12月、近代文藝社）、『来夢』（平成7年10月、第一出版）、『森の妖精』（平成9年11月、第一出版）等がある。「やすらぎ音楽祭」に八回入賞。（増田周子）

仙頭旭峰　せんとう・きょくほう

大正十四年九月二十八日〜。俳人。高知県室戸市に生まれる。本名は成男。農林業。「ひいらぎ」「黄鐘」「句玉」に参加。句集『八色島』（平成3年9月28日、近藤騰写堂）。

　血の池に昼の虫なく屋島かな
　鳴りわたる室戸三山除夜の鐘
　室戸路に瀬霧かかる厄日かな　（浦西和彦）

【そ】

草野唯雄　そうの・ただお

大正四年十月二十一日〜。推理作家。福岡県大牟田市に生まれる。本名は荘野忠雄。

そ

法政大学専門部中退。明治鉱業に二〇年間勤務。昭和三十七年「交叉する線」で第一回宝石中編賞を受け、作家生活に入る。四十四年から二年間は日本推理作家協会書記局長を務めた。「抹殺の意志」「鳴き竜事件」「女相続人」「もう一人の乗客」「文豪挫折す」などのサスペンスがある。

＊瀬戸内海殺人事件《せとないかいさつじんじけん》　推理小説。〔初版〕昭和五十一年七月、日本文華社。〔文庫〕『瀬戸内海殺人事件〈集英社文庫〉』昭和五十七年三月二十五日、集英社。◇女流画家の重枝恒子が瀬戸内海の大三島へ旅立ち、そこで行方を断った。大山祇神社裏手の崖にハイヒールとスケッチブックが残されていた。警察がいくら捜査しても死体は見つからない。鉱業会社の社員和久と雑誌記者明美の二人が犯人追求に乗り出す。作者は作中で「重枝恒子を殺した犯人はだれか?」と読者へ挑戦する。瀬戸内海や四国の風景が描かれる。（浦西和彦）

添田知道《そえだ・ともみち》

明治三十五年六月十四日～昭和五十五年三月十八日。作詞家。東京に生まれる。日本大学附属中学校中退。『添田啞蟬坊・知道著作集』がある。

＊啞蟬坊流生記《あぜんぼうりゅうせいき》　自伝。〔初版〕昭和十六年三月、那古野書房。◇「遍路記」を含む。（堀部功夫）

曽我部介以《そがべ・けい》

昭和十三年十月二十八日～。俳人。東京に生まれる。本名は敬子。松山南高等学校卒業。愛媛県周桑郡小松町新屋敷に在住。昭和四十四年「渋門」入門。

初凪や伊予は夕日の美し国（双海町）
刎ね窓に石鎚白し紙を漉く（東予市国安）
（浦西和彦）

曽根精二郎《そね・せいじろう》

大正十三年十一月二十三日～平成五年七月十四日。詩人。大阪府に生まれる。本名は忠美。「銀河系」編集同人。昭和三十四年で「銀河系」が終息するや、河野、三馬らと「徳島詩人」を創刊、主宰。「地球」同人、日本詩人クラブ会員。詩集に『きらきら』（昭和42年2月、徳島詩人社）、『仍如件』（昭和45年2月、若い人社文学会）、『秋雨前線』（昭和59年5月、薔薇舎）がある。（増田周子）

曽野綾子《その・あやこ》

昭和六年九月十七日～。小説家。東京に生まれる。本名は三浦知寿子。聖心女子学院大学卒業。昭和五十四年、高知で講演する。

＊新日本名所案内　(56)高知《しんにほんめいしょあんないごじゅうろくこうち》　エッセイ。〔初出〕「週刊朝日」昭和四十年五月二十一日、第二四〇六号。◇旧制高知高等学校南溟寮を訪れる。「話にきいていた便所の傍のビワの樹も枯れてはいない。三浦朱門氏のいた一棟五室には〔略〕入口の柱には、いつから書かれているのか、筆黒々と、『南溟寮精神異常者収容所』と書いてあった」。種崎の浜で競走馬を見る。高知の人々は豪快な性格だ。（堀部功夫）

【た】

大家正志《だいけ・まさし》

昭和二十八年（月日未詳）～。詩人。高知市に生まれる。詩集『大家正志詩集六月の歌』（昭和45年、混沌社）、『パントマイム―大家正志詩集―』（昭和50年、混声社）、『ワニのバカ』（平成2年、孔雀船詩社）。（浦西和彦）

大楼《たいろう》
明治二十二年六月二十七日～昭和十四年五月十八日。川柳作家。愛媛県に生まれる。本名は酒井公。別号は鹿の子。大正八年ごろから作句をはじめる。前田伍健らとともに愛媛県下の川柳興隆に力を尽くす。大正十二年「川柳雑誌」創刊時からの同人。川柳雑誌社松山支部長。「生は死の根元といえどまた悲し」などがある。（浦西和彦）

田岡淮海《たおか・じゅんかい》
慶応元（一八六五）年十月七日～昭和十一年七月十三日。漢詩人。土佐国に生まれる。東亜同文書院教官。南満州鉄道嘱託。「遼東詩壇」を主宰する。（堀部功夫）

田岡典夫《たおか・のりお》
明治四十一年九月一日～昭和五十七年四月七日。小説家。長崎に生まれる。父田岡増猪、母佐久間はま。田岡嶺雲の甥にあたる。明治四十一年九月十六日、実父が死去した。父の兄田岡典章、妻寿子が戸籍上の父母となる。典章は大阪の実業家だった。大正元年、母寿子とともに高知へ来る。四年、高知市立旭小学校に入学する。五年、父典章が死去した。十二年、母寿子が死去した。昭和三年、早稲田第一高等学院を退学する。金沢政子と結婚する。五年、叔父の命でパリに三カ月間遊学する。六年、歌舞伎俳優六代目尾上菊五郎主宰の俳優学校に入学する。十年、同校を卒業し、東京新橋で喫茶店「リドー」を一年間経営する。十一年、田中貢太郎と初めて会う。十二年、高知へもどる。劇団を作り演劇活動を行う。十三年、上京する。『しばてん』を著す。貢太郎主宰誌「博浪沙」の編集に携わり、多くの文学者と交流した。十六年二月、貢太郎葬儀のため帰高する。「しばてん榎文書」を「博浪沙」に発表、土佐を題材にした時代小説家の道を歩む。九月、熱海へ移住する。十七年、「強情いちご」を「講談倶楽部」に発表する。第一六回直木賞を受ける。『小説武辺土佐物語』を著す。十八～十九年、『九反帆口論』『草莽』『蒼生』を著す。二十年一月、佐世保海兵団に入隊するが、即日帰宅を許される。二十一年、「絵暦」を「高知新聞」に連載する。二十二～二十三年、『しばてん』『系図』『庭下駄』を著す。二十四年十月から権九郎シリーズを「講談倶楽部」に連載する。二十六～二十八年、『南海水滸伝』『権九郎旅日記』『権九郎江戸回記』『権九郎遍歴日記』を著す。二十九年秋、ブラジル、ポルトガル、スペインを旅行する。二十九～三十一年、『黄金の暦』『権九郎帰国日記』『鍋墨長屋』『七彩の創』『鯰女房』『風折れ葦』『しばてん榎』『振袖天狗』を著す。九月、日本文藝家協会訪中使節団で中国へ旅行する。三十二～五十二年、『へのへの茂平』『姫』『ポケットに手を突っこんで』『シバテン群像』『南国風土記』『のっそり浪人』『孔雀扇』『腹を立てた武士たち』『歴史の並木みち』『かげろうの館』『東海道中膝栗毛』『桃山温泉史』を著す。五十三～五十四年、『小説野中兼山』三巻を著す。五十四年、毎日出版文化賞を受賞する。五十六年、『ととまじり』を著す。五十七年四月七日、肝臓ガンのため、熱海市の熱函病院で死去した。作中人物にいごっそうが多いが、浦戸湾内の島に広告塔が立ちそうになると、島を買いとって景観を守るなど、実人生でもいごっそうぶりを発揮した。

＊しばてん 短編小説集。〔初版〕昭和十三年四月十日、著者。◇扉にローマ字で「しばてんは土佐に生まれたお化けです。河童の血筋も引いてるし狐や狸の真似もする。天狗にしては小っぽけで、鼬にしては悪戯だ。しばてんは手の込む化け方は苦手です。

黒潮息吹く南の国は、お化けでさえも無精になる。」と記す。一九短編所収。「しばてん」子供の頃しばてん退治の一行に加わり、川岸の白い石をそれと見て竹刀で叩いた思い出。「生薑糖」修学旅行土産にまつわる理髪店の主人と小僧の話。「力あまりあり」土佐の力持ち岩作が大蛇を退治した祟りで飢え死にしたと、「わし」が語る。「だいこく」小学生川井省三は転校生沢田隆澄を苛めた。桐の葉蔭で隆澄を抱きしめた美しい沢田の母が印象深い。「白牛」赤新聞記者の私は女に接吻しようとして萎える。病身の相手が牛の生血を啜る姿を想像したため。「池川日記」池川町澄月楼に泊まった私が、おしのさんから、夜這いの盛んなこの町の騒動を聞く。「土佐国漁師百次漂流始末聞書」病父の世話をしない妻を離別しようと家出した百次は漂流し、西洋船に救助される。船主のため一働きした百次は、身の上に同情した船主により土佐へ送り届けられる。船主の名は「ふらんす国のお大名にて名は、もんと、くりすと、と申さるゝ方なり」。百次と取り調べ役人との問答体候文で綴る。

＊小説武辺土佐物語《しょうせつぶへんとさものがたり》　短編小説集。〔初版〕昭和十七年十二月八日、講談社。◇「室戸港遺風」(「講談倶楽部」昭和17年5月1日)津呂港を作り上げた一木権兵衛は、兼山失脚後も浮津港開鑿工事に取り組む。鍛冶の吾作に、公共事業こそ生甲斐のある仕事と悟らせる。「しばてん榎文書」(「博浪沙」昭和16年2月5日、改訂して「オール読物」昭和16年6月1日)若き土佐武士服部伊吾之助は、友人寺西武助にトント〔男色〕交友を注意され、命を賭けた碁を打ち、敗れる。翌朝、伊吾之助は割腹する。遺書に拠ると、寺西方よりの帰途、金子橋大榎の下でシバテンに不意を打たれ悲鳴を発したからそれを恥じて武士らしく最期を遂げるとあった。素材は安芸喜代香『土佐之武士道』中の「怪異の伝説」である。初出は候文、五通の手紙と口述書を並べる形式で、シバテン出現を「曖昧模糊として、すべて読者各自の解釈にまかせておいた」。初出を、永井龍男が着目し、菊池寛に読ませる。菊池寛の「もっと大衆的に」との指示に従い改稿する。「ずっと合理的にしてしまった」(『ととまじり』)。田岡のいう「微笑ズム」＝「ニヤリズム作品」である。「強情いちご」(「講談倶楽部」昭和17年9月1日)若い二人の土佐武士、格之進と彌久馬とは、云い争いしながらも仲が良い。格之進の妹と彌久馬の弟も結ばれるであろう。ヘビイチゴの挿話は、前年、町田雅尚一行の円行寺吟行に同道したさい久万俊文より聞いた話を使う。「羽根浦救民記」貞享元(一六八四)年、土佐国安芸郡羽根浦村は、飢饉、不漁、水害、村の借財に苦しんでいた。分一役の岡村十兵衛は、窮民救済歎願書を藩庁へ差し出すも実らず、独断でお蔵米を開いて救民したのち自刃する。「悪口据物斬」(「講談倶楽部」昭和17年1月1日)死罪人を斬って刀の利鈍を試す据物斬りの山名嘉右衛門が、包み金の無い腹癒せに土州侯の刀を悪口した。使者江田文四郎はその刀で即座に二ツ胴重ね斬りを実演し、山名を蒼白にさせる。「翁剣法」(「講談倶楽部」昭和16年11月1日)寛保二(一七四二)年、吾川郡長浜。武者修業兼六十六部の佐々木平馬が強請をしようと酒屋へ暴れ込むが、隣家の九十歳の老人に威圧される。老人は剣術名人永野源作であった。「唐人妻」(「講談倶楽部」昭和17年8月1日)志和勘助は、朝鮮役で敵将の娘応姫《おうき》を娶る。長曽我部家襲来時、勘助が死ぬと妻も自害する。「兜」(「講談倶楽部」昭和17年3月1日)客前で粗相した若侍川谷金十郎を、客の土州侯山内忠義が温情で執り成す。「庭訓槍術記」(「講談倶楽部」昭和17年2月1日)

土佐藩槍術師範勝浦助七郎は、構えに工夫を凝らし、弱点の蛇嫌いを一カ月の精進で克服する。「蘭交怨」（「講談倶楽部」昭和17年6月1日、原題「秦山とお婉」）宝永元（一七〇四）年、沢本邸で野中婉は漆黒な瞳を谷秦山にひらめかせて立ち去る。心友である二人は世の常の交際をせずとも通うのである。

＊九反帆口論《きゅうたんぼこうろん》　短編小説集。〔初版〕昭和十八年五月三十日、非凡閣。◇「九反帆口論」（「講談倶楽部」昭和17年11月1日）慶長年間（一五九六～一六一五）、山内藩の内訌を描く。江田文四郎は上京乗船の割り当て不満を言う。山内入国後抜擢された深尾和泉等への不平が下地にあった。文四郎二代、私闘から断絶まで。「南海竹枝記」絵師河田小龍は、純信からお馬への文使いを引き受けながら、うちすて二〇余年経ってしまった。懶惰と意志薄弱からで。その慚愧もまた一時のこと、画作に向かう小龍であった。

＊土佐勤皇党外史《とさきんのうとうがいし》**第一部**《だいいちぶ》**　草莽**《そうもう》　長編小説。〔初版〕昭和十八年六月二十日、淡海堂出版。◇はじめの方の、志士会合場面は、田中貢太郎『武市半平太』に依拠する。檮原村から勤皇党に参加した掛橋順次は、脱藩同志たちに旅費を給したが、養母から追及され自殺を選ぶ。「肩肱を張らない志士烈士を描」く。

＊土佐勤皇党外史《とさきんのうとうがいし》**第二部**《だいにぶ》**　蒼生**《そうせい》　長編小説。〔初版〕昭和十九年一月十五日、淡海堂出版。◇文久二（一八六二）年、半平太留守中の同志も五十人組と称し、出国する。後を追う坂本瀬平は、五十人組加入を願うけれども、佐幕派間諜と疑われて斬られる。第三部「醜草」は未刊。

＊しばてん　短編小説集。〔初版〕昭和二十二年二月二十日、富国出版社。◇「しばてん談林」シバテンをなつかしむ。「万吉としばてん」幕末、衣笠村。万吉はシバテン真似の悪戯をし、若侍に斬られるはずを、坂本という武士に救われる。大正七年、万吉は龍馬の肖像画を見て、自分が龍馬と角力をとったことを知る。本作素材は、橋詰延寿が提供した。「てつきりしばてん」土佐杓田村、望斎先生の妻妾騒動を描くニヤリズム作品。

＊系図《けいず》　短編小説集。〔初版〕昭和二十二年四月三十日、世界社。◇「嵐前後」（「講談倶楽部」昭和20年11月1日）御留守居組の野町永蔵は、潮江堤防崩壊犠牲者のため弁じ、咎めを蒙るが、未来の妻の師、谷丹内の助力で、幸福な結末を迎える。「無二」猪右衛門改め山内一豊は、牢人時代から親交していた源六を高位高禄で報いる。「那余竹双紙」（「講談倶楽部」昭和20年10月1日）田舎娘お安さんが城下の貧しい武家に奉公し苦労する。奉公先の当主が華族になり、お安さんもその奥様になる。「行路難」望斎先生は合宿するはめになった女を一旦は撒いたが、再会したので逃げ出す。「石」二人の剣士が、渡し守の祝志を断りかねて、大きな石を提げて道中する。「天神橋」（「講談倶楽部」昭和19年5月1日）激怒して待ち伏せをする山地忠七は、刀を間違えており、自己の逆上に気付く。「系図」（「講談倶楽部」昭和19年7月1日）牢人安右衛門は、正保の郷士取り立て時、系図持参で郡役場へ行く。下役が煙管の吸殻で系図に焼け焦げを作った。一度は憤怒するが「二本差して魂を捨てるより、たとへ丸腰でも魂を抱きしめてゆく」決意をする。「守袋」（「講談倶楽部」昭和20年3月3日）鉄砲足軽孫兵衛は、武士になるべく二〇発二〇中のお調べに臨み、妻の守袋の力で栄光を得る。「寒香の庭」（「講談倶楽部」昭和20年1月1日）武市半平太の妻富子は夫の入獄中も動揺し

なかった。「菊の花弁」(「講談倶楽部」昭和19年4月1日) 勤王五十人組に加えられなかった今村専三郎に主上より菊花一片が下賜される。「お雲奉行」(「講談倶楽部」昭和18年7月1日) 船奉行の樋口関太夫は、南海進出を望むが、鎖国のため叶わず、空を眺めるのみ。「残照」甲の浦御番所詰河村増之進の十カ月を綴る。

＊庭下駄《にわげた》 エッセイ集。〔初版〕昭和二十三年七月十五日、高知一中校友会。◇「竹斗」など発表のエッセイ三六編を収める。田中貢太郎碑除幕式を報じる「貢太郎先生のことども」(「高知新聞」昭和18年8月) ほか。

＊権九郎旅日記《ごんくろうたびにっき》 長編小説。〔初版〕昭和二十七年四月、講談社。◇「蘇野の狸」(「講談倶楽部」) 土佐藩の若侍杉本権九郎が、新婚早々に江戸勤番を命じられる。旅に出たその日から女を見て煩悩をおこす。夜這いしようとして失敗する。好評で、以下読み切り短編を重ねて長編小説になる。映画化(監督志村敏夫、主演森繁久彌)されるが、興行成績に不安を感じた映画関係者が、原作にない人物(伴淳三郎)を加え、原作の持ち味を破壊した。

＊権九郎江戸日記《ごんくろうえどにっき》 長編小説。〔初版〕昭和二十七年四月、講談社。◇シリーズ第二部。RKラジオ小説化された。

＊南海水滸伝《なんかいすいこでん》 短編小説集。〔初版〕昭和二十七年十月三十日、世界社。◇「南海水滸伝」土佐の日下茂兵衛伝説に拠る。「平井万太郎先生実伝」(「別冊文藝春秋」昭和33年2月28日) 山田頼依が素材を提供した。平井万太郎は明治四年～昭和二十一年高知県別府村に実在した人物。唐詩選注解に始まり年鑑を片っ端から暗記し、小学校を訪れて強引に講演をする。校長に書かせた感謝状を集め、陶製平井万太郎記念碑を作成する。しかし、建碑式には誰一人参列する者が無かった。不撓不屈の万太郎先生は、改めて自分の肖像画を小学校、公会堂へ贈りつける。

＊権九郎遍歴日記《ごんくろうへんれきにっき》 長編小説。〔初版〕昭和二十八年十一月、講談社。◇「あとがき」で作者は「土佐の田舎侍で、団栗眼に獅子ッ鼻、どんな美しい景色を見ても『まるで絵のようじゃ』と云うマンネリズムの感慨しか洩し得ぬ武骨ものではありますが、根が正直もので底抜けのお人好しのフェミニスト、武士の体面と好色精神を両肩に担いで道中する権九郎と云う人物に、読者諸賢の微笑を誘い得たならば、密かに和製のタルタランを目指している作者の欣快これに過ぐるものありません」と述べる。竹村義一に拠れば、各編のテーマは権九郎の浮気願望が、偶然ないし主人公の小心さによって目的を果たさないところにある。

＊黄金の暦《おうごんのこよみ》 長編小説。〔初出〕「週刊読売」年月日未詳。〔初版〕昭和二十九年九月十日、豊文社。◇明治四年、土佐を舞台にさまざまな人生を描く。岩崎彌太郎と結託するお葉は、鷹匠町へ来て藩札を買い占める。上士倉沢源之進は、二人の娘織江・町子とともに上京、中央政府に出仕する。郷士島本由衛は、フランス語通辞を勤め織江と恋をする。戊辰の東征で勇猛ぶりを発揮した森泉寺三郎は、帯刀禁止令に触れ仁淀川以西追放となる、など。十返肇は「落ち着いた筆致で人物の性格を書きわけ、これまた徒らに大衆文学的ケレンを使わないだけの気骨を見せている」と評した。

＊権九郎帰国日記《ごんくろうきこくにっき》 長編小説。〔初版〕昭和二十九年十一月二十五日、講談社。◇シリーズ完結一二編。竹村義一は、本作の「庶民の心」と「用語の警抜」を評価した。

＊鯰女房《なまずにょうぼう》 短編小説集。〔初版〕昭和三十年五月一日、東方社。◇「どさく

さ易者」（「話の手帖」昭和28年3月）嘉永の大地震時、高知城下。老妻からガミ〳〵云われる易者の周章狼狽を描く。「鯰女房」野中兼山執政時代、山内氏直系上級武士と国侍との間に感情の縺れがあった。国侍の布師田甚五左衛門が、上級武士の女であった妻を鯰そっくりと言った戯言から始まった争いもその一例だ。

＊風折れ葦《かざおれあし》　長編小説。〔初版〕昭和三十年十月二十五日、同光社。◇土佐勤王党余聞。

＊へのへの茂平《へのへのもへい》　短編小説集。〔初版〕昭和三十二年八月二十日、桃源社。◇二五編より成る。そのうちの一編「本山一揆だけでも、文学作品としては、今迄のものでは一番よい」と川村源七は評価する。「主人公は、大きい時代の動きそのもの」。

＊姫《ひめ》　長編小説。〔部分初出〕「小説公園」昭和二十八年。〔初版〕昭和三十三年三月二十日、六興出版。◇紀貫之の次女（十六、七歳）の独白による土佐日記紀行。暴君ながら心の弱い父や、名聞を気にし物質に執着する母を冷笑し、下人、揖取りたちの図々しい無智を憎み、「歌は心に訴えるもので知に縋るものではない」との藝術論も述べる。「あとがき」に拠ると、ヒロインのイメージは「杉村瑞子さん」。当の杉村瑞子による書評が、昭和三十三年四月十一日「高知新聞」に出た。「姫は私ではない。〔略〕姫は何よりも田岡典夫その人である」。本作を、海音寺潮五郎は「最初そのまま読み、あまり面白かったので、つぎには古典土佐日記と対照しながら読んで、益々興が深かった。次ぎには文章がよい」と絶讃する。

＊シバテン群像《しばてんぐんぞう》　短編小説集。〔初版〕昭和三十四年二月十日、講談社。◇「よさこいシバテン」生臭坊主慶全は五台山を追放されて柏島に帰り、ヨサコイ節ロマンスの主人公になりすます。シバテンによって後家のお源と結ばれるが、フラフラ病で死去する。シバテンも柏島を去る。「逐電シバテン」布師田村の下男喜久馬は、妻が主人の自由にされるのに耐えかね外出し、シバテンと大角力をとる。さすがのシバテンも閉口し村から消えてしまう。「お仁王さまとシバテン」九九六人と角力をして勝ったシバテンも坂本乙女に敗れる。股間の急所締め上げにまいったため。「城下シバテン」シバテンに藉口する不始末者が続出した。仕置役深尾茂美がその騒ぎを解消する。「開化シバテン」シバテンがシャッポに気を取られて、角力をとり損う。「民権シバテン」明治十六年、森郷土居村。シバテンは、自由党懇親会を探りに来た警察官を角力で負かす。

＊南国風土記《なんごくふどき》　エッセイ＋短編小説集。〔初版〕昭和三十四年十一月十五日、光書房。◇ヨサコイ節や土佐のウワバミ、シバテン、狸伝承についての考証。禁止語「せられん」、食物、大正七年曲藝飛行事件の思い出を綴る。小説は「鱶と彦旦那」ほか六編。

＊腹を立てた武士たち《はらをたてたぶしたち》　短編小説集。〔初版〕昭和四十年二月十五日、光風社。◇「ある上意討」山内一豊は、土佐入国時、無法な伊賀者二人を成敗する。「文四郎二代」荒武者文四郎の、父は喧嘩から切腹、子も私闘から切腹。「浮かんで来た女」加賀に残して来た妻の呪いで、小河平兵衛の子供が死ぬ。「浅見権兵衛」武士道のいびつさを、浅見に見る。「多賀安右衛門」槍術に工夫した安右衛門の一生。「腹を立てた武士たち」（「講談倶楽部」昭和35年9月）元禄年間（一六八八～一七〇四）、江戸で武名をひびかせ土佐藩に帰参した遠藤十太夫は、自分の出世に憤慨し格禄を召し上げられた神部曽右衛門の例から「武士というものの悲しさ」を感じる。十太夫も後年、「御政道」

批判言により咎めをうける。「乱れ髪」浅利喜三郎は兄の仇市郎右衛門を討つ。その後、それが違法な妻仇討の又仇討に当たると知らされ、切腹を命じられる。上士と下士との争いを背後に起こった悲劇に翻弄された若者の一生を描く。「天竺秀次郎」古文辞学者丁野南洋は、善良貞淑な妻と、愛弟子秀と、二人ともを得ようとして、二人ともをうしなう。素材は、おそらく松岡毅軒『南海雑志』の「丁南洋」条、『梅花鶴影荘三集』の森田梅澗「天竺秀次郎詩並引」等であろう。森銑三「丁野南洋とその遺稿」(「日本及日本人」昭和7年1月1日)にくわしい。肉付けは、典夫の工夫である。「森本甄里《せんり》」文化文政期(一八〇四～一八三〇)、漂流船人との接衝に当たった。「寸剣と長剣」渡辺松之丞は手裏剣に長じて出世する。長剣によって功を立てたが、明治に入って埋もれる。

＊歴史の並木みち《れきしのなみきみち》　エッセイ集。〔初版〕昭和四十五年九月十五日、光風社書店。◇「土佐くさ草」他を収める。

＊かげろうの館《かげろうのやかた》**―ルイス・ド・アルメイダの手記**《るいす・ど・あるめいだのしゅき》　長編小説。〔初版〕昭和四十六年八月二十五日、新潮社。◇ポルトガル人外科医＝「わたし」は修道士として来日した。戸島のパウロ王(一条兼定)を訪ねる。パウロ王は、こよとまきの二人のお部屋さまや入江左近たちと暮らしている。これまでパウロ王を支援してきたフランシスコ王(大友宗麟)から冷酷な縁切りが伝えられる。こよが豊後へ逃げ出す。左近がパウロ王を刺したという。まきが自害する。島を去った「わたし」は、鹿児島、マカオを経て府内へ帰って来た。こよと再会し、逃亡がパウロ王を裏切ったものでなく活路を開くためだったと知る。左近犯人説の疑惑も晴れる。パウロ王と再会し、千菊丸を委託される。

＊小説野中兼山《しょうせつのなかけんざん》　長編小説。〔初版〕昭和五十三年三月十五日・五月二十日・五十四年五月十日、平凡社。◇豊富な郷土史料を駆使して描く、江戸前期の約三〇年間、土佐藩家老だった兼山の生涯。南学奨励、用水路と新田開発、郷士起用などに業績を挙げながら、しかし、領民疲弊の責任を問われ、辞任、急逝。翌年、遺族幽閉、家も断絶した。例えば、『両朝遺事』の「野中伝右衛門江戸にて言上之れあり候は、御前にもちと公義を遊ばして然るべく候と、御意に曰く〔略〕某を竜造寺流に致すべき覚悟に候や、〔略〕御忿あそばされ候」を、作者は、他史料と比べ吟味したうえ、「『恐れながら、殿にもちと公義の方がたとお付合あそばしましたほうが――』『伝右衛門――』鋭い声であった。頼母も並居る近習たちもドキリとしたほど鋭い。『はッ――』『大名と申すものはの、わが領国を無事に治めればそれでよい、要らぬ公儀付合など身を破るもと、そのほう、わしを竜造寺にいたす所存か――』甲高い速口で一気に云ってハッタと兼山をにらみつけた」場面としてヴィヴィットに書く。兼山は、藩主のため自身刻苦精励し、それをまた他の士民にも求めたのである。毎日出版文化賞を受ける。「野中兼山のおこなった土木事業を、現代の土木工学の眼で検討してみる」ことを志ながら、その点のみ果たせず、課題として残った。

＊ととまじり　エッセイ集。〔初出〕「高知新聞」昭和五十五年一月一日～五月一日。原題「竹斗可稿」。〔初版〕昭和五十六年二月十六日、平凡社。◇「竹斗」は土佐方言「チクト」。田岡は「竹斗道者」と号した。文壇回想録では「博浪沙」関係者の話が詳しい。親交のあった、志賀直哉、谷崎潤一郎、広津和郎のエピソードも豊富である。戦後度々帰高し、その様子も記す。例えば、

昭和二十一年十二月二十一日の南海大地震。「庭にとび出して叔母たちと、『大きかったね』『まだゆれていますよ』などと話しながら、南側の家に灯がともったのを、田をへだてて見て、『あのうちの人も目が覚めたと見える』と、言っていた。落ちついていたつもりであった。ところがやがて白じらと夜が明けると、南側の石塀がすっかり崩れてしまっているではないか。それだからこそ、これまで見えなかった田のむこうの家の灯が見えたのである」。（堀部功夫）

田岡嶺雲 たおか・れいうん

明治三年閏十月二十八日～大正元年九月七日。思想家。高知県土佐郡石立村赤石に父享一、母蝶の三男として生まれる。本名は佐代治。初号は爛腸。父は土佐藩の陪臣で、失禄後は質屋を営んでいた。幼時、病弱で、室内に居て読書する。自由民権運動に感化され演壇にも立つ。明治十五年、小学校を退校して共立学校に入る。十六年、大阪の官立中学校に入学し、山県五十雄と同級になる。十九年、中学校の学制改革に反抗するうち、胃病となり、中退し高知で臥床する。二十三年、上京して、水産伝習所に入る。師の内村鑑三から「偽君子たるな」と訓戒される。二十四年、東京大学文科大学漢文学科選科に入学する。俳句に親しむ。二十五年、雑誌「亜細亜」に評論を発表しはじめる。二十七年、大学を卒業する。東亜学院を設立し、雑誌「東亜説林」を創刊する。二十八年、山県五十雄と雑誌「青年文」を創刊する。一葉、鏡花、秋声を評価し、「作家」が「下流の細民」の「悲惨の運命」に関心をもち「社会の裏面を暴露」することを求める。二十九年、岡山県津山中学校に赴任する。藝妓、大磯かつと恋愛する。笹川臨風、白河鯉洋と雑誌「江湖文学」を創刊する。三十年、藤田剣峯他と共著『荘子』を刊行。大磯かつは嶺雲の子を妊娠するが、尼野鶴之介に請け出された。秋、上京する。「萬朝報」記者となる。三十～三十一年『蘇東坡』、『狐慣危言』を著す。朝報社を退く。新聞「いはらき」主筆となって、水戸へ赴く。三十二年、『嶺雲揺曳』を著す。上海の学校へ赴き、唐有為たちと相交る。『屈原』『高青邱』『第二嶺雲揺曳』を著す。三十三年、『雲のちぎれ』を著す。病を得て帰国し、静養する。「九州日報」記者となり、北清事変に従軍する。帰国し、岡山「中国民報」主筆となる。三十四年、教科書事件、官吏侮辱罪で起訴される。『下獄記』『石川丈山』を著す。重禁錮二カ月の判決で岡山監獄に下る。三十五年、出獄。日露開戦論を主張する一方、社会主義研究を始める。三十六年、「平民新聞」に寄稿する。三十七年、上京。三十八年、雑誌「天鼓」を創刊する。『うろこ雲』を著す。桂月に抗して晶子を評価する。『壺中観』が発売禁止。三たび渡清する。蘇州の江蘇師範学堂の教習となる。三十九年、『壺中我観』を著す。背髄病にかかる。四十年、帰国し、神戸市や淡路島で養生する。『霹靂鞭』発売禁止。上京する。「東亜新報」を創刊する。四十一年、「江湖」を創刊。歩行の自由を失う。四十二年、「黒白」を創刊する。大町桂月、白河鯉洋、樋口龍峡編の慰問文集『叢雲』『寄る波』『千波万波』が刊行された。『明治叛臣伝』を田中貢太郎協力で刊行。四十三年、『和訳老子・和訳荘子』を著す。『病中放浪』『壺中我観』発禁。四十五年、『数奇伝』を著す。九月七日、日光板挽町四二三にて死去した。西田勝『近代文学の潜勢力』（昭和48年5月25日、八木書店）にくわしい。「明治の文人の中で嶺雲にもっとも尊信の情を寄せている」という尾崎士郎は「嶺雲はついに文学的労作というべきものを一篇も残さずに死んでしまったが、しかし、情熱の流るるにまかせて一生を終った彼自身が書かざる作品であったといえるかも知れない。」と記す（「関ケ原」）。

＊数奇伝《すうきでん》　自伝。〔初出〕「中央公論」明治四十四年六月一日～四十五年三月一日、第二六巻六号～第二七巻三号。〔初版〕明治四十五年五月十五日、玄黄社。◇自伝、自序で「自ら撰した一種の墓誌」と書く。「二　記憶に遺れる幼時／⑴生後第一の印象⑵吾は何処より生れしや⑶空とぶ鶴⑷刀を差す⑸鰹の刺身⑹火事⑺麻疹に罹る／三　臆病なりし少時／⑴三ツ児の魂⑵学校で泣く⑶西郷の詩⑷吾をして僧たらしめば／四　無言無形の伴侶／⑴錦絵と絵本⑵隔日発兌の新聞⑶小学とリードル⑷草双紙に耽る／五　自由民権論の感化／⑴維新の両意義⑵長髯胸に垂るゝの人⑶独身の畸人⑷三尺の童子⑸水は方円の器による」に高知記事が多い。「さくきでん」「さっきでん」と読む説もあるが、高島俊男「お言葉ですが…」（「週刊文春」平成12年5月25日）に従う。

＊『数奇伝』《『すうきでん』》補遺《ほい》　エッセイ。〔初出〕「中央公論」大正元年八月一日。◇土佐の「暖い明るい軽々しい気分」の内に生まれ「北の国の寒さに鍛へられた意志の勁い執着力に欠けて居る、予が半生迍邅《ちゅんてん》の本も茲にある」。迍邅は行きなやむ、進まないの意。「又南国の民の弊は其空想的なる所に在る」、理論、哲学に向くが、実行、奮闘に向かない。さらに「土佐人に通有な反抗的気質」も「予の運命を数奇ならしめた」。「土佐は海国であると共に、一面山国である。海岸線を縫うて直ちに連綿たる一帯の山脈が有つて、内へ入れば入る程峯巒《ほうらん》が重畳し、国境に至つて険峻を極めて居る。此の山国の影響を受けた為めでもあらう、我が郷国の人には善くいへば不羈、悪くいへば物に拗る一種の気分がある。此が自由の呼号が土佐から起つた所以でもあり、又薩長の如く明治の政府に瓜の蔓の閥閲を形造り得なかつた所以でもある」。「予」の思想に矛盾があるかもしれぬが、「其時に盛んなる者に反抗する」点では一貫した。その他、故郷といえば「鰹の味と楊梅の味を想ふ」と書いたり、生家が「平民的」気風であったと述べたりし、自己形成に「南国」の影響を強調する。　（堀部功夫）

高井去私《たかい・きょし》

昭和十二年十一月三十日～。俳人。徳島市に生まれる。本名は武。元高等学校教諭。昭和五十七年より「ひまわり」に参加、のち主宰。「浜」同人。

花馬酔木暮れて旅人苑に来る（徳島瑞巌寺）

冬晴の水門に照る水かげろう（吉野川）

弘法の御学問所や紫荊（童学寺）

（浦西和彦）

高井紅雨《たかい・こうう》

大正十二年三月一日～平成十五年一月九日。俳人。高知県長岡郡本山町に生まれる。本名は健貴。昭和十五年、作句を始める。十六年、上京する。二十一年、復員、高知に住む。二十五年、俳誌「俳句聚落」を創刊する。三十一～五十六年、『歳華』、『旦暮抄』、『沓茫』『暖帯』（昭和56年5月1日、俳句聚落社）を著す。その「あとがき」に経歴はくわしい。

霧氷林揺る貨車も雪被きゆく　（堀部功夫）

高石幸平《たかいし・こうへい》

昭和八年八月十五日～。俳人。東京に生まれる。伊予銀行員。愛媛県温泉郡重信町（現東温市）に在住。昭和二十三年ごろから句作。「ホトトギス」同人。「柿」主宰。

寒梅を見てをり古城見えてをり

春の海見ての鯛飯なりしかな
島の風蛍袋に来て白し　（浦西和彦）

高石次郎 たかいし・じろう

明治四十四年（月日未詳）～昭和五十年六月二十二日。教育者。高知県長岡郡本山町寺家出身。高知師範学校時代、相撲選手。嶺北、安芸両高等学校校長、県教育次長、高知学園園長を歴任した。

＊ふるさとの記《ふるさとのき》　エッセイ。〔初出〕「高知新聞」昭和五十年五月十四日～六月十二日。◇吉野川の清流を追憶する。　（堀部功夫）

高市俊次 たかいち・しゅんじ

昭和二十三年十二月十八日～。小説家。愛媛県伊予郡砥部町に生まれる。高等学校の国語教師のかたわら小説を書く。同人誌「文脈」編集発行人。昭和五十九年、第九回歴史文学賞を「花評者石山」で受賞。平成元年、『花鎮め』で愛媛出版文化賞を受賞。長編に松山、日尾八幡神社の神官、三輪田米山を描いた『瓢壺の夢』（昭和62年6月、新人物往来社）がある。　（浦西和彦）

高井北杜 たかい・ほくと

明治四十五年五月六日～。俳人。徳島市に生まれる。本名は久雄。徳島師範学校卒業。教員。昭和八年、臼田亜浪の「石楠」に入門、十八年、幹部同人。二十一年一月「ひまわり」を創刊、編集発行人、四十五年から主宰、ついで会長に就任。句集『冬木』（昭和44年10月20日、河発行所）、『昼の星座』（昭和52年9月25日、ひまわり発行所）、『花の精』（昭和60年10月27日、ひまわり発行所）、『北杜句集（自註）』（昭和63年12月5日、俳人協会）、『踊り笛』（平成6年3月27日、ひまわり発行所）、『緑蔭』（平成8年11月24日、ひまわり発行所）。

海峡に影もつものもなく二日
はこべらのみどりのほのお靴先に
刈田ゆく一輛車灯を暖色に　（浦西和彦）

高井有一 たかい・ゆういち

昭和七年四月二十七日～。小説家。東京に生まれる。本名は田口哲郎。早稲田大学卒業。祖父が田口掬汀。第五四回芥川賞受賞。

＊足摺の光と雨《あしずりのひかりとあめ》　エッセイ。〔初出〕「南風」昭和四十一年十一月三十日、第三三号。◇「私」は足摺へ行き、驟雨にあう。それが忽ちに去って「再び強い陽が照りつけ、木々の葉に遺った雨滴がその陽を反射して、光は前に増して辺り一帯に満ちた」。　（堀部功夫）

高木拓川 たかき・たくせん

明治三十八年五月五日～昭和五十七年二月十六日。俳人。愛媛県松山市千船町に生まれる。本名は昇。大阪輸出芯板工業社長。湯室月村、青木月斗に師事し「同人」に拠った。「うぐいす」同人。句集『石手川』（昭和46年5月5日、著者）。　（浦西和彦）

高木敏子 たかぎ・としこ

昭和四年七月二十八日～。歌人。福島県に生まれる。徳島市中常三島町に居住。NHK学園生涯学習局短歌センター講師。昭和二十一年「をだまき」に加入、中河幹子に師事。二十五年「歩道」に加入、佐藤佐太郎に師事。五十八年「運河」創刊に参加。歌集『春潮』（昭和50年9月、川島書店）、『青天』（平成7年8月、川島書店）。　（浦西和彦）

高木義賢 たかぎ・よしかた

明治十年（月日未詳）～昭和二十三年（月日未詳）。講談社専務取締役。徳島県に生まれる。国民英学会に学ぶ。明治三十五年に逓信省通信局に勤務、天津郵便局、上海郵便局局長など歴任し、大正四年に帰国。八年講談社に入社、経理部門を担当。昭和二十年相談役になった。（浦西和彦）

高倉テル《たかくら・てる》

明治二十四年四月十四日～昭和六十一年四月二日。小説家。高知県高岡郡口神川に生まれる。本名は輝豊（のち輝）。父輝房、母美弥。父は医師だった。明治二十五年、幡多郡七郷村浮鞭へ移る。四十二年、宇和島中学校卒業。大正五年、京都帝国大学文学部英文科を卒業、同大学嘱託になる。八年、戯曲「砂丘」を「改造」に発表する。十年、父が死去した。十一年、戯曲集『三部曲女人焚殺』を著す。長野県上田市の自由大学で講義する。安田津宇と結婚し、長野県に住む。十三～昭和二年、『蒼空』『長谷川一家』『阪』『生命律とは何ぞや』『世界童話集』を著す。五年、農民運動に入る。八年、「教員赤化事件」で逮捕される。九年、懲役二年執行猶予三年の判決をうける。十年頃より、国語国字問題を研究する。十三年、『一茶の生涯と其藝術』を著す。十四年、「革命的ローマ字運動事件」で逮捕される。十五年、『大原幽学』を著す。十八年、朝鮮を一カ月間、劇団とともに移動する。十九年、「久保田無線事件」で逮捕される。二十年、敗戦を奥多摩刑務所で迎え、十月釈放される。二十一年、衆議院議員選挙に長野県から共産党で立候補して当選する。二十三～二十四年、『ミソ・クソその他』『我等いかに生くべきか』『青銅時代』『女』『うたえ、わかもの』を著す。二十五年、参議院議員選挙に当選するが、レッド・パージで追放される。『ハコネ用水の話』を著す。二十六年、中国、ソ連へ亡命する。二十七年、『新ニッポン語』『愛と死について』が刊行された。二十六年、『タカクラ・テル名作選』が刊行された。三十四年、プラハから帰国する。四十六年、『狼』を著す。四十八年、共産党中央委員会顧問になる。六十一年、膵臓癌のため、東京で死去した。田中克彦『「スターリン言語学」精読』（平成12年1月14日、岩波書店）は、テル『ニッポン語』『ニッポンの女』がエヌ・ヤ・マルの言語学説を咀嚼摂取したこと、蔵原惟人「今日における言語の問題」（「文学」昭和26年2月）のテル批判が、スターリンのマル批判をなぞっていることを明らかにした。（堀部功夫）

高崎乃里子《たかさき・のりこ》

昭和三十年（月日未詳）～。詩人。徳島県に生まれる。昭和五十二年、玉川大学文学部藝術学科卒業。五十六年に「日本児童文学」第三回創作コンクール佳作入賞。五十九年には、第一回現代少年詩集新人賞奨励賞を「太古のばんさん会」で受賞。「みみずく」の会、「リゲル」の会の同人として活躍。『さえずりの木』（昭和62年4月、かど創房）、『おかあさんの庭』（平成4年5月、銀の鈴社）、『妖精の好きな木』（平成10年12月、かど創房）、『呼ぶ声』（平成15年4月、思潮社）などの詩集がある。日本児童文学者協会所属。（増田周子）

多賀隆則《たが・たかのり》

大正十三年（月日未詳）～。小説家。香川県丸亀市に生まれる。丹羽文雄主宰の「文学者」に加わる。「文学者」終刊後、「分身」同人となる。著書に『東下記―忠臣蔵異聞―』（平成10年5月、叢文社）がある。（浦西和彦）

高田宏治《たかだ・こうじ》

昭和九年四月七日～。脚本家。大阪に生まれる。東京大学卒業。昭和三十三年、東映に入社する。三十五年、「白馬童子」でデビュー。五社英雄監督と組んだ宮尾登美子原作ものや「極道の妻たち」シリーズを脚色する。

＊鬼龍院花子の生涯《きりゅういんはなこのしょうがい》 シナリオ。〔初出〕「シナリオ」昭和五十七年七月一日、第三八巻七号。◇宮尾登美子原作の、松恵が夫の遺骨をこっそり持ち出して帰る件を書き替え、取り囲まれてタンカをきる場面を創り出す。「下男達が我にかえった様に松恵をとり囲む。松恵、キッとにらみまわす。その気迫に、下男達、たじろぐ。松恵『おどきよォ！ うちゃ、高知、九反田の侠客、鬼政の、鬼政の、鬼政の娘じゃ、なめたらいかんでよォ！』」。映画では「いかんぜよォ！」。原作者の宮尾登美子はここでビックリ仰天したという。「若い娘が『なめたらイカン』とまではいっても、『ゼヨ』というのはぜったい口にするべき言葉ではなく、もしいうとしたら『なめたらイカンぞね』だと断じて思うのである」（「京ことば」）から。この台詞、実は五社英雄の口吻を取り入れて生まれたもの（『東映のアルチザン』）。松恵役の夏目雅子、大当たり。後年、高知の酒房で「ナメたらイクぜよ」が興言利口となる（高橋治『流域』）など流行した。

（堀部功夫）

高田始　たかた・はじめ

昭和二十年（月日未詳）〜。小説家。徳島県市場町に生まれる。日本人と在日朝鮮人の「国際結婚」を描いた『深い溝』（昭和57年11月20日、近代文藝社）がある。

＊深い溝《ふかいみぞ》 小説集。〔初版〕昭和五十七年十一月二十日、近代文藝社。◇金山良子は在日朝鮮人だが、それを隠してアパレルメーカーの派遣デコレーターとして働いていた。仕事で知り合った浅田美佐子と武庫川に住み、在日の人々と付き合うことで、民族感情に目覚める。そんななか、美佐子夫婦の紹介で知り合った日本人山野広一と交際をはじめ、広一の実家のある徳島に結婚の報告に行った。子供もできたが、夫婦仲は良子が韓国名を使うことなどでトラブルが絶えず、広一は良子が帰化せず、日本で生きていく状況を十分理解していなかったことを思い知らされ、結局離婚を決意する。在日朝鮮人との「国際結婚」という設定で、在日の問題を描く小説である。

（増田周子）

高野公彦　たかの・きみひこ

昭和十六年十二月十日〜。歌人。愛媛県喜多郡長浜町（現大州市）に生まれる。本名は日賀志康彦。昭和三十九年、「コスモス」に入会。四十二年、河出書房に入社。四十七年、同人誌「群青」を創刊。六十年、「棧橋」を創刊。五十七年に第一八回短歌研究賞を受賞した。歌集に『汽水の光』（昭和51年3月、角川書店）、『淡青』（昭和57年5月、雁書館）、『水行』（昭和59年2月、短歌新聞社）、『雨月』（昭和63年7月、雁書館）等がある。

（浦西和彦）

高橋治　たかはし・おさむ

昭和四年五月二十三日〜。小説家。千葉市に生まれる。東京大学卒業。映画監督を経て文筆活動に。第九〇回直木賞ほか受賞。石川県に白山麓僻村学校を開く。

＊流域《りゅういき》 中編小説＋エッセイ。〔初出〕「小説現代」昭和六十二年一月〜六十三年二月。〔初版〕平成元年二月二十七日、講談社。◇小説部「菊枕」新劇女優千代岡華子は、東京公演後すぐ土佐中村へ飛ぶ。自分を育ててくれた祖父一馬が臨終だからである。市会議員の一馬は、もと四万十川の筏の上乗りだった。戦後、娘に死なれ長男に背かれてきた。一馬は最愛の孫華子に「川をや

る」と遺言して死ぬ。直後、華子は大抜擢され東京の晴れ舞台に戻る。演出家の約束を三年余待つ。しかし、夢破れ、帰郷する。そこには、一馬を慕い最期まで尽くした男畑野が居た。畑野は華子を温かく迎える。一馬が「やる」といった川は、どんな傷も流してしまう「時間という川」だったのか。華子は祖父に間に合わなかった菊枕を作ろうと花を摘む。その「向うに、四万十川が光っていた。畑野は川も華子も眩しくてならないもののように眼を細めて立ちつくしていた」。エッセイ部は「神官夜這う」東津野村笑話、「まぼろしの川舟」江川崎のツガニ料理とセンバ探究、「うなぎ問答」天然鰻絶賛、「故園につつじ咲く」キシツツジ取材から十和村満蒙開拓団の辛酸を発掘、「〃ござれ〃の怪魚」「アカメ後日譚」アカメ釣り行、「終章」落鮎再解禁の朝のにぎわい、を小説と交錯して完結する。新潮文庫化された。宮本憲一は、小説プラスエッセイというスタイルから、スタインベック『怒りの葡萄』を想起し、本作を作家であり環境問題理論実践家である治の「野心的な実験」と呼び、四万十川流域の〃持続する発展(sustainable development)〃モデルを暗示すると読む。「都市の華子と農村の畑野の結婚」とはいささか強引な縮約だが、作者の意図を拡大した好意的展望であろう。

（堀部功夫）

高橋和巳　たかはし・かずみ

昭和六年八月三十一日～昭和四十六年五月三日。小説家。大阪市浪速区に、父秋光、母慶子の次男として生まれる。本籍は香川県三豊郡作《くに》田村甲一二五七番地。祖父の時代に大阪に出た。家業は鋲や蝶番など建築金具を作る零細工業。昭和二十年三月、大阪大空襲のため家屋および工場焼失。家族とともに香川県三豊郡大野原村大字四軒屋の吉益諒《さとる》（母の弟）の納屋にしばらく住み、そのあと二〇〇mばかり離れた大山源七宅の離れに移った。今宮中学校から香川県立三豊中学校（現観音寺第一高等学校）に転校。教科書、文房具一切なし。のち夏休み宿題帳の裏に全教科書を写しとった。二十一年、大阪の焼跡の町にもどり、今宮中学校に復学。旧制松江高等学校を経て、京都大学を卒業。三十四年、京都大学大学院博士課程を修了。中国六朝文学専攻のかたわら「ＡＲＵＫＵ」などの同人誌に小説を書き、三十三年『捨子物語』を自費出版。三十七年、「悲の器」で河出書房文藝賞受賞。以後、『邪宗門』『憂鬱なる党派』『我が心は石にあらず』『散華』などの小説や多くの評論を書いた。学園闘争を体験し、昭和四十五年三月に京都大学助教授を辞職した。

（浦西和彦）

高橋勝義　たかはし・かつよし

昭和十九年十二月二日～。詩人。神奈川県秦野市に生まれる。中央大学文学部大学院修了。徳島文理大学の教官をしながら、徳島現代詩協会、日本歌人集会に所属し、詩作、歌作を続ける。著書に詩集『樹はけれども咲く』、歌集『二つの鍵』（昭和55年4月、沖積舎）、『生きてしまうがよい』（昭和62年6月、雁書館）、『時をたがえて』（平成4年6月、雁書館）、『炎の花びら』などがある。他に訳詩集『ヒルデ・ドミーン詩集』（平成10年9月、土曜美術社）他多数ある。

（増田周子）

高橋鶯籠　たかはし・けいろう

大正二年九月十五日～平成九年五月二十七日。俳人。愛媛県北条市（現松山市）に生まれる。本名は兼一。公務員、公民館館長。昭和二十九年、俳句を村上杏史に学び「柿」に入会、のち同人。平成四年「ホトトギス」

同人。平成二年柿賞を受賞。北条市俳句協会会長。日本伝統俳句協会参事。（浦西和彦）

高橋健　たかはし・けん

昭和五年七月二十五日〜。小説家。岐阜に生まれる。早稲田大学卒業。『キタキツネ物語』ほかを著す。

＊四万十川カワウソ物語《しまんとがわかわうそものがたり》　エッセイ。〔初出〕「旅」昭和六十三年四月一日。◇昭和四十七年調査時、ニホンカワウソ生息地は高知県幡多地方の海岸線に追いつめられていたが、六十二年再訪すると、もはや〝まぼろしの動物〟化していた。（堀部功夫）

高橋幸雄　たかはし・さちお

大正元年八月二日〜昭和五十八年十二月六日。独文学者。高知県長岡郡大津村に生まれる。昭和十二年、東京帝国大学独仏科卒業。「アカイエル」「日本浪曼派」同人となる。十四年、埴谷雄高たちと「構想」を出し、創刊号に「幼年」を発表する。のち、旧制高知高等学校講師になる。二十二年、高知の同人誌「晩夏」「朝戸」に加わり、作品を発表する。「高原」に書く。二十三年、「URNA」に書く。「近代文学」二期同人になる。三十年、「昼夜」に同人参加する。九州大学助教授を経て、中央大学教授となる。五十三年、小説『幼年』を著す。五十六年、短編集『銀跡記』を著す。六十年、随筆集『栴檀の花』を著す。平成元年、『田舎だより』を著す。（堀部功夫）

高橋三冬子　たかはし・さんとうし

明治二十七年二月十七日〜昭和四十三年一月二十三日。俳人。高知県土佐郡鏡村今井三五九に、鉄石、金馬の長男として生まれる。本名は一男。家は農家であった。大正九年、大阪医科大学卒業。高知市の武田病院に内科、小児科医として勤める。昭和三年、ホトトギス系俳句に入門する。俳誌「竜巻」に所属する。二十二年、合同句集『土佐』を編む。二十九年、『還暦』を著す。合同句集『旭』を編む。四十三年、心筋梗塞のため高知市行川診療所で死去した。（堀部功夫）

高橋柿花　たかはし・しか

大正十年七月二十日〜平成六年七月六日。俳人。高知県土佐郡鏡村（現高知市）今井三五九に、一男、美與の長男として生まれる。本名は健彦。父は俳人高橋三冬子である。昭和十四年、日本歯科医学専門学校に入学する。父の影響でホトトギス系俳句に入門する。歯科軍医として従軍する。二十年、国立高知病院歯科医長になる。二十六年、俳誌「ひこばえ」（のち「夏炉」と改題）を創刊する。四十一年、病院を退職し、高知市鴨部に歯科医院を開業する。「鶴」に入会する。俳人協会評議員、県短詩型文学賞選考委員を務める。四十五年、父子句集『磨甎』を著す。五十六年、『磨甎』第二集を著す。平成六年、肝膿瘍のため高知市内の病院で死去した。

紙床《しと》を積む漉娘白息ひそかにて

貫之の遠き世のまま畦を焼く　（堀部功夫）

高橋章治　たかはし・しょうじ

昭和六年八月三十日〜。詩人。徳島県名西郡石井町に生まれる。筆名は中町一夫、大谷文治。徳島中学校、徳島第一高等学校、朝日高等学校を経て、岡山大学法文学部卒業。徳島県下の高等学校教師を歴任。「四国文学」「七曜」「詩脈」に参加するとともに、「徳島新文学」を創刊、編集に携わる。詩集に『いのちの話』（平成7年12月12日、第一出版）がある。四国の出てくる作品に「五人の百姓」（「七曜」所載）がある。

た

（増田周子）

高橋新吉　たかはし・しんきち

明治三十四年一月二十八日〜昭和六十二年六月五日。詩人。愛媛県西宇和郡伊方《いかた》町字小中浦に生まれる。父春次郎、母マサの次男。父は伊方尋常高等小学校校長。大正二年、松柏小学校卒業。八幡浜商業学校予科に入学。大正七年二月十六日、卒業を目前に出奔、八幡浜港より乗船し、大阪を経て上京。二十日ほどの放浪生活の後に帰郷する。翌年春、二度目の上京。十二月、チブスの高熱のため行路病者となり、駒込伝染病院で二カ月療養後帰郷。九年八月一日、懸賞短編小説「焔をかかぐ」が「萬朝報」に当選。十五日、「萬朝報」文藝欄の紫蘭「〝享楽主義の最新藝術〟―戦後に歓迎されつつあるダダイズム―」、羊頭生「ダダイズム一面観」を読んで、強烈な衝撃を受ける。翌年九月、三度目の上京。辻潤、萩原恭次郎、草野心平らと交友を深めた。十一年四月、「皿」を「シムーン」に発表。翌年二月十五日、辻潤編『ダダイスト新吉の詩』を中央美術社より出版。この詩集によって、ダダイスムの日本における先駆者としての文学史的位置を得た。小説『ダダ』（大正13年7月15日、内外書房）、詩集『祇園祭り』（大正15年3月20日、紅玉堂）、佐藤春夫編『高橋新吉詩集』（昭和3年9月25日、南宋書院）、『胴体』（昭和31年11月5日、緑地社）等がある。昭和三十年六月、「愛媛新聞」の詩壇開設とともに選者となる。三十六年、国鉄四国支社文藝年度賞の詩の選者にもなった。『定本高橋新吉全詩集』（昭和47年10月15日、立風書房）で四十八年藝術選奨文部大臣賞を、『空洞』（昭和56年2月15日、立風書房）で日本詩人クラブ賞を、六十年藤村記念歴程賞を受賞した。詩碑「るすと言へここには誰も居らぬといへ五億年たったら帰って来る」が八幡浜市松柏八幡浜高等学校に、「穴井風呂が沸いている／鶏も鳴く／葬式もある／担板漢」が八幡浜市穴井福高寺に、「私は海の中で生れた／一九〇一年一月二十八日／一枚の鱗にさう書いてあった／伊予の西南の象の／鼻のやうに突き出た／半島の中ほどの／伊方である」が西宇和郡伊方町湊浦明治百年記念公園に建立されている。四国を素材とした小説やエッセイに、警察医と同行して老婆が殺された事件の検視と解剖に伊方へいったときの経験をもとにして書いた短編小説「菜切庖丁」（「週刊朝日」大正14年5月31日）や自伝「海の中」等のほか、エッセイ「四国遍路抄」「宇和島の闘牛」「伊方に生まれて」「伊予の松山」などがある。『高橋新吉全集』全四巻（昭和57年3月15日〜8月15日、青土社）。

（浦西和彦）

高橋正　たかはし・ただし

昭和六年（月日未詳）〜。国文学者。高知市宝永町に生まれる。高知大学卒業。高知工業高等専門学校教授。高知の近代文学を研究し、平成三〜十四年、『評伝大町桂月』『田岡嶺雲』『西園寺公望と明治の文人たち』を著す。徳島文理大学教授。高知ペンクラブ会長。

（堀部功夫）

高橋敏夫　たかはし・としお

昭和二十七年四月三日〜。文藝評論家。香川県内海町（現小豆島町）に生まれる。昭和五十八年、早稲田大学大学院博士課程修了。著書に『文学のミクロポリティクス―昭和・ポストモダン・闘争―』（平成元年11月25日、れんが書房新社）、『嫌悪のレッスン』（平成6年6月15日、三一書房）ほかがある。

（浦西和彦）

高橋三千綱　たかはし・みちつな

昭和二十三年一月五日～。小説家。大阪に生まれる。早稲田大学中退。第七九回芥川賞受賞。

＊BY THE WAY《ばいざうぇい》　エッセイ集。〔初版〕昭和五十七年九月十五日、新潮社。◇集中「作家は語らず」高知市と、翌日は安芸市他とで「アメリカ体験と小説」を喋る。「一段高い壇上から講演する」自分が「うさん臭く思え」てくる。「居残り流氷」でも同趣旨を述べる。（堀部功夫）

高橋光子 たかはし・みつこ

昭和三年八月十五日～。小説家。愛媛県宇摩郡土居町（現四国中央市）に生まれる。「文脈」などに作品を発表し上京。俳優座戯曲研究会、NHK台本研究会で学び、ラジオ、テレビドラマの台本を書いた。昭和四十年五月「文学界」に発表した「蝶の季節」で文学界新人賞を受賞。第五三回芥川賞候補となったが、井上靖が「着想の面白さに新鮮なものを感じたが、この方はエピローグが抜き差しならぬ欠点となっていて、折角のこの作品のよさが最後で台なしにされてしまったことは惜しい」と選評している。第六八回芥川賞でも田舎の旧家と父母の生涯を娘の立場から描いた作品「遺る罪は在らじと」（「文学者」昭和47年7月）で候補に挙げられた。その時、中村光夫は「これはどちらかと云えば素人らしい作品ですが、モチィフと主要人物の輪郭がはっきりして、血が通っているので、読んでひとりの人間を知ったという気持になります」と選評している。その後、上条由紀のペンネームで少女小説を執筆。著書に『遺る罪は在らじと』、『ハムスターになった男』（昭和59年7月、潮出版社）、『母は平和の大地』（昭和63年7月、潮出版社）ほか。（浦西和彦）

高橋泰邦 たかはし・やすくに

大正十四年五月三十一日～。推理作家、翻訳家。東京に生まれる。早稲田大学理工学部中退。昭和二十六年、「流氷」がNHK懸賞放送劇に入賞したのを機に、文筆生活に入る。訳書にD・S・ガードナーの『恐ろしい玩具』（早川書房）ほかがあり、著書に『海の弔鐘』（昭和40年9月、文藝春秋新社）、『偽りの晴れ間』（昭和45年10月、講談社）ほか海洋小説が多数ある。

＊紀淡海峡の謎《きたんかいきょうのなぞ》　長編小説。〔初版〕昭和三十七年十一月三十日、荒地出版社。◇昭和三十三年一月二十六日、紀伊水道で南海丸が沈没した。乗組員と乗客全員一六八名が、一瞬にして海の藻屑となった事件を題材として描いている。作者自身が調べた南海丸の構造、気象、海象条件、地理的内容などの資料を手掛かりに、最期の瞬間やその事故原因を推論した小説。（増田周子）

高橋保平 たかはし・やすへい

明治三十六年九月十三日～平成元年二月五日。俳人。愛媛県岡崎市に生まれる。東京理科大学機械工学科教授。昭和四十八年「万蕾」入会、のち同人。句集『宮太鼓』（昭和58年11月1日、竹頭社）。（浦西和彦）

高橋義夫 たかはし・よしお

昭和二十年十月二十六日～。小説家。千葉に生まれる。早稲田大学卒業。雑誌編集者を経て文筆活動に。第一〇六回直木賞を受賞する。

＊日本人のDNAリサーチ《にほんじんのでぃえぬえいりさーち》　エッセイ。〔初出〕「DIAMOND BOX」平成四年三月。◇「藩民性を興せ第四回／土佐藩／ハチキンVSいごっそう」。土佐文雄、依光貫之から、土佐の女性の魅力を聞く。男性のいごっそうは一領

た

具足の屈折が生み出したものか。高知県知事選挙はハチキンの勝利であろう。桂浜でジョン万次郎と水夫長平を思い出す。「海洋に親しんだ人間の魅力」を。（堀部功夫）

高橋義孝 たかはし・よしたか

大正二年三月二十七日〜。独文学者。東京に生まれる。東京帝国大学卒業。九州大学教授他を務める。

＊高知で過ごした青春《こうちですごしたせいしゅん》 対談。〔初出〕「旅」昭和四十四年五月一日。◇十六歳の頃を、三浦朱門と対談する。（堀部功夫）

高畠華宵 たかばたけ・かしょう

明治二十一年四月六日〜昭和四十一年七月三十一日。画家。愛媛県宇和島市に生まれる。本名は幸吉。明治三十五年に大阪へ行き、日本画家平井直水に師事。翌年、京都市立美術工藝学校日本画科に入学。三十九年上京。久留島武彦のお伽劇団に加入した後、土工や彫金家豊田兼吉の書生を経て、寺崎広業に師事。四十四年に津村順天堂の中将湯広告画を描く。大正二年、「講談倶楽部」に挿絵を描く。独特の感傷的な画風から大正から昭和年間へかけて人気を得た。大正十三年、画料改訂問題などで、講談社専属から実業之日本社へ移り、「日本少年」「少女の友」「婦人世界」などに執筆。三宅やす子の「奔流」（「東京朝日新聞」大正15年1月1日〜4月29日）などの挿絵も描いた。昭和四十一年上野松坂屋で「華宵名作展」が開催された。勲五等に叙せられる。『高畠華宵名作画集』（昭和42年、講談社）などがある。（浦西和彦）

高畠明皎々 たかばたけ・めいきょうきょう

明治十六年（月日未詳）〜昭和四十七年九月二十三日。俳人。愛媛県宇和島市に生まれる。本名は亀太郎。元宇和島市長、衆議院議員。二十二歳ごろから「滑床会」に加わって句作、「渋柿」に拠った。（浦西和彦）

鷹羽十九哉 たかは・とくや

昭和三年四月二十七日〜平成十四年十二月二十五日。推理小説家。栃木県足利市に生まれる。本名は半田昭三。昭和二十四年、中央大学専門部法学科卒業。進駐軍関係の商品検査官、繊維商社、業界新聞社などに勤務したのち、神戸で二五年間進学塾の教師をする。昭和五十八年、「虹へ、アヴァンチュール」で第一回サントリーミステリー大賞を受賞。以後多数の推理小説を書く。ペンネームの鷹羽は塾の名前、十九哉はジュク—ジュークのしゃれ。取材と趣味をかねて、オートバイで全国を駆けめぐるのが好きである。

＊土佐四万十川殺人事件《とさしまんとがわさつじんじけん》 推理小説。〔初版〕昭和五十九年七月十五日、広済堂出版。◇書き下ろし長編推理小説。蓮生不羈夫はファッション会社花葵のPR誌を作ることになり、ファッション・ショーを見に来た。社長の重藤譲治が後醍醐天皇についてある人から耳寄りな話を持ちこまれ、内密にあとで会う約束をするが、重藤譲治は殺される。ライターの不羈夫は奈良県吉野、さらに日本最後の清流である四国の四万十川へと、南朝の秘宝、昆布みち、三種の神器、雪舟の「秋冬山水図・秋景」が事件にどのようにからむのか、バイク・アマゾネスを走らすのである。（浦西和彦）

高浜虚子 たかはま・きょし

明治七年二月二十二日〜昭和三十四年四月八日。俳人、小説家。愛媛県松山市長町新丁に生まれる。本名は清。父は庄四郎政忠、母は柳。八歳の時、祖母家の高浜の姓を継いだ。伊予尋常中学校で河東碧梧桐と同級

た

になる。第三高等学校予科に入学したが、明治二十七年に予科が解散となって、第二高等学校（仙台）に転校した。だが十月には退学し、上京。三十一年一月、松山の柳原極堂より「ホトトギス」を継承、発行所を東京に移し、昭和二十六年三月同誌の雑詠選を長男年尾に譲るまで主宰。明治三十三年、病床の正岡子規の枕頭で山会と名づける文章研究会を催した。写生文の発展に努め、「浅草寺のくさ〲」（「ホトトギス」明治31年10月～32年3月）などを発表。三十四年に俳書堂を創設し、俳書の出版活動をはじめた。小説にも筆をとり、「風流懺法」（「ホトトギス」明治40年4月）、「斑鳩物語」（「ホトトギス」明治40年5月）、「大内旅宿」（「ホトトギス」明治40年7月）、「俳諧師」（「国民新聞」明治41年2月18日～7月28日）等を発表。「俳諧師」は、三蔵が虚子、十風が新海非風、水月が藤野古白、北湖が内藤鳴雪、杏堂が子規をモデルとした、虚子の自伝性の濃い長編小説である。四十五年七月、「雑詠選」を「ホトトギス」に復活させ、大正二年一月虚子庵句会で碧梧桐の新傾向運動に対し、俳句が古典文藝であること、「守旧派」であることを主張。句集『虚子句集』（大正4年10月24日、植竹書院）、『句集虚子』（昭和5年3月28日、改造社）、『五百句』（昭和12年6月17日、改造社）、『五百五十句』（昭和18年10月20日、桜井書店）等、著書『俳句の五十年』（昭和17年12月25日、中央公論社）、『虚子自伝』（昭和23年11月30日、菁柿堂）、『虚子俳話』（昭和33年2月10日、東都書房）等がある。昭和二十九年十一月三日、文化勲章を受ける。句碑「竜巻に添うて虹立つ室戸岬」が高知県室戸市室戸岬神明窟東方に、「稲むしろあり飯の山あり昔今」が香川県丸亀市丸亀城内見辺坂に、「ふるさとのこの松伐るな竹切るな」が愛媛県松山市東野四丁目農協学園西側神社にある。『定本高浜虚子全集』全一五巻・別巻（昭和48年11月20日～50年11月30日、毎日新聞社）。

＊阿波のへんろの墓《あわのへんろのはか》　エッセイ。〔初出〕「ホトトギス」昭和十三年十二月一日。〔全集〕『定本高浜虚子全集第九巻』昭和四十九年六月三十日、毎日新聞社。◇「道のべに阿波の遍路の墓あはれ」という句を作ったことのあるその墓をいくら探しても見当たらなかった。遍路の墓がなくなっていたのである。「西ノ下の甘藷」（「ホトトギス」昭和14年2月）、「又風早西ノ下のこと」（「ホトトギス」昭和14年3月）と共に、昭和十三年十月に池内家の祖先祭を行うために帰郷した折りに尋ねた西ノ下での印象を記したエッセイ。昭和三十年十月に帰郷した際の「阿波の遍路の墓」（「ホトトギス」昭和31年3月）は、遍路の墓を再建復興したいきさつについて書いている。（浦西和彦）

高原熹勇　たかはら・きゆう

大正元年七月五日～昭和二十六年九月二十一日。詩人。徳島県勝浦郡福原村に生まれる。昭和七年、徳島県師範学校卒業後、県内の小学校に勤務。十五年十月上京し、日本大学藝術科に入学、岸田国士の知遇を得、書生として住み込む。十七年に帰郷し、教員となる。二十二年「詩脈」創刊に尽力しながら詩を作る。死後友人たちにより、詩集『春の雪』（昭和32年5月）刊行。（増田周子）

高見広春　たかみ・こうしゅん

昭和四十四年（月日未詳）～。小説家。香川県に生まれる。大阪大学卒業。平成四年、四国新聞社記者となるが、翌年に退職。ホラー小説を書く。『バトル・ロワイアル』（平成11年4月、太田出版社、のち、幻冬

舎文庫）を出版。（浦西和彦）

田上二郎 たがみ・じろう

昭和三十七年（月日未詳）～。戯曲家。昭和五十五年、城南高等学校卒業。徳島県立城東高等学校演劇部顧問、徳島県高等学校演劇協議会理事をしながら、演劇集団自由工房の脚本などを書く。県内初の個人戯曲集『神のいない三つの部屋〈田上二郎戯曲集〉』（平成9年4月、門土社）を刊行。（増田周子）

高村佳織美 たかむら・かおみ

昭和二十五年六月八日～平成六年二月二十七日。歌人。高知県長岡郡国分村に、秀吉、和子の長女として生まれる。本名は佳芳。昭和四十四年、土佐女子高等学校卒業。美容師になるが、失明。鍼灸で自立し、歌作を始める。歿後、西内昭子により『高村佳織美遺歌集』（平成6年6月9日、亜細亜書房）刊行。

おぼろなる視野を突きてゆく白き杖つい
　先んじる吾の足先
独り住む小部屋に街の音絶えり春待月も
　今宵凍てしや

（堀部功夫）

高群逸枝 たかむれ・いつえ

明治二十七年一月十八日～昭和三十九年六月七日。女性史研究家、詩人、評論家。熊本県豊川村に生まれる。本名は橋本イツエ。熊小学校を首席で卒業したが、師範学校の勉強につまずき、紡績工場に勤める。文才があり、二十四歳の時、「九州日日新聞」の依頼を受け、大正七年に半年かけての四国巡礼体験を綴った「娘巡礼記」を一〇五回にわたり連載。人情あり、自然の厳しさあり、ハプニング続きの行脚の様子は、当時の女性の生活としては破天荒で好評を博した。いきなり有名になって上京し、長編詩「日月の上に」で文壇デビュー。平塚らいてうらと無産婦人藝術連盟を結成。機関紙「婦人戦線」を発刊。かつては太陽と崇められた女性が虐げられている現実に矛盾を感じ、女性解放思想の普及に立ち上がる。女性史研究家として打ち込み、六年がかりで『大日本女性人名辞書』（昭和11年、厚生閣）出版。他に『招婿婚の研究』（昭和28年1月、大日本雄弁会講談社）、『女性の歴史 上・中・下（解放のあけぼの）』（昭和33年9月、理論社）、『娘巡礼記』（昭和54年1月、朝日新聞社）、『お遍路』（昭和62年12月10日、中央公論社）など多数。『高群逸枝全集』全一〇巻（昭和41～42年、理論社）がある。

＊娘巡礼記《むすめじゅんれいき》 旅日記。〔初版〕昭和五十四年一月二十日、朝日新聞社。◇大正期に「九州日日新聞」に一〇五回連載。二十四歳の高群は熊本から新聞社との契約で、単身、半年に渡る四国巡礼に出た。伊予から土佐、阿波、讃岐と逆回りの、いわゆる「逆打ち」だった。途中、伊東という老人と同行。遍路宿、善根宿などで一間に何人もの人と同宿したり、納屋で馬の臭いの中で眠れぬ一夜を明かしたり、孤独感、郷愁に襲われ、悪意の人々にねらわれたりしながら、さまざまな人々との出会いやいたわりを通して、徐々に自分の心の固さが取れていく。「業病」の人々に接して、「世に哀しき人寂しき人の優しい聖い伴侶となる事が私の生涯の使命では無いか」と一切を愛する境地を得る。土佐で旅の厳しさを知り、阿波では旅の侘しさを感じ、讃岐では晴れやかさとともに郷愁にとらわれた。自作の歌「巡礼の歌」を随所に挟みながらの旅日記となっている。

＊火の国の女の日記《ひのくにのおんなのにっき》 小説。〔初版〕昭和四十年六月、理論社。◇『娘巡礼記』の回想、補遺となっている。特に、

徳島の新野で世話になった家の娘との交遊など『娘巡礼記』にない逸話もある。九州に帰ってきてから、竹田へ行く途中、猫を見て店のおかみさんと顔をあわせて笑ったとき、「人間性の善と、その自由な発露をさまたげていないなら、人間は惜しみなく愛し合うものだということを知った。この人間性への本質的な信頼と、それを生かす方向への出発ということが、ここで私が直観的に把握された」と述べられていて、この四国巡礼が彼女にとって人生の大きな転機となったことが知れる。（増田周子）

＊お遍路《おへんろ》 エッセイ。〔収録〕『お遍路』昭和十三年九月、厚生閣。◇大正七年遍路行した作者は、心身の鍛錬にもよかったと、『母系制の研究』執筆の疲労より立ち直るべく、再行を希望する。しかし叶わず、かつての体験を想起しつつ、実際の「旅をするつもり」で書いた。案内書的性格も備えている。中公文庫化された。（堀部功夫）

高柳愛日朗 たかやなぎ・あいにちろう

明治三十一年一月十六日〜昭和六十三年十一月二十九日。俳人。愛媛県上浮穴郡弘形村に生まれる。本名は亀男。公立学校校長。昭和三十八年森薫花壇の手ほどきを受ける。「糸瓜」「若葉」同人。句集『老鶯』（昭和60年1月16日、白凰社）。

苔涼し巌壁に碧梧桐の句

（浦西和彦）

高柳僧寒楼 たかやなぎ・そかんろう

明治三十六年二月十五日〜昭和五十三年七月一日。俳人。愛媛県上浮穴郡弘形村（現美川村）に生まれる。本名は金子宗三郎。昭和七年より森薫花壇に師事し「糸瓜」に拠った。のち同人となり編集を担当。昭和三十九年「若葉」同人。糸瓜功労賞、艸木賞等を受賞。句集『奥久万』（昭和55年3月30日、金子泰久）。（浦西和彦）

滝佳杖 たき・かじょう

明治四十年四月一日〜。俳人。徳島県に生まれる。「群晴」「狩」所属。句集『草の絮』（昭和58年8月、書肆季節社）。

蕗の薹阿波の十郎兵ヱ処刑の地
雲海にまでも落石防止網

（浦西和彦）

滝川富士夫 たきがわ・ふじお

明治四十一年七月一日〜昭和九年五月二十二日。詩人。高知市廿代町五四に、久万吉、由佐の五男として生まれる。本名は富士。生家は菓子卸問屋であった。昭和五年、今井嘉澄、川田和泉と土佐詩人連盟を発起する。六年、詩誌「鸞」を創刊する。八年、詩集『夜道』を著す。岡本彌太と『土佐詩人選集』を編む。「春」と題する詩は「こんなに早い朝っぱらから／庭はまるで跫音のようにさわがしいのだ」。（堀部功夫）

滝口春男 たきぐち・はるお

明治四十三年八月二十一日〜昭和四十三年一月十一日。小説家。香川県三豊郡大見村（現三野町）に生まれる。大正十一年、母ナカの実姉スガの養子になる。十四年、香川師範学校本科に入学し、詩作をはじめた。卒業と同時に三豊郡の小学校教師として赴任。昭和八年三月、思想犯の容疑で家と職場の捜査を受け検挙された。教師を辞める。敗戦後は、「こどもの国」「四国文学」「四国詩人」を創刊。

＊青い唐辛子《あおいとうがらし》 短編小説。〔初出〕「火山地帯」昭和三十七年、第一〇号。〔収録〕『ふるさと文学館第43巻香川』平成六年八月十五日、ぎょうせい。◇母と少年がいつからこの町に住むようになったのか、少年には何の心おぼえもなかった。海辺の小さな町を背景に、父は台湾へ渡ったきり音沙汰がなく、母子家庭同様の貧しい母子の

た

生活を、少年の目から描いている。

（増田周子）

高城修三《たき・しゅうぞう》

昭和二十二年十月四日〜。小説家。香川県高松市に生まれる。本名は若狭雅信。高松高等学校を経て京都大学文学部言語学科卒業。出版社勤務、塾講師を経て、文筆活動に入る。「蒼林」同人。故郷の伝説に素材を求めて民俗風に描いた「榧の木祭り」を「新潮」（昭和52年6月）に発表。開高健は「この作品はヴォキャブラリーが全体にのびている一点が他の諸作を抜いていると思われる」と評した。この「榧の木祭り」で第九回新潮新人賞、第七八回芥川賞を受賞した。大学闘争の問題を描いた『闇を抱いて戦士たちよ』、その一〇年後を書いた『約束の地』や、『苦楽利氏どうやら御満悦』、エッセイ集『気分はいつもヤジロベエ』などがある。

（浦西和彦）

田口游《たぐち・ゆう》

明治四十二年十二月十五日〜。歌人。愛媛県東予市（現西条市）に生まれる。昭和四年から二十一年まで「覇王樹」で活躍。三十年から四十二年まで「林間」同人。その後「風」を創刊。

（浦西和彦）

武市好古《たけいち・よしふる》

昭和十年三月二十日〜平成四年八月六日。音楽評論家、演出家。徳島県に生まれる。明治大学文藝科中退。劇団四季演出部を経て、昭和三十九年渡米、ラスベガスでショービジネスの演出に従事。四十二年に帰国。フリーの演出家としてステージの演出および記録映画の監督をつとめた。翻訳のほか、ジャズ、映画、競馬などの評論で活躍した。著書に『アステア／ザ・ダンサー』（昭和64年1月、新潮社）、『昔の映画をビデオで見れば』、訳書『黒人ばかりのアポロ劇場』等がある。

（浦西和彦）

竹内菊代《たけうち・きくよ》

昭和九年五月九日〜。小説家。徳島に生まれる。徳島県立聾学校に勤めながら、阿波の歴史を小説にする会、徳島作家の会に所属し、湯浅未知のペンネームで小説を書く。著書に『聴覚障害児の作文指導』『しのぶちゃんの絵日記』、徳島障害児教育の先駆者、五宝翁太郎の生涯を描いた『徳島のペスタロッチ』などがある。徳島連句懇話会にも所属。

（増田周子）

竹内邦雄《たけうち・くにお》

大正十年四月二十六日〜。歌人。香川県丸亀市に生まれる。京都大学文学部卒業。同大学院修了。「ぎしぎし」を経て、「林泉」に入会、鈴江幸太郎に師事。昭和四十六年に角川短歌賞を、四十九年に現代歌人協会賞を受賞。歌集に『幻としてわが冬の旅』がある。香川大学名誉教授。香川県歌人会会長。

（浦西和彦）

竹内峴南《たけうち・けんなん》

慶応三（一八六七）年五月十七日〜昭和十三年七月二十二日。漢詩人。土佐国安芸郡安芸村東浜（現安芸市）に小原徳三郎の長男として生まれる。本名は吉次郎。竹内氏を継ぐ。土陽新聞社記者。のち、鳥取因伯時報社主筆。大正七年、帰高する。月波吟社をおこす。

（堀部功夫）

竹内照夫《たけうち・てるお》

昭和三年（月日未詳）〜。小説家。徳島県池田町（現三好市）に生まれる。徳島大学卒業後、四一年間教員をし、池田中学校校長を最後に退職。徳島県社会同和教育指導員をし、徳島県体育功労賞、徳島県財団法人三木康楽会賞などを受賞。著書に『崖の下のプレイボール』（平成元年7月、ゆまに書房）、『子育ての糧』『何を子に』、『深夜の電報少年』（平成6年3月15日、三一書房）、『阿波のへそっこ物語』（平成10年4月17日、鳥影社）、『しつけ・愛すればこそ』などがある。

＊阿波のへそっこ物語《あわのへそっこものがたり》　長編小説。〔初版〕平成十年四月十七日、鳥影社。◇徳島県池田に住む大作は、両親と二人の妹の五人家族だった。しかし、ある日、父親が詐欺事件で逮捕され、大作が一家を支えることになる。母も死に、家も取られて、山小屋に兄妹三人で暮らす。学校に通いながら、畑仕事や行商、電報配達など身を粉にして働く。やがて大作は学校でも地域でも評価され、病気の時も周囲の人々が助けてくれる。高校進学は断念したが、大阪の大会社の社長に見込まれ、就職。定時制高校に通いながら働く。父との再会も果たし、妹二人も結婚、大作はヨーロッパへとび、世界で活躍し、会社をさらに発展させた。二〇年ぶりに故郷に帰り、墓参りをする。逆境の中で勤労に励む大作の姿を通して、現代の人間関係や教育のあり方を問うている。

（増田周子）

竹内紘子　たけうち・ひろこ

昭和十九年三月三日〜。詩人、児童文学者。徳島市に生まれる。徳島大学学藝学部を卒業後、教員をしながら、昭和五十六年から三年間にわたって郷土研究「W・A・フィニン―人と作品―」を執筆、その後児童文学に取り組むとともに詩誌「舟」「逆光」同人として活躍。五十八年、「ねずみとおなきばあさん」で月刊誌「絵本とおはなし」（偕成社）の第四回新人賞受賞、翌五十九年には「ボートピープル」で第三三回毎日児童小説賞受賞。『ミサイルみのむし』（こどもファンタジー童話シリーズ、昭和61年4月、金の星社）を刊行、平成三年、「徳島の文化を育てる教育実践―二人の異邦人・モラエスとフィニンの人と作品を通して―」で三木康楽会賞を、五年には作品集『ごきげんなお天気』（平成5年10月9日、第八回国民文化祭岩手県実行委員会）で第八回国民文化祭いわて児童文学大会で岩手県実行委員会会長賞を受賞。また詩集『天地と』（平成5年7月20日、近代文藝社）を出版。翌六年にエッセイ「祭りのあとさき」で第一回徳島ペンクラブ賞を受賞する。九年には『オーストラリアとの出会い』（平成9年3月、サイマル出版会）を刊行。「おばあちゃん」で第一九回日本児童文学創作コンクール入選、「W・A・フィニン〜戦後のモラエス」と題し、徳島県文化振興財団主催の郷土文化講座「徳島・異文化との出会い」で講演をするなど、活躍。『まぶらいの島』（平成14年9月5日、くもん出版）で第五〇回毎日児童小説コンクール中学生向き最優秀賞受賞。

（増田周子）

竹内武城　たけうち・ぶじょう

大正十二年六月八日〜平成元年七月七日。俳人。北朝鮮に生まれる。松山商業学校卒業。昭和二十一年「若葉」入会。三十四年「糸瓜」編集長。三十七年「冬草」同人。四十七年、冬草愛媛支部設立。四十二年、「愛媛新聞」夕刊俳壇選者。句集『瑠璃午後も』（昭和51年3月23日、卯辰山文庫）。

それぞれ生き今日梅林にすれ違ふ

（浦西和彦）

武内利栄　たけうち・りえ

明治三十四年九月二十一日〜昭和三十三年七月二日。詩人。香川県高松市に生まれる。バルミヤ英語学院卒業。文化誌「ヲミナ」編集後、新聞社等に勤めつつ、「詩人」「婦人サロン」等の雑誌に作品を発表。童謡

「かもめ」「かぐや姫」などがレコードになった。著書に『山風のうた』（昭和31年4月、理論社）がある。（浦西和彦）

武下奈々子《たけした・ななこ》

昭和二十七年五月七日～。歌人。香川県多度津町に生まれる。昭和四十五年頃から短歌、詩を書き始めた。翌年、上京し、歴程の会に参加。「砂金」を経て、五十一年に「短歌人」入会。五十八年、「反都市論」により第二六回短歌研究新人賞を受賞。平成十年、「母の自画像」等により短歌人評論賞を受賞。歌集に『光をまとへ』（昭和59年10月、牧羊社）、『樹の女』（昭和63年7月、砂子屋書房）、『不惑の鷗』（平成7年8月、砂子屋書房）がある。（増田周子）

武田山茶《たけだ・さんさ》

明治十五年（月日未詳）～昭和五十七年九月九日。俳人。高知市北門筋に、田島湊、千恵の三男として生まれる。本名は鹿雄。京都帝国大学医科大学卒業。病院勤務。大正五年、学位を取得し、武田病院院長になる。昭和五年ごろ、小児科長高橋三冬子に導かれてか、作句を始める。川田十雨、田中王城の指導を受ける。六年、来高した虚子により、二句が選ばれる。「根上りの松に憩へる遍路かな」と「春の水ここにあふれて石菖生ふ」とである。「ホトトギス」に投句する。一方、虚弱体質鍛錬のため、夜間登山を続ける。また石州流の茶人でもあった。俳号のとおりであるが、武田顯二郎は、「山登りに端を発した自然への愛着は山茶の句の柱になっているように思われる」と評す。（堀部功夫）

竹田敏彦《たけだ・としひこ》

明治二十四年七月十五日～昭和三十六年十一月十五日。小説家。香川県仲多郡多度津町に生まれる。本名は敏太郎。丸亀中学校在学中に大阪へ移住。明治四十三年、早稲田大学文学部英文科に入学したが、二年余りで中退し、大阪時事新報、大阪毎日新聞社に勤め、司法記者となった。大正十三年、大阪毎日新聞社を退職し、新国劇に入り、文藝部長として活躍。十三年四月、新国劇が「定九郎と勘平」三幕四場を演伎座で上演。昭和四年三月、沢田正二郎の死去に遭い、新国劇を退団。創作活動に専念する。新国劇が「決勝戦の日」（のち「早慶決勝戦の日」と改題）を昭和四年十一月に本郷座で上演。好評を博した。戯曲、大衆小説、実話読物を多く書いた。新聞小説に、「時代の霧」（「読売新聞」昭和12年3月26日～11月7日）、「制服の街」（「報知新聞」昭和13年9月～14年5月）、「脂粉追放」（「読売新聞」昭和15年8月16日～16年4月14日）、「南海夫人」（「読売新聞」昭和17年3月17日～12月31日）などがある。十八年四月に郷里多度津に疎開。敗戦後、非行少女の激増に更生施設の必要を感じ、三原すえと「丸亀少女の家」を創設した。「丸亀少女の家」はのち国立に移管された。（浦西和彦）

武田寅雄《たけだ・とらお》

明治四十年三月二十四日～平成四年三月三十日。歌人。愛媛県宇和島市に生まれる。早稲田大学文学部国文科卒業。松蔭女子学院短期大学、神戸女学院大学、園田学園女子大学などの教授を歴任。「猪名野」主宰。『小豆島と五人の作家』（昭和61年7月、明治書院）等があり、歌集に『地の瞳』『笹むらの風』『武田寅雄生涯歌集』がある。（浦西和彦）

武田麦園《たけだ・ばくえん》

明治三十九年十月二十日～昭和五十年二月十一日。俳人。愛媛県越智郡上朝倉（現今

治市）村上甲に生まれる。本名は音市。昭和十一年ごろから武田鶯塘の「南柯」に参加。戦後は「山路」同人を経て小倉緑村の「山河」同人。（浦西和彦）

武田久子《たけだ・ひさこ》
昭和二十七年七月六日〜。小説家。愛媛県松山市に生まれる。昭和五十六年、同人誌「原点」に参加。のち発行人となる。「晴れの予感」で女流新人賞候補に、「青花」で海燕新人文学賞候補となった。平成三年に「開花」で秋田魁新報社のさきがけ文学賞を受賞。創作集に『通り過ぎた風景』（平成3年、創風社出版）がある。愛媛文藝誌協会賞受賞。（浦西和彦）

竹西寛子《たけにし・ひろこ》
昭和四年四月十一日〜。小説家。広島に生まれる。早稲田大学卒業。編集者を経て文筆活動へ。第四回田村俊子賞受賞。

＊横浪三里から足摺岬へ《よこなみさんりからあしずりみさきへ》 エッセイ。〔初出〕「旅」昭和四十二年五月一日、第四一巻五号。◇おだやかな横浪三里、虎彦小説を思い出す。足摺岬を訪れる。見残し湾で、「コバルト色のかわいい熱帯魚」ソラスズメダイを見る。（堀部功夫）

武野藤介《たけの・とうすけ》
明治三十二年四月三日〜昭和四十一年七月二十六日。小説家、評論家。岡山県に生まれる。本名真寿太《ますた》。大正十三年、早稲田大学文学部露文科中退。文壇ゴシップ記事、コントなどで活躍。戦後、艶笑文学に専念する。著書に『文士の側面裏面』（昭和5年6月、千倉書房）、『現代作家表現の研究』（昭和8年1月、金星堂）、『文壇余白』（昭和10年7月、健文社）、『文壇今昔物語―ゴシップを書いて三十年―』（昭和32年5月、東京ライフ社）などがあり、四国を描いたものに伝記小説『阿波の尊徳〈ユーモア文庫〉』（昭和19年3月30日、東成社）がある。

＊阿波の尊徳《あわのそんとく》 中編小説。〔初版〕昭和十九年三月三十日、東成社。◇長宗我部との戦に敗れ、眉山山麓に落ち延び、百姓となった岬家は、泥棒の放火や家族全員の疫病で一六代吉之丞のときには、水呑み百姓にまで没落する。「三倍勤労主義」「予算生活」など勤倹貯蓄に励み、農村の旱水害克服にまで尽力、近村一帯の人々に尊敬され、慕われた生涯を描く。（増田周子）

武林文子《たけばやし・ふみこ》
明治二十一年七月二十一日〜昭和四十一年六月二十五日。エッセイスト。愛媛県松山市に生まれる。旧姓は中平。本名は宮田文子。平凡な結婚生活を捨てて、「やまと新聞」記者、女優などを経て、大正九年、武林無想庵と恋愛、結婚し、フランスに赴いた。十年、長女イヴォンヌが生まれた。翌年帰国したが、十二年末に再びフランスに渡った。夫の無想庵の原稿料収入が乏しく、生活を支えるために料理店を開いたりしたが失敗する。留学生と同棲したり奔放な生活をするようになり、モンテカルロで愛人にピストルで撃たれるなど痴情事件を惹き起こした。満州、中国などを放浪。昭和九年、無想庵と離婚し、ブリュッセル在住の貿易商宮田耕三と結婚。七十三歳のとき、ヒマラヤ奥地の不老長寿国フンザを探検し『七十三歳の青春』（昭和37年3月、朝日新聞社）を出したり、不老長寿の料理を宣伝するなどをした。自伝『わたしの白書』（昭和41年6月6日、講談社）などがある。（浦西和彦）

竹原清昭《たけはら・きよあき》
昭和四年八月三十一日〜。俳人。高知市に生まれる。「あざみ」所属。
満点の星は静かに春動く

のっそりと碁がたきのくる秋の夜

（浦西和彦）

武原はん　たけはら・はん

明治三十六年二月四日～平成十三年二月五日。舞踊家、俳人。徳島市籠屋町に生まれる。本名は幸子《ゆきこ》。十二歳で大阪の大和屋藝妓学校で三味線、囃子、狂言、能、仕舞などの藝を学んだ後、二十八歳で上京。舞踊を藤間勘十郎、西川鯉三郎に師事し、山村流を独自のものにまで高め、その普及に努めた。俳句は高浜虚子に師事し、はん女《じょ》の俳号で多くの句集を残した。昭和三十年に美術評論家の青山三郎と結婚したが、三十四年に離婚。六十年日本藝術員会員、六十三年文化功労者となる。著書に『おはん』（昭和28年4月、創元社）、『武原はん一代』（平成8年10月、求竜堂）、句集『小鼓』（昭和29年9月、琅洞）、『武原はん一代句集』（昭和61年4月、武原舞踏研究所）など多数。

（増田周子）

竹宮恵子　たけみや・けいこ

昭和二十五年二月十三日～。漫画家。徳島市に生まれる。中学生時代から漫画を描き始め、徳島県立城東高等学校に進んでからは新人賞に応募し、昭和四十三年「週刊マーガレット」に投稿した「りんごの罪」が佳作入選、漫画家デビューする。徳島大学教育学部美術科在学中に「週刊少女コミック」に「森の子トール」が連載され、大学を中退して上京。本格的な漫画家生活に入る。少女雑誌にラブコメディー、ファンタジー、SF作品を次々に連載。五十一年「週刊少女コミック」に少年愛をテーマとした「風と木の詩」を連載、ベストセラーになる。五十二年一月から「月刊マンガ少年」に未来SF「地球《テラ》へ……」を連載、後に映画化される。五十三年に第九回星雲コミック部門賞、五十四年には第二五回小学館漫画賞を受賞。少女漫画界で不動の地位を築く。乗馬クラブに通い、毎年夏にはモンゴルの大草原を走るのを楽しみとし、『天馬の血族』を刊行。他に『ファラオの墓』『変奏曲』、マンガ日本の古典『吾妻鏡』（中央公論社）など多数。フランスのエルメス社が一六〇年にわたる社史を漫画で出版することになり、その作者に選ばれ、『エルメスの道』（平成9年、中央公論社）を出版する。平成十五年四月、京都精華大学藝術学部マンガ学科教授に就任。初期の「つばめの季節」は雄大な吉野川の流れる徳島を舞台に、先生研修の主人公たちが小学生の純真素朴な悪ガキに手を焼きながらも、一夏の楽しい青春の思い出を描いた情熱的で明るい一編である。他に『竹宮恵子全集』全四四巻がある。

＊まぼろしの旗　まぼろしのはた　漫画。〔初版〕平成十一年三月、小学館ビッグコミックスゴールド。◇一二世紀、屋島の戦に敗れた平氏は、影武者をたて王位継承の印の草薙剣を持つ安徳帝と共に、祖谷に落ち延びる。祖谷地方に伝わる平家落人伝説による平家の豪勇と安徳帝の数奇な運命を描く。

（増田周子）

竹村秋竹　たけむら・しゅうちく

明治八年（月日未詳）～大正四年十二月二十七日。俳人。愛媛県三津浜（現松山市）に生まれる。本名は修。正岡子規に師事。明治三十年、北声会を結成。「ホトトギス」同人。明治三十四年『明治俳句』を編纂したが、子規、佐藤紅緑に非難された。

（浦西和彦）

竹村義一　たけむら・よしかつ

明治四十一年三月二十七日～昭和六十三年二月二日。国文学者。高知県長岡郡介良村

岩屋東組三九九に生まれる。父は地主であった。大正九年、高知第一中学校に入学、肋膜炎発病。十三年、同校を卒業する。高知高等学校時代の昭和五年、小説「石灰山」を「学友会雑誌」に発表する。榊原忠彦は、本作を高知「プロレタリア小説の嚆矢だろう」と評した。同校社研で活動する。東京帝国大学時代、セツルメント等でも働くが、肋膜炎再発のため療養しつつ、池田亀鑑に師事する。十三年、大学卒業。神戸、愛知の中学校教諭になる。十六年、上京し『源氏物語大成』編纂に加わる。十九年、帰高する。戦後、高知の文化運動で活躍する。夏季大学講座、高知市民学校、高知市民図書館開設、教員適格審査委員会委員長、地労委、県教委代表等をこなす。二十二年、『源氏物語の女性』を著す。二十四年、病臥中、「ラジオ週報」を「高知日報」に掲載し始める。三十三～四十八年、高知県立高等学校教諭になる。四十五年、高知女子大学に勤める。四十八年、『源氏物語女性像』を著す。四十八～五十三年、甲南女子大学教授になる。五十二～六十年、『土佐日記の地理的研究』『土佐の古典文学と風土』『土佐弁さんぽ』を著す。六十三年、肝臓悪化で高知医科大学病院へ入院中、投身自殺する。（堀部功夫）

竹安隆代《たけやす・たかよ》

昭和十九年十二月二十七日～。歌人。満州に生まれる。昭和四十九年三月に徳島市北矢三町に移住。高等学校教員。「古今」を経て「雲珠」創刊に参加。歌集『風樹』（昭和53年6月10日、短歌新聞社）、『山はみな火に燃えて』（昭和57年12月20日、角川書店）、『流氓の海』（平成元年5月8日、雲珠短歌会）。

重すぎるものを支へて阿波木偶《でこ》の首ほつそりと立ち並びをり

地ふぶきの底ひを点すひとつ家東祖谷《ひがしいや》山村眠谷《やまそんねむりだに》

（浦西和彦）

太宰治《だざい・おさむ》

明治四十二年六月十九日～昭和二十三年六月十三日。小説家。青森県に生まれる。本名は津島修治。『太宰治全集』一三巻（筑摩書房）がある。

＊新釈諸国噺《しんしゃくしょこくばなし》　短編小説集。〔初版〕昭和二十年一月二十七日、生活社。◇西鶴作とされる作品の翻案。集中の「大力」が、讃岐国を舞台とする。四国一の相撲力士になり増長が目にあまる才兵衛を、師の鰐口が謀計をもって打ち負かす。小泉浩一郎論文（「日本文学」昭和51年1月10日）は、「師匠に裏切られる弟子という構図」に、太宰の井伏観を重ねる。

＊お伽草子《おとぎそうし》　短編小説集。〔初版〕昭和二十年十月二十五日、筑摩書房。◇昔話の翻案。集中「瘤取り」の舞台に、剣山が出てくる。馬場あき子論文（「国文学」昭和49年2月20日）は、柳田国男「山人外伝資料」を引いて、その意味に言及する。

（堀部功夫）

田坂紫苑《たさか・しえん》

昭和八年九月二十五日～。俳人。愛媛県越智郡弓削町（現上島町）に生まれる。本名は與紹《ともつぐ》。弓削町役場収入役。二十歳ごろから句作。「ホトトギス」「柿」同人。

島々にはずみて初日輝やきぬ

早春の青き空あり進水す

残照のヨット入り次ぐ港かな

（浦西和彦）

田崎暘之介《たざき・ようのすけ》

昭和四年（月日未詳）～。小説家。東京に生まれる。早稲田大学文学部英文学科卒業。一五年間、高等学校英語教師をした後、昭和四十四年、退職。文筆業に専念。「宴」を経て、「卍」「共悦」「虹」同人。四十六年、写楽に関する新資料が発見され、それをもとにした小説『写楽』（昭和48年11月25日、創思社）には、写楽の妻なみの出生地や写楽との関わりなどとともに、四国や浪花が描かれている。（増田周子）

田島邦彦 たじま・くにひこ

昭和十五年九月十五日〜。歌人。香川県高松市に生まれる。中央大学法学部在学中、昭和三十五年七月に同人誌「具象」を岸上大作らと創刊。三十九年に「無頼派」を創刊。四十六年に「環」に加入。四十七年に騎の会のメンバーとなる。五十八年に季刊歌誌「開放区」を創刊し編集する。歌集に『晩夏訛伝《かでん》』（昭和59年1月、石神井書林）、『暗夜祭天』（昭和62年3月、ながらみ書房）、『頽《くずお》れし日々の歌』（平成4年12月、ながらみ書房）がある。評論集に『言葉以前の根拠へ』（平成元年7月、弘隆社）、『情況としての現代短歌』（平成6年1月、東京四季出版）等がある。（増田周子）

田島征三 たしま・せいぞう

昭和十五年一月九日〜。画家。大阪に生まれる。多摩美術大学卒業。『ふるやのもり』で絵本界に登場。力感あふれる画風を示す。東京都西多摩郡日の出村に住み「日の出の自然を守る会」で奔走中である。世界絵本原画展「金のりんご賞」ほか多くの賞を受ける。

＊しばてん 児童文学。〔初版〕昭和四十六年四月、偕成社。◇作者が昭和三十七年に創った手刷絵本が原型。村人たちに育てられた「たろう」は、相撲の強い男の子である。日照り続きに苦しむ村人たちが、長者の倉の米俵を盗み出し、「しばてん」のしわざと言いふらしたので、「たろう」が引き立てられる。「たろう」は帰ってこない。秋祭りごとに村人は「たろう」のことを思い出す。心中に住む「しばてん」を思いつつ。

＊絵の中のぼくの村《えのなかのぼくのむら》 エッセイ＋絵。〔初出〕「本の海」平成元年〜三年。〔初版〕平成四年八月二十一日、くもん出版。初出に加筆、一部追加がある。◇「日本が戦争に負けた年、ぼくの家族は〔略〕父の故郷である高知へ帰った。その後一年と数カ月、高知市から山ひとつ越えた吾川郡西分村で暮らし、さらに隣村の芳原村磯戸（現春野町）というところへ移った。そのときぼくは七歳であった」。双子の兄弟の征彦と「ぼく」は野山で育った。他人に心を傷つけられたり、友達の心を傷つけたり、「幼いころの友だちとのあれこれを、少しデフォルメして書かれた」（田島征彦「のろまのブーちゃん」）。映画化される。（堀部功夫）

田島征彦 たしま・ゆきひこ

昭和十五年一月九日〜。画家。大阪に生まれる。京都美術大学卒業。型染作品で藝術生活画廊賞ほか、絵本でＢＩＢ世界絵本原画展金牌ほかを受賞する。年号表記は西暦派なので小稿の元号本位表記にも批判的だろう。

＊丹波でいごっそう《たんばでいごっそう》 エッセイ集。〔初出〕「本の窓」平成二年一月〜三年十二月。〔初版〕平成六年五月十日、小学館。初出に三章加筆。◇「人格がつくられる時期」を高知で過ごし「生まれが高知でなくても、ぼくには、土佐の血が流れています」という作者が、京都府での「いごっそう」生活をユーモラスに綴る。

＊憤染記《ふんせんき》 絵＋エッセイ集。〔初版〕平成七年二月一日、染織と生活社。◇敗戦後、高知に住む。「ぼくらがはじめて、絵描きになりたいと思ったのは、そんな山里だった。枯れた茅《かや》の間から、きらめくような緑色の若い芽が萌えだしてくるのを見つけて、幼い心がくらくらした。竹藪の蔭で、血をたらしたような椿の花に息をのんだ。

姉の教科書に描かれた小さな椿の花の絵を見て、ぼくたちはこんな絵が描ける画家になる決心をしたのだった」。地面に無心で描く。絵金の影響も語る。巻末に年譜を付す。（堀部功夫）

多田統一 ただ・とういち

昭和二十七年三月十五日～。詩人。徳島県阿南市長生町に生まれる。東京都立大学大学院地理学専攻修了。東京都立高等学校教諭、駒沢大学非常勤講師。「逆光」同人。徳島現代詩協会員。全国教職員文藝協会理事長を歴任。（増田周子）

多田不二 ただ・ふじ

明治二十六年十二月十五日～昭和四十三年十二月十七日。詩人。茨城県に生まれる。東京帝国大学文学部哲学科卒業。「時事新報」の記者を経て、東京中央放送局に入社。日本放送協会理事となり、松山放送局長を最後に昭和二十一年退職。愛媛県観光連盟理事長等を歴任し、松山で歿した。大正四年、「卓上噴水」に訳詩を載せ、「感情」創刊に参加。後、大正十一年、新神秘主義を主張して「帆船」を主宰した。詩集に『悩める森林』（大正9年2月、感情詩社）、『夜の一部』（大正15年4月、新潮社）がある。「私は遥か未知の国から／ぼんやり私の心に写ってきた幸福の予感を／たうてい自分の思念の外にあらはすことは出来ない／ただ　私はかつてない新らしい生命《いのち》の躍動を／深い信仰の奥に覚えるのだ」と歌った「幸福の予感」（『悩める森林』）が『ふるさと文学館第44巻愛媛』（平成5年10月15日、ぎょうせい）に収録されている。（浦西和彦）

多田容子 ただ・ようこ

昭和四十六年一月二十八日～。小説家。香川県に生まれる。平成五年三月、京都大学経済学部卒業。大学在学中から時代小説を書く。生命保険会社に勤めるが、八カ月で退職。柳生新陰流初伝、居合道三段。講談社より『双眼』（平成11年5月）、『柳影』（平成12年3月）、『やみとり屋』（平成13年1月）、『秘剣の黙示』（平成13年11月）等を出版。（浦西和彦）

多田羅夜浮 ただ・らやふ

明治二十一年十一月十六日～昭和四十八年六月二十二日。俳人。香川県坂出市に生まれる。本名は正俊。医師。高浜虚子に師事、「ホトトギス」同人。句集『讃岐野』（昭和40年10月1日、多田羅徳夫）。（浦西和彦）

立花豊子 たちばな・とよこ

昭和三十七年一月二十日～平成二年一月八日。俳人。愛媛県松山市湊町に生まれる。本名はトヨ子。日本画は平福百穂に師事。俳句は昭和十二年「馬酔木」入会。四十七年「万蕾」参加。句集『黄帷子』（昭和37年4月5日、竹頭社）、『菊坂』（昭和46年9月15日、東京美術）、『素描』（昭和54年8月10日、東京美術）。（浦西和彦）

立川千年 たてかわ・ちとせ

昭和六年一月十日～。詩人。香川県丸亀市本島町に生まれる。香川県立飯山農学校中退。昭和二十年、美馬郡貞光町に移り、公務員となる。第二次「時間」「詩脈」同人を経て、「災樹」「舟」「宙」「ＯＧＯＲＯ」同人。「詩人会議」運営委員。詩集『黄昏抄』（昭和59年7月10日、編集工房ノア）、『石のかたち』（平成2年12月10日、村田書店）、『鶴』（平成2年12月15日、青磁社）がある。

＊**夏の終りに** なつのおわりに　詩。〔収録〕『黄昏抄』昭和五十九年七月十日、編集工房ノア。

た

◇「淋しく哀しい八月のお盆であった／雨が降りつづいて踊れなかった／古里の阿波の国から／つまらない顔をした人たちが都会へ帰る」と詠う。

*方言《ほうげん》　詩。〔収録〕『石のかたち』平成二年十二月十日、村田書店。◇「「クソベイ」と云う言葉／方言としても／なんとなくへんてこりんな阿波の言葉を」と詠い、「クソベイ」という今はもう消えそうな阿波方言と故郷の変化を懐かしんでいる。

（増田周子）

立松和平　たてまつ・わへい

昭和二十二年十二月十五日〜。小説家。栃木県に生まれる。本名は横松和夫。早稲田大学卒業。野間文藝新人賞受賞。

*日本列島の香り《にほんれっとうのかおり》　エッセイ。〔収録〕『日本の大自然』平成十年三月五日、毎日新聞社。◇「大海賊の末裔」章が足摺宇和海国立公園の紀行である。リアス式海岸線と、沖合いの島々が、景観の特徴である。日振島の漁師に、藤原純友の面影を見る。

（堀部功夫）

田所小瓢　たどころ・しょうひょう

明治三十五年十一月三日〜昭和五十三年六月二十二日。俳人。高知市に生まれる。本名は稔。大阪高等工業専門学校卒業。大正十五年、俳句を青木月斗に学ぶ。のち、日野草城に師事、「青玄」同人になる。製紙技師。岐阜県美濃市に居住、大福製紙に勤務する。

生きるとはレモン一顆を眩しむこと

（堀部功夫）

田所妙子　たどころ・たえこ

明治四十三年十一月四日〜平成六年二月六日。歌人。高知県土佐市宇佐町に、山本庫太郎の四女として生まれた。本名は末美《まつみ》。昭和三年、高知県立第一高等女学校卒業。作歌を始める。真人社に入社、細井魚袋に師事する。六年、田所龍企と結婚する。九年、朝鮮に渡り農園を経営する。二十年、高知市に引き揚げる。堀詰で〝まつみ食堂〟を経営する。二十二年、高知県歌人クラブを結成する。二十四年、高知歌人入会。二十六年、歌誌「高知歌人」を編集発行する。二十八年、女人短歌会にも所属する。三十〜四十六年、『暖簾のかげ』『続暖簾のかげ』『造礁珊瑚』を著す。四十七年、高知県文化賞を受賞する。五十五年、『ビルの谷間』を著す。五十六年、龍企と『双眸』を共著刊。五台山公園に「すがるがに寄りくる鹿の黒き眼にゆるる思ひの定まりにけり」歌碑が建った。平成元年、『螺旋階段』を著す。六年、脳内出血のため高知市内の病院で死去した。

（堀部功夫）

田中恭一郎　たなか・きょういちろう

大正十二年十一月二十八日〜平成六年二月九日。詩人。香川県丸亀市塩屋町に生まれる。本名は恭一。鉄道学園修了。昭和十四年、日本国有鉄道に入り、四国総局から伊予三島、新居浜各駅長を務め、五十四年に退職。丸亀に美術画廊たなかを設立。国鉄在職中に高橋新吉、田村昌由らに師事し、国鉄詩人連盟四国支部部長を務めた。詩集に『四国山脈』（昭和35年11月、日本未来派）などがある。「涯しない海ともいえない／この海の点景として湧きいでた島であろうか／この島は女木島／あの島は男木島／蒼い枝のあいだに／溢れるぼくたちの魂を／だれかは島の頂きに赫々と映した」とはじまる詩「瀬戸内海叙景」（『わが天界の川』昭和46年、四国詩人会）や「はるかなる海の見える駅(1)(2)」（『海幻記』昭和53年、四国詩人会）の詩が『ふるさと文学館第43巻香川』（平成6年8月15日、ぎょうせい）

た

に収録されている。（浦西和彦）

田中健三 たなか・けんぞう
昭和二十三年二月二日～。小説家。愛媛県松山市に生まれる。小さな漁師町の魚市場に食堂を開いている義蔵が店をたたむまでの静かな日々を淡々と描いた「あなしの吹く頃」で第五四回（昭和57年）文学界新人賞を受賞。舞台となった小さな漁師町は作者が当時住んでいた松山市三津浜を思わせる。昭和五十九年四月、「鳴き声」を「文学界」に発表。他に新聞連載小説「夕暮の海」（「愛媛新聞」夕刊）等がある。（浦西和彦）

田中光二 たなか・こうじ
昭和十六年二月十四日～。小説家。朝鮮京城に生まれる。早稲田大学卒業。NHKのTVプロデューサーを経て文筆活動に。第一回吉川英治賞新人賞を受ける。「オリンポスの黄昏」執筆後、高知を訪れる。平成十一年十一月三日、高知で父田中英光を偲ぶ座談会に出席する。

＊室戸・阿南黒潮ドライブ《むろと・あなんくろしおどらいぶ》 エッセイ。〔初出〕「旅」昭和六十三年四月一日、第六二巻四号。◇高知空港からレンタカーを室戸岬へ走らせる。春の岬は「のったりと眠っている」。五五号線を北上、宍喰温泉に入り、リアス式の阿南海岸を行く。「日本は、海洋国ではなく、海岸線国である。海岸というのは日本人の原風景なのだ」。サンラインを降り日和佐へ。薬王寺で厄落とし、ホテル〝白い灯台〟で海賊料理に舌鼓を打つ。阿波水軍の本拠地、椿泊へ。「止まっているにひとしい時間のなかにいる」。

＊オリンポスの黄昏《おりんぽすのたそがれ》 中編小説。〔初出〕「小説すばる」平成三年十月。〔初版〕平成四年二月二十五日、集英社。◇作家「田代英二」＝「私」は「希死念慮」のため、および無頼派作家だった父「田代重光」自殺の意味探求のため、沖縄波照見島へ行く。海好きの「私」は「南方志向型の土佐人の血を引いている」と思う。父もまた「海によって清められ、許された。そして新たな生を得た」であろう。「私」は浜で出遇った老漁師嘉納《かな》捨吉に惹かれる。「父の生まれ変わり」のような捨吉と酒を飲めば、幻か、父と対話し「私」の心中が濯められるようである。「あとがきにかえて」（「新潮45」平成4年2月、原題「『破滅文士』の子が父をゆるすまで」）は、父祖の里土佐山村紀行である。聞きしにまさる深山、険土に呆れる。祖父も「こんな山里に閉じ込められていたからこそ、時代の気配に敏感になり、また勉強もしたのだろう」と思う。（堀部功夫）

田中貢太郎 たなか・こうたろう
明治十三年三月二日～昭和十六年二月一日。小説家。高知県長岡郡三里村仁井田一七五八に、父松次郎、母絹の長男として生まれる。家は代々、土佐藩の御船方で、父も船頭であったが、帰農していた。明治二十八年、三里村高等小学校を卒業する。叔父の家で船大工を手伝う。儒者山田収蔵に漢学を学ぶ。三十一年、小学校准教員検定試験に合格する。三十二～三十五年、三里小学校の代用教員となる。三十五年、高知実業新聞社に入る。桃葉と号して小説を書く。三十六年、上京して、半年ほど「人民新聞」の校正係となる。大町桂月に師事し、その母を看護する。三十七年、土居加寿江と結婚する。「土陽新聞」に小説を発表する。三十八～四十年、長岡郡東本山村川口尋常小学校准訓導を勤める。四十年、ふたたび上京する。大町桂月、田岡嶺雲、幸徳秋水、奥宮健之に近付く。四十～四十一年、『色即是空』『婿えらみ』『模範村長』『天才の末路』を著す。四十二年、田岡嶺雲が『明

た

治叛臣伝』を著したが、内容は田中貢太郎によるところが大きい。四十三～四十五年、『新金色夜叉』『四季と人生』を著す。大正三年「田岡嶺雲、幸徳秋水、奥宮健之追懐録」を「中央公論」に発表する。実録の書き手として活躍をはじめる。「魚の妖・虫の怪」（「中央公論」大正7年11月1日）以後、怪談に手を染める。四～十三年、『桂月先生従遊記』『豪傑快傑』『奇談哀話』『切支丹屋敷』『怪談』『月の夜語』『春宵綺語』『五月雨夜話』『酒星』『恋愛鬼語』『黒影集』『黒雨集』『岡崎巷説』『女国』『山水紀行四季と人生』を著す。十四年、死去した桂月を偲び、桂月会をつくり、「桂月」を創刊する。十四～昭和十四年、『十五より酒飲み習ひて』『静岡遊行記』『桂月随筆集』『文豪大町桂月』『田中貢太郎句集』『剪灯新話』『蛇精』『貢太郎見聞録』『怪談青灯』『人情の曲』『怪談全集』『怪奇物語』『奇談全集』『旋風時代』『聊斎志異』『神を喫ふ』『西園寺公望伝』『支那怪談全集』『酒・散策・俳句』『朱唇』『日本怪談傑作集』「雨夜艸紙」『随筆酒星』『朱鳥』『論語・大学・中庸』『志士伝奇』『随筆杖頭銭』『南薫集』『新怪談集』『東洋怪談集』『支那幽鬼秘話』『日本怪談集』を著す。十五年二月、高知県安芸郡安芸町の小松屋旅館で、胃潰瘍のため吐血する。種崎で養生する。『天狗の面』『藍瓶』を著す。十六年二月一日、死去した。享年六十。中島及に「なんちゃあじゃなかったきにのう」というひとことを残した。十八年七月、桂浜に記念碑が建ち、二十年二月生誕地にも記念碑が建った。後者に「性磊落脱俗酒ヲ愛スルコトハ命ノ如シ人或ハ酒仙ト呼フ交友天下ニ遍シ」とある。橋本延寿『桃葉田中貢太郎』（昭和30年2月25日、三里公民館）にくわしい。

＊恋愛小説色即是空《れんあいしょうせつしきそくぜくう》　長編小説。〔初版〕明治四十年八月十一日、大学館。著者表示「濁水漁郎」。◇当世、高知。主人公は遠藤辰雄、貧しい二十六歳の市役所書記である。許婚千代から嫌われ、その千代の恋人松崎俊吉に多くの人前で恥をかかせられる。しかし、日露戦争で辰雄も俊吉も出征。上官となった俊吉が負傷したさい、辰雄は誠心誠意俊吉に尽くす。俊吉も反省し、二人は改めて親友となる。二人は千代に絶交状を送る。夜鳥亭主人「はしがき」は、「よく人情世態を写し、男女の心機事に触れ、境を異にして変転するを描き、悲壮にして痛快を極む」ともち上げる。

＊家庭小説婿えらみ《かていしょうせつむこえらみ》　小説。〔初版〕明治四十年九月二十六日。◇当世、高知。名士村越重房が篤学な青年梶村錦之助を養育する。ゆくゆくは愛嬢澄子の婿にするつもりであった。その後、父娘とも利害より変心し約束を破棄する。錦之助は追放されるが、怨まず悲しまず、ひたすら学に志す。同情する歌妓と親しむも狎れることはない。錦之助は、日露開戦時、朝倉の連隊に入る。

＊教育小説模範校長《きょういくしょうせつもはんこうちょう》　長編小説。〔初出〕「土陽新聞」明治四十年一月一日～三月四日。〔初版〕明治四十一年七月二十七日、大学館。◇明治年間、土佐吉川村。里正《しょうや》の息子笹岡辰雄は東京高等師範学校教授だが、脳病のため帰省している。辰雄は、村長急死にともない、村改善を意図して後任となる。被差別を怒る宮田茂吉と友人になる。被差別民と交際を厭う妻綾子は東京へ去る。茂吉の妹繁代が家事手伝いに来る。辰雄は繁代に恋をする。赤痢発生時、辰雄は避病院を建てる。誤解した部落民から乱暴を受けるが、茂吉に助けられる。後日、村民の喧嘩から不穏な空気がたかまる。辰雄は全村民を集めた所で、繁代との結婚を発表し、全村一致を演説する。全村、あい和す。大町桂月「序」は、本作が「今の所謂自然派小説にはあらざるべし。その主人

公、笹岡辰雄は、今の自然派の目して、道徳に囚れたる人となす所なるべし」と評す。『部落問題文藝作品選集三七』〔昭和52年2月25日、世界文庫〕所収。平野栄久は、本作者の意図が主人公の「理想主義と献身に部落問題解決への方向をみたものであろう」が「リアリティがない」と指摘した。北川鉄夫は、「民権小説の系統に属する」とみた。天皇下の平等を素朴に夢想した続き物ということができるだろう。

＊小説天才の末路《しょうせつてんさいのまつろ》　長編小説。〔初版〕明治四十一年十二月二十七日、大学館。◇当世、土佐国吾川郡浦戸村桂浜。漁師の子島村鉄太郎は画才があって、東京へ遊学、今や天才画家の名を恣にする島村白浪である。許婚千鶴を呼びよせるが、千鶴の兄が妨害し、二人は泣く。白浪は妖婦に溺れ、絵画から離れ、ヤケになって街頭で酔倒する。

＊桂月先生従遊記《けいげつせんせいじゅうゆうき》　エッセイ集＋短編小説。〔初版〕大正四年七月三日、二松堂書店。◇「田岡嶺雲、幸徳秋水、奥宮健之追懐録」（「中央公論」大正3年12月1日）ほか、明治二十五年高知における、松方内閣の民党抑圧顚末「選挙干渉物語」、小説「松魚の味」などを収める。

＊奇談哀話《きだんあいわ》　短編小説集。〔初版〕大正六年十二月十五日、米山堂。◇集中「心中の唄」は、明治中期、種崎でソバ屋の娘繁野が農家の三男幾衛と情死した件。

＊月の夜語《つきのよがたり》　短編小説集。〔初版〕大正八年十一月十八日、天佑社。◇集中「転び行く石」実家近くの娘お雪が、酌婦大阪の娼妓となり、男装して逃亡したことを伝える。

＊春宵綺語《しゅんしょうきご》　エッセイ集。〔初版〕大正九年三月十日、日新閣。◇「祖先のまぼろし」郷里の口碑、「我が帰去来辞」「村の怪談」狸とシバテン、「薬指の曲り」母のこと、「南国の印象」桂月同道紀行、「松魚のたゝき」。

＊五月雨夜話《さみだれやわ》　短編小説集。〔初版〕大正九年五月十五日、天佑社。◇「月下の桂浜に立ちて」桂月帰郷同行記。

＊恋愛鬼語《れんあいきご》　短編小説集。〔初版〕大正十年五月十九日、天佑社。◇集中「宝蔵の短刀」「猫の踊」「蟇の怪」が土佐の怪談である。「蟇の怪」は、高知、半右衛門邸の蟇、報恩譚。

＊黒影集《こくえいしゅう》　短編小説集。〔初版〕大正十年七月十五日、新生社。◇集中「宝蔵の短刀」「蟇の怪」「忘恩」「幽霊の自筆」「怪人の眼」「宇賀長者物語」「八人みさきの話」「不動尊の行方」「山の怪」「猿の群」が土佐の怪談である。多くは「土佐佐川町川田信義君の蒐集してゐた物」という。「八人みさきの話」は『七人御先《みさき》』高知市の南に当る海岸に生れた私は、少年の比、よくこの御先の話を耳にした。形もない、影もない奇怪な物の怪の話を聞かされて、小供心に疑いもすれば、恐れもしたものだ」と語り出す。長宗我部氏に係わる怨霊譚である。

＊岡崎巷説《おかざきこうせつ》　短編小説集。〔初版〕大正十三年一月十八日、春陽堂。◇「播磨屋橋遺聞」小龍は、伊予川江で僧侶からお馬への手紙を預かった。小龍は、それを届けず、屏風に貼って興じていた。

＊四季と人生《しきとじんせい》　エッセイ集。〔初版〕大正十三年四月二十日、富文館。◇「幼なき日」小学校、家、出入りした女たちの思い出など。

＊貢太郎見聞録《こうたろうけんぶんろく》　記録。〔初版〕大正十五年十二月十七日、大阪毎日新聞社等。◇「逝ける先輩の印象」「土佐山海経」「選挙干渉物語」「社会運動に携はった人人」「剣山行」「老農を父として」「桂月先生終焉記」等が、高知関係。

＊旋風時代《せんぷうじだい》　長編小説。〔初出〕「大阪

た

毎日新聞」「東京日々新聞」昭和四年六月二十日〜五年六月十一日、八年三月二十八〜十二月二十六日。〔初版〕昭和五年五月、先進社、二巻本。後編をあわせて昭和九年四月五日、中央公論社、三巻本。◇明治四〜五年、中江兆民・板垣退助・山内容堂を中心とした、史実プラス巷説。木村毅は、本作を「作者は、初めから薄のろで、不得要領で、そして女にはどこでも持てる龍吉を点出し、はしこくて綺麗なお多喜（藝者の小清）を点出し、それに容堂を加へた三本の糸で、明治史前期に活躍した殆んどあらゆる人を縫ひ、且躍らせてゐる。その史実とフイクションとの天衣無縫な組合せに、作者の作家としての天稟は最もよく現れてゐると思ふ」と評した。佐々木味津三は、本作前半の「圧巻の場面は、中江篤介が吉原へ罷り越して、ヨサコイと、ドウゼヨと、詩吟とを唄い交ぜながら、往来をのぞんで青楼の二階から心地よげに溺するあの場面だ」と述べる。尾崎秀樹は、本作表現の魅力を「俳味のある文体に加えて、漢文脈に立つ独特の用語法を用い、方言をたくみに生かすなど、土佐人らしい味を濃厚にもりこんで、悠々とした大作にまとまっている。しかも独特なエロティシズムで情痴の世界をうつすと同時に、たくまないユーモアもあ」る、と明かす。政府高官の淫蕩頽廃を描く。吉村淑甫は、本作が「資料としては『鯨海酔侯』の記事が多く用いられている」が、書き替えもあることを報じる。とくに容堂愛妾お愛の方を、貢太郎が「悪女に仕立て上げ」ているけれども事実に反すると強調する。

＊**神を喫ふ**《かみをくう》　エッセイ集。〔初版〕昭和五年十二月二十五日、明星書院。◇「村の話」中では詩人山田秧雨に言及する「郷に帰りて村芝居を見る」「潮吹く魚が泳ぎよる」「蟹の話」「土佐の五文士」など。

＊**酒・散策・俳句**《さけ・さんさく・はいく》　エッセイ集。〔初版〕昭和七年七月十日、内外社。◇「阿嬢七十」昭和六年末、帰京した。実家には七十四歳の母と妹が居る。友人と飲む。「闘犬を看るの記」昭和七年初、聖林で見る。「銘酒瀧嵐」醸造元伊野部恒吉店で飲む。「幸運児浜口雄幸」「板垣伯と文字」「高木一夢翁のこと」「実話としての旋風時代」が高知関係。戯曲「翡翠」も「南の国の海岸に近い—市」が舞台である。

＊**随筆酒星**《ずいひつしゅせい》　エッセイ集。〔初版〕昭和九年六月十八日、学藝社。◇酒にかかわる自伝的エッセイ。「酒は続く」「蟹の味」「月下の桂浜に立ちて」「凧あげ」「仙石浜口入閣祝賀会」「逸話の山内容堂」「土佐春艶秘史」。

＊**志士伝奇**《ししでんき》　中編小説集。〔初版〕昭和十年六月二十一日、改造社。◇武市瑞山、吉村寅太郎、坂本龍馬、中岡慎太郎を描く。

＊**随筆枕頭銭**《ずいひつじょうとうせん》　エッセイ集。〔初版〕昭和十年八月二十一日、学藝社。◇「南国行」昭和九年七月の帰高、「土佐紀行」昭和十年一月、「博浪沙」同人を連れての帰高、「象牙のパイプ」「陽明門逸事」「正四位」「石川島十二番監」。

＊**武市半平太**《たけちはんぺいた》　長編小説。〔初版〕昭和十七年三月二十五日、長隆舎書店。◇吉田東洋暗殺事件後、半平太が監察役場から呼び出しの来るのを待つところまで。一部を田岡典夫『草莽』が利用した。

＊**南海勤王伝**《なんかいきんのうでん》　中編小説集。〔初版〕昭和十七年三月二十五日、長隆舎書店。◇『武市半平太』続編、と「吉村寅太郎」。

（堀部功夫）

田中澄江《たなか・すみえ》

昭和四十一年（月日未詳）〜平成十二年三月一日。劇作家。東京に生まれる。東京女子高等師範学校卒業。教師、新聞記者を経、文筆活動に。女性の山歩きの会を主宰する。「カキツバタ群落」で藝術選奨文部大臣賞を受ける。昭和五十二年十月、高知で講演する。

＊花の百名山《はなのひゃくめいざん》　エッセイ集。〔初出〕「山と渓谷」年月日未詳。〔初版〕昭和五十五年七月二十五日、文藝春秋。◇「92天狗高原」天狗荘から黒滝山を歩く。ユキモチソウは発見できず。「93東赤石山」新居浜側より直登、五葉松の密林中にコイチョウランを見る。「94横倉山」横倉宮よりの帰路、雑草のように多いオオバノトンボソウを見る。「95石鎚山」夏の風と雨の中、北向き斜面にキレンゲショウマの群落を見てよろこぶ。「96丸笹山」剣山荘より登り、可憐で白いワチガイソウを見る。「97剣山」頂上近くシコクシラベ樹林帯に入って、白々と小さく、花、茎、葉の整ったクリンユキフデを見付ける。本作で読売文学賞を受ける。

＊野の花が好き《ののはながすき》　エッセイ集。〔初版〕平成元年十二月二十二日、家の光協会。◇「佐藤家の庭の花」「牧野先生の高山植物図鑑」を収める。

（堀部功夫）

田中富雄　たなか・とみお

大正七年三月七日～平成十六年十二月十七日。小説家。徳島市に生まれる。少年時代に詩作を始め、漢詩、俳句を作る。昭和十四年、文部省教員検定試験に合格し、教師、私塾を経営。秋涼平のペンネームで詩を発表する。二十年十一月、短詩型文藝誌「葦笛」（後に「徳島文藝」）を創刊。三十一年には、「北灘炎上」「祖谷の秘曲」を「徳島新聞」に連載。著書『祖谷の秘曲』（昭和31年5月25日、徳島新聞出版部）を刊行。三十二年、「蓄銭叙位」がサンデー毎日百万円懸賞小説候補となる。同年、JR（四国放送）作家クラブを結成。三十三年、徳島作家の会を主宰。翌年、「生口記」が「文学界」に転載される。五十二年、徳島作家協会を結成。「血の記憶―小説蘇我入鹿」（「歴史読本」昭和52年5月）で第一回歴史文学賞佳作を受賞。郷土、阿波・伊豫・土佐ものの分野のほか、古代史を素材とした歴史小説も書く。五十五年、阿波の歴史を小説にする会を結成。徳島県の出版、文化に貢献し、徳島県出版文化賞、徳島新聞文化賞、地域文化功労者などに選ばれた。著書に、ラジオドラマ集『ええじゃないか』（昭和43年6月、徳島作家の会）、『北灘炎上』（昭和46年6月20日、徳島県教育委員会）、『岡田佐代蔵伝』（昭和53年11月、岡田組）、『妬心繍帳―天寿国繍帳始末―』（昭和56年1月31日、徳島出版）等がある。

＊ええじゃないか考《ええじゃないかこう》　短編小説。〔初出〕「徳島新聞」昭和四十三年三月三十一日。〔初版〕『北灘炎上〈とくしま新書3〉』昭和四十六年六月二十日、徳島県教育委員会。◇《ええじゃないか》踊りが津波のように各地に伝播していた時期。生活手段の猿が死に、困った猿まわし佐助は、お札を降らす仕事を頼まれる。いつしか猿のように人々を踊らせるのが快感となり、佐古へ来た。しかしお札を降らす現場を目撃した男を殺す破目になり、以来気の休まる暇もないという。二日後、枝に縄をかけ、縊死の状況のまゝ、木の下で死んでいる佐助を発見。今でいう脳溢血死であろうか。死んでまでだますホラ吹き佐助の話である。

＊蒙古襲来《もうこしゅうらい》　**念仏水軍記**《ねんぶつすいぐんき》　歴史小説。〔初版〕昭和六十二年四月、叢文社。◇承久の乱で後鳥羽院に組した河野通信の子通有は、父の恥をそそぐべく、四国伊予の高縄城で武将として一門の再興を目指していた。他方、通有の従兄弟一遍は、念仏遊行僧となって、仏教の教えを説くことに命をかけていた。おりしも、蒙古襲来。

弘安の役に通有は軍船をひきいて博多へ出兵する。四万の蒙古軍に対し、河野、村上両軍は一五〇名で立ち向かう。そのとき、河野水軍内では太鼓に合わせて念仏を唱え、念仏の大合唱となった。すると、暴風雨が起こり、蒙古軍は撤退を余儀なくされた。一遍の霊感が水軍を救う形となった。その後河野水軍は「念仏水軍」と言われるようになった。（増田周子）

田中英光 たなか・ひでみつ

大正二年一月十日～昭和二十四年十一月三日。小説家。東京で父岩崎英重、母済の次男として生まれる。母の実家を継ぎ田中姓を名乗る。大正十五年、詩を「赤い鳥」に投稿する。六尺二〇貫の逞しい肉体の青年となる。昭和七年、早稲田大学政経学部へ入学する。八月、ロサンゼルスの第一〇回オリンピック大会に早稲田大学漕艇部の一員として参加する。十年、大学を卒業し、横浜護謨製造会社に就職し、朝鮮出張所に赴任する。五月、徴兵検査のため高知へ来る。太宰治に師事する。十一年、小島喜代子と結婚する。十二年、召集される。十三年七月、再召集され、中国へ。十四年十二月、帰還し、十五年一月、除隊となる。三月、上京する。九月、「オリムポスの果実」を「文学界」に発表する。『オリムポスの果実』を著す。池谷賞を受ける。十六年、京城に勤務する。『われは海の子』を著す。十七年、朝鮮文人協会の発起人になる。十二月、東京へ転勤となる。十八～十九年、『雲白く草青し』『端艇漕手』『我が西遊記』を著す。高知を取材のため再訪する。二十年、退職する。『桜田門外』を著す。二十一年、日本共産党に入党し、沼津地区委員長となる。『愛の手紙』を著す。国鉄労組の闘争を支援する。二十二年、『愛と青春と生活』を著す。四月、日本共産党に幻滅を感じ、離れる。『姫むかしよもぎ』を著す。山崎敬子と知り合う。『桑名古庵』を著す。二十三年一月、催眠剤の服用をはじめる。『わが水滸伝』『暗黒天使と小悪魔』『黒い流れ』を著す。二十四年四～五月、催眠薬中毒治療のため戸塚精神病院に入院する。五月二十日、敬子を包丁で刺し、四谷署に逮捕され、留置場で自殺未遂をはかり、松沢病院へ強制入院させられる。『嘘と少女』を著す。不起訴となる。『地下室から』を著す。退院する。『愛と憎しみの傷に』を著す。十一月三日、三鷹禅林寺の太宰治墓前で自殺する。高知県立文学館編刊『田中英光』（平成11年10月9日）所収の高橋正編年譜にくわしい。

＊オリムポスの果実《おりむぽすのかじつ》　短編小説。〔初出〕「文学界」昭和十五年九月。〔収録〕『オリムポスの果実』昭和十五年十二月、高山書院。◇「ぼく」＝ロサンゼルスのオリンピックに参加したボート選手の坂本は、恥ずかしがりで孤独。出帆後、K県出身のハイ・ジャンプ選手の熊本秋子＝「あなた」が好きになる。「随分、長い間、沈黙が続いた後で、ぽつんとぼくが、『熊本さんも、高知ですか。』と訊ねました。あなたは頷ずいてから、『坂本さんは、高知の、どこでしたの。』と云ひます。《ママ》『いや、高知は両親の生れた所ですけれど、まだ知りません。ずっと東京です』、『さう。高知は良い国よ。水が綺麗だし、人が親切で。』、『えゝ、聴いてゐます。母がよく、話してくれます。ほら、よさこい節ってあるんでせう』、『えゝ、こんなんですわ。』とあなたは、悪戯ツ児のやうに、くるくる動く、黒眼勝ちの、睫の長い瞳を、輝かせ、靨をよせて頬笑むと、袂を翻へし、かるく手拍子を打って、『土佐は良いとこ、南を受けて、薩摩颪がそよそよと。』と小声で歌ひながら、ゆつくり、踊りだしました」。黄金の日々、彼女から杏の

実を貰う。二人が仲良くなると、周囲が白眼視する。ろくろく話さえ出来なくなり一人苦しむ。「あなたはぼくを愛するか」を聞けなかった心残りから、一〇年経て出征後、「あなた」あての手記を書く。池谷賞を受ける。モデルは「熊本秋子」＝「相馬（のち前田）八重」、「内田」＝「土倉（のち田島）麻」＋「中西（のち栗原）みち」、「中村」＝「広橋（のち長井）百合子」と知られる。宮澤正幸は、さらに調べ、作品に描かれたようなロマンスは無かった、という。英光の片思いであったか。

＊桜《さくら》　短編小説。〔初出〕「文藝」昭和十七年九月。〔収録〕『雲白く草青し』昭和十八年二月、桜井書店。◇熱心な国学者であった曽祖父岩川秀彬、昔気質の祖父秀明、史家の父秀重、首を縊った律気な叔父秀吉、叔母おかん、発狂したいとこの秀麿、その妻で清潔なお初さん。高知から四里余離れた山中の土佐山村へ、「ぼく」は徴兵検査に帰郷する。庭の「桜はぼくの祖父と殆んど出生を同じくし、ぼくの父の幼年も、この家のかつての悲劇も、お初さんの貞節も、続けて眺めてきたのに相違ない。」田中光二に拠れば「その桜の巨木は、今はもうありません。しかし山の深さは変わりません」。

＊桑名古庵《くわなこあん》　短編小説。〔初出〕「群像」昭和二十二年二月。〔収録〕『桑名古庵』昭和二十二年十一月五日、講談社。◇古庵は土佐奈半利の城主の孫。少年時代、ヤソ教徒の一時期があった。のち高知に出て医者となる。一家六人キリシタンの疑いをうける。自らは信仰を棄てたと言っているにかかわらず、在獄四七年、牢死の運命に終わった。初出本文結び「これは私たちの祖先から私たちにひきつがれた屈辱の歴史のひとつのエピソオドであり、その歴史は一九四五年八月十五日をもつていちど、たち切られたやうにみえるが。」は、意図を明かした部分ながら、伊藤整は「創作合評会」で「つけ加えなかったら」よかった旨発言し、田中励儀の報告どおり、初版では削除される。本作の主素材は、①吉田小五郎「桑名古庵と其一族」（『土佐史談57』昭和11年12月5日）、②武市佐市郎『土佐の史蹟名勝』（昭和12年3月20日改訂、日新館書店）である。例えば①には、入牢中の古庵の「身の周りの世話を焼いてゐた一人娘のてふも亦元禄元年に死亡」としか記されていないが、その史料から、英光は「四十八歳の白歯娘」を描き出し「こつそりといつも古庵にやさしくしてくれる佐兵衛といふ若い牢番が近づいてきて、格子に口を近づけ、なうお主にしらせるのはまつこと、気の毒なけんど、どうせ分ることぢやに知らせたる。お主の娘は今日ちツくと気がへんぢやつたの。今日の帰りに潮江橋にゆき、いきなりとびこんで死んだ、と小声で囁いてくれた。古庵はこのときたゞ乾いた眼を大きく見はり、この言葉にたゞ毛を毟られた鶏じみた首を肯づかせるだけだった」場面を創り出す。大原富枝は、本作を「ごく短いもので少し軽すぎるが、英光の作品のなかでは好篇だと思われる。彼らしいユーモラスなところがあるのが好もしい。しかし、彼の作品にちょいちょい見かける、一種生理的な意味での投げやりなところがあって、幾分軽薄にもなっているようである」と評した。

＊福富半右衛門《ふくとみはんえもん》　短編小説。〔初出〕「月刊高知」昭和二十二年六月一日～七月一日。〔収録〕『桑名古庵』前出。◇菊池寛『わが愛読文章』（昭和19年4月10日、非凡閣）紹介文が機縁か。伝説的な勇士福富隼人の孫、半右衛門の流浪の半生を綴った覚書（『史籍集覧』所収）を「いくらか創作的にかき直し」た。「武士といふものが、ど

んなに、たゞ食ふための商売だつたかをこの覚書ははつきり語つてゐる」。

＊室戸岬にて《むろとみさきにて》 短編小説。〔初出〕「月刊高知」昭和二十三年十一月一日。

◇重道が『土佐』を書くため、廻国した、そのときのロマンチックな思い出の一つである。室戸岬へバスで行く。車中に頑固な老爺と薄幸の娘とがいた。重道は岬の激浪と砂嵐に、太宰治「津軽」の一節を思い出す。岬ホテルに泊まり酒を飲む。取材はスパイと間違えられそうなので中止する。翌朝、弘法大師の籠った洞窟に行く。昨日の娘が全裸に近い姿で雨宿りして居た。娘は実は大阪へ住み替えする妓で、同行者も女衒だった。只生きたいという娘のたくましさに圧倒される。それから四年、「重道は時時、室戸岬の暴力的な風景にいちばん調和した、点景人物としての彼女の裸体を思い出すことがある」。

＊土佐《とさ》 エッセイ。〔全集〕『田中英光全集8』昭和四十年十月三十日、芳賀書店。

◇土佐人の祖先にインドネシア族を想定する。福富半右衛門、山田おあん、桑名古庵の伝記を写して封建時代の土佐人を描出する。父母伝を記す。「土佐」の人名と「桜」の人名との対応を示すと、「土佐」岩崎英明（「桜」岩川秀明）、英重（秀重）、重吉（秀吉）、お馬（おかん）、英麿（秀麿）、糸路（お初）である。インドネシア族云々は白柳説の踏襲。白柳秀湖『新版民族日本歴史建国編』（昭和17年12月12日、千倉書房）に「単に潮流の関係のみを以つて説を立てることが許されるならば、黒潮の本流に乗つてこの連島に徒遷分布したインドネシア人は、先づ薩摩、大隅、日向の南端から土佐一円にはびこり、紀伊の南端に延び、更に東海道の沿海諸州を房、総、及び常、磐の海岸にかけてその勢力を扶植して居たであらう」とあった。（堀部功夫）

田中美智子《たなか・みちこ》

昭和十五年四月十五日〜。歌人。高松市に生まれる。日本大学藝術学部放送学科卒業。「林泉」を経て「未来」同人。「歌作をはじめて以来、私は、歌と一絃琴、すなわち言葉と音による表現について考え続けてきた」（『みづ深ければ』）という。「一絃琴一遙会」主宰。第三回久保井信夫賞受賞。歌集『天の絃』（昭和56年11月10日、不識書院）、『時のかたみ』（平成元年10月29日、不識書院）、『みづ深ければ』（平成9年10月31日、不識書院）、『瑠璃光』（平成17年10月29日、不識書院）。

かろがろと春の海こえ逢はむかなハープのやうなる夢の大橋（瀬戸大橋開通）

結願寺に咲くとふ朴のしろたへを共に仰ぐを黙契とせむ（大窪寺）

（浦西和彦）

田辺京花《たなべ・きょうか》

大正十三年十二月十五日〜昭和六十三年十一月二十一日。俳人。徳島県に生まれる。本名は猛。俳句は昭和四十八年、高井北杜に師事し、「ひまわり」入会、のち同人。昭和五十四年「河」同人。徳島懇話会理事。句集『隠れ里』（昭和59年12月）。

葉桜や峡暮るる間の雲の門

（浦西和彦）

田辺聖子《たなべ・せいこ》

昭和三年三月二十七日〜。小説家。大阪市此花区で生まれる。樟蔭女子専門学校卒業。昭和三十二年「虹」で第二回大阪市民文藝賞を受賞。ラジオドラマのシナリオライターを経て、三十九年三月「感傷旅行（センチメンタル・ジャーニィ）」で第五〇回芥川賞を受賞。大阪弁の持つ味わいを生かした軽妙なタッチで、小説をはじめ、エッセイに独特の作風を築く。六十二年『花衣ぬぐやまつわる……—わが愛の杉田久女—』

で女流文学賞、平成五年『ひねくれ一茶』で吉川英治文学賞、六年菊池寛賞を受賞した。七年紫綬褒章を受章。昭和五十二年六月初旬、「中年ちゃらんぽらん」取材旅行で信州松本の崖の湯温泉に泊まった時、高橋猛、日本経済新聞社の編集員らと「カモカ連」を結成して、阿波踊りに参加する話がまとまり、五十八年まで、毎年阿波踊りに参加した。エッセイに「『カモカ連』てんまつ記—阿波踊りと私—」（「徳島新聞」昭和55年8月12日）がある。

＊中年ちゃらんぽらん《ちゅうねんちゃらんぽらん》　長編小説。〔初出〕「日本経済新聞」昭和五十二年二月九日〜十二月十四日。〔初版〕昭和五十三年六月二十日、講談社。〔文庫〕『中年ちゃらんぽらん〈講談社文庫〉』昭和五十八年六月十五日、講談社。◇夫の平助は四十九歳の資材課長で、まじめな律儀者である。妻の京子は四十五歳であり、共に「時代からむごくあしらわれた戦中派世代」である。ローンの残った建売住宅で、子供三人は家を出ており、今は二人だけで暮らしている。長男の謙は高校時代から紛争のリーダーで、闘争をやりたくて私大に入ったが中退した。今は同棲している相手が妊娠したので結婚披露宴をする。次男の卓はナマケものである。まともなのは長女の小百合だけで、信州の大学へ行っている。二人だけになって、北陸へ行ったり、小百合のいる松本へ旅行し、人生を楽しもうとするが、ふだんしつけないだけに、しんどいことだ。平助は阿波踊り「ちゃらんぽらん連」に入って、定年もローンも忘れて、京子たちと踊る。著者は初版の「あとがき」で「あんまり若者ばかりもてはやされる世の中なので、中年の人々のために、私はこれをかきました。／同じ世代の中年男女の戦友に捧げたいと思います」と述べている。（浦西和彦）

田辺杜詩花　たなべ・としか

明治二十九年三月二十四日〜昭和二十八年十月十一日。歌人、医師。愛媛県に生まれる。本名は稔香。新潟医学専門学校卒業。「ポトナム」を経て、昭和二十一年「原始林」創刊に参加、発行責任者となる。日本歌人クラブ地方幹事、北海タイムス歌壇選者。歌集に『縁日』（昭和26年、白楊社）、『青雪』（昭和29年、原始林社）がある。（浦西和彦）

谷岡亜紀　たにおか・あき

昭和三十四年十一月十九日〜。歌人。高知市に生まれる。早稲田大学第一文学部哲学科中退。昭和五十五年、竹柏会「心の花」に入会、佐佐木幸綱に師事する。六十二年八月、『「ライドヴァース」の残した問題』により第五回現代短歌評論賞を受賞。平成六年五月、第一歌集『臨界』（平成5年8月、雁書館）により第三八回現代歌人協会賞を受賞。歌集に『アジア・バザール』（平成11年8月、雁書館）、歌文集『香港　雨の都』（平成9年6月、北冬舎）、評論集に『〈劇〉的短歌論』（平成5年6月、邑書林）、『佐佐木幸綱—人と作品総展望—』（平成8年3月、ながらみ書房）がある。都市に生きる現代人の不安や孤独を詠む。（増田周子）

谷馨　たに・かおる

明治三十九年八月十五日〜昭和四十五年七月十三日。国文学者、歌人。高知県幡多郡後川村岩田に、寅之助、良稲の長男として生まれる。大正十三年、「覇王樹」に入会する。早稲田大学時代、「槻の木」に入会する。昭和五年、大学卒業。十二年、富田千代と結婚する。十四年、「和歌文学」を創刊する。十六〜二十年、歌集『年輪』『妙高』『青雲』を著す。二十一年、拓殖大学教授になる。『歳月』を著す。二十三年、『短歌の表現と文法』を三河幸信と共著刊。二十五年、早稲田大学講師になる。二十六～三十九年、『正述心緒』『現代短歌精講』『万葉武蔵野紀行』『額田王』『万葉東歌新注』『万葉東国紀行』を著す。四十一年、早稲田大学教授になる。四十二年、『額田女王』を著す。
（堀部功夫）

谷喜代一 たに・きよかず

大正五年二月十日～昭和五十六年一月十三日。俳人。愛媛県弓削町引野に生まれる。俳句は二十歳ごろから作りはじめ、のち木下夕爾、久保田万太郎、安住敦に師事し、「春灯」同人。句集『谷喜代一句集』（昭和59年9月23日、谷貴志子）。
（浦西和彦）

谷口秋郷 たにぐち・しゅうごう

大正十五年九月（日未詳）～昭和五十四年五月二十二日。俳人。徳島県美馬郡脇町（現美馬市）に生まれる。本名は利明。警察官。祖谷在勤のころから今枝蝶人の「航標」に拠って句作。のち沢木欣一の「風」に入会。句集『花岬』（昭和53年10月30日、風発行所）。昭和五十二年、俳人協会全国俳句大会で文部大臣奨励賞、全国俳句大会賞を受賞。
（浦西和彦）

谷口武 たにぐち・たけし

明治二十九年一月十四日～昭和三十五年三月七日。児童文学者。香川県三豊郡財田村（現三豊市）に生まれる。香川師範学校で小原国芳に学ぶ。大正十三年に上京し、成城小学校、玉川学園に勤める。昭和七年、京都帝国大学で哲学と教育学を学ぶ。十年から二十年まで和光学園校長を務めた。戦後、香川県に帰郷し、組合立新制中学校和光中学の創設に尽力し、校長になった。成城小学校時代にイデア書院の児童図書編集にあたった。「児童図書館叢」では、『こどもアラビアンナイト』『西遊記』『イエス・キリスト』等を刊行した。
（増田周子）

谷田昌平 たにだ・しょうへい

大正十二年二月二十六日～。文藝評論家、元「新潮」編集長。徳島県に生まれる。昭和二十四年、京都大学卒業。「青銅」創刊に参加。「三田文学」に「堀辰雄論」（昭和24年1月号）、「阿部光子」（昭和24年10月号）、「ロマンティシズムへの方向」（昭和25年4月号）、「雪の上の足跡まで―堀辰雄年表」（昭和26年11月12日）、「昭和作家論・死のかげの谷―堀辰雄論」（昭和29年1月号）等を、「近代文学」に「死者たちの嘆き―原民喜小論」（昭和27年3月号）、「『菜穂子』小論―その堀辰雄の作品に於ける位置」（昭和27年8月号）、「木下順二論」（昭和28年4月号）、「椎名麟三論」（昭和29年10月号）等を発表。昭和二十九年、新潮社に入社、『堀辰雄全集』の編集に参加。六十年、退職後は軽井沢高原文庫の展示企画などに携わる。佐々木基一との共著『堀辰雄―その生涯と文学―』（昭和30年12月15日、青木書店、改訂版昭和58年7月20日、花曜社）がある。
（浦西和彦）

谷中隆子 たになか・たかこ

昭和二十年五月二十四日～。俳人。徳島に生まれる。公務員。「藍花」主宰。「山暦」同人。句集『冬椿』（昭和59年1月20日、牧羊社）、『くれなゐに』（平成3年、牧羊社）。

花の山へ索道渡す祖谷部落
末枯の野に出てゆく遍路笠
似しひとを阿波の踊りの坩堝なか

（浦西和彦）

谷野黄沙 たにの・こうしゃ

た

大正二年六月十五日〜平成四年一月三十一日。俳人。愛媛県今治市に生まれる。本名は谷部勇。俳句は昭和初期に「ホトトギス」に投句。一時期作句から遠ざかったが、昭和五十五年「ホトトギス」同人。日本伝統俳句協会参与。句集『霾風《つちかぜ》』（昭和60年2月）。（浦西和彦）

谷本とさを たにもと・とさお

大正十四年五月五日〜。俳人、書家。高知県中村市に生まれる。本名は好正。書家名は渡川。日本大学農学部卒業。高等学校教員。「鶴」「日矢」同人。句集『初扇』（昭和59年3月）、『花蘇枋』（平成2年、日矢発行所）、『麦笛』（平成2年12月、近代文藝社）。「芙蓉と短冊」を「上林暁研究」（平成4年3月）に発表。（浦西和彦）

谷脇素文 たにわき・そぶん

明治十一年十二月十五日〜昭和二十一年四月二十八日。画家。高知市に、開作、楠尾の四男として生まれる。本名は清澄。小松洞玉、柳本素石に画を学ぶ。小学校教師をつとめる。上京し、橋本雅邦に師事する。帰高し「新土佐新聞」「高知新聞」に漫画を描く。大正四年、京都に出る。七年、上京し講談社に入社する。八年、〃川柳漫画〃を発表する。昭和元年、『川柳漫画うき世さま〴〵』を著す。五年、『川柳漫画いのちの洗濯』を著す。六年、『川柳漫画番付いろ〳〵社会百面相』を著す。十七年、『川柳漫画傑作集』を著す。十九年、疎開帰郷する。（堀部功夫）

種田鶏頭子 たねだ・けいとうし

明治四十四年二月二十二日〜平成元年八月三日。俳人。高知県清水市（現土佐清水市）に生まれる。旧号は旅雪。俳句は昭和二年「海蝶」同人、二十八年「薊」同人、五十四年「地熱」同人。

　ピカソの絵一つ目となる夜の金魚

（浦西和彦）

種田山頭火 たねだ・さんとうか

明治十五年十二月三日〜昭和十五年十月十一日。俳人。山口県に生まれる。本名は正一。明治三十七年、早稲田大学中退。酒造業を営み、大正二年、荻原井泉水に師事し、「層雲」に俳句を発表。十四年二月、報恩寺にて望月義庵和尚を導師として出家得度、耕畝と改名した。熊本県鹿本郡植木町字味取の観音堂の堂守となったが、翌年四月、一鉢一杖で托鉢行脚した。昭和三年、徳島で正月を迎え、四国八十八カ所遍路行乞の途上、七月に小豆島へ渡り、尾崎放哉の墓参をしている。十四年十月、広島から相生丸で高浜に渡り、四国遍路を経て、十二月十五日、松山市御幸町御幸寺境内の一草庵についの栖を得た。禅味ある自由律の独特な句を詠んだ。『山頭火全集』全九巻（昭和61年5月25日〜62年9月25日、春陽堂書店）がある。句碑「石仏濡仏けふも秋雨」が徳島県三好郡池田町ノロウチ雲辺寺に、「歩く、飲む、作る、水を飲むやうに酒を飲む」が香川県大川郡長尾町中町森屋酒店に、「南無観世音おん手したたる水の一すじ」が愛媛県周桑郡小松町南川甲香園寺に、その他が建立されている。

＊四国遍路日記 しこくへんろにっき　日記。〔全集〕『山頭火全集第九巻』昭和六十二年九月二十五日、春陽堂書店。◇昭和十四年十一月一日から十二月十六日までの日記。十一月五日には「行乞の功徳、昨日は銭四銭米四合、今日は銭二銭米五合、宿銭はどこでも木賃三十銭米五合代二十銭、米を持つてゐないと五十銭払はなければならない。／行乞のむつかしさ、私はすつかり行乞の自信をなくしてしまつた、行乞はつらいかな、やるせないかな。」の記述もある。（浦西和彦）

種村直樹 たねむら・なおき

昭和十一年三月七日〜。ジャーナリスト。滋賀県に生まれる。京都大学卒業。毎日新聞社記者を経て、鉄道旅記者《レイルウエイライター》。ミステリーも手がける。

＊日本縦断朝やけ乗り継ぎ列車《にほんじゅうだんあさやけのりつぎれっしゃ》 エッセイ集。〔初版〕平成十年十月三十一日、徳間書店。◇ＪＲ、民鉄の〝明け方〟と関係ある名前の駅を、ひと筆書きルートでめぐる旅。平成十年三月二十五日、久大本線「夜明」駅発、四月一日、北海道ちほく高原鉄道「日の出」駅着、五、二〇〇㎞の記録である。四国は三日目、土讃線「旭」「朝倉」、土電「曙町」などを通る。

＊駅の旅その2《えきのたびそのに》 エッセイ集。〔初版〕平成十二年一月一日、自由国民社。◇平成十一年七月五〜七日「ぐるり四国気まぐれ列車」。安芸線廃線跡と阿佐線高架を見る。馬路村の森林鉄道とインクラインに乗る。新改駅スイッチ・バックを観察する。土佐くろしお鉄道と予土線分岐点を訪ねる。宇和島ステーションホテル泊。来島海峡展望館へ行く。金蔵寺駅で盗難にあう。従前「日本のローカル駅の無人待合室に荷物を留守番させて散歩しても大丈夫」だったのにと風紀悪化をなげく。 （堀部功夫）

田内長太郎 たのうち・ちょうたろう

明治二十四年（月日未詳）〜歿年月日未詳。翻訳家。本名は金兵衛。高知市大川淵の呉服店長男で、明治後期、同人誌「土佐文藝」を発刊、「少年と少女」という「伏字沢山の肉体小説」を発表して仲間内の評判になった（真野由多加）。宮地竹峰の紹介で、中村星湖を頼り上京する。早稲田大学を卒業する。頽廃的風潮にかぶれる。夏目漱石の大正五年二月二十八日付け書簡の宛名人は、紅野敏郎「人名に関する注および索引」（『漱石全集第二十四巻』平成9年2月21日、岩波書店）で「不詳」となっているが、この田内長太郎であろう。昭和二〜十年、「新青年」に、モルガン、コオヘン、フレッチャー、トウェイン、ポウ、ワウ、ジー、プリーストリ、ゴールドワージー、クック、ドラウベルの翻訳を掲載。五年、「古典犯罪探偵小説史」を『世界探偵小説全集第一巻』に発表した。病気になり、茨城県取手で療養する。その後、高円寺で気ままな生活を送る。戦後、千葉県へ転居し、混乱のうちに死去した。経歴は井上慶吉「或る友」（「南風」昭和29年4月1日）にくわしい。 （堀部功夫）

田淵豊 たぶち・ゆたか

昭和十六年（月日未詳）〜。社会運動家。神戸市に生まれる。徳島県立板野高等学校卒業。徳島県平和委員会会員、平和と民主主義を語る懇談会代表委員として、『おばあちゃんの平和行進』（昭和61年12月8日、第一出版）を刊行。 （増田周子）

玉井北男 たまい・きたお

大正十二年三月三十日〜。俳人。愛媛県周桑郡丹原町明穂乙に生まれる。本名は渡。愛媛師範学校本科卒業。小、中学校校長、町教育長を経て農業に従事する。「馬酔木」「海郷」を経て、昭和三十年より「南風」に入会、のち同人。

わら帽を風吹きぬける伊予訛
柿の渋口に濁りて獺祭忌
雪脱ぎし石のひとつが遍路墓 （浦西和彦）

玉井清弘 たまい・きよひろ

昭和十五年七月二十一日〜。歌人。愛媛県に生まれる。高等学校教員。高松市高松町に在住。昭和四十年「まひる野」入会。五十七年武川忠一を中心に「音」創刊。歌集

『久露』（昭和51年9月27日、角川書店）、『風箏』（昭和61年3月3日、雁書館）、『麹塵』（平成5年2月15日、雁書館）。

通り雨すぎてなめせる皮のごと輝《て》りをひそむる志度のわたつみ

万丈のはての四国三郎身の力ゆるめて紀伊の水道におつ　（浦西和彦）

玉井旬草　たまい・じゅんそう

大正九年九月二十四日～平成四年七月三十日。俳人。愛媛県松山市に生まれる。本名は準三。松山商業学校卒業。銀行員を経て柑橘栽培業。俳句は傷夷軍人として愛媛療養所入所中、昭和十七年に酒井黙禅の指導を受け「ホトトギス」に投句。「柿」創刊参加。「磯菜」同人。句集『庭椿』（昭和56年1月30日、柿発行所）。

初日待つ百姓として畦に立ち　（浦西和彦）

玉貫寛　たまき・かん

大正五年二月二十日～昭和六十年五月二十日。俳人、小説家。佐賀県に生まれる。本名は真幸。軍医として北満虎林に駐屯、転属先の高知で敗戦を迎える。昭和二十三年、山口誓子の「天狼」に参加。句集に『罪業』（昭和39年11月1日、玉貫真幸）、『又手』（昭和43年5月30日、著者）、『火口と流水』（昭和57年10月24日、著者）、『青き流』（昭和60年6月18日、玉貫真幸）がある。二十八年に松山で外科医を開業し、そのかたわら小説も書き、「蘭の跡」（「季刊藝術」昭和54年1月）が芥川賞候補となった。小説集『潮の道草』（昭和56年、福武書店）などがある。愛媛出版文化賞特別賞を受賞。　（浦西和彦）

たまきみのる　たまき・みのる

昭和三年一月二十四日～。俳人。香川県に生まれる。本名は玉木稔。昭和四十八年「環」「国」「白燕」に入会。句集『木苺』（昭和53年7月1日）、『納経帳』（昭和61年6月10日）、『多生』（平成2年11月3日）。

河童忌や船の鏡に波ばかり

さくら咲き讃岐は隙間だらけなり

灯が消えてかるくなりたる弥陀の背　（浦西和彦）

玉木義虎　たまき・よしとら

生歿年月日未詳。実話記者。大正九年、高知県巡査となる。昭和十一年、高知県警察本部刑事課長。『高知県犯罪捜査集』刊行開始。十四年、中村署長。十六年、高知署長。十七年、退職。二十四～三十四年、『新版著名事件探偵秘録』『探偵実話（四国の巻）』『犯罪捜査実話集』『捜査実話社長殺害事件』『捜査実話集』『探偵実話選集』を著す。三十七年、警友会会長となる。四十六年、『警察茶ばなし』を著す。嶋岡晨は、玉木の著作を、田中貢太郎実話小説の系譜に定位し、「防犯の意図以上に人間の真実として訴えたくなった、とも想像」する。

＊探偵実話四国の巻第二集　たんていじつわしこくのまきだいにしゅう　記録。〔初版〕昭和二十七年十一月二十八日、国家地方警察高知県本部刑事部捜査課捜査実務研究係。◇宿毛町山北における亭主殺し事件など七件を記録する。

＊捜査実話社長殺害事件　そうさじつわしゃちょうさつがいじけん　記録。〔初版〕昭和三十一年十月十日、高知県警察本部捜査課捜査実務研究係。◇高知市の旅館から、客である大阪の社長が姿を消し、高額小切手を奪われていた。犯人が広い砂浜のどこに死体を埋めたか。新しく掘り返した場所は、雨後乾きの遅いこと、土地の凝固作用により窪みを生ずること、この二点をたよりに探索し、被害者の死体を発見する。　（堀部功夫）

玉村豊男 たまむら・とよお

昭和二十年（月日未詳）〜。エッセイスト。東京に生まれる。画家、農園主、レストランプロデューサー。海外旅行、料理、酒に関するエッセイが多い。

＊日本ふーど記《にほんふーどき》　エッセイ集。〔初版〕昭和五十九年三月十日、日本交通公社出版事業局。◇「瀬戸内讃岐」（「BOX」昭和55年）讃岐人がうどんに寄せる愛着から、水不足で少ないコメの代用に麦の役立った過去を思う。「土佐高知」外見より実質のタタキ、チマチマより磊落の皿鉢料理と土佐の食文化は異端＝先端的だ。（堀部功夫）

田宮虎彦 たみや・とらひこ

明治四十四年八月五日〜昭和六十三年四月九日。戸籍の誕生日は十日。小説家。父昂《たか》之《ゆき》、母鹿衛《しかえ》の次男として、東京医科大学病院で生まれる。二歳上の兄がいる。父は船員で、独自な父子関係を後年小説化する。明治四十四年十一月、高知市朝倉町の、父方祖父田所嘉吉の家へ帰る。父の転勤のため、四十五年四月下関、大正二年一月姫路、五月神戸に移住する。昭和四年、京都の第三高等学校を受験し合格するが、肺尖カタルのため休学し、五年入学する。七年、「嶽水会雑誌」に砧哲夫名で詩「蛾」を発表する。八年、同校を卒業し東京帝国大学文学部国文科に入学する。「東京帝国大学新聞」編集に加わる。九年、同人雑誌「部屋」を創刊し、竹見光夫名で小説等を発表する。十年、「日暦」に参加し、作品を発表する。十一年、大学を卒業する。「人民文庫」に参加し、作品を発表する。都新聞社に入る。十月二十五日、「人民文庫」の無届け集会に出席したため、検挙され、新聞社を退社する。十一月、国際映画協会の嘱託となる。十三年四月、私立京華高等女学校教師となる。六月十九日、平林千代と結婚する。十五年、拓務省拓北局に勤める。十一月、結核が再発する。十六年、『早春の女たち』『萌える草木』を著す。十九年、東京医学歯学専門学校生徒主事補になる。二十年二月、「文明」創刊、編集長になる。二十二年、『或る青春』『霧の中』を著す。二十五年六月、「絵本」を「世界」に発表し、第二三回芥川賞候補となるが、「すでに芥川賞による新人推薦を必要としない作家と認めた」として受賞見送りになる。二十六年、『落城』『絵本』『菊坂』を著す。毎日出版文化賞を受賞する。二十七〜三十一年、『足摺岬』『鷺』『異端の子』『卯の花くたし』『眉月温泉』『愛情について』『ある女の生涯』『千恵子の生き方』『ぎんの一生』『道子の結婚』『たずねびと』『銀心中』『野をける少女』『飛び立ち去りし』『文学問答』を著す。『田宮虎彦作品集』六巻を刊行開始する。妻を胃ガンで失う。三十二年、亡妻との書簡集『愛のかたみ』『異母兄弟』を著す。十月、「群像」に平野謙「誰れかが言わねばならぬ」と題する、『愛のかたみ』批判が発表され、打撃を受ける。三十三〜五十三年、『千代のこと』『千代書簡』を編む。『風と愛のささやき』『祈るひと』『黄山瀬』『若き心のさすらい』『赤い椿の花』『小さな赤い花』『笛・はだしの女』『私のダイヤモンド』『木の実のとき』『花』『祈る人』『姫百合』『悲恋十年』『若い日の思索』『二本の枝』『夜ふけの歌』『お別れよ』『沖縄の手記から』『ブラジルの日本人紀行』『私の日本散策』『荒海』を著す。六十三年一月二日〜三月二十六日、脳梗塞のため入院する。四月九日、自宅マンションで投身自殺する。経歴は山崎行雄の「年譜」（『田宮虎彦論』平成3年2月15日、オリジン出版センター）にくわしい。やなせたかしは人物が「超誠実」であったと証言。丹羽文雄は、田宮の「人柄は誠実にちがいない」「ところが、こと小説になると、私は彼の上に一抹の杞憂を感じないではゐられないのである」と述べる。

＊**笹りんだう**《ささりんどう》　短編小説。〔初出〕「文学者」昭和十五年六月一日、第二巻六号。◇高知安芸町。山内家の儒家に生まれた義兼は、育英事業をめざし私立中学校を開く。一〇年間、苦難の経営を続ける。身心ともに草臥れた義兼は「鐙櫃の笹りんだうの紋」を見守る。

＊**七つの荒海**《ななつのあらうみ》　短編小説。〔初出〕「現代文学」昭和十七年三月三十一日、第五巻四号。◇節衛は、高知に生まれ、若年で一家を支え弟を医学士にせねばならなかった。サルベーヂ三等機関士となり、琴枝と結婚するが琴枝は病死した。後妻に夜須を迎え、治衛、健象の二子をもうける。日本郵船一等機関士となり、神戸に住む。夜須や健象に酷く当たる。定年後、株で大金を損失する。次男健象も苦学し、作代と結婚するが、肺病にかかる。節衛は七十歳になってまた船に乗る。健象夫婦に不満である。作品末尾に、節衛の夜須宛書簡二通を置く。モデルは、節衛＝田宮昂之（田所佐多馬）、節衛の弟＝田所喜久馬、琴枝＝池内小兎喜、夜須＝田宮鹿衛、治衛＝博司、健象＝虎彦、であろう。

＊**現身後生**《うつせみごしょう》　短編小説。〔初出〕「現代人」昭和二十三年四月一日、第一巻四号。◇市恵は、二十一歳で土佐旧家の中川香里に嫁ぐ。愚鈍と噂された香里とは性交渉なし。一年で生家に帰る。二十四歳で、船員山本佐多馬と再婚する。佐多馬は半分は弟龍馬の学資捻出のために働く。市恵は長崎へ行った佐多馬を追う。佐多馬から冷たく扱われる。香里から復縁申し込みがある。しかし市恵は佐多馬の子孝策を産み、冷えた結婚生活に留まる。

＊**土佐日記**《とさにっき》　短編小説。〔初出〕「新小説」昭和二十四年九月。〔収録〕『足摺岬』昭和二十七年五月一日、暮しの手帖社。◇「土佐日記」に出てくる宇多の松原を見はるかす猪ノ谷山の足下、大日寺道に東土佐一といわれる豪家「巣山屋敷」近森家がある。その美しい一人娘登米子の半生。身分差を噂される男と「過ちを犯す」。のち父の計らいで隣村の貧農の子啓明と結婚する。明治末年、父の死去後、啓明が苛酷、浪費、漁色の性格をあらわにする。登米子は夫啓明を断念し、二人の子に生きがいを見出す。しかし、二人の子も登米子に背き、先立って行く。やがて啓明も死去した。敗戦後、巡礼接待を復活した登米子は、淋しい笑顔を浮かべる老婆になっていた。吉本青司に拠ると、「巣山屋敷」は、香我美町徳王寺の岩井家を写す。ただし居住者はモデルでない。

＊**足摺岬**《あしずりみさき》　短編小説。〔初出〕「人間」昭和二十四年十月一日、第四巻一〇号。〔収録〕『足摺岬』前出。◇一七、八年前、二十三歳だった「私」は「大学を出たところでむなしい人生しか残されてゐはしない」と思え、死にたくなり、足摺岬に近い宿へ辿り着く。そこで、年老いた遍路、オイチニの薬売りと同宿になる。雨中の岬行で高熱を発し倒れる。一〇数日間、宿のお内儀《かみ》、その娘八重や遍路薬売りの介抱をうける。遍路は戊辰戦争の生き残りで、死者が「誰のために戦さをしたのだ」「夢だ」と話す。快気後、私は自殺を思い止まり、東京へ帰る。八重と結婚し、一〇年余「しがない歳月を送」る。「私」を蝕んだ病の所為で八重が死ぬ。昭和二十一年、宿を再訪すると、八重の弟龍喜が特攻隊くずれで荒れていた。「誰のために俺は死にそこなったんだ」と怒鳴る龍喜の声が老遍路のそれと重なる。作品末の龍喜台詞、初出本文「俺は殺してやる、俺に死ね死ねといった奴は天皇でも総

理大臣でも一人のこらずぶったぎってやる」の「天皇でも総理大臣でも」は、初版時、抹消される。作品末に出てくる「土佐名勝志といふ和綴の本」の素材は、武市佐市郎『土佐の史蹟名勝』（昭和12年3月20日改題増補、日新館書店）と推定する。本作執筆当時、作者は足摺岬を訪れたことがなかった。作品本文「砕け散る荒波の飛沫が岸肌の巨巌いちめんに雨のように降りそそいでいた」は、武市本の「崖下の波濤岩角に触れ、泡沫岩上まで飛揚し、天花の如く雨下するのである」から創造したものであろう。遍路の話は、「落城」に連なる。作者は、敗戦国日本を佐幕藩とダブらせる。補陀落渡海の入り口で、生還する若者を書き、あわせて戦争犠牲者の責任者に対する怨嗟の声を重ねるつもりであったか。本作を、志賀直哉「S君との雑談」は「うまい小説だと思った」と書き、平野謙「誰かが言わねばならぬ」は「三流の文学作品」と記す。出来栄えにつき、毀誉褒貶甚しい。肯定論はどこがどう素晴らしいかを十分説明しないのに対し、否定論は谷沢永一「『足摺岬』私注」が内容、表現にわたり極めて具体的説得的である。文章についても、谷沢は「たたきつける」「横なぐりの雨」「鶴のような痩身」等のくりかえしを挙げ、そのステレオタイプを指摘した。肯定派の山崎行雄『田宮虎彦論』は「うまい水のような見事な文体」と比喩で逃げた表現しかできないでいる。

＊藤の花《ふじのはな》　短編小説。〔初出〕「小説新潮」昭和二十六年六月一日、第五巻八号。◇愛子は、一〇年前故郷の藤波公園で藤池をスケッチする圭介を見た。五年前、二人は再会し、空襲下、愛子は圭介に接吻された。輝子を身籠り、二人は上京した。圭介は絵にしか熱中しない男であった。二人は別れる。その後、圭介は死んだ。藤池の絵を残して。

＊ある女の生涯《あるおんなのしょうがい》　短編小説。〔初出〕「改造」昭和二十七年三月一日、第三三巻四号。◇安岡志げは、夫久太郎が大逆事件の疑いをうけ縊死したのち、キリスト教に入信する。子茂久治も朴烈事件に連坐する。そんな志げに、八重子の母が手をさしのべたが、八重子の冷酷な父は志げを追い出す。その八重子自身、思想運動に加わり、やがて脱落する。戦後、八重子が帰高して父の墓を建てるさい、八十歳近い志げが五里も離れた高知から来てくれた。一年後、養老院の志げが「辛抱にもかぎりがあらあね」とつぶやくのを八重子は聞く。

＊童話《どうわ》　短編小説。〔初出〕「文藝」昭和二十七年十二月一日、第九巻一二号。◇重病の母が、少年を連れて実家へ帰る。祖父の家は大きな川のほとりにあった。少年はそこで遊ぶ面白さを覚える。母の死。少年は母のいるあの世へ行ってみたくなる。

＊少年の蛇《しょうねんのへび》　短編小説。〔初出〕「改造」昭和二十九年一月。◇病気の母が少年を連れて祖父母の家へ帰る。川土手の下の離れ家で暮らす。洪水後、母子は川上の落ち合いへ行き、蛇の遊泳を目撃する。母が少年と外出できた最後であった。榊原忠彦『寅彦と虎彦』は、杉村早雄氏示教として、落ち合いを香宗川、山北川合流地点と比定する。

＊母の死《ははのし》　短編小説。〔初出〕「別冊文藝春秋」昭和三十年八月二十八日、第四七号。◇少年は、母の死後、港町の父の家へ連れてゆかれる。知らない女人と老婢が居た。父に苛められる。母の教えてくれた影絵で遊ぶ。盗みの楽しみを覚える。

＊赤い椿の花《あかいつばきのはな》　長編小説。〔初出〕「サンデー毎日」昭和三十四年十一月二十二日～三十五年六月五日。〔初版〕昭和三十五年十一月、毎日新聞社。◇一〇数年前、

三崎義実は浜市枝の跡を追い上京し、同棲した。三カ月後、市枝が姿を消す。三崎は佐土浜へ帰ってS交通バス運転手になり、車掌川口加江子と恋仲になる。そこへ市枝が、米兵との間に生まれた子の遺骨を抱いて帰郷する。三崎はまたも市枝を追いかけるが、市枝は子の墓を建て終わると佐土浜を去る。三崎はやっと市枝を断念し、加江子に結婚を申し込む。トンネル開通で最後となる菅多峠路線を走っていた、三崎と加江子のバスは、椿林のきれた断崖から転落する。三崎は加江子を助けようと、彼女を抱え込んで死ぬ。田宮は、かねてより日本の悪路とバス従業員の苦労を訴える作品を書こうと思っていたが、足摺岬訪問時、伊豆田峠登り口で休憩する運転手を見て、作品が形を為した。土佐清水市を中心とする土地をある程度借り「S県」として書いた。角川文庫化され、映画化された。

＊小さな赤い花《ちいさなあかいはな》 中編小説。〔初出〕「小説新潮」昭和三十六年六月一日。〔初版〕昭和三十六年七月、光文社。◇母を喪った少年が、老婢の部屋で、淋しく暮らす。老婢の娘の「てでなし子」が舞い込む。影絵遊び、昔ばなし、山登りに、少年は少女と馴染んでゆく。少年は、ヒナゲシの花で眠る少女を飾る。やがて悲しい別離の日が来る。江藤淳は「インファンティリズムの小説で、少年が女の子の彼方にみる母的なものと、女の子が少年の上にみる父的なものとの二つの幻覚が交錯してつくり出す世界が美しく描かれている。百十枚はやや冗長で、感傷と紙一重の抒情過多というきらいはあるが、老いの薄よごれた姿態に象徴される『不幸』というものの感触と、裏山の洋館の廃屋で眠る不具の少女の身体に、少年が飾りつけるひなげしの花のおさないエロティシズムは、ことに鮮明に印象づけられる」と評した。

＊二本の枝《にほんのえだ》 中編小説。〔初出〕「新潮」昭和四十二年七月一日、第六四巻七号。〔初版〕昭和四十三年三月、新潮社。◇明治三十年代、高知の女学校で島崎万亀は、秋沢時枝と知り合い、生涯の親友となる。徳佐村の万亀は、横浪三里にある時枝の家を訪ね、団欒の楽しさを知る。「静かな入江の姿は、万亀には、時枝の家の家族たちのなごやかな睦みあいのように思えた」。万亀は本久山城と結婚し、夫の冷たい仕打ちに泣きつつも二人の子を産む。万亀を支える時枝も子宝に恵まれるが、その再婚相手は戦時下に病死する。万亀の長男も戦死する。やがて時枝が死ぬ。万亀は時枝の故郷を再訪し、「今も、自分が時枝と、梅の木の二本の枝のようによりそって立って、二人でいっしょになつかしい横浪三里を見下ろしているのを感じた」。

（堀部功夫）

田村吾亀等 たむら・あきら

明治三十八年一月二十日～昭和五十三年一月三日。俳人。高知県足摺岬に生まれる。昭和十六年ごろより高浜年尾に師事して「ホトトギス」に拠り、のち同人。

（浦西和彦）

田村乙彦 たむら・おとひこ

明治四十四年十二月十日～昭和二十年四月十五日。詩人。高知県高岡郡斗賀野村永野兎田に、千秋、与増の三男として生まれる。昭和五年、反帝国主義運動に加わり、治安維持法違反で検挙され、高知師範学校退学を命じられる。帰郷して農業を手伝う。七年、日本プロレタリア作家同盟に加わる。「田園の花」に永田徹名で詩などを発表する。高北農民組合運動を行う。八年、日本共産青年同盟に加入する。九年、治安維持法違反で懲役二年執行猶予五年の判決を受ける。十年、全農高知県連常任書記となる。

十一年、宿毛の林新田小作争議を指導する。「暗い時代しのぎぬこうと語る夜を流れはげしい雨の仁淀川」はこのころの詩か。社会大衆党に入党する。検挙される。十四年、懲役二年六カ月の判決を受ける。転向し、高岡郡農会などに技手として勤める。十八年、召集され、二十年、ビルマで戦死した。

＊母《はは》 詩。〔初出〕「詩人」昭和十一年十月一日、第三巻一〇号。◇「メーデーへ行くなとかたくなゝ父を／ぼそぼそと私のために寝間にといてゐてくれた壁ごしの母」…『無産党』の息子は共同耕作のさしづに出かけてゆく／大きな母のおもかげを背負い、その愛をあたゝかく胸にもち」。父子間で苦悩した母の嘆きをうたう長詩である。「父」のモデルは、田村千秋（旧名太郎、明治14年生～昭和41年歿）、日本画家（号、竜渓）で斗賀野村村長（大正7年～昭和3年）、自治、産業、教育界の要職を歴任した。

（堀部功夫）

田村松魚《たむら・しょうぎょ》

明治十年二月八日～昭和二十三年三月六日。小説家。高知県幡多郡宿毛村（現宿毛市）与市明に、昌義、とらの長男として生まれる。本名は昌新。石川県立第一中学校を卒業する。横浜の法学博士の事務所に勤める。明治二十八年、文学へ進む決心をして東京へ出る。神田の幸田露伴を訪ね、書生となり、厚遇される。三十一年、「新小説」に作品を発表する。三十三年、『狩猟と養鶏』を著す。三十四年、幸田露伴と『三保物語』共著。三十五年、幸田露伴と『もつれ糸』共著刊。『若旦那』『三湖楼』を著す。三十六年、渡米する。インディアナ大学に学ぶ。四十二年、帰国する。『北米の花』『北米世俗観』を著す。佐藤としと結婚する。朝報社に勤務する。四十三年、『脚本家』を著す。大正五年、妻としが去った。のち、入江妙子と再婚する。骨董店を開く。昭和十七年、『小仏像』を著す。山形県最上郡安城村に疎開する。

（堀部功夫）

たむらちせい《たむら・ちせい》

昭和三年六月十日～。俳人。高知県土佐市に生まれる。本名は田村智正。昭和二十一年、俳句に入門する。二十三年、佐藤まもるに師事する。二十四～二十六年、俳誌「前夜祭」を編集発行する。三十一年、作文教育により、小砂丘賞を受賞する。三十五年、伊丹三樹彦の「青玄」に入会する。四十四年、句集『海市』を著す。五十一年より、俳誌「海嶺」（58年、「蝶」と改名）を編集発行する。五十二年、句集『めくら心経』を著す。五十三～平成五年、「高知新聞」俳句選者を担当する。六十二年、教職を退く。『自解百句選たむらちせい集』を著す。平成三年、高知地区現代俳句協会会長になる。四年、高知県俳句連盟会長になる。五年、句集『兎鹿野抄』を著す。「冬蕨に日の矢風の矢土佐兎鹿野」。椋庵文学賞を受賞する。

（堀部功夫）

田村優之《たむら・まさゆき》

昭和三十六年（月日未詳）～。ジャーナリスト、小説家。香川県に生まれる。本名は正之。早稲田大学卒業。日本経済新聞社に勤務。平成十年、『ゆらゆらと浮かんで消えていく王国に』（平成10年4月、TBSブリタニカ）で第七回開高健賞を受賞した。

（浦西和彦）

田村満智子《たむら・まちこ》

昭和四年十一月二十九日～。歌人。高知市に生まれる。昭和二十七年、高知県立女子専門学校卒業。「明日香」に入会する。日本歌人クラブ会員、高知県短詩型文学賞運営・選考委員、高知ペンクラブ会員になる。

五十年、『瑠璃』を著す。平成元年、『羅の雲』を著す。八年、『夢喰鳥』を著す。

　力溜むるくれなゐの鬱まぶしくも列ねて
　　梅の枝立ちそろふ

（堀部功夫）

田村善昭　たむら・よしあき

昭和十年（月月未詳）～。写真家、小説家。徳島県に生まれる。NHKに勤務しながら、写楽に興味をもち、調べる。また、郷里吉野川の自然や藍染めに引かれ、写真撮影をする。退職後は徳島県立文化の森で映像専門員をするかたわら、NHK徳島放送局でTVニュースのVTR取材をするなどの活躍をする。上村博一との共著に『写楽・その謎にいどむ』（昭和54年11月、徳島県出版文化協会）があり、他に『写楽と相撲絵』（昭和57年、徳島県出版文化協会）、阿波徳島藩の死活問題となった寛政五（一七九三）年の讃岐藍の売り出しを阻止しようと、奇想天外な妙策を打ち出したが、それが写楽版画によるPR作戦であったと推論する『写楽で阿波徳島藩は震憾した』（平成11年7月、文藝社）などの他に、『藍より青き吉野川』という絵葉書の撮影や『日本の藍』（平成8年3月、NHK出版）などの写真集がある。

＊写楽で阿波徳島藩は震撼した《しゃらくであわとくしまはんはしんかんした》　推理小説。〔初版〕平成十一年七月一日、文藝社。◇写楽の版画は蔦重工房から藩主が江戸に不在中のわずか十カ月の間に、一五〇点も出版され、忽然と消えた。古い版画や下絵、墓石などを何年間もかかって調べた結果、当時台頭してきた讃岐の藍売り出し阻止のため、隠居の蜂須賀重喜の命令で、阿波徳島藩の御用絵師たちが関わっていた、と考えられる。志半ばで逝った市井の写楽研究家瀬尾長氏の遺志を継ぎ、筆者が推論した。

（増田周子）

田山花袋　たやま・かたい

明治四年十二月十三日～昭和五年五月十三日。小説家。栃木県に生まれる。本名は録弥。自然主義作家になる。『定本花袋全集』全二九巻（平成5年4月20日～平成7年9月30日、臨川書店）がある。

＊花袋行脚《かたいあんぎゃ》　エッセイ集。〔初版〕大正十四年七月十日、大日本雄弁会。◇四国関係は、屋島・白峰寺・撫養《むや》・甲の浦など。古典を想起しつつの紀行文である。

（堀部功夫）

俵万智　たわら・まち

昭和三十七年十二月三十一日～。歌人。大阪府に生まれる。早稲田大学卒業。『サラダ記念日』他。

＊りんごの涙《りんごのなみだ》　エッセイ集。〔初版〕平成元年十一月十五日、文藝春秋。◇「四万十川のウナギ」（共同通信配信、平成元年6月）四万十川で漁をして暮らしているおじさんがウナギをさばく。都市生活者の「私」は「かわいそう」と言う。自然の中で生きているおじさんの気持ちを聞くと、魚に「ありがとう」の一言がかえってくる。辰濃和男『文章の書き方』は、文章で結びが大切と言い、その例として本作を挙げる。「本がご縁で」（「新刊ニュース」平成元年7月）徳島県阿南市平惣書店での講演を引き受ける。『四万十川』を読了したところだったので、帰りに川を一目見てこようという思いもよぎった。

＊かぜのてのひら　歌集。〔初版〕平成三年四月十七日、河出書房新社。◇作者二十四～二十八歳の四七〇余首である。書名は集中の「四万十に光の粒をまきながら川面をなでる風の手のひら」による。「泡だちのよいシャンプーのような波五月の足摺岬を洗う」「沈黙の小石を拾う桂浜に青年の緩き投

球ポーズ」「高知には高知のことば『こなつ』という果実かがやく日曜の市」「ゆずの香の南国土佐をあとにして我に出会いし青年は今」「未来ばかり言いて故郷は言わざりき君を育てし高知この町」「少年の君を今夜は夢に見ん『はりまや橋』を一人で渡る」「雨たたく室戸岬に立ちおれば未練とはなまやさしき言葉」「四国路の旅の終わりの松山の夜の『梅錦』ひやでください」「清流を飲みほしている我なりき未明四万十川の夢見る」。

＊こんにちは、ふるさと　エッセイ集。〔初出〕「高知新聞」他、平成五年十月～六年九月。〔初版〕平成七年五月二十五日、河出書房新社。◇四国の二つの旅をふくむ。「島を結ぶ二十七年」項。今治―大島の渡海船を走らせる渡辺重子さんを取材する。「大島はいま風のなか人の手のぬくもり添えて荷物は届く」。「祭りはアート」項。高知よさこい祭りに創造の喜びが若者たちを熱くさせる。

＊九十八の旅物語《きゅうじゅうはちのたびものがたり》　エッセイ＋歌。〔初出〕「週刊朝日」平成十年一月～十一年十二月。原題「ちいさい旅み―つけた」。〔初版〕平成十二年七月一日、朝日新聞社。◇「四万十川の源流点へ」東津野村の不入山に辿る。「木の橋の話」源流点から８㎞、早瀬橋。「アチアチのタタキ」中土佐町で多田祐郎さんのタタキ作りを見る。「トンボ王国」中村市の杉村光俊さんと。「沈下橋、沈んだ」西土佐村の民宿「せんば」。「徳谷トマト秘話」生産者岡上繁喜代さんに会う。

（堀部功夫）

団鬼六《だん・おにろく》

昭和六年九月一日～。小説家。滋賀県彦根市に生まれる。関西学院大学法学部卒業。昭和三十二年、文藝春秋オール新人杯に入選、作家活動に入る。平成元～七年、休筆。「将棋ジャーナル」社主。『真剣師小池重明』他著書多数。

＊駒くじ《こまくじ》　短編小説。〔初出〕「近代将棋」年月日未詳。〔初収〕『果たし合い』平成元年九月、三一書房。◇土佐藩の足軽兵柳瀬常七は、堺事件のさい、駒くじの結果、処刑組の一人となった。切腹執行時まで、詰め将棋に浸り切っていた。「息子に伝えよ、武士になるな」との遺言に天啓を得て、問題を解く。加筆訂正して幻冬舎アウトロー文庫に入る。

（堀部功夫）

檀一雄《だん・かずお》

明治四十五年二月三日～昭和五十一年一月二日。小説家。山梨県に生まれる。東京帝国大学卒業。第二四回直木賞受賞。『檀一雄全集』がある。

＊海の竜巻《うみのたつまき》　長編小説。〔初版〕昭和三十一年四月十日、講談社。◇約一八〇年前、四国九州の海に「まるで竜巻のように消え失せ」た、海賊の首領暁星右衛門が主人公である。星右衛門は、五年前、土佐国室戸岬に居た太吉であった。当時、土佐捕鯨を代表する津呂組に所属し、「潮吹く鯨共を追いかけて、そのドテッ腹にモリをうち、その鯨の背にまたがって、手形包丁で穴をあける刃刺」であった。高知の辰巳屋の仕掛けた津呂組乗っ取りの陰謀に巻き込まれ、人殺しの濡衣を着せられ、勇猛果敢な捕鯨の奮戦後、しばらく姿を消していたのである。

（堀部功夫）

【ち】

近森敏夫《ちかもり・としお》

大正十五年（月日未詳）～平成十三年五月一日。郷土史家。高知県香美郡赤岡町（現香南市）に生まれる。昭和二十二年、「心象」を創刊する。詩集『牧歌』を著す。

「桑の実は紅い／山羊の瞳に澄大海の一線／空よりも杳くあかるく／村の午後を石垣につるむとかげ／《城》を読む聖歌隊の少年」。三十一年、『失はれし歌』を著す。二十代詩自選集である。四十二～平成五年、『赤岡の民謡』『土佐の民謡』『絵金の藝術』『土佐わらべうたの記』『絵金画譜』『絵金読本』を著す。絵金・わらべ歌研究で知られる。赤岡町の絵金まつりを育てた。同町名誉町民。十二年、県文化賞受賞。十三年、肝臓がんのため高知市内の病院で死去した。

（堀部功夫）

茶園義男　ちゃえん・よしお

大正十四年七月二十八日～。詩人、戦時史研究家。徳島県三好郡西祖谷山村（現三好市）に生まれる。本名は滄浪。昭和二十七年、広島文理科大学文学部哲学科卒業。三十一年、同大学東洋倫理学修士課程修了後、広島安田学園に赴任し学校史を編纂。国立阿南工業高等専門学校に転じ、教育研究に携わる。かたわら徳島ペンクラブ会員として詩作をする。著書に『BC級戦犯関係資料集成』全一五巻（昭和56年8月～平成4年3月、不二出版）、『日本占領スガモプリズン資料』全七巻（平成4年10月、日本図書センター）、『大東亜戦争俘虜関係外交文書集成』全三巻（平成5年9月～平成8年1月、不二出版）、『図説戦争裁判スガモプリズン事典』（平成6年11月、日本図書センター）、『図説二・二六事件』（平成13年2月、日本図書センター）など四〇数点の他に詩集『太陽の花』（昭和42年9月、社団法人徳島同友会）、郷土詩歌シリーズ『祖谷に謳えば』（昭和43年2月、社団法人徳島同友会）、『鳴門は弾む』（昭和43年5月、社団法人徳島同友会）などがある。平成元年、退職後も精力的に活躍している。平成平和研究所所長に就任。P・ウェスタン大学名誉教授。

（増田周子）

鳥起　ちょうき

大正十年四月十一日～昭和三十五年十二月二十八日。川柳作家。高松市亀井町に生まれる。本名は大井戸清。軍隊にて肺結核発病。愛媛陸軍病院、国立高松療養所等で養生。昭和二十四年五月「はちの村」を創刊。のち「からまつ」同人として活躍。「菜畑を王者のようにゆるい試歩」などの句がある。

（浦西和彦）

丁山俊彦　ちょうざん・としひこ

昭和二十一年五月八日～。エッセイスト。徳島県美馬郡脇町（現美馬市）に生まれる。中央大学文学部卒業後、徳島県郷土文化会館（のち徳島県文化振興財団に改組）に勤務。「四国文学」「詩乱の会」同人。平成九年、徳島ペンクラブ賞を受賞。また、「写楽の会」世話人として花岡徹らと共に、阿波藩お抱えの能役者斎藤十郎兵衛が写楽という説が濃厚になった過去帳発見の顚末や歴史について研究している。

（増田周子）

【つ】

塚田登　つかだ・のぼる

大正九年三月二十日～。小説家。昭和十五年十二月、文部省実業学校教員検定に合格。高松実務学校教諭等を経て、昭和二十四年八月、香川大学に文部事務官として勤務。著書に『夢の朝顔』（昭和51年3月25日、ずいひつ・小説無帽の会）、『藤の花』（昭和57年6月30日、近代文藝社）、『江戸の憂うつ』（昭和59年9月10日、讃岐総合印刷出版センター）がある。

（浦西和彦）

月尾菅子　つきお・すがこ

明治三十七年八月六日〜。歌人。愛媛県に生まれる。昭和二年、女子美術学校師範科卒業。昭和十五年、杉浦翠子に師事する。翠子歿後「短歌至上」の編集代表者として活躍。歌集に『椎の木』『からすかた』があり、著書に『画のある四国遍路記』（昭和50年3月、藤浪会）がある。（増田周子）

月原橙一郎《つきはら・とういちろう》

明治三十五年二月八日〜歿年月日未詳。詩人、歌人。香川県に生まれる。本名は原嘉章。大正十二年、早稲田大学卒業。逓信省、陸軍省、理研映画などに勤務。「抒情詩」「地上楽園」「短歌創造」「立像」「文藝心」に詩を載せる。詩集『冬扇』『残紅』、共著民謡集『三角洲』がある。（増田周子）

佃実夫《つくだ・じつお》

大正十二年十二月二十七日〜昭和五十四年三月九日。小説家。徳島県阿南市新野町に商家の次男として生まれる。生まれつき身体が弱く、大病を繰り返し、中学校受験に四〇度の発熱で医務室にかつぎ込まれるという不運さであった。大阪逓信局逓信講習所修了、昭和十五年に由岐郵便局に勤務。隣村に住む悦田喜和雄に私淑。同人誌「緑の土」に作品を掲載するが、厭戦的なものであったため、編集側の自粛により連載中止となる。専検試験に合格し、阿南青年学校教師となるが、生徒に海軍志願を勧めたことを悔い、辞職。二十一年、徳島青年師範学校に入学。同人誌「うるほひ」を編集発行する。二十二年、兄治二の残した大量の書籍をもとに貸本業をしたりする。師範学校を二年修了で退学。尾崎陽子と結婚。県立図書館に勤務し、徳島文藝懇話会（代表悦田喜和雄）を設立。「思想の科学」「中央公論」「新女苑」などに執筆するが、生活が安定したのは妻陽子が徳島市の小学校に転勤した三十年であった。三十一年、高色素性貧血という血液病にかかり、入退院を繰り返し、三年間の闘病生活を送る。三十四年には、徳島で生涯を終えたポルトガル人モラエスを描いた「ある異邦人の死」が第四一回芥川賞候補となり、「毛唐の死」が第二回短編探偵小説懸賞（「宝石」「週刊朝日」共催）の選外佳作一席となった。三十六年、貴司山治が私費を投じた「暖流の会」の中心メンバーとして活躍。翌年、貴司山治を頼り、上京。横浜市図書館司書の職を得て、作家活動に入る。自身の血液病から、原爆症、白血病などを扱った作品の他に、綿密な資料調査に基づき、幕末から明治への民衆の動きを独特な視点で描いた歴史小説がある。著書に『わがモラエス伝』（昭和41年10月、河出書房新社）、『阿波自由党始末記』（昭和42年5月、河出書房新社）、『文献探索学入門』（昭和44年7月、思想の科学社）、『若き志士たち』（昭和45年6月、毎日新聞社）、『失われた歴史』（昭和46年1月、筑摩書房）、『赤と黒の喪章』（昭和47年8月、文和書房）、『緋の十字架―小説賀川豊彦―上下』（昭和50年11月、文和書房）などがある。四十四年、ポルトガル政府より、インファンテ・ドン・エンリケ勲章を井上靖、遠藤周作とともに受賞。『定本阿波自由党始末記』（昭和48年7月、新人物往来社）で四十八年、第三回徳島新聞文化賞を受賞した。「五木寛之論」を執筆中、クモ膜下出血のため五十三歳で急逝。

＊**毛唐の死**《けとうのし》 短編小説。〔初出〕「宝石」昭和三十四年十二月。◇ポルトガルの文学者ヴェンセスラオ・ソーザ・モラエスの死をミステリー風に描いた小説。

＊**定本阿波自由党始末記**《ていほんあわじゆうとうしまつき》 長編小説。〔初版〕昭和四十八年七月、新人物往来社。◇自由民権運動といえば隣の高

つ

知が中心だが、阿波、徳島とも縁が深い。これは、徳島に作られた政治結社阿波自由党の壮士たちを主人公にした史的小説である。主人公の前田兵治は、美馬郡岩倉村の出で、稲田氏の旧家士の一族である。彼は維新による不平貧乏士族の子弟を組織し、阿波自由党を創設、地租減免請願と国会開設請願の運動を展開し、志半ばにして明治二十七年に歿した。その遺志は、しかし、後に普選運動へと受けつがれていった。著者は前田兵治と植木枝盛との書簡など、阿波自由党史の史料を発掘し、史料と物語のはざまのような作品に仕上げている。

＊ある異邦人の死《あるいほうじんのし》　短編小説。〔初出〕「別冊文藝春秋」昭和三十四年九月。〔収録〕『赤と黒の喪章』昭和四十七年八月、文和書房。◇モラエスの死の床から、彼の生涯をその回想として物語る。女性たち、特に、唯一彼を裏切らなかったオヨネへの追慕が彼を死ぬまで支えていたとする。また、モラエスが日本礼賛や皇室崇拝をしたのは、日本人に見せるためだったとしている。第一次大戦中、スパイと疑われたことや徳島の人々の仕打ちへの反抗的復讐を読み取り、そこから「モラエス神話」を崩そうとする。斎藤ユキや亜珍、永原デンへの不信のあまり、死者との交流しか残されていなかった晩年のモラエスの孤独を想像し、彼の死への準備や遺産、墓、遺言作成におけるその周到な計算があったとする。そして、死後、計算通り、モラエスは徳島市民の魂を揺さぶることになったのだと述べる。

（増田周子）

佃陽子　つくだ・ようこ

昭和四年十二月三日〜。エッセイスト、小説家。シンガポールに生まれる。旧姓は尾崎。昭和二十二年、徳島県立富岡高等女学校、同校付設教員養成所卒業。小学校教員となる。翌二十三年、佃実夫と結婚。三十七年から横浜市で教員を続け、六十年横浜市間門小学校を退職後、コラム、小説を執筆。日本随筆協会、大衆文学研究会、横浜文藝懇談会、横浜ペンクラブの会員として、「馬車道」の会主宰として活動を続ける。六十三年、「花冷え」が神奈川新聞文藝コンクール短編小説の部で、佳作入選。平成元年、「通過駅・上大岡」により第二〇回日本随筆家協会賞を受賞。著書に『四人だけの部屋』（共著、日本随筆家協会）、『花あかり』（平成2年6月29日、日本随筆家協会）、評伝『評伝徳島人「佃実夫」』がある。

（増田周子）

辻真先　つじ・まさき

昭和七年三月二十三日〜。愛知県名古屋市に生まれる。アニメ脚本家、小説家、推理小説家。名古屋大学卒業後、NHKに入社。虫プロダクションで、「鉄腕アトム」の脚本を手がける。「デビルマン」「巨人の星」「サザエさん」「どらえもん」など多くのアニメ脚本に関与して、黎明期・成長期のテレビアニメ文化を支えた。小説家としては、昭和三十八年に桂真佐喜の名義で「生意気な鏡の物語」を発表。『仮題・中学殺人事件』（昭和47年）で異色推理作家として登場。『アリスの国の殺人』（昭和56年）で、日本推理作家協会賞を受賞する。五十八年からは名犬ルパンシリーズを次々に執筆した。その第七弾に『四国殺人Vルート』（昭和62年5月30日、光文社）がある。

（増田周子）

＊殺しの秘湯案内《ころしのひとうあんない》　推理小説。〔初版〕昭和六十三年九月二十日、立風書房。◇トラベルライター辻真先は、ねぶた会館中で遺体を発見する。被害者は四国祖谷の女性だった。辻は得富温泉で犯人と対面する。得富温泉は架空の場所、ユーモラスな

トラベル・ミステリーである。

＊鳴門に血渦巻く《なるとにちうずまく》　推理小説。〔初版〕昭和六十年九月、徳間書店。◇瓜生慎、真由子シリーズの一作。淡路人形のスポンサーだった家をめぐる殺人事件に巻き込まれた慎が、犯人を祖谷温泉で追いつめる。徳間文庫化された。

＊四国殺人Vルート《しこくさつじんぶいるーと》　推理小説。〔初版〕昭和六十二年五月三十日、光文社。◇頭の良い犬ルパンが、飼い主の刑事朝日正義を導く。舞台は四国。朝日の会う中学校の先生たちは、「坊っちゃん」登場人物とそっくりだ。高松と松山、高知を結ぶVルートを走る。「迷犬ルパン」シリーズ第七作である。

＊四万十発殺人物語《しまんとはつさつじんものがたり》　推理小説。〔初版〕平成三年二月二十八日、徳間書店。◇高知県中村市へ家族旅行に出かけたトラベルライター瓜生慎は、折からの台風の中で、「女の敵」兄弟の連続毒殺事件と遭遇する。「南風3号」、四万十トンボ自然館、土佐昭和駅等が舞台である。「駅舎と呼べる建物がない。高架になったレールの下を、人道がくぐっている。そのトンネル然としたコンクリートのゲートに、駅名が記されているのみだ。〔略〕その代わりホームからのながめは、土佐大正駅よりいい。山が迫った左右に対して、正面は四万十川が横たわってあかるく展《ひら》けている」。古典的な「替玉の家」トリックも、「そっくりの建て売りプレハブ住宅があって」と、〝軽薄短小〟の現代風で、読後感も軽快。　（堀部功夫）

対馬康子　つしま・やすこ

昭和二十八年十月二十二日〜。俳人。香川県高松市に生まれる。本姓は西村。昭和四十八年中島斌雄に師事。「麦」同人。第二八回麦作家賞受賞。句集『愛国』（昭和61年8月25日、牧羊社）。　（浦西和彦）

津田貞　つだ・てい

弘化元（一八四四）年（月日未詳）〜明治十五年九月二十四日。ジャーナリスト。土佐の廓中、内江口に、津田道衛の子として生まれる。幼名は斧太郎、号は聿水ほか。父は土佐藩馬廻役であった。幼時、江戸の藩邸に住み、そこで教育をうける。万延元（一八六〇）年、文久元（一八六一）年頃、帰国し永国町に住む。文久三年頃より、京阪で探偵となる。元治元（一八六四）年、山内容堂御側小姓になる。江戸で鉄砲買い入れの交渉中、藩に不平を起こし、脱藩する。各地を廻る。明治八年頃、大阪で料亭を始める。「大阪日報」投書文が評判になる。十一年、「大阪新報」に招かれる。十二年、「朝日新聞」創刊に当たり社主から請われ入社、同紙主幹となる。大阪新聞界「三才子」の一人とうたわれる活躍をした。「浪華叢談蒹葭具佐」主幹をつとめる。事業拡大を企てたが経済上いれられず、退社する。十三年、「魁新聞」を創刊し、「朝日新聞」を圧倒する勢を一時見せる。十四年、「魁新聞」廃刊に追いつめられる。「此花新聞」に関わる。十五年、福井へ赴き、新聞を創刊する。同地でコレラにかかり、急死した。　（堀部功夫）

土屋文明　つちや・ぶんめい

明治二十三年九月十八日〜平成二年十二月八日。歌人。群馬県に生まれる。東京帝国大学卒業。『土屋文明全歌集』がある。昭和二十二年、高知アララギ大会に来高する。

＊自流泉《じりゅうせん》　歌集。〔初版〕昭和二十八年三月、筑摩書房。◇「土佐雑詠」中の「潮を煮る小屋掛も多く捨てられぬ集めし薪乾く午《ひる》ごろ」について、近藤芳美『土屋文明』は「高知から室戸岬にむかう途中の土佐湾の情景によって作られたものなのであ

ろう。海岸のなぎさには潮を煮る小屋掛がいたるところ朽ち傾いて残っている。戦争末期から戦後にかけて、そのようにして塩を得ようとした貧しい営みのあとである。平明な叙景歌であるが、作者が歌おうとしているのは単なる風景ではない筈である。荒廃した世界にむかう寂寥感が、沈んだことばでうたわれている」と鑑賞する。「土佐諸木村」と詞書した中に「土佐の諸木母君手づから織り成しし生絹《すずし》の蚊帳も忘らゆべしや」。

＊続青南集《ぞくせいなんしゅう》　歌集。〔初版〕昭和四十二年、白玉書房。◇作者の東京青山南町在住期の一、四〇五首。「中村を聞けば東声の歌碑のこと思へどバスの停車みじかし」「君がほこりし四万十川を今渡る冬の水満ち堤ゆたかなり」。

＊続々青南集《ぞくぞくせいなんしゅう》　歌集。〔初版〕昭和四十八年七月三十日、白玉書房。◇「長崎太郎君長逝」首中に土佐を詠んだ歌がある。　（堀部功夫）

筒井泉吉　つつい・せんきち

大正三年一月一日～昭和八年九月十九日。詩人。高知県安芸郡和食村（現安芸市）に、甚吉、左馬尾の長男として生まれる。大正五年、幡多郡中村町へ移る。昭和三年、中村高等小学校を卒業する。働きながら、労働者運動に挺身する。七年、日本プロレタリア作家同盟高知支部幡多地区を結成する。高知市へ出て活動する。八年、検挙され、水上署で拷問により死去する。　（堀部功夫）

堤高数　つつみ・たかかず

昭和十二年七月二十五日～。小説家。徳島県板野郡板野町に生まれる。昭和三十年、徳島県立板野高等学校卒業。三十四年四月、日本電信電話公社入社。「徳島作家」同人、阿波の歴史を小説にする会、生田花世の会、阿波郷土会などに所属。四十四年、処女作「石の笛」が、四十六年、「梟首聞書」が徳島県藝術祭「小説部門」最優秀賞を受賞。四十九年、徳島新聞創立三〇周年記念懸賞小説に「耶馬台国は阿波だった」が入選。平成七年、「野人の生涯―喜田貞吉伝」を「徳島新聞」夕刊に連載。石と鳥と老人を題材に好んで描いた。著書に『耶馬台国は阿波だった』（昭和58年1月25日、井上書房）、『朱鷺（トキ）の殿様』（平成10年7月、井上書房）がある。

＊邪馬台国は阿波だった《やまたいこくはあわだった》　短編小説集。〔初版〕昭和五十八年一月、井上書房。◇昭和三十六年の秋、猪口健次郎は、徳島県板野郡の神社の古文書の中に、「粟散土国王日彌子」という字を見つけた。「日彌子」から、邪馬台国の女王卑弥呼を連想し、日夜、邪馬台国研究に励んだ。そして、邪馬台国は阿波だったという仮説を立て、『建国日本秘匿史の解析と魏志倭人伝の新解釈』を発刊し、多くの大学に献呈した。当時、早稲田大学の総長の阿部賢一の思わぬ激励の手紙が嬉しかった。猪口は手紙を受け取り、論文の改編作業をすすめるが、まもなく交通事故にあった。邪馬台国研究を打ち切らざるをえなくなり、七十二歳で亡くなる。珍しく邪馬台国阿波説を唱えた人の伝記的小説である。　（増田周子）

堤常　つつみ・つね

明治二十四年三月一日～昭和六十一年一月二十四日。岩波書店会長。愛媛県松山市に生まれる。安倍能成と従弟。大正四年二月、岩波書店に入社。以来、創設社岩波茂雄の女房役を務め、岩波書店発展の力となった。昭和二十四年、岩波書店が株式会社に改組され、取締役会長に就任。三十七年から相談役。　（浦西和彦）

つ

綱島理友 つなしま・りとも

昭和二十九年（月日未詳）～。エッセイスト。横浜市に生まれる。日本大学卒業。出版社勤務を経て文筆活動に。

＊全日本荒唐無稽観光団―こんな迷所知っていますか？《ぜんにほんこうとうむけいかんこうだん―こんなめいしょしっていますか》 エッセイ集。〔初出〕「POPCOM」他、昭和六十三年七月～平成六年三月。〔初版〕平成七年八月十五日、講談社。◇「『おおぼけ』から『ごめん』への旅」「ハゲのヒマつぶし」章で、駄洒落地名を取りあげる。「ボクが龍馬歴史館で考えたコト」章では、その他多勢の役をする龍馬のロウ人形を見付けて喜ぶ。（堀部功夫）

常石芝青 つねいし・しせい

生年月日未詳～昭和六十二年十月一日。俳人。高知県香美郡野市町（現香南市）に生まれる。本名は覚。明治四十年、十九歳で渡来し、農業に従事しながら南カリフォルニア大学に学ぶ。大正十年、ロサンゼルスに俳句を興し、翌年橘吟社を創設。「たちばな」を発刊。戦後はアメリカの小学校へも英語で俳句指導に回った。句碑「元日や我に始まる一家系」がロスにある。句集『菊の塵』（昭和50年10月1日、著者）、『配所の月』（昭和58年7月、ゆつか印刷）。（浦西和彦）

恒石草人 つねいし・そうじん

明治二十九年九月（日未詳）～昭和二十九年三月七日。歌人。高知県香美郡西川村奥西川佐敷に、義季、竹の子として生まれる。本名は重登《たか》。美良布高等小学校卒業。炭焼業をしながら大正三年頃より、作歌する。稲刈りの男衆などの仕事をしに野市遠山へ毎年出、岡本彌太、池上治水たちの親友になる。「電灯村も働きかねし村人は榾火燃しつつ夜業すあはれ」「雲と見し白髪の峰の山さだちめぐる山なみを降りまはりたり」。昭和十二年、村会議員になり、三期務める。（堀部功夫）

恒藤恭 つねとう・きょう

明治二十一年十二月三日～昭和四十二年十一月二日。法学者。島根県に生まれる。京都大学卒業。

＊復活祭のころ《ふっかつさいのころ》 エッセイ集。〔初版〕昭和二十三年五月十日、朝日新聞社。◇集中「土佐から」は、大正二年夏を、高等学校時代来の友人「N君」の故郷である土佐安芸町で過ごした記録である。激しい暑さ、絵を描いたり泳いだりする。「葉の密生してゐる橙の木、ざぼんの木、はまべの小松、せんだんの木、あさの空。／すべてのものが色鮮かに『朝の歌』をうたつてゐる」。「N君」は長崎太郎。（堀部功夫）

常光徹 つねみつ・とおる

昭和二十三年（月日未詳）～。民俗学者。高知県高岡郡中土佐町久礼に生まれる。幼少年期、同郡東津野村北川で暮らし、高校生期、坂本正夫に師事する。国学院大学時代より、各地の昔話伝説を訪ねる。昭和四十八～平成三年、東京の公立中学校教員。松谷みよ子の助言「目の前の伝承を」にヒントを得、「トイレの花子さん」など「初潮を体験する前後の女子の、独自の不安心理とうらはらにあるフォークロア」（宮田登）の調査を行う。平成二年、児童書『学校の怪談』を著す。ブームとなり、八巻（平成8年7月3日、講談社）まで続刊、映画化された。五年、『土佐の世間話』を著す。国立歴史民俗博物館助教授。

＊うわさと俗信《うわさとぞくしん》 エッセイ集。〔初出〕「高知新聞」平成八年九月二日～十一月一日。〔初版〕平成九年三月二十四日、高知新聞社。◇前半に怪談や現代のうわさ話を

紹介し、後半に高知の俗信を取上げ、考察する。鱶に合ったらフンドシを流せ、火事の時は腰巻を振れ…など。

（堀部功夫）

常山進　つねやま・すすむ

大正十四年八月十二日〜。歌人。新潟県に生まれる。満州国牡丹江中学校中退。「槻の木」会員。昭和二十八年、高知市へ移住する。印刷業を自営。「高知歌人」に入会する。三十〜四十年、「林間」会員。三十年、『漂流』を著す。六十年、随筆集『田所妙子人と作品』を著す。平成二年、「高知歌人」を退会する。三年、歌誌「温石」編集を担当する。第一歌集『江ノ口川物語』を著す。

江ノ口川のみなもと渓の清き水　浦戸湾までとどけと念ふ

（堀部功夫）

坪井かね子　つぼい・かねこ

大正六年十二月三十日〜平成六年七月二十三日。俳人。香川県木田郡（現高松市）に生まれる。本名は金子。香川女子師範学校卒業。教員。俳句は昭和十三年よりはじめ、「ホトトギス」「椿」「雪解」を経て、「燕巣」「馬酔木」同人。句集『屋島』（平成4年8月）。

五剣山巓虚空いみじき秋のこゑ

（浦西和彦）

壺井栄　つぼい・さかえ

明治三十二年八月五日〜昭和四十二年六月二十三日。小説家。香川県小豆郡坂手村（現小豆島町）甲三三六番地に、岩井藤吉、アサの五女として生まれる。父は醬油の樽を造る職人。明治三十八年四月、坂手尋常小学校に入学。父の樽を納める醬油醸造元が倒産したりして、家運は次第に下り坂となる。五年生の時、六〇〇円余の借金のため破産、借家住居に転居。四十四年四月、内海高等小学校に入学し、大正二年三月二十四日に卒業。父のやっている渡海屋（海上の運送業）の仕事を手伝う。三年十一月、坂手郵便局に勤める。五年十月十七日、祖母イソが八十二歳で死去。この年から翌年、黒島伝治から手紙をもらい文通と交際を重ねた。六年三月、肋膜炎を患い、脊椎カリエスになったので郵便局を退職。九年十月、坂手村役場に勤めた。十一年五月から翌年二月まで郵便局に勤め、十二年三月から再び役場で働いた。十四年二月中旬、上京し、千葉県銚子の犬吠岬で共同生活をしていた壺井繁治を訪ねた。二月二十日、繁治と結婚。太子堂に住み、筆耕のアルバイトをする。昭和二年十二月五日、繁治がマルキシズム支持の立場を鮮明にしたため、黒色青年連盟のテロにあい、三カ月の重傷を負った。三年一月、代々幡町幡ケ谷へ転居、時計問屋小川商店に勤める。五年八月十六日、繁治が治安維持法違反で逮捕され、十月下旬から翌年四月まで豊多摩刑務所に入獄。栄は九月から戦旗社の事務員として働いた。七年三月二十四日、繁治が検挙され、九年五月まで再び豊多摩刑務所に入獄。救援活動で佐多稲子との緊密なつきあいがはじまり、宮本百合子と親しくなる。佐多稲子のすすめで書かれた「大根の葉」が宮本百合子によって十三年九月「文藝」に発表された。十六年二月十日、創作集『暦』で第四回新潮社文藝賞受賞が決定。以後、「十五夜の月」や『海のたましひ』などの童話や『祭着』『たんぽぽ』『船路』『ともしび』『石』『女傑の村』等に収録される小説を書き、創作活動を続けた。二十年十二月、新日本文学会創立に参加。翌年八月、妹シンが徳永直の後妻となったが二カ月で離婚となる。「妻の座」を「新日本文学」（昭和22年8月〜24年7月分載）に発表。二十六年、『柿の木のある家』で第一回児童文学賞を受賞。「二十四の瞳」を「ニューエイジ」（昭和27年2～11月）に連載。二十七年四月、『母のない子と子のない母と』で第二回藝術選奨文部大臣賞を受ける。二十九年九月十五日、映画「二十四の瞳」（木下恵介監督）が封切られる。三十一年八～九月、徳永直と「草いきれ」論争をする。同年十一月十日、小豆島の土庄町に「平和の群像」が建立される。四十二年六月十日、内海町名誉町民章を受ける。「海の音」「桃栗三年」「たんぽぽ」「柳はみどり」「艪」「小豆飯」「帰郷」「同い年」「坂下咲子」等多くの作品で小豆島を舞台に描いた。歿後、昭和四十五年九月二十三日に壺井栄文学碑「桃栗三年／柿八年／柚の大馬鹿／十八年」が小豆島の内海町坂手向が丘に建立され、平成四年六月二十三日、壺井栄文学館が内海町田浦甲九三六に開館した。『壺井栄全集』全一二巻（平成9年4月1日～11年3月15日、文泉堂出版）。

＊大根の葉《だいこんのは》　短編小説。〔初出〕「文藝」昭和十三年九月一日。〔収録〕『暦』昭和十五年三月九日、新潮社。◇健のお母さんは、今夜また赤ん坊の克子をつれて神戸の病院へ行くことになっている。克子は先天性白内障で家の人たちはみなあきらめているが、お母さんだけは望みをすてなかった。健は一緒に行くのだと頑張るが、母の帰るまで祖母の家にあずけられた。母のいない寂しさに耐えながら、島の自然と生活のなかで鍛えられていく健が描かれる。「風車」「赤いステッキ」「窓」「霧の街」「眼鏡」らの克子ものが書かれる。

＊岬《みさき》　短編小説。〔初出〕「婦女新聞」昭和十三年九月十八日、二十五日、十月二日。〔全集〕『壺井栄全集1』平成九年八月十五日、文泉堂出版。◇母親が四十五という働きざかりで半身不随になった。小咲は十五で母親の代わりをつとめねばならない。小船で荷物を運搬する父の荒仕事に毎日引きずり回される。その積み込みに、小咲の肩の肉はめりこみ、背骨が音を立てる事がある激しい労働と瀬戸内海にある岬が描かれる。

＊暦《こよみ》　短編小説。〔初出〕「新潮」昭和十五年二月一日。〔収録〕『暦』昭和十五年三月九日、新潮社。◇小学校教師のクニ子とその妹の実枝が祖母の一七年忌と父親の三年忌を他国で暮らしている姉たちを呼びよせて営む。小豆島で一〇人の子供たちを生んで育てた樽屋の日向重吉、いね夫婦や祖母たち、島で亡くなった兄姉、生き残って他国にいる姉たちを中心に、日向家の盛衰の歴史をほぼ半世紀にわたって描いている。壺井栄の出世作となった。

＊夕焼《ゆうやけ》　長編小説。〔初出〕「婦人朝日」昭和十七年二月一日～七月一日。〔収録〕『海風〈女流作家叢書〉』昭和二十一年九月七日、新日本文化協会。◇壺井栄の最初の長編小説。小豆島に住む小学校校長の娘松代と竹乃の二人を中心に物語は展開する。島に育つ男の子らの希望の一つに船乗りがある。津々木松代も海の夫を持つ妻であった。夫の省太郎は北海道航路の荷物船の一等運転士である。結婚生活わずか半年にも足りないうちに、松代の妊娠中に船が遭難にあい、省太郎は死んでしまう。妹の竹乃は船乗りである内海からの求婚を、松代の不幸をきっかけに断念する。続編が「海風」である。

＊二十四の瞳《にじゅうしのひとみ》　長編小説。〔初出〕「ニューエイジ」昭和二十七年二月一日～十一月一日。〔初版〕昭和二十七年十二月二十五日、光文社。◇岬の分教場に昭和三年四月赴任してきた大石先生は若い女のモダンな先生であった。二学期のはじめ、嵐で荒らされた村の浜辺へ一年生一二人の生徒たちをつれていったとき、子供がつくっ

た陥穴《おとしあな》に大石先生は落ちこみ、アキレス腱を切り、学校を休む。ある日、岬から八kmもはなれている大石先生を生徒たちが親にもだまって訪ねて行く。先生は生徒たちにまた岬へ帰ると約束したが、この足では自転車にものれず、分教場をやめ本校に赴任する。太平洋戦争に突入し、先生の夫は戦死、娘は病死した。二人の子をもった大石先生は敗戦の翌年、一三年ぶりでまた分教場で教えることになった。一二人の教え子のうち、三人が戦死、一人が失明、女生徒一人が病死、ひとりは消息がわからない。瀬戸内海の平和な島にも、戦争は、無慈悲であったのだ。

＊**岸うつ波**《きしうつなみ》　長編小説。〔初出〕「婦人公論」昭和二十八年四月一日～十二月一日。〔初版〕『岸うつ波〈カッパブックス〉』昭和三十年六月三日、光文社。◇女主人公なぎさは小豆島に生まれて、自分の母を姉と呼び、祖母を母と呼ばなければならない出生の不幸を持つ。祖母や母の経てきたような女の不幸な運命からのがれるために、恋愛の末、幸福な結婚をしたが、夫が海員であったため、戦争にうばわれてしまった。女学校の先輩新子の世話で、世間では進歩的と見なされている作家の永井と再婚した。永井は妻を家政婦としてしか見ず、なぎさが病気になると島に追いかえし、肺病を理由に離婚を強要する。そして、今度の縁談は永井よりもまだ年寄りだった。波が島の岸を荒々しくうっている。徳永直をモデルにしたことで反響をよんだ。

＊**母のない子と子のない母と**《ははのないことこのないははと》
児童文学。〔初出〕「少国民新聞」昭和二十一年三月一日～七月二十日。原題「海辺の村の子供たち」。〔初版〕昭和二十六年十一月十日、光文社。この時全面的に改稿。◇小豆島から大阪へ嫁いだおとら小母さんは、少年航空兵になった一人息子が死に、空襲で夫も失い、一八年ぶりに故郷へ帰った。小母さんのいとこの捨男さん一家は、捨男さんは出征しており、埼玉県の家は焼け出され、母親は病気になったため、小母さんの勧めで小豆島に帰ってくる。しかし、母親は死んでしまう。小母さんは一郎と四郎の二人の子供を引き取って育てる。ソ連地区から復員してきた捨男さんと小母さんが再婚をきめて子供を育てることにする。

＊**裲襠**《うちかけ》　中編小説。〔初出〕「群像」昭和三十年八月一日・十月一日～十二月一日。〔初版〕『裲襠〈ミリオン・ブックス〉』昭和三十一年一月二十五日、講談社。◇小豆島の旧家に生きた女五代にわたる歴史を、たつ婆さんが語る。百年もの前の噂をして、福本家の女の生き方を語るうちに、現代の孫にまでつながっていく。慶応三（一八六七）年前後、当時の津山藩小豆島、坂手郷の庄屋、通称小判屋の八郎衛門の妻すずの代からはじまる。松竹梅の裲襠はすずの嫁入り衣裳である。すずは子に恵まれない。夫と自分の妹との間にできた子たつを自分の娘として育てる。たつは養子の力松を嫌い、小作の辰次郎との間に女の子小梅を生む。小梅も力松の子として育つ。小梅は船乗りと結婚して琴路を生む。琴路は東京に出て思想運動で検挙され、挫折する。そして、菊次郎と結婚する。四代の女は同じ裲襠を祝言のときに着た。琴路の娘さやかは「これ、小判屋のにおいよ」といい、かび臭い裲襠は小判屋代々の女を家にしばりつけた、家族制度のシンボルだとおかあさんいったじゃないのと、手に通すが、破ける。

＊**帰郷日記**《ききょうにっき》**―香川風土記―**《かがわふどき》
エッセイ。〔初出〕「小説新潮」昭和三十一年二月一日、第一〇巻三号。◇昭和三十年十一月二十三日から十一月二十九日まで、郷土香川へ帰郷した時の日記。東京から乗りかえなしに四国へ渡るには、食堂車も寝

つ

台車もない「瀬戸号」一本だけかと思うと、四国はやっぱりへんぴなのかと考えてしまう。黒島伝治の墓にまいり、墓石もないこの郷土出身のすぐれた作家のために、春月碑を移転させる熱意があるなら、黒島伝治文学碑を作ればよいのにと歯ぎしりする思いがする。

（浦西和彦）

壺井繁治　つぼい・しげじ

明治三十年十月十八日〜昭和五十年九月四日。詩人。香川県小豆郡苗羽《のおま》村大字堀越（現小豆島町）甲二九九番地に生まれる。父増十郎、母トワの四男。生家は代々自作農。数軒共同で網元を兼業。父は村で最初に蜜柑栽培を始めた。明治四十三年、苗羽尋常小学校を卒業、内海五ケ町村組合立内海実業補習学校に入学。四十五年春、教師に対する悪戯事件の濡れ衣を着せられ、憤慨のあまり内海実業補習学校を退学。大正二年四月、大阪の私立上宮中学校（現上宮学園）二年編入学。五年に江田島海軍兵学校を受験しようとしたが近視眼となっていることがわかり、不合格の烙印を押される。六年四月、早稲田大学政治経済学部高等予科に入学。十日後、親に無断で英文科に転科。そのことが翌年ばれ、学費の送金を停止された。七年十一月、東京中央郵便局書留課に臨時通信事務員として勤務。八年七月、最初の詩「こわれた笛」を佐々木味津三主宰「四元」に発表。九年十月、早稲田大学を退学。十二月一日、姫路歩兵第一〇連隊に入隊したが、危険思想の持ち主と見られ、近視眼という理由で二カ月で徐役された。十年四月、私立尽誠中学校英語教師となるが翌年二月に退職。十一年九月、個人雑誌「出発」創刊。岡本潤と交友を深める。十二年一月、「赤と黒」を萩原恭次郎らと創刊、表紙に「詩とは爆弾である！詩人とは牢獄の固き壁と扉に爆弾を投ずる黒き犯人である！」という宣言を執筆。十三年十一月、「ダム・ダム」を創刊。十二月、生活に困窮し、飯田徳太郎、平林たい子らと千葉県犬吠崎附近の貸別荘日昇館で共同生活をはじめる。十四年二月二十日、岩井栄と結婚。十五年一月、反戦詩「頭の中の兵士」を「文藝戦線」に発表。昭和二年一月、飯田豊二、川合仁らと「文藝解放」を創刊。編集・発行所を自宅に置く。「我等は彼等と如何に対立するか」「観念的理想主義者の革命理論を駁す」でアナーキズムを批判し、マルキシズム支持を鮮明にしたため、十二月五日、同人飯田豊二宅で会議中、黒色青年連盟のテロにあい、三カ月の重傷を負う。三年二月、三好十郎らと左翼藝術同盟を結成、自宅に同盟事務所を置く。五月、同盟機関誌「左翼藝術」創刊。ナップに加盟。四年四月、「戦旗」の発行、経営、ナップ関係の出版事業を専門的に担当する。四月十六日、検挙され、二九日間抑留された。五年五月二十日、シンパ事件で検挙、起訴され、豊多摩刑務所に入獄。翌年四月に保釈出所。八月、日本共産党に入党。七年三月二十四日、コップ（日本プロレタリア文化連盟）の弾圧で検挙され、再び入獄、九年五月に保釈出所。十年十一月四日、諷刺画家と詩人による諷刺集団サンチョ・クラブを結成し、「太鼓」を創刊。十七年三月二十日、処女詩集『壺井繁治詩集』を青磁社より刊行。戦時中は、科学主義工業社、北隆館出版部に勤務しながら詩作し、「指の旅」（「文藝」昭和17年7月）など、戦争支持の詩も発表。二十年十月十五日、新日本文学会創立準備委員会に参加。十二月の創立大会で中央委員に選ばれ、財政部部長となる。詩集に『果実』（昭和21年10月30日、十月書房）、『神のしもべいとなみたもうマリア病院』（昭和22年3月30日、九州評論社）、『頭の中の兵士』（昭和

31年10月1日、緑書房)、『影の国』(昭和31年2月10日、五味書店)、『風船』(昭和32年6月20日、筑摩書房)、評論集『詩人の感想』(昭和23年1月30日、新星社)、『抵抗の精神』(昭和24年12月10日、飯塚書店)、『現代詩の精神』(昭和31年2月1日、葦出版社)、『回想の詩人たち』(昭和45年9月30日、新日本出版社)、自伝『激流の魚』(昭和41年11月10日、光和堂)等がある。詩碑「石は億萬年を黙って暮らしつづけた。その間に空は晴れたり曇ったりした」が小豆郡内海町堀越苗羽小学校にある。『壺井繁治全集』全五巻別巻(昭和63年1月15日〜平成元年8月1日、青磁社)。

***桐の木**《きりのき》 短編小説。〔全集〕『壺井繁治全集第二巻』昭和六十三年八月十日、青磁社。◇瀬戸内海の島に青年画家がやってくる。雪枝の母は、彼女が生まれると、祖父母に預けて満洲へ出ていった。祖父は孫だけは娘の轍を踏ませたくないと思った。雪枝の生まれた年に桐を植えた。雪枝は十七歳になった。画家が桐の木を登って雪枝の寝室に来るようになる。娘の家出に怒った祖父は、再び孫に裏切られて涙を流す。

***香川をあるく**《かがわをあるく》 ルポルタージュ。〔初出〕「戦旗」昭和四年十二月。◇昭和四年夏、香川で捕まる前後の記録。一時は二万以上の組合員を持ち、旧日農系の中でも一番戦闘的だった香川の農民組合が、支部一つ残さずに潰れてしまった。僕の取り調べの中心点は、香川の農民組合再組織のためにやって来たかどうかという点であった。

***四国の早春**《しこくのそうしゅん》 エッセイ。〔初出〕「東京と京都」昭和三十一年三月。◇小豆島の早春を強く印象づけられたのは「ダミ」拾いである。「ダミ」というのはサザエとおなじような格好で、それを小さくしたようなもので、おふくろのつくってくれる「ダミ」のぬたは私の少年時代の最も好きなおかずの一つであった。女郎蜘蛛取りなど少年時代の思い出を記す。

(浦西和彦)

壺井久子 つぼい・ひさこ

昭和四年十月二十七日〜。俳人。香川県に生まれる。昭和四十一年「馬酔木」、五十二年「地底」、平成四年「風雪」入会同人。

木偶遺ふ梅雨の足駄の足拍子
雨乞の神の御簾あげ島歌舞伎
川めしの燭の揺らぎにあめんぼう

(浦西和彦)

坪内稔典 つぼうち・としのり

昭和十九年四月二十二日〜。国文学者、俳人。愛媛県西宇和郡伊方町に生まれる。園田学園女子大学助教授、京都教育大学教授を経て仏教大学教授。「日時計」「黄金海岸」などの同人誌を経て、昭和五十一年「現代俳句」責任編集。句集『朝の岸』(昭和48年3月10日、青銅社)、『春の家』(昭和51年7月11日、沖積舎)、『わが町』(昭和55年7月15日、沖積舎)、『落花落日』(昭和59年6月18日、海風社)等。

(浦西和彦)

津村秀介 つむら・しゅうすけ

昭和八年十二月七日〜。推理作家。神奈川県横浜市に生まれる。本名は飯倉良。出版社編集者を経て神奈川新聞嘱託。「近代文学」に「裏街」(昭和29年9月)、「雨やまず」(昭和30年11月)、「やわらかい掌」(昭和31年3月)を発表。推理小説に転身し、昭和五十七年「影の複合」でデビューして以後、アリバイ崩しの推理小説を多数書く。

***松山着18時15分の死者**《まつやまちゃくじゅうはちじじゅうごふんのししゃ》 推理小説。〔初版〕平成二年一月五日、講談社。◇松山港で高橋美津枝がレンタカーの中で殺された。現場に残されたのは凶器である男物の革ベルト一本、愛媛県の分県地図一冊、将棋の王様

つ

駒一枚である。地図と駒には週刊広場のルポライター浦上伸介の指紋が付着していた。だれかが意図的に浦上を殺人犯に仕立てようとしている。真犯人の二重のアリバイを浦上が崩していく。（浦西和彦）

津村信夫 つむら・のぶお

明治四十二年一月五日〜昭和十九年六月二十七日。神戸市に生まれる。詩人慶応義塾大学卒業。中村地平らと「四人」を発行、三好達治らと「四季」を創刊。「港に蝶がゐた、私の胸に花の動悸が。（晴れた日の四国の山脈が焼けてゐる）」とはじまる散文詩「春の航海から」（「四人」昭和7年4月）や「味爽」（「四人」同）が『ふるさと文学館第43巻香川』（平成6年8月15日、ぎょうせい）に収録されている。（浦西和彦）

津本陽 つもと・よう

昭和四年三月二十三日〜。小説家。和歌山県に生まれる。東北大学卒業。会社員を経て文筆活動に。第七九回直木賞を受賞する。

＊椿と花水木《つばきとはなみずき》 長編小説。〔初出〕「読売新聞」平成四年五月二十五日〜五年十一月三日。〔初版〕平成六年三月十五日、読売新聞社、二巻。◇ジョン万次郎の生涯。津本は万次郎の日米国際交流のさきがけであった面を強調する。「ベッドのなかで、キャサリンがいった。『あなた、きっと帰ってきてね。私はあなたの子供を産むわ。ヘナンのようなかわいい子供がほしいの。ねえ、子供につける名前をいまのうちに決めておきましょうよ』『そうじゃなあ。わえとお前んの子にゃ、ええ名をつけちゃらな、いけなあ』万次郎はしばらく考えたあと、はにかみつつ聞く。『わえは木ぃが好きじゃけえ、木ぃの名ぁつけてもええじゃろかのう』『いいわよ。きめてちょうだい』『男の子ならドッグウッド。いけんか』『おかしくないわ』『女の子ならカミーリア（椿）じゃ』万次郎はアメリカと日本で、もっともなつかしい樹の名をひとつずつ告げた――」。題名の由来だが、右場面は津本の創作だろう。万次郎の女友達「キャサリン・モートン」の名前は、中浜博『私のジョン万次郎』やエミリー・V・ウォリナー『ジョン万次郎漂流記』に出てくるけれども。土佐弁を話す万次郎を登場させた。（堀部功夫）

鶴野佳子 つるの・よしこ

昭和十二年七月三日〜。歌人。徳島市前川町に生まれる。高等学校時代「徳島歌人」に入会。保科千代次に師事。結婚で大阪に転居。昭和四十二年「新日本歌人」に入会。歌集に『花あかり』（昭和52年5月16日、新日本歌人協会）、『雪の記憶』（昭和56年11月7日、創造出版センター）がある。

水しぶく雌雄の滝の添う音に人を憎めぬかなしみに佇つ

滝冥く夏の冷気が岩を這う古代卑弥呼の棲みし伝説

（浦西和彦）

鶴村松一 つるむら・しょういち

昭和七年十一月二十五日〜昭和五十七年十一月十二日。郷土史家。山口県に生まれる。松山市に移住して、愛媛県内の俳蹟を中心とする地方史家として、『愛媛の自由律俳句史』（昭和55年5月5日、著者）、『芭蕉と一茶』（昭和55年12月15日、松山郷土史文学研究会）、『伊予路の夏目漱石』（昭和56年4月8日、松山郷土史文学研究会）、『村上霽月』（昭和56年5月19日、松山郷土史文学研究会）、『松山文学案内』（昭和57年4月19日、青葉図書）ほか二七点に及ぶ著作を刊行した。（浦西和彦）

【て】

出久根達郎 でくね・たつろう

昭和十九年三月三十一日〜。小説家。茨城県に生まれる。北浦中学校卒業。東京月島の古書店文雅堂に勤める。高円寺に古書店芳雅堂を営みながら文筆活動に。第一〇八回直木賞を受賞する。

＊落し宿《おとしやど》 長編小説。〔初出〕「小説中央公論」平成五年十月〜六年三月。〔初版〕平成六年五月二十日、中央公論社。◇昭和八年、銀幕の麗人神明翔が、大部屋男優浦里時次郎と駆け落ち。高知より愛媛へ抜ける道中、落し宿（逃亡者を手助けする宿）に辿り着く。宿の主人成瀬は、翔の父中道末夫と旧知の仲であった。陸軍スパイ養成機関教官中道は思うところあってここでニセ札を作らせていたらしい。翔の駆け落ちが、実は二重スパイでもある助監督のたくらんだ、中道おびき出し作戦の術中に陥ったものだったので、中道、成瀬捕縛の大捕物へと展開する。成瀬は中道とともに行方をくらます。後日、翔は北一輝を知り、かつての成瀬かと思う。明示された参考資料『大蔵省百年史』以外に、宮本常一「土佐源氏」もヒントになったか。講談調展開ながら、昭和前期の怪しい雰囲気を描出する。

＊面一本《めんいっぽん》 長編小説。〔初出〕「高知新聞」他、平成六年五月〜七年七月。〔初版〕平成七年十月五日、講談社。◇昭和六十三年、東京西早稲田四丁目、古本屋と地上げ屋の攻防戦。剣道の得意なヒロイン若苗が、地上げ屋を面一本「めぇーん」と一喝する話。作中、古本屋の若苗が知人でセドリのシンゴさんに同道し商用で高知を訪ねるところがある。龍河洞、竹林寺、市内の古本屋（「たんぽぽ書店」がモデルだろう）の描写をふくむ。

＊花ゆらゆら《はなゆらゆら》 エッセイ集。〔初出〕「フリテン君別冊」平成四年九月六日〜七年一月二十六日。「まんがライフオリジナル」平成七年三月〜十年一月。原題「私の花言葉」か。〔初版〕平成十年四月十五日、筑摩書房。◇庭の花を語り、思い出を綴る。集中「花を愛して」高知牧野植物園で見た梅花写生画、「ロシナンテ」片岡千歳の詩文、「茶堂の茶」檮原町に咲く彼岸花、「木の葉のお札」竹林寺おまいり、が高知関係である。

＊書棚の隅っこ《しょだなのすみっこ》 エッセイ集。〔初出〕「週刊新刊全点案内」平成九年十月七日〜十年九月二十九日。〔初版〕平成十一年一月二十日、リブリオ出版。◇集中「たんぽぽの音」が片岡千歳の詩に言及する。

（堀部功夫）

寺石正路 てらいし・まさみち

慶応四（一八六八）年九月二日〜昭和二十四年十二月二十三日。歴史家。高知九反田（現高知市）に生まれる。明治十九年、東京帝国大学予備門を中退。二十五〜大正十五年、海南学校に勤務、郷土史学に打ち込む。『土佐偉人史』『南学史』など著書多数。

（堀部功夫）

寺内忠夫 てらうち・ただお

昭和八年十月二十日〜。詩人。神戸市兵庫区に生まれる。十三歳の五月より徳島市に移転。徳島県立城東高等学校定時制を経て、昭和三十三年に早稲田大学第二文学部仏蘭西文学科を卒業。医療関連図書出版社に勤務。徳島県出身の恩師佐藤輝夫の影響で、フランス文学会に所属。ネルヴァル研究会設立に活躍。「詩脈」の会員。『消去法 i』（昭和58年1月）以来、『√《ルート》希望それは』（昭和59年1月）、『真核細胞』（昭和60年1月）、『乳鉢』（昭和61年1月）、『人工心』

（昭和62年1月）、『握手』（昭和63年1月）、『順路帳』（昭和64年1月）、『過去帳・*i*』（平成2年1月）、『般若の街』（平成3年2月）、『梅雨舞台』（平成4年2月）、『茜色のあとで』（平成5年2月）まで毎年自家版詩集を出版。その後『時と愛と生命の連弾』（平成5年9月20日、土曜美術社）、『いいぎりの歌』（平成7年7月25日、土曜美術社）、『隠蓑の歌』（平成10年10月20日、土曜美術社）を刊行。詩書に『ポエム断層』（平成9年9月20日、スリーキューブド）がある。「歴史喪失・堀の水」が『詩と思想詩人集―1998』（平成10年9月30日、土曜美術社）に収録された。（増田周子）

寺岡文太郎 てらおか・ぶんたろう
明治三十三年四月十日～歿年月日未詳。小説家。高松市伏石町に生まれる。大正九年、香川師範学校を卒業後、栗林小学校に勤務。十三年、同人誌「原人」に発表した「ある百姓男の夢」が発禁となり、教職を追われる。上京し、満蒙開拓義勇軍幹部訓練所に入所。昭和十八年から敗戦まで、マライ軍政監部教育要員としてマライ現地人向けの教科書を編集。戦後は香川県福祉司を経て、高松市鬼無農協に勤めた。「四国作家」「遍路宿」同人。著書に『スメラ先生』（昭和41年8月15日、四国作家の会）がある。（浦西和彦）

寺沢猪三郎 てらさわ・いさぶろう
生年月日未詳～。児童文学者、作家、医師。日本篤志献体協会、徳島大学白菊会、日本財団事業成果ライブラリーに所属しながら、童話を書く。『先生泣かせ』（昭和45年、徳島教育出版センター）、『キャンプ和田島通訳物語―秘められた戦後裏面史』（昭和46年8月、徳島教育出版センター）、『河童大将』（昭和47年11月1日、徳島出版文化協会）、『オッホ先生とコスモス』（昭和48年11月1日、徳島教育出版センター）、『槍一筋』（昭和51年8月、徳島教育出版センター）、『徳島艶笑綺譚』（昭和54年、茨木書房）などの著書がある。（増田周子）

寺田瑛 てらだ・えい
明治二十七年三月二十四日～昭和三十五年（月日未詳）。ジャーナリスト。高知市に、栄実の長男として生まれる。前名は稔彦。大正七年、早稲田大学卒業。「新愛知」東京支局に勤める。「報知新聞」学藝部長となる。同紙に一〇年間、コント「不連続線」を書き本を著す。昭和十年代、朝鮮へ渡る。「京城日報」学藝部長となる。田中英光「酔いどれ船」に出てくる「田村」のモデルが寺田らしい。「その頃〔昭和十年代後半〕の貧弱な朝鮮文壇を牛耳っていたものは、かツて大御所と呼ばれた、作家、李光洙でもなければ、かツての俊秀、兪鎮午でもない。大学教授の唐島博士〔モデルは辛島驍か〕と、青人草連盟〔モデルは緑旗連盟〕の都田二郎〔モデルは津田剛か〕と、京城日報の、田村学藝部長の三人だつた。その中でも、田村は、酒好きの苦労人で、政治的野心は少しもない。ただ彼は古風な人情家で、忠君愛国主義だから、善良さを、他の二人が事毎に利用し、彼を表に立て、自分たちは黒幕に坐り、朝鮮のジヤアナリズムを、彼らの思うように操つり、軍部に忠義をつくし、そこで彼らの好きな権力にありつこうとしてゐる」（田中英光より。〔 〕内は川村湊『満州崩壊』を参考に付した）。戦後、引き揚げる。晩年、失明した。

＊**不連続線話のカーニバル**《ふれんぞくせんはなしのかーにばる》 コント集。〔初版〕昭和八年七月二十五日、河出書房。◇集中「初日に拝む」は高知の子供時代に言及する。（堀部功夫）

寺田寅彦　てらだ・とらひこ

明治十一年十一月二十八日～昭和十年十二月三十一日。科学者、エッセイスト。東京都麹町区平河町三丁目に、父利正、母亀の長男として生まれる。長姉駒は別役《べっちゃく》俊夫に嫁し、次姉幸はのち伊野部正褒に嫁し、三姉茂尾は夭折した。父は陸軍会計監督で、寺田家は高知の出であった。明治十四年、祖母、母、次姉とともに高知大川筋の家へ移る。十六年、江ノ口小学校へ入学する。十八年、上京するが、十九年、高知へ帰る。二十五年、高知県立尋常中学校へ入学する。二十九年、熊本の第五高等学校第二部へ入学する。夏目漱石に英語を学び、田丸卓郎に数学と物理学を学ぶ。三十年、阪井夏子と結婚する。三十一年、俳句を発表する。三十二年、東京帝国大学理科大学物理学科へ入学する。正岡子規を訪ねる。小品文を「ホトトギス」に発表する。三十四年、長女が生まれた。肺尖カタルをわずらい、高知県須崎の浜へ療養に行く。三十五年、高知の家で養生したのち、上京する。妻夏子が死去した。三十六年、大学院へ入り実験物理学を研究する。海水振動調査のため帰郷することがある。三十七年、東京帝国大学理科大学講師となる。音響学、磁力学の学術論文を発表しはじめる。三十八年刊の、漱石『吾輩は猫である』作中人物「水島寒月」モデルとされる。「団栗」を「ホトトギス」に発表する。濱口寛子と結婚する。三十九年、「尺八に就て」を発表する。四十一年、理学博士となる。四十二年、東京帝国大学理科大学助教授となる。宇宙物理学研究のため、ドイツ、イギリスへ留学に出発する。四十四年、帰国する。海洋学、宇宙物理学、気象学を調査研究する。大正二年、『Umi no Buturigaku』を著す。三年、高知の家を引き払い、母と長女を伴い東京へ着く。『地球物理学』を著す。五年、東京帝国大学理科大学教授となる。六年、「ラウエ映画の実験方法及其説明に関する研究」が帝国学士院より恩賜賞を授与された。妻寛子が死去。七年、酒井紳子と結婚する。八年、胃潰瘍のため吐血する。九年、学校を休む。「渋柿」に随筆を発表する。読書したり絵を描いたりする。十年、航空研究所所員となる。勲四等瑞宝章を受章。出校する。十二年、『冬彦集』『藪柑子集』を著す。連句研究を始める。関東大震災調査に従事する。十四年、帝国学士院会員となる。『漱石俳句研究』を松根、小宮と共著刊。勲三等瑞宝章を受章。十五年、東京帝国大学地震研究所所員となる。昭和二年、語源探索をはじめる。三～十年、映画に関心を強める。『万華鏡』『続冬彦集』『柿の種』『物質と言葉』『蒸発皿』、『触媒』『蛍光板』を著す。十二月三十一日、転移性骨腫瘍のため、死去した。正三位に叙せられ、旭日重光章を受章。矢島祐利『寺田寅彦』（昭和24年10月23日、岩波書店）にくわしい。『寺田寅彦全集』がある。以下の枝項目に採れなかった高知記事も多い。『寺田寅彦郷土随筆集』（昭和53年11月28日増補改訂版、高知市教育委員会）の、橋本延寿、横川末吉、竹村義一、八波直則、西村時衛、吉村淑甫、永田哲夫による、解題、注解を参考にする。

＊冬彦集《ふゆひこしゅう》　エッセイ集。〔初版〕大正十二年一月二十五日、岩波書店。◇大正九～十一年のエッセイ集。「自画像」（「中央公論」大正9年9月1日）始めの方に、「中学時代に少しばかり油絵を描いて見た事はある。絵画の臭気と描きながら歌つた唱歌を思い出す」とある。「田園雑感」（「中央公論」大正10年7月1日）「二」で「私の国では村の豪家などで男子が生れると、其の次の正月は村中の若い者が寄つて、四畳敷六畳敷の大きな凧をこしらへて其家にかつぎ

込む」などの風習を記す。「三」で田舎の自然を思うと、恋しくなるとの心事を綴る。「四」で須崎の盆踊りを思い出す。山田一郎『寺田寅彦覚書』が、このときの踊り子、見物人のそれぞれ一人から取材して詳しい。「六」で木の丸神社の祭礼儀式を再現する。八波直則注に拠れば、「木の丸神社」は朝倉神社のこと、「ナンモンデ」が南無阿弥陀仏のなまった念仏踊り、「宝塚事件」は大正十年六月発覚の宝塚郵便局長収入印紙横領事件のことである。「蓄音機」(「東京朝日新聞」大正11年4月5〜13日)「私」の中学三、四年生時、文学士何某による蠟管蓄音機の説明実験会があったことに触れる。八波直則注に拠れば、「文学士何某」は太田技師、「校長」は千頭清臣、という。「亮の追憶」(「明星」大正11年5月1日)同年代で甥にあたる別役亮を追憶する。亮の父、春田に言及する。永田哲夫注は「T県のF町」を富山県福野町という。安岡章太郎「血ばくろ」は、本作を寅彦作品中「異例に小説的」で「ここには寅彦には珍しく自己の内心の柔らかい部分が出ており、なにか亮に託して自身の中のもう一人の人物像を描き出しているようにも思われる」などと評価する。

＊藪柑子集《やぶこうじしゅう》 短編小説集。〔初版〕大正十二年二月五日、岩波書店。◇「龍舌蘭」(「ホトトギス」明治38年6月10日)一四、五年前、十か十三歳位の「自分」は、甥の初節句の祝宴に「姉さん処」へ泊まりがけで行く。池の囲りに龍舌蘭のある、その家で出遇った藝者の淋しい表情が印象に残る。永田哲夫は「河野の義さん」が伊野部陟《のぼる》か、「姉さん処」が現在高知市朝倉本町二丁目三―二二・伊野部重一郎氏宅、「俊ちゃん」が伊野部重彦か、「ねえさん」が伊野部幸、「衣笠山」が赤鬼《あかぎ》山の別名、「柳の番所」が現高知市朝倉の横町にあったことを注釈する。小宮豊隆が、本作と「団栗」とを「三重吉の『千鳥』の父であり、漱石先生の『草枕』の祖父である」と、明治文学史上の位置付けを行ったのは有名である。「嵐」(「ホトトギス」明治39年10月1日)「自分」は病気療養のため、浜の宿屋に滞在する。松原の外れに「熊さん」の店がある。一夜浜を揺るがす嵐が荒れる。翌朝台場で、壊れた小屋の破片を拾い集めている「熊さん」の姿を見る。川村源七『寺田寅彦と土佐』は、本作の舞台が須崎で、作品本文「右には染谷の岬、左には野井の岬、沖には鴻島」が、それぞれ「右には角谷《かどや》の岬、左には山崎の鼻、沖には神島《こうじま》か戸島《へしま》」をモデルとすると教える。須崎は、寅彦が明治三十四年九月十六日〜三十五年四月四日の間、転地療養したところ。宿は大西旅館(山田一郎)。作品本文「泊って居る帆前船の舷灯の青い光」自注が「随筆難」(「経済往来」昭和10年6月)にある。永田哲夫は、作品が晩春とした点を作者の虚構かと記し、「宿の主人」が大西品であることを注釈する。本作評については漱石書簡明治三十九年九月二日付け寅彦宛、同月三日付け虚子宛が有名。「森の絵」(「ホトトギス」明治40年1月1日)二〇年前、買った石版刷油絵が引き出す記憶を綴る。永田哲夫は「片親の手一つで育つて」が虚構と注釈する。「花物語」(「ホトトギス」明治41年10月1日)「(一)昼顔」幼時、旧城下「射的場の玉避けの迹」で遊んだ思い出である。山田一郎は、「二十年後〔略〕此の広場には町の小学校が立派に立つてゐる」が虚構であり、本作の原型がローマ字「月見草」であることを報じる。「(四)凌宵花」小学時代、自宅から四、五町離れた「中学の先生」の所へ算術補習に通った。この「先生」のモデルは、「隅田」先生説(西村時衛)と「松田」先生説(宇田道隆)とがある。「(七)常山の花《くさぎ》」小学校時代、城山の常山木で兜虫を捕った。

「(九) 棟《おうち》の花」一夏、厄介になった田舎の親類の棟の茂った門前で、羅宇屋は、燕が永年宿を借りた旧家に麝香《じゃこう》の木実をもたらした話をする。本作自解は、昭和六年十二月十三日付け小野己代志宛書簡である。

＊**万華鏡**《まんげきょう》　エッセイ集。〔初版〕昭和四年四月十日、鉄塔書院。◇大正四～昭和四年間の科学的エッセイを集める。「怪異考」(「思想」昭和2年11月1日)「其の一」高知の〝孕《はらみ》のジャン〟を地鳴現象と仮説する。「化物の進化」(「改造」昭和4年1月1日)小中学校時代には「未だ吾々と化物との交渉は続いて居た」とし、その例示を含む。

＊**続冬彦集**《ぞくふゆひこしゅう》　エッセイ集。〔初版〕昭和七年六月二十五日、岩波書店。◇大正十二年以降のエッセイを集める。「備忘録」(「思想」昭和2年9月1日)「過去帳」項。「郷里の父の家に」一五年近く勤めた老婢丑女の思い出。橋詰延寿は「丑女」が博《はか》田《た》丑である旨注釈する。「野球時代」(「帝国大学新聞」昭和4年11月11、18日)明治二十年代、南国の中学生のベースボールが強い印象を与えたことから書き始める。「夏」(「東京朝日新聞」昭和5年8月4、5日)三「暑さの過去帳」項。南国の城山で昆虫採集をしたときの暑さを思い出す。八波直則は、本作が「暑さを単に気温の高さとしてでなく、暑さを取り巻く風物や出来事との関係においてとらえている。和辻哲郎の『風土』の出るより五年も早く発表された」点を評価し、作中「H」が埴原《はにはら》惟忠であると注釈する。「映画時代」(「思想」昭和5年9月1日)高知で見た影人形、幻灯の思い出。甥亮も手製幻灯器を製作した。明治三十年代、鏡川原の納涼場で初めて活動写真を見た。「青衣童女像」(「雑味」昭和6年9月7日)十四、五歳時、舶来の彩色石版に心酔した。「蓑田先生」(「理学部会誌」昭和6年12月)明治二十七、八年頃の県立中学校の先生の思い出。英語の蓑田先生が赴任して来た。竹村義一は、「蓑田先生」が蓑田長正、「MM先生」が松本精吉、「MZ先生」が溝淵幸雄、「S氏」が杉村楚人冠であることを注釈し、「延命軒」「養神亭」の現況を報じる。「読書の今昔」(「東京日日新聞」昭和7年1月1～12日)子供時代から中学時代の具体的な読書の回想を含む。「郷土的味覚」(「郷土読本」昭和7年2月)高知の寒竹の筍、日曜市の虎杖、楊梅、木の実の追憶である。「『手首』の問題」(「中央公論」昭和7年3月1日)手首の役目を述べ、中学時代の居合抜き稽古に言及する。

＊**柿の種**《かきのたね》　エッセイ集。〔初版〕昭和八年六月十日、小山書店。◇大正九年からの「渋柿」巻頭文を集める。「無題(三十七)」(「渋柿」大正11年4月)安政年間(一八五四～一八六〇)、土佐の刃傷事件。詰腹を切らされた少年の祖母が失心する。気付け湯の鉄瓶底を撫で廻した老婆が顔を触ったので「顔中一面に真黒い斑点が出来た。／居合せた人々は、さういふ極端な悲惨な事情の下にも、矢張それを見て笑つたさうである」。切腹を命じられた少年が寅彦の叔父であり、その介錯を勤めたのが寅彦の父である。文久元年三月四日の事件であった。安岡章太郎「流離譚」は、「寅彦はこれを身内に起ったことだとも、また誰からきいた話だとも述べていない。のみならず、時代も文久元年を安政時代(一八五四～六〇)に変えている。そして主題を、いかなる悲劇的な状況の下にも笑いはあるということに絞って、話を出来るだけ抽象的に、感傷主義など私的なものを極力遠避けて語ったものと思われる。しかし読み返してみると、この短文にはやはり肉親の者でなければ窺えない悲痛な感情が文章の底に流れていることがわかるだろう」と批評する。

＊**物質と言葉**《ぶっしつとことば》　エッセイ集。〔初

版」昭和八年十月二十日、鉄塔書院。◇科学エッセイを集める。「土佐の地名」（「土佐及土佐人」昭和3年1月）アイヌ語と対応させる仮説である。竹村義一はアイヌ語適用に「失当だと考えられるものもある」と指摘する。「家庭の人へ」（「家庭」昭和6年12月1日）「こはいもの丶征服」項。郷里の雷鳴、地震に畏怖した。その「御蔭でこの臆病の根を絶やすことが出来た」と語る。

＊蒸発皿《じょうはつざら》　エッセイ集。〔初版〕昭和八年十二月二十日、岩波書店。◇「生ける人形」（「東京朝日新聞」昭和7年6月16〜19日）四〇年程昔、郷里の子供芝居評から始まる。「ステッキ」（「週刊朝日」昭和7年11月27日）杖をつく老人についての幼時の記憶に触れる。「重兵衛さんの一家」（「婦人公論」昭和8年1月1日）郷里の「宅の門脇の長屋に住んで居た重兵衛さん」一家の追憶記。重兵衛さんは子供たちに怪談や笑い話をしてくれた。次男の亀さんから鳥魚の世界や悪戯を教えられた。その妹の丑尾さんに抱擁されたことがある。長男の楠次郎さんから英語を手ほどきされた。無意識の間に受けた教育の効果が重大であることを述べる。川村源七『寺田寅彦と土佐』に拠れば、「重兵衛さん」「楠次郎さん」「亀さん」のモデルは、それぞれ山本重蔵、楠次郎、重傑である。作品「学校ではいつもびりに近かった亀さん」は誤り、優秀な成績であった。山本重傑は医学の研究と仕事に携わって昭和十年六十一歳で死去したという。「鎖骨」（「工業大学蔵前新聞」昭和8年1月1日）小学生時代、後頭部を打った回想を含む。「試験管」（「改造」昭和8年9月1日）「七匂ひの追憶」項。郷里の家にあったゴムの木の葉の匂いから小学校でのヴィジョンが現前すると記す。

＊触媒《しょくばい》　エッセイ集。〔初版〕昭和九年十二月十日、岩波書店。◇「雑記帳より」（「文学」昭和9年2月1日）「五」で土佐の花取り踊りに言及する。「マーカス・ショーとレビュー式教育」（「中央公論」昭和9年6月1日）中学校生物学S先生の掛け図利用を思い出す。教えるために教えない術が必要であるとの例示。「庭の追憶」（「心境」昭和9年6月1日）国展の藤田画伯油絵「秋庭」で三〇年ぶりに旧宅庭と再会する。西村時衛は、作中「T氏」を登石善二、「藤田」を藤田太郎と注釈する。「夕凪と夕風」（「週刊朝日」昭和9年8月1日）夕凪は高知の名物の一つである。「午後の海軟風（土佐ではマゼといふ）が衰へてやがて無風状態になる」。空気が凝固したような「さういふ晩には空の星の光までじつとして瞬きをしないやうな気がする。さうして庭の樹立の上に聳えた旧城の一角に測候所の赤い信号灯が見えるとそれで故郷の夕凪の詩が完成する」と描く。「鷹を貰ひ損なつた話」（「行動」昭和9年8月1日）小学時代、自由党が全盛だったので「軍人の子供である自分は、『官権党の子』だといふ理由でいぢめられた」。また鷹をやろうと言い出した子に、彼の要求するものを渡したけれど、鷹はとうとう貰えなかった。西村時衛は、作中「べろしやしや」が軽蔑・拒否の意を表すしぐさ、「R」が別役励夫であると注釈する。「喫煙四十年」（「中央公論」昭和9年8月1日）煙草を吸った中学時代の回想から始まる。父の煙草道具中、羅宇屋に盗まれないよう純金部分を外して渡す趣向になっているものがあり、「子供心にそれが少しぎこちなく思はれた」と記す。安岡章太郎「寺田寅彦の〝温容と理性〟について」は、ここを引き、寅彦の「父を語った文章には、ときどき皮肉な笑いが見られる」とコメントし、「父」の用心深さに、井口村忍傷事件から受けた「心理的な傷」を想定する。「初旅」（「旅と伝説」昭和9年8月1日）明治

二十六年冬、甥のRと高知市から室戸岬まで往復四、五日の遠足をした。「R」は別役励夫。本作原型は寅彦日記明治二十六年十二月二十一日である。現在、室戸山明星院最御崎寺いわゆる東寺に、寅彦先祖の一人で住職になった「当山一世一海天梁の墓」が存在する。「藤棚の蔭から」（「中央公論」昭和9年9月1日）「十六」で野中兼山の「椋鳥には千羽に一羽、毒がある」という教えについて、「十七」で野中兼山の土木工学者としての逸話二つを紹介する。「思出草」（「東炎」昭和9年1月）「一」で、義兄春田居士の笑談回想を記す。

＊蛍光板《けいこうばん》　エッセイ集。〔初版〕昭和十年七月十五日、岩波書店。◇「鳴突き」（「野鳥」昭和9年12月）明治三十四年暮れ高知で鳴突きを実見した。「追憶の冬夜」（「短歌研究」昭和9年12月1日）行灯、マッチ、火渡し、遊び〝カアチ〳〵〟〝神鳴り〟、雪夜の橇の幻、〝飛石の幽霊〟を追憶する。「寒月の冴えた夜」の帰路、「程近い刑務所の構内で何処となく夜警の柏子木を打つ音が響」き、絞首台の建物上に「巨杉に蔽はれた城山の真暗なシルエツトが銀砂を散らした星空に高く聳えて」見えた。「新年雑俎」（「一橋新聞」昭和10年1月1日）は「土佐の貧乏士族としての我家に伝はつて来た雑煮の処方は、椀の底に芋一二片と青菜一つまみを入れた上に切餅一二片を載せて鰹節のだし汁をかけ、さうして餅の上に花松魚を添へたものである」と記す。「相撲」（「時事新報」昭和10年1月27〜30日）子供時代、高知で聞いたシバテン（木の葉天狗か）の怪談や、相撲好きの友人を思い出す。横川末吉は、作中「中将」を川田明治と注釈する。「追憶の医師達」（「実験治療」昭和10年1月）小学生時代、かかりつけの家庭医、岡村先生、小松の若先生、楠先生、横山先生のことを記す。橋詰延寿は、それぞれ岡村景桜、小松修道、楠正任、横山薫であると注釈する。「颱風雑俎」（「思想」昭和10年2月1日）室戸台風や明治三十二年八月二十八日の例などから防止策におよぶ。土佐の古老の言う、颱風の際に見た光り物〝ひだつ〟にも触れる。「物売りの声」（「文学」昭和10年5月1日）物売りの呼び声とそれの喚起する情調が消失して行くことを述べる。郷里で聞いた、千金丹売り、枇杷葉湯売り、生菓子、七味唐辛子、楊梅売り等々。横川末吉は、作中の「TとM」が竹崎音吉と間崎道知であると注釈する。桂井和雄『仏トンボ去来』は「山オコゼ売り」が「山村土佐山村都積《つづみ》の梶右衛門という老人であったらしい」との情報を寄せる。「五月の唯物観」（「大阪朝日新聞」昭和10年5月18、21、22日）は「郷里の氏神の神田の田植の光景」泥塗事件に触れる。八波直則は寅彦の「苦情は言えない」「苦情はいわれない」という語法が「『苦情は言えない』即『言ってはならない』という『不可能』『禁止』の意味」であると注釈する。「自由画稿」（「中央公論」昭和10年1月1日〜5月1日）二「乞食の体験」項、高知正月十四日晩の〝粥釣〟習慣、三「冬夜の田園詩」項、伯母から〝山火事と野猪〟〝狸の踊〟の詩を聞く。桂井和雄は、この〝山火事〟を「焼き畑作業の火であったかも知れない」と推理する。狸の舞踊は、漱石『吾輩は猫である』に利用され、有名である。四「食堂骨相学」項で、方言に、五「百貨店の先祖」項で、〝市〟に、七「灸治」項、九「歯」項で子供の頃に、十一「毛嫌ひ」項で、「毛虫や芋虫が嫌ひ」に、十四「おはぐろ」項で、子供時代の追憶に言及する。

＊橡の実《とちのみ》　エッセイ集。〔初版〕昭和十一年三月十五日、小山書店。◇昭和八年以降、「渋柿」巻頭文等を集める。「海水浴」（「文藝春秋」昭和10年8月1日）明治二十

六、七年頃、高知でも海水浴が流行し出した。種崎の思い出。川村源七に拠れば、「T」が竹崎お龍、「R」が別役亮、「K」が川田明治のことである。「糸車」（「文学」昭和10年8月1日）祖母に糸を紡ぐことを教わった。棉作りについて書く。橋詰延寿は、作中「Z」を別役順と注釈する。「埋もれた漱石伝記資料」（「思想」昭和10年11月1日）に「いつか先生との雑談中に『どうも君の国の人間は理窟ばかり云つてやかましくつて仕様がないぜ』といふやうなことを冗談半分に云はれたことがある。なんでも昔寄宿舎で浜口雄幸、溝淵進馬、大原貞馬といふ三人の土佐人と同室だか隣室だかに居たことがある、そのとき此三人が途方もない大きな声で一晩中議論ばかりしてうるさくて困つたといふのである」と漱石の土佐人観が記されている。

（堀部功夫）

寺山修司 てらやま・しゅうじ

昭和十年十二月十日～五十八年五月四日。劇作家。青森県に生まれる。早稲田大学中退。『寺山修司の戯曲』『寺山修司全歌集』がある。

＊花嫁化鳥《はなよめけちょう》 エッセイ集。〔初出〕「旅」昭和四十八年一月。〔初版〕昭和四十九年十月一日、日本交通公社出版事業局。◇「闘犬賤者考」。本居内遠「賤者考」を引用して、闘犬と犬神とを結びつける。闘犬を見に来高した「私」は、「全国土佐犬普及会の総務部長の弘瀬さん」と会う。闘犬史を概略し、高知派、全国派という「現在の闘犬界の分裂」に触れ、高知派の「人犬一体の思い入れ」を感じ、「南総里見八犬伝」のドラマを重ねる。「昭和十年頃の玉の尾楼と不知火の対決」など歴史に残る名勝負を紹介する。一方、正体がジャコウネズミだった由の「犬神の瓶詰」の話を述べ、「犬は神でも、畜生でもなく、ただの哺乳類動物なのである」と記す。あとがきで「私は、〔略〕横溝正史の怪奇探偵小説を、現場検証してまわったにすぎなかった、とも言える〔略〕」と断っている。

（堀部功夫）

天童荒太 てんどう・こうた

昭和三十五年五月八日～。小説家。愛媛県に生まれる。本名は栗田教行。別号は王出富須雄。明治大学文学部演劇学科卒業。高校時代に映画監督になりたいと思ってシナリオを書き始めた。大学時代に芝居にのめりこみ、戯曲を書き、演出をし、照明をやった。初めて書いた小説「白の家族」（「野性時代」昭和62年1月）が第一三回野性時代新人文学賞を受賞。「夜に風を砕け」（「野性時代」昭和62年4月）を発表。その後、映画の原作、脚本等を執筆。平成五年八月、「孤独の歌声」で第六回日本推理サスペンス大賞優秀作を、『家族狩り』で第九回山本周五郎賞を受賞。『永遠の仔上・下』（平成11年3月10日、幻冬舎）がベストセラーになった。『あふれた愛』（平成12年11月10日、集英社）、坂本龍一との共著『少年とアフリカ』（平成13年3月1日、文藝春秋）がある。

＊永遠の仔《えいえんのこ》 推理小説。〔初版〕平成十一年三月十日、幻冬舎。◇西日本の最高峰にある愛媛県双海小児総合病院で十二歳で出会った優希と笙一郎と梁平の三人の少年少女が一七年後に再会する。優希の周囲で連続殺人、母親の怪死、自宅への放火、弟の失踪など、次々に事件が起こる。虐待された子どもや虐待する親の心理描写がリアルに描かれる。

（浦西和彦）

【と】

土井伊惣太 どい・いそうた

明治三十二年八月十三日～昭和四十三年（月日未詳）。恒星社、厚生閣創業者。香川県に生まれる。同志社大学卒業。警醒社編集部を経て、大正十一年に岡本正一らと恒星社を創業。『図説天文講座』ら天文書を刊行。昭和十九年、厚生閣を合併、恒星社厚生閣と改め社長に就任。日本書籍出版協会理事、日本出版クラブ評議員をつとめた。

（浦西和彦）

土居香国　どい・こうこく

嘉永三（一八五〇）年八月十八日～大正十年十二月十三日。漢詩人。土佐国高岡郡佐川村鳥巣（現佐川町）に生まれる。本名は通予、字は子順、通称は幼時寅五郎、のち莞爾・龍輔。別号は拂珊釣者。父土居通萬は藩老深尾氏の臣であった。文久二（一八六二）年、名教館に入学する。慶応三（一八六七）年、高知の奥宮慥斎塾および致道館に入る。のち、京都へ出て、禅、キリスト教、英語を学ぶ。大阪で詩を嗜む。東京へ出る。元老院に出仕する。余暇に法律を学ぶ。明治十年、高知県属官となる。十二年、漢詩集『錦繡城』を編刊。森本後凋編『高知県概表』を閲刊。漢詩集『寒香一掬』を著す。十四年、京都府に転任する。十五年、「日本立憲政党新聞」に執筆する。『南海義烈伝』『開明庶上演説集』『人間世渡りの目的』を著す。十六年、河津祐之『民刑証拠論講義』三冊を刊行開始。十八年、漢詩集『獲我心詩』を編刊。『文学会教科書』三冊を著す。十九年、『文法指南』二冊を編刊。二十年、『女子教育概論』を著す。このころ、梅花女学校教師となる。ラルネット著宮川経輝訳『経済新論』編刊。二十五年、『急務』『人間』を著す。このころか、秋田県属官となる。のち参事官となる。東京、京都、名古屋郵便電信局長となる。二十八年、軍事郵便兼陸軍電信提理となる。逓信書記官となり、台湾へ渡る。のち、帰京して東京郵便電信局長となる。二十九年、『台湾島』を著す。四十一年、『作文活法』を編刊。大正四年、『登極大典賀濤』編刊。五～十年、『仙寿山房詩文鈔巻四』『日乗七種』『征露集』『郡治瑣言』を著す。『白洋詩濤』評選刊。十一年、『征台集』編刊。

（堀部功夫）

土居光知　どい・こうち

明治十九年八月二十九日～昭和五十四年十一月二十六日。英文学者。高知県長岡郡十市村青野三三〇番地に、父光基、母こまの三男として生まれる。明治二十九年、十市村尋常小学校を卒業する。三十二年、同高等小学校を卒業する。三十七年、海南中学校を卒業する。四十年、京都第三高等学校を卒業する。四十三年、東京帝国大学文学科を卒業する。大正二年、東京帝国大学大学院を満期退学する。六月、深見れうと結婚する。七～十一年、東京女子大学教授となる。十一年、東京高等師範学校教授となる。『文学序説』を著す。同年六月～十三年三月、英文学研究のため、英仏伊に留学する。十三年四月、東北帝国大学教授となる。昭和四年二月「改造」にジョイスの紹介を書く。八～十一年、『基礎日本語』『シェイクスピア』『英文学の感覚』『ロレンス』を著す。十二年六月～十三年一月、ロンドン大学やケンブリッジ大学やオランダ日本学会などで講演する。十五年、『夏の夜の夢』翻訳刊。十七年、叙正四位叙勲二等瑞宝章を受章。十八年、『日本語の姿』を著す。二十一年『ウェルズと世界主義』『ブレイク詩選』を著す。二十三年、東北帝国大学を停年退官し、津田塾大学教授となる。二十四年、日本学士院会員となる。二十五～三十五年、『ブレイク詩集』『日本音声の実験的研究』『古代伝説と文学』を著す。

三十六年、第一三回読売文学賞を受賞する。三十七年、新年読書始め、天皇陛下に「ラーフ・ホジスンの鳥の詩について」をご進講する。三十九〜四十八年、『文化の伝統と交流』『英文学試論』『無意識の世界』『言葉と音律』『東西文化の流れ（対話集）』『神話・伝説の研究』『文藝その折り折り』を著す。五十二年、『土居光知著作集』五巻が刊行される。『文藝その折り折り』の平田勝朗作成年譜、著作年表にくわしい。

＊文藝その折り折り《ぶんげいそのおりおり》　エッセイ集。〔初版〕昭和四十八年十一月二十日、荒竹出版。◇集中「ふるさと」（「英語青年」昭和27年8月1日）が、昭和二十七年五月四日、十市村へ帰省の記である。戦後のアメリカザリガニ繁殖、地主の没落を見る。「私が子供のときから見おぼえのある木は松、楠は別として、果樹では楊梅、栗、柿などであった。これらの木は、一年よく稔ると、つぎの年は休む木であるが、そのためか長命であるらしく、六〇年前私がよじのぼったときとあまり変っていない。学者もこのように一年勉強して本でも書けば、つぎの年はのんきに遊んでいられるとよいなどと思った。毎年休みなく果実をつけるミカン類は四半世紀ぐらいでくたびれるらしい」。

（堀部功夫）

戸板康二　といた・やすじ

大正四年十二月一日〜平成五年一月二十三日。小説家、演劇評論家。東京芝に生まれる。昭和十三年、慶応義塾大学国文科卒業。日本演劇社につとめ『わが歌舞伎』『丸本歌舞伎』等の歌舞伎評論で二十四年に戸川秋骨賞を受賞。推理小説も書き、三十四年『団十郎切腹事件』で第四二回直木賞、五十一年「グリーン車の子供」では日本推理作家協会賞を受賞。『ちょっといい話』がベストセラーになるなどエッセイストとしても活躍。五十一年に菊池寛賞、五十二年に藝術院賞を受賞した。『団蔵入水』（昭和55年9月、講談社）は、昭和四十一年五月、八代目市川団蔵が歌舞伎界を引退後、死に場所を求めて四国霊場八十八カ所を巡拝し、小豆島へ行き、坂手港から弁天島行きの関西汽船「山水丸」に乗り、播磨灘へ身を投げた、団蔵の自殺を描いている。

（浦西和彦）

土井虎賀寿　どい・とらかず

明治三十五年二月十九日〜昭和四十六年三月十日。独文学者。香川県に生まれる。大正十五年、京都帝国大学を卒業。広島文理大学講師を経て昭和十年に京都帝国大学の講師。次いで第三高等学校教授を経て、相模女子大学教授。ドイツの観念論哲学、形而上学、生の哲学、実存哲学と独文学を研究。『華厳経』の独語訳に従事した。著書に『ゲーテ箴言抄』（昭和22年9月20日、秋田屋。普及版昭和23年8月30日、壮文社）、『ゲーテとニーチェを結ぶもの』（昭和23年2月25日、創元社）、『ゲーテのヒューマニズム』（昭和24年6月30日、評論社）他。

（浦西和彦）

土居南国城　どい・なんごくじょう

明治三十一年九月三日〜昭和五十五年十一月十八日。俳人。愛媛県宇和島市に生まれる。本名は光頼。教員。俳句は室積徂春に師事して「ゆく春」に拠った。昭和二十四年、井上小燕とともに「寒虹」を創刊。句集『土塊』（昭和33年）。

（浦西和彦）

土井晩翠　どい・ばんすい

明治四年十月二十三日〜昭和二十七年十月十五日。詩人。宮城県に生まれる。本名は林吉。旧姓は土井《つちい》。東京帝国大学卒業。文化勲章受章。昭和十年、高知県佐川中学校校歌「あゝわが佐川文教の、ほまれいみじ

きうまし郷」を作詞する。披露時、八枝夫人とともに高知へ来た。（堀部功夫）

土居みとし　どい・みとし　明治二十四年一月二十日～昭和五十四年一月十六日。俳人。高知市中久万に生まれる。私立土佐高等女学校卒業。敗戦後より長谷川かな女に師事して「水明」に拠った。のち同人。（浦西和彦）

土井八枝　どい・やえ　明治十二年二月二十一日～昭和二十三年五月十日。エッセイスト。高知県高岡郡佐川村西町（現佐川町）に林繁の次女として生まれる。高知県立第一高等女学校卒業。上京して上野の音楽学校に入る。土井晩翠と結婚する。明治三十年頃、夫の赴任に同行して仙台へ行く。東北弁を勉強した結果、『仙台方言集』を著す。昭和十年、『土佐方言集』を著す。十五年、エッセイ集『藪柑子』を著す。

＊**藪柑子**《やぶこうじ》　エッセイ集。〔初版〕昭和十五年十二月三十日、長崎書店。箱の活字のみ「藪甘子」と印刷。◇土佐名物〝姫だるま〟の話や、方言集出版の思い出や苦労、子どものことなどを綴る。土井晩翠序、小川正子跋。（堀部功夫）

塔和子　とう・かずこ　昭和四年八月三十一日～。詩人。愛媛県宇和島市に生まれる。昭和十九年、十五歳でハンセン病を発病、瀬戸内海の国立療養所大島青松園に入る。二十六年頃から短歌をはじめたが、後に詩に転じた。詩誌「樫」同人。「木馬」誌友。五十三年、『聖なるものは木』がH氏賞候補となる。詩集に『はだか木』『エバの裔』（昭和48年、燎原社）、『未知なる知者よ』（昭和63年6月、海風社）、『不明の花』（平成元年6月、海風社）、『時間の外から』（平成2年9月、編集工房ノア）などがある。「私が投げ出されたのは渚／私はまだ歩かなかった／海なる母は私を抱き／波のうねりのように満ちてくる乳房をふくませた／私が渚を離れたのは三才／まだ／おぼろげに広がる大地は混沌の中にあった」云々と歌った詩「渚」（『エバの裔』昭和48年、燎原社）一編が『ふるさと文学館第43巻香川』（平成6年8月15日、ぎょうせい）に収録されている。（浦西和彦）

豆秋　とうしゅう　明治二十五年九月十日～昭和三十六年五月四日。川柳作家。香川県坂出市に生まれる。本名は須崎清次。昭和三年、路郎に師事。「院長があかんと言うてる独逸語で」などの病中吟がある。〝柳界の一茶〟〝良寛豆秋〟の通称で親しまれた。（浦西和彦）

童門冬二　どうもん・ふゆじ　昭和二年十月十九日～。小説家。東京に生まれる。本名は太田久行。目黒区役所を皮切りに、都立大学事務長、都広報室長、企画調整局長、政策室長を歴任。同人誌「さ・え・ら」「時代」に所属。「暗い川が手をたたく」が第四三回芥川賞候補となる。退職後、本格的な創作活動に入る。在職中に培った人間管理と組織の実学を、歴史と重ね合わせ、小説、ノンフィクションの世界に新境地を拓いた。著書に『統率者の論理』（学陽書房）、『坂本龍馬の人間学〈講談社文庫〉』（講談社）、『龍馬暗殺集団』（春陽堂書店）等がある。『修羅の藍―阿波藩財政改革』（昭和62年10月20日、講談社）は、のち『小説蜂須賀重喜―阿波藩財政改革』（平成8年2月15日、講談社）と改題され、阿波藩のお家騒動を、「お家騒動はすべて経営闘争だ」という歴史の見地から描いている。（増田周子）

十返肇　とがえり・はじめ

大正三年三月二十五日～昭和三十八年八月二十八日。評論家。香川県高松市に生まれる。本名は一《はじめ》。高松中学校時代に回覧雑誌を発行したり、「若草」「令女界」に投稿する。高松中学校五年生のとき女学生と駆け落ちしたが大阪でとらえられた。昭和十年、日本大学文学部藝術科を卒業後、紀伊国屋書店「レツエンド」編集員、森永製菓宣伝部勤務ののち、文藝評論や社会時評などに健筆をふるった。十五年十二月、青年藝術派を結成。戦時下では「新文化」(「セルパン」改題)の編集長。映画シナリオなどを執筆したが、十九年九月、海軍応召、二十年八月に復員した。二十一年に風間完の妹千鶴子と結婚。自ら軽評論家をもって任じた。著書に『現代文学白書』(昭和30年3月20日、東方社)、『最初の季節』(昭和31年11月15日、大日本雄弁会講談社)、『文壇の崩壊』(昭和32年3月28日、村山書店)、『十返肇の文壇白書』(昭和36年10月10日、白鳳社)など多数ある。卓抜した作品鑑賞力と文壇通としての現場の感覚を発揮した。

(浦西和彦)

戸梶一花　とかじ・いっか

明治三十五年四月二十五日～昭和五十三年一月九日。俳人。高知県南国市に生まれる。大阪新聞社、産業経済新聞社秘書室長。昭和十年ごろ皆吉爽雨に師事して「山茶花」に投句。「雪解」創刊よりの同人。句集『耕土』(昭和38年6月1日、雪解発行所)。

(浦西和彦)

時実新子　ときざね・しんこ

昭和四年一月二十三日～。川柳作家、エッセイスト。岡山県に生まれる。昭和六十二年句集『有夫恋』(昭和62年12月、朝日新聞社)がベストセラーとなり、一般人に川柳熱が高まった。「週刊朝日川柳新子座」「週刊文春・川柳倶楽部」「東京新聞・川柳サロン」「中日新聞・川柳ひろば」「神戸新聞・川柳檀」などマスメディアを通じて広く活躍している。平成七年には神戸新聞平和文化賞受賞。著書に『川柳新子座　百色の毬'93』『川柳新子座　夢芝居'94』『川柳新子座　風の窓辺で'96』(朝日新聞社)、『愛走れ』(平成12年7月、角川春樹事務所)などの他、エッセイ『じんとくる手紙』(平成10年10月、小学館)、『悪女の玉手箱』(平成14年10月、実業之日本社)など多数。

＊じぐざぐ遍路《じぐざぐへんろ》　エッセイ集。〔初出〕「朝日新聞」四国版。平成元年二月二十六日～二年十二月三十一日。〔初版〕平成三年六月五日、朝日新聞社。◇四季に分けて四国四県の名所、旧跡、風物をとりあげた四国遍路の紀行文である。徳島と日本女性をこよなく愛した異国人に思いをはせた「モラエスの愛」、中学生の芝居に文化の継承を感じた「十郎兵衛屋敷」、「小少将」では戦国の悪女への共感を語り、阿波踊りに挑戦し、寂聴の義兄を訪問する。「第九のまち」では俘虜を大切にした徳島の人々の心ばえを熱く語っている。

(増田周子)

徳富蘆花　とくとみ・ろか

明治元年十月二十五日(新暦12月8日)～昭和二年九月十八日。小説家。熊本県に生まれる。本名は健次郎。「不如帰」「黒潮」を「国民新聞」に連載。第一高等学校で「謀叛論」を講演。『黒い眼と茶色の目』『富士』全四巻等がある。大正二年九月二日から三カ月間にわたる「死の蔭に」の旅で、別府に往くべく安治川から木浦丸に乗り、今治沖で夜が明けた時、「今治は余に忘られぬ追憶《おもいで》の郷《さと》である」と、十二歳のとき「此処に休暇の一夏を遊び暮らし」たこと、十八歳のとき熊本のメソジスト教会で

と

キリスト教の洗礼を受けたのち、愛媛県今治におもむいて伝道に従事し、「こゝに一年四ヶ月の冷熱常なき信仰生活を送った」ことを追憶している。昭和六十年十一月、愛媛県今治市片原町今治港務所横に「伊予の今治／今治は余に／忘られぬ追憶の／郷である」の詞碑が建立された。

＊思出の記《おもいでのき》　長編小説。〔初出〕「国民新聞」明治三十三年三月二十三日～三十四年三月十一日。原題「おもひ出の記」。〔全集〕『蘆花全集第六巻』昭和三年十二月三日、蘆花全集刊行会。◇主人公菊池慎太郎は熊本の旧家に生まれ、破産窮死した父なきあと、苦学しながら新時代のなかで成長していき、親友の妹と結婚して文学者になっていく物語。四の巻の舞台が宇和島である。上京を決意し郷里を出奔するがスリにあい、慎太郎は土佐須崎に駒井先生をたよるべく四国にわたる。奇骨の金貸西内平三郎の帳面つけになったり、英語力が認められ、兼道の海南英語夜学会の教師になったりする。友人となった道太郎がクリスチャンで、キリスト教との接近がはじまり、関西学院大学入学を決意する慎太郎の宇和島生活八カ月あまりが描かれる。（浦西和彦）

徳永山冬子　とくなが・さんとうし

明治四十年六月一日～。俳人。愛媛県に生まれる。本名は智。別号は木患子、炬火。昭和四年「渋柿」入社。二十七年「渋柿」編集担当。五十二年、野村喜舟のあとを受け、「渋柿」主宰。のち最高顧問。句集『寒暁』（昭和42年7月1日、渋柿図書刊行会）、『徳永山冬子集（自註）』（昭和54年5月20日、俳人協会）、『朱明の天』（昭和58年6月1日、渋柿社）。著書『渋柿俳句入門』（昭和56年11月23日、渋柿社）。

冷房を出て餓鬼となりあるきけり

（浦西和彦）

徳永真一郎　とくなが・しんいちろう

大正三年六月一日～。小説家。香川県に生まれる。本名は真一。毎日新聞鳥取支局長、大津支局長、大阪編集部長を経て、学生新聞編集部長を勤めた。新鷹会会員、泉の会会員。歴史小説を主に書き、著書に『竜馬を斬る』（昭和43年12月1日、東京ろんち社）、『吉田松陰』（昭和51年10月20日、美堂出版）、『影の大老』（昭和53年12月15日、毎日新聞社）、『明治叛臣伝』（昭和56年1月30日、毎日新聞社）、『長宗我部の親』（平成元年11月10日、青樹社）、『近江源氏太平記上・下』（平成3年7月30日、毎日新聞社）、『妖雲―戦国下克上・三好長慶の生涯―』（平成4年10月10日、青樹社）がある。（増田周子）

徳永蔦枝　とくなが・つたえ

昭和五年七月十八日～。児童文学者。愛媛県八幡浜市に生まれる。愛媛大学教育学部研究科卒業。著書に『旅立ち』（昭和58年4月、偕成社）等がある。（浦西和彦）

徳永民平　とくなが・みんぺい

大正十四年二月二十日～。詩人。愛媛県松山市に生まれる。社会福祉法人コイノニア協会あすなろ学園園長。児童福祉に力を尽くす。少年時代から詩作し、『あさきゆめみし』で愛媛出版文化賞を受賞。詩集に『徳永民平詩集』『詩屍十六』などがある。「日曜日の午後／昼寝をしていると／裏庭で／つくつく法師が鳴いた／〈きっと　お盆に母が帰ってきたのだ〉」と、亡き母をしのんだ詩「昼寝」（『詩屍十六』昭和54年、詩学社）が、『ふるさと文学館第44巻愛媛』（平成5年10月15日、ぎょうせい）に収録されている。（浦西和彦）

徳広睦子　とくひろ・むつこ

大正九年七月二日〜。エッセイスト。高知県幡多郡田ノ口村下田（現黒潮町）の口に、伊太郎、春枝の五女として生まれる。中村高等女学校卒業。上京して長兄巌城＝上林暁の妻の看病、家事手伝いをする。昭和三十七年、暁が脳出血で倒れた。家事、看病、暁の原稿浄書、筆記をする。五十五年、暁が死去した。五十七年、『兄の左手』を著す。兄が病床にあった一八年間、七冊の著書を手助けした記録である。六十一年、『手織りの着物』を著す。　（堀部功夫）

土佐文雄　とさ・ふみお

昭和四年十月二十九日〜平成九年九月六日。小説家。高知県長岡郡介良村に左五親、徳恵の次男として生まれる。本名は藤本幹吉。龍谷大学を卒業する。昭和二十九年、高知の県立高等学校教論となる。三十三、三十四年、勤評闘争。逮捕され、免職となる。三十六〜四十三年、『重い靴の音』『人間の骨』『熱い河』を著す。第二回椋庵文学賞を受賞する。四十五〜四十七年、『得月楼今昔』『同行二人』を著す。高知県出版文化賞を受賞する。四十九年、勤評裁判和解、県教委の免職処分修正取り消しにより身分を回復し、県立図書館司書となる。五十五〜五十八年、『力士一代』『ロマン土佐』『土佐一条家の秘宝』『下司凍月の生涯』『古神・巨石群の謎』を著す。平成二年、退職する。『あったか名人録』を著す。三年、『純信お馬—よさこい情話』を著す。岡林清水は、土佐が「おまえの窓」以後「もっぱら、社会・歴史・庶民・藝能人のなかに自己を投入し、反権力的社会・歴史小説とか、エンターテイメント色の濃い作品を書いていったが、これは、自己の内部分析によって周囲の人たちに迷惑をかけないようにしたい、よろこびをあたえたいという土佐さんらしい善意のあらわれであったと思われる」と好意的に批評する。

＊重い靴の音《おもいくつのおと》　長編小説。〔初出〕「教育新聞」か。〔初版〕昭和三十六年六月三十日、東京書店。◇昭和三十三年、高知県高等学校教職員組合執行委員木場浩二の勤務評定阻止闘争。刑事弾圧から釈放へ。

＊人間の骨《にんげんのほね》　長編小説。〔初版〕昭和四十一年十月十日、新読書社。◇プロレタリア詩人槙村浩を描く。東邦出版社（昭和51年11月30日、替カバー＝昭和53年3月15日）版、リヨン社（昭和58年6月1日）版がある。杉本峻一により映画化される。監督木之下晃明、主演佐藤仁哉。

＊得月楼今昔《とくげつろうこんじゃく》　長編小説。〔初版〕昭和四十五年九月一日、高知新聞社。◇料理店「得月楼」を始めた松岡寅八伝の小説化である。

＊土佐一条家の秘宝《とさいちじょうけのひほう》　長編小説。〔初版〕昭和五十六年、作品社。◇ソロモンの秘宝と土佐一条家の財宝が足摺岬に眠っているとして、「私」＝「藤本幹吉」がその埋蔵場所を突きとめる。昭和五十四年、土佐清水市伊佐堂ケ森で発見されたドクロマークと謎文句を手がかりに三角石へ辿りつく。その下の宝を幻視し、発掘を中止する。　（堀部功夫）

戸田房子　とだ・ふさこ

大正三年二月十三日〜。小説家、評論家。東京に生まれる。本名はふさ子。台南州立第一高等女学校卒業。昭和二十五年から約二〇年間平林たい子の口述筆記を受け持つ。徳島出身の生田花世を描いた伝記『詩人の妻生田花世』（昭和61年11月25日、新潮社）で平林たい子文学賞（第15回小説部門）を受賞。　（増田周子）

戸田露生　とだ・ろせい

大正六年三月四日～平成十二年十一月二十二日。俳人。愛媛県松山市に生まれる。神戸に育ち、大阪に住んだ。西東三鬼に師事した。「激流」を主宰。句集に『泥中火』（昭和53年9月、激流俳句の会）等がある。

石の三鬼にもたれ居眠る四月馬鹿

（浦西和彦）

殿岡辰雄 とのおか・たつお

明治三十七年一月二十三日～昭和五十一年十二月二十九日。詩人。高知市に生まれる。関西学院大学を卒業後、岐阜県で英語教師になる。昭和二年、「詩聖」に投稿する。『月光室』を著す。十三～十六年、『無限花序』『緑の左右』を著す。二十一～二十二年、『噴水』『殿岡辰雄詩集』を著す。二十三年、詩誌「詩宴」を創刊主宰する。二十四年、『異花受胎』を著す。三十九年、『重い虹』を著す。中日詩賞を受賞する。

（堀部功夫）

殿谷みな子 とのがい・みなこ

昭和三十六年三月三日～。SF作家、小説家。徳島県に生まれる。武蔵大学人文学部大学院修士課程修了。大学在学中に書いた小説が、檀一雄、林富士馬らの同人誌『ポリタイア』に掲載され、昭和五十二年処女小説集『求婚者の夜』をれんが書房新社より上梓。これが五十四年早川書房で文庫化されたのをきっかけに「SFマガジン」に短編を発表しはじめる。『新お伽話』（昭和57年、早川書房）、『春はタイムマシンに乗って』（昭和61年、早川書房）、『アローン・トゥギャザー〈集英社文庫〉』（集英社）、『飯喰わぬ女』（れんが書房新社）、『鬼の腕』（平成11年9月15日、れんが書房新社）など多数。評論家で秋田美術短期大学学長の石川好夫人。

（増田周子）

戸部新十郎 とべ・しんじゅうろう

大正十五年四月八日～平成十五年八月十三日。小説家。石川県七尾市に生まれる。早稲田大学政経学部を中退。北国新聞社記者を経て、作家となる。『安見隠岐の罪状』（昭和48年6月、毎日新聞社）で、第七〇回直木賞候補となる。自らも無外流居合の免許を持ち、次々と剣豪譚を書く。『日本剣豪譚江戸篇』（昭和60年1月、毎日新聞社）、『秘剣花車』（平成7年10月、新潮社）、『秘剣埋火』（平成10年2月、徳間書店）、『秘剣虎乱』（平成12年11月、徳間書店）のほかに、歴史小説『前田利家』（昭和56年6月、青樹社）、『伊東一刀斎上・下』（平成6年9月、毎日新聞社）、『徳川秀忠上・下』（平成9年3月、新聞社）、『松永弾正上・下』（平成10年9月、読売新聞社）など多数の著書がある。蜂須賀小六を取り上げた著書に『小六伝―中年から人生を開いた男の物語』（昭和62年8月26日、PHP研究所）や『蜂須賀小六上・下』（平成4年7月5日、毎日新聞社）がある。

＊小六伝―中年から人生を開いた男の物語《ころくでん―ちゅうねんからじんせいをひらいたおとこのものがたり》　長編小説。〔初版〕昭和六十二年八月二十六日、PHP研究所。◇三河で日吉丸こと若き秀吉と出会った蜂須賀小六は、日吉丸を子分にした。しかし日吉丸が信長に仕えると、小六は秀吉の側近として数々の戦を戦い抜き、太閤秀吉を産み出すことに貢献した。四国征伐に参加、功労として与えられた阿波一国も息子家政に譲り、自らは知行五千石に甘んじた。小六が「自分」をわきまえ、秀吉を「天下人」にすることに徹し、満足であったことに小六の人間的魅力がある、という視点から描いている。

（増田周子）

富沢赤黄男 とみざわ・かきお

明治三十五年七月十四日～昭和三十七年三

月七日。俳人。愛媛県西宇和郡川之石町に生まれる。本名は正三。早稲田大学政治経済学部卒業。「渋柿」「泉」を経て「旗艦」に参加。新興俳句運動に加わる。戦後は「太陽系」（のち「火山系」と改題）を経て、昭和二十七年「薔薇」を創刊。句集『天の狼』（昭和26年4月25日、『天の狼』刊行会）、『蛇の笛』（昭和27年12月25日、三元社）、『富沢赤黄男全句集』（昭和51年12月10日、林檎屋）。

（浦西和彦）

富田砕花 とみた・さいか

明治二十三年十一月十五日〜昭和五十九年十月十七日。歌人。盛岡に生まれる。本名は成治郎。日本大学卒業。『富田砕花詩集』がある。昭和二年五月、四国で講演する。

＊四国断片記《しこくだんぺんき》 エッセイ。〔初出〕「改造」昭和二年八月一日。◇講演会旅巡業記。松山で「到るところ『坊チヤン』の亡霊に脅かされる」。丸亀の宿に「梅檀の老樹があつて薄紫の花をつけてゐた」。徳島会場は大盛況であつた。土佐に入ると「その道路には梅檀の片側並木が美事に続いてゐた、歌あり——こゞしかるきたやま越えて来《こ》しみちの／並木の花はせんだんの花」。

（堀部功夫）

富田千秋 とみた・ちあき

明治三十四年二月二十三日〜昭和四十二年七月十八日。画家。香川県に生まれる。大正十四年に東京美術学校を卒業。菊池寛の作品の挿絵を描いた。新聞小説の挿絵には、菊池寛「結婚二重奏」（「報知新聞」昭和2年3月13日〜7月16日）、川端康成「海の火祭」（「中外商業新報」昭和2年8月13日〜12月24日）、菊池寛「新恋愛全集」（「国民新聞」昭和4年10月21日〜5年2月2日）、小島政二郎「艶麗風土記」（「報知新聞」昭和6年3月13日〜9月17日）、菊池寛「花の東京」（「報知新聞」昭和7年4月11日〜8月25日）などがある。

（浦西和彦）

富田常雄 とみた・つねお

明治三十七年一月一日〜昭和四十二年十月十六日。小説家。東京小石川富坂に生まれる。明治大学商学部卒業。昭和十七年「姿三四郎」がベストセラーとなり、翌十八年黒沢明により映画化された。二十四年「面」「刺青」で敗戦後初の第二十一回直木賞を受賞。以後大衆文学作家として活躍し、『白虎』『風来物語』『弁慶』などを刊行。長編に『鳴門太平記』全三巻（昭和36年12月10日〜37年12月20日、新潮社）がある。

＊鳴門太平記《なるとたいへいき》 長編小説。〔初版〕第一・二巻、昭和三十六年、第三巻、昭和三十七年、新潮社。◇徳島藩の勘定役船越重兵衛は、妻おたもが奉行に手籠めにされたので奉行を殺害、浪人となる。しかし妻の貞操についての疑惑に悩まされ、自暴自棄の生活を送る。息子は養子に出され、朱長八郎として育つ。ある時重兵衛に殺された奉行らの子供たちが結成した「阿波十八組」によって命を狙われる。長八郎は間一髪、忍者阿之衆に助けられ、瀬戸内の島で育てられる。武勇で名を上げ、藩主の跡取りに請われ江戸へ行く。長じて藩主の嫡男の「影」として活動する。一方、重兵衛は「阿波十八組」と刺客の左次郎に追われたが、長八郎のいた島に流れ着き、海に沈んだという平家の財宝を求め、独立国を夢見る。財宝を巡って、長八郎、十八組、藩、怪僧堂鏡との争い。徳島に戻った長八郎は、重兵衛を助け、海図を手に入れ、海底から長持ちを引き揚げる。中から出て来たのは平家の怨霊のような平家蟹だった。長八郎は恋人のおすがと再び江戸に向かう。阿波藩の跡取り騒動と阿波十八組などによる藩の混乱を、「阿波承記」などに基づいて、長編娯楽小説にした作品である。

（増田周子）

冨田みのる とみた・みのる

大正四年一月二日〜。俳人。石川県金沢市に生まれる。本名は実。今治短期大学講師。愛媛県今治市馬越町に在住。昭和十二年「石楠」に入会、臼田亜浪に師事。昭和三十二年「浜」入会、大野林火に師事。句集『馬越』（昭和52年10月1日、浜発行所）、『雲雀野』（平成3年2月10日、浜発行所）。

七夕笹舳先に島の通学船
紙漉くを雁の羽音のごとく聞く
西海《にしうみ》に多き泊名《とまりな》鳥渡る

（浦西和彦）

富永眉峰 とみなが・びほう

明治三十八年一月三日〜昭和六十二年九月十四日。俳人、書家。徳島市に生まれる。本名は三喜男。徳島師範学校卒業。昭和四十一年三月まで教職。徳島県書道協会会長、県美術家協会副会長などを歴任。俳句は昭和十八年菅原佑音の手ほどきをうける。のち今枝蝶人に師事し、「航標」同人。句集『河海』（昭和45年10月1日、航標俳句会）、『富永眉峰第三百句集』（昭和48年7月、著者）、『眉山』（昭和53年5月13日、著者）、『黒潮』（昭和56年8月1日、航標俳句会）。

はるばると兄来て踊り更けにけり

（浦西和彦）

友成ヤエ ともなり・やえ

生年月日未詳〜。詩人。徳島市の聖ベルナデット保育園勤務。『風のテ・デウム』（平成7年4月20日、近代文藝社）、第四回日本自費出版文化賞入賞作品『むぎ笛』（平成13年6月2日）がある。

（増田周子）

伴野朗 ともの・ろう

昭和十一年七月十六日〜。推理作家。愛媛県松山市に生まれる。昭和三十五年、東京外国語大学中国語科卒業。朝日新聞社に入社。外報部などを経て上海支局長を勤め、平成元年に退社。そのかたわら創作活動を続け、昭和五十一年、第二二回江戸川乱歩賞を「五十万年の死角」で受賞。五十九年、第三七回日本推理作家協会賞〈短編部門〉を「傷ついた野獣」で受賞した。歴史と冒険、推理を組み合わせた独自の国際ミステリーや歴史ミステリー作品を書いた。『大航海上・下』『西郷隆盛の遺書』『マッカーサーの陰謀』『西域伝』『傾国伝』『上海遥かなり』等多数の著書がある。

（浦西和彦）

豊田晃 とよた・あきら

昭和三年二月二十七日〜。俳人。愛媛県松山市に生まれる。元愛媛県立工業高等学校教諭。昭和二十六年七月「虎杖」参加。六十三年一月「砂山」を創刊、発行人。句集『始発車』（昭和51年10月30日、いたどり発行所）。

漱石のターナー島の松に花（愛媛）
米袖に夜雨はりまや橋行けば（高知）
眉山の黒どこからも見ゆ盆踊（徳島）

（浦西和彦）

豊田有恒 とよた・ありつね

昭和十三年五月二十五日〜。小説家。群馬県前橋市に生まれる。慶応義塾大学医学部中退後、武蔵大学経済学部卒業。虫プロダクションで手塚治虫に師事。後、作家として独立。ハードSFからノンフィクションまで幅広い分野をこなす。『崇峻天皇暗殺事件』（昭和62年6月18日、講談社）や『聖徳太子の叛乱』（平成3年9月30日、光栄）などの古代史をテーマにした作品も多い。四国を舞台にした作品に『鳴門大渦の死闘』海賊船バルセロス・シリーズ（平成4年1月31日、徳間書店）がある。

（増田周子）

＊高知城天守閣《こうちじょうてんしゅかく》―忍《しの》び返《がえ》しを備《そな》えた天守《てんしゅ》 エッセイ。〔初出〕「歴史と旅」平成三年七月一日、第一八

巻一〇号。◇山内氏は、外敵より、旧領主長宗我部氏遺臣を恐れた。（堀部功夫）

鳥居龍蔵《とりい・りゅうぞう》

明治三年四月四日～昭和二十八年一月十四日。考古学者、人類学者。徳島市東船場町一丁目に生まれる。家は裕福なたばこ問屋で、絵本や芝居など、当時の町の文化的刺激を受けて育つ。小学校に入学するが、登校拒否になり、二年で中退。近所の先生に教わりながら語学や歴史学を独学で習得する。明治十九年、十六歳で東京人類学会に入会し、故郷の遺跡調査の結果などを雑誌に投稿。二十三年、東京帝国大学人類学教室の給士兼標本整理係をしながら、坪井正五郎に師事し、考古学、人類学を研究。二十八年、中国遼東半島調査で当時存在しないと思われていた石器時代の巨石遺跡ドルメンを発見した。これを皮切りに朝鮮半島、モンゴル、台湾など地図もない辺境の地を次々に調査、画期的発見をし、大きな成果を上げた。その間三十一年に助手、三十四年、徳島市の女性きみ子と結婚。三十八年講師、大正十一年には助教授となる。日本の石器時代人、千島アイヌの研究をし、生活用品を収集したり、可能な限りの資料や記録を残している。十三年に辞職するが上智大学教授、国学院大学教授を歴任。昭和十四年には北京の燕京大学に教授として招かれたが、戦争と重なり苦労をしながら研究し、二十六年日本に帰国する。著者に『千島アイヌ』『有史以前の日本』『人類学上より見たる我が上代の文化』『考古学上より見たる遼之文化・図鑑』、自伝『ある老学徒の手記』『鳥居龍蔵全集』（全一二巻）がある。彼の研究資料のうち、考古学部門のものは、東京大学構内の博物館に保管され、他は鳴門市撫養町の妙見山の上にある、城の形をした徳島県立鳥居記念博物館に展示されている。また博物館の横の鳴門海峡の見える所に、彼のアジア研究の原点となった、ドルメンの遺跡をかたどった龍蔵、きみ子夫妻の墓がある。ドルメンは巨人の墓という意味である。平成十四年、鳴門市でノート四〇冊にのぼる直筆原稿がみつかり、注目されている。

＊ある老学徒の手記《あるろうがくとのしゅき》　自伝。〔初版〕昭和二十八年十月、朝日新聞社。◇明治四十年から昭和十二年までの自叙伝。朝日新聞社出版局よりの依頼で執筆。郷里徳島船場に大問屋の息子として生まれ、尋常小学校中退後、独学で人類学を志す。名前は仏教の尊名からとった龍蔵《りょうぞう》だったが、大学の職員録で「りゅうぞう」と記されてからそのように呼ばれた。幼少の頃は、藍商の得意先回りをしていた家族や親戚から全国各地の話を聞き、錦絵や芝居を見ることを好んだ。小学校教師富永幾太郎の感化で、歴史、地理、博物学の書を読み、これらが彼の後の研究のきっかけとなった。人類学者坪井正五郎に師事し、徳島人類学会を創設。明治二十三年、東京帝国大学理科大学人類学教室標本整理係となり、聴講を許され、人類学を修める。理科大学で博士号を得、文化大学東洋史で文学博士となる。「日本内地のみでは不完全で、日本周囲の大陸及び南方諸島との比較研究をする必要を感じていた」彼は、今の人類学と考古学、さらに歴史考古学や文化史方面にまで及ぶ研究を行う。調査地域は樺太、満州、東部蒙古、中国、朝鮮、台湾にまで及ぶ。（増田周子）

【な】

内藤定一《ないとう・さだいち》

大正十二年八月十八日～。歌人。神戸に生

まれる。日本国有鉄道職員。香川県仲多度郡多度津町に在住。「白珠」を経て、「鴉」「亜流」「水脈」「薔薇都市」などに参加。歌集『短き飛翔』（昭和49年3月1日、亜流社）、『冬の工場』（昭和55年12月1日、亜流社）、『耳目』。

羊水に包まれ眠る瀬戸の春霧の季節にま
　た巡り合う

閉ざされて海・山・川の五里霧中四国独
　立の小説ありき

（浦西和彦）

内藤正義 ないとう・まさよし

昭和十九年二月六日〜。詩人。徳島県麻植郡川島町（現吉野川市）に生まれる。愛媛大学文理学部卒業。在学中「詩都」を創刊。徳島で「火夫」を昭和四十七年に創刊。詩集『吉野川』（昭和55年）により徳島県出版文化賞を受賞。「吉野川」では「永遠に流れよ／霊魂たち／雨や流木　土砂や魚にもまれて」と詠う。

（増田周子）

内藤鳴雪 ないとう・めいせつ

弘化四（一八四七）年四月十五日〜大正十五年二月二十日。俳人。伊予松山藩士内藤同人の長男として江戸の松山藩邸で生まれる。幼名は助之進。本名は師克《もろかつ》、のち素行《もとゆき》。安政四（一八五七）年、松山に帰り、藩校明教館で漢学を学ぶ。明治元年六月、春日嘉猷の長女チカと結婚し、年末に京都へ遊学。二年に上京して昌平坂学問所に入所。松山権少参事、学務官を経て、十三年、文部省に移り、准奏任御用掛、官房一課長等を歴任。二十三年、文部省参事官に任ぜられたが、翌年四月病気がちのため辞した。旧藩主久松伯爵家の嘱託をうけ、松山出身の書生のための寄宿舎常盤会の舎監となり、そのかたわら史料編纂に従事した。俳句は常盤会寄宿舎に正岡子規が舎生としており、その感化を受け、二十五年頃から句作を始めた。和漢学の豊かな学識と古典的格調を持つ俳人として一家の風格をなした。四十三年、常盤会舎監を辞してのち、子規門の長老として、後進の指導に専念した。著書に『七部集俳句評釈』（明治38年6月14日、大学館）、『俳句独習』（明治39年5月15日、大学館）、『蕪村七部集俳句評釈』（明治39年7月18日、東京大学館）、『老梅居雑音』（明治40年5月18日、俳書堂）、『鳴雪俳話』（明治40年11月28日、秀英舎）、『俳句作法』（大正3年10月10日、博文館）、『鳴雪自叙伝』（大正11年6月25日、岡村書店）等があり、句集に『鳴雪句集』（明治42年1月1日、俳書堂）、『鳴雪俳句鈔』（大正4年4月10日、実業之日本社）、『鳴雪俳句集』（大正15年6月28日、春秋社）がある。句碑「元日や一系の天子不二の山」が松山市道後公園西入口に、「湯上りを暫く冬の扇かな」が道後喜多町俳句の道に、「東雲のほがら／＼と初桜」が松山市丸之内東雲神社に、「功しや三百年の水も春」が松山市御幸一丁目来迎寺墓地に、「拾ひ得て嬉し蛤桜かひ」が高知県高岡郡窪川町興津海岸に建立されている。

（浦西和彦）

中井慶子 なかい・けいこ

昭和六年九月一日〜。歌人。香川県高松市に生まれる。高松第一高等学校卒業。平成四年三月まで高松市役所勤務。昭和二十二年細川清に手ほどきを受け作歌。四十一年「ポトナム」入会、のち同人。五十七年「風景」創刊より参加。歌集『海に立つ虹』（平成4年3月3日、短歌新聞社）、『虹のあと』（平成10年3月3日、短歌新聞社）。

瀬戸内に虹をかかげて驟雨過ぐわれのひ
　と世のこのひとときを

かがり火の玉藻の城に映る宵能舞の人の
　幽けさを見つ

（浦西和彦）

な

中石孝 なかいし・たかし

昭和四年一月十一日～平成十一年十一月十四日。小説家。香川県に生まれる。早稲田大学文学部国文科卒業。玉川学園高等部をふり出しに東京都立戸山高等学校に二〇余年勤める。のち、武蔵野女子大学非常勤講師。「文学雑誌」「かるであ」同人。昭和三十七年、大河内昭爾、大久保典夫らと「現代文学序説」を創刊。著書『夢を紡ぐ』（昭和39年11月1日、審美社）、『祝婚歌』（昭和46年10月27日、審美社）、『学校ぎらい硝子の少女』（昭和60年3月20日、藝立出版）、『白鳥双子島』（昭和63年6月4日、皆美社）、『織田作之助雨蛍金木犀』（平成10年6月1日、編集工房ノア）。（浦西和彦）

永井龍男 ながい・たつお

明治三十七年五月十日～平成二年十月十二日。小説家。東京に生まれる。一ツ橋高等小学校卒業。文化勲章受章。『永井龍男全集』がある。昭和四十七年十月十日、高知で講演する。

＊鳶の影《とびのかげ》　短編小説。〔初出〕「群像」昭和二十六年五月一日。〔収録〕『白い犬』昭和二十六年九月三十日、創天社。◇高知種崎桟橋風景を描く。巡航船の客で、結婚の間近い、木村巡査が、海へ沈んだ自転車を引き揚げる。（堀部功夫）

永井寿子 ながい・ひさこ

明治三十六年六月八日～昭和五十八年三月四日。俳人。香川県丸亀市通町の老舗梅栄堂に生まれる。六歳のとき松尾家の養女となり、上海へ移住。京都府立第一高等女学校時代に俳句を始め、「春暁の空飛ぶ鳥やかたまりて」が毎日俳壇に入選。「ホトトギス」に投句。昭和九年、俳人の永井一鳳と結婚。家業の団扇作りに励みながら句作。多度津町湛然寺境内に夫との比翼句碑「大たむろして年籠りゐたりけり　一鳳」「牡丹に夕かげ深き雨情かな　寿子」があり、句碑「身について楽しく団扇つくりかな」が丸亀市役所附近の京極通りの公園にある。句集『団扇つくり』（昭和54年6月8日、梅栄堂）。（浦西和彦）

永井ふさ子 ながい・ふさこ

明治四十三年九月三日～平成五年六月六日。歌人。愛媛県松山市鮒屋町に生まれる。本名はフサ。父は医師。昭和二年松山高等女学校を卒業し、東京女子高等学園に入学。翌年七月、肋膜炎、腹膜炎にかかり、帰郷して療養した。再び腎臓炎にかかり東京慶応病院に入院。その頃から短歌に関心をもつ。八年に「アララギ」入会、翌年から斎藤茂吉に師事。九年九月十六日、子規三三回忌歌会が百花園で開催され、出席し茂吉と知りあう。それから交際がはじまり恋愛する。十二年、岡山の牧野博士と婚約するが翌年に解消。遺歌集に『あんずの花』（平成5年11月、短歌新聞社）がある。著書に『斎藤茂吉・愛の手紙によせて』（昭和56年11月10日、求龍堂）。（増田周子）

永井路子 ながい・みちこ

大正十四年三月三十一日～。小説家。東京に生まれる。東京女子大学卒業。出版社勤務を経て文筆業へ。第五二回直木賞受賞。

＊歴史をさわがせた女たち日本篇《れきしをさわがせたおんなたちにほんへん》　エッセイ集。〔初出〕「日本経済新聞」昭和四十三年四月九日～九月二十日。〔初版〕『日本スーパーレディー物語』昭和四十四年二月、日本経済新聞社。改訂して、昭和五十年十二月十五日、文藝春秋。◇「一豊の妻」項。戦前、高知に夫妻の銅像があったが供出された。「戦後は馬をひいた一豊婦人像だけが復活した。だんなサマは完全に無視された形である。が、

案外、名スタンドハズ一豊公は、『それでいいんじゃ』とほくそえんでいるかも知れない」。

＊歴史をさわがせた女たち庶民篇《れきしをさわがせたおんなたちしょみんへん》　エッセイ集。〔初出〕「毎日新聞」昭和五十年一月五日〜十月十二日。原題「われら女たち」。〔初版〕昭和五十一年十一月十五日、文藝春秋。◇「おあんの戦国体験」項。　（堀部功夫）

中内蝶二　なかうち・ちょうじ

明治八年五月五日〜昭和十二年二月十九日。劇作家。高知県吾川郡浦戸二五二に父三宜、母佐喜の長男として生まれる。本名は義一。明治九年、父が死去した。十四年、土佐郡稲荷新地五六へ転居、母が料理屋を開いた。絃歌に親しむ。二十九年、東京帝国大学に入学する。三十年、新体詩「暁の鐘」を「帝国文学」に発表。美文、小説、俳句を作る。三十三年、卒業する。博文館に入社する。久保天随と『藻かり舟』を共著刊。三十四年、「文藝倶楽部」「新文藝」「中学世界」「太陽」「太平洋」「少年世界」などに作品を発表する。有田ステと結婚する（36年まで）。三十六年、『支那哲学史』『大石良雄』を著す。三十七年、「秀才文壇」編集に尽力する。母が死去した。サマローフ『日露戦争未来之夢』を訳刊。三十八年、大町桂月と『少女と山水』を共著刊。朝報社に入社する。劇評を担当、毎月の芝居を早く解りやすく紹介し、晩年に至る。また長唄の作詞を手がけ、晩年に至る。四十年、『青年の活力』刊。四十一年、上演台本「山上山」「未亡人」を書く。四十二年、長唄「有喜大尽」「月の桂」を作詞する。四十四年、『伊東案内記』編刊。古典校刊多し。大正三年、ゲエテ『ファウスト』訳述刊。五年、『新俳句自在』を著す。七年、『日日作例俳句と文章』を著す。八年、小説『みなし児』を著す。十一年、上演台本「大尉の娘」「栄花物語」。藤堂うめと結婚する。十五年、『文章俳句大観』編刊。昭和二年、田村西男と『日本音曲全集』一二巻刊行開始。五〜六年、『日本俗曲通』『俳句の作り方』『文章俳句大観』を著す。八年、東をどり「輝く日本」作詞。十二年、田村西男と『大衆日本音曲全集』一二巻刊行。『近代文学研究叢書42』（「昭和女子大学近代文化研究所」昭和50年11月30日）の槍田良枝、市川操「中内蝶二」にくわしい。

＊一夜廼瀧《ひとよのたき》　短編小説。〔初出〕「九十九洋」明治二十五年四月二十日、一二号。署名「牧廼家半我編」。◇長曽我部元親が、土佐全国支配のため神森の城を攻める。城の軍師蘭秀斉は、米落としを計略する。元親軍に米を瀧水と見せ、寄せ手を食いとめる。しかし城の大将赤川玄番の内応で戸が破られる。蘭秀斉の子七郎は赤川を討ち姫君を連れて落ちのびる—という筋。素材は、永禄四（一五六一）年、元親の部将が、本山の支城を守る高森出雲を降した史実であろう。吉田孝世『土佐物語』（宝永5〈一七〇八〉年）は、元親の部将が神の森を断水攻めしたとき、「夕つかた城内西の方少し小高き所に、馬引出し、滝の如く水を汲みかけて洗ひける。寄手輿をさまし、『いや〳〵城に水は沢山なるぞ。昼夜爰を守りたるは何事ぞ。方便を替へて攻むべし』と攻をぞ開きける。後に是を聞けば、城中既に渇に臨み、草柴の露にて咽を湿し、雨を待つとも降らざれば、城主出雲、敵の機を取らんと、日暮物の色さだかならぬ時分に、米を馬にくみかけしかば、外へは、水のやうに見えけるとかや。」と記す（川野喜代恵、昭和51年12月15日）。「滝の如く」「米を馬にくみかけ」たのを、米落としの滝と変えたのも、蝶二以前、既に口碑の段階で存在したか。田岡嶺雲「数奇伝補遺」は、「鵠の森の城主は山の谿間に白米を流して、遠くから

望めば、宛然水が流れてゐるやうに見せかけて、城中に水の尽きない事を示した」話を載せている。（堀部功夫）

中江兆民　なかえ・ちょうみん

弘化四（一八四七）年十一月一日（二十七日説あり、ともに陰暦）～明治三十四年十二月十三日。思想家。土佐国高知城下の山田町（新町説あり）に、父元助、母柳の長男として生まれる。幼名は竹馬のち篤助、篤介《とくすけ》。文久元（一八六一）年、家督を相続。二年、藩校文武館に入校する。慶応元（一八六五）年、長崎、二年、江戸へ行く。三年、フランス公使の通訳になる。明治二年、日新社の塾頭となる。三年、箕作麟祥の塾に学ぶ。大学南校の大得業生。四年、フランス留学を志し、大久保利通に訴え、司法省出仕。五年、フランスで学ぶ。ルソー思想の感化をうける。七年、帰国。東京で仏蘭西学舎を開く。八年、東京外国語学校校長。元老院権少書記官（10年1月まで）。十四年、「東洋自由新聞」主筆。十五年、日本出版会社社長。「政理叢談」を創刊し「民約訳解」を連載する。「自由新聞」社説掛となる。十六年、『非開化論』。日本に美学を紹介した『維氏美学』を著す。十九～二十年、『理学沿革史』『理学鉤玄』『仏和辞林』『革命前法朗西二世紀事』『三酔人経綸問答』『平民の目覚まし』を著す。保安条例により大阪へ。二十一年、「東雲新聞」主筆。『国会論』を著す。二十二年、上京する。「政論」主筆。自由党再興に尽くす。二十三年、『選挙人目ざまし』を著す。第一回総選挙に大阪から立候補し当選する。二十四年、「立憲自由新聞」主筆。予算案に対する衆議院の妥協に怒り、議員を辞職する。「自由平等経綸」主筆。小樽の「北門新報」主筆。北海道へ渡る。二十七年、『倫理学参考書道徳学大原論』を著す。三十年、国民党を結成する。三十一年、「百零一」を創刊する。群馬県の公娼設置に働く。三十三年、国民同盟会に参加する。「千代田毎夕」主筆。三十四年、大阪で喉頭ガン、余命一年半と告げられる。『一年有半』『続一年有半』を著す。食道ガンのため、死去する。松永昌三『中江兆民評伝』（平成5年5月27日、岩波書店）にくわしい。

＊土佐紀游《とさきゆう》　エッセイ。〔初出〕「東雲新聞」明治二十一年四月十八、二十一日、五月一日。署名は秋水居士、秋水生。◇高知郊外の秦泉寺村で田植歌を聴き所感を述べる。

＊阿讃紀游《あさんきゆう》　エッセイ。〔初出〕「東雲新聞」明治二十一年五月二十七、二十八日。◇香川、徳島の塩業、糖業、藍業などを視察する。「嗚呼東西万国民情視察の官たる実に苟くもす可き者に非ざるなり、旅費の優なる供億の盛なる、益々以て自ら恥づるなるべし、恥ぢざれば豕なり、人には非ざるなり」。

＊阿土紀游《あどきゆう》　エッセイ。〔初出〕「東雲新聞」明治二十一年八月二十三、二十四日。◇土佐魚梁瀬村行。険路である。山崎保太郎宅でアメノウオを食す。この時の見聞をふまえ、「貴嬢子貴婦人に告ぐ」（「婦人教育雑誌」明治21年10月21日）で、女性に社会やその原理の会得には、読書だけでは不十分、土佐の山奥の険路を、頭上に一六貫目の米俵を運ぶ「下等女人の状態をも心得置く」ことが肝要であると説く。

＊一年有半《いちねんゆうはん》　エッセイ集。〔初版〕明治三十四年九月二日、博文館。◇堺に寄留し、死の床で書いたエッセイを集める。「第二」中に「余が郷里松魚あり」「余が郷里楊梅あり」がある。堺は魚が豊富ながらカツオがない。「余が郷里又楊梅有り、今方さに其候也、楊梅に二種あり、一は朱色にして一は銀色なり、而して其の銀の者尤甘

な

美、漢土に在ては茘支龍眼肉に亜きて尚ばるるもの実に楊梅とす。葡萄梨柿の属は與儓のみ、皁隷のみ」と、高知でしか口にできないヤマモモに思いを馳せている。（堀部功夫）

長尾雨山 ながお・うざん

元治元（一八六四）年九月十八日～昭和十七年四月一日。漢文学者、書家。高松に生まれる。本名は甲。明治二十年、東京帝国大学古典講習科を卒業。東京美術学校教授、第五高等学校教授、東京高等師範学校教授などを歴任。三十六年、上海の商務印書館に入り、日中の文化交流に力を注いだ。大正三年に帰国し、その後は平安書会副会長に就任。著書に『中国書画話』（昭和40年3月、筑摩書房）がある。（増田周子）

中岡和郎 なかおか・わろう

大正四年五月二十九日～平成九年七月十九日。俳人。愛媛県に生まれる。本名は一郎。俳句は昭和二十二年八尾修の手ほどきではじめ、のち「若葉」「糸瓜」「岬」「峠」「初花」「愛媛若葉」同人。句集『和』（昭和55年）、『穪の花』（平成6年8月）。

端居して梲上らぬ句を案ず （浦西和彦）

中尾信夫 なかお・のぶお

昭和二十二年二月六日～。教育者、小説家。徳島県鳴門市高島駐在所に生まれる。徳島県立城北高等学校を経て、昭和四十四年、名古屋商科大学商学部貿易科卒業。五十一年、仏教大学で国語の教職免許を取得し、徳島県下の高等学校で教える。著書に『昇る旭』（昭和62年9月25日、徳島出版）がある。（増田周子）

中川静子 なかがわ・しずこ

大正八年三月二十二日～平成六年一月二十七日。小説家。徳島県麻植郡樋山地（現吉野川市）に生まれる。高等小学校卒業。小学校卒業と同時に働き始め、職を転々とする。呼吸不全の持病をもち、経済的にも恵まれない中で小説を書き続け、昭和三十九年、「幽囚転々」（「徳島作家」）がオール読物新人賞を受賞、同時に第五二回直木賞候補となる。四十年、「白い横顔」が第五三回直木賞候補に、五十五年、「花明かり」が第一二回新潮新人文学賞候補となった。五十七年、木屋明子の筆名の「一期は夢よ」が第七回歴史文学賞佳作に入賞。「徳島作家」同人。「阿波の歴史を小説にする会」会員。著書に『写楽』（昭和44年9月1日、徳島作家の会）、『鬼にもあらで』（昭和57年7月7日、近代文藝社）、『小少将』（昭和61年7月30日、徳島出版）。病に倒れた後、口述筆記で『藍師の家』（平成2年10月30日、井上書房）を徳島作家同人の漆原伯夫の手を借り、刊行した。

＊**藍師の家**《あいしのいえ》 中編小説。〔初版〕平成二年十月三十日、井上書房。書き下ろし。◇藍師須山嘉平の妾腹の子、苗は母の死により十二歳で父の許へ引き取られる。大家族須山家の人間関係、廃藩置県の発令で藩の庇護を失い、インド藍や化学染料の輸入で衰退の兆しの見える藍業界の中で、藍苗の柔らかさと生命力にあやかって名付けられたとおり、苗は逞しく働き者で、辛抱強くひたむきに生き抜く。平田舟の行き交うのどかな吉野川、氾濫する吉野川、旧家の生活と行事、藍の出来上がるまでの苦労などが巧みに織り込まれている。（増田周子）

中川草楽 なかかわ・そうらく

大正十三年三月七日～。俳人。愛媛県周桑郡小松町（現西条市）新屋敷に生まれる。本名は英一《ひでいち》。医薬品販売業。昭和三十年五月「渋柿」に参加。

渦潮へ廃砲坐あり草矢射る （小島要塞・

愛媛）
涼しさや釣舟曳ける吉野川（徳島）
塹壕のありし棚田や夏の草（高知）
（浦西和彦）

仲川たけし なかがわ・たけし

大正五年九月十五日～。川柳作家、元参議院議員。愛媛県に生まれる。本名は幸男。伊予農業学校卒業。昭和三十四年以来愛媛県議六期、五十五年以来参議院議員当選二回。川柳は前田伍健に師事。日本川柳協会常任理事。愛媛県川柳連盟会長。まつやま吟社主宰。短詩文学愛好国会議員懇談会幹事長。句集『川柳のれん』『航跡』『国会の換気扇』がある。平成五年に勲二等瑞宝章を受章。居相町伊予豆彦神社に「鈴ひけば神とわたしに虹の橋」の句碑が建立された。（増田周子）

中河幹子 なかがわ・みきこ

明治二十八年七月三十日～昭和五十五年十月二十六日。歌人。香川県坂出市に紙問屋の林卯吉の三女として生まれる。大正九年、四月二日、津田女子英学塾在学中、中河与一と結婚。十七歳頃から歌をよみ、十年に水谷乙女ら津田塾の同窓と「ごぎやう」を創刊、戦時中、雑誌統合により「をだまき」と改題された。十三年四月、「日光」創刊時に白秋系の歌人として参加した。白秋の影響をうけ象徴風であり、「蔦ならば鎌に切らめと一人なる夫にからみしおみなはいかに」等身辺詠にすぐれた歌がある。共立女子大学教授を務めた。歌集に『夕波』（昭和27年1月、長谷川書房）等がある。歌碑「とこしえにこの白峯を守らすと流れ来ましや玉のおん身」が坂出市青海町白峯寺に建立されている。（浦西和彦）

中河与一 なかがわ・よいち

明治三十年二月二十八日～平成六年十二月十三日。小説家。東京上野に父与吉郎、母多美の長男として生まれる。明治三十二年に父が郷里の香川県綾歌郡坂出町に私立坂出病院を開設し、院長となる。母の郷里、岡山県赤磐郡湯瀬村大内で小学校を卒業。四十三年、香川県立丸亀中学校に入学し、大正四年卒業。八年、早稲田大学予科文学部に入学し、翌年、香川県坂出市の紙問屋林卯吉の三女幹子と結婚。十一年、早稲田大学を中途退学する。十二年五月、菊池寛に認められ、「或る新婚者」を「文藝春秋」に発表。間もなく「文藝春秋」の同人に加えられる。十三年十月、川端康成らと同人雑誌「文藝時代」を創刊。『氷る舞踏場』（大正15年6月、金星堂）、『恐ろしき私』（昭和2年6月20日、改造社）等を出版。新感覚派の作家として活躍すると共に、同派の理論家として蔵原惟人らと形式主義文学論争を展開し、評論集『形式主義藝術論』（昭和5年1月、新潮社）を刊行。その後、「鶍たき花」や「愛恋無限」などの新聞小説を発表。昭和十一年八月、浅間丸にて神戸を出帆し、瀬戸内海の本島で夏を過ごし、人麿の遺跡を求め、十一月三日、坂出市沙弥島に柿本人麿碑を建立。十三年一月、代表作「天の夕顔」を「日本評論」に発表。十四年九月、萩原朔太郎らと共に「文藝世紀」を創刊。十六年四月十一日、父与吉郎が死去、その夜、坂出に帰着。八月十七日より夏を瀬戸内海沙弥島で過す。九月十七日には高知の鹿持雅澄の墓に参る。戦時中は超国家主義者になった。二十五年六月、戦後はじめての小説「失楽の庭」を「中央公論」に発表。戦後の代表作に『悲劇の季節』（昭和27年12月25日、河出書房）等がある。五十二年四月二十九日、坂出市沙弥島に「愛恋無限」の文学碑が建立され、坂出市及び高松市において記念講演会が開催された。

＊愛恋無限《あいれんむげん》　長編小説。〔初出〕「東京朝日新聞」「大阪朝日新聞」昭和十年十二月十日〜昭和十一年四月二十日。〔初版〕昭和十一年五月、第一書房。◇実業家の令嬢と競馬の騎手との恋愛を描いた新聞小説。没落した実業家の令嬢智子と母親は東京の生活に終止符をうち、瀬戸内の坂出市の沖合にある沙弥島を訪ねる。（浦西和彦）

中勘助　なか・かんすけ

明治十八年五月二十二日〜昭和四十年五月三日。小説家、詩人、エッセイスト。東京に生まれる。東京帝国大学卒業。長編小説「銀の匙」で知られる。

＊鵜の話《うのはなし》　短編小説。〔初出〕「婦人公論」昭和二十九年七月一日、第三九巻七号。◇鵜が王様の前で「これは昔日本国は讃州志度の浦にありましたお話でございます」と語り出す。主として謡曲「海士」に拠り、「成人のための童話」として書かれた、玉取伝説の小説化である。（堀部功夫）

永国淳哉　ながくに・じゅんや

昭和十四年（月日未詳）〜。教育者。高知市に生まれる。青山学院大学大学院修了。高知英文記者を経て、高知日米学院長。

＊遠い波濤《とおいはとう》　評伝。〔初出〕「高知新聞」昭和五十八年十一月十日〜。〔初版〕昭和五十九年十月三日、青英舎。◇馬場辰猪のアメリカでの事跡を報じる。Robert Grimshaw の明治二十年二月十八日書簡や、旅券（明治19年6月28日）を紹介する。（堀部功夫）

長坂一雄　ながさか・かずお

大正四年四月二十五日〜昭和十九年十月二十四日。小説家。愛媛県温泉郡浮穴村森松に生まれる。本名は相原重容。昭和七年、松山商業学校卒業。捺染会社に勤務する。大原富枝と文通した。十一年、同人雑誌「記録」に小説「蔦葛」を発表。「あに」（「記録」昭和13年7月5日）で大原を描いている。十二〜十三年、「風貌」「笞刑」を発表。十三年、洲之内徹の長坂一雄論が「記録」に載る。「新公論」に、「中館皮革の兄弟」を書くが、発禁にあう。十五年、「弔文」を、十六年、「四国文学」に「青年の家」「こがね虫」を発表。十八年十一月、応召。中国を転戦し、瀏陽で戦死する。大原富枝「四国を想う」（「えひめ雑誌」平成4年1月10日〜5年12月10日）が長坂を追悼する。（堀部功夫）

長崎次郎　ながさき・じろう

明治二十八年八月三十日〜昭和二十九年十月二日。出版人。高知県安芸郡安芸町西浜（現安芸市）に、文之助、栄の次男として生まれる。幼時よりキリスト教教育を受ける。大正十年、札幌農学校卒業。在学中に高倉徳太郎を知る。横浜共立女学校、関東学院の教員となる。古本屋を開く。キリスト教関係印刷業を始める。十五年、長崎書店を起こす。ベストセラー『小島の春』儲金のほとんどをハンセン病病院に捧げる。同書をめぐる戦時下出版統制について、山本七平『異常体験者の偏見』と高崎隆治『戦時下文学周辺』と二見解がある。昭和十九年、新教出版社社長となる。（堀部功夫）

長崎太郎　ながさき・たろう

明治二十五年六月十八日〜昭和四十四年十二月七日。教育者。高知県安芸郡安芸町西浜（現安芸市）に文之助、栄の長男として生まれる。明治四十三年、第一高等学校に首席で入学する。市ケ谷教会で受洗する。大正二年、友人菊池寛からマント事件（寛が友人佐野文夫の窃盗罪を代わりに着て第一高等学校を退学する）の真相を聞き、校長に事実を語り再調査を願った。菊池はこれを要らぬ世話と憤怒する。片山宏行は寛の小説「禁断の木の実」「落ち行く人」「恐ろしい父、珍らしい娘」「悪魔の弟子」等の作中批判対象が、長崎から得た「或る人間のタイプ」の表現であるという。群馬へ旅行する。友人芥川龍之介から「晩春のノスタルジアに潤へる友の眼のやはらかさかな」と詠まれる。京都大学法科へ進み、佐々木惣一に師事する。六年、卒業し日本郵船に入る。九年、ニューヨーク支店勤務になる。十三年、ヨーロッパを視察し美術研究に入る。十四年、武蔵高等学校講師になる。昭和四年、京都大学学生主事になる。十八年、高岡高等商業学校校長。二十年、山口高等学校校長。二十四年、京都市立美術専門学校校長。三十年、歌集『山青集』を著す。三十一年、学長三選を京都市長に拒否される。帰高する。歿後、土屋文明は「阿波の道を行きて室戸を見むとせしも君安芸にあればと思ふ企て」と詠んだ。

＊佐々木惣一先生と私《ささきそういちせんせいとわたし》　エッセイ集。〔初出〕「高知アララギ」昭和四十～四十四年七月か。〔初版〕昭和四十五年六月一日、長崎映吉。◇昭和三十一年の帰郷、三十二年の若葉山伐採植樹計画のための帰郷が高知関係分である。「山のにほひこもれる谷に直ぐたてる大杉群《むら》に人ら小さし」。

（堀部功夫）

中沢昭二　なかざわ・しょうじ

昭和二年十二月九日～。シナリオ作家。高知市に生まれる。脚本家となる。昭和三十八年、放送劇「東天紅幻想譜」を発表する。三十九年、「若人の歌」を発表する。藝術祭賞を受賞する。五十二年、小説『お残念さん』『とうてんこう戦記』を著す。

＊お残念さん《おざんねんさん》　長編小説。〔初版〕上巻は昭和五十二年四月三十日、下巻は同年五月二十日、おりじん書房。◇生き残った堺事件藩士九人、〃渡川限り西〃の流罪となる。九士が渡川を超える際、堤上に集まった群集から「おザンネンさーん！」の声があがる。「『ザンネンさん』とは、侍として死にきれずなまじ生き残った彼らの無念さをいっているのか、それとも、流刑の身を哀れんでいっているのか、いずれにしても、彼ら九人を呼ぶに、妙にふさわしい呼方にちがいなかった」。

（堀部功夫）

中沢濁水　なかざわ・だくすい

明治十四年九月十二日～昭和二十二年四月四日。川柳作家。高知県香美郡山北村に生まれる。本名は春城。中沢家の養子になる。明治三十六年、師範学校卒業。教師になる。大正十二年、神戸へ転住する。川柳を知る。十五年、帰高する。「高知新聞」に川柳欄を創設する。高知川柳同好会を経て、帆傘川柳社を創設する。「帆傘」を主宰する。昭和九年、『土佐』を編む。歿後の四十一年、野市町公民館に「しばらくは太古に遊ぶ龍河洞」の碑が建つ。

（堀部功夫）

中沢茎夫　なかざわ・みちお

明治三十八年十二月三十一日～昭和六十年二月十三日。小説家。東京に生まれる。昭和四年、法政大学卒業。十年、山手樹一郎らの「大衆文学」同人参加。十四年、海音寺潮五郎らと「文学建設」を創刊。歴史小説を書く。著書に『攘夷の道』『本圀寺党の人々』、短編集『勤皇系図』などがある。『阿波山嶽党』（昭和18年3月15日、大日本雄弁会講談社）で歴史文学賞を受賞した。

＊阿波山嶽党《あわさんがくとう》　中編小説。〔初版〕昭和十八年三月十五日、大日本雄弁会講談社。◇徳島の現麻植郡木屋平村に住んできた三ツ木家は、代々、御衣御殿人と呼ばれ、延喜式にも記される貢をする阿波忌部の荒妙調達をしてきた一族の流れを引

く血筋であった。この三ツ木家を中心に、史実に忠実に描いた歴史文学である。（増田周子）

中島菊夫 なかじま・きくお

明治三十年（月日未詳）～昭和三十七年（月日未詳）。漫画家。高知県に生まれる。太平洋画会研究所で学ぶ。昭和十～十六年、忠君孝親の物語漫画「日の丸旗之助」を「少年倶楽部」に発表し、人気を博した。（堀部功夫）

中島及 なかじま・きゅう

明治十九年四月二日～昭和五十五年四月九日。新聞人。高知県長岡郡十市村三五二で、晴朗、馬の次男として生まれる。旧名は壽《じゅう》馬《ま》。人はジュンマと呼んだ。間もなく、種崎に移る。明治三十七年、高知市に生まれた土佐平民倶楽部に加わる。父が校長に呼びだされ処分はまぬがれるが、土佐平民倶楽部は三十八年、解散した。上京して、早稲田大学に学ぶ。幸徳秋水を訪問する。四十二年、「自由思想」の発行人編集人となるはずであったが、印刷見合わせになる。大学を中退し、四十三年、土陽新聞社へ入社する。主筆宇田滄溟の下で働く。大正三年、結婚する。四年、「不料も有司の怒に触れ極刑六ケ月の宣告を受け」る。五年、宇田に同行して仙台へ赴き「新東北」編集長になる。十年、帰高し土陽新聞社へ復社する。コラム「一壺天」を執筆する。昭和五年、高知新聞社へ移る。コラム「小社会」を執筆する。論説部長、取締役編集顧問になる。二十二年、公職追放令を受け退社する。二十五年、取締役に復帰する。二十八年、退任し常任顧問になる。三十一～五十三年、『小社会』『暗殺の記録』『幸徳秋水漢詩評釈』を著す。

＊小社会《しょうしゃかい》 評論集。〔初出〕「高知新聞」年月日未詳。〔初版〕昭和三十一年十月一日、高知新聞社。◇終戦直後のコラム一一〇余編を収録する。

＊暗殺の記録《あんさつのきろく》 記録。〔初版〕昭和四十年十月二十日、高知市民図書館。◇吉松桂門と奥宮健之の伝記である。

＊幸徳秋水漢詩評釈《こうとくしゅうすいかんしひょうしゃく》 研究。〔初版〕昭和五十三年三月二十五日、高知市民図書館。◇大野みち代と苦心して収集した秋水漢詩一〇〇余首に読み下しと評を付す。例えば秋水絶筆「区々成敗且休論／千古惟応意気存／如是而生如是死／罪人又覚布衣尊」を「やれ成功だ、やれ失敗だ、そんなちっぽけなことなど問題にせぬがよい。そんなことよりも大切なのは、古今を貫く意気を涵養することだ。生だ死だと騒ぐけれども、人は生まれるから生まれるのであり、死ぬるから死ぬるまでのことに過ぎぬ。観じてここに至ると、身は獄中に在ってもその庶民たることに寧ろ誇りを覚えるのである」と現代語訳し、この一絶入手経路を語る。（堀部功夫）

中島空哉 なかじま・くうさい

明治元年（月日未詳）～昭和二十三年九月二十八日。歌人。高知県土佐郡長磯村に、本川番所の次男として生まれる。巡査になる。韮生の谷内歌石と出会い、短歌、俳句を作る。森村土居登記所主席になる。三十四年、中島里枝と結婚する。四十年、坂出専売局に勤める。大正六年、丸亀新聞社、宇野造船に勤める。八年、森田窯を継承し、尾戸焼復興に尽力する。（堀部功夫）

中島源 なかじま・げん

明治三十八年四月十五日～平成八年七月（日未詳）。小説家。徳島県海部郡宍喰町（現海陽町）に生まれる。本名は源《もとい》。徳島商業学校卒業。県農業会に勤務。著書に

『十三本の松』（昭和43年、自費出版）、『宍喰風土記』（昭和44年、平和印刷所）、『阿波公方物語』（昭和62年5月、南海歌人の会）などがある。
（増田周子）

中島鹿吉《なかじま・しかきち》

明治十七年二月十五日～昭和三十三年四月十七日。歴史家。号は健依別。高知県安芸郡奈半利村（現奈半利町）に、兼太郎の子として生まれる。明治三十六年、高知県立第一中学校卒業。四十二年、広島高等師範学校卒業。三重県立第一中学校、岡山県立高梁中学校、大阪府茨木中学校の教諭。長野県立大町中学校、広島県立府中中学校、同県第一中学校の校長となる。昭和八年、高知県立図書館館長となる（昭和20年まで）。九年、発会した南学会の幹事としても活躍。十年から、土佐郷土史研究を続々発表する。田岡典夫や大原富枝に小説素材を提供した。十～三十二年、『土佐文化史伝』『土佐名医列伝』『南学読本』『土佐の史跡と人物』『長宗我部元親伝』『山内一豊公』『青年南学読本』『土佐の殿様列伝』を著す。
（堀部功夫）

中島丈博《なかじま・たけひろ》

昭和十年十一月十二日～。脚本家、映画監督。京都市に生まれる。父は日本画家。小学校三年時、高知県中村市（現四万十市）へ疎開。昭和二十九年、中村高等学校卒業。高知相互銀行勤務。三十二年、退職し、上京。シナリオ研究所第一期生。修了後、「おりじなる」同人に参加。橋本忍に認められる。三十六年、橋本と共作シナリオでデビューし、八年間、日活脚本部に在籍。以後、フリー。五十年、「わが美わしの友」で藝術祭優秀賞。五十三年、「極楽家族」でモンテカルロテレビ祭国際批評家特別賞。六十二年、「絆」で藝術祭作品賞、藝術選奨文部大臣賞。六十三年、「郷愁」を監督。平成六年、「絵の中のぼくの村」でベルリン映画祭銀獅子賞。十一年、紫綬褒章。

＊中島丈博シナリオ選集第一巻《なかじまたけひろしなりおせんしゅうだいいっかん》　シナリオ集。〔初版〕平成十五年四月四日、映人社。◇「祭りの準備」（昭和50年）は、昭和三十年代初頭の中村市港湾の町が舞台。信用金庫に勤める沖遁男は、シナリオライター志望。女に目のない父、若い女に狂った祖父。この町の友人も、犯罪に走ったり、近親相姦に陥ったり。遁男は、歌声運動で知り合った恋人と別れ、遁男だけを生き甲斐とする母からも逃れ、一人東京へ出て行く。キネマ旬報脚本賞、毎日映画コンクール脚本賞を受ける。映画化された。「郷愁」（昭和63年）は、中学三年生の山沖住男が主人公。八年前、京都から疎開してきて以来、絵描きの父は家を省みない。ダメ父のため、美人の姉も結婚できず、身を持ち崩してゆく。住男が面倒をみていた同級生が、癲癇で死に、近隣の新妻は住男を誘う。水量豊かな四万十川の流れるあたりである。映画は自らの第一回監督作品となる。
（堀部功夫）

中瀬二郎《なかせ・じろう》

大正三年五月八日～。小説家。徳島県勝浦郡勝浦町に生まれる。釜山中学校卒業。戦後、神戸、高知、徳島の検察庁の検察官を歴任。昭和五十二年に退職。司法書士を開業。『不動産競売実務講義』などの法律実務書がある。「四国文学」「阿波文学」に小説を、「南海歌人」に短歌を発表。随想集に『南国の乱舞』（昭和47年10月31日、中瀬二郎著作物刊行会）、短編集『ラスト・ダンス』（平成元年11月3日、中瀬二郎著作物刊行会）がある。
（増田周子）

永田哲夫《ながた・てつお》

昭和五年一月十日～五十八年十二月十七日。国文学者。高知県幡多郡中村町（現四万十市）大字中村町八七五に、寛、房尾の長男として生まれる。昭和二十八年、高知大学卒業。県立高等学校教諭になる。三十七年、高知大学助手になる。三十九年、同講師。四十一年、同助教授。四十八年、同教授となる。

＊永田哲夫遺稿集《ながたてつおいこうしゅう》　論文集他。〔初版〕昭和六十三年七月二十日、永田和子。◇上林暁研究など、高知近代文学研究論文が多く載る。（堀部功夫）

永田敏之　ながた・としゆき

昭和七年十月三十一日～。編集者。高松市に生まれる。五歳の時に小児麻痺を患い左脚が不自由になる。香川県立木田高等学校卒業後、大阪市立大学文学部で中国文学を聴講。大阪文学学校で学ぶ。昭和三十一年四月、「讃岐文学」を創刊、主宰する。著書に『香川の民話』（昭和57年、偕成社）等がある。讃岐文学館館長。（浦西和彦）

仲田二青子　なかた・にせいし

明治二十九年三月三十一日～昭和六十三年十一月十二日。俳人、歌人。徳島県に生まれる。本名は愛四郎。脇田町議会議員。俳句は大正十四年「木太刀」の木下眉城に師事。途中和歌に転じ、昭和十六年歌集『藍』を出すが、再び俳句に転じ「向日葵」入会。四十年「航標」創刊入会。三十八年向日葵賞、六十一年脇町文化功労賞を受賞。句集『昴』（昭和51年11月3日、航標俳句会）。

春愁や固く閉ぢたる貝の蓋（浦西和彦）

中塚たづ子　なかつか・たずこ

明治二十七年四月二十五日～昭和四十年四月二十五日。俳人。愛媛県松山市に生まれる。中塚一碧楼の妻。昭和二十一年一碧楼歿後、「海紅」を昭和三十四年まで主宰。（浦西和彦）

中西伊之助　なかにし・いのすけ

明治二十六年二月七日～昭和三十三年九月一日。小説家、社会主義運動家。京都に生まれる。大正八年東京市電ストを指導し投獄された。出獄後、大阪市電労働者の組織化に尽力し、農民運動にも参加。プロレタリア文学運動にも参加。代表作に「農夫喜兵衛の死」「赭土に芽ぐむもの」等がある。人民戦線事件で検挙された。戦後は日本共産党に入党し、衆議院議員となったが、離党した。

＊武左衛門一揆《たけざえもんいっき》　長編戯曲。〔初版〕『武左衛門一揆〈解放群書21〉』昭和二年五月三十一日、解放社。◇時代は寛政五（一七九三）年前後の数年。場所は伊予宇和島吉田領。武左衛門が一口浄瑠璃を語り、三年間もかかって八三カ村をまわり、二四人の同志を得て、ついに東宇和郡城川町高野子から延川村まで八カ村の農民が蜂起した吉田騒動・武左衛門一揆を描いた全一五景、三〇〇枚書きおろし長編戯曲である。「本著は主として、井谷正吉兄の厳君正命翁の著、『武左衛門翁伝』伊達家文献、『伊達秘録』『庫外禁止録』『伊予簾』『安藤忠死録』等を基礎とし上野村古老、井谷正吉兄覚え書き等によって書きあげた」という。（浦西和彦）

中西ふくゑ　なかにし・ふくえ

明治二十三年（月日未詳）～昭和四十九年五月二十四日。俳人。愛媛県松山市に生まれる。昭和四年、琴の師匠紅水女から俳句の手ほどきを受け松根東洋城に師事して「渋柿」に拠った。（浦西和彦）

中野沙代子　なかの・さよこ

明治四十三年六月二十二日～昭和四十九年二月七日。俳人。香川県に生まれる。赤松柳史に師事して雑誌「新そば」の編集者。「砂丘」同人。句集『そば猪口』。（浦西和彦）

中野重治 なかの・しげはる

明治三十五年一月二十五日～昭和五十四年八月二十四日。詩人、小説家。福井県に生まれる。東京帝国大学卒業。プロレタリア文学運動に入る。昭和三年二月、大山郁夫の選挙応援に香川県に行き、高松の演説会場で逮捕され、高松、坂出、丸亀、善通寺、多度津の警察署に留置され、三月五日、香川県を追放される。「四国のこと」（「四国文学」昭和25年2月。『中野重治全集一六巻』昭和37年3月10日、筑摩書房）は、演説中止に怒る河上肇の言葉で、中止に馴れた自分の不感を反省したと記す。（堀部功夫）

中野逍遥 なかの・しょうよう

慶応三（一八六七）年二月十一日～明治二十七年十一月十六日。漢詩人。愛媛県宇和島市賀古町に生まれる。本名は重太郎。歌人大和田建樹の母方の親戚に当たる。鶴鳴学校を経て明治十二年に南予中学校に入学。十六年上京、成立学舎に入り、翌年大学予備門に入学。子規、漱石らを知る。二十七年、東京帝国大学文科漢学科を卒業。秋から小柳司気太、田岡嶺雲ら東洋文化の近代的再生をめざす雑誌「東亜説林」（全4冊）を出した。肺炎のため二十八歳で死去。宇和島市立図書館に短編小説「慈涙余滴」写本が所蔵されている。二十八年十一月十六日、一周忌に『逍遥遺稿』が刊行された。漢詩碑「擲我百年命／換君一片情…」が宇和島市和霊町和霊神社公園にある。（浦西和彦）

永野孫柳 ながの・そんりゅう

明治四十三年十二月十二日～平成六年十二月十四日。俳人。愛媛県松山市に生まれる。本名は為武。東北大学名誉教授。俳句は昭和五年、飯田蛇笏に師事。十四年「石楠」幹部を経て二十七年「俳句饗宴」創刊主宰。雲母個人賞、河北文化賞を受賞。句集『砂時計』（昭和46年5月1日、俳句饗宴社）、『琳琅館』（昭和51年10月15日、俳句饗宴社）、『花筐』（昭和62年4月10日、四季画廊）。（浦西和彦）

中野武彦 なかの・たけひこ

明治四十三年十月二十二日～昭和五十二年七月十六日。詩人。高知県高岡郡能津村宮ノ谷に、重忠、繁古の長男として生まれる。早稲田高等師範学校卒業。官庁に勤める。昭和七年、詩「風のない日」、「風のない日の精神のあるアトリヱで／運動のない対象の前で方法が流れる。／／金魚鉢の中に求める青写真の位置。／／午後になっても此の家の風景は／静物画の中にとぢこめられてゐる。／／物好きな来客は／カンバスの裏をのぞきたいのです」を作る。詩集『白イ海』を著す。二十三歳で詩筆を絶ち、散文にむかう。十年、同人誌「風祭」を創刊する。四十年、詩集『うるめの唄』を著す。（堀部功夫）

中野文枝 なかの・ふみえ

明治三十七年五月二十八日～平成十七年二月十七日。小説家。高知市西町七六で生まれる。高知県立師範学校女子部卒業。教員になる。昭和二十七年、月刊「女性高知」を創刊する。四十六～六十一年、『ひいらぎ』『栄女記』『坂本龍馬の後裔たち』を著す。

＊**栄女記**《えいじょき》 長編小説。〔初版〕昭和五十六年七月二十五日、泰樹社。◇龍馬の姉、お栄《えい》さんのこと。（堀部功夫）

中野雅夫　なかの・まさお
明治四十一年二月六日～平成六年三月十四日。評論家、ノンフィクション作家。愛媛県に生まれる。本名は寅市。昭和五年、天王寺師範学校専攻科（現大阪教育大学）卒業。七年、教育運動に関係して、治安維持法違反で検挙され、在獄四年。戦後、日刊工業新聞社を経て、日本経済新聞社に入社。関西ジャーナリスト連盟を結成し、関西地区書記局となった。二十五年、レッド・パージにあう。以後、著述に専念し、主著に『革命は藝術なり―徳川義親の生涯―』（昭和52年10月、学藝社）、『三人の放火者』（昭和31年10月、筑摩書房）、『沖縄の反乱』（昭和32年、文昭社）、『昭和史の原点』（昭和47年3月、講談社）、『橋本大佐の手記』（平成12年8月、みすず書房、復刻）等がある。（浦西和彦）

中野好夫　なかの・よしお
明治三十六年八月二日～平成六年三月十四日。英文学者、評論家。愛媛県松山市道後町に生まれる。父容次郎、母しんの長男。父は伊予鉄道に勤務。明治三十七年十月、父が徳島鉄道に転じたために徳島市に移住。徳島中学校、第三高等学校を経て、大正十五年東京帝国大学を卒業。昭和十年七月に東京帝国大学文学部助教授、二十三年一月から二十八年三月まで東京大学教授をつとめた。主に英米演劇関係の講義を行う。この間、日本で初めてモームの『月と六ペンス』（昭和15年8月、中央公論社）等の翻訳、紹介をしたほか、シェイクスピア、ディケンズ等の研究、翻訳を手がけた。戦後は社会批評家としてジャーナリズムで活躍するようになり、講和、安保、反核問題などに積極的に発言し、革新の立場から市民・平和運動を続けた。『シェイクスピアの面白さ』（昭和42年5月、新潮社）で毎日出版文化賞を、『蘆花徳冨健次郎』全三巻（昭和47年3月～49年9月、筑摩書房）で大仏次郎賞を受賞した。（浦西和彦）

＊阿波の盆踊り《あわのぼんおどり》　エッセイ。〔収録〕『主人公のいない自伝』昭和六十年七月、筑摩書房。〔収録〕『のどかなり段々畑の石地蔵　日本随筆紀行21』平成元年二月十日、作品社。◇数え三つの作者を背負い、盆踊りの見物に出かけた母が、連を追っているうちに時を忘れ、深夜まで戻らなかったエピソードを挙げ、全国でも類のない踊り手と見物人が一体化した盆踊りの珍品だという。また「よしこの」のリズムも珍重に値する藝能文化だが、その歌詞に丹波篠山と旧藩時代に何らかの関係でもあったのかと思わせる一筋がある、と述べる。近頃のテレビ放映では見たことがないが、粋な着付けで平素修業の見事な三味線の撥さばき、美声の妙を披露した、踊り手の加わらぬ「流し」は、今も存在するのだろうか。家中で興じた盆踊りを懐しんでいる。（増田周子）

中野立城　なかの・りつじょう
明治三十九年七月三十一日～昭和六十年八月十四日。俳人。愛媛県松山市に生まれる。本名は甚三郎。高砂建設社長。俳句は昭和十八年より富安風生、岸風三楼に師事して「若葉」に拠った。「春嶺」同人。
阿波踊更けて眉山に月まどか　（浦西和彦）

中原一樹　なかはら・かずき
明治三十三年一月十日～昭和五十二年四月二十三日。俳人。愛媛県西宇和郡古田村合田（現八幡浜市）に生まれる。本名は中尾末吉。大橋楼坡子に師事して昭和五年より句作。のち「雨月」「山茶花」「磯菜」「ホトトギス」同人。句集『中原一樹遺句集』（昭和52年9月20日、雨月発行所）。（浦西和彦）

中原淳一《なかはら・じゅんいち》

大正二年二月十六日～昭和五十八年四月十九日。画家、編集者。香川県三木町に生まれる。生後間もなく徳島に移住し、そこで育つ。昭和十一年、日本美術学校卒業。二十歳の時、「少女の友」に挿絵を書くようになる。抒情画に新味を発揮した。北条誠「緑はるかに」（「読売新聞」昭和29年4月12日～12月14日）の新聞小説の挿絵も描いた。二十一年、「ひまわり」「それいゆ」の少女雑誌・婦人雑誌を創刊、編集者としても活躍した。（浦西和彦）

中町小菊《なかまち・こぎく》

大正十一年（月日未詳）～。小説家。高知県土佐郡土佐町に生まれる。昭和十二年、高等小学校卒業。教員検定試験に合格、公立小学校教員となる。のち、高知県教育研究所へ入る。私立高知学園高知小学校創立にかかわり、同校教員となる。平成十三年、『卑弥呼のくに土佐』を著す。

＊家神《かしん》　短編小説。〔初出〕「すばる」昭和五十五年五月一日。◇K市の教員並川ゆきは、オートバイに撥ねられた。病室で、蜘蛛を潰す。あとで夫に聞くと、ヒラグモは家神だったらしい。家の神を殺した刑罰を受けるのではないか、という妄想が拡がる。（堀部功夫）

中町信《なかまち・しん》

昭和十年一月六日～。推理作家。群馬県沼田市に生まれる。早稲田大学文学部卒業。医学書院出版部に勤務するかたわら、クリスティや鮎川哲也に触発されてミステリー小説を書き始めた。昭和四十四年、「急行しろやま」で第四回双葉推理賞を受賞。著書に『新人賞殺人事件』『殺された女』『高校野球殺人事件』『心の旅路』『Sの悲劇』他。

＊小豆島殺人事件《しょうどしまさつじんじけん》　推理小説。〔初版〕平成三年九月三十日、徳間書店。◇東陽機器テニス部員六名は小豆島と有馬温泉で合宿練習を行うことになった。君原一太郎は二日遅れて着いたが、前夜、宿泊先「屋坂荘」の娘の友人、須貝菊代が何者かによって裏庭の窪地に突き落とされた。有馬では部員の赤木昇が宿の屋上から転落死した。東京でもまた殺人事件がおこる。轢き逃げ犯人に対する復讐か、それともレイプ事件の犯人に対する復讐か、密室殺人事件の謎を君原が追求していく。（浦西和彦）

中村愛松《なかむら・あいしょう》

安政二（一八五五）年（月日未詳）～大正十四年十月十日。俳人。伊予国松山（現愛媛県）に生まれる。本名は一義。千葉で小学校校長を務めた。明治二十七年三月、柳原極堂らと松山松風会を結成。正岡子規に師事。（浦西和彦）

中村彰彦《なかむら・あきひこ》

昭和二十四年六月二十三日～。小説家。栃木県に生まれる。本名は加藤保栄。東北大学文学部を卒業。昭和四十七年「風船ガムの海」で、第三四回文学界新人賞佳作、翌年文藝春秋に入社。五十七年「明治新撰組」で第一〇回エンタテイメント小説大賞を受賞。平成二年に文藝春秋を退社し、作家活動に専念する。『五左衛門坂の敵討』（平成4年4月、新人物往来社）で第一回中山義秀文学賞を受賞する。これはまた第一〇七回直木賞の候補作になった。『保科肥後守お耳帖』（平成5年7月、双葉社）は第一一〇回直木賞の候補になる。平成六年「二つの山河」（『別冊文藝春秋』二〇七号）で、第一一一回直木賞を受賞し、作家としての地位を不動のものとした。『乱世の主役と脇役』、『その名は町野主水』（平成5年9

月、人物往来社)、『龍馬伝説を追え』(平成6年3月、世界文化社)、『保科正之　徳川将軍家を支えた会津藩士』(平成6年1月、中央公論社)、『眉山は哭く』(平成7年1月25日、文藝春秋)、『二つの山河』(平成6年9月20日、文藝春秋) 等多数ある。

＊眉山は哭く《びざんはなく》　短編小説。〔初出〕「オール讀物」平成五年十二月号。〔初版〕平成七年一月二十五日、文藝春秋。◇幕末維新の頃、阿波徳島藩に「繭山」と号する儒学者、柴秋村がいた。稜線美しき眉山を名のるのをはばかり、訓読みに当て字して、雅号としたのである。版籍奉還の結果、徳島藩付きの家臣と城代家老稲田家家臣との差異に不満が噴出、嘆願書が出され、遂に稲田家分藩を政府顕官に説くようになる。世にいう「稲田騒動」あるいは「庚午事変」の発端である。元来徳島藩は藩学を朱子学、稲田家は古学で地理的にも本土に近く勤王運動が盛んで、この点でも相対立する運命であった。阿波蜂須賀家のために、血気はやる大村純安、南堅夫ら若者たちが稲田討伐を蹶起。稲田側に襲撃した。蜂須賀家取り潰しこそ免れたが、師新居水竹、大村純安他俊英なる弟子たちを切腹させてしまったことに、繭山は悲憤慷慨した。昼夜の別なく酒を飲んでは慟哭し、遂に卒中にて生涯を終える。

＊二つの山河《ふたつのさんが》　短編小説。〔初出〕「別冊文藝春秋」平成六年、第二〇七号。〔初版〕平成六年九月二十日、文藝春秋。◇大正三年、日本軍は同盟国イギリスと青島を攻撃、四、六〇〇余のドイツ軍俘虜を全国一二カ所に収容した。徳島俘虜収容所所長は会津出身の松江豊寿中佐であった。「彼らも祖国のために戦ったのだから」と武士の情で俘虜たちに接し、できるだけ自由な生活をさせた。六年に丸亀、松山、久留米の俘虜も受け入れ、「板東俘虜収容所」が設立された。総勢一万余名、彼等はオーケストラを編成し、県民と演奏会を楽しみ、工場では技術を教えた。パン焼きやジャム作りを教えた。日本人と遠い異国人との国境を越えたヒューマニズム溢れる交流が描かれた作品である。

(増田周子)

中村草田男　なかむら・くさたお

明治三十四年七月二十四日〜昭和五十八年八月五日。俳人。中国福建省廈門《あもい》に生まれ、松山市に育つ。本名は清一郎。父は外交官。松山中学校、松山高等学校、東京帝国大学国文科卒業。卒業論文は「子規の俳句観」。昭和九年六月「ホトトギス」同人となる。二十一年十月「万緑」を創刊主宰。二十四年十一月、香川県教育委員会主催の俳句大会に招かれ、香西昭雄と大島青松園、屋島などを訪れる。二十六年九月、松山市主催の子規五〇年祭で講演。三十四年三月、旧制愛媛県立松山高等学校創立四〇周年記念祭に講演。三十九年五月、香川県高等学校教育研究会国語部会総会で「現代における俳句の位置」を講演。同年八月中島高校校庭に句碑「一度訪ひ二度訪ふ波やきりぎりす」、五十八年七月、松山城に近い東雲公園に句碑「夕桜城の石崖裾濃なる」が建立された。松山を詠んだ句に「破《や》れ靴に花踏み松山中学生」「潜《ひそ》める乙女わが恋ひし町露と消えぬ」「松山は野菊多きや然《さ》よ今こそ」「松山乙女踊るを見るゆゑ松山人」ほか多くある。句集『永き午前』(昭和15年10月15日、三省堂)、『長子』(昭和21年10月30日、笛発行所)、『来し方行方』(昭和22年11月25日、自文堂)、『中村草田男自選句集』(昭和26年12月15日、河出書房)、『銀河依然』(昭和28年2月10日、みすず書房) ほかがある。『中村草田男全集』全一八巻別巻一(みすず書房)。

＊歴史の町松山《れきしのまちまつやま》　エッセイ。〔初出〕『日本の伝説・四国』年月日未詳、山田書院。〔全集〕『中村草田男全集11』昭和六十二年九月十八日、みすず書房。◇維新後取り残された松山は、俳人と軍人が同時に生まれてくる土壌があったという。

＊「坊っちゃん」中学《「ぼっちゃん」ちゅうがく》　エッセイ。〔初出〕「電力だより」昭和四十二年十月一日。〔全集〕『中村草田男全集11』前出。◇「坊っちゃん」の主人公と、漱石自身とはけっしてシノニムではない。松山中学在職時代の漱石は、「坊っちゃん」の中に描写されているような、松山の市民や学生たちから軽薄にして愚劣きわまる態度で応対されたことがなかったという。（浦西和彦）

中村憲吉　なかむら・けんきち

明治二十二年一月二十五日～昭和九年五月五日。歌人。広島県に生まれる。東京帝国大学卒業。伊藤左千夫に師事し、明治四十二年「アララギ」に参加。歌集『軽雷集』（昭和6年7月、古今書院）に、「はるさめの眉山したの徳島にいらか静けき朝をしたしむ」等五首の「徳島雑詠」、「この国の阿波十郎兵衛は庄屋なり罪被《き》せられて死ににけるかも」等五首の「阿波十郎兵衛」、「猪の山に落つる真椿ゆふかたを古き貝塚に下りて来にけり」等五首の徳島「猪山貝塚」、「城山に五位鷺の出て啼く日ぐれ旅の歌会をこの閣に終ふ」等五首の「徳島千秋閣歌会」、「しばしばを暴風雨《しけ》のとまりや海のうへに追ひくる賊や土佐旅日記」等五首の「土佐泊」、「松ばらを越ゆれば阿波の大浦回ややはじまりし鳴るしほの音」等の「鳴門潮瀾記」を収める。『中村憲吉全集』全四巻（昭和12年12月30日～13年10月15日、岩波書店）。（浦西和彦）

中村汀女　なかむら・ていじょ

明治三十三年四月十一日～昭和六十三年九月二十日。俳人。熊本市に生まれる。本名は破魔。熊本高等女学校卒業。『中村汀女俳句集成』がある。昭和三十八年、高知で講演する。

＊ふるさとの菓子《ふるさとのかし》　エッセイ＋句集。〔初出〕「婦人朝日」「婦人画報」か。〔初版〕昭和三十年六月十日、中央公論社。◇四国関係は、高知が山西金陸堂製「かつをつぶ」、一柳豊栄堂「けんぴ」、のしや「中菓子」、高松三友堂「木守」、宇和島清水閑一郎「唐饅頭」、丸亀四つ目屋「四つ目」が採り上げられる。

＊汀女自画像《ていじょじがぞう》　エッセイ集。〔初版〕昭和四十九年九月三日、主婦の友社。◇「夏柳」項。昭和三十八年、高知講演行。「高知の会場はお天守が一つだけ残る城内、めぐらした蓮池の花が鮮やかで、私は一度にここの町になじんだ気がした。しかし、ちょっと歩いた例のはりまや橋のある通りは炒《い》りつける暑さ、カーンと耳がふさがれ、頭の動きがとまった」。（堀部功夫）

中村伝喜　なかむら・でんよし

明治三十六年六月四日～昭和六十年十一月十八日。教育者。高知市秦泉寺に森本信一、糸の次男として生まれる。父は村長だった。従妹の婿養子になる。中村姓。大正九年、長岡郡立准教員養成所卒業。小、中、高等学校の教師になる。十三年、小砂丘忠義たちと地軸社をつくる。昭和三年、杉村正たちと〝土佐梁山泊〟（文部省検定試験をめざす勉強会）をつくる。文検合格。十年、「土佐綴方人の会」を結成する。のち、中国へ渡り、各地の小、中学校に勤める。戦後、旧制高知城東中学校、新制丸の内高等学校、最後は私立高知学藝高等学校で教壇に立つ。四十四年、『春旅秋旅』を著す。五十二年、教職を退く。五十三年、『土佐梁山泊』を著す。五十七年、高知県文化賞を受賞する。

＊土佐梁山泊《とさりょうざんぱく》　記録。〔初版〕昭和五十三年十二月五日、冨士書房。◇〝土佐梁山泊〟に集まった、師・学友約一〇〇人の経歴、独学者の勉強の有様や友情をまとめた。「有沢一郎」項には、有沢作曲にあわせて作詩した、唱歌「庚申堂の秋」が載っている。　（堀部功夫）

中村獏　なかむら・ばく

昭和十六年三月十六日〜。詩人。愛媛県伊予三島市（現四国中央市）に生まれる。本名は篠永哲一。洋服修理業。昭和四十一年頃、河西新太郎の「日本詩人」に参加。詩集『句読点』（昭和41年、著者）、『ふるさと』（昭和47年、著者）、『地中の法廷』（平成7年、著者）。平成二年、エッセイ集『長太郎洋服人生』（著者）で第二五回香川菊池寛賞を受賞。著書『洋服職人長太郎』（平成10年、リトル・ガリヴァー社）。　（浦西和彦）

中村博　なかむら・ひろし

昭和三年七月七日〜。児童文学者。愛媛県に生まれる。日本大学文学部卒業。東京で小学校教員を三〇年務める。松谷みよ子らと「日本民話の会」を結成。著書に『王子のきつね』（昭和50年、ポプラ社）、『ばけもんじる』（昭和53年、岩崎書店）、『にげだしたおにばんば』（昭和60年、ほるぷ出版）等がある。　（浦西和彦）

中村稔　なかむら・みのる

昭和二年一月十七日〜。詩人、弁護士。千葉県に生まれる。東京大学法学部卒業。詩集『羽虫の飛ぶ風景』（昭和51年6月15日、青土社）、伝記『束の間の幻影』（平成3年11月10日、新潮社）ほか。日本近代文学館理事長。エッセイ集『文学館感傷旅行』（平成9年11月30日、新潮社）中に四国関係記事がある。『中村稔著作集』全六巻（平成16年11月1日〜17年9月1日、青土社）。　（堀部功夫）

中谷宇吉郎　なかや・うきちろう

明治三十三年七月四日〜昭和三十七年四月十一日。理学者。石川県に生まれる。東京大学卒業。北海道大学教授。雪の結晶を研究する。『中谷宇吉郎随筆選集』がある。昭和三十年、高知へ旅行した。

＊百日物語《ひゃくにちものがたり》　エッセイ集。〔初出〕「西日本新聞」昭和三十年七〜九月か。〔初版〕昭和三十一年五月、文藝春秋新社。◇集中に「桂浜」「寅彦の遺跡」が載る。桂浜は「幻想をこわさないごく少数の名勝地の一つであった」。　（堀部功夫）

中矢荻風　なかや・てきふう

大正六年一月八日〜平成九年二月十八日。俳人。愛媛県松山市に生まれる。本名は貞義。昭和十二年、関西大学専門部を卒業。松山市伊台中学校校長。俳句は三十年、川本臥風に学び、「虎杖」に所属。三十五年に虎杖賞を受賞。句集『錆自転車』（昭和47年、虎杖発行所）、『無冠』（昭和51年、虎杖発行所）、『踏青』（昭和54年、虎杖発行所）、『払顔』（昭和56年、虎杖発行所）等。　（浦西和彦）

中山義秀　なかやま・ぎしゅう

明治三十三年十月五日〜昭和四十四年八月十九日。小説家。福島県に生まれる。本名は議秀。早稲田大学卒業。第七回芥川賞、日本藝術院賞など受賞。

＊土佐兵の勇敢な話《とさへいのゆうかんなはなし》　短編小説。〔初出〕「群像」昭和四十年五月一日、第二〇巻五号。◇少年時代、鴎外「堺事件」

な

を読んで「砂をかむような印象」を持った「私」が、事件を描く。土佐兵による「大量屠殺」を「フランスばかりでなく各国の公使が、こぞってその卑劣と野蛮さを憎んだ」と記し、切腹も「胸くそ悪い見世物」と書く。江藤淳は本作が鷗外作を「偶像破壊的に裏返してみせた史伝体の短編であるが、作者のニヒリズムが例によって雄渾な文体の行間からにじんでいるのが面白い。」と評す。（堀部功夫）

中山梟月《なかやま・きょうげつ》

大正九年五月二十二日〜平成五年十二月八日。俳人。愛媛県松山市に生まれる。本名は重武。教員。俳句は昭和三十六年、村上杏史に師事し「柿」「ホトトギス」に投句、のち同人。三十八年より「柿」編集担当。句集『福耳』（昭和56年11月30日、柿発行所）。

福耳をわが寿相とし初鏡　（浦西和彦）

長芳梓《ながよし・あずさ》

昭和二十四年一月七日〜。詩人。徳島県勝浦郡上勝町伝説に生まれる。本名は田中久子。昭和三十九年、上勝町福原中学校卒業。「詩脈」「南海歌人」同人。川柳では田中思葦の名前を用いる。平成六年、徳島県民文藝随筆優秀賞を受賞。（増田周子）

中脇初枝《なかわき・はつえ》

昭和四十九年一月一日〜。小説家。高知県中村市（現四万十市）に生まれる。知念万里子インタビュー（「花椿」平成10年4月5日）に拠ると、「家族は公務員の共働きの両親と一歳違いの兄。仲がよくて」幸せな少女時代を過ごす。平成三年、県立中村高等学校三年時、受験勉強に専念するための一つの区切りとして小説を書く。「魚のように」である。第二回坊っちゃん文学賞を受賞する。その後、「地味に勉強し、恋をし、友情を温め」つつ、年一作ペースで小説を書きつぐ。九年、『稲荷の家』を著す。八年、筑波大学を卒業する。

＊魚のように《さかなのように》　長編小説。〔初版〕平成五年五月五日、新潮社。◇情緒不安定な「僕」―中村の高校生宮下有朋―は、家を出て、川原を歩いて行く。一つ歳上の姉が、親友の恋人を奪い、捨て、また別の男と出奔した直後のことである。姉が僕を嫌い、僕が姉に魅かれたのは、二人が同属だったからだ。「魚のように」生きる姉。全てのこだわりから離れたい僕は、夜の川べりを孤りあゆむ。景山民夫、椎名誠、高橋源一郎、中沢新一、早坂暁が十七歳の才能を嘆賞した。（堀部功夫）

那須正幹《なす・まさもと》

昭和十七年（月日未詳）〜。児童文学者。広島に生まれる。島根農科大学卒業。ズッコケ三人組シリーズほか。路傍の石文学賞、日本児童文学者協会賞受賞。平成元年五月六日、高知で講演する。

＊ズッコケ海底大陸の秘密《ずっこけかいていたいりくのひみつ》　児童文学。〔初版〕平成十一年七月、ポプラ社。◇稲穂県ミドリ市の小学校六年生の仲良し三人組、ハチベエ（八谷良平）、ハカセ（山中正太郎）、モーちゃん（奥田三吉）が、夏休み、愛媛県「佐田岬半島の瀬戸内海側のつけ根にあるタカラ町」へ遊びに来る。行方不明の父を探す藤本恵と共に、海底都市を冒険する。超古代ニライ文明を継承する海底人は、陸上世界が不幸にならないよう、陸上人の見守り役を期待して招待したのだったが。恵の父と五人は、海底都市の記憶をなくして、帰還する。シリーズ第四〇作、異世界もの。「ムー大陸」説に拠った点はいただけない。（堀部功夫）

なだいなだ なだ・いなだ

昭和四年六月八日～。精神科医。東京に生まれる。本名は堀内秀。慶応義塾大学卒業。昭和四十七年十月十日、高知で講演する。

＊**TN君の伝記**《てぃーえぬくんのでんき》 伝記。〔初出〕「子どもの館」年月日未詳。原題「TN先生の伝記」。〔初版〕昭和五十一年五月三十日、福音館書店。◇中江兆民伝である。作者は名前をでなく人間の生き方を知ってもらいたいからと、イニシャルにした。TN君の目を借りて、その青年期と自由民権運動期とを中心に、時代を見る。「いまの国鉄の高知駅からほど遠くないところに、TN君の生まれた家のあとがあって、市の教育委員会のたてた『TN君の生家跡』と書かれた棒くいが立っている。家はもうない。ぼくが、そこをたずねたときは、空地になっていて、臨時の露天駐車場に使われていた」。（堀部功夫）

夏樹静子 なつき・しずこ

昭和十三年十二月二十一日～。小説家。東京に生まれる。本姓は出光。慶応義塾大学卒業。日本推理作家協会賞ほか受賞。『夏樹静子作品集』がある。

＊**密室航路**《みっしつこうろ》 推理小説。〔初出〕「小説新潮」昭和五十四年十二月。〔収録〕『夏樹静子作品集九』昭和五十七年十月十五日、講談社。◇東京から高知まで二一時間の大型フェリーが那智勝浦寄港後、特等室内から資産家の遺体が発見された。自殺と片付けられそうだったが、隣室の旅行者光井総《ふさ》子は、故人の妻の態度に不審を持つ。〝もし彼女に共犯者がいたとしたら――。〟〝さんふらわあ号〟、合鍵屋、新幹線、抗鬱剤など当代的設定下での、密室トリックものミステリーである。（堀部功夫）

夏堀正元 なつぼり・まさもと

大正十四年一月三十日～平成十一年一月四日。小説家。小樽市に生まれる。早稲田大学中退。社会派であった。

＊**目覚めし人ありて―小説中江兆民**《めざめしひとありて―しょうせつなかえちょうみん》 長編小説。〔初版〕平成四年八月十日、新人物往来社。◇徹底的な共和主義者として描く。（堀部功夫）

夏目漱石 なつめ・そうせき

慶応三（一八六七）年一月五日～大正五年十二月九日。小説家、英文学者。江戸牛込馬場下横町（現新宿区喜久井町一番地）に生まれる。本名は金之助。明治二十五年八月、松山市湊町一丁目一番地の正岡子規を訪ねる。二十六年七月、東京帝国大学文科大学を卒業。十月、東京高等師範学校英語嘱託になる。二十八年四月、愛媛県尋常中学校の嘱託教員に就任し、七日に新橋を出発、九日に松山市に到着。九月頃から俳句に熱を入れ、松山の俳句会「松風会」に参加、二十三日には松山城、常楽寺、千秋寺等を訪ね、俳句三二句を作る。十月中旬、松風会主催で正岡子規の上京送別会が中ノ川の蓮福寺で催され、「御立ちやるか御立ちやれ新酒菊の花」を詠む。十月十七日、松山市二番町三番地の「花廼舎」で正岡子規の送別会が開かれ、「石女の蕣の花に嗽かな」を詠む。二十九年四月十日、熊本の第五高等学校に転任のため、松山を発つ。三十三年、イギリスに留学。三十六年に帰国。四月、第一高等学校英語嘱託に就任、東京帝国大学英文科講師を兼任。三十八年、高浜虚子のすすめで「吾輩は猫である」を「ホトトギス」に発表。一躍文名を得、さらに翌年「坊っちゃん」「草枕」を書いて、作家的地位を確立した。四十年、教職を辞して東京朝日新聞社に入社、以後「朝日新聞」に「虞美人草」「夢十夜」「三四郎」「それから」「門」「彼岸過迄」「行人」「こ

な

ころ」「道草」と発表し続け、「明暗」の執筆中、胃潰瘍で大吐血し死去した。

*坊つちゃん《ぼっちゃん》　中編小説。〔初出〕「ホトトギス」明治三十九年四月一日。〔収録〕『鶉籠』明治四十年一月、春陽堂。◇坊っちゃんという渾名で呼ばれる中学教師は、大学を了えると、田舎町へ数学教師として赴任した。狸（校長）、赤シャツ（教頭）をはじめとする地方的悪風に堪えられず、真っ向から対決し、辞表を叩きつけて帰京する。漱石が経験した松山での中学教師生活を踏まえて書かれている。（浦西和彦）

浪乱丁　なみ・らんちょう

大正六年七月七日～。川柳作家。愛媛県東宇和郡宇和町（現西予市）に生まれる。本名は田浪準夫。昭和十八年、愛媛県師範学校専攻科哲学専攻を卒業。五十二年に石城小学校校長を退職するまで三十八年間教師生活を送る。四十二年ごろから番傘川柳誌に投句。四十八年番傘川柳本社同人。五十七年、川柳宇和吟社の会長になる。作品集に『迷路の虹　浪乱丁集』がある。（浦西和彦）

名本勝山　なもと・しょうざん

大正二年六月十五日～。俳人。愛媛県に生まれる。本名は久徳。昭和十四年、安藤姑洗子に師事し「ぬかご」に入会。四十四年、野竹雨城の「故郷」創刊同人。五十四年故郷功労賞を受ける。句集『歳の雪』（昭和49年7月1日、故郷社）。

牡丹散つて夜は指先より眠し（浦西和彦）

成瀬無極　なるせ・むきょく

明治十七年一月一日～昭和三十三年一月四日。独文学者。東京に生まれる。本名は清。東京帝国大学卒業。京都帝国大学教授。『無極集』がある。

*南船北馬《なんせんほくば》　エッセイ集。〔初版〕昭和十三年五月三日、白水社。◇集中「土佐日記」が高知講演紀行である。講演後「土地第一の旗亭へ招ぜられる。長いトンネルを通って向う側の座敷へ出るのがこの家の自慢である」。得月楼か。（堀部功夫）

南條歌美　なんじょう・うたみ

明治三十二年五月二十三日～昭和四十八年五月三十日。作詞家。徳島県三好郡池田町（現三好市）に生まれる。本名は富永ヨシエ。戦前、戦中に日本女流作詞家の草分けとして活躍。軍国歌謡、舞踊小唄など一〇〇余曲を作詞。田端義夫の「海と兵隊」や「夏草の夢」、美ち奴の「霧の四馬路」、踊りの「大原女」、「河岸の柳」などがある。（増田周子）

南條範夫　なんじょう・のりお

明治四十一年十一月十四日～平成十六年十月三十日。小説家。東京銀座に生まれる。東京帝国大学卒業。南満州鉄道調査部等を経て国学院大学教授などを務めた。昭和三十一年「灯台鬼」で第三五回直木賞を受賞。時代小説を中心に活躍し、五十七年「細香日記」で吉川英治文学賞を受賞。「松山城の石垣」（「オール読物」昭和36年10月1日）は、大老土井利勝の策謀に翻弄された松山城の変遷を描いている。松山城は加藤嘉明が情熱の一切を注ぎ込んで築いた平山城で、本丸をめぐる石垣は無類の堅固さを誇った。二〇万石の領土としては、余りに規模大きく、堅牢度を超えているために、幕府に猜疑心をいだかせたのである。嘉明は完成前に会津若松へ転封した。一五万石で新たに移封してきた松平定行は、五層の天守閣を三層に変えることを強いられる。松山城の領主の興亡の歴史を描いている。（増田周子）

南原繁《なんばら・しげる》　明治二十二年九月五日〜昭和四十九年五月十九日。政治学者、歌人、評論家。香川県に生まれる。大正三年、東京帝国大学政治学科卒業。内務省に入り、富山県射水郡長等を経て、大正九年、東京帝国大学助教授に、のち教授になる。昭和二十年から六年間総長をつとめた。著書に『フィヒテの政治学』『政治哲学序説』等があり、歌集に『形相』（昭和22年3月、創元社）がある。

（浦西和彦）

【に】

新居格《にい・いたる》　明治二十一年三月九日〜昭和二十六年十一月十五日。評論家。徳島県板野郡大津町（現板野町）に医師新居譲の長男として生まれる。徳島中学校時代、一つ上の従兄弟賀川豊彦とともに、社会主義的思想になじむ。第七高等学校を経て、大正四年、東京帝国大学法学部政治学科卒業。「読売新聞」「大阪毎日新聞」「東京朝日新聞」の記者生活の後、文藝評論、社会時評、風俗時評などの文筆活動に専念。アナーキズム思想家としても活躍。「労働文学」「種蒔く人」「文藝戦線」などに執筆した。処女評論集は『左傾思潮』（大正10年9月10日、文泉堂書店）である。十四年十一月、宮島資夫、加藤一夫らと「文藝批評」を創刊。大正末年のアナ・ボル文学運動の対立に対し、アナーキズムの文藝理論家として、積極的に論争をし、『アナキズム藝術論』（昭和5年5月22日、天人社）を出版。「左傾」「モボ・モガ」などの流行語の生みの親でもあり、時代、風俗、文化に対する鋭敏な感覚の持ち主である。賀川豊彦と同じく、戦前からの生活協同組合の推進者でもある。戦後は最初の地方選挙で東京の杉並区長に当選、「文化人区長」として、話題になった。著書に『近代心の解剖』（大正14年9月19日、至文社）、『月夜の喫煙』（大正15年3月15日、解放社）、『季節の登場者』（昭和2年2月18日、人文会出版部）、『近代明色』（昭和4年11月5日、中央公論社）、『風に流れる』（昭和5年1月20日、新時代社）、『街の抛物線』（昭和6年3月28日、尖端社）、『生活の錆』（昭和8年12月20日、岡倉書房）、『生活の窓ひらく』（昭和11年8月20日、第一書房）等があり、翻訳『大地』（昭和10年9月10日、第一書房）、『怒りの葡萄』（昭和15年6月5日、第一書房）等がある。区長時代の遺稿集『新居格杉並区長日記』（昭和30年5月、学藝通信社）は、彼の政治経験が語られ、興味深い。

＊モラエスの夜《もらえすのよる》　エッセイ。〔収録〕『街の哲学』昭和十六年一月十七日、青年書房。◇モラエスの七回忌が徳島県で開催された時の話。東京駐在葡国公使メロ氏と芸者恋香との扇子交換のエピソードを描く。

＊モラエスの遺書《もらえすのいしょ》　エッセイ。〔収録〕『野雀は踊る』昭和十六年七月二十日、青年書房。◇七回忌法要でモラエスの人と業績が世に知られた。昭和十二年の九回忌になって、葡、日、英の三カ国語で書かれた遺書が発見された。日本語のものは大正二年、葡語のものは大正八年の日附である。埋もれそうになっていたモラエスを顕彰するのに大いに力となって、寓居の保存、蔵書遺品の保管からモラエス会館の設立計画まで発展し、モラエスの翻訳などもなされた。

（増田周子）

新海非風《にいのみ・ひふう》　明治三年十月六日〜三十四年十月二十八日。俳人。松山市松前町に生まれる。本名は正

行。日本銀行北海道支店勤務、京都で新聞記者などをした。虚子の「俳諧師」に出てくる五十嵐十風のモデル。（浦西和彦）

新居初　にい・はじめ

昭和五年一月三十日〜。小説家。徳島県麻植郡山川町（現吉野川市）に生まれる。徳島外事専門学校中退。昭和二十六年、山川町役場に奉職。企画開発課長、教育委員会事務局長、議会事務局長、税務課長を歴任。六十一年三月、退職。その後、東四国新聞社に「阿波の青春・戦いの日々」を連載。著書に『さまざまな衣装』（昭和63年12月1日、東四国新聞社）、『続・さまざまな衣装』（平成2年1月1日、東四国新聞社）等がある。（増田周子）

西内蕃一　にしうち・ばんいち

明治三十二年二月二十八日〜昭和十二年八月二十九日。歌人。高知県高岡郡新居村七二に、横川友吾、吉の三男として生まれる。大正八年、師範学校卒業。教員になる。作歌を始める。十三年、西内静恵と結婚する。昭和四年、妻が病歿した。「短歌藝術」誌で活躍する。七年、岸本英と再婚する。

　いかめしき鉄筋の橋は賃取り橋しばし見て居れど通るものなし（堀部功夫）

西岡寿美子　にしおか・すみこ

昭和三年十月十一日〜。詩人。高知県香美郡山田町（現香美市）一〇八一に、峯芳、千登世の長女として生まれる。父は養蚕業をしていた。昭和四年、一家で、開拓農民として北海道へ渡る。十年、高知県長岡郡天坪村角茂谷一四一七へ帰村する。十八年、父が死去した。十九年、学徒動員令により大阪で働く。二十年、高知第二高等女学校卒業。二十四年、天坪村農業協同組合に勤める。詩、短歌、俳句を作りはじめる。二十五年、兄弟と高知市へ移住する。二十六年、高知市職員になる。第一詩集『凝視』（昭和30年5月1日、著者）は「愛」をテーマにした詩が多い。昭和二十四〜二十九年の間に作った詩をまとめる。集中「やまびこ」は、ふるさとをうたう。三十一年、結婚する。三十三年、肺結核に罹る。協議離婚する。三十四年、高知病院へ入院。三十五年、肺葉切除手術をうける。復職。三十八年、大崎二郎と詩誌「二人」を創刊する。詩集『五月のうた』（昭和38年6月15日、二人発行所）は、昭和三十一〜三十八年の間に作った詩をまとめる。闘病と立ち直りをうたった作品が多い。三十九年、高知県出版文化賞を受賞する。詩集『炎の記憶』（昭和40年9月20日）は、「幼時期のおどろきから出発しなおす」と宣言する。四十一年、母が死去した。四十八年、『杉の村の物語』を著す。四十九年、第七回小熊秀雄賞を受賞する。五十三〜五十五年、『わたしの土佐』『おけさ恋うた』を著す。五十六年、第二四回日本農民文学賞を受賞する。兄が死去した。五十九年、遍路行を始める。六十一年、『紫蘇のうた』を著す。六十二年、高知市役所を退職する。『四国おんな遍路記』を著す。六十三年、再度遍路行を始める。平成三年、『西岡寿美子詩集』が刊行された。経歴は同書所収年譜にくわしい。四〜九年、『土佐の手技師』『へんろみちで』『ゆ　の下に埋めたもの』を著す。大崎二郎は、「西岡寿美子の世界は、決して軽やかで明るいものではない。／それは彼女が、絶えず祖霊の声をきき、時に、亡んだ者の声で己に語りかけ、飽くことなく地との対話をくり返すからである。／地に爪を立て、指を鍬のように屈めて、土の中に張る〝根〟を掘りつづけ、そこから生の意味を問いつづけるからである」と評した。

＊杉の村の物語　すぎのむらのものがたり　詩集。〔初版〕

昭和四十八年八月一日、二人発行所。◇昭和四十～四十七年の間に作った詩をまとめる。真壁仁の序を付す。「わたしの家は〝杉の内〟とよばれ、まわりをすっぽりと杉木立にかこまれて在りました」。天坪村を「わたしの母胎として見直す」視点で書かれる。集中「たのむきに」は、今は亡き「おかやん」へ、その元気にあやかりたいと呼びかける。「どうぞしてうちをもういっぺん孕んどうせ／たのむきにはちきんの生汁《きしる》をうちのへその緒へ注《つ》いどうせ」。西岡初の方言詩である。川崎洋『こころに詩をどうぞ』（平成4年3月30日、筑摩書房）は、本人談として、西岡が「そのころ好きな人があったのだけれど、うまくいかなくて、そのとき、共通語という借り物の言葉ではとても間に合わなくて、方言で書いた」事情を明かし、「この詩は西岡さんの魂からほとばしり出た絶唱であると思います」と評価する。

＊わたしの土佐《わたしのとさ》　エッセイ集。〔初出〕昭和四十八年～、高知市民病院広報誌か。〔初版〕昭和五十三年八月一日、二人発行所。◇歴史紀行。「紙すき新之丞」などを収める。

＊おけさ恋うた《おけさこいうた》　詩集。〔初版〕昭和五十五年十月一日、二人発行所。◇昭和四十七～五十三年の間に作った詩をまとめる。長詩「おけさ恋うた」。貧家の娘おけさは、名主の若、喜八やんと忍び合い、みごもる。後日、おけさは、喜八の嫁とりを知り、「そのさかづきごとちっとだけ待って呉りょう！」と乗り込み、とり押さえられて腹を裂かれたという。それから一五、六年経つ。喜八の「捨てられ後家」である「わたくし」は、喜八の戻って来ないことを嘆く。本作は、昭和六十一年、「縄文の会」により大阪で上演される。本詩集には、高知県下の紙漉き村を素材にした詩も多い。

＊紫蘇のうた《しそのうた》　詩集。〔初版〕昭和六十二年十月一日、二人発行所。◇集中「鷹渡る」は、「昭和60年10月6日（高知市鴻ノ森）、昭和60年10月10日（香美郡野市町三宝山）」と付記し、サシバの舞う季節をうたう。

＊土佐の手技師《とさのてわざし》　エッセイ集。〔初版〕平成四年六月三十日、風濤社。◇高知県下の、手漉き和紙、茶陶、竹ヒゴ、藍染、古代塗、土佐凧、ギター、竹細工、染色、表具、縫い、てまり、錺《かざり》、珊瑚細工、手打釣、調理、機織、刀鍛錬、舟大工、掛継ぎの、職人二〇人を探訪する。手職の人たちの奥深い営みを伝える。

（堀部功夫）

西岡十四王　にしおか・としお

明治十九年二月十七日～昭和四十八年八月五日。俳人。愛媛県に生まれる。本名は敏夫。教員。大正七年、河野小学校在職中に古川芹亭と既望会を結成。のち松根東洋城に師事し「渋柿」に拠る。昭和十七年「渋柿」課題句選者。句集『此一筋』（昭和32年11月23日、渋柿図書刊行会）。

（浦西和彦）

西岡長康　にしおか・ながやす

昭和十二年七月三十日～。俳人。愛媛県東宇和郡宇和町大字東多田（現西予市）に生まれる。公務員。昭和五十二年「乙鳥」入会、のち同人。五十三年「雲母」入会。平成五年「白露」入会。句集『路傍』（平成9年7月30日、乙鳥社）。

冬の石鎚天涯に深く埋もれ
紫雲英田に祭のおいね太鼓打つ
空蝉やある戦国の物語

（浦西和彦）

西一知　にし・かずとも

昭和四年二月七日～。詩人。横浜市に臺助、静恵の長男として生まれる。昭和六年、朝鮮に渡る。十年、高知県高岡郡越知町の養祖母のもとへ単身預けられる。二十年、詩作を始める。二十二年、城東商業学校卒業。新制中学校の代用教員になる。二十三年、大川宣純たちと前衛詩誌「さぼてん島」を創刊する。行商生活に入る。二十五年、高知大学臨時教員養成科入学。修了後は教員になる。誌誌「LE NOIR」を創刊する。法政大学の通信教育で西洋史を学ぶ。二十九年、詩誌「三角旗」を創刊する。詩集『水の装い』を著す。詩誌「像」を創刊する。詩集『大きなドーム』を著す。三十三年、詩集『乾いた種子』を著す。教員をやめ、上京する。三十四年、時事創作社に就職する。三十六年、文林書房へ就職する。三十七年、作品集『ひびきあるもの』を著す。三十九年、詩誌「現存」を創刊する。四十二〜四十三年、『想像力と感覚の世界』『なにがぼくらの魂をしずめるか』を著す。四十四〜四十九年、詩集評を書く。五十年、詩誌「舟」を創刊する。五十一〜六十三年、『婚礼』『夢の切れ端』『瞬間とたわむれ』を著す。平成二年、高知へ帰る。七年、詩集『いびつな肖像』を著す。十一年、『西一知全詩集』を著す。『詩の発見』（平成15年11月19日、高知新聞社）により、第四八回高知県出版文化賞を受賞する。（堀部功夫）

西川青濤　にしかわ・せいとう

明治三十八年三月二十二日〜。歌人。徳島県那賀郡上那賀町（現那賀町）に生まれる。本名は仁之進。国学院大学卒業。十五歳の時、小田観蛍に勧められて短歌を作りはじめた。「潮音」「新墾」同人。「樹氷」代表。昭和五十七年、歌会始の陪聴者に選ばれた。富良野神社宮司。歌集に『活火山』『雪の輪唱』がある。（浦西和彦）

西川勉　にしかわ・つとむ

明治二十七年六月三十日〜昭和九年八月一日。詩人。愛媛県宇摩郡金田村に生まれる。大正五年、早稲田大学英文科卒業。「連想詩派」主幹。マウォ客員。詩、童謡、評論、翻訳等を発表。昭和四年に読売新聞社入社。囲碁部を担当。評論「グウルモンの詩」（「文章世界」大正8年4月）、「童謡及び童話界の現状」（「早稲田文学」大正10年12月）、「連想詩派—私観」（「日本詩人」大正14年3月）等がある。翻訳に『メエテルリンク童話集』『母を尋ねて三千里』等。（浦西和彦）

西川雅文　にしかわ・まさふみ

昭和十六年四月二十三日〜。俳人。高知県高知市薊野に生まれる。農林水産省高知食糧事務所勤務。「運河」に参加。句集『茅花《つばな》流し』（昭和62年6月1日、東京四季出版）。

鳥威あらたに土佐の二番稲
沖霞む龍馬見しもの吾見えず
笑ひ袋買うて笑ひし秋遍路

（浦西和彦）

西崎満州郎　にしざき・ますお

明治三十七年二月十三日〜昭和三年一月九日。詩人、小説家。徳島県板野郡上板町泉谷に生まれる。元松島村長、西崎安太郎の四男。西崎花世（生田花世）の末弟。五歳の時父を失い、大正八年松島小学校を卒業後、姉を頼り上京。文藝を以て身を立てるべく義兄生田春月の助手をしながら、指導を受け、暁星中学校夜間部で仏語を学ぶ。過労のため、肺結核を患い、前途を嘱望され、春月の後嗣に予定されながら、二十五歳の若さで東京で歿した。著書に長編小説『渦巻』、詩集『青い小枝』『清澄の秋』『冬来る日』『幕』があり、翻訳『ボードレール詩集』は、未完に終った。泉谷の桃源公園の丘に、生田花世の歌碑の裏に、弟西崎満州郎の詩碑がある。一つの岩石の表裏に姉弟二人の合同の歌・詩碑は、全国でも異例のものである。（増田周子）

西澤保彦《にしざわ・やすひこ》

昭和三十五年十二月二十五日〜。小説家。高知県に生まれる。小学校時代、あかね書房刊ミステリーを読む。高等学校時代、初めて小説を書く。米国エカード大学創作法専修卒業。卒業作品は自作英詩約五〇編と短編小説だった。高知大学助手、土佐女子高等学校教諭を経る。平成二年、第一回鮎川哲也賞応募作として「連殺」を書き、最終候補に残る。七年、『解体諸因』でデビューする。架空都市を舞台に八つのバラバラ殺人事件を最後にまとめ反転させる連作推理短編集で、探偵役匠千暁《たくみちあき》を登場させる。『完全無欠の名探偵』を著す。高知県を舞台に特殊能力者の探偵山吹みはるを登場させ、SF的設定である。『七回死んだ男』を著す。北上次郎は、本作が「SF的アイデアを導入しなければ成立しない物語であり、さらにその設定を徹底的にひねくりまわすのがミソ。〔略〕これまでの作品も相当にヘンだったが、これがヘンの極致」と評す。八年、『殺意の集う夜』を著す。隔絶状況下六人を殺した「あたし」が、何者かに殺された七人目に、自分の罪を着せようと推理する。『人格転移の殺人』を著す。大森望「解説」は、西沢が「本格ミステリが本来的に持つ遊戯性を極限まで追求し、『藝』の域にまで高めた」と評価する。以後も「奇想設定ミステリ」（信多山大地）を続投する。『麦酒の家の冒険』を著す。九〜十一年、『仔羊たちの聖夜』『ストレートチェイサー』『実況中死』『ナイフが町に降ってくる』『猟死の果て』『念力密室！』『黄金色の祈り』『夢幻巡礼』を著す。

＊完全無欠の名探偵《かんぜんむけつのめいたんてい》　長編小説。〔初版〕平成七年六月五日、講談社。◇山吹みはるは、白鹿毛グループ総帥の孫娘白鹿毛りんから、話し相手の「過去に埋もれた謎を掘り起こす、そして解明する」能力を授けられる。山吹は別に推理をしないでも、彼と同席した事件関係者が自分から秘密をしゃべってしまい、真相を解いてゆく。「普通の探偵のように事件を解決するために個人のプライヴァシィを暴き立てる必要が」ない、完全無欠の探偵というわけである。本作は高知を舞台にし、安芸高等学校、土佐女子短期大学、学藝高等学校、高知大学、安芸市役所、安芸警察署、高知南警察署などが出てくるけれども、「現実の高知でなく別次元、別宇宙に存在する別の高知だ」。ただし「物語に方言が必要だったから」架空都市にしなかったと、作者はいう（「あとがき」）。『何言いゆうがなおまん』〔略〕みはるは赤練の口から卑猥語が発せられたと誤解しこれまた眼を白黒させた」等のギャグも多い。

＊七回死んだ男《ななかいしんだおとこ》　長編小説。〔初版〕平成七年十月五日、講談社。◇安槻市の私立高校一年生大庭久太郎は、ときどき同じ一日を九回反復し、最終回で現実変更可能という特異体質である。レストラン・チェーングループ会長の祖父が殺される。久太郎は自分の体質を利用して祖父を助けようと画策する。ただ、時間経過を勘違いしてしまって——。「あとがき」に拠れば、西沢はアメリカ映画『恋はデジャ・ブ』から反復落とし穴のアイデアを得、この設定をミステリーに使ったという。

＊彼女が死んだ夜《かのじょがしんだよる》　長編小説。〔初版〕平成八年八月二十五日、角川書店。◇四国の某都市。夏休みの国立安槻《あつき》大学生間に起こった殺人事件。箱入り娘を利用し海外逃亡を企む男女の小細工が、仲間はずれに怯えた同級生の衝動的犯行と自死に展開する。二回生タックこと匠千暁が留年生ボアンこと辺見祐輔と組み、タカチこと高瀬千帆に推理を語る。

（堀部功夫）

西田直二郎《にしだ・なおじろう》
昭和五年四月三十日〜。小説家、詩人。高知県に生まれる。本名は亮。京都外国語短期大学卒業。「一宮文学」を主宰。詩集『瓜生野』、著書『私小説論・意識の流れ派文学』などがある。
（浦西和彦）

西谷退三《にしたに・たいぞう》
明治十八年七月二十一日〜昭和三十二年六月二十五日。翻訳者。高知県高岡郡佐川村（現佐川町）に、竹村忠次郎、佐登の長男として生まれる。本名は竹村源兵衛。家は薬種問屋であった。明治三十六年、高知県立第一中学校卒業。札幌農学校に進む。ギルバート・ホワイト『セルボーンの博物誌』を知る。農学校を中退し（失恋原因説あり）、高知市へ移り、ホワイト翻訳にとりかかる。大正元年、父歿後、佐川町へ帰る。家業を叔父に任せ、読書三昧。十一年、翻訳第一稿が成る。十二年、欧米旅行に出る。アメリカに滞在する。十三年、イギリスで古書を収集し、セルボーン村を訪ねる。十四年、帰国する。それから「その当時はまだ佐川の町から人里遠く離れて、妖怪変化出没の伝説におそれる猿丸山東光寺跡（現在のえびす団地）に宏大な地所を求めて別荘をつくり、ここに独りこもって閉居」（明神健太郎）した。昭和十年ごろ、ここを廃して西谷へ移る。逝去するまで五〇年間、ホワイトを部分によっては七回も訳し直していた。訳書は、友人森下雨村により、私家版で世に出る。西谷は、マイオール、ファーラー校訂本（一九〇一年）により訳出した。図は無し。雨村は、ホワイトと同じように西谷も「ついにめとらず、郷里に閑居、読書三昧、孤独の生活にたえながら、ひそかに『博物誌』の訳業をのこして死んでいった。ホワイトと同じく七十三歳の生涯であり、死亡の日もわずかに三日をへだてた六月下旬であった」と書く。西谷の蔵書は、いま佐川町青山文庫に入る。和書七、〇一〇冊、漢書三、一九二冊、洋書一、五六一冊である。ちなみにホワイト同書の訳本として、寿岳文章訳岩波文庫（底本は初版、図は一八七六年版。昭和24年）、市川三喜訳（研究社）、山内義雄訳（図は一八五四年版、一九〇四年版。昭和51年、出帆社）がある。大原富枝の小説「セルボーンの博物誌」（「群像」昭和41年11月1日）は、登場人物に西谷のことを語らせる。「ホワイトは勿論だが、わしはこの訳者が好きなんだ。もう故人だそうだがね、いっさいの名利を求めず人を避けるように一人の野人として清浄な生涯を終った人だそうだ。〔略〕ホワイトと同じく生涯独身で、晩年は自炊生活だったそうだが大きな家の中は本ばかりで、別に二棟書庫があってね、住居の方は光るように拭きこんで食堂と居間、書斎と三つある時計が一秒と狂っていなかったそうだ。木綿の着物しか着ないで、新しいのは必ず洗ってからでなくちゃ着なかったともいわれるがね、要するに自我の強烈な男だったらしいが、生涯自分をきびしく抑えて晩年はじつにやさしい老人だったそうだよ」。
（堀部功夫）

西谷祥子《にしたに・よしこ》
昭和十八年十月二日〜。漫画家。高知市に生まれる。本姓は山田。昭和三十六年、高校生時代に「ふたごの天使」（「少女クラブ」）でデビュー。四十年から、「マリイ♡ルウ」（「週刊マーガレット」）を連載する。四十三年から「花びら日記」（「セブンティーン」）を連載する。
（堀部功夫）

西野藍雨《にしの・らんう》
明治二十二年九月（日未詳）〜昭和二十二年十一月四日。俳人。徳島県に生まれる。

に

本名は治平。俳句は内藤鳴雪に師事。「藻の花」同人。のち河東碧梧桐に師事。昭和九年「愛染」創刊。　（浦西和彦）

西村京太郎　にしむら・きょうたろう

昭和五年九月六日〜。推理小説家。東京に生まれる。本名は矢島喜八郎。昭和二十四年三月、東京都立電機工業高等学校卒業。人事院に勤務したのち、トラック運転手など種々の職業を転々とする。三十八年に「歪んだ朝」で「オール読物」推理小説新人賞、四十年に「天使の傷痕」で江戸川乱歩賞、五十六年に『終着駅《ターミナル》殺人事件』で第三四回日本推理作家協会賞を受賞。『寝台特急《ブルートレイン》殺人事件』（昭和53年10月）を皮切りに、トラベル・ミステリ分野を開拓した。

＊四国連絡特急殺人事件　しこくれんらくとっきゅうさつじんじけん　推理小説。〔初出〕「四国新聞」昭和五十四年七月二十六日〜五十五年四月十六日。原題「蒼亡の季節」。〔初版〕昭和五十八年一月八日、講談社。この時、全面改稿改題。〔文庫〕『四国連絡特急殺人事件〈講談社文庫〉』昭和六十年四月十五日、講談社。◇初版の「著者のことば」で「日本の鉄道の中で、もっとも特徴のあるのは、四国の鉄道である。四国は、全線非電化なので、走っている列車は、全て、気動車である。従って、ディーゼル王国の名がある。それに沿線の景色の美しさだろう。瀬戸内の穏やかな景色、大歩危《おおぼけ》、小歩危《こぼけ》の渓谷美、荒々しい太平洋、そうした美しさの中を走る列車の中で殺人事件が起こる…」と述べる。最初の事件発生は、お遍路さんで賑わう四国第七十番札所の本山寺である。五百億円の不正融資で問題になっている首都相互銀行の徳大寺正之会長が殺された。高松を起点に、足摺岬にほど近い中村へ至る土讃《とさん》本線を走る〝特急南風一号〟の列車の中で、第三の被害者が発見される。また、神戸から瀬戸内海を横切り四国の今治《いまばり》まで行くフェリーボートの中から、首都相銀の宣伝写真のモデルをやっていた日高一美が突き落とされる。四国の旅情を織りこんで、十津川、亀井のコンビが事件解決に立ち向かう。

＊祖谷・淡路殺意の旅　いや・あわじさついのたび　長編推理小説。〔初版〕平成六年七月、新潮社。〔文庫〕『祖谷・淡路殺意の旅〈新潮文庫〉』平成七年十二月一日、新潮社。◇かつて十津川の部下だった私立探偵の橋本は、神崎功と名乗る男から祖谷のKホテルへ行き岸田由美に五百万円を渡し、領収書を貰ってくれという奇妙な依頼を受けた。だが、翌日その女が殺害され、橋本も何者かに襲われる。十津川の調べで、秘密クラブの存在があきらかになる。浜野警部も事件に絡《から》んでおり、十津川も罠にはめられた。　（浦西和彦）

＊殺意を運ぶ列車　さついをはこぶれっしゃ　推理小説。〔初出〕「小説現代」昭和六十三年一月。〔初版〕『特急「にちりん」の殺意』昭和六十三年十月五日、講談社。◇三角関係のもつれから殺された女のダイイング・メッセージ「タイショウ…ショウワ」を十津川警部、亀井刑事が解く。謎といっても、『時刻表』で予土線を見た人なら誰でも知っている、土佐大正駅、土佐昭和駅が答なので、つまらない。

＊L特急しまんと殺人事件　えるとっきゅうしまんとさつじんじけん　推理小説。〔初出〕「週刊小説」昭和六十三年七月二十二日〜十二月九日。〔初版〕平成元年四月二十日、実業之日本社。◇若い刑事三田村功と吉田あやかの二人が四国旅行中、二人の男に尾行される。その一人が〝しまんと1号〟車中で毒殺され、もう一人も足摺岬で転落死する。男たちは新興宗教〝真心の会〟の教祖親衛隊であった。彼らは、教団の秘密を書いた教祖秘書の日記を、あやかが預っていると思いこみ、追ってきた

のであった。三田村と同課の十津川警部、亀井刑事が乗り出し、教団の犯罪に挑む。警察に追いつめられた教団内ではさらに殺人が続く。文庫化された。

＊謀殺の四国ルート《ぼうさつのしこくるーと》　推理小説。〔初出〕「週刊小説」平成四年一月三日、十七日。〔初版〕平成六年十一月二十五日、実業之日本社。◇女優野村美矢子は、中村へ帰郷する途中、〝南風〟車窓から殺人を目撃する。以後身辺に不審な事件が続く。十津川警部は、美矢子が目撃させられたのであり、美矢子を狙う真犯人の動機隠しと見破る。

＊特急しおかぜ殺人事件《とっきゅうしおかぜさつじんじけん》　長編小説。〔初出〕「野性時代」平成六年八月～七年三月か。〔初版〕平成七年四月二十五日、角川書店。◇松山行き特急〝しおかぜ〟車中で東京の宝石商社長が毒殺され、金刀比羅宮でD金融相談役が、毒殺された。殺された社長はD金融と組んで、前社長を殺害していたらしい。十津川警部たちは、連続毒殺事件を、前社長の恋人による仇討ちと推理する。同じころ、D金融社長も自分を狙う犯人を抹殺しようと暗躍していた。

＊四国情死行《しこくじょうしこう》　短編小説集。〔初版〕平成十二年四月五日、講談社。◇四編収録。集中「四国情死行」（「小説現代」平成11年10月）。殺された娘の霊をとむらい、復讐を完成させるため、遍路に上った、会社会長有田要介と愛人高木宏子が、今治港で溺死させられた。十津川警部は、有田が娘を認知していたことをつかむ。（堀部功夫）

＊無明剣、走る《むみょうけん、はしる》　長編小説。〔初出〕「徳島新聞」昭和五十年十二月～昭和五十一年四月。〔初版〕昭和五十九年八月十日、角川文庫。◇阿波二五万石をめぐり、国元の城代家老と江戸家老との間に確執が生じ、お家騒動が起こる。野望に燃える江戸家老に対し、国元側では闇の棟梁と呼ばれる怪人仏の源十郎や無明天心流の達人荒木田隼人が戦う。次第に時の権力者柳沢吉保と酒井但馬守との争いに巻き込まれていく。阿波出身の謎の浮世絵師写楽も登場。また剣山に眠る巨額の金魂の争奪戦も加わるという話で作者が初めて取り組んだ時代小説である。（増田周子）

西村繁男　にしむら・しげお

昭和二十二年一月十日～。絵本作家。高知県に生まれる。中央大学商学部在学中、長沢節のセツ・モードセミナーでクロッキー、水彩を学ぶ。絵本『くずのはやまのきつね』（昭和49年、福音館書店）を発行。『絵で見る日本の歴史』（昭和60年、福音館書店）で絵本にっぽん大賞を受賞。『チータカ・スーイ日本傑作絵本シリーズ』（平成17年1月、福音館書店）等がある。（増田周子）

西村時衛　にしむら・ときえ

大正元年十二月三十日～平成七年四月十日。教育者。高知県幡多郡東上山村に生まれる。昭和七年、東京高等師範学校に入学する。「文藝首都」同人になる。十三年、卒業。東京、奈良、高知で国語教師をつとめる。戦後、高知県教育委員（公選二回）、高知市立中央公民館館長などを歴任する。三十二年、高知文学学校運営委員長になる。三十九年、『高知市の文化財』を著す。四十九年、『吉井勇の土佐』を著す。県出版文化賞を受賞する。五十三年、『老女がたり』を著す。椋庵文学賞を受賞する。五十九年、『仮構悲劇の皇子たち』を著す。六十一年、『ペンのあるばむ』を著す。六十二年、文学学校運営委員長を退く。（堀部功夫）

西村望　にしむら・ぼう

大正十五年一月十日～。小説家。香川県高松市男木島に生まれる。本名は望《のぞむ》。大連市乙種工業卒業。南満州鉄道社員、新聞記者、テレビのレポーターを経て、雑誌「旅」に紀行文を連載したのを契機に作家に転身。『カラー四国』（昭和43年8月、山と渓谷社）、『四国・小豆島・淡路島』（昭和45年8月、山と渓谷社）などのガイドブックから、昭和五十三年、『鬼畜』（昭和53年5月20日、立風書房）で凶悪犯に取材し〝犯罪小説〟のジャンルを樹立した。『爪』（昭和61年7月、毎日新聞社）、『幻灯』（昭和61年8月、徳間書店）についで『薄化粧』（昭和61年8月、立風書房）が第八四回、『丑三つの村』（毎日新聞社）が第八六回、『刃差しの街』（立風書房）が第九九回直木賞候補となるなど、活躍している。

＊懐剣《かいけん》　短編小説。〔初出〕「別冊文藝春秋」昭和五十六年四月、第一五五号。〔収録〕『ふるさと文学館第43巻香川』平成六年八月十五日、ぎょうせい。◇海津潮太郎は四十二歳、生家は徳島にあって料理の仕出し屋をやっているが、跡をとるのを嫌って、海津の嫁を店の社長にし、自分はフリーの司会者としてテレビやラジオに顔を出している。高松市内にあるラジオ番組「人生なんでも相談」で七円を貸してくれた人を探してほしいという依頼電話を受ける。二年前に殺された女の墓を教えてくれという電話のできごとと一つにつながってくる。この懐剣は不吉な刀で、本間一家はこの懐剣を持った女を嫁に迎えたばかりに潰れてしまった。暗い血が宿っているから悲劇が惹き起こされるのである。　（増田周子）

西村安子　にしむら・やすこ

昭和九年一月四日～平成十一年九月十一日。小説家。愛媛県に生まれる。昭和女子大学英米文学科中退。横浜家庭学園、太田区立宇佐美学園、川崎児童相談所勤務。昭和四十年、児童福祉同人「おさなご会」創立。四十七年、プロテスタント文学集団「たね」の会に入会。「何処へ」で第二〇回川崎文学賞を受賞した。「おさなご会」同人誌の活動により、キリスト教児童文化協会の文化功労賞を受賞。著書に『家庭のない子ら』（昭和56年6月、創林社）、『ねんどのなみだ』等がある。　（増田周子）

西脇順三郎　にしわき・じゅんざぶろう

明治二十七年一月二十日～昭和五十七年六月五日。詩人、英文学者。新潟県に生まれる。慶応義塾大学卒業。『西脇順三郎全集』がある。

＊メモリとヴィジョン《めもりとゔぃじょん》　エッセイ集。〔初版〕昭和三十一年十月一日、研究社。◇集中、「西国巡礼」（「三色旗」昭和29年1月）が四国紀行である。「私が隠退する理想的なところは土佐の山奥にしたいと本当に思うようになる程四国が好きになった」。高松で教え子K君と栗林公園を散歩する。小豆島で一泊する。高知行き汽車で土居光知とあう。五台山が「私の気持を最大に高調させた」。　（堀部功夫）

仁智栄坊　に・ちえぼう

明治四十三年七月八日～平成五年三月三十一日。俳人。高知県に生まれる。本名は北尾一水。大阪外国語専門学校ロシア語科卒業。大阪逓信局に勤める。「京大俳句」に参加する。「戦闘機ばらのある野に逆立ちぬ」を作る。昭和十五年、〝京大俳句事件〟で検挙される。十六年、治安維持法違反懲役二年執行猶予三年の判決がでた。満州電々放送部へ就職する。十八年、『白系露人作家短篇集』を訳刊。戦後、シベリアに抑留される。帰国後、神戸に住む。「芭蕉」「三角点」に参加する。五十八年、『七枚の肖像画』を著す。五十九年、『ロシア難民物語』を著す。　（堀部功夫）

新田次郎　にった・じろう

明治四十五年六月六日～昭和五十五年二月十五日。小説家。長野県に生まれる。本名は藤原寛人。昭和七年無線電信講習所本科を卒業。中央気象台に就職、六年間富士山測候所に勤め、満州国中央気象台に転勤。終戦後抑留生活を経て帰国。妻藤原ていがこの体験を『流れる星は生きている』として刊行、ベストセラーとなったのに触発され、「強力伝」を執筆、「サンデー毎日」の懸賞小説一席となる。これで三十年に第三四回直木賞を受賞。その後『孤高の人上・下』（昭和44年、新潮社）、ベストセラーとなり映画化された『八甲田山死の彷徨』（昭和46年9月、新潮社）、『栄光の岸壁上・下』（昭和48年1月、新潮社）などの山岳小説、時代・歴史小説の分野でも『武田信玄』全四巻（昭和44～48年、文藝春秋）で昭和四十九年第八回吉川英治文学賞を受賞するなどの活躍をした。昭和五十四年八月から翌五十五年四月まで「毎日新聞」に連載した「孤愁　サウダーデ」が絶筆となった。『新田次郎全集』全二二巻（昭和四十九～五十一年、新潮社）。

＊孤愁《こしゅう》　サウダーデ《さうだーで》　長編小説。〔初出〕「毎日新聞」昭和五十四年八月二十日～五十五年四月二十日。〔初版〕平成十一年十二月十日、毎日新聞社。◇故国ポルトガルへの熱い想いを胸に、亡き妻およねの墓を守りながら、徳島で死んだモラエスの話を描いている。「サウダーデ」とは「愛するものの不在により引き起こされる、胸の疼くようなメランコリックな思いや懐かしさ」といわれ、藤原正彦によると、筆者は「モラエスのサウダーデに深く共感し、それを掘り下げようというのが執筆の動機」だという。日本の風物や人間に興味や関心をもち、およねと結婚する。異郷で「孤愁」に囚われながらそこに「故郷」を見出し、日本永住を決意するモラエスを、ポルトガルの家族への書簡など豊富な資料を引用したり、自らの取材を交えて描いている。日本人とポルトガル人の心の根底にある「サウダーデ」に大いなる共感が感じとれる。

（増田周子）

新田汀花　にった・ていか

明治二十六年十月三日～昭和五十四年五月十四日。俳人。香川県豊浜町（現観音寺市）に生まれる。本名は茂一。北海道で教員となる。大正三年、「小樽新聞」に俳句を投句。青木郭公の指導を受け、「高潮」「石楠」「暁雲」「葦牙」などに拠った。昭和二十年十月「緋衣」を、二十九年「羊蹄」を創刊。句集『摩渇利』（昭和35年11月3日、葦牙吟社）。

（浦西和彦）

二宮千鶴子　にのみや・ちずこ

大正十年九月十日～。俳人。愛媛県八幡浜市に生まれる。愛媛県立八幡浜高等女学校卒業。昭和四十年「青玄」に入会。句集『アキレス腱』（昭和46年9月1日、青玄俳句会）。

遺影いつも横顔ばかり獺祭忌
鳥雲に露浜碑のみな北を向く（露人墓地）
代替りしている故郷雁渡る

（浦西和彦）

二宮冬鳥　にのみや・とうちょう

大正二年十月九日～。歌人。愛媛県大洲市に生まれる。本名は秀夫。九州帝国大学医学部卒業。久留米医科大学教授、大牟田市立病院院長、佐賀家政大学教授等を歴任。昭和六年、早川幾忠の門に入り、「高嶺」会員となる。二十三年、「高嶺」を主宰する。美術批評、キリシタン灯籠の研究、刀剣鑑定にも活躍。歌集に『黄眼集』『西笑集』『壺中詠草』（昭和61年7月、短歌新聞社）がある。

（浦西和彦）

仁淀純子　にょど・じゅんこ
昭和三年（月日未詳）〜。小説家。高知市に生まれる。本名は森昌子。高知県立第一高等女学校卒業。平成三年、『岩場の鳩』を著す。椋庵文学賞を受賞する。（堀部功夫）

丹羽文雄　にわ・ふみお
明治三十七年十一月二十三日〜平成十七年四月二十日。小説家。三重県四日市市に生まれる。早稲田大学卒業。生家の崇顕寺で僧侶生活に入ったが、昭和七年四月に「鮎」が「文藝春秋」に発表されたことを機に、上京し作家生活に入る。旺盛な創作活動を展開した。『自分の鶏』『若い季節』『海戦』『厭がらせの年齢』『青麦』『顔』『親鸞』等がある。

＊南国抄《なんごくしょう》　中編小説。〔初出〕「日本評論」昭和十四年四月一日。〔全集〕『丹羽文雄文学全集第二一巻』昭和五十一年五月八日、講談社。◇淀橋町は巡礼の鈴の音と御詠歌にふさわしい城下街である。町一番の金持ちで、四人の妾をもっている滝田剛平と、その弟の卯之助がいる。剛平は長兄の死後、滝田家と一緒にその妻までもらいうけたのである。卯之助は長男の茂を連れて、肺を病んでいる唐紙屋の未亡人のところへ、妻と二女を残して婿入りするが、二カ月で別れる。愛欲にのたうつ人間模様と南国風俗が描かれる。（浦西和彦）

【ぬ】

奴田原紅雨　ぬたはら・こうう
明治四十二年一月二十三日〜平成四年九月二十五日。川柳作家。高知県高岡郡高岡町に生まれる。本名は伊助。大正十二年、鴨田尋常高等小学校卒業。昭和八年、川柳を新聞に投句する。十四年、「帆傘」川柳社同人になる。十六年、応召。二十四〜三十八年、帆傘復刊同人になる。三十九年、大阪川柳雑誌社高知支部同人になる。四十一〜四十九年、五十一〜五十八年、「高知新聞」柳壇選者をつとめる。四十九年、高知県藝術祭文藝賞を受賞する。五十五年、高知川柳社同人五人句集『五色苑』を著す。室戸岬に「泣きにきて室戸の浪に嚙みつかれ」の句碑がある。（堀部功夫）

【の】

野上彰　のがみ・あきら
明治四十一年十一月二十八日〜昭和四十二年十一月四日。劇作家、児童文学者、詩人。徳島市新内町に生まれる。本名は藤本登。浪曲師天中軒雲右衛門の座付役者の若山儀三郎と藤本サトの子。大正十一年、徳島中学校入学、第七高等学校から東京帝国大学文学部美学専攻に進学するが、一年後京都帝国大学法学部に転入。昭和八年、滝川事件が契機で中退。十一年に上京し、「囲碁春秋」の編集者となり、文人囲碁会を結成。川端康成、豊島与志雄らを識り、師と仰ぐ。戯曲「夢を食う女」を機に十五年から文筆生活に入る。二十一年、豊島与志雄、草野心平、高木東六、猪熊弦一郎らのあらゆる分野の藝術家を結集し、藝術前衛運動「アヴァンギャルド火の会」を結成。翌年、速水律子と結婚。二十四年に日本語訳詩委員会を、また正しい日本語運動の一環として「波の会」を結成。詩と音楽の調和を図ってオペレッタ「こうもり」の訳詩、演出なども手掛けた。阿南高等工業専門学校寮歌、徳島東工業高校校歌、徳島市内町小学校校歌、その他を作詞。三十九年の東京オリンピックの「オリンピック讃歌」も作詞した。四十六年、徳島市新町橋のたもとに野上彰の詩碑が建立された。川端康成の雄渾な筆蹟で前奏曲抄が刻まれている。著書に、詩集『前奏曲』（昭和31年12月、創元社）、『幼き歌』（昭和43年、アポロン社）、戯曲集『蛾』（昭和33年、緑地社）、小説『軽井沢物語』（昭和34年10月25日、三笠書房）、『夜の眼』（昭和39年7月25日、河出書房新社）、随筆集『囲碁太平記』（昭和38年、河出書房新社）、童話『ジル・マーチン物語』（昭和35年、創元社）等がある。（増田周子）

野口雨情《のぐち・うじょう》
明治十五年十二月二十九日〜昭和二十年一月二十七日。詩人。茨城県多賀郡北中郷村磯原に生まれる。本名は英吉。東京専門学校（早稲田大学）中退。「金の船」に童謡を発表し、近代童謡運動の推進者となった。代表作に「十五夜お月さん」「青い眼の人形」などがある。昭和五年、高松を訪れ「高松小唄」や「塩江小唄」を作詞し、十年には「多度津殿さま／お城は要らない／多度津繁昌と／港を築いた」と「多度津小唄」を作った。『草の花』（昭和11年8月20日、新潮社）の「旅の風草」に「香川県」「徳島県」「高知県」「愛媛県」が収録されている。「地方民謡」として「徳島県篇」「香川県篇」「愛媛県篇」「高知県篇」が『定本野口雨情第五巻』（昭和61年7月25日、未来社）にある。十八年九月、四国地方を旅行し、最後の詩作の旅となる。仁尾町の国民宿舎つたじま荘前庭に「啼いて夜更けて千鳥が渡る沖の蔦島月明り」の「仁尾民謡」の詞碑、愛媛県今治市糸山に詩碑「くるい潮なりや来島瀬戸の潮もぜひなや渦もまく」がある。（浦西和彦）

昭和十一年二月、徳島に来訪。土柱を見て詠んだ「阿波の名所の波濤が嶽は土の柱のあるところ」の詞碑が土柱の正面近くに建立されている。川田川産の青石の自然石に、台石は大谷石を用いている。海部郡牟岐町では「牟岐の大漁節」を作詞、今も歌われている。出羽島には、出羽島神社前に雨情の詩碑があり、大漁節の一節「船で回れば出羽島一里／島にや大池蛇の枕」が刻まれている。また阿南国立公園の一角、牟岐町小張崎の高台には「磯の遊びぢや小島の濱べ／波もしづかな砂美の濱／雨情」と自筆の民謡が長方形の花崗岩に刻まれ、建立された。（増田周子）

野坂昭如《のさか・あきゆき》
昭和五年十月十日〜。小説家。鎌倉市に生まれる。三十二年早稲田大学文学部仏文学科中退。大学在学中からいろいろなアルバイトに専念。三木鶏郎のもとでコント作家、CMソング作詞をする。三十八年「エロ事師たち」を発表。「火垂るの墓」「アメリカひじき」で四十二年下期第五八回直木賞を受賞。六十年『我が闘争―こけつまろびつ闇を撃つ』で講談社第一回エッセイ賞を、平成九年『同心円』で吉川英治文学賞を受賞。他に『一九四五・夏神戸』『骨餓身峠死人葛』など多数。

＊花のお遍路《はなのおへんろ》 短編小説。〔初出〕「小説現代」昭和四十三年十月。〔収録〕『骨餓身峠死人葛』平成十二年十一月二十日、中央公論社。◇八十八カ所第一番札所霊山寺にやってきた巡礼の団体の中に、一組の兄と妹がいる。妹は盲女で半分ひきつった顔をし、兄がその妹をまるで童女をあやすように世話をしている。この兄妹についての過去が物語られる。戦争中、兄が出兵、夫を失くした母と妹美以子の二人で家を守っていた。しかし混乱の中、母は男にだまされ、家を売り渡し困窮した。仕方なく美以子はパンパンとなり、母との生活を支え

ていた。母を亡くし、戦後になってやっと帰省した兄信彦は病気で、美以子は相変わらず娼婦として働かねばならなかった。やがて体と脳を犯され、老いさき長くないと知らされ、二人で四国遍路の旅に出たのであった。

（増田周子）

野崎左文　のざき・さぶん

安政五（一八五八）年九月二十六日～昭和十年六月八日。狂歌作者。土佐国高知（現高知市）七軒町に布掛勘兵衛の次男として生まれ、生後一〇〇日目に野崎伝太正直の養子となる。本名は城雄。養父は藩士だった。慶応二（一八六六）年、長崎に遊学し英書を学ぶ。明治元年、帰国し、二年、上京。大学南校に入学する。四年、大阪の開成学校に転学する。六年、神戸鉄道寮の外国技師見習い。七年、上京、工部省の技手となる。九年、仮名垣魯文の門に入り、小新聞に投書する。魯文から蟹垣左文の号を付けられた。十三年、「仮名読新聞」記者となる。十四年、「明治日報」編集長。放蕩をはじめる。「於見喃誌」を主宰し、『今代名士品評』『東京粋書』『新橋藝妓評判記』を著す。十五年、いろは新聞社に入る。十六年、絵入朝野新聞社に移る。十七年、今日新聞社に入る。十八年、『東京流行細見記』を著す。十九年、大阪の浪華新聞社に入る。二十一年、東雲新聞社、関西日報社に転じる。二十二年、上京し、「国会」で記事を書く。二十五年、『東海東山漫遊案内』を著す。ベストセラーになる。二十六年より、『日本名勝地誌』刊行開始。朝報社にも関係したらしい。新聞界から身をひき、日本鉄道会社書記、北海道官設鉄道、九州鉄道に移り、のち鉄道院副参事をつとめる。大正三年、退官する。五年、狂歌会機関誌「みなおもしろ」を創刊。八年、養母が死去した。十四年より、明治文学の研究を発表する。昭和二年、『私の見た明治文壇』を著す。七十八歳で胃癌のため死去。昭和女子大学近代文化研究所『近代文学研究叢書第三九巻』（昭和49年3月20日）の大塚豊子、檜田良枝「野崎左文」にくわしい。

（堀部功夫）

野島梅屋　のじま・うめのや

慶応元（一八六五）年五月十七日～大正九年（月日未詳）。小説家。高知城下北奉公町三丁目に、敬吉、亀の長男として生まれる。幼名は熊猪、のち虎猪。号は梅の舎ほか。明治元年、父が戦死した。十一年、嶽洋社に入る。十三年、続き物を書く。十四年、土陽新聞社に入る。二十二年、「浪秋憂音傷」を「土陽新聞」に連載する。二十三年、「能茶山後日夜嵐」を連載する。二十五年、「土陽文藝」に書く。三十二年、上京、岩崎家で資料整理に当たる。三十七年、帰高し、「土陽新聞」に執筆する。四十一年、『知らぬ父』『ハイカラ朝顔日記』を著す。四十三年、『玉の輿』を著す。

（堀部功夫）

野島真一郎　のじま・しんいちろう

大正四年一月二十六日～平成元年一月二十七日。歌人。高知市京町二六に生まれる。将校。戦前、独立混成旅団副官として中国温州近辺に居る。三浦桂祐の「上海短歌」に拠って作歌する。帰還し、高知機械工事株式会社専務、平井組常務。柔道整復師。昭和三十七年、『白い炎』を著す。「錬金の海に渦まく　夜の叫び　白い炎をあげつつ溶かす」「漣痕の化石いたいたしく　反逆の秀に立つニヒル　足うらに笑み」。四十三年、「創幻社」を結成し、四十四年、歌誌「創幻」を創刊する。四十五年、『野島真一郎評論集』を著す。「高知新聞」歌壇選者、高知新聞文化教室講師。五十六年、

『野島真一郎短歌評釈集』を著す。六十年、高知ペンクラブ賞を受賞する。平成元年、胃がんなどのため県立中央病院で死去した。（堀部功夫）

野田知佑《のだ・ともすけ》

昭和十三年（月日未詳）～。エッセイスト。熊本県に生まれる。早稲田大学卒業。カヌーで日本や世界の川を下る。

＊日本の川を旅する《にほんのかわをたびする》　エッセイ集。〔初出〕「旅」年月日未詳。〔初版〕昭和五十七年四月、日本交通交社。◇「四万十川」項。一日目は窪川～大正三一km、二日目は大正～江川崎四四km、三日目江川崎～口屋内一五km、四日目口屋内～三里一五km、五日目三里～河口二〇kmをカヌー単独行のルポである。「水質、魚の多さ、川をとりまく自然、川から見た眺めの美しさ、いずれも日本の川では最高だ」。新潮文庫化された。第九回日本ノンフィクション賞新人賞を受ける。

＊川からの眺め《かわからのながめ》　エッセイ集。〔初版〕平成四年四月二十五日、ブロンズ新社。◇平成二年、犬のガクを連れ四万十川下り。俗化してもうダメと記す。

＊さらば、日本の川よ《さらば、にほんのかわよ》　エッセイ。〔初出〕「思想の科学」平成元年五月～六年八月。〔初版〕平成七年十一月、思想の科学社。◇「吉野川」項、昭和三十八年、五十六年、平成五年と三回の訪問で、ダムが出来て川はどうなるか、地元民はどんな目に遭うかを語る。「四万十川」項、公共事業名の自然破壊を報じる。（堀部功夫）

野田正彰《のだ・まさあき》

昭和十九年三月三十一日～。評論家、医師。高知県土佐市高岡に生まれる。昭和四十四年、北海道大学医学部卒業。パプア・ニューギニア高地で文化精神医学的研究を行う。長浜赤十字病院精神神経科部長、神戸市外国語大学教授等を経て、平成三年、京都造形藝術大学教授。昭和五十年に「錯乱と文化の研究」で人文科学研究協会賞を、六十二年に「コンピュータ新人類の研究」で第一八回大宅壮一ノンフィクション賞と第二回テレコム社会科学賞を、平成三年に「コンピュータリズム」で沖永賞を、四年に「喪の途上にて」で第一四回講談社ノンフィクション賞を受賞。著書に『漂白される子供たち』（昭和63年8月28日、情報センター出版局）、『喪の途上にて』（平成4年1月24日、岩波書店）、『戦争と罪責』（平成10年8月7日、岩波書店）ほかがある。（浦西和彦）

野中木立《のなか・こだち》

明治三十四年六月十三日～昭和四十三年七月二十三日。俳人。本名は豊繁。高知県土佐郡宇治村枝川に生まれる。銀行員、会社員になる。大正十年、作句を始める。十一年、「ホトトギス」に入選する。昭和十二年、俳誌「山茶花」に加入し、皆吉爽雨に師事する。二十一年、俳誌「雪解」に所属する。二十二年、共同句集『土佐』共著刊。二十三年、「高知新聞」俳壇選者になる。二十四年、製紙会社を退職し、自宅で紙卸商を営む。三十四年、『木立』を著す。浜田清次「『木立』の世界」（「県民クラブ」昭和35年4月1日）は木立の平凡さへの愛を、①「優しいまなざし」、②「夫婦愛的なものに対する深い関心」、③「孤独なるものへのいとおしみ」にまとめ、聴覚美の句「霧こめて音のかはりし華厳かな／秋昼やこつりと壁をうちし軸」をたたえ、技巧は「平明で調べが流動的」とし、「室戸岬観月」のような連作への期待を述べる。高知県出版文化賞を受賞する。四十三年、気管支ぜんそくのため死去した。（堀部功夫）

信清悠久 のぶきよ・ゆうきゅう
明治四十三年八月八日～。脚本家。高知市中新町二丁目に、権馬、銀子の四男として生まれる。父は教育者、政治家であった。昭和二年、県立城東中学校同窓会誌「潮」を創刊する。三年、中学校を卒業する。江陽学校、城東商業学校教員になる。白樺派の影響を受ける。六年、日本プロレタリア作家同盟に加入する。七年、検挙、起訴される。「特高月報」に拠れば「文化連盟高知協議会員、共産青年同盟員。高知地区アジプロ部の教育係員。コップ高知地区協議会フラクション」であった。八年、出獄する。のち満洲へ渡る。満映で脚本家、監督となる。二十一年、帰国する。二十二年、高知で映画人連盟を結成する。二十五年、上京する。「清水信夫」名でシナリオを書く。五十五年、高知へ帰る。

＊不肖の子《ふしょうのこ》 自伝。〔初出〕「高知新聞」昭和五十七年三月六日～五月七日。〔初版〕昭和六十一年四月二十八日、土佐出版社。◇家族のことや、幼時から二十歳までの自伝である。昭和四年、長与善郎の日常を垣間見る。（堀部功夫）

登白汀子 のぼる・はくていし
明治三十年一月三日～昭和六十三年十二月十四日。俳人。香川県三豊郡に生まれる。本名は友八。俳句は明治四十三年ごろ安藤紅耳、村尾公羽の指導を受け「紫苑」参加。染川句会を興す。「雪解」「椿」同人。句集『鳴子』（昭和48年1月）。（浦西和彦）

野間仁根 のま・ひとね
明治三十四年二月五日～昭和五十四年十二月三十日。画家。愛媛県吉海町（現今治市）に生まれる。川端画塾を経て、大正十四年に東京美術学校卒業。のち中川紀之に学んだ。昭和三年に樗牛賞を、四年に二科会賞を受賞。三十年七月、鈴木信太郎らと二科会を脱会。一陽会を結成。風景、花鳥、魚の絵を好んで描く。新聞小説の挿絵や小説集の装幀なども手がけた。（浦西和彦）

野村章恒 のむら・あきちか
明治三十五年（月日未詳）～。医師。高知県に生まれる。昭和三年、東京慈恵会医科大学を卒業する。十七年、『精神病理解剖』を著す。三十二年～四十二年、東京慈恵医科大学教授。

＊森田正馬評伝《もりたまさたけひょうでん》 伝記。〔初版〕昭和四十九年五月七日、白揚社。◇高知県香美郡富家村兎田生まれの森田正馬＝森田療法創始者の生涯を描く。森田と若尾瀾水、森田と寺田寅彦の交友に触れる。倉田百三の治療、土居光知への感化に言及する。（堀部功夫）

野村朱鱗洞 のむら・しゅりんどう
明治二十六年十一月二十八日～大正七年十月三十一日。俳人。愛媛県松山市小唐人町に生まれる。本名は守隣。温泉郡郡役所に勤務。俳句は大正初年荻原井泉水に師事、「層雲」に加入。「海南新聞」俳壇選者。大流行した流行性感冒のため死去。句集『礼讃』（大正8年）。（浦西和彦）

野村螺岳泉 のむら・らがくせん
明治三十年三月三十日～昭和四十五年九月二十三日。俳人。愛媛県西宇和郡双岩村和泉に生まれる。本名は義弘。教員。俳句は織田枯山楼、原石鼎、太田耳動子、荻原井泉水らに師事。「鹿火星」「睦月」「層雲」等に拠った。（浦西和彦）

野本京 のもと・きょう
昭和二十六年五月十一日～。俳人。高知県に生まれる。本姓は仲村。団体職員。昭和五十六年「鷹」入会。昭和五十九年鷹新人賞受賞。句集『わたしがゐてもゐなくても』（平成3年10月10日、本阿弥書店）。

散るさくらわたしがゐてもゐなくても
水族館出てふしだらに歩く朱夏
霾りて墓標のごとく忘らるる

（浦西和彦）

【は】

白雨 はくう

大正四年五月二日～昭和二十八年六月一日。川柳作家。香川県三豊郡勝間村（現高瀬町）に生まれる。本名は前田昌和。昭和二十一年十月、満洲国より引き揚げ、善通寺国立病院伏見分院に入院。二十五年七月より川柳を始める。療養柳誌「はちのす」に拠った。遺句集『朝の虹』。

（浦西和彦）

波止影夫 はし・かげお

明治四十三年二月十五日～昭和六十年一月二十四日。俳人。愛媛県越智郡満浦村椋名（現今治市）に生まれる。本名は福永和夫。京都帝国大学医学部卒業。福永医院を経営。昭和八年一月「京大俳句」に参加し、俳句をはじめる。十五年二月、京大俳句事件に連座して、起訴された。十六年に刑二年（執行猶予三年）判決を受けた。二十三年、山口誓子らと「天狼」を創設。句集『波止影夫全句集』（昭和59年6月15日、文琳社）。

（浦西和彦）

橋田一夫 はしだ・かずお

大正七年六月三日～昭和四十二年四月二十四日。詩人。高知県香美郡野市村東野（現香南市）に、寿保、亀寿の長男として生まれる。昭和六年、詩作を始める。十一年、高知工業学校卒業。広島県呉市役所に勤める。十二～二十年、大阪市役所に勤める。二十～四十年、高知市役所に勤める。建築課技師であった。二十五年、詩集『瀬戸内海』を著す。二十九年、詩誌「零」を創刊する。四十年、MA設計事務所に入る。

（堀部功夫）

橋田東声 はしだ・とうせい

明治十九年十二月二十日～昭和五年十二月二十日。歌人。高知県幡多郡中筋村有岡八に父忠太郎、母七の次男として生まれた。本名は丑吾。父は農業を営んだ。明治三十四年、県立第二中学校分校へ入学する。三十七年、短歌を「青年」に投書する。三十九年、鹿児島第七高等学校造士館に入学する。投書し、回覧誌を出す。四十二年、東京帝国大学文学部英文科（のち経済学科）に入学する。大正二年、卒業、川島朝子（北見志保子）と結婚する。三年、イプセン『ロスメルスホルム』を訳刊。四年、喀血する。病臥中、斎藤茂吉『赤光』を読み作歌に傾く。五年、『評釈現代名歌選』を著す。六年、「珊瑚礁」を創刊し、万葉論を掲載する。父、母が死去した。八年、臼井大翼と歌誌「覇王樹」を創刊する。十年、歌集『地懐』を著す。十一年、妻朝子が去った。その苦悩を短歌で表現する。十三年、『自然と韻律』を著す。紀内茂子と結婚する。『新釈和歌叢書』刊行開始。十四～昭和二年、『評釈万葉集傑作選』『静夜歌話』『農村教育』『土の人長塚節』『正岡子規全伝』を著す。三年、文部省専門学務局思想調査課に勤務する。マキャアヴェリ『君主論』訳刊。四年、『子規と節と左千夫』を著す。明治大学講師となる。五年、腸チフスのため帝国大学伝染病研究所附属病院に入院する。東京外国語学校教授になる。四十五歳で急逝した。六年四月「覇王樹」が「橋田東声追悼号」となった。『近代文学研究叢書三二巻』（昭和44年7月15日、昭和

女子大学光葉会）の、鈴木美枝子、長井裕子、田中みつる、吉田文子「橋田東声」がくわしい。（堀部功夫）

橋田東洋子 はしだ・とうようし

明治十九年（月日未詳）～昭和三十五年（月日未詳）。俳人。高知県高岡郡高石村中島に生まれる。本名は豊柿《とよし》。明治三十九年、アメリカへ渡る。ワシントン州の山奥の製材所で働く。太平洋戦争下、アーカンソー州ジェロームなどの収容所に抑留される。ワイオミング州ハート・マウンテン収容所時代、俳句を身につける。そこに俳句作家の常石芝青、藤岡細江たちがいたからである。戦後、ロサンゼルスへ出、山荘番人になる。「一八や二グロ部落は皆跣足」を作って、在米邦人第二番目の「ホトトギス」入選者になる。晩年、帰郷した。（堀部功夫）

橋田憲明 はしだ・のりあき

昭和八年（月日未詳）～。俳人。高知県吾川郡森山村に生まれる。昭和二十三年、「竜巻」に句を発表する。二十四年から、川田十雨に師事する。二十五年、「勾玉」に入会する。二十五年、「ホトトギス」に「南学の発生地とや遍路ゆく」が初入選する。二十八年、井本健作の無果実会に入る。高知県展に洋画「山と川」が初入選する。三十年、句集『足摺岬』を著す。高知県立文学館館長。

＊足摺岬《あしずりみさき》 句集。〔初版〕昭和三十年十二月十日、勾玉社。◇第一部に作品を、第二部に自解等を掲げる。「目白押す椿いく百ゆれながら」。（堀部功夫）

橋詰延寿 はしずめ・えんじゅ

明治三十五年六月二十日～昭和六十三年六月十九日。郷土史家。高知県長岡郡稲生村に、芳太郎、亀治の長男として生まれる。昭和二年、高知県師範学校専攻科を卒業する。小学校の教員になる。十年、日本民俗学に魅せられる。十三年、土佐民俗学研究会に加わる。十七年、『土佐石灰業史』を著す。二十二年、介良村国民学校校長を最後に退職する。県議会議員になり、県の諸委員や国体役員を務めるかたわら、土佐の歴史、民俗、文化の研究に打ち込む。二十六～三十八年、『高知史跡』『野中兼山』『瑞応寺の盆踊』『土佐史蹟名勝案内』を著す。二十九年、県文化賞を受賞する。三十～五十四年、『桃葉田中貢太郎』『新土佐風土記』『あれこれ―昭和校下』『安芸風土記』『ジョン・マン物語』『県立公園室戸岬附近の史蹟と伝承』『須崎風土記』『えんこうの話』『お弓祭』『武市瑞山先生』『庄屋井戸』『佐川風土記』『土佐山田風土記』『高知市史跡めぐり』『高知県選挙史』『新居城』『土佐の経世家たち』『夜須町風土記』『維新と土佐』『愛育無限』『介良風土記』『済美集成』『武市半平太先生』を著す。六十二年、妻とともに故郷を去り、茨城の娘婿の家へ転居する。六十三年、肺炎のため、茨城県勝田市東石川三四四四で死去した。（堀部功夫）

橋詰海門 はしずめ・かもん

明治二十七年七月五日～昭和五十三年二月十八日。俳人。高知市役知町に生まれる。本名は哲之助。旧号は潮浦人。高知農林学校卒業。大正五年、京都市に転住、京都織物会社に勤務。俳句は大正八年、松瀬青々に入門、黒川御溝、川端草太らと京都倦鳥俳句会を興した。「倦鳥」同人。（浦西和彦）

橋詰泰二 はしずめ・たいじ

明治三十七年十一月二十日～平成二年六月三日。歌人。高知県長岡郡久礼田村植田に、徳馬、繁寿の四男として生まれる。本名は鶴亀。昭和二年、高知師範附属小学校訓導。五年、小笠原家に入る。十二年、小笠原鴻星名で「短歌藝術」に参加する。十六年、青島へ。十八年、離婚、旧姓に戻る。二十一年、帰国。三十～四十九年、高知学園教諭を勤める。

（堀部功夫）

橋本錦浦　はしもと・きんぽ

大正五年二月十四日～。俳人。高知県須崎市に生まれる。本名は正義。句集『あしずり』（昭和50年9月15日、高知新聞社）、『涅槃岬』（昭和61年9月20日、紅書房）、『鯨の海』（平成5年4月11日、高知新聞社）。

闘鶏に土佐の女の血を沸かす
旧正の灯台守の妻粧ふ
今もある蹉跎の猪垣遍路道
（浦西和彦）

橋本忍　はしもと・しのぶ

大正七年四月十八日～。シナリオライター。兵庫県に生まれる。黒沢明作品の脚本に参加。昭和四十八年、橋本プロ設立。平成三年、勲四等旭日小綬章を受ける。

＊私は貝になりたい　わたしはかいになりたい　シナリオ。〔初出〕「映画評論」昭和三十三年十一月一日。◇高知県下で理髪店を営む豊松が、米兵隊に連行される。戦時下の兵隊時代に上官の命令により捕虜を殺したため。豊松は軍事裁判にかけられ、C級戦犯として死刑を宣告される。絞首台へ向かいつつ、豊松は遺言する。「生まれかわっても、もう人間なんかになりたくありません。〔略〕どうしても生まれかわらなければならないなら…いっそ深い海の底の貝にでも…」。国家の罪を、一兵士が負う悲劇が、反響を呼ぶ。昭和三十三年十月二十一日、ラジオ東京テレビで放映（岡本愛彦演出、フランキー堺主演）藝術祭文部大臣賞を受ける。題名となった文言を含む「遺書」は加藤哲太郎が創作し、飯塚浩二編『あれから七年』（昭和28年2月20日、光文社）中に「終身刑　志村郁夫」名義で掲載したもの。同書「狂える戦犯死刑囚」一一三ページに「こんど生まれかわるならば、私は日本人になりたくはありません。いや、私は人間になりたくありません。〔略〕どうしても生まれかわらねばならないのなら、私は貝になりたいと思います。貝ならば海の深い岩にへバリついて何の心配もありませんから。」とある。
（堀部功夫）

橋本潤一郎　はしもと・じゅんいちろう

昭和八年十一月九日～。小説家。徳島県海部郡由岐町（現美波町）に生まれる。海部中学校、日和佐高等学校を経て、徳島大学学藝学部国語国文学科中退。昭和三十五年、四国放送に入社。大半をテレビ番組の製作者として過ごし、第一製作部長で退社。「徳島作家」創刊時よりの同人。詩誌「青灯」「徳島詩人」に同人として参加。五十七年、「アイスキャンデー」が徳島の小説賞を受賞。テレビ・ドキュメンタリー「バンドーの64年～甦った第九」が地方の時代賞地域交流賞を受賞した。五十九年、「風花」が徳島県作家協会賞を受賞。著書に『彼方からの声』（平成2年11月、徳島出版）、エッセイ集『父の船』（平成8年11月、徳島出版）がある。

（増田周子）

橋本多佳子　はしもと・たかこ

明治三十二年一月十五日～昭和三十八年五月二十九日。俳人。東京市本郷区に生まれる。本名は多満。菊坂女子美術学校中退。大正十一年、杉田久女を知り、俳句の手ほどきを受ける。昭和四年、山口誓子に師事。十年「馬酔木」参加。『海燕』（昭和16年1月10日、交蘭社）に「春日没り塩田昏るる身のまはり」の「小豆島」の句や「渦潮を過ぎ来て南風に舳《へ》をかはす」の「鳴門をゆく」の句を収める。二十五年榎本冬一郎と「七曜」を創刊。三十年十二月NHKの有本氏に招かれ、室戸岬の旅へ誓子と行く。第四句集の『海彦』（昭和32年2月25日、角川書店）の「崎に立つ遍路や何の海彦待つ」の句を得る。『海彦』には、「室戸岬」一九句、「伊予行」七句を収める。三十二年二月NHK放送のため、誓子と新居浜、足摺岬へ旅行、遍路に会う。四月佐野まもるに招かれ、誓子と鳴門渦潮を見る。『命終』（昭和40年3月29日、角川書店）に「枯れ崖《きりぎし》長し行途につきしばかり」、「足摺岬」一〇句、「新居浜」四句を収める。エッセイ「足摺岬の舞妓」「足摺岬」が『橋本多佳子全集第二巻』（平成元年11月15日、立風書房）にある。

（浦西和彦）

橋本茶山 はしもと・ちゃざん

大正七年三月十三日～。俳人。愛媛県西宇和郡三瓶町安土に生まれる。本名は久。陸軍経理学校卒業。陸上自衛官三等陸佐。昭和二十三年「天狼」入会。「環礁」「樅」を経て「築港」「蔓鳥」同人。句集『錨』（昭和48年1月1日、環礁俳句会）、『武者幟』（平成5年5月6日、牧羊社）。

武者幟伊予水軍の浦浦に
勝闘牛愛づ角を撫で額撫で
国ぢゅうに響くよ土佐の土用波

（浦西和彦）

橋本夢道 はしもと・むどう

明治三十六年四月十一日～昭和四十九年十月九日。俳人。徳島県坂野郡藍住町に生まれる。本名は淳一。銀座で蜜豆店「月ケ瀬」を開店、〝あんみつ〟を創案して好評を博した。俳句は荻原井泉水に師事、「層雲」に投句。昭和五年、栗林一石路らとプロレタリア俳句誌「旗」を創刊。「旗」は四号で廃刊、その後「ラ・ハイク」「プロレタリア俳句」「俳句の友」等と改題し発行したが、いずれも弾圧されて休刊。十六年二月検挙されたが、十八年三月仮保釈となった。二十一年五月一石路らと新俳句人連盟を結成。二十六年石原沙人らと「秋刀魚」を創刊。阿波踊りを「十万の下駄の歯音や阿波おどり」、鳴門海峡を「九十九の渦を炎天に逆立たしむ」、室戸岬を「炎天や屋根なす浪の大室戸」「台風の室戸へ野根の昼泊り」と詠んだ。句集に『無礼なる妻』（昭和29年8月20日、未来社）、『良妻愚母』（昭和39年7月15日、未来社）、『無類の妻』（昭和50年4月10日、昭森社）、『橋本夢道句集』（昭和52年5月25日、戦後俳句の会）がある。

（浦西和彦）

長谷江児 はせ・こうじ

明治四十年四月二十二日～昭和七年六月三十日。詩人。高知県高岡郡上ノ加江町に治之助、峰の四男として生まれる。本名は寅松。父は漁業を営んだ。大阪で百貨店勤務後、帰郷する。飲酒を好み、酔えば友と論争する。同人誌に詩を発表する。「世界のどこにも故郷をもたぬ／僕には世界が故郷である」と書く。失恋し、高知市種崎の千松公園で自殺する。歿後、『長谷江児遺稿詩集』（昭和8年7月、川田和泉刊か。ガリ版刷）が編まれた。集中「恋」は「今宵もその背に泣けというか／いとしきものよ／／胸をおくれ／熱情のどこまでもそなたをやかむねがい／すべて　つれなきも　ひれふし／尚　生きむボク」は昭和七年六月十日の作である。初版後三五年経って、昭和六十一年十月十二日、坂本稔が再版する。吉門進、島崎曙海たちが、加江崎に詩碑を建てる。「ひしがれたさだめに埋れし一本の　若き枯海藻　南方の海辺　黒潮のはるかに」。碑は昭和三十四年再建され、平成十年、漁港公園に移転する。

（堀部功夫）

はたたかし　はた・たかし

大正十年十一月二十二日～。児童文学者。愛媛県西条市に生まれる。本名は秦敬。法政大学卒業。児童文学雑誌「ぷりずむ」を創刊、主宰する。著書に『月夜のはちどう山』（昭和47年、理論社）、『とべ！　ねぼすけくじら』（昭和50年、ポプラ社）、『そんながっこうしらないね』（昭和55年、太平出版社）、『くえびこさまと行った山』（昭和57年、小学館）等がある。『愛媛県史』に「愛媛県児童文学史」なども執筆。（浦西和彦）

畑正憲　はた・まさのり

昭和十年四月十七日～。エッセイスト、動物愛好活動家。福岡県に生まれる。昭和三十三年東京大学理学部生物学科を卒業、同大学院で運動生物学を専攻。記録映画製作に従事した後、四十三年に本格的著作活動に入る。『われら動物みな兄弟』で第一六回エッセイストクラブ賞受賞。四十六年北海道に作った「ムツゴロウ動物王国」主宰。著書に『ムツゴロウの青春記』『ムツゴロウの世界博物誌』『梟の森』『馬の岬』など多数。五十四年から放送されている「ムツゴロウとゆかいな仲間たち」は、「ムツゴロウ動物王国」での出来事を中心に、全国の人々に彼の活動を伝え、親しまれている人気番組である。「ムツゴロウさん」の愛称で知られている。これら一連の「ムツゴロウ」もので第二五回菊池寛賞を受賞した。

＊海亀の浜《うみがめのはま》　エッセイ。〔文庫〕『海亀の浜〈角川文庫〉』平成五年五月二十五日、角川書店。◇海亀は潮の流れに乗り、一年に一度産まれた浜に産卵に戻る。その生態を調べに日和佐の大浜海岸に来た。環境破壊と観光客の増加により、その地は侵されていた。おかめさんと大事にする地元の人々の熱意や監視員のおかげで、やっと観察できた。五〇㎝もの深さの穴を掘り、一〇〇個以上の卵を涙を流し、苦しみながら産卵する大海亀の様子を愛しさを込め、感動的に描いている。（増田周子）

畑中蓼坡　はたなか・りょうは

明治十年五月二十一日～昭和三十四年三月一日。俳優。高知県に生まれる。本名は畠中作吉。明治三十七年から大正七年まで渡米。帰国後、藝術座に参加。有島武郎作「死とその前後」で初舞台。島村抱月の死後、新劇協会を大正八年六月に旗あげし、菊池寛の文藝春秋社の出資を得て、築地小劇場の運動に対抗し、藝術至上主義を掲げて新進劇作家の創作劇を上演したが、昭和三年に解散。女優伊沢蘭奢を人気者にした。映画界でも活躍したが、晩年は新国劇その他に出演したが、不遇であった。（浦西和彦）

畑山博　はたやま・ひろし

昭和十年五月十八日～平成十三年九月二日。小説家。東京に生まれる。日本大学第一高等学校卒業。第六七回芥川賞を受賞する。

＊四万十川の女《しまんとがわのおんな》　長編小説。〔初出〕「婦人と暮し」か。〔初版〕昭和六十二年七月三十日、潮出版社。◇小郷佳子《おごうよしこ》が目黒のマンションに帰ると、夫豪一が倒れており、佳子も何者かにクロロフォルムを嗅がされる。気が付くと夫の姿がない。佳子が、新聞記者串本正平と善後策を相談中、夫が神戸で焼死との連絡が入る。深い疲労感から、佳子はひたすら実家の中村が恋しくなり、東京を脱出する。だが、四万十川辺りで、佳子は自分を追って来た正平とともに、死んだはずの豪一と会い愕然となる。夫の勤務先シミュレーション企画研究所は、東京直下型大地震を想定し、千代田、中央、港区の治安維持のため、江東、墨田区から

避難者のなだれ込まぬよう墨田川にかかる橋梁破壊の研究を行っていたらしい……。「見てしまった大都会の信じられないようなあの裏の裏の裏だらけの仕組みの中へ、もう戻って行くのは嫌」と、佳子は四万十川源流の音楽洞に入ってゆく。（堀部功夫）

蜂須賀年子 はちすか・としこ

明治二十九年十二月（日未詳）～昭和四十五年十二月二十九日。歌人。父は蜂須賀十五代の蜂須賀正韶、母は筆子（徳川慶喜の三女）の長女として生まれた。母を早く亡くした。聖心女学院卒業。在学中から、和歌を千葉胤明や川田順に師事。津山藩の松平康春子爵と結婚し、一男三女をもうけるが、離婚して戻る。蜂須賀家の代表として県下の文化活動に専念、阿波踊りの普及にも力を入れた。著書には、自らの半生やその生活などを描いた『大名華族』（昭和32年10月30日、三笠書房）がある。徳島県那珂郡羽ノ浦町の取星寺に蜂須賀年子自筆になる歌碑がある。昭和三十八年五月、御堂落成記念に献歌した歌が刻まれている。（増田周子）

服部嘉香 はっとり・よしか

明治十九年四月四日～昭和五十年五月十日。詩人、国語国文学者。東京に生まれる。幼名は浜二郎。松山市で育つ。愛媛県立松山中学校を経て、早稲田大学を卒業。早稲田大学で英語と商業文、文学概論等を講じたが、大正六年の早稲田騒動の際、大山郁夫らと去り、大正十年から十四年まで関西大学講師（のち教授）を務める。のち、東京に帰住、早稲田大学に復帰し、昭和三十一年定年退職まで文学部教授を務めた。詩集に『幻影の花びら』（昭和28年4月25日、長谷川書店）、『銹朱の影』（昭和30年10月20日、昭森社）があり、歌集に『夜鹿集』（昭和35年11月30日、春秋社）がある。『改稿簡卓上便覧』（昭和3年3月30日、早稲田大学出版部）などの書簡文に関する著書も多く、『国語・国字・文章』（昭和16年9月30日、早稲田大学出版部）など国語、国字に関する著書もある。（浦西和彦）

花野富蔵 はなの・とみぞう

明治三十三年五月二十九日～昭和五十四年八月二日。翻訳家、モラエス研究家。徳島市に生まれる。地歴研究所を卒業後、天理大学、熊本商科大学の教授を歴任。ポルトガル人W・D・モラエスの『日本精神』（昭和10年6月、第一書房）から始まる全著作を翻訳し、『定本モラエス全集 第一巻～第五巻』（昭和44年、集英社）に収め、第六回日本翻訳文化賞を受賞。『日本人モラエス』（昭和14年7月、日本文化協会）、『モラエスの精神』（昭和16年12月、日本放送出版会）、『おヨネとコハル』（昭和58年3月、集英社）、『日本人モラエス：伝記W・D・モラエス』などの著作の他に、『ホセ・リサール伝』（昭和17年5月、西村書店）、マルティネス＝シェルラ『揺籃の歌』（大正15年7月、新潮社）の訳書などもある。（増田周子）

花輪莞爾 はなわ・かんじ

昭和十一年一月六日～。小説家、翻訳家。東京に生まれる。昭和三十五年東京大学文学部仏文学科卒業後、東京大学大学院人文科学研究科仏語仏文学博士課程修了。四十六年「渋面の祭」が芥川賞候補となり、『ガラスの夏』（昭和47年5月、角川書店）を刊行。国学院大学で教鞭をとる。翻訳にフランソワ・ボワイエの『禁じられた遊び』（昭和45年5月、角川書店）、『海底二万哩』『長ぐつをはいたねこ』『ぼくの村』などの童話や『埋もれた時』（昭和50年6月、河出書房新社）などの著書多数。

＊**海が呑む**《うみがのむ》　短編集。〔文庫〕『海が呑む〈新潮文庫〉』平成四年十二月十五日。◇表題作「海が呑む」は、筆者がかつて大津波の恐怖について書いた「物いわぬ海」の「あとがき」として、書かれた。「物いわぬ海」の創作動機は津波被害で命を落とした人々の亡霊たちの示唆だったとして、ここではさらに、日本の津波の記録史料を調べ、実際に筆者も現地で聞き取りしたことを紹介している。その中に、昭和五十七年に鳴門の乾千代太氏のもとを訪れた話がある。昭和二十六年、渦の近くで土産物店を営む乾氏は客のために大潮のときに船を出し、大渦に巻き込まれ遭難した。船頭は死んだが、乾氏と客たちは救出された。「大量の水の狂乱であり狂態である」点で、渦も津波と共通するとし、海における本当の恐怖を語ろうとする筆者は、まさに恐怖にとらわれた人々によって文字通り「語らされて」もいるのである。　（増田周子）

馬場孤蝶　ばば・こちょう

明治二年十一月八日〜昭和十五年六月二十二日。戸籍では誕生日が明治三年十一月九日のよし。英文学者。高知市金子橋西詰で父来八、母寅子の第五子三男として生まれる。本名は勝彌。父は土佐藩士、身分は馬廻であった。明治十一年、父母とともに上京する。神田の共立学校に学ぶ。平田禿木と同窓になる。二十二年、明治学院普通部二年に編入する。島崎藤村、戸川秋骨と同窓になる。二十四年、同学院卒業。十二月十四日、高知市共立学校の教師となる。二十六年二月、藤村が高知へ来た。春、得月楼にて板垣退助歓迎の辞を述べる。八月、共立学校を辞任して上京する。日本中学校教師となる。この年から「文学界」に作品を発表する。二十七年、樋口一葉を知り、親しくなる。二十八年八月〜三十年一月、滋賀県彦根中学校の教師となり、三十年二月、埼玉県浦和中学校、十一月、日本銀行文書課に勤める。三十二年、上村源子と結婚する。三十四年から、「明星」に作品を発表する。与謝野鉄幹、晶子と交友を始める。三十六年、ゴルキイ他『やどり木』を訳刊。三十八年、新体詩集『花がたみ』を選刊。文集『連翹』を著す。三十九年、「藝苑」を編集刊行。九月、日本銀行を辞し、慶応義塾大学教師となる。大正三年、『近代文藝の解剖』、随想『葉巻のけむり』を著す。四年、「当時として合法的に主張しうるかぎりの民主主義の諸要求」をかかげ（松尾尊兊）衆議院議員選挙に立候補する。直前に、漱石たちが支援し『孤蝶馬場勝弥氏立候補後援現代文集』が刊行された。落選する。『社会的近代文藝』を著す。八年、随筆『闘牛』を著す。十年一〜二月、「探偵小説の研究」を「読売新聞」に連載する。十一年夏、帰郷する。十二〜十四年、『鸚鵡蔵』『孤蝶随筆』『紫煙』を著す。十五年三月二十二日、帰郷し、四〜五月、高知県下を巡遊する。昭和二年、『世界名著解題』を著す。五年、慶応義塾大学教師の職を辞す。八年、『野客漫言』を著す。十一年、『明治文壇回顧』を著す。十五年、自宅で死去。十七年、『明治の東京』『明治文壇の人々』が刊行された。『近代文学研究叢書第四六巻』（昭和52年、昭和女子大学近代文化研究所）、木戸昭平『馬場孤蝶』（昭和60年3月15日、高知市民図書館）にくわしい。平成二年、城西公園西側に句碑「鯨去る行方を灘の霞かな」が建つ。

＊**高知の一夜**《こうちのひとよ》　エッセイ。〔初出〕「文章往来」大正十五年四月一日、第一巻四号。◇明治二十六年二月に島崎藤村が来宿した時の回想である。「高知の僕の宿は、鏡川の堤防の上にあって、門前は幅四五間の

は

平地を間に置いて、磧の多い川になつて居る。対岸の堤防の向ふは少しばかりの田があり、その先きは、小石木とか筆山とかいふやうな小丘になつて居つた、そんなところであつたのだから夜になると、川沿ひの道などは、往来がすつかり絶えてしまつて、あたりがしんとしてしまう。島崎君との話しのとぎれ目などには、川の瀬の音がはつきりと聞きとれるのであつた、月夜であつたと思うのであるが、年寄りの乞食がながして歩るく三味線の音が窓の下で不意に聞えた。今思へば、浪花節の前弾きの手ぐらゐなものであつたかも知れないが、それでも、ひどく哀音を帯びてゐるやうな撥音であつたので、若い感傷的な吾々二人の耳には、いかにも詩趣のある楽音のやうに聞えたのであつた」。現在、高知市唐人町に「孤蝶藤村交歓の地」碑が建っている。

＊南国の春《なんごくのはる》　書簡か。〔初出〕「桂月」大正十五年五月一日。◇近状報告に「思ひ出や瀬の音近うおぼろ月」の句を付す。

＊故郷の二た月《こきょうのふたつき》　エッセイ。〔初出〕「桂月」大正十五年九月一日、第一一号。◇三月二十二日、帰郷、高知市潮江堤上友の家別荘泊。二十七日、県公会堂で講演。四月七日、室戸行。五月四日、宿毛行。八日、入野村で講演。十一日、宇和島へ向かう。

＊鏡川を中心に《かがみがわをちゅうしんに》　エッセイ。〔初出〕「土佐協会雑誌」昭和九年十月三十一日、第二二号。◇幼時、士族町の小児が一人で町方へ行くようなことのなかった時分だから、土佐の記憶は少ない。ただ、鏡川の佳景のみは鮮やかに覚えている。「金砂子を撒いたやうに光りながら、水気を含んで何となくやはらかみの感ぜらるゝ空気のなかに五台山の画中のやうなドツしりした姿が見えるなど、全く絵図のやうにととのつた天景」が、潮江橋からの眺めであった。

＊あせらざる心《あせらざるこころ》　エッセイ。〔初出〕「土佐協会雑誌」昭和十年七月三十一日、第五五号。◇生家向かいに住まっていた馬術師範の言葉を引き、相手藝で「あせらざる心」の大切を説く。

＊馬場孤蝶帰郷日記《ばばこちょうききょうにっき》　日記。〔初版〕昭和六十二年六月十五日、孤蝶の碑を建てる会。◇岡林清水が、孤蝶の、大正十一年七月十一日〜十一月十七日の日記に、解題、注を付す。

（堀部功夫）

馬場辰猪　ばば・たつい

嘉永三（一八五〇）年五月十五日〜明治二十一年十一月一日。思想家。父来八、母寅子の次男として高知金子橋西詰に生まれる。上士格の武士の家で、祖父源馬が健在であった。文久三（一八六三）年、祖父が病死した。父が女性関係で、兄が在坂中の不始末で、それぞれ失脚。慶応元（一八六五）年、家督を継ぐ。二年、家名回復を決心したらしく、藩校文武館で頭角をあらわし、選ばれて江戸へ留学する。福沢諭吉塾に入学、英語を学ぶ。四年、帰郷し、長崎へ行き、Verbeckに師事、また江戸へ行く。明治三年、イギリスへ留学する。英語と海軍機関学、法律を学ぶ。六年、“An elementary grammar of the Japanese language, with easy progressive exercises”を著す。序文で、森有礼たちの英語採用論に対し、上下層格差拡大と反論する。「口語法の上に大きな事功をたてた」（山田孝雄「国語学史要」）。「日本学生会」を組織する。七年末、帰国する。八年二月二十三日〜三月七日、土佐に帰り、弟勝彌（孤蝶）を初めて見る。再び渡英する。“The English people in Japan”を著す。九年、「古事記」「土佐日記」などを英訳する。“The treaty between Japan and England”を著す。十一年、土佐藩留学生の監督と争い、傷を負わす。帰国する。国友会を起こし、政談演説会を開く。十二年、『法律一斑』を著す。政府側干渉に直面し、次第に穏健な政治姿勢を脱す。十四年、地方を遊説する。自由党常議員となる。一院制を主張する。結核性の疾患におそわれる。十五年、演説を再開する。「自由新聞」を経営する幹事のひとりになり、「本論」を発表する。十六年、加藤弘之の転向に反論する『天賦人権論』を著す。『商法律概論初編』を編刊。党首板垣退助の外遊問題に反対し脱党、独立の民権家として活躍する。十七年、自由民権運動を暫定的に断念する。十八年、「爆発物取締規則」違反の廉で逮捕され入獄する。十九年、出獄後、渡米する。アメリカで講演する。"The Political Condition of Japan"を執筆する。三十九歳で病歿する。萩原延寿『馬場辰猪』(昭和42年12月25日、中央公論社)にくわしい。

(堀部功夫)

浜川宏《はまかわ・ひろし》

大正十年三月二十六日～昭和六十一年八月二十四日。歌人。徳島市に生まれる。昭和二十八年、「創作」に入会。長谷川銀作に師事する。四十四年、「十月会」に入会。四十七年、「長流」を創刊、編集委員となる。歌集に『桜狩』がある。

(増田周子)

浜崎美景《はまさき・みかげ》

大正十一年三月十七日～。歌人。三重県伊勢市に生まれる。病理医。高松市高松町に在住。旧制高等学校のころより万造寺斉に師事。歌集『メランコリックな薔薇たち』(昭和58年8月25日、我等詩社)、『雲と青春』ほか。

(浦西和彦)

浜田糸衛《はまだ・いとえ》

明治四十年(月日未詳)～。児童文学者。高知県に生まれる。生田長江に師事する。戦後初期、婦人運動、平和運動に参加する。昭和二十八年、コペンハーゲンでの世界婦人大会に出席する。三十五年、長編童話『野に帰ったバラ』を著す。平成七年、『あまとんさん』を著す。

＊あまとんさん　児童文学。〔初版〕平成七年三月二十日、農山漁村文化協会。◇明治末年、南国に生まれた女の子は、ギリシャ神話のアマゾネスにちなみ「あまとんさん」と呼ばれる。女の子にとり世界はすべて新鮮だった。

(堀部功夫)

浜田恵実《はまだ・しげみ》

明治三十八年(月日未詳)～昭和八年(月日未詳)。詩人。高知県加茂本村に浜田繁三郎の長男として生まれる。高知県立師範学校卒業。小学校教員になる。加茂村青年団に加わり、文藝活動をする。大正十三年、詩集『夢のかけら』を著す。十五年、詩集『野茨の花』を著す。いま明神健太郎より引用する。「感情のせんさいな花は／谷に咲く野茨の花／口に囁かうとして／胸に之言はぬ心持ち／真白い野茨の花に似た／けさの人のなつかしさよ」。

(堀部功夫)

浜田坡牛《はまだ・はぎゅう》

明治二十五年九月十八日～昭和五十五年一月二日。俳人。高知県久礼町(現中土佐町久礼)に生まれる。本名は佐賀衛。東京学藝大学教授、目白学園女子大学教授。俳句は高浜虚子に師事。「ホトトギス」同人。昭和二十二年一月「富士」創刊主宰。句集『万岳』(昭和37年11月25日、富士編集部)。

(浦西和彦)

浜田波静《はまだ・はせい》

明治三年五月二十八日～大正十二年二月二十七日。俳人。高知県香美郡前浜村に、善一、馬の三男として生まれる。本名は早苗。

は

村に月並会があった。明治十七、十八年頃、俳句を始める。二十二年、上京する。二十三年、国語伝習所を卒業する。二十七年、「小日本」に応募して「春雨やひとり徒然草を読む」が正岡子規選の天位になる。二十八年、慶応義塾を卒業し、帰郷する。三十年、高知市堺町へ転居、生糸商（のち書籍商）を開く。三十一年、子規選『新俳句』に一五句が入集した。三十二年、霊子、春風庵たちと土佐十七字会を起こす。東京で子規、虚子に会う。三十三年より、「ホトトギス」に句を発表する。『春夏秋冬』に「仁和寺は鼎に懲りて頭巾かな」など二七句が入集した。碧梧桐編『続春夏秋冬』に五五句が入集した。四十三年、来高した碧梧桐を迎える。新傾向俳句に打ち込む。市会議員にもなった。大正二年、店を閉じ、旭村中須賀の義兄の持ち家に移る。大正生命保険の勧誘員になる。四年、大阪支社に転勤する。「日本及日本人」に投句、上位作家の一人であった。七年、本社へ転勤。東京小石川区小日向水道町一二六、還国寺境内に寄遇する。富田双川、酒枝烏川、田中桃葉と矢来吹社を結成し、俳句を通して親交を結ぶ。十年、南洋製糖会社に転じ、ジャワに赴任する。十一年、帰国する。十二年、会社をやめる。友人宅で囲碁中、脳出血で死去した。昭和五十一年五月二十八日、浜田秋夫により、波静句集『椎』刊行。「椎一斗米に易へゆく袋かな」。浜田秋夫「波静年譜」を付す。経歴はこれにくわしい。

（堀部功夫）

浜田波川　はまだ・はせん

明治三十八年十二月十六日～平成五年三月十五日。俳人。高知県高岡郡川内村波川三八〇に、徳蔵、楫の長男として生まれる。本名は八束。大正末年、「ホトトギス」に投句を始める。昭和初年、同盟通信記者になる。七年、「竜巻」に加わる。二十二年、共同句集『土佐』刊。俳誌「波」を創刊する。二十四年、「ホトトギス」同人。二十六年、東京へ転勤する。四十年、句集『季節風』を著す。五十一年、句集『黄花亞麻』を著す。六十一年、随筆集『波川語録』を著す。平成二年、句集『海桐花《とべら》』を著す。

（堀部功夫）

浜田初広　はまだ・はつひろ

大正二年十二月二十一日～。詩人。高知県幡多郡中筋村に生まれる。昭和三年、中村高等小学校を卒業する。全協、共青、作家同盟幡多支部準備会に参加。七年、「驀進」を発行する。詩「兵士を迎へる」を発表。八年、検挙される。九年、「関西文学月刊」に詩「姉」（署名、沢村順治）を発表する。副題「歩兵四×連隊幡×行軍」は「歩兵四四連隊幡多行軍」。昭和八年三月二十七日の作。「暗雲はらむ北満の地に／領土を死守するパルチザン！／兵士は軍服を着た労働者農民／兄弟を×すな！／同士打ちをするな！／と叫んで××されたK！」。農業に従事する。召集される。二十年、小倉造幣廠で敗戦を迎える。中村市市会議員になる。

（堀部功夫）

浜本浩　はまもと・ひろし

明治二十三年八月十四日～昭和三十四年三月十二日。小説家。松山市萱町で父利三郎、母忠の長男として生まれる。筆名は野花。父は松山中学校教師。明治二十九年、父の転勤にともない、高知市に移住する。三十九年、高知第二中学校に転校する。四十年、京都の同志社中学校に転校する。「中学世界」「文章世界」に投稿する。四十二年、上京し、「中学世界」の訪問記者となる。四十三年、長野県下で新聞記者となる。大正二年、高知へもどる。五年、高知新聞社に入る。八年、改造社記者となり、京都支局を担当する。昭和二年、改造社講演会で四国に帰る。四年、『立志修養凡か非凡か死線の巷より』を著す。六年、改造社を退社する。東京に転居する。七年、作家生活に入る。九年、『十二階下の少年達』を著す。十年、高知へ来、吉井勇を訪ねる。十一年二月八日、講演のため、高知へ来る。十二～十三年、『裏街の乾杯』『浅草の灯』を著す。第一回新潮社大衆文藝賞を受ける。朝鮮、大連、旅順を訪ねる。従軍作家の一人として中国へ行く。十四年、朝鮮へ旅行する。『錦旗揚らば』を著す。十五年、講演のため高知へ来る。十六年六月、満州を旅行する。『青春の士』『五月の花』『江藤新平』『御一新』『坂本龍馬』『烽火』『選ばれた男』『高原列車』を著す。十七年三～四月、台湾へ講演のため旅行する。『こほろぎ草紙』『旅順』『花暦』『海峡』『青い野葡萄』『湖畔の英雄』『静かな十六夜』『南方船』『少年島』を著す。同年十一月～十八年四月、ラバウルへ赴く。十八年、『五日間の教へ子』『海援隊』を著す。二十年、長野県に疎開する。二十二年、『土佐のカルメン』『不良少年』『オペラ役者』を著す。二十三～三十四年、文藝家協会理事をつとめる。二十三～三十三年、『闇夜の舞』『少年島』『天国と地獄』『浅草の肌』『石に咲く花』『夜明け音頭』『婦人警官の冒険』『浅草の鬼』『私の名は女』『嵐の中の恋人達』『浅草無宿』『火だるま大佐』『山岳党秘聞』を著す。三十四年三月十二日、東京富士見町で心臓麻痺のため、死去した。高知県立文学館編刊『浜本浩とその時代』（平成10年4月24日）にくわしい。

＊十二階下の少年達《じゅうにかいしたのしょうねんたち》　短編小説集。〔初版〕昭和九年九月二十日、竹村書房。◇一〇作所収。「軍鶏」物部川上流の村が舞台。鍛冶家の貫二郎に軍鶏を売り、闘鶏賭博で貫二郎を庇ったおんちゃんは、無頼漢を連れて満州へ去る。嵐はれて村に貫二郎のまめまめしく働く姿があった。「土佐のカルメン」「私」はメリメ小説から「自然は明るく人生は暗い」土佐香北地方を連想する。大正五年、「娼婦的」な、五百蔵《いおろ》時恵が、愛人に手伝わせ、夫を絞殺する事件があった。死刑台上で、犯行全容を記し男の一部も封入した手紙を取り出し遺していった。

＊錦旗揚らば《きんきあがらば》　短編小説集。〔初版〕昭和十四年三月五日、興亜書房。◇六作所収。「錦旗揚らば」野根山二十三士事件を描く。三十郎は迷うが、勤王党誓文「錦旗一たび揚らば、団結して水火をも踏む」に励まされ、山へ登る。「静かな十六夜」文久二（一八六二）年、高知。大石三四郎は、イカサマ浪士を斬った、友人を庇い、名乗り出る。「黎明の丘」文化七（一八一〇）年、土居郭中。小牧源三郎は、友人とともに悪人を斬って他郷へ向かう。

＊五月の花《ごがつのはな》　短編小説集。〔初版〕昭和十六年六月十五日、輝文館。◇七作所収。「帰雁」が高知県東部の村を舞台とする。阿部家の作男、矢沢源吉＝源爺は、主家思いで、主家の財産横領を企んだ橋田友吉を斬って自首した。

＊坂本龍馬《さかもとりょうま》　長編小説。〔初版〕昭和十六年十一月十八日、大都書房。◇龍馬が、文久二（一八六二）年、京都で楢崎将作の娘お春（のちのお龍）を訪ねるところから、歿後の明治三十七年、昭憲皇太后の夢に現れるまでを描く。

＊高原列車《こうげんれっしゃ》　短編小説集。〔初版〕昭和十六年十二月十五日、輝文館。◇八作所収。「少年の日」高知中学生萱場春吉は、家出し、四国を縦断する。別子で藝者を逃がしてやったり、今治で実母と会ったりする。上京し、途中の宿で励ましてくれた帝

大生生駒丈夫と再会する。

＊**選ばれた男**《えらばれたおとこ》　短編小説集。〔初版〕昭和十六年十二月十日、大白書房。◇集中「黒潮の町」が室戸を舞台とする。アメリカ帰りの阿部襄治が相場で得た金を網元へ提供し、漁師になろうとする。

＊**こほろぎ草紙**《こおろぎそうし》　短編小説集。〔初版〕昭和十七年一月二十日、淡海堂出版部。◇一〇作所収。「正気の歌」勤皇の士秋山鉄太郎は、闇討ちにあい失明するが挫けず、正気の歌を吟じる。「見世物船」土佐士卒秋山半蔵が轆轤首の女太夫と結ばれる。「天狗」明暦年間（一六五五～五八）土州東川領。山番の娘お葉は、天狗＝長曽我部残党にさらわれるが、それなりに満ち足りた生活を送る。「侍と護摩の灰」にも土州藩士が出てくる

＊**海峡**《かいきょう》　短編小説集。〔初版〕昭和十七年二月二十五日、紫文閣。◇六作所収。「山の灯ともし頃」高知雪野々。山の掟を守る、紙漉き東兵衛が、村を破壊する県会議員を成敗する。技手岩田朝夫の力で水電事業も実る。

＊**湖畔の英雄**《こはんのえいゆう》　短編小説集。〔初版〕昭和十七年四月三十日、東光堂。◇五作所収。「恩讐の海に」政争の激しい高知県下の漁村。片貝春彦は、敵が海難事故に遭った際、「若い者を殺しちゃ、国家に対して済まぬ」と、怨みを忘れ助けに行く。「水車小屋」日露戦争時の高知。水車屋の源太郎は、娶った妻が弟の恋人だったと知り、妻を処女のままにして、出征し戦死する。「村の青空」土佐韮生。父の仇討ちをした直吉が仮出獄し帰郷する。折柄、村に殺人事件があり、直吉が疑われる。駐在巡査が真犯人を挙げ、手伝った直吉を表彰する。

＊**海援隊**《かいえんたい》　短編小説。〔初出〕「東京日々新聞」「大阪毎日新聞」昭和十七年六月十二日～十月十三日か。〔初版〕昭和十八年五月二十日、新太陽社。◇龍馬の、勝麟太郎入門から、海援隊の活動まで。龍馬に心を尽くすお元と、龍馬を敵視する山村源十郎の兄妹が、ついてまわる。

（堀部功夫）

早坂暁　はやさか・あきら

昭和四年八月十一日～。小説家、脚本家。愛媛県北条市に生まれる。本名は富田祥資。昭和三十年、日本大学藝術学部卒業。能楽、茶道、生け花の新聞編集に携わった後、テレビの脚本家に転じた。「七人の刑事」、「水と風」などのドラマ、ドキュメンタリーで活躍。昭和五十年度年間代表シナリオ賞を「青春の雨」で、五十二年度年間代表シナリオ賞を「青春の門・自立篇」で受賞。遍路に象徴される四国の精神風土をモチーフとしながら、昭和史の問題を描いた『夢千代日記』『花へんろ』などの代表作や、『ダウンタウン・ヒーローズ』の小説、『公園通りの猫たち』のエッセイなど多数ある。六十年『花へんろ・風の昭和日記』で第四回向田邦子賞を、平成二年『華日記—昭和生け花戦国史』で第九回新田次郎賞を受賞した。

（浦西和彦）

＊**遍路みち**《へんろみち》　エッセイ。〔初出〕「ミセス」昭和六十三年四月、原題は「負われて見たのはいつの日か」。〔収録〕『夢の景色』平成四年五月三十一日、文化出版社。◇家が遍路みち沿いにある筆者は、四歳まで足も立たない、体の弱い子であった。皆が見離しても母親だけは諦めなかった。立てない子を車に乗せ、遍路旅に出かけた。小学校に行けるようになったのも弘法大師のおかげだと、お遍路さんに奉仕したり、泊めたりもした。筆者を背負い夜の浜辺に連れて行き、裸にしタワシで丹念にこすった。帰りは筆者を背に歌を歌った。「赤とんぼ」の歌である。母にはきっと重い荷と同じだったろう。

（増田周子）

林啓介《はやし・けいすけ》 昭和九年一月七日〜。小説家。徳島県鳴門市大麻町板東に生まれる。徳島大学学藝学部修了後、中央大学法学部卒業。徳島県立水産高等学校教頭、阿波高等学校副校長、ひのみね養護学校校長など歴任。鳴門市教育研究所副所長、徳島県立図書館文化推進委員として活躍。昭和四十三年、「徳島作家」第一三号に処女作「ユダヤ人の墓」を発表。「文学界」同人雑誌評ベスト・ファイブに選ばれた。四十四年徳島作家賞受賞。阿波の歴史を小説にする会の会長を、田中富雄、西條益美の跡を継ぎ務める。徳島ペンクラブ理事、徳島モラエス学会理事長。五十五年には徳島県出版文化賞を受賞。著書に『ユダヤ人の墓』（昭和53年、創世紀社）、『炎は消えず―賀川豊彦再発見』（昭和57年、井上書房）、『望郷のシンフォニー』（昭和62年、長征社）、『第九の里ドイツ村』（平成5年、井上書房）、『美しい日本に殉じたポルトガル人―評伝モラエス』（平成9年、角川書店）があり、訳書にムッテルゼー『鉄条網の中の四年半―板東収容所詩画集―』（昭和54年、南海ブックス）、バーディック『板東ドイツ人捕虜物語』（昭和57年、海鳴社）がある。

＊ユダヤ人の墓《ゆだやじんのはか》 短編小説。〔初出〕「徳島作家」昭和四十三年、一三号。〔初版〕『ユダヤ人の墓』昭和五十三年、創世紀社。◇第一次世界大戦中、鳴門にあった板東俘虜収容所では、ユダヤ人であるということでドイツ人たちとは別置された捕虜たちがいた。ここでラインホルドを事故で亡くしたヘンゼルは、第二次世界大戦後、その墓を訪れ、そこで自殺する。彼を案内した地元の青年、彰はその自殺の真相を突きとめようと、調査する。その結果、ヘンゼルらユダヤ人捕虜たちはドイツ人などから収容所の中でも差別を受けていたこと、ヘンゼルは友人の死に責任を感じていたこと、そしてユダヤ人として、その後の彼も迫害にあった人生を送ったことなどを知る。ユダヤ人としての宿命にもてあそばれたその人生を知り、思わず、彰は自らの被差別部落の出自と重ね合わせてみる。（増田周子）

林謙一《はやし・けんいち》 明治四十年（月日未詳）〜昭和五十五年十一月一日。エッセイスト。東京に生まれる。徳島県安宅村生まれの父林三郎と徳島市富田浦町出身の母ハナの長男。毎日新聞社の記者として活躍しながら、エッセイを発表。昭和三十七年「婦人画報」四月号に実母をモデルに書いた「おはなはん一代記」が、ＮＨＫによって藝術祭参加ドラマ「おはなはん一代記」として放映され、好評を博した。四十一年四月から翌年三月までＮＨＫ朝の連続テレビドラマ「おはなはん」として全国的に知られた。全国日曜画家連盟の発起人で、軽妙な筆致のエッセイを書く。著書に『２Ｂの鉛筆』『油絵のすすめ』などがある。

＊おはなはん エッセイ集。〔初版〕昭和四十一年八月、文藝春秋。◇昭和四十一年のＮＨＫ朝の連続テレビドラマ「おはなはん」の原作エッセイを含む、エッセイ集の単行本。原作者は「おはなはん」の息子謙一で、新聞に書いた母についての文章を女性雑誌にエッセイとして発表、それを元に後にテレビドラマ化された。テレビドラマの方は小野田勇が脚本を書き、後に小説として発表された。実際の「おはなはん」は徳島の生まれだったが、このドラマではロケの都合で、舞台は愛媛の大洲とされた。明治時代、徳島の銀行家の娘はなは、陸軍中尉と結婚したが、やがてその夫は病死した。夫を死なせたのは自分に医学の知識がなかったためと思い、彼女は二人の子供をかかえ

は

ながらも、女医になる決意をして、東京で女学校に入る。助産婦として自立し、関東大震災や第二次世界大戦などを潜り抜け、たくましく生きていった。このエッセイ集にはそのほか、「おはなはん」の孫がドイツ人娘と結婚したことを語る「ドイツ製のお嫁さん」「わが家の会話」などを収録している。　（増田周子）

林譲治　はやし・じょうじ

明治二十二年三月二十四日～昭和三十五年四月五日。政治家。高知県幡多郡宿毛町（現宿毛市）に、林有造、勝の次男として生まれる。大正七年、京都大学卒業。会社員になる。八年、新井靖と結婚する。九年、靖が死去した。「歩めば暑し休めば寒し秋の旅」の句を作る。十年、新井静と結婚する。父が死去した。十一年、退社して宿毛町へ帰る。十二年、宿毛町長になる。昭和二年、高知県会議員になる。五年、衆議院議員になる。二十一年、内閣書記官長に就任。二十三年、厚生大臣、副総理に就任。二十六年、衆議院議長に当選する。三十二年、母が死去した。三十五年、食道癌のため死去した。従二位勲一等旭日桐花大綬章を受章する。遺句集『古袷』（昭和38年4月5日、雪華社）は、大正九年よりの約一、五〇〇句から、高安風生が約五〇〇句を選ぶ。「生涯を詫び事妻の古袷」は、昭和三十四年七月十三日、食道切除手術二日前の句である。　（堀部功夫）

林泉水　はやし・せんすい

昭和十年一月三日～。俳人。徳島市国府町に生まれる。本名は俊夫。元小学校校長。昭和五十二年五月「ひまわり」入会、のち幹部同人。

　風低く底ぬけの空鷹来る日
　寒潜ぎひそかに海七のひびき笛
　花梨実にダム湖は白き雲抱いて

（浦西和彦）

林唯一　はやし・ただいち

明治二十八年一月二十七日～昭和四十七年十二月二十七日。画家。香川県に生まれる。関西商工学校卒業。松原三五郎、徳永仁臣に洋画を学ぶ。「婦人世界」の小杉天外の諸作品の挿絵を担当し、大正末期より少女雑誌、婦人雑誌などの挿画を描いた。新聞小説の挿画も手がけ、佐藤紅緑「麗人」（「大阪毎日新聞」「東京日日新聞」昭和4年6月14日～12月13日）、牧逸馬「この太陽」（同上、昭和5年1月1日～8月9日）等の挿画を描いた。のち、日本挿画家協会の委員長になった。『林唯一挿絵選集』（昭和5年7月、ユウヒ社）がある。　（浦西和彦）

林嗣夫　はやし・つぐお

昭和十一年（月日未詳）～。詩人。高知県幡多郡十和村（現四万十市）に生まれる。高知工業高等学校を卒業する。大企業に就職するが、一つの挫折を経験する。高知大学教育学部を卒業する。中学校国語科教諭になる。昭和四十～四十一年、『むなしい仰角』『さわやかな濃度』を著す。四十二年、小松弘愛と「発言」を共編刊。四十五～五十二年、『教室』『教室詩篇』『放課後抄』『高知学藝高校内田先生解雇事件』『学校』を著す。『教室』（昭和45年2月19日、発行所不記）中「生徒に関するノート」末に、校庭で「校長先生が、ランニングシャツ、麦わら帽子で、ひとり作業をしているのを見かける。シャベルで土を掘ったり、ホースで水をかけたりしている。『校長先生、なかなか御精が出ますね』と上から声をかけると、太陽の光りで深くゆがんだ赤茶けた顔をタオルで拭きながら、『わたしの健康法ですよ』とあいそよく答える。校長先生は、すこし湿った庭のかたすみに、生徒たちの死体を埋めているのだ。」という個所がある。小松弘愛「一つの雑誌の場から」（「詩と思想」昭和54年7月）は、この詩の話者が「校長先生」と「日常的なことばで結ばれた共犯者」でありながら、共同体に埋没することのない、固有の「見る」目をもつことに注目する。五十三年、第一一回椋庵文学賞を受賞する。五十六～平成七年、『足裏島』『袋』『カナカナを聞きながら』『耳』『土佐日記』『四万十川』『ガソリンスタンドで』を著す。

＊土佐日記《とさにっき》　詩集。〔初版〕昭和六十二年十一月二十日、書房ふたば。◇「土佐日記」の言葉をふみはずし、ふみはずししてすすめる詩である。例えば「かれこれ／知る知らぬ　送りす／高知　あざみ野／みきろうが来る／かれこれ声をつれて／みちこが来る　遠くから／知る知らぬ影をつれて」というように。

＊四万十川《しまんとがわ》　詩集。〔初版〕平成五年十一月十五日、書房ふたば。◇先祖の墓を高知市へ持って行くため、十和村立石で骨揚げをする。満州開拓団の惨劇があった村をあとにする。「新学期からまたきびしい進学指導に突入だ／いなかの『いい子』を集めては、都会の『いい大学』へ送り出す」。

＊ガソリンスタンドで《がそりんすたんどで》　詩集。〔初版〕平成七年十一月十日、ふたば工房。◇集中「花冷え」は、東京へ発つ養護教諭を高知港に見送りに行く詩である。

（堀部功夫）

林桐人《はやし・どうじん》

明治二十四年一月二十一日～昭和四十四年九月十四日。漢詩人。愛媛県松山に生まれる。本名は庄次郎。別号は正策。陸軍経理学校、東京高等師範学校国漢科卒業。陸軍に二十年勤務、主計大尉。のち中学校教諭を経て、久松伯爵家に仕えた。戦後は農業に従事した。小学校時代から詩を作り、のち近藤小南、新野斜打に師事し、高橋藍川に学んだ。松山、大阪の吟社に入り、志山流顧問。著書に『探花集』『続探花集』（全三巻）、『月ケ瀬探海梅紀行』がある。

（浦西和彦）

林芙美子《はやし・ふみこ》

明治三十六年十二月三十一日～昭和二十六年六月二十九日。小説家、詩人。山口県下関市中町に生まれる。父の宮田麻太郎は愛媛県周桑郡の出身。尾道高等女学校を卒業。昭和四年、詩集『蒼馬を見たり』を南宋書院より刊行。翌年、『放浪記』が出版されるとベストセラーになった。その後、「風琴と魚の町」「清貧の書」「稲妻」などを発表。従軍作家として中国、東南アジア各地に赴き活躍した。敗戦後、旺盛な創作ぶりを示し、「うず潮」「晩菊」「浮雲」などの作品を発表。女心の秘密と庶民の哀歓を描きつづけた。

＊放浪記《ほうろうき》　長編小説。〔初出〕「女人藝術」昭和三年八月～四年十月（断続連載）。〔初版〕『放浪記〈新鋭文学叢書〉』昭和五年七月三日、改造社。『続放浪記〈新鋭文学叢書〉』昭和五年十一月十日、改造社。◇母が四国の徳島の泪町で木賃宿を営んでいたので、林芙美子は四国に渡ったことがある。「放浪記」に徳島や高知が出てくる。（十二月×日）「父が北海道へ行ってから、もう四カ月あまりになる。遠くに走りすぎて商売も思うようになく、四国へ帰るのは来春だという父のたよりが来て、こちらもずいぶん寒くなった。屋並みの低い徳島の町も、寒くなるにつれて、うどん屋のだしをとる匂いが濃くなって、町を流れる川の水がうっすらと湯気を吐くようになった。」「しっかりした故郷というものをもたない私

たち親子三人が、最近に落ちついたのがこの徳島だった。女の美しい、川の綺麗なこの町隅に、古ぼけた旅人宿を始め出して、私は徳島での初めての春秋を迎えたけれど、だけどそれも小さかった時の私である。今はもうこの旅人宿も荒れほうだいに荒れて、いまは母一人の内職仕事になってしまった。」とあり、（七月×日）「郷愁をおびた土佐節を聞いていると、高松のあの港が恋しくなってきた。私の思い出に何の汚《けが》れもない四国の古里よ。やっぱり帰りたいと思う」「私は兵庫から高松行きの船に乗ることにした」とある。

＊めかくし鳳凰《めかくしほうおう》　短編小説。〔初出〕「人間」昭和二十五年三月一日。〔全集〕『林芙美子全集第一一巻』昭和五十二年四月二十日、文泉堂出版。◇阿波池田から六キロばかりある、この白地の村口には、時々進駐軍の自動車が街道を通った。堅吉は、戦争に敗けたにしては、自分の暮らしに何の関係もなかった。六〇年ほど他国に放浪して、七十一歳の年に、この白地の村へ戻って来たのだ。四〇年前、女と松島で心中自殺をはかり、自分だけが助かったのである。堅吉は、二十一歳の餅のやうな、ぽっちゃりした女で、器量はわるいが、心だてのやさしいお安と、二年ばかり妙な関係を続けていた。終戦後、二年目にお安が村へ戻ってきたので、また、昔の関係に戻ったが、堅吉は、お安の足の裏をなでまわすだけのものであった。堅吉が真夜中に裸になり、坐禅をするのを、お安は見てげっそりした。五月になって、床屋の庄さんがシベリアから戻って来ると知らせて来た。お安は、シベリアで自分の写真を持っていてくれた男だというだけで、胸がおどるのだ。

（浦西和彦）

＊旅人《たびびと》　エッセイ。〔初出〕「文藝」昭和十六年八月一日。◇東京から吉野川流域白地村に来た私は、宿屋の叔父の隠居老人津助と仲よくなる。故郷を離れ数十年、妻子を失い天涯孤独となり、サツキをいじりながら余生を過ごしている。二人は吉野川で釣りをしたり、会話をしたりして遊ぶが、私は老醜の中に我欲を感じ、老人に次第に飽きがきていた。しかし一方でどことなく愛着も感じている。二人の奇妙な関係と大らかで美しい自然が淡々と描かれている。

（増田周子）

林政江　はやし・まさえ

明治三十二年一月十五日〜平成九年一月五日。歌人。香川県丸亀市瓦町に生まれる。本名は香川。香川茂、サダの長女として生まれた。父は日露戦争に出征して旅順攻撃のときに戦死。香川県立丸亀高等女学校（現丸亀高等学校）卒業。大正五年、竹柏会の「心の花」に入会。その後、「一路」に参加。丸亀市公民館の市民歌会、大善院歌会、四国新聞文化教室、四国管区警察学校、詫間短歌会などの指導に当たり、平成元年に香川県文化功労者、丸亀市文化功労者に選ばれた。歌碑「いたはられ旅することのまたありや花ぐもりして街の上の城」が丸亀市役所南の丸亀市民ひろばにある。

（浦西和彦）

林真理子　はやし・まりこ

昭和二十九年四月一日〜。小説家。山梨市に生まれる。日本大学卒業。第九四回直木賞を受賞する。

＊林真理子の旅の本《はやしまりこのたびのほん》　エッセイ集。〔初出〕「JUNON」昭和五十九年六月〜六十三年一月。〔初版〕昭和六十三年、主婦と生活社。◇「高知／市電なのにトデンの走る街。残った皿鉢料理よいずこへ……」章。城西館泊。高知市民大学で講演のため、高知を訪れた。誇り高い高知の人々は、余

った皿鉢料理を分けて持ち帰ったりせず、残したままにするという。日曜市のふかし芋とトウモロコシがおいしい。『旅は靴ずれ、夜は寝酒』と改題して角川文庫化（平成元年1月31日）される。

（堀部功夫）

林幸子 はやし・ゆきこ

昭和六年五月二十八日～。歌人。京都府舞鶴市に生まれる。松山市朝美に移住。「古今」に参加。歌集『紫紐』（昭和57年7月10日、短歌新聞社）、『白梅抄』（平成4年12月25日、短歌新聞社）。

花ふぶき伊予水軍が念珠なり湯築城の勢の化身を見たり

行きゆけば嵐となりぬ佐田岬馬の背といふ白波砕ける

（浦西和彦）

はらたいら はら・たいら

昭和十八年三月八日～。漫画家。高知県香美郡土佐山田町（現香美市）に生まれる。本名は原平。中学校時代より漫画を投稿する。山田高等学校時代、勤評実施新任校長就任拒否闘争に加わる。デモ行進用プラカードを描く一方、同級生になった新任校長の娘さんを皆でかばう、青春であった。昭和三十六年、卒業。上京する。三十八年、「新宿B・B」（「週刊漫画TIMES」）でデビューする。「モンローちゃん」（「週刊漫画ゴラク」昭和47年～）他。TVクイズ番組でも活躍する。五十六年、随筆『めぐり逢い紡いで』を著す。五十九年、日本雑学大賞を受賞する。六十～六十一年、『龍馬のジントニック』『心におやつ』『最後のガキ大将』を著す。後者はのち、TBSでTV化（「ガキ大将がやってきた」）された。六十三～平成七年、『女29歳は生き方微妙どき』『はらたいらのてこにあわん』『平成乱気流』『はらたいらのまっことてこにあわん』『たまにはマジに遊ぼうか』を著す。

（堀部功夫）

原田一美 はらだ・かずみ

大正十五年八月二十四日～。児童文学者。徳島県麻植郡山川町（現吉野川市）に生まれる。徳島師範学校に入学すると、童話研究会を作り、口演童話をする。昭和二十二年、徳島師範学校本科卒業。県下の小中学校や徳島市教育研究所、教頭、校長、県教育委員会指導主事などを歴任し、六十二年に退職。『へき地における児童の言語活動不振の実態に関する国語学的基礎研究』（昭和43年3月14日、グランド印刷）で徳島県教育功労者、徳島県教育会、徳島新聞社教育賞、徳島ペンクラブ賞を受賞。四十四年、徳島県の山間部の小学校の生徒たちと先生の三年間のホタルの研究を題材に描いた『ホタルの歌』（昭和44年8月19日、学習研究社）で第一回学研児童ノンフィクション文学賞を受賞した。長編童話『ドイツさん物語』（昭和49年12月、偕成社）、菊作りに精を出す若者に打たれた感動を描いた『咲けポットマム』（昭和50年5月、偕成社）を刊行、第三回学研賞佳作になる。『博士になった丁稚どん』（昭和54年2月1日、教育出版センター）で第四回学研賞佳作に入賞。五十五年、『出会いがあって』（昭和55年3月21日、中統教育図書）で第一回石森延男児童文学賞を受賞。『ダンチョのみやげ話』（昭和59年10月21日、教育出版センター）、『風雲祖谷のかずら橋』（昭和60年10月10日、国土社）、『大統領のメダル』（昭和62年9月10日、国土社）、『十六地蔵物語』（昭和63年12月、文研出版）などの童話集が次々に全国学校図書館選定図書になった。『嵐の中に咲いた花―青い目の人形アリスちゃん』（平成3年7月、教育出版センター）では徳島県出版文化賞を受賞。『虎先生がやってきた』（平成8年

5月、ＰＨＰ研究所）は野間文藝賞候補作となる。講演活動などにも盛んに活躍。

＊出会いがあって《であいがあって》　童話。〔収録〕『教師の創作童話』昭和五十五年三月二十一日、中統教育図書。◇徳島市城南小学校にサーカスの子供タカシが転校してきた。一〇〇回以上もすでに転校していたタカシは実は小学校に入学をしたのがこの小学校だった。担任となった幸田先生は、世慣れたタカシの振る舞いに接しても平然としていて、タカシはとまどう。幸田先生はタカシがサーカスで身につけてきた「アカ」を洗い落としてやろうとさまざまな工夫をする。反抗期でかたくなになったタカシの心は、幸田先生とときに衝突もしながら、それでも徐々に打ち解けていく。タカシはクラスメートとともに地図作りを通して、思いやりや友情を素直に受けとめられるようになっていく。幸田先生の尽力でタカシは無事に小学校を卒業することもできた。卒業証書を手に、タカシたちはまた次の巡業地へ旅立っていく。　（増田周子）

羽里昌　はり・しょう

昭和三年一月二十日～平成十六年十月二十七日。小説家。徳島県に生まれる。本名は浅田忠資。法政大学法科通信教育修了。徳島タイムス、阿南新報記者を経て、昭和三十六年、大衆小説双葉新人賞を受賞。以後、「婦人生活」に「乱れ雁」、「徳島新聞」に「虹の川」「写楽河波日誌」を連載。学徒動員の記「紅燃ゆる」等の新聞連載小説もある。著書に『その後の坊っちゃん』（昭和61年5月、潮出版社）、『写楽大江戸の華』（平成13年4月、徳島新聞社）等がある。　（浦西和彦）

板東英二　ばんどう・えいじ

昭和十五年四月五日～。野球選手、エッセイスト。満州に生まれる。戦後徳島に引き揚げ、徳島県立商業高等学校のエースとして甲子園出場。第四〇回記念大会で延長一八回投げて引き分け、翌日の再試合で準優勝。昭和三十四年中日ドラゴンズに入団、一一年間在籍する。現役引退後は野球解説者として活躍。タレント、司会者、俳優として独自の境地を開く。平成二年、高倉健と共演した「あ・うん」で第一三回日本アカデミー賞最優秀助演男優賞受賞。『プロ野球知らなきゃ損する』（昭和59年1月、青春出版社）、『プロ野球これだけ知ったらクビになる』（昭和59年9月、青春出版社）、『ホンネで勝負―板東英二の球際人生』（昭和63年12月、日之出出版）など多数。

＊赤い手《あかいて》　**運命の岐路**《うんめいのきろ》　自伝的小説。〔初版〕平成十一年七月二十五日、青山出版社。◇板東英二の自伝的小説『赤い手』（青山出版社）の続編。旧満州に生まれ、敗戦によって家族五人で命からがら引き揚げてきた筆者は、戦後、徳島で育ち、徳島商業のエースとして甲子園準優勝を果たした。やがて、プロ野球球団の中日ドラゴンズに入団したが、チームにとけ込めず、ノイローゼになる。しかし、周囲の人々の励ましもあってなんとか復活を遂げ、故郷の徳島に凱旋、そこで初めて女性を知る。そんな矢先、伊勢湾台風に遭ったり、肩と肘の故障があったりと、苦渋をなめる。一目惚れの女性とはうまく結婚したが、本業の野球には内心では見切りをつけ、副業のサウナと割烹の経営に精を出すが、それも結局うまくいかない。やがて、一一年目でプロ野球選手を引退した。借金返済のため多忙を極め、自殺も考えたが、母親に諭され、思いとどまるも、過労で倒れてしまう。小説は、母親と妻に支えられ、経営していたビルを売却、裸一貫で再出発を決意するまでを描いている。表題の「赤い手」は満

州で母のモンペをつかんで離さなかった時、甲子園で一八回を投げ抜いた時、そして、プロを引退することを決めた時など、人生の節目で浴びた夕陽に染まった手のことを言っている。傾いて赤くなる夕陽はやがてまた新しい日への始まりでもあるという思いを込めている。（増田周子）

坂東紅魚 ばんどう・こうぎょ
大正十四年一月十七日～。俳人。鳴門市に生まれる。本名は喜好。「群青」同人。句集『木霊』（平成6年2月4日、群青俳句会）。

立掛けし如き祖谷畑蕎麦の咲く
枯れ切って室戸は風にさとくゐる
湯の上が阿波の玄関鷹渡る

（浦西和彦）

坂東哲夫 ばんどう・てつお
昭和三年七月六日～。新聞記者、編集者。徳島市に生まれる。昭和二十四年、立命館大学工学部機械科卒業。二十六年、立命館大学経済学部卒業。徳島新聞社入社。文化部、事業部などで活躍。阿波おどり研究会主宰や徳島ペンクラブ会長、財団法人徳島県文化協会専務理事、徳島日仏協会専務などを務め、徳島県の文化事業に貢献する。平成元年一月には株式会社ビーブレーンズを設立。著書に『とくしま映画三代記』（昭和40年10月15日、徳島県教育委員会）がある。（増田周子）

坂東眞砂子 ばんどう・まさこ
昭和三十三年四月四日～。小説家。高知県高岡郡佐川町斗賀野に生まれる。土佐高等学校卒業。奈良女子大学を卒業する。イタリアのミラノ工科大学、プレラ美術学院で二年間建築とデザインを学ぶ。昭和五十六年、紀行文「イタリア女の探しもの」が「non・no」ノンフィクション賞佳作に入選する。坂東はまず児童文学作家をめざす。五十八年、「ミルクでおよいだ　ミルクひめ」で第七回毎日童話新人賞優秀賞を受賞する。六十一～六十二年、『ミラノの風とシニョリータ』『クリーニング屋のお月さま』を著す。平成元年、『はじまりの卵の物語』を著す。主人公結花《ゆか》が全生命源である〝はじまりの卵〟を探す話である。四年、『メトロ・ゴーラウンド』を著す。少年が近未来都市ヨクノポリスへ迷いこむ。怖い異界を経て成長するパターンである。ついで坂東は、四国の古伝承を利用した、ホラー小説家に変貌する。五年、『死国』『狗神』を著す。山本周五郎賞候補となる。六年、「屍の声」『蛇鏡』を著す。直木賞候補となる。『蟲』を著す。第一回日本ホラー大賞佳作となる。坂東ミステリーの魅力を小谷真里は「すんなりと抵抗なく読者を物語世界にまねきよせる筆致。ストーリーがすすむにつれてしだいに土俗的色合が滲み、特異な触覚文体がじわじわとたたみかけてくる『こわさ』。そこに洗練された知性が光る」点を挙げた。『桃色浄土』を著す。直木賞候補となる。七年、『桜雨』を著す。第三回島清恋愛文学賞を受賞する。九年、『身辺怪記』『山妣』を著す。第一一六回直木賞を受賞する。タヒチへ移住。十～十三年、『旅涯ての地』『葛橋』『道祖土家の猿嫁』『神祭』『愛と心の迷宮』を著す。十四年、『曼荼羅道』で柴田錬三郎賞を受ける。十五年四月三十日から、「熊本日日新聞」に「梟首の島」を連載する。

＊死国　しこく　長編小説。〔初版〕平成五年三月二十三日、マガジンハウス。◇四国は死者の住む国。浄化を求める魂は石鎚山に昇り、肉体に固執する霊は矢狗《やく》村の神の谷に集まる。四国を生者の島となすべく八十八カ所を右回りする修験者がいる一方、死者蘇生を願い死者の歳の数だけ左回りする

逆打ちがいる。東京でイラストレーターになった、明神比奈子は二〇年ぶりで矢狗村に帰る。幼時の親友日浦莎代里が五年前事故死していた。口寄せ巫女である、莎代里の母が、ちょうど逆打ちを成就する。比奈子は、かつて莎代里と奪い合った、秋沢文也と再会し、神の谷で恋を語らう。その時、荒れ狂い出した自然の中、莎代里が蘇生し、文也を死の国へ誘うのであった。わらべうた「かごめ／＼」を基底に、死者、生者の三角関係が展開する。過去の風習で、桂井和雄が明治時代まであったと報ずる、妊婦埋葬時土俗を現行化するあたりから、古伝承の世界が現前する。本作出版で、坂東は「童話作家から、さらに幅広い小説家に生まれ変わることができた」という。十一年、映画化される。

＊狗神《いぬがみ》　長編小説。〔初版〕平成五年十一月三十日、角川書店。◇東京の会社員・時田昂路は、善光寺の戒壇廻りの暗闇で、一人旅の女性坊の宮美希（の霊）と道連れになり、数奇な身の上話を聞く。高知の山里で狗神筋と嫌忌された美希一族の滅亡譚である。後日、その山里を訪れた昂路は、たそがれどきに、一族の先祖再生に立ち会うこととなる。高知の憑きもの筋迷信を借り、謡曲「鵺《ぬえ》」の「恐ろしや凄まじや」改め「懐かしや慕わしや」がもたらす畏怖世界である。くりかえされる近親相姦悲劇は類型的で不自然。作者は、土佐の犬神伝承を、「理不尽だし、道義的にも許されない。たゞそれを別として、私は憑きもの信仰というものに惹かれている。憑きものへの恐れは、目に見えないものに対する畏怖だ。この世は科学だけでは理解できないと感じることだ。テクノロジー王国と化してしまった現代日本の土台に、そんな信仰を支えてきた文化があると考えるのは小気味のいいことである。」と述べている。十三年、映画化される。

＊桃色浄土《ももいろじょうど》　長編小説。〔初版〕平成六年十月三十日、講談社。◇大正期、土佐の南端月灘村。高校生千頭健士郎は海女りんに憧れるが、りんは、珊瑚を採りに来たイタリア人エンゾに惹かれていく。エンゾが桃色珊瑚樹を採ってから、多久馬ら村の若者組も動き出し、異人船を襲撃する。りんはエンゾから天国《パラディーソ》の話を聞き、流れ坊主映俊の唱える補陀落にイメージを重ねる。多久馬はエンゾを殺し、珊瑚を奪い、仲間割れを繰り返す。補陀落渡海すると称した映俊は自己の身代わりにエンゾの遺体を舟に積む。ミイラ化したエンゾを海底で発見したりんは、大時化の中、健士郎の制止をきかず、渡海して行く。台風が襲来し、山崩れが村を覆う。逃げ延びた健士郎は、浜辺で、りんのお守りの珊瑚樹を拾い上げる。土佐わらべうた「お月さま　桃色　誰がゆうた　海女《あま》がゆうた　海女の口　引き裂いちゃれ」の「あま」を多義的に繰り返し、ずらしながら進行する。新潮文庫化された。坂東は、イタリアで珊瑚商人を知り、平成五年にわらべうたの「桃色が、桃色珊瑚を指しているという説」を聞いたという。本作成立につながるその説は実在し、山本大が、わらべうたを「幕府への献上をはばかって、月灘の海底に桃色の珊瑚があるのを秘密にし、けっして他にもらすなという意をこめてうたわれだしたのであった」と記している（『高知県の歴史』）。

＊屍の声《かばねのこえ》　短編小説集。〔初版〕平成八年十月三十日、集英社。◇「屍の声」（「小説すばる」平成6年3月）惚けて水死した祖母を、中学生の布由子は自分が見殺しにしたと自責する。「猫が死人の頭の上を通ったら、死んだ人が起きあがる」迷信どおりの珍事を前に、祖母お気にいりの孫だった自分はどこへ行ったのだろうと悲しく

いぶかしむ。「盛夏の毒」（「小説すばる」平成6年6月）妻が畑で蝮《はめ》に喰われた。蛇の毒で、妻の足に、夫以外の男たちの愛撫の痕跡が浮上する。夫は妻の足首を切断し、やがて夫婦に静かな日が戻る。「正月女」（『かなわぬ想い　惨劇で祝う五つの記念日』平成6年10月、角川書店）心筋疾患のある「私」は自分の死後、真弓が後釜に坐るであろうと考えておちつかない。ところが、その真弓が先に死んだ。正月中に女が死ぬと村の七人の女をあの世へ引いていくという。今度は自分が道連れにされるらしい。

＊身辺怪記《しんぺんかいき》　エッセイ集。〔初版〕平成九年四月一日、朝日新聞社。◇エッセイ五四編所収。「村社会のエキゾチシズム」（「朝日新聞」平成6年10月17日）常均様《じょうきんさま》に集まる行事を取り上げる。「台風銀座育ち」（「銀座百点」平成6年12月）毎夏、自然のエネルギー体験と感動を述べる。「地球のどこかで」（「朝日新聞高知版」平成8年5月29日）伊野町中追渓谷奥の平家落人譚。「因縁話」（「朝日新聞高知版」平成8年6月26日）坂東一族の伝説。「宇宙船幽霊説」（「朝日新聞高知版」平成8年7月24日）中学時代、佐川町に飛来した宇宙船騒ぎの回想。「土佐の異神たち」（「小説すばる」平成6年5月）仁淀村別枝集落で旧暦正月中に行われる秋葉祭りを、平成六年から新暦二月十一日に変更したら、事故が多かった。「隔離病棟の夏」（「朝日新聞高知版」平成6年7月15日）小学二年生夏の思い出。「田舎娘の悪夢」等八編も高知に言及する。

＊葛橋《かずらばし》　短編小説集。〔初版〕平成十一年一月三十一日、角川書店。◇「恵比須」（「別冊文藝春秋」平成9年）高知大月町の主婦である「私」が浜で龍涎香を拾う。それを換金交渉のため持ち出した間に、漁師の夫が遭難し、夢見た大金が保険で降りるという。神棚の龍涎香を見ると、笑う恵比須に変じていた。「葛橋」（「小説王」平成7年3月、改稿）高知の村。東京の証券会社員三宮竜介が妻の死から立ち直れず帰郷する。黄泉の国に結びつくという葛橋の上で立ち往生し、陰茎を揉む蔓に射精しつつ川に落ちてゆく。

＊道祖土家の猿嫁《さいどけのさるよめ》　長編小説。〔初出〕「小説現代」平成九年二月、七月、十年八月、十一年七月、と書き下ろし三章。〔初版〕平成十二年一月十七日、講談社。◇高知県下火振村。名家の道祖土《さいど》家は、生き守様を祀る祠を大楠が覆う家である。先祖、戦国時代の道祖土玄道は、臆病な殿様で白い猿に助けられたと伝わる。明治中期、道祖土清重の妻として、猿そっくりの蕗が嫁いできた。蕗は、義姉お蔦の産んだ父なし子秋英を育てる。蕗は、選挙干渉の暴漢たちから夫を救い出す。道祖土家の作男啓助はいつも的を射た軽口を言い、お蔦は自由民権運動に傾倒してゆく。日露戦争の頃、清重は村長になっていた。蕗は夫との性交がつまらない。大正期、清重が浮気をする。秋英に性の目覚めが訪れる。秋英が和歌を作り家を出る。蕗の娘春乃も小作人光太郎のもとに走る。昭和四年、火振村に労働争議が起こった。蕗の末子保夫は自分が小作人同然なので労働者に同情する。台風の日、蕗たち女ばかりで酒宴をした日、二男で家督継承者俊介が事故死する。戦時下、秋英が三〇年ぶりに帰郷する。秋英は、今や家の跡取りとなった保夫と対立する。蕗は保夫に「人生を計るには神の目が要る」とさとす。俊介の遺児辰巳は出征してビルマへいく。敗戦。三十九年、蕗は曽孫十緒子と遊び、白い猿を見、先祖玄道のことを思う。孫の篤たちが玄道踊りを復活する。その監督中に蕗は逝く。蕗の三三回忌に、十緒子が帰郷する。社会におさまりきらない十緒子は、家におさまりきらなかった蕗をなつ

かしむ。村はすっかり変貌した。道祖土家の母家も取壊される。終わりは始まりである。坂東は、本作参考書に、明神健太郎の郷土史書他を挙げた。火振合戦は、明治二十五年選挙干渉事件が素材である。その部分では、「道祖土清重」のモデルは、明神時長である。自由党斗賀野集会所でもあったその宅は、斗賀野村東組字野地にあった。『佐川昔ばなし』所収、秋沢武「佐川哀愁物語」項に拠れば、深尾重敬公の継室邁子は醜貌のため別居させられた、「容貌が猿に似ていたので、佐川では猿が禁句となっていた」よし。蕗像は、この邁子の悲運を逆転して成った。

＊神祭《じんさい》　短編小説集。〔初版〕平成十二年五月十八日、岩波書店。◇「神祭」（「へるめす」平成7年9月）四〇年前の神祭の日、潰される寸前の雌鶏が裏山に消えた。その日を境に、由喜は妊娠し男子を出産と運命が好転した。その鶏がいま駆けて来る。「火鳥」（「オール読物」平成12年1月）「ミズヨロロの霊」が憑くといわれる土蔵に住む、みきのところへ夜這いに行った少年竹雄は、大人の性交を目撃する。蔵が出火し、焼死体が一つ出る。竹雄はみきを憧れ続ける。ミズヨロロは、おそらくアカショウビンであろう。「隠れ山」（「へるめす」平成8年5月）嬉才野村役場の北村定一が家を出、神隠しと現世帰りとを繰り返す。妻子も家を出て高知市に向かってしまった。「紙の町」（「へるめす」平成9年1月）世間は、紙漉き槽中の溶液のごとく、どろどろでつかみがたい。人間も昼と夜とで変貌する。「祭りの記憶」（「世界」平成12年1月）敗戦後一〇年、第二回よさこい踊りの夜、戦争の怨恨を引きずった村上卓雄は、アメリカ人を殺す。村の者は、卓雄を海へ追いやる。

＊わたし　長編小説。〔初版〕平成十四年二月二十五日、角川書店。◇タヒチで共生するジャンクロードは、「わたし」＝マサコが不感症であること、「誰もが普通でいなくてはならない日本に生まれ育って、自分を押し殺してきた」ことを指摘する。ジャンクロードとセックスの刹那に、子供時代の喧嘩の興奮を追い求める「わたし」は、「男っぽい女の子に変身」した八歳前、高知斗賀野盆地で「真の愛情を注いでくれた」祖母ツルと至福の時を過ごしていた。「わたし」が棄ててのち、痴呆症になった祖母は、「わたし」が高校三年生の時、死んだ。死んでようやく祖母は「わたし」の中で生きた人となり、「わたしは祖母になりつつある」。「わたし」が高校時代に描いた漫画「少女と老女が公園で出会う話」のように。作中に出てくる祖母のモデル「四十歳の時の写真」が、カバー画に使われている。（堀部功夫）

半村良　はんむら・りょう

昭和八年十月二十七日～平成十四年三月四日。小説家。東京に生まれる。本名は清野平太郎。両国高等学校卒業。第七二回直木賞受賞。昭和五十二年十月一日、高知で講演する。

＊産霊山秘録《むすびのやまひろく》　長編小説。〔初出〕「SFマガジン」昭和四十七年四～十二月。〔初版〕昭和四十八年三月三十一日、早川書房。◇日本史の動乱期には必ず「ヒ」一族が暗躍した、とする連作である。「幕末怪刀陣」章。幕末期「土佐の二人のヒ」が坂本龍馬とサイこと才谷梅太郎とであった。二人は産霊の山の源、芯の山を見きわめに、関東へ旅立つ。龍馬は倒幕運動へ歩み、サイは新選組に近付く。「この世にただ一人、オシラサマにならずに生まれたヒの女」龍子は、龍馬の愛をうけ、人間の女に戻ろうとする。角川文庫化された。神道学者の鎌田東二は、「文庫本でもっとも熱中し耽読し

た小説」が本作で「歴史の影にあって暗躍するヒの一族に出会って以来、数年間半村良の世界に浸り切った」と語る。（堀部功夫）

【ひ】

樋笠文 ひかさ・ふみ
大正十三年二月三日～。俳人。香川県高松市に生まれる。教員。昭和三十八年「春灯」に参加、安住敦に師事。句集『夏千鳥』（昭和45年12月30日、牧羊社）、『水の華』（昭和54年4月20日、牧羊社）、『樋笠文集（自註）』（昭和56年12月10日、俳文協会）。

教師には要らぬ香水ポケットに （浦西和彦）

東草水 ひがし・そうすい
明治十五年一月四日～大正五年十月十五日。詩人。愛媛県温泉郡南吉井村（現東温市）に生まれる。本名は俊造。明治三十三年、愛媛県立松山中学校卒業。四十年、早稲田大学英文科卒業。実業之日本社で多彩な文筆活動をする。主に抒情詩を書いたが、少年小説や翻訳の仕事もある。虚子とも親交があった。（浦西和彦）

東原秋草 ひがしはら・しゅうそう
明治三十八年五月二十七日～平成四年十月十二日。俳人。香川県高松市に生まれる。本名は忠。四国財務局勤務。俳句は大正十五年にはじめる。「山茶花」「紫苑」「ホトトギス」「玉藻」に投句。昭和四十一年より六十年まで「紫苑」編集発行。句文集『行路』（昭和60年9月7日、東原秋草句文集刊行会）。（浦西和彦）

東山芳郎 ひがしやま・よしお
明治四十一年三月十五日～昭和四十三年二月五日。歌人。高知県香美郡山田町（現香美市）に、有沢義七、寅の五男として生まれる。本名は梅吉。明治四十五年、東山文太郎の養嗣子になる。大正十五年、東洋大学修了、帰高して教員になる。大正末年より作歌。昭和六年より「短歌藝術」同人。

天づたふ日のさびしらにくだかけは生命《いのち》
おほきく鳴きにけるかも （堀部功夫）

久松酉子 ひさまつ・ゆうし
明治三十六年五月十一日～昭和六十一年三月九日。俳人。高知県吾川郡伊野町（現いの町）に生まれる。俳句は大正十一年ごろ青木月斗の指導を受け、「同人」「石楠」に投句。昭和三年から渡辺水巴に師事し「曲水」に拠った。三十四年五月「光渦」を創刊し主宰。高知県俳句協会常任理事。（浦西和彦）

泥谷竹舟 ひじや・ちくしゅう
明治二十五年三月三日～昭和三十五年一月十五日。俳人。高知県幡多郡平田町に、池田千代馬、三津の次男として生まれる。本名は俊壮。医師泥谷正賢の養子になる。明治末年より、作句を始める。熊本大学卒業。昭和六年、俳誌「芦の芽」を創刊する。七年、『進むべき俳句の道』を著す。三十年、句集『黒潮』を著す。

姫島や土佐も果なるとこ霞 （堀部功夫）

檜瑛司 ひのき・えいじ
大正十二年三月七日～平成八年一月（日未詳）。創作舞踊家、民謡・民話収集家。鳴門市に生まれる。本名は唐崎栄司。早稲田大学文学部を卒業。蔦元流舞踊を学び、昭和二十三年檜瑛司創作舞踊研究所を創設、徳島を文化の都にしたいと尽力。そのかたわら創作舞踊の取材で訪れた徳島県各地の民謡や民話を収集、板野駅前に子供たちのための資料館を作った。著書に『鳴門・ふるさとの芸能』（昭和49年、鳴門市教育委員会）、『阿波踊りノート』（昭和55年）、『男と女のうた―阿波の民謡より』（昭和58年、井上書房）、『私の阿波手帖』（平成元年）など多数。歿後檜瑛司著、皆川学編で集大成ともいえる『徳島県民俗藝能誌』（平成16年1月10日、錦正社）を刊行。平成九年には鳴門市文化会館の近くに唐崎瑛司作詞、中山晋平作曲の「鳴門ぶし」の歌碑が建立された。青石を使い、歌詞の部分は北斎の「鳴門海峡」をバックに入れた大塚オーミの陶板をうめ込んだものである。（増田周子）

檜きみこ　ひのき・きみこ

昭和三十一年（月日未詳）～。詩人。徳島県に生まれる。徳島大学教育学部卒業。昭和五十七年、詩「煮干しの夢」で第四回日本児童文学創作コンクール入選。六十年には、「ごめんなさい」で第二回現代少年詩集新人賞受賞。少年詩誌「アンモナイト」同人。著書に『しっぽいっぽん』（平成4年、教育出版センター）、歌集に『形影変』がある。（増田周子）

檜健次　ひのき・けんじ

明治四十一年（月日未詳）～昭和五十八年十二月二日。舞踊家。徳島県に生まれる。本名は堅二。檜瑛司の兄。大阪音楽学校卒業。日本舞踊の家元に生まれ、幼少時から舞踊の訓練を受ける。日本舞踊の洋舞化をはかり、戦前から現代舞踊のパイオニアとして活躍。昭和十二年にニューヨークで開催された国際舞踊コンテストで高い評価を受けた。子供の舞踊教育にも独自な取り組みをし、『童踊教本』や『舞踊論ノート』などの著書がある。主な作品に「枯芦」「釣人」「木霊」など。（増田周子）

氷室冴子　ひむろ・さえこ

昭和三十二年一月十一日～。小説家。北海道に生まれる。藤女子大学卒業。コバルト文庫でヒット作が多い。

＊海がきこえる《うみがきこえる》　長編小説。〔初出〕「アニメージュ」平成二年二月～四年一月。〔初版〕改訂して、平成五年二月二十八日、徳間書店。◇「ぼく」＝杜崎《もりさき》拓の高校に、武藤里伽子が転校して来た。里伽子が東京の父親に会いに行くとき、ひょんなことから「ぼく」が付き添うはめになる。それが学校にバレて、里伽子もクラスで孤立する。「ぼく」も親友松野豊と気まずくなる。「ぼく」は、東京の大学に入り、三年生の津村知沙の引き合わせで、里伽子と再会する。素直に好きと言えるようになっていた。大学進学後、初帰省した高知のクラス会は、集団仲直り会となって、もり上がる。

＊海がきこえるⅡ《うみがきこえるに》　長編小説。〔初版〕平成七年五月三十一日、徳間書店。◇東京に戻った杜崎拓は、相変わらず「すこしトンがってるけど、いいコ」の里伽子ばかりか、三年生の津村知沙にも振り回される。知沙の恋人田坂さんと知り合え、新しい友水沼健太が出来たけれども。里伽子は、父親の再婚相手が流産で倒れると、できるだけ助力をした。高知の海をなつかしむ拓と里伽子は、昔海だったという、銀座でデートする。著者は、男の子という〝カメラ・アイ〟から、商品化され流通している女の子のイメージでない、新鮮な「女の子」像を感得すべく、本作を書いたという。高知を舞台に、土佐弁を使ったのは、TVドラマでそれが「意外に使われていない」ためと、インタビューで答えている（『氷室冴子読本』）。（堀部功夫）

平出修　ひらいで・しゅう

明治十一年四月三日～大正三年三月十七日。

小説家。新潟県に生まれる。明治法律学校卒業。弁護士のかたわら、小説を発表する。『定本平出修集』がある。明治四十二年五月八日〜六月、同七〜八月、同十一〜十二月、四十三年一〜五月、杓子山訴訟に関連して高知へ出張する。

＊杓子山《しゃくしやま》 短編小説。〔初出〕「スバル」大正二年八月一日、第五巻八号。◇浅沼は、杓子山の山林を売り手の言い値で購入した。しかし、店の相談役安藤や法律家とともに現地入りし実見すると、半分にも評価できないことを知らされる。作中の、安藤が伐採音を聞き、樹木の死を感得するところ、「二百年三百年と云ふ古い森林には木の精霊が屹度ある。人間の斧が無残にもその様な大森林を伐崩して行く。精霊は自らの惨ましい最後に悲鳴を挙げて哭く。夜陰になると、地響の音がしたり、杣の懸声そのままの叫声がしたりする」。右の文章を刻んだ碑が、平成三年、杓子山登山口の轟公園に建つ。

（堀部功夫）

平井広恵 ひらい・ひろえ

昭和二十五年六月二十四日〜。詩人。徳島市に生まれる。徳島県立保育専門学院卒業。詩誌「逆光」同人。徳島ペンクラブ所属。詩集『灰色の鸚鵡』（昭和59年、薔薇舎）、『ガラスの果実』（平成10年5月1日、編集工房ノア）。

（浦西和彦）

平尾春雷 ひらお・しゅんらい

明治十六年三月（日未詳）〜昭和三十三年九月六日。俳人。高松市に生まれる。四十歳にして高浜虚子に師事した。「ホトトギス」同人。「紫苑」顧問。

（浦西和彦）

平尾道雄 ひらお・みちお

明治三十三年九月三日〜昭和五十四年五月十七日。歴史家。旧姓は井上。熊本県に生まれる。日本大学中退。父の郷里が高知県土佐郡初月村であった。明治三十八年〜大正七年、高知に在住。九年、山内家家史編纂を始める。昭和三〜四年、『新撰組史』『坂本龍馬海援隊始末記』を著す。二十一年、帰高。四十三年、『長宗我部地検帳』を完結。土佐史学を集大成し、維新史の権威として大きな業績を残す。

（堀部功夫）

比良河其城 ひらかわ・きじょう

明治三十二年十二月十四日〜昭和六十三年六月二十八日。俳人。徳島県阿波郡（現阿波市）に生まれる。本名は平川茂。日本大学専門部中退。日動火災保険代理店。俳句は徳島で大正三年ごろよりはじめ、其角堂九世永湖に師事。昭和五年、虹友吟社を創立。二十八年「虹」を創刊主宰。句集『ふるさと』（昭和25年）、『春秋』（昭和32年）。

浅草をふるさととして鐘寿々し

（浦西和彦）

広末保 ひろすえ・たもつ

大正八年十二月十八日〜平成五年十月二十六日。国文学者。高知市に生まれる。昭和十六年、東京帝国大学卒業。二十一〜五十四年、法政大学に勤める。元禄文学関係ほか著書多数。

（堀部功夫）

広瀬志津雄 ひろせ・しずお

大正二年（月日未詳）〜平成元年（月日未詳）。詩人。徳島県板野郡板野町に生まれる。本名は静男。上京し早稲田大学に入学。在学中、ふるさとの民謡を収集し、昭和十一年『阿波ノ民謡』（小山助学館）を刊行。十四年大学を卒業、南満州鉄道支社に就職。その地で逸見猶吉らを識り、詩作を始める。二十一年中国の捕虜収容所より帰国。寒川琢、宮内鳩彦、井内輝吉らの詩運動に参加。二十二年、県下で戦後初めての詩集『阿波の市《まち》』を刊行。二十三年『全徳島詩人集』を編集。以後、「詩脈」「銀河系」「徳島詩人」等で活躍。著書に詩集『義眼の店』（昭和44年1月、株式会社出版）、『領土の羽根』（昭和48年12月、徳島詩人社）、『広瀬志津雄全集第一巻』（昭和51年12月）、『同第二巻　地球の神様』（昭和56年6月、檸檬社）、『同第三巻　地底の虹』（昭和59年5月）、『同第四巻　永遠列車』（昭和61年7月）の他『同第五巻　早稲田大学（小説）』がある。その間鳴門市市会議員を四期勤めた。（増田周子）

弘田競　ひろた・きそう
明治四十年六月四日～昭和六十二年十一月二十七日。編集者。高知市に生まれる。関西学院に学ぶ。昭和六年、帰高。日本プロレタリア作家同盟高知支部準備会を結成する。高知支部書記長になり、中央委員にもなる。七年、小冊子「メーデー」の編集責任者になる。『赤いラッパ』を出す。一斉検挙される。八年、ハルピンへ渡る。南満州鉄道関係会社に勤める。十六年、満州農産公社輸送課長になる。二十一年、引き揚げ、帰高。県立図書館で近世資料出版に尽力する。（堀部功夫）

弘田龍太郎　ひろた・りゅうたろう
明治二十五年六月三十日～昭和二十七年十一月十七日。作曲家。高知県に生まれる。大正三年、東京音楽学校研究科（ピアノ）を卒業。六年に同校の授業補助となり、本居長世に師事。九年に同校助教授、のち教授に就任。北原白秋、葛原𦱳、清水かつら等の童謡を作曲した。童謡に「靴が鳴る」「雨」「浜千鳥」などがあり、広く国民に愛唱された。歌曲「小諸なる古城のほとり」、歌劇「西浦の神」などがある。のち、中野保育大学教授、ゆかり幼稚園を主宰。作品集『弘田龍太郎作品集』全三巻がある。（増田周子）

弘光春風庵　ひろみつ・しゅんぷうあん
明治九年十月十一日～大正十年四月四日。俳人。高知県香美郡前浜（現南国市）に生まれる。本名は驍馬。明治二十六年、上京。三十年、帰高。「ホトトギス」で「玉垣に藁干してあり赤蜻蛉」が子規選に入る。三十二年、土佐十七字会に加わる。（堀部功夫）

【ふ】

深川正一郎　ふかがわ・しょういちろう
明治三十五年三月六日～昭和六十二年八月十二日。俳人。愛媛県川之江市（現四国中央市）に生まれる。文藝春秋社、コロンビアレコード会社に勤めた。昭和十年コロンビア在職中、俳句吹き込みの縁で高浜虚子に逢い、師事する。昭和十四年「ホトトギス」同人。翌年九月、川端茅舎、松本たかし、中村草田男ら九人による九羊会を創設。写生文に秀れ、「ホトトギス」に三八〇編余りを発表。二十四年「冬扇」を創刊主宰。句集『正一郎句集』（昭和23年5月1日、七洋社）。四十七年に愛媛県立図書館制作の「深川正一郎肖像」一枚54×39㎝が愛媛県立図書館に所蔵されている。（浦西和彦）

深瀬基寛　ふかせ・もとひろ
明治二十八年十月十二日～昭和四十一年八月二十一日。英文学者。高知県吾川郡春野村（現春野町）に生まれる。大正二年、高知県立第一中学校を卒業する。五年、第三高等学校文科を卒業する。八年、東京帝国大学文科大学を卒業する。京都帝国大学大学院に入学する。十一年、松江高等学校教授となる。徳弘とみゑと結婚する。十四年、第三高等学校講師となり、京都へ移る。昭和二年、第三高等学校教授となる。三年、「ミューズ」に書評、論文を寄稿しはじめる。十～十四年、『Herbert Read』『エリオット』『現代英文学の課題』を著す。二十四年、『エリオットの藝術論』『人はみな草のごとく』を著す。京都大学教授となる。二十六年、『現代の英文学』を著す。二十九年、鑑賞世界名詩選『エリオット』を著す。第六回読売文学賞を受賞する。三十一年、詩誌「骨」の同人となり、詩をかく。『批評の建設のために』を著す。肺結核のため京都大学より療養を命じられる。三十二年、随筆『日本の沙漠のなかに』を著す。三十三年、『童心集』を著す。京都大学を退職し、南山大学教授となる。『現代の詩心』を著す。三十五年、随筆『乳のみ人形』を著す。三十七年、京都大学附属病院に入院する。三十八年、退院して自宅で療養する。四十一年、南山大学を退職し、大手前女子大学教授となる。八月二十一日、死去する。『深瀬基寛集第二巻』（昭和43年10月30日、筑摩書房）の安田章一郎「年譜」にくわしい。

（堀部功夫）

深田久彌《ふかだ・きゅうや》

明治三十六年三月十一日～昭和四十六年三月二十一日。小説家。石川県に生まれる。東京帝国大学中退。『山の文学全集』全一二巻（朝日新聞社）がある。昭和十五年、高知で講演する。

＊日本《にほん》百名山《ひゃくめいざん》　エッセイ。〔初版〕第一稿は山岳雑誌や「文学界」。第二稿は「山と高原」昭和三十四～三十八年四月。〔初版〕昭和三十九年七月、新潮社。◇戦前に「わが国の目ぼしい山にすべて登り、その中から百名山を選んでみようと思いついた」。基準の「第一は山の品格」「第二に、私は山の歴史を尊重する」「第三は個性のある山」で、およそ一、五〇〇m以上。四国では、剣山（一、九五五m）と石鎚山（一、九八二m）とが選ばれる。「剣山の頂上は、森林帯を辛うじて抜いた草地で、その広々した原は、昼寝を誘われるようなのんびりした気持のいい所であった。すぐ真向いには、こちらより僅かに低いジロウギュウが中々立派であり、北方には幾重も山を越えて瀬戸内海の方が見渡せた」。深田は祖谷川コースを登ったのである。「石鎚山は四国のみならず西日本最高の山である。わが国で最も古くから讃えられた名山の一つで、『日本霊異記』にその名前が現われている。石鎚神のいます山としてあがめられ、まだ山岳仏教の影響を受けない昔からの名山であった」。深田は昭和十七年、面河道を登ったのである。第一六回読売文学賞を受ける。新潮文庫化される。

＊山頂の憩い《さんちょうのいこい》　エッセイ。〔初版〕昭和四十六年七月、新潮社。◇「剣山」昭和三十六年八月十七日～十九日の登山紀行。「土地の人はケンザンと呼ぶ」「四国では『山』の代りに『森』と呼ぶ例が多い」。新潮文庫化（平成12年5月1日）される。

（堀部功夫）

深田良《ふかだ・りょう》

大正三年（月日未詳）～昭和五十二年六月二十七日。美術家、小説家。東京に生まれる。本名は飯野一雄。早稲田大学卒業。「日本文化財」の編集長を経て、無形文化財の専門書の出版にたずさわり、その後執筆に専念。日本藝術家協会会員。日本美術教育会員。主な著作に『鏡の中の顔』（昭和44年、創思社）、『小説久保勘一』（昭和49年、創思社）、『遠賀川筑豊三代』（昭和50年8月、創思社）、『小説三木武夫』（昭和50年11月20日、創思社）、『日本の美術』（昭

（昭和36年、岩崎書店）などがある。（増田周子）

扶川茂　ふかわ・しげる

昭和七年一月十七日～。詩人。徳島県板野郡板野町に生まれる。徳島大学学藝学部卒業後、平成四年まで、北灘東小学校、藍住東小学校等の教員を勤める。昭和四十年、村野四郎に師事。五十二年一月、詩誌「戯《そばえ》」を創刊。五十五年、「舟」同人に参加。詩集『家族』（昭和43年10月、株式会社出版）、『伴侶』（昭和47年11月、母岩社）、『扶川茂詩集花の背景〈現代詩選書3〉』（昭和49年11月、無限）、『シジポスの石』（昭和54年11月、そばえの会）、『教室詩集』（昭和56年2月、そばえの会）、『ゆうこ』（昭和58年2月、そばえの会）、『木のぼりむすめ』（昭和59年11月、かど創房）、『扶川茂詩集二部集』（昭和63年11月、そばえの会）、『羽づくろい』（平成5年3月、編集工房ノア）、『扶川茂詩集〈日本現代詩文庫91〉』（平成6年6月20日、土曜美術社出版販売）。責任編集に『ふるさと文学館第42巻徳島』（平成7年1月15日、ぎょうせい）等がある。平成六年十一月、隣り町上板町出身の生田花世の顕彰のために「生田花世の会」を設立。（浦西和彦）

扶川迷羊　ふかわ・めいよう

明治四十五年二月七日～。歌人。徳島県板野郡板野町に生まれる。本名は武則。昭和七年、徳島県立板野農蚕学校を卒業。農業技術者として町村、県などに勤務。かたわら尾崎豊主宰の定型歌誌「あゆひ」に所属、十年には馬酔木袒と徳島新短歌協会を結成、事務局長として活躍。二十三年、「徳島短歌」創刊に参画する。定型、自由律共存の精神に基づいたもので「燿短歌会」に引き継がれている。終戦と同時に帰農し、町村議会議員、教育委員など歴任。馬酔木袒との共編で『美はしき樫の木』（昭和23年、徳島短歌連盟）、『旅』（昭和57年、藝術と自由社）を刊行。（増田周子）

福井竹の秋　ふくい・たけのあき

大正九年十月十日～。俳人。鳴門市大津町矢倉字東堤に生まれる。本名は武明。材木商。昭和四十七年、鳴門ロータリークラブ内春潮俳句会を結成。五十年「なると」が発刊され編集同人となる。六十年「群青」が発刊され編集同人となった。句集『山海経』（平成7年8月19日、春潮俳句会）。

萩の花非業に果《は》てし墓並ぶ（勝瑞城址）
蕎麦の花祖谷は無月の薄明り
冬浪のしぶく岬の馬頭尊（竹居観音）

（浦西和彦）

福島鷗波　ふくしま・おうは

元治元（一八六四）年十月九日～昭和十六年一月一日。歴史家。高知城下南新町に生まれる。本名は成行。父は武士。明治八年、家督相続。東京遊学後、帰高。代用教員、逓信官吏になる。『土佐日記地理考』『土佐遺跡志』『土佐産物誌』『紀貫之』を著す。のち、山内家編纂所に入る。昭和二年、『赤坂喰違の事変』を著し、『容堂公遺稿』を編む。（堀部功夫）

福島せいぎ　ふくしま・せいぎ

昭和十三年三月十五日～。俳人。徳島市に生まれる。本名は誠浄。万福寺住職。「なると」主宰。「風」同人。句集『台湾優遊』（平成10年5月、なると俳句会）。

阿波三峰はるかに見えて牧涼し
遠山の剣颪にしぐれけり
荒神輿来るといふ小道掃きゐたり

（浦西和彦）

エッセイ「観音寺うどん自慢」（「旅」昭和59年12月1日）で、観音寺を中心とする西讃岐一帯のうどんが、同じ讃岐うどんといっても、一味違うという。（浦西和彦）

福島泰樹 ふくしま・やすき

昭和十八年三月二十五日～。歌人。東京に生まれる。早稲田大学卒業。僧侶。

＊**無頼《ぶらい》の墓《はか》** 歌集。〔初出〕「月光」昭和六十三年。〔初版〕平成元年十一月二十五日、筑摩書房。◇書家木村三山を追悼する。革靴仕立ての行商の旅に出るところ、高知関係の歌が載る。「桂浜に浮かびし月もかぐわしき記憶のわれの夜をふちどれ」。（堀部功夫）

福田宏年 ふくだ・ひろとし

昭和二年八月三十一日～。独文学者。香川県三豊郡大野原町（現観音寺市）に生まれる。高知高等学校を経て、東京大学文学部独文科卒業。茨城大学講師、立教大学教授を経て中央大学教授となる。昭和三十九年、立教大学山岳部部長として、同大学ヒマラヤ登山隊を指揮してペタンツェ登頂に成功した。トーマス・マン、フォンターネなどの翻訳が多数ある。また文藝評論でも活躍し、「批評の転機」（「早稲田文学」昭和34年1～3月）、「生の作家と死の作家」（「群像」昭和46年9月1日）等を発表した。井上靖研究の第一人者で『井上靖評伝覚』（昭和54年9月10日、集英社）等がある。

福田満智 ふくだ・まち

大正十四年九月二日～。小説家。徳島に生まれる。京都女子大学卒業。徳島県下の高等学校で教鞭をとりながら、「徳島作家」同人、阿波の歴史小説の会会員として、創作活動をする。退職後は徳島家庭裁判所、徳島簡易裁判所調停委員としても活躍。著書に『愛のかたち』（平成9年4月、徳島出版）。他に「勝端城物語1・2」、「しがらみ」、童話「阿波の狸」などがある。（増田周子）

福永夏木 ふくなが・なつき

明治四十一年九月六日～昭和五十六年十月二十六日。俳人。徳島県三加茂町（現三好郡東みよし町）に生まれる。本名は武夫。俳句は荻原井泉水に師事。「颱」同人。昭和二十四年、層雲賞受賞。句集『福永夏木一行詩遺作集』（昭和58年2月10日、颱発行所）。（浦西和彦）

福永政雄 ふくなが・まさお

明治二十七年二月十一日～昭和六十三年（月日未詳）。大阪屋創立代表者。徳島県に生まれる。関西学院高等商業学部卒業。大阪宝文館取締役、新生堂書店社長を経て、昭和十六年に設立された日本出版配給株式会社に入社。神戸営業所所長、大阪支店長を歴任。二十四年九月、株式会社大阪屋を創立、代表取締役に就任。（浦西和彦）

福永志洋 ふくなが・むねひろ

明治三十六年十一月二十二日～昭和五十七年十一月二十三日。俳人。徳島県板野郡土成町（現阿波市）に生まれる。本名は一夫。日英学館卒業。住友汽船、九州地区船舶運営会、門司区沖商組合に勤務。俳句は広瀬河太郎らと海事俳句の普及に努め、「ホトトギス」に拠った。「九年母」「草紅葉」同人。（浦西和彦）

藤井喬 ふじい・たかし

明治四十二年十一月（日未詳）～。国文学研究者。徳島県阿波郡阿波町（現阿波市）で生まれる。昭和六年、東京高等師範学校研究科卒業。徳島県下の高等学校教諭、校

長、徳島県高校国語学会会長を歴任。かたわら研究を続ける。著書に『涙草の研究』（昭和10年）、『岩雲花香』（昭和33年）、『細井菊枝と枕流集』（昭和35年）、『阿波文学散歩』（昭和44年、原田印刷出版）、『涙草原解』（昭和44年11月20日、原田印刷出版）、『阿波の土柱』（昭和45年7月、土柱堂）、『徳島先賢伝』（昭和62年10月、原田印刷出版）、『土御門上皇と阿波』（昭和50年）がある。（増田周子）

藤井未萠 ふじい・みほう

大正元年七月三十日〜昭和五十三年五月十日。俳人。愛媛県越智郡菊間町（現今治市）に生まれる。日本大学医学部卒業。日本大学板橋病院、伝染病研究所、清水更生病院等を経て、昭和二十三年、伊予市に内科医院を開業。俳句は篠崎活東に学び、のち谷野予志、山口誓子に師事。「炎昼」「天狼」同人。句集『千年』（昭和54年4月1日、藤井正子）、著書『現代俳句の観照』（昭和38年7月）、『続現代俳句の観照』（昭和54年5月1日、藤井正子）。（浦西和彦）

藤岡淳吉 ふじおか・じゅんきち

明治三十五年（月日未詳）〜昭和五十年（月日未詳）。出版人。高知県に生まれる。鈴木商店に入社する。社会主義運動に入る。大正十五年、共生閣を創める。レーニン『国家と革命』を初めて出版する。世紀書房専務となる。戦後、彰考書院を創める。（堀部功夫）

藤岡蔵六 ふじおか・ぞうろく

明治二十四年二月十四日〜昭和二十四年十二月二十一日。哲学者。愛媛県北宇和郡岩淵村に生まれる。父春叢、母ヨウの次男。岩淵尋常小学校、津島高等小学校を経て、明治三十七年四月、愛媛県立宇和島中学校に入学。三年生のころ日本メソジスト宇和島教会に通う。四十三年、第一高等学校に入学し、芥川龍之介、井川恭等を知る。『芥川龍之介全集』に蔵六宛の芥川書簡が十四通収録されている。大正二年九月、東京帝国大学文科大学哲学専修に入学し、五年七月に卒業。卒業論文は「カントの『純粋理性批判』に現はれたる時間論」。大学院に進み、在学中の六年四月から哲学研究室の副手となり、井上哲次郎主宰の「東亜之光」の編集に携わった。十年七月、ヨーロッパ留学し、フライブルク大学で現象学を学ぶ。訳書コーエン『純粋認識の論理学』（大正10年9月、岩波書店）を出版。和辻哲郎が「思想」（大正11年7月号）で蔵六を批判した。帰国後、東北帝国大学法文学部への就職を断念し、十三年九月に甲南高等学校教授となる。昭和六年三月、病気で甲南高等学校を退職。評伝に、関口安義『悲運の哲学者―評伝藤岡蔵六―』（平成16年7月30日、イー・ディー・アイ）がある。（浦西和彦）

藤川正一 ふじかわ・しょういち

明治四十年（月日未詳）〜。小説家。徳島県鳴門市に生まれる。十七歳の時に書いた小説「出戻りさん」が「週刊朝日」の一等に入選。その後『破鏡』（昭和23年12月10日、四国文藝作家協会）、『利根川雁の別れ』『糸桜』を出版。昭和四十五年四月には「阿波新聞」に「阿波の十郎兵衛」を連載する。（増田周子）

藤木靖子 ふじき・やすこ

昭和八年（月日未詳）〜平成二年（月日未詳）。小説家。香川県高松市に生まれる。本姓は石垣。香川県立高松高等学校を卒業。昭和三十五年、「女と子供」が第一回宝石賞に入選。三十六年に『隣りの人々』、翌年に『危ない恋人』を書き下ろした。四十年代半ばまで推理小説を発表し、その後はジュニア小説を書くようになった。五十年七月に「混凝土の死神」を、翌年八月「微笑の憎悪」を「幻影城」に発表。（浦西和彦）

藤田閑子 ふじた・かんし
大正八年一月七日～平成三年十二月五日。俳人。愛媛県松山市に生まれる。本名は隆三。昭和二十六年「糸瓜」入会。二十八年「若葉」、六十年「愛媛若葉」入会、のち各同人。句集『桐の花』（昭和55年、糸瓜社）。

足跡の重なり乾く刈田かな

（浦西和彦）

藤田真寛 ふじた・しんかん
昭和十三年十二月一日～。俳人。徳島県那賀郡上那賀町安宇庵（現那賀町）の本に生まれる。本頭森林組合専務理事。昭和五十年「ひまわり」俳句会、五十五年「人」同人。

春嵐向きをひとつに避難船（鳴門）
秋立や旗雲湧かす雲早山（木沢村）
ためらいて踏む厄銭や初明り（薬王寺）

（浦西和彦）

藤田ひろむ ふじた・ひろむ
昭和六年六月七日～。俳人。愛媛県松山市千舟町に生まれる。本名は弘。昭和二十三年十一月より句作をはじめる。「糸瓜」「若葉」同人。

波に浮く菓子の銀紙初神楽
山脈の西へ走れる秋の暮
千本の牡丹咲かせて峡に老ゆ

（浦西和彦）

藤田ミラノ ふじた・みらの
昭和五年六月二十四日～。挿絵画家。香川県に生まれる。本名は久美。多摩美術大学卒業。その後、武蔵野美術大学研究生のころ「少女の友」に少女画を投稿。昭和二十九年ごろ「女学生の友」「ジュニア文藝」「小説ジュニア」などの雑誌に挿絵を執筆。ジュニア小説の挿絵家として活躍。五十一年に渡仏。五十五年にパリ画壇に「紫のピエロ」でデビュー。（増田周子）

藤戸達吾 ふじと・たつご
明治五年四月四日～大正九年七月二十七日。ジャーナリスト。高知県安芸郡土居村（現安芸市）に、堀内弁次、元の子として生まれる。明治二十八年、東京専門学校卒業。浦和中学校教師を経て、朝報社記者になる。二十九年、藤戸楠と結婚。土陽新聞社に入る。新聞小説を連載する。大正二年、高知市会議員。八年、県会議員になる。（堀部功夫）

藤野古白 ふじの・こはく
明治四年八月八日～明治二十八年四月十二日。俳人、劇作家。伊予国浮穴郡久万町（現久万高原町）に生まれる。本名は潔。父祖は松山藩士。母十重は正岡子規の母八重の妹。明治二十五年、東京専門学校に入学。二十八年四月七日、湯島の下宿でピストル自殺を図り、十二日に歿した。子規が古白の墓に詣で「我死なで汝生きもせで秋の風」の悼句を詠んだ。戯曲「人柱築島由来」（「早稲田文学」明治28年1～3月）などがある。（浦西和彦）

藤淵欣哉 ふじぶち・きんや
大正八年六月十日～。詩人。大阪市に生まれる。愛媛県喜多郡長浜町（現大洲市）在住。元小学校校長。昭和十一年より詩を書きはじめる。「季信」「作家街」「日本詩壇」「詩扇」「詩文学研究」「詩洋」「大阪文学」「野獣」「滙木」等の同人を経て、現在、病気療養中により無所属。詩集『記念写真』

（昭和15年6月10日、小福堂書店）、『春の潮』（昭和51年8月20日、新苑社）等。詩随想集『親詩有情』（平成9年1月20日、詩扇社）。

（浦西和彦）

富士正晴《ふじ・まさはる》

大正二年十月三十日～昭和六十二年七月十五日。小説家、詩人。徳島県三好郡山城谷村（現三好市）に小学校教員の父母の長男として生まれる。本名は正明。四歳で朝鮮平壌に移住。大正十年に帰国、神戸市で暮らす。昭和六年、神戸第三中学校から第三高等学校理科甲類に入学。奈良の志賀直哉を詩の原稿を持って訪ね、サンボリズムの詩人竹内勝太郎を紹介され、以来竹内勝太郎に師事。翌七年、文藝部で野間宏を知り、桑原静雄とともに同人誌「三人」を創刊。「神々の宴」「散歩」「幽霊の村」などを同誌に次々に発表、詩作に専念する。八年二月、理科甲類退学、四月に文科丙類に入学するが、結局十年に退学。工事事務所、大阪府庁、出版会社などに勤務。十一年五月、初めての長編小説「信子」を「三人」に発表。十四年には「伊東静雄論序説」を連載するなどの活躍をした。黒部峡谷で転落死した竹内勝太郎の遺作詩集出版に尽力、高村光太郎との共編で『春の犠牲』（昭和16年1月、弘文堂書房）を刊行。十九年三月、一兵卒として中国大陸戦線に従軍、二十一年に復員する。この戦争体験は、一連の「軍隊もの」に結集される。「ビンタを寧ろ喰え。そしてそれによって無理な仕事を避けよ」の鉄則のもと、冷徹な眼で見たままの戦争をありのままに描く。戦争文学に見られる悲壮感も、反戦思想もない。二十二年十月には、島尾敏雄らと「VIKING」を創刊。この雑誌からは、注目すべき戦後作家が輩出し、主宰者としての手腕が大きく評価された。茨木市の竹藪の中に居を構え、めったに外出しないことから、「竹林の隠者」といわれた。水墨、彩画をよくし、その文体は「天衣無縫、軽妙風雅」と称されている。四十三年十一月に『桂春団治』で毎日出版文化賞を、四十六年大阪藝術賞受賞。代表作に『贋・久坂葉子伝』（昭和31年3月、筑摩書房）、『競輪』（昭和31年10月、三一書房）、『小詩集』（昭和32年9月、萌木）、『たんぽぽの歌』（昭和36年11月、河出書房新社）、『帝国軍隊に於ける学習・序』（昭和39年9月、未来社）、『桂春団治』（昭和42年11月、河出書房新社）、『贋・海賊の歌』（昭和42年12月、未来社）、『中国の隠者』（昭和48年10月、岩波書店）、『富士正晴版画集』全五巻があり、関西大賞大詩仙賞受賞。平成四年三月、茨木市に「富士正晴記念館」が建てられた。

＊スダチの木と池《すだちのきといけ》 エッセイ。〔初出〕「暖流」昭和三十九年一月。〔収録〕『八方やぶれ』昭和四十四年、朝日新聞社。◇関西にある筆者の家の庭に、徳島の佃実夫からスダチの木が届いた。徳島でしか育たないとされていたが、他の草木とともに庭にほったらかしにしたままである。ときどき庭にくるアゲハチョウともども、美しさには迷惑がくっついているものだ、という世の中一般のことに思いいたる。

＊文楽人形とテレビ《ぶんらくにんぎょうとてれび》 エッセイ。〔初出〕「サンケイ新聞」昭和四十五年十月八日。〔収録〕『狸の電話帳』昭和五十年十一月二十五日、潮出版社。◇文楽の人形が義太夫の語りを離れ、他の音声で動いてみたら、と考えていたが、四国放送（徳島）が制作したテレビ番組「木偶シリーズ」で音楽はギター、舞台からは想像出来ない程の文楽人形の美しさに息をのんだ。

＊閑中多忙通り越す《かんちゅうたぼうとおりこす》 エッセイ。〔初出〕「東京タイムズ」昭和四十八年三月十六日。〔収録〕『狸の電話帳』昭和五

ふ

十年十一月二十五日、潮出版社。◇自分の作詞した「阿波子タヌキ譚」というLP版レコードが出る。ジャケットの絵まで描く破目になり、忙しいのに、企画者の四国放送重役松村氏が見本を見て喜んでビールを飲み、くだまきの電話をかけてくる。こちらにはジャケットも見えぬし、レコードも聞こえぬ。忙しいだけである。

＊泣く間があったら笑わんかい《なくまがあったらわらわんかい》　エッセイ。〔初出〕「上方芸能」昭和四十六年六月。〔収録〕『狸の電話帳』昭和五十年十一月二十五日、潮出版社。◇大阪弁の良さを説き、司馬遼太郎による「大阪弁は阿波から来た」という説を紹介する。

＊狸ばやし《たぬきばやし》　エッセイ。〔初出〕「群像」昭和五十四年十一月。〔初版〕『狸ばやし〈ノア叢書2〉』昭和五十九年、編集工房ノア。◇狐狸庵先生こと遠藤周作から狐狸会長に推薦された筆者は、それがもとで、徳島の四国放送の音楽番組に脚本「阿波の子狸譚」を書いた話。（増田周子）

藤村雅光　ふじむら・がこう

明治二十九年十二月二十五日～昭和四十年六月三十日。詩人。香川県高松市馬場町に生まれる。広島商業学校卒業。紙カップの製造販売に従事。弟の主宰した「詩使徒」（のち「詩文化」）に安西冬衛らと協力した。詩集に『曼珠沙華』（昭和23年7月、不二書房）、『葡萄の房』（昭和23年10月、不二書房）、『ブックマッチ物語』（昭和25年9月、なにわ書房）、『一本の樹』（昭和26年9月、なにわ書房）、『我が山脈』（昭和53年10月、銀河書房）がある。（浦西和彦）

藤本義一　ふじもと・ぎいち

昭和八年一月十六日～。小説家。大阪府堺市に生まれる。本名は義一《よしかず》。大阪府立大学卒業。第七一回直木賞を受賞する。

＊性神探訪旅行《せいしんたんぼうりょこう》　長編小説。〔初版〕昭和五十年九月二日か、立風書房。◇「うち」＝眉房晃子という十九歳の処女が、自分に思いを寄せる、野原君と佐治君という三十歳の独身男性二人と、セックスの神様探しの旅に出る。愛媛県上浮穴郡小田町田渡八幡社のボボ市、祖谷下名の性器祭、高知本川《ほんかわ》…が出てくる。『はぷにんぐ旅行』と改題して、勁文社文庫化された。（堀部功夫）

藤本瑝　ふじもと・こう

昭和十二年二月十二日～。詩人、文筆家。徳島県三好郡佐馬地村に生まれる。本名は博美。県立池田高等学校を経て法政大学文学部日本文学科を卒業。都立杉並高等学校を皮切りに田園調布高等学校教諭で退職。昭和四十二年から「新日本文学」の同人として、詩や小説を書く。著書に詩集『非衣』（昭和60年9月9日、創樹社）、『反山』（平成4年8月31日、青弓社）、『行きて負へ』（平成14年3月、青弓社）がある。故郷を離れて、育った地に思いを馳せ、池田町、五軒、剣山などを描いた詩が多数収載されている。『非衣』で第一九回小熊秀雄賞を受賞。また、新日本文学会文学学校、横浜文学学校チューターとして、後進の育成のために活躍している。平成五年、『反山』が第四三回H氏賞候補となる。（増田周子）

藤森成吉　ふじもり・せいきち

明治二十五年八月二十八日～昭和五十二年五月二十六日。小説家。長野県上諏訪に生まれる。東京帝国大学独文科卒業。昭和二年、戯曲「何が彼女をさうさせたか」で好評を博した。全日本無産者藝術連盟初代委員長。七年、旧ソビエトから帰国後検挙され、転向。戦後、日本共産党に入党。小説に『若き日の悩み』『渡辺華山』、戯曲に

ふ

『磔茂左衛門』等がある。

＊**若き洋学者**《わかきようがくしゃ》　長編小説。〔初版〕昭和十七年三月七日、日新書院。◇幕末から明治初年の大変革期に、独特な生きかたをした、伊予大洲の中町に生まれた洋学者三瀬周三（諸淵）を主人公に描いた長編小説である。その「序」で、「これはおのづからロマンの形を持つ題材であるため、構成上乃至効果上必須を考へた以外は、忠実に記録に基《もと》いて書いた。従つて、今まで出てゐるどの書物よりも正確詳細な伝記的半面を持つ」という。大洲の国学者常磐井中衛について国学を学んでいた周作は、安政二（一八五五）年、叔父の二宮敬作について蘭学を学ぶことになり、卯の町へ発《た》つところから小説ははじまる。日本歴史等をオランダ語に訳したことが、枢機に触れたと四年間を佃島の獄に投ぜられ、出獄後、宇和島藩に出仕した周作は、慶応二（一八六六）年にシーボルトの孫娘の高子と結婚する。三十九歳で仆れた周作の前半生を描く。（浦西和彦）

藤原小蓑　ふじわら・こみの

明治三十年三月二十二日～昭和五十一年六月五日。俳人。高松市太田上町に生まれる。本名はコミノ。日本水産に勤務。俳句は鈴木鶉衣の指導を受け、青木月斗に師事。「同人」「山火」「夏草」同人。句集『寒紅梅』（昭和54年6月5日、同人社）。（浦西和彦）

藤原定　ふじわら・さだむ

明治三十八年七月十七日～平成二年九月十七日。詩人。福井県に生まれる。法政大学時代、片山敏彦に師事する。

＊**土佐の海**《とさのうみ》　エッセイ。〔初出〕「片山敏彦著作集月報七」昭和四十七年四月。◇土佐の海は「エメラルド・グリーンといった明るさ」で、「私の郷里のウルトラマリンの日本海とはまるでちがっていた」。藤原は片山敏彦との気質の相違を思い、「ある暗さを背負っている私を多少嫌い、憐れんでいられたのでないかと思った」。片山の詩と海について述べる。（堀部功夫）

藤原審爾　ふじわら・しんじ

大正十年三月三十一日～昭和五十九年十二月二十日。小説家。東京市本郷に生まれる。幼年時代を岡山県で過ごし、後上京。青山学院高商部中退。肺結核の闘病生活後に、『秋津温泉』（昭和23年9月、大日本雄弁会講談社）、「犬を飼ってゐる夫妻」（「別冊小説新潮」昭和25年9月）、「藤十郎狸武勇伝」（「小説公園」昭和26年11月）などが次々に直木賞候補となり、昭和二十七年「罪な女」で第二七回直木賞を受賞。その後、推理小説や風俗小説も書いた。三十八年、『殿様と口紅』で第九回小説新潮賞を受賞。「秋津温泉」「赤い殺意」など映画化された作品も多い。『藤原審爾作品集』全七巻（昭和32年1月～33年9月、森脇文庫）がある。

＊**篠乃隧道由来**《しののずいどうゆらい》　短編小説。〔初出〕「別冊文藝春秋」昭和五十一年六月五日、第一三六号。〔収録〕『大妖怪』昭和五十三年、文藝春秋。◇明治二十三年、公演中の民党の者を斬った棚橋七兵衛は、妻子を連れて逃亡中、鳴門の先の黒山村に居を構える。空き家に住み、こじきの子供山太を引き取り、畑を作った。しかし、数年たって突然、子供と妻の篠乃が海から出てきた魔物にさらわれてしまう。七兵衛は山太とかたきをとるため、その魔物を退治しようとする。それは巨大な蛸だった。村人の助けも得て、とうとう大蛸を退治したが、山太も犠牲になった。一人残った七兵衛は戦いの場となった隧道に童子と子を連れた女人の像を彫った。その隧道はやがて、「篠

ふ

乃隧道」と呼ばれるようになった。（増田周子）

藤原大二 ふじわら・たいじ

大正二年十一月十三日〜昭和五十六年十二月十九日。俳人。松江市雑賀町に生まれる。岡山第一中学校を経て高松商業学校卒業。中国電気に勤めた。俳句は平松措大、鈴鹿野風呂に師事、「さぎり」「京鹿子」に拠った。のち「ホトトギス」「玉藻」同人。昭和二十二年「旭川」を創刊主宰した。句集『大二句集』（昭和30年9月1日、京鹿子文庫）、『続大二句集』（昭和57年12月19日、藤原夫佐）。（浦西和彦）

藤原運 ふじわら・はこぶ

明治四十三年八月二十五日〜昭和三十五年八月二十五日。詩人。高知県高岡郡越知町に生まれる。父は勝。大正末年、佐川高等小学校を卒業する。姉を頼って北海道紋別へ行く。樺太の豊原へ働きに出る。肋膜炎で帰郷する。昭和七年、日本共産青年同盟に加盟し、コップ・フラクションメンバーとなる。「田園の花」に詩「章魚人夫」を発表する。筆名、西森輝生。追いつめられた人夫《タコ》たちの決起を描く。小説「黎明の彼方へ」を発表する。筆名、坂東定利。北海道行き前の自己を作品化した。詩「暁の製糸工場」を発表する。筆名、室戸鳴海。製糸女工にメーデー参加を呼びかける内容である。四・二一検挙にあう。釈放される。十年、須崎土木雇員となって寮生活をする。「文学案内」に詩「拡大されゆく国道全線」を発表する。筆名、広海太治。十一年、「詩人」に詩「サガレンの浮浪者」「黒い流れ」を発表する。筆名、広海太治。前者は「集められ鉄道敷設工事に狩りたてられ、工事の終わりとともに捨てられていく人夫の姿と開発資本の冷酷を告発」する詩（猪野睦）で、のち中野重治から「言葉の砂金」と評価される。十四年、満州牡丹江の土木工程処へ働きに行く。二十一年、引き揚げ途中、二人の子と妻を喪う。帰国して北海道紋別へ入植する。四町近くを開拓する。胃癌のため、五十歳で死去した。（堀部功夫）

船山馨 ふなやま・かおる

大正三年三月三十一日〜昭和五十六年八月五日。小説家。北海道札幌市に生まれる。昭和九年、明治大学予科入学。十二年、商学部退学。北海タイムス（現北海道新聞）入社。十四年上京、四社連合に勤務。「創作」同人となる。「私の絵本」が「文藝」第二回同人雑誌推薦作となる。ついで七人の同世代者と青年藝術派を結成。『衣装』（昭和16年7月、通文閣）、『北国物語』（昭和16年12月、豊国社）を相次いで刊行、作家生活に入る。二十年十一月「現代」に発表した「笛」で、野間文藝奨励賞を受賞。各紙に多作するうち、覚醒剤中毒になったが、「石狩平野」を「北海タイムス」に連載、復活。『石狩平野正・続』（昭和42年8月、43年4月、河出書房）は、ベストセラーになり、四十三年に小説新潮賞を受賞。以後『お登勢正・続』（昭和44年4月25日、48年9月20日、毎日新聞社）『葦火野』（昭和48年7月、朝日新聞社）など多くの作品を発表。五十六年には「茜いろの坂」で、吉川英治文学賞を受賞した。『船山馨小説全集』全一二巻（昭和50〜51年、河出書房新社）。

＊お登勢 おとせ　長編小説。〔初版〕昭和四十四年四月二十五日、毎日新聞社。◇淡路島州本へ奉公に出たお登勢は、主の家の娘志津の縁談相手津田貢一に恋心を抱く。貢一は稲田家家臣で、尊王運動に加担、京の池田家騒動で辛くも命拾いする。志津も京へ出て貢一と縒りを戻したり、他の男性に

移ったりしていた。お登勢は京、江戸と貢一に一途に尽くし、稲田騒動に翻弄される彼と共に北海道に渡る。しかし貢一は再開した志津との関係が断ち切れず、彼女とともに殺害されてしまう。一人になったお登勢は開拓生活に生きる意味を見出す。（増田周子）

冬木喬《ふゆき・きょう》
大正三年八月十日～昭和五十七年二月二十八日。小説家。高知県に生まれる。本名は森木正一。大阪四条畷中学校卒業。昭和十二年、兵庫県警察本部に入る。退職後、警察小説を書く。三十九年、「笞刑」で第五回宝石短編賞に入選する。「黒白の間」を発表する。四十年、「空白の過去」、四十二年、「逆の場合」、四十五年、「発掘」を発表した。（堀部功夫）

冬島泰三《ふゆしま・たいぞう》
明治三十四年六月二日～昭和五十六年十二月二十四日。脚本家、映画監督。京都市に生まれる。本名は前出小四郎。筆名は前出胡四朗。少年時代から文学に親しみ、佐藤紅緑に師事。大正十二年、東亜キネマ甲陽撮影所脚本部に入社。昭和三年、松竹下賀茂撮影所に移り監督になる。衣笠貞之助監督の専属ライター時代に「女夫星」などのシナリオを書き、これらの映画に出演した林長二郎の売り出しに貢献した。監督としては六年の「舶来文明街」で認められる。「坂本龍馬」「唐人お吉」「地に叛く者」「芝居船」など多数の作品を手掛ける。最後の作品は三十五年の東映「浪曲権三と助十―呪いの置手紙」。著書に『二つの櫓』（昭和22年3月20日、徳島新聞社）がある。

＊二つの櫓《ふたつのろ》 中編小説。〔初出〕「徳島新聞」連載。〔初版〕昭和二十二年三月二十日、徳島新聞社。◇淡路の人形芝居一座の娘お妙は、他の人形芝居一座の息子大蔵の許婚であった。大蔵は淡路を出て、大坂の人形芝居で修行しようと考えていた。その頃、徳島藩では将軍からの養子問題が持ち上がり、対応に苦慮していたが、その騒動に芝居一座の者たちも巻き込まれる。最後は、城主から淡路の人形芝居の復興を大蔵たちは託されるのであった。（増田周子）

冬園節《ふゆぞの・せつ》
大正十二年二月十一日～。詩人。徳島県名西郡石井町に生まれる。本名は清重節男。徳島師範学校卒業後、教職に就く。昭和十七年頃より福田君夫主宰「詩歌少女」に投稿し、同人となる。戦後「新詩人」「詩学研究会」に参加。「地球」のネオ・ロマンチシズム運動に参加同人。福田正夫詩の会「焔」同人。「近代詩人」編集発行、「宙」同人。詩集『わが胸の底の嘆きに』（昭和26年2月21日、近代詩人社）、『花の憂愁』（昭和27年6月1日、著者）、『四国の山の夕映えに』（昭和28年12月1日、著者）、『美しい絶望』（昭和31年3月1日、近代詩人社）、『緑を夢む』（昭和34年3月1日、新文学社書房）、『孤独者を葬る唄』（昭和42年9月1日、徳島出版）、『道化の唄』（昭和47年8月15日、徳島出版）、『受難』（昭和56年11月15日、檸檬社）、『比喩の窩』（平成3年11月5日、第一出版）、『蒼白な風景』（平成7年11月1日、教育印刷）、『蒼い犬』（平成10年）。日本詩歌文学館評議員、徳島現代詩協会会長、徳島ペンクラブ副会長。（浦西和彦）

古井由吉《ふるい・よしきち》
昭和十二年十一月十九日～。小説家。東京に生まれる。東京大学大学院修了。金沢大学、立教大学のドイツ語教員を経て、創作一本に。〃内向の世代〃の代表的作家と目される。昭和四十五年、「杳子」で第六四回芥川賞受賞。四十七年十二月、高知へ旅行、雪に降られる。五十五年十月、四国旅行。五十七年、『古井由吉作品』全七巻刊行開始。平成九年、毎日藝術賞受賞。

＊秋のあはれも身につかず《あきのあわれもみにつかず》　エッセイ。〔収録〕『古井由吉作品七』昭和五十八年三月二十五日、河出書房新社。◇同巻後記。昭和五十五年の四国旅行に言及する。「吉野川沿いを徳島本線でさかのぼり、池田町で乗換えて峠を越して讃岐に入り、善通寺から車を拾って、死者たちの集まるという弥谷寺《いやだに》を訪れた。あとは多度津から高松に出て、その夜は高松の街で飲んで、翌朝は屋島に登り、フェリーで岡山のほうへ向かった」。　（堀部功夫）

古川賢一郎　ふるかわ・けんいちろう

明治三十六年三月十七日〜昭和三十年十月九日。詩人。香川県綾歌郡美合村（現仲多度郡まんのう町）に生まれる。大連工業学校卒業。大正十二年、南満洲鉄道土木課に入社。大連新聞出版部にも勤務した。佐藤惣之助の「詩之家」に所属。昭和十二年、火野葦平、原田種夫らと「九州文学」を創刊。中国で「地平線」を創刊、中国名は何泳江。第一回満洲詩人会賞を受賞。二十二年に帰国。詩「平家蟹」が『ふるさと文学館第43巻香川』（平成6年8月15日、ぎょうせい）に収録されている。　（浦西和彦）

古川良範　ふるかわ・よしのり

明治四十二年八月二十五日〜昭和五十七年二月二十日。劇作家。香川県に生まれる。高松中学校を中退し、上京する。水守亀之助に師事。昭和十三年三月、『綴方教室』について」、豊田正子原作「綴方教室」全一〇課の脚色を「テアトロ」に発表。新築地劇団が「綴方教室」を上演。十四年十月一日に井上正夫一座が明治座で上演した「日柳燕石」は、幕末から明治維新に続く時代の讃岐を舞台にしている。主人公の燕石は豪商であり、博徒である勤王正義の熱血漢。勤王志士たちをかくまう。金比羅で香象楼を、象頭山を望みつつ感慨にふける燕石と高杉晋作の場面なども描かれる。戦後の戯曲に「鰤」（「劇作」昭和22年9月）がある。シナリオ作家としては松竹、中華電影を経て、戦後は理研映画に属し、のちフリーとなった。　（浦西和彦）

古田足日　ふるた・たるひ

昭和二年十一月二十九日〜。児童文学者。愛媛県宇摩郡川之江町（現四国中央市）に生まれる。昭和二十年、西条中学校卒業、大阪外国語大学外国語学部露語科入学。勤労動員先の浜寺で敗戦をむかえる。二十三年に大阪外国語大学を中退し、翌年、早稲田大学露文学科に編入、早稲田大学童話会に入り、鳥越信、山中恒らと出会う。二十八年、早稲田大学童話会の名で「少年文学の旗の下に」を発表し、少年文学樹立のために、意欲的に児童文学評論を書く。二十九年七月、鳥越信らと同人誌「小さい仲間」を創刊する。評論集『現代児童文学論』（昭和34年9月11日、くろしお出版）で日本児童文学者協会新人賞を受賞。三十六年、最初の創作『ぬすまれた町』を理論社より出版し、以後、多くの童話と評論集を刊行。五十一年、山口女子大学に児童文化学科が新設され、五十五年まで教授をつとめる。共著『児童文学創作講座3 何をどう書くか』（昭和56年12月14日、東京書籍）等がある。「忍術らくだい生」が『日本の児童文学第38巻』（昭和52年6月、理論社）に、「宿題ひきうけ株式会社」が『日本の児童文学第28巻』（昭和52年6月、理論社）に収録された。　（浦西和彦）

古田求 ふるた・もとむ

昭和二十二年（月日未詳）〜。脚本家。佐賀県に生まれる。国学院大学卒業。井出雅人に師事する。フリー助監督を経て脚本家に。

＊四万十川《しまんとがわ》 シナリオ。〔収録〕『'91年鑑代表シナリオ集』平成四年四月二十日、映人社。◇笹山久三原作小説の、時代設定を昭和三十四年に変更した。「131四万十川沿いの道〔略〕父と子の後姿が遠ざかっていく。その下《しも》―／沈下橋の向こうに、巨大な砂利取り機が川底を掘り返している。／何もかも破壊し尽くすような、そのエネルギー。／132四万十川　滔々《とうとう》たるその流れ」。映画（平成3年、恩地日出夫監督）は東京国際映画祭、ベルリン国際映画祭、シカゴ国際映画祭の受賞作となる。ビデオ（バップ、一一一分）化された。（堀部功夫）

古田芳生 ふるた・よしお

大正九年三月二十四日〜。小説家。徳島市に生まれる。県立徳島商業学校卒業。銀行に勤めるかたわら小説を書く。中央公論第三回新人賞に応募し、「三十六号室」が「中央公論」（昭和34年6月）に掲載され、好評を得た。同年、中央公論文藝特集号に「孤児」を発表、三十四年上期下期の芥川賞最終候補に残る。「いのちなりけり」（「新日本文学」昭和36年3月）、「おとといのこと」（「新日本文学」昭和37年1月）、「よしこの」（「群像」昭和39年4月）を発表。著書に『三十六号室』（昭和35年1月10日、中央公論社）がある。これはNHKテレビドラマやラジオの三回連続ドラマになった。（増田周子）

【へ】

別役実 べつやく・みのる

昭和十二年四月六日〜。劇作家、エッセイスト。本姓読み「べっちゃく」。満州に生まれる。後年の戯曲書き出し「舞台には電信柱が一本、他は何もない」は生地のイメージか。昭和二十一年、引き揚げて、父の本籍地高知市小津町に落ち着く。寺田寅彦の旧宅である。風景と人との関係が「乾いて」いた生地から高温多湿の高知へ来てとまどい、「人間の尊厳が冒されるのではないかというような、不安を覚えた」という。小高坂小学校二年に編入学。二十二年三月、母の本籍地静岡県へ移る。早稲田大学政治経済学部中退。四十二年、「マッチ売りの少女」「赤い鳥の居る風景」で岸田戯曲賞を受ける。その後受賞多数。捻りの利いたユーモラスなエッセイも書く。（堀部功夫）

【ほ】

北條民雄 ほうじょう・たみお

大正三年九月二十二日〜昭和十二年十二月五日。小説家。徳島県那賀郡の田舎に生まれる。両親は当時朝鮮龍山に居り、母だけが出産のため郷里に帰り、民雄を産んだ後、祖父母にあずけて再び朝鮮に戻った。昭和四年三月、高等小学校卒業後、上京し、日本橋の薬問屋の住込み店員、日立製作所亀戸工場の臨時工として働き、法政中学校夜間部に学んだ。この年、父は朝鮮を引き揚げて郷里に定住した。郷里に帰り、七年に遠縁の娘と結婚した。翌年二月、癩発病の診断を受け、結婚は破婚となった。ふたたび上京。九年五月十八日、東京府下東村山町の全生病院に上京した父に伴われて入院する。八月、川端康成に書簡を出し、原稿を見てくれるように依頼し、創作に打ち込んだ。十年十一月、秩父号一の筆名で「間木老人」を「文学界」に発表。次いで「いのちの初夜」が十一年二月の「文学界」に掲載され、文壇にセンセーションを巻き起こした。文学界賞を受賞。その後、「猫料理」（「文学界」昭和11年4月）、「癩院記録」（「改造」昭和11年10月）、「重病室日誌」（「文学界」昭和12年4月）などを発表。著書『いのちの初夜』（昭和11年12月3日、創元社）、『定本北條民雄全集』全二巻（昭和55年10月20日、12月20日、東京創元社）。

（浦西和彦）

北條秀司 ほうじょう・ひでじ

明治三十五年十一月七日～平成八年五月十九日。劇作家。大阪市西区に生まれる。本名は飯野秀二。関西大学専門部文学科（国漢文専攻科）卒業。岡本綺堂に師事。「表彰式前後」でデビュー。「王将」「霧の音」「佃の渡し」など多くの戯曲を書いた。昭和六十二年十月、文化功労者に選ばれた。

＊恋文《こいぶみ》　戯曲。〔初演〕昭和二十一年十月、新宿第一劇場。井上正夫、高橋豊子ら出演。◇敗戦後間もない頃、瀬戸内海に面した四国のある城下町。二宮家の博愛医院の老父とその子を中心に、肉親の情愛を描く。父親が自家の病院の看護婦に昔送った恋文が米の買い出しに物物交換した帯の間から出て、思いがけない波瀾を巻き起こす。

（増田周子）

穂岐山小浪 ほきやま・さざなみ

生歿年月日未詳。投書家。本名は在か。高知県長岡郡新改村平山五四に住む。石川正作編『明治秀才文集』（東洋館）に入選。「文章世界」に「ベンチの辺り」（明治42年2月1日）、「葡萄酒」（明治42年2月15日）、「家族」（明治42年7月15日）、「銀貨」（明治42年8月1日）、「六爺の最後」（明治43年1月15日）、「朝飯」（明治43年5月1日）、「甲板」「古郷より」（明治43年8月1日）など、高知を舞台とした小品を書いた。真野由多加が「投書家では上田良一、穂岐山小浪といふ人達がその頃（明治四十～四十五年）の花形で」あったと回想する。

＊甲板《かんぱん》　短編小説。〔初出〕「文章世界」明治四十三年八月一日。◇浦戸から甲ノ浦へ進行する蒸気船上をスケッチする。二号あとの、「文章世界」明治四十三年九月十五日の「読者通信」に、これが蟬花「のりあひ」（「萬朝報」明治39年6月27日）剽窃であるとの指摘が載り、穂岐山小浪は筆を絶つ。

（堀部功夫）

牧人 ぼくじん

明治四十四年九月二十七日～昭和五十三年五月十二日。川柳作家。愛媛県に生まれる。本名は小浜正一。別号は朴人。宝石商。昭和十二年ごろから川柳を作り始める。大阪大学川柳会誌「野獣」の選者。四十一年路郎賞を受賞。

（浦西和彦）

保科千代次 ほしな・ちよじ

明治三十九年五月二十日～。歌人。徳島県勝浦町に生まれる。徳島師範学校専攻科卒業。「立春」「歌と観照」、郷土誌「あゆひ」「全徳島歌人」等を経て、戦後「徳島歌人」創立に参加、のち主宰となり一八年間編集に携わる。昭和三十七年より徳島県歌人クラブ会長、のち顧問。徳島文理科大学名誉教授。歌集に『川のほとり』『冬木立』（昭和58年12月、徳島歌人新社）がある。

（浦西和彦）

細川風谷 ほそかわ・ふうこく

慶応三（一八六七）年十一月七日～大正八年十月二十日。講談師。高知城下北奉公人町に生まれる。本名は源太郎。父廣世《ひろよし》は元老院少書官になる人物であった。上京。杉浦重剛の称好塾に学ぶ。明治十八年、実業

ほ

を志して、アメリカに渡る。カウボーイ、事務員、ホテルのボーイなどをし、一一カ国語に通じたと伝わる。二十三年、帰国する。硯友社に入る。報知新聞社に入る。篠田鉱造『明治百話』（昭和6年10月10日、四條書房）は「細川風谷が面白い人物でした。硯友社でも名代の人物、紅葉山人にも可愛がられた」、「細川風谷君は米国にゐた関係から、米国斬の面白いことといったら、聞きむさぼらしたものです。〔略〕エログロを脱越した話振だ、欧米色行脚に至るまで、アノ位詳しい人はなかった」、「風谷と牛肉を喰べに行くと、彼はアブラミばかり注文するといった喰方で、豚の如く肥り返ってゐた。中々の友人思ひで、友人間を泳ぎ廻って、其消息を伝へ、私の親友であった」と回想する。「パノラマ」（『幼年玉手函』明治27年12月28日）「山十郎」（『春夏秋冬』明治28年）を発表。二十九年、語学力を買われ、日本郵船に入社する。「金髪」（『文藝倶楽部』明治31年11月10日）発表。日露戦争時、病院船の事務長を務める。退社後、講談界に入る。大町桂月は「小説家より事務長に転ずるは異例也。以て風谷の才幹を見る。されど事務長より講談家に転ずるは、異例中の異例也。以て風谷の奇骨を見る。〔略〕風谷は学問あり、殊に外国語の素養あり、文才あり、事務長となりて世界を経廻りたり、その素養や、その経歴や、その志気や、世の所謂藝人の比に非ず」と賞讃した。明治四十三～大正六年、『木曽義仲』『板倉勝重』『由井正雪』『奴内蔵様』『通俗教育お伽講談①』『通俗教育お伽講談②』『家庭新講談』『家庭新講談春日局』『さくらや梅吉』『怪傑由井正雪』を著す。出久根達郎の小説『面一本』に、饅頭本『細川風谷伝』が出てくるが、未見である。

（堀部功夫）

細木秀雄　ほそぎ・ひでお

大正四年（月日未詳）～平成十二年一月二十二日。評論家。高知市に生まれる。昭和十六年、同人誌「旗艦」に、俳句「日盛りなり血すじ絶えたる人を焼ける」を発表する。戦後、高知で、映画、演劇、舞踊、文学、テレビの評論活動を行う。平成二年、『細木秀雄評論集』を著す。高知県出版文化賞を受賞する。十一年十二月、自宅が火災にあい、火傷で重体となり、十二年、死去した。

（堀部功夫）

穂積驚　ほづみ・みはる

大正元年十月十三日～昭和五十五年一月十九日。小説家、劇作家。長崎県佐世保市に生まれる。本名は森健二。市立佐世保商業学校卒業。長谷川伸に師事し、新鷹会に所属。昭和十一年「下駄ッ八仁義」を「キング」に発表後、作家生活に入る。三十一年九月から十二月まで「大衆文藝」に連載した「勝烏」で、三十一年第三六回直木賞を受賞。『勝烏』（昭和32年4月、講談社）が刊行される。歴史小説、娯楽時代物など著書多数。阿波木偶に関する小説『風の中の唄』（昭和53年8月31日、青樹社）がある。

＊風の中の唄《かぜのなかのうた》　長編小説。〔初出〕「徳島新聞」連載。〔初版〕昭和五十三年八月三十一日、青樹社。◇徳島の木偶人形作り二代目でこ平の息子巳乃助は、阿波屋の二女お粂と恋仲であったが、侍となる夢を捨てきれず、知人を頼り京に出る。新撰組の沖田や盗人藤兵衛、尊王派の物外和尚らと知り合い、幕末の激動の中を生きる。物外和尚から人形作りが彼の天職だと諭され、帰郷するが、お粂は既に病死していた。彼は人形作りに精進し、やがて三代目でこ平を襲名、歴史に名を残した。徳島県出身の一陽会の画家小松久子が挿絵を描いている。

（増田周子）

堀内統義 ほりうち・つねよし

昭和二十二年一月十日～。詩人。愛媛県松山市に生まれる。編集者、教員などを務めるかたわら詩作を続ける。伊東静雄賞奨励賞受賞。詩集に『罠』（昭和52年3月、昭森社）、『海』、『夜の舟』（昭和62年9月、創風社出版）がある。エッセイ集『喩の島の懸崖』で愛媛出版文化賞を受賞。詩「ペルソナ」（「漣」平成3年）が『ふるさと文学館第44巻愛媛』（平成5年10月15日、ぎょうせい）に収録された。（浦西和彦）

堀内雄之 ほりうち・ゆうし

昭和三年十月二十三日～平成五年三月二十日。俳人。愛媛県松山市和泉北に生まれる。本名は久雄。愛媛県職員。「若葉」「岬」同人。昭和五十九年「初花」創刊主宰。句集『絣解く』（平成7年3月20日、初花社）。

如月の綾波きざむ檀の浦
春時雨阿波の遍路の墓濡らす
子規堂の小窓開けあり葉鶏頭

（浦西和彦）

堀内豊 ほりうち・ゆたか

大正九年（月日未詳）～平成十五年八月六日。詩人。高知県高岡郡宇佐町（現土佐清水市）に生まれる。昭和十三年、詩作を始めたか。大江鉄磨と交流があった。近森敏夫に拠れば、「戦後、鳴海弥一郎のペン・ネームで、〝南方浪曼派〟〝海燕〟〝碑〟等の詩誌を主宰され、或は〝修羅〟その他に拠られた活躍はめざましいものであった。混乱した社会の矛盾、嘘偽に対して、おしつまった虚無の底で、生身を叩きつけて挑戦している。凄絶さの凝った作品を次々に発表していた」。二十二、三年頃、総合詩誌編集を一任されるが、実現せず。自殺をこころみ、逼塞する。二十八年、カムバックし、総合文藝誌「青銅」を創刊する。二十九年、第一詩集『夜に焚く歌』を著す。四十五年、『土佐湾』を著す。高知県経済連に勤務のかたわら、私淑する岡本彌太、良寛の研究を行う。平成十年、伝記『異聞風の良寛乾の巻』を著す。白血病のため高松市内の病院で死去。

＊土佐湾《とさわん》　詩集。〔初版〕昭和四十五年四月十日、杓田文庫。◇自序「土佐湾の藍のように／藍であるなら／まじりっけのない藍でありたい。／／とこしえにめぐりあえない藍のながれ／／一期一会だ／／藍のまま／藍でおわりたい」。（堀部功夫）

堀江すみ ほりえ・すみ

明治三十五年一月二十二日～平成五年七月三十日。歌人。大阪市に生まれる。旧姓は森川。大正八年、高知県立第一高等女学校卒業。十二年、堀江吉彦と結婚する。昭和十九年、高知市へ帰る。二十四年、夫が死去した。三十～四十七年、朝日生命で働く。四十七年、歌集『冬芽』を著す。（堀部功夫）

堀川豊平 ほりかわ・とよへい

昭和五年五月二十五日～。詩人。徳島市北前川町に生まれる。別名は三馬樽平《さんまたるへい》。平成三年まで徳島市社会福祉協議会に勤務。現在、古代阿波研究所所長。「徳島詩人」編集同人を経て、「詩脈」同人。詩集『ふるさと—春夏秋冬』（昭和40年12月8日、著者）。『流刑地光景』（平成2年9月27日、近代文藝社）、『失語』（平成4年12月20日、詩世界社）。昭和三十五年、「大型映画の意味するもの」で映画評論賞を受賞。（浦西和彦）

堀沢広幸 ほりさわ・ひろゆき

昭和二十五年（月日未詳）～。児童文学者。香川県に生まれる。早稲田大学理工学部在学中に「少年文学会」に加入。児童文学、作詩、作曲、絵本などに活躍。『プーコが

いるラーメンはん』（昭和61年、草炎社）等がある。（増田周子）

本田種竹 ほんだ・しゅちく

文久二（一八六二）年六月二十一日～明治四十年九月二十九日。漢詩人。阿波国徳島に生まれる。名は秀、字は実郷、通称は幸之助。徳島藩儒岡本午橋に漢籍を修めた後、京都に出て、谷太湖、江馬天江、頼支峰について詩を学ぶ。明治十七年、東京に出て、駅逓局御用掛となった後、農商務省属等を経て、二十五年に東京美術学校教授、二十九年に文部大臣官房秘書となった。三十七年に退職した後、詩文に没頭し、三十九年に自然吟社を創立し、主宰した。著書に『戊戌遊草』（全二巻）、『懐古田舎詩存』（全六巻）がある。（浦西和彦）

本田南城 ほんだ・なんじょう

大正六年三月十九日～。歌人。愛媛県南宇和郡御荘町平城（現愛南町）に生まれる。愛媛青年師範学校卒業。昭和十年「草の葉」に入会、同人。二十三年「アララギ」入会、のち「水甕」「愛媛アララギ」「覇王樹」入会、同人。五十二年「南宇和」結成主宰。歌集『黒潮の匂ひ』（昭和48年7月10日、隕石詩社）、『南宇和抒情』（昭和50年12月10日、栄光出版社）。

土佐よりの風向き変り伊予より風巻《しま》きとなりて早春《はる》の潮鳴り

渭南《いなん》の海に吹雪ける冬の風落ちて宇和海はすでに早春《はる》潮の音

（浦西和彦）

本田靖春 ほんだ・やすはる

昭和九年（月日未詳）～平成十六年十二月八日。ルポライター。京城に生まれる。三十年、早稲田大学卒業。読売新聞社記者を経て、ノンフィクション作家に。『誘拐』で講談社出版文化賞、『不当逮捕』で講談社ノンフィクション賞を受ける。

＊「戦後」美空ひばりとその時代《「せんご」みそらひばりとそのじだい》 記録。〔初版〕昭和六十二年十一月、講談社。◇昭和後期を代表する流行歌手美空ひばりの生涯をたどり、戦後の意味を探る。ひばりは、巡業中の九歳のとき、高知県長岡郡大豊村で交通事故に遭い、九死に一生を得る。本人も「日本一の大杉のある村で生まれ変わった」といい、母娘の今後を決定した。講談社文庫化される。（堀部功夫）

【ま】

前登志夫 まえ・としお

大正十五年一月一日～。歌人。奈良県に生まれる。同志社大学卒業。『前登志夫歌集』がある。

＊木々の声《きぎのこえ》 エッセイ集。〔初出〕「俳句研究」平成六～七年。原題「山家遊行」〔初版〕平成八年十二月五日、角川書店。◇「四万十川の夕ぐれの流れはそのまま宗教画を観ているような静謐さに満ちていた」。初めて、足摺岬へ行く。（堀部功夫）

前田文良 まえだ・ふみよし

昭和七年（月日未詳）～。小説家。徳島県に生まれる。著書に『その分別』（昭和52年4月10日、昭和出版）、『恋ケ窪における悧枝―憧憬と悔恨』（昭和60年9月30日、朝雅）など。（増田周子）

前原東作 まえはら・とうさく

大正四年四月二十八日～平成六年五月二十九日。俳人。愛媛県松山市に生まれる。第七高等学校、九州帝国大学医学部卒業。満州国技官、九州帝国大学医学部附属病院、

三菱炭坑病院院長を経て開業。俳句は鹿児島一中俳句会に入り、いろいろな雑誌に投句。昭和八年、松山涙月と「仙人掌」(のち「覇王樹」)を発行。十五年、吉岡禅寺洞に師事。「天の川」の編集に携わる。「形象」を主宰。『前原東作全句集』(平成6年12月、ジャプラン)。「始動する　地球　磁気のように　木の葉あつめ」

(浦西和彦)

真壁仁 まかべ・じん

明治四十年三月十五日〜昭和五十九年一月十一日。詩人。山形市に生まれる。本名は仁兵衛。高等小学校卒業後、農業に従事。高村光太郎に師事し、昭和七年『街の百姓』を刊行。生活綴方事件で検挙される。農民生活に根ざした詩が多い。五十七年『みちのく山河行』で毎日出版文化賞を受賞。

＊藍の里紀行《あいのさときこう》　紀行文。〔初出〕「地下水」昭和四十九年一月。〔初版〕『旅をゆく』昭和五十八年、民衆社。◇藍作の歴史と現状、阿波三盆糖の盛衰について記したエッセイ。藍のふるさと阿波でさえ、現在栽培しているのは一七戸にすぎない。もっとも古風な伝統技術をのこしている農家を探して訪ねたり、徳島市内の染色家や三木家の「藍御殿」や三木文庫も訪ねる。

(増田周子)

牧野富太郎 まきの・とみたろう

文久二(一八六二)年四月二十四日〜昭和三十二年一月十八日。植物学者。土佐国高岡郡佐川村(現佐川町)西町組一〇一番屋敷に生まれる。父佐平、母久寿の一人息子であった。私塾で学問基礎を修得、小学校は退校し、もっぱら独学。十七年、上京。二十一年、『日本植物志図編』刊行開始。二十六年、帝国大学理科大学助手。四十五年、東京帝国大学理科大学講師。昭和十五年、『牧野日本植物図鑑』を著す。上村登『花と恋して』(平成11年6月14日、高知新聞社)にくわしい。約一六〇〇種の植物学名を命名し、その性格は精励とズボラが同居したが、在野的精神を持ち植物知識の普及に努めた。志賀直哉は、牧野の「文章はおもしろい〔略〕ごろうじろなんて、久しく聞かない言葉だ」と語っている(「光」昭和23年8月1日)。

＊牧野富太郎自叙伝《まきのとみたろうじじょでん》　自伝。〔初版〕昭和三十一年、長嶋書房か。〔収録〕『牧野富太郎』平成九年二月二十五日、日本図書センター。◇第一部では「幼年期」「自由党から脱退」「高知における西洋音楽の普及運動」(明治25年)「科学の郷土を築く」(20年代)「花と私」、第二部では「余ガ年少時代ニ抱懐セシ意見」「わが生い立ち」「酒屋に生る」「上組の御方御免」「小学校も嫌で退学」「「本草綱目啓蒙」に学ぶ」が高知関係。「私の七歳位の時であったと思うが、私の町から四里ほど北の方の野老山と云う村で一揆が起った。それは異人が人間の油を取ると迷信して土民が騒いだのでこれを鎮撫する為めに県庁から役人が出張し、遂にその首魁者三人程を逮捕し、隣村の越知の今成河原で斬首に処したのであった。この日は何んでも非常に寒くて雪が降っていたが、私は見物に行く人の後に附いて二里余りもある同処へ見に行った事を覚えている。」また明治六・七年、佐川町目細谷の伊藤蘭林塾に学んでいた頃「ここは士族の子弟ばかりであって町人は私と今一人いたぎりであった。そして士族の方が上組で町人の方が下組であった。昼食する時の挨拶が面白い、上組の士族の人々は「下組の人許してヨ」と言った。これに対して下組の町人の方では「上組の御方御免」と言った。」と世相をよく伝える。

(堀部功夫)

牧ひでを まき・ひでを

ま

大正六年一月十六日～昭和六十二年三月八日。俳人。山口県に生まれる。本名は村岡英雄。松山高等商業学校卒業。昭和三十年ごろ、松山市で製紙会社を経営。俳句は加藤楸邨に師事して「寒雷」に拠った。のち「海程」同人。句集『杭打って』（昭和45年9月27日、細川義男）ほか。（浦西和彦）

槙村浩　まきむら・こう

明治四十五年六月一日～昭和十三年九月三日。詩人。高知市廿代町八十九番屋敷に、吉田才松、丑恵の長男として生まれる。本名は吉田豊道《ほうどう》。大正七年、父が病歿した。八年、高知市第二小学校に入学する。九年、第六小学校に転入し、海治国喜の指導を受ける。神童として知られ「高知新聞」が記事「天才児吉田豊道は如何に教養されたか」を連載した。十一年、来高した久邇宮に御前講義をする。十二年、土佐中学校に入学する。昭和三年、寺石正路の世話で、県立海南中学校へ転入学する。マルクス主義にふれる。四年、軍事教練反対運動で放校されそうになる。五年、岡山の関西中学へ転校する。六年、同校を卒業し帰高する。日本プロレタリア作家同盟高知支部結成に加わる。七年、二月の選挙に「労働者は日本共産党を支持せよ」のビラをまく。三月、高知朝倉歩兵第四四連隊の上海出兵に反対してビラを書き配布する。新聞「兵士の声」「労働者の声」を発刊する。詩「生ける銃架」を「大衆の友」に発表する。以下筆名槙村浩。新人賞を受賞する。日本共産青年同盟に加盟し、高知地区委員となる。詩「一九三二・二・二六」を「大衆の友」に発表する。詩「間島パルチザンの歌」を「プロレタリア文学」に発表する。素材の間島地方における抗日パルチザン闘争は新聞記事から得たか。「出征」を、日本プロレタリア作家同盟編「赤い銃火」〈詩・パンフレット第一集〉に発表する。四月二十一日、検挙にあう。高知刑務所で非転向を貫く。十年、勅令減刑令により出獄する。拘禁性躁鬱病と食道狭窄症に苦しみつつ、三カ月余で「アジアチッシェ・イデオロギー」「人文主義」「日本詩歌史」など一千枚近い原稿を書く。上京し、貴司山治を訪ね、原稿を託し、『日本ソビエト詩集』刊行を依頼する。十一年、二・二六事件直後、再上京する。留置後、釈放される。人民戦線事件で再検挙される。十三年、病気のため釈放され、土佐脳病院に入院、二十六歳で病歿した。山崎小糸「槙村浩の生涯とその時代」にくわしい。

＊同志《どうし》古味峯次郎《こみみねじろう》—現在《げんざい》高知牢獄《こうちろうごく》紙折工《かみおりこう》なる同氏《どうし》に　詩。〔収録〕『土佐プロレタリア詩集』昭和五十四年二月、槙村浩の会。◇昭和十年九月二十日作。古味は越知の小作兼自作農の家に生まれ、十八歳で戸畑の炭坑に働く。「ブルジョアジー三井は、彼の健康と職業を奪い」上京するが、古い同僚から「地方の部署を知れ！」とどなられ帰高する。「一九三二年／二十の彼は××〔共産〕青年同盟員だった」。翌年、下獄。「一九三四年〔略〕×××、×〔日本共産党　牢〕獄闘争委員会高知班」を結成した。古味は「南方のボルセヴィキ」である。（堀部功夫）

正岡子規　まさおか・しき

慶応三（一八六七）年九月十七日～明治三十五年九月十九日。俳人、歌人。伊予松山市新玉町に生まれる。父は隼太、母は八重。幼名は処之助。本名は常規。明治十二年、勝山小学校卒業。愛媛県立松山中学校に入学し、小回覧誌「桜亭雑誌」を作る。十五年ごろ自由思想に関心を示し、青年会で「自由何クニカアル」など演説を行った。十六年、愛媛県立松山中学校を退校、上京し、元松山藩主久松邸に寄宿。一カ月後赤坂区丹後町の須田学舎に入り、後、共立学校に入学。十七年七月、大学予備門入試に合格。この年より「筆まかせ」を書く。二十年七月、帰松、俳句宗匠大原其戎を訪ねて俳諧について教えをうけ、俳句をはじめる。九月に上京、久松家給費施設常盤会寄宿舎に入り、二十四年暮れまで舎生として過ごす。二十三年東京大学文科国文科に入学。翌年末に「俳句分類」に着手した。二十五年、大学を中途退学し、十二月に新聞「日本」入社。二十六年二月三日から「日本」文苑に俳句をのせ始める。俳句に熱中する。五月、『獺祭書屋俳話』を日本叢書の一編として刊行。俳句革新に取り組む。十一月から「芭蕉雑談」を「日本」に連載し、芭蕉を再評価した。二十七年二月「小日本」創刊、編集に従事する。二十八年三月、日清戦争従軍、五月十七日船中にて喀血、帰国して、松山で病気を養い、松山中学校在職中の夏目漱石の下宿に同宿し、松風会を育てた。十月十九日、松山をたち、帰京。二十九年四月二十一日より「松蘿玉液」を「日本」に連載しはじめた。「早稲田文学」「めざまし草」に毎号俳句を寄稿し、「日本人」に新体詩をのせた。三十一年二月十一日、和歌改革の第一声「歌よみに与ふる書」を「日本」に連載開始、以後、短歌革新につとめる。三十三年八月十三日、喀血、二十八年以来の多量。このころから写生文に熱心となり、九月、第一回山会を催す。三十四年一月十六日より随筆「墨汁一滴」を「日本」にのせはじめる。与謝野鉄幹との不可並称論争をする。三十五年五月五日より「病牀六尺」を「日本」に連載。子規を中心とする「日本派」「根岸派」「ホトトギス派」は、近代俳句史上多く功績を残した。「古今集」を否定し、「万葉集」を高く評価した。多くの句碑「名月や伊予の松山一万戸」「松山や秋より高き天守閣」「牛行くや毘沙門阪の秋の暮」などが愛媛県下に建立されている。『子規全集』全二二巻・別巻三（昭和50年4月18日～53年3月18日、講談社）。

＊寒山落木《かんざんらくぼく》　句集。〔全集〕『子規全集第一・二巻』大正十三年六月二十五日、八月二十五日、アルス。◇明治十八年から、三十五年までの俳句を、子規自身がえらんで編んだもの。『子規全集第一巻』の「編集後記」に「寒山落木」は「すべて半紙を二つ折にして、一面に十句づゝ認める体裁になつてゐる。其中に居士自身気に入らないとして後に抹消された句が少なからずある」とある。松山城を「松山や秋より高き天守閣」、松山掘端を「門しめに出て聞て居る蛙かな」、伊予太山寺を「蒟蒻につゝじの名あれ太山寺」「荒れにけり茅針まじりの市の坪」、松山を「古野より外側に古し梅の花」「日うけよき水よき処初桜」、道後を「傾城の灯籠のぞくや宝厳寺」等の四国関係の句が多くある。

（浦西和彦）

正岡陽炎女　まさおか・ようえんじょ

明治十九年十一月十八日～昭和四十二年一月十五日。俳人。高知に生まれる。本名は辰雌《たつめ》。保姆伝習所卒業。北海道美唄市の婦人団体連絡協議会会長。俳句は大正十二年、長谷川零余子に学び、長谷川かな女に師事。「枯野」「水明」同人。句集『雪炎』。

（浦西和彦）

正木聖夫　まさき・すみお

大正五年七月十五日～昭和二十四年十二月二十四日。詩人。高知県幡多郡東中筋村森沢六〇〇番地に益太郎、キヌの長男として生まれる。本名は良正。昭和十二年、高知県師範学校を卒業、小学校に勤務する。十三年、大阪市の小学校へ転勤する。十五年、

ま

肺結核のため休職。童話を「高知新聞」に書く。帰高する。十六年、童話集『暁の子供たち』を著す。十七年、小説『訓導記』を著す。二十年、応召二カ月余で除隊になる。二十一年、詩誌「狼笛」（のちの「南海詩人」）を編集発行する。詩集『灘の虹』を著す。二十三年、詩誌「次元」（のちの「鯨」）を創刊する。二十四年、詩集『繭』を著す。柴岡香は、集中「雑草の中にいる桂子」の一節、「朝から／唖の桂子は／あの雑草のきつい草いきれのなかで／花をつんでいる。／いっさい音を絶つと／もろもろのいのちにぢかに触れることができるのだろうか。／毎日ああして／犬や山羊やバッタと話しているあの子のことばを／誰がひとり合点だなどと言えよう。」を引き「身近にむき出しの人間生活を描いた詩は、高村光太郎の『智恵子抄』を彷彿させるものがある」と評した。また正木の「人間的苦悩の指向が、宗教的世界に赴くということによって、ひとつの安住を得ているようにみえる」と書く。「屋根の雪は／真言か／この道をゆくものに／光／はてない」。

（堀部功夫）

正延哲士　まさのぶ・てつし

昭和六年十一月（日未詳）～。小説家。高知県香我美町（現香南市）に生まれる。昭和十九年、海南中学校へ入学する。二十年、山村の民家へ分宿疎開して敗戦を迎える。アメリカ映画に魅せられる。「砂時計」最年少同人。立仙啓一と会う。立命館大学文学部哲学科に学ぶ。学生運動に加わる。六全協後の学生活動家情況を、小説「怨霊」として書く。高知放送に勤める。「放送土佐史談」を担当し、土佐の地方史に関心を持つ。三十五年、ラジオ番組取材で、裏社会に通じる大黒麗夫を紹介され、豪友会中山勝正の協力を得た。小会社のフィルム・プロダクション再建のため、東京へ転勤する。友人に助けられ再建見通しが立つが、本社の打ち切り決定で挫折し、退社する。友人の営む不動産会社の役員になる。東五郎を知り、その兄弟分になる任侠の人々と触れ合う。会社が、オイルショックに伴う金融引き締めで、資金繰りが悪化する。辞任して、フリーの物書きとなる。四十二～五十六年、『正延名の研究』『博士頭芦田主馬太夫』『日本叛乱伝説』を著す。波谷《はだに》事件と出合ってから、意識的に任侠社会を取材する。ノンフィクション『最後の博徒』を著す。古風なヤクザ美学を通した波谷守之の半生を綴って、戦後の自分精神史を確かめる。五十九年、『続最後の博徒』を著す。六十一年、中国を訪ねる。『奈落と花道』を著し、奥役、東五郎の半生を取りあげた。平成元～十一年、『異説春日局伝』『伝説のやくざボンノ』『戦後史秘話総理を刺す』『最後の愚連隊稲川会外伝』『極道暗殺』『昭和名侠伝鬼魄』『阿倍仲麿』『じゃがたらお春』『土佐の高知のはりまや橋で』『鯨道』『侠道《おとこみち》―しまなみ海道異聞』を著す。

＊**正延名の研究**《まさのぶめいのけんきゅう》　記録。〔初版〕昭和四十二年三月、著者。◇横川末吉「大忍庄の研究」に触れ、自己のルーツに関心を持った著者の調査報告。「正延姓は、香美郡、高知市、須崎市等に現存するが、その出身は、すべて香美郡東川（大忍庄《オオサトショウ》正延）の出身であろうと思われる」。

＊**博士頭芦田主馬太夫**《はかせがしらあしだしゅめたゆう》　長編小説。〔初版〕昭和五十五年七月一日、現代企画室。◇戦国時代初期、土佐。陰陽師の博士頭芦田主馬太夫は、陰陽道、唱聞道、遊藝の者、散所や坂の村のすべてに支配を及ぼしている。地頭職の香宗我部氏、新興の長宗我部氏の相剋を背景に、「賤民」の願望をになった芦田主馬太夫は、戦闘を挑ん

でゆく。

＊続最後の博徒―波谷守之外伝《ぞくさいごのばくと―はだにもりゆきがいでん》　記録。〔初版〕昭和五十九年十二月、三一書房。◇波谷は、広島の博徒親分で、昭和五十二年におきた冤罪事件の被告人。侠気に富む。猪野健治は、正延のモデルに対する畏敬の念を看取する。波谷が、アメリカン・マフィア化する大勢のヤクザと異なり、古風な美学を持ち、昔ながらの賭博だけで渡世し、武士的一面を示す人物だったからである。波谷は、昭和三十五年頃、高知県中村市に居たことがある。双葉文庫化された。

＊昭和名侠伝鬼魄―鬼頭良之助と山口登《しょうわめいきょうでんきはく―きとうりょうのすけとやまぐちのぼる》　記録。〔初出〕「実話時代」か。〔初版〕平成六年六月三十日、三一書房。◇土佐の侠客と二代目山口組組長とを取り上げ、軍国主義時代に珍しく自己の精神的自由を保持し続けた男たちとして描く。

＊土佐の高知のはりまや橋で―私説・鋳掛屋お馬《とさのこうちのはりまやばしで―しせつ・いかけやおうま》　長編小説。〔初版〕平成七年七月三十一日、三一書房。◇〝よさこい節〟モデル二人の生涯である。正延は、橋詰延寿から、お馬の長女布美が、高知市南新町一八四の、同族正延専吾方へ寄留していたことを教えられ調べ始めて、本書が成った。

（堀部功夫）

間島琴山　まじま・きんざん

明治二十年三月二日～昭和四十八年八月十七日。歌人。香川県琴平に生まれる。本名は盤雄。神宮皇学館高等部卒業。明治三十九年より新詩社に参加し、のち「スバル」にも歌を発表。石川啄木と交わった。歌集に『檜扇』（大正5年11月、天弦堂）がある。朗詠法を説いた「間島式日本歌道披講形」（昭和8年）を残している。深川富岡八幡宮権宮司であった。

（浦西和彦）

益井俊二　ますい・しゅんじ

明治二十年二月二十八日～昭和四十八年（月日未詳）。文英堂創業者。徳島市に生まれる。明治三十六年、大阪に出て此花欽英堂に入り、のち支配人となる。大正十年、独立し、文英堂を創業。取次業を行ったが、十二年ごろから学習参考書を出版。朝永振一郎監修『学生百科新事典』を創立四〇周年記念として刊行。

（浦西和彦）

増田耕三　ますだ・こうぞう

昭和二十六年一月二十日～。詩人。高知県宿毛市に生まれる。東洋大学法学部卒業。国家公務員。「開花期」（廃刊）同人を経て、現在詩誌「兆」同人。詩集『水底の生活』（昭和55年10月20日、混沌社）、『競輪論』（昭和57年12月1日、混沌社）、『続競輪論』（昭和61年11月7日、土佐出版社）、『水の街』（平成元年11月25日、土佐出版社）、『村里』（平成5年3月3日、細亜書房）。第一回風賞優秀賞受賞。

（浦西和彦）

町田雅尚　まちだ・まさなお

明治三十三年二月二十五日～昭和四十四年十二月十七日。俳人。高知県高岡郡別府村川渡に、大野直賢、うめの三男として生まれる。本名は昌直。大正十三年、京都府立医学専門学校を卒業する。十四年、高知市帯屋町、町田旦龍の養子となる。昭和七年、医学博士の称号を受ける。十年より、町田病院院長、精華園理事長、高知県医師会会長、高知県精神衛生協会会長などを歴任する。俳誌「紘」を主宰する。「ホトトギス」同人になる。椋庵文学賞を創設する。三十三年、句集『夏潮』を著す。三十五年、高知県文化賞を受賞する。随筆『アムゼルの歌』を著す。三十八年、妻みつ子と共に句集『椋庵』を著す。四十年、随筆『巣箱物語』を著す。四十一年、句集『冬耕』を著す。四十二年、藍綬褒章を受章する。四十三年、高知市吉田町六―二五里見邸内に句碑「木の芽呼ぶかそけき雨の夜となりぬ」が建つ。四十四年、高知市中島町一六〇の自宅で死去した。従五位勲四等瑞宝章の追贈を受ける。四十五年、町田龍三によって、随筆『七十歳の綴方』が刊行された。五十年、長浜アコメの精華園内に、句碑「ひかり飛ぶあこめの磯の夕千鳥」が建つ。

＊巣箱物語《すばこものがたり》　エッセイ集。〔初版〕昭和三十五年十二月二十五日、町田雅尚先生還暦記念随筆集刊行会。◇「築屋敷雑記」築屋敷三丁目三七の借屋や、鳥、草木など風物の思い出を綴る。かつて吉井勇の閑居したところでもある。

（堀部功夫）

松浦泉湧《まつうら・せんゆう》

昭和八年九月十二日～。俳人。愛媛県に生まれる。本名は喜浩。「炎昼」「万緑」「若葉」「冬草」を経て、「糸瓜」同人。句集『流水』（昭和55年5月、糸瓜社）。

水のごとき朝なり返り花一つ
朝ざくら咲き満つ水霊木霊かな
墳墓の地とおもふ水音よ冬蝶よ

（浦西和彦）

松浦理英子《まつうら・りえこ》

昭和三十三年八月七日～。小説家。愛媛県に生まれる。青山学院大学仏文学科卒業。昭和五十三年十月、葬式に雇われて人前で泣いてみせる「泣き屋」の「私」と、「笑い屋」の女性との関係を描いた観念的な作品「葬儀の日」（「文学界」昭和53年12月）で第四七回文学界新人賞を受賞した。続いて「火のリズム」（「文学界」昭和54年7月）、「乾く夏」（「文学界」昭和54年10月）や肥満体の上級生にいじめられる同室の下級生の奇妙な反抗と服従を描いた「肥満体恐怖症」（「文学界」昭和55年6月）等を発表。長編「セバスチャン」（「文学界」昭和56年2月）は、主人公の麻希子と佐久間背理とが「主人と奴隷」ごっこという女同士の愛を題材にして、マゾヒスト志向のある政本工也を絡めて描く。三つの中編の連作からなる『ナチュラル・ウーマン』（昭和62年2月、トレヴィル）は、主人公である「私」と三人の女性たちとのレズビアンの世界が書かれる。ベストセラーになった「親指Pの修業時代」（「文藝」平成3年5月～5年11月）は、ある日突然、二十二歳の主人公の右足の親指がペニスになってしまうという卓抜なアイディアと構想力でさまざまの愛憎関係を描き、平成六年度女流文学賞を受賞した。その選評で、田辺聖子は「まず、アイデアが卓抜。しかもそれに格負けせず、小説的構築も力強い。抽象度の高い小説でありながら、小説としてのイメージは具体的でゆたか、瑞々しい。性についての俗流偏見や歪みを指弾する、というテーマは、書きようによってはメッセージが前面に押し出されやすいが、これは物語の中へ充分咀嚼されている、快作である」と評した。他に『裏ヴァージョン』や評論集『優しい去勢のために』等がある。

（浦西和彦）

松岡一郎《まつおか・いちろう》

明治四十四年二月二十七日～平成七年四月十七日。俳人。岡山市に生まれる。父は開業医。大正三年、香川県坂出市に移住。県立多度津中学校を経て関西大学を卒業。軍隊生活のあと、野田産業に勤める。昭和二十四年ごろから句作をはじめ、三十七年「馬酔木」「天狼」「寒雷」を経て「青玄」同人。三十七年、俳誌「城」を発行。五十年十一月、坂出市文化協会が発足し、その文藝雑誌「海橋」の編集責任者を平成七年四月に亡くなるまで務めた。句碑「鵯や足の回りに冬の雨」が坂出市内の両景橋西詰

め緑地公園に平成元年十一月に建立された。（浦西和彦）

松岡健一 まつおか・けんいち

大正八年五月十一日〜。俳人。香川県大川郡志度町大字鴨庄に生まれる。昭和十四年、藤田初己主宰「広場」に入会。二十一年「万緑」創刊とともに入会、のち同人、中村草田男に師事。平成六年、朝日新聞香川俳壇選者。句集『円虹《まるにじ》』（平成6年11月28日、本阿弥書店）。

しづけさや蚕のこらず口動く（阿波大宮）
円虹の中のわが影正しけり（剣山）
代掻くや天地ひとつの夕茜（浦西和彦）

松岡俊吉 まつおか・しゅんきち

大正八年（月日未詳）〜平成十六年二月四日。評論家。高知市に生まれる。昭和十八年、慶応義塾大学卒業。海軍予備学生から、第一期魚雷艇学生になる。同期に島尾敏雄がいた。二十年、舟山列島にて終戦を迎える。北海道由仁町へ移り、教育次長、厚生課長を歴任後、帰高する。四十八〜五十七年、評論『島尾敏雄の原質』『吉本隆明論』『思想の源々』『イメージ学』を著す。（堀部功夫）

松岡凡草 まつおか・ぼんそう

明治三十三年三月一日〜昭和五十八年一月十三日。俳人。愛媛県北条市辻（現松山市）に生まれる。本名は正義。愛媛県立松山中学校、東京商科大学卒業。勧業銀行に入行。俳句は大正十四年病で帰郷中、仙波花叟に学んだ。昭和二年に上京して松根東洋城に師事。「渋柿」同人。四十四年より一三年間「渋柿」の発行所を担当し同誌の経営につくした。（浦西和彦）

松尾春光 まつお・しゅんこう

大正七年二月二十五日〜平成八年六月七日。俳人。香川県に生まれる。本名は春光《はるみつ》。俳句は犬塚春経の指導ではじめ、昭和三十七年「同人」入会。句集『春光』（昭和53年2月25日、藝文堂）。

梅匂ふ宵月は弓引きしぼり（浦西和彦）

松崎慧 まつざき・けい

昭和十年三月二十日〜。小説家。徳島県麻植郡鴨島町（現吉野川市）に生まれる。徳島大学学藝学部卒業後、公立中学校の教員として勤務。そのかたわら「徳島作家」、詩誌「逆光」「OGORO」「青灯」同人として創作活動を続ける。『寒流の記憶』（昭和46年6月15日、KK出版）は、当時の日教組の組合活動を軸に、現代を包む矛盾と現実の非情さ、人間の愛の頼りなさを描いた力作である。「坂の下の家で」では、徳島の小説賞を受賞。（増田周子）

松崎路人 まつざき・ろじん

明治四十年一月七日〜昭和五十六年九月十一日。俳人。徳島県に生まれる。本名は秀夫。九州帝国大学医学部卒業。開業医。俳句は昭和五年、吉岡禅寺洞に師事。「天の川」同人。戦後は「向日葵」同人。句集『旅』（昭和56年4月15日、著者）。（浦西和彦）

松沢卓郎 まつざわ・たくろう

明治三十一年五月（日未詳）〜。教育者。高知県幡多郡和田村に生まれる。大正七年、高知師範学校卒業。県下小学校に二〇余年間、勤務する。昭和十四年、退職、高知市潮江に移住する。

＊**野中兼山**《のなかけんざん》　伝記。〔初版〕昭和十六年十一月十五日、講談社。◇兼山の理念が「今日の新体制理念と符節を合するが如」しとして、若年者向きに、その伝記をまとめた。（堀部功夫）

松沢椿山《まつざわ・ちんざん》

明治三十九年三月三十一日～平成五年三月三十日。俳人。愛媛県東宇和郡松渓村に生まれる。本名は照嘉。富安風生の指導を受け「若葉」「ホトトギス」に投句。東北電力勤務の昭和二十七年ごろから「みちのく」に参加。（浦西和彦）

松瀬青々《まつせ・せいせい》

明治二年四月四日～昭和十二年一月九日。俳人。大阪船場に生まれる。本名は弥三郎。幼少の時から漢詩、詩歌を学び、二十八歳の頃から俳句を始めた。「ホトトギス」に投句、子規に称賛され、勤めていた第一銀行を止めて「ホトトギス」の編集に従事。明治三十三年帰阪し、朝日新聞社に入社、朝日俳壇の選句を担当した。三十四年「宝船」（のちに「倦鳥」と改題）を創刊し歿年まで主宰した。句集『松苗』『妻木』などを刊行、関西俳壇の雄といわれた。徳島県半田町を訪れ、「半田川の高きに町や桐の花」他数句を詠んだ。その句に因み、半田の俳句愛好会は桐の花句会と名付けられた。昭和三十年、逢坂神社に半田川から採取した青石に自筆で先の句が刻まれ、半田倦鳥会の人々により、建碑された。（増田周子）

松田大童《まつだ・たいどう》

明治三十七年十月二十六日～昭和五十六年七月三十一日。俳人。愛媛県北条市鹿峰（現松山市）に生まれる。本名は憲二郎。北予中学校を経て、明治薬学専門学校卒業。松田博愛堂代表取締役。俳句は大正十三年より村上霽月、柳原極堂、森薫花壇らの指導を受け、のち「渋柿」同人。昭和二十四年「うしほ」を主宰。薬事功労者として四十七年愛媛県知事、五十三年厚生大臣より表彰された。句集『松濤』（昭和54年7月15日、中公事業出版）。（浦西和彦）

松谷みよ子《まつたに・みよこ》

大正十五年二月一日～。児童文学者。東京に生まれる。東洋高等女学校卒業。『松谷みよ子の本』がある。国際アンデルセン賞優良賞を受ける。

＊お月さん《おつきさん》ももいろ《ももいろ》　児童文学。〔初版〕昭和四十八年三月十日、ポプラ社。◇土佐藩が月灘でとれる桃色珊瑚を内密にし、山分、浦分と人々の暮らしを厳別させられていた時代、じいやんと二人暮らしの小娘おりのが桃色珊瑚を拾う。おりのは、病気のじいやんへ薬である熊の胆をくれた猟師与吉に珊瑚を贈る。年上の与吉は規則を考えつつ持ち去って珊瑚を磨く。与吉を待って、おりのの歌う「お月さん　ももいろ／どこさ　こけた／海さ　こけた／さんごに　なつて／ねんねんよ／ねんね」が規則に触れ、おりのは詮議される。じいやんも死ぬ。おりのは珊瑚を求め嵐の海にもぐって死ぬ。磨き上げた珊瑚を持って駆けつけた与吉も士たちに殺される。おりのの歌が形を替えて歌い継がれる。松谷の「母方の祖父が土佐の人」で「土佐にひかれていたのは血のせいだろうか」と書く。画家井口文秀の勧めで制作した。鈴木克美『珊瑚』に拠ると、大月町は、井口文秀画を参考に少女像（大野良一作）を制作し、同町小才角に建立した。松谷のエッセイ「土佐の女」（「現代」平成3年11月1日）は、母方の祖父が友貴、本籍土佐郡地蔵寺村地蔵寺二四六四であると記す。（堀部功夫）

松永あやめ女《まつなが・あやめじょ》

明治二十八年（月日未詳）～昭和五十三年五月二十七日。俳人。愛媛県北条町磯河内（現松山市）に生まれる。本名は文枝。松永鬼子の妻。俳句は、昭和四年、松根東洋

城に師事し、のち「渋柿」同人。（浦西和彦）

松永鬼子《まつなが・きし》　明治十三年九月四日〜昭和四十六年二月六日。俳人。愛媛県温泉郡雄群村（現松山市土居田町）に生まれる。本名は詮季。別号は蓑虫山人。明治三十八年、愛媛師範学校卒業。小学校の教諭、校長を歴任。俳句は、明治三十四年、村上霽月に師事。大正五年「渋柿」同人。昭和はじめ「海南新聞」の日曜俳壇選者を担当。句集『形影』（昭和31年6月30日、渋柿図書刊行会）。（浦西和彦）

松永周二《まつなが・しゅうじ》　明治十七年六月六日〜昭和四十七年二月十一日。歌人、実業家。徳島市通町に生まれる。徳島中学校時代の明治三十四年、「明星」に初めて短歌を発表。翌年ストライキ指導のため退学、家業に専念。昭和五年、鉄幹、晶子の来徳を機に、「冬柏」に参加。「雲珠」に毎号作品を発表し、鉄幹に上京を進められるが果たせなかった。歌集『天地一馬』（昭和46年11月、著者）を刊行。（増田周子）

松永義弘《まつなが・よしひろ》　昭和三年四月十日〜。小説家。佐賀県東松浦郡に生まれる。昭和二十八年、日本大学文学部史学科卒業。山手樹一郎主宰の新樹会同人となる。資料に裏打ちされたストーリーにロマンがある時代小説を執筆。『地獄の車輪梅』（昭和47年12月、青樹社）、『柳生一族の陰謀』（昭和53年6月、富士見書房）、『智将独眼竜政宗』（昭和61年9月、日本文華社）など多数。四国を描いたものに、『一ノ谷・屋島・壇ノ浦の合戦』（昭和59年11月、成美堂出版）、阿波の藩主蜂須賀を描いた『蜂須賀秘聞』（平成3年7月20日、富士見書房）、『虹かかる海—中浜万次郎』（平成5年10月、光風社出版）などがある。（増田周子）

松並敦子《まつなみ・あつこ》　昭和十一年八月五日〜。歌人。満州国に生まれる。昭和四十一年、徳島に移住。「南海歌人」編集委員。（浦西和彦）

松並武夫《まつなみ・たけお》　昭和三年八月十一日〜。歌人。徳島県勝浦町に生まれる。「南海歌人」主宰。編著『全逓歌集』第一〜五集（昭和52年8月〜平成3年8月、全逓短歌の会）、『海成層—南海歌人一七〇人集—』（平成10年9月、南海歌人の会）等がある。

足摺も室戸岬もめぐり来て土佐は荒海太平洋を抱く

鯨獲りて海に死になる祖の墓みな海に向く室戸の岬は

（浦西和彦）

松根東洋城《まつね・とうようじょう》　明治十一年二月二十五日〜昭和三十九年十月二十八日。俳人。東京築地に生まれる。本名は豊次郎。伊予宇和島、伊達藩の城代家老松根権六の長男。母は藩主の次女。父は裁判官であったため全国各地を転々とし、栃木、東京、大州、松山と小学校を転校した。愛媛県立松山中学校在学中から句稿を送って熊本第五高等学校で教師をしていた夏目漱石に批評してもらった。明治三十八年、京都帝国大学法科卒業。宮内省に入り、式部官となり、宮内書記官、帝室会計審査官を歴任したが、大正八年に退職した。「ホトトギス」に拠ったが、子規歿後の明治四十年、河東碧梧桐の新傾向「俳三昧」に対抗して「俳諧散心」を興し、虚子らと定型句を主張した。四十一年、虚子が小説執筆に転じて句作を離れたので、虚子より

ま

「国民新聞」の国民俳壇の選者を引継ぐ。大正四年、「渋柿のごときものにて候へど」の句より名をつけた「渋柿」を創刊、主宰した。五年、虚子の俳壇復帰と共に国民俳壇の選を退いたが、この時、「怒ること知つてあれども水温む」の句を示し、以後「ホトトギス」と絶縁した。「渋柿」の育成に努め、俳句は写生の外にあることを力説し、人間修業としての句作を提唱した。芭蕉俳諧の道を探究する。昭和二十七年一月「隠居の辞」を書いて、「渋柿」を野村喜舟に譲った。著書『黛』(昭和16年6月25日、秩父書房)。句集『東洋城百詠』(大正13年4月1日、渋柿社)、『東洋城全句集』全三巻(昭和41年8月25日～42年1月14日、海南書房)、『東洋城千句集』(昭和49年1月31日、渋柿社)。 (浦西和彦)

松野正子 まつの・まさこ

昭和十年七月十二日～。児童文学者。愛媛県新居浜市に生まれる。本姓は小林。小学校三年で東京に移住。早稲田大学卒業後、コロンビア大学大学院で図書館学を学ぶ。絵本『ふしぎなたけのこ』(昭和38年、福音館書店)で世界絵本原画展グランプリ受賞。『こぎつねコンとこだぬきポン』(昭和52年、童心社)で児童福祉文化奨励賞受賞。翻訳に『がんばれウィリー』(昭和52年、岩波書店)ほかがある。 (浦西和彦)

松林朝蒼 まつばやし・ちょうそう

昭和六年八月二十九日～。俳人。高知県に生まれる。本名は邦彦。元特定郵便局局長。「鶴」「夏炉」「初蝶」に参加。昭和三十七年、第八回角川俳句賞を受賞。句集『椿の花』(平成2年3月29日、夏炉社)。

日当りて雪の三椏花蒼き
鳥雲に灘の渦潮弓張れる
紙を漉く峡の月夜は水色に

(浦西和彦)

松原静 まつばら・しず

明治四十二年九月十七日～平成四年五月六日。俳人。高知県高知市に生まれる。「句と評論」「あさひこ」の砂川長城子の実妹。昭和二十三年五月、松原地蔵尊と結婚。昭和二十六年ごろ都紫《みやこむらさき》の俳名で「新暦」に投句、のち同人。「新暦」主宰の松原地蔵尊逝去後は同発行人および同運営委員。 (浦西和彦)

松原良介 まつばら・りょうすけ

大正十二年七月二十四日～昭和五十九年八月十四日。俳人。香川県大川郡長尾町西に生まれる。志度商業学校卒業後、三菱重工業神戸造船所に入社。戦後、富士鋳工所、四国新聞社、読売新聞大阪本社に勤めた。地方部次席を定年後、香川県史編纂室に勤務。俳句は佐々木南雄に学び、日野草城に師事。「旗艦」「太陽系」「鳥瞰」「青玄」「草苑」同人。昭和四十九年第四回草苑賞を受賞。 (浦西和彦)

松村ひさき まつむら・ひさき

大正十二年三月一日～。俳人。徳島県海部郡由岐町阿部(現美波町)に生まれる。本名は久樹。元郵政公務員。昭和二十四年、松苗社入会。二十九年、「松苗」同人。五十九年「初蝶」入会。平成二年から七年まで「初蝶」同人。句集『海の音』(原田印刷出版)。

腰曲輪芽木ひしひしと匂ひけり(丸亀城)
磯際の代田かがやき土佐の国(室戸岬)
鷹渡る千畳敷に人置きて(鳴門)

(浦西和彦)

松村益二 まつむら・ますじ

大正二年十月二十一日～昭和五十九年三月四日。ジャーナリスト、放送経営者。徳島市二軒屋町に生まれる。文化学院卒業。「徳島日々新聞」記者から「毎日新聞」へ。応召して日中戦争で負傷、その体験をもとにした「一等兵戦死」が昭和十三年上期の直木賞候補になる。毎日グラフ編集局次長、徳島新聞編集局長、四国放送社長などを歴任。郷土徳島の文化発展などに尽力した。（増田周子）

松本かをる　まつもと・かおる

明治二十九年八月二十五日〜昭和五十五年九月十一日。俳人。高知県長岡郡稲生村十九に生まれる。本名は薫。大正十一年、東京帝国大学卒業。昭和六年、医学博士になる。七年、高知市中島町四四に産婦人科医院を開業する。俳誌「竜巻」で育ち、虚子に師事する。十三年、「ホトトギス」に初入選する。二十四年、「ホトトギス」同人になる。三十一年、『かをる句集』を著す。三十五年から、「竜巻」を主宰する。三十九年、『かをる第二句集』を著す。四十九年、『かをる第三句集』を著す。（堀部功夫）

松本繁蔵　まつもと・しげぞう

明治四十三年十月十八日〜。歌人。徳島県に生まれる。昭和二十三年、「せせらぎ」（のち「新灯」と改題）を発行し、編集を担当。歌集に『青島』（昭和18年2月）、『沫』（昭和44年5月、初音書房）、『松籟』（昭和58年4月、新灯短歌社）がある。（浦西和彦）

松本清張　まつもと・せいちょう

明治四十二年十二月二十一日〜平成四年八月四日。小説家。福岡県に生まれる。本名は清張《きよはる》。昭和二十六年「週刊朝日」の懸賞に「西郷札」が三等入選。二十七年「或る『小倉日記』伝」が第二八回芥川賞受賞。以後『点と線』などの推理小説が次々とベストセラーとなる。『昭和史発掘』などや日本古代史などの歴史研究もある。

＊**梟示抄**《きょうじしょう》　短編小説。〔初出〕「別冊文藝春秋」昭和二十八年二月一日。〔全集〕『松本清張全集35』昭和四十七年七月二十日、文藝春秋。◇佐賀の乱で敗北した江藤新平は、明治七年四月十三日に梟示された。戸ノ浦から西宇和郡三崎村、八幡浜、宇和島を経て、江藤新平らが三月二十七日に土佐の甲《かん》ノ浦で逮捕される逃避行を描く。

＊**草の陰刻**《くさのいんこく》　推理小説。〔初出〕「読売新聞」昭和三十九年五月十六日〜四十年五月二十二日。〔全集〕『松本清張全集8』昭和四十七年五月二十日、文藝春秋。◇松山地検杉江支部に火災が起き、裁判記録を保管してあった第二倉庫が焼失した。その夜の当直員の一人は焼死し、もう一人は宿直途中に呼び出され、酒をのんだあと、正体不明の女たちに、夜あけまで約四〇㎞先の旅館に軟禁されていた。火災は失火として処理される。瀬戸検事は放火ではないかと疑いを持つ。政治家と暴力団、大会社との結びつきなどが暴露されていく。四国、中国、東京、前橋と広がり、一五年前の殺人事件がからまっている。（浦西和彦）

＊**落差**《らくさ》　長編小説。〔初出〕「読売新聞」昭和三十六年十一月十二日〜三十七年十一月二十一日。〔初版〕昭和三十八年六月二十日、文藝春秋新社。◇学説を戦前、戦後、昭和三十年代と三段階変え、女性問題の絶えない、歴史学者島地章吾が、教科書を監修する。島地は、ライバル学者の未亡人細見景子を玩び、彼女にナイフで刺される。「景子には、夫の死後の経験が深い断層のように陥没して見えた。夫の生きている間は、予想もしなかった落差だった」。作中、島地たちが、教科書売り込みのため、高知を訪れる場面がある。「川上は美しい町であった。／旧い構えの家が多い。道は碁盤の

目のように整然としかれている。町の中を小さな川が流れているのも、どこか京都を思わせた。川越しに山脈が青く繋っている。／島地は夕方から高校の講堂で社会科日本史の教師たちのために講演をはじめた。〔略〕彼は土地に因んで安芸郡志波屋にある古い神社が海神族系で、これは古代に塩を海岸から貿易していた名残りであると説いた」。一部の教師たちの露骨な物欲も描かれている。鶴見俊輔は、本作が「普通の推理小説の定型からはずれて」「犯罪を構成しない、意地悪い行動をくりかえす大学教授の手口には工夫がこらされており、それを追いかけてゆくのが、小説のねらいになっている」と読む。（堀部功夫）

松本たかし　まつもと・たかし

明治三十九年一月五日〜昭和三十一年五月十一日。俳人。東京に生まれる。本名は孝《たかし》。宝生流の能役者。病弱のため家業を断念、俳句に専念する。

＊火明《かめい》　句集。〔初版〕昭和三十二年六月三十日、笛発行所。◇集中、四国関係を拾う。昭和二十三年、上村占魚とともに高松を訪ねる。高知へ向かう。室戸岬八句「強き日に燃え落つ椿室戸岬」。高知城で「花静か天守の人語聞えつつ」。二十六年、伊予面河渓谷五句、土佐鏡川二句、土佐横波三里四句。「入海の更に入江の里の秋」。二十八年、土佐国府村で「畦草の返り吹きつつ黄に紅に」。浦戸舟遊二句「小春日に真白き網を廻し打ち」。日曜市、菊の頃は菊市ともいう、「菊市に一人の遍路立ちまじり」。足摺岬二三句「足摺は五つ崎ある秋天下」。（堀部功夫）

松本ふじ子　まつもと・ふじこ

明治四十一年十一月二十一日〜平成九年三月二十三日。歌人。高知県吾川郡西分村に、堀内源吉、亀寿の長女として生まれる。高知県立第一高等女学校卒業。昭和四年、松本健一郎と結婚する。十一年、「短歌藝術」に入会する。十四年、「国民文学」に入る。三十一年、佐藤いづみ、中村信、森川すみと合同歌集『四重奏』を出版する。三十五年、高知市中万々七四―一二へ転居する。四十一年、歌集『土に刻む』を著す。高知県出版文化賞を受賞する。「高知新聞」歌壇選者になる。六十一年、歌集『日開ケ丘』を著す。平成九年、心不全のため高知市内の病院で死去した。（堀部功夫）

松本木綿子　まつもと・ゆうし

大正九年十月二日〜平成六年六月十三日。俳人。高知県に生まれる。本名は有。昭和二十二年「曲水」に入門、のち同人。五十二年水巴賞を受賞。句集『岬』（昭和55年6月15日、曲水社）。（浦西和彦）

松森向陽子　まつもり・こうようし

昭和十年十一月十九日〜。俳人。愛媛県喜多郡五十崎町（現内子町）に生まれる。本名は弘孝。鍼灸整骨。「狩」「せきれい」に参加。

雲割ってとどく太陽里神楽
ふるさとの空の手応へいかのぼり
鳥渡る乾く間の無き岬鼻

（浦西和彦）

松山白洋　まつやま・はくよう

明治十二年三月三十日〜昭和四十二年七月十三日。郷土史家。高知市東片町に、木《こだち》、正の長男として生まれる。本名は秀美。父夭折のため親戚間を転々とし、栃木県尋常中学校、滋賀県彦根中学校に学ぶ。明治三十三年、短歌を「明星」に、詩を「新声」に投稿する。上京する。三十四年、雑誌「曙光」創刊に加わる。三十五年、東京専門学校に入学する。詩を「新小説」に発表

ま

する。三十九年、卒業。朝倉連隊に入る。四十年、除隊後、奈良県立十津川中学校教諭になる。『新体詩入門』（明治40年4月25日、新潮社）を著す。本書に泣菫、有明が序を寄せた。四十一年、岡山県立津川中学校教諭となる。四十二年、岡山県閑谷黌教諭となる。青木孝と結婚する。キリスト教に入信する。四十五年、仙台の東北学院教授になる。大正六年、帰高する。「高知実業新聞」を再刊する。「土佐史壇」会員になる。昭和四年、高知市市会議員に当選する。昭和七～十年、土佐史談会会長になる。十年、高知市商工会議所理事になる。十五年、再び土佐史談会会長になる。十七年、高知県歌人協会会長になる。二十一年、高知市社会教育委員になる。二十三年、高知史跡名勝天然記念物調査会委員になる。二十六年、第二回高知県文化賞を受賞する。二十九年、『土佐人物覚書』を著す。長宗我部元親他一四人の評伝である。三十一年、『歌人群像』を著す。谷垣守他九人の評伝である。四十一年、勲四等旭日小綬章を受章する。

（堀部功夫）

真辺博章《まなべ・ひろあき》

昭和七年三月十日～。詩人。高知県高岡郡佐川町に生まれる。「蘇鉄」「鉄と砂」に詩を発表する。昭和二十九年から、詩誌「貘」に参加する。三十年、詩集『暗い偶像』を内門尉郎と共著刊。三十二年、詩集『海の時間』を著す。四十七年、詩集『火の歌』を著す。評論集『現代アメリカ・イギリス詩人論』を共著刊。『ディラン・トマス研究』を共著刊。五十七年、詩集『火と闇』を著す。日本現代詩人会会員。「quel」「巡」同人。平成六年、詩集『鳥』を著す。嶋岡晨『現代詩の魅力』は、『鳥』のすぐれた特色が「詩精神の見張り番とも言える〈記憶〉のこだわりと確信に、ある」、表題作の一節「ぼくの記憶のなかにある限り／あの鳥は／そこに存在しているのだ」に注意し、「詩人は記憶と詩的イメージを直結して、見えないものを実在化し、人生を解読するのだ。（略）忍耐強く堅実に生きてきた人にのみ可能な《解説》の滋味。運命の与えた特典―その〈記憶〉はけっして私的なトリヴィアルなものに終わらず、たとえば少年時、台湾で聞いた『歴史の記憶する音』に応じた囀りを発しつつも、鳥のように自由に時空を翔びこえ、〈肉体は宇宙の容器だ〉というような、まことにみずみずしく大胆な宇宙感覚を、自己の内に確認しついばむに到る」と評する。

（堀部功夫）

真鍋正男《まなべ・まさお》

昭和二十三年七月十六日～。歌人。香川県に生まれる。中央大学政治学科卒業。川崎市教育委員会勤務。昭和四十七年短歌結社「形成」に入り、木俣修、吉野昌夫に師事。五十七年「形成」同人。六十年、歌集『雲に紛れず』により第三〇回現代歌人協会賞を受賞。現代歌人協会会員。「波濤」編集責任者。

（増田周子）

真鍋元之《まなべ・もとゆき》

明治四十三年九月十二日～昭和六十二年十月三十日。小説家。愛媛県宇摩郡関川村（現四国中央市）大字北野に生まれる。愛媛県立三島中学校を経て、昭和六年、広島高等師範学校国語漢文科を中退。上京し、日本プロレタリア作家同盟に加入し、のち脱退した。「譚海」等へ寄稿。十四年、博文館に入社。戦後は新小説社の「大衆文藝」の編集（昭和二十年から二十四年まで）をし、長編小説「炎風」を同誌に連載。以後、文筆活動に専念。三十三年、「炎風」で第八回新鷹会賞特別奨励賞を受賞した。編著に『大衆文学事典』（昭和42年11月3日、

ま

青蛙房）がある。

（浦西和彦）

真鍋蕗径 まなべ・ろけい

大正三年二月十八日～。俳人。香川県三豊郡高瀬町（現三豊市）に生まれる。本名は宗行。教員。「ホトトギス」「かつらき」「欅」等を経て現在「蕗」「雪」所属。句集『山茶花』（昭和58年）。

笑ひつゝ讃岐の山はみな丸く
稲妻や塩飽七島かけめぐり

（浦西和彦）

真野さよ まの・さよ

大正二年（月日未詳）～。小説家。母の実家、高知県吾川郡春野町弘岡上に生まれる。昭和五年、広島県立高等女学校を卒業する。上京して、日本女子大学で学ぶ。八年、思想問題で中退する。小倉の両親宅へ帰る。十年、画学生と結婚する。三児の母となる。二十二年、河井酔茗の塔影社に入り、創作を始める。二十六年、離婚する。経緯を後年の小説「枯草の手袋」より窺うと、十七歳年少の男性に切望され三児を措いて家を出るが、その男とは短期間で別れた、らしい。二十七年、詩集『葡萄祭』を著す。三十年、小説「蜂」で「婦人公論」新人小説賞を受賞する。三十二年、小説『枯草の手袋』を著す。「女なんば」と改題されてテレビで放映、女流文学者会賞候補作品になる。四十五年、児童図書『愛の本』を著す。その後、「読売新聞」人生案内回答者をつとめる。五十三年、母の晩年を看取った体験に基く小説『黄昏記』を著す。兵庫県伊丹の有料老人ホームに住む。平成三年、文集『愛をひもとく』を著す。

（堀部功夫）

丸岡明 まるおか・あきら

明治四十年六月二十九日～昭和四十三年八月二十四日。小説家。東京に生まれる。慶応義塾大学卒業。「三田文学」復刊に尽力し、能楽研究も続けた。『丸岡明小説全集』がある。大正九年、墓参に来高した。「ふるさと」（「南風」昭和29年7月1日）によれば「私が中学の一年生になつた年の春で、神戸から汽船に乗つて、翌朝、高知の港に着いた。／船の白い窓から、港の様子を眺め、田舎だとばかり聞いてゐたのに、洋風のビルディングがあるのに驚いた。／街の宿に、ひとまづ部屋を取つたが、すぐに迎へに来た親戚の者に誘はれて、鏡川のほとりにあるその家へ行つた」。昭和三十二年、来高する。「二度目の高知」（「南風」昭和32年2月1日）。三十三年、三度目の来高は、代議士候補H氏応援のためであった。中村町へゆき、仁淀川上流の山奥まで行く（「祖父の郷里」）。

＊青春《せいしゅん》の歌《うた》 中編小説。〔初出〕「群像」昭和三十五年七月一日。◇愛親覚羅慧生心中ニュースを契機に、半世紀前にあった「筆者の父桂の話」を知らされる。明治三十六年和歌結社「莫告藻会」を起した桂は、天皇家に近い嵯峨家の長女で「薔薇の君」と呼ばれる、淑《すみ》子と出会い恋に落ちた。三井正靖との婚約が進んでいる淑子は「月にこそ昔をかへすすべはあらめ葉ざくらうしや春のかげなき」と詠む。桂は淑子と相伴って、義弟松下大三郎の案内する青梅の宿に隠れた。死を覚悟するが、一週間後に嵯峨家家扶に連れ戻される。「創作」と付記。平野謙は「短歌史的、あるいは風俗史的なおもしろさを別とすれば、深窓の令嬢と青年歌人とのかけおち事件という中心テーマそのものは、作者の努力をもってしてももはや陳腐である」と評した。当事者自身が王朝恋愛をなぞったのかもしれない。桂が父完爾の墓所、高知久万山を訪ねる場面があり、高知の短歌雑誌、歌会に触れるところがある。

（堀部功夫）

ま

丸岡桂 まるおか・かつら
明治十一年十月七日～大正八年二月十二日。歌人。東京に生まれる。明治二十年代後半、高知に住む。三十一年、父莞爾、逝去。桂が「土佐を出でむとて、父のみはかにまうでけるに、ここにも郭公の鳴くこゑしきりなり。そのかへるさ、／ひと足来二足来てはふりかへるみ墓のやまやまほととぎす」。三十三年、田口春塘と共に歌集『朝嵐夕雨』を著す。三十四年、『曙集』を著す。三十九年大患以後、謡曲を研究する。遺歌集『長恨』がある。（堀部功夫）

丸川賀世子 まるかわ・かよこ
昭和六年一月二十六日～。小説家。徳島市に生まれる。本名は敏子。昭和二十三年、徳島県立富岡高等女学校を卒業。二十六年、徳島県庁に入り、「四国文学」の同人として活躍。三十六年、小説「巷のあんばい」で婦人公論新人賞を受賞。新聞、雑誌に小説を発表する一方、世間を騒がす女の事件に着目。その背景や登場人物を取材して読み物にまとめる仕事を精力的に続ける。徳島県物産東京斡旋所を三十九年退職。以後、文筆生活に専念。著書に徳島出身の喜劇人曽我廼家五九郎を描いた『浅草喜劇事始』（昭和54年2月16日、講談社）、『隣の悪女たち』（昭和58年11月15日、主婦と生活社）、やはり徳島出身の奇術師、松旭斎天一・天二・天勝の伝記を描いた『奇術師誕生』（昭和59年6月15日、新潮社）、『有吉佐和子とわたし』（平成5年7月20日、文藝春秋）などがある。（増田周子）

丸谷才一 まるや・さいいち
大正十四年八月二十七日～。評論家、小説家。山形県鶴岡市に生まれる。本姓は根村。東京大学英文科卒業。グリーン、ジョイスの翻訳、研究家。『年の残り』で第五九回芥川賞を受賞。小説『たった一人の反乱』、評論に『梨のつぶて』『日本文学史早わかり』等がある。

＊**笹まくら** ささまくら　長編小説。〔初版〕昭和四十一年七月、河出書房新社。書き下ろし。◇主人公の浜田庄吉は四十代なかばで、私立大学の庶務課に二〇年近くつとめたが、まだ課長補佐である。戦時中、徴兵を忌避し、時計の修繕や砂絵師をやりながら、全国を逃げまわった過去と、近く課長になるという情報が入ったことで同僚がそねみ、徴兵忌避という経歴が逆手にとられる現在とが、かわるがわるいりまじって描かれる。浜田は四国の宇和島の吉田で質屋をやっている恋人阿貴子のところで十八年九月から敗戦までおよそ二年間住んだ。宇和島の七夕を祀《まつ》る風習なども描かれる。（浦西和彦）

＊**食通知ったかぶり** しょくつうしったかぶり　エッセイ集。〔初版〕昭和五十年十一月二十日、文藝春秋。◇美味体験の言語表現に挑む。集中「四国遍路はウドンで終る」（「文藝春秋」昭和49年11月1日）が四国編。流政之に教わり、高松市田町「おとと」で入り子めし等を味わう。「讃岐もろみ醤油」がよい。高松「新常磐」で「司牡丹」を飲む。高知「得月楼本店」で皿鉢料理、「タマテ」でドロメや鯨のたたきに満足する。琴平東吉野「長岡うどん」と大窪寺「八十八《やそば》庵」とで讃岐うどんを食し、感心する。（堀部功夫）

丸山定夫 まるやま・さだお
明治三十四年五月三十一日～昭和二十年八月十六日。新劇俳優。愛媛県松山市に生まれる。福岡、京都で下足番、俥夫、広島で羽田歌劇の見習いなどをやった。大正十二年末に上京し、浅草根岸歌劇団に入団。十三年四月、築地小劇場に加入し、第一回研究生として小山内薫の指導をうけた。昭和四年、小山内薫歿後、築地小劇場分裂のさ

ま

い、土方与志らと新築地劇団を結成し、「生ける人形」以来中心俳優となった。弾圧により新築地の解散後、十七年に苦楽座を結成。二十年、移動劇団〝さくら〟隊員となり、広島巡演中に原爆にあい死去した。遺稿集『丸山定夫・役者の一生』（昭和45年8月、丸山定夫遺稿集刊行委員会）がある。
（浦西和彦）

【み】

三井英美子《みい・えみこ》 昭和十六年二月二十八日〜。歌人。香川県多度津町に生まれる。「海市」運営委員、編集委員。「香川歌人」常任理事、編集委員。第一九回久保井信夫賞受賞。歌集『月の河口』（昭和63年11月30日、北羊館）、『月夜曼陀羅』（平成10年3月、北羊館）。

空海のはるかなるかな讃岐野は大き手のひら五指の山々

空海に母ありしことその声に真魚と呼ばれて抱かれしこと

（浦西和彦）

三浦恒礼子《みうら・こうれいし》 明治三十九年十一月二十日〜平成二年十一月十五日。俳人。兵庫県佐用郡に生まれる。本名は忠義。大正九年、逓信省に勤務。逓信官吏練習所教育科卒業。昭和四十一年、日本電信電話公社を退職。五十三年、勲四等瑞宝章を受ける。香川県高松市太町に居住。昭和九年、皆吉爽雨に師事、高浜虚子の教えを受ける。二十六年「椿」創刊主宰。「雪解」同人。俳人協会評議員。句集『白魚火』（昭和24年4月1日、さかの書房）、『野蝶』（昭和30年6月1日、野蝶刊行会）、『道後』（昭和44年10月1日、雪解発行所）、『杖国』（昭和53年5月20日、東京出版）、『三浦恒礼子集（自註）』（昭和57年3月15日、俳人協会）。

待春の道後は坂に坂に宿

遍路くる宝印雨の背ににじみ

蝶の野へ裏門あけて善通寺

（浦西和彦）

三浦朱門《みうら・しゅもん》 大正十五年一月十二日〜。小説家。東京に生まれる。高知高等学校に学ぶ。東京大学卒業。昭和四十九年十月一日、高知で講演する。

＊**メチル・アルコール**《めちる・あるこーる》 短編小説。〔初出〕「文学界」昭和三十五年六月一日。◇敗戦直後、「私」の参加した酒宴で二人が死んだ。飲んだのはメチルであったか。その一人公文義範は、「私」が高校受験時「自分の母校の高知を受けるようにと、私を説得した」男であり、感化を受けた。戦時下の高知高等学校、「授業はあったが、同級生は次々に徴兵検査に帰郷し、上級生は工場に動員され、落付いて勉強できる情勢ではなかった」。「官軍が箱根を越えた時の江戸みたいな感」じであった。「私」たちは、放課後、市内の食堂をはしごして食糧を補った。三浦は高知高等学校時代を高橋義孝との対談「高知で過した青春」（「旅」昭和44年5月1日）でも語っている。

＊**高知の町と城**《こうちのまちとしろ》**―旧制**《きゅうせい》**高知高等学校**《こうちこうとうがっこう》 エッセイ。〔初出〕「旅」昭和五十五年三月一日。◇「無為な生活のために気がめいってくると、よく城の天守閣に上った」という。

（堀部功夫）

三木アヤ《みき・あや》 大正八年四月二十二日〜。歌人。香川県善通寺町（現善通寺市）に生まれる。国学院大学文学部国文学科卒業。都立高等学校教員となる。昭和十四年、「多磨」に入会。二十二年、宮柊二に師事する。二十四年、岡部桂一郎らと泥の会を結成。二十八年、

み

「コスモス」創刊に参加。四十二年、東海銀行本店カウンセラー。大正大学、東京女子大学、山王教育研究所の講師をつとめた。歌集に『地底の泉』（昭和40年9月、胡桃書房）、『白蠟花』（昭和57年12月、石川書房）、『夢七夜』（昭和63年12月、短歌新聞社）、『茜の座標』（平成9年6月、短歌新聞社）がある。（増田周子）

三木朱城 みき・しゅじょう

明治二十六年八月六日～昭和四十九年十二月二十六日。俳人。本名は脩蔵。香川県小豆郡土庄町に生まれる。高松商業学校卒業後、南満州鉄道に入社。撫順炭礦、鞍山製鉄所、満州電信電話KK、相互銀行、朝日土木工業に勤務。俳句は大正末年より高浜虚子に師事し、昭和九年「ホトトギス」同人。在満中は「平原」「柳絮」「俳句満州」などを主宰。二十二年八月、大塚素堂の創刊した「旭川」を継承して主宰した。足摺岬を「足摺のかゝる風雨に秋遍路」と詠んだ。句集に『ねぢあやめ』（康徳11年〈昭和19年〉9月31日、新京三省堂）等がある。（浦西和彦）

三木照恵 みき・てるえ

大正十五年一月十六日～。俳人。愛媛県松山市に生まれる。本名は照香。「櫟」「若葉」所属。句集『柚子の空』（平成3年8月、東京四季出版）。

窯に火を封じこめたるさくらの夜
橋一つ渡れば地郷青嵐
廃鉱の冬山彦に怯えけり

（浦西和彦）

三木昇 みき・のぼる

大正十五年三月十二日～。詩人。愛媛県川之江市に生まれる。詩誌「地球」同人。「樫」を創刊、主宰する。詩集に『雨の経緯』『水の区域』『触媒』『水の出遇い』『氷花』『逃げ水』がある。詩「葉蘭」（「id」昭和58年8月）が『ふるさと文学館第44巻愛媛』（平成5年10月15日、ぎょうせい）に収録されている。（浦西和彦）

三木春雄 みき・はるお

明治十七年七月四日～昭和四十八年三月十三日。英文学者。徳島県に生まれる。明治四十二年七月、早稲田大学卒業。弘前中学校、宇都宮高等農林学校の英語教師として勤めたが退職して上京。島村抱月の翻訳『戦争と平和』を手伝う。大正十年、警視庁に入り、保安課脚本係長となった。十五年、東洋大学講師、以後、実践女子専門学校、日本大学、二松学舎大学教授を歴任。タゴールの翻訳などをした。著書に『文藝を語る』などがある。（増田周子）

三木英 みき・ひで

明治四十四年六月二十三日～。歌人。徳島県板野郡松茂村（現松茂町）に生まれる。日本女子大学を三年で病気退学。徳島家庭裁判所調停委員。歌集『雪輪紋』（昭和44年8月、新星書房）、『雪の輪』（平成元年10月、不識書院）。

今日渡る鳴門大橋かつて吾が憧れ越えし海峡の上
引き落とす渦潮もまた澄む空も蒼限りなし昼の海峡

（浦西和彦）

造酒広秋 みき・ひろあき

昭和二十四年四月九日～。歌人。香川県豊中町（現三豊市）に生まれる。東洋大学大学院国文学専攻博士課程修了。高等学校教論。高校時代から玉井清弘の指導で作歌をはじめた。昭和四十四年「まひる野」に参加。五十七年「音」創刊に加わり、運営委員をつとめた。歌集に『四季歌篇』（昭和55年6月、不識書院）、『夏景《かえい》』（平成3年

5月、雁書館）がある。（増田周子）

三木榕樹 みき・ようじゅ

大正七年二月二十一日～平成元年一月二十三日。俳人。高知県中村市（現四万十市）に生まれる。本名は喬介。東京帝国大学農学部卒業。農林省食糧庁を経て住友商事、近畿製粉勤務。俳句は昭和十七年ごろより桝屋九秋の手ほどきを受けた。「若葉」同人。句集『がじゅまる』（平成元年1月）。（浦西和彦）

三木露風 みき・ろふう

明治二十二年六月二十三日～昭和三十九年十二月二十九日。詩人。兵庫県に生まれる。本名は操。早稲田大学、慶応義塾大学中退。明治三十八年『夏姫』を自費出版。その後、早稲田詩社に参加、口語詩を試みる。『廃園』『寂しき曙』『白き手の猟人』等を刊行、北原白秋と並称される白露時代を築いた。「赤とんぼ」が有名。『三木露風全集第三巻』（昭和49年4月20日、三木露風全集刊行会）に、「淡路島畳める山の紫に鳴門の汐の早く流るる」等一三首の「鳴門」（「短歌雑誌」昭和2年1月）、「伊予の山めぐり越ゆれば黄と紅のもみぢの見えて日の晴れにけり（宇和島にて一首）」、「筆山の姿をうつす鏡川見れどもあかず冬の日晴れて（高知市にて）」等三首の「四国の歌」（「小羊」昭和2年4月）の歌が収録された。『三木露風全集』全三巻（昭和47年12月20日～49年4月20日、三木露風全集刊行会）。（浦西和彦）

三島由紀夫 みしま・ゆきお

大正十四年一月十四日～昭和四十五年十一月二十五日。小説家。東京に生まれる。本名は平岡公威。東京大学卒業。『三島由紀夫全集』四〇巻、未完三巻（新潮社）がある。

＊**軽王子《かるのみこ》と衣通姫《そとおりひめ》** 短編小説。〔初出〕「群像」昭和二十二年四月。〔収録〕『岬にての物語』昭和二十二年十一月、桜井書店。◇一部素材は、「古事記」「日本書紀」「万葉集」にある。衣通姫を、軽王子の同母《いろ》妹《も》でなく、叔母で「父天皇の思われ人」とするなどの変更がある。軽王子は衣通姫と恋に陥った。天皇崩御、弟宮即位。軽王子は、伊予の湯へ配流された。王子は股肱の臣石木と叛乱を夢見る。伊予の湯へ、思いもかけず衣通姫が訪ねて来た。二人は愛を完成するが、王子の心は新たな苦しみに囚われる。叛乱軍出発にあたり、姫は石木の出した毒を服し、その亡骸の脇で王子は自刃する。（堀部功夫）

御荘金吾 みしょう・きんご

明治四十一年十二月十一日～。放送作家。愛媛県に生まれる。本名は木村力馬。昭和三年、日本大学藝術学部中退。日活、大映各脚本部を経て、十八年に東宝演劇部入社、エノケン劇団文藝部を担当。二十三年、NHKの専属作家となり、ラジオドラマ「オペラ女優」「陽気な喫茶店」「江湖新聞」などを書く。テレビドラマに「空手小僧の冒険」（昭和31年、市川染五郎主演）などがある。（浦西和彦）

水落博 みずおち・ひろし

昭和九年七月十五日～。歌人。広島県に生まれる。高松市鬼無町鬼無に在住。元国家公務員。昭和二十三年「やまなみ」に入会。のち選者。「荒野」創刊に参加。「群島」「鴉a」「海馬」を経て「薔薇都市」「黒曜座」編集同人。「香川歌人」編集。歌集『少年の瞳』（昭和30年3月、荒野短歌会）、『異郷』（昭和31年7月、明星書店）、『海の死へ』（昭和35年6月、四季書房）、『出発』（昭和41年7月、新星書房）、『出発以後』

み

(昭和52年5月、不識書院)、『海峡此岸』(昭和62年4月、不識書院)、詩集『眠っているおまえに』(昭和52年10月、群島新社)。

言葉すでに調べをなさぬ現実にわが立ちつくす讃岐狭岑の

生死不詳の人麻呂の歌にいざなわれ讃岐狭岑に月の出を待つ

(浦西和彦)

水上喬二 みずかみ・たかじ

昭和五年十月二十七日〜平成八年十月十一日。詩人、小説家。徳島県名西郡神山町に生まれる。本名は喬治《たかはる》。父茂、母マツエの長男。詩作をするとき、きのべろくの筆名も使った。昭和二十四年、渭城中学校卒業。大阪読売新聞社広告部、徳島毎日新聞社記者、支局長を経て、三十九年、広告代理店四国広告社を設立。「父」(「四国文学」昭和49年12月)、「鳴門無情」(「四国文学」平成4年12月1日)、「宿世」(「四国文学」平成7年12月1日)等の詩を発表。他にシナリオ『新生の唄』(昭和43年9月)、詩集『わが領域たる沼沢池』、小説集『無頼の街』(平成2年12月15日、四国文学会)などがある。

(増田周子)

水上勉 みずかみ・つとむ

大正八年三月八日〜平成十六年九月八日。小説家。福井県に生まれる。寺の徒弟、行商、代用教員など職を転々とし、宇野浩二に師事。昭和三十四年、推理小説『霧と影』を出版。三十六年、『雁の寺』で第四五回直木賞受賞。『宇野浩二伝』で菊池寛賞、『一休』で谷崎潤一郎賞、「寺泊」で川端康成文学賞、『良寛』で毎日藝術賞を受賞。平成十年、文化功労者に選ばれた。「越後つついし親不知」「越前竹人形」など。『新編水上勉全集』全一六巻(中央公論社)。

＊土佐宿毛《とさすくも》 紀行文。〔収録〕『日本紀行』昭和五十年九月二十六日、平凡社。◇宿毛は高知県の南端から西へ入りこんだ、小さな沈降海岸に抱かれる窓のような侘しい町だ。「鷹の羽」という宿に泊った。宿の二階から眺めていると、宿毛という町が昔のままの姿で、そこに沈んでいるのだ。灰いろの屋根屋根からは、喧噪な音は何もない。人声もない。東福寺の上に野中一族の白い墓が林立していた。野中兼山は土佐藩の家老職を二〇数年間つとめ、灌漑や堰堤工事を実行したが、野中一家は取りつぶしとなり、兼山は中野村で病歿した。この西明寺谷の屋敷に全遺族が流謫となった。悲劇の谷というべきか。宿毛は日本海辺とちがった海の色をしている。錫色にけむて明るいのだ。

(浦西和彦)

水谷砕壺 みずたに・さいこ

明治三十六年十月二十四日〜昭和四十二年十月三日。俳人。徳島市に生まれる。本名は勢二。関西学院大学高等商業学部卒業。大阪瓦斯ＫＫ役員を経て関西タール製品会社社長。俳句は大正十三年ごろより日野草城に師事。新興俳句運動に大きな足跡を残した「旗艦」の発行編集同人として活躍。戦後は日野草城、富沢赤黄男らと「太陽系」(のち「火山系」)を発行。富沢赤黄男編集の「詩歌殿」にも参加。句集『水谷砕壺句集』(昭和29年3月1日、太陽系社)。

(浦西和彦)

水野広徳 みずの・ひろのり

明治八年五月二十四日〜昭和二十年十月十八日。小説家。愛媛県三津浜村(現松山市)に生まれる。明治三十一年、海軍兵学校卒業。三十七年、水雷艇艇長、日露戦争に従軍。三十九年、軍令部で日露戦史を編集。四十四年三月、日本海海戦の戦記『此一戦』を博文館より刊行。以後、『次の一戦』(大正3年7月、金尾文淵堂)、『戦影』(大正

3年11月、金尾文淵堂）等の戦争文学を書いた。大正十年、現役軍人を引退。軍備縮小同志会、極東平和友の会などに参加し、平和主義的軍事評論家として活動した。（浦西和彦）

水原秋桜子 みずはら・しゅうおうし

明治二十五年十月九日～昭和五十六年七月十七日。俳人。東京市神田猿楽町に生まれる。本名は豊。東京帝国大学医学部卒業。大正八年「ホトトギス」に入り、高野素十らとともに「ホトトギス」の4S時代といわれる黄金時代を築いた。昭和九年「馬酔木」を主宰。三十八年十月二十六日より月末まで倉敷を経て、四国讃岐路、土佐路を旅行した。句集『晩華』（昭和39年10月30日、角川書店）にその時の「讃岐路土佐路」二六首を収録。三十九年四月十四日、土佐足摺岬で「岩は皆渦潮しろく十三夜」の句碑除幕式が行われた。四十六年六月には松山の五十崎古郷波郷句碑を詣でた。（浦西和彦）

＊晩華 ばんか　歌集。〔初版〕昭和三十九年十月三十日、角川書店。◇「讃岐路土佐路」章に那須与一の駒立岩一句、土佐清水港にて一句、足摺岬展望台三句、夜、十二日の月あり五句、二十九日朝一句、岬端ちかき伊佐漁港にて四句、高知城内の「花壇」に泊まる二句、足摺岬に句碑を建つるとて一句を収める。（堀部功夫）

水町京子 みずまち・きょうこ

明治二十四年十二月二十五日～昭和四十九年七月十九日。歌人。香川県高松市に生まれる。本名は甲斐みち。東京女子高等師範学校文科卒業。教職につき、淑徳女学校、桜美林学園で国語の教師をした。最初、尾上柴舟の指導を受け「水甕」に参加。大正十四年、古泉千樫の門にはいり、「青垣」に属す。古泉千樫歿後は釈迢空に師事した。十四年六月、北見志保子、川上小夜子、長岡とみ子らと「草の実」を創刊。昭和十年四月より「遠つびと」（のち「とほつびと」）を主宰した。歌集に『不知火』（大正12年4月、抒情詩社）、『水ゆく岸にて』（昭和25年10月、女人短歌会）がある。（浦西和彦）

溝渕徳子 みぞぶち・とくこ

昭和五年五月二十五日～。俳人。徳島県に生まれる。昭和四十九年「若葉」、五十年「岬」、六十年「愛媛若葉」入会、同人。

藍苗を育て十郎兵衛屋敷かな
わんわん凧狂ひ立つ尾の長さかな
春浅し祖谷の常稲架まだ裸

（浦西和彦）

三田照子 みた・てるこ

昭和八年七月六日～。児童文学者。徳島県三好郡辻町に生まれる。徳島県立三好高等女学校を卒業後、幼稚園、小学校、中学校の教師を二〇年間務める。かたわら日本児童文学者協会主催の夏のゼミナールやサマースクールに参加、創作活動を続ける。昭和六十年、「2年2組のにくまれっ子」で第九回毎日童話新人賞優良賞を受賞。心温まる、ほほえましい童話で子供たちに喜ばれ、『走れ健ちゃん』（昭和53年2月10日、東山書房）、『たぬきの学校の一年生』（昭和61年9月、ひさかたチャイルド）、『2年2組のにくまれっ子』（昭和61年12月20日、教育出版センター）、『パパはりょうりの大てんさい』（平成元年2月、ポプラ社）、『うれしい電話は山こえて』（平成3年6月20日、学習研究社）、『とびだせ一年生』（平成4年3月、偕成社）、『おとうさんのすべりこみセーフ』（平成5年5月、ポプラ社）、『めぐみの村のロミーさん』（平成5年6月20日、学習研究社）など次々に刊行。（増田周子）

三田富子 みた・とみこ

大正十三年一月三十日～。エッセイスト、料理研究家。徳島市に生まれる。昭和十六年、日本大学藝術学部を中退、徳島県国民学校助教諭、二十二年婦人新聞編集部、二十四年参議院議員紅露みつ秘書などを経て、文筆業に専念。茶道、料理に関する著作が多い。『カラー京都の料理』（昭和48年、淡交社）、『茶道具取り合せの工夫』（昭和56年、淡交社）、小説『南十字星』（昭和57年、グラフ社）、『茶の湯ガイド』（平成4年、グラフ社）、『薬になる食べもの』（主婦と生活社）、『スタミナドリンク70種』（主婦と生活社）などがある。（増田周子）

三田華子 みた・はなこ

明治三十三年五月十五日～昭和五十八年十月十三日。小説家。徳島市に生まれる。本名は三ツ田八十子。日本大学文学部卒業。小学生の頃から新体詩や短歌を作り、昭和七年、野口雨情審査の作詞コンクールに「阿波小唄」が入賞。十年、一家をあげて東京に移住。独学で資格を取り、十四年に日本大学文学部入学。二年在学中、小説「石切場」が芥川賞候補となる。「二つの公休日」（「藝術科」昭和15年4月）、文藝推薦作品「薪炭図」（「文藝」昭和16年12月）、「月の夜」（「現代文学」昭和18年6月28日）などを発表。十九年に徳島へ疎開。戦後は婦人民主化運動で活躍。二十一年には戦後徳島県下では初めての文藝ガリ版雑誌「潮流」を発行。『苦楽苦来』（昭和26年、小説社）で直木賞候補となる。また「徳島新聞」に「庚申新八」（昭和32年6月22日～12月10日）、「維新のあとさき」（昭和42年7月19～29日）、「阿波歳時記」（昭和42年12月19日～43年1月17日）などを連載した。著書に『阿波狸列伝』全五巻、『狸狗狸草子』全三巻（昭和35年、徳島県立図書館）、『ふるさと断想』（昭和40年、徳島県立図書館）など多数。『阿波狸列伝―風雲の巻』（昭和34年5月20日、大沢書房）の「あとがき」で「阿波に生まれたものには、狸はもっとも愛すべき、童心の世界の道化者です」という。

＊庚申新八《こうしんしんぱち》 短編小説。〔初出〕「徳島新聞」昭和三十二年六月二十二日～十二月十日。〔初版〕『阿波狸列伝風雲の巻』昭和三十四年五月二十日、大沢書房。◇徳島の津田における「阿波の狸合戦」の話。両雄、津田の六右衛門一家と日開野の金長一家の決戦で、金長方について活躍した佐古を治める庚申新八はやがて大親分になった。そんなある夜、息子の新吉が人間の鉄砲方半助に殺される。新八は息子のかたきをとるため、半助を狙うが、逆に半助は様式銃で狸狩りをする。新八は半助と一騎打ちをして、とうとう半助が後ろ向き射撃で新八を撃ち殺す。しかし、その後、半助の家の門は毎夜ひっくりかえされるようになり、半助の家には門が作れなくなった。

＊維新のあとさき《いしんのあとさき》 エッセイ。〔初出〕「徳島新聞」昭和四十二年七月十九～二十九日。〔初版〕『徳島昔ばなし』昭和四十三年、昭和書房。◇祖母の話をもとに、徳島の維新期の世相を描く。「ええじゃないか」の項では維新の民衆世相を語り、「宇平さん行状記」では、伊勢へのお蔭参りに真っ先にでかけ、でかけたなり帰ってこなかったり、さまざまな商売に手を出して世間をあっといわせたりしたトッパク（そそっかしくて、早呑み込みをする）で開けっ放し、純真な性格の筆者の曽祖父の宇平のことを物語り、「馬ふんの打ちつけ合い」では阿波の庶民文学である狂歌の伝統を紹介している。しゃれた風刺たっぷりの狂歌を作ることを「馬ふんの打ちつけ合い」と名づけ、作った歌を神社に奉納した。それらの背景

には藍で豊かだった商人や町人たちの勢いと自由な気風があったとする。

＊**阿波歳時記**《あわさいじき》　エッセイ。〔初出〕「徳島新聞」昭和四十二年十二月十九日～四十三年一月十七日。〔初版〕『徳島昔ばなし』昭和四十三年、昭和書房。◇旧暦での徳島の一年を回想したもの。年中行事や徳島独自の風習を、筆者の回想の中で記述する。年の瀬の「ふいごまつり」や、餅のつき手が多く、そのテンポの速いのが徳島独特の「つき屋」、お正月になると裸で赤褌一枚の恰好をし、ささらで桶を叩きながらお浄めをして歩く「スッタラボウ」、「えびっさん」、「どんどの火」などが紹介されている。　（増田周子）

皆川博子　みながわ・ひろこ

昭和五年一月二日～。小説家。京城に生まれる。東京女子大学中退。第九五回直木賞を受賞する。

＊**絵金**《えきん》　エッセイ。〔初出〕「旅」昭和六十三年四月一日、第六二巻四号。◇絵金の謎を追う。　（堀部功夫）

南谷和吉　みなみだに・わきち

明治三十七年十月二十八日～昭和十三年七月十三日。歌人。高知県高岡郡北原村田原三〇一七に、正吉、仁和の五男として生まれる。本名は野田千男。早稲田大学高等学院中退。昭和五年、「短歌藝術」同人。九年、大阪で勤める。十二年、帰郷する。　（堀部功夫）

南洋一郎　みなみ・よういちろう

明治二十六年一月二十日～昭和五十五年七月十四日。児童文学者。東京府下に生まれる。本名は池田宜政。青山師範学校卒業。

＊**水夫長平無人島漂流記**《かこちょうへいむじんとうひょうりゅうき》　児童文学。〔初版〕昭和十八年二月十日、偕成社。◇無人島長平の話を児童向け読物化した。「長平等の漂着した島には現在はわづかの住民が住んでゐる。しかし、戦時なので、その島名を書くことは遠慮した方がよいと考へる。また、おなじ理由で、本土からの距離、地形、潮流、風向きなども物語に関係のない程度で多少ちがへて書いておいた」と、鳥島の名を伏せる。「いまや、わが国は未曽有の非常時を突破して興隆の大道をまつしぐらに進みつつある。全国民は鉄の一丸となり、おのおの自己の力を全部君国にささげて八紘一宇の大理想の完遂に奉仕しつつある。／このときにあたり、われわれがこれらむかしの船乗のあらはしたりつぱな精神を知り、感動し、それにならふならば、たくましく生きぬく力を養成する一助にもなると私は信じる」と、戦時色が極めて濃い。　（堀部功夫）

南るり女　みなみ・るりじょ

明治四十一年二月十一日～平成四年三月二十九日。俳人。愛媛県喜多郡に生まれる。本名は政子。大正末年ごろ台北の「ゆうかり」に投句。戦後「ホトトギス」「玉藻」に所属。句集『松風』（昭和58年3月30日、東京美術）ほか。　（浦西和彦）

峰雪栄　みね・ゆきえ

大正六年一月九日～。小説家。愛媛県に生まれる。昭和九年、愛媛県立松山高等女学校を卒業。「三田文学」に、「麦愁」（昭和21年7・8月合併号）、「青春」（昭和22年12月）、「煩悩の果」（昭和24年2月）を発表。戦後に新人作家と注目され、「群像」に「妄執」（昭和22年8月）を執筆したが、のち中間小説に転じた。著書に『煩悩の果て〈新鋭文学選書〉』（昭和24年3月、講談社）等がある。　（浦西和彦）

峰隆一郎《みね・りゅういちろう》
昭和六年六月十七日〜平成十二年五月九日。小説家。長崎県に生まれる。本名は松隆。日本大学中退。問題小説新人賞受賞。
＊四国発《しこくはつ》「瀬戸《せと》」殺人夜行《さつじんやこう》 長編小説。〔初版〕平成四年、広済堂出版。◇高知から上京中の美人モデルが寝台特急「瀬戸」個室内で二一〜二三時の間に扼殺された。容疑者のアリバイがくずせるか。「『ひかり』は、新大阪と岡山の間には停車しないという思い込み」のため、捜査本部が犯人の姫路乗替えを考えつかなかったとは、あまりにお粗末なミスである。これを裏表紙に「突破不可能な時間の壁」とうたうのは誇大広告である。（堀部功夫）

美馬清子《みま・きよこ》
昭和元年（月日未詳）〜。エッセイスト。高知県に生まれる。徳島で美容院を経営しながら随筆を書く。平成十五年「一羽のツグミ」で第四七回日本随筆家協会賞を受賞。同年徳島県出版文化賞特別賞受賞。著書に『蛍川』（平成8年7月、日本随筆家協会）、『母ゆずり』（平成15年10月2日、日本随筆家協会）がある。（増田周子）

みもとけいこ《みもと・けいこ》
昭和二十八年五月二十日〜。詩人。広島県に生まれる。「飛揚」同人。愛媛詩話会会員。昭和六十三年『花を抱く』（視点社）で壺井繁治賞を受賞。詩集に『わいんぐらす』『フロッタージュ』がある。詩「風は巨大な鳥のように」（「詩人会議」昭和62年10月）が『ふるさと文学館第44巻愛媛』（平成5年10月15日、ぎょうせい）に収録されている。（浦西和彦）

味元昭次《みもと・しょうじ》
昭和二十二年一月二十日〜。俳人。高知県高岡郡佐川町に生まれる。本姓は森下。昭和四十五年より句作。「蝶」「青玄」「円錐」同人。句集『おんびきし』（昭和59年5月14日、榕樹舎）、『天魚』（平成6年1月25日、亜細亜書房）。

三月の帰郷牛小舎の暗さの中
餅投げの虚空に死者の手が一つ
葛の葉のうらみの署名用紙かな

（浦西和彦）

宮内むさし《みやうち・むさし》
大正四年二月十四日〜。俳人。愛媛県に生まれる。本名は龍藏。「万緑」同人。句集『百日紅』（昭和62年8月18日、青葉図書）。（浦西和彦）

宮内りつえ《みやうち・りつえ》
大正九年七月十四日〜平成七年十月二十二日。俳人。愛媛県松山市に生まれる。本名は栗恵《りつえ》。教員。夫は「万緑」同人の宮内むさし。昭和四十六年「万緑」入会。五十六年万緑新人賞を受賞。翌年「万緑」同人。句集『青蔦』（昭和62年11月）。（浦西和彦）

宮尾登美子《みやお・とみこ》
大正十五年四月十三日〜。小説家。高知市緑町四丁目に岸田猛吾、喜世の四女として生まれる。実母は義太夫語りの登志吉。父は藝妓娼妓紹介業を営む。富裕に育つが、家業について劣等感を半生持続することになる。昭和十八年、高知市高坂高等女学校を卒業、同校家政研究科に入学する。十二月、中途退学し、吾川郡池川町安居国民学校の代用教員となる。十九年、池川町狩山国民学校に転任し、三月、退職する。前田薫と結婚する。二十年三月、夫が満州吉林省九台県飲馬河の大土佐開拓団に赴任したため、渡満する。二十一年、難民となって引き揚げる。九月二十一日、帰郷する。吾川郡弘岡上ノ村の夫の家で農作業に従事する。二十二年、肺結核にかかる。二十五年か、灸をすえる。のち、結核が自然治癒する。二十六年、村立保育所に保母として就職する。三十三年、高知県社会福祉協議会に勤務する。三十七年、文筆生活に入る。ラジオドラマ脚本「真珠の家」がNHK高知放送局募集佳作一席に入選する。「連」が第五回「婦人公論」女流新人賞を受ける。三十八年、協議離婚する。三十九年、宮尾雅夫と結婚する。四十一年一月二十一日、夫と無一文で上京する。「赤ちゃんとママ社」に就職する。四十三年、第一生命住宅に就職し、PR誌「さんるうむ」編集にたずさわる。四十七年、私家版『櫂』第一部を著す。第一生命住宅を退社する。『櫂』は家の職業や自分の出生について書いた作品である。四十八年、第九回太宰治賞を受けスポットライトを浴びる。四十九～五十二年、『櫂（下）』『陽暉楼』『岩伍覚え書』『寒椿』を著す。第一六回女流文学賞を受ける。五十三年、『影絵』『一絃の琴』を著す。五十四年、第八〇回直木賞を受ける。五十五～五十七年、『鬼龍院花子の生涯』『伽羅の香』『序の舞』を著す。五十八年、第一七回吉川英治文学賞を受ける。平成元年、紫綬褒章を受ける。二年、文藝春秋読者賞を受ける。四年、『宮尾登美子全集』が刊行開始される。八年、エランドール賞を受賞する。十年、勲四等宝冠章を受ける。十二年、NHK放送文化賞を受ける。

＊連《れん》　短編小説。〔初出〕「婦人公論」昭和三十七年十一月。〔収録〕『影絵』昭和五十三年六月、筑摩書房。◇土佐浦ノ内湾出身の裙子は、真珠の中から光沢《てり》の同質なものばかりを集めて組む、連の最高技術者である。「わて」が、裙子との共同生活を、真珠に奪われてしまった、と語る。本作は須崎市の真珠養殖にヒントを得て成った。

＊湿地帯《しっちたい》　長編小説。〔初出〕「高知新聞」昭和三十九年五月二十二日～十月二十六日。署名・前田とみ子。◇高知県薬事課長に着任した小杉を出迎えた晩、薬局の女主人明神瑞代が変死した。小杉が、瑞代の妹笛子とともに、瑞代の死因を探るうち、県の薬局業界にうごめく黒い影が捕らえられる。「北幡の山々が連なる四国山脈でさえぎられ、日本の主要な開発ルートからもそっぽをむかれているさいはての地、高知。そこにうごめいている人間たちのちっぽけな欲望。いささかの私腹を肥やそうと企らむ日守〔県薬局業者組合会長〕も、又、彼に躍らされた小売業者たちも地方という偏視的な視角に立たされているのだ。／考えてみれば地方の住民というは《ママ》何とかなしい存在なのだろう」。

＊櫂《かい》　長編小説。〔初版〕第一部は昭和四十七年八月、著者。上巻、四十八年十二月十日、下巻、四十九年三月三十日、筑摩書房。◇大正～昭和前期、高知。博打打ちの富田岩伍に惚れて嫁いだ喜和は二人の男子を産む。夫は藝妓紹介業を始め、家庭を顧みない。柔和な喜和は、病弱の長男や藝妓予備軍の養女たちを抱え、苦労の多い毎日である。岩伍は娘義太夫師巴吉に産ませた綾子を引きとる。はじめ強く拒んだ喜和も、綾子の仮死を契機に、深い愛をそそぐようになる。長男が夭折する。放縦な次男が喜和に背く。岩伍からも離縁される。苦境の喜和を、綾子が慕って追う。後年、綾子の進学のため、喜和が身を退くところまで。「兎の年の女子は常に心優しく、滅多な事では怒らないが、一旦こうと決めたら脇見もふらず全速力で跳んでゆく、と易占いなどでいう通り」の喜和の半生記である。第一部は太宰治賞を受賞した。描きたくて描いた作品と認められた〔河上徹太郎、寺田透〕。「手織り木綿あるいは紬のような文

章」と評価された（吉行淳之介）。さらに、「今日の大衆のごくありふれた夢が提出されている」（丸谷才一）、「読んで損のない小説」（江藤淳）と書かれた。上下二巻刊行時にも「本格的な風俗小説」（篠田一士）、「紛い物でない実人生の絵図」（八木義徳）、「質実な歴史小説」（中野孝次）と好評であった。本作は、第一に、宮尾が生家を正面から対象化した点、第二に、古い高知の風景と人情と方言を写した点、第三に、感覚的表現、第四に、豊潤な用字用語で注目させられる。劇化（昭和49年、東京藝術座。改題「喜和」）、映画化（昭和60年、東映）、ちくま文庫本化された。

＊**陽暉楼**《ようきろう》　長編小説。〔初出〕「展望」昭和五十年一月～五十一年六月。〔初版〕昭和五十一年七月二十日、筑摩書房。◇昭和十年、高知。陽暉楼一の藝達者房子は、思慕する客、佐賀野井守宏の子を身ごもる。子方屋の思わくに逆らい、意地を通して出産する。難産の挙句、男児弘を授かる。土讃線全通祝賀会後、吐血する。入院中、守宏の姉から弘を認知される。しかし守宏の不実を知らされ、年末に息絶える。弾き初め、盆梅、衛生検査、温習会、花見…と、楼の年中行事を背景として、人に裏切られつつも「心の綺麗な、罪を作らなんだ藝妓」房子の短い一生を描く。磯田光一は、冒頭で房子が「保名」を踊る場面に全体の「潜在的な主題が隠されている」ことを見抜く。「山岡源八」のモデルは松岡寅八。作品化にあたり、宮尾は「松岡一族の二人が私とほぼ同年の遊び友達であったことに大いに助けられたふしがある」と書く（「得月楼とわたし」）。極細部まで、資料のデフォルメは及んでいて、『初代松岡寅八伝』と作品を比べると、大広間の畳数が一三二畳を「百八十畳」、永年勤続者数一七人を「五十三人」、その最高年数一四年を「六十」年とするなど、楼の大規模化がはかられている。映画化、中公文庫化された。

＊**岩伍覚え書**《いわごおぼえがき》　長編小説。〔初出〕「文藝展望」昭和五十年七月、五十一年一月、七月、十月。〔初版〕昭和五十二年一月三十日、筑摩書房。◇高知市で藝妓娼妓紹介業を営む富田岩伍が語る、大正十四年～昭和十九年間の四つの事件簿。「三日月次郎一件について」凶悪犯から決闘を挑まれ、岩伍たちが死力をふるう。「すぼ抜きについて」妓の引き抜き担当者が私利に走る。「満州往来について」いかがわしい満州の楼主に、没落名家三姉妹を身売りさせる。「博徒あしらいについて」丸山楼の牡丹をめぐる、雲龍、百鬼《どめき》の闘争。「世の娘たちの善行の介添たらんと志す」岩伍の、義を見て勇む取柄を示す。「百鬼勇之助」のモデルは、鬼頭良之助である。宮尾は父親の日記（昭和13～26年、一四冊）からヒントを得るところがあったという。前二作と合わせ遊郭もの三部作を完成した。

＊**寒椿**《かんつばき》　長編小説。〔初出〕「海」昭和五十一年一～十二月。〔初版〕昭和五十二年四月十五日、中央公論社。◇昭和十年代～戦後、親孝行、夫奉仕に熱心な、貧しい四人の藝娼妓の境涯である。高知浦戸町の藝妓子方屋の松崎に四人の仕込みっ子、小学生の澄子、貞子、民江、妙子が居て、この家の娘でより歳下の悦子と、分け隔てなく育てられた。それ以来四〇年、皆はちりぢりになるが、東京で物書きになった悦子が帰郷する。いま銀行頭取の愛人となった澄子が大怪我をしたので見舞う。「頭が八分目」と言われた民江は五十歳でなお藝妓を勤めている。口卑しくてだらしなかった貞子は死去していた。陰気だった妙子は、いま静岡の不動産会社社長夫人である。澄子、貞子、民江は内地や満州を転々とし、妙子も七転び八起き、意地の苦闘であった。そ

の稼ぎも込めて成り立つ松崎の娘悦子は、彼女らに後めたさと親しさとを持ち続けている。演劇化（昭和54年、藝術座）された。

＊影絵《かげえ》　短編小説集。〔初版〕昭和五十三年六月二十日、筑摩書房。◇「夜汽車」（「文藝展望」昭和49年7月）高知藝娼妓紹介人の父に代わって、十八歳の靫子《ゆきこ》が、二人の妓を夜汽車で大阪飛田遊郭へ連れて行く。その旅で靫子は、家業を憎みつつ、自分の傲慢横逸さに気付く。「卯の花くたし」（「海」昭和50年5月）大陸から土佐へ来た楼主関谷松之助は、雀貝掘りの汚い娘を、短期間で上等の売り物に磨きあげる。「影絵」（「すばる」昭和53年2月）病母を抱え未婚の竹中文枝は、娼妓だった姉栄子の三六年前、大連における最後の様子を、その夫大高光義から聴く。スパイだった大高は夭折した栄子の姿を未だに追い求めており、妾を栄子そっくりに仕立てあげる。

＊一絃の琴《いちげんのこと》　長編小説。〔初版〕昭和五十三年十月二十日、講談社。◇幕末、土佐。幼年時より一絃琴とともに歩んだ沢村苗は、師匠松島有伯の死によって、練習を中断する。明治二十二年、名流夫人となった苗は、市橋流一絃琴塾を開く。塾が隆盛を極め、後継者決定の際、苗は、貰い子をして、有才ながら驕慢な兵田《たけだ》蘭子を退ける。しかし、一絃琴は、戦後それに余生を託した蘭子によって後生に伝えられる。本作は、一七年かけて第一稿（昭和37年）から五回書き直し、計一、六〇〇枚を費した（「原稿の貯蔵」）。宮尾は一絃琴も入手して稽古に励んだ。直木賞を受賞する。モデルは「市橋（沢村）苗」が島田（千屋）勝子、「兵田蘭子」が秋沢（大西）久寿栄だろう。ただし事実と異同がある。劇化（昭和54年、新派。昭和56年、帝国劇場）され、講談社文庫化された。

＊鬼龍院花子の生涯《きりゅういんはなこのしょうがい》　長編小説。〔初出〕「別冊文藝春秋」昭和五十三年九月～五十四年九月。〔初版〕昭和五十五年一月二十日、文藝春秋。◇大正七年、十二歳の白井松恵は、鬼龍院政五郎の養女になる。鬼政は高知の侠客、興行や労働争議で華々しく活躍する。妾たちのなかで一番影の薄かった、つるが花子を産み、鬼政を喜ばせる。鬼政は、労働運動家安芸盛と松恵の仲を邪推し、安芸に小指を詰めさせた。躾られなかった花子の成長とともに家が傾く。鬼政もライバル荒磯に敗れ入獄する。鬼政に襲われかけたことのある松恵は、恋人田辺恭介を頼り、この家を出ようとする。昭和十五年、鬼政病死、つる病死、花子の急婚礼、相手の若親分の最期と凶事がつぐ。昭和二十一年、恭介病死。帰宅した松恵は、落魄のうちに死去した花子を葬う。青山光二は「この長編の主人公は花子ではなくて、むしろ鬼政である」と言うが、鬼政に逆らいながら「弱きをたすける侠客道」を受け継ぐ松恵を主人公と見ることもできる。宮尾は、父の日記を読んで鬼頭を書くきっかけになった。宮尾は昭和五十年ごろ、三翠園で入交好保から、本作素材を取材した（入交『ふるさと昭和の証言』）。モデルは「鬼龍院政五郎」が鬼頭良之助、「安芸盛」が安芸盛、「須田保次郎」が宇田友四郎、で、鬼頭が労働運動に協調したこと、鬼頭の養女の実在、安芸が小指をつめた一件も事実らしい。映画化、文春文庫化された。

＊母のたもと《ははのたもと》　エッセイ集。〔初版〕昭和五十五年三月三十日、筑摩書房。◇「銅の釜」（「目の眼」昭和53年7月）ほか四編、高知ないし父母関連記事である。

＊つむぎの糸《つむぎのいと》　エッセイ集。〔初出〕「高知新聞」昭和五十四年十一月七日～五十五年十月二十九日。〔初版〕昭和五十六年一月十五日、高知新聞社。◇「土佐人」（「高知新聞」昭和54年11月7日）ほかに高知記

み

事がある。新潮文庫化された。

＊女のあしおと《おんなのあしおと》　エッセイ集。〔初版〕昭和五十六年三月十六日、講談社。◇「なつかしさを買う場所」（「婦人画報」昭和49年6月）が日曜市の楽しみを書くなど。

＊もう一つの出会い《もうひとつのであい》　エッセイ集。〔初版〕昭和五十七年二月二十七日、海竜社。◇「もめんの手ざわり」（「美しい着物」昭和53年）他。新潮文庫化された。

＊楊梅の熟れる頃《やまもものうれるころ》　短編小説＋報告。〔初出〕「ミセス」昭和五十六年一～十二月。〔初版〕付加して、昭和五十七年五月三十日、文化出版局。◇佐川の酒〝司牡丹〟蔵びとの恒さんと「ご献盃」を楽しみに毎年待ち続ける晡婦おきみさんなど、料亭〝得月楼〟、遍路、足摺岬、追手門の栴檀の木、日曜市、長尾鶏、竹林寺、赤岡縞、珊瑚、一絃琴、狩山紙、魚梁瀬杉という高知名物と、それにまつわる一三人の「土佐の女性の血と情熱」のドラマである。新潮文庫化された。

＊朱夏《しゅか》　長編小説。〔初出〕「すばる」昭和五十五年五月～五十六年十二月、五十八年一月～六十年四月。〔初版〕昭和六十年六月二十五日、集英社。◇昭和二十年四月、十八歳の綾子は、生後五〇日目の美耶を連れ桑島村を出る。第一三次土佐開拓団一行と、夫の三好要たちが小学校を開設した満州国飲馬河《インバホウ》へ渡る。不便な生活、病気を克服して後、日本の降伏を知り、何度か死の覚悟をする。九月、難民となり営城子へ逃れる。身心とも野生動物化し、食物を求める。盗みで空腹を宥め、すし詰めながら暖房付き社宅で越冬する。八カ月後、九台へ引っ越し自活する。新京へ南下、葫盧島より船で引き揚げる。我がままに育てられた女も苦労をいとわぬ強さを身につけていた。

＊地に伏して花咲く《ちにふしてはなさく》　エッセイ集。〔初版〕昭和六十年十一月五日、シーズ。◇「黒髪」（「文藝」昭和60年6月）ほか。

＊わたしの四季暦《わたしのしきごよみ》　エッセイ集。〔初版〕昭和六十一年一月七日、中央公論社。◇自作高知ものに言及するエッセイが載る。

＊女のこよみ《おんなのこよみ》　エッセイ集。〔初版〕昭和六十二年一月二十日、講談社。◇「ゆい」（「家の光」昭和60年8月）ほか土佐農村に触れるエッセイが多い。

＊春燈《しゅんとう》　長編小説。〔初出〕「新潮」昭和六十年八月～六十二年十一月。〔初版〕昭和六十三年一月二十日、新潮社。◇富田綾子が、小学校六年時、両親が離婚した。綾子は、父の後妻お照と連れ子譲たちを使用人としか見なさず、高慢に育つ。第一高等女学校入試に落ち、女子師範付属小学校へ行く頃から、綾子は家業である藝妓紹介業を忌わしく感じる。高坂高等女学校に入る。卒業後の東京遊学を許さぬ父岩伍に反撥する。家から離れるため、僻地の代用教員となる。そこで三好先生から求婚される。新潮文庫化された。

＊はずれの記《はずれのき》　エッセイ集。〔初版〕平成十年四月三十日、角川書店。◇「時雨」「息災延命　灸」「木の話2」「級友」「みかん」「秘境への旅」「客員教授」を収める。

＊天涯の花《てんがいのはな》　長編小説。〔初出〕「高知新聞」平成八年八月二十二日～。〔初版〕平成十年一月二十日、集英社。◇草花を好み素直でやさしく育った珠子は、捨て子であった。徳島県三加茂町の養護施設を出ると、剣山、剣神社の老宮司のもとへ養女に行く。そこで「お月さまの色をしている」高山植物キレンゲショウマに魅せられる。やはりその花を「天の花、天の果ての花」と呼び東京から撮りに来たカメラマン久能《くの》卓郎が遭難する。珠子に救助された久能は、出自に悩む珠子に誇りを持てと励ます。二人は愛し合うようになる。しかし、久能には東京に妻が居た。久能は離婚問題

を片付けるため東京へ帰る。その間に珠子は、山小屋の佐川典夫から求婚され、迷う。だが、久能を信じて待とうと決意する。本作および自伝的連作の舞台については、阪上正信『温古文訪』（平成14年8月20日、著者）にくわしい。

＊記憶の断片《きおくのだんぺん》　エッセイ集。〔初版〕平成八年十二月十一日、飛鳥新社。◇『鬼龍院花子の生涯』秘話」（「別冊文藝春秋」平成4年7月）ほか。

＊仁淀川《によどがわ》　長編小説。〔初出〕「新潮」平成十年一月～十二年二月。〔初版〕平成十二年十二月二十日、新潮社。◇「朱夏」に続く連作。三好綾子が仁淀川川畔へ帰国してから、父岩伍の死まで。　（堀部功夫）

三宅克巳　みやけ・かつみ

明治七年一月八日～昭和二十九年六月三十日。画家。旧阿波藩、江戸留守居役の長男として徳島県助任町に生まれる。別名は克《こつ》巳《き》。イギリスの画家ジョン・バレーの水彩画に触れ、水彩画家になろうと決意し、上京。大野幸彦画塾や原田直次郎の鐘美館で修業する。明治三十年に渡米、エール大学付属美術学校で学ぶ。英、仏を歴遊し、三十二年帰国。水彩画家丸山晩霞の作品にひかれ、彼の故郷長野県佐久を訪れる。小諸義塾の教師をしていた島崎藤村と親交を結び、藤村の推挙で図画教師として招聘される。翌年帰京、白馬会会員として文展に出品を続けた。「明星」などの挿画を描き、鉄幹・晶子夫妻や石井柏亭と交友。その後二回の外遊を経て、風景を主体とした温和な水彩画がみなに親しまれ、昭和二十六年には、日本藝術院恩賜賞を受賞。水彩画界の重鎮として、白馬会の後身光風会を結成、その発展に貢献した。著書に『水彩画手引』（明治39年3月、日本葉書会）、『水彩画指南』（明治40年3月、日本葉書会）、『欧州絵行脚』（明治44年11月、画報社）、『水彩画の画き方』（大正10年3月、アルス）、『思ひ出づるまま』（昭和11年、三宅書房）などがある。

＊思ひ出づるまま《おもいいずるまま》　自伝。〔初出〕「冬柏」昭和九～十一年に連載。〔初版〕昭和十一年、三宅書房。◇徳島県助任町で生まれた。生家は馬場のほとりで屋敷からは、城山の森が見えた。維新前、父は藩の江戸屋敷お留守居役であったが、維新後は徳島に戻り、大酒飲みであった。やがて蜂須賀の若殿の養育係として東京に呼ばれ、祖父母を残し七歳で一家は上京。明治学院に入学。その後水彩画を志し、洋行を繰り返し、ニューヨーク、ニューヘブン、ロンドン、パリに滞在。白馬会に出品し、結婚と共に居を小諸に移し、藤村との交遊があった。日露戦争までの自叙伝である。

（増田周子）

宮崎晴瀾　みやざき・せいらん

慶応四（一八六八）年八月二十日～昭和十九年二月二日。漢詩人。高知城下に生まれる。幼名は卯之助、のち宣精。中島及「中江兆民と宮崎晴瀾」（『土佐史談』昭和34年2月15日）に拠ると、楠瀬喜多の甥で、早くに上京する。南摩羽峰について詩を学ぶ。森槐南に学び、門下四天王の一人と称される。「長野新聞」主筆、「東海日々新聞」主筆をつとめる。明治二十三年、『老妖僧』を著す。「自由」新聞に執筆する。中江兆民とともに同紙寄稿者の森槐南、幸田露伴、石橋忍月、森鷗外、野口寧斎を招き会飲する。福井辰彦「牛鬼蛇神の詩」（「京都大学国文学論叢」平成12年11月30日）は、晴瀾詩「贈露伴」（「毎日新聞」明治23年4月15日）、「中夜驚起、有鬼逼我疾書　寄横山黄木・宇田滄溟・太田天耕三詩壇、遥徴其和」（「毎日新聞」明治24年2月11日）、「黙水村荘七怪勝詩」（「日本」明治26年6月3日）を取り挙げ、槐南から「妖怪体」と評されたこと、李賀詩の語句の多用が特徴であることを述べ、「美人蠹／美人被髪夜登レ楼　袖捲大江千丈秋　松火金焼招二獱獺一　月明鉄嘯汰二猿猴一／鐘中竟葬蘆花怨　画裏空吹宝蠹愁　漢殿呪成雌種尽　茂陵脂粉草啾啾」の世界を「泉鏡花を思わせる、新鮮で魅力的なものではあるまいか」と評する。二十六年、千頭清臣述『瑣克拉的《ソクラテス》』を編む。二十九年、詩集『晴瀾焚詩』を著す。三十六年、第一九帝国議会を解散に導いた衆議院の奉答文を起草する。昭和二年から、北海道天塩町更岸沼干拓事業に努めた。

（堀部功夫）

宮崎正喜　みやざき・まさき

明治四十四年（月日未詳）～歿年月日未詳。小説家。高知県香美郡佐古村に生まれる。農家の三男だった。海南中学校中退。一時農業に従事。徴兵により一年半の軍隊生活を終え、高知郵便局の通信事務員になる。昭和十三年「文藝首都」を知り、臥床中、投稿する。井野川潔を知る。十九年、県の地方事務所の職員になる。二十一年、「文藝首都」同人になる。二十四年、井野川潔の新作家協会に加わる。三十二年、座骨カリエスを手術する。作品を「内海文学」「新作家」に発表する。のち、県を勧奨退職する。特別養護老人ホーム施設長をつとめる。五十二年、『香長平野』を著す。六十一年、作品集『柿』を著す。宮崎は「香長平野のいごっそうな農民の生きざまを、農民の眼で描き切ることが、農民の典型を描くことではないかと思っている」と記す。

（堀部功夫）

宮崎夢柳　みやざき・むりゅう

安政二（一八五五）年（月日未詳）～明治二十二年七月二十三日。政治小説家。高知中島町に生まれる。本名は富要《とみやす》、別号は芙蓉散史。父富成、母ゑつ。父は土佐藩士だった。徳永千規《ちのり》に師事し、藩校致道館で学ぶ。明治三年、上京する。詩文を研磨し、英語を学ぶ。七年、島本仲道と出会い感化を受ける。九年、「茨城新報」を発刊する。母が歿した。のち、帰郷する。十三年、高知新聞社記者となる。民権家として言動する。十四年、来高した岸田俊子と漢詩を唱和する。十五年、上京し、自由新聞社に入る。「絵入自由新聞」で小室信介とともに活躍する。デュマ『自由之凱歌』二冊を訳刊。十六年、『高峰の荒鷲』二冊を著す。和田稲積著『通俗社会論』を閲刊。十七年、自由灯社に移る。キング『憂世の涕涙』三冊を訳刊。十八年、『鬼啾啾』を著す。自由灯社を退く。十九年、出版条例違反の廉で、石川島監獄に収容される。出獄後、帰郷する。「土陽新聞」に執筆する。二十年、大阪へ行く。「大阪日報」「浪華新聞」に筆を執る。『大阪事件志士列伝』二冊を著す。二十一年、「東雲新聞」に執筆する。『芒の一と叢』を著す。吉田魁光編『新調手束弓』等三冊を閲刊。ガボロー『義勇兵』を訳刊。二十二年六月十八日より病床につき、大阪で歿す。「野暮らしき政界の志士にして又た意気なる色界の粋客」であった（「東雲新聞」明治22年7月25日）。

＊野路の梅が香《のじのうめがか》　続き物。〔初出〕「高知新聞」明治十四年四月三日～五月一日。◇土佐中村の剣客、樋口真吾の娘、お梅の生涯。岡林清水『増補改訂自由民権運動文学の研究』が、モデルを追及してくわしい。

（堀部功夫）

宮地佐一郎　みやじ・さいちろう

大正十三年九月六日～平成十七年三月八日。歴史家。高知市朝倉に生まれる。法政大学卒業。教職に就く。昭和二十一年、詩誌「詩座」創刊に加わる。土佐詩人協会幹事の一人になる。三十年代に入って、上京する。歴史的史料を買い集め、小説を執筆する。三十八～四十六年、『野中一族始末書』『闘鶏絵図』『宴』『宮地家三代日記』『菊酒』を著す。小説家より歴史家を志す。四十八年、『高知県人』を著す。五十三～五十四年、『坂本龍馬全集』を編む。五十三～平成九年、『龍馬の手紙』『坂本龍馬写真集』『坂本龍馬・男の行動論』『坂本龍馬・青春と旅』『日本ではじめて株式会社を創った男・坂本龍馬』『坂本龍馬・海援隊誕生記』『随想坂本龍馬』『土佐歴史散歩』『坂本竜馬幕末風雲の夢』『坂本龍馬』『幕末の挑戦者・坂本龍馬』『中岡慎太郎全集』『龍馬百話』『中岡慎太郎』『大仏次郎私抄』『長宗我部元親』『坂本龍馬・男の幸福論』を著す。

＊闘鶏絵図《とうけいえず》　短編小説。〔収録〕『闘鶏絵図』昭和三十九年四月二十日、七曜社。◇長曽我部元親は、天下を取り損ね、嫡子信親を失う。末子の千熊丸への相続問題で諫言する重臣も討ち取る。元親は、軍鶏に狂った。「妄執の言行を人は残して亡びる」。　（堀部功夫）

宮下歌梯　みやした・かてい

明治三十九年十月八日～昭和五十九年三月三日。俳人。徳島市に生まれる。本名は梶太郎。大正八年、富田尋常小学校卒業とともに徳島市役所に勤めたが、十三年に退職。昭和十二年、菓子小売商を経営。十五年、県立工業学校、十八年、徳島師範学校事務に勤め、二十一年文部事務官。二十四年より徳島大学各学部の厚生、庶務係長等を歴任し、四十五年に定年退職。俳句は大正十三年頃の病気療養中に作りはじめ、十五年「倦鳥」に拠って松瀬青々に師事。昭和二十一年四月「松苗」を創刊主宰した。徳島新聞俳壇選者。五十七年、藍綬褒章受章。句集『月』（昭和30年11月30日、松苗社）、著書『松苗巻頭言集』（昭和61年12月20日、松苗社）。

海に向いて打込む踊太鼓かな　（浦西和彦）

宮地箕白　みやじ・みはく

明治二十年十一月十五日～昭和五十一年七月二十四日。俳人。高知県香美郡土佐山田町（現香美市）に生まれる。本名は良精。神戸商業学校卒業。明治四十三年ごろより松瀬青々に師事。「宝船」（のち「倦鳥」）に拠った。「倦鳥」廃刊後は永井雨丁、山本竹兜の「漁火」同人。　（浦西和彦）

宮地旅滴　みやじ・りょてき

明治三十五年十二月十五日～平成十年六月二日。俳人。高知市鉄砲町に、熊太郎、国の長男として生まれる。本名は延雄。謄写版印刷所を営む。昭和七年、俳誌「南園」を創刊する。四十六年、句集『南園』を選ぶ。

雪積む夜囲炉裏豊かな火を作る　（堀部功夫）

宮武外骨　みやたけ・がいこつ

慶応三（一八六七）年一月十八日～昭和三十年七月二十八日。ジャーナリスト、新聞史家。讃岐国阿野郡羽床村大字小野（現香川県綾歌郡小野村羽床）に生まれる。幼名は亀四郎。父吉太郎、母マサノの四男。宮武家は旧家で当時約五百石の小作収入があった。明治十一年、高松栄義塾に入り、四書五経を学ぶ。「団々珍聞」「驥尾団子」を愛読する。十四年に上京し、進文学舎橘香塾に通い漢学を学ぶ。この頃狂詩など盛んに投稿する。十六年、高松に帰り、高松西新町に磊々社を創設。十七年春、亀四郎を外骨と改名。十八年、旧高松藩士族の娘西

み

村房子と一緒に上京。翌年四月、「屁茶無苦新聞」を創刊するが、風俗壊乱と認められ発売禁止。反骨ジャーナリストとして以後活躍。二十年四月、「頓智協会雑誌」を創刊。二十二年三月四日に発行する「頓智協会雑誌」が治安妨害に問われ、拘束され、控訴、上告ののち、禁錮三年罰金百円の刑が確定し、石川島監獄に、二十五年十一月十二日まで入獄。三十二年九月一日、一月に創刊した「骨薫協会雑誌」の失敗により四千円以上の負債を生じ台湾へ、翌年二月まで逃亡。三十四年一月大阪で「滑稽新聞」を創刊、好評をもって迎えられる。四十年六月一日、約五千円の資金を投じ、「大阪平民新聞」を創刊、森近運平に編集を担当させる。四十一年「大阪滑稽新聞」を創刊。四十二年までの「滑稽新聞」「大阪滑稽新聞」の筆禍は、罰金刑一六回、外骨を含めた関係者の入獄五回を数えた。四十三年一月、浮世絵研究誌「此花」創刊。大正四年三月、第一二回総選挙に「政界廓清、選挙違反告発候補者」を標榜して立候補し落選。九月十日、「夜逃げにあらず昼逃げなり」と宣言して一五年間住み慣れた大阪を後に上京。五年二月六日、厚田正一らと政治結社「民本党」を結党。六年四月、第一三回衆議院議員選挙に立候補し落選した。十三年二月二十九日、中田薫の懇望により東京帝国大学法学部の嘱託となり、江戸時代の制度、風俗、言語の調査に従事する。十一月、吉野作造らと「明治文化研究会」を創始。十四年秋、震災で明治期の新聞雑誌が灰燼に帰すのを目のあたりにして、その保存を痛感し、保存館設立について瀬木博尚に相談。翌年十月二十一日、法学部教授会は新聞雑誌保存館を法学部内に設置することを決定。昭和二年二月、外骨を主任として「明治新聞雑誌文庫」事務開始。以後二十四年九月三十日に退職するまで、資料蒐集整理調査に力を尽くした。著書『私刑類纂』『賭博史』『売春婦異名集』など百冊余りある。『宮武外骨著作集』全八巻（昭和60年7月5日～平成4年1月31日、河出書房新社）。（浦西和彦）

宮田小夜子　みやた・さよこ

昭和十一年七月八日～。詩人。山口県に生まれる。結婚して二年後の昭和三十七年、徳島に移住。詩誌「カオス」の主宰をした後、「逆光」の主宰をしている。詩集『日溜り』（昭和55年、ポエトリーセンター）、『薔薇がこぼれるとき』（平成2年11月、近代文藝社）、『インディアン・サマー』（平成11年10月、アートランド）などの著書があり、現在徳島現代詩協会の会長。（増田周子）

宮中雲子　みやなか・くもこ

昭和十年五月十九日～。童謡詩人、詩人。愛媛県西宇和郡三瓶町に生まれる。昭和三十四年、東京学藝大学卒業。大学在学中よりサトウハチローに師事し、三十二年より「木曜手帖」の同人となる。童謡集『七枚のトランプ』により第一回日本童謡賞詩集賞を受賞した。サトウハチロー記念館の運営にも参加。童謡集『お月さまがほしい』、詩集『母だけを想う』、ハチローの評伝『うたうヒポポタマス』がある。（浦西和彦）

宮本常一　みやもと・つねいち

明治四十年八月一日～昭和五十六年一月三十日。民俗学者。山口県に生まれる。大阪天王寺師範学校卒業。『宮本常一著作集』（未来社）に結晶する仕事をした。評伝に佐野真一『旅する巨人』がある。TEM研究所「宮本常一・旅の足跡」に拠れば、昭和五年一月、徳島旅行。十六年二月、四国三県を歩く。二十二年二月、徳島、今治行。

五月、塩飽諸島調査。十月、松山。五十一年一月、高知県大豊村。五十二年十月、土佐清水を訪れる。

＊土佐源氏―年よりたち五《とさげんじ―としよりたちご》聞書。〔初出〕「民話」昭和三十四年八月一日、第一一号。〔収録〕『日本残酷物語第1部』昭和三十四年十一月三十日、平凡社。再録時、「おかたさまをわなにかけるようなこと」に、四ページ余等が加筆された。「このはなしはもうすこし長いのだが、それは男女のいとなみのはなしになるので省略した」と、著作集「あとがき」にある。省略部には、語り手が愛する女性の性器を「芍薬か牡丹のはないびらのように見えたもんじゃ」と述べるくだりがあったと伝わる。◇昭和十年代、高知県高岡郡檮原在。橋下の小屋で、盲目の「わし」＝もと博労の老乞食が、自己の性遍歴を語る。学校へも行かず、子守りと交接の真似をしたのが発端。博労になってから、人の嫁さんを盗んだし、庄屋のおかたさま（奥さん）にも手をつけた。「どんな女でも、やさしくすればみんなゆるすもんでな。とうとう目がつぶれるまで、女をかもうた」。女へのいたわりを強調し、「そろそろ婆さんが戻ってくる頃じゃで、女の話はやめようの」と、現在の妻へ配慮し、やがて語り終える。『民俗学の旅』に、宮本が、昭和十六年一月、大洲から韮が峠を越えて檮原村へ入ったとあるから、その時の取材であろう。「世の中のアウトサイダーとして生涯を歩きつづけて来た人、おそらく最後は誰の印象にも残らないように消えていったであろうと思うその人にも、人間として生き、しかもわれわれよりはもっと深いところを歩いた過去があり、多くの考える問題を提供してくれる生きざまがあったのである」と、取材モチーフを語る。本作を創作ではないかと疑った人がおり、宮本は採訪ノートを示しながら憤ったという。この逸話を紹介して、網野善彦は「実際そのような疑問がでてくる程に、これは見事な作品なので、橋の下の乞食の物語は宮本氏というすぐれた伝承者を得て、はじめてこうした形をとりえた」と評価し、宮脇俊三も「小説だと偽れば直木賞まちがいなしといった出来ばえである」と絶讃する。ところで、山田一郎「土佐風信帖　うみやまの書」（「高知新聞」平成3年6月19、24日）は、「老人」のモデルが「山本槌蔵《ママ》」であると報じ、その孫の下元和敏氏談話「うちのじいさんは〔略〕乞食じゃない」を伝える。佐野真一は、この比定をふまえ、①「取材時と発表時の大きな隔たり」からくる「錯誤」か、②「宮本が話者の語る嘘にはじめから気づきながら、乞食という自称も含めてそれを丸ごと信じてあげ、そんな話をした男がいたという事実の方に、むしろ力点をおいたのではないか」と二つの考えを示し「私の気持は後者の見方に傾く」と記す。さらに毛利甚八『宮本常一を歩く下巻』は、「性の遍歴について語ったのは山本槌造であったかも知れない」が、乞食や四国八十八カ所めぐりをした部分のモデルは「当時檮原に多くいたヘンドたちのひとり」で『土佐源氏』は複数の人から聞き取った事実を組み合わせた一人語りではなかったか」と推量する。ちなみに佐野真一は、「宮本は〝土佐源氏〟が語る話のなかに、妻を裏切り、別の女性と旅をつづける自分の姿を重ねあわせたはずである」と、本作に実生活から迫ろうともしている。本作は、坂本長利により演劇化され、文庫本・合集化される。宮本常一が一躍注目を集める契機となった。井出幸男に拠れば、『好いおんな』（昭和57年、図書出版美学館）所収「土佐乞食のいろざんげ」が、「土佐源氏」オリジナルの活字化かと言う。

（堀部功夫）

宮本時彦《みやもと・ときひこ》

大正九年一月四日〜。川柳作家。高知県に生まれる。本名は義彦。大阪薬学専門学校卒業。昭和十二年に大阪の三越に入社。川柳を始める。漣川柳会、筏川柳社等に参加。十九年に応召したが病気で内地送還。戦後帰郷する。二十三年に番傘本社同人になり、翌年高知番傘川柳社発足に参加。五十八年に「高知新聞」の「高新文藝・柳壇」選者として活躍。ＮＨＫ学園川柳講座講師。句集『麦稈帽』、『ながれ』（昭和62年7月、漣川柳会）がある。川柳の本質である「人間諷詠」はいつの時代にも変わらないという。（増田周子）

宮本正清《みやもと・まさきよ》

明治三十一年八月十六日〜昭和五十七年十一月十六日。仏文学者。高知県長岡郡上倉村奈路五四八に、庫太、伊佐衛の長男として生まれる。早稲田大学卒業。大学院でロマン・ロランを研究する。大正十五年、京都へ移り、関西日仏学館設立に参画する。昭和七年、加古廉と結婚。十四年、立命館大学に勤める。ロベール『今次欧州戦乱勃発直前の仏国』を訳刊。十五〜十八年、ロラン『敗れし人々』『魅せられたる魂』『聖雄ガンヂイ』、タゴール『東洋と西洋』、フランス『わが友の書』を訳す。二十年、戦争末期に拘禁された。二十一〜二十三年、ロラン『ピエールとリュース』『エンペドクレースとスピノーザ』『ジャン・クリストフ』を訳す。二十五年、大阪市立大学教授になる。フランス政府より招聘され、ロラン調査に当たる。二十六年、ロラン『トルストイの生涯』を訳す。二十七年、帰国する。三十年、妻廉が死去した。三十一年、定年退職する。三十三年、『ロマン・ロラン』を著す。四十二年、日野エイ子と結婚する。四十四年、京都精華短期大学教授（47年学長、52年理事長）になる。四十九年、レジョン・ドゥヌール・オフィシィエ勲章を受章する。五十一年、『ロマン・ロランの母への手紙』を訳す。五十六年、詩集『焼き殺されたいとし子らへ』を著す。（堀部功夫）

宮本百合子《みやもと・ゆりこ》

明治三十二年二月十三日〜昭和二十六年一月二十一日。小説家。東京に生まれる。本名はユリ。旧姓は中條。建築家中條精一郎の長女。日本女子大学英文科中退。大正五年「貧しき人々の群」を坪内逍遙の推薦で発表。七年、父とともに渡米。ニューヨークで古代東洋語学の研究者荒木茂と結婚。翌年帰国。十三年離婚。「伸子」を執筆。昭和二年、湯浅芳子と旧ソビエトへ赴く。五年帰国後、プロレタリア文学運動に参加。六年、日本共産党に入党。翌年、宮本顕治と結婚。戦時中執筆禁止、投獄と弾圧を受けながら信念を貫いた。十六年七月十四日、顕治の弟達治が再度応召のため、山口県島田の顕治の生家にゆき、八月三日に帰京した。そのとき、顕治の母と香川の琴平詣りをした。戦後「歌声よおこれ」を発表し、民主主義文学、平和運動に貢献した。二十一年九月二十二日から十月七日にかけて顕治と高知、徳島、香川を旅行。日記に、九月二十九日「高知党会議／婦人部の活動について、本部からの伝言／夜、講演会、婦人と文学」、三十日「宮本、地方委員会／午後四所日章村／宮　世界の動きと将来の日本／自分、農村（アメリカとソヴェートの比かく。）の生活」、十月一日「土佐交通細胞座談会／文化しんめいの会／郡是の娘の座談会」、二日「午後　師範文教講演会／稲生　組合の講演会」、三日「午前稲生見学／徳島」、四日「徳島貯金支局／豊岡町役場」、五日「徳島市富岡国民学校／講

み

演（師範、医専）」、六日「香川琴平　党会議／○婦人部の活動について／○文化部の活動について／夜、多度津の講演会　婦人3、4名」とある。

＊琴平《ことひら》　エッセイ。〔全集〕『宮本百合子全集第一七巻』昭和五十六年三月二十日、新日本出版社。◇昭和二十年十月、党会議出席をかねて訪れた琴平の町をスケッチした紀行文。数年前、弟が出征したとき、母と武運長久の願をかけに来た琴平詣での思い出も書かれ、「琴平の町が私の生活に再び登場して来ようとは思いもかけなかった」という。（浦西和彦）

宮林太郎《みや・りんたろう》
明治四十四年九月十五日〜。小説家。徳島市に生まれる。本名は四宮学。昭和二十四年、東京医科歯科大学卒業。東京都目黒区で歯科医院を開業。「星座」「小説と詩と評論」同人。著書に『硝子の中の欲望』（広済堂出版）、『女・百の首』（金剛出版）、『卵巣の市街電車』（金剛出版）、『日本の幻滅』（昭和54年、金剛出版）、『ワイキキの時の時』（昭和61年、金剛出版）、『私のへミングウェイ』（砂子屋書房）、『遥かなるパリ』（昭和63年、砂子屋書房）、『少年と海』（昭和64年6月15日、砂子屋書房）など多数。石川達三の主治医としてエッセイ「達三と医者〈石川達三の死の枕辺で〉」（昭和60年6月）を書いた。平成十二年、第三二回小説・評論・ノンフィクション部門で『サクラン坊とイチゴ』により新潮新人賞受賞。（増田周子）

宮脇俊三《みやわき・しゅんぞう》
大正十五年（月日未詳）〜平成十五年三月二日。エッセイスト。埼玉県に生まれる。東京大学卒業。「中央公論」編集長を経て文筆活動へ。日本ノンフィクション賞、泉鏡花文学賞などを受賞する。阿川弘之は宮脇作品が内田百閒を継ぐ「普段着の阿房列車」であるという。

＊最長片道切符の旅《さいちょうかたみちきっぷのたび》　エッセイ集。〔初版〕昭和五十四年十月、新潮社。◇昭和五十三年、会社を辞めた「私」は、国鉄路線の〝ひと筆がき〟旅行に出た。出発、十月十三日、北海道広尾駅。到着、十二月二十日、鹿児島県枕崎駅、乗車キロ数、一万三、三一九・四㎞の旅である。四国には、十二月七日、連絡船で高松に入った。大歩危小歩危通過時、車窓下の渓谷を見ず、上を眺めて山頂の棚田に思いをいたすところが宮脇らしい。八日、堀江から、連絡船で四国を離れる。新潮文庫化された。

＊旅の終わりは個室寝台車《たびのおわりはこしつしんだいしゃ》　エッセイ集。〔初出〕「小説新潮」昭和五十七年一月〜五十九年七月。〔初版〕昭和五十九年十月十五日、新潮社。◇鉄道好きの著者がクルマ派の若い相棒と旅に出る。「九州行・一直線は乗りものづくし」章、中央構造線の旅である。昭和五十九年三月二十一日、小松島港、阿波池田、川之江、八幡浜、三崎を鉄道とバスでつなぐ。ロングシート「では酒を飲む気になれない。四人向い合せの席でなら、ただの酒のみですむが、ロングシートで飲むと住所不定のアル中の趣を呈してくる」と笑わせながら。新潮文庫化された。

＊線路のない時刻表《せんろのないじこくひょう》　エッセイ集。〔初出〕「小説新潮スペシャル」昭和五十六〜五十七年。〔初版〕昭和六十一年四月二十日、新潮社。◇未完成鉄路を行く。「落日と流刑の港町にて」宿毛線。昭和五十七年二月一日。完成時を予想した時刻表付きである。新潮文庫化された。

＊途中下車の味《とちゅうげしゃのあじ》　エッセイ集。〔初出〕「小説新潮」昭和六十年四月〜六十二年八月。〔初版〕昭和六十三年三月二十五

み

日、新潮社。◇阿波池田駅ホームで祖谷そば、高知でエガニ、宇和島でさつま汁を食す、鉄道紀行である。

＊ローカルバスの終点へ《ろーかるばすのしゅうてんへ》 エッセイ集。〔初出〕「旅」か。〔初版〕平成元年一月二十日、日本交通交社出版事業局。◇「寺川」章、昭和六十二年九月六日、土讃本線大杉駅、本山（泊）、田井、日ノ浦、長沢、寺川。六時間のバス旅で、杉檜とダム湖を眺める。新潮文庫化された。

＊旅は自由席《たびはじゆうせき》 エッセイ集。〔初版〕平成三年十二月十日、新潮社。◇「瀬戸大橋に想う」（「四国新聞」昭和63年1月3日）両親が香川県大川郡大内町出身の著者はそこに故郷的感情を抱くという。「山陰・瀬戸内・四国横断の旅」（「別冊・一枚の絵」昭和63年4月）日本縦断旅のすすめ、他。新潮文庫化された。

＊夢の山岳鉄道《ゆめのさんがくてつどう》 エッセイ集。〔初出〕「旅」平成三年九月～。〔初版〕平成五年六月一日、JTB日本交通交社出版事業局。◇架空の鉄道を計画する。「祖谷渓鉄道スリル駅」章、祖谷口よりかずら橋まで一九・七㎞を仮想する。新潮文庫化された。

＊平安鎌倉史紀行《へいあんかまくらしきこう》 エッセイ集。〔初出〕「小説現代」平成二年六月～六年十月。〔初版〕改編して平成六年十二月十九日、講談社。◇「貴族海賊藤原純友」日振島、女木島紀行。「一ノ谷と屋島」徳島港より琴電屋島まで。

（堀部功夫）

明神健太郎　みょうじん・けんたろう

明治三十九年六月八日～昭和六十年八月十七日。郷土史家。高知県高岡郡佐川町斗賀野字花畑に父升吉、母楠美の長男として生まれる。家業は農業であった。大正十一年、佐川高等小学校を卒業する。十二年、短歌を作りはじめる。村役場に勤める。昭和十八年から、高知新聞社の嘱託通信員となる。郷土史に身を入れる。二十九～五十二年、『斗賀野村史』『高北の郷土史』『散りたる花々』『尾川の郷土史』『高吾北文化史郷土史編』『高吾北文化史伝説と実話編』『土佐太平記』『石の地蔵さん物語り』『ふるさとの花がたみ』『佐川郷史』『日高村史』『加茂村誌』『蟠蛇嶺』を著す。明神の仕事を参考に坂東真砂子「道祖土家の猿嫁」は成った。

＊蟠蛇嶺《ばんだね》 歌集。〔初版〕昭和五十七年六月一日、著者。◇「朝々をまづいちはやく蟠蛇嶺のいただき染むる陽のいろぬくし」。蟠蛇嶺は佐川、須崎を境する山である。

（堀部功夫）

三好曲　みよし・きょく

昭和八年十一月十五日～。俳人。愛媛県西宇和郡三瓶町（現西予市）有太刀に生まれる。本名は豊。昭和二十六年「炎昼」、二十七年「天狼」入会。平成元年「紅日」主宰。句集『空港』（平成5年12月19日、著者）。

河口まで四万十川の春の水

土用波浜の婦女子を攫ひに来る（桂浜）

海神の戯れ渦を解き結び（鳴門）

（浦西和彦）

三好けい子　みよし・けいこ

大正八年二月七日～。歌人。愛媛県松山市に生まれる。「青垣」同人。歌集『石手川』（昭和55年9月1日、金藝出版社）。

秋潮の色深めたる海峡を底ごもり寄るうしほ泡だつ

さわさわと持田の坂に添ふ暗渠冴え返る冬の音となりたり

（浦西和彦）

三由孝太郎　みよし・こうたろう

大正四年七月九日～。俳人。愛媛県松山市に生まれる。元県経済農協連参事。昭和三十五年「渋柿」入門、代表同人、課題句選者。句集『行々子』（昭和62年5月）。
明日行かん鴨なる深き眠りかな（重信河口）
蝉涼し岩窪ごとの忘れ汐（北条鹿島）
妻の背を距つる霧に怖れけり（石鎚スカイライン）
（浦西和彦）

三好昭一郎《みよし・しょういちろう》 昭和四年（月日未詳）～。郷土史家。徳島県に生まれる。四国部落史研究協議会代表、徳島地方史研究会顧問、四国学院大学非常勤講師。著書に『阿波の民衆史』（昭和49年、教育出版センター）、『図録鳴門秘帖の旅』（昭和52年8月、教育出版センター）、『徳島県の百年』（平成4年3月、山川出版社）など多数。（増田周子）

三好徹《みよし・とおる》 昭和六年一月七日～。小説家。東京に生まれる。横浜高等商業学校卒業。新聞、週刊誌編集者を経て文筆活動に。第五八回直木賞を受賞する。

＊**竜馬暗殺異聞**《りょうまあんさついぶん》 短編小説集。〔初版〕昭和四十四年三月一日、文藝春秋。◇「竜馬暗殺異聞」（「オール読物」昭和43年5月）新聞記者香月は、岩崎鏡川編『坂本龍馬関係文書』中の龍馬暗殺をめぐる疑問を考える。香月の出入りする俳人毛利篤太郎が龍馬暗殺の黒幕を後藤象二郎と見る。（堀部功夫）

【む】

麦田穣《むぎた・ゆずる》 昭和二十八年三月八日～。詩人。徳島県海部郡海部町（現海陽町）に生まれる。気象台に勤務しながら、詩作をする。昭和五十五年、詩集『風祭』を刊行。六十一年「海部文族」を創刊。『新しき地球』（平成元年8月、沖積舎）で第二〇回東海現代詩人賞を、平成五年「予報官」で国民文化祭実行委員会会長賞を受賞。『龍』（平成8年10月、土曜美術社）などがある。詩「空気」が『ふるさと文学館第42巻徳島』（平成7年1月15日、ぎょうせい）に収録されている。（増田周子）

椋鳩十《むく・はとじゅう》 明治三十八年一月二十二日～昭和六十二年十二月二十七日。小説家。長野県に生まれる。本名は久保田彦穂。法政大学卒業。

＊**椋鳩十の本第八巻**《むくはとじゅうのほんだいはちかん》 児童文学集。〔初出〕「読切特撰集」昭和三十七年九月～三十九年二月。〔初版〕昭和五十七年十月、理論社。◇「勝たぬ横綱」中国地方に一代で財を成した村井松之助は、愛犬天山に饅頭食い（急所、足の裏に噛み付く）の特技を仕込み、昭和八年、闘犬の本場土佐へ乗り込む。横綱犬に挑戦し、敗れながらも実力を認められ、天山は名誉横綱になる。その報の届いた時、村井の生涯も終わる。「大太鼓」熊本の藤田左門は、大正十五年の土佐旅行中、闘犬に賭けたことが病み付きとなり、闘犬に熱中する。コシキ島で見付けた野犬クロに夢を託し訓練を始めたが、クロはトラックに轢かれてしまう。左門は、しっかり者のおぎんと結婚し、高知で肉屋を開き繁昌する。戦後の食糧難の時代、技術より体力が優先する時代に、飼犬太郎改め大太鼓に肉をたらふく食わせ、全戦全勝の大太鼓時代を築く。「ボロ屋号」しがない犬博労の三吉は、ボロ屋号と馬鹿にされた四国号を、歴とした闘犬に育てあげる。静止戦法を編み出して仕込み、キン食い金星号に勝ちはするが、その瞬間廃犬になってしまう。「綾錦」子供を喪い、夫への愛を失った、男まさりのおせんは土佐犬

綾錦を偏愛し、闘犬に育て、宙返り戦法で名を轟かす。しかし、綾錦はおせんの死とともに、腑抜け犬になった。（堀部功夫）

向田邦子《むこうだ・くにこ》

昭和四年十一月二十八日～五十六年八月二十二日。脚本家。東京に生まれる。保険会社社員だった父の転勤のため、宇都宮、東京、鹿児島を転々。昭和十六年四月、香川県高松市寿町一番地へ移住、高松市立四番丁国民学校に六年一学期から転校する。十七年三月、同校卒業。四月、香川県立高松高等女学校入学。一家が東京へ転居したので、本人は高松市内の茶道師範根本千代宅に下宿する。ただしそれは一年の一学期のみで、九月、本人も東京へ転居、目黒高等女学校に編入する。二十五年、実践女子専門学校国語科卒業。映画雑誌編集記者を経て放送作家となり、ラジオ、テレビ台本を書き活躍する。「森繁の重役読本」（昭和37年～、東京放送テレビ）、「七人の孫」（昭和39年～、東京放送テレビ）、「寺内貫太郎一家」（昭和49年～、東京放送テレビ）、「阿修羅のごとく」（昭和54年、NHKテレビ）、「隣りの女」（昭和56年、TBSテレビ）ほか。五十五年、短編小説「花の名前」「かわうそ」「犬小屋」で第八三回直木賞受賞。五十六年、台湾旅行中に航空機事故で急逝した。

＊父の詫び状《ちちのわびじょう》　エッセイ集。〔初版〕昭和五十三年十一月二十五日、文藝春秋。◇邦子が再度の乳ガン手術後に発表した随筆二四編。集中、「身体髪膚」（「銀座百点」昭和52年5月1日）に、小学校六年夏、耳に水の入った回想があり、「隣りの匂い」（「銀座百点」昭和52年6月1日）に「高松の社宅には、隣りがなかった。／父の会社が玉藻城のお濠に隣り合って建っており、そのうしろに社宅があって、片隣りは海軍人事部であった」と記す。「私」の勉強部屋は二階、窓から海軍人事部の中庭が見え、士官に敬礼されると「背筋がスウッと粟立つような気がした。私は女学校一年生であった」。「昔カレー」（「銀座百点」昭和51年4月1日、原題「東山三十六峰静かに食べたライスカレー」）に、つつましかった下宿の食事、鰹節でだしをとったカレー、大人のハナシを聞かせてくれた同宿男子の回想が載る。

＊眠る盃《ねむるさかずき》　エッセイ集。〔初版〕昭和五十四年十月十六日、講談社。◇随筆五七編を収む。集中、「ツルチック」（「文藝春秋」昭和50年6月1日）は、高松時代、父の土産飲料が実においしかったとの記憶を書く。のち、羅南で製造販売された、クロマメの木の実を加工した飲料と判明する。

＊霊長類ヒト科動物図鑑《れいちょうるいひとかどうぶつずかん》　エッセイ集。〔初版〕昭和五十六年九月一日、文藝春秋。◇随筆五二編を収む。集中、「声変り」「職員室」（「週刊文春」昭和55年5月29日、6月5日）に、高松の小学校で薙刀を習った頃の挿話、小学校六年、高等女学校一年のとき「職員室というのは特別な場所であった」思い出を含む。

＊夜中の薔薇《よなかのばら》　エッセイ集。〔初版〕昭和五十六年十月三十日、講談社。◇随筆六二編を収む。最後に置かれた「女を斬るな狐を斬れ」（「PHP増刊」昭和52年10月1日）は、小学校六年時、菊池寛が同校で講演した際の、人には寛大、自分にはきびしく、という教訓が心に沁みたことを記し、寛の短編「狐を斬る」に男のやさしさがただようと評する。

＊男どき女どき《おどきめどき》　エッセイ集。〔初版〕昭和五十七年八月五日、新潮社。◇随筆二五編を収む。集中「わたしと職業」（「ベターライフ」昭和51年10月1日）に、小学校六年時の「私」は「教室よりも運動場の好き

な女の子」であったと回想する。邦子は、運動神経が良かったが、このころから作文能力も注目され始めていた。（堀部功夫）

棟田博　むねた・ひろし

明治四十一年十一月五日～昭和六十三年四月三十日。小説家。岡山県津山市に生まれる。早稲田大学国文科中退。昭和十二年、応召、中国各地を転戦。翌十三年、台児荘の戦闘で負傷し帰還する。この間の経験を「分隊長の手記」として長谷川伸主宰の「大衆文藝」に連載（昭和14年3月～17年5月）、のちに新小説社より刊行され、ベストセラーとなった。十七年「台児荘」で第二回野間文藝奨励賞を受賞。戦後も戦争体験にもとづいた『拝啓天皇陛下様』（昭和37年12月、講談社）を刊行、以後「拝啓シリーズ」という連作を次々に発表。『棟田博兵隊小説文庫』全七巻（昭和49～52年、光人社）がある。他に『ほなけんど物語』（昭和49年11月20日、講談社）、『桜とアザミ　板東俘虜収容所』（昭和49年5月11日、光人社）などがある。

＊ほなけんど物語《ほなけんどものがたり》　長編小説。〔初版〕昭和四十九年十一月二十日、講談社。◇小松島から出てきた狸を通して、戦争と闇市時代、経済復興へと進む時代の世相が描かれる。泥棒の大丸太助は徳島空襲の夜、人間の姿をした狸の「タスケ」と出会い、大阪で大会社を興したりするが、徳島に帰省してからは別人のようになり、台湾へ向かう。狸の「タスケ」も関西や徳島で人助けをし、遂に故郷の金長大明神に帰る。

＊桜とアザミ　板東俘虜収容所《さくらとあざみばんどうふりょしゅうようしょ》　長編小説。〔初出〕「徳島新聞」昭和四十八年八月～四十九年一月。〔初版〕昭和四十九年五月十一日、光人社。◇戦争体験から「捕虜」について考えはじめた作者の板東俘虜収容所の記録である。自由で地元民との交流もあったこの収容所について衛兵司令日誌や報告書、所長の伝記などを調べ、明らかにした。（増田周子）

村尾清一　むらお・きよかず

大正十一年八月十四日～。評論家。香川県香川郡直島町に生まれる。昭和二十三年、東京大学卒業。読売新聞社に入社。四十四年八月四日から一二年間、「よみうり寸評」を担当。論説委員（役員待遇）を経て、五十七年に取締役、六十二年六月に退職。出版局顧問となる。（浦西和彦）

村上杏史　むらかみ・きょうし

明治四十年十一月四日～昭和六十三年六月六日。俳人。愛媛県温泉郡に生まれる。本名は清。東洋大学卒業。朝鮮に居住し農業に従事したこともある。新聞記者、会社役員、洋裁学園経営等。俳句は昭和五年より清原枴童に師事。「ホトトギス」「いそな」同人。三十六年「柿」創刊主宰。愛媛ホトトギス会長、松山俳句会会長、日本伝統俳句協会常務理事。松山市民表彰、文化功労章を受賞。祖谷平家村を「阿佐は世を忍ぶ仮の名ほととぎす」「奥祖父は平家の天地花煙草」「電柱に花葛巻けりここは祖父」と、愛媛の伊予を「春寒や土蔵造りの塗師《ぬし》職場」と、来島海峡を「来島の湖飛びそめし涼しさよ」と、砥部焼を「末枯れて古砥部窯跡のみの丘」と、土佐を「土佐暮れて伊予へ夜道や十三夜」等と、四国を詠んだ。句集に『高麗』（昭和42年10月1日、柿発行所）、『玄海』（昭和53年11月30日、柿発行所）、『朝鶴』（昭和56年11月30日、東京美術）、『木守』（昭和60年11月4日、柿発行所）、『村上杏史集』（昭和61年4月25日、俳人協会）、著書『三千里』（昭和49年3月20日、柿社）等がある。愛媛県立図書館に「島人の踊法楽月の秋」自筆句軸が所蔵さ

れている。（浦西和彦）

村上暁峰 むらかみ・ぎょうほう

明治三十一年八月二十六日～昭和五十七年二月二十二日。俳人。愛媛県今治市旭町に生まれる。本名は潔。今治中学校を経て一橋大学卒業。昭和三十九年、愛媛相銀常務取締役。俳句は渡辺水巴に師事し、「曲水」に拠った。のち高浜虚子に学んで「ホトトギス」「柿」「いそな」同人。二十七年以来、子規顕彰俳句大会で連年特選賞を受賞。句集『菊枕』（昭和51年12月30日、柿発行所）。

断崖に怒濤の咆ゆる野水仙

（浦西和彦）

村上霽月 むらかみ・せいげつ

明治二年八月八日～昭和二十一年二月十五日。俳人。伊予国松山在今出（現愛媛県）に生まれる。本名は半太郎。愛媛銀行頭取。明治三十年「ホトトギス」同人。村上霽月自筆俳句「相対して語らず長き夜なりけり」一軸が愛媛県立図書館に所蔵されている。句集『霽月句集』（一）～（三）（昭和6年3月5日、11月1日、8年9月28日、政教社）、『霽月句文集』（昭和53年11月3日、同実行委員会）。

（浦西和彦）

村上甫水 むらかみ・ほすい

明治三十一年七月十三日～昭和六十二年十二月二十四日。俳人。愛媛県新居浜市に生まれる。本名は浦人。愛媛師範学校本科第二部卒業。教諭。俳句は昭和十八年「さいかち」入会。二十一年同人、のち顧問同人。「さいかち」新居浜支部長。昭和五十一年に勲五等瑞宝章、六十二年に従六位受賞。句集『古稀』（昭和42年7月）、『喜びの寿』（昭和50年3月）。

妻傘寿金鋼石婚玉の春

（浦西和彦）

村崎凡人 むらさき・ただひと

大正三年一月十二日～平成元年五月十日。歌人。徳島市に生まれる。早稲田大学文学部国文学科卒業。昭和十二年、窪田空穂に師事。「槻の木」同人参加。在学中より早稲田図書出版員を経て、戦後故郷に戻り、村崎学園理事長。徳島文理大学、徳島文理大学短期大学部各副学長をつとめた。歌集『風俗』（昭和24年6月1日、徳島歌人社）ほか、著書に筆名青地菊夫で『比島敗戦記キャンガン附近』（昭和24年9月、西郊書房）、『評伝窪田空穂』（昭和29年7月、長谷川書房）などがある。

（増田周子）

村雨貞郎 むらさめ・さだお

昭和二十四年一月三十日～。小説家。高知県南国市に生まれる。本名は前田定夫。英知大学中退。平成五年、「砂上の記録」で第一五回小説推理新人賞を受賞する。新聞社、広告代理店勤務。九年、「マリ子の肖像」で第四回松本清張賞を受賞する。

＊修羅の日々《しゅらのひび》 長編小説。〔初出〕「小説推理」平成十一年一～四月。原題「忘れざる日々」。〔初版〕加筆訂正して、平成十一年九月二十五日、双葉社。◇折尾調査事務所外務調査員の別所義之＝「私」は、ヤクザ嫌いだ。前職の競輪選手をヤクザの情婦にひっかかって廃業に追いこまれた経歴があるからだ。平成七年、「私」にヤクザ者から人捜しの依頼が舞い込み、鳴門市へ飛ぶ。一五年前の〝いじめ殺人事件〟から尾を引く連続殺人が浮かび上がる。平気で自己の犯罪を忘れられる男と、罪の意識に苛まれる男とがいた。小泉八雲「日本人の微笑」より「国民性は〔略〕これからもますます非情の度を加えていくにちがいない」という語が引用される。

（堀部功夫）

村雨退二郎 むらさめ・たいじろう

明治三十六年三月二十一日～昭和三十四年

六月二十二日。小説家。鳥取県に生まれる。本名は坂本俊一郎。米子市立角盤小学校卒業。戦前は農民組合運動に従い戦後も政治、社会運動に関心を寄せた。『明治巌窟王』に磯貝勝太郎作成略年譜がある。

＊明治巌窟王《めいじがんくつおう》　長編小説。〔初出〕「東京毎夕新聞」昭和十二年三月～十三年二月か。〔初版〕『地底の暴風』昭和十七年一月、六合書院と『法曹奇譚』昭和十八年三月、六合書院、合わせて、『明治巌窟王』昭和四十七年八月十四日、講談社。◇「地底の暴風」明治六年、東京遊学中の高知県士族柊民之助は、征韓論破裂時、島本仲道先生邸を辞して、武市党に加わる。七年、党は赤坂喰違御門で岩倉暗殺未遂事件を起こす。待機組だった民之助は、事件のとばっちりを受けそうになった穂積図書と少女千鳥とを救出する。党は検挙され、党首は斬罪、民之助は無期懲役となる。「法曹奇譚」明治十年、受刑地である九州三池炭田の懲治監に服役中、民之助は、同房の熊六とともに破獄する。帰郷するが、妻は書生と結婚していた。民之助は狭間肇と改名し九州へ戻る。民之助改め肇は、元陸軍省翻訳官松村蘇山に匿まわれ、その養女となっている千鳥と結ばれ、中警部奈良原靖一郎の温情をうける。それから一二年間、肇は更生努力して、今や東京重罪裁判所予審判事となり、千鳥との間に子供も恵まれる。肇は井上卿が背後にいる大疑獄事件に取り組む。井上側検事は、熊六を誘導して、肇＝民之助の逮捕に至る。直後、憲法発布大赦により、肇は即時放免の恩沢に浴する。尾崎秀樹は、本作が「政治権力のむごい仕打ちと、そのなかにあってくじけることなくみずからの道を開いてゆく人間の、不屈な姿を描いているが、このような作品が昭和十年代の国策的な色調のつよかった時代に、このような内容で書かれたことは、注目されるべきだ」と解説する。

＊黒潮物語《くろしおものがたり》　短編小説集。〔初版〕昭和十七年七月二十日、今日の問題社。◇「野中兼山」由比正雪の居候だった豪傑尾池義左衛門が来高、一領具足の総頭領吉原元丹を訪ねる。義左衛門は、土佐藩執政野中兼山に従うこととなる。　（堀部功夫）

村松友視　むらまつ・ともみ

昭和十五年四月十日～。小説家。東京に生まれる。慶応義塾大学卒業。村松梢風の孫。第八七回直木賞受賞。

＊さすらい屋台紀行《さすらいやたいきこう》**④高知**　エッセイ。〔初出〕「旅」昭和六十年四月一日、第五九巻四号。◇来高三回目の「私」が『ノアの方舟』の女主人《マダム》たちと、日曜市へ繰り出す。　（堀部功夫）

村山籌子　むらやま・かずこ

明治三十六年十一月七日～昭和二十一年八月四日。児童文学者。香川県高松市南亀井町に生まれる。旧姓は岡内。父徳次郎、母寛《ゆたか》の長女。家業は和漢薬を製造販売する商家。明治四十一年四月、高松市中央幼稚園に入園。四十三年四月、高松尋常高等小学校に入学し、大正五年四月、香川県立高松高等女学校に進学する。六年七月三十日、香川県教育会高松支部会より所定の水泳技術を履修し課程を終えた証書を授与される。七年一月、和歌を「新少女」に投稿、掲載される。翌年一月、「新少女」において少女三十六歌仙中一五位に選ばれた。九年三月、香川県立高松高等女学校を卒業。十年五月、羽仁もと子園長の自由学園高等科に第一期生として入学。十一年十二月、「婦人之友」にルポルタージュ「ミセス安仁大森の有隣園を観る」を発表。十二年四月、自由学園高等科を卒業し、「婦人之友」の記者となり、翌年一月から「子供之友」

に童謡、童話を発表、同誌の編集に従事。十三年六月、村山知義と結婚。昭和四年、日本プロレタリア作家同盟員に参加し、「少年戦旗」に童話「こほろぎの死」を発表。のち同誌の編集長に選ばれた。「幼年倶楽部」や「コドモノクニ」などに童話を発表。夫の知義が治安維持法違反で入獄、夫や同志への救援、差し入れに奔走する。十四年、肺疾で喀血したのが、戦時中に再発した。戦後は児童文学者協会創立会員として参加した。歿後、『きりぎりすのかひもの』（昭和21年8月30日、教養社）が刊行された。高松市宮脇町姥ケ池の墓地には「われは　ここに　うまれ　ここに遊び　ここにおよぎ　ここに眠るなり　しづかなる瀬戸内海のほとりに」の墓碑銘がある。平成八年八月四日、高松市浜ノ町公園で「村山籌子之碑」除幕式が開かれた。（浦西和彦）

村山知義　むらやま・ともよし

明治三十四年一月十八日〜昭和五十二年三月二十二日。演出家、小説家。東京市神田区に生まれる。大正十年、東京帝国大学を中退し、翌年一月に渡欧。十二年一月に帰国して、「マヴォ」「三科」などの前衛美術団体を結成。十三年に高松出身の岡内籌子と結婚。十四年に河原崎長十郎らと心座を創設。翻訳、演出、美術に活躍。プロレタリア演劇運動に参加し、プロットの執行委員長をつとめる。転向を表明したが、昭和九年に新劇団の大同団結を提唱して新協劇団を結成。戦後は新協劇団を再建。三十四年には東京藝術座を結成し、翌年九月に第一回訪中新劇団団長として中国を訪問した。昭和七年四月治安維持法によって検挙され、そのとき獄中で創作した戯曲「初恋」は、香川県高松千金丹本舗を舞台に描かれている。オニールの戯曲「ああ、荒野」の自由翻案である。（浦西和彦）

村山リウ　むらやま・りう

明治三十六年四月一日〜平成六年六月十七日。評論家。香川県仲多度郡琴平町に生まれる。大正十二年、日本女子大学国文科卒業。戦後、各種婦人団体の役員をつとめた。新聞の身の上相談や社会論評などで婦人評論家として活躍。大阪のデパートを会場に「源氏物語」講座を開講。昭和三十四年には、読売テレビで「源氏物語」の放送を一年間続け、独特の語り口と、現代女性の生き方に結び付けた解釈で、〝村山源氏〟と評された。三十七年、大阪市民文化賞、五十五年、NHK放送文化賞を受賞。著書に『私の源氏物語』（昭和52年1月、日本放送出版協会）、『わたしの中の女の歴史』（昭和54年、人文書院）、『私の歩いた道』（昭和59年12月、創元社）等がある。（浦西和彦）

室津鯨太郎　むろつ・げいたろう

明治十六年六月六日〜昭和三十九年三月三十一日。小説家。高知県安芸郡（現安芸市）室津村に、父在祐、母まさの子として生まれる。本名は川口陟。少年時代を高知市帯屋町下一丁目で過ごす。上京する。大正三年、『文藝の三越』を編む。五〜六年、『秀吉論』『怪談情話』を著す。八年、「朝日新聞」懸賞小説に「鉛」が当選する。『近世金工略伝』を編む。十四年、『刀剣雑話』を著す。本阿弥光遊と『刀工総覧』共著す。十五年、小説『南国』を著す。金工家の『水心子正秀全集』を編む。昭和五年『新刀古刀大鑑』二冊を著す。十年『鐔大観』を著す。三十三年『刀剣鑑定手引』を著す。

＊南国《なんごく》　長編小説。〔初版〕大正十五年五月十五日、百瀬四郎。◇明治時代、高知県下室津浦。旧家山上家の流転を描く。山上九郎右衛門の娘お鶴の結婚は、相手が

む

「犬神」筋のため紛糾する。九郎右衛門の息子で戸長の山上蘭平は、雪代を嫁り、佳太郎と宇次郎と民世とをもうけた。しかし末二人は不義の子との噂が流れる。蘭平から戸長職を継いだ甥在介（幼名重之助）は、江藤新平を追捕する。在介はまた雪代の不貞を明らかにする。暴風が襲来する。蘭平は雪代を離縁した。在介は、お浅を嫁に迎え、秋世と喬との二児を得る。蘭平も温順なお須佐と再婚した。宇次郎は十四歳で酒色に溺れる。佳太郎は遊学中、病に倒れる。宇次郎は兄の治療費もくすねる。在介は肺病で死ぬ。借財を残すが、二〇年間戸長として功績があった。その最大のものは、浮津組と津呂組との捕鯨区確執を除去したことだ。翌年、蘭平が狂死する。宇次郎の放蕩は止まない。お須佐が離縁される。お浅は二児を養うため、老雇人伴左衛門に別れを告げて、城下へ向かう。著者は、本作を「此一篇で纏つた一部の小説として書いたものではない。少くとも三部作五部作として之から書かうと用意して居る私の労作の一序曲に過ぎない」と述べる。このあと山上喬を主人公とする自伝的長編を構想したと推測できるが、実現しなかった。「人生の歴史はロジツクではない」「私はジアツク、ロンドンやアプトン、シンクレアの如く、人の血と涙に直面して進んで行かうと思ふ」という立場から書かれた。本作から室戸風習を拾うことが可能で、『室戸市史下巻』は、凧揚げの祝、風除けの竹棹、死者の魂呼び部分を引用する。本作には、嫁かつぎや、犬神筋差別も当時のままで描かれている。『室戸市史上巻』は、「山上在介」のモデルを川口在祐、すなわち著者の父であると推定する。田山花袋は「奈半利、羽根、吉良川、浮津―それは私には生面の地ではあつたけれども、しかもかなりに深くそこに住んでゐる人達の生活に入つてゆけるやうな気がした。それはほかでもなかつた。私は室津鯨太郎の『南国』を読んでゐるからであつた。否、その『南国』を読んでゐなかつたならば、或はその室戸岬一帯の地もそれほど深く私を惹き寄せなかつたかも知れないのだつた。」と書いている。（堀部功夫）

室積波那女 むろづみ・はなじょ

明治二十一年一月八日～昭和四十三年七月二十二日。俳人。愛媛県宇和島市に生まれる。本名はハナ。大正二年、徂春と結婚。徂春とともに「ホトトギス」「同人」「雲母」「槀筆」等に拠ったが、昭和二年十月「ゆく春」創刊後は同誌に専念した。三十一年十二月、徂春の死去に伴い、「ゆく春」の主宰を継承した。（浦西和彦）

【も】

木白 もくじ

明治二十八年九月二十一日～昭和四十七年十月十一日。川柳作家。愛媛県に生まれる。本名は宇和川勇雄。煙草原料商。明治末年に渡満。大正初年満州の番傘系柳誌に投句。大正末年「番傘」同人。「満州番傘」の大幹部。昭和十二年奉天で「番傘満州野」創刊。大陸柳壇回顧録の完成に努力した。（浦西和彦）

元木恵子 もとき・けいこ

昭和二十五年一月二十二日～。歌人。徳島県に生まれる。本名は佐藤恵子。高等学校教員。「短歌手帳」「地中海」「人」「白鳥」「徳島歌人」。歌集『帰郷』（昭和59年8月25日、短歌新聞社）、『琵琶の橋』（平成6年3月28日、ながらみ書房）。

ようように立てるおさなが腰ゆすり阿波
の踊りをおどりそめにき

も

琵琶の橋その下流るる水の音さやけき流
れに魚影も見ゆ
（浦西和彦）

素九鬼子　もと・くきこ

昭和十二年一月（日未詳）〜。小説家。愛媛県西条市に生まれる。本名は内藤恵美子。旧姓は松本。父は山林地主だった。愛媛県立西条高等学校中退。昭和三十年ごろ、作家を志望して単身上京する。三十二年、内藤三郎と結婚する。三十九年、「旅の重さ」原稿を書き小説家由起しげ子に送る。四十四年、由起が死去し、遺品中から「旅の重さ」原稿が、編集者八木岡英治の目にとまる。四十七年、『旅の重さ』が作者未連絡のまま出版された。四十八年、〃覆面作家〃のベールをぬぐ。記事「素九鬼子は教授夫人！」が、昭和四十八年四月二十日「毎日新聞」に出る。『パーマネントブルー』を著す。直木賞候補作となる。『大地の子守歌』『鬼の子ろろ』『さよならのサーカス』『烏女』を著す。

＊旅の重さ《たびのおもさ》　長編小説。〔初版〕昭和四十七年四月三十日、筑摩書房。◇新居浜の女子高校生＝「わたし」は、学校を嫌い、ママと二人暮らしの家を離れ、四国一周の旅に出る。土佐清水港で行き倒れ、助けてくれた魚屋の年配で無欲な男と一緒になり、自分の放浪性によく適う行商を始めるまでを愛と反撥の対象であるママ宛ての手紙体で綴る。小松伸六は、恋する母を許す娘に「新しさ」を認め、世俗的な倫理から離れたところに魅力を求め、青春小説として評価する。角川文庫化され、映画化された。

＊烏女《からすおんな》　長編小説。〔初版〕昭和五十二年五月三十一日、角川書店。◇伊予国新居郡西条町御供村に、烏伝説が残る。長男の嫁で、そのつれあいの死後、義弟と夫婦になって暮らす女を、「烏女」という。
（堀部功夫）

本吉晴夫　もとよし・はるお

大正十二年五月一日〜。小説家。愛媛県に生まれる。本名は正晴。岡山門部卒業。昭和二十三年から国立松山病院（現四国がんセンター）などに勤務し、三十六年本吉外科病院を開業。同人雑誌「文脈」同人。『告発―ある医師の苦悩―』により第八回愛媛出版文化賞を受賞。著書に『外科医の告白』等がある。
（増田周子）

モラエス　もらえす

嘉永七（一八五四）年五月三十日〜昭和四年七月一日。ポルトガルの文学者、日本研究家。リスボン市内の旧家に生まれる。明治四年、国立リスボン・リセを卒業。志願兵として陸軍に入隊するが、八年、海軍兵学校を卒業。マカオ、アフリカなどのポルトガル植民地に勤務、二十六年、海軍中佐になる。『極東遊記』（明治28年）、『大日本』（明治30年）をリスボンで出版、三十一年、退官して日本に移住。三十二年、神戸・大阪総領事となり、福本ヨネと結婚。三十八年『茶の湯』を自費出版する。大正元年、ヨネ死亡。翌二年総領事を辞し、ヨネの郷里の徳島へ移り、ヨネの姪、斎藤コハルと同棲。五年にコハルが病歿。その後は著述中心の孤独な晩年を送り、七十五歳のとき、自宅土間に転落死した。著書に『徳島の盆踊り』（大正5年）、『コハル』（大正6年）、『日本におけるメンデス・ピント』（大正8年）、『おヨネとコハル』（大正12年）、『日本史瞥見』（大正13年）、『日本夜話』（大正15年）、『日本精神』（大正15年）など多数がポルトガルで出版された。昭和二十九年、モラエスの二五周忌に新町橋二丁目にモラエス顕彰碑が建てられた。五十一年には徳島市の眉山山頂にモラエス館が完成した。花野富蔵訳『定本モラエス全集』全五巻

（昭和44年10月15日、集英社）に、全著作が収められている。（増田周子）

森敦 もり・あつし

明治四十五年一月二十二日～。小説家。熊本県に生まれる。第一高等学校中退。第七〇回芥川賞を受賞する。

＊**マンダラ紀行**《まんだらきこう》　エッセイ。〔初版〕昭和六十一年五月三十日、筑摩書房。◇NHKの伊丹政太郎さんたちと、胎蔵界、金剛界なる両部マンダラに立ち向かう。「大日の分かつ金胎求め来て坂を下ればへうべうの海」章が遍路紀行である。「わたしは八十八カ所の札所もマンダラをなしていると思う」、著者が、霊山寺で人々の親切に接し、芳村超全さんより受戒。太龍寺を去って室戸岬、最御崎寺（島田信保さん）、金剛福寺（長崎勝憲さん）、善通寺（蓮生善隆さん）、大窪寺に詣でる。（堀部功夫）

森内俊雄 もりうち・としお

昭和十一年十二月十二日～。小説家。徳島県出身の織物卸業の両親の次男として大阪に生まれる。昭和三十五年、早稲田大学露文学科卒業。同級に李恢成、宮原昭夫などがいて在学中から創作をしていた。卒業後、婦人雑誌社、文藝出版社に勤務後、文藝活動に入る。四十四年十二月、「幼き者は驢馬に乗って」で文学界新人賞を受賞、次いで芥川賞候補になる。その後『幼き者は驢馬に乗って』（昭和46年9月、文藝春秋）として刊行、四十五年には「傷」が芥川賞候補となる。『骨川に行く』（昭和46年7月、新潮社）を出版。四十七年、冬樹社を最後に文筆活動に専念する。四十八年に『翔ぶ影』（昭和47年10月、角川書店）で第一回泉鏡花賞を、平成三年、『氷河が来るまでに』（平成2年、河出書房新社）で読売文学賞、藝術選奨文部大臣賞を受賞した。他に『ノアの忘れ物』（昭和48年11月、文藝春秋）、『風船ガムの少女』（昭和63年、福武書店）、『天の声』（平成2年、福武書店）、『桜桃』（平成6年1月15日、新潮社）、『真名仮名の記』（平成13年6月25日、講談社）など多数。平成十四年に開館した徳島県立文学書道館の初代館長を務めた。（増田周子）

森鷗外 もり・おうがい

文久二（一八六二）年一月十九日～大正十一年七月九日。小説家。石見国（現島根県）鹿足郡津和野町の典医の長男として生まれる。本名は林太郎。東京大学医学部を卒業。陸軍軍医総監・医務局長の要職に達し、帝室博物館長兼宮内省図書頭・帝国美術院長などを歴任。文学活動は、明治二十二年、訳詩集「於母影」にはじまり、「舞姫」その他で認められた。小倉在任時代前後沈黙したが、四十二年、文壇に復帰。旺盛な創作活動を発揮。乃木殉死を契機に、歴史小説の領域を開拓した。

＊**金毘羅**《こんぴら》　短編小説。〔初出〕「昴」明治四十二年十月一日。〔収録〕『烟塵』明治四十四年二月、春陽堂。◇四国へ心理学の講演を頼まれて出掛けた文学博士小野翼《たすく》は、高松市で講演を済まして、一月十日に琴平まで来て、象頭山の入り口にある琴平華壇に這入った。だが、金毘羅は荒神だと申し参詣しないと祟るかも知れないといわれながら、本尊に参詣しないで帰った。二人の子供はあいついで百日咳にかかり、下の子は死ぬ。奥さんは子供の発病の晩、姉が生き戻り、赤さんの方が駄目だという夢をみたのが正夢になった。隣の高山博士の奥さんが金毘羅様へ祈禱をして貰ったお符をくれたことから上の子が助かった。両家の奥さんいよいよ金毘羅を信仰するようになる。

＊**堺事件**《さかいじけん》　短編小説。〔初出〕「新小説」大正三年二月一日。〔収録〕『堺事件

〈現代名作集第二編〉』大正三年十月、鈴木三重吉。◇明治元年二月の初め、土佐の六番歩兵隊、八番歩兵隊が繰り込んで、堺の警備にあたった。堺の民政をも預けられ、大目附杉紀平太と、目附生駒静次らが入り込んで軍監府を置いた。二月十五日、フランスの軍艦から二〇艘の端艇《はしけ》に水兵を載せて不法上陸したのを阻止して、銃撃を加えた。フランス水兵一三人、内一人が死んだ。フランス公使は、土佐藩主の謝罪、指揮した士官二人とフランス人を殺害した隊の兵卒二〇人の死刑、土佐藩主が一五弗《どる》を支払うことを要求した。六番隊長箕浦ら二〇人は皇国のため切腹するのであるが、立ち合いの公使が、その凄惨さに耐えられず、中止となって、残り九名が減刑を受け、のち流刑になった、転換期の犠牲者を叙した。（浦西和彦）

＊長宗我部信親《ちょうそかべのぶちか》 詩。〔初版〕明治三十六年九月十五日、国光社。◇「長宗我部信親自註」（「万年艸」明治36年10月）に拠れば、弘田長の依頼で、薩摩琵琶歌として作った。主に、中山巌水「土佐国編年紀事略」に依拠する。最愛の子信親を喪った父元親を、トロヤ戦争でヘクトルを喪ったプリアモス王に重ねるところがある。（堀部功夫）

森川美枝子《もりかわ・みえこ》

大正十五年十月五日〜。俳人。愛媛県伊予郡松前町大間に生まれる。「若葉」「冬草」「櫟」所属。艸魚賞、冬草賞受賞。句集『薔薇開く』（昭和21年9月3日、卯辰山文庫）。

大寒に向ふ病と手を結び

垂れこめし凍て雲病める身が重し

（浦西和彦）

森川義信《もりかわ・よしのぶ》

大正七年十月十一日〜昭和十七年八月十三日。詩人。香川県三豊郡に生まれる。三豊中学校を経て早稲田大学第二高等学院中退。中学時代から詩を書き、昭和十二年、中桐雅夫らの「LUNA」に参加。十四年、鮎川信夫らと「荒地」を創刊し、「勾配」を発表。十六年に入隊、翌年ビルマのミートキーナ山中で戦病死。遺稿『森川義信詩集』（昭和46年1月、母岩社）がある。（浦西和彦）

森木茶雷《もりき・さらい》

明治十六年二月二日〜昭和二十八年三月十一日。俳人。高知県吾川郡伊野村に、久万次、鉄の次男として生まれる。本名は謙郎。紙商に関係し裕福な生活のかたわら、句作の趣味をもち、郷土史にも興味を持つ。大正末より、親族の紙問屋に勤める。

時めきし頃の品売り冬支度

＊茶雷句集《さらいくしゅう》 句集。〔初版〕昭和四十年七月三十日、発行所不記。◇和紙どころ、伊野で生涯を過ごした著者に、「紙漉の秀句がたくさんあります」（浜田波川）。「紙を漉く伊野は水辺のふりし町」。（堀部功夫）

森薫花壇《もり・くんかだん》

明治二十四年十一月十四日〜昭和五十一年三月六日。俳人。愛媛県温泉郡余土村余戸に生まれる。本名は福次郎。農業補習学校卒業。会社員。昭和七年五月、富安風生を雑詠選者に迎えて「糸瓜」を創刊。「若葉」同人。句集に『蟹目』（昭和32年10月、若葉社）、『凌霄花』（昭和46年5月16日、若葉社）。（浦西和彦）

森沢義生《もりさわ・よしお》

昭和三年七月十八日〜平成十年一月七日。俳人。高知県土佐市高岡町に生まれる。本名は吉男。農業。「舵輪」「海程」「国」「蝶」

を経て、晩年は「蝶」のみの幹部同人。高知県短詩型文学賞の基金一〇〇万円を寄付し、県内俳、歌人の育成に貢献した。清瀧寺に「秋蛍五十六億七千万年後の虚空」の句碑がある。

天上の二人静に手を濡らし
責め弑す野火のあそびも土佐郡
土佐八荒水餅ふかく沈みけり　（浦西和彦）

森紫苑荘　もり・しえんそう

明治四十一年五月三日〜。川柳作家。昭和八年、韓国大田府の大陸吟社同人に参加。十一年、大邱府青丘吟社主宰。戦後、二十五年に川柳まつやま吟社同人、翌年番傘川柳本社同人となる。愛媛県川柳文化連盟理事や愛媛新聞柳壇選者など務めた。「川柳は良識の文学である」という。（浦西和彦）

森繁久彌　もりしげ・ひさや

大正二年五月四日〜。俳優、タレント、エッセイスト。大阪府枚方市に生まれる。大阪府立北野中学校入学。上京し、早稲田第一高等学院から早稲田大学商学部に入学。北野中学校時代から演劇に興味をもち、大学でも部の中心的な存在として活躍。演劇熱が昂じ、二年で中退。東宝劇団、古川緑波一座を経て、昭和十四年、NHKアナウンサーとなり、満州の新京放送局勤務。二十一年帰国後は、帝国座ショー、空気座などを転々、映画「女優」に初出演。以後、歌を唄える舞台、ラジオ出演と幅広く活躍。「三等重役」で喜劇俳優として認められる。「夫婦善哉」「猫と庄造と二人の女」などで好評を博し、「駅前」シリーズ、「社長」シリーズなどでペーソス溢れる藝をみせる。テレビでも草創期から活躍、ナショナル劇場などに登場、視聴者を魅了する。音楽でも「知床旅情」がヒットし、ミュージカル「屋根の上のバイオリン弾き」は上演九〇〇回、観客動員一六五万人を記録する。

＊少年《しょうねん》　短編小説。〔初出〕「小説新潮」平成二年七月一日。〔収録〕『夜光虫』平成五年八月十五日、新潮社。◇十四歳の偉作は、親方夫婦と四国の険しい田舎を回っていた。煤と重曹を混ぜて乾燥したものを「万能散」と称し、大道芸を見せながら売るのである。親方が有り金全部を持ち逃げしたおかみさんを追いかけ、一人ぼっちになった偉作は、旅籠で働いた。祖谷に来たサーカスに入団し、一座の人に可愛がられる。ある時、入院した人を看病していた病院で、偉作は本を読み、勉強への意欲がかき立てられ、古本を買っては学んだ。ピエロの伝一から預った盗品のせいで、数人にイタメつけられた偉作は、世界中を回りたいと本気で思い、出奔した。サーカス団の玄さんに、偉作からシンガポール消印の絵葉書きが届いたのは、正月過ぎであった。（増田周子）

森下雨村　もりした・うそん

明治二十三年二月二十七日〜昭和四十年五月十六日。編集者。高知県高岡郡佐川村上郷（現佐川町）に、馬三郎、奈津の長男として生まれる。本名は岩太郎。農家であった。明治四十年、高知県立第一中学校卒業。四十四年、早稲田大学卒業。四十五年、雑誌「霧生関」に「ドフトエフスキー論」を発表する。善通寺輜重兵として勤務する。大正三年、上京、「やまと新聞」記者になり、吉本輝と結婚する。七年、博文館に入社する。八年、「冒険世界」を編集する。九年、「新青年」編集長になる。海外作品を紹介し、作家を多く世に送り出す。十四年、佐川春風の別名で創作を執筆し始める。「深夜の冒険」である。昭和二年、「文藝倶楽部」主筆になる。三年、博文館編集局長になる。フレッチャーなどを訳す。六年、

も

退社する。七年、創作「青斑猫」を「報知新聞」に発表する。八年、創作「白骨の処女」「三十九号室の女」を発表、「いずれもスリラー的興味が濃い」（中島河太郎）作品である。十年、『三十九号室の女』『丹那殺人事件』を著す。十一年、「襟巻騒動」を「新青年」に発表。これ「以下の連続短編は外国作品に基づいたものであるが、ペーソスとユーモアを軽妙な筆致で描いて類のないものになっている」（中島河太郎）。十五年、帰高する。明神健太郎は、帰郷後の雨村を「着流しに、麦ワラ帽子、厚歯の下駄をカタコトと鳴らして、たまに上京でもするとき以外に、背広姿など見ることはなかったが、その苦言、毒舌にもまた定評があった」と伝える。戦後、残された農地を守って晴耕雨読、「水稲の増収、品種改良や、栗園の開拓などに熱も入れたが、後年は釣漁を唯一のたのしみとし、一年間の大半は海上で暮した」（明神健太郎）。二十五年、コリンズ、ロード、ブッシュを訳す。三十三年、親友の西谷退三訳『セルボーンの博物誌』出版に尽力する。

＊猿猴川に死す《えんこうかわにしす》 エッセイ集。〔収録〕昭和四十四年四月、関西の釣り社。◇「釣運」大正初年、洪水に押されて海に出た四万十川の大鮎が新荘川へ入った日は、釣運めでたい日であった。「わたし」と「下手の横好きと陰口をいわれた」Wとが大漁を経験する。「終戦翌年の秋」物部川で大漁ながら、口金の始末を忘れ、獲物を逃がした失敗も忘れがたい。「猿猴川に死す」昭和二十八年十一月、親戚の横畠義喜、通称「猿猴の義喜」が川で人命救助中、不慮の死をとげた。高知で猿猴とは河童のこと。「少年の日」ドジョウ釣り、蟹釣りより始め、ウナギのカゴづけに入っていった。

（堀部功夫）

森下一仁 もりした・かつひと

昭和二十六年六月十六日〜。小説家、評論家。高知県佐川町に生まれる。東京大学文学部心理学科を卒業する。高知放送に勤務する。昭和五十四年、「プアプア」を「SFマガジン」に発表してデビューする。五十五年、SF『コスモス・ホテル』を著す。SF『宇宙人紛失事件』を著す。六十年、『天国の切符』を著す。六十二年、『縄の絆』を著す。平成四年、『平成ゲマン語辞典』を著す。十年、評論『現代SF最前線』を著す。池袋コミュニティ・カレッジ講師を勤める。

（堀部功夫）

森下高茂 もりした・たかしげ

安政五（一八五八）年十二月五日〜昭和十年一月二十六日。ジャーナリスト。土佐国本山郷木能津村に、茂助、比羅の長男として生まれる。幼名は小二郎。大阪府立師範学校卒業。明治十一年、帰高する。小学校に勤める。十三年、嶺北自由党を結成、自由民権運動に挺身する。十五年、村会議員になる。二十年、三大事件建白で上京する。二十三年、県会議員になる。自由党が中央派、郡部派に分裂したとき、中央派に属す。三十年、高知教会長老。三十七年、「高知新聞」創刊時より協力する。大正中期、立憲同志会高知支部長として土佐復活を論ずる。大正十五年、『長平嶋物語』を著す。昭和二年、その頌徳碑が生地本山に建てられた。四年、浜口内閣出現をよろこぶ。

＊長平嶋物語《ちょうへいしまものがたり》 記録。〔初版〕大正十五年二月十一日、岸本町青年団。◇写本「長平口伝」「無人島噺聞書写」を参照した由。無人島長平の「奇禍談」である。本書の純益で、長平墓の整備が行われた。

（堀部功夫）

森田義郎 もりた・ぎろう

明治十一年四月九日〜昭和十五年一月八日。

歌人。愛媛県に生まれる。本名は義良《ぎりょう》。国学院に学ぶ。明治三十三年八月、根岸短歌会に参加。「馬酔木」創刊にも加わったが、のち伊藤左千夫と対立して脱退し、「心の花」に拠った。作歌のかたわら万葉集研究など行い、万葉集関係の著書もある。のち僧侶となったり、政治活動にも加わったりした。日本主義歌人として万葉風な歌を詠んだ。（浦西和彦）

森田敏子 もりた・としこ

大正十年八月十三日〜。歌人。香川県坂出市に生まれる。昭和十三年より「水甕」入会。五十年より「水甕」評議員、水甕香川支社長。五十一年「水甕香川」創刊。柴舟賞受賞。香川県歌人会副会長。四国歌壇、久保井信夫賞、国民文化祭選者。歌集『彩暦』（昭和50年、短歌研究社）、『暦炎集』（昭和60年、短歌研究社）。

陪塚の岩をめぐりて拾ひたる貝殻白し骨片に似て（沙弥）

岩燕目に追ひゆけば峻り立つ洞門くらくらと俄に迫る（足摺岬）

（浦西和彦）

森田雷死久 もりた・らいしきゅう

明治五年一月二十六日〜大正三年六月八日。俳人。愛媛県に生まれる。本名は愛五郎。法号は貫了。宝珠院住職。俳句は子規門に属したが、明治四十三年、碧梧桐に師事。森田雷死久句軸（自筆、揮毫年不明）「高楼の山浪よせる霞かな」が愛媛県立図書館に所蔵されている。（浦西和彦）

森遅日 もり・ちじつ

明治二十七年一月一日〜昭和四十三年五月十五日。俳人。徳島県に生まれる。本名は明義。農業。村長、会社役員。俳句は臼田亜浪に師事。「石楠」同人。戦後は今枝蝶人の「向日葵」選者、「河」同人として活躍。句集『泉』（昭和33年11月1日、向日葵社）。（浦西和彦）

森白象 もり・はくしょう

明治三十二年五月三十一日〜平成六年十二月二十六日。俳人。愛媛県温泉郡に生まれる。本名は寛紹。大正十五年、関西大学法学部を卒業後、高野山大学密教学科で学ぶ。高野山金剛峯寺住職。高浜虚子に師事。昭和二十四年七月「ホトトギス」同人。二十七年「若葉」同人。第一回愛媛放送賞、愛媛県名誉県民功労賞受賞。句集『高野』（昭和57年5月20日、東京美術）、『仏法僧』（昭和60年11月1日、普賢院）、著書『芭蕉・高野山』（昭和51年5月15日、普賢院）。

お遍路の誰もが持てる不仕合せ

（浦西和彦）

森本佳把 もりもと・かは

明治四十年（月日未詳）〜昭和六年八月二十四日。歌人。高知県に生まれる。大正十四年、「若草」に作品を発表する。ついで川田和泉の「桜草」に作品を発表する。昭和五年、「南郷タイムス」を発行する。六年、詩誌「街路樹」を創刊する。歌集『蒼雲』を著す。「白雲はちつたよ／そらの／ふかさとなり／あおざめはてた／ぼくの輪画」。主として口語自由律短歌を書く。清水峯雄『土佐百人の詩人』にくわしい。（堀部功夫）

森龍子 もり・りゅうし

大正五年七月八日〜昭和六十二年十二月二日。俳人。徳島県に生まれる。本名は龍平。昭和十七年「海音」に入会。のち「ひまわり」「風」入会。五十年「なると」創刊主宰。句集『明日香』（昭和46年5月20日、風発行所）。

百日紅燃ゆる彼方に観世音

（浦西和彦）

【や】

八木絵馬 やぎ・えま

明治四十三年四月十六日〜。俳人。愛媛県に生まれる。本名は毅。愛媛県立松山中学校、愛媛県立松山高等学校を経て、東京帝国大学文学部英文科卒業。外務省嘱託、明治大学教授等を歴任。俳句は臼田亜浪に師事。「石楠」「俳句」編集同人。句集に『月暈』（昭和24年4月30日、七洋社）、『水陽炎』（昭和49年2月1日、丸ノ内出版）がある。鳴門海峡を「布刈舟あなや渦潮にうちのめり」「春潮のたぎち寄せ来て鵜を翔たす」と、愛媛の出石寺を「地獄めく大き釜風呂山蛾浮く」「かなかなや石階の裾はすでに霧」と詠んだ。（浦西和彦）

八木義徳 やぎ・よしのり

明治四十四年十月二十一日〜平成十一年十一月九日。小説家。北海道に生まれる。早稲田大学卒業。第一九回芥川賞ほか受賞。『八木義徳全集』がある。

＊土佐の印象《とさのいんしょう》 エッセイ。〔初出〕「南風」昭和三十七年九月一日、二十四日。◇『四国へんろの旅』取材旅行で、「四国人のもつ『人気《じんき》』のひとなつこさ暖さ」が強い印象を残した、と書く。（堀部功夫）

矢口高雄 やぐち・たかお

昭和十四年（月日未詳）〜。漫画家。秋田県に生まれる。高等学校卒業後、一二年間、銀行勤務。三十歳のとき上京して、漫画家となる。講談社出版文化賞、日本漫画家協会賞大賞を受ける。

＊釣りキチ三平《つりきちさんぺい》 漫画。〔初出〕「週刊少年マガジン」昭和四十八〜五十八年。◇「四万十川のアカメの巻」三平と高知のタケルと、二人が、四万十川の主である巨大なアカメ「潜水艦」に挑む。講談社漫画文庫（平成13年1月12日）所収。（堀部功夫）

八坂俊生 やさか・としお

昭和十二年二月十三日〜。詩人。香川県仲多度郡多度津町に生まれる。本名は神原俊雄。昭和三十四年、香川大学学藝学部国語科卒業。香川県立丸亀商業高等学校、丸亀高等学校などで教職につく。三十八年十一月、高木白と共に「ずいひつ無帽」を創刊。五十年、時実新子の「川柳展望」の会員となる。「観音寺の碑めぐり」（「四国新聞」昭和42年7月4日〜10月26日）が『ふるさと文学館第43巻香川』（平成6年8月15日、ぎょうせい）に収録される。詩集に『美しき不在』『陽の記憶』がある。（浦西和彦）

安岡章太郎 やすおか・しょうたろう

大正九年四月十八日〜。誕生日通説は五月三十日だが、「私の履歴書」に引かれた伯父の日記に拠る。小説家。高知市帯屋町の病院で、父章、母恒の長男として生まれる。父の転勤に伴い、千葉県国府台、善通寺、市川、小岩等へ移住。幼少期を過ごす。大正十四年、朝鮮京城へ移住した。昭和二年、京城南山小学校に入学、以後小学校は平均して一年一回の転校を繰り返す。十三年、東京市立第一中学校卒業、浪人生活に入る。城北高等予備校の友人と同人雑誌をつくり、小説を載せた。十六年、慶応義塾大学文学部予科に入学、十九年、東京第六部隊に入営し、ただちに〝満州第九八一部隊〟の一員として従軍する。胸部疾患で入院し、二十年、内地送還になる。部隊はレイテ島で全滅した。金沢の陸軍病院で現役免除、東京で敗戦を迎える。二十三年、慶応義塾大学を卒業する。二十六年、レナウンで〝パリ・モード〟の翻訳をする。奥野信太郎へ持ち込んだ原稿のひとつ「ひぐらし」が北原武夫の激賞をうけ「ガラスの靴」として、六月「三田文学」に掲載される。二十七年「文学界」に「宿題」「愛玩」を発表する。二十八年、レナウンを退社する。「ハウスガード」を「時事新報」に、「陰気な愉しみ」を「新潮」に、「悪い仲間」を「群像」に発表する。七月、第二九回芥川賞を受賞する。丹羽文雄は「戦後にあらわれた作家のなかで、私にはこのひとほど才能のゆたかな、ユニークな作家を知らない」と選評した。臼井吉見や服部達の章太郎評論も出、〝第三の新人〟の一代表者（平野謙）として注目される。以後の活躍はよく知られている。三十五年、文部省藝術選奨、野間文藝賞を受賞する。四十二年、毎日出版文化賞を受賞する。四十六年、『安岡章太郎全集』全七巻を講談社より刊行する。四十七年より、芥川賞銓衡委員となる。四十九年、読売文学賞を受賞する。五十一年、藝術院会員となる。五十七年、第一四回日本文学大賞を受賞する。六十一年、『安岡章太郎集』一〇巻を刊行。平成三年、川端文学賞を受賞する。五年、勲三等瑞宝章を受章する。八年、第四七回読売文学賞を受賞する。「別冊新評・安岡章太郎の世界」（昭和49年5月）、かのう書房編『安岡章太郎の世界』（昭和60年11月10日、かのう書房）の年譜にくわしい。十二年、大仏次郎賞を受ける。

＊首斬り話《くびきりばなし》　短編小説。〔初出〕「青年の構想」昭和十六年十二月か。署名「秋良太郎」＝あきれたろう。〔収録〕『安岡章太郎集Ⅰ』昭和六十一年六月十八日、岩波書店。◇闇の高知城下、安木加助は四人の侍と共に、政治的意見の合わぬ家老井上泰洋の首を斬りに来る。加助の心中には、勇敢な「背の高い加助」と、鴨居へ頭を打ちつけぬようおず〱心配そうに「首の前へ出た加助」とが同居している。彼は斬り損じたが、他の者が泰洋の首を刎ねる。脱藩上洛船の待つ海岸へ急ぐ途中、加助は生首の運搬役を務める。褌へぶら下げたため、駆け出す加助の股間で重く血の滲む首がぶらん〱する。本作モチーフは、男が「ずるずると自分の意志とは係わりのない方角に引っぱって行かれるさまを描くこと」だった（「戦後文学放浪記」）。

＊故郷《こきょう》　短編小説。〔初出〕「文藝」昭和三十年四月。〔収録〕『ガラスの靴・愛玩』昭和三十一年七月十日、角川書店。◇「僕」は東京から高知市K町へ帰る。生地ながら、実感をもっては感じられない郷里。そこには父母が居て、母は精神に異状をきたしている。「僕に最初に泳ぎを教えてくれたのは母であり、そのとき僕は水の中で母の背中に乗って、不安と、ものめずらしさと、うれしさとを感じたのを憶えているが、しかし夢の中で亀ではなく母だと気がついたときは、怖ろしさと不快さばかりだった」。饗庭孝男は、右文に「根源的な母胎回帰の希求」を読みとり、「海辺の光景」ラストと「深い照応を示しているように思われる」と述べる。

＊変ったようで変らぬ土佐《かわったようでかわらぬとさ》　エッセイ。〔初出〕「旅」昭和三十一年二月一日。◇高知は南国で、飲食の仕方も荒っぽい。ミカンとカマボコが美味である。「私」は昭和三十年三月、戦後初めて帰高した。空襲、地震で焼けた高知は「東京近辺の小さな町と間違えるくらいよく似ているが」、不変の「父の生家のYという村」を訪ねてから市内を見ると「こんどは明らかにそこにも特徴のある町の姿をみつけ出すことができた」。

＊海辺の光景《かいへんのこうけい》　中編小説。〔初出〕「群像」昭和三十四年十一〜十二月。〔初版〕昭和三十四年十二月十五日、講談社。◇浜口信太郎は、父信吾と共に、高知湾を見おろす永楽園へ向かう。そこに入院している

や

危篤の母を、見舞う。郷里に対するのと同様な困惑を、医者や看護人たちから感じる。母の狂気は、更年期の頃、帰還した生活能力無しの父、病気の息子との鵠沼生活中に築かれ、父の故郷、母の好まぬ高知Y村の家で悪化したものだった。母は昏睡に近い状態で「おとうさん…」とつぶやく。信太郎の病院付き添い九日目、母の呼吸が止まる。信太郎は病院外に出て自由に歩き廻るが、眼前の光景に衝撃をうける。「岬に抱かれ、ポッカリと童話風の島を浮べたその風景は、すでに見慣れたものだった。が、いま彼が足をとめたのは、波もない湖水よりもなだらかな海面に幾百本ともしれぬ杙が黒ぐろと、見わたすかぎり眼の前いっぱいに突き立っていたからだ。……一瞬、すべての風物は動きを止めた、頭上に照りかがやいていた日は黄色いまだらなシミをあちこちになすりつけているだけだった。風は落ちて、潮の香りは消え失せ、あらゆるものが、いま海底から浮び上った異様な光景のまえに、一挙に干上って見えた。歯を立てた櫛のような、墓標のような、杙の列をながめながら彼は、たしかに一つの〝死〟が自分の手の中に捉えられたのをみた」。安岡本人は、この場面を「最初から最も重要なものと考え、あの光景が主人公にもたらすものをハッキリと意味づけるために、あの小説を書きはじめた」と書く。本作を読んで、平野謙は「すべての登場人物がヘンに生きているのに感心した」と述べる。江藤淳は、安岡が「二百数十枚にのぼるこの作品を書きつづける間に、あきらかに本格的な小説家に成長して行っている。そのことを示すのは書き出しと結末の文体の変化で、最初なかばてれながら書き進めだした作者は、いつの間にか対象の重みにひき入れられて、正座し直し、いわば厳粛な態度で擱筆する。私はここにひとりの『作家』の誕生を予感せずにはいない」と評した。本作は、昭和三十二年七月、母の死から構想された。永楽園の素材も、袙《あこめ》の精華園である。「童話風の島」は玉島か巣山か。

＊自叙伝旅行《じじょでんりょこう》　エッセイ集。〔初版〕昭和四十八年五月一日、文藝春秋。◇集中「わが家のチミモーリョー」（「文藝春秋」昭和46年4～5月）。父の生家の松の木が失われた。運命共同体拡散の象徴であろうか。

＊放屁抄《ほうひしょう》　短編小説集。〔初版〕昭和五十四年十月十九日、岩波書店。◇集中、「父の日記」（「文藝展望」昭和48年10月15日）墓地の相談で父の生家へ帰った「私」は、蔵の中で父の日記を見付ける。それに母の名前が出てくる。「私」は、生前の父に感じなかった、親近感と興味とを覚える。「血ぼくろ」（「文藝展望」昭和52年4月）、「切腹」（「文藝春秋」昭和54年1月1日）も高知関係。

＊流離譚《りゅうりたん》　長編小説。〔初出〕「新潮」昭和五十一年三月～五十六年四月。〔初版〕昭和五十六年十二月十五日、新潮社、上下二巻。◇「私の親戚に一軒だけ東北弁の家がある」と書き出す。安岡家は先祖代々土佐に住みついてきたのに、である。「私」の追求は、四代前の、覚之助、嘉助、道之助三兄弟を的とする。本作前半は、安岡文助の日記に拠る。後半は、文助長男覚之助の戊辰戦線から家郷の人たち宛の書簡を主材料とする。安岡由喜の記録『安岡家の歴史』と本作とを比べると、安岡由喜の「〔輪じめの供え場所は〕天照皇太神宮、氏神様、御先祖様、お正月様、水の神様、臼の神様、唐箕の神様〔略〕門口の神様（これはその昔表の門口で四国遍路の旅人が死んでいたことがあり、それ以来門の入口にお宮を建てゝ弔い祭つってある）その他はしかの神様、ほうその神様〔略〕土蔵の入口に二カ

所と、せんちの神様、それから深尾様〔略〕」が、本作では「この家にはいろいろな神様が憑いているらしく、氏神様、御先祖様の他に、水の神様、臼の神様、唐箕の神様、それからハシカの神様、ホウソの神様、雪隠の神様、さらに崩れかかった瓦屋根の門の傍には山伏の神様、と数え切れないほどあって〔略〕門口の大きな松の根元に据えられたホコラは、そこで山伏が倒れて死んでいたのを祭ったといわれるもので、雨の夜には青い人魂が燃えて、ホコラの前で不遜な態度をとったり、立ち小便をしたりすれば、その人魂に襟がみを摑えられて門から中へ入れないとか、死んだ山伏のツヅラの中に小判がぎっしり詰っており、その金が安岡の家の財産のもとになったものだとか、完全に怪談仕立ての話が伝わっていた。〔略〕」と変わる。記録と小説との、文体的差異が歴然とする。本作について、小林秀雄の批評『流離譚』を読む」（「新潮」昭和57年1月）が有名。安岡と大江健三郎との対談「歴史小説の新手法」（「文学界」昭和57年2月）がある。

＊街道の温もり《かいどうのぬくもり》　エッセイ集。〔初版〕昭和五十九年二月二十日、講談社。エッセイ五一篇・書評一八篇を収む。◇「脱走者の兄」（「新潮」昭和55年2月）脱走者は刺客安岡嘉助。兄は覚之助のこと。「歴史の手触り」（「文藝春秋」昭和55年1月）襖を剝がし古文書を採り出す。「麓さんのこと」（「すばる」昭和56年2月）母方縁者の西山麓は丸岡明の祖父の甥である。「愛郷心について」（「毎日新聞」昭和56年1月1日）四国人気質を講演して土佐人的自己を意識する。「街道の温もり」（「新潮」昭和56年7月）従妹の記録から「流離譚」を書く気になった。「故郷回帰」（「高知新聞」昭和56年1月5日夕刊）土佐の無塩ジャコを食す。「消えて行く町」（「高知新聞」昭和57年2月5日夕刊）築屋敷の町名がなくなり、鏡川の風景も荒れてしまった。「素直なことば」（「高知新聞」昭和57年4月5日夕刊）恩師川島源司先生のこと。「くまびき譚」（「高知新聞」昭和57年5月22日夕刊）土佐へ帰ったら魚クマビキが食べたい。「三人のおもいで」（「高知新聞」昭和57年7月31日夕刊）一人は、高知の城西館おかみ藤本楠子さん。「寅彦の思い出と山田氏の『覚書』について」（「図書」昭和57年1月）山田一郎著書評。「土佐の凧」（『日本の手づくり工藝』昭和52年4月）土佐凧制作者、吉川登志之さんのこと。

＊歳々年々《さいさいねんねん》　エッセイ集。〔初版〕平成元年十二月十五日、講談社。◇「内心の血ぼくろ」（「寺田寅彦全集・内容見本」）、「『天誅組』について」（『大岡昇平集第七巻』「解説」）、「龍馬と革靴」（「別冊歴史読本」昭和56年）、「民権と風土と人間と」（「無限大」昭和56年）が高知に言及する。

＊夕陽の河岸《ゆうひのかし》　短編小説集。〔初版〕平成三年八月二十日、新潮社。◇「伯父の墓地」（「文藝春秋」平成2年2月）どんなに酔っても帰宅を言い張る伯父は、火葬されるのを怖れる人であった。土に対する伯父の執念を感じる。「春のホタル」（「文学界」平成元年3月）母が生まれたばかりの赤ん坊つまり「私」を抱いて高知からハイヤーで山北村に帰って来た時、従兄はヘッドライトの中で光る雨粒を季節外れのホタル乱舞と見紛うたと言う。「土佐案内記」（「新潮」平成元年3月）昭和五十年、高知市内で大岡昇平と出会い、翌日父の生家へ案内した。

＊歴史への感情旅行《れきしへのかんじょうりょこう》　エッセイ集。〔初版〕平成七年十一月三十日、新潮社。◇「温客と理性について」（「波」平成2年6月）寺田寅彦の背後に井口村事件のあることを知って、ハイカラなイメージが、身近な土佐人のそれに変わる。「抑制さ

れた思い入れ」（「波」平成3年3月）山田一郎『海援隊遺文』評。「大原さんの文学」（『大原富枝全集』カタログ平成7年）。「一盆の春色」（『新潮日本文学アルバム井伏鱒二』平成6年）高知で描かれた井伏の短冊を吉村淑甫から貰う。

＊まぼろしの川《まぼろしのかわ》　私の履歴書《わたくしのりれきしょ》　エッセイ集。〔初版〕平成八年十月七日、講談社。◇「私の履歴書」（「日本経済新聞」平成8年5月1～31日）。「誕生」「東京へ」「父の帰省」「故郷」項に高知時代、「関東大震災」項、善通寺時代。「祖母の思い出」高知の墓地。「井伏さん」昭和四十八年の来高、を述べる。

＊忘れがたみ《わすれがたみ》　エッセイ集。〔初版〕平成十一年四月十日、世界文化社。◇「土佐に山河ありき」（「ミセス」平成2年5月）父の家のある山北村の墓地と、母の実家の築屋敷の前を流れる鏡川とが、「私」にとっての原風景である。「ふるさとということ」（「ミセス」昭和56年6月）言葉や食物の好みが本卦《ほんけ》還りする。「半世紀後の卒業証書」従兄安岡隆彦が平成十年十二月二十九日に死んだ。

＊鏡川《かがみがわ》　中編小説。〔初出〕「新潮」平成十二年四月。〔初版〕平成十二年七月三十日、新潮社。◇母方の縁戚西山麓の生涯を描く。その姓名は「夕陽の傾きかけた山麓を彷彿とさせる」。「久万山の南側の山裾は、目の下一面に田畑がひろがつてゐる。土佐は南国だけあって、秋の夕暮れも、さう人の気をせき立てるほどに速くはない。ゆつたりと着実に、空は黄ばんだ色から赤味がかり、その赤が更に緩慢に茄子紺の色合ひを次第に深めて、終ひには暗い夜の色に閉ざされて行くのである」。（堀部功夫）

安岡赤外　やすおか・せきがい

明治三十三年二月二十二日～昭和五十年十二月二十日。俳人。香川県西植田村に生まれる。旧姓は鎌野。京都帝国大学医学部卒業。滝宮病院院長。俳句は高浜虚子に師事。「ホトトギス」同人。句集『赤外句集』（昭和45年4月、屋島発行所）。（浦西和彦）

安岡正隆　やすおか・まさたか

大正十四年二月四日～。歌人。高知県香美郡香北町（現香美市）橋川野二一二に生まれる。家は農家であった。少年のころから、歌を作る。国語教師になる。歌誌「形成」第一同人、「南国短歌」発行人兼編集人をつとめる。昭和四十三年、小説『いのち果つるとも』を著す。五十九年、歌集『人生抄』を著す。六十一年、随筆集『旅と人生』を著す。県立高等学校校長をつとめ、土佐女子高等学校につとめる。「肩書の失せし名刺をポケットに再就職の靴紐結ぶ」。平成二年、歌集『雪の炎』を著す。

移りゆく季《とき》を映して物部川ふるさとに生くる胸を流るる

遥かなる四国山脈の夕茜つひに越え得ぬ恋一つあり

（堀部功夫）

保田与重郎　やすだ・よじゅうろう

明治四十三年四月十五日～昭和五十六年十月四日。評論家。奈良県に生まれる。東京大学卒業。『保田与重郎全集』がある。

＊大杉の記《おおすぎのき》　エッセイ。〔初出〕「コギト」昭和十七年十一月、第一二四号。◇土佐国長岡郡大杉村の大杉の、畏怖すべき風貌の感銘を記す。（堀部功夫）

安成二郎　やすなり・じろう

明治十九年九月十九日～昭和四十九年四月三十日。歌人。秋田県に生まれる。

＊冬の日《ふゆのひ》　エッセイ。〔初出〕「博浪沙」昭和十六年三月五日。◇昭和十年十一月三十日、高知行の回想をふくむ、田中貢

太郎追悼文である。（堀部功夫）

保持研子 やすもち・よしこ

明治十八年八月二十日～昭和二十二年五月二十三日。俳人。愛媛県今治日吉村に生まれる。本名は小野研。別名は白雨。日本女子大学在学中に病気になり休学、三年余を茅ケ崎南湖院で療養、その後復学し、明治四十四年に卒業。平塚らいてうの「青鞜」創刊に賛同、規案作りから実務を担当し、発起人となる。白雨と号して「青鞜」に劇評、俳句、短歌を発表した。大正三年、青鞜社を退社。結婚後は夫の勤務先明治生命の都合で地方転勤をくり返し、文筆活動から遠ざかった。（浦西和彦）

矢田挿雲 やだ・そううん

明治十五年二月九日～昭和三十六年十二月十三日。俳人、小説家。香川県丸亀（現丸亀市）に生まれる。本名は義勝。父は陸軍軍人で各地を転々とし、宮城県立第一中学校在学中、紅緑らの奥羽百文会に参加。上京し早稲田専門学校在学中、子規庵に出入りし、子規最晩年の門人となった。「九州日報」「報知新聞」記者を経て作家生活に入る。大正九年六月から「江戸から東京へ」を野村胡堂のすすめで「報知新聞」に連載。以後「沢村田之助」「太閤記」などの新聞小説を連載し好評を博した。大正四年、大日本俳友会を興し、翌年機関誌「俳句と批評」を創刊。のち「俳句と添削」「千鳥」「挿雲」を主宰した。著書『俳句叙伝の研究』（昭和5年1月3日、俳句と添削社）、『太閤記』全一二巻（昭和10年2～12月、中央公論社）、『古今名句評釈』（昭和10年3月12日、非凡閣）ほか。（浦西和彦）

八波直則 やつなみ・なおのり

明治四十二年十二月二十三日～平成三年五月五日。英米文学者。石川県金沢市に生まれる。東京帝国大学卒業。第七高等学校講師を経て、昭和十一年、高知高等学校教授になる。十七年、飛行場建設勤労動員のため肺尖カタルに罹り入院する。十八年、ウィリアムスン『鮭』を訳す。二十三年、ブラウン『ふしぎなイス』を訳す。二十四年、高知大学教授となる。二十五～二十七年、肺結核で入院する。ラジオ週評を担当する。二十六年、ハリス『ウサギどんキツネどん』を完訳。学生から「ハッパさん」の愛称で親しまれ名物先生となる。絵金や西畑人形など高知の文化を発掘して全国に紹介する。三十七年、高知県文化賞を受賞する。四十八年、退職する。四十八～五十六年、桃山学院短期大学教授を勤める。五十六年、『私の慕南歌』を著す。勲三等旭日中綬章を受章する。平成三年、消化器官出血のため高知城東病院で死去した。

＊私の慕南歌《わたしのぼなんか》　エッセイ。〔初出〕「高知新聞」昭和五十二年五月三十日～五十三年九月四日。〔初版〕昭和五十六年二月一日、雄津書房。◇昭和十年代、旧制高知高等学校の回想とエッセイ。「戦後の高知県文化小史として高い評価を得た」。（堀部功夫）

矢内原伊作 やないはら・いさく

大正七年五月二日～平成元年八月十六日。評論家、哲学者。愛媛県に生まれた。矢内原忠雄の長男。京都帝国大学哲学科卒業。学習院大学、大阪大学、同志社大学を経て法政大学教授。戦後、評論活動に入り、サルトルやカミュの実存主義を紹介。彫刻家ジャコメッティと交遊を深めモデルも務めた。（浦西和彦）

矢内原忠雄 やないはら・ただお

明治二十六年一月二十七日～昭和三十六年十二月二十五日。経済学者。愛媛県越智郡

富田村に生まれる。東京帝国大学政治学部卒業。第一高等学校時代より内村鑑三、新渡戸稲造に私淑した。住友別子銅山に勤めたあと、九年に東京帝国大学助教授となる。十二年教授となり、植民政策を講義した。昭和十二年九月、「中央公論」に発表した「国家の理想」が反国体と指弾されて、東京帝国大学教授を辞任。敗戦後、復帰、二十六年より三十二年まで東京大学総長を務めた。『矢内原忠雄全集』全二七巻（昭和38～40年、岩波書店）。（浦西和彦）

柳田国男《やなぎた・くにお》

明治八年七月三十一日～昭和三十七年八月八日。民俗学者。兵庫県に生まれる。東京帝国大学卒業。『定本柳田国男集』がある。柳田国男研究会作成「地図「柳田国男の旅」」から、大正三年二月一～十日の講演（高松）、四年九月の御大典記念講演（高松）、十月の大嘗祭講演（松山）、十四年四月十二～二十八日の講演、昭和八年の旅行、十四年九月十四～二十四日の講演など四国関係が拾える。大正四年の講演後、水上警察の汽船を借りて、「昔の航海では、大変重要な所」阿居の島に寄る（「交友録」）。

＊山人外伝資料《やまびとがいでんしりょう》　記録。〔初出〕「郷土研究」大正二年九月。◇山人追及時代の柳田が、その居住地を挙げるなかで、「四国では石鎚山彙と剣山の奥が本拠であるらしい」と記す。

＊木綿以前の事《もめんいぜんのこと》　エッセイ集。〔初版〕昭和十四年五月十七日、創元社。◇「何を着て居たか」（「斯民家庭」明治44年6月）章中、「嘗て土佐から阿波への山村を旅行して居た際に、私は此地方で麁麻布の着用が東国よりも遥かに盛んであることに注意して、人にこの茶色に染めた布を何と謂ふかを尋ねて見たが、一般に今は是をタフといふやうであつた。肥後の五箇庄と並んで、山中の隠れ里として有名であつた阿波の祖谷山などは、小民の家は皆竹の簀の子で、あの頃はまだ夏冬を通して、このタフを着て住んで居るといふ話であつた」と記す。四国旅行は、大正三年二月一～十日、四年四月十二～二十八日、九月十四～二十四日、十月。

＊火の昔《ひのむかし》　エッセイ集。〔初版〕昭和十九年八月二十五日、実業之日本社。◇「漁樵問答」中に四国見聞箇所がある。「前年私は吉野川の岸を伝つて、土佐から阿波の方へあるいて見たことがありますが、あの川のほとりの村々では、唐鍬を持つて川へ降りて、砂の中から古い流木の埋もれたのを拾つて居りました。さうして皮が剝けて両端の丸くなつたやうな木が、普通の薪と同じに、どの家にもきれいに積んでありました。桃太郎の昔話も此辺へ来れば『爺は川へ柴掘りに』と言はなければなるまいと、独りでをかしくなつて笑つたことであります」。（堀部功夫）

柳原和子《やなぎはら・かずこ》

昭和二十五年（月日未詳）～。ノンフィクション作家。東京都に生まれる。東京女子大学社会学科卒業後、アルバイトをしながら、子供とテレビを考える市民運動に参加。昭和五十五年にタイ、カンボジア国境のカオイダン難民収容センターを訪れ、野戦病院のボランティアなどをし、『カンボジアの24色のクレヨン』（昭和61年11月、晶文社）を刊行。他に『20歳、もっと生きたい』（昭和62年11月、草思社）、『「在外」日本人』（平成6年10月、晶文社）など。また乳がんとなり、その経験をもとに『がん患者学』（平成12年7月、晶文社）などを著す。

＊夢遍路《ゆめへんろ》　エッセイ集。〔初版〕昭和六十一年六月二十日、皓星社。◇テレビ・ドキュメンタリー番組やルポタージュ作品

や

を書いてきた筆者は、四国八十八カ所を歩いて廻った。立ち寄った各札所の住職の話の聞き取りと、途中で出会った同じ遍路の人人との交流をつづるエッセイとを織り交ぜた作品である。女、三十五歳での遍路旅は、青春時代が終わろうとしている筆者には、「人の生きる時間のすべてに謙虚になれ、と教えてくれる時間だった」と言う。

（増田周子）

柳原極堂 やなぎはら・きょくどう

慶応三（一八六七）年二月十一日～昭和三十二年十月七日。俳人。伊予国温泉郡北京町（現愛媛県松山市）に生まれる。本名は正之。別号は梅堂。明治十六年、松山中学校を退学し、上京。英語学校に学んだが、二十二年五月、松山に帰り、海南新聞社に入社。三十九年二月に「伊予日日新聞」を創刊。俳句は、正岡子規を囲み、「松風会」を興す。明治三十年一月、子規、鳴雪らの協力を得て松山より「ホトトギス」を発刊。「ホトトギス」は二十号で発行所を東京に移し、虚子に譲るまで、極堂が編集発行人であった。昭和七年十月「雞頭」創刊主宰。のち子規の顕彰に専念し、松山正宗寺に子規堂を建設。二十四年には子規庵を豊坂町一丁目に新築。その功績により松山市名誉市民、愛媛県名誉県民に選ばれ、勲四等に叙された。著書に『友人子規』（昭和21年6月20日、前田出版社）、『子規の話』（昭和52年1月10日、松山市文化財協会）、句集『草雲雀』（昭和29年11月25日、柳原極堂句集刊行会）がある。

（浦西和彦）

柳宗悦 やなぎ・むねよし

明治二十二年三月二十一日～昭和三十六年五月三日。評論家。東京に生まれる。学習院大学卒業。

＊手仕事の日本《てしごとのにほん》　記録。〔初版〕昭和二十三年六月五日、靖文社。〔収録〕改訂して『柳宗悦選集二』昭和二十九年二月、春秋社→『柳宗悦全集著作篇一一』昭和五十六年十二月五日、筑摩書房。◇昭和十五年頃、表題の現状を、青少年向けに述べた書である。第二章「日本の品物」四国項で、讃岐丸亀の団扇《うちわ》、高松の凧、木田の飯室《いいむろ》、善通寺の一閑張の塵取、阿波藍、土佐半紙、安芸郡・香美郡・長岡郡の刃物、高知の尾《お》戸《ど》焼、高知の珊瑚細工、松山絣《かすり》、出淵の竹面桶、道後の手毬、などをとりあげる。岩波文庫化された。

（堀部功夫）

やなせ・たかし やなせ・たかし

大正八年二月六日～。漫画家。高知県香美郡香北町に清、登喜の長男として生まれる。本名は柳瀬嵩。東京高等工藝学校卒業。昭和十九年、中国へ派遣される。二十一年、復員する。高知新聞社に一年勤務後、上京する。三越宣伝部にグラフィックデザイナーとして勤務する。二十八年、退社しフリーになる。三十九～四十二年、NHK「まんが学校」に出演する。四十二年、マンガ「ボオ氏」で「週刊朝日」漫画賞を受賞する。四十四年、「やさしいライオン」を発表する。四十五年、アニメーション化され、厚生大臣賞最優秀動画賞を受賞する。四十七年、サンリオより創刊の「詩とメルヘン」誌編集長になる。手塚治虫たちと「漫画家の絵本の会」を結成する。四十八年、『十二の絵本』を著す。この本に、空を飛び、ひもじい子供に食物を届ける、アンパン頭、まる鼻、赤頬のアンパンマンが初登場する。「アンパンマン」を「キンダーブック」に発表する。以降絵本化、数冊を著す。平成元～九年、映画「それいけ！アンパンマン」シリーズが上映される。日本童謡協会特別賞を受賞する。二年、日本漫画家協会大賞を受賞する。三年、勲四等瑞宝章を受章する。六年、香北町名誉町民となる。七年、日本漫画家協会文部大臣賞を受賞する。八年、香北町美良布一二二四—二に、「アンパンマンミュージアム」がオープンした。

＊アンパンマン伝説《あんぱんまんでんせつ》　詩、エッセイ、写真集。〔初版〕平成九年七月、フレーベル館。◇「アンパンマンミュージアム」は開館四九日目、入館者が一〇万人を突破した。「香北町は、美しい自然がそのまま残る山峡の町である。谷間の空は、細長く、日暮が早い。町のまんなかを物部川が流れる。ぼくの子どもの頃は、深い渓谷の急流だったが、いまはダムになって水の色は青く深い」。

＊アンパンマンの世界《あんぱんまんのせかい》　絵、エッセイ集。〔初版〕平成九年七月、フレーベル館。◇「アンパンマンミュージアム」のために描いた作品を集める。ひもじい子に、自分の顔でもあるアンパンを与える行為に、「正義を行う時は、自分も傷つくことを覚悟しなければならない」とのメッセージを託した、という。　（堀部功夫）

柳瀬正夢　やなせ・まさむ

明治三十三年一月十二日〜昭和二十年五月二十五日。画家。愛媛県松山市大街道町に生まれる。本名は正六《しょうろく》。実際は正月六日の誕生であったので正六と命名された。別名は穴明共三、夏川八朗。俳号は蓼科《りょうか》。父利右衛門、母イノヨの長男。三歳の時、髪結をしていた母イノヨが死去し、翌明治三十七年、愛媛県周桑郡三芳町河原津の漁師の家に里子に出される。三十九年、松山市立第一尋常小学校に入学するため、父利右衛門の許に呼びもどされた。四十年、小学校は四年制から六年制へと変更され、学区の編成替えで、新設の第四尋常小学校（現東雲小学校）に転校する。四十四年五月、一家は福岡県門司市新川町に移住。大正三年、門司松本尋常高等小学校を卒業、画家志望反対の父を押し切って上京し、日本水彩画会研究所や日本美術院の研究所に学ぶ。四年五月、「午後の会社」が日本水彩画会第二回展に、十月、「河と降る光と」が再興第二回院展に入選し、その才能が注目された。この年、売文社社員松本文雄と知り合い、以後北九州の洋画普及、美術運動に活動する。八年三月、画家として立つことを決意して上京。翌年八月、長谷川如是閑を保証人として、編集長大庭柯公を介して読売新聞社に入社、議会風景や政治家の似顔絵などを執筆。十年十月、「種蒔く人」同人に参加。十二年七月、村山知義らと「マヴォ」を結成、翌年十月、三科造形美術協会の発起人となる。未来派前衛運動に参加。ドイツの漫画家ゲオルグ・グロッスの影響をうける。十四年十二月、プロレタリア文藝連盟に参加。翌年二月、共同印刷争議応援のため牛込神楽坂で街頭似顔絵市場を開催。昭和三年三月、ナップ結成に参加し中央委員に選出された。翌四年日本プロレタリア美術家同盟創立に加わり、「無産者グラフ」編集責任者となる。『無産階級の画家ゲオルゲ・グロッス』（昭和4年11月20日、鉄塔書院）、『柳瀬正夢画集』（昭和5年2月12日、叢文閣）を出版する。六年、日本共産党に入党。同年結成のコップ発行の「大衆グラフ」の編集長を務めたが、翌七年十一月五日、治安維持法違反で検挙された。八年八月二十三日、市ケ谷刑務所に収監されていた時に、妻梅子が死去した。同年九月二十一日、懲役二年、執行猶予五年の判決で、保釈される。九年妻梅子の納骨のため松山を訪れた。十三年、十四年、天津、北京に写生旅行。十六年ごろより阿部里雪に俳句を学び、愛媛県人からなる「一茎会」に参加し、五百木飄亭、柳原極堂などと親交を持つ。二十年五月二十五日、上諏訪に疎開中の長女を見舞うため新宿駅に行き、空襲に遭う。焼夷弾の破片を肝臓にうけ死去。五十三年四月四～二十三日、愛媛県立美術館において「柳瀬正夢遺作展」が開催された。（浦西和彦）

矢野橋村 やの・きょうそん

明治二十三年九月八日～昭和四十年四月十七日。画家。愛媛県越智郡波止浜に生まれる。本名は一智。大阪に出て、永松春洋について南宗画を学ぶ。昭和二年の帝展に「暮色蒼々」が特選になる。日本南画院の創設に努力した。三十五年に日本藝術院賞を受けた。吉川英治の「太閤記」や長谷川伸の「一本刀土俵入り」などの新聞小説の挿画も描いた。（浦西和彦）

矢野竹南子 やの・ちくなんし

明治四十年一月十四日～昭和四十八年十月（日未詳）。俳人、日本画家。高知県に生まれる。本名は義旻《よしあき》。俳句は吉田冬葉に師事。「獺祭」同人。昭和十四年二月「濤祭」創刊主宰。戦後は河野南畦の「あざみ」同人に参加。昭和二十二年三月「望洋」を主宰。（浦西和彦）

矢野徳 やの・とく

昭和十三年一月二十日～。漫画家。高知市に生まれる。本名は徳明。高知商業高等学校卒業。昭和二十二年、「高知新聞」の四コマ漫画でデビューする。四十九年、「元禄遊女伝」で日本漫画家協会大賞を受賞する。（堀部功夫）

八幡政男 やはた・まさお

大正十四年二月（日未詳）～。小説家。徳島市板野郡松茂町に生まれる。高等学校教師を経て、文部省職員として国立大学勤務。昭和六十年退職。「碑」同人に参加。全国教職員文藝協会顧問。著書に『遁世』（昭和51年、三協社）、『私の入院日記　脳梗塞と闘って』（平成5年6月、武蔵野書房）、短編集『迷路』（平成6年3月、武蔵野書房）、『遠い記憶』（平成8年7月29日、武蔵野書房）などがある。（増田周子）

藪田忠夫 やぶた・ただお

明治四十五年一月一日～昭和十八年一月十五日。詩人。高知県高岡郡佐川町柳瀬に生まれる。別名は大西宣夫。高知師範学校在学中、反帝同盟日本支部高知地方準備委員会に参加。治安維持法違反で検挙され、昭和五年六月に放校となる。七年三月、『田園の花』を刊行。反戦詩「風」や「休日に」を書いた。同年十月に全農高北支部を組織し、小作争議を展開した。十八年、東部ニューギニアで戦死。（増田周子）

山内四郎 やまうち・しろう

大正十四年六月四日～。俳人。愛媛県宇摩郡土居町蕪崎に生まれる。教員。昭和二十三年、久保田万太郎の「春灯」に入会。句集『草に置く』（昭和57年4月20日、春灯社）。

はるかなる雪嶺に波どんとくる
末枯るる中に坐りて故郷なり
いくつもの風が青田をはしりくる

（浦西和彦）

山岡千枝子 やまおか・ちえこ

昭和十一年（月日未詳）～。小説家。大阪市に生まれる。本姓は岡上。高知県立中村高等学校卒業。高知文学学校で学ぶ。平成八年、『ねの首岬』を著す。（堀部功夫）

山上次郎 やまかみ・じろう

大正二年一月一日～。歌人。愛媛県土居町（現四国中央市）に生まれる。農業に従事。

「橄欖」「アララギ」を経て、昭和四十三年に「歩道」入会。歌集に『春雪抄』（昭和22年6月、斎藤書店）、『天際』『暁雨晩翠』『燃焼』がある。

　鐘楼のあれども撞くべき鐘のなき一遍上人の寺ひそかなる

（増田周子）

山上龍彦 やまがみ・たつひこ

昭和二十二年十二月十三日〜。漫画家、小説家。徳島県に生まれる。大阪鉄道高等学校卒業。大阪の日の丸文庫に勤務のかたわら漫画を描く。昭和四十年「秘密指令0」がデビュー作。四十五年「少年マガジン」に「光る風」を連載、注目を浴びたが、物議をかもし中断。四十七年「漫画ストーリー」に「喜劇新思想大系」を連載。ナンセンス漫画としての方向を定着させた。「がきデカ」のブームで、「こまわり君」とともに漫画界において一時代を画した。平成二年十月から漫画を書くのをやめ、小説に転じた。短編集『兄弟！　尻が重い』（平成5年4月6日、講談社）は不安にかられて右往左往する主人公を描いている。「マンガの引力はさすがに強くて苦労した。でも、書き始めると、長年積もっていた心の澱がスッと取れた。マンガでは埋められなかった。物足りない何かが埋められた気がする。単に、才能が枯渇したから、マンガを捨てたのではないことを、分かってもらいたい」（「朝日新聞」平成5年5月9日）と語っている。

（増田周子）

山川禎彦 やまかわ・さだひこ

昭和十一年（月日未詳）〜。小説家。高知市に生まれる。昭和三十三年、「文章クラブ」に投書。六十三年、「山河」に「ぼくだけのニッキ」を発表。平成四年、「レンゲの窓」を発表。『ぼくだけのニッキ』を著す。「風土」同人。十一年、『あかねの世界』を著す。

（堀部功夫）

山口政猪 やまぐち・せいい

大正二年か〜昭和十一年五月三十日。評論家。高知市梅ケ辻に生まれる。高知高等学校時代、文藝評論を「学友会雑誌」に発表する。昭和十一年、東京帝国大学文学部美術科に入学する。東京下谷にて自殺する。享年二十四歳。『遺稿山口政猪集』（昭和13年11月5日、檸檬社）は「学友会雑誌」に発表された、「志賀直哉論」「芥川龍之介論」「横光利一論」「舌足らずな感想」「批評」「小説の嘘」「現代文学に於ける日本的特性の問題」を収録する。栗尾弥三郎たちが編纂刊行した。栗尾は「評論を貫くものは何よりも愛であり」「これはいのちを懸けた『青年の書』だ」と記す。

（堀部功夫）

山口誓子 やまぐち・せいし

明治三十四年十一月三日〜平成六年三月二十六日。俳人。京都市に生まれる。本名は新比古。第三高等学校時代から俳句を始め、東大俳句会に参加。高浜虚子に師事し、昭和初期に「ホトトギス」4Sの一人と呼ばれた。昭和十年、水原秋桜子の「馬酔木」に参加。戦後は「根源俳句」を提唱して二十三年に「天狼」を創刊主宰。現代俳句の革新者として活躍。六十二年に藝術院賞、平成四年に文化功労者に選ばれた。句集『構橋』（昭和42年3月10日、春秋社）に、昭和三十年十二月、土佐へNHKの有本局長に招かれ、橋本多佳子とラジオ対談をした時、桂浜、紀貫之宅址、室戸へ行って詠んだ「土佐行」五六首が収録されている。「灯台光椿林にあたり散らす」（桂浜）、「逆遍路室戸の岬をひとり過ぐ」、「冬も青淵隊道の又長きかな」（祖谷）、「信仰は高きへ登る冬霞」（琴平）など、四国を詠んだ句が多くある。句碑「つばめにも美しき天柴

や

雲天」が香川県三豊郡詫間町大浜紫雲出山山頂に、「笠松の笠のまにまに青嶺透く」が詫間町浜田則久カズエ氏邸に、「瑞気とはこれ初釜の湯気昇る」が愛媛県川之江市上分町老人保健施設アイリス前庭に、「愛の媛のかんざし桃の花咲かす」が愛媛県伊予三島市中曽根町三島公園老人センター隣に、「伊予の山蜜柑の実る大斜面」等がある。

（浦西和彦）

山口瞳　やまぐち・ひとみ

大正十五年十一月三日〜平成七年八月三十日。小説家。東京に生まれる。国学院大学卒業。第四八回直木賞受賞。

＊**草競馬流浪記**《くさけいばるろうき》　エッセイ集。〔初版〕昭和五十九年三月、新潮社。◇「大歩危小歩危、満月旅行」章が、昭和五十七年、高知紀行である。高知市栈橋六丁目二—一高知競馬場内馬場は、ボラの跳ね飛ぶ沼である。ノミ屋が多い。「特別付録」の座談会で、山口は、ヤクザが多く「おっかなくって、とても勝負に出られない、という意味では高知がワースト1だな」と語る。新潮文庫化された。

（堀部功夫）

山崎光紀　やまざき・こうき

昭和三十三年（月日未詳）〜。小説家。徳島市に生まれる。昭和五十八年、法政大学法律学科卒業。その後裁判所書記官になる。著書に『静夏』（平成10年5月20日、日本図書刊行会）がある。

（増田周子）

山崎誠一　やまさき・せいいち

昭和二十三年七月七日〜。詩人。愛媛県松山市に生まれる。愛媛大学大学院法学研究科（修士課程）修了。県立高等学校教員。昭和四十三年、日本詩人クラブ会員。

（浦西和彦）

山崎武　やまさき・たける

明治四十五年二月十一日〜平成二年六月二十三日。エッセイスト。高知県幡多郡竹島に、善之助、乙恵の長男として生まれる。昭和二年、大阪逓信講習所に入るが、右手指を病み、帰郷し、四万十川の漁師になる。九年、スエコと結婚する。十二年、応召、中国を転戦し、十四年、帰還する。二十年、再召集されるが、尾道で終戦、帰郷する。四万十川下流漁業協同組合長になる。三十八年、アルコール工場廃液問題で通産省と協議する。高知大学講師になる。四十六年、四万十川漁業協同組合連合会会長になる。四十七年、いっさいの役職から引退する。四十八年、高知県産業技術功労賞を受賞する。四十九年、高知県文化賞を受賞する。

＊**大河のほとりにて**《たいがのほとりにて》　記録。〔初版〕昭和五十八年十二月、著者。〔収録〕改題『四万十川漁師ものがたり』平成五年九月一日、同時代社。◇「私の職場のいきものたち」ウナギ等の生物誌、「大河のほとりにて」自分史、エッセイ「遥かなる道」を付す。ゴンズイの毒トゲに刺された場合、楠の木屑でいぶすと治る、など民間療法も伝える。

（堀部功夫）

山崎正董　やまざき・まさただ

明治五年四月十一日〜昭和二十五年五月二十九日。医師、史論家。高知県高岡郡佐川町に山崎正煕、春の長男として生まれる。明治二十二年、高知県尋常中学校を卒業、上京。父死す。三十三年、東京帝国大学医科大学卒業。三十四年、山崎とねと結婚。三十五年、熊本に赴任。県立熊本病院婦人科部長、熊本医学校教授となる。大正三〜四年、『近世産科学』を著す。五年、愛知へ。十五年、熊本医科大学に着任。昭和四〜十四年、『肥後医育史』『筆をさがして』『横井小楠』『続・筆をさがして』を著す。

十六年、山崎博士祝賀会より『山崎博士の演説と文章』が刊行される。荒木精之『山崎正董』（昭和38年11月30日、山崎正董伝刊行会）にくわしい。谷沢永一『向学心』（平成12年9月15日、新潮社）が「還暦を過ぎてのち、志す」と題してとりあげている。（堀部功夫）

山下清《やました・きよし》

大正十一年三月十日〜昭和四十六年七月十二日。画家。東京に生まれる。養護施設八幡学園で学ぶ。貼り絵が、式場隆三郎、戸川行男の世話で紹介される。昭和十五年、学園を出て放浪と帰園を繰り返す。「日本のゴッホ」「裸の大将」の渾名を得た。

＊日本ぶらりぶらり《にほんぶらりぶらり》 紀行。〔初版〕昭和三十三年一月、文藝春秋新社。◇「阿波のバカ踊り」章。放送局の人に鳴門の景色の感想を聞かれたので「兵隊の位になおすと」佐官級だと答える。「男湯と女湯」章。松山の道後温泉に泊まる。「みんなでこの大きな風呂やのなかを見物することになったので、ぼくは案内の女のひとにぜひ女の湯をみせてくれといった」。「ので、ので」が続く文章。式場が添削した。ちくま文庫化される。（堀部功夫）

山下栄《やました・さかえ》

大正十二年六月八日〜。歌人。徳島県阿南市富岡町に生まれる。海軍乙種飛行予科練習生卒業。昭和二十三年「徳島短歌」創刊に参加。二十六年「水甕」入社。現在ともに同人。歌集『遂に戦死せず』（昭和55年2月25日、短歌新聞社）。

落城の叫喚高き幻を牛岐城跡の秋風に聴く

産卵を経て海亀が帰りゆくやさしき波の音へ疲れて

（浦西和彦）

山下博之《やました・ひろゆき》

昭和七年五月二十日〜。俳人。徳島県池田町（現三好市）に生まれる。早稲田大学第一文学部卒業。徳島新聞社記者、印刷出版業のあと、県立高等学校教員になる。阿南工業高等学校校長、県立図書館館長を経て、平成五年、四国大学短期大学部教授となる。徳島県で根強い人気のある海野十三の会会長として、活躍。山暦俳句会同人、俳句誌「藍花」編集人、徳島ペンクラブ理事。著書に『新釈「五輪書」』『教訓・武侠銘名伝』『私本阿波の十郎兵衛』（平成11年6月1日、徳島県教育印刷）、共著に『鳴門秘帖の旅』（昭和52年5月5日、教育出版センター）、『徳島県歴史人物鑑』がある。（増田周子）

山下富美《やました・ふみ》

大正十四年三月二十四日〜。歌人。徳島市に生まれる。昭和二十九年「水甕」に入社、現在に至る。歌集『人像紋様』（昭和55年3月20日、深夜叢書）。

鳥たちはいつ帰り来む眉山の傷を包みて春の雪降る

紅葉も未完なるまま暮れはてし眉山は低くまろやかの冬

（浦西和彦）

山田一郎《やまだ・いちろう》

大正八年八月三十日〜。ジャーナリスト。高知市仁井田に生まれる。三里小学校で川村源七、中学時代、杉村正の教えをうける。昭和十五年、満州国通信社に入り渡満する。十六年、大連から牡丹江へ。のち、新京へ転勤する。共同通信社常務理事をつとめた。五十六年、『寺田寅彦覚書』を著す。藝術選奨文部大臣新人賞を受ける。五十八〜平成四年、『南風帖』『南風対談』『土佐うみやまの書』を著す。高知県文化賞を受ける。

＊寺田寅彦覚書《てらだとらひこおぼえがき》 評伝。〔初出〕「高知新聞」昭和五十三年九月十七日〜十二月三十一日。〔初版〕増補して、昭和五十六

年十一月二十七日、岩波書店。◇漱石を背景に置いた寅彦評伝で、歴史、風土、人生の三部から構成する。漱石「それから」に寺田家のドラマが反映していると考証する。杉村正、角川源義のアイデアを敷衍したもの。安岡章太郎は「一読して私は、これは山田氏の言うとおりであろうと思った」と同感を示す。山田は寅彦祖先の墳墓のある、大野貝村の鳶巣や宇賀瀬を訪ねる。「寅彦の『父母未生以前』の土地に立っている」と実感し、「しぐるるや　寅彦　冬彦　藪柑子」の句を得る。山田は、「寺田夏子」について、高等女学校同級生の中島寿栄の直話を記し、「田園雑感」に描かれた貴船神社盆踊りについて、踊り子の一人であった平田鉄井、見物人の一人であった西内小政の、ぞれぞれ直話を聞き出している。「西内小政は後に仁井田へ嫁いで、山田姓となる。実は私の母である」。昭和五十六年度藝術選奨文部大臣新人賞を受ける。（堀部功夫）

山田秧雨　やまだ・おうう

生年月日未詳～明治四十四年（月日未詳）。詩人。高知に生まれる。晩年、仁井田の西の上町に住む。田中貢太郎に漢籍を教える。田中『神を喫ふ』は「翁には詩集もないので、其の詩は散佚して僅に村の人家の襖や床の軸に遺つてゐるばかりである。仁井田の名家の川島家には、恢覆志空跡已陳。茫茫草色古城春。黄昏一瞥雲間影。如看鞍頭拝月人。／深坐含愁嬌態斜。思郎独倚碧窓紗。粉紅和涙艶于露。也似海棠秋着花。と云ふ二首がある。私は旧師のためにどうかして其の詩を蒐輯したいと思つてゐる」と記した。（堀部功夫）

山田克郎　やまだ・かつろう

明治四十三年十一月五日～昭和五十八年四月二十六日。小説家。金沢市に生まれたが、中学校四年で高松中学校へ転校、香川県高松市香西町に住んだ。本名は克朗。昭和十一年、早稲田大学商学部卒業。灯台視察船に同乗して日本海の灯台を海から見て廻った。十四年、海音寺潮五郎らの「文学建設」に参加。「灯台視察船」や硫黄島に取材した「帰化人部落」や「日本海流」等を発表。戦後は、「海の廃園」（「文藝読物」）で、第二二回（昭和24年）直木賞を受賞した。（浦西和彦）

山田九朗　やまだ・くろう

明治三十五年二月五日～平成七年十二月二日。仏文学者。香川県に生まれる。大正十五年に東京帝国大学仏文科卒業。暁星中学校教諭、立教大学、一橋大学教授を歴任。訳書にフローベール『感情教育』一～三部（昭和10～11年、改造社）、ラルナク『現代フランス文学』（昭和29年6月、岩波書店）、坂田太郎との監訳書『フランス革命の知的起源』上・下（昭和44年6月20日、昭和46年4月10日、勁草書房）等がある。（増田周子）

山田竹系　やまだ・ちくけい

明治四十五年七月二十七日～昭和六十一年五月十四日。小説家。香川県香川郡安原村（現高松市）に生まれる。本名は山田明。父は村長を務めた。高松中学校卒業。井上羽城塾に学ぶ。「香川新報」（のち「四国新聞」）、「徳島毎日新聞」（のち「徳島新聞」）、朝日新聞倉吉通信局長を務めた後、著述業に専念。昭和十二年、「週刊朝日」の懸賞小説に、讃岐砂糖の製法を確立した向山周慶を描いた時代小説「三盆白」が一席入選した。著書に『四国の古城』（昭和49年11月、四国毎日広告社）、『四国風土記』（昭和37年1月、四国郷土研究会）、『阿波昔ばなし』（昭和48年12月、四国毎日広告社）、

『伊予昔ばなし』（昭和48年12月、四国毎日広告社）等がある。心不全のため香川県香川郡香川町の香川病院で死去。（浦西和彦）

山西禾刀　やまにし・かとう

明治四十年一月二十九日〜昭和六十年二月十二日。俳人。香川県丸亀市に生まれる。本名は利夫。神戸高等商業学校卒業。鐘紡に入社。のち鐘淵商事専務、東棉取締役、ミスター・ドーナツ共同体理事長を歴任。俳句は青木月斗に師事、「同人」「うぐいす」同人。句集『喜寿虹』（昭和58年6月21日、著者）。

花曇障子に当る虫のある

（浦西和彦）

山野夕日　やまの・ゆうひ

大正十一年九月二十八日〜。詩人。徳島県勝浦郡上勝町に生まれる。本名は星場初枝。「詩脈」に「記憶」その他を、「詩と思想」に「ゆずり葉」その他を発表。（浦西和彦）

山村房次　やまむら・ふさじ

明治四十一年一月二十九日〜昭和六十年一月七日。露文学者。香川県に生まれる。本名は花房森。早稲田大学中退。ルカーチの歴史小説と史劇などを論じた『歴史文学論』（昭和13年12月、三笠書房）を翻訳。昭和十三年から敗戦まで南満州鉄道調査部に勤めた。戦後『ソビエト文学ノート』（昭和23年2月、九州評論社）の著者やゴーリキ、ファジェーエフ、カターエフらの翻訳などがある。（浦西和彦）

山村美紗　やまむら・みさ

昭和六年八月二十五日〜平成八年九月五日。小説家。京都に生まれる。京都府立大学卒業。中学校教師を経て、昭和四十九年、「マラッカの海に消えて」でデビュー。京都を舞台にしたミステリーで名を馳せる。

＊平家伝説殺人ツアー《へいけでんせつさつじんつあー》　推理小説。〔初出〕「小説現代」平成四年二〜四月。〔初版〕平成四年七月五日、講談社。◇石田桃子は、同じ会社の独身同士の五人と徳島、祖谷渓へ旅行する。一行の一人、池陽介が、かずら橋で殺される。以下連続殺人事件が起こる。調べると、祖谷渓出身の得子の姉が、かつてレイプされ池に投身自殺していた。姉の仇討ちを希望する得子は、同じ平家末裔の若木二郎と性関係があった。しかし若木は後から入社してきた桃子を愛し始めていた…。

＊伊良湖岬の殺人《いらござきのさつじん》　短編小説集。〔初版〕平成四年十一月二十五日、集英社。◇集中「足摺岬の殺人」（「すばる」平成3年10月）。足摺岬でロケ中の映画スター中川未花が、TV旅番組出演をOKした。TV関係者がロケ地へ来ること、相手役が三浦真彦であることが条件だった。その未花の死体が、足摺亜熱帯自然植物園近くで発見される。番組レポーター田中由美子とカメラマン田村とが、犯人を推理する。

＊小京都伊賀上野殺人事件《しょうきょうといがうえのさつじんじけん》　推理小説。〔初出〕「微笑」平成四年一月十一日〜十二月二十六日。〔初版〕平成五年三月一日、祥伝社。◇令嬢女優の湯川由美が誘拐され、伊賀上野忍者屋敷で死体となって発見された。京都のテレビ局ニュースキャスターで作家の沢木麻沙子が調査を開始する。犯人を目撃したらしい女忍者アルバイトが殺される。麻沙子のマンションの電話コードが切断される。犠牲者が相次ぐ。麻沙子は、由美がつきあっていた弁護士桜木三郎を追う。その出身地、徳島県貞光へ行く。かつて湯川家のため、父親を死なせ、一家離散した、池垣修一と桜木との入れ替わりを証明するために。「生き残った安徳帝は、宇佐の方に隠れて建礼門院徳子の妹、浄子の子供の公仲といれ

替わって成長したという話もある」徳島である。

＊高知お見合いツアー《こうちおみあいつあー》殺人事件《さつじんじけん》　推理小説。〔初出〕「小説宝石」平成五年七月～。〔初版〕平成五年十一月、光文社。◇男女二〇人が京都から高知へお見合いツアーに行く。参加者三人が次々に殺される。添乗員の池奈津子と船木英一とが、容疑者を推理する。山村は本作で読者が「犯人捜しとともに、男女のつきあい方や、結婚のノウハウを学んでいただけたら幸い」とコメントする。光文社文庫化された。　（堀部功夫）

山本伊左巳　やまもと・いさみ　明治四十三年八月二日～平成四年二月二十七日。俳人。高知県に生まれる。本名は勇。段ボール会社経営。昭和十七年「暖流」投句。のち「若駒」「葵」「浮標」主宰。「感動律」同人。写真愛好会（写俳協会）会員。句集『山本伊左巳集』（昭和51年1月25日、感動律俳句会）。　（浦西和彦）

山本一力　やまもと・いちりき　昭和二十三年二月（日未詳）～。小説家。高知市に生まれる。謙蔵、秀子の子。本名は健一。二十八年までに、父の事業破産、離婚。母は妹と上京。三十七年五月、高知市城東中学校三年時に上京。東京都渋谷区富ケ谷の読売新聞販売店に住み込む。九月二十七日、父逝去。高校卒業まで新聞配達をする。東京都立世田谷工業高等学校電子科卒業。旅行会社に勤務、海外旅行添乗。四十四年、結婚。相手側から家族愛を教えられる。四十九年から、旅行会社を辞め、デザイン事務所を開く。制作会社に就職。五十四年から、制作会社を辞め、職をいくつか変わる。池波正太郎を読む。五十六年四月二十七日、母逝去。その後、離婚。雑誌編集と販売促進企画を請け負う個人事務所を経営。二度目の結婚、離婚。平成二年、堀畑英利子と出会い、結婚。ビデオ会社を設立するが、倒産。六年、佃島から富岡八幡宮のある江東区富岡二丁目に引っ越す。文筆生活を決意、四十六歳で初めて書いた小説が「小説新潮」最終選考に入る。平成九年、「蒼龍」で第七七回「オール讀物」新人賞を受ける。十二年、第一単行本『損料屋喜八郎始末控え』を著す。悪徳札差に、損料屋の元同心大畑喜八郎が立ち向かう、時代小説である。十三年、『あかね空』を著す。京都から江戸へ下った豆腐職人一家を中心に、庶民の哀歓を豊かに表現した。十四年、第一二六回直木賞を受ける。

＊長い串《ながいくし》　短編小説。〔初出〕「オール讀物」平成十三年十二月一日。◇土佐藩江戸留守居役森勘左衛門は、掛川藩の同役甲賀伊織と、おでんがキッカケで、互いに胸襟を開いた仲。文化二（一八〇五）年、土佐藩主帰国時、川留めの島田宿で相撲試合を開催した。行列先後で土佐藩と争った人吉藩は、相撲試合が公儀を軽んじる振る舞いとして訴え出る。甲賀が、島田まで出向き、訴え棄却に尽力してくれる。作者自解に「全編を通じて土佐賛歌であり、身びいきのきわみである。いかに土佐藩がいさぎよいか、土佐藩士がいかに骨っぽいかを悦にいって書いた。作中主人公が土佐への望郷の想いを募らせるくだりは、作者の願望そのものである」と言う。　（堀部功夫）

山本英三　やまもと・えいぞう　大正元年十月二十日～。詩人。高知県吾川郡横畠村薬師堂に、治五郎、歌衛の三男として生まれる。昭和七年、高知師範学校卒業。小学校に勤める。四十五年、『山本英三詩集』を著す。六十年、随筆集『たぶの木の下で』を著す。第一九回椋庵文学賞を

受賞する。（堀部功夫）

山本かずこ やまもと・かずこ

昭和二十七年一月六日～。詩人。高知市に生まれる。本名は岡田和子。駒沢大学文学部中退。「愛虫たち」「兆」に所属。詩集に『渡月橋まで』『西片日記』『愛の力』『スリーリー』などがある。（浦西和彦）

山本耕一路 やまもと・こういちろ

明治三十九年十二月八日～歿年月日未詳。詩人。愛媛県松山市清水町に生まれる。本名は信。大正十二年、松山高等小学校卒業。昭和五年、山本看板店を創業。十四年頃から川柳をはじめる。三十一年から三十三年まで、川柳誌「あゆみ」を刊行。その後、詩に転向し、三十四年、詩誌「野獣」を創刊、主宰。六十年、『山本耕一路全詩集』で第一八回小熊秀雄賞を受賞。詩集に『岩』『しろい樹』『鰯もしんぶん読んでいる』（昭和60年9月、野獣詩話会）などがある。（浦西和彦）

山本実彦 やまもと・さねひこ

明治十八年一月五日～昭和二十七年七月一日。出版人。鹿児島に生まれる。法政大学卒業。改造社を創立する。

＊人を見よ山を見よ《ひとをみよやまをみよ》 エッセイ集。〔初版〕大正七年七月二十五日、東京堂。◇四国関係「宰相としての浜口雄幸」「軍師秋山真之」「助六姿の阿波踊」「四国アルプス越え」「民権婆さん」を含む。福田久賀男『探書五十年』（平成11年3月12日、不二出版）は、「民権婆さん」を「本書中の圧巻である」と称賛した。しかし、この章は、浜本浩の筆になる。本文中「左の稿は主に浜本氏の筆になる」と断り書きがあり、浜本野花自身も「吁々民権媼さん」（「偉大」大正10年7月1日）に「民権媼さんの事蹟に就て、曽て山本実彦氏著『人を見よ山を見よ』中に一篇の文章を執筆した事があります」と回想するのだからこのことは明白で、賞辞は浜本浩にむけられるべきである。（堀部功夫）

山本砂風楼 やまもと・さふうろう

明治三十五年四月十七日～昭和五十六年五月二十二日。俳人。香川県多度津町本町乙に生まれる。本名は三郎。丸亀中学校、第六高等学校を経て、京都帝国大学医学部、同大学院卒業。和歌山赤十字病院内科、静岡市立病院内科部長を務め、昭和二十二年、坂出市で開業。俳句は鈴鹿野風呂、富安風生に師事。「ホトトギス」「若葉」「京鹿子」「かつらぎ」「九年母」同人。句集『島』（昭和38年9月1日、京鹿子社）、第二集『島』（昭和44年10月5日、京鹿子社）。（浦西和彦）

山本周五郎 やまもと・しゅうごろう

明治三十六年六月二十二日～昭和四十二年二月十四日。小説家。山梨県に生まれる。本名は清水三十六《さとむ》。『山本周五郎全集』がある。

＊土佐の国柱《とさのくにばしら》 短編小説。〔初出〕「読物文庫」昭和十五年四月、原題「土佐太平記」。〔収録〕『武道小説集』昭和四十八年一月二十日、実業之日本社。◇山内一豊から厚遇された老臣の高閑《こうが》斧兵衛は、一豊歿後、追腹すべき命を延ばし、山内に反抗する土豪たちと謀反を計ると見せかけ、自分もろとも一挙に土豪たちを滅ぼした。娘婿池藤小弥太に手柄を立てさせて。木村久邇典は、本作を周五郎「新進時代の代表的作物」と位置付ける。（堀部功夫）

山本泰生 やまもと・たいせい

昭和二十二年二月十日～。詩人。徳島県板

野郡松茂町に生まれる。会社員。詩誌「兆」、日本現代詩人会に所属。作品に「未知子」「川を飼う叙景歌」「生き惑う」「仮眠室」。（浦西和彦）

山本大　やまもと・たけし

大正元年九月一日〜平成十三年八月十九日。歴史家。高知県香美郡香宗村に生まれる。父喜之吉、母梅枝の四男。長姉鹿衛の次男が田宮虎彦である。昭和十二年、東京帝国大学卒業。十四年、高知城東中学校教諭。二十年、高知師範学校教授。二十五年、高知大学助教授。三十九〜五十一年、同教授。四十三年、『土佐中世史の研究』で高知県出版文化賞を受ける。五十五〜平成三年、土佐史談会会長。（堀部功夫）

山本斗士　やまもと・とし

大正九年十一月三日〜平成三年八月二十九日。俳人。愛媛県松山市に生まれる。本名は敏夫。松山の川本臥風宅での句会に出席した昭和二十一年ごろから俳句をはじめる。「風」「俳句」（松山市）創刊同人。五十五年「青芝」参加。句集『山本斗士遺句集』（平成4年5月）。（浦西和彦）

山本梅崖　やまもと・ばいがい

嘉永五（一八五二）年閏二月十二日〜昭和三年九月六日。漢学者。高知県高岡郡蓮池村明神氏家において、父轍、母鶴の次男として生まれる。本名は憲。字は永弼。父は儒官で竹渓と号した。三歳時、「論語」を読む。致道館に学ぶ。明治四年、上京する。七〜十一年、工部省電信技手になる。八年、大阪へ移る。九〜十年、『明九征賊記』四冊を編む。十二〜十四年、「大阪新報」に執筆する。十三年、『慷慨憂国論』を著す。十四年、岡山「稚児新聞」主筆になる。十五年、『朝鮮乱民襲撃始末第一・二編』を編む。十六年、『古文真宝註釈大全』を編む。自由民権運動に加わる。十七年、大阪「立憲政党新聞」に執筆する。十八年、大井憲太郎たちの依頼により「告朝鮮自主檄」を草す。このため、拘留される。二十年、外患罪で軽禁錮一年監視十月に処せられる。二十一年、釈放される。『勧善小話』を著す。二十三年、「東雲新聞」に助筆する。二十五年、『訓蒙文章軌範』を編む。二十六年、『四書講義上之巻』『孟子講義』『煙霞漫録』『文法解剖』を著す。大井の日本協会に助力する。漢学者の本領に戻り、家塾に従事する。梅清処塾である。二十八年、『史記抄伝講義』を著す。三十年、清国に遊ぶ。三十一年、『燕山楚水紀遊』を著す。三十七年、岡山県邑久郡牛窓町二八三五に移る。四十年、『豈好弁』を著す。大正二年、『梅清処文鈔』二巻を著す。十五年、『香雲余味』を著す。（堀部功夫）

山本道子　やまもと・みちこ

昭和十一年十二月四日〜。詩人、小説家。東京に生まれる。戦時中、徳島県に疎開する。昭和三十二年、跡見学園短期大学卒業。「歴程」同人。四十四年から三年間、夫の勤務先であるオーストラリアに住む。「魔法」（「新潮」昭和47年3月）で新潮新人賞を、「ベティさんの庭」（「新潮」昭和47年11月）で第六八回芥川賞を受賞した。（増田周子）

山本木天蓼　やまもと・ぼくてんりょう

明治三十七年（月日未詳）〜昭和六十二年二月十二日。俳人。愛媛県温泉郡正岡村反地字椋の原（現松山市）に生まれる。和歌山県職員。大正末年、荻原井泉水に師事し「層雲」に入会。昭和五十三年からは「白嶺」に拠った。句集『望郷』（昭和48年）、『晩年』（昭和55年）、『歳々年々』（昭和60

年6月、著者)、『想夫恋』(昭和62年)。（浦西和彦）

山脇信徳　やまわき・しんとく

明治十九年二月二十一日～昭和二十七年一月二十一日。画家。高知市に生まれる。高知県立第一中学校を経て、東京美術学校西洋画科卒業。同級に藤田嗣治、岡本一平らがいた。明治四十年に第一回文展で「町の橋」が入選。第三回文展に後期印象派風の傑作「停車場の朝」を出展し、認められ地位を得た。卒業後、滋賀県膳所中学校へ赴任し、琵琶湖岸風景を描いた。大正十一年から十四年まで満州奉天中学校に勤務。十四年から昭和四年までフランスに留学。二十六年高知県文化賞受賞。岩野泡鳴、広津和郎らの著書の装釘もした。（増田周子）

【ゆ】

湯浅克衛　ゆあさ・かつえ

明治四十三年二月二十六日～昭和五十七年三月十五日。小説家。香川県に生まれる。本名は猛。少年時代を朝鮮で過ごし、早稲田第一高等学院に入ったが中退。昭和十年四月、「焔の記録」が改造懸賞創作二等に入選。「カンナニ」を「文学評論」に発表。十一年一月、第二次「現実」創刊に参加し、三月に創刊された武田麟太郎の「人民文庫」に加わった。「移民」(「改造」昭和11年7月)、長編「城門の街」(「人民文庫」昭和11年12月～12年5月)を発表した。十二年七月には「中央公論」に「棗」を載せた。十三年五月には、朝鮮の田舎町でそれぞれ成功している大阪商人上りと守備隊上りの二人の半生の反目を中心に描いた「望郷」を「改造」に発表。十二月に、国策小説的臭味に満ちた「先駆移民」を「改造」に書いた。（浦西和彦）

結城昌治　ゆうき・しょうじ

昭和二年二月五日～平成八年一月二十四日。小説家。東京に生まれる。本名は田村幸雄。早稲田大学卒業。『結城昌治作品集』がある。

＊**遠い旋律**《とおいせんりつ》　長編小説。〔初出〕「婦人公論」昭和五十三年五月一日～五十四年三月一日、第六三巻五号～六四巻三号。◇美容師夏川比呂子の妊娠中絶手術中、恋人のカメラマン利根高史が姿を消した。比呂子の親友白坂万里が、比呂子の譫言を聞いて嘘を思いつき、利根をひっかけて、自分を強姦した三人の男へ復讐をたくらむ。三人のうち、波多野昇は、郷里の高知県中村市内祇園神社近くで殺された…。「大橋通りに面した石段を十段ほど上ると、朽ちかけた鳥居があり、『祇園社』という小さな標石が眼についた。社殿も朽ちかけて、まるで廃祠のようである。狭い境内は枝垂柳が一本芽吹いているだけで、御手洗《みたらし》の水も枯れて水道の蛇口が壊れたままだった。／右手にスタンド・バー、左手に塗装店の看板がみえた」。本作会話部の中村弁は、宮尾登美子が手直ししたもの。（堀部功夫）

弓月光　ゆづき・ひかる

昭和二十四年十二月五日～。漫画家。高知県吾川郡伊野町（現いの町）に生まれる。本名は西村司。五歳時、兵庫県高砂市へ転居。淳心学園卒業。昭和四十三年、「ジェムと十億ポンド」(「りぼん」)でデビューする。五十二年、「エリート狂走曲」(「週刊マーガレット」)を連載する。五十七年、「みんなあげちゃう♡」(「ヤングジャンプ」)を連載、本作は六十年、実写映画化された。荻原裕幸の短歌に「弓月光読みつつ過ごす二十五を人生と呼ぶことの虚しさ」がある。

（堀部功夫）

湯山愧平 ゆやま・きへい

明治四十二年三月十五日～昭和五十二年四月三日。詩人。高知県土佐郡江ノ口村比島四に、愛次、登美の長男として生まれる。本名は克己。高知商業学校中退。昭和四年、新聞社に入る。八年、中国生活を決意する。大連へ渡る。のち北京へ移り、家族を呼ぶ。十七年、坂本正子と結婚する。十九年、応召。二十一年、燕京より難民として引き揚げる。大阪で飲食店を経営する。二十六年、高知市に北京料理「一壺春」を開き、かたわら詩筆を執る。二十九年、『一壺春詩片』を著す。本作は、例えば漢詩「郎飲合歓酒　嬌花酔後開　相逢成宿夜　檀越雨雲来」を「さあ寝酒ぜよ呑んどうせ　酔うて吝気はやめとうせ　たまの出会の晩じやきに　話はやめて抱いとうせ」と達意の土佐弁訳する。八波直則は本作を「高知出版文化の最高峰」と称え、立仙啓一は「これは中国と日本に架けられた虹である。単なる教室的逐語訳の乾燥極まる参考書なら幾冊でも古本屋に転っているが、このような血の通った翻訳詩はざらにお目にかかれるものではない」と評価した。再版（昭和46年10月15日、一壺春）は乾坤二巻。乾の巻は、「古詩倭解存情」、坤の巻は「衆刻俳賛存韻」。帙入り、和紙に、四号活字の贅をつくした本である。「美庭」は「主人不相識（お前《まん》が主人た知らざった）／偶坐為林泉（偶《つ》ひ坐《あが》りこむ庭の美《よ》さ）／莫謾愁沽酒（酒の斟《しん》酌《しゃく》やめちよきや）／嚢中自有銭（今日はいつさい儂《わし》の持ち）／賀知章―土佐訛―」また、「忘機一釣竿（水ぬるみ泛子《うき》のひとつが曳くばかり）」となる。長谷川如是閑「愧平の本」は「私が若いころ和訳した覚えのある寒山詩の『寒山子　長如是／独自居　不生死』という詩を、『山居のわれは是《かく》も生きぬる／独居《ひとり》しあれば　生死あらなく』と訳されているのを見て、こうも時代ばなれのした本が今の日本にも出ている事を面白く思っ〔た―略〕。愧平の訳詩にも俳句にも不思議に私自身の実感にふれている言葉が多く、ことに俳句の『親よりの黴ぞ袖の角帯に』という亡父にささげた句は、私のある時の実感そのままで」あると評した。四十九年、『一壺春曼陀羅華』を著す。五十年、佐川高北病院に入院する。二年後、肝硬変のため死去した。歿後、句集『愧平曼荼羅』（昭和52年5月21日、湯山正子）刊行。愧平は、俳句を碧梧桐に、漢詩を横山黄木に学んだ。本集は、昭和五十年、入院後、病床日誌に書いた俳句を、湯山藍一郎がまとめたものである。

（堀部功夫）

【よ】

横尾忠則 よこお・ただのり

昭和十一年六月二十七日～。画家。兵庫県に生まれる。西脇高等学校卒業。

＊前近代への嫌悪 ぜんきんだいへのけんお　エッセイ。

〔初出〕「みづゑ」昭和四十五年十月三日、第七八九号。◇真夏の夜、高知、朝倉神社で、絵金の屏風絵を見る。「開花した女陰のような一種毒々しいもの」の、魅惑と嫌悪とを述べる。

＊凄惨な理性の絵画「絵金」―『絵金と幕末土佐歴史散歩』について せいさんなりせいのかいが「えきん」―『えきんとばくまつとされきしさんぽ』について　エッセイ。

〔初出〕「波」平成十一年五月一日。◇絵金からロマン派の世界を覗く。

（堀部功夫）

横田青水 よこた・せいすい

明治三十四年五月十六日～昭和五十一年九月二十一日。俳人。愛媛県北条市磯河内（現松山市）に生まれる。本名は清忠。愛媛大学教育学部卒業。教師を務めた。のち、郷里の宇佐八幡宮司を務めた。松永鬼子坊、松根東洋城に師事。「渋柿」同人。

（浦西和彦）

横山黄木 よこやま・おうぼく

安政二（一八五五）年十月十五日～昭和十四年十月六日。漢詩人。土佐国土佐郡杓田村下島に生まれる。本名は又吉。父常吉は医師であった。致道館に学ぶ。逸話によると、盗作が評判になってのっぴきならなくなり、作詩に努力するようになったという。上京し、蒲生褧《けい》亭の塾に入る。帰郷後、明治十三年、新聞記者になり、政治運動に熱中する。二十年、上京し、保安条例により投獄される。「就縛前一夕、家姪明三郎土佐に帰るを送る」は「此の別れ寧《いづくん》ぞ再遇の期無からん、／何の心ぞ、手を握って分離を泣く。／時に奇禍に逢ひ、夢よりも茫《ぼう》たり、／身に幽憂あり、痩《や》せて詩に似たり。／容易の言辞、汝が輩に及び／無多の骨肉、また天涯。／一封併せ託す、千行の涙を、／病鶴、家山に乳児を抱く」とよむ。帰郷して、高知市学務委員長を務める。三十一年、簡易商業学校を創立し校長になる。大正六年、高知商業銀行の頭取に就く。十三年、銀行は破産した。晩年、詩作の悠々自適の日を送る。歿後、漢詩集『黄木詩集』（昭和36年7月15日、高知新聞社）刊行。小島祐馬（「高知新聞」昭和36年8月29日）は、黄木が「慷概檄越の詩」が「もっとも得意」であったとし、「樽前歌うて剣に倚る／意気胡蛮を圧す／氷雪八千里／雲煙万畳の山／雕《わし》は低く朔漠を横ぎり／月は仄《ほの》かに辺関を照す／何れの処か功名の地／銅標北斗の間」を例示し、「壮士の髪冠を衝く意気に配するに、北地の索漠荒涼たる光景をもってし、人をして一読粛然として容を改めしめる迫力がある」と評す。あわせて、風流詩として「春に遊ぶ美女城を傾けんと欲す／裾履相ひ追うて午晴を弄《たのし》む／橋左は桜花、橋右は柳／緑煙紅雨西京を絵く」を挙げ、「見渡せば柳桜をこきまぜて都ぞ春の錦なりける」と比較し、「この風景の中には人間がいない」けれども、黄本詩には「この柳桜の間に、あでやかな舞妓や歌妓の戯れている情景が大きく挿入されていて、濃艶な近代的な京都の春が、遺憾なく描き出されている」と、解釈する。

（堀部功夫）

横山青果 よこやま・せいか

明治三十七年一月三日～昭和五十九年七月二十日。川柳作家。高知県高岡郡宇佐町に生まれる。本名は増美。昭和三年、川柳を作り始める。五年、高知市升形にて青果商を営む。六年、「帆傘」同人になる。八年、番茶川柳社を創立する。二十三年、土佐川柳文化連盟会長になる。二十四年、帆傘川柳社会長になる。二十九年、『土佐の味覚』を著す。四十六年、川柳集『春秋集』を著す。

（堀部功夫）

横山青娥 よこやま・せいが

明治三十四年十二月二十五日～昭和五十六年十二月十日。国文学者。高知県安芸郡安芸町（現安芸市）に生まれる。本名は信寿。大正九年、県立第二中学校卒業。十～十五年、詩集『砂金』『黄金の灯台』『詩人一茶』を著す。昭和二年、早稲田大学卒業。詩集『蒼空に泳ぐ』を著す。三～十九年、『一茶の俳句と其一生』『詩歌作文類語字典』『日本童謡十講』『歳月の花束』『新しい詩の作り方』『詩の本質』『引例枕詞正解辞典』『作詩鑑賞詩法の研究と推敲』『日本名詩選釈』『物語日本女性鑑』『人間一茶』『薄命の詩人啄木の生涯』『海南風』『旅情歌人西行の生涯』『短歌』『日本女性歌人史』『俳句』『芭蕉の藝術観』『紫式部』『日本古典』

『川柳・狂歌』を著す。帰高し、二十～二十六年、安芸高等学校教員になる。二十一年、土佐詩人協会会長をつとめる。二十六年、再上京する。二十九～三十五年、本郷学園に勤める。三十四～三十九年、『日本詩歌の形態学的研究』『古典あんない』『古典に現われた動植物』を著す。四十三年、昭和女子短期大学講師になる。四十四～五十六年、『流砂』『木積』『硯滴』『風紋』『花晨』『女性俳家史』『西条八十半生記』『全国古典風土記』『日本文学発生の素地』『銀笛』『抄訳古今著聞集・作家論』『霧笛』『問はず語り他』『十訓抄他』『栄花物語他』『彩雲』『軒葱』を著す。（堀部功夫）

横山泰三 よこやま・たいぞう

大正六年（月日未詳）～。漫画家。高知県に生まれる。帝国美術学校卒業。昭和二十五年、「噂の皇居前広場」（「ホープ」）は戦後発禁マンガ第一号。「プーサン」（「毎日新聞」「サンデー毎日」）を発表。二十九年、「朝日新聞」嘱託となり、「社会戯評」を連載（平成五年まで）。四十年、菊池寛賞を受ける。五十八年より、文藝春秋漫画賞審査委員。安岡章太郎は、泰三の「アグレッシヴなところに新鮮な魅力があった。〔略〕泰三さんの人物は骨の透けて見えるほど痩せており、その細い線には何かジャコメッティーの彫像に通じる強さが感じられた」と評す（「歴史への感情旅行」）。（堀部功夫）

横山隆一 よこやま・りゅういち

明治四十二年五月十七日～平成十三年十一月八日。漫画家。高知市堺町に松之助、政恵の長男として生まれる。家は生糸問屋であった。大正十二年、父が死去、伯母の家に預けられる。漫画に興味を持つ。昭和二年高知城東中学校卒業後、上京する。三年、彫刻家本山白雲の弟子になる。「マンガマン」に投稿する。それを見た白雲から漫画家への転身を勧められ、岡本一平の門に入る。七年、近藤日出造たちと新漫画派集団を結成し、いわゆるナンセンス漫画の潮流をつくる。漫画を〝考えている絵〟として取り組む。「新青年」に挿絵を描く。十一年、「江戸ッ子健ちゃん」を「朝日新聞東京版」に連載する。そのワキ役「フクちゃん」に人気が出る（十九年まで）。十三年、第一回児童文化賞を受賞する。十七年、応召、ジャワへ派遣される。二十三年、「ペ子とデンスケ」を「毎日新聞」に連載する。二十六年、アメリカを巡遊する。三十年、漫画映画制作に取り組み、「おんぶおばけ」を発表する。三十一年、おとぎプロを設立する。三十二～三十三年、漫画映画「ふくすけ」の制作で、ブルーリボン賞特別賞と毎日映画コンクール教育文化映画賞を受賞する。四十一年、漫画集『勇気』で、毎日出版文化賞特別賞を受賞する。四十二年、『フクちゃん随筆』を著す。四十七年、自伝『わが遊戯的人生』を著す。四十九年、紫綬褒章を受ける。五十四年、「百馬鹿」で、日本漫画家協会漫画大賞を受ける。五十六年、文化功労者となる。平成六年、勲四等旭日小綬章を受ける。坂口安吾「戦後文章論」は「『ギョッ』という流行語のモトはフクチャン漫画だろう。横山隆一の発明品である。彼は漫画の中へギョッだの、モジモジだの、ソワソワだのという言葉を絵と同格にとりいれるという珍法を編みだした」と、隆一漫画の表現史的意義に言及する。

＊フクちゃん随筆《ふくちゃんずいひつ》　エッセイ集。〔初版〕昭和四十二年十一月四日、講談社。◇「へちこ」項、土佐言葉「へちこ」の由来。「バカ・ヨワムシ」項、「五十年も前、曲藝飛行を見に行ったら目の前で墜落して、私はがたがたふるえたことがある」と回想。

「恐ろしい郷愁」項、「いまでもトンボを見ると郷愁にも似たなにかを感じ、土佐へ帰りたくなる」。「野放し」項、「あぶち」記事がある。

＊鎌倉通信《かまくらつうしん》　エッセイ集。〔初版〕平成七年十月十六日、高知新聞社。◇「不思議な縁」項、先祖の建立した、高知の朝峯神社へ、平成五年に参拝した。「板垣退助のわらじ」項、かつて日光にあった、本山白雲制作、退助銅像のわらじ部分を作った。「浦戸湾の『ジャン』」項、明治少年雑誌記事紹介。「土佐雁皮」項、戦後新聞紙型に土佐産雁皮紙を使用した。『先輩』青す」項、「高知新聞」青山茂記者のこと。「孟虎老」項、「私」は沢本孟虎の世話で本山白雲の弟子になった。「商売」項、中学時代、画用紙飛行機の店を出したが売れなかった。「高知展」項、平成五年、故郷で個展を開く。「井伏さんと土佐」項、「へんろう宿」挿絵の件。「田岡典夫のこと」項、田岡は「キツネに近い殿様」のような顔だ。「森下雨村さん」項、「私」の土佐弁が博文館でよく通じたのは森下さんのおかげだ。「いごっそう」項、「私」はこの性格を好む。「龍河洞探検記」項、大正十四年紀行。「ロウ人形」項、悪童会に参加して四国を視察した。「松之助」項、七歳時、父の自動車で旅行した。「サイン」項、「年をとると帰巣本能というわけだろうが、近ごろは土佐弁でいうと、じこじこ、いにたい気がおこる」。「上官」項、義父渋谷清見のこと。「べふ渓谷」項、物部川上流で鯉のぼりを撮影した。別府渓谷の「空気がおいしい」と述べる。　（堀部功夫）

与謝野晶子　よさの・あきこ

明治十一年十二月七日～昭和十七年五月二十九日。歌人。大阪府堺市甲斐町の菓子商駿河屋に生まれる。本名はしょう。明治三十二年、関西青年文学会に参加。翌年、来阪した与謝野寛、山川登美子を知る。三十四年、東京の寛のもとに出奔した。同年八月、処女歌集『みだれ髪』を刊行。奔放自由に青春の情熱と人間讃歌を歌いあげ、浪漫主義詩歌の成立をつげる記念碑的歌集となった。日露戦争に際しては「君死にたまふこと勿れ」を発表。小説、童話、評論、『新訳源氏物語』など多方面にわたって活躍。昭和六年十月、徳島、高松、松山を歴遊し、「南海の秋の心をたたへたり阿波の太守の書庫の床《ゆか》さへ」「大鳴門潮《うしほ》を嚙めるすさびゆゑ真白くなりし阿波の海かな」「子規居士と鳴雪翁の居たまへる伊予の御《み》寺《てら》の秋の夕風」など、「緑階春雨」に多くの歌を詠んだ。歌碑「姫ケ獄海に身投ぐるいやはても馬して入りぬ大名の娘は」が愛媛県川之江市の城山公園に、「四坂なる銅の煙におとめや伊予の二六のすゑもののかま」が伊予三島市村松町二六庵前にある。

＊四国遍路の記《しこくへんろのき》　エッセイ。〔収録〕『優勝者となれ』昭和九年二月一日、天来書房。◇徳島県の女子師範学校から講演に招かれたのを機会に、徳島、高松、伊予を旅した紀行文。徳島の図書館は屋代弘賢の不忍文庫本の大半が収められ漢書と史籍とに希覯本が少なくない。宋版の穀梁伝、堺版の論語を初め、はじめて目にするものを出して貰って半日を費す幸いを得た。弘賢の編述した華押と印章の歴史などの未刊本を出版して欲しいという。　（浦西和彦）

吉井勇　よしい・いさむ

明治十九年十月八日～昭和三十五年十一月十九日。歌人。東京に生まれる。父は伯爵吉井幸蔵。早稲田大学卒業。『定本吉井勇全集』（番町書房）がある。大正末年、結婚の失敗などから、旅で過ごす日が多くなる。昭和五年四月、講演のため、宇和島を訪ねる。八月、宇和島運輸株式会社の招きで、伊予中心に四国を旅行する。六年五月、高知を訪ねる。伊野部恒吉を知る。この旅によって「土佐百首」を作る。八年八月、伊予と土佐に遊ぶ。二十六日、永瀬潔に案内され乗合自動車で猪野沢温泉に到着する。三カ月、猪野々に滞在し、十月、帰京する。九年四月、土佐に入り、猪野々に滞在する。九月、伊予に行き、江見水蔭を弔う。この年、土佐猪野々を隠棲の地と定める。十年三月、上京。夏、再び土佐へ。伊野部恒吉より隠居所を譲り受け、草庵を渓鬼荘と命名する。この年、徳子と離婚した。十一年四月十日、渓鬼荘から歌行脚に出る。「生れて初めての長旅」だった。秋から十二年春まで、静岡で過ごす。十二年春、徳島へ行き、モラエスに魅かれる。六月、伯方島有津行。八月、土佐渓鬼荘に帰る。十月、高知市鏡川河畔築屋敷に居を卜す。国松孝子と結婚生活に入る。十三年十月、土佐より京都へ転居する。秋、渓鬼荘を訪ねる。十五年十月、土佐に遊ぶ。十六年十月、伊野部恒吉葬儀に列するため、土佐を訪ねる。渓鬼荘を売却する。三十二年五月二十五日、高知へ旅行する。得月花檀泊。二十七日、龍河洞を見物し、渓鬼荘へ行き、今戸益喜と語る。二十八日、歌碑序幕式にのぞむ。大栃ダムを見物する。二十九日、伊野部家を訪問し、小高阪山へ墓参する。桂浜、五台山へ行く。三十日、伊予へ。三十一日、子規堂、愛媛県郷土藝術館を見学する。六月一日、帰洛。三十三年四月、高知行。猪野々に歌碑を訪ねる。三十四年六月、高知、宇和島、道後を巡って、帰洛する。平成十六年、猪野々に吉井勇記念館がオープンする。

＊人間経《にんげんきょう》　歌集。〔初版〕昭和九年十月十日、政経書院。◇昭和六～九年間に作った歌を収める。佐藤春夫が「友若くして若人が／心おごりを紅灯を／枕の下を流るてふ／祇園の水を味めりしが／その酒はがひはなやかに／若さのかぎりつくせしを／若さや昨となりにけむ／今武蔵野に庵して／野末の風に夕雲に／世を憤り身を歎き／艶隠者めく友が歌／ふかきあはれはいやさらに／きのふにまさるふぜいかな〔略〕」と序詩したごとく、酒と恋愛の青春が過去となり、人生の悲哀をむかえた勇の歌集である。巻四「さすらひの旅路にありて詠みける歌」「その二」に、「昭和六年五月、われはじめて土佐の国に遊びぬ。海は荒かりしかども空あかるく、風光の美そぞろにわが心を惹くものありき」と、「土佐百首」抄四六首を掲げる。「土佐の海いや荒ければさすらひの船旅びとは酒は精進する」「大土佐の海を見むとてうつらうつら桂の浜にわれは来にけり」「つるぎたち土佐にきたりぬふるさとをはじめてここに見たるここちに」ほか。〈その六〉に、昭和八年土佐「韮生の山狭猪野々の里に淹留」三カ月間の歌二八首を掲げる。「物部川山のはざまの風さむみ精霊蜻蛉飛びて日暮るる」「沖の島なつかしければ荒海もものかはと越す旅びとわれは」「土佐ぶみにまづしるすらくこの日われうれしきかもよ叶崎見つ」「わが思ひなほほのかにも残りゐぬ室戸足摺岬に」ほか。〈その八〉に、昭和九年土佐入りの歌一〇首を掲げる。「四国路へわたるといへばいち早く遍路ごころとなりにけるかも」「空海をたのみまゐらす心もてはるばる土佐の国に来にけり」ほか。巻五「土佐の国猪野々の里にて詠みける歌」「その一」に三二首、「その二」に二三首、「その三」に二二首を掲げる。

＊わびずみの記《わびずみのき》　エッセイ集。〔初版〕昭和十一年三月十五日、政経書院。◇昭和五～九年間、身辺の心境を綴る。集中、「渓鬼荘記」が土佐での生活を描く。桂月の弟子「N君」の案内で猪野沢温泉に行

き、「親しみを覚え」る。『村誌』を読む。「本来無一物の境地を希求する」。韮峡は「人生の避難所」である。松山白洋の雅澄小伝を読む。一日、浦戸湾の田中貢太郎歓迎観月会に出席する。酒造関係者が楢材用の杉見学に、魚梁瀬森村へ行くのに同行する。「大土佐の杉の年の輪見るほどにおのづからなる力湧き来ぬ」。『高知県誌』の松山白洋文を読み、土佐が学者、文士の多く輩出した地であることを確認する。空海の力を感じる。竹久夢二「病床遺録」を読む。読人知らずの歌を作りたいと思う。流離感をもつ。芭蕉を思い「ほのぼのとして暮らすこと」を念じる。銘醸「瀧嵐」の主人伊野部酒麻呂と交遊する。自分も土佐樊噌と称え酔う。

＊尺八巡査《しゃくはちじゅんさ》　短編小説。〔初出〕「講談倶楽部」昭和十三年十一月一日、二八巻一五号。◇室戸岬へ通う海岸町。四、五年前に妻が死に、長男が家出した、高木重五郎巡査は、娘おふみと二人暮らし。尺八を趣味とする。殺人事件を起こし立ち戻った長男金次を涙ながらに捕縛。後日、高木はおふみと二人遍路に出る。

＊天彦《あまびこ》　歌集。〔初版〕昭和十四年十月二十五日、甲鳥書林。◇「韮生の山峡」に冠五「寂しければ」三六首、「寂しければ人にはあらぬ雲にさへしたしむ心しばし湧きたり」「寂しければ御在所山の山桜咲く日もいとど待たれぬるかな」ほか。「続寂しければ」三七首。「冬夜独座」一七首。「炉辺の友」一一首。「渓鬼抄」三二首。「轟の瀧」八首。「都塵抄」中に「土佐をおもふ」一一首。「羇旅三昧」中、昭和十一年の「四国路の旅」一四首。「伯方島雑詠」中「島の夏安居」四六首、「夜のこころ」二八首、「戦雲来」一四首、「船折の瀬戸」八首。「海南閑吟」は、昭和十二年、鏡川河畔の家にて「形影相憐の情忘れがたし」と記す。「籠居日日」一三首、「秋深く」一一首、「戦雲余情」一四首、「身辺の冬」二九首、「残冬抄」一七首、「猪野野行」一四首、「春より夏へ」二三首、「閑庭点描」一四首、「あぐら酒」一四首。土佐で、あるいは土佐を歌う。

＊風雪《ふうせつ》　歌集。〔初版〕昭和十五年十月二十五日、八雲書林。◇集中、高知関係は、「山峡の春」八首、「山峡の秋」一四首、「物部川」一三首、「室戸岬」一三首、「旅を思ふ」一三首、「渓鬼荘雑詠」として「こだまの歌」七首、「石に寄す」一一首、「馬酔木」五首、「山焼き」五首、「眠られぬ夜」八首。昭和九年松山行時の「遠天行」一三首、「海南抄」三九首、「土佐消息」一〇首、「夏日閑庭」一一首。昭和十三年渓鬼荘訪問の「山盧行」二七首。京都移住後、懐旧のうた「土佐をおもふ」一五首である。

＊遠天《えんてん》　歌集。〔初版〕昭和十六年五月十日、甲鳥書林。◇昭和十五年「土佐遊記」中「桃葉書楼」五首、「築屋敷旧居」五首、「龍河洞」四一首、「絶え間なく石滴りてあるほどに百千劫はいつか経にけむ」ほか。「穴居のあと」八首。

＊わが歌日記《わがうたにっき》　歌集。〔初版〕昭和十七年二月十日、甲鳥書林。◇昭和十六年二月二十七日付「渓鬼荘」五首。同年三月二十六日、雑誌「大洋」の需めに応じた「土佐の海」五首。同年十一月十七日、伊野部恒吉の「訃報」五首は「わがこの海南の友は、正義を愛するの心深く、純情稀に見るの志人なりき」と詞書する。同十九日「室戸岬」五首。同二十日「土佐路」五首を載せる。

＊雷《いかづち》　歌エッセイ。〔初版〕昭和十七年四月三十日、天理時報社。◇集中「聖戦篇」のうち、「伯方壮士」項は「防人に召され出で征つ有津の島の壮士につつがあらすな」の、「土佐男児」項は「土佐男児益喜が兵に召され征つ朝の突よ晴れよとぞ思ふ」

の、自解である。「益喜」は渓鬼荘の世話人であった。「回顧篇」のうち、「渓鬼荘」項は「やがてここにわれや死ぬると思ふとき猪野々の里も野ざらしの里」の、「酒麻呂」項は「あしびきの山こもり居のわがためにうま酒もて来伊野部酒麻呂」の、「土佐閑居」項は「夜は深し風もあらぬにおのづから柿の落つる音を聴きてもの思ふ」の、「冬日読書」項は「冬日さす障子のかげに仰寝して人の伝など読むは楽しも」の、「蜥蜴」項は「あれ庭に蜥蜴はしるを見てありぬ怒りに似たる思ひ持ちつつ」の、「蜻蛉」項は「蜻蛉羽の微かふるふを見てゐたり遠雷の鳴るを聴きつつ」の、「猪野々行」項は「山に往かばまたもの思ふことあらむ往かな炉酒も待ちてあるべし」の、「炉端」項は「われはもよ盲ひならねど炉のうへの自在の竹に手触り飽かなく」の、それぞれ自解を付す。

＊**相聞居随筆**《そうもんきょずいひつ》　エッセイ集。〔初版〕昭和十七年五月二十日、甲鳥書林。◇集中に「渓鬼荘を思ふ」が載る。

＊**朝影**《あさかげ》　歌集。〔初版〕昭和十八年一月二十日、墨水書房。◇集中、「土佐路の旅」は、昭和十六年十一月、伊野部恒吉葬儀出席時の作である。「室戸岬」七首、「酒麻呂を傷む」一四首、「酒麻呂追懐」五首、「閑居のころ」五首。

＊**旅塵**《りょじん》　歌集。〔初版〕昭和十九年二月二十日、桜井書店。◇集中、四国関係歌は、「内海遊記」のうち「阿波浄瑠璃」八首、「伯方島」一四首、「伊予海賊」一三首、「岩城島」五首。「四国中国」のうち「宇和島雑詠」八首、「法華津峠」六首、「大洲の一夜」六首、「面河渓」一五首、「室戸岬」一一首である。

＊**玄冬**《げんとう》　歌集。〔初版〕昭和十九年三月三十日、創元社。◇昭和十六〜十八年間に作った歌をまとめる。集中「羇旅余情」のうちに「土佐を思ふ」七首、「逍遥の墓」七首がある。逍遥は中野逍遥。

＊**寒行**《かんぎょう》　歌集。〔初版〕昭和二十一年十月二十五日、養徳社。◇集中「続洛北雑詠」のうち「海上日出」「海を恋しむ」に土佐を思う作がある。

＊**流離抄**《りゅうりしょう》　歌集。〔初版〕昭和二十一年十二月一日、創元社。◇集中「蓬廬聯吟」のうち「遍路行」七首がある。

＊**形影抄**《けいえいしょう》　歌集。〔初版〕昭和三十一年九月二十日、甲鳥書林。◇集中「綾京洛閑吟」のうち「遍路ごころ」五首、「幾とせの土佐わびずみの寂しさを思ひ出づるも遍路ごころか」ほか。「土佐のおもいで」七首を載せる。

（堀部功夫）

吉岡生夫　よしおか・いくお

昭和二十六年四月八日〜。歌人。徳島県麻植郡川島町（現吉野川市）に生まれる。地方公務員。昭和四十五年「短歌人」に入会、のち同人。「十弦」「鱧と水仙」創刊に参加。歌集『草食獣』（昭和54年7月10日、短歌新聞社）、『続草食獣』（昭和58年12月25日、短歌新聞社）、『草食獣勇怯篇』（昭和63年9月14日、短歌新聞社）、『草食獣第四篇』（平成4年9月30日、和泉書院）、『吉岡生夫集』（平成15年8月10日、巴書林）。評論集『草食獣への手紙』（平成4年9月30日、和泉書院）、『辞世の風景』（平成15年2月10日、和泉書院）。

　ふるさとは四国三郎吉野川手に金剛の杖
　　あるぞかし

　七ケタの「ぽすたるガイド」徳島に七福
　　神の棲むてふ噂

（浦西和彦）

吉岡草葉子　よしおか・そうようし

大正七年五月二十五日〜。俳人。愛媛県松山市山西町に生まれる。本名は亘。「炎昼」に参加。

（浦西和彦）

よ

吉岡道夫 よしおか・みちお

昭和八年十月四日〜。小説家。奈良県に生まれる。学習院大学卒業。『メビウスの魔魚』ほかを著す。

＊「古代四国王朝の謎《こだいしこくおうちょうのなぞ》」殺人事件《さつじんじけん》　推理小説。〔初版〕平成六年六月三十日、光文社。◇カルチャースクール講師叶雅之は、足摺岬の郷土史家田代嘉吉旧蔵古文書を解読する。そのころ、古文書に係わる人間が次々に殺される。一一年前、宇和島の金塊強奪事件が関連するらしい。嘉吉は「魏志倭人伝」の「侏儒国」＝四国王朝王墓の発見者である。その伜が金塊事件犯人の一人であり、内幕を知るのは、嘉吉の旧友、医師手塚である。本作は、古田武彦「足摺岬に古代大文明圏」（「THIS IS 読売」平成5年7月）を参考に空想したミステリーである。トンデモ本系ネタ披露から、千葉県実在の蕎麦屋の宣伝までする。（堀部功夫）

吉川英治 よしかわ・えいじ

明治二十五年八月十一日〜昭和三十七年九月七日。小説家。神奈川県久良岐郡に生まれる。本名は英次。太田尋常高等小学校中退。様々な職業を転々としながら小説を書く。講談社の懸賞小説に当選。大正十年、東京毎夕新聞に入社。関東大震災を機に文筆に専念。「剣難女難」「神州天馬侠」「親鸞」「宮本武蔵」「新・平家物語」「私本太平記」などを発表。鳴門市鳴門公園お茶園に「鳴門秘帖」の碑がある。昭和三十五年文化勲章を受章。

＊鳴門秘帖《なるとひちょう》　長編小説。〔初出〕「大阪毎日新聞」大正十五年八月十一日〜昭和二年十月十四日。〔全集〕『吉川英治全集3』昭和五十五年十二月二十日、講談社。◇宝暦事件の背後に徳島藩城主蜂須賀阿波守重喜がいた確証を得るべく阿波へ潜入したのが、幕府隠密甲賀世阿弥である。世阿弥は捕らえられ、一〇年も剣山牢に幽閉された。世阿弥の娘お千絵の乳母の兄唐草銀五郎は阿波へ渡り、世阿弥の安否を探ろうとする。女掏摸見返りお綱、お十夜孫兵衛、天堂一角らも阿波へと向かう。阿波には勤王論者の公卿竹屋三位卿有村がいた。それぞれの人物が入り乱れて活躍する。（増田周子）

吉川朔子 よしかわ・さくこ

昭和六年五月十四日〜。詩人。高知市桜馬場に生まれる。高知県立高知女子高等学校卒業。「出発」「灌木」を経て、現在「叢生」同人。詩集『掌の灯心』（昭和53年10月4日、再現社）、『火力となる時』（平成2年11月14日、編集工房ノア）。第三回灌木賞を受賞。（浦西和彦）

吉川悠子 よしかわ・ゆうこ

昭和二十四年八月十一日〜。詩人。香川県大川郡津田町に生まれる。本名は裕子。早稲田大学（政経）を経て東京都立大学人文科学研究科大学院修士を交通事故で中退。「地球」「幻視者」同人。詩集『風草』（昭和64年1月、国文社）、『空よみがえれ』（平成3年4月、宝文館出版）。（浦西和彦）

吉田速水 よしだ・そくすい

明治四十四年二月十三日〜。俳人。愛媛県南宇和郡西海町中泊（現愛南町）に生まれる。本名は速水《はやみ》。「馬酔木」「若葉」「岬」「欅」に入会。句集『繭雲』（昭和56年11月1日、へちま出版）。

蟬じやんじやん鳴いて真水の湧かぬ島
手錫杖せちに打振り追儺護摩
足摺の雲雀大海原に鳴く

（浦西和彦）

吉田テフ子 よしだ・ちょうこ

大正九年十一月六日～昭和四十八年（月日未詳）。詩人。徳島県海部郡宍喰町（現海陽町）に生まれる。昭和十二年海部高等女学校を卒業後、女子師範教員養成所を卒業し、小学校教員となる。父の願いで退職し、家の山林管理を手伝うが、十九年に日本少国民文化協会が募集した少国民歌に応募、「お山の杉の子」が一等入選、サトウハチロー補作、佐々木すぐる作曲、安西愛子が歌って世に出る。二十年敷島紡績徳島工場の舎監となり、女子工員の指導をするが、七月の徳島大空襲で全滅。十一月に九州戸畑工場に転勤。労組副委員長を経て、二十六年戸畑市会議員当選、一期務める。少女時代からの夢であった作家を志し、三十三年上京し作品を書くが、志半ばにして生涯を閉じる。宍喰町が町制五〇周年「緑の立町」のシンボルとして町民センター前に詩碑を建立。花崗岩に子供にも読みやすいようにと、活字体で刻まれている。「昔々／その昔／椎の木林の／すぐそばに／小さなお山が／あったとさ／あったとさ」

（増田周子）

吉田汀史 よしだ・ていし

昭和六年九月八日～。俳人、エッセイスト。徳島市に生まれる。本名は利徳。子供の頃から小説が好きであったが、二十三年、今枝蝶人主宰の「向日葵」に入会。二十五年第一回「向日葵」賞受賞。二十九年「向日葵」の編集者となり、四十年今枝蝶人「航標」創刊に参画する。能村登四郎主宰の「沖」の同人となる。五十七年、蝶人の死去により「航標」主宰を継承する。句集に『浄瑠璃』（昭和63年5月、航標俳句会）、『游猟』（平成6年10月、航標俳句会）、『四睡』（平成9年2月、富士見書房）、『一切』（平成14年6月、航標俳句会）、他にエッセイ集『三畳雑記』（平成6年6月、航標俳句会）、『一句の周辺』（平成7年7月、航標俳句会）、『俳句を読む』（平成13年6月、航標俳句会）があり、『私説・今枝蝶人』（平成15年1月12日、航標俳句会）で師の蝶人と俳句、「向日葵」「航標」についての私見をまとめている。

（増田周子）

吉田満 よしだ・みつる

大正十二年一月六日～昭和五十四年九月十七日。小説家。東京に生まれる。東京大学卒業。日本銀行監事。『戦艦大和ノ最期』を著す。

＊伝説の中のひと でんせつのなかのひと　エッセイ。〔初出〕「文藝春秋」昭和五十年三月一日、第五三巻三号。◇「須崎湾の東の外延にある久通部落の切り立った断崖、標高二百八十メートルの法院山山頂」。かつて「私」は対艦船用電探設営隊隊長であった。昭和二十年九月、同地を去った。「『一日一日を死と直面して明け暮れた生活』を象徴する一人の人間」として『伝説』の中のひととして」、見送り人の記憶中に残るであろう。四半世紀ぶりに再訪する。

（堀部功夫）

芳野正王 よしの・せいおう

昭和四年二月十二日～。俳人。愛媛県松山市和気町に生まれる。本名は正王《まさお》。昭和二十年ごろより句作をはじめ、「渋柿」「麦」を経て、四十六年「天狼」「運河」に所属。句集『島遍路』（平成2年5月30日、本阿弥書店）。

宇和海は凪伊予灘《いよなだ》は春疾風
潮引きし岩間の砂に寝べら出づ
島遍路干潟歩きて近道す

（浦西和彦）

吉野秀雄 よしの・ひでお

明治三十五年七月三日～昭和四十二年七月十三日。歌人。群馬県高崎に生まれる。慶応義塾大学中退。会津八一に師事した。歌集『天井凝視』『苔径集』『寒蝉集』等。読売文学賞、迢空賞受賞。歌集『含紅集』に「お天守の板間に我はころぶせり四方の窓ゆ秋の風吹く」「眼の前に赤き気球の揺れたてば天守の上のわれもくるめく」と詠んだ「高知鷹城」、「秋艸道人が晩年銘辞を作りし讃岐の国五剣山八栗の洪鐘、道人の一周忌も近き十月六日（昭和三十二年）成りたりと聞き、十月三十日はるばる往きてこれを撞き以て供養す。俳人上村占魚同行す」の前書きを付して詠んだ「五剣山八栗寺」一三首、高知の朝市を「秋晴るる大手の筋の朝市に土佐なれば売れり軍鶏《しゃも》も長尾鶏《ながを》も」「亡き友のたかしが詠みし句のままにお城さやかに市の菊薫る」と詠んだ「南国の秋」、「ビニールの合羽《かっぱ》に雨をしのぎゆく老いの遍路よ秋の室戸路」と詠んだ「秋の室戸岬」四首が収録されている。『吉野秀雄全集』全九巻（昭和44年5月30日～45年7月15日、筑摩書房）。

＊土佐の柴折薬師《とさのしばおりやくし》　エッセイ。〔収録〕『心のふるさと』昭和四十二年二月十日、筑摩書房。◇辺鄙な地方を旅していて、こんないいものがあったの一例として、土佐の柴折薬師について記す。昭和二十六年夏、通称柴折薬師の豊楽寺薬師堂におまいりした。「このお堂そのもののうつくしさ、わが目を疑ふばかり。七間四面単層入母屋《いりもや》造り、全面に向拝《こはい》をもち、こけら葺きの屋根の反りは鳳凰がかるがると翼をひろげたおもむきで、平安時代の香気十分の国宝。その堂内に安置した重文の薬師・弥陀・釈迦の三尊もたっぷりしたたのもしい像で、いまも年三回の縁日に何万のもろもろがつどひ、信仰がなほ生きてゐると聞いても、もっともな話」だと思った。

（浦西和彦）

芳野仏旅　よしの・ぶつりょ

明治三十二年（月日未詳）～昭和五十二年十二月二十八日。俳人。愛媛県松山市に生まれる。本名は秀春。運送業を経営。大正十三年より松根東洋城に師事。「渋柿」同人。句集『旅』。

（浦西和彦）

吉野義子　よしの・よしこ

大正四年七月十三日～。俳人。台湾台北市に生まれる。愛媛県松山市千舟町に在住。「浜」同人。「星」主宰。句集『くれなゐ』（昭和31年12月20日、琅玕洞）、『はつあらし』（昭和46年9月20日、浜発行所）、『鶴舞』（昭和51年7月30日、浜発行所）、『吉野義子集（自註）』（昭和58年6月10日、俳人協会）、『花真』（昭和59年7月13日、角川書店）。

　ていれぎや弘法清水湧きやまず
　地の底に出湯の流れ山粧ふ
　柿賞でてふるさと子規とともにせり

（浦西和彦）

吉村昭　よしむら・あきら

昭和二年五月一日～。小説家。東京に生まれる。学習院大学中退。日本藝術院賞ほかを受賞する。『吉村昭自選作品集』がある。昭和四十六年十月二日、高知で講演する。

＊羆《ひぐま》　短編小説集。〔初版〕昭和四十六年二月、新潮社。◇集中「軍鶏《しゃも》」は高知が舞台。身体的障害を持つ軍鶏師が、片想いに破れ、情熱を注いだ軍鶏も闘いに敗れる。新潮文庫化された。

＊海の鼠《うみのねずみ》　中編小説。〔初出〕「別冊小説新潮」昭和四十七年七月。〔初版〕昭和四十八年五月、新潮社。◇昭和二十五年、戸島で、ドブネズミが異常繁殖した。郡事務所吏員久保は、鼠取り器、黄燐性剤、パチンコ式罠、弓張り式竹罠、天敵の導入、モノフルオール酢酸ナトリウム性剤、クマリン系殺鼠剤、ネズミつり…と駆除対策に取り組む。が「人間の力は、遂に鼠の群れ

になんの影響もあたえはしなかった」。一〇年後、島の食糧が乏しくなると、ネズミは海を渡り半島部へ集団移動して行った。吉村が本作素材に興味を持つ契機になった「鼠の生態について書かれたもの」は、宇田川竜男『ネズミ』（昭和40年10月25日、中央公論社）であろう。ネズミの海渡りは、宇田川が、昭和三十四年「北宇和島郡津島町成浦の漁業坂本梅太郎さん」の報告として伝えるところである。

＊漂流《ひょうりゅう》　長編小説。〔初出〕「サンケイ新聞」昭和五十年二月二十六日～十一月十五日。〔初版〕初出に結章を付加、訂正、削除して、昭和五十一年五月十五日、新潮社。◇無人島長平の漂流話である。事件の骨格は記録に拠る。ただし記録の「正月五日江戸発足、東海道伊勢路通、余寒甚敷、道中拾七泊り、罷越、同廿二日伏見着、同晩淀乗船、同廿三日大坂着〔略〕他支配組祓／弥藤次」を作品が「正月五日、かれは支配組の弥藤次につきそわれて江戸を出立、東海道から伊勢路に入った。寒気はきびしく、宿をかさねて二十二日に伏見に到着した。そして、その夜、船で淀川をくだり、翌日の夜には大坂へ入った」と記すような記録密着個所は、少ない。分量的にも記録に一〇倍し、文学的彫琢が施される。江戸時代の漂流者に、太平洋戦争後、忘れられた頃帰還した元日本兵の境遇とを重ねる。吉村は、高知を訪ね、山本大氏の案内で、赤岡、手結を歩き、田野町に赴いて取材した。新潮文庫化、映画化（広沢栄・森谷司郎脚色、森谷司郎監督。昭和56年6月6日～、東京映画）された。

＊ふぁん・しいほるとの娘《ふぁん・しいほるとのむすめ》　長編小説。〔初版〕上下巻、昭和五十三年三月一日、毎日新聞社。◇下巻に、シーボルトの娘お稲が、宇和島藩領卯之町で、二宮敬作について医学修業する。一〇年後、宇和島で村田蔵六についてオランダ語を学ぶ。五年後、娘タダ（のち高と改名）の婚約者三瀬周三の放免を願うため、宇和島の前藩主伊達宗城のもとに赴くところがある。本作は、作者が呉秀三を読み、シーボルトの女性関係を調べ、生命力旺盛なシーボルト像を得、小説化したもの。影山昇、兵頭賢一、長井音次郎、山口常助の研究も参考にした。本作で五十四年吉川英治文学賞を受賞。

＊海馬《とど》　短編小説集。〔初版〕平成元年一月十日、新潮社。◇「闇にひらめく」（「小説新潮」昭和53年7月）不倫の妻と男とを刺した前科のある、昌平は、突き専門のウナギ採りになり、店を開く、客の男から、類似のケースながら妻を許すとの言葉を聞き、前妻への憤りがぐらつく。自分の生活に再び女を受け入れる用意が出来る。著者はウナギ採り法を、愛媛県吉田町、八十島伊勢太郎氏から聞き取り入れた。「研がれた角」（「別冊小説新潮」昭和54年）富太郎は、隠岐島の野外土俵で横綱に圧勝した牛の雷光を買う。雷光は強いけれども神経質で、屋根付き闘牛場では力を発揮しない。富太郎は、雷光を隠岐島に戻す。無力感に襲われるが、雷光を手入れする若い女性と出会える。吉村は、宇和島市、坂本光男氏夫妻から闘牛飼育談を聞き本作に利用した。

＊長英逃亡《ちょうえいとうぼう》　長編小説。〔初版〕上巻は昭和五十九年九月二十五日、下巻は昭和五十九年十月三十日、毎日新聞社。◇下巻で、長英が宇和島に、伊東瑞渓の偽名で住むところを描く。「宇和島市では渡辺喜一郎、三好昌文の両氏、宇和町（当時卯之町）では門多正志氏に御教示をいただいた。宇和町には長英の身をかくした庄屋清水甚左衛門の屋敷が不入の間とともに現存している」。兵頭賢一、村上恒一郎の研究を参考にした。

＊旅行鞄のなか《りょこうかばんのなか》　エッセイ集。〔初版〕平成元年六月五日、毎日新聞社。◇集中「宇和島への旅」（『ミセス』昭和60年4月）は、うどん、てんぷら（さつま揚げ）、鯛めしのうまさ等、宇和島の魅力を綴る。

＊私の引出し《わたくしのひきだし》　エッセイ集。〔初版〕平成五年三月十五日、文藝春秋。◇集中「ホームを走る」（「東京新聞」平成3年9月18日）は、宇和島市の渡辺喜一郎図書館長の思い出であり、「講演と食物」（『食の文学館』昭和62年12月）は、愛媛県下中島町の蜜柑など、講演旅行で出会う食物を記す。

（堀部功夫）

吉村淑甫　よしむら・よしほ

大正九年九月三十日～。民俗学者。高知県香美郡在所村に生まれる。詩作を始め、昭和十七年、実兄椎野耕一たちと文藝誌「羽明」創刊に加わる。二十年、兄が戦地で死去した。戦後、高知新聞社に入る。高知市民図書館嘱託として、館の出版に関わる。かたわら、土佐民俗学会運営に尽力する。四十年、『土佐民俗風土記』を著す。四十六年、第四回椋庵文学賞を受賞する。五十～五十三年、『トビシヤゴの村にて』『たなばたてんによ』を著す。五十五年、第三一回高知県文化賞を受賞する。五十九年、『海南九人抄』を著す。平成元年、『土佐の神ごと』を著す。三年、『鯨海酔侯』を著す。高知県立歴史民俗資料館館長となる。四～十年、『近藤長次郎』『鏡川原ヲ歩ミテ笛ヲ聞ク』を著す。

＊海南九人抄《かいなんくにんしょう》　伝記集。〔初版〕昭和五十九年二月一日、高知市民図書館。◇市原真影、荒尾覚造、野島梅屋、大井漁隠、井上静照、田島治左衛門、関田駒吉、平尾道雄、横川末吉、以上九人の人物伝。

＊鯨海酔侯山内容堂《げいかいすいこうやまうちようどう》　伝記。〔初出〕「高知新聞」昭和六十二年～平成元年。原題「土州愛子」。〔初版〕平成三年四月二十日、新潮社。◇山内容堂愛妾お愛の生涯と、風流人容堂を描く。

＊近藤長次郎―龍馬の影を生きた男《こんどうちょうじろう―りょうまのかげをいきたおとこ》　伝記。〔初出〕「高知新聞」昭和五十三年六月八日～八月十七日。〔初版〕一部構成を改め、加筆して、平成四年十月十日、毎日新聞社。◇土佐出身の志士〝饅頭屋長次郎〟名で知られ、慶応二（一八六六）年、長崎で不覚の死を遂げた近藤長次郎（『海舟日記』では「近藤昶次郎」）には妻子が居た。著者は、小倉在の曽孫川辺篤次郎氏を訪ね、取材した。

（堀部功夫）

吉本青司　よしもと・あおし

大正二年一月十七日～平成七年六月十四日。詩人。高知県高岡郡横畠村古味に、愛四郎、安の三男として生まれる。本名は愛博。父は警察官であった。昭和九年、高知師範学校を卒業する。小、中、高等学校教員になる。かたわら、詩作する。十二年、『野いばらの道』を著す。筆名は牧原猷記。詩誌「詩風土」などに加わる。日本浪曼派の影響をうけた。二十一年、創刊「詩座」に加わる。二十二年、創刊「朝戸」に加わる。二十七年、創刊「天頂」に加わる。二十八年、『夏路』を著す。八波直則は、この自選詩集の詩形が「万葉調のものから象徴的近代詩風なものまで」あること、「作者が多く歌うのは、星と木と花、そして神―その神はもちろんギリシヤのそれでなく日本の八百万の神――古代の民の素朴な驚異感と、人の子の心のふるさとへの永遠の郷愁――それが基調です。詩法には西欧のものの勉強のあとが充分うかがえますが、中心になっているのは日本的な古典的浪漫精神といえましょう」と評した。三十一年、『登攀』『一絃琴』を著す。前者は第一回高

よ

知県出版文化賞を受賞する。後者は、一絃琴保存のため土佐一絃琴後援会を結成した著者の研究書である。三十三年、『日々の歌』を著す。三十八年、高知詩人協会委員長になる。四十年、『標的』を著す。四十五年、退職する。五十年、『美しい河』を著す。「高知新聞」詩壇選者でもあった。五十六年、高知県文化賞を受賞する。エッセイ『ローマン派の詩人たち』を著す。五十八年、小説『虹立つ』を著す。五十九年、「オリーザ」を編集しはじめる。六十一年、『愛せよと』を著す。平成七年、肺炎のため高知市内の病院で死去した。

＊夏路《なつみち》 詩集。〔初版〕昭和二十八年六月二十四日、プシケ社。◇昭和初年来の全作品から自選した。林富士馬、小高根二郎の友情に支えられて成る。集中「夏路」は、鹿持雅澄の故地で読むその本に永遠を思う、心情を記す。

＊登攀《とうはん》 詩集。〔初版〕昭和三十一年九月一日、日本藝業院。◇集中最後の一編「登攀」は「能楽形式による舞踏歌」。「御嶽といふところに、珍しい石あやめがあると聞いて、登山には少し早い立春の後の日、少女は残雪を踏んでその山に登る」。山にはむかし憤死した平家の公達の魂魄が、地上に止まり、道に迷う登山者の案内役を勤めていた。二人は巡り合う。しかし、顕幽界を異にする男女の契りは許されず、落雷がおこる。男の霊は山奥に鎮まり、「山上は、もとの静寂にかへり、後にはただ泉が打つ鼓の音。流れが吹き鳴らす笙の曲」。少女の耳に横笛がひびき、「少女の泪は、更に新たな決意となって閃めいた」。

＊標的《ひょうてき》 詩集。〔初出〕ほとんどが「果樹園」。〔初版〕昭和四十年一月一日、金高堂。◇集中、「約束」の「地球がほろびる前に／ぼくには しておきたいことが沢山ある〔略〕何よりも あの／美しい入江の物語を書いておきたい〔略〕」は、作者自解に拠れば「現代の危機感をテーマにした詩であるが、この中の『美しい入江』というのは、浦戸湾のことである」。「須磨琴」は、「水色の眼の巡礼」が秋沢久寿栄を訪ね、一絃琴を弾く。「ひとの世のまことをもとめ／ひとすじの琴路にあそぶ／あなたの白い指先から／美しい空気の花がさきこぼれた」。

（堀部功夫）

吉本徳義 よしもと・とくよし

大正十五年五月一日～昭和三十五年三月二十九日。歌人。高知県幡多郡大方町（現黒潮町）田野浦に、惣次、広の子として生まれる。入野高等小学校卒業。昭和二十八年、結核で中村市の県立幡多療養所に入所する。単調な生活に「自分をなぐさめようと努力」し、短歌を作る。二十八～三十年、「花宴」に、三十～三十一年、「白い馬」に、二十八～二十九、三十一～三十五年、「高知歌人」に所属する。歿後、歌集『雪の日の遺言』（昭和35年9月1日、高知歌人クラブ）刊行。「溝川も枯野も今朝はみわかねば我が死なむ日もかく雪よつめ」。上林暁は、集中「運命に耐へゐるごとし荷車馬の瞳なごみて青草食めり といふ歌が絶唱であると私は考へる。客観詠にはちがひないが、吉本の感情の移入されてゐるのが、まざまざと看取される歌である。〔略〕数々の苦しい運命に耐へながら病床に臥してゐた吉本の最晩年は、瞳なごみて青草を食んでゐる荷車馬そのままの姿だつたにちがひないと思ひたい」と序に書く。

（堀部功夫）

吉本有公子 よしもと・ゆくこ

昭和五年一月六日～。歌人。高知県に生まれる。ブティック経営。昭和六十年「潮音」入社、現在同人。「高知歌人」を経て平成三年三月「温石」創刊に参加。第一一回高

よ

知県短詩型文学賞、高知歌人賞、潮音新人賞受賞。歌集『天の笛』（平成5年8月2日、ながらみ書房）。

土佐国の象徴として時じくの「魚梁瀬《やなせ》
なせ巨杉《おほすぎ》」天衝きて聳《た》つ
霧靄れて緑光《て》るなか種《しゅ》を還す営みながら
杉花粉舞ふ

（浦西和彦）

米田双葉子 よねだ・そうようし

明治四十三年二月二十八日～平成十三年十二月十八日。俳人。愛媛県宇和島市に生まれる。本名は兼光。愛媛師範学校卒業。小学校校長・教育事務所長を歴任。俳句は昭和八年に松根東洋城に師事し、「渋柿」に拠る。のち選者同人を経て代表となる。「渋柿」平成十四年四月号は追悼号。句集『青嵐』（昭和54年2月28日、著者）、著書『作句あれこれ』（昭和59年8月1日、愛媛現代俳画協会）。

吾を疎みし教師蔑み卒業す

（浦西和彦）

米村晃多郎 よねむら・こうたろう

昭和二年（月日未詳）～。小説家。東京に生まれる。昭和二十三年中央無線電信講習所（現電気通信大学）卒業。二十五年、早稲田大学仏文学科を中退。北海道東部の中学、高等学校で数年間教鞭をとり、上京。約二〇年間編集の仕事に従事、以後執筆活動を始める。「白猫」同人。五十五年短編集『サイロ物語』（昭和55年2月、作品社）の「野づらの果て」「土くれ」「赤蝦夷松」が第八三回直木賞候補となる。他に『野の人―関寛斎』（昭和59年6月20日、春秋社）がある。

（増田周子）

米本仁 よねもと・ひとし

昭和三年十二月（日未詳）～。エッセイスト。香川県丸亀市に生まれる。医学博士。昭和四十三年、開業。社会福祉法人厚仁会理事長。さぬき福祉専門学校校長。五十年より執筆活動を始め、老人問題やソロモン戦線に関する戦記物などの他『植民地医大』（昭和63年3月20日、近代文藝社）の著書がある。

（増田周子）

依光亦義 よりみつ・またよし

明治四十二年六月三十日～昭和六十年九月十六日。歌人。熊本市に生まれる。東洋大学卒業。昭和二十一年、高知市大津の法照寺住職になる。二十三年、影山聖二、三木光と歌集『彷徨』を共著刊。高知歌人クラブに属す。二十七年、歌集『不拒葷酒』を著す。「短歌藝術」に所属する。四十二年、発病。小籠の土佐清風園で保養する。

眼を閉ぢて視力を倹約したまひし亡き父
の晩年思ひ出し居り

（堀部功夫）

【り】

立仙啓一 りっせん・けいいち

大正三年三月二十八日～昭和五十六年十二月十二日。詩人。高知県香美郡夜須町大西山八七四に生まれる。父義晴は小学校教員だった。夜須尋常小学校時代、岡本彌太に学ぶ。昭和九年、城北中学校卒業。東京外語専門学校を中退する。帰郷し、高知新聞社で一年、朝日新聞社で八年、ジャーナリスト生活を送る。中村通信部部長時代に、高橋新吉と邂逅し、影響を受ける。戦後、高知農業高等学校英語教師になる。二十三年、『父の墓』を著す。二十六年、『春愁』を著す。「前夜半まで紅灯の街をさまよい酒亭で咆哮した詩人は、まだ夜の明けやらぬ早朝に床を離れて机にむかい一篇の詩を詠む。家庭を返り《ママ》みず妻子を嘆き悲しませる己と対峙したその一刻に、詩人・立仙啓一の本性が凝縮される」（正延哲士）。その詩「春愁」は「流れてゆけ／ふうわりとやさしく／白いタンポポの穂のように。／胸を裂く愁いよ／ねむたげな悲しみよ。／人と人のあいだを／窓から窓へ／ふうわりと漂うてゆけ。／この悲しさや愁いが／わたしだけのものでなく／誰かのそれはまた／悲しみや愁いだから。」と、うたう。〝酒仙〟と言われ、奇人ぶりが巷間に流される。三十九年頃、夜須町内で英語塾を開き、晩年の主な収入源となる。火災後も西山の自宅で続行する。既刊詩集と拾遺分を収録した『立仙啓一全詩集』(昭和60年10月25日、土佐出版制作室)がある。

＊春愁《しゅんしゅう》 詩集。〔初版〕昭和二十六年二月十五日、砂時計社。◇著者断酒記念(「あとがき」)第二詩集。三一編所収。序(高橋新吉)。「風蝕」は、彌太詩碑附近と副題する。「おゆるしください。／酢のような風の吹くなかで／〔略〕／あなたもわたしも／白い骨。／せめてこれだけいわせてください。／光り輝くおおぞらの下／わたしたちだけは許しあおうと」。堀内豊は、本詩を詩集中の圧巻とし「永遠性と滅亡――この場合の詩語でいえば『風』『骨』だが、それにイデーを仮託し、コスモチックな視点を絡めて、存在のはかなさ、むなしさ、哀しみについて語りかけようとする詩人の原罪意識に、ぶきみな光をあびせかけている。／詩人、立仙啓一は、まさしく、羽をもがれたカオスの鶴……そんなイメージが紙背から泛《う》かんできて、後年、無名者の系譜につながろうとした彼の全人格が、かすかであるが『風蝕』に投影されている」と評す。
(堀部功夫)

【わ】

若尾瀾水 わかお・らんすい

明治十年一月十四日～昭和三十六年十二月一日。俳人。高知県吾川郡弘岡下ノ村一九八に、仲五郎、丑の長男として生まれる。本名は庄吾。明治二十七年、高知県尋常中学校卒業、京都の第三高等学校に入学する。二十九年、寒川鼠骨を知り、作句を始める。京阪俳友満月会に加わる。三十年、虚子、碧梧桐を訪ねる。仙台の第二高等学校へ転入する。佐藤紅緑を訪ね、奥羽百文会に加わる。作品を「ホトトギス」に発表し始める。三十一年、父が死去した。三十三年、東京帝国大学に入学する。子規庵の山会に出席する。三十五年、「木兎」に「子規子の死」を発表するが、本作の四分の三は、子規の欠点を指摘する。「思ふに先生の凶悪中、予をして最も不快の念に耐えざらしめしは、其甚しく冷血なる事なり」。文学的にも「先生の諸作は、悉く前人の模擬に外なら」ずと。子規崇拝者の一部を非難する意図であろうが、俳壇から批判を受ける。根岸庵出入りを禁じられ、俳壇との交渉も遠のく。三十九年、大学卒業。高知市へ帰る。中山高陽に関心を深める。大正六年、母が死去した。七年、高知新聞社記者になる。八年、県会議員選挙に立候補したが落選する。十年、俳誌「海月」を主宰発行し、俳壇に復帰する。十二年、父母の墓碑に「艸をぬく根の白さに深さに堪へぬ　碧梧桐／露時雨日々ぬらす土の下　虚子」を刻す。「海月」は終刊した。十三年～昭和十年、「土佐国歌人名簿」「古今名流手鑑」「摺揚大観大全」「土陽奇観」「水石先生遺芳」「岩井王山翁印譜」を作成する。十七年、短歌千首をめざし作歌する。二十六年、高知市昭和町一〇五に移る。二十九年、鼠骨が死去した。「柿渋し我も鼠骨も四国猿」。三十年、「瀾水画談」「高陽山人考」を脱稿する。生涯公職に就かず、俳句、絵画、郷土史研究等に没頭した。

(堀部功夫)

和気律次郎《わき・りつじろう》

明治二十一年一月二十九日～昭和五十年五月二十二日。翻訳家、新聞記者。愛媛県松山市に生まれる。明治四十二年、慶応義塾大学予科中退。「近代思想」に「ワイルドの小話」（大正元年12月）、「役者の藝術」（大正2年5月）、「眼の挑戦」（同年6月）、「悲鳴」（同年7月）、「人間の漂流」（大正3年6～7月）の翻訳や小説を発表。「生活と藝術」にも寄稿した。大正五年、やまと新聞社から大阪毎日新聞社に転じた。大阪毎日新聞事業部講演課長などを務め、昭和十五年に停年退職。大正十三年創刊の「苦楽」などに探偵小説を書いた。著書に『オスカア・ワイルド』（大正2年1月、春陽堂）、『犯罪王カポネ』（昭和6年8月、改造社）などがある。

（浦西和彦）

和久峻三《わく・しゅんぞう》

昭和五年七月十日～。推理作家。大阪に生まれる。本姓は滝井。昭和三十年三月、京都大学法学部を卒業。中日新聞社に入社。新聞記者を六年間務めた後、独学で司法試験に合格し、四十四年に弁護士登録をする。やがて滝井法律事務所を開いた。四十七年、「仮面法廷」で第一八回江戸川乱歩賞を受賞。弁護士作家としてリーガル・ノベル（法律小説）、法廷ミステリーの分野を確立した。平成元年、「雨月荘殺人事件」により第四二回日本推理作家協会賞を受賞。

＊阿波おどり殺人事件―赤かぶ検事奮戦記―《あわおどりさつじんじけん―あかかぶけんじふんせんき―》　推理小説。〔初版〕平成六年四月二十五日、学習研究社。〔文庫〕『阿波おどり殺人事件―赤かぶ検事奮戦記43―〈角川文庫〉』平成十年八月二十五日、角川書店。◇赤かぶ検事奮戦記シリーズの第四十三冊目。祭シリーズの三冊目である。阿波おどり沸く徳島で、阿波おどりの先頭で演舞する大手ゼネコンの「連」のリーダーの元会長秘書で、京都支店長に異動した北本克己がライフル銃で殺害された。容疑者は逮捕されたが、取り調べに対し黙秘を続け身元さえもつかめない。カメラマンが録画していたビデオによると、容疑者の名なしの権兵衛は事件の一〇日も前に、鳴門の渦潮に飛び込んで死亡していたという。和久の阿波おどりについての独自の解釈が語られている。

（浦西和彦）

和久利甫《わく・としほ》

昭和五年二月十日～平成十三年十二月二十日。俳人。徳島市に生まれる。本名は利勝。昭和二十五年今枝蝶人の「向日葵」に入会。「航標」同人。現代俳句協会の徳島地区の会長を務めた。句集『木屑』（昭和57年1月15日、航標俳句会）。

南無大師遍照金剛石鹸玉
芹なずな御行はこべら四万十川
ふくろより袋を出せり秋遍路

（浦西和彦）

和田稲積《わだ・いずみ》

安政四（一八五七）年（月日未詳）～明治二十六年（月日未詳）。ジャーナリスト。土佐国長岡郡大津村に生まれる。自由民権運動で活躍する。明治十五年、「絵入自由新聞」記者。十六年、『通俗社会論』を著す。板垣退助立案、植木枝盛記『通俗無上政法論』を編む。十七年、『浴客必携伊香保便覧』を岩神正炭と共著刊。二十年、今日新聞社に移る。

（堀部功夫）

和田紀久恵《わだ・きくえ》

昭和十年十二月七日～。詩人。愛媛県に生まれる。「野獣」同人。詩集、著書『大栗子《ターリーズ》のすずらん』（昭和48年、日中孤児センター）、『満洲大栗子《ターリーズ》再見』（昭和63年、朋興社）。中国語訳『大栗子我的第二故乡』（平成6年、中国上海人民出版社）。

（浦西和彦）

わ

和田三郎 わだ・さぶろう

明治五年六月二十二日～大正十五年十一月一日。ジャーナリスト。高知県土佐郡土佐山村西川（現高知市）に生まれる。明治学院卒業。土陽新聞社記者になる。板垣退助の秘書役を務めたという。明治三十九年、「革命評論」記者。四十四年、「社会政策」記者。（堀部功夫）

轍郁摩 わだち・いくま

昭和二十八年五月五日～。俳人。愛媛県伊予三島市に生まれる。地方公務員。昭和五十五年十一月「鷹」入会、のち同人。

袋掛終りし村の灯かな
鮃喰う元朝土佐の大皿鉢
赤珊瑚玉と磨ぎゐる秋思かな（浦西和彦）

渡辺昭 わたなべ・あきら

昭和五年六月三十日～。俳人。徳島県に生まれる。徳島商業学校卒業。昭和二十九年、皆吉爽雨門に入る。「雪解」「沖」同人。能村登四郎、林翔に師事。句集『流藻晩夏』（昭和54年4月30日、永田書房）。

父と子と離れて坐る夕ざくら（浦西和彦）

渡辺夢路 わたなべ・ゆめじ

明治三十一年九月十九日～昭和三年十一月二十九日。歌人。高知県佐川町室原に生まれる。本名は太郎。佐川高等小学校卒業。農業に従事する。大正四年より、「土陽新聞」に短歌を投稿する。九年、土佐簿記学校を卒業。佐川町で短歌誌を出す。製糸所や信用組合に勤める。十年、斗賀野へ転籍する。北海道へ渡ったり、又帰郷して商店に勤めたりした。牧水に私淑し、「古今集」を愛誦。歿後、明神健太郎により歌集『寂光集』（昭和13年11月25日、短歌藝術高北支社）刊行。

みぎひだり穂すすき分けてぬかづけばこ
ほろぎも音をひそめたりけり（堀部功夫）

渡辺渡 わたなべ・わたる

明治三十二年（月日未詳）～昭和二十一年（月日未詳）。詩人。愛媛県壬生川町に生まれる。大正九年、北九州八幡で詩誌「びろうど」を出したが、のちに上京。十五年、菊田一夫らと「太平洋詩人」を創刊主宰。ダダイズム時代の詩壇に登場、詩や評論を発表し、当時の新興詩壇をにぎわせた。その後、一時海洋詩派などをとなえた。「日本詩人」「詩文学」「詩原」などに拠った。詩集に『海の使者』（大正11年3月、中央文化社）、『天上の砂』（大正12年10月、抒情詩社）、『東京』（昭和18年1月、図書研究社）がある。（浦西和彦）

渡部杜羊子 わたべ・とようし

明治三十二年（月日未詳）～昭和四十三年十一月二日。俳人。愛媛県に生まれる。本名は盛蔵。教員。俳句は松根東洋城に師事。「渋柿」選者同人。句集『寒筍』（昭和33年9月23日、渋柿図書刊行会）。（浦西和彦）

和泉事典シリーズ 19

四国近代文学事典

二〇〇六年一二月一五日 初版第一刷発行

著者 浦西和彦
堀部功夫
増田周子

発行者 廣橋研三

発行所 和泉書院

〒543-0002 大阪市天王寺区上汐五―三―八
電話 〇六-六七七一-一四六七
振替 〇〇九七〇-八-一五〇四三

印刷 亜細亜印刷／製本 渋谷文泉閣

装訂 倉本修／定価はカバーに表示

ISBN4-7576-0380-0 C1590

■著者紹介

浦 西 和 彦（うらにし・かずひこ）

1941年９月、大阪市生まれ。1964年３月、関西大学卒業。現在、関西大学文学部教授。

編著書『田辺聖子書誌』（1995年11月、和泉書院）、『河野多恵子文藝事典・書誌』（2003年３月、和泉書院）、『大阪近代文学作品事典』（2006年８月、和泉書院）ほか。

現住所　〒639-0202　奈良県北葛城郡上牧町桜ヶ丘1-6-10

E-mail：uranishi@ipcku.kansai-u.ac.jp

URL：http://www2.ipcku.kansai-u.ac.jp./~uranishi/zemi/

堀 部 功 夫（ほりべ・いさお）

1943年７月、京都市生まれ。1970年３月、同志社大学大学院修士課程修了。現在、関西大学文学部非常勤講師。

著書『『銀の匙』考』（1993年、翰林書房）。

現住所　〒606-0813　京都市左京区下鴨貴船町１―５

増 田 周 子（ますだ・ちかこ）

1968年９月、福岡県生まれ。1997年３月、関西大学文学部博士後期課程満期退学。博士（文学）。1997年４月徳島大学総合科学部専任講師を経て、2001年４月より関西大学文学部助教授、現在に至る。主な業績に『宇野浩二文学の書誌的周辺』（2000年、和泉書院）、『宇野浩二書簡集』（編著、2000年、和泉書院）、『小林天眠と関西文壇の形成』（共著、2003年、和泉書院）、「宇野浩二『さ迷へる蝋燭』の笑い―今井白楊をモチーフとして―」（ハワード・ヒベット＋文学と笑い研究会編『笑いと創造』、2005年、勉誠出版）、「『新文学』（全国書房）の大阪出版時代研究―大阪作家と編輯者との交流を通して―」（『日本近代文学』、2005年）などがある。

四国県別枝項目（作品名）索引

愛媛県

あ行

か行

さ行

た行

な行

は行

ま行

や行

ら行

わ行

香川県

あ行

か行

さ行

た行

な行

は行

ま行

や行

ら行

高知県

あ行

か行

さ行

た行

な行

は行

ま行

や行

ら行

わ行

徳島県

あ行

か行

さ行

た行

な行

は行

ま行

や行

ら行

わ行

四　国

※四県を舞台とする作品

あ行

か行

さ行

た行

な行

は行

ま行

や行

ら行

四国出身文学者名簿

愛媛県

あ行

相原左義長〔俳人〕T15～ ……………………… **1**
相原まさを〔俳人〕M39～H 8 ……………… **1**
相原利生〔俳人〕T11～ ………………………… **1**
赤岩栄〔宗教家〕M36～S41 ……………… **2**,3
浅海道子〔詩人〕S 9～ ………………………… **7**
東兵衛〔新聞記者〕M24～? ……………… **8**,343
畦地梅太郎〔版画家〕M35～H 7 …………… **8**
穴沢芳江〔歌人〕S 9～ ………………………… **9**
安倍能成〔評論家、哲学者〕M16～S41
…………………………………… **10**,11,104,170,271
尼ヶ崎彬〔評論家〕S22～………………………**11**
安藤砂田葦〔俳人〕T12～H 8 ………………**15**
五百木飄亭〔俳人〕M 3～S12 ………… **16**,430
五十崎古郷〔俳人〕M29～S10……… **17**,25,393
池田蘭子〔小説家〕M26～S51………………**22**
池内たけし〔俳人〕M22～S49………………**22**
石川喬司〔SF、推理作家〕S 5～ ………… **24**
石榑千亦〔歌人〕M 2～S17……………………**24**
石田波郷〔俳人〕T 2～S44 …………… **25**,43
石丸信義〔俳人〕M43～…………………………**25**
石本みち江〔俳人〕T 6～………………………**26**
和泉修司〔俳人〕S 8～…………………………**26**
井関三四郎〔川柳作家〕T10～S27…………**26**
伊丹万作〔映画監督、シナリオ作家〕M33～
S21……………………………………… **27**,30,59
伊藤大輔〔映画監督〕M31～S56 ……… 27,**30**
稲荷島人〔俳人〕M43～…………………………**31**
稲荷霜人〔俳人〕S 2～…………………………**31**
井上土筆〔俳人〕T11～H 8 …………………**33**
井上正夫〔俳優〕M14～S25………… **34**,368,370
井上論天〔俳人〕S23～…………………………**36**
井口さだお〔俳人〕T15～………………………**36**
井下猴々〔俳人〕M24～S43……………………**36**
猪野翠女〔俳人〕T 2～H 2 …………………**37**
今井つる女〔俳人〕M30～H 4 ………………**41**
入江湖舟〔俳人〕T 3～H 2 …………………**42**
岩城之徳〔国際啄木学会会長〕T12～H 7 …**42**
上原白水〔俳人〕S 2～…………………………**48**
宇神幸男〔小説家〕S27～………………………**49**
宇都宮斧響〔俳人〕M35～S49…………………**51**
梅原稜子〔小説家〕S17～………………………**53**
宇和川喬子〔俳人〕T13～………………………**55**
遠藤天歩〔俳人〕M40～S48……………………**58**
大江健三郎〔小説家〕S10～ …… 27,**59**,61,425
大江昭太郎〔歌人〕S 4～H 1 ………………**61**
大北たきを〔俳人〕T11～………………………**65**
太田万寿子〔俳人〕T 4～………………………**69**
太田芳男〔詩人〕S16～…………………………**69**
大西伝一郎〔児童文学者〕S10～……………**71**
大野静〔歌人〕M25～S59 ………………… 61,**72**
大野盛直〔憲法学者、俳人〕M39～H12 …… **72**
大原其戎〔俳人〕文化 8～M22 ……… **72**,376
大和田建樹〔国文学者、唱歌作者、歌人〕安政
4～M43 ………………………………… **79**,308
岡田逸樹〔歌人〕S 2～…………………………**81**
岡田禎子〔劇作家〕M35～H 2 ………… **81**,82
岡村天錦章〔俳人〕M34～S61………………**84**
岡本庚子〔俳人〕S 6～…………………………**85**
岡本昼虹〔俳人〕M32～S58……………………**85**
沖井千代子〔児童文学者〕S 6～……………**88**
沖口遼々子〔俳人〕M42～H 2 ………………**88**

奥田晴義〔詩人〕T11～……………………… **88**
小倉虹男〔俳人〕T12～……………………… **89**
小倉ミチヨ〔性研究家〕M27～S42………… **89**
尾崎作太〔俳人〕M25～S52………………… **89**
尾崎陽堂〔俳人〕M29～S61 …………… **91**,95
押川春浪〔小説家〕M9～T3……………… **91**
押川方義〔牧師、教育家〕嘉永2～S3
…………………………………………… **91**,169
織田悦隆〔歌人〕T13～……………………… **92**
織田枯山楼〔俳人〕M23～S42 ………… **92**,331
小田武雄〔俳人、小説家〕T2～S59 ……… **92**
越智田一男〔児童文学者〕S9～…………… **93**
越智道雄〔評論家、翻訳家〕S11～ ……… **93**
小野興二郎〔歌人〕S10～………………… **94**
小原六六庵〔漢詩人、書家〕M34～S50 …… **95**
小山久二郎〔小山書店創業者〕M38～S59… **95**

か行

香川美人〔歌人〕T4～………………………… **100**
片上伸〔評論家、露文学者〕M17～S3
…………………………………………… **104**,105
片山恭一〔小説家〕S34～…………………… **105**
角石保〔詩人〕T14～………………………… **108**
神尾季羊〔俳人〕T10～H9 ………………… **111**
川上宗薫〔小説家〕T13～S60……………… **112**
川尻いさを〔俳人〕T12～…………………… **114**
河東碧梧桐〔俳人〕M6～S12
……………………… **116**,181,210,234,323,382
菊池鶏栖子〔俳人〕T8～S63……………… **124**
菊池佐紀〔小説家〕S4～…………………… **124**
北村治久〔日本著作権協議会事務局長〕T6
～S55……………………………………… **131**
城戸幡太郎〔教育者〕M26～S60………… **131**
木村滄雨〔俳人〕T2～S62………………… **132**
木村鷹太郎〔評論家、翻訳家〕M3～S6 … **132**
木村好子〔詩人〕M37～S34……………… **132**
楠野菊夫〔小説家〕T8～…………………… **135**
国松ゆたか〔俳人〕M13～S39…………… **136**
久保喬〔児童文学者〕M39～H10………… **138**
久保勉〔哲学者〕M16～S47……………… **139**
久保より江〔俳人〕M17～S16…………… **139**
香月育子〔俳人〕S3～S50………………… **149**
鴻農映二〔文藝評論家〕S27～…………… **151**
後藤波久〔俳人〕T13～…………………… **155**
小西領南〔俳人〕T13～…………………… **155**
小松流蛍〔詩人〕S17～…………………… **157**

さ行

佐伯巨星塔〔俳人〕M31～S59……………… **159**
坂井修一〔歌人〕S33～…………………… **163**
坂井まつば女〔俳人〕M25～S61………… **164**
阪上史琅〔俳人〕S3～……………………… **164**
坂田弘子〔俳人〕M37～…………………… **166**
阪本謙二〔俳人〕S5～……………………… **167**
坂本石創〔小説家〕M30～S24…………… **168**
坂本碧水〔俳人〕M39～S63……………… **168**
桜井鷗村〔翻訳家、教育者、児童文学者〕M5
～S4 ………………………………… 91,**169**
桜井忠温〔随筆家、評論家〕M12～S40 …… **169**
貞本静月女〔俳人〕M42～S49…………… **176**
佐薙戸汐〔俳人〕M42～H8 ……………… **179**
寒川鼠骨〔俳人〕M8～S29 …………… **181**,455
志賀勝〔米文学研究者〕M25～S30……… **184**
重松里人〔俳人〕S5～……………………… **185**
重松冬楊〔俳人〕M38～…………………… **185**
品川柳之〔俳人〕M34～S56……………… **187**
品川良夜〔俳人〕S7～H4………………… **187**
篠崎圭介〔俳人〕S9～……………………… **187**
篠原梵〔俳人〕M43～S50………………… **188**
芝不器男〔俳人〕M36～S5 ……………… **188**
島上舷舟〔俳人〕M28～S51……………… **195**
下村為山〔俳人、画家〕慶応元～S24 ……… **201**
上甲平谷〔俳人〕M25～S61……………… **202**
勝田明庵〔俳人〕M2～S23 …………… 72,**202**
白石花馭史〔俳人〕M23～S22…………… **203**
白形桑甫〔俳人〕S4～……………………… **203**

白川渥〔小説家〕M40～S61……………………204
白川燧洋〔俳人〕M36～S54……………………204
新如峯〔俳人〕M32～S55……………………205
末広鉄腸〔新聞記者、小説家〕嘉永2～M29……………………35,205
杉浦寿女〔俳人〕T1～S63……………………206
杉浦非水〔美術家、図案家〕M9～S40……206
図子慧〔作家〕S35～……………………207
図子英雄〔詩人、小説家、ジャーナリスト〕S8～……………………208
鈴木春山洞〔俳人〕T7～……………………208
鈴木敏幸〔詩人〕S17～……………………209
須藤南翠〔小説家〕安政4～T9……………210
洲之内徹〔作家、美術評論家〕T2～S62……………………20,76,210,303
瀬尾香寿〔俳人〕M32～S47……………………211
関俊雄〔俳人〕T15～……………………211

た行

大楼〔川柳作家〕M22～S14……………………219
高市俊次〔小説家〕S23～……………………227
高木拓川〔俳人〕M38～S57……………………227
高野公彦〔歌人〕S16～……………………229
高橋鴬籠〔俳人〕T2～H9……………………230
高橋新吉〔詩人〕M34～S62…15,232,246,454,455
高橋光子〔小説家〕S3～……………………233
高橋保平〔俳人〕M36～H1……………………233
高畠華宵〔画家〕M21～S41……………………234
高畠明皎々〔俳人〕M16～S47……………………234
高浜虚子〔俳人、小説家〕M7～S34… 22,41,47,48,54,69,85,92,116,136,158,173,187,234,235,242,245,315,340,356,357,389,390,412,421,426,432
高柳愛日朗〔俳人〕M31～S63……………………237
高柳俏寒楼〔俳人〕M36～S53……………………237
田口游〔歌人〕M42～……………………238
武田寅雄〔歌人〕M40～H4……………………240
武田麦園〔俳人〕M39～S50……………………240
武田久子〔小説家〕S27～……………………241
武林文子〔エッセイスト〕M21～S41………241
竹村秋竹〔俳人〕M8～T4……………………242
田坂紫苑〔俳人〕S8～……………………243
立花豊子〔俳人〕S37～H2……………………245
田中健三〔小説家〕S23～……………………247
田辺杜詩花〔歌人、医師〕M29～S28………255
谷喜代一〔俳人〕T5～S56……………………256
谷野黄沙〔俳人〕T2～H4……………………256
玉井北男〔俳人〕T12～……………………258
玉井清弘〔歌人〕S15～……………………258,390
玉井旬草〔俳人〕T9～H4……………………259
月尾菅子〔歌人〕M37～……………………267
辻真先〔アニメ脚本家、小説家、推理小説家〕S7～……………………269
堤常〔岩波書店会長〕M24～S61……………………271
坪内稔典〔国文学者、俳人〕S19～…………277
天童荒太〔小説家〕S35～……………………286
土居南国城〔俳人〕M31～S55……………………288
塔和子〔詩人〕S4～……………………289
徳永山冬子〔俳人〕M40～……………………25,291
徳永蔦枝〔児童文学者〕S5～……………………291
徳永民平〔詩人〕T14～……………………291
戸田露生〔俳人〕T6～H12……………………292
富沢赤黄男〔俳人〕M35～S37………293,294,392
伴野朗〔推理作家〕S11～……………………295
豊田晃〔俳人〕S3～……………………295

な行

内藤鳴雪〔俳人〕弘化4～T15… 180,235,297,323
永井ふさ子〔歌人〕M43～H5……………………298
中岡和郎〔俳人〕T4～H9……………………301
中川草楽〔俳人〕T13～……………………301
仲川たけし〔川柳作家、元参議院議員〕T5～……………………302
長坂一雄〔小説家〕T4～S19……………………303
中塚たづ子〔俳人〕M27～S40……………………307
中西ふくゑ〔俳人〕M23～S49……………………307
中野逍遥〔漢詩人〕慶応3～M27………308,447

永野孫柳〔俳人〕M43～H 6 ……308
中野雅夫〔評論家、ノンフィクション作家〕M41～H 6 ……309
中野好夫〔英文学者、評論家〕M36～H 6 ……13,309
中野立城〔俳人〕M39～S 60 ……309
中原一樹〔俳人〕M33～S 52 ……309
中村愛松〔俳人〕安政 2～T 14 ……310
中村獏〔詩人〕S 16～ ……313
中村博〔児童文学者〕S 3～ ……313
中矢荻風〔俳人〕T 6～H 9 ……313
中山梟月〔俳人〕T 9～H 5 ……314
浪乱丁〔川柳作家〕T 6～ ……316
名本勝山〔俳人〕T 2～ ……316
新海非風〔俳人〕M 3～34 ……17,235,317
西岡十四王〔俳人〕M19～S 48 ……319
西岡長康〔俳人〕S 12～ ……319
西川勉〔詩人〕M27～S 9 ……320
西村安子〔小説家〕S 9～H11 ……325
二宮千鶴子〔俳人〕T10～ ……326
二宮冬鳥〔歌人〕T 2～ ……326
野間仁根〔画家〕M34～S 54 ……331
野村朱鱗洞〔俳人〕M26～T 7 ……331
野村螺岳泉〔俳人〕M30～S 45 ……331

は行

波止影夫〔俳人〕M43～S 60 ……332
橋本茶山〔俳人〕T 7～ ……335
はたたかし〔児童文学者〕T10～ ……336
浜本浩〔小説家〕M23～S 34 …176,207,341,342,438
早坂暁〔小説家、脚本家〕S 4～ ……314,343
林桐人〔漢詩人〕M24～S 44 ……346
東草水〔詩人〕M15～T 5 ……354
深川正一郎〔俳人〕M35～S 62 ……357
藤井未萠〔俳人〕T 1～S 53 ……361
藤岡蔵六〔哲学者〕M24～S 24 ……361
藤田閑子〔俳人〕T 8～H 3 ……362
藤田ひろむ〔俳人〕S 6～ ……362
藤野古白〔俳人、劇作家〕M 4～M28 ……235,362
古田足日〔児童文学者〕S 2～ ……368
牧人〔川柳作家〕M44～S 53 ……370
堀内統義〔詩人〕S 22～ ……372
堀内雄之〔俳人〕S 3～H 5 ……372
本田南城〔歌人〕T 6～ ……373

ま行

前原東作〔俳人〕T 4～H 6 ……373,374
正岡子規〔俳人、歌人〕慶応 3～M35 ……17,59,72,116,181,192,201,202,235,242,281,297,310,315,332,341,362,375,429
松浦泉湧〔俳人〕S 8～ ……379
松浦理英子〔小説家〕S 33～ ……379
松岡凡草〔俳人〕M33～S 58 ……380
松沢椿山〔俳人〕M39～H 5 ……381
松田大童〔俳人〕M37～S 56 ……381
松永あやめ女〔俳人〕M28～S 53 ……381
松永鬼子〔俳人〕M13～S 46 ……176,381,382,442
松野正子〔児童文学者〕S 10～ ……383
松森向陽子〔俳人〕S 10～ ……385
真鍋元之〔小説家〕M43～S 62 ……386
丸山定夫〔新劇俳優〕M34～S 20 ……388,389
三木照恵〔俳人〕T15～ ……390
三木昇〔詩人〕T15～ ……390
御荘金吾〔放送作家〕M41～ ……391
水野広徳〔小説家〕M 8～S 20 ……392
南るり女〔俳人〕M41～H 4 ……395
峰雪栄〔小説家〕T 6～ ……395
宮内むさし〔俳人〕T 4～ ……396
宮内りつえ〔俳人〕T 9～H 7 ……396
宮中雲子〔童謡詩人、詩人〕S 10～ ……404
三好曲〔俳人〕S 8～ ……408
三好けい子〔歌人〕T 8～ ……408
三由孝太郎〔俳人〕T 4～ ……408
村上杏史〔俳人〕M40～S 63 ……37,230,314,411
村上暁峰〔俳人〕M31～S 57 ……412
村上霽月〔俳人〕M 2～S 21 …202,278,381,382,412

村上甫水〔俳人〕M31～S62……412
室積波那女〔俳人〕M21～S43……415
木自〔川柳作家〕M28～S47……415
素九鬼子〔小説家〕S12～……416
本吉晴夫〔小説家〕T12～……416
森川美枝子〔俳人〕T15～……418
森薫花壇〔俳人〕M24～S51 … 1,159,237,381,418
森紫苑荘〔川柳作家〕M41～……419
森田義郎〔歌人〕M11～S15……420
森田雷死久〔俳人〕M5～T3……421
森白象〔俳人〕M32～H6……421

や行

八木絵馬〔俳人〕M43～……188,422
保持研子〔俳人〕M18～S22……427
矢内原伊作〔評論家、哲学者〕T7～H1……427
矢内原忠雄〔経済学者〕M26～S36……427,428
柳原極堂〔俳人〕慶応3～S32……88,235,310,381,429,430
柳瀬正夢〔画家〕M33～S20……430,431
矢野橋村〔画家〕M23～S40……431
山内四郎〔俳人〕T14～……431
山上次郎〔歌人〕T2～……431
山崎誠一〔詩人〕S23～……433
山本耕一路〔詩人〕M39～?……438
山本斗士〔俳人〕T9～H3……439
山本木天蓼〔俳人〕M37～S62……439
横田青水〔俳人〕M34～S51……441
吉岡草葉子〔俳人〕T7～……447
吉田速水〔俳人〕M44～……448
芳野正王〔俳人〕S4～……449
芳野仏旅〔俳人〕M32～S52……450
米田双葉子〔俳人〕M43～H13……25,454

わ行

和気律次郎〔翻訳家、新聞記者〕M21～S50……456
和田紀久恵〔詩人〕S10～……456
輸郁摩〔俳人〕S28～……457
渡辺渡〔詩人〕M32～S21……457
渡部杜羊子〔俳人〕M32～S43……457

香川県

あ行

赤松柳史〔俳人〕M34～S49……4,308
赤松椋園〔漢詩人〕天保11～T4……4
赤山勇〔詩人〕S11～……4
秋山六郎兵衛〔独文学者〕M33～S46……6
芦原すなお〔小説家〕S24～……7
東淳子〔歌人〕S14～……7
阿野旬月〔俳人〕M44～S56……9
阿野赤鳥〔詩人〕M30～S47……9
綾井武夫〔ジャーナリスト〕万延元～T5…12
荒木暢夫〔歌人〕M26～S41……12,25
有馬暑雨〔俳人〕T6～……14
安藤雅郎〔詩人〕T14～……15
池井昌樹〔詩人〕S28～……19
池川禎昭〔小説家〕S8～……20
伊沢健存〔俳人〕M43～……23
石原光久〔歌人〕S22～……25
市場基巳〔俳人〕S8～……28
市原輝士〔民俗学、郷土史家〕T5～H8…28
糸川雅子〔歌人、教諭〕S27～……31
稲葉峯子〔歌人〕S5～……31
乾猷平〔俳人〕M29～S11……32
井上一二〔俳人〕M28～S52……32,90
井上正一〔歌人〕S14～S60……35
岩本多賀史〔俳人〕T11～……43
薄井八代子〔小説家〕T11～……49
内海繁太郎〔人形浄瑠璃研究家〕M29～S41……52

江上壱弥〔俳人〕T12～S53……………………56
大北秀和〔小説家〕S22～………………………65
大倉桃郎〔小説家〕M12～S19…………………66
大杉栄〔評論家〕M18～T12 …………… 67,68
太田如水〔俳人〕M23～S44……………………69
大塚布見子〔歌人〕S 4 ～………………………70
大波一郎〔詩人〕S 2 ～…………………………70
大西一外〔俳人〕M19～S18……………………71
大西昌子〔俳人〕S 8 ～…………………………71
大山定一〔独文学者〕M37～S49………………79
奥村泉〔詩人〕S33～……………………………88
尾崎徳〔詩人〕T10～S55 ……………… 90,91
小田知周〔「香川新報」主宰〕嘉永 4 ～T 8 …92
小野蒙古風〔俳人〕T 2 ～S55…………………95

か行

香川茂〔児童文学者〕T 9 ～H 3 ……… 98,347
香川進〔歌人〕M43～ …………………… 61,99
香川不抱〔歌人〕M22～T 6 …………………100
笠井蕃〔俳人〕M41～H 9 ……………………101
笠原静堂〔俳人〕T 2 ～S22…………………101
柏木薫〔小説家〕S 5 ～………………………102
片岡恒信〔歌人〕M38～S60…………………103
門脇照男〔小説家〕T13～……………………110
加福無人〔俳人〕T 3 ～H 5 …………………110
亀井秋嶺〔俳人〕T 2 ～………………………112
萱原宏一〔世界社社長〕M38～H 6 …………112
河田誠一〔詩人〕M44～S 9 …………………114
河西新太郎〔詩人〕M45～H 2 ………… 115,313
河西水賀〔俳人〕T12～………………………115
神崎清〔社会評論家〕M37～S54……………118
菊池寛〔小説家、劇作家〕M21～S23
…………………39,112,123,125,126,139,173,176,
178,220,253,255,288,294,302,303,313,336,392,410,443
衣更着信〔詩人〕T 9 ～H16…………………126
岸田秀〔評論家〕S 8 ～………………………126
草壁焔太〔詩人、歌人〕S13～ ………………135
葛原瑞鳳〔俳人〕T 7 ～………………………136
久保井信夫〔歌人〕M39～S50 … 137,254,389,421
黒島伝治〔小説家〕M31～S18
……………………………145,146,176,273,276
桑島玄二〔詩人、児童文学者〕T13～H 4 … 147
桑原志朗〔俳人〕M45～H10…………………148
幻怪坊〔川柳作家〕M13～S 3 ………………148
剣持雅澄〔小説家〕S12～……………………148
香西照雄〔俳人〕T 6 ～S62…………………149
合田秀渓〔俳人〕T10～………………………149
合田丁字路〔俳人〕M39～H 4 ………………150
小島烏水〔登山家、紀行文家〕M 6 ～S23 … 152

さ行

斎田喬〔児童劇作家、画家〕M28～S51…52,160
咲村観〔作家〕S 5 ～S63……………………169
佐々木田鶴子〔翻訳家〕S17～………………172
佐々木正夫〔小説家〕T15～…………………172
佐々木令山〔俳人〕M32～S41………………173
塩田月史〔俳人〕M43～H 4 …………………183
七條愷〔西東書房創業者〕万延元～S20……186
柴田忠夫〔詩人、放送プロデューサー〕T7～
……………………………………………………188
島公靖〔舞台装置家、劇作家、俳人〕M42～H4
……………………………………………………197
島津亮〔俳人〕T 7 ～…………………………199
清水恵子〔詩人〕S26～………………………199
十鳥敏夫〔歌人〕S11～………………………201
菅龍一〔劇作家〕S 8 ～………………………206
鈴木無肋〔俳人〕T 5 ～H 3 …………………209
西鳥〔川柳作家〕M41～S44…………………211

た行

多賀隆則〔小説家〕T13～……………………228
高橋敏夫〔文藝評論家〕S27～………………232
高見広春〔小説家〕S44～……………………235
滝口春男〔小説家〕M43～S43………………237
高城修三〔小説家〕S22～……………………238
竹内邦雄〔歌人〕T10～………………………238

武内利栄〔詩人〕M34〜S33……239
武下奈々子〔歌人〕S27〜……240
竹田敏彦〔小説家〕M24〜S36……240
田島邦彦〔歌人〕S15〜……244
多田容子〔小説家〕S46〜……245
多田羅夜浮〔俳人〕M21〜S48……245
立川千年〔詩人〕S6〜……245
田中恭一郎〔詩人〕T12〜H6……246
田中美智子〔歌人〕S15〜……254
谷口武〔児童文学者〕M29〜S35……256
たまきみのる〔俳人〕S3〜……259
田村優之〔ジャーナリスト、小説家〕S36〜……264
塚田登〔小説家〕T9〜……267
月原橙一郎〔詩人、歌人〕M35〜?……268
対馬康子〔俳人〕S28〜……270
坪井かね子〔俳人〕T6〜H6……273
壺井栄〔小説家〕M32〜S42…49,173,176,273,274
壺井繁治〔詩人〕M30〜S50……4,67,273,276,277,396
壺井久子〔俳人〕S4〜……277
寺岡文太郎〔小説家〕M33〜?……280
土井伊惣太〔恒星社、厚生閣創業者〕M32〜S43……286
土井虎賀寿〔独文学者〕M35〜S46……288
豆秋〔川柳作家〕M25〜S36……289
十返肇〔評論家〕T3〜S38……222,290
徳永真一郎〔小説家〕T3〜……291
富田千秋〔画家〕M34〜S42……294

な行

中井慶子〔歌人〕S6〜……297
中石孝〔小説家〕S4〜H11……298
永井寿子〔俳人〕M36〜S58……298
長尾雨山〔漢文学者、書家〕元治元〜S17……115,301
中河幹子〔歌人〕M28〜S55……227,302
永田敏之〔編集者〕S7〜……307
中野沙代子〔俳人〕M43〜S49……307
中原淳一〔画家、編集者〕T2〜S58……310
南原繁〔政治学者、歌人、評論家〕M22〜S49……317
西村望〔小説家〕T15〜……324
新田汀花〔俳人〕M26〜S54……326
登白汀子〔俳人〕M30〜S63……331

は行

白雨〔川柳作家〕T4〜S28……54,66,332,427
林唯一〔画家〕M28〜S47……345
林政江〔歌人〕M32〜H9……347
樋笠文〔俳人〕T13〜……354
東原秋草〔俳人〕M38〜H4……354
平尾春雷〔俳人〕M16〜S33……356
福田宏年〔独文学者〕S2〜……360
藤木靖子〔小説家〕S8〜H2……361
藤田ミラノ〔挿絵画家〕S5〜……362
藤村雅光〔詩人〕M29〜S40……364
藤原小蓑〔俳人〕M30〜S51……365
古川賢一郎〔詩人〕M36〜S30……368
古川良範〔劇作家〕M42〜S57……368
堀沢広幸〔児童文学者〕S25〜……372

ま行

間島琴山〔歌人〕M20〜S48……378
松岡健一〔俳人〕T8〜……380
松尾春光〔俳人〕T7〜H8……380
松原良介〔俳人〕T12〜S59……383
真鍋正男〔歌人〕S23〜……386
真鍋蕗径〔俳人〕T3〜……387
三井英美子〔歌人〕S16〜……389
三木アヤ〔歌人〕T8〜……389
三木朱城〔俳人〕M26〜S49……390
造酒広秋〔歌人〕S24〜……390
水町京子〔歌人〕M24〜S49……129,393
宮武外骨〔ジャーナリスト、新聞史家〕慶応3〜S30……403,404

村尾清一〔評論家〕T11〜……411
村山籌子〔児童文学者〕M36〜S21……413,414
村山リウ〔評論家〕M36〜H6……414
森川義信〔詩人〕T7〜S17……418
森田敏子〔歌人〕T10〜……421

や行

八坂俊生〔詩人〕S12〜……422
安岡赤外〔俳人〕M33〜S50……426
矢田挿雲〔俳人、小説家〕M15〜S36……427
山田九朗〔仏文学者〕M35〜H7……435
山田竹系〔小説家〕M45〜S61……435
山西禾刀〔俳人〕M40〜S60……436
山村房次〔露文学者〕M41〜S60……436
山本砂風楼〔俳人〕M35〜S56……438
湯浅克衛〔小説家〕M43〜S57……440
吉川悠子〔詩人〕S24〜……448
米本仁〔エッセイスト〕S3〜……454

高知県

あ行

青柳裕介〔漫画家〕S19〜H13……2
安芸愛山〔社会教育家〕安政4〜T10……5
秋沢猛〔俳人〕M39〜S63……5
秋沢流火〔俳人〕T2〜H13……5
有光滋樹〔歌人〕M28〜S37……14
池上いさむ〔俳人〕S5〜S58……20
池上如月〔俳人〕M7〜S49……20
池皐雨郎〔詩人〕M6〜S29……21
池田和子〔俳人〕S8〜……21
池田和之〔小説家〕S4〜……21
池田浩平〔詩人〕T11〜S19……21
池俊行〔シナリオ作家〕M42〜H2……22
石本昭雄〔歌人〕S5〜……25
伊丹公子〔俳人、詩人〕T14〜……27
市川敦子〔歌人〕S5〜……28
市原真影〔ジャーナリスト〕安政6〜?……29,44,452
市原麟一郎〔児童文学者〕T10〜……29
伊藤猛吉〔歴史家〕?〜?……30
伊藤莫乍〔俳人、薬剤師〕M30〜S62……31
乾直恵〔詩人〕M34〜S33……31
乾政明〔俳人〕M22〜S27……32
井上清〔歴史家〕T2〜H13……33
井上慶吉〔エッセイスト〕M26〜S29……33,46,258
猪野睦〔詩人、評論家〕S6〜……37,113,140,141,179,180,366
茨木定興〔漢詩人〕天保6〜M45……37
今井泉〔小説家〕S10〜……39
今井嘉澄〔詩人〕M43〜S19か……39,40,237
今井龍雄〔出版人〕T2〜H7……40
今井真知子〔詩人〕S29〜……41
岩崎鏡川〔歴史家〕M7〜T15……42,409
岩崎伸一郎〔歌人〕T9〜S53……42
岩村牙童〔俳人〕T11〜……43
岩村とよき〔歌人〕M33〜S61……43
植木枝盛〔自由民権論者〕1857〜M25……29,43,44,91,269,456
植木雅子〔児童文学者〕S8〜……44
上島としえ〔俳人〕M41〜S61……45
上田秋夫〔詩人〕M32〜H7……45
植田馨〔歌人〕T14〜……45
上田庄三郎〔教育者〕M27〜S33……46,69
上田良一〔投書家〕M23〜S27か……46,370
上村左川〔雑誌編集者〕慶応2〜M38……48
ウカイヒロシ〔詩人〕S22〜……48
右城暮石〔俳人〕M32〜H7……49
宇田滄溟〔新聞人〕慶応4〜S5……50,305,401
宇田道隆〔水産海洋学者〕M38〜S57……50,282
梅原賢二〔児童文学者〕S35〜……53

江部俊夫〔詩人〕S 3〜……………………………58
大石正巳〔政治家〕安政 2〜S 10……………58
大石喜幸〔詩人〕M43〜S 16…………………59
大江鉄麿〔詩人〕T 4〜S 19 ……………… 61,372
大江満雄〔詩人〕M39〜H 3 ……………… 32,62
大川宣純〔詩人〕T 14〜S 36 ……………… 64,320
大岸由起子〔歌人〕S 3〜…………………………65
大黒東洋士〔映画批評家〕M41〜H 4 ………66
大崎二郎〔詩人〕S 3〜…………………64,67,318
大塚敬節〔詩人〕M33〜S 55……………………69
大塚雅春〔小説家〕T 6〜H12…………………70
大畠新草〔俳人〕S 3〜…………………………72
大原富枝〔小説家〕T 1〜H12
…………………… 72,73,76,253,303,306,322,426
大町桂月〔随筆家〕M 2〜T14
………… 38,48,77,155,225,232,247,248,299,371
大森ちさと〔詩人〕S 31〜………………………78
大森望〔翻訳家〕S 36〜 …………………… 78,321
岡崎ふゆ子〔歌人〕M34〜H 3 …………………80
岡崎義恵〔国文学者〕M25〜S 57………………80
小笠原淳〔俳人〕T 10〜H 5 ……………………80
岡繁樹〔社会運動家〕M13〜S 34………………80
岡直樹〔出版人〕M18〜S 45……………………83
岡林清水〔国文学者〕T 10〜H10
…………………………… 83,120,174,292,339,402
岡村啓一郎〔郷土史家〕T13〜…………………84
岡村柿紅〔劇作家〕M14〜T14…………………84
岡村須磨子〔詩人〕M38〜? ……………………85
岡村嵐舟〔川柳作家〕T 5〜H14………………85
岡本まち子〔俳人〕T13〜………………………86
岡本彌太〔詩人〕M32〜S 17
………… 39,86,87,113,168,194,237,272,372,454
尾崎驍一〔詩人〕S 6〜…………………………89
小島沐冠人〔俳人〕M18〜S 20 ………… 92,117
小田黒潮〔俳人〕M29〜S 53……………………92
織田信生〔児童文学者〕S 23〜…………………93
小野梓〔東洋館書店創業者〕嘉永 5〜M19
…………………………………………… 93,167
小野川俊二〔詩人〕T12〜……………………94

か行

改田昌直〔漫画家〕T12〜H 7 ………… 97,98
加賀山たけし〔俳人〕T14〜H 2 ……………98
鍵山博史〔小説家〕M34〜? ………………… 100
片岡薫〔シナリオ作家〕M45〜………………102
片岡文雄〔詩人〕S 8〜………32,37,58,103,157
片岡幹雄〔詩人〕S 11〜H 4 ……………102,104
片桐仲雄〔片桐開成社社長〕M23〜S 53……105
片山敏彦〔独、仏文学者〕M31〜S 36
………………………………… 45,105,106,365
桂井和雄〔教育者、詩人〕M40〜H 1
……………………………… 103,107,285,351
金井明〔小説家〕S 6〜…………………………110
鎌倉佐弓〔俳人〕S 28〜………………………110
鎌倉千和〔歌人〕S 25〜………………………111
川島豊敏〔詩人〕T 4〜S 23 …………… 113,197
川田和泉〔詩人〕M42〜S 14…39,114,237,335,421
川田十雨〔俳人〕M28〜S 36…………114,240,333
川田雪山〔漢学者〕M12〜S 26 ………… 114,115
川田朴子〔俳人〕T15〜H14……………………115
川村源七〔エッセイスト〕M36〜S 58
…………………………78,117,223,282,284,286,434
川村紫星〔俳人〕M34〜S 53…………………117
川村八郎〔歌人〕T 9〜S 31 …………… 117,122
川村窈処〔漢詩人〕M43〜S 21………………118
上林暁〔小説家〕M35〜S 55
………45,87,110,118,119,120,165,257,292,307,453
北川左人〔俳人〕M23〜S 35…………………128
北川浩〔歌人〕T14〜…………………………128
北見志保子〔歌人〕M18〜S 30 … 28,129,332,393
北村沢吉〔漢学者〕M 7〜S 20………………130
北村三唖〔小説家〕M 3〜T 3か……………130
北村重敬〔教育者〕M 7〜S 30………………130
木戸昭平〔教育者〕S 3〜H 2 ………… 131,338
清岡菅根〔歌人〕M30〜S 58 …………… 14,134
楠瀬薑村〔俳人〕M21〜S 43…………………135

楠瀬兵五郎〔歌人〕T11～……136
楠目橙黄子〔俳人〕M22～S15……136
国則三雄志〔出版人〕S16～H15……136
国見純生〔歌人〕T13～……136
国見主殿〔小説家〕M45～S20……137
国見善弘〔詩人〕T5～S12……137
窪田善太郎〔児童文学者〕T3～H13……138
窪之内英策〔漫画家〕S41～……138
倉橋顕吉〔詩人〕T6～S22……140
倉橋潤一郎〔詩人〕T3～S20……140,141
倉橋由美子〔小説家〕S10～H17……141
倉本兵衛〔独文学者〕M40～H5……142
栗尾彌三郎〔小説家〕T5～S21……95,143
黒岩涙香〔新聞人、探偵小説家〕文久2～T9……35,66,80,144
黒鉄ヒロシ〔漫画家〕S20～……144,145
黒田礼二〔翻訳家〕M23～S18……147
小鮎〔川柳作家〕M42～S52……149
幸徳秋水〔革命家〕M4～M44……21,67,80,119,120,123,150,151,165,247,248,249,305
河野典生〔小説家〕S10～……151
小林哲夫〔小説家〕S8～……156
小林落花〔俳人〕M39～H8……156
小松左月〔俳人〕T14～……156
小松弘愛〔詩人〕S9～……156,345,346
小松幹生〔劇作家〕S16～……157
小峰広恵〔出版人〕M38～S60……157
小山いと子〔小説家〕M34～H1……158,211
近藤湖月〔俳人〕S5～H8……159

さ行

西原理恵子〔漫画家〕S39～……161
坂本嘉治馬〔出版人〕慶応2～S13……167
坂本徳松〔ジャーナリスト〕M41～S63……168
坂本信幸〔国文学者、歌人〕S22～……168
坂本稔〔詩人〕S4～……168,335
小砂丘忠義〔教育者〕M30～S12……46,69,171,312
佐々木甲象〔政治家〕弘化4～?……36,172
笹山久三〔小説家〕S25～……174,369
佐竹正隆〔詩人〕T8～S51……103,176
佐藤いづみ〔歌人〕T5～……14,176,385
佐野順一郎〔小説家〕M42～S35……179
沢英彦〔詩人〕T15～……64,181
沢村勉〔脚本家〕T4～S52……181
沢村芳翠〔俳人〕T3～H15……45,181
沢村光博〔詩人〕T10～H1……64,182
三宮幸十郎〔歌人〕M35～S53……182
椎野耕一〔詩人〕T4～S20……183,452
JET〔漫画家〕?～……183
嶋岡晨〔詩人〕S7～……103,194,195,259,386
島崎曙海〔詩人〕M40～S38……113,197,200,335
島内一夫〔小説家〕T9～……199
島本仲道〔法律家〕天保4～M26……199,402,413
志水辰夫〔小説家〕S11～……200
清水峯雄〔詩人〕S6～……67,69,200,421
水魚〔川柳作家〕M39～S20……205
杉指月〔俳人〕慶応4～S8……207
杉本斧次〔狂句作者〕安政4～T13……207
杉本恒星〔俳人〕T9～……207
杉本峻一〔評論家〕M43～H9……207,292
杉本雅史〔小説家〕S23～……207
須藤水心楼〔俳人〕M22～?……210
砂川長城子〔俳人〕M35～S61……210,383
青雨〔川柳作家〕M45～S46……211
青明〔川柳作家〕M22～T4……211
関みな子〔エッセイスト〕M37～H10……211
仙頭旭峰〔俳人〕T14～……217

た行

大家正志〔詩人〕S28～……218
田岡准海〔漢詩人〕慶応元～S11……219
田岡嶺雲〔思想家〕M3閏～T1……166,219,225,232,247,248,249,299,308
高井紅雨〔俳人〕T12～H15……226
高石次郎〔教育者〕M44～S50……227

高倉テル〔小説家〕M24～S61……………………228
高橋幸雄〔独文学者〕T1～S58……… 199,231
高橋三冬子〔俳人〕M27～S43………… 231,240
高橋柿花〔俳人〕T10～H6…………… 43,231
高橋正〔国文学者〕S6～……………77,232,252
高村佳織美〔歌人〕S25～H6…………………236
滝川富士夫〔詩人〕M41～S9…………………237
竹内峴南〔漢詩人〕慶応3～S13………………238
武田山茶〔俳人〕M15～S57……………………240
竹原清昭〔俳人〕S4～…………………………241
竹村義一〔国文学者〕M41～S63
…………………………… 142,222,242,281,283,284
田所小瓢〔俳人〕M35～S53……………………246
田所妙子〔歌人〕M43～H6…………92,246,273
田中貢太郎〔小説家〕M13～S16… 37,38,39,
77,78,171,219,221,222,225,247,248,259,333,426,435,446
谷岡亜紀〔歌人〕S34～…………………………255
谷馨〔国文学者、歌人〕M39～S45…………255
谷本とさを〔俳人、書家〕T14～……………257
谷脇素文〔画家〕M11～S21……………………257
種田鶏頭子〔俳人〕M44～H1…………………257
田内長太郎〔翻訳家〕M24～?…………………258
玉木義虎〔実話記者〕?～?……………………259
田村吾亀等〔俳人〕M38～S53…………………263
田村乙彦〔詩人〕M44～S20……………………263
田村松魚〔小説家〕M10～S23…………………264
たむらちせい〔俳人〕S3～……………28,264
田村満智子〔歌人〕S4～………………………264
近森敏夫〔郷土史家〕T15～H13……… 266,372
鳥起〔川柳作家〕T10～S35……………………267
津田貞〔ジャーナリスト〕弘化元～M15……270
筒井泉吉〔詩人〕T3～S8………………………271
常石芝青〔俳人〕?～S62……………………272,333
恒石草人〔歌人〕M29～S29…………… 86,272
常光徹〔民俗学者〕S23～………………………272
寺石正路〔歴史家〕慶応4～S24……… 279,375
寺田瑛〔ジャーナリスト〕M27～S35… 90,280
土居香国〔漢詩人〕嘉永3～T10………………287
土居光知〔英文学者〕M19～S54
…………………………………… 287,288,325,331
土居みとし〔俳人〕M24～S54…………………289
土井八枝〔エッセイスト〕M12～S23………289
戸梶一花〔俳人〕M35～S53……………………290
徳広睦子〔エッセイスト〕T9～………………292
土佐文雄〔小説家〕S4～H9… 75,207,233,292
殿岡辰雄〔詩人〕M37～S51……………………293

な行

中内蝶二〔劇作家〕M8～S12…………………299
中江兆民〔思想家〕弘化4～M34
…………………………… 144,150,250,300,315,401
永国淳哉〔教育者〕S14～………………………303
長崎次郎〔出版人〕M28～S29…………………303
長崎太郎〔教育者〕M25～S44……… 271,272,303
中沢昭二〔シナリオ作家〕S2～………………304
中沢濁水〔川柳作家〕M14～S22………………304
中島菊夫〔漫画家〕M30～S37…………………305
中島及〔新聞人〕M19～S55………… 248,305,401
中島空哉〔歌人〕M1～S23………………………305
中島鹿吉〔歴史家〕M17～S33…………………306
永田哲夫〔国文学者〕S5～S58
…………………………………… 281,282,306,307
中野武彦〔詩人〕M43～S52……………………308
中野文枝〔小説家〕M37～H17…………………308
中町小菊〔小説家〕T11～………………………310
中村伝喜〔教育者〕M36～S60…………………312
中脇初枝〔小説家〕S49～………………………314
西内蕃一〔歌人〕M32～S12…………… 182,318
西岡寿美子〔詩人〕S3～……………… 67,318
西川雅文〔俳人〕S16～…………………………320
西澤保彦〔小説家〕S35～………………………321
西田直二郎〔小説家、詩人〕S5～……………322
西谷退三〔翻訳者〕M18～S32………… 322,420
西谷祥子〔漫画家〕S18～………………………322
西村繁男〔絵本作家〕S22～……………………324
西村時衛〔教育者〕T1～H7… 281,282,284,324

仁智栄坊〔俳人〕M43～H 5 ……………………325
仁淀純子〔小説家〕S 3 ～……………………327
奴田原紅雨〔川柳作家〕M42～H 4 …………327
野崎左文〔狂歌作者〕安政 5 ～S 10…………329
野島梅屋〔小説家〕慶応元～T 9 ………329,452
野島真一郎〔歌人〕T 4 ～H 1 …………329,330
野田正彰〔評論家、医師〕S 19～ ……………330
野中木立〔俳人〕M34～S 43 ……………20,330
信清悠久〔脚本家〕M43～ ………………179,331
野村章恒〔医師〕M35～…………………………331
野本京〔俳人〕S 26～…………………………331

は行

橋田一夫〔詩人〕T 7 ～S 42 ……………200,332
橋田東声〔歌人〕M19～S 5 …14,129,136,332,333
橋田東洋子〔俳人〕M19～S 35………………333
橋田憲明〔俳人〕S 8 ～…………………………333
橋詰延寿〔郷土史家〕M35～S 63
…………………………221,283,285,286,333,378
橋詰海門〔俳人〕M27～S 53…………………333
橋詰泰二〔歌人〕M37～H 2 …………………333
橋本錦浦〔俳人〕T 5 ～…………………………334
長谷江児〔詩人〕M40～S 7 ……………168,335
畑中蓼坡〔俳優〕M10～S 34…………………336
馬場孤蝶〔英文学者〕M 2 ～S 15
……………………………………39,198,206,339
馬場辰猪〔思想家〕嘉永 3 ～M21
…………………………………59,206,303,339,340
浜田糸衛〔児童文学者〕M40～? ……………340
浜田恵実〔詩人〕M38～S 8 …………………340
浜田坡牛〔俳人〕M25～S 55…………………340
浜田波静〔俳人〕M 3 ～T12…………………340
浜田波川〔俳人〕M38～H 5 ……………341,418
浜田初広〔詩人〕T 2 ～…………………………341
林譲治〔政治家〕M22～S 35…………………345
林嗣夫〔詩人〕S 11～ …………………156,345
はらたいら〔漫画家〕S 18～…………………348
坂東眞砂子〔小説家〕S 33～ …………350,408
東山芳郎〔歌人〕M41～S 43…………………354
久松酉子〔俳人〕M36～S 61…………………354
泥谷竹舟〔俳人〕M25～S 35…………………354
広末保〔国文学者〕T 8 ～H 5 …………143,356
弘田競〔編集者〕M40～S 62 …………179,357
弘田龍太郎〔作曲家〕M25～S 27……………357
弘光春風庵〔俳人〕M 9 ～T10………………357
深瀬基寛〔英文学者〕M28～S 41 ………357,358
福島鷗波〔歴史家〕元治元～S 16……………359
藤岡淳吉〔出版人〕M35～S 50………………361
藤戸達吾〔ジャーナリスト〕M 5 ～T 9 ……362
藤原運〔詩人〕M43～S 35……………………366
冬木喬〔小説家〕T 3 ～S 57…………………367
穂岐山小浪〔投書家〕?～?……………………370
細川風谷〔講談師〕慶応 3 ～T 8 ………370,371
細木秀雄〔評論家〕T 4 ～H12………………371
堀内豊〔詩人〕T 9 ～H15 ……………372,455

ま行

牧野富太郎〔植物学者〕文久 2 ～S 32………374
槙村浩〔詩人〕M45～S 13 ………75,180,292,375
正岡陽炎女〔俳人〕M19～S 42………………376
正木聖夫〔詩人〕T 5 ～S 24 …………182,376
正延哲士〔小説家〕S 6 ～ ……………377,454
増田耕三〔詩人〕S 26～………………………378
町田雅尚〔俳人〕M33～S 44…………220,378,379
松岡俊吉〔評論家〕T 8 ～H16 …………193,380
松沢卓郎〔教育者〕M31～……………………380
松林朝蒼〔俳人〕S 6 ～………………………383
松原静〔俳人〕M42～H 4 ……………………383
松本かをる〔俳人〕M29～S 55 …………45,384
松本ふじ子〔歌人〕M41～H 9 …………176,385
松本木綿子〔俳人〕T 9 ～H 6 ………………385
松山白洋〔郷土史家〕M12～S 42 ………385,446
真辺博章〔詩人〕S 7 ～………………………386
真野さよ〔小説家〕T 2 ～……………………387
三木榕樹〔俳人〕T 7 ～H 1 …………………391
南谷和吉〔歌人〕M37～S 13…………………395

美馬清子〔エッセイスト〕Ｓ１～……………396
味元昭次〔俳人〕Ｓ22～……………………396
宮尾登美子〔小説家〕Ｔ15～…88,229,396,397,440
宮崎晴瀾〔漢詩人〕慶応４～Ｓ19……………401
宮崎正喜〔小説家〕M44～? ……………………402
宮崎夢柳〔政治小説家〕安政２～M22………402
宮地佐一郎〔歴史家〕Ｔ13～Ｈ17 ……… 64,402
宮地箕白〔俳人〕M20～Ｓ51…………………403
宮地旅滴〔俳人〕M35～Ｈ10…………………403
宮本時彦〔川柳作家〕Ｔ９～…………………406
宮本正清〔仏文学者〕M31～Ｓ57……………406
明神健太郎〔郷土史家〕M39～Ｓ60
……………………………322,340,353,408,420,457
村雨貞郎〔小説家〕Ｓ24～……………………412
室津鯨太郎〔小説家〕M16～Ｓ39 ……… 414,415
森木茶雷〔俳人〕M16～Ｓ28…………………418
森沢義生〔俳人〕Ｓ３～Ｈ10…………………418
森下雨村〔編集者〕M23～Ｓ40 … 55,322,419,444
森下一仁〔小説家、評論家〕Ｓ26～ ………… 420
森下高茂〔ジャーナリスト〕安政５～Ｓ10
…………………………………………… 37,420
森本佳把〔歌人〕M40～Ｓ６ …………………421

や行

安岡章太郎〔小説家〕Ｔ９～
………………75,208,282,283,284,422,423,435,443
安岡正隆〔歌人〕Ｔ14～………………………426
やなせ・たかし〔漫画家〕Ｔ８～ ……………429
矢野竹南子〔俳人、日本画家〕M40～Ｓ48 … 431
矢野徳〔漫画家〕Ｓ13～………………………431
藪田忠夫〔詩人〕M45～Ｓ18…………………431
山川禎彦〔小説家〕Ｓ11～……………………432
山口政猪〔評論家〕Ｔ２か～Ｓ11 ……… 143,432
山崎武〔エッセイスト〕M45～Ｈ２ …………433
山崎正董〔医師、史論家〕Ｍ５～Ｓ25……433,434
山田一郎〔ジャーナリスト〕Ｔ８～
………………………38,142,282,405,425,426,434
山田秧雨〔詩人〕?～M44…………………250,435
山本伊左巳〔俳人〕M43～Ｈ４ ………………437
山本一力〔小説家〕Ｓ23～……………………437
山本英三〔詩人〕Ｔ１～………………………437
山本かずこ〔詩人〕Ｓ27～……………………438
山本大〔歴史家〕Ｔ１～Ｈ13…………351,439,451
山本梅崖〔漢学者〕嘉永５閏～Ｓ３ …… 115,439
山脇信徳〔画家〕M19～Ｓ27…………………440
弓月光〔漫画家〕Ｓ24～………………………440
湯山愧平〔詩人〕M42～Ｓ52…………………441
横山黄木〔漢詩人〕安政２～Ｓ14……401,441,442
横山青果〔川柳作家〕M37～Ｓ59……………442
横山青娥〔国文学者〕M34～Ｓ56……………442
横山泰三〔漫画家〕Ｔ６～……………………443
横山隆一〔漫画家〕M42～Ｈ13………………443
吉川朔子〔詩人〕Ｓ６～………………………448
吉村淑甫〔民俗学者〕Ｔ9～…29,107,250,281,426,452
吉本青司〔詩人〕Ｔ２～Ｈ７ …… 141,159,261,452
吉本徳義〔歌人〕Ｔ15～Ｓ35…………………453
吉本有公子〔歌人〕Ｓ５～……………………453

ら行

立仙啓一〔詩人〕Ｔ３～Ｓ56 …… 377,441,454,455

わ行

若尾瀾水〔俳人〕M10～Ｓ36 …………… 331,455
和田稲積〔ジャーナリスト〕安政４～M26
…………………………………………… 402,456
和田三郎〔ジャーナリスト〕Ｍ５～Ｔ15……457
渡辺夢路〔歌人〕M31～Ｓ３ …………………457

徳島県

あ行

相原キヨミ〔歌人、エッセイスト〕Ｔ４～……1

赤池芳彦〔歌人〕S 6～……2
赤松光夫〔小説家〕S 6～……3
秋田清〔「二六新報」社長〕M14～S19……5
阿部宇之八〔新聞記者〕文久元～T13……9
阿部和子〔小説家〕S 2～……9
阿部文明〔教育者、エッセイスト〕T13～…10
阿部陽一〔推理小説家〕S35～……10
雨宮みづき〔小説家〕S48～……11
荒井真十生〔書道家、小説家〕?～……12
飯原一夫〔児童文学者、郷土研究家、挿絵画家〕S 4～……**16**,30
伊上凡骨〔木版師〕M 8～S 8……17
生田花世〔詩人、小説家〕M21～S45……**18**,40,127,271,292,320,359
井口泰子〔作家、放送作家〕S12～H13……19
石川光〔小説家〕S10～……24
泉九峰〔俳人〕M31～S42……26
出水康生〔小説家、エッセイスト〕S13～…26
伊丹あき〔シナリオ作家〕S43～……26
伊丹悦子〔詩人〕S21～……26
市尾卓〔小説家〕S 5～……28
井上勤〔翻訳家〕嘉永 3～S 3……33
井内輝吉〔教員、詩人〕T 4～……**36**,356
今井邦子〔歌人〕M23～S23……**40**,43
今枝蝶人〔俳人〕M27～S57……**41**,42,256,295,421,449,456
今枝立青〔俳人〕S 2～……42
岩本益浩〔歌人〕T13～……43
上崎暮潮〔俳人〕T11～……45
上野隆〔詩人〕S 5～……47
上野宗男〔詩人、小説家〕S 6～……47
馬詰柿木〔俳人〕M28～S56……53
宇山白雨〔俳人〕M28～S56……54
漆原伯夫〔小説家〕S13～……**54**,301
海野十三〔小説家〕M30～S24…**55**,56,176,434
永戸俊雄〔翻訳家、映画評論家〕M32～S31……56
悦田喜和雄〔小説家〕M29～S58……10,**56**,268
恵乃崎ただえ〔小説家〕S 2～……57
円藤直美〔小説家〕?～……58
円藤信代〔詩人〕S18～……58
おおえまさのり〔思想家、翻訳家〕S17～…61
大櫛静波〔俳人〕T 5～……65
大杉漣〔エッセイスト、タレント〕S26～…68
太田明〔小説家、詩人〕M43～S63……68
大高翔〔俳人〕S52～……68
太田秀男〔詩人〕S23～H10……69
大塚泰治〔歌人〕M36～……70
大西柯葉〔俳人〕T 7～H 3……71
大山久子〔詩人〕S24～……79
岡田義生〔小説家〕S 6～……81
岡田みゆき〔教員、小説家〕T 6～……82
岡本監輔〔「内外兵事新聞」編集人〕天保10～M37……85
岡本虹村〔俳人〕S 8～……85
岡本連〔詩人〕T 3～H 7……86
小川紘一〔医師、小説家〕S16～……87
生越嘉治〔児童劇作家〕S 3～……89
小野ゑみ女〔俳人〕T 5～……93
小野瀬不二人〔ジャーナリスト〕M 1～S13……94

か行

鏡信一郎〔小説家〕S 9～……98
梯明秀〔哲学者〕M35～H 8……101
柏原千恵子〔歌人〕T 9～……102,132
桂ゆたか〔詩人〕S29～……108
金沢治〔歌人、郷土史家、方言研究者〕M32～S57……110
川口恒星〔俳人〕S 4～……113
河田青嵐〔俳人〕S 4～……114
河出孝雄〔河出書房社長〕M34～S40……115
河野俊彦〔編集者、小説家〕T12～……116,166
川人青岳〔俳人〕M49～H 6……116
寒川琢〔詩人〕T 3～H 7……118,356
神原拓生〔小説家〕S 5～……123

木内よしえ〔俳人〕?～ ………………………… 124
岸文雄〔教員、小説家〕S 11～ ………………… 126
貴志美耶子〔詩人〕S 6 ～……………………… 127
貴司山治〔小説家〕M32～ S 48
………………………… 127,128,179,180,268,375
木下眉城〔俳人〕M 5 ～ S 31 …………… 131,307
木下ひとし〔詩人〕S 7 ～……………………… 131
紀野恵〔歌人〕S 40～………………………… 132
木本正次〔ジャーナリスト、小説家〕T 1 ～
H 7 ………………………………………… 133
京都伸夫〔小説家、脚本家〕T 3 ～H16 …… 133
清野桂子〔詩人〕S 35～……………………… 135
日下典子〔俳人、小説家〕?～? ……………… 135
楠木繁雄〔歌人〕S 21～……………………… 135
国本正巳〔歌人〕T 4 ～……………………… 137
久米惣七〔ジャーナリスト、歌人、人形浄瑠
璃研究家〕M34～H10…………………52,139
栗栖浩誉〔俳人〕M32～H 5 ………………… 143
黒田宏治郎〔小説家〕S 6 ～………………… 147
桑原三郎〔歌人〕M40～H 8 ………………… 148
桑本春燿〔俳人〕M39～H 2 ………………… 148
合田曠〔詩人〕T 8 ～………………………… 149
甲田十三郎〔小説家、詩人、巡査〕M43～? … 150
河野春草〔俳人〕T 6 ～ S 63………………… 151
小杉榲邨〔歌人、国学者〕天保 5 ～M43 …… 152
後藤捷一〔郷土史家、藍染め研究家〕M25～
S 55………………………………………… 154
小西英夫〔新聞記者、歌人〕M25～ S 30 …… 155
小林光生〔俳人〕M41～ S 56………………… 156
近藤富一〔歌人〕M44～……………………… 159
近藤良一〔俳人〕T 4 ～H 6 ………………… 159

さ行

西條益美〔児童文学者、小説家〕T11～… 159,344
斎藤梅子〔俳人〕S 4 ～……………………… 160
斎藤和生〔詩人〕S 25～……………………… 161
柴門ふみ〔漫画家、エッセイスト、小説家〕
S 32～……………………………………… 162
酒井暮笛〔歌人〕M42～ S 12………………… 164
榊原礼子〔詩人〕S 9 ～……………………… 164
坂口アサ〔ジャーナリスト〕M24～ S 58…… 164
坂崎葉津夫〔詩人〕T12～ ……………… 116,166
嵯峨潤三〔詩人〕S 23～……………………… 166
相良蒼生夫〔詩人〕S 11～…………………… 169
佐古純一郎〔評論家〕T 8 ～ …………… 170,171
佐坂恵子〔歌人〕S 24～……………………… 172
佐々木甲象〔政治家〕弘化4～?……………… 172
佐沢波弦〔歌人〕M22～ S 58………………… 175
佐藤高明〔小説家〕T13～…………………… 176
佐藤輝夫〔仏文学者〕M32～H 6 ……… 177,279
佐野まもる〔俳人〕M34～ S 59……… 148,180,335
重田昇〔小説家〕S 22～……………………… 184
繁野天来〔詩人、英文学者〕M 7 ～ S 8 …… 185
篠原津田夫〔小説家〕T15～………………… 187
篠原央憲〔詩人、小説家〕S 6 ～ …………… 188
島崎漂舟〔俳人〕M 3 ～ S 19………………… 198
島田豊〔児童舞踊家〕M33～ S 59…………… 199
白神あきら〔俳人〕S 8 ～…………………… 203
鈴江幸太郎〔歌人〕M33～ S 56……………… 208
鈴木敏夫〔小説家〕T10～…………………… 208
鈴木漠〔詩人〕S 11～………………………… 209
瀬戸内寂聴〔小説家、宗教家〕T11～
………………………………24,211,215,216,217
瀬戸内艶〔エッセイスト、歌人〕T 6 ～ S 59
…………………………………………… 217
妹尾一子〔詩人〕S 28～……………………… 217

た行

高井去私〔俳人〕S 12～……………………… 226
高井北杜〔俳人〕M45～ ………………… 227,254
高木義賢〔講談社専務取締役〕M10～ S 23… 227
高崎乃里子〔詩人〕S 30～…………………… 228
高田始〔小説家〕S 20～……………………… 229
高橋章治〔詩人〕S 6 ～……………………… 231
高原熹勇〔詩人〕T 1 ～ S 26………………… 235
田上二郎〔戯曲家〕S 37～…………………… 236

滝佳杖〔俳人〕M40〜……237
武市好古〔音楽評論家、演出家〕S 10〜H 4……238
竹内菊代〔小説家〕S 9〜……238
竹内照夫〔小説家〕S 3〜……238
竹内紘子〔詩人、児童文学者〕S 19〜……239
武原はん〔舞踊家、俳人〕M36〜H13……242
竹宮恵子〔漫画家〕S 25〜……242
多田統一〔詩人〕S 27〜……245
田中富雄〔小説家〕T 7〜H16……251,344
田辺京花〔俳人〕T13〜S 63……254
谷口秋郷〔俳人〕T15〜S 54……256
谷田昌平〔文藝評論家、元「新潮」編集長〕T12〜……256
谷中隆子〔俳人〕S 20〜……256
田村善昭〔写真家、小説家〕S 10〜……265
茶園義男〔詩人、戦時史研究家〕T14〜……267
丁山俊彦〔エッセイスト〕S 21〜……267
佃実夫〔小説家〕T12〜S 54……10,57,82,268,269,363
佃陽子〔エッセイスト、小説家〕S 4〜……269
堤高数〔小説家〕S 12〜……271
鶴野佳子〔歌人〕S 12〜……278
寺沢猪三郎〔児童文学者〕?〜……280
殿谷みな子〔SF作家、小説家〕S 36〜……293
富永眉峰〔俳人、書家〕M38〜S 62……295
友成ヤエ〔詩人〕?〜……295
鳥居龍蔵〔考古学者、人類学者〕M 3〜S 28……296

な行

内藤正義〔詩人〕S 19〜……297
中尾信夫〔教育者、小説家〕S 22〜……301
中川静子〔小説家〕T 8〜H 6……301
中島源〔小説家〕M38〜H 8……305
中瀬二郎〔小説家〕T 3〜……306
仲田二青子〔俳人、歌人〕M29〜S 63……307
長芳梓〔詩人〕S 24〜……314
南條歌美〔作詞家〕M32〜S 48……316
新居格〔評論家〕M21〜S 26……317
新居初〔小説家〕S 5〜……318
西川青濤〔歌人〕M38〜……320
西崎満州郎〔詩人、小説家〕M37〜S 3……320
西野藍雨〔俳人〕M22〜S 22……322
野上彰〔劇作家、児童文学者、詩人〕M41〜S 42……327,328

は行

橋本潤一郎〔小説家〕S 8〜……334
橋本夢道〔俳人〕M36〜S 49……54,335
蜂須賀年子〔歌人〕M29〜S 45……337
花野富蔵〔翻訳家、モラエス研究家〕M33〜S 54……337,416
浜川宏〔歌人〕T10〜S 61……340
林啓介〔小説家〕S 9〜……344
林泉水〔俳人〕S 10〜……345
原田一美〔児童文学者〕T15〜……348
羽里昌〔小説家〕S 3〜H16……349
坂東紅魚〔俳人〕T14〜……350
坂東悊夫〔新聞記者、編集者〕S 3〜……350
檜瑛司〔創作舞踊家、民謡·民話収集家〕T12〜H 8……354,355
檜きみこ〔詩人〕S 31〜……355
檜健次〔舞踊家〕M41〜S 58……355
平井広恵〔詩人〕S 25〜……356
比良河其城〔俳人〕M32〜S 63……356
広瀬志津雄〔詩人〕T 2〜H 1……356,357
扶川茂〔詩人〕S 7〜……27,359
扶川迷羊〔歌人〕M45〜……359
福井竹の秋〔俳人〕T 9〜……359
福島せいぎ〔俳人〕S 13〜……359
福田満智〔小説家〕T14〜……360
福永夏木〔俳人〕M41〜S 56……360
福永政雄〔大阪屋創立代表者〕M27〜S 63……360
福永志洋〔俳人〕M36〜S 57……360
藤井喬〔国文学研究者〕M42〜……360

藤川正一〔小説家〕M40～……361
藤田真寛〔俳人〕S13～……362
富士正晴〔小説家、詩人〕T 2～S62……363
藤本瑝〔詩人、文筆家〕S12～……364
冬園節〔詩人〕T12～……367
古田芳生〔小説家〕T 9～……369
北條民雄〔小説家〕T 3～S12……369,370
保科千代次〔歌人〕M39～……278,370
堀川豊平〔詩人〕S 5～……372
本田種竹〔漢詩人〕文久2～M40……373

ま行

前田文良〔小説家〕S 7～……373
益井俊二〔文英堂創業者〕M20～S48……378
松崎慧〔小説家〕S10～……380
松崎路人〔俳人〕M40～S56……380
松永周二〔歌人、実業家〕M17～S47……382
松並武夫〔歌人〕S 3～……382
松村ひさき〔俳人〕T12～……383
松村益二〔ジャーナリスト、放送経営者〕T 2～S59……383
松本繁蔵〔歌人〕M43～……384
丸川賀世子〔小説家〕S 6～……388
三木春雄〔英文学者〕M17～S48……390
三木英〔歌人〕M44～……390
水上喬二〔詩人、小説家〕S 5～H 8……392
水谷砕壺〔俳人〕M36～S42……392
溝淵徳子〔俳人〕S 5～……393
三田照子〔児童文学者〕S 8～……393
三田富子〔エッセイスト、料理研究家〕T13～……394
三田華子〔小説家〕M33～S58……166,394
三宅克巳〔画家〕M 7～S29……401
宮下歌梯〔俳人〕M39～S59……65,403
宮林太郎〔小説家〕M44～……407
三好昭一郎〔郷土史家〕S 4～……409
麦田穣〔詩人〕S28～……409
村崎凡人〔歌人〕T 3～H 1……412
元木恵子〔歌人〕S25～……415
森内俊雄〔小説家〕S11～……417
森遅日〔俳人〕M27～S43……421
森龍子〔俳人〕T 5～S62……421

や行

八幡政男〔小説家〕T14～……431
山上龍彦〔漫画家、小説家〕S22～……432
山崎光紀〔小説家〕S33～……433
山下栄〔歌人〕T12～……434
山下博之〔俳人〕S 7～……434
山下富美〔歌人〕T14～……434
山野夕日〔詩人〕T11～……436
山本泰生〔詩人〕S22～……438
吉岡生夫〔歌人〕S26～……447
吉田テフ子〔詩人〕T 9～S48……448
吉田汀史〔俳人、エッセイスト〕S 6～……449

わ行

和久利甫〔俳人〕S 5～H13……456
渡辺昭〔俳人〕S 5～……457

その他

（四国出身者外文学者名簿）

あ行

阿井景子〔小説家〕S 7～……1
赤江瀑〔小説家〕S 8～……3
赤瀬川原平〔エッセイスト〕S12～……3
阿川弘之〔小説家〕T 9～……4,5,407
秋元松代〔劇作家〕M44～H13……5
芥川龍之介〔小説家〕M25～S 2……6,89,125,170,304,361,432
浅黄斑〔推理作家〕S21～……6
梓林太郎〔小説家〕S 8～……7

安宅温〔エッセイスト〕S 11～ ……………… 8
阿刀田高〔小説家〕S 10～ ………………… 8
阿部孝〔英文学者〕M28～S 59 ……………… 9
尼崎安四〔詩人〕T 2～S 27 ………………… 11
網野菊〔小説家〕M33～S 53 …………… 11, 12
嵐山光三郎〔エッセイスト〕S 17～ ………… 12
荒正人〔評論家、近代文学研究者〕T 2～S 54 ……………………………………… 12, 13
有明夏夫〔小説家〕S 11～H 14 ………… 13, 189
有園幸生〔商業写真家、エッセイスト〕?～… 13
有本芳水〔詩人、歌人〕M19～S 51 ………… 14
泡坂妻夫〔小説家、紋章上絵師〕S 8～ …… 15
飯島耕一〔詩人〕S 5～ ……………………… 16
生田春月〔詩人、小説家、翻訳家〕M25～S 5 …………………………………… 17, 18, 320
井口朝生〔時代小説家〕T 14～H 11 ………… 18
池内紀〔文藝評論家、エッセイスト、独文学者〕S 15～ ………………………………… 20
池田満寿夫〔画家、小説家〕S 9～H 9 …… 22
石井研堂〔編集者〕慶応元～S 18 ……… 23, 38
石井敏弘〔作家〕S 37～ ……………………… 23
石川淳〔小説家、評論家〕M32～S 62 ……… 23
石森延男〔児童文学者〕M30～S 62 …… 26, 348
伊丹十三〔エッセイスト〕S 8～H 9 ……… 27
伊丹三樹彦〔俳人〕T 9～ ……… 27, 28, 56, 264
五木寛之〔小説家、エッセイスト〕S 7 …………………………………… 29, 30, 268
井出孫六〔小説家〕S 6～ …………………… 30
井上羽城〔新聞記者、歌人、詩人〕M 4～S 22 …………………………………… 32, 33, 435
井上ひさし〔小説家、劇作家〕S 9～ ……… 34
井上靖〔小説家〕M40～H 3 …… 35, 233, 268, 360
井上笠園〔小説家〕慶応 3～M33 …………… 35
井伏鱒二〔小説家〕M31～H 5 ……………………… 23, 37, 60, 90, 150, 426
今江祥智〔児童文学者〕S 7～ ……………… 41
岩野泡鳴〔小説家〕M 6～T 9 ………… 42, 440
上村占魚〔俳人〕T 9～H 8 ………… 48, 385, 450
宇水健祐〔小説家〕?～? ……………………… 49
内田百閒〔小説家、エッセイスト〕M22～S46… 50
内田康夫〔小説家〕S 9～ …………………… 51
宇野千代〔小説家〕M30～H 8 ……………… 52
生方たつゑ〔歌人〕M38～H 12 ……………… 53
梅田俊作〔画家、絵本作家〕S 17～ ………… 53
梅村光昭〔詩人〕S 26～ ……………………… 54
永六輔〔タレント〕S 8～ …………………… 56
江島智絵〔歌人〕T 5～ ……………………… 56
榎本滋民〔小説家〕S 5～H 15 ……………… 57
江村槇典〔詩人〕S 14～S 47 ………………… 58
大内兵衛〔経済学者〕M21～S 55 …………… 59
大岡玲〔小説家〕S 33～ ……………………… 63
大岡昇平〔小説家〕M42～S 63 ……… 36, 63, 425
大木惇夫〔詩人、小説家〕M28～S 52 ……… 65
大城戸淳二〔歌人〕T 11～ …………………… 65
大南智史〔詩人〕T 8～ ……………………… 71
大野景子〔歌人〕S 11～ ……………………… 72
大宅壮一〔評論家〕M33～S 45 ………… 78, 330
大藪春彦〔小説家〕S 10～H 8 ……………… 78
岡田喜秋〔紀行文作家〕S 1～ ……………… 81
岡部伊都子〔エッセイスト〕T 12～ ………… 84
岡本文良〔児童文学者〕S 5～ ……………… 85
小川太朗〔俳人〕M40～S 49 ………………… 87
小川正子〔医師〕M35～S 18 …………… 87, 289
荻原井泉水〔俳人〕M17～S 51 ………… 32, 54, 88, 90, 116, 257, 331, 335, 360, 439
奥野健男〔評論家〕S 1～H 9 ……………… 88
尾崎士郎〔小説家〕M31～S 39 ………… 90, 225
尾崎放哉〔俳人〕M18～T 15 ………… 32, 90, 257
尾崎秀樹〔評論家〕S 3～H 11 ……… 90, 250, 413
大佛次郎〔小説家〕M30～S 48 ……………… 91
織田二三乙〔俳人〕S 11～ …………………… 93
小田実〔小説家〕S 7～ ……………………… 93
小野十三郎〔詩人〕M36～H 8 ……………… 94
折口信夫〔国文学者、歌人、民俗学者〕M20～S 28 ………………………… 95, 109, 110, 143

か行

海音寺潮五郎〔小説家〕M34～S52
……………………………… **96**,223,304,435
開高健〔〃〕S5～H1 ………………**97**,238,264
海城わたる〔俳人〕M44～……………………**97**
加賀乙彦〔小説家〕S4～……………………**98**
賀川豊彦〔牧師、キリスト教社会運動家、詩人、小説家〕M21～S35……**99**,171,268,317,344
香川紘子〔詩人〕S10～…………………………100
影山聖二〔歌人〕T6～S46 …………… 101,454
片岡千歳〔詩人〕?～………………………102,279
片淵琢朗〔推理小説家〕M45～………………105
桂享子〔小説家〕S5～…………………………107
桂孝二〔歌人〕M45～H7 ……………………107
桂富士郎〔教育者〕T15～H7 ………………108
加藤宣利〔新聞記者〕S6～……………………108
加藤秀俊〔評論家、社会学者〕S5～ ……… 108
角川源義〔国文学者、俳人、角川書店創立者〕T6～S50 ……………………………… 109,435
門田泰明〔小説家〕S15～……………………109
鎌田敏夫〔シナリオライター、小説家〕S12～
………………………………………………… 111
蒲池正紀〔歌人、英文学者〕M32～S57 …… 111
上司小剣〔小説家〕M7～S22………………112
萱野笛子〔詩人〕S12～………………………112
河合恒治〔歌人〕M44～ ………………… 112,217
川村二郎〔評論家〕S3～……………………117
川本三郎〔評論家〕S19～ ……………… 118,132
川本正良〔独文学者、俳人〕M32～S57 …… 118
北原忠司〔俳人〕S2～S62…………………128
木村久夫〔歌人〕T7～S21…………………132
木山捷平〔小説家、詩人〕M37～S43 ……… 133
清岡卓行〔詩人、小説家〕T11～H18……103,134
清岳こう〔詩人〕S25～………………………134
邦光史郎〔小説家〕T11～H8 ………………137
久保田万太郎〔小説家、俳人、劇作家〕M22～S38 ………………………… 25,138,256,431
久米正雄〔小説家、劇作家〕M24～S27…125,139
黒岩重吾〔小説家〕T13～H15………………143
黒田嘉一郎〔エッセイスト、医者〕M38～S63
…………………………………………………146
桑原水菜〔小説家〕S44～……………………148
神坂次郎〔小説家〕S2～……………………149
小杉放庵〔画家〕M14～S39…………………153
木谷恭介〔小説家〕S2～……………………153
小谷雄二〔俳人〕S6～………………………154
後藤田みどり〔日本舞踊師範、エッセイスト、小説家〕S8～ …………………………… 154
小林淳宏〔編集者〕T13～……………………155
小林久三〔小説家〕S10～……………………155
五味康祐〔小説家〕T10～S55……………8,158
小山白楢〔俳人〕M28～S56…………………158
今東光〔小説家〕M31～S52 …………… 158,159

さ行

斎藤栄〔小説家〕S8～…………………………161
斎藤祥郎〔歌人〕S2～………………………161
斎藤知白〔俳人〕M4～S8 …………………161
早乙女貢〔小説家〕T15～……………………163
榊山潤〔小説家〕M33～S55…………………164
坂口安吾〔小説家〕M39～S30 ………… 165,443
坂崎紫瀾〔政治小説家〕嘉永6～T2 … 77,165
阪田寛夫〔小説家〕T14～H17………………166
坂村真民〔詩人〕M42～………………………167
坂本紅蓮洞〔雑文家〕慶応2～T14…………167
坂本碧水〔俳人〕M39～S63…………………168
桜田常久〔小説家〕M30～S55………………170
笹沢佐保〔推理作家〕S5～…………………173
笹本正樹〔歌人〕S6～………………………173
佐多稲子〔小説家〕M37～H10 ………… 176,273
佐藤紅緑〔劇作家〕M7～S24
…………………………144,177,178,242,345,367,455
佐藤繁子〔シナリオライター〕?～ ………… 177
サトウハチロー〔詩人、小説家〕M36～S48
……………………………………178,404,449

佐藤春夫〔詩人、評論家、小説家〕M25～S39 ……… 170, **178**, 232, 445
佐藤雅美〔小説家〕S16～ ……… **178**
佐藤明芳〔小説家〕S3～ ……… **179**
沢田ふじ子〔小説家〕S21～ ……… **181**
椎名誠〔小説家〕S19～ ……… **183**, 314
志賀重昂〔地理学者〕文久3～S2 ……… **183**
志賀直哉〔小説家〕M16～S46 ……… 11, 57, **184**, 224, 262, 363, 374, 432
志賀勝〔米文学研究者〕M25～S30 ……… **184**
重松清〔小説家〕S38～ ……… **185**
獅子文六〔小説家、劇作家〕M26～S44 ……… **185**, 186
紫藤貞美〔エッセイスト〕T12～H7 ……… **187**
司馬遼太郎〔小説家〕T12～H8 ……… **188**
島尾敏雄〔小説家〕T6～S61 ……… 1, **193**, 363, 380
島木健作〔農民運動家、小説家〕M36～S20 ……… 179, **195**, 196, 197
島崎藤村〔小説家〕M5～S18 ……… 171, **198**, 338, 401
島田一男〔小説家〕M42～H8 ……… **198**
清水正一〔詩人〕T2～S60 ……… **199**
清水義範〔小説家〕S22～ ……… 162, **200**
志茂田景樹〔小説家〕S15～ ……… **201**
下村千秋〔小説家〕M26～S30 ……… **201**
庄野英二〔児童文学者、エッセイスト、小説家〕T4～H5 ……… **202**
昭和天皇〔第一二四代天皇〕M34～S64 ……… 41, **202**, 203
白石一郎〔小説家〕S6～ ……… **203**
白洲正子〔評論家、随筆家〕M43～H10 ……… **204**
城山三郎〔小説家〕S2～ ……… **204**
陣出達朗〔小説家〕M40～S61 ……… **205**
新藤兼人〔脚本家〕M45～ ……… **205**
草野唯雄〔推理作家〕T4～ ……… **217**
添田知道〔作詞家〕M35～S55 ……… **218**
曽我部介以〔俳人〕S13～ ……… **218**
曽根精二郎〔詩人〕T13～H5 ……… **218**
曽野綾子〔小説家〕S6～ ……… **218**

た行

田岡典夫〔小説家〕M41～S57 ……… 5, 38, 70, 96, 176, **219**, 223, 250, 306, 444
高石幸平〔俳人〕S8～ ……… **226**
高井有一〔小説家〕S7～ ……… **227**
高木敏子〔歌人〕S4～ ……… **227**
高田宏治〔脚本家〕S9～ ……… **228**
高橋治〔小説家〕S4～ ……… **229**
高橋和巳〔小説家〕S6～S46 ……… **230**
高橋勝義〔詩人〕S19～ ……… **230**
高橋健〔小説家〕S5～ ……… **231**
高橋三千綱〔小説家〕S23～ ……… **232**
高橋泰邦〔推理作家、翻訳家〕T14～ ……… **233**
高橋義夫〔小説家〕S20～ ……… **233**
高橋義孝〔独文学者〕T2～ ……… **234**, 389
鷹羽十九哉〔推理小説家〕S3～H14 ……… **234**
高群逸枝〔女性史研究家、詩人、評論家〕M27～S39 ……… 215, **236**
竹内武城〔俳人〕T12～H1 ……… **239**
竹西寛子〔小説家〕S4～ ……… **241**
武野藤介〔小説家、評論家〕M32～S41 ……… **241**
竹安隆代〔歌人〕S19～ ……… **243**
太宰治〔小説家〕M42～S23 ……… 138, 171, **243**, 252, 254, 397
田崎暘之介〔小説家〕S4～ ……… **243**
田島征三〔画家〕S15～ ……… **244**
田島征彦〔画家〕S15～ ……… **244**
多田不二〔詩人〕M26～S43 ……… **245**
立松和平〔小説家〕S22～ ……… **246**
田中光二〔小説家〕S16～ ……… **247**, 253
田中澄江〔劇作家〕S41～H12 ……… **250**
田中英光〔小説家〕T2～S24 ……… 247, **252**, 254, 280
田辺聖子〔小説家〕S3～ ……… 212, **254**, 379
種田山頭火〔俳人〕M15～S15 ……… 215, **257**
種村直樹〔ジャーナリスト〕S11～ ……… **258**
田淵豊〔社会運動家〕S16～ ……… **258**
玉貫寛〔俳人、小説家〕T5～S60 ……… **259**

玉村豊男〔エッセイスト〕S 20～……………260
田宮虎彦〔小説家〕M44～S 63
……………………………… 205,260,262,439
田山花袋〔小説家〕M 4～S 5
………………………………46,47,168,265,415
俵万智〔歌人〕S 37～…………………………265
団鬼六〔小説家〕S 6～………………………266
檀一雄〔小説家〕M45～S 51 …………… 266,293
土屋文明〔歌人〕M23～H 2 …… 80,208,270,304
綱島理友〔エッセイスト〕S 29～……………272
恒藤恭〔法学者〕M21～S 42……………………272
常山進〔歌人〕T 14～……………………………273
津村秀介〔推理作家〕S 8～……………………277
津村信夫〔詩人〕M42～S 19……………………278
津本陽〔小説家〕S 4～…………………………278
鶴村松一〔郷土史家〕S 7～S 57………………278
出久根達郎〔小説家〕S 19～…………102,279,371
寺内忠夫〔詩人〕S 8～…………………………279
寺田寅彦〔科学者、エッセイスト〕M11～S 10
………………50,117,281,282,284,331,369,425,434
寺山修司〔劇作家〕S 10～S 58 ………… 194,286
戸板康二〔小説家、演劇評論家〕T 4～H 5
………………………………………………………288
土井晩翠〔詩人〕M 4～S 27 …………… 288,289
童門冬二〔小説家〕S 2～………………………289
時実新子〔岡山県に生まれる〕S 4～ … 290,422
徳冨蘆花〔小説家〕M 1～S 2 ………………290
戸田房子〔小説家、評論家〕T 3～ ………… 292
戸部新十郎〔小説家〕T 15～H 15……………293
富田砕花〔歌人〕M23～S 59……………………294
富田常雄〔小説家〕M37～S 42…………………294
冨田みのる〔俳人〕T 4～………………………295
豊田有恒〔小説家〕S 13～………………………295

な行

内藤定一〔歌人〕T 12～…………………………296
永井龍男〔小説家〕M37～H 2 ………… 220,298
永井路子〔小説家〕T 14～………………………298
中河与一〔小説家〕M30～H 6 ………………302
中勘助〔小説家、詩人、エッセイスト〕M18～
S 40……………………………………………303
中沢茎夫〔小説家〕M38～S 60…………………304
中島丈博〔脚本家、映画監督〕S 10～ ……… 306
中西伊之助〔小説家、社会主義運動家〕M26
～S 33…………………………………………307
中野重治〔詩人、小説家〕M35～S 54
………………………………… 13,176,308,366
中町信〔推理作家〕S 10～………………………310
中村彰彦〔小説家〕S 24～………………………310
中村草田男〔俳人〕M34～S 58
………………… 27,30,42,149,311,312,357,380
中村憲吉〔歌人〕M22～S 9 …………80,208,312
中村汀女〔俳人〕M33～S 63……………………312
中村稔〔詩人、弁護士〕S 2～ ………………… 313
中谷宇吉郎〔理学者〕M33～S 37………………313
中山義秀〔小説家〕M33～S 44 ………… 310,313
那須正幹〔児童文学者〕S 17～…………………314
なだいなだ〔精神科医〕S 4～ ………… 156,315
夏樹静子〔小説家〕S 13～………………………315
夏堀正元〔小説家〕T 14～H 11…………………315
夏目漱石〔小説家、英文学者〕慶応 3～T 5
… 10,79,104,131,139,170,258,278,281,315,376,382
成瀬無極〔独文学者〕M17～S 33………………316
南條範夫〔小説家〕M41～H 16…………………316
西一知〔詩人〕S 4～ …………………… 319,320
西村京太郎〔推理小説家〕S 5～………………323
西脇順三郎〔詩人、英文学者〕M27～S 57 … 325
新田次郎〔小説家〕M45～S 55………178,326,343
丹羽文雄〔小説家〕M37～H 17
………………………………212,228,260,327,423
野口雨情〔詩人〕M15～S 20 …………… 328,394
野坂昭如〔小説家〕S 5～………………………328
野田知佑〔エッセイスト〕S 13～………………330

は行

橋本忍〔シナリオライター〕T 7～ …… 306,334

橋本多佳子〔俳人〕M32～S38………334,335,432
畑正憲〔エッセイスト、動物愛好活動家〕S10～……336
畑山博〔小説家〕S10～H13……336
服部嘉香〔詩人、国語国文学者〕M19～S50……47,337
花輪莞爾〔小説家、翻訳家〕S11～……337
浜崎美景〔歌人〕T11～……340
林謙一〔エッセイスト〕M40～S55……344
林芙美子〔小説家、詩人〕M36～S26……346,347
林真理子〔小説家〕S29～……347
林幸子〔歌人〕S6～……348
板東英二〔野球選手、エッセイスト〕S15～……349
坂東紅魚〔俳人〕T14～……350
半村良〔小説家〕S8～H14……353,354
氷室冴子〔小説家〕S32～……355
平出修〔小説家〕M11～T3……355,356
平尾道雄〔歴史家〕M33～S54…67,190,356,452
深田久弥〔小説家〕M36～S46……358
深田良〔美術家、小説家〕T3～S52……358
福島泰樹〔歌人〕S18～……360
藤淵欣哉〔詩人〕T8～……362
藤本義一〔小説家〕S8～……364
藤森成吉〔小説家〕M25～S52……179,364
藤原定〔詩人〕M38～H2……365
藤原審爾〔小説家〕T10～S59……365
藤原大二〔俳人〕T2～S56……366
船山馨〔小説家〕T3～S56……366
冬島泰三〔脚本家、映画監督〕M34～S56…367
古井由吉〔小説家〕S12～……367,368
古田求〔脚本家〕S22～……369
別役実〔劇作家、エッセイスト〕S12～……369
北條秀司〔劇作家〕M35～H8……370
穂積驚〔小説家、劇作家〕T1～S55……371
堀江すみ〔歌人〕M35～H5……372
本田靖春〔ルポライター〕S9～H16……373

ま行

前登志夫〔歌人〕T15～……373
真壁仁〔詩人〕M40～S59……319,374
牧ひでを〔俳人〕T6～S62……374
牧野富太郎〔植物学者〕文久2～S32……374
松岡一郎〔俳人〕M44～H7……379
松瀬青々〔俳人〕M2～S12…4,49,333,381,403
松谷みよ子〔児童文学者〕T15～……272,313,381
松永義弘〔小説家〕S3～……382
松並敦子〔歌人〕S11～……382
松根東洋城〔俳人〕M11～S39 10,37,89,159,202,208,307,319,380,382,442,450,454,457
松本清張〔小説家〕M42～H4……384,412
松本たかし〔俳人〕M39～S31…48,69,357,385
丸岡明〔小説家〕M40～S43……387,425
丸岡桂〔歌人〕M11～T8……388
丸谷才一〔評論家、小説家〕T14～……388,398
三浦恒礼子〔俳人〕M39～H2……389
三浦朱門〔小説家〕T15～……218,234,389
三木露風〔詩人〕M22～S39……15,65,391
三島由紀夫〔小説家〕T14～S45……63,391
水落博〔歌人〕S9～……391
水上勉〔小説家〕T8～H16……392
水原秋桜子〔俳人〕M25～S56……17,25,159,180,393,432
皆川博子〔小説家〕S5～……395
南洋一郎〔児童文学者〕M26～S55……395
峰隆一郎〔小説家〕S6～H12……396
みもとけいこ〔詩人〕S28～……396
宮田小夜子〔詩人〕S11～……404
宮本常一〔民俗学者〕M40～S56……279,404,405
宮本百合子〔小説家〕M32～S26……273,406,407
宮脇俊三〔エッセイスト〕T15～H15…405,407
三好徹〔小説家〕S6～……409
椋鳩十〔小説家〕M38～S62……71,138,409
向田邦子〔脚本家〕S4～S56……111,343,410
棟田博〔小説家〕M41～S63……411

村雨退二郎〔小説家〕M36～S34……………412
村松友視〔小説家〕S15～……………………413
村山知義〔演出家、小説家〕M34～S52…414,430
モラエス〔ポルトガルの文学者、日本研究家〕
嘉永7～S4 …………………8,20,24,178,
202,214,217,239,268,269,290,317,326,337,344,416,445
森敦〔小説家〕M45～…………………………417
森鷗外〔小説家〕文久2～T11 … 36,172,401,417
森繁久彌〔俳優、タレント、エッセイスト〕
T2～ ……………………………………… 222,419

や行

八木義徳〔小説家〕M44～H11 ………… 398,422
矢口高雄〔漫画家〕S14～……………………422
保田与重郎〔評論家〕M43～S56……………426
安成二郎〔歌人〕M19～S49…………………426
八波直則〔英米文学者〕M42～H3
…………………………281,282,283,285,427,441,452
柳田国男〔民俗学者〕M8～S37
………………………………………… 107,109,243,428
柳原和子〔ノンフィクション作家〕S25～…428
柳宗悦〔評論家〕M22～S36…………………429
山岡千枝子〔小説家〕S11～…………………431
山口誓子〔俳人〕M34～H6
………………… 49,65,164,259,332,334,361,432
山口瞳〔小説家〕T15～H7 …………………433
山下清〔画家〕T11～S46……………………434
山田克郎〔小説家〕M43～S58………………435
山村美紗〔小説家〕S6～H8 ………………436
山本実彦〔出版人〕M18～S27………………438
山本周五郎〔小説家〕M36～S42
………………………………………… 163,286,350,438
山本道子〔詩人、小説家〕S11～ …………… 439
結城昌治〔小説家〕S2～H8 ………………440
横尾忠則〔画家〕S11～………………………441
与謝野晶子〔歌人〕M11～S17………211,212,444
吉井勇〔歌人〕M19～S35
………………………… 132,324,342,379,444,445
吉岡道夫〔小説家〕S8～……………………448
吉川英治〔小説家〕M25～S37………………448
吉田満〔小説家〕T12～S54…………………449
吉野秀雄〔歌人〕M35～S42 …………… 449,450
吉野義子〔俳人〕T4～ ………………… 55,450
吉村昭〔小説家〕S2～………………………450
米村晃多郎〔小説家〕S2～…………………454
依光亦義〔歌人〕M42～S60…………67,101,454

わ行

和久峻三〔推理作家〕S5～…………………456